33

Wilbur Smith

I fuochi dell'ira

TEA DUE

WILBUR SMITH

I FUOCHI DELL'IRA

Romanzo

Traduzione di
Carlo Brera

TEA

Editori Associati S.p.A.
Via Monte di Pietà 1/A - 20121 Milano

Titolo originale
Rage

Prima edizione TEADUE gennaio 1990
Quinta edizione TEADUE maggio 1993

I FUOCHI DELL'IRA

Dedico questo libro a mia moglie Danielle

Mano nella mano abbiamo attraversato i continenti di questa terra,
ma nessuno era vasto come il mio amore per te.

Insieme abbiamo navigato tutti gli oceani,
ma nessuno era profondo come il mio amore per te.

Tara Courteney non vestiva di bianco dal giorno delle nozze. Il suo colore preferito era il verde, che meglio si adattava ai folti capelli castani.

Tuttavia l'abito bianco tornava a farla sentire una sposa, oggi, tremula e un po' impaurita, ma con un senso di gioia e dedizione profondo. Colletto alto e polsini erano impreziositi da pizzi; i capelli erano stati spazzolati fino a emettere bagliori rosso rubino nella chiarità solare del Capo. Le guance erano accese dall'eccitazione: benché avesse partorito quattro figli, aveva la vita sottile di una vergine. Ancora più incongruo risultava dunque il fazzoletto nero che portava sulle spalle: era un'immagine di gioventù e bellezza ferita dal lutto. Nonostante il batticuore e il turbamento interiore, stava a capo chino e mani giunte, ferma e silenziosa.

Era una delle cinquanta donne, tutte vestite di bianco, tutte con lo scialletto nero, tutte nello stesso atteggiamento dolente, che si trovavano ordinatamente disposte sul marciapiede di fronte all'ingresso principale del Parlamento dell'Unione Sudafricana.

Erano quasi tutte giovani signore dell'alta società, come Tara: ricche, privilegiate e annoiate dalla stessa facilità della loro vita. Molte di loro si erano unite alla protesta per il brivido di sfidare l'autorità costituita e scandalizzare i propri pari. Alcune miravano a riguadagnare le attenzioni del marito, che dopo una decina d'anni di matrimonio le trascurava, più interessato ormai agli affari, al golf, o ad altre attività extraconiugali. C'era però un nucleo duro di militanti, soprattutto anziane, ma anche giovani come Tara e Molly Broadhurst, che erano mosse soltanto dal loro rifiuto dell'ingiustizia.

Tara aveva cercato di esprimere i suoi sentimenti alla conferenza stampa di quel mattino, quando una giornalista del *Cape Argus* le aveva domandato: « Perché fa questo, signora Courteney? » ottenendo la risposta: « Perché non mi piacciono i prepotenti né gli imbroglioni ». La manifestazione era intesa a dargli il fatto loro.

« Ecco che arriva il lupo cattivo », disse sottovoce la donna che stava cinque passi a destra di Tara. « Pronte a far catena, ragazze! » Molly Broadhurst era una delle fondatrici del Black Sash, il movimento delle donne in lutto, ed era una trentenne minuta e decisa che Tara ammirava molto e cercava di imitare.

Una Chevrolet nera con targa del governo, infatti, si era fermata all'angolo di Parliament Square. Scesero quattro uomini. Uno era un fotografo della polizia, che cominciò subito a fotografare le manifestanti con una Hasselblad. Lo seguivano altri due funzionari, con taccuino e penna. Erano vestiti in borghese, meno le scarpe che erano quelle in dotazione alla polizia: il loro comportamento era brusco e professionale. Sfilavano lungo le manifestanti chiedendo a ognuna nome e indirizzo. Tara, che stava rapidamente diventando un'esperta, indovinò che probabilmente erano sergenti della squadra speciale. Ma il quarto uomo lo conosceva già di nome e aspetto, come tutte le compagne.

Era vestito di un abito estivo leggero, grigio a disegnini marrone; marrone era anche la cravatta, mentre il cappello tornava al grigio. Benché fosse di altezza media e lineamenti anonimi, aveva la bocca larga e amichevole, pronta al sorriso. Salutò Molly scappellandosi.

« Buongiorno, signora Broadhurst. Siete in anticipo: la processione arriverà tra un'ora. »

« Ha intenzione di arrestarci tutte anche oggi, ispettore? » gli chiese senza complimenti Molly.

« Lungi da me! » L'ispettore alzò un sopracciglio. « Sa, questo è un paese libero. »

« Ma guarda un po'! Chi l'avrebbe mai detto », ribatté Molly.

« Ah, cattivella », disse l'ispettore scuotendo la testa. « Lei sta cercando di provocarmi, signora Broadhurst! » Parlava inglese benissimo, con appena una traccia di accento afrikaans.

« No, ispettore. Stiamo protestando contro le patenti violazioni elettorali di questo governo perverso, l'erosione della legalità e l'abrogazione dei diritti umani fondamentali della maggioranza dei nostri connazionali sudafricani, solo a causa del colore della loro pelle. »

« Signora Broadhurst, ho l'impressione che lei si stia ripetendo. Queste cose me le ha già dette l'altra volta. » L'ispettore ridacchiò. « Insomma, volete farvi arrestare di nuovo. Ma non roviniamo questa bella festa... »

« L'apertura del Parlamento, organo dedito all'ingiustizia e all'oppressione, è da lamentare e non da celebrare. »

L'ispettore si toccò la tesa del cappello. Dietro il suo comportamento disinvolto e scherzoso non era difficile scorgere un rispetto vero e forse addirittura una certa ammirazione per le manifestanti.

« Be', buona permanenza, signora Broadhurst », mormorò. « Sono sicuro che ci rivedremo presto », e continuò la rivista, finché non arrivò davanti a Tara.

« Buongiorno a lei, signora Courteney. » Si fermò ancora, e stavolta non provò nemmeno a nascondere la sua ammirazione. « Che ne pensa il suo illustre marito, l'onorevole, del suo comportamento proditorio? »

« È forse tradimento opporsi agli eccessi del National Party, e alla sua legislazione basata sulla razza e il colore della pelle, ispettore? »

Il suo sguardo si posò sul seno della donna, grosso eppure ben fatto, sotto il pizzo bianco. Poi tornò a guardarla in faccia.

« Lei è troppo graziosa per queste sciocchezze », le disse. « Le lasci alle vecchie carampane. Vada a casa a badare ai suoi figli. »

« La sua arroganza maschile è insopportabile, ispettore. » Fremeva di rabbia, senza accorgersi che anche questo accresceva il suo fascino agli occhi del funzionario.

« Vorrei che tutte le traditrici del nostro Paese le somigliassero. Renderebbe il mio lavoro più piacevole. Grazie, signora Courteney. » Fece un sorriso da schiaffi e passò oltre.

« Non lasciarti irritare dall'ispettore, cara », le disse Molly, sottovoce. « È un esperto in queste cose. Ricordati che è una manifestazione non violenta. Pensa al Mahatma Gandhi. »

Con qualche difficoltà Tara dominò la propria ira e riassunse l'atteggiamento da penitente. Sul selciato, dietro di lei, cominciavano a raccogliersi gli spettatori. La fila di donne in abito bianco e fazzoletto nero attirava la curiosità di tutti. Qualcuno le approvava, ma i più erano contrari.

« Maledette comuniste », ringhiò un uomo di mezz'età a Tara. « Volete dare il Paese in mano a un branco di selvaggi. Bisognerebbe mettervi tutte in galera. » Era ben vestito, e il suo modo di parlare denotava una certa istruzione. All'occhiello aveva addirittura il distintivo di volontario: nell'ultima guerra aveva dunque combattuto contro il nazifascismo. Il suo atteggiamento confermava che la politica del National Party trovava il tacito consenso di molti bianchi di lingua inglese.

Tara si morse le labbra e si costrinse a tacere, e tenne la testa china anche quando qualche astante di colore si mise ad applaudire ironicamente la battuta del volontario. La folla si accalcava.

Cominciava anche a far caldo. Il sole e la luce erano quasi mediterranei, accecanti: c'era un po' di foschia, ma in cima al gran tavoliere della Table Mountain si addensavano le nubi che facevano presagire il levarsi del vento di sudest, che però non era ancora arrivato ai piedi del monte, nella città. Ormai la folla era fitta e rumorosa, e Tara si prese una gomitata, forse data di proposito. Mantenne la compostezza e si concentrò sull'edificio dall'altra parte della strada.

Disegnato da Sir Herbert Baker, quel campione degli architetti imperiali, era massiccio e imponente, di mattoni rossi con colonne bianchissime. Quanto mai lontano dai gusti di Tara, moderni e inclini piuttosto alla razionalità rettilinea del vetro e dei mobili in pino scandinavo. La costruzione sembrava incarnare tutto quanto v'era di inflessibile e fuori moda nel passato, tutto quanto Tara voleva vedere abbattuto e scardinato.

I suoi pensieri furono interrotti da un crescente ronzio della folla che la circondava.

« Arrivano », disse Molly ad alta voce. La folla si mise a ondeggiare in punta di piedi, tendendo lo sguardo e acclamando. Sul lastrico risuonavano gli zoccoli dei cavalli. La scorta di poliziotti montati trottava sul viale, coi gagliardetti al vento in cima alla lancia. Erano tutti abili cavalieri, su animali scelti i cui fianchi brillavano come metallo brunito.

Fra loro venivano le carrozze scoperte con rumor di cerchioni. Sulla prima c'era il governatore generale assieme al primo ministro. Eccolo lì, Daniel Malan, campione degli afrikaner, con la sua faccia da batrace cocciuto. Quell'uomo aveva un solo dichiarato intento, mantenere il suo *Volk* al posto supremo in

Africa per mille anni: nessun prezzo era eccessivo, per lui, a questo scopo.

Tara lo fissò con odio quasi palpabile. Incarnava quanto c'era di più repellente in quel governo che ora reggeva le sorti di quella terra e dei popoli che lei amava tanto. Mentre la carrozza la superava, i loro occhi per un attimo si incontrarono, e lei cercò di comunicargli la forza dei suoi sentimenti, ma l'uomo ricambiò l'occhiata con olimpica indifferenza, senza nemmeno un lampo di irritazione. L'aveva guardata, ma non l'aveva vista. Ora, oltre alla rabbia, Tara provava anche disperazione.

« Che fare perché questa gente almeno ci ascolti? » si domandò. Ma già le autorità erano scese dalle carrozze e, sull'attenti, ascoltavano gli inni nazionali. Anche se Tara non poteva saperlo, era l'ultima volta che le note di « Dio salvi il re » echeggiavano all'apertura del Parlamento sudafricano.

La banda eseguì poi una fanfara di trombe e i ministri s'accodarono al governatore generale e al primo ministro sulla scalinata. Furono immediatamente seguiti dai principali esponenti dell'opposizione. Era il momento che Tara temeva, perché del corteo facevano parte, qui, anche dei membri della sua famiglia. Il primo, subito dietro al capo dell'opposizione, era il padre di Tara, con la matrigna al braccio. Erano la coppia più imponente. Suo padre era un uomo alto e solenne, patriarcale e leonino. Al suo fianco, Centaine de Thiry Courteney-Malcomess era snella e graziosa in un abito di seta gialla, perfetto per l'occasione. Indossava un cappellino con veletta sulle ventitré: non pareva nemmeno tanto più anziana di Tara, benché tutti sapessero che si chiamava Centaine perché era nata il primo giorno del ventesimo secolo.

Tara pensò d'esser passata inosservata, perché non aveva detto a nessuno che avrebbe partecipato alla manifestazione di protesta; ma in cima alla scalinata la fila di notabili del governo e dell'opposizione si fermò un momento e, prima di entrare nel palazzo, Centaine si voltò apposta per guardarla. Dall'alto vedeva sopra la testa dei dignitari e della scorta: individuò subito Tara, dall'altra parte della strada, e la guardò negli occhi per qualche istante. Benché la sua espressione non mutasse affatto, la forza della sua disapprovazione, anche a quella distanza, fu per Tara come una sberla in faccia. Centaine considerava l'onore, la dignità e il buon nome della famiglia come la cosa forse più importante: aveva ripetutamente ammonito Tara a non dar spettacolo di sé, e contrariare Centaine era una faccenda seria, perché di Tara non era soltanto matrigna ma anche suocera, oltre che decana della famiglia Courteney e titolare del suo patrimonio.

Ancora a metà scalinata, Shasa Courteney colse la direzione e l'intensità dello sguardo materno, e si voltò di scatto. Anche lui vide Tara, sua moglie, nella fila di manifestanti in scialletto nero. La mattina, quando gli aveva detto che non aveva nessuna voglia di partecipare, come moglie di un deputato, alla cerimonia di apertura del Parlamento, Shasa aveva appena alzato lo sguardo dalla pagina finanziaria del giornale.

« Fa' come vuoi, mia cara. Sarà una bella barba », aveva borbottato. « Ma ora dammi un'altra tazza di caffè, se non ti dispiace. »

Adesso, riconoscendola, fece un sorrisetto e scosse la testa mimando disperazione, come si fa coi bambini che le combinano grosse. Poi si girò dall'altra parte e continuò a salire la scalinata.

Era un uomo di sconvolgente bellezza. La benda nera da pirata, sull'occhio che aveva perduto in guerra, gli conferiva un fascino a cui ben poche donne sfuggivano. I due erano una delle coppie più belle dell'alta società di Città del Capo. In pochi anni, tuttavia, la vampa dell'amore che li aveva uniti era diventata cenere grigia.

« Fa' come vuoi, mia cara », le aveva detto, come capitava ormai spessissimo.

Gli ultimi deputati sparirono inghiottiti dal palazzo, la scorta di cavalieri e le carrozze vuote filarono via trotterellando e la folla cominciò a sciogliersi. La dimostrazione era finita.

« Vieni, Tara? » la chiamò Molly, ma Tara scosse la testa.

« Devo vedere Shasa », disse. « Ci vediamo venerdì pomeriggio. » Tara si tolse il fazzoletto nero, lo ficcò in borsetta e, fendendo la folla, attraversò la strada.

Non vide alcuna ironia nel tendere ora la sua tessera di riconoscimento per entrare in Parlamento, lo stesso organo che aveva appena vigorosamente contestato. Salì per la scala laterale e guardò nella galleria del pubblico. Era piena di mogli e ospiti importanti. Si affacciò a contemplare l'aula rivestita di legno, dagli scranni ricoperti di pelle verde su cui sedevano, severamente abbigliati, i deputati, tutti compresi dalla cerimonia. Nonostante tutte queste pretese, lei però sapeva che i discorsi sarebbero stati banali, piatti e noiosi fino alla disperazione; e, quella mattina, si era alzata molto presto. Aveva un gran bisogno di andare alla toilette.

Sorrise all'usciere e si ritirò di soppiatto, imboccando in fretta il corridoio. Uscendo dal gabinetto, si diresse verso l'ufficio del padre, che usava a suo piacimento.

Girando l'angolo quasi si scontrò con un uomo che veniva dalla direzione opposta. Lo evitò all'ultimo momento e lo guardò; era un negro alto, in divisa da inserviente. Stava per superarlo con un cenno del capo e un sorriso, quando fu colta dal pensiero che un inserviente non poteva trovarsi in quell'ala del palazzo mentre la Camera era in riunione, perché in fondo al corridoio c'erano l'ufficio del primo ministro e quello del capo dell'opposizione. Inoltre, benché l'inserviente avesse in mano secchio e spazzolone, in lui c'era qualcosa di strano: insomma, non sembrava il tipo. Lo guardò bene in faccia.

Con un brivido elettrico lo riconobbe. Erano passati tanti anni, ma quella faccia era indimenticabile. Erano lineamenti da faraone egizio, nobile e fiero, gli occhi brillanti e vivi d'intelligenza. Ricordò la sua voce, profonda e toccante, e rabbrividì. Le vennero in mente perfino le sue precise parole: « C'è una generazione dai denti affilati come spade... per divorare i poveri della Terra! »

Era stato quell'uomo a farle capire cosa volesse dire nascere negro in Sudafrica. Il suo impegno, in realtà, era nato il giorno in cui l'aveva sentito parlare, un giorno ormai lontano. Con poche parole, quell'uomo aveva cambiato la sua vita.

Si fermò, parandoglisi davanti, e cercò di comunicargli in qualche modo i suoi sentimenti: ma le si era chiusa la gola, e si accorse di tremare per l'emozione. Appena capì di essere stato riconosciuto, lui mutò, come un leopardo che si accorga dei cacciatori e si metta in guardia. Tara intuì di essere in pericolo: da lui emanava adesso un'aura di crudeltà tutta africana; ma la donna non temeva.

« Sono un'amica », disse sottovoce, e si tolse dalla sua strada per farlo passare. « La nostra causa è la stessa. »

Per un attimo egli non si mosse, e la guardò. Lei sapeva che non avrebbe mai dimenticato quello scrutinio che l'infiammava: un attimo dopo, l'uomo annuì.

« Sì, ti conosco », ammise. Ancora una volta, la sua voce la fece rabbrividire, profonda e melodiosa com'era, e piena di ritmo e cadenze africane. « Ci rivedremo. »

Poi proseguì e senza voltarsi girò l'angolo del corridoio rivestito di legno. Lei rimase a guardarlo col batticuore: il fiato le bruciava in gola.

« Moses Gama », sussurrò. « Messia e guerriero d'Africa... » Poi tacque e scosse la testa. « Cosa fai qui? Proprio in questo posto...? »

Le possibilità l'intrigavano e l'eccitavano, perché ormai sapeva per intimo istinto che la crociata cominciava, infine, e voleva farne parte con tutta l'anima. Voleva fare ben altro che starsene a manifestare impalata in mezzo a una strada, con uno scialle nero sulle spalle. Sapeva che a Moses Gama sarebbe bastato far schioccare le dita, e lei l'avrebbe seguito, come milioni di altri.

« Ci rivedremo », le aveva promesso, e lei gli credeva.

Piena di gioia proseguì per il corridoio. Aveva la chiave dell'ufficio di suo padre e, mentre l'inseriva nella serratura, aveva davanti agli occhi la targa:

COLONNELLO BLAINE MALCOMESS
VICECAPO DELL'OPPOSIZIONE

Con sorpresa scoprì che la porta era già aperta: la spinse ed entrò.

Centaine Courteney-Malcomess stava guardando fuori della finestra dietro la scrivania. Subito si girò ad affrontarla. « Ti aspettavo, signorina. » L'accento francese di Centaine era un'affettazione, e irritava Tara. Era tornata in Francia soltanto una volta in trentacinque anni, pensò, alzando il mento in atteggiamento di sfida.

« È inutile che te la prendi, *chérie* », continuò Centaine. « Se ti comporti come una bambina, devi aspettarti di esser trattata come tale. »

« No, mamma, ti sbagli. Non mi aspetto affatto che tu mi tratti da bambina, né ora né mai. Sono una donna sposata di trentatré anni, madre di quattro bambini e padrona in casa mia. »

Centaine sospirò. « Molto bene », annuì. « La preoccupazione mi ha indotta alle cattive maniere, e me ne scuso. Non rendiamo questa discussione ancora più difficile per entrambe di quanto già lo è. »

« Non pensavo che noi due si dovesse discutere di qualcosa. »

« Siediti, Tara », ordinò Centaine, e Tara obbedì istintivamente, anche se subito dopo se la prese con se stessa. Centaine si accomodò sulla poltrona del marito dietro la scrivania, e Tara si irritò anche di questo: era il posto di papà, e quella donna non aveva alcun diritto di occuparlo.

« Mi hai appena detto che sei madre di quattro bambini », continuò tranquilla Centaine. « Dunque hai delle responsabilità... »

« I bambini sono ben accuditi », ribatté con foga Tara. « Non puoi accusarmi di trascurarli. »

« Parliamo allora di tuo marito e del tuo matrimonio... »

« Cosa c'entra Shasa? » disse Tara, già sulla difensiva.

« Dimmelo tu », l'invitò Centaine.

« Non sono affari tuoi. »

« Direi proprio di sì », la contraddisse Centaine. « A Shasa ho dedicato tutta la mia vita. Ho i miei piani per lui: intendo che diventi uno dei leader di questo Paese. » Tacque e uno sguardo sognante le si dipinse brevemente in volto, e parve sciogliersi per un attimo. Tara aveva già notato in lei questa espressione, quando Centaine rifletteva, e stavolta volle irrompere brutalmente nel suo pensiero.

« Questo è impossibile e lo sai benissimo. »

Lo sguardo di Centaine tornò di colpo a fuoco, negli occhi di Tara. « Niente è impossibile... non per me, non per noialtri. »

« Figuriamoci! » sogghignò Tara. « Sai benissimo che i nazionalisti hanno in mano l'elettorato, l'hanno praticamente ipnotizzato, e il Senato è loro. Sono andati al potere e nessuno glielo toglierà più. Il capo di questo Paese non sarà mai più altri che un nazionalista afrikaner, fino al giorno della rivoluzione... e dopo comanderà un negro », sbottò Tara, ripensando fuggevolmente a Moses Gama.

« Sei ingenua », disse seccamente Centaine. « Non capisci queste cose. I tuoi discorsi di rivoluzione sono puerili e irresponsabili. »

« Pensala come vuoi, mamma, ma in fondo anche tu sai bene che è così. Il caro Shasa non realizzerà mai il tuo sogno. Comincia a stufarsi di essere confinato all'opposizione: sta perdendo interesse nell'impossibile. Non mi stupirei che alle prossime elezioni decidesse di non presentarsi, rinunciando alle ambizioni politiche che sei stata tu a fomentare in lui, e si accontentasse di dedicarsi a fare un altro miliardo di sterline. »

« No », scosse la testa Centaine. « Non cederà. È un lottatore, come me. »

« Non diventerà mai nemmeno ministro, altro che capo del governo », dichiarò piatta Tara.

« Se credi questo, non sei la moglie giusta per mio figlio », disse Centaine.

« L'hai detto tu, non io », commentò tranquillamente Tara.

« Oh mia cara, mi dispiace. » Centaine si sporse sulla scrivania, ma non arrivò a toccare la mano di Tara, essendo il piano troppo largo. « Perdonami. Ho perso le staffe. Sono cose importantissime per me, ma non ce l'ho con te: io voglio soltanto aiutarvi. Sono molto preoccupata per te e per Shasa. Vorrei darvi una mano, Tara, me lo permetti? »

« Non mi pare che abbiamo bisogno di aiuto », mentì Tara. « Shasa e io siamo molto felici. Abbiamo quattro bellissimi bambini... »

Centaine fece un gesto d'impazienza. « Tara, io e te la pensiamo diversamente, ma io ti sono amica, davvero sai? Desidero il meglio per te, Shasa e i bambini. Non vuoi lasciare che ti aiuti? »

« Come, mamma? Dandoci del denaro? Quant'è che ci hai già dato, dieci o venti milioni di sterline? O trenta? Sai, certe volte perdo il conto. »

« Non vuoi condividere la mia esperienza? Ascoltare i miei consigli? »

« Sì, mamma, ascolterò. Non ti prometto di accettarli, ma li ascolterò. »

« Per prima cosa, mia cara Tara, devi abbandonare la tua folle militanza di sinistra. Macchia la reputazione di tutta la famiglia. Dai spettacolo, e metti in piazza anche noi, girando a far manifestazioni. Inoltre, è pericoloso. Come sai, oggi il comunismo è fuorilegge: potresti esser dichiarata tale e messa al bando. Pensaci: perderesti tutti i diritti umani, diventeresti una non-persona, priva di qualunque dignità. Infine c'è la carriera politica di Shasa. Ciò che fai tu si riflette su di lui. »

« Mamma, ho promesso di ascoltarti », disse con durezza Tara. « Ma adesso ritiro la promessa. So quello che faccio. »

Si alzò e andò alla porta, dove si fermò e guardò indietro. « Non hai mai pensato, Centaine Courteney-Malcomess, che mia madre morì di crepacuore a causa dello sfacciato adulterio di mio padre con te? E poi hai il coraggio di pontificare sulla mia condotta, sconveniente alla reputazione tua e del tuo prezioso figlio! » Uscì e richiuse, senza sbatterla, la pesante porta di legno.

Shasa Courteney, con le mani in tasca, dai banchi dell'opposizione, ascoltava attentamente il ministro degli Interni che parlava della legislazione da presentare al Parlamento nella attuale sessione.

Era costui un coetaneo di Shasa, il più giovane membro del governo. La cosa era straordinaria. Gli afrikaner venerano l'età, e non si fidano dell'inesperienza e dell'impeto della gioventù. L'età media degli altri membri del governo nazionalista era sessantacinque anni, rifletté Shasa, e però ecco lì Manfred De La Rey, a meno di quarant'anni, esporre il contenuto generale del Criminal Law Amendment Bill, la legge di riforma del codice penale che aveva presentato e che stava conducendo per i vari gradi dell'approvazione.

« Chiede il diritto di dichiarare lo stato di emergenza, che porrà la polizia al di sopra della legge, negando al cittadino ogni possibilità di ricorrere al giudice », borbottò accanto a lui Blaine Malcomess, e Shasa annuì senza guardare il suocero. Guardava invece l'uomo che gli stava di fronte, dall'altra parte dell'aula del Parlamento.

Manfred De La Rey parlava in afrikaans, come faceva quasi sempre. Il suo inglese era stentato e pieno di inflessioni, e lo parlava malvolentieri, sacrificando di malavoglia al bilinguismo della Camera. D'altro canto, quando parlava la sua lingua era persuasivo ed eloquente: le sue attitudini oratorie e le sue ricercatezze erano o sembravano naturali e innate, e più di una volta dai banchi dell'opposizione si alzavano sogghigni ammirati a qualche sua frase, mentre la maggioranza lo acclamava.

« Ha una bella faccia tosta », disse Blaine Malcomess scuotendo la testa. « Vuole abolire le garanzie del codice e istituire uno stato di polizia, dominato dal suo partito. Dovremo batterci contro questa legge con le unghie e coi denti. »

« Puoi dirlo », assentì distrattamente Shasa. In realtà invidiava l'altro uomo, e se ne sentiva, al contempo, misteriosamente attratto. Era strano come i loro destini paressero inesorabilmente incrociati.

La prima volta che aveva incontrato Manfred De La Rey era stato vent'anni prima, e quasi senza ragione si erano scagliati l'uno contro l'altro come galli da combattimento e avevano fatto a pugni. Shasa fece una smorfia ripensando a com'era finita; la lezione gli bruciava ancora. Da allora le loro strade s'erano incrociate più volte.

Nel 1936 erano entrambi nella nazionale olimpionica sudafricana, ed erano andati a Berlino a gareggiare sotto gli occhi di Hitler. Era stato proprio Manfred a vincere l'unica medaglia d'oro della squadra, mentre Shasa era tornato a mani vuote. In seguito si erano trovati di fronte anche alle elezioni, disputandosi il seggio con acrimonia e calore, nel 1948. Anche quella volta Manfred l'aveva battuto, sull'onda nazionalista che aveva spedito al potere il National Party. Per assicurarsi un seggio all'opposizione, Shasa aveva dovuto aspettare un'altra occasione, un'elezione parziale in un collegio sicuro dell'United Party. E si era trovato in Parlamento, nuovamente di fronte al suo rivale. Adesso Manfred era ministro, posizione che Shasa gli invidiava con tutto il cuore, e l'indubbio ingegno, il fiuto politico crescente e una solida base di sostenitori nel partito gli aprivano un futuro glorioso. Invidia, ammirazione e antagonismo: questo provava dunque Shasa Courteney mentre ascoltava l'uomo alzatosi a parlare dai banchi del governo. Lo studiò con attenzione.

Manfred De La Rey aveva ancora un fisico da pugile, spalle larghe e collo possente, ma stava ormai ingrassando e anche il mento era diventato un po' carnoso. Non si teneva in forma, i muscoli si stavano afflosciando. Shasa guardò i propri fianchi ancora snelli e il ventre incavato da levriero con autocompiacimento, poi tornò a concentrarsi sul suo avversario politico e personale.

Il naso di Manfred De La Rey era storto e su un sopracciglio aveva una cicatrice biancastra... cazzotti rimediati sul ring. Tuttavia gli occhi erano di uno strano colore chiaro, come topazi gialli, implacabili come occhi di gatto e pure brillanti di intelligenza acuta e vera. Come tutti i ministri del governo nazionalista, con l'eccezione del primo ministro stesso, era un uomo molto istruito e pieno d'ingegno, devoto alla causa e instancabile, assolutamente convinto del diritto divino del suo partito e del suo popolo, il *Volk*.

« Credono davvero di essere gli strumenti di Dio in terra. È questo che li rende così pericolosi. » Shasa sogghignò abbattuto al termine del discorso di Manfred, salutato da grandi acclamazioni dei suoi. Gli arrivavano continuamente bigliettini di congratulazioni dai banchi della maggioranza. Il primo ministro si scomodò per battergli sulla spalla in segno di approvazione.

Shasa approfittò del momento per scusarsi col suocero. « Non avrai bisogno di me per il resto della giornata, ritengo, ma se dovesse capitare ti farò sapere dove trovarmi. » Poi si alzò in piedi, si inchinò al presidente della Camera e, cercando di non farsi notare, si diresse verso l'uscita. Tuttavia, Shasa era alto uno e novanta, e con la pezza nera sull'occhio e il bell'aspetto che aveva si attirò più d'uno sguardo femminile dalla galleria del pubblico, nonché qualche commento polemico dai banchi del governo.

Manfred De La Rey alzò gli occhi dal bigliettino che stava leggendo mentre Shasa passava, e lo sguardo che si scambiarono fu intenso ma enigmatico. Poi Shasa uscì dalla Camera, si tolse la giacca e se la mise in spalla, quindi salutò il portiere e sbucò fuori al sole.

Shasa non teneva l'ufficio in Parlamento, perché Casa Centaine, il quartier generale della Courteney Mining and Finance Co. Ltd., un edificio di sette piani, era a due minuti di strada, dall'altra parte dei giardini pubblici. Mentre passeggiava sotto le querce, mentalmente cambiava marcia, passando dalla politica agli affari. Shasa cercava di vivere a compartimenti stagni, concentrandosi sull'occupazione del momento e badando a non disperdere le energie su troppi fronti.

Quando entrò dalla porta girevole in vetro di Casa Centaine, poco dopo esser passato davanti alla cattedrale di San Giorgio, stava già pensando a miniere e finanza, valutando cifre e scelte, pesando fatti e intuizioni, e godendosi il gioco dei soldi come prima si era goduto i riti del confronto politico in Parlamento.

Le due ragazze carine al banco della reception, nell'atrio dal pavimento e dalle colonne di marmo, gli fecero un sorriso radioso.

« Buon pomeriggio, signor Courteney », dissero in coro, mentre filando verso l'ascensore lui le sopraffaceva col dono di un sorriso. La sua reazione nei loro riguardi era istintiva: amava aver intorno belle femmine, anche se non avrebbe mai corteggiato una dipendente. Era quasi un incesto, oltreché antisportivo come sparare a un uccello fermo, perché non si sarebbero azzardate a dirgli di no. Con tutto ciò le due ragazze della reception, quando le porte dell'ascensore si richiusero dietro Shasa, fecero un profondo sospiro, levando gli occhi al cielo.

Janet, la segretaria, aveva sentito arrivare l'ascensore e l'aspettava fuori della porta. Era più il tipo di Shasa: matura, posata, brava ed efficiente. Ma, pur se non provava nemmeno a nascondere la sua adorazione per lui, anche qui prevalevano le norme autoimposte di Shasa.

« Cosa abbiamo da fare oggi, Janet? » le domandò e, mentre lo seguiva in ufficio, la segretaria gli lesse il programma del pomeriggio.

Shasa andò subito alla telescrivente, in un angolo, e controllò le quotazioni di Borsa alla chiusura. Le Anglo erano scese di due scellini, era quasi ora di rimettersi a comprare.

« Telefona ad Allen e annulla l'appuntamento. Non sono ancora pronto per lui », disse a Janet, andando alla scrivania. « Dammi un quarto d'ora di tempo e poi telefona a David Abrahams. »

Mentre la segretaria lasciava la stanza, Shasa si mise a sfogliare la pila di messaggi e telegrammi urgenti sulla scrivania. Rapidamente sbrigò tutto, senza lasciarsi distrarre dal magnifico panorama della Table Mountain al di là della finestra del suo studio, che occupava quasi tutta la parete di fronte. Quando il telefono suonò, era pronto per David.

« Olà, Davie, che si fa a Jo'burg? » Era una domanda retorica, sapeva benissimo che cosa si faceva e qual era la sua parte là. Il rapporto quotidiano era sotto i suoi occhi, irto di cifre e previsioni, ma ascoltò con attenzione il riassunto di David.

David era il direttore generale del gruppo. Era con Shasa dal tempo dell'università, amico suo come nessun altro e poco meno intimo di sua madre Centaine.

Benché i diamanti della miniera H'ani, presso Windhoek, su nel nord, fossero ancora il fondamento della prosperità del gruppo, come lo erano sempre stati fin da quando Centaine Courteney l'aveva scoperta trentadue anni prima, sotto la direzione di Shasa la società si era espansa e diversificata, finché era stato costretto a spostare il quartier generale da Windhoek a Johannesburg. Johannesburg era la capitale commerciale del Paese – da qui l'inevitabilità del trasloco –, ma anche una città grigia, senz'anima e senza cuore. Centaine Courteney-Malcomess aveva rifiutato di abbandonare il bel Capo di Buona Speranza per andare a vivere là, sicché la direzione finanziaria e amministrativa della società era rimasta a Città del Capo. Era una soluzione goffa e costosa, un doppione, ma Centaine riusciva sempre a fare come voleva lei. Però, siccome anche a Shasa conveniva stare vicino al Parlamento, e amava il Capo come sua madre, non aveva cercato di farle cambiare idea.

Shasa e David parlarono per dieci minuti prima che Shasa dicesse: « Be', non si può decidere una cosa del genere per telefono. Verrò su ».

« Quando? »

« Domani pomeriggio. Sean domattina ha una partita di rugby e gli ho promesso di andare a vederlo. Non posso deluderlo. »

David tacque un momento, confrontando l'importanza dell'impresa sportiva di uno scolaro con il possibile investimento di più di dieci milioni di sterline nello sviluppo delle opzioni della società sui nuovi giacimenti auriferi dello Stato Libero di Orange.

« Dammi un colpo di telefono prima del decollo », disse rassegnato David. « Vengo a prenderti io all'aeroporto. »

Shasa riappese e guardò l'orologio. Voleva tornare a Weltevreden in tempo per passare un'oretta con i bambini prima del bagno e della cena. Poteva finire il lavoro di sera. Cominciò a mettere le carte nella borsa nera di coccodrillo di Hermès, quando Janet bussò alla porta ed entrò in ufficio.

« Mi spiace disturbarla, signore. È stato appena consegnato a mano questo messaggio... il latore è un commesso parlamentare, e dice che è urgente. »

Shasa prese la busta chiusa, in carta pesante, di ottima qualità. Era quella che adoperavano i membri del governo. C'era sopra lo stemma dell'Unione, uno scudo quadripartito sostenuto da antilopi rampanti, con il motto *Ex Unitate Vires*, Forza attraverso l'Unità.

« Grazie, Janet. » Aprì la busta e ne trasse un unico foglio. Recava l'intestazione: Ufficio del ministro degli Interni, e il messaggio era scritto a mano in afrikaans.

Caro signor Courteney,

conoscendo la sua passione per la caccia, un importante personaggio mi ha chiesto di invitarla a una battuta all'antilope saltante nella sua tenuta il prossimo week-end. Sulla tenuta c'è una pista d'atterraggio alle seguenti coordinate: 28°32'S, 26°16'E. Le assicuro fin d'ora una buona partita di caccia e una compagnia interessante. Mi faccia sapere se verrà, per favore.

Cordialmente
MANFRED DE LA REY

Shasa sogghignò e fece una zufolatina tra i denti andando a vedere, sulla grossa carta geografica appesa alla parete, dove si trovava la tenuta. Più che di un invito si trattava di una convocazione, e aveva già capito chi poteva essere quell'importante personaggio. Vide che la tenuta era nello Stato Libero di Orange, appena a sud delle miniere d'oro di Welkom: tornando da Johannesburg, bastava una lieve deviazione per andarci.

« Chissà cos'hanno in mente », rifletté, con curiosità. Era il genere di misteri che gli piacevano. Si affrettò a vergare una risposta sulla sua carta da lettera personale.

Grazie del gentile invito a caccia questo week-end. La prego di informare il nostro ospite che accetto con grande piacere.

Chiudendo la busta mormorò: « Dovreste inchiodarmi mani e piedi per non farmi venire! »

Al volante della sua Jaguar SS verde, Shasa entrò dal gran cancello bianco di Weltevreden. Il frontone era stato disegnato nel 1790 dall'architetto e scultore olandese Anton Anreith, della Compagnia delle Indie Orientali, che poi l'aveva anche eseguito in maniera squisita: davvero un ingresso all'altezza della gran tenuta.

Da quando Centaine gliel'aveva affidata, andando a vivere con Blaine Malcomess dall'altra parte delle montagne di Constantia, Shasa era stato colto dalla stessa amorosa passione per Weltevreden che aveva in precedenza contraddistinto sua mamma. Il nome, tradotto, significa « Ben contento », e tale si sentiva ora Shasa, rallentando per non impolverare le vigne ai lati del viale d'accesso.

La vendemmia era in corso e nei filari si affollavano le braccianti con i loro scialli multicolori. Le foglie erano rosse e dorate. Le donne si giravano sorridendo al passaggio dell'auto, e salutavano il padrone. Anche gli uomini, curvi sotto il peso delle cavagne piene di grappoli, gli sorridevano.

Il giovane Sean era su un carro in mezzo alla vigna, alle redini, e faceva andare avanti piano i cavalli da tiro mentre gli uomini caricavano l'uva. I grappoli maturi formavano una bella montagna, rosso rubino dove la patina polverosa degli acini era stata strofinata via.

Quando vide suo padre, Sean passò le redini al contadino che aveva sorvegliato con tatto la sua collaborazione non troppo esperta, e corse giù per i filari per intercettare la Jaguar verde. Aveva soltanto undici anni, ma era alto e grosso per la sua età. Aveva ereditato la pelle chiara di sua mamma e l'aspetto di Shasa, e benché i suoi arti fossero massicci correva come un'antilope, agile e rapido. Guardandolo, Shasa si sentì scoppiare il cuore d'orgoglio.

Sean aprì la portiera della macchina e saltò su accanto a suo padre, recuperando immediatamente tutta la sua dignità.

« Buonasera, papà », disse, e Shasa gli passò un braccio al collo e gli diede una ruvida carezza.

« Ciao, bello. Com'è andata oggi? »

Proseguirono oltre le vigne e le stalle, e Shasa parcheggiò nel vecchio granaio dove teneva una vera collezione di automobili di lusso. La Jaguar era un regalo di Centaine, e la preferiva anche alla Rolls-Royce Phantom I del 1928, con selleria di Hooper, accanto alla quale la parcheggiò.

Gli altri bambini avevano assistito al suo arrivo dalle finestre della nursery, e gli corsero incontro attraverso il prato. Michael, il maschietto più giovane, era in testa, mentre Garrick, quello di mezzo, era staccato di dieci metri buoni. I figli avevano una differenza d'età di meno di un anno fra loro. Michael era il sognatore della famiglia, un bambino sensibile capace di perdersi per ore nella lettura dell'*Isola del tesoro*, o a pasticciare con gli acquerelli, immemore del mondo esterno. Shasa l'abbracciò con lo stesso affetto dimostrato al maggiore, e poi arrivò anche Garrick, anfanando per l'asma, pallido e magrolino, coi capelli a ciocche ritte da porcospino.

« Buon pomeriggio, papà », balbettò. Era proprio bruttino, pensò Shasa. Chissà da dove gli venivano, l'asma e la balbuzie.

« Ciao, Garrick. » Shasa non lo chiamava mai « figliolo », o « bello », o « ragazzo mio », come faceva con gli altri due. Era sempre e soltanto Garrick, e gli diede una carezza distratta sulla testa. Non gli era mai successo di abbracciare quel suo bambino, un piscione che a dieci anni bagnava ancora il letto.

Shasa si voltò con sollievo ad accogliere la figlia.

« Vieni, angelo, vieni dal tuo papà! » E lei gli corse tra le braccia, emettendo gridolini di piacere quando il padre la sollevò in alto. Gli mise le braccine intorno al collo e gli coprì di umidi baci tutta la faccia.

« Cosa vuol fare adesso il mio angelo? » chiese Shasa, senza rimetterla giù.

« Volio cavalcale », dichiarò Isabella, che già indossava le brachette nuove da amazzone.

« Anch'io volio », sorrise Shasa. Tara l'accusava di incoraggiare la figlia a persistere nel linguaggio infantile, evitando di correggerla, ma lui rispondeva: « È piccola! »

« È una volpe che ti fa fare tutto quello che vuole, e tu glielo permetti! »

Se la mise in spalla, e lei si aggrappò a una ciocca di capelli. Sobbalzava, canticchiando: « Come volio bene al mio papà! »

« Forza, venite tutti », ordinò Shasa. « Andiamo a farci una cavalcatina prima di cena. »

Sean era troppo grande e grosso per farsi tenere ancora per mano, ma si mantenne gelosamente al fianco destro del padre; Michael, dall'altra parte, gli dava la mano senza vergogna, mentre Garrick arrancava a cinque passi di distanza, guardando suo padre con adorazione.

« Oggi sono stato il più bravo in aritmetica, papà », gli disse, ma Shasa, che stava ridendo e scherzando con gli altri, non lo udì nemmeno.

Gli stallieri avevano già preparato i cavalli, perché la cavalcata serale era un rito. Nel magazzino delle selle Shasa si tolse le scarpe da città e s'infilò dei vecchi e comodi stivali, poi prese in braccio Isabella e la caricò sul suo pony. Quindi montò in sella al proprio stallone e lo stalliere gli porse le redini del pony di Isabella.

« Compagnia avanti! Passo, marcia, trotto! » Levò la mano al di sopra della testa e quindi l'abbassò, nel gesto canonico del comandante di cavalleria che faceva sempre squittire di gioia Isabella, e uscirono trotterellando dal cortile delle stalle.

Fecero il solito giro della tenuta, fermandosi a parlare con tutti i soprastanti negri che incontravano, scambiando saluti a gran voce con le squadre di braccianti che tornavano a casa dopo la vendemmia. Sean discuteva del raccolto col padre con serietà da adulto, sedendo in sella ritto e fiero, finché Isabella, sentendosi trascurata, intervenne e subito Shasa si chinò sulla cavalcatura a sentire quale importantissima cosa aveva da dirgli.

Come sempre i ragazzi terminarono la cavalcata con un folle galoppo per il campo di polo, poi su per la salita fino alle stalle. Sean, che montava come un centauro, era in testa di parecchie lunghezze. Michael era di animo troppo gentile per adoperar la frusta, e Garrick era goffo in sella e cavalcava male. Nonostante tutti gli insegnamenti di Shasa, la sua posizione era atroce, con gomiti e piedi sporgenti ad angoli di rara ineleganza.

« Sembra un sacco di patate », pensò Shasa con irritazione, seguendoli ora al lento passo imposto dal pony di Isabella, di cui ancora teneva le redini. Shasa era un campione internazionale di polo, e per lui la goffaggine di Garrick in sella era un'offesa personale.

Tara, in cucina, stava terminando gli ultimi preparativi della cena quando rientrarono. Alzò gli occhi e salutò distrattamente Shasa.

« Com'è andata oggi? » Portava quegli orridi pantalonacci di tela azzurra che Shasa detestava. Le donne gli piacevano femminili.

« Non male », rispose, cercando di divincolarsi da Isabella che portava ancora appesa al collo. La tese alla « tata ».

« Siamo in dodici a cena stasera. » Tara tornò a rivolgere la propria attenzione al cuoco malese, che l'ascoltava con deferenza.

« Dodici? » chiese Shasa, un po' irritato.

« Ho invitato all'ultimo momento i Broadhurst. »

« Oh, mio Dio! » sbuffò Shasa.

« Tanto per cambiare, volevo un po' di conversazione stimolante a tavola. Si parla sempre di caccia, cavalli e affari! »

« L'ultima volta che è venuta a cena la tua cara Molly, con la sua conversazione stimolante ha fatto scappare tutti prima delle nove. » Shasa guardò l'orologio. « Sarà meglio cominciare a vestirsi. »

« Papà, mi imbocchi? » gli gridò Isabella dalla sala da pranzo dei bambini, accanto alla cucina.

« Sei grande, angelo, devi imparare a mangiare da sola. »

« Sono già capace, ma se mi imbocchi tu mi piace di più. Pel piacele imboccami! »

Shasa sorrise e andò a imboccarla.

« La vizi », gli disse Tara. « Sta diventando insopportabile. »

« Lo so », rispose Shasa. « Me lo dici sempre. »

Shasa si rase in fretta mentre il cameriere negro gli preparava lo smoking in guardaroba e gli infilava ai polsini della camicia i gemelli di platino e zaffiri. Nonostante le veementi proteste di Tara, lui insisteva a cambiarsi per cena.

« È un'abitudine balorda, antiquata e snob. »

« Pura civiltà », la contraddiceva lui.

Una volta abbigliato, attraversò il gran corridoio coperto di tappeti orientali, con acquerelli di Thomas Baines alle pareti, bussò alla porta di Tara e, quando si sentì dire « avanti », entrò.

Tara si era trasferita in quelle stanze quand'era incinta di Isabella, e poi ci era rimasta. L'anno prima le aveva ridecorate, abolendo i tendaggi di velluto pesante e i mobili antichi, i tappeti Qum di seta e i magnifici dipinti di De Jong e Naudé, togliendo la tappezzeria in raso e facendo carteggiare il parquet per asportare la vernice ambrata che a suo giudizio impreziosiva troppo il legno biondo.

Adesso le pareti erano nude e bianche, con un solo quadro enorme di fronte al letto: era una mostruosità geometrica a colori primari, un po' nello stile di Miró, ma dovuta al pennello di un anonimo studente di belle arti dell'Accademia di Città del Capo e di nessun valore. Per Shasa i dipinti dovevano essere decorazioni piacevoli, e nello stesso tempo pregevoli investimenti a lungo termine. Quel quadro non era né l'uno né l'altro.

I mobili scelti da Tara per il suo boudoir erano di vetro e acciaio inossidabile, spigolosi e pochi: il letto era bassissimo e sembrava fatto direttamente sul pavimento.

« Design svedese », gli aveva spiegato.

« Rimandali in Svezia », le aveva consigliato lui.

Adesso si accomodò su una delle sedie d'acciaio inossidabile e si accese una sigaretta. Sua moglie gli fece un'occhiataccia nello specchio.

« Ah, scusami. » Si alzò e andò a gettare la sigaretta dalla finestra. « Dopo cena devo lavorare fino a tardi », disse tornando da lei, « e ti volevo dire, prima di dimenticarmene, che domani vado a Johannesburg e starò via qualche giorno, magari cinque o sei. »

« Bene. » Tara sporse le labbra e si mise il rossetto, di un color viola chiaro che gli faceva orrore.

« Un'altra cosa, Tara. La banca di Lord Littleton si prepara a sottoscrivere l'emissione di azioni per lo sfruttamento dei nuovi giacimenti dello Stato di Orange. Ti sarei grato se tu e Molly evitaste di sventolargli in faccia i vostri fazzoletti neri e di propinargli le solite storie sull'ingiustizia dei bianchi e la sanguinosa rivoluzione che faranno i negri. »

« Non posso parlare per Molly, ma ti prometto che io farò la brava. »

« Perché non metti i diamanti stasera? » suggerì lui, cambiando discorso. « Ti stanno benissimo. »

Ma lei non li aveva più messi da quando era entrata nel movimento dei fazzoletti neri. La facevano sentire una specie di Maria Antonietta.

« Stasera no », disse. « Sono un po' eccessivi per una cenetta familiare. » Si incipriò il naso e lo guardò dallo specchio.

« Perché non scendi, caro? Il tuo prezioso Lord Littleton arriverà da un momento all'altro. »

« Prima voglio dare la buonanotte a Bella. » Le si avvicinò. Si guardarono dentro lo specchio, seri.

« Che cosa ci è successo, Tara? » le domandò sottovoce.

« Non so che intendi dire, caro », rispose lei, ma abbassò lo sguardo, aggiustandosi con cura il davanti del vestito.

« Ci vediamo da basso », disse lui. « Non tardare, e ti raccomando Littleton. Trattalo bene; gli piacciono le belle donne. »

Uscì e chiuse la porta. Tara guardò l'uscio per un po', poi ripeté ad alta voce la sua domanda: « Cosa è successo, Shasa? È semplicissimo: sono cresciuta, e non sopporto più le banalità con cui ti riempi la vita ».

Scendendo, diede un'occhiata nelle camere dei ragazzi. Isabella dormiva con l'orsacchiotto sulla faccia. Tara la salvò dall'asfissia e andò dai maschi. Solo Michael era ancora sveglio: stava leggendo.

« Spegni la luce », gli ordinò.

« Dai, mamma, fammi finire il capitolo. »

« Spegni! »

« Almeno la pagina... »

« Ho detto spegni. » Lo baciò affettuosamente.

In cima alle scale trasse un profondo sospiro, come chi stia per tuffarsi dal trampolino alto, fece un bel sorriso e scese nella sala azzurra, dove già i primi invitati stavano sorseggiando sherry.

Lord Littleton era meglio di quanto si aspettasse: alto, benevolo e con capelli d'argento.

« Lei va a caccia? » gli chiese Tara, alla prima occasione.

« Non sopporto la vista del sangue, ahimè! »

« Va a cavallo? »

« Detesto quegli stupidissimi animali », sbuffò lui.

« Credo che diventeremo buoni amici », disse lei.

A Weltevreden c'erano molte stanze che Tara non amava; soprattutto la sala da pranzo, con tutti quei trofei alle pareti, animali massacrati da Shasa tanto tempo prima, che la guardavano dall'alto in basso coi loro occhi di vetro. Quella sera decise di correre un rischio, e piazzò Molly dall'altro fianco di Littleton. Nel giro di pochi minuti la sua amica stava facendo ridere a crepapelle il Lord.

Quando abbandonarono gli uomini ai loro sigari e liquori e si rifugiarono nella sala delle donne, Molly, eccitatissima, prese da parte Tara.

« È tutta la sera che aspetto di parlarti da sola », le sussurrò. « Non hai idea di chi attualmente si trova da queste parti. »

« Dimmelo dunque. »

« Il segretario dell'African National Congress. Moses Gama, ecco chi c'è! »

Tara si irrigidì, pallidissima, e si mise a fissarla.

« Verrà a casa nostra per una riunione ristretta, e mi ha chiesto espressamente di invitare anche te. Non sapevo che vi conosceste. »

« Oh, l'ho visto una volta sola... anzi due », si corresse.

« Verrai? » insisté Molly. « E... be', naturalmente è meglio che tu non lo dica a Shasa. Capirai... »

« Quando? »

« Sabato sera alle otto. »

« Shasa è via, e io ci sarò », disse Tara. « Non vorrei mancare per tutto l'oro del mondo. »

Sean Courteney fece quattro mete per la sua squadra, la rappresentativa delle medie superiori della Provincia Occidentale, e le trasformò tutte, cooperando attivamente a stracciare la rappresentativa di Rondebosch. Suo padre e i due fratelli più piccoli erano venuti a fare il tifo per lui, poco oltre la linea di meta.

Al fischio finale, Shasa si trattenne il tempo necessario a congratularsi con Sean, evitando con qualche sforzo di cedere alla tentazione di abbracciarlo. Sarebbe stata una grave mortificazione, di fronte ai compagni di squadra. Si limitarono quindi a stringersi la mano. Il ragazzo rideva, tutto sporco di erba e fango e con una sbucciatura sul ginocchio.

« Hai giocato bene, bello mio. Sono fiero di te », disse. « Mi dispiace che questo week-end devo partire, ma ci sarà un'altra occasione. » Se ne andò verso l'aeroporto di Youngsfield, tutto eccitato e su di morale. L'aereo era già stato preparato da Dicky, il meccanico, per il decollo, all'inizio della pista.

Shasa scese dalla Jaguar e, mani in tasca e sigaretta in bocca, si mise a guardare molto compiaciuto la snella fusoliera dell'apparecchio.

Era un cacciabombardiere Mosquito DH98. Shasa l'aveva comprato a una svendita della RAF a Biggin Hill, e l'aveva fatto completamente rigenerare dagli specialisti della De Havilland, che avevano addirittura reincollato i montanti lignei della struttura con la nuova e fenomenale colla Araldite. Anche i cavi dei comandi erano stati sostituiti. La colla originale Rodux si era dimostrata inaffidabile in condizioni tropicali. Liberato di tutte le armi e gli ammennicoli militari, il già velocissimo apparecchio era diventato quasi un razzo. Nemmeno la Courteney Mining Co. poteva ancora permettersi uno dei nuovi reattori civili, ma questa era l'alternativa migliore che ci fosse sul mercato.

La bella macchina era appollaiata in fondo alla pista come un falcone che stia per lanciarsi nei cieli. I due motori Rolls Royce Merlin ben presto ce l'avrebbero proiettata con un rombo. L'aereo era dipinto di azzurro e argento; al sole del Capo splendeva, e sulla fusoliera dove un tempo c'erano le insegne della RAF adesso campeggiava il marchio della Courteney Co., un diamante stilizzato, argenteo, con le iniziali della ditta sulle sfaccettature.

« Come va il magnete di destra? » chiese Shasa a Dicky che gli saltabeccava intorno in tuta blu. L'ometto si illuminò.

« Liscio come una macchina per cucire », rispose. Amava quella macchina come e forse più di Shasa, e ogni difetto, per minimo che fosse, lo feriva profondamente. Quando Shasa ne denunciava uno, ci restava male. Aiutò Shasa a caricare la borsa, la valigia e la cassetta dei fucili nel vano delle bombe trasformato in portabagagli.

« Tutti i serbatoi sono pieni », disse, e si fece da parte con aria di superiorità mentre Shasa insisteva a controllarli personalmente a vista, e poi continuava teatralmente a verificare i vari organi dell'apparecchio.

« Può andare », disse Shasa alla fine, e non riuscì a resistere alla tentazione di accarezzare un'ala come se fosse un arto di una bella donna.

A quattromila metri Shasa aprì l'ossigeno e continuò a salire fino a settemila – « dagli angeli », come si diceva in guerra nel gergo dei piloti –, quota alla quale si raddrizzò puntando verso la meta a velocità di crociera e controllando tutti gli indicatori. Poi si accinse a godersi il volo.

La sua gioia di volare era però più propriamente un'esultanza dello spirito e una febbre del sangue. L'immenso continente color mantello di leone si stendeva sotto di lui, lavato da un milione di soli e bruciato dai venti del Karrù, roventi e profumati d'erbe, con la vecchia pelle corrugata, segnata e solcata da valli, canyon e antichi letti di fiumi. Solo qui, contemplandolo dall'alto, Shasa si rendeva conto di appartenergli totalmente, di amarlo profondamente. Tuttavia era una terra dura e crudele, che nutriva uomini duri, neri e bianchi; e lui sapeva di essere uno di loro. « Qui non c'è posto per i deboli », pensò, « soltanto i forti possono fiorire. »

Forse era l'ossigeno puro che stava respirando, potenziato dall'ebbrezza del volo: fatto sta che, lì sopra, gli sembrava di essere più lucido. Problemi prima confusi ora gli parevano chiari, incertezze si risolvevano, e le ore passavano in fretta, mentre la bella macchina sfrecciava nell'azzurro. Sicché quando atterrò a Johannesburg sapeva con certezza che cosa doveva fare. David Abrahams l'aspettava, magro e nervoso come sempre, ma ormai sulla via di andare in piazza, e costretto a indossare occhiali cerchiati d'oro che gli davano un'espressione sempre un po' perplessa. Shasa saltò sull'ala del Mosquito, quindi a terra, e i due si abbracciarono felici. Erano più che fratelli. Poi, David accarezzò l'ala dell'aereo.

« Chissà quando potrò volare di nuovo anch'io », sospirò. In guerra era stato pilota; abbattuto dal nemico sul deserto occidentale, si era salvato col paracadute; anche in Italia se l'era cavata per un pelo. Era decorato. Aveva abbattuto nove apparecchi nemici, terminando la guerra col grado di comandante di stormo. Shasa invece era rimasto un semplice comandante di squadrone, il grado che aveva quando era stato ferito all'occhio in Abissinia e rimpatriato.

« Ah, troppo bello per te questo aereo », scherzò Shasa, sbattendo le valigie sulla Cadillac di David.

Mentre David usciva dai cancelli dell'aeroporto, si scambiarono notizie sulla famiglia. David era sposato con Mathilda Janine, sorella minore di Tara Courteney, sicché David e Shasa erano anche cognati. Shasa si vantò di Sean e Isabella, senza nominare gli altri due rampolli, dopo di che passarono allo scopo del loro incontro.

Gli argomenti erano diversi. Il primo in ordine di importanza era decidere se esercitare o no l'opzione sulla concessione mineraria del Silver River, nello Stato Libero di Orange. Poi c'erano le grane dello stabilimento chimico della società, sulla costa del Natal. Un gruppo di pressione locale li accusava di avvelenare le acque e la costa scaricando sostanze tossiche nell'oceano. Infine c'era la fissazione di David, che voleva per forza fargli sbatter via una barca di soldi per comprare uno di quei pachidermici calcolatori elettrici.

« Gli americani hanno fatto tutti i calcoli per la bomba atomica con una di queste macchine », ribatté David alle sue obiezioni. « Li chiamano computer, non calcolatori », lo corresse.

« Andiamo, Davie, cosa vuoi che facciamo scoppiare noialtri? » protestò Shasa. « Non stiamo mica progettando la bomba atomica. »

« Quelli dell'Anglo American ce l'hanno già. È l'onda del futuro, Shasa, bisogna prenderla. »

« Costa un po' troppo: un quarto di milione di sterline, nientemeno! » obiettò Shasa. « E proprio quando ci servono tutte le risorse per il Silver River. »

« Se avessimo avuto uno di quei computer per analizzare i carotaggi del Silver River, ce lo saremmo già ripagato, e adesso saremmo molto più sicuri della decisione da prendere. »

« Come può una macchina esser meglio di un cervello umano? »

« Dalle almeno un'occhiata », implorò David. « L'università ha appena fatto installare un IBM 701. Ho fissato una dimostrazione per te questo pomeriggio. »

« D'accordo, Davie », capitolò Shasa. « Vengo a vedere, ma ciò non significa che la compro, bada. »

La macchina era sistemata nei sotterranei della facoltà di ingegneria. La responsabile dell'IBM non aveva più di ventisei anni.

« Sono tutti ragazzini », gli spiegò David. « È una scienza giovane. »

La scienziata strinse la mano a Shasa, poi si tolse gli occhiali cerchiati di tartaruga. D'improvviso Shasa si sentì molto più interessato di prima alla cibernetica. Gli occhi della donna erano luminosi e verdissimi, e i suoi capelli erano del colore del miele grezzo di mimosa. Indossava un golfino verde di lana d'angora, molto aderente, e una gonna scozzese che le lasciava scoperti i polpacci lisci e abbronzati. Era evidentissimo che si trattava di una grande esperta, e rispose senza mai esitare a tutte le domande di Shasa con un tremendo accento del sud.

« Marylee è specializzata in ingegneria elettrotecnica al Politecnico del Massachusetts », gli sussurrò David, e l'attrazione iniziale di Shasa si tinse di rispetto.

« Diavolo, è così grosso », protestò. « Riempie tutto il sotterraneo dell'università. È grosso come una casa di otto stanze. »

« Colpa del raffreddamento », spiegò Marylee. « Produce una gran quantità di calore, che bisogna disperdere. È l'impianto di raffreddamento a olio che occupa tanto posto. »

« Che cosa state facendo al momento? »

« Un'analisi dei materiali archeologici del professor Dart, dalle caverne di Sterkfontein. Stiamo paragonando i suoi duecentomila dati a quelli relativi all'Africa Orientale, che sono più di un milione. »

« E quanto ci vorrà? »

« Abbiamo cominciato venti minuti fa, finiremo prima di staccare alle cinque di sera. »

« Come? Ma se manca appena un quarto d'ora... » ridacchiò Shasa. « Non prendetemi in giro. »

« Non ci penso nemmeno », sfotté Marylee. Aveva un sorriso bellissimo, la bocca larga e umida sembrava invocar baci.

« Ha detto che stacca alle cinque? » chiese lui. « E quando riprende il lavoro? »

« Domattina alle otto. »

« E di notte la macchina sta ferma? »

Marylee diede un'occhiata dall'altra parte del sotterraneo. David era lontano, stava guardando gli stampati che uscivano dal computer. Il ronzio della macchina copriva le loro voci.

« Proprio così. Stanotte la macchina non ha niente da fare, come me del resto. » Chiaramente la signora sapeva quello che voleva e come procurarselo. Lo guardò dritto in faccia, in atteggiamento di sfida.

« Questo è intollerabile », disse Shasa serissimo, scuotendo la testa. « È un vero e proprio spreco, e la mia mamma non lo ammette. Conosco un posticino chiamato Stardust... c'è un'orchestra incredibile. Sono pronto a scommettere una sterlina contro un week-end a Parigi che sono capace di farti ballare ininterrottamente finché non chiedi pietà. »

« Accetto la scommessa », disse subito lei, con altrettanta serietà. « Ma di' un po', non barerai per caso? »

« Ma certo », rispose lui. David però stava tornando da loro, sicché dovette proseguire cambiando discorso, ma nello stesso tono svagato: « E ora mi parli un po' dei costi di gestione ».

« In tutto, compresa assicurazione e ammortamento, un po' meno di quattromila sterline al mese », gli disse con la solita professionalità.

Quando si salutarono, stringendogli la mano, lei gli passò un bigliettino. « Il mio indirizzo », gli sussurrò.

« Alle otto? » fece lui.

« Ci sarò. »

Nella Cadillac, Shasa accese una sigaretta e proiettò un perfetto anello di fumo contro il parabrezza.

« D'accordo, David. Domattina per prima cosa chiama il preside di ingegneria e proponigli di noleggiare il mostro dalle cinque del pomeriggio alle otto del mattino, tutti i giorni, anche nei week-end. Offrigli quattromila sterline al mese e sottolinea che l'offerta copre i costi di gestione. Lui lo adopera gratis e noi paghiamo. »

David si voltò a guardarlo sbalordito. Quasi uscì di strada, riprendendo il controllo della Cadillac all'ultimo momento.

« Ma perché non è venuto in mente a me? » disse poi.

« Perché tu dormi », sogghignò Shasa; poi, serio, proseguì: « Una volta che sappiamo per quanto tempo ci serve il computer, possiamo subaffittarlo a società non concorrenti che magari già pensano di procurarsene uno. In questa maniera anche noi potremo utilizzarlo gratis, e quando la IBM sarà riuscita a migliorarlo e a farlo un po' più piccolo lo compreremo ».

« Figlio d'un cane! » disse ammirato David. Poi gli venne un'idea. « Potremmo assumere la giovane Marylee... »

« No », disse seccamente Shasa. « Trova qualcun altro. »

David lo guardò di nuovo e l'entusiasmo sbollì. Conosceva troppo bene il cognato.

« Debbo arguire che stasera non accetterai l'invito a cena di Matty... » azzardò malizioso.

« Infatti stasera non posso », confermò Shasa. « Scusami tu con lei e salutamela tanto. »

« Basta che stai attento. È una città piccola e ti conoscono tutti », lo mise in guardia David, lasciandolo davanti al Carlton, dove la società teneva una suite in permanenza. « Credi che domani sarai in condizione di lavorare? »

« Ci vediamo alle otto in punto », disse Shasa.

Di comune accordo decisero di abbandonare ben presto la gara di ballo allo Stardust, e rientrarono prima di mezzanotte, insieme, alla suite del Carlton.

Il corpo della ragazza era giovane, liscio e compatto. Poco prima di cadere addormentata, con la chioma color miele sparsa sul seno nudo, sussurrò roca: « Penso proprio che questa sia l'unica cosa che non sa fare il mio IBM ».

Shasa arrivò alla sede della Courteney un quarto d'ora prima di David la mattina dopo. Gli piaceva far queste cose, tenevano la gente sulla corda. Gli uffici occupavano tutto il terzo piano dell'edificio della Standard Bank in Commissioner Street. Benché Shasa possedesse un bel lotto edificabile sull'angolo di Diagonal Street proprio di fronte alla Borsa e a un tiro di sasso dalla sede della Anglo American Corporation, non si era ancora deciso a costruirci: tutti i soldi che avanzavano alla società venivano impiegati per acquistare opzioni e concessioni minerarie, o sviluppare le miniere esistenti oppure le altre attività che apportavano profitti immediati.

Il sangue giovane, nel consiglio d'amministrazione e nella direzione della Courteney, era giudiziosamente equilibrato da qualche testa grigia. Il dottor Twentyman-Jones era sempre sulla breccia, coi suoi abiti lugubri e attillati, e continuava a nascondere il suo affetto per Shasa dietro i modi da becchino. Era stato lui a eseguire le prime prospezioni per Centaine, aveva progettato e diretto la miniera H'ani fin dagli anni Venti, ed era uno dei maggiori esperti di diamanti del Sudafrica, ossia del mondo intero.

Il padre di David, Abraham Abrahams, era sempre il direttore dell'ufficio legale, appollaiato al fianco del figlio, brillante e chiacchierino come un piccolo sparviero argenteo. Sulla scrivania aveva pile e pile di carte, che ben di rado era costretto a consultare. Assieme agli altri cinque o sei, scelti a uno a uno da Centaine e da Shasa, il gruppo costituiva una squadra efficiente e affiatata.

« Per prima cosa parliamo dello stabilimento chimico di Chaka's Bay », disse Shasa aprendo l'incontro. « Cosa possono rimproverarci, Abe? »

« Che versiamo in mare acido solforico concentrato all'uno per mille al ritmo di sedici tonnellate al giorno », rispose in tono oggettivo Abe. « Mi sono fatto fare una perizia da un biologo marino indipendente. » Diede un colpetto con la mano al dossier. « I risultati non sono affatto buoni. Abbiamo alterato l'acidità del mare per cinque miglia lungo la costa. »

« Non avrai mica reso pubblica la perizia? » chiese Shasa seccamente.

« Ma cosa credi? » scosse la testa Abe.

« Va bene, David. Quanto ci costerà cambiare il processo di fabbricazione dei fertilizzanti per liberarci dell'acido in qualche altro modo? »

« Ci sono due possibilità », disse David. « La più semplice e meno costosa è caricare l'acido su autobotti, ma resta il problema di come disfarsene. La soluzione ideale sarebbe riciclare l'acido. »

« Costi? »

« Centomila sterline l'anno per le autobotti: un esborso del triplo in un colpo solo per l'altro metodo. »

« Il profitto di un anno gettato via », disse Shasa. « Inaccettabile. Che tipo è 'sta Pearson che capeggia la protesta? Si può ragionare con lei? »

Abe scosse la testa. « Ci abbiamo già provato. È lei che tiene insieme il comitato, se no si affloscerebbe. »

« E chi è costei? »

« La moglie del panettiere. »

« Compriamogli l'esercizio. Se non vuol venderlo, fategli sapere che ne apriremo uno in concorrenza, e faremo prezzi così bassi da farlo fallire. Voglio che questa signora Pearson non ci dia mai più fastidio. Qualche domanda? » Scrutò il tavolone. Tutti stavano prendendo appunti, nessuno lo guardava. Aveva voglia di chiedere loro, con la massima ragionevolezza: « Perché, voi tirereste fuori trecentomila sterline tanto per dare una casa pulita alle ostriche e ai paguri della baia di Chaka? »

« Nessuna domanda », disse invece. « Va bene, adesso passiamo alle cose importanti. Il Silver River. »

Si mossero tutti quanti sulla sedia, e sospirarono nervosi simultaneamente.

« Signori, abbiamo tutti letto e studiato il rapporto geologico del dottor Twentyman-Jones basato sui carotaggi e le prospezioni in loco. È una perizia magnifica, e non c'è bisogno di dirvi che è del migliore specialista che ci sia al mondo. Adesso voglio sentire l'opinione di tutti i capi divisione. Cominciamo da te, Rupert. »

Rupert Horn era il membro più giovane del consiglio direttivo. Come tesoriere e capo della contabilità, era un esperto di questioni finanziarie.

« Se lasciamo scadere l'opzione, perdiamo i due virgola tre milioni di sterline che abbiamo investito nelle prospezioni negli ultimi diciotto mesi. Se decidiamo di comprare, dovremo sborsare quattro milioni di sterline alla firma del contratto. »

« Possiamo prenderle dalle riserve d'emergenza », intervenne Shasa.

« Disponiamo di quattro virgola tre milioni in quel fondo », concordò Rupert Horn. « Sono però investiti in azioni Escom (ne abbiamo il sette per cento). Una volta smobilizzati quelli, ci troveremo alquanto esposti. »

Uno dopo l'altro, in ordine di anzianità crescente, i manager di Shasa espressero il parere della loro divisione, e David alla fine riassunse il tutto.

« Dunque sembra che ci restino ventisei giorni prima della scadenza dell'opzione, e quattro milioni da tirar fuori se decidiamo per il sì. Poi resteremo in bolletta, ma dovremo sborsare ugualmente tre milioni solo per il pozzo principale, più altri cinque per lo stabilimento, gli interessi e i costi di gestione, per arrivare alla fase di produzione fra quattro anni, ossia nel 1956. » Si fermò e tutti lo guardarono tesi e intenti, mentre Shasa si sceglieva una sigaretta e la picchiettava leggermente sul coperchio d'oro del portasigarette.

La sua espressione era mortalmente seria. Sapeva meglio di chiunque altro che questa decisione poteva rovinare la società, o farle fare un gran salto qualitativo. Nessuno poteva prenderla per lui. Provava tutta la solitudine e la responsabilità del comando.

« Sappiamo che lì sotto c'è l'oro », disse infine. « Una vena grossa e ricca. Se la raggiungiamo, potremo sfruttarla per cinquant'anni. Tuttavia l'oro adesso vale solo trentacinque dollari all'oncia: gli americani hanno inchiodato il prezzo, e minacciano di tenerlo sempre lì. Trentacinque dollari l'oncia, mentre a noi, a quella profondità, verrà a costare sui venti-venticinque l'oncia. È un margine scarso, signori, ben scarso. »

Si accese la sigaretta e tutti sospirarono e si rilassarono, a un tempo delusi e sollevati. Sarebbe stato bello gettarsi nell'impresa, ma terribile fallire. Adesso, non si sarebbe mai saputo... Ma Shasa non aveva ancora finito. Sbuffò un perfetto anello di fumo sopra il tavolo, e proseguì.

« Ma io non penso che gli americani siano in grado di mantenere all'infinito un prezzo così basso. Il loro odio per l'oro è più emotivo che basato su seri fondamenti economici. Io sono sicuro, visceralmente sicuro, che non è lontano il giorno in cui vedremo l'oro a sessanta dollari l'oncia, e presto – più presto di quanto pensiamo! – arriverà a centocinquanta, forse anche duecento! » Tutti si agitarono increduli sulle sedie. Twentyman-Jones sembrava sul punto di scoppiare in pianto davanti a un tale ottimismo infondato, ma Shasa l'ignorò e si rivolse ad Abe Abrahams.

« Abe, a mezzogiorno del 18 del mese prossimo, dodici ore prima della scadenza dell'opzione, consegnerai un assegno di quattro milioni di sterline ai proprietari delle tenute agricole del Silver River, e prenderai possesso dei terreni a nome di una società da costituire. » Shasa si rivolse a David. « Contemporaneamente, metteremo sul mercato di Londra e di Johannesburg azioni da una sterlina per dieci milioni, da sottoscrivere in relazione alla costituenda società aurifera del Silver River. Tu e il dottor Twentyman-Jones comincerete oggi a stilare i prospetti della società. La Courteney Mining acquisirà, mediante un concambio di azioni, cinque milioni di titoli della nuova società. Ci occuperemo noi anche di personale e sviluppo. » Rapidamente, succintamente, Shasa delineò la struttura, il finanziamento e la direzione della nuova società, e più d'una volta i suoi esperti dovettero guardarlo sbalorditi, ammirando questo o quell'accorgimento utile e inaudito.

« Ho dimenticato qualcosa? » chiese infine Shasa, e quando tutti scossero la testa sogghignò. A David tornò in mente il film che aveva visto quel sabato con Matty e i bambini, *Lo sparviero del mare*, interpretato da Errol Flynn nella parte di un pirata molto meno convincente del guercio che presiedeva il suo Consiglio d'amministrazione.

« La fondatrice della società, la signora Centaine de Thiry Courteney-Malcomess, non ha mai approvato il consumo di alcolici in sala del Consiglio d'amministrazione. Tuttavia... » Sempre sogghignando, Shasa fece un cenno a David, che andò ad aprire la porta introducendo la segretaria già in attesa col carrello pieno di coppe e bottiglie di Dom Perignon nel secchiello del ghiaccio. Tintinnando arrivò il carrello, Shasa aprì una bottiglia consentendole un botto discreto, e, dichiarando che le vecchie usanze cedevano il passo alle nuove, versò il vino nelle coppe.

Shasa tolse gas ai motori Rolls Royce e il Mosquito discese fra i fiocchi di cirri sparsi, mentre la sconfinata pianura dorata degli altipiani gli saliva incontro. A ovest, Shasa distingueva appena la città mineraria di Welcom, al centro dei giacimenti auriferi dello Stato di Orange: fondata pochi anni prima dalla potente Anglo American Corporation, era già abitata da più di centomila persone ed era considerata una città-modello.

Shasa si levò la maschera a ossigeno e la lasciò pendere sul petto. Sporgendosi in avanti, trattenuto dalla cintura di sicurezza, guardò oltre il muso azzurro del Mosquito.

Distinse il pozzo di perforazione, quasi un ago nel pagliaio della pianura immensa, e orientandosi con quello individuò tutta la rete di steccati delle fattorie del Silver River. Quattromilacinquecento ettari, quasi tutti nudi e spogli. Era stupefacente che i geologi delle grandi compagnie minerarie avessero trascurato quella piccola enclave: del resto, nessuno poteva ragionevolmente prevedere che la vena aurifera presentasse uno sperone proprio lì. Nessuno, salvo Twentyman-Jones e Shasa Courteney.

Tuttavia la vena si trovava sottoterra a una profondità pari all'altezza a cui ora il Mosquito sorvolava il suolo. Sembrava impossibile che l'uomo potesse scavar tanto, ma già Shasa vedeva con gli occhi della mente i pozzi, le torri dei montacarichi alte quaranta metri, e le gallerie che affondavano per più di due chilometri sboccando nell'oro del fiume sotterraneo.

« Gli Yankee non possono resistere all'infinito », pensò. « Prima o poi dovranno liberalizzare il prezzo dell'oro. »

Virò. Appeso a un'ala sola del Mosquito, Shasa vide ruotare dolcemente la girobussola. Quando lo rimise in linea, l'apparecchio aveva il naso puntato esattamente sulla rotta per 125°.

« Con questi venti ci vorrà un quarto d'ora », borbottò, consultando la carta sul ginocchio. L'esultanza gli rimase addosso finché vide il fil di fumo della segnalazione che avevano pensato bene di fargli salire nell'aria ferma proprio davanti a lui.

Davanti all'hangar di lamiera ondulata, in fondo alla pista, c'era un Dakota. Il grosso apparecchio aveva le insegne dell'aviazione militare. La pista era di argilla gialla, dura e liscia: il Mosquito ci si posò senza quasi sobbalzare. C'era però voluta un sacco di pratica per riacquistare il senso della distanza dopo la perdita dell'occhio.

Shasa aprì l'abitacolo e rullò verso l'hangar. Vicino alla manica a vento c'era un camioncino Ford verde, e accanto al bidone da cui saliva il fumo che l'aveva guidato all'atterraggio c'era una persona in calzoncini e camiciola. Quando Shasa saltò giù dall'aereo, l'uomo si fece avanti e gli porse la destra, ma la sua espressione, solenne e riservata, in parte non si addiceva al gesto di benvenuto.

« Buon pomeriggio, ministro », disse Shasa senza sorridere. Si strinsero la mano con energia, brevemente. Poi, mentre Shasa guardava negli occhi chiari Manfred De La Rey, ebbe una sensazione di *déjà vu*. Gli sembrava di aver fissato quegli stessi occhi gialli in un'altra circostanza, grave e anzi disperata. Dovette scuoter la testa un attimo per liberarsene.

« Sono contento per entrambi che sia potuto venire. Posso aiutarla a portar le valigie? »

« Non si preoccupi, ce la faccio. » Shasa andò a incatenare l'apparecchio a terra e a prendere i bagagli nel vano delle bombe, mentre Manfred gettava sabbia nel bidone per spegnere il fumogeno.

« Vedo che si è portato il fucile », notò Manfred. « Che arma è? »

« Remington Magnum da sette millimetri. » Shasa caricò i bagagli sul pianale del camioncino e salì davanti.

« Perfetto per questa caccia », approvò Manfred mettendo in moto. « Colpi lunghi su terreno piano. » Imboccò un sentiero sterrato e guidò per qualche minuto senza parlare.

« Il primo ministro non è potuto venire », disse. « Voleva esserci, ma ha dovuto limitarsi a una lettera. Essa comunque le conferma che parlo a suo nome. »

« D'accordo », annuì Shasa mantenendo il viso inespressivo.

« C'è il ministro delle Finanze, e quello dell'Agricoltura che è il padrone di casa. La tenuta è sua, una delle più grosse dello Stato Libero. »

« Sono compreso e lusingato. »

Manfred annuì. « E con ragione. » Piantò gli occhi in faccia a Shasa. « Non le sembra strano che noi due siamo sempre destinati a confrontarci? »

« Mi è venuto in mente, infatti », ammise Shasa.

« Crede che ci sia qualche ragione particolare per questo, che noi magari ignoriamo? » insisté Manfred, e Shasa alzò le spalle.

« Non direi. Sarà una semplice coincidenza. » La risposta parve deludere Manfred.

« Sua madre non le ha mai parlato di me? »

Shasa parve sbalordito. « Mia madre! Buon Dio, non credo proprio... può averla nominata per caso... ma perché me lo chiede? »

Manfred fece finta di non aver udito. Continuò a guardare davanti. « Ecco la residenza », disse poi, in un tono che chiudeva l'argomento.

La pista seguiva la cresta di una valle, e la casa era apparsa sotto di loro. Lì l'acqua doveva essere a poca profondità, perché l'erba era verde e lussureggiante. Per la valle erano sparse una dozzina di enormi girandole su tralicci d'acciaio. Intorno alla casa c'era un boschetto di eucalipti, oltre i quali si intravedeva un edificio molto grande e in perfetto stato. Davanti a una lunga rimessa erano allineati una ventina o più di trattori nuovi di zecca, e sui prati pascolavano pecore grasse. La pianura oltre la casa, che si stendeva fin quasi all'orizzonte, era già stata arata, migliaia di ettari di zolla bruna pronta per essere seminata a mais. Era il vero e proprio cuore della terra degli afrikaner, dove l'appoggio al Partito Nazionalista era solido e incrollabile, e questa era la ragione per cui sotto i nazionalisti i collegi elettorali erano stati rettificati in modo da spostare i centri di potere dalle concentrazioni urbane per favorire le zone rurali. Ecco perché ormai i nazionalisti sarebbero rimasti al potere per sempre. Shasa fece una smorfia amara. Subito Manfred lo guardò, ma Shasa non gli dette alcuna spiegazione. Parcheggiarono in corte.

Al tavolone di legno biondo della cucina erano seduti una dozzina di uomini che fumavano, bevevano caffè e chiacchieravano, mentre le donne li servivano sollecite. Gli uomini si alzarono ad accogliere Shasa, che strinse la mano a tutti scambiando saluti, se non affettuosi, educati.

Li conosceva già tutti. Li aveva affrontati in Parlamento, sferzandoli con le sue battute e le sue critiche, ed essendone cordialmente ricambiato con la stessa moneta. Adesso però gli fecero posto a tavola e la padrona di casa gli versò una tazza di caffè nero forte, accompagnata da un piatto di biscotti e fette di torta. Tutti lo trattavano con quell'innata cortesia e ospitalità che contraddistingue gli afrikaner. Benché indossassero rozzi abiti da caccia e facessero finta di essere semplici e franchi agricoltori, in realtà costituivano un gruppo di astutissimi politici, fra i più ricchi e potenti personaggi del Paese.

Shasa parlava benissimo la loro lingua, capiva le più velate allusioni e rideva delle battute che si scambiavano tra loro, ma non era uno di loro. Era l'inglese, il *rooinek*, il *collo rosso*, il loro tradizionale nemico, di fronte al quale serravano le file.

Quando ebbe bevuto il caffè, l'ospite, il ministro dell'Agricoltura, gli disse: « Le faccio vedere la sua camera. Vorrà cambiarsi, preparare il fucile. Andremo a caccia non appena farà più fresco ».

Poco dopo le quattro uscirono su una fila di camioncini, i più anziani e importanti in cabina, gli altri sul pianale di carico, allo scoperto. Il corteo salì fuori della valle, costeggiò i campi arati e accelerò in pianura, diretto verso una linea di basse colline all'orizzonte.

Si cominciava a vedere della selvaggina, piccoli branchi di antilopi saltanti lontano lontano, come granelli di zafferano sparsi per la pianura biancastra: ma i camion avanzavano, rallentando solo quando arrivarono ai piedi delle colline rocciose. Il primo della fila si fermò un attimo e due cacciatori balzarono giù e saltarono dentro una piccola trincea.

« Buona fortuna! Mirate giusto! » gli gridarono gli altri passando oltre, diretti alle prossime postazioni. Dopo un centinaio di metri altri due cacciatori scesero a terra e scomparvero al riparo.

Nel giro di mezz'ora tutti i cacciatori erano alla posta lungo un fronte irregolare ai piedi delle colline. Manfred De La Rey e Shasa erano insieme in una buca circondata da un parapetto di sassi grigiastri. Si misero a guardare la pianura dove le gazzelle pascolavano a gruppetti, col fucile in grembo.

I camion, guidati dai figli adolescenti dell'anfitrione, scomparvero con un largo giro per non disturbare le bestie, oltre le colline, lasciandosi dietro grosse scie di polvere, e riapparvero alle spalle del branco, dopo qualche tempo, spingendolo verso i fucili dei cacciatori alla posta.

Shasa e Manfred dovettero aspettare quasi un'ora che le gazzelle arrivassero a portata di tiro, e nel frattempo chiacchierarono, divagando, senza affrontare che di striscio argomenti politici, ma parlando soprattutto dell'ospite, il ministro dell'Agricoltura, e degli altri invitati. Poi con grande abilità Manfred cambiò leggermente discorso, osservando quanto poca fosse in realtà la differenza tra la politica e le aspirazioni del National Party al governo e l'opposizione dell'United Party, di cui faceva parte Shasa.

« A pensarci bene le differenze sono soltanto di stile e di grado. Entrambi vogliamo mantenere il Sudafrica sicuro per l'uomo bianco e per la civiltà europea. Sappiamo entrambi che per tutti noi l'apartheid è questione di vita o di morte. Senza, saremmo tutti inghiottiti dal mare negro. Dalla morte di Smuts, il suo partito si è spostato verso le nostre posizioni, e i sinistrorsi e i liberali hanno cominciato ad abbandonarvi. »

Shasa non disse niente, ma sapeva che era vero e che era un guaio. Nel suo partito apparivano profonde crepe, e ogni giorno diventava più chiaro che non sarebbero mai tornati al governo. Tuttavia, voleva vedere dove sarebbe andato a parare Manfred De La Rey. Aveva imparato a non sottovalutare mai questo avversario, e capiva che adesso lo stava abilmente preparando al vero scopo per cui l'avevano invitato. Era evidente che l'ospite li aveva sistemati insieme apposta, e che tutti gli altri invitati, membri del partito e del governo, sapevano cosa bolliva in pentola. Shasa dunque parlò poco, non concesse niente, e aspettò con qualche impazienza che si rivelasse il vero volto della bestia, per così dire.

« Lei sa che abbiamo garantito la cultura e la lingua dei sudafricani di lingua inglese. Non vi sarà mai alcun tentativo di erodere tali garanzie. Noi consideriamo fratelli quegli anglofoni che si sentono sudafricani. I nostri destini sono legati con catene d'acciaio... » Manfred si interruppe, portando agli occhi il binocolo. « Stanno avvicinandosi », mormorò. « Meglio prepararsi, ormai. » Abbassò il binocolo e sorrise a Shasa. « Ho sentito dire che lei spara benissimo. Ora ne avremo dimostrazione. »

Shasa restò deluso. Voleva sapere dove portava quella commedia attentamente preparata, ma nascose l'insoddisfazione dietro il suo solito sorriso gaio e sfoderò il fucile.

« Lei ha ragione su una cosa, ministro », disse. « Siamo legati insieme da catene d'acciaio. Speriamo che il peso non ci faccia affondare tutti. » Vide uno strano lampo in quegli occhi di topazio giallo, ira o trionfo, non capì, perché durò solo un attimo.

« Io sparerò a destra, lei a sinistra, d'accordo? » disse Manfred.

« D'accordo », annuì Shasa, già un po' irritato dal fatto che l'altro senza fatica avesse segnato un punto a suo favore: infatti per chi non sia mancino il settore di tiro più favorevole è il destro.

« Ti servirà, questo vantaggio », pensò Shasa, acido, e ad alta voce disse: « Anch'io ho sentito dire che lei è un buon tiratore. Perché non facciamo una scommessina su chi ne ammazza di più? »

« Io non scommetto », rispose disinvolto Manfred. « Il gioco d'azzardo è uno strumento del diavolo. Ma conterò le prede con interesse. » Ciò ricordò a Shasa quanto fosse puritano il calvinismo estremo praticato da Manfred.

Con cura Shasa caricò il fucile. Si faceva le cartucce da sé, non avendo fiducia in quelle prodotte industrialmente. I bossoli d'ottone erano pieni di polvere Norma che avrebbe sparato la pallottola Nosler Partition a poco meno di mille metri al secondo. La pallottola era progettata in maniera da aprirsi quando colpiva il bersaglio.

Dopo aver azionato l'otturatore, alzò il fucile e si mise a perlustrare la pianura col mirino telescopico. I camioncini erano a meno di due chilometri, e andavano di qua e di là per impedire alle bestie di allontanarsi dalle poste, spingendole verso le colline dove i cacciatori le aspettavano. Shasa sbatté rapidamente le palpebre per schiarirsi la vista e cominciò a distinguere gli animali singoli in mezzo al branco che trotterellava scappando davanti ai veicoli.

Erano leggere come fili di fumo, le antilopi, e si sfilacciavano come ombre di nuvole sulla piana. Trottando agilmente a testa alta, con corna che sembravano lire in miniatura, erano bellissime e aggraziate.

Privo della visione stereoscopica, Shasa aveva qualche difficoltà a stimare le distanze, ma ormai aveva imparato a valutare le grandezze relative. A ciò aggiungeva una sorta di sesto senso che gli permetteva di pilotare un aereo, colpire una palla giocando a polo, o anche sparare, come una persona che ci vedesse perfettamente.

Già le prime antilopi erano quasi a tiro. Da un'altra posta qualcuno sparò, e immediatamente il branco intero parve prendere silenziosamente il volo. Ogni creaturina danzava e saltava sulle zampe lunghe, ma non più grosse del pollice di un uomo. Parevano ormai libere dalla gravità. A balzelloni, nell'aria distorta dalle onde di calore, si confondevano contro lo sfondo tremolante che sembrava mescolare terra e cielo, offrendo lo spettacolo acrobatico a cui dovevano il nome di *springbok*, antilopi saltanti. In fondo alla groppa si alzava e vibrava preoccupata la coda crinita.

Era più difficile che abbattere un uccello al volo. Impossibile inquadrare quelle forme eteree e sobbalzanti nel mirino telescopico, inutile mirare al corpo: bisognava piuttosto sparare allo spazio vuoto immediatamente superiore, dove sarebbero capitate una frazione di secondo dopo, insieme alla pallottola.

Per qualcuno sparar bene è una capacità acquisita mediante la pratica e la concentrazione. Per Shasa era una cosa naturale, un talento con cui era venuto al mondo. Mentre girava il torso, la lunga canna del fucile puntava già dritto dove lui stava guardando, e la croce del mirino telescopico inquadrava il centro esatto del suo campo visivo, dove dopo un attimo irrompeva saltabeccando un'antilope. Shasa non si accorgeva nemmeno di premere il grilletto, il fucile sembrava sparare da solo, e il rinculo sbatteva a ritmo perfetto il calcio contro la spalla.

Il maschio morì a mezz'aria; capovoltato dal proiettile, mostrò il ventre candido al sole, ebbe un sussulto quando la pallottola lo raggiunse al cuore e cadde a corna basse e zampe mulinanti al cielo.

Shasa inserì un'altra pallottola in canna, individuò un'altra creatura fuggente e il fucile sparò ancora: gli arrivò alle narici l'acre odore della polvere nera bruciata. Continuò a sparare finché la canna non scottò abbastanza da fargli venire le vesciche, e le orecchie non cominciarono a fargli male.

Infine gli ultimi animali del branco si misero in salvo sulle alture, superando le poste, e la sparatoria cessò. Shasa scaricò il fucile delle pallottole rimaste nel serbatoio e guardò Manfred De La Rey.

« Otto », dichiarò Manfred, « e due ferite. » Era sbalordito per come quelle creaturine fossero in grado di incassare una pallottola mal indirizzata senza restare stecchite sul colpo. Avrebbero dovuto inseguirle: era impensabile lasciar soffrire inutilmente un animale ferito.

« Otto è un bel numero », gli disse Shasa. « Può esser soddisfatto del carniere. »

« E lei? » chiese Manfred. « Quante ne ha prese? »

« Dodici », rispose in tono indifferente Shasa.

« E quante ne ha ferite? » Manfred riuscì abbastanza bene a nascondere il disappunto.

« Oh! » Shasa finalmente si concesse un sorriso. « Non ferisco gli animali, io. « Dove miro, prendo. » Così poteva bastare. Non serviva spargere altro sale nella ferita.

Shasa lo lasciò lì e andò presso la carcassa più vicina. Lo *springbok* giaceva sul fianco e nella morte la profonda piega della pelle sulla groppa si era aperta: ne spuntava il ciuffo di peli candidi. Shasa mise un ginocchio a terra e accarezzò la bianca peluria morbida. Dalle ghiandole nella piega della pelle era trasudata una secrezione muschiosa rossobruna, e Shasa ficcò l'indice nella peluria e sfregò la sostanza, poi portò il dito al naso e aspirò l'odore che sapeva di miele. Pareva un odore di fiori, più che di qualche animale. Poi, fu sopraffatto dalla malinconia del cacciatore, e pianse la bella creaturina che aveva appena ammazzato.

« Grazie d'essere morta per me », sussurrò. Era l'antica preghiera dei cacciatori boscimani, che Centaine gli aveva insegnato tanto tempo prima. Pure, quella tristezza era piacevole, e nel profondo il suo istinto venatorio era, almeno per il momento, soddisfatto.

Nel fresco della sera gli uomini si raccolsero intorno alle fosse scavate in corte, in cui ardevano le braci. Il *braaivleis*, la cottura della carne, era un rito che seguiva la caccia: erano gli uomini a cucinare, mentre le donne erano relegate alla preparazione di insalate e budini e all'apparecchiare i tavoloni disposti sotto il portico. La selvaggina era stata marinata o lardellata o trasformata in salsicciotti piccanti. Fegati, rognoni e trippe erano preparati secondo antiche ricette, tenute gelosamente segrete, prima di essere fatti arrostire sulle griglie. Gli autonominati chef si difendevano dal calore dei fuochi scolando abbondanti dosi di *mampoer*, la fortissima grappa di pesche di rigore in simili occasioni.

Un'orchestrina di braccianti negri cominciò a suonare arie campagnole tradizionali col banjo e la fisarmonica, e alcuni ospiti si misero a ballare sull'ampio porticato anteriore. Alcune giovani donne erano davvero interessanti, e Shasa le occhieggiò con qualche mezza idea in testa. Erano abbronzate e scoppiavano di salute e di una sensualità per nulla sofisticata, che le rendeva ancora più attraenti, cresciute com'erano in un calvinismo rigoroso. La loro intoccabilità e probabile verginità le rendeva ancora più affascinanti per Shasa, che gradiva il corteggiamento quanto l'ultimo atto della commedia.

Tuttavia c'erano cose troppo importanti in gioco per rischiare la minima offesa. Ignorò i timidi ma callidi sguardi che qualcuna gli scoccava, evitò con altrettanto scrupolo la grappa di pesche, e si scolò un bicchierone di ginger. Sapeva che quella sera avrebbe avuto bisogno di tutta la sua lucidità.

Una volta calmata la fame acuita dalla caccia all'aria aperta coi primi piatti di antilope alla griglia, gli avanzi furono portati con gioia dai servitori ai loro quartieri. Shasa si ritrovò seduto a un'estremità del lungo portico, nel punto più distante dall'orchestrina. Di fronte a lui sedeva Manfred De La Rey, e al suo fianco gli altri due ministri, radiosi e soddisfatti della mangiata. Nonostante il loro atteggiamento rilassato, lo sogguardavano attentamente.

« Adesso si parlerà di cose serie », previde Shasa, e infatti quasi subito Manfred entrò in argomento.

« Stavo dicendo al signor Courteney che sotto molti aspetti siamo vicini », esordì tranquillamente Manfred, e i colleghi annuirono seri. « Tutti vogliamo proteggere questa terra e salvare quanto c'è in essa di bello e prezioso.

« Dio ci ha scelti come guardiani, è nostro dovere proteggere tutti i suoi popoli, e mantenere intatta l'identità di ogni gente e della sua cultura, salvandola da ogni influsso esterno. »

Era la linea del partito, quest'idea del popolo eletto, e Shasa l'aveva già sentita mille volte: sicché, pur annuendo e commentando il discorso con borbottii che non significavano nulla, in cuor suo si stava ormai stufando.

« C'è ancora molto da fare in proposito », gli disse Manfred. « Dopo le prossime elezioni, ci troveremo di fronte un duro lavoro. Siamo i muratori che dovranno erigere un edificio tale da durare un millennio. Una società modello in cui ogni gruppo abbia il suo posto, e non ingerisca nello spazio altrui, una vasta e stabile piramide che determini una società unica. » Tutti tacquero per un momento, contemplando la bellezza di questa visione, e, benché Shasa si studiasse di mantenere un'espressione indifferente, dentro di sé sorrideva della perfetta immagine della piramide. Non c'era il minimo dubbio riguardo a chi dovesse occupare il vertice, nella loro mente.

« Ma i nemici non mancano », osservò il ministro dell'Agricoltura, porgendo la battuta a Manfred.

« Sì, ci sono nemici, all'interno e all'esterno. Diventeranno sempre più pericolosi e vociferanti man mano che il lavoro procede. Più ci avviciniamo al successo, e più cercheranno di impedircelo. »

« Si stanno già mobilitando. »

« È vero », ammise Manfred. « E anche vecchi e tradizionali amici ci ammoniscono e ci minacciano. L'America, travagliata dai problemi razziali, dovrebbe ormai comprendere l'errore commesso incoraggiando le innaturali aspirazioni dei negri che ha importato dall'Africa come schiavi. Perfino la Gran Bretagna, alle prese in Kenia coi disordini dei Mau-Mau e in India con la disintegrazione del suo Impero, pretende di dettar legge a noi e distoglierci dalla via che sappiamo esser giusta. »

« Ci credono deboli e vulnerabili. »

« Già accennano a un embargo delle armi, negandoci gli strumenti per difenderci contro l'oscuro nemico che si concentra nell'ombra. »

« Hanno ragione », interloquì brusco Manfred. « È vero, siamo deboli e militarmente disorganizzati. Siamo alla mercé delle loro minacce... »

« Dobbiamo cambiare questa situazione », disse secco il ministro delle Finanze. « Dobbiamo rafforzarci. »

« Il prossimo bilancio assegnerà alla Difesa cinquanta milioni di sterline. Alla fine di questo decennio lo stanziamento ammonterà a un miliardo. »

« Dobbiamo porci al di sopra delle loro minacce di sanzioni, boicottaggio ed embargo. »

« Forza attraverso l'unità: *Ex Unitate Vires* », disse Manfred De La Rey. « Tuttavia, per tradizione e carattere, il popolo afrikaner ha sempre preferito la campagna, l'agricoltura. A causa della discriminazione attuata contro di noi per un secolo e passa, siamo stati esclusi dal mercato del commercio e dell'industria, e non abbiamo sviluppato le capacità che ai nostri connazionali di lingua inglese vengono così spontanee. » Manfred fece una pausa, guardò gli altri due, come cercandone l'approvazione, e poi proseguì. « Ciò di cui questo Paese ha un disperato bisogno è la ricchezza necessaria a realizzare il nostro progetto. Si tratta di un'impresa titanica, per cui non abbiamo le capacità. Abbiamo bisogno di un certo tipo d'uomo. » Adesso tutti guardavano Shasa. « Abbiamo bisogno di un uomo col vigore della gioventù e l'esperienza della maturità, un uomo che abbia dimostrata abilità nel campo della finanza e dell'organizzazione. Nel nostro partito non c'è nessuno che abbia queste qualità. »

Shasa li guardò. Ciò che gli suggerivano era offensivo. Era cresciuto all'ombra di Jan Christian Smuts ed era un naturale sostenitore del partito da lui a suo tempo fondato, il Partito Unito, ancora informato dal carattere di quell'uomo grande e buono. Aprì la bocca per rispondere, sdegnato, ma Manfred De La Rey lo fermò con un gesto della mano.

« Ci lasci finire », disse. « La persona scelta per questo compito patriottico sarà subito nominata ministro di un dicastero che il premier creerà apposta per lui. Diventerà ministro dell'Industria e delle Miniere. »

Shasa chiuse lentamente la bocca. Dovevano averlo studiato con gran cura, analizzandolo fino in fondo e individuando il suo prezzo. Le basi delle sue convinzioni politiche erano scosse, e tutto l'edificio era percorso da crepe. L'avevano posto su una vetta, di lì mostrandogli il premio che doveva solo afferrare.

A settemila metri di quota Shasa mise il Mosquito in rotta. Aumentò il flusso di ossigeno nella mascherina per riflettere con più lucidità. Aveva a disposizione quattro ore di volo fino a Youngsfield, quattro ore per pensarci bene, e cercò di sottrarsi alla tempesta di passioni ed emozioni che ancora lo agitavano. Cercò di pensare freddamente e decidere in base alla logica, ma non ci riuscì. Era troppo eccitato. La prospettiva di detenere un enorme potere, di costruire un arsenale che avrebbe fatto del suo Paese la prima potenza d'Africa e fra le prime del mondo intero, era tale da sbigottire chiunque. Quello era potere. Il pensiero gli scatenò una certa esultanza in mente. Tutti i fili si riunivano; ciò che aveva sempre sognato poteva avverarsi, doveva solo allungare la mano. Tuttavia, c'era un prezzo da pagare in termini di onore e di orgoglio. Come avrebbe potuto spiegare la cosa a chi aveva avuto fiducia in lui?

A un tratto pensò a Blaine Malcomess, suo mentore e consigliere, l'uomo che per tanti anni aveva fatto le veci di padre per lui. Cosa avrebbe pensato dell'orrendo tradimento che Shasa meditava?

« Posso giovare di più unendomi a loro, Blaine », sussurrò nella mascherina. « Dall'interno, potrò farli mutare, moderarli, con più efficacia che dall'opposizione, perché ora avrò il potere... » Ma sapeva che erano tutte scuse. Il suo era un classico voltafaccia.

Tutto, in ultima analisi, si riduceva a quello, il potere: e lui sapeva che Blaine Malcomess l'avrebbe sempre considerato un traditore, mentre presso un'altra persona poteva trovare comprensione, appoggio e incoraggiamento. In fondo era stata Centaine Courteney-Malcomess a preparare il figlio in tutti i modi, fin da bambino, all'acquisizione e all'uso della ricchezza e del potere.

« Potrebbe avverarsi tutto, mamma. Potrebbe succedere, non proprio come l'avevamo progettato, ma potrebbe ancora succedere ugualmente. » Poi un pensiero lo colse, e un'ombra incupì la chiara luce del suo trionfo.

Guardò la cartellina rossa che il ministro dell'Interno Manfred De La Rey gli aveva messo in mano al commiato, sulla pista, poco prima che montasse sul Mosquito, e che adesso stava sul sedile del secondo pilota.

« Avremo a che fare con un solo problema, se accetta la nostra offerta », gli aveva detto Manfred porgendogli il dossier, « ed è un problema serio. Eccolo qua. »

La cartellina conteneva un rapporto della polizia politica intestato a

TARA ISABELLA COURTENEY nata MALCOMESS

Tara Courteney fece il giro nell'ala dei bambini, mettendo la testa in ciascuna camera da letto. La tata stava infilando la camicina da notte in satin rosa a Isabella, che appena vide la madre lanciò un grido di gioia.

« Mammina, mammina, l'orsacchiotto è stato cattivo. Lo farò dormire sullo scaffale insieme alle altre bambole! »

Tara si sedette sul letto della figlia e la coccolò mentre parlavano delle malefatte dell'orsacchiotto. Isabella era tiepida, rosea e odorava di sapone. I suoi capelli erano serici contro la guancia di Tara, e la mamma dovette fare uno sforzo per darle un bacio e staccarsi da lei.

« È ora di dormire, Bella. »

Appena la luce si spense, Isabella lanciò un urlo che fece venire i brividi a Tara.

« Cosa c'è, bimba mia? » Riaccese la luce e corse di nuovo al lettino.

« Ho perdonato l'orsacchiotto! In fondo può dormire con me. »

L'orsacchiotto di pezza fu cerimoniosamente reinsediato nel favore di Isabella, che lo strinse teneramente a sé con un braccio ficcandosi l'altro pollice in bocca.

« Quando viene a casa il mio papà? » domandò biascicando le parole, gli occhi già chiusi. Quando Tara raggiunse la porta era già addormentata.

Sean sedeva sul torace di Garrick sul pavimento della camera da letto, torcendo i ciuffi di capelli sulle tempie del fratellino con sadico piacere. Tara li separò.

« Sean, torna subito in camera tua, hai capito? Ti ho detto mille volte di non picchiare i tuoi fratelli. Vedrai cosa ti farà tuo padre quando torna! »

Garrick tirava su col naso per arrestare le lacrime, ma dette man forte al fratello.

« Stavamo solo giocando, mamma. Non mi stava picchiando. » Ma Tara si accorse che era sull'orlo di un attacco d'asma. La sua decisione vacillò. Non era la serata giusta per uscire, con la minaccia di una crisi d'asma, ma la riunione era troppo importante.

« Gli preparo l'inalatore e dico alla tata di dargli un'occhiata ogni ora finché non torno io », si disse, scendendo a un compromesso.

Michael stava leggendo, e alzò appena gli occhi a ricevere il suo bacio. « Alle nove spegni la luce. Promettimelo, tesoro. » Cercava di non farlo capire, ma era sempre stato il suo preferito.

« Te lo prometto, mamma », mormorò lui, ma sotto le coperte incrociò le dita ad annullare l'impegno.

Scendendo le scale, Tara diede un'occhiata all'orologio. Erano le otto meno cinque. Sarebbe arrivata in ritardo. Soffocò i sensi di colpa materni e corse alla sua vecchia Packard.

Shasa detestava quella macchina. Considerava la sua verniciatura sbiadita e i sedili gualciti un affronto alla dignità della famiglia. Per il suo ultimo compleanno le aveva regalato un'Aston Martin nuova, ma lei la lasciava in garage. La Packard si adattava alla sua auto-immagine spartana di progressista dotata di sensibilità sociale. Scendendo per il viale, emetteva una scia di fumo nero: Tara godeva in modo un po' perverso a impolverare le amate vigne di Shasa. Era strano come, dopo tanti anni, continuasse a sentirsi un'intrusa a Weltevreden, un'intrusa in mezzo ai tesori d'arte e antiquariato. Avrebbe potuto restarci altri cent'anni e non sarebbe mai stata casa sua: era casa di Centaine Courteney-Malcomess, il cui tocco e i cui ricordi aleggiavano in tutte le stanze che Shasa non le avrebbe mai consentito di riarredare a modo suo.

Sfrecciò sotto l'arco d'ingresso di Anreith, così pomposo, così eccessivo, e si ritrovò nel mondo reale, dove si soffriva per tante ingiustizie, dove le masse oppresse piangevano e lottavano e invocavano aiuto, e dove lei si sentiva utile e importante; dove in compagnia di altri pellegrini poteva marciare verso un futuro pieno di sfide e mutamenti.

La casa dei Broadhurst era nel sobborgo medioborghese di Pinelands, una casa moderna tipo ranch, col tetto piatto e grandi finestre panoramiche, con mobili fatti in serie e tappeti di tessuto sintetico sul pavimento. Sulle sedie si trovavano peli canini, e c'erano libri dappertutto, a pile nei posti più impensati, aperti sul tavolo da pranzo, libri letti e vissuti, da intellettuali: nei corridoi c'erano i giocattoli abbandonati in disordine dai bambini. Sulle pareti dove si notavano le ditate dei piccini erano appese riproduzioni a buon mercato di Picasso e Modigliani, tutte storte. Qui Tara si sentiva a suo agio, finalmente libera dal tedioso splendore di Weltevreden.

Molly Broadhurst le corse incontro mentre parcheggiava la Packard. Indossava un magnifico caffetano dai vivaci colori.

« Sei in ritardo! » Baciò cordialmente Tara e la tirò in casa. Attraversarono il disordine dell'atrio e giunsero in sala musica, sul retro.

La sala musica era un'appendice aggiunta successivamente alla casa, senza considerazioni di carattere estetico: adesso era piena di ospiti di Molly, invitati a sentire Moses Gama. Tara si rallegrò guardandosi intorno: erano tutte persone vivaci e creative, gente di cultura e di spirito, piena di gioia di vivere e di indignazione per le ingiustizie sociali.

Era il tipo di riunione che Weltevreden non avrebbe mai potuto ospitare. Prima di tutto c'erano anche dei negri, studenti dell'università per negri di Fort Hare e della pericolante università del Capo Occidentale, insegnanti, avvocati e perfino un dottore negro, tutti attivisti politici che, per quanto privi di voce e di voto nel Parlamento dei bianchi, stavano cominciando a urlare la propria presenza con una passione che non si poteva non udire. C'era l'editore della rivista negra *Drum*, il Tamburo, e il corrispondente locale del quotidiano della grande città negra di Soweto, il *Sowetan*.

Trovarsi accanto a dei negri le bastava per sentirsi terribilmente ardita socialmente.

I bianchi presenti non erano meno straordinari. Alcuni erano stati membri del Partito Comunista Sudafricano, che da qualche anno era stato disciolto. C'era un uomo chiamato Harris che aveva già incontrato in casa di Molly. Aveva combattuto in Israele con l'Irgun contro gli inglesi e gli arabi, era un uomo alto e fiero che a Tara ispirava deliziosi brividi di timore. Molly le aveva fatto capire che era un esperto di guerriglia e sabotaggio, e certo non faceva che viaggiare in segreto da una parte all'altra del Paese, o negli Stati vicini, per chissà quali missioni.

Colui che stava conversando affabilmente col marito di Molly era un altro avvocato di Johannesburg, Bram Fischer, specializzato nel difendere negri imputati della miriade di reati pretestuosi escogitati dal governo per disarmarli e restringerne i movimenti. Molly disse che Bram stava riorganizzando il vecchio Partito Comunista in cellule clandestine, e Tara fantasticò di esserne un giorno cooptata.

Nello stesso gruppo c'era Marcus Archer, altro ex comunista, psicologo industriale del Witwatersrand. Era responsabile dell'addestramento di migliaia di lavoratori negri per le miniere d'oro, e Molly diceva che aveva collaborato alla costituzione del sindacato dei minatori. Molly le aveva anche sussurrato che era un omosessuale, e aveva usato un termine strano, che Tara non aveva mai sentito: « È gay ». Poiché ciò lo rendeva del tutto inaccettabile nella buona società, Tara ne rimase affascinata.

« Oh Dio, Molly », le sussurrò Tara. « È così eccitante... queste sì che sono persone vere, mi fanno sentir viva, finalmente! »

« Eccolo là », disse Molly, sorridendo a questo sfogo dell'amica, tirandola nella calca degli ospiti.

Moses Gama, appoggiato alla parete di fondo, circondato dagli ammiratori che superava di una testa, fu raggiunto dalle due signore. Tara si ritrovò a fissarlo incantata. Pensò che anche in questa compagnia brillante spiccava come una pantera nera in un branco di gatti randagi. Benché la sua testa sembrasse scolpita in un blocco di onice nera, e i suoi bei lineamenti nilotici fossero impassibili, tuttavia c'era in lui una forza che sembrava riempire tutta la sala. Era come trovarsi sulle nere pendici di qualche vulcano che poteva dar luogo da un momento all'altro a una catastrofica eruzione.

Moses Gama si voltò e guardò Tara. Non sorrise, ma nei suoi occhi parve passare un'ombra profonda.

« Signora Courteney... ho chiesto io a Molly di invitarla. »

« Non mi chiami signora Courteney, ma solo Tara, e diamoci del tu! »

« Dopo dobbiamo parlare, Tara. Ti trattieni? »

Non riuscì a rispondere, sopraffatta da questo interessamento, ma soltanto ad annuire in silenzio.

« Se sei pronto, Moses, direi di cominciare », suggerì Molly e, portandolo via dal gruppetto di ammiratori, gli fece strada verso la pedana leggermente rialzata del pianoforte.

« Gente! Gente! Attenzione, prego! » disse Molly battendo le mani. Le chiacchiere si interruppero. Tutti si voltarono verso quel podio improvvisato. « Moses Gama è uno dei più brillanti e rispettati giovani leader africani. Fin da prima della guerra è membro dell'African National Congress, e fondatore del sindacato dei minatori africani. Benché non sia ancora riconosciuto dal governo, e debba quindi mantenersi nella clandestinità, questo sindacato è una delle associazioni più rappresentative e potenti dei negri, e conta più di centomila iscritti. Nel 1950 Moses Gama è stato eletto segretario dell'African National Congress, carica in cui da allora si è instancabilmente prodigato, con ottimi risultati, per far sentire il grido di dolore dei nostri connazionali negri, a cui è proibita ogni forma di espressione politica legale e ogni influenza sul proprio destino. Per qualche tempo Moses Gama ha fatto parte del Native's Representative Council, quell'infame tentativo del governo di neutralizzare le aspirazioni politiche dei negri, ma ben presto si dimise con la famosa battuta: 'Qui è come parlare in un telefono giocattolo, nessuno ti ascolta dall'altra parte del filo'. »

Vi furono risate e applausi, dopo di che Molly si rivolse a Moses Gama.

« Sappiamo che non hai niente di tranquillizzante e consolatorio da dirci... tuttavia, Moses Gama, in questa stanza ci sono tanti cuori che battono all'unisono col tuo, e sono anche pronti a sanguinare insieme. »

Tara applaudì finché non le fecero male le mani, poi tese l'orecchio per non perdere neanche una parola di quelle che Moses Gama si accingeva a dire.

Indossava un abito blu e una cravatta dello stesso colore, con camicia bianca. Stranamente risultava la persona vestita più compitamente in una stanza piena di vecchi maglioni e giacche di tweed con le pezze di cuoio ai gomiti, tutte macchiate. Il suo abito era di buon taglio, serio, e cadeva benissimo dalle sue spalle larghe. Tuttavia, il suo portamento imponente era tale che pareva abbigliato col costume regale della sua gente, in pelle di leopardo con il copricapo di penne di airone infilate nei folti capelli crespi. La sua voce era profonda e vibrante.

« Cari amici, vi è un unico ideale a cui aderisco con tutto il cuore, e che difenderò a costo della vita: ed è che ogni africano ha un diritto naturale, primario e inalienabile all'Africa, che è il suo continente e la sua sola patria », cominciò Moses Gama, mentre Tara ascoltava incantata. Poi raccontò in maniera particolareggiata come questo diritto fosse stato negato e conculcato all'uomo negro ormai da trecento anni, e come ultimamente, da quando erano andati al potere i Nazionalisti, questa politica di negazione dei diritti dei negri fosse stata formalizzata in quello spaventoso edificio di leggi, dichiarazioni e regolamenti liberticidi, che era la pratica dell'apartheid.

« Abbiamo sentito dire tutti che lo stesso concetto di apartheid è talmente grottesco, così palesemente folle e infondato da non poter mai funzionare. Ma io vi metto in guardia, amici miei: gli uomini che hanno concepito questo piano pazzesco sono così fanatici, così ostinati, così convinti di essere ispirati da Dio, che cercheranno di praticarlo con la forza. Già hanno formato un vasto esercito di piccoli funzionari statali per amministrare questa follia, e dispongono di tutte le risorse di una terra ricca d'oro e di materie prime. Io vi avverto che non esiteranno a sprecare tutte queste risorse per costruire il loro Frankenstein ideologico. Non c'è prezzo, in ricchezza materiale o sofferenze umane, che non siano pronti a pagare. »

Moses Gama fece una pausa e guardò l'uditorio. A Tara parve che egli sentisse sulla sua pelle tutte le sofferenze del suo popolo, e fosse talmente pervaso dal dolore altrui da riuscire quasi divino.

« Se non ci opponiamo, amici miei, faranno di questa bella terra una desolazione e un abominio; ne faranno una terra priva di compassione e di giustizia, una terra materialmente e spiritualmente in bancarotta. »

Moses Gama aprì le braccia. « Questi uomini chiamano traditori quelli di noi che li sfidano. Ebbene, amici, io chiamo traditore chi non si oppone a loro! È un traditore dell'Africa! »

Quindi tacque, guardandoli con cipiglio accusatorio, e il pubblico rimase stordito un momento, prima di prendere ad applaudirlo. Soltanto Tara continuò a tacere, fra le acclamazioni degli altri, e a fissarlo: non aveva più voce, e le sembrava di avere nel sangue la malaria.

Moses abbassò il capo fino a posare il mento sul petto. Pensarono che avesse finito. Poi rialzò quella sua magnifica testa e aprì le braccia.

« Opporsi a loro? E come? Vi rispondo che bisogna opporsi a loro con tutta la nostra energia, tutta la nostra risolutezza e tutto il nostro cuore. Se per loro nessun prezzo è troppo alto da pagare, anche per noi dev'essere così. Vi dico, amici, che non c'è niente... » fece una pausa d'effetto, « non c'è proprio *niente* che non farei pur di rafforzare la nostra lotta. Sono pronto a uccidere e morire per questo! »

Di fronte a una tale risolutezza la sala cadde in un silenzio sbigottito. Per gli eleganti habitué della dialettica socialista, i raffinati intellettuali, una simile dichiarazione suonava inquietante e minacciosa. Ci si sentivano gli schiocchi delle ossa rotte e l'afrore del sangue versato.

« Siamo pronti a iniziare la lotta, amici, e già abbiamo fatto i nostri piani. Fra pochi mesi avvieremo una campagna nazionale di difesa contro queste mostruose leggi dell'apartheid. Bruceremo i lasciapassare che il governo ci ha imposto di portare sempre con noi, gli odiosi *dompas* simili alla stella che gli ebrei erano obbligati a esibire, il documento che ci marchia come razza inferiore. Faremo un falò di questi lasciapassare, e il loro fumo brucerà le nari del mondo civile. Entreremo nei ristoranti e nei cinema riservati ai bianchi, sui vagoni dei treni riservati ai bianchi, andremo a nuotare sulle spiagge riservate ai bianchi. Grideremo alla polizia fascista di venirci ad arrestare. Ingorgheremo i tribunali e le galere dell'uomo bianco con le nostre moltitudini, e tutto l'apparato mostruoso dell'apartheid dovrà crollare sotto il nostro peso. »

Tara aspettò, come le aveva detto Moses, e, quando ebbe accompagnato alla porta quasi tutti gli ospiti, Molly andò a prenderla a braccetto. « Vuoi correre il rischio dei miei spaghetti alla bolognese, Tara? Come sai, sono la peggior cuoca d'Africa, ma tu sei una ragazza coraggiosa. »

Solo una mezza dozzina di ospiti erano stati invitati a rimanere a cena, e si sedettero nel patio. Le zanzare ronzavano intorno alle teste, e di tanto in tanto un mutare del vento portava zaffate sulfuree dalle fogne in costruzione oltre il Black River. Ma ciò non sembrava toglier l'appetito a nessuno: tutti si gettarono avidamente sui famosi spaghetti alla bolognese di Molly, mandandoli giù con bicchieroni di vino rosso comune. Tara lo trovò un sollievo dagli elaborati rituali di Weltevreden, le cene eleganti accompagnate dalla cerimonia parareligiosa dell'assaggio dei vini pregiati, che costavano alla bottiglia il salario mensile di un operaio. Qui cibo e vino erano solo carburante del cervello e della lingua, non raffinatezze di cui gloriarsi.

Tara sedeva accanto a Moses Gama. Benché egli mangiasse di buon appetito, non toccava quasi il vino. I suoi modi, a tavola, erano africani. Mangiava rumorosamente, sbattendo la bocca, ma stranamente questo non infastidì in alcun modo Tara. In un certo senso confermava la distinzione di lui, uomo che apparteneva a un altro popolo.

Dapprima Moses dedicò la propria attenzione agli altri ospiti, rispondendo a domande e commenti che gli venivano rivolti. Poi gradualmente si concentrò su Tara, prima includendola nella conversazione generale, e finalmente, finito di mangiare, voltandosi a fronteggiarla e abbassando la voce a escludere gli altri.

« Conosco la tua famiglia », le disse. « Li conosco bene, la signora Centaine Courteney e soprattutto tuo marito, Shasa Courteney. »

Tara era sbalordita. « Ma non li ho mai sentiti parlare di te. »

« E perché avrebbero dovuto farlo? Ai loro occhi non sono mai stato importante. Mi avranno dimenticato tanto tempo fa. »

« Come mai li hai conosciuti, e dove? »

« Vent'anni fa, quando tuo marito era ancora un ragazzo, io lavoravo come soprastante nero alla miniera di diamanti H'ani, nell'Africa di Sudovest. »

« La miniera H'ani », annuì Tara. « Sì, la sorgente del patrimonio Courteney. »

« Shasa Courteney era stato mandato lì da sua madre, per imparare il lavoro alla miniera. Lui e io siamo stati insieme per qualche settimana, lavorando a fianco a fianco... » Moses si interruppe e sorrise. « Andavamo d'accordo, o comunque il più d'accordo che si potesse andare, essendo l'uno un padroncino bianco e l'altro un caposquadra negro. Chiacchieravamo molto, e lui mi diede un libro, la *Storia d'Inghilterra* del Macaulay. Ce l'ho ancora. Ricordo che certe cose che io gli dicevo lo disturbavano e lo rendevano perplesso. Una volta mi disse: 'Moses, questa è politica! I negri non se ne occupano, è una faccenda dei bianchi'. » Moses ridacchiò al ricordo, ma Tara si accigliò.

« Mi pare di sentirlo », commentò. « Non è molto cambiato, in vent'anni. » Moses smise di ridere.

« Tuo marito è diventato un uomo potente. Ha una grande ricchezza e influenza. »

Tara alzò le spalle. « A che servono ricchezza e potere, se non si usano con saggezza e compassione? »

« Tu hai compassione, Tara », le disse sottovoce lui. « Anche se non sapessi del lavoro che fai per la mia gente, in te l'intuirei. »

Tara abbassò gli occhi sotto il suo sguardo lusinghiero.

« Saggezza. » La sua voce si abbassò ancora di più. « Credo che tu abbia anche quella. Hai fatto bene a non parlare del nostro ultimo incontro davanti agli altri. »

Tara alzò la testa e lo guardò negli occhi. Nell'eccitazione della serata si era quasi dimenticata del loro incontro nei corridoi proibiti del Parlamento.

« Perché? » gli sussurrò. « Perché eri là? »

« Forse un giorno te lo dirò » le rispose. « Quando saremo diventati amici. »

« Ma lo siamo », disse lei, ed egli annuì.

« Sì, credo che siamo amici, ma l'amicizia dev'essere messa alla prova, e superata. Ora dimmi del tuo lavoro, Tara. »

« Posso fare così poco... » e gli raccontò della clinica e del programma di nutrizione di bambini e vecchi, inconsapevole del proprio entusiasmo e della propria animazione finché lui non tornò a sorridere.

« Avevo ragione, tu conosci la compassione, Tara, la conosci benissimo. Mi piacerebbe vedere questo tuo lavoro. È possibile? »

« Davvero verresti? Sarebbe magnifico! »

Molly lo accompagnò alla clinica il pomeriggio seguente. La clinica sorgeva al margine meridionale del sobborgo negro di Nyanga. Il nome significa « alba » in lingua xhosa, ma non era tanto azzeccato. Come la maggior parte dei sobborghi negri, era composto di file e file di casette di mattoni identiche, dal tetto sottile d'amianto, separate da sentierini polverosi; benché esteticamente brutte e per nulla invitanti, erano vivibili e offrivano acqua corrente, fogne e corrente elettrica. Tuttavia, oltre il sobborgo vero e proprio, nella campagna ondulata e cespugliosa della piana del Capo, era sorta una baraccopoli che accoglieva il sovrappiù di emigranti negri che venivano dalle zone rurali impoverite, e tra costoro la clinica di Tara trovava la maggior parte dei pazienti.

Orgogliosamente, Tara guidò Moses e Molly intorno al piccolo edificio.

« Siccome è il finesettimana, non c'è nessuno dei dottori volontari », spiegò, mentre Moses si fermava a chiacchierare con le infermiere negre e con alcune delle madri che assistevano i bambini piccoli ricoverati in corsia.

Poco dopo fece il caffè per i visitatori nel suo piccolo ufficio, e quando Moses le chiese come era finanziata la clinica Tara gli rispose in modo vago.

« Abbiamo un finanziamento della provincia... » ma Molly Broadhurst interloquì.

« Non crederle. I soldi escono quasi tutti dalle sue tasche. »

« Faccio la cresta sulla spesa », rise Tara, « e rubacchio i soldi a mio marito. »

« Si può fare un giretto in macchina tra le baracche? Mi piacerebbe visitarle », disse Moses guardando Molly, che si morse le labbra e guardò l'orologio.

« Ah, maledizione, io devo proprio andare », e Tara intervenne immediatamente.

« Non preoccuparti, Molly, l'accompagno io a fare questo giro in macchina, e verso sera lo riporto a casa tua. »

Sulla vecchia Packard, sobbalzando sulle dune sabbiose solcate da piste sterrate, dove i salici di Port Jackson erano stati sradicati per far posto alle catapecchie coi tetti di lamiera e le pareti di cartone, i due girarono per la baraccopoli. Ogni tanto si fermavano e facevano due passi tra le baracche. Il vento di sudest soffiava dalla baia, riempiendo l'aria di polvere. Dovevano chinarsi a proteggere gli occhi avanzando.

Tutti conoscevano Tara e sorridevano e la salutavano ad alta voce. I bambini le correvano incontro e danzavano intorno a lei, chiedendo con grazia i dolcini che si portava sempre dietro per loro.

« Dove prendono l'acqua? » chiese Moses, e lei gli mostrò i vecchi bidoni da gasolio che i ragazzi avevano infilato dentro dei pneumatici. Facendoli rotolare sulle gomme andavano a prender l'acqua alla fontana comunale, a due chilometri di distanza, e poi tornavano col bidone pieno alla loro baracca.

« Per scaldarsi bruciano i salici », gli disse Tara, « ma d'inverno tutti i bambini sono sempre pieni d'influenza e polmonite. Quanto alle fogne, non c'è bisogno di chiedere dove sono, basta sentir l'odore... » I cessi erano buchi per terra, schermati in qualche modo da tende di juta vecchia.

Era quasi buio quando Tara parcheggiò la Packard dietro la clinica e spense il motore. Restarono lì seduti tranquilli per qualche minuto.

« Quella che abbiamo visto non è peggiore di cento altre baraccopoli, posti dove ho vissuto la maggior parte della mia vita », disse Moses.

« Mi dispiace. »

« E perché ti scusi? » le chiese lui.

« Non lo so, ma mi sento colpevole. » Si rendeva conto di quanto inadeguata suonasse una simile affermazione, ma era più forte di lei. Aprì la portiera della Packard.

« Devo prendere delle carte nel mio ufficio. Ci metto un minuto, poi ti riaccompagno da Molly. »

La clinica era deserta. Le due infermiere avevano chiuso tutto e se n'erano andate a casa un'ora prima. Tara entrò con le sue chiavi e, attraverso l'ambulatorio, passò nel suo studio. Si guardò allo specchio sopra il lavabo dove si lavò le mani. Era tutta rossa, e le brillavano gli occhi. Era così abituata allo squallore della baraccopoli che ormai non la deprimeva nemmeno più: invece la faceva sentire stranamente viva ed eccitata.

Ficcò le carte nella borsa e chiuse a chiave il cassetto della scrivania, si assicurò che la spina del fornello elettrico fosse staccata dalla presa a muro, poi spense le luci e tornò nell'ambulatorio. Si fermò sorpresa. Moses Gama l'aveva seguita dentro, e sedeva sul lettino delle visite presso la parete di fronte.

« Oh, sei tu », si riprese Tara. « Mi spiace d'averci messo tanto... »

Lui scosse la testa, poi si alzò e attraversò la stanza dal pavimento di piastrelle. Si fermò a fissarla. Lei si sentiva incerta e sulle spine mentre l'uomo studiava il suo viso con solennità.

« Sei una donna notevole », le disse con una voce calma e profonda che non gli aveva mai udito. « Non ho mai conosciuto un'altra donna bianca come te. »

Non le venne in mente alcuna risposta da dargli, e lui proseguì dolcemente: « Sei ricca e privilegiata. Hai tutto quello che la vita può offrire, eppure vieni qui. Vieni a questa sordida miseria... »

Si avvicinò e le toccò il braccio. Il suo palmo, e l'interno delle dita erano rosa pallido, e contrastavano vivamente con il dorso e l'avambraccio grosso e muscoloso, molto scuri. La sua pelle era fresca. Si chiese se era davvero così, o se era lei che era calda. Si sentiva scottare, sentiva una vera fornace ardere dentro di sé. Guardò la mano di lui sul suo braccio liscio e pallido. Non era mai stata toccata prima da un negro, mai deliberatamente, mai a lungo come adesso.

Lasciò cadere a terra la borsa che portava a tracolla, che andò giù con un tonfo. Aveva giunto le mani in grembo, istintivamente, come per difesa, ma adesso le lasciò cadere lungo i fianchi, e quasi senza accorgersene inarcò la schiena e spinse il bacino verso di lui. Nello stesso tempo alzò la testa e lo guardò dritto negli occhi. Socchiuse la bocca e accelerò il respiro. Vide lo stesso desiderio negli occhi dell'uomo e disse:

« Sì ».

Lui le carezzò il braccio, dal gomito alla spalla, e Tara rabbrividì chiudendo gli occhi. Le toccò il seno sinistro e lei non si mosse. La sua mano si chiuse e Tara sentì che il suo seno la riempiva, e la carne le si indurì, il capezzolo si gonfiò. Era una sensazione così intensa da essere quasi dolorosa, e lei ansimò mentre un brivido le correva lungo la spina dorsale, diramandosi a onde per tutto il suo corpo come quando si getta un sasso in uno stagno.

Il suo desiderio si accese così di colpo da coglierla impreparata. Non si era mai considerata una persona sensuale. Shasa era l'unico uomo che avesse mai conosciuto, e gli ci voleva tutta l'abilità e la pazienza per scaldarla, ma adesso a un sol tocco di Moses Gama le ossa le si sciolsero di desiderio e i lombi le si fusero come cera sul fuoco. Non riusciva a respirare, tanto grande era il suo bisogno di quest'uomo.

« La porta » balbettò Tara. « Chiudi la porta a chiave. »

Poi si accorse che ci aveva già pensato lui. Il catenaccio era tirato, e gliene fu grata, perché non avrebbe sopportato un attimo di ritardo. Moses la prese rapidamente in braccio e la portò al letto. Il lenzuolo che lo copriva era immacolato, e così inamidato da crocchiare piano sotto il suo peso.

Moses era così grande da terrorizzarla, e, benché avesse partorito quattro bambini, le parve di essere divelta mentre quella massa nera la riempiva. Poi il terrore passò, sostituito da una strana sensazione di santità. Lei era l'agnello sacrificale, e con quest'atto redimeva tutti i peccati della sua razza, tutte le angherie che essa aveva commesso contro il popolo di lui nei secoli; con quell'atto si liberava di tutti i sensi di colpa che l'avevano segnata, per così dire, dalla nascita.

Quando alla fine lui giacque pesantemente su di lei, ansimandole con un rombo nelle orecchie, e quando le ultime convulsioni scossero selvaggiamente i suoi grandi muscoli neri, lei gli si aggrappò con gioiosa gratitudine. Perché egli a un tempo e a un modo l'aveva liberata dalla colpa e l'aveva resa sua schiava per sempre.

In preda alla tristezza che segue l'amore, e sicurissima che tutto il suo mondo sarebbe mutato per sempre, Tara restò in silenzio riportando Moses a casa di Molly. Si fermò a un isolato di distanza, e tenendo il motore acceso si voltò a guardarlo in faccia alla luce dei lampioni.

« Quando ti rivedrò? » Era la domanda che infinite altre donne, nella sua situazione, gli avevano fatto.

« Vuoi rivedermi? »

« Più d'ogni altra cosa in vita mia. » In quel momento non pensò nemmeno ai suoi bambini. L'unica cosa che contava nella sua vita era lui.

« Sarà pericoloso. »

« Lo so. »

« Se ci scoprono la pagheremo cara. Disgrazia, ostracismo, prigione. La tua vita ne sarebbe distrutta. »

« La mia vita è uno schifo. La sua distruzione non sarebbe una gran perdita », gli rispose tranquilla.

Lui studiò i suoi lineamenti con attenzione, cercandovi eventuali tracce di insincerità. Alla fine restò soddisfatto.

« Ti manderò a chiamare quando non ci sarà pericolo. »

« Verrò subito, in qualsiasi momento. »

« Adesso devo lasciarti. Portami a casa di Molly. »

Si fermò di fianco alla casa dell'amica, nell'ombra, dove nessuno avrebbe potuto scorgerli dalla strada.

« Ora cominciano i sotterfugi e le dissimulazioni », pensò Tara con calma. « Avevo ragione. Nulla sarà mai più lo stesso. »

Lui non fece alcun tentativo di abbracciarla, non era consuetudine africana. La guardò, col bianco degli occhi che scintillavano come avorio nella penombra.

« Ti rendi conto che scegliendo me scegli la mia lotta? » le chiese.

« Sì, lo so. »

« Sei diventata una guerriera, e tu e le tue necessità, perfino la tua vita, non contano più. Se dovrai morire per la causa, io non alzerò un dito per salvarti. »

Lei annuì. « Sì, lo so. » La nobiltà dell'impegno le colmò il petto, rendendole difficile respirare, sicché la sua voce uscì stentata quando gli sussurrò: « Nessuno è più amato di te. Farò qualunque sacrificio tu mi chieda ».

Moses andò alla camera degli ospiti dove Molly l'aveva sistemato, e si lavò la faccia nel catino che Marcus Archer gli aveva portato, entrando senza bussare. Aveva chiuso la porta e ci si era appoggiato, guardando Moses nello specchio.

« E allora? » gli chiese infine, anche se non aveva nessuna voglia di sentire la risposta.

« È andato tutto come previsto », gli disse Moses. Poi si asciugò la faccia nella salvietta.

« Detesto quella stupida vacca », dichiarò sommessamente Marcus.

« Ne abbiamo già parlato e abbiamo concluso che era necessario. » Moses prese una camicia pulita in valigia.

« Lo so », disse Marcus. « Se ben ricordi, l'idea è stata mia, ma non per questo deve anche piacermi. »

« È uno strumento. È pura follia lasciarsi influenzare dai propri sentimenti e risentimenti personali. »

Marcus Archer annuì. Sperava infine di riuscire ad agire da vero rivoluzionario, come quegli uomini d'acciaio temprato di cui la causa aveva tanto bisogno: ma i suoi sentimenti per quest'uomo, Moses Gama, erano più forti di tutte le sue convinzioni politiche.

Sapeva che gli interessava una cosa sola. Negli anni, Moses Gama si era servito di lui con lo stesso calcolato cinismo con cui ora si proponeva di usare la Courteney. Il suo gran fascino sessuale era per Moses Gama un'altra freccia al suo arco, un altro modo di manipolare la gente. Poteva usarla su chiunque, uomo o donna, giovani o vecchi, attraenti o insipidi, e Marcus l'ammirava per questa capacità, e allo stesso tempo ne era addolorato.

« Domani si parte per il Witwatersrand », disse, togliendosi dalla porta. Era riuscito a dominare l'attacco di gelosia. « Ho preso tutti gli accordi. »

« Così presto? » gli chiese Moses.

« È già tutto stabilito. Andremo in macchina. »

Era uno dei problemi che rendevano arduo il loro lavoro. Era difficile per un negro viaggiare per il vasto subcontinente, a ogni richiesta doveva esibire il *dompas* e giustificare la lontananza dalla sua residenza, con precise ragioni di lavoro certificate dal datore.

L'amicizia di Marcus e l'apparente impiego presso la Camera delle Miniere forniva a Moses una copertura adeguata quando doveva viaggiare, ma avevano sempre bisogno anche di corrieri. E questa era una delle funzioni che avrebbe ricoperto Tara Courteney. Inoltre lei, che per nascita e matrimonio godeva di un'alta posizione sociale, poteva fornire informazioni preziosissime. In seguito, dopo che si fosse dimostrata degna di fiducia, poteva sbrigare anche lavori molto più importanti e pericolosi.

Alla fine Shasa Courteney raggiunse la conclusione che si sarebbe affidato al consiglio di sua madre per accettare o rifiutare l'offerta che gli avevano fatto durante il week-end di caccia allo *springbok*.

Shasa sarebbe stato il primo a disprezzare qualunque altro uomo della sua età che si dimostrasse ancora legato fino a quel punto al grembiule di mammà, ma non riteneva che la critica potesse riguardare lui. Il fatto che Centaine Courteney-Malcomess fosse anche sua madre era puramente incidentale. Ciò che l'induceva ad affidarsi a lei era la sua grande astuzia politica e finanziaria: era anche la sua socia principale, e la sua unica confidente vera. Prendere una decisione così importante senza consultarla era addirittura impensabile.

Aspettò una settimana, dopo il ritorno a Città del Capo, per lasciar sedimentare le sue idee, e per poter incontrare Centaine da sola. Infatti non aveva dubbi circa la reazione del patrigno alla proposta. Blaine Malcomess rappresentava l'opposizione in seno alla commissione parlamentare che doveva esaminare il progetto di estrarre benzina dal carbone, uno dei piani a lungo termine del governo per ridurre la dipendenza del Paese dal greggio importato. La commissione doveva fare dei sopralluoghi, e per una volta Centaine non avrebbe seguito il marito. Era l'occasione che cercava Shasa.

La casa di sua madre era a una mezz'ora di distanza da Weltevreden, dall'altra parte delle montagne di Constantia e in riva all'oceano, in mezzo a una vasta proprietà tutta coperta di piante di protea. L'edificio risaliva ai tempi della regina Vittoria, quand'era stato costruito da uno degli antichi magnati delle miniere del Rand. Centaine però l'aveva ristrutturato completamente e riarredato a modo suo.

Lo stava aspettando in veranda. Shasa parcheggiò la Jaguar e corse ad abbracciarla sugli scalini.

« Stai diventando troppo magro », lo rimproverò teneramente. Aveva indovinato, dalla telefonata che le aveva fatto, che aveva un argomento serio da discutere, e in proposito avevano le loro tradizioni. Centaine indossava una camicetta comoda, pantaloni e stivali. Senza nemmeno parlarne, lo prese per il braccio e si avviò per il sentiero che, costeggiando il roseto, saliva per la collina coperta di vegetazione spontanea.

L'ultima parte della salita era ripida e il sentiero difficile, ma Centaine l'affrontò senza esitare e arrivò in cima in testa. Non aveva quasi nemmeno il fiatone, e nel giro di un minuto la sua respirazione tornò normale. « Si tiene in gran forma. Solo il cielo sa quanto spende in trattamenti e pozioni salutari, e si allena come un'atleta professionista », pensò Shasa sorridendo con orgoglio. Le circondò la vita soda e sottile con il braccio.

« Non è bellissimo? » Centaine si appoggiò leggermente a lui e guardò l'oceano percorso dalla verde corrente di Benguela, che lambiva in un turbine di schiuma bianca il tacco dell'Africa, irto di spuntoni di roccia nera come un cavaliere medievale in armatura. « Questo è uno dei miei posti preferiti. »

« Chi l'avrebbe mai detto », mormorò Shasa, guidandola verso la roccia piatta, coperta di muschio, dove lei si sedeva sempre.

Poi si accoccolò sul muschio, ai suoi piedi. Restarono entrambi zitti per un po', e Shasa si chiese quante volte s'era ripetuta la stessa scena in quel posto, e quante gravi decisioni vi erano state prese.

« Ti ricordi Manfred De La Rey? » le chiese a un tratto, ma la sua reazione lo trovò impreparato. Centaine sobbalzò e lo scrutò attentamente, impallidendo, con un'espressione indecifrabile in viso.

« C'è qualcosa che non va, mamma? » Fece per alzarsi, ma lei gli accennò di star comodo.

« Perché mi chiedi di lui? » gli domandò, ma Shasa non le rispose direttamente.

« Non è strano come i nostri sentieri si incrocino sempre? Fin dal momento in cui suo padre ci salvò nel deserto, quando io ero appena nato ed eravamo dei reietti sperduti nel Kalahari che vivevano coi boscimani. »

« Non c'è bisogno di riparlarne », lo fermò Centaine, in tono brusco. Shasa capì di non aver mostrato un gran tatto. Il padre di Manfred aveva rapinato diamanti della miniera H'ani per quasi un milione di sterline, per vendicarsi di torti immaginari inflittigli da Centaine. Per quel reato aveva scontato quasi quindici anni di una condanna all'ergastolo, ed era stato graziato dai Nazionalisti appena andati al potere nel 1948. Analogamente i Nazionalisti avevano graziato tanti altri afrikaner condannati per tradimento, sabotaggio e rapina a mano armata dal governo di Smuts che avevano cercato di boicottare, simpatizzando per l'Asse, durante la guerra contro la Germania nazista. Tuttavia i diamanti rubati non erano mai saltati fuori, e la loro perdita aveva quasi rovinato Centaine, che si era costruita una fortuna col duro lavoro, il sacrificio e l'impegno costante.

« Perché hai nominato Manfred De La Rey? » ripeté la domanda.

« Mi ha invitato a un incontro segreto con importanti esponenti del suo partito. »

« Ci sei andato? »

Annuì lentamente. « Ci siamo incontrati in una tenuta nello Stato di Orange. C'erano altri due membri del governo. »

« Hai parlato con Manfred da solo? » gli chiese, e il tono della domanda, come il fatto che avesse usato il nome proprio del ministro degli Interni, aguzzò l'attenzione di Shasa. Gli venne in mente l'inaspettata domanda che gli aveva fatto Manfred De La Rey.

« Tua madre ti ha mai parlato di me? » gli aveva detto. Di fronte a questa strana reazione di Centaine, la faccenda acquistava una rilevanza particolare.

« Sì, mamma, gli ho parlato in privato. »

« E ti ha parlato di me? » gli domandò Centaine. Shasa sobbalzò, perplesso.

« Mi ha fatto la tua stessa domanda... se mi avevi mai parlato di lui. Come mai siete tanto interessati l'una all'altro? »

L'espressione di Centaine tornò indecifrabile, e Shasa si accorse che aveva chiuso la mente davanti a lui. Era un mistero che non si sarebbe risolto facendo domande dirette, avrebbe dovuto girarci intorno.

« Mi hanno fatto una proposta. » Vide riaccendersi l'interesse della madre.

« Manfred? Una proposta? Dimmi. »

« Vogliono che passi dalla loro. »

Centaine annuì lentamente, senza mostrare sorpresa e senza rigettar subito l'idea. Sapeva benissimo che Blaine, se fosse stato presente, avrebbe reagito in tutt'altro modo. Il suo senso dell'onore, i suoi rigidi principi non gli avrebbero lasciato alcuno spazio di manovra. Blaine era un uomo di Smuts, mente e cuore, e anche se il vecchio Maresciallo era morto di crepacuore poco dopo esser stato deposto dai Nazionalisti saliti al potere, Blaine continuava a essere quanto mai fedele alla sua memoria.

« Posso immaginare perché ti vogliono », disse lentamente Centaine. « Hanno bisogno di un grande finanziere, una mente di prim'ordine che conosca il mondo degli affari e sia un buon organizzatore. È l'unica cosa che manca al governo. »

Lui annuì. L'aveva capito subito, e la sua altissima stima per lei ne risultò confermata.

« Che prezzo intendono pagare? » gli domandò.

« Un posto nel governo. Ministro dell'Industria e delle Miniere. »

Vide il suo sguardo confondersi, e perdersi miope in mezzo al mare. Sapeva cosa significava quell'espressione. Centaine stava facendo i suoi conti, giocherellando col futuro: aspettò con pazienza che rimettesse lo sguardo a fuoco.

« Vedi qualche ragione di rifiutare? » gli chiese.

« Be', i miei principi, le mie idee politiche... »

« Sono tanto diversi dai loro? »

« Io non sono un afrikaner. »

« Questo potrebbe tornare a tuo vantaggio. Sarai il loro fiore all'occhiello inglese. Ciò ti conferirà uno status speciale. Avrai mano più libera. Saranno più riluttanti a cacciarti che se fossi uno dei loro. »

« Non sono d'accordo con la loro politica indigena, quest'affare dell'apartheid dal punto di vista economico è una vera follia. »

« Buon Dio, Shasa, non penserai che i negri meritino uguali diritti politici, spero? Nemmeno Jannie Smuts voleva questo. Vorresti forse veder insediato al governo un altro Chaka, con giudici negri e una polizia negra che lavorano per un dittatore negro? » Centaine rabbrividì. « Ci farebbero fuori subito. »

« No, mamma, non penso certo questo. Ma l'apartheid non è che un pretesto per papparsi tutta la torta. Invece bisogna darne una fetta anche a loro, se no tutto finirà in un bagno di sangue. »

« Benissimo, *chéri*. Se sarai nel governo potrai assicurarti che anche i negri abbiano la loro parte. »

Lui sembrava ancora perplesso. Prese tempo scegliendosi accuratamente una sigaretta dal portasigarette d'oro.

« Tu hai delle capacità speciali, Shasa », continuò suadente Centaine. « È tuo dovere usarle per il bene comune. »

Shasa continuava a tacere, perché voleva che si dichiarasse fino in fondo. Doveva sapere se lo desiderava quanto lui.

« Possiamo parlarci francamente fra noi, *chéri*. Questo è lo scopo per cui abbiamo lavorato fin da quando eri piccolo. Cogli l'occasione e fa' bene il tuo lavoro, non si sa mai cosa può nascerne. »

Poi tacquero entrambi. Sapevano cosa poteva nascerne, e lo speravano di cuore: era nella loro natura mirare sempre al vertice.

« E Blaine? » disse infine Shasa. « Come la prenderà? Ti garantisco che non ho nessuna voglia di dargli la notizia. »

« Gliela darò io », gli promise Centaine. « Ma tu dovrai pur dirlo a Tara. »

« Tara », sospirò lui. « Questo sì che è un problema. »

Tacquero ancora, finché Centaine gli chiese: « Come pensi di farlo? Se cambi campo adesso, tradendo il tuo elettorato, ti attirerai un mare di critiche e di pubblicità negativa ».

La decisione, così, fu presa senza altre parole. Alle prossime elezioni si sarebbe candidato per l'altro partito. « Vedrai che mi daranno un collegio sicuro. »

« Sicché abbiamo un po' di tempo per pensare a tutti i particolari. »

Ne parlarono per un'ora, pianificando con la meticolosità che faceva di loro una formidabile squadra da anni in campo finanziario e industriale. Infine Shasa la guardò negli occhi.

« Grazie », disse semplicemente. « Cosa farei senza di te?

Sei più risoluta e intelligente di qualsiasi uomo che abbia mai conosciuto. »

« Ma va' », gli sorrise lei. « Lo sai che odio le lodi. » Entrambi risero di questa palmare assurdità.

« Ti accompagno a casa, mamma. » Ma lei scosse la testa.

« Ho qualcos'altro a cui pensare. Lasciami qui. »

Lo guardò scendere per il sentiero, con un amore e un orgoglio che rischiavano di soffocarla.

« È il figlio che volevo, ha realizzato tutte le mie aspirazioni mille volte meglio. Grazie, figlio mio, grazie della gioia che mi hai sempre dato. »

Poi di colpo le parole « figlio mio » fecero scattare un'altra reazione, e la sua mente tornò alla prima parte della conversazione.

« Ti ricordi Manfred De La Rey? » le aveva domandato Shasa, ma non poteva certo sapere che risposta avrebbe dovuto dargli.

« Può mai dimenticare suo figlio una donna? » Sussurrò al vento la risposta, mentre in basso un'onda oceanica si schiantava fragorosamente sulla scogliera.

Tutte le panche in chiesa erano occupate. Tutte le cuffie femminili erano piene di colori, come un campo di margherite selvatiche di Namaqua in primavera, mentre i vestiti degli uomini erano scuri e severi. Tutti i visi erano rivolti al magnifico pulpito di legno nero istoriato, in cui stava il reverendissimo Tromp Bierman, presule della Chiesa Olandese Riformata del Sudafrica.

Manfred De La Rey considerò per l'ennesima volta quant'era invecchiato lo zio Tromp nel dopoguerra. Non era mai completamente guarito dalla polmonite contratta al campo di concentramento di Koffiefontein, dove quel fantoccio degli inglesi di Jannie Smuts l'aveva rinchiuso con centinaia di altri patrioti afrikaner per tutta la durata della guerra anglo-tedesca.

Ora la barba dello zio Tromp era candida come la neve, ancor più spettacolare del cespuglio nero che era stata un tempo. Anche i capelli erano bianchi, e pettinati col riporto per nascondere la calvizie. La rosea piazza occhieggiava tra chiazze di neve, ma gli occhi erano sempre pieni del fuoco con cui inceneriva i peccatori, e la voce tonante che gli aveva guadagnato il soprannome di « Tromba del Signore » non aveva perso un decibel e tuonava, temporalesca, cannoneggiando l'alto soffitto della casa di Dio.

Lo zio Tromp era ancora capace di riempire la chiesa e Manfred annuiva rispettosamente alla sua predica tonante. Non ascoltava le parole, in realtà, si limitava a godere della sensazione di continuità che stava provando; il mondo era un bel posto sicuro, quando lo zio Tromp predicava dal suo pulpito. Un uomo poteva confidare nel Dio del *Volk*, che il pastore evocava con tanta certezza, e credere nell'intervento divino che dirigeva la sua vita.

Manfred De La Rey sedeva in prima fila, nella parte destra della navata. Era la posizione più prestigiosa della congregazione, e aveva tutto il diritto di occuparla, perché era l'uomo più potente e importante che ci fosse in chiesa. La panca era riservata a lui e alla sua famiglia, e i loro nomi scritti a lettere d'oro spiccavano sui libri di preghiere e inni appoggiati davanti ai loro posti.

Sua moglie Heidi era una magnifica donna, alta e forte, dalle braccia lisce e dure, nude nei manicotti di pelliccia. Il suo seno era grande e ben fatto, il collo lungo e i folti capelli biondi intrecciati e raccolti a crocchia sotto il cappello nero a tesa larga. Manfred l'aveva conosciuta a Berlino, dove aveva vinto la medaglia d'oro di pugilato alle Olimpiadi del 1936, nella categoria dei mediomassimi. Adolf Hitler in persona era venuto al loro matrimonio. Durante la guerra erano rimasti separati, ma in seguito Manfred l'aveva fatta venire in Africa insieme al loro figlioletto Lothar.

Adesso Lothar aveva quasi dodici anni, ed era un bel ragazzo, forte, biondo come sua madre e robusto come suo padre. Sedeva impettito nel banco di famiglia, coi capelli pettinati con la brillantina e il colletto rigido che gli mordeva la nuca. Come suo padre, voleva diventare un atleta, ma si era dedicato al rugby in cui già eccelleva. Le tre sorelle minori, bionde e carine, dall'aria sana di ragazzine di campagna, sedevano accanto a lui, coi faccini incorniciati dal cappuccio da *voortrekker* e le gonne alle caviglie del costume tradizionale. Manfred era contento che, la domenica, lo indossassero.

Lo zio Tromp finì con un bombardamento minatorio infernale, che fece accapponar la pelle ai fedeli che già si vedevano in preda a Satanasso. Poi tutti si alzarono a cantar l'inno finale. Dividendo con Heidi il libro di preghiere, Manfred contemplò i suoi bei lineamenti germanici. Era una moglie di cui si poteva andare legittimamente fieri, una buona madre e massaia, una compagna intelligente di cui ci si poteva fidare, e uno sfavillante ornamento per un marito dedito alla carriera politica. Una donna come lei poteva stare al fianco di chiunque, anche il primo ministro di una ricca e potente nazione. Indulse a quel segreto pensiero. Chissà... era ancora giovane, il più giovane ministro di quel governo, e non aveva mai commesso alcun errore politico. Anche le sue attività in tempo di guerra gli conferivano lustro e credito presso i suoi pari, benché poche persone, fuori della cerchia degli intimi, conoscessero appieno il ruolo che aveva svolto nell'esercito segreto dell'*Ossewa Bradwag*, antibritannico e filonazista.

Già stavano sussurrando che era l'uomo del futuro, e ciò era evidente dal rispetto che gli mostrarono alla fine della funzione, quando la congregazione lasciò la chiesa. Manfred si fermò sul prato del sagrato, e uno dopo l'altro tutti i notabili si fermarono a salutarlo, porgendogli inviti, chiedendogli favori, congratulandosi per il discorso con cui aveva introdotto il nuovo Criminal Law Amendment Bill, la riforma del diritto penale, o semplicemente per porgergli omaggio. Solo dopo venti minuti buoni poté tornarsene a casa.

La famiglia ci andò a piedi. C'erano da percorrere soltanto due isolati, all'ombra delle grandi querce che costeggiavano le vie di Stellenbosch, la cittadella della cultura e dell'intellighenzia afrikaner. Le tre ragazzine camminavano in testa, Lothar le seguiva e poi venivano a braccetto Heidi e Manfred, fermandosi ogni pochi passi a salutar qualcuno o a scambiare qualche parola con un vicino, un amico o un elettore di Manfred.

Manfred aveva acquistato la casa nel dopoguerra, quando erano rientrati dalla Germania. Benché il giardino fosse piccolo, e desse quasi sulla strada, si trattava di una grande casa, con stanze spaziose e dai soffitti alti in cui la famiglia si trovava molto bene. Manfred non aveva mai visto la necessità di cambiarla, e gli piacevano molto i mobili seri, teutonici, che aveva scelto Heidi per arredarla. Adesso Heidi e le ragazze corsero avanti per dare una mano ai servitori in cucina, e Manfred fece il giro della casa e andò in garage. Non usava mai la vettura ufficiale con l'autista nei week-end, ma la Chevrolet personale, con cui andava a prendere il padre per pranzare insieme, in famiglia.

Il vecchio non andava quasi mai in chiesa, soprattutto quando predicava il reverendo Bierman. Lothar De La Rey viveva solo nella casetta che Manfred aveva comprato per lui nelle ultime propaggini della città, ai piedi del passo di Helshoogte. Lo trovò tra gli alberi di pesche, intento a curare gli alveari. Manfred si fermò a guardarlo dal cancello, col cuore stretto dalla pietà e dall'affetto.

Lothar De La Rey era stato un tempo alto e diritto come il nipote che rinnovava il suo nome, ma l'artrite che aveva preso in prigione a Pretoria l'aveva incurvato e deformato, facendo dell'unica mano che gli restava una specie di uncino grottesco. Il braccio sinistro era amputato sopra il gomito, troppo in alto per applicare un arto artificiale. Aveva perso il braccio in seguito a una ferita riportata durante la rapina che l'aveva mandato in prigione. Era vestito di calzonacci blu e camicia di tela da contadino, con una manica fermata da una spilla di sicurezza. In testa aveva un informe cappello marrone.

Manfred aprì il cancello ed entrò nel frutteto dove il vecchio era chino su un alveare di legno.

« Buongiorno, papà », gli disse piano Manfred. « Non sei ancora pronto. »

Suo padre si raddrizzò e lo guardò confuso, poi si riscosse con un po' di sorpresa.

« Manie! È già domenica? »

« Vieni, papà, che ti mettiamo un po' in ordine. Heidi fa l'arrosto di maiale, quello che ti piace tanto. »

Prese per mano il vecchio, che si lasciò portare in casa senza protestare.

« Ehi, ma che disordine. » Manfred si guardò intorno con una smorfia. La piccola camera da letto era in uno stato tremendo. Il letto con tutta evidenza non veniva rifatto da tempo: vestiti sporchi erano sparsi dappertutto sul pavimento, e sul comodino giacevano piatti e tazze usati. « Che ne è della domestica nuova che ti ha mandato Heidi? »

« Non mi piaceva, quella negretta insolente », brontolò Lothar. « Rubacchiava lo zucchero e mi beveva il brandy. L'ho licenziata. »

Manfred andò a vedere nell'armadio e trovò una camicia bianca pulita. Aiutò il vecchio a toglier l'altra.

« Quand'è l'ultima volta che ti sei fatto il bagno, papà? » gli chiese gentilmente.

« Eh? » Lothar lo scrutò vago.

« Non importa. » Gli abbottonò la camicia. « Heidi ti troverà un'altra domestica. Cerca di tenerla più di una settimana, stavolta. »

Non era colpa del vecchio, ricordò a se stesso Manfred. La prigione gli aveva rovinato il cervello. Era stato un uomo libero e orgoglioso, soldato e cacciatore, una creatura del duro Kalahari. Non si può mettere in gabbia un animale selvatico. Heidi aveva invitato il vecchio a vivere con loro, e Manfred si era sentito in colpa per il suo rifiuto. Avrebbe imposto l'acquisto di una casa più grande, ma questo era il meno. Manfred non poteva permettersi la sua presenza in giardino, vestito come un bracciante negro, le sue irruzioni improvvise in studio, mentre riceveva qualche persona importante, le sue maniere a tavola e i suoi commenti a sproposito allorché intratteneva gli ospiti. No, era meglio per tutti, e soprattutto per il vecchio, che vivesse per conto suo. Heidi gli avrebbe trovato un'altra cameriera; tuttavia, prendendolo a braccetto e accompagnandolo alla macchina, si sentì terribilmente in colpa.

Guidò pianissimo, quasi a passo d'uomo, indurendosi per far quello che non era mai riuscito a fare in tutti questi anni, da quando Lothar era stato graziato e liberato dalla prigione, per intercessione di Manfred.

« Ti ricordi i vecchi tempi, papà? Quando andavamo a pesca nella baia di Walvis? » gli chiese, e gli occhi del vecchio brillarono. Il lontano passato era più reale del presente per lui, e amava ricordare, citando senza errore avvenimenti, posti e persone di un'altra epoca.

« Parlami di mia madre, papà », l'invitò infine Manfred. Si odiò per aver condotto il vecchio nella trappola accuratamente preparata.

« Tua madre era una bella donna », annuì felice Lothar, ripetendo quello che tante volte aveva detto a Manfred fin da quando era bambino. « Aveva i capelli color delle dune del deserto, quando il sole del mattino le illumina. Era una bella donna tedesca di nobile nascita. »

« Papà », gli disse sottovoce Manfred. « Non mi stai dicendo la verità, vero? » Gli parlava come a un bambino sventato. « La donna che chiami mia madre, la donna che fu tua moglie, morì qualche anno prima che io nascessi. Ho una copia del suo certificato di morte, firmato dal dottore del campo di concentramento inglese. Morì di difterite. »

Non riusciva a guardare il padre mentre così gli parlava, ma teneva gli occhi fissi sulla strada, finché non udì un suono soffocato di fianco e si girò, in allarme. Lothar stava piangendo: le lacrime gli scorrevano lungo le guance raggrinzite.

« Mi dispiace, papà. » Manfred accostò al marciapiede e spense il motore. « Non avrei dovuto dirlo. » Tirò fuori il fazzoletto pulito e lo porse al padre.

Lothar si asciugò il viso lentamente, ma con mano salda. La mente, che di solito continuava a divagare, sembrava stavolta bloccata dallo shock.

« Da quanto tempo sai che è la tua vera madre? » gli chiese il padre con voce ferma e sicura. L'anima di Manfred vacillò. Aveva sperato di sentirglielo negare.

« Venne a trovarmi la prima volta che mi candidai alle elezioni. Mi ricattò, per il bene dell'altro suo figlio. L'avevo in mio potere. Minacciò di divulgare il fatto che anch'io ero un suo figlio illegittimo, distruggendo la mia candidatura, se agivo contro l'altro figlio. Mi sfidò a chiedere a te se era o non era vero, ma non ho mai osato farlo finora. »

« È la verità », annuì Lothar. « Mi spiace figlio mio. Ti ho mentito soltanto per proteggerti. »

« Lo so. » Manfred prese la mano ossuta del vecchio padre, che continuò il discorso.

« Quando la trovai nel deserto, era giovanissima e indifesa. Era bella. Anch'io ero giovane e solo... Eravamo soli insieme, nel deserto, col suo bambino appena nato. Ci innamorammo. »

« Non devi spiegarmi niente », disse Manfred, ma Lothar sembrò non udirlo.

« Una notte vennero nel nostro accampamento due boscimani selvaggi. Pensai che intendessero rubare i cavalli o le altre bestie. Li inseguii, e all'alba li raggiunsi. Gli sparai prima di arrivare a tiro delle loro frecce avvelenate. Era così che si trattavano quelle piccole bestie gialle e feroci a quel tempo. »

« Sì, papà, lo so. » Manfred conosceva la storia della guerra di sterminio condotta dal suo popolo contro le tribù boscimane.

« Allora non lo sapevo, ma prima che io la trovassi lei era vissuta con quegli stessi due boscimani. L'avevano aiutata a sopravvivere nel deserto e a partorire il primo figlio. Ormai li amava, tanto che li chiamava 'vecchio nonno' e 'vecchia nonna'. » Scosse la testa sbalordito, ancora incapace di comprendere questo rapporto di una donna bianca con due selvaggi. « Ma io non lo sapevo, e li uccisi senza rendermi conto di che cosa rappresentavano per lei. Il suo amore per me si trasformò in odio. Adesso so che il suo amore non poteva essere profondo, forse era solo solitudine, abbandono, gratitudine, e niente affatto amore. Ma dopo cominciò a odiarmi, e il suo odio si estese al mio bambino di cui era incinta. Si estese anche a te, Manie. Ti affidò a me subito dopo la tua nascita. Ci odiava entrambi così profondamente che non voleva nemmeno vederti. Da allora, di te mi sono sempre occupato io solo. »

« Fosti padre e madre per me. » Manfred chinò il capo, vergognoso e pentito di aver costretto il vecchio a rievocare quegli eventi tragici e crudeli. « Ciò che mi hai raccontato spiega tante cose che non avevo mai capito. »

« *Ja* », disse Lothar asciugandosi nuove lacrime. « Lei mi odiava, ma vedi, io l'amavo ancora. Anche se mi aveva trattato crudelmente, non riuscivo a dimenticarla. Per questo commisi quella follia della rapina. Fu una vera follia, e mi costò questo braccio. » Sollevò la manica vuota. « E la libertà. È una donna dura, una donna senza pietà. Non esita a distruggere chi le taglia la strada. È tua madre, ma sta' attento a lei, Manie. Il suo odio è terribile. » Il vecchio si chinò verso il figlio e gli prese il braccio, scuotendolo per l'agitazione. « Non devi aver nulla a che fare con lei, Manie, o ti distruggerà come ha distrutto me. Promettimi che starai lontano da lei e dalla sua famiglia. »

« Mi dispiace, papà », scosse la testa Manfred. « Sono già legato a lei, attraverso suo figlio », esitò prima di pronunciare le parole successive, « ossia mio fratello, il mio fratellastro Shasa Courteney. Sembra che i nostri destini e il nostro sangue siano così intrecciati che non potremo mai liberarci l'uno dell'altro. »

« Oh, figlio mio, figlio mio », lamentò Lothar De La Rey. « Stai attento. Ti prego, stai attento. »

Manfred prese in mano la chiave per avviare il motore, ma esitò ancora.

« Dimmi, papà. Cosa provi oggi per questa donna, per mia madre? »

Lothar tacque un attimo prima di rispondere: « La odio quasi quanto l'amo ancora ».

« È strano che si possa amare e odiare allo stesso tempo. »

Manfred scosse la testa lentamente, meravigliato. « Io la odio per quello che ti ha fatto. La odio per tutto ciò che rappresenta, pure sento il richiamo del sangue. Alla fine, a parte tutto il resto, Centaine Courteney è mia madre e Shasa Courteney è mio fratello. Odio e amore... quale dei due prevarrà, papà? »

« Vorrei saperlo anch'io, figliolo », sospirò miseramente Lothar. « Posso solo ripeterti quello che ti ho già detto. Attento a quei due, Manie. Madre e figlio, sono avversari pericolosi. »

Erano quasi vent'anni che Marcus Archer possedeva la vecchia fattoria a Rivonia. Aveva comprato la piccola tenuta di un paio d'ettari prima che la zona diventasse di moda. Adesso confinava col Club del Golf di Johannesburg, il più esclusivo del Witwatersrand. I soci gli avevano offerto quindici volte il prezzo che aveva pagato a suo tempo, più di centomila sterline, ma Marcus si era sempre testardamente rifiutato di vendere.

Su tutti gli altri grossi appezzamenti di Rivonia, i nuovi proprietari – ricchi imprenditori, agenti di cambio, medici di successo – avevano costruito grandi residenze, generalmente basse e tipo ranch, come andava di gran moda, oppure copie fantasiose di *haciendas* messicane o ville mediterranee, circondando l'edificio principale di scuderie e campi d'equitazione, campi da tennis e piscine e grandi prati all'inglese che le gelate invernali dell'altopiano bruciavano rendendoli color marrone come foglie di tabacco lavorato.

Marcus Archer aveva rifatto il tetto della vecchia fattoria, imbiancato le pareti, e piantato frangipani, bougainvillee e altri rampicanti all'esterno; poi aveva abbandonato a se stesso il giardino, al punto che ora dallo steccato la casa non si vedeva neanche più.

Benché la zona fosse ora un vero e proprio bastione della ricca élite bianca, il Club del Golf dava lavoro a una quantità di negri, come sguatteri, *caddies* e camerieri, sicché nei dintorni nessuno faceva caso a una faccia nera, contrariamente a quanto avveniva in altri sobborghi di bianchi ricchi. Amici e compagni di Marcus potevano andare e venire senza destare alcun sospetto. Puck's Hill, come Marcus aveva recentemente ribattezzato la fattoria, era così diventato pian piano il luogo d'incontro dei più attivi militanti nazionalisti africani, le avanguardie della coscienza nera e i loro alleati bianchi, membri del disciolto partito comunista.

Era naturale, quindi, che Puck's Hill fosse scelto come quartier generale della preparazione e del coordinamento della campagna di disobbedienza dei negri che andava a incominciare. Tuttavia, non era un gruppo unificato quello che si incontrava sotto il tetto di Marcus Archer, perché, sebbene il loro obiettivo finale dichiarato fosse lo stesso, le varie visioni del futuro differivano parecchio.

In primo luogo c'era la vecchia guardia dell'African National Congress, guidata dal dottor Xuma. Erano i più conservatori, e portavano avanti trattative coi funzionari statali bianchi nel quadro del chiuso sistema sociale e razziale vigente.

« Voialtri perseguite invano questa strada fin dal 1912, quando l'ANC fu fondato », rinfacciò a Xuma Nelson Mandela. « Ma adesso è ora di andare al confronto, di imporre ai boeri la nostra volontà. »

Nelson Mandela era un giovane avvocato, che stava facendo il tirocinio nel Witwatersrand assieme a un altro attivista di nome Oliver Tambo. Nella gerarchia del Congresso costituivano l'ala emergente dei giovani ribelli che sfidavano la leadership.

« È tempo di passare all'azione diretta », disse Nelson Mandela chinandosi in avanti e guardando le altre personalità sedute al tavolone. Erano in cucina, la stanza più grande di Puck's Hill, dove tenevano tutte le riunioni. « Abbiamo steso un programma di boicottaggio, sciopero e disobbedienza civile. » Mandela parlava in inglese, e Moses Gama, seduto vicino all'altro capo del tavolo, lo osservava impassibile. Ma la sua mente correva avanti, precedendo l'oratore e valutando le proposte. Come tutti gli altri presenti conosceva benissimo i retroscena politici della riunione. Tra i leader negri lì riuniti non ce n'era uno che non sognasse di essere lui a guidare un giorno tutti i popoli indigeni del Sudafrica.

Tuttavia il fatto che Mandela parlasse in inglese sottolineava la realtà più importante con cui dovevano fare i conti: le loro divisioni. Mandela era un tembu, Xuma uno zulu, Moses Gama un ovambo, e nella stanza erano rappresentate una mezza dozzina di altre tribù.

« Sarebbe cento volte più facile se noi negri fossimo un popolo solo », pensò Moses, e a dispetto di se stesso subito dopo guardò, un po' a disagio, il gruppetto degli zulu che sedevano tutti insieme dall'altra parte del tavolo. Erano la maggioranza, non soltanto in quella stanza, ma anche nel paese in generale. Che sarebbe successo se si fossero alleati in qualche modo coi bianchi? Era un pensiero inquietante, ma lo mise recisamente da parte. Gli zulu erano i più fieri e indipendenti fra le tribù guerriere. Prima dell'arrivo dei bianchi avevano conquistato tutti i popoli vicini e li avevano soggiogati. Il re zulu Chaka li aveva chiamati « i miei cani ». A causa del numero e delle tradizioni guerriere, era quasi sicuro che il primo presidente negro del Sudafrica sarebbe stato uno zulu, o una persona che avesse legami molto stretti con la nazione zulu. Legami di matrimonio... A questa possibilità Moses si mise a pensare, non per la prima volta, con gli occhi socchiusi. Era comunque tempo che si sposasse. Ormai aveva quasi quarantacinque anni. Una principessa zulu? Accantonò l'idea, per ripensarci meglio in seguito, e tornò a concentrarsi su quanto stava dicendo Nelson Mandela.

L'uomo aveva carisma e presenza, ed era intelligente e persuasivo. Un rivale, un rivale molto pericoloso. Moses riconobbe questo fatto come tante altre volte in precedenza. Erano tutti rivali. Nondimeno, la Lega dei Giovani dell'ANC era la base di potere di Nelson Mandela: guidava le teste calde, i giovani avidi di colpi di mano; eppure, ecco che adesso invitava alla cautela, moderando di riserve il suo appello all'azione.

« Non devono esserci violenze gratuite », stava dicendo. « Non bisogna danneggiare la proprietà privata, mettere a repentaglio vite umane... » e, benché Moses Gama annuisse con serietà, si chiedeva quale efficacia avrebbe avuto questo appello moderato fra i giovani della Lega. Non avrebbero preferito una vittoria sanguinosa e gloriosa? Era una possibilità da considerare.

« Dobbiamo indicare la strada alla nostra gente, dimostrare che non siamo affatto soli in questa lotta », stava ora dicendo Mandela, e Moses Gama sorrise dentro di sé. I membri dell'ANC erano in tutto settemila, mentre il suo sindacato clandestino di minatori contava quasi dieci volte tanti aderenti. Era il caso di ricordare a Mandela e a tutti gli altri il suo schiacciante e indiscusso potere presso i lavoratori negri meglio pagati e del settore più importante per il Paese. Moses si girò appena e guardò l'uomo che gli sedeva a fianco, provando un intimo moto d'affetto. Erano vent'anni che Hendrick Tabaka lo fiancheggiava così.

Swart Hendrick era un uomo grande e grosso, alto come Moses ma con le spalle più larghe e la pancia. I suoi arti erano molto muscolosi. Aveva la testa rotonda come una palla di cannone, e piena di cicatrici di vecchie battaglie. Gli mancavano gli incisivi, e Moses ricordava la brutta fine fatta dal bianco che glieli aveva strappati.

Erano figli dello stesso padre, un capo ovambo, ma di madri diverse. Era l'unico uomo al mondo di cui Moses si fidasse, una fiducia non data a cuor leggero, ma conquistata nell'arco del ventennio precedente. Era l'unico negro in quella stanza che non fosse un rivale, ma un compagno e insieme un servitore fedele. Swart Hendrick gli fece un cenno, senza sorridere, e Moses si accorse che Nelson Mandela aveva finito di parlare e che tutti guardavano lui, in attesa della sua risposta. Si alzò lentamente in piedi, ben consapevole dell'impressione che stava facendo, e colse il rispetto nell'espressione degli astanti. Nemmeno gli avversari politici riuscivano a celare interamente la reverenza che ispirava.

« Compagni », esordì. « Fratelli. Ho ascoltato ciò che ha detto il buon fratello Nelson Mandela e sono d'accordo con ogni sua parola. Ci sono soltanto due o tre cose che sento di dover aggiungere... » e poi parlò per quasi un'ora.

Dapprima propose un piano dettagliato di scioperi a gatto selvaggio nelle miniere controllate dal suo sindacato.

« Gli scioperi avverranno a sostegno della campagna di disobbedienza civile, ma non indiremo uno sciopero generale che darebbe ai boeri la scusa per intervenire con mano pesante. Fermeremo poche miniere per volta, e per brevi periodi, prima di tornare al lavoro, quanto basta insomma per boicottare gravemente la produzione d'oro ed esasperare la direzione. Gli morderemo le caviglie come fa il cagnolino col leone, pronto a scappare appena quello si volta. Ma sarà un avvertimento. Capiranno che siamo forti, e avranno paura di ciò che potrebbe succedere in caso di sciopero generale. »

Vide come erano rimasti colpiti dal suo piano, e, quando la proposta venne messa ai voti, fu approvata all'unanimità. Era un'altra piccola vittoria, un'altra aggiunta al suo prestigio e alla sua influenza in seno al gruppo.

« Oltre agli scioperi, proporrei un boicottaggio degli esercizi commerciali dei bianchi del Witwatersrand per la durata della campagna di disobbedienza. La nostra gente dovrà comprare ciò che gli serve soltanto nei negozi dei negri. »

Hendrick Tabaka possedeva più di cinquanta grandi empori nelle città negre della zona mineraria, e Moses Gama era il suo socio occulto. Vide gli altri sussultare alla proposta, e Mandela fece un'obiezione.

« Questo potrebbe causare inopportune difficoltà alla nostra gente », disse. « Tanti vivono in zone servite solo da negozi bianchi. »

« Allora dovranno andare da un'altra parte, dove c'è qualche negozio di fratelli. Alla nostra gente non farà male imparare che la lotta chiede sacrifici a tutti », gli rispose tranquillo Moses.

« Un boicottaggio come quello che proponi sarebbe praticamente irrealizzabile », insisté Mandela, e stavolta gli rispose Hendrick Tabaka.

« Per assicurarci che la gente obbedisca faremo entrare in azione i Bufali », ruggì, mettendo chiaramente a disagio i membri più prudenti della riunione.

I Bufali erano il braccio del sindacato. Capeggiati da Hendrick Tabaka, avevano fama di agire rapidamente e spietatamente. Somigliavano troppo a un esercito politico privato per la tranquillità di mente di qualche altro partecipante alla riunione, e Moses Gama si accigliò leggermente. Forse era stato uno sbaglio di Hendrick menzionare i Bufali. Moses nascose il proprio disappunto quando la proposta di boicottare i negozianti bianchi, e di far rispettare a tutti il boicottaggio mediante i Bufali, non passò. Era una vittoria di Mandela e dei suoi moderati. Fin lì erano dunque in parità, ma Moses non aveva ancora finito.

« C'è un altro argomento che vorrei sollevare prima che la riunione sia aggiornata. Vorrei considerare le prospettive che si stendono al di là della campagna di disobbedienza civile. Che cosa faremmo se la campagna venisse soffocata da una decisa azione della polizia, e seguita dal massacro dei dirigenti negri e dalla promulgazione di leggi di dominio ancor più draconiane? » chiese. « La nostra risposta sarà sempre mite e timida, continueremo a toglierci il cappello e borbottare: 'Sì, padrone bianco! No, padrone bianco?' »

Fece una pausa, e osservò gli altri, scorgendo l'inquietudine che si aspettava nel volto del vecchio Xuma e dei conservatori; ma non aveva affatto parlato per loro. All'altro capo del tavolo c'erano due giovani ancora sui vent'anni: erano osservatori della Lega dei Giovani dell'ANC, e Moses sapeva che erano entrambi militanti che aspiravano a un'azione più risoluta. Quanto stava per dire adesso era diretto a loro, e sapeva che le sue parole sarebbero state trasmesse a tanti altri giovani guerrieri. Poteva iniziare di qui un'erosione del potere di Mandela presso i giovani, trasferendo poi questo potere a un altro leader più pronto a dar loro il fuoco e il sangue di cui erano assetati.

« Propongo la costituzione di un'ala militare dell'ANC », disse Moses, « una forza combattente di uomini addestrati, pronti a morire per la nostra lotta. Chiamiamo questo esercito *Umkhonto we Sizwe*, la Lancia della Nazione. Forgiamo questa lancia nel segreto; affiliamola come un rasoio, e teniamola nascosta, ma sempre pronta a colpire. » Usò il suo tono di voce più vibrante, e vide che i due giovani guerrieri lo guardavano coi visi illuminati di speranza. « Scegliamo i nostri giovani più arditi e intelligenti, e formiamo con loro gli *impi*, i reggimenti, come hanno fatto i nostri antenati. » Fece una pausa e la sua espressione divenne sdegnosa. « Ci sono dei vecchi fra noi, e son saggi. Io rispetto i loro capelli grigi e la loro esperienza. Ma ricordate, compagni, il futuro è dei giovani. C'è un tempo per le belle parole – ed è un pezzo che ne sentiamo nelle nostre riunioni – e un tempo per l'azione: l'azione decisa e decisiva, e questo è il mondo dei giovani. »

Quando infine Moses Gama tornò a sedersi, vide che aveva toccato proprio tutti, sia pure in maniera diversa. Il vecchio Xuma scuoteva la testa grigia, e gli tremavano le labbra. Sapeva che il suo tempo era passato. Nelson Mandela e Oliver Tambo lo guardavano impassibili, ma vide balenare negli occhi la furia che aveva suscitato nel loro cuore. Gli schieramenti si erano delineati, e il nemico era stato riconosciuto. Però, e questa era la cosa più importante, vedeva l'espressione dei due rappresentanti della Lega dei Giovani. Erano uomini che avevano appena trovato una nuova stella da seguire.

« Da quando in qua ti interessa tanto la paleoantropologia? » domandò Shasa Courteney voltando le pagine del *Cape Times* per passare dalla sezione finanziaria a quella sportiva.

« Non ti ricordi che l'ho studiata all'università? » ribatté Tara, sbuffando con qualche ragione. « Vuoi un'altra tazza di caffè? »

« Grazie, carissima. » Lo bevve e riprese a parlare. « Quanto tempo hai intenzione di star via? »

« Il professor Dart terrà un corso settimanale, parlando di tutti gli scavi che ha effettuato, dalla scoperta del cranio di Taungs fino alle più recenti. Ha avuto la possibilità di trattare il materiale con una di quelle nuove macchine elettroniche che chiamano computer. »

Dietro il giornale, Shasa ridacchiò pensando a Marylee e al suo IBM 701. Anche lui aveva voglia di fare un salto a Johannesburg quanto prima.

« Pare abbia raggiunto risultati fenomenali », gli stava raccontando Tara. « Tutto concorda con le ultime scoperte di Sterkfontein e di Makapansgat. Sembra proprio che il Sudafrica sia stato la culla dell'umanità, e che l'*Australopithecus* sia il nostro diretto progenitore. »

« Allora starai via una settimana? » l'interruppe Shasa. « E i bambini? »

« Ho parlato con tua madre, sarà lieta di venire a Weltevreden mentre io sono via. »

« Purtroppo io non potrò raggiungerti », disse Shasa. « Si sta ancora discutendo la riforma del codice di diritto e procedura penale, e in Parlamento abbiamo bisogno di tutti i voti. Se no potevo accompagnarti io col Mosquito: invece dovrai prendere il volo di linea col Viscount. »

« Che peccato », sospirò Tara. « Ti saresti divertito, sai? Il professor Dart è un ottimo parlatore. »

« Scendi alla *suite* del Carlton, beninteso. È libera. »

« Molly mi ha fatto invitare a casa di una sua amica a Rivonia. »

« Una compagna bolscevica, ci scommetto », disse Shasa accigliandosi un tantino. « Be', cerca di non farti arrestare un'altra volta. » Era un po' che aspettava l'occasione di introdurre un discorsetto sulle sue attività politiche. Abbassò quindi il giornale e la guardò pensosamente, poi decise che non era il momento e si limitò ad annuire. « Il vedovo bianco e i figli derelitti cercheranno di sopravvivere senza di te per qualche giorno. »

« Con tua madre in arrivo e i sedici servitori, non dubito

che ve la caverete », gli disse lei seccamente, lasciando trasparire per un attimo la propria irritazione.

Marcus Archer andò a prenderla all'aeroporto. Era affabile e divertente, e mentre andavano verso Rivonia ascoltando musiche di Mozart alla radio, Marcus le parlò della vita e delle opere del compositore. Sapeva di musica molto più di lei, ma benché Tara ascoltasse la sua dissertazione con piacere e attenzione, Marcus avvertiva con chiarezza il suo astio. Era ben nascosto, ma emergeva da una battutina pungente, da uno sguardo sdegnoso. Non fece mai il nome di Moses Gama, e lei neppure. Molly le aveva detto che era un omosessuale, il primo che avesse mai conosciuto, a quanto ne sapeva, e si domandò se odiassero tutti le donne.

Puck's Hill era una delizia, col suo tetto irsuto e il giardino incolto, così diverso dallo splendore pettinato di Weltevreden.

« Lo troverai in fondo alla veranda », le disse Marcus, parcheggiando la macchina sotto uno degli eucalipti che crescevano dietro la casa. Era la prima volta che si riferiva a Moses, ma anche qui non aveva adoperato il suo nome. La piantò in asso dicendo che aveva da fare.

Era stata parecchio in dubbio su come vestirsi. I pantaloni quasi sicuramente non gli piacevano addosso alle donne. Così alla fine aveva scelto una gonna lunga di tela stampata, coloratissima, che aveva comprato a buon mercato nello Swaziland, con una camicetta semplice di cotonina verde e dei sandali. Un altro problema era il trucco: si era poi decisa per un rossetto rosa chiaro e appena un tocco di mascara. Spazzolandosi i lunghi capelli a onde castani, nella toilette dell'aeroporto, si era vista abbastanza bella: ma ora a un tratto si preoccupava che lui potesse trovare la sua pelle chiara insipida e per nulla attraente.

Adesso, in piedi, sola al sole, fu colta nuovamente dai dubbi, e da quel terribile senso di inadeguatezza. Se Marcus fosse rimasto accanto a lei, gli avrebbe forse chiesto di riaccompagnarla subito all'aeroporto, ma se n'era andato chissà dove... così prese il coraggio a due mani e girò lentamente intorno all'angolo della casa.

Si fermò a sbirciare nella lunga veranda. All'altro capo di essa, Moses Gama, seduto a un tavolino, le dava le spalle. Il tavolo era pieno di libri e del necessario per scrivere. Lui indossava una camiciola bianca che contrastava magnificamente con il meraviglioso color antracite della sua pelle. Aveva la testa china e scriveva rapidamente su un blocco di fogli.

Timidamente salì sulla veranda e, benché si avvicinasse senza rumore, lui avvertì la sua presenza e si voltò di scatto quand'era arrivata a metà strada. Non sorrise, ma a Tara parve di scorgere un lampo di gioia nei suoi occhi quando si alzò e le venne incontro. Non cercò di abbracciarla, o di baciarla, e lei ne fu lieta, perché questo confermava il suo essere diverso. Invece, l'accompagnò all'altra seggiola del tavolino e la fece accomodare.

« Stai bene? Stanno bene i bambini? » Era l'innata cortesia africana, che si esprimeva in queste domande subito seguite dall'offerta di un rinfresco. « Ti do una tazza di tè. » Gliela versò dalla teiera già pronta sul piano ingombro di carte, e lei bevve con piacere.

« Grazie di essere venuta », le disse.

« Sono partita appena ho ricevuto il tuo messaggio da Molly, come ti avevo promesso. »

« Manterrai sempre le promesse con me? »

« Sempre », gli rispose con semplice sincerità, e lui studiò il suo volto.

« Sì », annuì poi. « Credo che lo farai. »

Tara non riusciva a sostenere il suo sguardo. Sembrava entrarle nell'anima e metterla a nudo. Abbassò gli occhi sul piano del tavolo, vedendo ciò che stava scrivendo.

« È un manifesto », le disse. « Sono piani per il futuro. »

Scelse una mezza dozzina di fogli e glieli porse. Lei posò la tazza e glieli prese di mano, rabbrividendo un po' quando le dita si sfiorarono. La sua pelle era fresca. Una delle cose che ricordava.

Lesse i fogli, con attenzione sempre più concentrata man mano che proseguiva nella lettura, e quando ebbe finito alzò gli occhi a guardarlo.

« Scegli sempre parole così poetiche da far risplendere la verità ancora di più », gli sussurrò.

Restarono seduti in veranda, mentre fuori il gran sole dell'altopiano proiettava ombre nere e nette come silhouette ritagliate nella carta. Parlarono nel meriggio afoso.

Nella loro conversazione non c'erano banalità. Tutto quello che lui diceva era appassionante e logico, e sembrava suggerirle anche le risposte. Tuttavia Tara si accorse che apprezzava le sue osservazioni lucide e misurate, che avevano ridestato in lui un vero interesse. Non pensava più alle piccole vanità dei vestiti e dei cosmetici, ora importava solo quel che si dicevano, la trama e l'ordito di ciò che riuscivano a tessere in due. Con un soprassalto si accorse che era passata tutta la giornata, perché su di loro incombeva il rapido crepuscolo africano. Marcus venne a chiamarla per mostrarle la sua camera sommariamente arredata.

« Tra venti minuti usciamo per andare al museo », le disse.

La prima conferenza del professore si svolgeva nella sala di riunione del museo del Transvaal. I tre sedettero in una delle ultime file. La sala era affollata, e c'era qualche altro negro (una mezza dozzina in tutto), ma Marcus si sedette fra di loro. Un negro seduto vicino a una donna bianca avrebbe destato sicuramente curiosità e ostilità. Tara trovò difficile concentrarsi su quanto diceva l'eminente professore, e, benché gli lanciasse uno sguardo solo una volta o due, continuava a pensare soltanto a Moses Gama.

Tornati a Puck's Hill sedettero fino a tardi nella grande cucina, che sembrava una spelonca, mentre Marcus faceva da mangiare. Di quando in quando partecipava anche lui alla conversazione: poi portò in tavola un pasto che, pur pensando a tutt'altro, Tara giudicò assolutamente degno di quanto compicciava lo chef di Weltevreden.

A mezzanotte passata Marcus si alzò bruscamente.

« Ci vediamo domattina », disse, rivolgendo a Tara un altro sguardo avvelenato. Non riusciva a capire cosa poteva avergli fatto, ma ben presto non le importò più, perché Moses la prese per mano.

« Vieni », disse piano, e lei pensò che le cedessero le gambe.

Molto tempo dopo, giaceva abbracciata a lui, col corpo inondato di sudore e i nervi che ancora spasimavano pulsando incontrollabilmente.

« Mai », gli sussurrò quando ritrovò la parola, « mai ho conosciuto un uomo come te. Mi insegni cose di me stessa che non avevo mai sospettato. Sei un mago, Moses Gama. Come fai a saper tanto di una donna? »

Lui ridacchiò piano. « Sai, noi abbiamo diritto a tante mogli. Se un uomo non è capace di accontentarle sempre tutte, la sua vita fa in fretta a diventare un inferno. Quindi siamo costretti a imparare. »

« Tu hai tante mogli? » gli chiese.

« Ancora no », le rispose. « Ma un giorno... »

« Quanto le odierò! »

« Mi deludi », le disse. « La gelosia sessuale è uno stupido sentimento europeo. Se lo riscontrassi in te, io ti disprezzerei. »

« Per favore », gli disse piano, « non disprezzarmi mai. »

« Allora non darmene mai ragione, donna », le ordinò, e intimamente lei gliene riconobbe tutto il diritto. Era sua.

Capì subito che quel primo giorno passato interamente con lui era da considerarsi eccezionale. Capì anche che doveva avere riservato apposta tutto quel tempo solo per lei, e che la cosa doveva essergli riuscita alquanto difficile, perché tanti altri, a centinaia, reclamavano la sua attenzione.

Era come uno degli antichi re africani, che dava udienza e amministrava la giustizia da quella veranda. C'erano sempre uomini e donne in attesa sotto gli alberi in giardino, che aspettavano pazientemente di potergli parlare. Erano persone di tutti i tipi e di tutte le età, dai campagnoli appena inurbati dai villaggi ai laureati in abito scuro che arrivavano in macchina. Avevano una sola cosa in comune: la deferenza e il rispetto che mostravano a Moses Gama. Alcuni di loro battevano le mani nel saluto tradizionale, e lo chiamavano *Baba* o *Nkosi*, padre o padrone, altri gli stringevano la mano all'uso europeo, ma Moses li accoglieva tutti parlando nella loro lingua. « Deve parlarne una ventina », stupì Tara.

In genere permetteva a Tara di sedere al tavolo vicino a lui, in silenzio, e spiegava la sua presenza con poche parole: « È un'amica, puoi parlare ».

Tuttavia in due occasioni le chiese di lasciarlo solo, prima di conferire con i visitatori più importanti. Una volta, quando venne a trovarlo un omaccione pelato a cui mancavano i denti davanti, ma con una Ford nuova fiammante, si allontanarono scusandosi.

« Questo è mio fratello Hendrick Tabaka », le disse, e andò a passeggiare con lui per il giardino inondato di luce, appena fuori portata d'orecchio.

Ciò che vide in quei giorni l'impressionò immensamente e confermò i suoi sentimenti di riverenza per quell'uomo. Tutto ciò che faceva, tutto ciò che diceva lo segnalavano diverso, e il rispetto e l'adulazione che gli dimostravano i visitatori africani facevano ben intendere che lo consideravano un gigante che avrebbe forgiato il futuro.

Tara si sentiva sbigottita che l'avesse scelta per dedicarle un'attenzione speciale, e contemporaneamente rattristata perché sapeva con certezza che non avrebbe mai potuto averlo tutto per sé. Egli apparteneva al suo popolo, e le toccava esser grata dei minimi ritagli di tempo che quella personalità le dedicava.

Anche le serate successive, a differenza della prima, furono affollate di gente e di eventi. Fino a ben oltre mezzanotte sedevano al tavolone di cucina, a volte anche in venti, a fumare, ridere, mangiare e parlare. Quelle conversazioni, quelle idee illuminavano la stanza come aureole angeliche. Poi, nelle ore del buio e della pace, facevano l'amore, e lei aveva l'impressione che il suo corpo non le appartenesse più, ma fosse diventato proprietà di lui, che lo divorava come una sorta di scuro, amato predatore.

In quei pochi giorni dovette conoscere centinaia di facce nuove. Benché alcune le risultassero sfocate, e non le producessero un'impressione duratura, era come se fosse entrata a far parte di una enorme e ramificata famiglia, dove essendo presentata da Moses Gama veniva accettata immediatamente e onorata dell'incondizionata fiducia di tutti, negri o bianchi che fossero.

L'ultima sera prima del suo ritorno nel paese delle bambole, a Weltevreden, si sedette accanto a lei una donna con cui Tara simpatizzò immediatamente. Era giovane, aveva almeno dieci anni meno di lei, dunque aveva appena varcato la ventina, ma denotava una maturità insolita.

« Mi chiamo Victoria Dinizulu », le disse. « Ma gli amici mi chiamano Vicky. So che tu sei la signora Courteney. »

« Tara », corresse subito lei. Nessuno usava il suo cognome, da quando aveva lasciato Città del Capo, e a sentirlo nominare lì le pareva stridente.

La ragazza fece un sorriso timido, accogliendo l'invito a una maggiore confidenza. Aveva la bellezza serena di una Madonna nera, la classica faccia di luna degli zulu d'alto lignaggio. Aveva grandi occhi a mandorla e labbra piene, e la pelle del colore dell'ambra scura. I capelli erano pettinati a treccine ritorte sul cranio.

« Sei parente dei Courteney dello Zululand? » chiese a Tara.

« Il vecchio generale Sean Courteney e Sir Garrick Courteney di Theuniskraal, vicino a Ladyburg? »

« Sì. » Tara cercò di non far trapelare la sorpresa a sentirle menzionare quei nomi. « Sir Garrick era il nonno di mio marito. I miei figli si chiamano Sean e Garrick per rinnovare i loro nomi. Perché me lo chiedi, Vicky? Conosci bene la famiglia? »

« Oh sì, signora Courteney... anzi Tara. » Quando sorrideva, il volto della ragazza zulu splendeva come una luna scura. « Tanto tempo fa, nel secolo scorso, mio nonno combatté al fianco del generale Sean Courteney nelle guerre zulu contro l'usurpatore Cetywayo, che rubò alla mia famiglia il titolo di re degli zulu. Doveva esserlo mio nonno Mbejane, che divenne invece servitore del generale Courteney. »

« Mbejane! » gridò Tara. « Oh, sì. Sir Garrick Courteney ne scrisse nella sua *Storia dello Zululand*. Fu un fedele seguace di Sean Courteney fino alla sua morte. Ricordo che vennero insieme qui nella zona aurifera, e più tardi andarono in quella che adesso si chiama Rhodesia a caccia di elefanti per l'avorio. »

« Allora sai tutto! » rise Vicky con piacere. « Mio padre mi raccontava queste storie quand'ero piccola. Mio padre vive ancora, presso Theuniskraal. Dopo la morte di mio nonno, Mbejane Dinizulu, fu mio padre a prendere il suo posto quale attendente personale del vecchio generale. Andò con lui perfino in Francia nel 1916, e restò al suo servizio fino a quando il generale fu assassinato. Nel testamento, il generale gli lasciò una parte di Theuniskraal in godimento vita natural durante, e una pensione di mille sterline all'anno. Sono una bella famiglia i Courteney. Il mio vecchio padre piange ancora ogni volta che nomina il generale... » Vicky si interruppe e scosse la testa, improvvisamente rattristata e perplessa. « La vita doveva essere ben più semplice a quel tempo. Mio nonno e mio padre erano capi per diritto di nascita, eppure si rassegnarono a servire fedelmente per tutta la vita un uomo bianco, che stranamente amavano; e anch'egli, a modo suo, sembrava amarli. A volte mi chiedo se non fosse il sistema migliore, il loro... »

« Non pensarlo nemmeno per scherzo », sibilò Tara. « I Courteney sono sempre stati avidi e spietati baroni, sfruttatori del tuo popolo. Le vostre lotte hanno il diritto e la giustizia dalla loro. Non dubitarne mai nemmeno per un momento. »

« Hai ragione », annuì seria Vicky. « Ma a volte fa piacere pensare all'amicizia del generale e mio nonno. Forse un giorno potremo tornare a essere amici, come dei pari, entrambi rafforzati dal legame. »

« Questa speranza svanisce a ogni nuova oppressione, a ogni nuova legge liberticida che passa », disse tristemente Tara. « Io mi vergogno sempre più di essere bianca. »

« Ma stasera non parliamo di tristezze e cose gravi, Tara. Parliamo di cose liete. Hai detto che hai dei figli, parlami di loro, per piacere. »

Tuttavia il pensiero dei figli, del marito e della casa fece sentir colpevole e a disagio Tara, che alla prima occasione cambiò discorso.

« Adesso parlami tu di te, Vicky », insistette. « Cosa fai a Johannesburg, così lontano dallo Zululand? »

« Lavoro all'ospedale di Baragwanath », le disse Vicky.

Tara sapeva che era uno dei maggiori ospedali del mondo, e certo il più grande dell'emisfero meridionale, con 2400 letti e più di 2000 fra infermiere e dottori, quasi tutti negri, essendo l'ospedale riservato a questa razza. Tutti gli ospedali, come le scuole, i trasporti e quasi ogni altro servizio pubblico, erano strettamente segregati per legge, in base alla concezione generale dell'apartheid.

Vicky Dinizulu era così modesta a proposito dei propri successi che Tara dovette strapparle quasi a forza l'ammissione di essere infermiera specializzata.

« Ma sei così giovane, Vicky! » protestò.

« Ce ne sono di più giovani ancora », rise la ragazza zulu. La sua risata aveva un carattere quasi musicale, gradevolissimo.

« È davvero una ragazza simpatica » pensò Tara, sorridendo con lei. « No, non è una ragazza: è una giovane donna intelligente e preparata. »

Così Tara le parlò della sua clinica a Nyanga, e dei problemi di denutrizione, ignoranza e miseria con cui aveva a che fare. Vicky le parlò delle sue esperienze, e delle soluzioni che avevano trovato per i terribili problemi che dovevano fronteggiare per il benessere fisico di una popolazione contadina appena inurbata.

« È stato bello parlare con te », disse alla fine Vicky. « Non mi era mai capitato di fare simili discorsi con una donna bianca. Invece noi due abbiamo parlato, con naturalezza e tranquillità », esitò, « come si parla con una sorella maggiore o una cara amica. »

« Una cara amica. Sì, così mi piace », concordò Tara. « E Puck's Hill è probabilmente uno dei pochi posti in questo Paese dove ciò è possibile. »

Involontariamente alzarono lo sguardo e incontrarono gli occhi di Moses Gama, che da capotavola le stava guardando intensamente. Tara ebbe una specie di giramento di testa. Per qualche tempo era rimasta così assorta nella conversazione con la ragazza zulu da dimenticare i suoi sentimenti per Moses Gama, che però adesso tornarono a investirla a tutta forza. Dimenticò Vicky finché la giovane non aprì bocca.

« È un grand'uomo, la nostra speranza per il futuro. »

Tara si voltò a guardarla. Il viso di Vicky Dinizulu splendeva, era in adorazione dell'eroe e gli sorrideva timidamente: la gelosia colse Tara alla sprovvista, serrandole la bocca dello stomaco. Per un attimo pensò di star fisicamente male.

La gelosia e il terrore della separazione imminente non l'abbandonarono nemmeno quando, a notte alta, rimase sola con Moses. Quando fecero l'amore, provò il desiderio di imprigionarlo in lei per l'eternità, sapendo che era l'unico momento in cui le apparteneva davvero. Troppo presto sentì esplodere la gran diga, e inondarla, e gridò, implorando che non finisse mai: ma il suo grido era inarticolato e senza senso. Poco dopo egli era fuori di lei, che si sentì sola e abbandonata.

Pensò che si fosse addormentato, e giacque ascoltando il suo respiro tranquillo, tenendolo abbracciato, ma Moses era ancora sveglio e, parlando, la stupì.

« Stavi discutendo con Victoria Dinizulu », le disse, e Tara dovette fare un certo sforzo per tornare con la mente alla prima parte della serata. « Che ne pensi? » le chiese.

« È una ragazza molto simpatica. Intelligente e piena di dedizione. Mi piace molto. » Cercava di essere obiettiva, ma la gelosia le dilaniava il basso ventre.

« L'ho invitata apposta », disse Moses. « Per conoscerla. »

Tara voleva chiedergli: « Perché? Perché volevi conoscerla? » ma rimase zitta, temendo la sua risposta. Era sicura che i propri istinti non l'ingannavano.

« Appartiene alla famiglia reale zulu », le disse ancora, piano.

« Sì, me l'ha detto », sussurrò Tara.

« È piena di qualità, e sua madre ha avuto molti figli. I Dinizulu sono fecondi. Sarà una buona moglie. »

« Moglie? » sospirò Tara. Non se l'aspettava.

« Ho bisogno dell'alleanza degli zulu, sono la tribù più numerosa e potente. Comincerò subito le trattative con la famiglia. Manderò Hendrick a Ladyburg a parlare con suo padre e a mettersi d'accordo. Sarà difficile, perché è uno della vecchia scuola, contrario ai matrimoni intertribali. Dovrà trattarsi di una cerimonia tale da impressionare la tribù, e spetta a Hendrick convincere il vecchio della saggezza di una scelta simile. »

« Ma... ma... » Tara si accorse di balbettare. « Non la conosci nemmeno. In tutta la sera avrai scambiato con lei non più di due o tre parole. »

« E questo che c'entra? » Il suo tono era sinceramente perplesso. Rotolò via da lei e accese la luce, abbagliandola.

« Guardami! » le ordinò, prendendola per il mento e sollevando il suo viso alla luce. L'osservò per un attimo e poi la lasciò andare, come se avesse toccato qualcosa di ripugnante con le dita. « Ti avevo mal giudicato », disse con disprezzo. « Credevo che fossi una persona eccezionale. Una vera rivoluzionaria, una sincera amica dei popoli negri di questa terra, pronta a fare qualunque sacrificio per loro. Invece vedo che sei una donnetta debole e gelosa, piena di pregiudizi bianchi e borghesi. »

Il materasso si sollevò sotto di lei. Moses si era alzato dal letto.

« Ho perso tempo con te », disse. Prese in mano i vestiti e si avviò nudo verso la porta.

Tara si lanciò a tagliargli la strada. Lo abbracciò disperatamente.

« Scusami, non volevo. Perdonami, perdonami ti prego », implorò, mentre lui restava gelido, distaccato e altero. Lei si mise a piangere, a gemere mugolando, finché i suoi discorsi diventarono affatto incomprensibili.

Lentamente scivolò in basso, tenendolo sempre abbracciato, finché non si ritrovò inginocchiata sul pavimento, aggrappata alle sue gambe.

« Ti prego », singhiozzò. « Farò tutto quello che vuoi. Non lasciarmi. Farò tutto, tutto quello che mi dirai di fare... ma non mandarmi via così. »

« Alzati », disse lui infine e, quando se la vide davanti in atteggiamento da penitente, aggiunse piano: « Ti do un'altra possibilità, una sola, hai capito bene? » e lei si mise ad annuire ripetutamente, ancora singhiozzando, ancora incapace di rispondergli a parole. Avanzò timidamente una mano, e quando vide che non l'evitava lo ricondusse verso il letto.

Mentre la montava di nuovo, Moses sapeva che ormai era pronta, preparata a dovere. Avrebbe fatto qualunque cosa le avesse ordinato di fare, senza discutere.

Si svegliò all'alba, vedendolo chino su di lei e intento a osservare il suo volto. Immediatamente rivisse il terrore di quella notte, il timore terribile di perderlo, disprezzata e scacciata. Si sentiva debole e tremante, sul ciglio del pianto, ma lui la prese con gentilezza, dolcemente, rassicurandola e guarendo i suoi timori, facendola sentire di nuovo intera e vitale. Allora le parlò con calma.

« Io intendo fidarmi di te », le disse, e la gratitudine proruppe da lei così forte da lasciarla senza fiato. « Ti accetterò come una dei nostri, della cerchia più ristretta. »

Tara annuì, ma non riusciva a parlare, con gli occhi fissi nei suoi, fieri e scuri.

« Tu sai come abbiamo condotto la nostra lotta finora », le disse. « Abbiamo rispettato le regole dell'uomo bianco, ma l'uomo bianco le ha fatte apposta per non farci vincere mai. Petizioni, delegazioni, commissioni d'inchiesta eccetera eccetera: ma alla fine fanno sempre un'altra legge contro di noi, per controllare e determinare ogni aspetto della nostra vita, come dobbiamo lavorare, dove dobbiamo abitare, dove possiamo andare, come dobbiamo mangiare, dormire, amare... » s'interruppe con un'esclamazione di sdegno. « Ma fra poco le regole le riscriveremo noi. Prima sfideremo le leggi con la campagna di disobbedienza civile, e poi... » ora la sua espressione diventò quanto mai adirata « ... poi la lotta continuerà, e diventerà una grande battaglia. »

Tara stava in silenzio accanto a lui, studiandone il viso.

« Io credo che ci sia un momento in cui un uomo, davanti a un gran male, deve afferrare la lancia e diventare un guerriero. Deve ribellarsi e colpire, abbattendo il nemico. » La guardò in attesa di una risposta.

« Sì », annuì lei. « Hai ragione. »

« Queste sono parole, idee, Tara », le disse. « L'azione è ben altro. Tu sei pronta all'azione? »

Lei annuì. « Sono pronta. »

« Sangue, Tara, non più parole. Uccidere, mutilare, bruciare. Abbattere, distruggere. Puoi affrontarlo, Tara? »

Era sbigottita, di fronte alla realtà infine, e non più alla retorica inebriante. Nell'immaginazione vedeva le fiamme divorare il gran tetto di Weltevreden, il sangue innaffiare le tappezzerie, splendendo al sole, e in corte cadaveri straziati di bambini, i suoi bambini. Era sul punto di ribellarsi a simili visioni quando lui riparlò.

« Distruggere il male, Tara, così da poter costruire una società buona e giusta. » La sua voce era bassa e pressante, le faceva trascorrere nelle vene un'emozione simile a una droga, e le crudeli immagini svanirono: vide al di là di esse un paradiso, il paradiso in terra che avrebbero costruito insieme.

« Sono pronta », gli disse, e nella sua voce non v'era traccia di esitazione.

Mancava un'ora al momento in cui Marcus l'avrebbe accompagnata all'aeroporto a prendere il Viscount per Città del Capo. Sedettero al tavolo sulla veranda, loro due soli, e Moses le spiegò nei particolari che cosa bisognava fare.

« *Umkhonto we Sizwe* », le disse. « La Lancia della Nazione. » Quel nome le rimbombò in testa echeggiando come una punta d'acciaio.

« Per prima cosa dovrai ritirarti da tutte le attività progressiste condotte alla luce del sole. Dovrai lasciare la clinica... »

« La mia clinica! Oh, Moses, i miei poveri bambini, come faranno... » Si interruppe, vedendo la sua espressione.

« Serve a soddisfare le necessità fisiche di cento », le disse. « E io penso al benessere di venti milioni. Dimmi cosa è più importante. »

« Hai ragione », gli sussurrò. « Perdonami. »

« Coglierai l'occasione della campagna di disobbedienza civile per dichiararti delusa dal movimento di liberazione e dimetterti dai Fazzoletti Neri. »

« Dio mio, e che dirà Molly? »

« Molly sa », la rassicurò. « Molly sa perché lo fai. Ti aiuterà in ogni modo. Naturalmente per un po' la polizia politica continuerà a sorvegliarti, ma se non fornirai altro materiale per i loro dossier, perderanno ogni interesse e ti lasceranno stare. »

Lei annuì. « Capisco. »

« Devi interessarti di più alle attività politiche di tuo marito, e frequentare i suoi colleghi parlamentari. Tuo padre stesso è vicecapo dell'opposizione, e ha accesso ai ministri. Devi diventare occhi e orecchie per noi. »

« Sì, posso farlo. »

« In seguito ci saranno altri incarichi per te. Molti difficili e qualcuno anche pericoloso. Sei pronta a rischiare la vita per la causa, Tara? »

« Per te, Moses Gama, farei anche di più. Io darei la vita per te, la darei volentieri », gli rispose, e quando lui si accorse che era completamente sincera, fece un cenno di profonda soddisfazione.

« Ci vedremo ancora, ogni volta che potrò », le promise. « Ogni volta che non ci sarà pericolo. » Quindi la salutò con quello che era destinato a diventare il grido di raccolta della campagna di disobbedienza: « *Mayibuye! Afrika!* »

E lei rispose: « *Mayibuye! Afrika!* » Viva l'Africa!

« Sono un'adultera », pensò Tara, come pensava tutte le mattine, ormai da settimane, dopo il viaggetto a Johannesburg. Era convinta che si vedesse, come un marchio in fronte che nessuno poteva ignorare. Invece al suo ritorno Shasa l'aveva accolta con gioia, scusandosi di aver dovuto mandarla a prendere dall'autista all'aeroporto perché non aveva potuto andarci di persona, e chiedendole se si era goduta l'interludio illecito con l'Australopiteco. « Anche se penso che ti potresti permettere un amante un po' più giovane. Un milione di anni cominciano a essere un po' tantini, non trovi? » Dopo di che, il loro rapporto era andato avanti come al solito.

I bambini, salvo Michael, sembravano non essersi nemmeno accorti della sua assenza. Mentre lei era via, Centaine si era occupata della casa col suo solito polso di ferro in guanto di velluto: subito dopo aver baciato e abbracciato Tara, i bambini presero a dirle quello che aveva detto la nonna e quello che aveva fatto la nonna, e lei si rammaricò di non aver portato neanche un regalo per loro.

Solo Michael era diverso. Per qualche giorno non volle mai perderla di vista, e si mise a seguirla continuamente, pretendendo addirittura di passare con lei il suo prezioso pomeriggio di sabato, in clinica, mentre i due fratelli andavano allo stadio a vedere una grande partita di rugby, la Nuova Zelanda dei famosi All Blacks contro una rappresentativa della Provincia Occidentale.

La compagnia di Michael l'aiutò ad alleviare un po' il dolore di prendere i primi accordi per la chiusura della clinica. Dovette chiedere alle tre suore negre che facevano le infermiere di cominciare a cercarsi un altro lavoro. « Naturalmente, vi pagherò il salario finché non l'avrete trovato, e vi aiuterò per quanto posso... » Tuttavia dovette sopportare i loro sguardi di rimprovero.

Adesso, quasi un mese dopo, una domenica mattina, sedeva a colazione alla tavola apparecchiata sulla terrazza, sotto la pergola, mentre i servitori in linda uniforme bianca si affaccendavano intorno alla famiglia. Shasa leggeva ad alta voce interessanti brani del *Sunday Times*, che nessuno ascoltava; Sean e Garrick discutevano animatamente su chi fosse il miglior estremo del rugby mondiale, e Isabella reclamava strepitando l'attenzione del padre. Michael stava raccontando a Tara con profusione di particolari la trama del romanzo che stava leggendo, e lei si sentiva un'impostora, un'attrice che recitava una parte che non aveva studiato abbastanza.

Alla fine Shasa chiuse il giornale e lo buttò per terra vicino alla sedia, accogliendo le richieste di Isabella, che voleva essere presa in braccio nonostante le solite rimostranze di Tara. Poi domandò:

« Va bene, va bene, mettiamo all'ordine del giorno il problema più serio: cosa facciamo questa domenica? » Isabella si mise a urlare: « Picnic! Picnic! » e dopo un breve dibattito, dominato dalla piccolina con strilli laceranti, si decise in quel senso con il voto determinante di Shasa.

Tara provò a defilarsi, ma Michael, sul punto di scoppiare a piangere, la indusse a rassegnarsi. Uscirono tutti a cavallo, coi servi e le provviste che li seguivano sul carretto. Evidentemente in macchina sarebbero arrivati prima, ma la cavalcata costituiva metà del piacere.

Shasa aveva fatto costruire una diga di mattoni sotto la cascatella, trasformando la pozza in una piscina naturale. Sulla riva aveva fatto allestire un bungalow estivo dal tetto di paglia. La grande attrazione era però lo scivolo in gomma rossa che consentiva di tuffarsi nella pozza dall'alto, sospinti dalla cascata.

I bambini si divertivano da matti a questo gioco, punteggiato di strilli di felicità. Per tutta la mattina non si stancarono di tuffarsi nella pozza.

Shasa e Tara, in costume da bagno, si stesero sulla riva erbosa a poltrire al sole. Appena sposati andavano lì spesso, prima che ci fossero la diga e il bungalow. Tara era convinta che più d'uno dei bambini fosse stato concepito proprio lì sull'erba. Un po' dell'antico affetto restava vivo in loro. Shasa aprì una bottiglia di Riesling, e si sentirono più amici e più rilassati, in compagnia l'una dell'altro, di quanto fossero ormai da anni.

Shasa capì che era il momento buono. Tirò fuori la bottiglia dal secchiello del ghiaccio e riempì di nuovo il bicchiere a Tara. Poi cominciò: « Mia cara, devo dirti una cosa molto importante per entrambi, e che può cambiare la nostra vita in maniera sostanziale ».

« Ha un'altra donna », pensò lei, tra sollevata e preoccupata, sicché a tutta prima non capì che cosa le stava dicendo. Poi di colpo l'enormità della notizia le crollò addosso. Shasa stava per unirsi a loro, stava per passare dalla parte dei boeri! Stava unendo le proprie sorti a quelle della banda degli uomini più malvagi che l'Africa avesse mai nutrito, i supremi architetti della miseria, della sofferenza e dell'oppressione.

« Ritengo che mi si stia offrendo l'occasione di usare i miei talenti e le mie capacità finanziarie per il bene superiore di questa terra e del suo popolo », stava dicendo, mentre lei giocherellava con lo stelo del bicchiere fissando il vino dorato, senza ardire alzar gli occhi e guardarlo per paura che intuisse quello che pensava.

« Ho considerato la faccenda sotto tutti gli aspetti, e ne ho discusso con mia madre. Penso di avere dei doveri nei confronti del Paese, della famiglia e di me stesso. Sono convinto che debbo farlo, Tara. »

Era tremendo vedere sgretolarsi gli ultimi stenti frutti del loro amore, sentirli cascare per terra e spiaccicarsi: ma subito dopo Tara si sentì completamente libera e leggera. Non aveva più alcun fardello sulle spalle, e l'invase una potente esultanza. Ben presto però si rese conto che nei confronti del marito quell'esultanza si trasformava in odio puro.

Si chiese perché mai si era sentita in colpa verso di lui, e come avesse mai potuto amarlo. Continuava a parlare, morbido e suadente, giustificandosi, cercando di scusare l'inescusabile: pure Tara non ardiva ancora alzar gli occhi, in cui egli avrebbe certo letto i suoi sentimenti. Provava una voglia quasi irresistibile di gridargli in faccia: « Sei malvagio, egoista e senza scrupoli come loro! » e poi balzargli addosso, cavargli con le unghie l'unico occhio: le ci volle tutto il suo autocontrollo per restare seduta e zitta. Ricordò ciò che le aveva detto Moses, e a quelle parole si aggrappò. Le sembravano l'unica cosa ragionevole in tutta quella follia.

Shasa terminò la spiegazione accuratamente preparata per lei, e tacque aspettando la sua risposta. Tara rimase ferma, seduta al sole sul plaid con le gambe incrociate, contemplando il vino nel bicchiere. Lui la guardò come non la guardava da anni, e vide che era ancora bella. Il suo corpo liscio era un po' abbronzato, i capelli emettevano bagliori fulvi al sole. I suoi grandi seni, che l'avevano sempre incantato, sembravano ancora più colmi. Si ritrovò attratto da lei, ed eccitato come non gli capitava più da un pezzo. Tese una mano e le carezzò la guancia.

« Dai, parla », l'invitò. « Dimmi cosa ne pensi tu. » E lei alzò il mento e lo guardò. Per un istante fu gelato dal suo sguardo, tremendo e insondabile come quello di una leonessa, ma poi Tara fece un sorrisetto, alzò le spalle, e lui pensò d'essersi sbagliato. Non era odio quello che le aveva visto negli occhi.

« Tu hai già deciso, Shasa. A che ti serve la mia approvazione? Finora non sono mai riuscita a distoglierti dal fare quello che volevi fare. Pensi che stavolta ci riuscirei? »

Fu sbalordito e sollevato: aveva previsto una battaglia più combattuta.

« Volevo dirti il perché », le spiegò. « Volevo che tu sapessi che entrambi desideriamo la stessa cosa: prosperità e dignità per tutti gli abitanti di questa terra. Ma abbiamo modi diversi di provarci a raggiungerle, e io sono convinto che il mio sia più efficace. »

« Ti ripeto, perché vuoi la mia approvazione? »

« Io voglio la tua collaborazione », la corresse lui. « Perché in un certo senso questa possibilità dipenda da te. »

« E come? » gli domandò Tara, distogliendo lo sguardo per seguire i giochi acquatici dei bambini. Solo Garrick non era nell'acqua. Sean l'aveva fatto bere, e adesso sedeva rabbrividendo in riva alla pozza, blu dal freddo. Stava ansimando, gli mancava il fiato, tossiva e sputava, con le costole puntute sottopelle.

« Garry », gli gridò. « Adesso basta. Asciugati e infilati la maglietta. »

« Ma mamma », protestò lui anfanando.

Gli scoccò uno sguardo terribile. « Asciugati immediatamente! » Mentre il ragazzino andava riluttante a cambiarsi nel bungalow, tornò a rivolgersi a Shasa.

« Vuoi la mia collaborazione? » Adesso si sentiva completamente padrona di sé.

Non gli avrebbe lasciato capire che pensava di lui e della sua mostruosa intenzione. « Dimmi cosa dovrei fare. »

« Non ti sorprenderà, immagino, la notizia che il servizio segreto per la sicurezza dello Stato, il BOSS, ha un voluminoso dossier sulle tue attività. »

« Considerando che sono stata arrestata tre volte », rise sarcastica Tara, « direi che la cosa non mi sorprende affatto. »

« Ebbene, mia cara, è del tutto impossibile che io entri mai in un governo se non la smetti di fomentare disordini e frequentare quelle sovversive dal fazzoletto nero. »

« Vuoi che rinunci alla mia attività politica? Ma il dossier rimane. Voglio dire, ormai sono praticamente considerata un avanzo di galera al ministero degli Interni. »

« Per fortuna il servizio segreto e la polizia politica ti considerano con una certa qual divertita indulgenza. Ho visto il tuo incartamento, sei considerata una dilettante, ingenua e impressionabile, manipolata da compagni ben più pericolosi di te. »

Era un insulto quasi intollerabile. Tara balzò in piedi e andò in riva all'acqua, prese Isabella di peso e la tirò fuori dalla pozza.

« Il bagno è finito anche per te, signorina. » Ignorò i suoi strepiti di protesta e le tolse il costume bagnato.

« Mi fai male! » piagnucolava Isabella, mentre Tara le asciugava la testa con una salvietta un po' ruvida, e poi ce l'avvolgeva.

Isabella corse dal papà, ancora piagnucolando e inciampando nei lembi dell'asciugamano.

« La mamma non mi fa nuotare! » Si rifugiò tra le braccia del padre.

« La vita è piena di ingiustizie », la consolò Shasa. Con un ultimo singhiozzo, appoggiò la testolina umida alla sua spalla.

« Va be', sarò un'innocua e ridicola dilettante », disse Tara tornando a sedersi sulla coperta a gambe incrociate. Aveva ripreso il dominio di sé, e gli si piazzò di fronte. « Ma che succede se rifiuto di smettere? Se continuo a seguire i dettami della mia coscienza? »

« Tara, non sfidarmi. Dovrei prendere provvedimenti gravissimi. »

« Ottieni sempre quello che vuoi, non è vero Shasa? » Lo stava provocando, ma lui rifiutò la provocazione.

« Voglio solo parlarne con calma, ragionando », disse. Ma Tara non riuscì a tacere, l'insulto le bruciava ancora.

« Sai, mi affiderebbero i bambini... i tuoi bravi avvocati te l'avranno certo detto... »

« Ma perdio, Tara, lo sai che non è questo che volevo », le disse freddamente Shasa, stringendo però ancor più vicino a sé la bambina. Isabella tese la mano e gli sfiorò il mento.

« Pungi », mormorò felice, ignara della tensione. « Ma ti volio bene lo stesso, papalino mio. »

« Sì, angelo, anch'io ti voglio bene », le disse lui, e poi a Tara: « Non ti stavo affatto minacciando ».

« Non ancora », precisò lei. « Ma stavi per farlo, se ben ti conosco... e ti conosco. »

« Non si può parlarne con calma? »

« Non è necessario », cedette Tara all'improvviso. « Ho già preso la mia decisione. Ho già visto tutta la futilità delle nostre timide proteste. È un bel po' di tempo che ho la sensazione di sprecare la mia vita nelle illusioni più vane, mi rendo conto di aver trascurato i bambini e durante il mio ultimo viaggio a Johannesburg ho deciso di riprendere gli studi e lasciare la politica ai professionisti. Avevo già deciso di dimettermi dal movimento dei Fazzoletti Neri e di chiudere la clinica o affidarla a qualcun altro. »

Shasa la guardò sbalordito. Non credeva a una vittoria così facile.

« Cosa vuoi in cambio? » le chiese.

« Voglio tornare all'università e laurearmi in archeologia », gli disse tutta eccitata. « E voglio completa libertà d'azione e movimento per i miei studi. »

« Siamo d'accordo », disse subito lui, senza nemmeno tentar di nascondere il proprio sollievo. « Basta che stai lontana dalla politica e puoi andare dove vuoi e quando vuoi. » Poi, a dispetto di se stesso, il suo sguardo tornò a posarsi sui seni di Tara. Era proprio vero: si erano colmati, ultimamente, e traboccavano dalle coppe di seta del bikini. Provò un improvviso, appassionato bisogno di lei.

Tara se ne accorse subito. Conosceva benissimo quell'espressione, e le ripugnava. Dopo quello che le aveva appena detto, dopo gli insulti che le aveva rivolto senza neanche accorgersene, dopo il suo tradimento di tutto ciò che lei considerava più sacro e più caro, sapeva che non avrebbe mai più potuto far l'amore con lui. Si aggiustò il bikini e andò a vestirsi.

Shasa era contentissimo dell'accordo che avevano raggiunto e, benché di rado bevesse più di un bicchiere, stavolta finì la bottiglia di Riesling mentre coi ragazzi alimentava la griglia. Sean prendeva molto seriamente i suoi doveri di aiuto cuoco. Solo due o tre braciole andarono a finire per terra, e Sean spiegò ai fratellini: « Sono le vostre. Se non chiudete i denti masticandole non sentirete la sabbia ».

A tavola, nel bungalow, Isabella aiutò Tara a preparare le insalate, sporcandosi abbondantemente di olio e salse varie: quando sedettero a mangiare, Shasa con le sue storielle fece ridere tutti. Solo Tara restava estranea all'ilarità generale.

Quando ai bambini fu permesso di alzarsi da tavola, con l'ingiunzione di non andare a nuotare prima di un'ora, per digerire il cibo, Tara gli chiese calma: « A che ora parti domani? »

« Presto », le rispose. « Devo essere a Johannesburg per l'ora di pranzo. Lord Littleton arriva col Comet da Londra, e voglio esser lì a riceverlo. »

« Stavolta quanto starai via? »

« Dopo l'emissione delle azioni, io e David dovremo girare un po' a pubblicizzarle. » Alla festa per la nascita della nuova società di sfruttamento dei giacimenti auriferi del Silver River Tara era riuscita, trovando una scusa, a non dover andare: notò però che ora non le rinnovava l'invito.

« Così te ne starai via una decina di giorni. » Ogni trimestre David e Shasa visitavano tutti gli impianti, dal nuovo stabilimento chimico di Chaka's Bay alle cartiere del Transvaal orientale alla miniera H'ani nel deserto del Kalahari, che era l'ammiraglia della società.

« Forse anche di più », precisò Shasa. « Starò a Johannesburg almeno quattro giorni », disse pensando con gioia a Marylee e al suo IBM 701.

David Abrahams aveva convinto Shasa ad affidare il lancio della Silver River a una di quelle società di consulenza e pubbliche relazioni che erano appena sorte, e che Shasa guardava ancora con qualche diffidenza. Nonostante la riluttanza iniziale, adesso era pronto a concedere che non si trattava poi di un'idea così cattiva come pensava all'inizio, anche se gli sarebbe costata cinquemila sterline.

Quelli avevano fatto venire i redattori del *Financial Times* di Londra e del *Wall Street Journal* di New York con mogli al seguito, e dopo il lancio della nuova società li avrebbero invitati a proprie spese per una settimana al parco nazionale di Kruger. Era stata invitata anche, naturalmente, la stampa locale, e i giornali radio; ed era capitata l'inaspettata chicca di una squadra televisiva di New York, venuta a girare una serie di inchieste intitolata « Obiettivo sull'Africa », che aveva accettato di presenziare al lancio della nuova impresa mineraria.

Nell'atrio della Courteney Mining Co. era stato installato uno smisurato plastico della zona e della miniera da scavare. Intorno erano state disposte numerosissime piante di protea selvatica, con la sapienza dei vincitori del Chelsea Flower Show di Londra dell'anno prima. Sapendo che il lavoro giornalistico richiede carburante, David aveva pensato bene di spargere qua e là un centinaio di cassette di Moët & Chandon, ma pensò Shasa ad assicurarsi che non fosse di ottima annata né un buon *cru*. « Anche uno champagne qualsiasi è troppo buono per loro », disse Shasa, che non aveva una gran concezione del giornalismo.

David aveva anche ingaggiato il balletto del Royal Swazi per uno spettacolino di contorno. La prospettiva di sbirciare qualche tetta nuda era un'attrazione quasi altrettanto ghiotta dello champagne: per i censori sudafricani, il capezzolo era sovversivo quanto il *Manifesto* comunista di Carlo Marx.

All'arrivo, furono donati a tutti gli ospiti il prospetto della nuova società, con numerose foto a colori e testi esplicativi, e un'azione da una sterlina della Silver River Mining Co., assieme a un lingottino d'oro sudafricano a ventidue carati col marchio della società. David si era fatto fare questi lingotti in miniatura dalla zecca nazionale, e il loro prezzo di quasi trenta dollari l'uno costituiva la maggior parte del budget: ma l'eccitazione che destarono, e la successiva pubblicità, valevano ampiamente la spesa.

Shasa fece il suo discorso prima che il vino potesse intorbidare gli invitati, e lo spettacolo distrarli. Gli era sempre piaciuto parlare in pubblico. Quella sera non si lasciò distrarre né dai flash né dai riflettori della squadra televisiva.

La fondazione della Silver River era finora il suo maggior successo. Era stato lui a intuire che la vena aurifera poteva presentare delle diramazioni dall'andamento generale che seguiva nello Stato Libero di Orange, e aveva trattato personalmente l'acquisto delle opzioni indispensabili per eseguire le prospezioni minerarie. E quando le trivelle dalla punta di diamante avevano finalmente intercettato il fine strato carbonioso che conteneva l'oro, a quasi tre chilometri di profondità sotto l'arida pianura, soltanto allora la decisione di Shasa si era rivelata vincente. La vena era molto più ricca di quanto si aspettassero: oltre ventisei *pennyweights*, ovvero quaranta grammi, d'oro puro per tonnellata di materiale sbancato.

Era dunque la serata di Shasa. Aveva il dono di saper estrarre da tutto ciò che faceva fin l'ultima molecola di divertimento. Si alzò in piedi, elegantissimo e snello, illuminato dai riflettori, con la benda nera sull'occhio guercio che gli dava un'aria da pericoloso pirata: era così chiaramente a suo agio, e nella piena padronanza di sé e della società che dirigeva e in parte possedeva, da destare senza sforzo l'attenzione di tutti.

Il pubblico rise e applaudì al momento giusto, e ascoltò con attenzione affascinata le sue spiegazioni sulle dimensioni dell'investimento richiesto e la sua importanza per rinsaldare i legami d'amicizia tra il Sudafrica, l'Inghilterra e il Commonwealth, e per instaurarne altri con gli investitori statunitensi, che sperava fornissero almeno il trenta per cento del capitale necessario al megaprogetto.

Quando terminò il lungo applauso finale, Lord Littleton, alzandosi a parlare in rappresentanza della banca che finanziava l'operazione espresse come meglio non si poteva la fiducia dell'ambiente bancario nell'impresa. Alto e aristocratico anche nel disprezzo della moda (i pantaloni del suo abito da cerimonia avevano ancora i risvolti), sottolineò i saldi rapporti della sua banca con la Courteney Mining, e l'interesse che la nuova società aveva già destato nella City londinese.

« Fin dall'inizio noi della Littleton Bank siamo stati sicuri di guadagnare facilmente la nostra fetta di profitto in questa impresa. Sapevamo che le azioni sarebbero state vendute facilmente: sicché mi fa molto piacere ora poter affermare 'Io l'avevo detto'. » Vi furono commenti perplessi: alzando una mano, Lord Littleton ottenne il silenzio necessario a dire di più. « Sto per comunicarvi qualcosa che nemmeno il signor Courteney sa ancora, e che io stesso ho appreso non più di un'ora fa. » Prese di tasca un telegramma e lo sventolò davanti all'uditorio.

« Come sapete, le sottoscrizioni per la vendita delle azioni della Silver River Mining si sono aperte stamattina alle dieci ora di Londra, ossia due ore dopo l'ora sudafricana. Quando la mia banca ha chiuso, poche ore fa, mi ha mandato questo telegramma. » Si mise gli occhiali da vista cerchiati d'oro sul naso e lesse: « Per favore trasmetta le nostre congratulazioni al signor Courteney e alla Courteney Mining and Finance, promotori della Silver River Gold-Mining Co. Stop Alle 16 ora di Londra era stato sottoscritto il quadruplo dell'emissione azionaria Stop-Banca Littleton ».

David Abrahams fu il primo a congratularsi con Shasa, stringendogli allegramente la mano. Nel rombo degli applausi si guardarono ridendo, finché Shasa si allontanò saltando giù dal podio.

Centaine Courteney-Malcomess era in prima fila, e scattò in piedi incontro al figlio. Era vestita con un abito di lamé d'oro, e indossava tutti i suoi brillanti, accuratamente selezionati in trent'anni fra i migliori della produzione della miniera H'ani. Snella, luccicante e carina, andò incontro al figlio.

« Adesso abbiamo tutto, mamma », le sussurrò lui abbracciandola.

« No, *chéri*, non ce l'avremo mai », gli mormorò lei. « Sarebbe una barba! C'è sempre qualcos'altro da raggiungere. »

Anche Blaine Malcomess aspettava di congratularsi con lui, e Shasa si rivolse al patrigno tenendo ancora la madre per la vita.

« Grande serata, Shasa », gli disse Blaine stringendogli la mano. « E te la sei meritata in pieno. »

« Grazie, sir. »

« Peccato che Tara non sia qui », continuò Blaine.

« Io l'avevo invitata », disse Shasa, subito sulla difensiva. « Ma come sapete ha deciso che non poteva abbandonare un'altra volta i bambini così presto. »

Tutti si affollarono intorno a loro, a congratularsi, e Shasa per un po' rispose con profusione di sorrisi: poi vide ciondolare lì vicino la responsabile delle pubbliche relazioni e la raggiunse.

« Ebbene, signora Anstey, lei ci ha fatto addirittura inorgoglire, non solo ben figurare. » Le sorrise sfoderando tutto il suo fascino. La signora era alta e piuttosto ossuta, ma dotata di serici capelli biondi che le ricascavano morbidi sulle spalle nude.

« Cerco sempre di dar piena soddisfazione ai clienti. » Jill Anstey lo disse con l'ambiguità necessaria a trasmettere la possibilità di un'interpretazione sbarazzina. Da quando si erano conosciuti, il giorno prima, avevano avviato queste schermaglie galanti. « Ma temo di doverle dare del lavoro, signor Courteney. Vuol compiacermi un'altra volta? »

« Tuttc le volte che vuole, signora Anstey », stette al gioco Shasa. Lei gli mise la mano sul braccio e se lo portò via, stringendolo un tantino più del necessario.

« Quelli della NABS, la televisione americana, vogliono farle un'intervista di cinque minuti da inserire nella loro inchiesta 'Obiettivo sull'Africa'. È un'ottima occasione di parlare direttamente a cinquanta milioni di americani. »

L'équipe televisiva stava preparandosi alle riprese nella sala del consiglio d'amministrazione: riflettori e cineprese erano piazzati in fondo alla lunga sala, dove il ritratto di Centaine dipinto da Annigoni, campeggiava sul rivestimento di legno pregiato. C'erano tre tecnici, giovani e piuttosto malvestiti ma chiaramente competentissimi, e una ragazza.

« Chi mi fa l'intervista? » chiese Shasa, guardandosi attorno con curiosità.

« La giornalista è quella », disse Jill Anstey. « Gliela farà lei. » Gli ci volle un momento per rendersi conto che intendeva la ragazza. Contemporaneamente si accorse che era lei a dirigere con pochi gesti essenziali la disposizione della cinepresa e il puntamento delle luci.

« Ma è una ragazzina », protestò Shasa.

« Ha venticinque anni ed è astuta come un branco di scimmie », l'avvertì Jill Anstey. « Non si lasci ingannare dall'aspetto da ragazzina, è una professionista affermata, con un gran seguito negli Stati Uniti. È stata lei a fare quelle incredibili interviste a Jomo Kenyatta, il capo dei Mau-Mau, per non parlare degli scoop che ha fatto in Corea durante la guerra. Ha già preso un premio Emmy e pare che stia per prenderne un altro. »

In Sudafrica non c'era ancora una rete televisiva, ma Shasa

aveva visto a Londra i servizi sulla Corea. Erano davvero appassionanti, interessantissimi, e Shasa stentava a credere che potesse averli fatti quella ragazzina. Adesso la giornalista si voltò e gli si fece incontro porgendogli la mano, franca e cordiale, una *ingénue* dal volto fresco.

« Buongiorno, signor Courteney, sono Kitty Godolphin. » Aveva un incantevole accento del sud, e le guance e il nasino pieni di lentiggini dorate: ma Shasa notò l'ossatura del viso, ben rilevata, e i piani interessanti della fisionomia che la rendevano certo altamente fotogenica.

« Signor Courteney », gli disse, « lei parla così bene che non ho resistito all'idea di dedicarle un'intervista particolare. Spero di non averla messa in difficoltà, con tutto quello che avrà da fare. » Gli fece un bel sorriso, dolce e disarmante, ma dietro di esso lo sguardo era duro come un diamante della miniera H'ani. In quegli occhi brillava un'intelligenza acuta e cinica, e un'ambizione senza scrupoli. La cosa era inaspettata e stimolante.

« Ecco un tipino che vale il biglietto d'ingresso », pensò Shasa, e abbassò lo sguardo. I suoi seni erano piccoli, più piccoli di quanto di solito egli gradisse, ma stavano su da soli e se ne vedeva la forma dietro la camicetta. Erano magnifici.

Lo accompagnò alle sedie rivestite di pelle che aveva disposto l'una di fronte all'altra davanti ai riflettori.

« Se vuole sedersi da questa parte, cominciamo subito. Registrerò in seguito la mia introduzione. Non voglio trattenerla un istante più del necessario. »

« Faccia pure con comodo. »

« Oh, so benissimo che di là ha una sala piena di invitati importanti. » Guardò i tecnici e uno le fece segno che tutto era pronto. Tornò di nuovo a Shasa. « Il pubblico americano sa molto poco del Sudafrica », gli spiegò. « Quel che intendo fare è presentare uno spaccato della vostra società e spiegare come funziona. La presenterò come politico, finanziere e imprenditore minerario, e parlerò della sua favolosa nuova miniera d'oro. Poi toccherà a lei. Okay? »

« Okay », sorrise Shasa, a suo agio. « Cominciamo pure. »

Il ciak scattò davanti al viso di Shasa, qualcuno chiese « Sonoro? » « In funzione », gli rispose qualcun altro, e poi « Azione ».

« Signor Shasa Courteney, ha appena detto a una riunione

di azionisti che la nuova miniera d'oro sarà probabilmente una delle cinque più ricche del Sudafrica, ossia una delle più ricche del mondo. Può dire ai nostri spettatori quanta di questa favolosa ricchezza tornerà a coloro ai quali in precedenza fu sottratta? » gli chiese con incredibile candore. « Mi riferisco ovviamente alle tribù negre che una volta possedevano questa terra. »

Shasa fu preso alla sprovvista. Gli ci volle un momentino per accorgersi d'esser capitato in piena rissa. Poi rispose con facilità.

« Le tribù negre che un tempo possedevano la terra dove sorgerà la miniera del Silver River furono sterminate fino all'ultimo uomo, donna e bambino dagli *impi* dei re Chaka e Mzilikazi, i due magnanimi sovrani zulu che insieme riuscirono a ridurre del cinquanta per cento la popolazione dell'Africa meridionale », le disse. « Quando i coloni bianchi mossero verso nord, si trovarono in una landa deserta. La terra che recintarono e coltivarono era disponibile, dunque non la rubarono a nessuno. Io ho comprato i diritti di sfruttamento minerario da gente che aveva chiari e indiscussi titoli di proprietà su quella terra. » Vide balenare negli occhi della ragazza un lampo di rispetto, ma la sua prontezza di reazione non era inferiore a quella di Shasa. Aveva perso un punto, ma era pronta a rifarsi subito.

« I fatti storici sono molto interessanti, naturalmente, ma ora torniamo al presente. Mi dica, se lei fosse un uomo di colore, signor Courteney, diciamo un negro o un commerciante asiatico, le sarebbe stato permesso di acquistare le concessioni del Silver River? »

« È una domanda del tutto ipotetica, signorina Godolphin. »

« Non credo affatto », ribatté per tagliargli la ritirata. « Non è forse vero che una legge recentemente promulgata, il Group Areas Act, che come parlamentare ricorderà senz'altro, impedisce agli individui che non siano di razza bianca e alle società di negri di acquistare terreni e diritti minerari ovunque desiderino, sulla loro terra? »

« Io ho votato contro questa legislazione », rispose alquanto stizzito Shasa. « Tuttavia è vero, il Group Areas Act impedirebbe a persone di colore di acquistare i diritti del Silver River », ammise. Troppo in gamba per soffermarsi a ricamare su un punto a suo favore, la giornalista proseguì al gran galoppo.

« Quanti dipendenti di colore ha, in tutto, la Courteney Mining and Finance Company? » gli chiese con quel suo sorriso franco e dolce.

« Nel complesso diamo lavoro a circa duemila bianchi e trentamila negri. »

« È un gran bel risultato, e deve renderla molto fiero, signor Courteney », disse con slancio quasi puerile, incantevole. « E quanti negri siedono nei consigli d'amministrazione di queste vostre diciotto società? »

Ancora una volta gli aveva tirato uno sgambetto, ed egli aggirò la domanda. « Noi badiamo a pagare sempre più degli altri, per qualsiasi lavoro, e i nostri dipendenti godono di numerosi benefici collaterali... » Kitty annuì teatralmente, lasciandolo finire, e già pensando di tagliare tutte queste divagazioni in seguito: appena lui s'interruppe, tornò alla carica.

« Sicché non vi sono consiglieri d'amministrazione negri nelle società del gruppo Courteney. Può dirci almeno quanti dirigenti negri ci sono nel gruppo? »

Una volta, parecchio tempo prima, a caccia di bufali nella foresta in riva allo Zambesi, Shasa era stato attaccato da uno sciame infuriato di nere api africane, impazzite per il gran caldo. Non v'era difesa contro quegli insetti, e se l'era cavata soltanto tuffandosi nello Zambesi, un fiume infestato dai coccodrilli. Adesso si sentiva intrappolato e impotente come allora, mentre ronzando la giornalista gli svolazzava attorno evitando le sue manate e punzecchiandolo quando voleva.

« Trentamila dipendenti negri, e neanche un manager, neanche un consigliere d'amministrazione! » finse di meravigliarsi con un'espressione da grande attrice. « Come può spiegarci un fatto simile? »

« In questo Paese, la società negra è prevalentemente tribale e rurale: arrivano nelle città impreparati alla moderna organizzazione del lavoro, senza alcun addestramento... »

« Ah, non disponete di programmi d'addestramento? »

Shasa sfruttò l'apertura. « Il gruppo Courteney ha un massiccio programma di addestramento. Solo l'anno scorso abbiamo speso due milioni e mezzo di sterline per l'addestramento dei dipendenti. »

« Da quanto tempo è in corso questo programma, signor Courteney? »

« Sette anni, da quando sono diventato presidente. »

« E in sette anni, spendendo tutto quel denaro, neanche un negro è riuscito a passare dirigente? È perché non avete trovato alcun negro capace, o a causa della vostra politica di segregazione, che riserva ai bianchi i posti migliori e impedisce a qualsiasi negro, per quanto in gamba sia, di far carriera? »

Insomma, veniva continuamente aggredito... Si arrabbiò e passò all'offensiva. « Se va cercando discriminazioni razziali, perché non se ne sta in America? » le chiese, con gelido sorriso. « Sono sicuro che Martin Luther King le dirà cose molto interessanti in proposito. »

« Vi è razzismo nel mio Paese », ammise lei. « Noi ce ne rendiamo conto, e stiamo cambiando le cose, educando il nostro popolo e dichiarando molte pratiche incostituzionali; ma, a quanto ho visto qui, voi state indottrinando i bambini con questa politica dell'apartheid, inquadrata in una monumentale fortezza di leggi come il Group Areas Act e il Population Registration Act, che mirano a classificare tutti soltanto in base al colore della loro pelle. »

« Noi differenziamo », ammise Shasa, « ma ciò non significa discriminare. »

« È uno slogan che può far presa, signor Courteney, ma niente affatto originale: l'ho già sentito in bocca al vostro ministro Hendrik Frensch Verwoerd. A mio parere, invece, voi discriminate eccome. Se si nega a un uomo di votare o di possedere della terra solo perché ha la pelle nera, mi pare innegabile che si discrimini. »

E, prima che potesse ribattere, cambiò di nuovo argomento. « Quanti negri conta fra i suoi amici personali? » gli chiese in tono di sfida, e la domanda trasportò immediatamente Shasa molto indietro nel tempo. Ricordò quand'era ragazzo e faceva pratica alla miniera H'ani: allora aveva fatto amicizia con un negro. Era il caposquadra incaricato della triturazione del minerale grezzo da mandare al vaglio.

Erano anni e anni che non pensava a lui, ma ora ricordò il suo nome senza sforzo, Moses Gama, e lo rivide nella propria mente, alto, con le spalle larghe, bello come un giovane faraone, con la pelle che al sole splendeva come ambra vecchia mentre si lavavano a fianco a fianco dopo una giornata di lavoro. Ricordò le lunghe discussioni che avevano fatto insieme, le letture comuni, la strana attrazione che aveva legato due spiriti evidentemente abbastanza affini. Gli aveva prestato la *Storia d'Inghilterra* di Macaulay, e quando Moses Gama era stato licenziato dalla miniera H'ani per istigazione di sua madre Centaine Courteney, che riteneva inaccettabile l'amicizia nata fra loro, Shasa aveva deciso di donargli il libro. Adesso risentì un'eco del dolore che aveva provato da ragazzo per la loro separazione forzata.

« Ho ben pochi amici personali », le disse ora. « Diecimila conoscenti, ma pochissimi amici... » Mostrò le dita della destra aperta. « Non più di tanti, e nessuno è negro. Tuttavia, un tempo avevo un amico negro, e quando le nostre strade si divisero ne soffrii. »

Col sicuro istinto che la rendeva suprema nel suo mestiere, Kitty Godolphin ravvisò in quelle parole la conclusione perfetta dell'intervista.

« Un tempo avevo un amico negro », ripeté pensierosa, «e quando le nostre strade si divisero ne soffrii. Grazie signor Courteney. » Si rivolse al cameraman. « Okay, Hank, chiudi e vai a farla sviluppare in studio. »

Si alzò subito in piedi e Shasa torreggiò su di lei.

« Eccellente. C'è una gran quantità di materiale utile », disse con entusiasmo. « Le sono veramente grata della sua collaborazione. »

Sorridendo urbanamente Shasa si chinò su di lei. « Sei una troietta senza scrupoli, eh? » le disse sottovoce. « Faccia d'angelo e cuore diabolico. Sai benissimo che non è come la fai sembrare, ma te ne freghi. Ti basta che sia una bella storia, e te ne sbatti che sia vera, e di chi ci rimette, vero? »

Girò sui tacchi e se ne andò. Da basso era cominciato il balletto, e andò al tavolo dove sedeva Centaine con Blaine; ma ormai la serata era rovinata per lui.

Si mise a guardare le danzatrici, ma non le vedeva nemmeno, riusciva solo a pensare a Kitty Godolphin, sempre più infuriato. Il rischio gli piaceva, era per questo che andava a caccia di bufali e di leoni e pilotava e giocava a polo. E questa Kitty Godolphin era pericolosa. Era sempre stato attratto dalle donne intelligenti e competenti, dalla forte personalità; e questa era competentissima e fatta di pura seta e acciaio.

Pensò al suo bel faccino innocente, al sorriso da ragazzetta, e al lampo durissimo del suo sguardo: la rabbia fu equilibrata dal desiderio di soggiogarla, moralmente e fisicamente, e il fatto che l'impresa paresse molto difficile non faceva che rendere il pensiero ancora più ossessivo. Scoprì di essere fisicamente eccitato e anche questo accrebbe la sua ira.

Alzò improvvisamente gli occhi e dall'altra parte della stanza vide Jill Anstey, la responsabile delle PR. Lo stava osservando. Le luci colorate giocavano sui piani slavi del suo viso e sulla sua chioma biondissima. Spalancò gli occhioni e si passò la lingua sul labbro inferiore.

« E va bene », pensò Shasa. « Stasera devo pur sfogarmi con qualcuna, vuol dire che sarai tu. » Inclinò leggermente il capo, e Jill Anstey annuì e scivolò fuori del salone. Shasa mormorò qualche parola di scusa a Centaine, si alzò e nel fracasso della musica attraversò la penombra solcata dai fasci di luce dei riflettori e uscì dalla stessa porta usata da Jill Anstey.

Shasa tornò al Carlton Hotel, dove risiedeva, verso le nove del mattino. Ancora in abito da sera, evitò l'atrio e prese le scale che partivano dal garage sotterraneo. Centaine e Blaine occupavano la suite della società, e Shasa ne occupava un'altra, dalla parte opposta del corridoio. Non aveva nessuna voglia di imbattersi nell'una o nell'altro così vestito a quell'ora del mattino, e fu fortunato perché non li incontrò.

Qualcuno aveva fatto passare una busta sotto la sua porta. La raccolse senza grande interesse, finché non vide il marchio degli Studi Cinematografici Killarney. Kitty Godolphin lavorava con quegli studi. Sogghignò e aprì la busta col pollice.

Caro signor Courteney,

le riprese sono venute benissimo. Lei è più fotogenico di Errol Flynn. Se vuol rivedersi, mi chiami allo studio.

KITTY GODOLPHIN

Ormai la rabbia era sbollita e fu divertito dalla sua faccia tosta. Benché gli si annunciasse una giornata molto piena – pranzo con Lord Littleton, e appuntamenti tutto il pomeriggio – telefonò allo studio.

« Ha chiamato appena in tempo », gli disse Kitty. « Stavo per uscire. Vuol vedere il materiale? Bene, venga stasera verso le sei. »

Venne a prenderlo nell'atrio, col solito sorriso da bimba e il lampo duro e malizioso negli occhi verdastri. Gli strinse la mano e l'accompagnò nella saletta di proiezione che la NABS aveva affittato.

« Ero sicura di poter contare sulla sua vanità maschile per attirarla qui », gli disse.

I tecnici erano sparpagliati sulla prima fila di poltrone, fumando Camel e bevendo Coca-Cola, ma Hank, l'operatore, era pronto a proiettare il film, che guardarono in silenzio.

Quando la luce si riaccese, Shasa si rivolse a Kitty e riconobbe: « È stata bravissima. È riuscita a farmi fare la figura del bischero per quasi tutto il tempo. E poi, naturalmente, può sempre tagliare le parti in cui riesco a cavarmela e lasciarle sul pavimento della sala montaggio ».

« Non le piace? » disse lei con una smorfietta che le faceva brillare le lentiggini sul naso come piccole monete d'oro.

« Lei è un cecchino nascosto nel folto, e io giro allo scoperto dandole le spalle. »

« Se mi accusa di questo », lo sfidò, « perché non mi fa vedere com'è veramente la realtà? Mi porti alle miniere e agli stabilimenti Courteney e me li faccia filmare. »

Ah, ecco perché l'aveva chiamato. Sorrise a se stesso e le chiese: « Ha dieci giorni? »

« Ho tutto il tempo che vuole », gli assicurò.

« E va bene, cominciamo da stasera a cena. »

« Magnifico! » disse lei, poi si rivolse ai tecnici. « *Mazal tov*, ragazzi, il signor Courteney ci ha invitato a cena. »

« Non era proprio quello che avevo in mente io », le sussurrò.

« Davvero? » disse lei, lanciandogli il solito sguardo ingenuo.

Kitty Godolphin era di buona compagnia. Il suo interesse per tutto ciò che Shasa diceva o le mostrava era lusinghiero e reale. Mentre lui parlava, la ragazza guardava per lo più le sue labbra, spesso così vicina da dargli l'impressione di respirare il suo fiato, ma senza mai toccarlo veramente.

Per Shasa il fascino della ragazza veniva accresciuto dalla sua pulizia personale. Nei giorni che passarono insieme, giorni di polvere e gran caldo nel deserto dell'ovest o nelle foreste occidentali, viaggiando da una cartiera a una fabbrica di fertilizzanti, guardando i bulldozer modellare le montagne di scorie, o nel profondo del gran cratere della miniera H'ani, Kitty era sempre fresca e bella. Perfino nella polvere, i suoi occhi erano limpidi e i denti piccoli e regolari splendevano. Dove e quando riuscisse a lavarsi gli indumenti Shasa non ebbe mai modo di capirlo, ma erano sempre puliti e stirati, e il suo alito, quando gli si avvicinava, era sempre puro.

Era una professionista. Anche questo impressionava Shasa. Era pronta a tutto per procurarsi le riprese che voleva, senza badare alla fatica e al pericolo. Aveva dovuto proibirle di riprendere la discesa nel pozzo principale della miniera H'ani dall'esterno del montacarichi, ma lei c'era tornata in seguito, mentre Shasa era impegnato in una riunione, e aveva girato a suo piacimento, per neutralizzare poi con un sorriso la sua sfuriata quando era venuto a saperlo. I tecnici la trattavano con un'ambivalenza che divertì Shasa. Erano affezionatissimi a lei e molto protettivi, come fratelli maggiori, e non celavano il loro orgoglio per i suoi successi. Tuttavia, allo stesso tempo erano un po' attoniti per la sua spietata ricerca dell'eccellenza sempre e ovunque, per la quale sapevano che li avrebbe allegramente sacrificati, al pari di chiunque avesse osato porsi sulla sua strada. Le sue sfuriate, benché rare, erano al vetriolo, e quando dava un ordine, per quanto calma e sorridente fosse, tutti scattavano.

Shasa fu colpito anche dai profondi sentimenti che aveva concepito per l'Africa, per la sua terra e la sua gente.

« Credevo che la più bella terra del mondo fosse l'America », gli disse tranquillamente una sera che guardavano tramontare il sole dietro le grandi montagne desolate dei deserti occidentali. « Ma davanti a spettacoli del genere sono costretta a dubitarne. »

La curiosità l'attirò nei quartieri dei dipendenti della Courteney, e passò ore a parlare con gli operai e le loro mogli, filmando tutto, domande e risposte dei minatori negri, dei soprastanti bianchi, dei capiturno, le case e il cibo che mangiavano, i divertimenti e i riti, e alla fine Shasa le chiese: « Che gliene pare, allora, del modo in cui li opprimo? »

« Vivono bene », concesse lei.

« E sono felici », incalzò Shasa. « Lo ammetta. Non le ho nascosto niente. Sono contenti. »

« Sono contenti come bambini », ammise la ragazza. « Finché guardano a lei come a un grande papà. Ma per quanto tempo crede di poter continuare a ingannarli? Quanto tempo passerà prima che la vedano partire col suo bell'aereo, sapendo che va in Parlamento ad approvare qualche altra legge restrittiva contro di loro, dicendosi 'e proviamo anche questa!'? »

« Per trecento anni, sotto il governo dei bianchi, i popoli di questa terra hanno formato un tessuto sociale che oggi è quello che ci tiene insieme. Funziona, e non mi andrebbe affatto di vederlo strappato senza sapere che cosa mettere al suo posto. »

« Perché non la democrazia? Così, tanto per cambiare », suggerì lei. « Non sarebbe male. Sa, è quel sistema in cui si vuole che prevalga *la volontà della maggioranza.* »

« Ma ha lasciato fuori la cosa più importante », le rispose subito: « *Rispettando i diritti delle minoranze.* È questo che non funziona in Africa. L'africano conosce e comprende un solo principio: chi vince piglia tutto, e le minoranze vanno al muro. È questo che succederà ai residenti bianchi in Kenya, se la Gran Bretagna capitolerà di fronte agli assassini Mau-Mau ».

In queste schermaglie trascorrevano le lunghe ore di volo che li portavano da un capo all'altro dell'immenso territorio. Shasa e Kitty andavano insieme col Mosquito; casco e mascherina dell'ossigeno erano troppo grandi per lei, e la facevano sembrare ancor più giovane. Li seguiva la troupe dei tecnici, con David Abrahams che pilotava il più grande e lento De Havilland della società. Anche se a terra Shasa era pieno d'impegni coi suoi dirigenti, gli restava sempre abbastanza tempo da dedicare alla seduzione di Kitty Godolphin.

La cosa che gli interessava di più, attualmente, era scoparla. Convincerla che l'Africa era diversa dall'America, e che stavano facendo quanto di meglio potevano era un desiderio che veniva molto ma molto staccato. Comunque, allo scadere dei dieci giorni non aveva raggiunto né l'uno né l'altro scopo. Sia le convinzioni politiche di Kitty sia la sua virtù rimanevano intatte.

L'interesse di Kitty per lui, per quanto grande e intenso, era del tutto impersonale e professionale. Gli dedicava la stessa attenzione che avrebbe dedicato, mettiamo, a uno stregone ovambo che le spiegasse come si cura il cancro intestinale con una poltiglia di sterco di porcospino; o a un forzuto soprastante bianco tutto tatuato che le esponesse come e qualmente i lavoratori negri andassero sempre manganellati sulla testa e mai nella pancia, perché fegato e milza gonfiati dalla malaria si spaccavano facilmente con conseguenze fatali, mentre gli africani avevano una testa che tollerava assai bene le bastonate.

« Maria Vergine! » esclamava Kitty in simili casi. « Questa intervista da sola vale tutto il viaggio! »

Così, l'undicesimo giorno dell'odissea, volarono via dalle sconfinate distese del Kalahari, lasciando sulla sua mistica montagna, un tempo sacra ai boscimani, la miniera H'ani, per atterrare a Windhoek, capitale dell'antica colonia tedesca dell'Africa di Sudovest, che il trattato di Versailles aveva assegnato al Sudafrica. Era una cittadina alquanto strana, dove le origini tedesche erano ancora evidenti nell'architettura e nelle abitudini degli abitanti. Annidata sul ciglio dell'altopiano, sopra l'arido litorale oceanico, godeva di un clima piacevole, e la suite al Kaiserhof Hotel, affittata in permanenza alla Courteney, offriva loro tutte le comodità a cui avevano dovuto rinunciare nei dieci giorni precedenti.

Shasa e David passarono il pomeriggio con i dirigenti della filiale locale della società, sede centrale prima del trasferimento a Johannesburg, ma tuttora responsabile della gestione della miniera H'ani. Kitty e la sua troupe, per non perdere nemmeno un istante, girarono a filmare le residenze coloniali tedesche, i monumenti e le pittoresche donne herero che giravano per le strade. Nel 1904 questa tribù guerriera aveva mosso all'amministrazione germanica la peggiore delle guerre coloniali, che alla fine aveva determinato lo sterminio per fame o in battaglia di ottantamila herero su una popolazione di centomila. Erano un popolo di gente alta e bella, dal portamento magnifico: le donne indossavano gonne coloratissime, vittoriane, lunghe fino ai piedi, e grandi foulard in tinta. Kitty ne fu deliziata, e quel pomeriggio tornò tardi in albergo, molto su di morale.

Shasa aveva architettato un piano, e per questo aveva lasciato David negli uffici della Courteney a portare a termine le riunioni. Aspettava Kitty e la troupe per invitarli a bere una birra nell'apposito giardino dell'hotel, dove un'orchestrina tradizionale in costume bavarese diffondeva il suo *um-pa-pa* per la gioia dei bevitori che sottolineavano il ritmo coi boccali. La Hansa Pilsner locale era in tutto e per tutto all'altezza di quella che si beveva nelle birrerie di Monaco, bella dorata e coronata di soffice schiuma compatta. Shasa ordinò i boccali più grossi e Kitty dimostrò che non si faceva lasciare indietro neanche a bere.

L'umore diventò allegrotto finché Shasa non prese da parte Kitty e, coperto dall'orchestrina, le sussurrò: « Non so come dirtelo, Kitty, ma questa è la nostra ultima sera insieme. Ti ho fatto prenotare dalla segretaria i posti sul volo di domattina per Johannesburg; per te e la troupe, naturalmente ».

Kitty lo guardò sbigottita. « Non capisco. Credevo che andassimo alle vostre concessioni diamantifere nello Sperrgebiet. » Lo pronunciava in un modo tutto suo, con quell'incantevole accento. « È la tappa principale. »

« *Sperrgebiet* significa 'Zona proibita' », le disse malinconicamente Shasa. « E lo è davvero, Kitty. Proibita. Nessuno ci può andare senza l'autorizzazione del commissario governativo alle miniere. »

« Ma credevo che ci avessi procurato il permesso », protestò lei.

« Ci ho provato. Ho mandato un telex alla nostra sede locale per ottenerlo. Ma la domanda è stata respinta. Temo che il governo non ti voglia fra i piedi laggiù. »

« Ma perché? »

« Deve bollire in pentola qualcosa che il governo non vuol farti vedere e soprattutto filmare », alzò le spalle lui, e la ragazza restò zitta, ma a Shasa non sfuggì il lampo d'ira e di risolutezza che le balenò negli occhi verdastri. Era un bel po' che si era accorto che l'unica maniera di rendere una cosa desiderabilissima per Kitty Godolphin era negargliela. Adesso sapeva che avrebbe mentito, imbrogliato o anche venduto l'anima per andare nello *Sperrgebiet*.

« Potresti farci entrare clandestinamente », gli suggerì.

Lui scosse la testa. « Non conviene. Potremmo anche farcela, ma se ci beccano ci danno una multa di centomila sterline a testa o cinque anni di galera. »

Gli mise la mano sul braccio. Era la prima volta che lo toccava di proposito. « Per favore, Shasa, ho una gran voglia di fare quelle riprese! »

Lui scosse la testa tristemente. « Mi spiace, Kitty, non si può fare, temo. » Quindi si alzò. « Andate a cambiarvi per cena, e dillo tu alla troupe. Il vostro volo per Johannesburg parte domattina alle dieci. »

A cena, Shasa capì subito che Kitty non aveva ancora avvertito la troupe del cambiamento di programma. Erano tutti allegri e chiacchierini per la buonissima birra.

Una volta tanto, Kitty non partecipò alla conversazione. Se ne rimase ingrugnata al proprio posto, spilluzzicando svogliatamente l'ottimo e abbondante cibo teutonico e lanciando qualche penetrante occhiata a Shasa. David evitò il caffè e andò a fare la solita telefonata serale a Matty e ai bambini, mentre i tecnici se la squagliarono subito, diretti a un locale che era stato consigliato loro caldamente per musica e frequentatrici.

« Dieci giorni senza compagnia femminile a parte il boss », lamentò Hank. « Mi sento molto ma molto nervoso. »

« Ricordatevi dove siete », li mise in guardia Shasa. « In questo paese la carne nera è proibita. »

« Oggi ho visto certe fiche che valgono ampiamente cinque anni di lavori forzati », dichiarò ribaldo Hank.

« Conosci la versione sudafricana della roulette russa? » gli chiese Shasa. « Si porta una ragazza negra in una cabina del telefono, si chiama la polizia e si vede un po' chi viene prima. »

Kitty fu l'unica a non ridere, e Shasa si alzò. « Devo ancora leggere delle carte. Rimandiamo gli addii a domattina. »

Nella sua suite fece una rapida doccia, si rase, poi s'infilò una vestaglia di seta. Mentre controllava che in frigo non mancasse il ghiaccio, sentì bussare leggermente alla porta.

Sulla soglia c'era Kitty, con espressione tragica.

« Ti disturbo? »

« No, certo che no. » La fece entrare. Lei traversò la stanza e andò a guardar fuori della finestra.

« Gradisci il bicchiere della buonanotte? » le disse.

« Tu cosa stai bevendo? »

« Un *rusty nail.* »

« Ne berrò uno anch'io, qualunque cosa sia. »

Mentre Shasa mescolava Drambuie e whisky di malto, lei gli disse: « Sono venuta a ringraziarti di tutto quello che hai fatto per me in questi dieci giorni. Sarà brutto dirsi addio ».

Shasa portò i bicchieri dove si trovava lei, in mezzo alla stanza, ma quando la raggiunse Kitty li prese e li mise sul tavolino. Poi si alzò in punta di piedi, gli passò le braccia attorno al collo e alzò il viso per farsi baciare.

Le sue labbra erano morbide e dolci come cioccolata calda, e pian piano lei gli insinuò la lingua in bocca, molto profondamente. Quando infine si staccarono, con un umido schiocco, Shasa si chinò e le passò una mano dietro le ginocchia, la sollevò e la strinse al petto. Kitty aderì a lui, premendogli la faccia contro il collo, mentre la portava verso la camera da letto.

Aveva i fianchi stretti e il ventre piatto di un ragazzo: le sue natiche erano bianche e tonde e dure come un paio d'uova di struzzo. Come il viso, anche il suo corpo sembrava immaturo e puerile, a parte i due seni piccoli e sodi, a forma di pera, e lo sbalorditivo cespuglio nero e folto alla base del ventre: ma quando Shasa la toccò lì, scoprì con sorpresa che era morbido come seta e inconsistente come fumo.

Faceva l'amore con tanta arte da sembrare assolutamente spontanea. Le piaceva dare una specie di radiocronaca di quanto lui le stava facendo, con le parole più crude e oscene, che uscendo da quella boccuccia così ingenua e pura avevano un effetto quanto mai erotico. Lo condusse ad altezze che di rado aveva raggiunto in precedenza, e lo lasciò completamente saziato.

Alle prime luci dell'alba gli si rannicchiò addosso e gli sussurrò: « Non so come potrò staccarmi da te dopo una notte così ».

Shasa le vedeva il volto riflesso nello specchio dall'altra parte della stanza, a sua insaputa. A un tratto disse: « Dannazione, non posso lasciarti andare. Costi quello che costi, ti porterò con me nello *Sperrgebiet* ».

Nello specchio la vide sorridere, un sorrisetto furbo e compiaciuto. Dunque aveva ragione, Kitty Godolphin si serviva anche dei favori sessuali per arrivare dove voleva arrivare.

All'aeroporto, la troupe stava caricando l'attrezzatura nel De Havilland sotto la supervisione di David Abrahams, quando Shasa e Kitty arrivarono su una macchina della ditta. Kitty saltò giù e rivolgendosi a David: « Come pensi di fare, David? » gli chiese. David assunse un'espressione perplessa.

« Cosa? Non capisco la domanda. »

« Be', dovrai falsificare il piano di volo, no? » insisté Kitty. Ancora più perplesso, David guardò Shasa, che alzò le spalle. A questo punto Kitty era esasperata.

« Sai benissimo cosa intendo dire. Come farai a nascondere il fatto che stiamo andando nello *Sperrgebiet* senza permesso? »

« Senza permesso? » cascò dalle nuvole David, e tirò fuori un malloppo di documenti dalla tasca del giubbotto di volo in cuoio. « Ecco tutti i permessi. Rilasciati da una settimana, perfettamente *kasher*, a posto. »

Kitty girò sui tacchi e fissò Shasa senza fiato, ma lui evitò il suo sguardo e partì per il solito giro di controllo intorno all'apparecchio.

Non si parlarono finché il Mosquito non raggiunse quota tremila e puntò verso la destinazione. Allora Kitty gli urlò nella cuffia: « Sei un figlio di puttana! » La voce le tremava per la rabbia.

« Kitty, tesoro mio », disse lui girandosi a guardarla da dietro la maschera dell'ossigeno, con l'occhio buono che sprizzava divertimento. « Abbiamo ottenuto entrambi quello che volevamo, e nel frattempo ci siamo divertiti un sacco. Perché arrabbiarsi, dunque? »

Kitty si voltò dall'altra parte e si mise a guardare le magnifiche montagne color mantello di leone del *Khama's Hochtland*. La lasciò bollire nel suo brodo. Qualche minuto dopo udì uno strano rumorino soffocato e gracchiante in cuffia, si accigliò e si chinò in avanti per regolare la radio. Ma con la coda dell'occhio vide che Kitty sobbalzava sussultando sul sedile. Il rumorino gracchiante proveniva da lei.

Le diede un colpetto sulla spalla e Kitty si voltò dalla sua parte. Era tutta gonfia e rossa dalle risate che cercava invano di soffocare, con gli occhi che lacrimavano a fontana. Non riuscì più a trattenersi e si mise a sghignazzare.

« Che gran figlio di puttana! » ripeté senza più acrimonia. « Che mostruoso furbastro... » Poi non riuscì più a dir niente di comprensibile e si abbandonò alle risa.

Un bel po' di tempo dopo si asciugò le lacrime. « Credo che io e te andremo d'accordo », dichiarò. « Abbiamo il cervello che funziona allo stesso modo. »

« Non direi soltanto il cervello », precisò lui. Kitty si staccò la maschera d'ossigeno e gli porse la bocca da baciare. La lingua, più sinuosa che mai, parve a Shasa lunga e lubrica come un'anguilla.

Il tempo passato insieme nel deserto sembrò fin troppo breve a Shasa. Da quando erano diventati amanti, stare con lei era una gioia continua. La sua mente pronta e curiosa lo stimolava, e attraverso i suoi occhi attenti riscopriva una quantità di cose che pur credeva di conoscere bene.

Insieme guardarono e filmarono le ruspe gialle, grandi come elefanti, che sconvolgevano le alte terrazze che erano state un tempo il fondo dell'oceano. Spiegò a Kitty che una volta, quando la crosta terrestre era ancora piuttosto molle e il magma fuso continuava a venire in superficie, i diamanti, nati in profondità dal gran calore e dalla gran pressione, salivano con le eruzioni.

Date le piogge incessanti di quei tempi primordiali, grandi fiumi solcavano la terra, scorrendo al mare, e portavano con sé i diamanti che si raccoglievano lungo il letto, nelle pozze sotto le cascate e sul fondo marino rugoso poco oltre la foce. Mentre il continente emergeva, corrugandosi, anche il vecchio fondo del mare veniva alla superficie. Da gran tempo i fiumi erano seccati, o avevano cambiato corso, e le sacche diamantifere si erano coperte di sedimenti vari. C'era voluto il genio di Twentyman-Jones per rintracciare il corso degli antichi fiumi. Usando la fotografia aerea e il suo intuito geologico, aveva individuato le antiche terrazze e gli strati significativi.

Kitty e la troupe filmarono il procedimento con cui la sabbia rivoltata dalle ruspe era poi setacciata ed esaminata, per essere quindi dispersa da venti artificiali creati da immensi ventilatori. Alla fine restavano soltanto le pietre preziose, una parte su decine di milioni.

Nelle notti del deserto, le baracche dei minatori, senza aria condizionata, erano arroventate e non si riusciva a dormirci. Shasa preparò un nido di coperte fuori, fra le dune, e sotto il gran cielo stellato, con le narici che aspiravano l'aria pepata del deserto, fecero l'amore.

L'ultimo giorno Shasa si fece preparare una jeep e andarono a spasso fra le dune rossastre, le più alte del mondo, scolpite dai venti incessanti originati dalla gelida corrente oceanica di Benguela. Le creste contorte sotto il pallido cielo del deserto sembravano schiene di rettili vivi.

Shasa indicò a Kitty un branco di *gemsbock*, antilopi grosse come pony, dal magnifico muso bianco e nero e dalle corna slanciate, dritte e lunghe quant'era alto l'animale da terra. Erano bestie bellissime, così adattate all'inospitale regione in cui vivevano da non aver mai bisogno di bere da acque superficiali, potendo sopravvivere della poca umidità contenuta in quell'erba arida e stenta color dell'argento. Le guardarono dissolversi come per magia nella fatamorgana creata dalle onde di calore, puntini neri che vagolavano all'orizzonte fra terra e cielo per poi sparire.

« Io sono nato qui. Da qualche parte, in questi deserti », le disse Shasa mentre, mano nella mano, guardavano il panorama dalla cresta di una duna alta trecento metri, sotto la quale avevano lasciato la jeep.

Le raccontò come Centaine l'avesse portato in grembo su quel terreno terribile, sperduta e sola, a parte due piccoli boscimani che le facevano compagnia e la guidavano; e come la boscimana che aveva dato nome alla miniera H'ani avesse fatto da levatrice alla sua nascita, chiamandolo Shasa, che nella loro lingua significa « Buona Acqua », ovvero il più prezioso elemento del loro mondo.

Grandezza e bellezza li commossero entrambi. Tornando da quel bagno di solitudine, Shasa si sarebbe sentito intimamente sicuro di amarla e di voler passare il resto della sua vita con lei.

Insieme guardarono il sole calare in fretta dietro le rosse dune, e il cielo a un tratto si trasformò in uno schermo color bronzo rovente, costellato di fiocchi di nuvole azzurre simili ai colpi di un fabbro celestiale. Man mano che il cielo si raffreddava, i colori cambiavano, passando dal giallo all'arancio al porpora finché il sole non tramontò dietro le dune... e nell'attimo in cui scomparve avvenne un miracolo.

Entrambi restarono senza fiato per la meraviglia, mentre con una silenziosa esplosione tutto il cielo splendeva di verde elettrico. Durò solo fintanto che tennero il respiro, ma per quell'attimo il cielo fu verde come l'oceano, o come il ghiaccio in fondo ai crepacci d'alta montagna. Poi impallidì rapidamente nel color canna di fucile dell'imbrunire, e Kitty lo guardò con una muta domanda negli occhi.

« L'abbiamo visto insieme », le disse piano Shasa. « I boscimani lo chiamano il Pitone Verde. Uno può passar tutta la vita nel deserto senza vederlo mai. Io non l'avevo mai visto fino a ora. »

« Cosa significa? » chiese Kitty.

« I boscimani dicono che è il più fortuito dei buoni presagi. » Le prese la mano. « Dicono che quelli che vedono il Pitone Verde saranno particolarmente benedetti... e noi l'abbiamo visto insieme. »

Nella luce che svaniva scesero per la faccia scivolosa della duna fino al punto dove Shasa aveva lasciato la jeep. Affondavano nella sabbia fino al ginocchio, sentendo ancora il tepore del sole, e si aggrappavano ridendo l'una all'altro.

Quando raggiunsero la jeep, Shasa la prese per le spalle, la guardò negli occhi e le disse: « Kitty, io non voglio che finisca.

Vieni con me. Sposami. Ti darò tutto quello che la vita ha da offrire ».

Lei gettò la testa all'indietro e gli rise in faccia. « Non far lo stupido, Shasa Courteney. Quel che voglio io dalla vita non puoi darmelo tu », gli disse. « È stato un bel divertimento, ma non è la realtà. Possiamo rimanere buoni amici finché vorrai, ma le nostre strade divergono. »

Il giorno dopo, quando atterrarono all'aeroporto di Windhoek, trovarono un telegramma indirizzato a lei. Kitty lo lesse in fretta. Nel momento in cui alzò gli occhi, non vedeva più nemmeno Shasa.

« Comincia un'altra storia », gli disse. « Devo andare. »

« Quando ti rivedrò? » le chiese Shasa, e lei lo guardò come fosse un perfetto estraneo.

« Non lo so », disse, e un'ora dopo, assieme alla troupe, era sul primo aereo per Johannesburg.

Shasa ci rimase male. Era arrabbiato e umiliato. Non si era offerto di divorziare per nessun'altra donna – non ci aveva mai neanche pensato – e Kitty gli aveva riso in faccia.

In quei casi, sapeva che c'erano diversi modi per guarire. Uno era la caccia. Per Shasa nient'altro esisteva al mondo quando la passione venatoria gli pulsava in cuore, quando un bufalo grande come una montagna e nero come l'inferno lo caricava con un rombo di tuono, la bava spruzzata dalla testa alta, la punta lucida delle corna ricurve che brillava, e una furia omicida negli occhietti porcini. Tuttavia era la stagione delle piogge e nei territori settentrionali di caccia regnavano il fango e la malaria: l'erba era più alta di un uomo. Non potendo andare a caccia, si dedicò a un'altra panacea, far denaro.

Il denaro aveva per Shasa un fascino sconfinato. Senza quell'attrazione ossessiva, certo non avrebbe potuto accumularne tanto, perché questo richiedeva una devozione e una dedizione di cui ben pochi uomini sono capaci. Chi non ce l'ha si consola con le vecchie banalità tipo « La felicità non si può comprare » e « Il denaro è la radice di tutti i mali ». Essendo un esperto, Shasa sapeva che il denaro non è né buono né cattivo, ma semplicemente amorale. Sapeva che il denaro non ha coscienza, ma contiene il massimo potenziale di bene o male che ci sia. Era l'uomo che lo possedeva a operare la scelta, e quella scelta si chiamava potere.

Anche quando credeva di esser totalmente assorbito da Kitty Godolphin, il suo istinto non aveva cessato di operare. Quasi inconsciamente aveva notato, dall'aereo, le macchioline bianche che, al largo della costa atlantica, rompevano il verde della corrente di Benguela. Kitty Godolphin era uscita dalla sua vita da neanche un'ora che già lui irrompeva negli uffici della Courteney Mining and Finance Co. sulla via principale di Windhoek e cominciava a chiedere cifre e documenti, a far telefonate, a convocare avvocati e contabili, a chiedere la restituzione di favori ad alti funzionari governativi, a spedir galoppini a esplorare gli archivi dei giornali locali e del registro delle società, coordinando strumenti, fatti, cifre e possibilità, e poi perdendovisi lietamente, come un fumatore d'oppio con la sua pipa.

Passarono cinque giorni prima che fosse pronto a mettere insieme tutto e far la valutazione finale. Aveva detto a David Abrahams di stare a Windhoek con lui, perché David era un'eccellente cassa di risonanza in situazioni del genere, e a Shasa piaceva lanciargli delle idee e vedere come rimbalzavano indietro.

« Dunque sembra che le cose stiano così », iniziò a riassumere Shasa. Nella sala del consiglio d'amministrazione erano in cinque, seduti sotto i magnifici affreschi che Centaine aveva commissionato a Pierneef quando l'artista era in piena fioritura; c'erano Shasa e David, il direttore e il segretario locali della Courteney e l'avvocato di origine tedesca che la società teneva come procuratore in pianta stabile a Windhoek.

« Sembra che abbiamo sempre dormito in piedi. Negli ultimi tre anni ci è nato sotto il naso un settore industriale che solo l'anno scorso ha fatto un profitto di venti milioni di sterline, quattro volte quello della miniera H'ani, e noi abbiamo lasciato che accadesse! »

Fulminò il direttore con un'occhiata da ciclope.

« Certamente non ci era sfuggita la rinascita dell'industria della pesca nella baia di Walvis », cercò di spiegare il malcapitato. « La gazzetta ufficiale ha pubblicato le norme per il rilascio di licenze di pesca industriale, ma abbiamo pensato che le sardine esulassero dalle nostre competenze. »

« Con tutto il rispetto, Frank, è il genere di decisioni che amerei prendere io. Il tuo compito è darmi tutte le informazioni, di qualunque natura siano, così che io possa decidere. » Lo disse con calma, ma i tre dirigenti locali non dubitavano affatto della severità del rimprovero, e chinarono la testa sui taccuini. Shasa li lasciò soffrire in silenzio per una decina di secondi.

« Va bene, Frank », ordinò infine Shasa. « Ora spiegaci quello che avresti dovuto dirci quattro o cinque anni fa. »

« Be', signor Courteney, la pesca alle sarde cominciò a Walvis Bay all'inizio degli anni Trenta e, benché dapprima andasse molto bene, quasi subito risentì della grande depressione, e dati i metodi industriali alquanto primitivi di allora non riuscì a sopravvivere. Tutte le fabbriche di inscatolamento chiusero e furono abbandonate. »

Mentre Frank parlava, Shasa tornò con la mente all'infanzia. Ricordò la sua prima visita a Walvis Bay, la Baia delle Balene, e sobbalzò rendendosi conto che risaliva a venti anni prima. Lui e Centaine erano venuti lì in macchina, la solita Daimler gialla, a pretendere il saldo del prestito fatto alla società di pesca e inscatolamento di sardine di Lothar De La Rey. Poiché il prestito non poteva essere rimborsato, la fabbrica fallì e chiuse. Erano gli anni terribili della Depressione, quando anche la Courteney era riuscita a sopravvivere solo in virtù della risolutezza senza scrupoli di sua madre, Centaine.

Ricordò come Lothar De La Rey, il padre di Manfred, avesse implorato da sua madre una proroga del prestito. Quando i suoi pescherecci erano approdati al molo, carichi di sardine fino all'inverosimile, l'ufficiale giudiziario, per volontà di Centaine, aveva posto i sigilli alle porte dello stabilimento d'inscatolamento.

Era il giorno in cui aveva conosciuto Manfred De La Rey. Era allora un ragazzotto scalzo e robusto, più grosso e forte di Shasa, abbronzatissimo, con un golf blu da pescatore e pantaloncini cachi tutti sporchi di scaglie di pesce, mentre Shasa indossava pantaloncini grigi immacolati, una camicia bianca dal colletto aperto, e la giacca della scuola, con lucide scarpe nere ai piedi.

Ragazzi appartenenti a mondi diversi, si erano affrontati sul molo e la loro ostilità era stata immediata. Avevano cominciato a insultarsi e nel giro di pochi minuti se le davano di santa ragione, mentre i pescatori negri li guardavano incitandoli a darsene ancora di più. Sebbene fosse passato tutto quel tempo, ricordava perfettamente i chiari occhi feroci di Manfred De La Rey che non abbandonavano un istante i suoi, anche mentre cadevano insieme dal molo sul ponte di uno dei pescherecci carico di viscide e puzzolenti sardine. Provò di nuovo la tremenda umiliazione che aveva provato allora, quando Manfred gli aveva spinto la testa giù in quel brago argenteo e molle, e lui aveva corso il rischio di soffocare nella palta fetente dei pesci morti.

Si costrinse a tornare al presente, alla voce del suo dirigente che diceva: « Adesso la situazione è questa: il governo ha concesso quattro licenze di pesca e trasformazione di sardine a Walvis Bay. Il ministero fissa per ciascun concessionario di licenza una quota annuale, che attualmente si aggira intorno alle duecentomila tonnellate ». Shasa contemplò l'enorme potenziale di profitto contenuto in quantità del genere. Stando ai bilanci pubblicati, nel corso dell'ultimo anno fiscale ciascuna delle quattro fabbriche aveva fatto un profitto di due milioni di sterline in media. Sapeva che era un risultato migliorabile, forse raddoppiabile con un'ottima gestione, ma a quanto pareva ciò non sarebbe stato possibile.

« Abbiamo preso contatti col ministero della Pesca e autorità ancora più elevate », sentì dire Shasa, che ridacchiava tra sé, essendo stato proprio lui a portare fuori a cena per parlargliene lo stesso governatore, « ma è emerso che non verranno concesse altre licenze. L'unica maniera di entrare nel settore potrebbe essere quella di comprare un'industria in possesso di licenza. » Shasa tornò a ridacchiare sardonicamente, perché aveva già sondato due di quelle industrie. Il proprietario della prima aveva suggerito a Shasa in termini quanto mai eloquenti di andare a prendersi una certa cosa in un certo posto, mentre l'altro aveva buttato lì una cifra così piena di zeri, per vendere, da perdersi oltre l'orizzonte. Eppure, nonostante l'espressione delusa che aveva sul viso, era una delle situazioni in cui Shasa meglio sguazzava, quelle che sembrano disperate fin quando non si trova il modo di aggirare l'ostacolo, facendo profitti enormi.

« Voglio un'analisi dettagliata dei bilanci delle quattro società », ordinò. « Qualcuno conosce il ministro della Pesca? »

« Sì, e purtroppo è una persona incorruttibile », disse Frank. « Chi gli ha fatto delle strane proposte si è ritrovato subito in manette. »

« Inoltre non è lui a concedere le licenze », disse un altro dirigente. « È a Pretoria che le danno, o meglio le davano, perché adesso non ne concedono più. Quattro è il massimo. L'ha deciso il ministro in persona. »

Shasa restò a Windhoek altri cinque giorni, controllando ogni possibilità con grande minuzia e attenzione ai dettagli. Era una delle sue qualità più preziose, questa, ma al termine dei cinque giorni non si ritrovò affatto più vicino alla soluzione del suo problema – procurarsi una licenza di pesca industriale – di quando aveva avvistato i branchi di sardine nella corrente di Benguela dall'aereo. L'unico risultato che aveva ottenuto era dimenticare la streghetta, quella Kitty Godolphin, per una decina di giorni.

Tuttavia, quando riconobbe che non c'era più niente da guadagnare a restarsene ancora a Windhoek e salì sul Mosquito, la streghetta gli venne in mente non appena guardò il posto vuoto accanto a sé. D'impulso, invece di dirigere direttamente verso Città del Capo, deviò verso occidente, puntando verso la costa e la Baia di Walvis, deciso a dare un'ultima occhiata prima di abbandonare l'idea.

C'era qualcos'altro che gli ronzava nella memoria oltre al ricordo di Kitty, mentre il Mosquito scendeva dall'altopiano verso il mare. Era un dubbio, un disagio fastidioso d'aver trascurato qualcosa d'importante nelle sue indagini.

Vide apparire l'oceano davanti a sé, avvolto in veli di nebbia dove la corrente fredda lambiva la costa. Le alte dune parevano contorcersi assieme come vipere dalla schiena a rasoio, color polenta. Virò e si mise a seguire la spiaggia infinita su cui l'oceano si frangeva con strisce parallele di schiuma bianca, finché non distinse il promontorio della baia protendersi nell'oceano col faro di Punta del Pellicano che ammiccava fra i banchi di nebbia.

Tolse gas e si abbassò, spazzando i fiocchi di nebbia. Nei varchi vedeva i pescherecci al lavoro, in mare. Erano molto vicini alla costa, sull'orlo della corrente. Qualche barca aveva riempito la rete, e vide l'argenteo tesoro baluginare nell'acqua mentre il peschereccio lo recuperava. Sopra si affollavano i gabbiani, grati per quell'autentico festino.

Poi, a distanza di un miglio, vide un'altra barca al lavoro. Tagliava con la prua un arabesco di schiuma, puntando a un altro branco di sardine.

Shasa virò dolcemente, abbassandosi per meglio seguire la tattica di pesca. Vide il branco – un'ombra nera, come se nelle acque verdi fossero state versate tonnellate d'inchiostro –, e fu sbalordito delle sue dimensioni: cinquanta ettari di pesce compatto; ogni sardina non più lunga della sua mano, ma nell'insieme un formidabile Leviatano.

« Milioni di tonnellate in un sol branco », sussurrò. Traducendolo in termini di ricchezza, l'avidità divampò nuovamente in lui. Guardò il peschereccio lanciare la rete su una minima frazione del branco, poi l'aereo cabrò uscendo dalla nebbia e puntando verso il fondo della baia. C'erano i quattro stabilimenti, in riva al mare, ognuno col suo molo d'attracco per i pescherecci, e un fil di fumo che saliva dalle ciminiere.

« Chissà qual era lo stabilimento del vecchio De La Rey », si domandò. Su quale dei moli aveva fatto a botte con Manfred, finendo col naso, le orecchie e la bocca pieni di poltiglia di sardine? Sogghignò al ricordo.

« Però mi sembra che fosse più a nord », disse, cercando di riportare la mente indietro di vent'anni. « Non era proprio in fondo alla baia. » Invertì la rotta, portando il Mosquito parallelo alla battigia. Dopo circa un miglio avvistò il molo, ormai semidistrutto, e la fabbrica dai tetti sfondati, abbandonata da chissà quanto tempo.

« C'è ancora », si rese conto. Immediatamente la pelle gli si raggrinzì per l'eccitazione. « È sempre lì, abbandonata e dimenticata da vent'anni. » Adesso aveva capito qual era il fattore che aveva trascurato.

Sorvolò la vecchia fabbrica altre due volte, così basso da alzare mulinelli di sabbia con le eliche. Sulla facciata a mare della fabbrica abbandonata, le cui pareti di lamiera ondulata erano tutte corrose e smangiate dalla ruggine, si riusciva ancora a distinguere la scritta SOUTH WEST AFRICAN CANNING AND FISHING CO. LTD.

Diede gas e cabrò, puntando nuovamente verso Windhoek. Città del Capo e la promessa ai figli e a Tara di tornare per il week-end erano già dimenticate. David Abrahams era partito per Johannesburg col De Havilland, qualche minuto prima di Shasa, così a Windhoek non c'erano persone di fiducia che potessero eseguire la ricerca per lui. Andò personalmente all'ufficio pubblico dove si registrano le società e un'ora prima che chiudesse per il week-end trovò quello che cercava.

La licenza di pesca e trasformazione industriale di sardine e tutti gli altri pesci pelagici era datata 20 settembre 1929 e firmata dal governatore. Era intestata a un certo Lothar De La Rey di Windhoek, e non presentava scadenza alcuna. Dunque era ancora valida.

Shasa carezzò il vecchio documento ingiallito, stirandone le pieghe con affetto, ammirando le marche da bollo rosse e la firma sbiadita del governatore. Era rimasta per vent'anni in quei cassetti ammuffiti. Cercò di attribuire un valore a quel foglietto. Sicuramente un milione di sterline. Ma forse cinque. Ridacchiò trionfante e lo portò all'impiegato per farsene fare una copia valida.

« Le costerà un bel po', signore », disse l'impiegato con una smorfia. « Dieci e sei per la copia e due sterline per le marche da bollo. »

« Sì, è caro, ma credo che posso permettermelo », rispose Shasa.

Lothar De La Rey saltò sugli scogli bagnati con la sicurezza di una capra, salendo verso suo padre. Era in costume da bagno di lana nera e aveva in mano una canna da pesca dalla cui lenza pendeva un pesciolino argenteo.

« Ne ho preso uno, papà! » gridò eccitato. Manfred De La Rey si riscosse. Si era perso nei suoi pensieri; anche nelle rare vacanze, la sua mente era sempre concentrata sugli affari del suo ministero.

« Bravo, Lothie. » Si alzò e prese in mano la grossa canna di bambù per la pesca del *kob* e infilò sull'amo l'esca, il pesciolino che il figlio gli porgeva. Appena trafitto, il pesciolino si mise a guizzare freneticamente, rizzando la pinna dorsale.

« Caro mio, non c'è *kob* che possa resistergli », disse Manfred contemplando l'esca viva per far piacere al figlio. « È così bello che abboccherei anch'io. » Alzò la pesante canna.

Per un minuto guardò le ondate frangersi sulle rocce sottostanti, poi, cogliendo l'attimo propizio, corse fino all'orlo della scogliera, muovendosi con notevole agilità per un uomo così grosso. Mentre si preparava al lancio, l'acqua rifluiva in mare lambendogli le caviglie con la schiuma: poi fece scattare la gran canna in avanti con coordinata potenza. Il lancio fu molto lungo, ad arco, col vivo che scintillava al sole e finiva in acqua a un'ottantina di metri di distanza, al di là del primo frangente.

Manfred girò su se stesso e corse di nuovo su, mentre un

cavallone più alto di lui sembrava incalzarlo. Con la canna in spalla e il grosso mulinello che ruotava sfuggì all'ondata e riguadagnò la posizione iniziale, alta sulla scogliera.

Infilò la base della canna in una fessura tra due scogli e la fermò calcandoci a mo' di spessore il cappellaccio di fustagno. Poi tornò a sedersi sul cuscino, guardando il mare verde, col figlio accanto.

« Il mare è buono per i *kob* », disse. Era torbido, di un livido verdastro, perfetto per quel genere di pesca.

« Ho promesso alla mamma che oggi mangeremo pesce », gli disse Lothar.

« Non vendere il *kob* prima di averlo preso », l'ammonì Manfred, e Lothar rise.

Manfred non lo toccava mai di fronte agli altri, fossero anche la madre o le sorelle; ma, poiché ricordava il gran piacere che provava da ragazzo quando suo padre l'abbracciava, quand'erano soli, come in questo momento, si permetteva di esternare i propri veri sentimenti. Gli passò il braccio intorno alle spalle e Lothar, pieno di gioia, per un minuto non ardì nemmeno respirare. Poi si strinse vieppiù al padre e in silenzio guardarono la punta della lunga canna oscillare al ritmo dell'oceano.

« E allora, Lothie, hai deciso cosa fare nella vita quando finirai la scuola media? » Frequentava l'istituto Paul Roos, il più prestigioso della Provincia del Capo, equivalente per i sudafricani di origine olandese a Eton o Harrow.

« Sì, papà, ci ho pensato », disse serio Lothar. « Non voglio fare legge come te, e credo che medicina sia troppo difficile. »

Manfred annuì, rassegnato. Aveva dovuto accettare il fatto che Lothar non eccelleva negli studi, ma era niente più che un buon studente medio. Eccelleva, semmai, in tutti gli altri campi. Aveva chiare attitudini al comando, era coraggioso e risoluto, e un bravissimo atleta.

« Voglio entrare in polizia », disse con qualche esitazione il ragazzo. « Quando finisco le medie, voglio andare all'accademia di polizia di Pretoria. »

Manfred rimase tranquillamente seduto, cercando di non manifestare la sua sorpresa. Era l'ultima cosa che gli sarebbe venuta in mente.

Alla fine disse: « *Ja*, perché no? Lì riusciresti bene ». Annuì. « È una buona vita, una vita al servizio del Paese e del tuo *Volk.* » Più ci pensava e più gli pareva che Lothar avesse fatto la migliore delle scelte. Anche il fatto che suo padre fosse ministro degli Interni non gli avrebbe certo danneggiato la carriera. Sperò che si attenesse alla sua decisione. « *Ja* », ripeté. « Mi piace. »

« Papà, volevo chiederti... » cominciò Lothar, ma proprio in quella la punta della canna si scosse e si curvò. Il vecchio cappello di Manfred fu fatto volare dal mulinello che girava vorticosamente, mentre la lenza filava via tesa.

Padre e figlio balzarono in piedi e Manfred afferrò la grossa canna di bambù e diede uno strattone per agganciare meglio la preda.

« È una balena », gridò, sentendo il peso del pesce, mentre la lenza filava inarrestabile, facendo fumare la frizione e il guanto di cuoio con cui cercava di frenare lo srotolarsi della lenza.

Quando ormai pareva che l'oceano dovesse mangiarsi tutta la lenza e il pesce fuggisse con un ultimo strappo irresistibile, la preda si fermò, e a duecento metri di distanza, sotto quelle acque verdastre, da qualche parte si mise a scuotere la testa in modo tale che l'impugnatura della canna colpì Manfred nel ventre.

Con Lothar che gli saltabeccava a fianco, urlando incoraggiamenti e consigli, Manfred cominciò il recupero, pochissimo per volta, fino a riavvolgere quasi completamente il mulinello. Si aspettava ormai di scorgere il pesce dibattersi tra gli scogli sottostanti. Ma ecco che questo partì di nuovo a razzo verso il largo, e lui dovette ricominciare tutto da capo, col mal di schiena.

Finalmente lo videro, giù nell'acqua alla base delle rocce. Il fianco argenteo rifletteva il sole come uno specchio. Con la canna curva come un arco, Manfred lo tirò faticosamente su, ed eccolo apparire nella risacca delle onde, pieno di riflessi iridescenti, rosa e grigio perla, che boccheggiava esausto dalle enormi fauci.

« La fiocina! » gridò Manfred. « Presto, Lothar, fiocinalo! » Il ragazzo scattò giù con la lunga fiocina in mano e trafisse il pesce proprio sotto le branchie. Un fiotto di sangue arrossò l'acqua del mare. Subito Manfred mollò la canna e corse giù ad aiutare Lothar.

Insieme riuscirono a trascinare il pesce sugli scogli, al di sopra della linea dell'alta marea.

« Peserà quaranta chili », esultava Lothar. « Per metterlo

sott'aceto la mamma e le ragazze ci impiegheranno due giorni. »

Lothar portò canne e fiocina, mentre Manfred si mise il pesce in spalla, dopo avergli passato un corto anello di corda per le branchie, e procedettero passo passo lungo la bianca mezzaluna della spiaggia. Sulle rocce del promontorio successivo, Manfred posò il pesce per riposare qualche minuto. Un tempo era stato campione olimpionico dei mediomassimi, ma da allora era alquanto ingrassato, cominciava a mettere su pancia e aveva il fiato corto.

« Troppo tempo alla scrivania », pensò con qualche rimpianto, e si sedette su un masso nero. Asciugandosi la faccia, si guardò intorno.

Quel posto gli dava sempre una grande gioia. Gli dispiaceva poterci andare così di rado. Ai vecchi tempi, quand'erano studenti, lui e il suo migliore amico, Roelf Stander, venivano sempre a pesca e a caccia su questo tratto di costa ancora naturale e selvaggio. Apparteneva da un secolo alla famiglia di Roelf, che non ne avrebbe mai venduto il minimo lembo se non a Manfred.

E alla fine gli aveva venduto quaranta ettari per una sterlina. « Non voglio arricchirmi sulle spalle di un vecchio amico », aveva detto ridendo quando Manfred gliene aveva offerte mille. « Basta che mettiamo una clausola nel contratto: io posso ricomprarlo allo stesso prezzo alla tua morte o qualora decidessi di venderlo. »

Là, oltre il promontorio su cui si trovavano, c'era il cottage che avevano costruito lui e Heidi, col tetto di paglia e le pareti a calce. Era l'unico segno di presenza umana. La casa al mare di Roelf era dietro il promontorio successivo – una breve passeggiata –, sicché potevano vedersi quando entrambe le famiglie erano in vacanza.

Quanti ricordi c'erano laggiù! Guardò il mare. Proprio lì si era fermato l'U-Boot che l'aveva riportato in patria poco dopo lo scoppio della guerra. Lo aspettava sulla spiaggia Roelf, che era venuto a prenderlo in barca, nel buio pesto, con tutto l'equipaggiamento. Che tempi pazzi ed eccitanti erano stati quelli, il pericolo, il combattimento, la morte sempre in agguato: avevano lottato per l'insurrezione del popolo afrikaner contro il fantoccio degli inglesi, Jan Christian Smuts, e per costituire la nazione in repubblica sotto la protezione della Germania nazista. Erano arrivati molto vicini al successo.

Sorrise e gli brillarono gli occhi al ricordo. Quanto avrebbe voluto poterlo raccontare al ragazzo. Lothie avrebbe capito. Per giovane che fosse, avrebbe capito il sogno afrikaner di una repubblica libera e indipendente, e sarebbe stato fiero di lui. Purtroppo, però, era una storia che non si poteva raccontare. Il tentativo di Manfred di assassinare Jan Smuts e con questo dare il segnale dell'insurrezione era fallito. Era stato costretto a fuggire dal Paese, e languire per il resto della guerra nel lontano esilio portoghese, mentre Roelf e gli altri patrioti erano stati dichiarati traditori e rinchiusi nei campi di concentramento di Jannie Smuts, umiliati e disprezzati sino alla fine della guerra.

Da allora, tutto era cambiato, per fortuna. Adesso erano loro i padroni del Paese, anche se nessuno, fuori della ristretta cerchia dei notabili nazionalisti, conosceva il vero ruolo giocato da Manfred De La Rey in quegli anni pericolosi. Erano qualcosa di simile a un gruppo di grandi feudatari, e nel loro cuore continuava ad ardere il sogno della repubblica, come una fiamma sull'altare delle aspirazioni afrikaner.

I suoi pensieri furono interrotti dal rombo di un apparecchio che volava basso. Manfred alzò la testa. Era una macchina slanciata, azzurra e argento, che stava virando per allinearsi alla pista d'atterraggio che si trovava subito dietro alla prima fila di colline. La pista era stata costruita dal ministero dei Lavori Pubblici quando Manfred era diventato ministro. Era essenziale che egli fosse sempre reperibile e potesse far ritorno in breve tempo al ministero degli Interni in caso d'emergenza.

Manfred riconobbe l'apparecchio e capì chi lo pilotava, si accigliò per l'irritazione e si alzò caricandosi in spalla il pescione. Quel posto gli piaceva proprio per il suo isolamento, e non amava gli intrusi. Si avviò con Lothar per l'ultima tappa verso il cottage.

Heidi e le ragazze li videro arrivare, corsero giù dalle dune incontro a loro e circondarono Manfred, ridendo e congratulandosi. Lui affrontò rapido la salita, appese il pesce fuori della porta della cucina ed entrò. Mentre Heidi andava a prendere la macchina fotografica, Manfred si tolse la camicia sporca di sangue di pesce, andò al lavabo e si lavò.

Nel rialzarsi, col torso ruscellante d'acqua, avvertì improvvisamente la presenza di un estraneo.

« Portami una salvietta, Ruda », berciò, e la figlia maggiore corse a prenderla.

« Non l'aspettavo », disse ruvido a Shasa Courteney. « Qui mi piace star solo con la mia famiglia. »

« Mi perdoni, so di essere un intruso », si scusò Shasa. Aveva le scarpe coperte di polvere; dalla pista d'atterraggio c'erano un paio di chilometri di strada. « Ma confido che mi capirà, se le dico che vengo per un affare urgente di carattere privato. »

Manfred si asciugò il viso con la salvietta, dominando la propria irritazione, e poi, quando Heidi comparve con la macchina fotografica, la presentò con poche parole.

Nel giro di qualche minuto Shasa aveva affascinato sia Heidi sia le ragazze, facendole sorridere, ma Lothar restò dietro suo padre e diede con riluttanza la mano all'estraneo. Aveva imparato dal padre a diffidare degli inglesi.

« Che gran pesce, complimenti », disse Shasa ammirando la preda. « È uno dei più grossi *kob* che abbia mai visto. Ormai non ce ne sono più tanti così grossi in giro. Dove l'avete preso? »

Shasa insisté per scattare lui la foto di tutta la famiglia in gruppo attorno al pesce. Manfred era ancora a torso nudo, e Shasa notò a sinistra una vecchia cicatrice bluastra. Sembrava una ferita d'arma da fuoco... ma ovviamente c'era stata la guerra, e tantissimi portavano ricordini simili addosso. Pensando a questo, si aggiustò la benda nera sull'occhio perduto e tornò a porgere la macchina fotografica a Heidi.

« Resta a pranzo, *Meneer*? » gli chiese, imbarazzata.

« Non vorrei disturbare. »

« Lei è il benvenuto. » Era una bella donna, dal gran petto alto e i fianchi larghi che ne denunciavano la fertilità. Aveva una folta chioma bionda, raccolta in una treccia che le arrivava quasi alla vita. Però Shasa colse subito l'espressione di Manfred De La Rey e tornò a dedicargli tutta la sua attenzione.

« Ha detto bene mia moglie, lei è il benvenuto. » L'ospitalità afrikaner, tradizionale e famosa, non gli lasciava scelta. « Venga, andremo sulla veranda finché non sarà pronto il pranzo. »

Manfred portò due bottiglie di birra gelata e i due sedettero sulle sdraio, a fianco a fianco, contemplando le ultime dune prima della distesa blu dell'Oceano Indiano, sparso di creste di schiuma.

« Si ricorda dove ci siamo incontrati la prima volta, io e lei? » disse Shasa, rompendo il silenzio.

« *Ja* », annuì Manfred. « Mi ricordo benissimo. »

« Un paio di giorni fa sono tornato laggiù. »

« Alla Baia di Walvis? »

« Sì. Allo stabilimento d'inscatolamento del pesce, al molo dove ci siamo picchiati, e... » Shasa esitò, « dove mi ha steso spingendomi la testa dentro la poltiglia di sardine. »

Manfred sorrise con qualche soddisfazione al ricordo. « *Ja*, rammento, rammento. »

Shasa badò bene a controllarsi. Gli bruciava ancora, e la strafottenza dell'altro lo faceva infuriare: ma il ricordo di quel trionfo puerile aveva ammorbidito Manfred, e questo era proprio lo scopo che si era riproposto Shasa.

« Strano come allora fossimo avversari, e oggi alleati », continuò Shasa, lasciando che l'altro ci meditasse sopra un attimo prima di proseguire. « Ho considerato attentamente l'offerta che mi ha fatto. Benché sia difficile per un uomo cambiare campo, e benché sappia che non mancheranno certo coloro che mi attribuiranno i moventi più ignobili, dopo matura riflessione ritengo sia mio dovere fare quanto lei suggerisce e mettere al servizio del bene pubblico i talenti che posso avere. »

« Dunque accetta l'offerta del primo ministro? »

« Sì, può dirgli che mi unirò al governo, ma a suo tempo e a mio modo. Non cambierò partito in Parlamento, ma appena si scioglierà per le prossime elezioni mi dimetterò dal Partito Unito e mi schiererò con il Partito Nazionalista. »

« Bene », disse Manfred. « Mi sembra il modo più onorevole. »

Ma non c'erano modi onorevoli, si rese conto Shasa, e tacque per un po' prima di proseguire.

« Le sono grato per la parte che ha giocato in tutto questo, *Meneer*. Lei si è prestato a darmi quest'occasione, e, dato quel che è successo tra le nostre famiglie, il suo è stato un gesto straordinario. »

« Non c'è stato niente di personale nella mia decisione », scosse la testa Manfred. « Si tratta solo di riconoscere che lei è la persona più adatta per quel posto. Ma non ho dimenticato quel che la sua famiglia ha fatto alla mia, e non lo dimenticherò mai. »

« Nemmeno io », disse sottovoce Shasa. « Ho ereditato questa colpa... a torto o a ragione, non lo saprò mai con certezza.

Comunque vorrei fare un gesto di riparazione nei confronti di suo padre. »

« E come può riparare, *Meneer*? » gli chiese, rigido, Manfred. « Come si può risarcire un uomo della perdita di un braccio e di tanti anni passati in prigione? Come ripagarlo dei guasti che la prigionia ha inferto alla sua anima? »

« Non potrei mai riparare completamente », ammise Shasa. « Tuttavia, improvvisamente e inaspettatamente mi si offre la possibilità di restituire a suo padre gran parte di quanto gli fu tolto. »

« Continui », l'invitò Manfred. « La sto ascoltando. »

« Nel 1929 fu rilasciata a suo padre una licenza di pesca industriale. Ho controllato sui registri, è ancora valida. »

« E cosa può farsene un vecchio? Lei non comprende... mio padre è fisicamente e mentalmente rovinato. »

« L'industria di trasformazione del pesce a Walvis Bay è risorta ed è attualmente in pieno boom. Il numero delle licenze è stato drasticamente limitato. La licenza di suo padre vale moltissimo denaro. »

Vide un lampo d'interesse accendersi negli occhi di Manfred, subito controllato dalla volontà.

« Lei pensa che mio padre dovrebbe venderla? » gli domandò con un po' di sarcasmo. « E lei per caso sarebbe interessato a comprarla? » Fece un sorrisetto.

Shasa annuì. « Sì, naturalmente mi piacerebbe, ma non sarebbe la soluzione migliore per suo padre. » Il sorrisetto di Manfred svanì. Non se l'era aspettato.

« Che altro potrebbe farsene? »

« Si potrebbe riaprire lo stabilimento e utilizzare la licenza insieme, come soci. Suo padre ci mette la licenza, io il capitale e la capacità amministrativa. Nel giro di un anno o due la parte di suo padre quasi certamente varrebbe sul milione di sterline. »

Dicendolo, Shasa osservò attentamente Manfred. Questa era ben più di una proposta d'affari: era una verifica, una prova. Shasa voleva saggiare sotto la granitica scorza dell'uomo, la monumentale armatura di moralismo puritano. Cercava eventuali debolezze, talloni d'Achille da poter sfruttare in seguito.

« Un milione di sterline », ripeté. « E forse anche molto di più. » E rivide scintillare gli occhi dell'altro, chiari e orgogliosi: rivide brillare per un istante le gialle pagliuzze dorate dell'avidità. In fondo era un uomo anche lui. « Adesso sì che ci possiamo mettere d'accordo », pensò con sollievo, cercando di non farlo trapelare. Prese la borsa dei documenti, che aveva appoggiato a terra, e l'aprì sulle ginocchia.

« Ho steso una bozza d'accordo... » tirò fuori due fogli di carta velina. « Può mostrarla a suo padre se crede, parlarne con lui. »

Manfred prese i fogli. « *Ja*, lo vedrò la settimana prossima a casa. »

« C'è un piccolo problema, però », ammise Shasa. « Questa licenza è stata rilasciata molto tempo fa. Il ministero potrebbe forse annullarla. Ho sentito dire che la sua attuale politica è limitare il numero delle licenze a quattro... »

Manfred alzò gli occhi dal contratto. « Questo non sarà un problema », disse, e Shasa alzò il boccale di birra per nascondere un sorriso. Adesso avevano un segreto, erano complici. Manfred De La Rey usava la sua influenza politica a fini d'interesse personale. Come capita a chi perde la verginità, la volta successiva sarebbe stato tutto più facile.

Fin dal primo momento Shasa si era reso conto che in un governo di nazionalisti afrikaner rischiava di essere emarginato. Aveva un disperato bisogno di un alleato nel governo, una persona legata a lui da grossi interessi e inconfessabili segreti, la cui lealtà fosse sempre e comunque assicurata. Aveva appena raggiunto proprio questo scopo, con la prospettiva di grandi profitti anche per sé, per addolcire ulteriormente l'affare. Una giornata di lavoro molto soddisfacente, pensò chiudendo la borsa con lo scatto.

« Molto bene, *Meneer*. La ringrazio di avermi dedicato del tempo. Adesso le lascerò godere la vacanza. »

Manfred alzò lo sguardo. « *Meneer*, mia moglie sta preparando il pranzo. Ci resterà male se se ne va ora. » Finalmente gli fece un sorriso davvero cordiale. « E stasera verrà qualche mio buon amico per un *braaivleis*, un barbecue. Ci sono tantissimi letti in più. Resti a dormire qui stanotte, può partire domattina presto. »

« Lei è molto gentile. » Shasa tornò ad allungarsi sulla sdraio. Gli umori reciproci erano mutati, ma Shasa intuiva che nei loro rapporti v'erano abissi ancora insondati. Sorridendo agli occhi color topazio di Manfred De La Rey, fu colto da un piccolo brivido improvviso, un vento freddo che spifferava da un buco della sua memoria. Quegli occhi lo stregavano. Dove li aveva già visti? Possibile che fosse il sedimento della scazzottata infantile a irradiargli una sensazione di tale pericolo nell'anima? Non pensava proprio. Il ricordo era molto più recente, e molto più terribile. Ma qual era? Forse... ma Manfred, quasi avesse intuito quello che passava per la testa a Shasa, si rimise a leggere il contratto, e la forma del ricordo tornò a confondersi nel buio dell'inconscio.

Heidi De La Rey venne sulla veranda con addosso il grembiule da massaia, ma si era cambiata la vecchia camicetta sbiadita e aveva raccolto la treccia a crocchia sulla testa.

« Il pranzo è pronto... e spero che le piaccia il pesce, signor Courteney. »

Durante il pranzo Shasa si ripropose di affascinare tutta la famiglia. Con Heidi e le ragazze fu facile: ma il giovane Lothar era diffidente e riservato. Tuttavia anche Shasa aveva tre figli, e l'agganciò con storie di volo e caccia grossa finché anche gli occhi del ragazzo si illuminarono d'ammirazione e interesse per i suoi racconti.

Quando si alzarono da tavola, Manfred annuì con aria un po' scontenta: « *Ja, Meneer*, devo ricordarmi di non sottovalutarla mai! »

Quella sera un gruppetto comprendente un uomo, una donna e quattro bambini arrivò dalle dune meridionali, e i figli di Manfred corsero loro incontro e li accompagnarono alla veranda del cottage.

Shasa si appartò durante il rumoroso rito dei saluti tra le due famiglie. Evidentemente i loro rapporti erano di antica data.

Naturalmente Shasa aveva già riconosciuto il capo dell'altra famiglia. Era un uomo grande e grosso, ancora più di Manfred De La Rey. Come lui, del resto, aveva fatto parte della rappresentativa sudafricana di boxe alle Olimpiadi di Berlino del 1936. Dopo aver abbracciato la carriera universitaria, senza troppo successo, come insegnante di diritto, recentemente si era dimesso per associarsi come ultimo venuto allo studio legale Van Schoor, De La Rey & Stander, ora diretto da Manfred, dopo la morte del vecchio Van Schoor anni addietro.

Oltre alla professione forense Roelf Stander dirigeva i sostenitori di Manfred nel Partito, e in tal veste gli aveva organizzato la campagna elettorale fin dal 1948. Benché non fosse membro del Parlamento, era uno che contava nel Partito Nazionalista, e Shasa sapeva con quasi assoluta certezza che faceva parte del *Broederbond*, la Fratellanza, una società segreta di afrikaner d'élite.

Quando Manfred De La Rey si accinse a presentarli, Shasa si accorse che Roelf Stander l'aveva riconosciuto, e fece la faccia preoccupata.

« Spero che non abbia intenzione di tirarmi ancora le uova marce, *Meneer* Stander », scherzò Shasa. Roelf ridacchiò.

« Solo se lei fa un comizio, *Meneer* Courteney. »

Durante le famose elezioni del '48, in cui Shasa era stato sconfitto da Manfred De La Rey, Stander aveva organizzato la squadra di teppisti che andavano a disturbare i comizi elettorali di Shasa. Benché adesso Shasa sorridesse, il suo risentimento era ancora quasi fiero come allora. Era sempre stata la tattica dei Nazionalisti quella di andare a disturbare le riunioni degli avversari politici. Manfred De La Rey avvertì l'ostilità dei due.

« Ben presto saremo schierati dalla stessa parte », disse, infilandosi tra di loro e posando a ciascuno la mano sul braccio. « Adesso vado a prendere una birra per tutti e mettiamo una pietra sul passato. »

Si allontanarono e Shasa diede una rapida occhiata alla moglie di Roelf Stander. Era snella, fin quasi alla magrezza patologica, e in lei c'era un'aria di stanchezza e rassegnazione che rendeva difficile capire quanto fosse stata bella una volta, e quanto fosse ancora attraente. Lei gli restituì lo sguardo, ma quasi subito abbassò gli occhi.

Heidi De La Rey aveva seguito la scena. Prese sottobraccio la donna e la presentò a Shasa.

« *Meneer* Courteney, le presento la mia cara amica Sarah Stander. »

« *Aangename kennis* », lieto di conoscerla, disse Shasa accennando un inchino.

« Come sta, comandante di squadriglia? » gli rispose la donna con calma, e Shasa sussultò. Non risentiva il suo grado in aviazione da quand'era finita la guerra.

« Ci siamo già conosciuti? » chiese, temendo di non averla ravvisata, ma la donna girò subito la testa e si mise a parlare dei bambini con Heidi. Shasa non poté proseguire il discorso, perché proprio in quella Manfred gli portò la birra e i tre andarono sulla veranda col boccale in mano a guardare i ragazzi che preparavano la carbonella per il barbecue. Benché la conversazione maschile fosse informata, e le opinioni espresse sempre interessanti – sia Manfred sia Roelf Stander erano persone istruite e molto intelligenti –, Shasa si trovò a ripensare alla donna pallida che aveva nominato il suo grado nell'aviazione. Desiderava poterle parlare un po' da solo, ma si rese conto che era improbabile e rischioso. Sapeva bene che gli afrikaner erano molto possessivi e gelosi delle loro donne, e un'imprudenza poteva far scoppiare un incidente sgradevole e dannoso. Così si tenne alla larga da Sarah Stander, ma per il resto della serata l'osservò da lontano, percependo alla fine l'ambivalenza dei sentimenti intercorrenti tra le due famiglie. I due uomini sembravano amici intimi, ed era chiaro che il loro rapporto era di antica data, ma tra le mogli non era così. Erano un po' troppo gentili, un po' troppo sorvegliate, diplomatiche insomma, e questi sono quasi sempre indizi di un profondo e radicato antagonismo femminile. Shasa immagazzinò la scoperta, perché nel suo mestiere le relazioni umane e le debolezze altrui erano essenziali: ma fu solo a serata inoltrata che ebbe altre due importanti rivelazioni.

Intercettò uno sguardo di Sarah Stander a Manfred, quando la donna si credeva inosservata, mentre i due afrikaner stavano ridendo insieme. Shasa lo riconobbe subito, era uno sguardo d'odio, ma quel tipo d'odio particolarmente corrosivo che le donne possono riservare a chi un tempo hanno amato. Quell'odio spiegò a Shasa l'aria di stanchezza e rassegnazione che aveva quasi rovinato la bellezza di Sarah Stander. Spiegava anche il risentimento reciproco delle due donne. Heidi De La Rey doveva aver capito che Sarah aveva amato un tempo suo marito, e che forse, dietro l'astio, l'amava ancora. Il gioco dei sentimenti e delle emozioni affascinava Shasa. In un sol giorno era venuto a sapere tanto, e aveva ottenuto tanto, da potersi dire ben soddisfatto quando, alla fine della serata, Roelf Stander riunì la famiglia per andar via.

« È quasi mezzanotte; coraggio, andiamo, ci aspetta una bella camminata. »

Ognuno aveva in mano una pila, e le donne si scambiarono saluti e baci, mentre Roelf e suo figlio Jakobus stringevano la mano a Shasa.

« Addio », disse Jakobus con l'innata cortesia e rispetto per i più anziani che i giovani afrikaner dimostrano in genere.

« Piacerebbe anche a me, un giorno, ammazzare un leone nerocrinito! »

Era un ragazzo alto e robusto, due o tre anni maggiore di Lothar: i racconti di caccia di Shasa avevano incantato anche lui. In quel giovane c'era però qualcosa di familiare, che a Shasa era sfuggito per tutta la sera. Lothar era in piedi vicino al suo amico, stava sorridendo cortesemente, e all'improvviso Shasa capì. I due ragazzi avevano gli stessi occhi, gli occhi giallo chiaro da gatto di Manfred De La Rey. Ecco, ecco. L'odio di Sarah Stander era bell'e spiegato. Manfred De La Rey era il vero padre di suo figlio.

Shasa rimase a guardare gli Stander allontanarsi dalla veranda, assieme a Manfred, seguendo i raggi erratici delle pile e gli scoppi di risa dei bambini. Si domandò se sarebbe mai stato in grado di coordinare gli indizi raccolti in quella serata, e saggiare in tutta la sua estensione la vulnerabilità di Manfred. Un giorno disporre di quelle armi poteva dimostrarsi di importanza vitale.

Sarebbe stato abbastanza facile far discretamente indagare sulla data di matrimonio di Sarah Stander e su quella di nascita del primo figlio; ma molto difficile, invece, indurla a chiarire perché si era servita, nel salutarlo, del suo vecchio grado. Comandante di squadriglia, l'aveva chiamato. Lo conosceva, ne era sicuro, ma come e quando era entrata in rapporto con lui? Shasa sorrise. Un bel mistero era sempre gradito a chi come lui fosse un appassionato lettore di Agatha Christie. Ci avrebbe pensato su.

Shasa si svegliò vedendo il grigio dell'alba trapelare dalle tende. Una coppia di *bokmakierie* canterini faceva un gran chiasso oltre la prima duna. Si tolse il pigiama che gli aveva prestato Manfred e s'infilò il costume da bagno, poi scivolò fuori del cottage addormentato e scese alla spiaggia.

Nuotò battendo un bel crawl regolare e dirigendosi al largo oltre le varie linee di frangenti che superava con un tuffetto riemergendo oltre la cresta. Superato l'ultimo, prese a nuotare lentamente, parallelo alla spiaggia, ma a un buon mezzo chilometro di distanza. Le probabilità di incontrare un pescecane erano ben poche ma c'erano, e anche questo dava gusto alla nuotata. Quando fu tempo di tornare a riva prese un'onda sul punto di frangersi e si fece scaraventare sulla spiaggia, ridendo esilarato e pieno di gioia di vivere.

Risalì con calma al cottage, non volendo disturbare la famiglia, ma un movimento sulla veranda lo colpì. Già vestito e rasato, Manfred era seduto con un libro sulla sdraio.

« Buongiorno, *Meneer* », lo salutò Shasa. « Va a pescare anche oggi? »

« È domenica », gli rammentò Manfred. « Non si pesca nel giorno del Signore. »

« Ah, già », disse Shasa, chiedendosi perché mai si sentisse colpevole d'essersi goduto una nuotata. Poi riconobbe il libro in mano a Manfred.

« La Bibbia », osservò, e Manfred annuì.

« *Ja*, ne leggo alcune pagine tutte le mattine, prima di cominciare la giornata, ma la domenica, o quando ho qualche problema particolare, mi piace leggerne un capitolo intero. »

« Chissà quanti ne hai letti il giorno che hai scopato la moglie del tuo migliore amico », pensò Shasa, ma ad alta voce disse: « Sì, il Libro è di grande conforto », e andò a vestirsi sforzandosi di non sentirsi un baciapile.

Heidi servì una colazione pantagruelica. C'era di tutto, dalle bistecche al pesce in carpione, ma Shasa mangiò solo una mela e bevve il caffè. Poi si scusò.

« La radio dice che più tardi pioverà, e preferisco arrivare a Città del Capo prima del temporale. »

« L'accompagno alla pista », disse Manfred, alzandosi subito a sua volta.

Nessuno parlò finché non ebbero valicato la prima duna, quando a un tratto Manfred gli chiese: « E come sta sua madre? »

« Sta bene, come sempre. Pare che non invecchi, beata lei. » Shasa lo guardò negli occhi e poi gli domandò: « Lei chiede sempre di mia madre. Quando l'ha conosciuta? »

« È una donna notevole », disse Manfred ostinato, aggirando la domanda.

« Ho cercato di riparare in qualche modo ai torti che fece alla vostra famiglia », seguitò altrettanto ostinatamente Shasa, ma Manfred finse di non aver sentito. Invece si fermò in mezzo al sentiero, come per ammirare il paesaggio, ma in realtà per riprendere fiato. Ansimava forte: Shasa aveva affrontato la salita di buon passo.

« Non è tanto in forma », pensò con qualche soddisfazione Shasa, che respirava normalmente e non era nemmeno accaldato.

« Che bello », disse Manfred, e solo seguendo il suo gesto che indicava lo sconfinato orizzonte Shasa capì che si riferiva alla terra. Guardò il paesaggio anche lui, ed effettivamente era bellissimo, si stendeva dall'oceano alle montagne azzurrine del Langeberge, nell'interno.

« E il Signore disse ad Abramo: 'Tutto il paese che tu vedi, io lo darò a te e alla tua discendenza, per sempre' », citò calmo Manfred. « Il Signore ce l'ha data, ed è nostro sacro dovere preservarla per i nostri figli. Nient'altro ha un'importanza paragonabile a questo sacro dovere. »

Shasa rimase zitto. Era perfettamente d'accordo con quel sentimento, per quanto espresso in una maniera alquanto teatrale e imbarazzante.

« Ci è stato donato un paradiso. Dobbiamo resistere a prezzo della vita a ogni tentativo di spogliarcene, o di mutarlo », proseguì Manfred. « E molti tentano di fare proprio questo. Si stanno già organizzando contro di noi. Ben presto avremo bisogno di uomini forti. »

Ancora Shasa tacque, e ancora era d'accordo con una punta di scetticismo. Manfred si girò a guardarlo negli occhi.

« Vedo che sorride », disse con grande serietà. « Dunque non scorge alcuna minaccia su quanto abbiamo costruito qui, sulla punta dell'Africa? »

« Come ha detto lei, questa terra è un paradiso. Chi può volerlo mutare? » gli domandò Shasa.

« Quanti dipendenti africani ha, *Meneer*? » gli chiese Manfred, come cambiando discorso.

« In tutto quasi trentamila », gli rispose un po' stupito Shasa.

« Allora ben presto capirà cosa ho inteso dire », brontolò Manfred. « Fra gli indigeni è cresciuta una nuova generazione di sovversivi. Sono loro i portatori del buio. Non hanno alcun rispetto per il vecchio ordine sociale, così accortamente creato dai nostri progenitori, e che così bene ci ha servito per tanto tempo. No, loro lo vogliono abbattere. Come i mostri evocati da Marx hanno distrutto il tessuto sociale della Russia, così gli agitatori negri si propongono ora di distruggere tutto ciò che l'uomo bianco ha costruito in Africa. »

Shasa gli rispose sdrammatizzando. « La maggior parte dei nostri negri, di tutte le tribù, sono contenti e rispettano le leggi. Sono disciplinati e avvezzi all'autorità, perché anche le loro leggi tribali sono rigorose e restrittive come quelle imposte da noi. Quanti agitatori ci sono, e che influenza hanno? Direi non tanti, e ben poca. »

« Il mondo è più cambiato in questo dopoguerra che nei cent'anni precedenti », ribatté Manfred, che a questo punto aveva ripreso fiato e parlava con energia ed eloquenza nella propria lingua. « Le leggi tribali che un tempo governavano i popoli negri sono state svigorite dall'urbanesimo. Nelle città dove affluiscono con l'illusione di fare la bella vita imparano tutti i vizi dell'uomo bianco, e diventano maturi per abbracciare le eresie di chi predica il buio. Il rispetto che nutrono per l'uomo bianco e il suo governo può facilmente trasformarsi in disprezzo, soprattutto se scorgono in noi qualche debolezza. L'uomo negro rispetta la forza e disprezza la debolezza, e il programma di questi nuovi sovversivi negri è proprio quello di saggiare le nostre debolezze e metterle in luce. »

« Come fa a saperlo? » gli domandò Shasa, e immediatamente si irritò con se stesso. Di solito non faceva domande così banali; era stupido fare una domanda del genere al ministro dell'Interno; ma Manfred gli rispose con grande serietà.

« Abbiamo informatori dappertutto fra i negri; è l'unico modo che consenta a una polizia di funzionare bene. Sappiamo che progettano una grande campagna di disobbedienza civile, rivolta soprattutto alle leggi approvate negli ultimi tempi: il Group Areas Act, il Population Registration Act, e le leggi che limitano la libertà di movimento: insomma, tutte le leggi indispensabili per proteggere la nostra società complessa dai mali dell'integrazione razziale e del meticciato. »

« Che forme assumerà la campagna? »

« Disobbedienza organizzata, vilipendio della legge, boicottaggio delle imprese dei bianchi e scioperi a gatto selvaggio nelle miniere e nelle fabbriche. »

Shasa si accigliò, vedendo pericolare delle cifre che da tempo accarezzava con la mente. La campagna di disobbedienza avrebbe minacciato le sue imprese. « Hanno in programma anche dei sabotaggi? » domandò. « La distruzione di mezzi di produzione? »

Manfred scosse la testa. « Pare di no. I sovversivi sono divisi. Fra loro ci sono anche due bianchi, già membri del disciolto Partito Comunista. Alcuni vorrebbero un'azione violenta, e il sabotaggio, ma a quanto sembra la maggioranza è per una protesta pacifica, almeno per adesso. »

Shasa sospirò di sollievo, ma Manfred scosse la testa. « Non è il caso di compiacersi troppo, *Meneer*. Se manchiamo di prevenirli, se manifestiamo debolezza, alzeranno sicuramente il tiro, come hanno fatto in Kenia e in Malesia. »

« Perché non fare una bella retata di caporioni ora, prima che succeda? »

« Non disponiamo dei poteri necessari », precisò Manfred.

« Ebbene, bisognerebbe proprio darveli. »

« *Ja*, ne abbiamo bisogno per fare il nostro mestiere, e ben presto li avremo. Ma nel frattempo bisogna aspettare che il serpente tiri fuori la testa, prima di troncargliela. »

« Quando cominceranno i disordini? » domandò Shasa. « Devo prepararmi a fronteggiare gli scioperi e le azioni di disturbo... »

« È una cosa che non sappiamo ancora. Crediamo che non l'abbia ancora deciso nemmeno l'ANC... »

« L'ANC! » esclamò Shasa interrompendo l'interlocutore. « Non ci saranno certo dietro loro... Sono quarant'anni che il partito esiste, e non ha mai fatto nient'altro che trattare... i capi sono persone ragionevoli. »

« Lo erano », lo corresse Manfred. « Ma i vecchi capi sono stati esautorati da uomini più giovani e più pericolosi. Gente come Mandela, come Tambo, come altri ancora più duri. Come ripeto, i tempi cambiano, e noi dobbiamo cambiare con i tempi. »

« Non pensavo che la minaccia fosse così grave. »

« Pochi se ne rendono conto », ammise Manfred. « Ma le assicuro, *Meneer*, che nel nostro piccolo paradiso sta crescendo un nido di vipere. »

Proseguirono in silenzio, fino alla pista di terra battuta dove stava il Mosquito azzurro e argento di Shasa. Mentre costui montava sull'apparecchio e si preparava al decollo, Manfred accanto all'ala lo osservava calmo. Effettuati tutti i controlli, Shasa tornò a guardare Manfred.

« C'è un modo sicuro di sconfiggere questo nemico », gli disse Shasa. « Questo nuovo ANC militante », specificò.

« E quale sarebbe, *Meneer*? »

« Svuotare in anticipo le sue rivendicazioni. Togliere ai negri ogni motivo di lamentarsi », disse Shasa.

Manfred tacque, ma continuò a fissare l'altro con i suoi implacabili occhi gialli. Poi gli chiese, scegliendo con gran cura le parole: « Sta forse suggerendo di dare agli indigeni i diritti politici, *Meneer*? Di cedere al pappagallesco grido: 'Un uomo, un voto'? È convinto di questo? » Dalla risposta di Shasa dipendevano tutti i piani di Manfred. Si chiese se poteva essersi sbagliato tanto di grosso. Chiunque condividesse quello slogan non poteva far parte del Partito Nazionalista, ed era impensabile che assumesse qualunque responsabilità di governo. Dunque il suo sollievo fu intenso quando Shasa scartò sdegnosamente l'idea.

« Buon Dio, no! Sarebbe la fine per noi e per la civiltà bianca in questa terra. Ai negri non serve il voto, ma una fetta della torta. Dobbiamo incoraggiare la formazione della piccola borghesia nera, che faccia da ammortizzatore contro i rivoluzionari. Non ho mai visto un uomo con la pancia piena e il portafoglio gonfio desiderare la rivoluzione. »

Manfred ridacchiò. « Bene, bravo! Sono perfettamente d'accordo, *Meneer*. Abbiamo bisogno di un gran benessere, per sostenere il nostro concetto di apartheid. Sarà molto costoso, lo sappiamo e l'accettiamo. Ecco perché abbiamo pensato a lei, fra l'altro: toccherà a lei trovare le risorse per finanziare il nostro futuro. »

Shasa gli porse la mano e Manfred la strinse. « Sul piano personale poi, *Meneer*, sono lieto di sentire che sua moglie ha tenuto conto di quanto certo le avrà detto. I rapporti della squadra politica indicano che ha abbandonato le associazioni radicali e non prende più parte alle manifestazioni di protesta. »

« L'ho convinta della futilità di una simile condotta », sorrise Shasa. « Anziché bolscevica, ha deciso di farsi archeologa. »

Risero insieme, e Shasa tornò a occuparsi dei comandi. I motori si accesero rombando ed emettendo fumo azzurro che ben presto si dissipò. Shasa alzò la mano in un ultimo saluto e chiuse l'abitacolo.

Manfred lo guardò rullare fino in fondo alla pista, poi tornare di gran carriera e superarlo in un lampo argento e blu. Lo vide alzarsi in volo e puntare verso sud, provando di nuovo lo strano e quasi mistico legame di sangue e destino con quell'uomo che tornava a salutarlo sventolando la mano dal cielo.

Benché avessero lottato, e si fossero odiati, anche i loro due popoli erano uniti da un legame del tutto simile, e allo stesso tempo separati dalla lingua, dalla religione e dalle convinzioni politiche.

« Siamo fratelli, tu e io », pensò. « E al di là dell'odio ci lega lo spirito di conservazione. Se tu ti unisci a noi, altri inglesi magari seguiranno il tuo esempio, perché nessuno di noi ormai può più sopravvivere da solo. L'afrikaner e l'inglese sono legati da tali catene che se uno affonda entrambi affogano nell'oceano nero. »

« Garrick dovrà portare gli occhiali », disse Tara versando altro caffè nella tazza di Shasa.

« Occhiali? Ma cosa dici? » esclamò Shasa, alzando gli occhi dal giornale.

« Mentre eri via l'ho portato dall'oculista. Pare che sia miope. »

« Ma nella nostra famiglia nessuno ha mai portato gli occhiali! » Shasa si girò a guardare il figlio che mangiava dall'altra parte del tavolo, con gli occhi bassi per la vergogna. Fino a quel momento non si era reso conto di disonorare tutta la famiglia... pensava che l'umiliazione degli occhiali riguardasse soltanto lui.

« Occhiali! » berciò Shasa, senza nascondere il proprio disprezzo. « Già che lo porti a far gli occhiali, fagli mettere anche un tappo al pistolino, così la smetterà di pisciare a letto. »

Sean si mise a sghignazzare e tirò una gomitata nelle costole del fratello. Garrick prese a balbettare giustificazioni: « Cribbio, papà, è da Pasqua che non bagno il letto », dichiarò furioso, con la faccia tutta rossa di vergogna, sul punto di scoppiare in pianto.

Con le dita Sean fece due circoletti e si mise a fissare il fratello attraverso quelli.

« Ti chiameremo Gufo Piscione », sfotté, e come al solito Michael intervenne a favore di Garrick.

« I gufi sono saggi », osservò ragionevole. « Infatti Garry è il primo della classe. Tu come ti sei piazzato, Sean? » Sean rimase senza parole. Michael sapeva colpire i punti deboli.

« Basta, ragazzi. Niente spargimento di sangue a colazione », decretò Shasa tornando al suo giornale.

Isabella era stata trascurata troppo. Il padre aveva prestato un'eccessiva attenzione ai suoi fratelli, e lei non aveva ancora ricevuto la sua spettanza. La sera prima papà era rientrato tardi, e la tradizionale cerimonia serale non aveva potuto svolgersi come di consueto. L'aveva baciata, coccolata e riempita di complimenti per la sua bellezza; ma aveva tralasciato un aspetto di importanza vitale e, benché sapesse che era cattiva educazione chiedere, non resisteva più.

« Non mi hai neanche poltato un legalo? » cinguettò, e Shasa tornò ad abbassare il giornale.

« Un legalo? E che diavolo è un legalo? »

« Non fale lo siocco papalino... lo sai benissimo che cos'è. »

« Bella, lo sai che non bisogna chiedere i regali », intervenne Tara.

« Se non lielo dico, papalino potlebbe dimenticalsi », osservò con grande ragionevolezza Isabella, dedicando a Shasa una versione speciale della sua espressione angelica.

« Santa pace, che testa che ho! » disse Shasa schioccando le dita. « A momenti mi dimenticavo! » Isabella si mise a saltare sul seggiolone, tutta eccitata, dimenando il culetto decorato di pizzi.

« Me l'hai poltato! Me ne hai poltato uno! »

« Prima finisci il porridge », insisté Tara, e Isabella cominciò a mulinare il cucchiaino sul piatto facendo in breve scomparire la pappa.

Tutti insieme, i bambini seguirono Shasa nel suo studio.

« Sono la più picola e plendo il legalo pel plima! » Trottando dietro agli altri, Isabella così promulgava le leggi della vita.

« E va bene, venga avanti la più picola. »

Col faccino che esprimeva una sovrumana concentrazione, Isabella si mise a scartare il suo pacchetto.

« Una bambola! » gridò, mettendosi subito a coprirla di baci. « Si chiamelà Oleandla, le volio già tanto bene! » Isabella possedeva quella che era senz'altro una delle massime collezioni di bambole del mondo, ma salutava ogni aggiunta con gran gioia.

Quando Sean e Garry si ritrovarono in mano i lunghi pacchi dei loro regali, furono colti da uno sbigottimento reverenziale. Sapevano bene di che si trattava... era un pezzo che speravano, imploravano e invocavano proprio quel dono, e adesso che era arrivato avevano paura di toccarlo, che non sparisse in una nuvoletta di fumo. Michael seppe nascondere benissimo il proprio disappunto: aveva sperato in qualche libro; sicché simpatizzò segretamente con sua madre quando protestò esasperata: « Ma Shasa, non gli avrai mica regalato dei fucili! »

Sì, ed erano tutti e tre uguali. Winchester a ripetizione calibro 22, abbastanza leggeri da poter essere maneggiati da dei ragazzi.

« È il più bel regalo che abbia mai ricevuto », disse Sean estraendo il suo fucile dalla scatola di cartone e accarezzando il calcio di noce.

« Anch'io. » Ma Garrick non riusciva a decidersi a toccarlo. Si inginocchiò a contemplare la scatola aperta sul pavimento dello studio, con espressione attonita.

« È super, papà », disse Michael, maneggiando il fucile con qualche goffaggine e sorridendo stentatamente.

« Super lascialo dire agli americani, è volgare », strepitò Tara, irritata con Shasa e non con Michael.

« Guardate... » disse Garry, toccando per la prima volta il suo fucile. « C'è su il mio nome inciso... » Passò il polpastrello dell'indice sulla canna, dov'era cesellato il nome, e poi alzò lo sguardo miope e adorante verso il padre.

« Ma non potevi regalargli qualcos'altro!? » esplose Tara. « Sai benissimo che odio le armi, e te l'avevo chiesto espressamente, Shasa. »

« Be', cara, debbono pur avere il fucile se vengono al safari con me. »

« Un safari! » strillò felice Sean. « E quando? »

« È ora che impariate qualcosa degli animali e della vostra terra. » Shasa mise il braccio sulle spalle di Sean. « Non si può vivere in Africa senza conoscere la differenza fra un babbuino e un formichiere. »

Garry afferrò il fucile nuovo e si rizzò avvicinandosi il più possibile al padre, così che potesse abbracciare anche lui, se voleva. Ma Shasa stava parlando con Sean.

« Quando cominciano le vacanze, a giugno, saliremo nel Sudovest, prenderemo un paio di camion alla miniera H'ani e attraverseremo il deserto fino alle paludi dell'Okavango. »

« Shasa, come puoi insegnare ai tuoi stessi bambini a uccidere quei bellissimi animali? Non capisco proprio », disse amaramente Tara.

« La caccia è una cosa da uomini », la consolò Shasa. « Non sei costretta a capirla, e nemmeno ad assistervi. »

« Posso venire anch'io, papà? » chiese con qualche diffidenza Garry, e Sasha lo guardò.

« Be', dovrai pulire bene gli occhiali, in modo da vedere a che cosa spari. » Poi si raddolcì. « Ma certo che vieni anche tu, Garry », disse, e guardò Michael, che stava accanto alla madre. « E tu? Non t'interessa venire a caccia? »

Michael guardò la madre come a giustificarsi, prima di rispondere. « Cribbio, sì; grazie, papà. Dovrebbe essere divertente. »

« Ma senti che entusiasmo », borbottò Shasa e poi: « Molto bene, ragazzi, e adesso portate subito i fucili in armeria. Non li toccherete più senza il mio permesso e la mia supervisione. Stasera quando torno dal lavoro vi insegno a sparare ».

Shasa procurò di tornare a Weltevreden avendo davanti altre due ore di luce, e portò i ragazzi al terrapieno contro cui sparava per provare i suoi stessi fucili da caccia. Era oltre le vigne, abbastanza lontano dalle scuderie da non disturbare i cavalli né il resto del bestiame.

Sean, con la coordinazione di un atleta nato, si rivelò subito un ottimo tiratore naturale. Il fucile leggero sembrò subito un'estensione del suo braccio, e nel giro di pochi minuti imparò a trattenere il fiato mentre puntava e a premere il grilletto senza spostare l'arma. Michael era bravo quasi come lui, ma non era interessato, e perse ben presto la concentrazione.

Garry ce la metteva tutta, al punto di cominciare a tremare, con la faccia tesa dallo sforzo. Gli occhiali cerchiati di corno che Tara gli aveva procurato da un ottico quella mattina continuavano a scivolargli giù per il naso confondendogli la mira. Al decimo colpo riuscì finalmente a colpire il bersaglio.

« Non devi tirare il grilletto così forte, Garry », gli disse rassegnato Shasa. « Ti assicuro che non fai andare più veloce né più dritta la pallottola, in quel modo. »

Era quasi buio quando i quattro tornarono a casa, e Shasa li portò nell'armeria e gli insegnò a pulire i fucili prima di riporli nell'armadio chiuso a chiave.

« Sean e Mickey sono pronti per provare a sparare ai piccioni », annunciò Shasa, mentre salivano a prepararsi per il pranzo. « Invece tu, Garry, hai bisogno di un altro po' di pratica.

È più facile che il piccione muoia di vecchiaia piuttosto che colpito da te. »

Sean si mise a sghignazzare. « Falli morire di vecchiaia, Garry! »

Michael non gli dette man forte. Pensava ai bei colombi selvatici azzurri e rosa che facevano il nido appena fuori della finestra di camera sua, e gli dispiaceva pensarli morti in uno sconquasso di sangue e di piume. Ci stava male, ma sapeva che suo padre se l'aspettava anche da lui.

Quella sera, come al solito, i bambini vennero a uno a uno a dar la buonanotte a Shasa che si stava preparando per uscire. La prima fu Isabella.

« Non dolmo di siculo finché non sei tolnato, papà », l'avvertì. « Me ne stalò tutta svelia al buio. »

Poi venne Sean. « Sei il più bravo papà del mondo », gli disse, stringendogli la mano: i baci erano roba da femminucce.

« Me lo metteresti per iscritto, per favore? » gli chiese solennemente Shasa.

Il più difficile da sbrigare era sempre Michael. « Papà, fa molto male agli animali quando gli spari? » gli domandò.

« No, se impari a sparar bene », gli assicurò Shasa. « Ma ascolta, Mickey, tu hai troppa immaginazione. Non si può campare preoccupandosi sempre degli altri, siano animali o persone. »

« Perché no, papà? » gli chiese sottovoce Michael, e Shasa diede un'occhiata all'orologio celando la propria esasperazione. « Dobbiamo essere a Kelvin Grove per le otto. Ti spiace se ne parliamo un'altra volta, Mickey? »

Ultimo venne Garrick. Restò in piedi, timido, sulla soglia dello spogliatoio, ma la sua voce era risoluta quando annunciò: « Diventerò anch'io un buon tiratore come Sean, papà. Un giorno sarai fiero di me. Te lo prometto ».

Poi Garrick lasciò l'ala dei genitori e corse nella nursery. La tata lo bloccò sulla soglia della stanza di Isabella.

« È già addormentata, signorino Garry. »

In camera di Michael si misero a parlare dell'annunciato safari, ma Mickey tornava sempre con gli occhi al libro che aveva in mano. Dopo pochi minuti, Garrick lo lasciò a ciò che più gli interessava.

Guardò con circospezione in camera di Sean, pronto a darsela a gambe se il fratello maggiore si fosse mostrato di umore troppo giocondo. In tal caso infatti aveva il vizio di introdurgli le nocche fra le costole e girare la mano. Ma stasera era stravaccato sul letto, con i piedi sul muro e la testa quasi per terra, intento a leggere un fumetto di Superman col braccio teso in alto.

« Buonanotte, Sean », disse Garry.

« Salaam », gli rispose Sean senza abbassare il fumetto.

Garrick si ritirò con un sospiro di sollievo in camera sua e si chiuse dentro a chiave. Poi andò a guardarsi allo specchio con gli occhiali nuovi cerchiati di corno.

« Li detesto », sospirò amaramente togliendoseli. Gli lasciavano pure un segno rosso sul naso.

Si mise in ginocchio, spostò l'asse alla base dell'armadio a muro e frugò nel segreto recesso sottostante. Nessuno, nemmeno Sean, aveva mai scoperto quel suo nascondiglio.

Con attenzione prese il prezioso pacchetto. Gli era costato otto settimane di mance paterne, ma valeva ogni centesimo speso. Era arrivato in un bel pacchetto anonimo, con una lettera del signor Charles Atlas in persona. « Caro Garrick », cominciava la lettera: e lui era stato inondato da una gran gioia per la sovrana condiscendenza di quel grand'uomo.

Mise le dispense sul letto e, in pigiama, riguardò gli esercizi.

« Tensione dinamica », sussurrò fra sé, e prese posizione davanti allo specchio. Nell'iniziare la sequenza di esercizi tenne il tempo ripetendo l'autoipnotica frase: « Più esercizi faccio, più forte divento ».

Alla fine era tutto sudato. Fece il muscolo del bicipite e lo considerò attentamente. « Sono diventati davvero più grossi », disse saggiando il modesto bozzo che risaltava sul braccio. « Sono proprio diventati più grossi. »

Rimise nel nascondiglio le dispense di ginnastica e ci piazzò sopra l'asse. Poi prese l'impermeabile e lo stese sul parquet.

Garrick aveva letto con ammirazione come Frederick Selous, il famoso cacciatore africano, si fosse irrobustito, da ragazzo, dormendo senza coperte sul pavimento anche d'inverno. Spense la luce e si coricò sull'impermeabile. Sapeva per esperienza che la notte sarebbe stata lunga e scomoda. Il parquet era durissimo, ma l'impermeabile avrebbe impedito a Sean di trovar tracce di spruzzate notturne nella solita ispezione del mattino. Inoltre Garrick aveva la netta sensazione che, da quando aveva cominciato a dormire per terra, gli fosse diminuita anche l'asma.

« Miglioro tutti i giorni », sussurrò, chiudendo gli occhi e imponendosi di ignorare il freddo e il duro pavimento. « E un giorno papà sarà orgoglioso di me... come adesso è orgoglioso di Sean. »

« Il tuo discorso di stasera è stato buono, molto buono, perfino per te », gli disse Tara, e Shasa la guardò sorpreso. Era un pezzo che non gli faceva complimenti del genere.

« Grazie, mia cara. »

« Talvolta dimentico che sei un uomo pieno di qualità », proseguì. « Il fatto è che fai sembrare tutto talmente semplice e naturale... » Commosso, Shasa ebbe voglia di farle una carezza, ma era troppo lontana, dall'altra parte della Rolls.

« Devo dire che stasera anche tu hai un aspetto irresistibile. » Addivenendo a un compromesso, aveva deciso di limitarsi a ricambiare il complimento. Ma, come si aspettava, lei lo accolse con una smorfia.

« Davvero hai intenzione di portare i ragazzi al safari? »

« Mia cara, bisognerà che decidano per conto loro sulle cose della vita. A Sean piacerà tantissimo, ma chissà Mickey... » rispose Shasa, e Tara notò che non aveva neanche nominato Garry.

« Be', se sei proprio deciso, approfitterò dell'assenza dei ragazzi. Mi hanno invitato a partecipare agli scavi archeologici alle Grotte di Sundi. »

« Ma... tu sei una novellina, e quello è un importante sito archeologico. Come mai ti hanno invitata? »

« Perché ho promesso di contribuire con duemila sterline al finanziamento degli scavi, ecco perché. »

« Capisco, un normale ricatto. » Ridacchiò sardonicamente: ecco il perché dei complimenti di poco prima. « D'accordo, allora. Domani ti do il denaro. Quanto tempo starai via? »

« Non lo so ancora », rispose lei, pensando: « Fin quando potrò star vicina a Moses Gama ».

Gli scavi alle Grotte di Sundi distavano un'ora di macchina da Rivonia. Tara infilò la mano sotto la pelliccia e si toccò la pancia. Presto si sarebbe visto... doveva trovare delle scuse per sottrarsi agli sguardi dei familiari. Suo padre e Shasa non se ne sarebbero accorti per il momento, ne era sicura, ma Centaine de Thiry Courteney-Malcomess aveva occhi d'aquila.

« Immagino che mia madre abbia accettato di occuparsi di Isabella mentre non ci sei », disse Shasa, e Tara annuì col cuore che esultava.

« Moses, torno da te... anzi, torniamo in due, amore mio! »

Ogni volta che Moses Gama arrivava a Drake's Farm era una specie di ritorno del re crociato dopo la conquista del Santo Sepolcro. Nel giro di pochi minuti la voce si spargeva dappertutto, come per telepatia, nel sobborgo nero, su cui calava un senso di attesa, palpabile come il fumo di diecimila cucine economiche.

Di solito Moses arrivava assieme al fratellastro, Hendrick Tabaka, nascosto sul furgone delle consegne della sua catena di macellerie. Hendrick ne aveva una dozzina nelle città nere del Witwatersrand, così che la scritta sul fianco del furgone diceva il vero: in rosso e azzurro cielo dichiarava:

MACELLERIE PHUZA MUHLE
LA MIGLIOR CARNE AL MINOR PREZZO

« Phuza Muhle » in dialetto significa « mangia bene ». Il furgone della macelleria offriva a Hendrick Tabaka la miglior copertura quando doveva spostarsi, sia che consegnasse davvero quarti di bue, sia che fosse impegnato in affari meno convenzionali, come la distribuzione di liquore distillato clandestinamente, il famoso *skokiaan* o dinamite dei ghetti, o il trasferimento ai suoi bordelli delle puttane che portavano un po' di consolazione nella vita monastica di migliaia di minatori. Spesso servivano anche ad agevolare gli spostamenti dei sindacalisti dell'African Mineworkers Union, il sindacato clandestino dei minatori negri, unito e potentissimo, che il governo dei bianchi rifiutava ostinatamente di riconoscere. Quando guidava i suoi furgoni, Hendrick indossava un'uniforme cachi e il berretto da autista, con tanto di bottoni dorati. Andava piano e rispettava scrupolosamente tutte le norme del codice stradale, sicché in vent'anni non gli era mai capitato di essere fermato dalla polizia.

Entrando a Drake's Farm, con Moses Gama seduto accanto, i due facevano ritorno alla loro fortezza. Era proprio qui che si erano stabiliti vent'anni prima, giungendo dal loro villaggio ovambo ai margini del Kalahari. Benché fossero figli dello stesso padre, erano diversissimi sotto quasi tutti gli aspetti. Moses era il fratello minore, ed era allora un giovane alto e bellissimo, mentre Hendrick aveva molti più anni di lui, ed era già un omone dalla testa pelata piena di cicatrici e dagli incisivi mancanti.

Moses, molto intelligente e svelto, dotato di grande autocontrollo, era un capo carismatico, mentre Hendrick era il fedele luogotenente che accettava l'autorità del fratello minore e ne eseguiva gli ordini con abilità e spregiudicatezza. Benché l'idea di costituire un impero economico-commerciale fosse di Moses Gama, era stato Hendrick a realizzarla. Una volta che gli si diceva quel che doveva fare, Hendrick Tabaka era tenace come un mastino.

Per Hendrick quanto avevano realizzato insieme, ossia le imprese lecite e illecite, il sindacato e l'esercito privato che ne faceva rispettare le decisioni – la confraternita dei « Bufali », famosi e temuti in tutte le città-satelliti dei negri – era fine a se stesso. Ma per Moses Gama non era così: quanto avevano già realizzato era solo uno strumento per giungere a qualcosa di ben più grande. Sebbene l'avesse spiegato più volte a Hendrick Tabaka, suo fratello non era in grado di comprendere la grandezza del progetto politico di Moses Gama.

Nei vent'anni trascorsi da quando c'erano arrivati, a Drake's Farm era cambiato tutto. In quei primi tempi era una specie di baraccopoli, un organismo parassitario rispetto al complesso di miniere d'oro del Witwatersrand centrale. Di legno, cartone e lamiera, le baracche alloggiavano un'umanità disperata. Privo di fogne, elettricità e acqua corrente, senza scuole, ospedali né polizia; il municipio di Johannesburg, coi suoi « padri bianchi », non riconosceva neppure l'esistenza di quell'oscuro sobborgo.

Soltanto nel dopoguerra le autorità del Transvaal si decisero ad accettare il fatto compiuto, espropriando la terra dov'era cresciuto il sobborgo ai proprietari. Così la città-satellite cominciò a esistere anche burocraticamente e fu assegnata, in base alla legge sulla spartizione razziale delle aree residenziali, ai negri. Fu mantenuto il nome originale di Drake's Farm, Fattoria dell'Anatrone, per quanto di pittoresco rievocava del passato rurale di Johannesburg; a differenza del vicino sobborgo di Soweto, altro celebre ghetto negro, che molto più prosaicamente traeva il proprio nome da una sigla: *So*uth *We*stern *To*wnships, comunità del sudovest. A Soweto abitavano già più di cinquecentomila negri, mentre Drake's Farm ne contava forse la metà.

Le autorità cintarono il sobborgo e ne ricoprirono gran parte di casette tutte uguali, a tre stanze, ognuna col suo bravo numero civico. Vicinissime fra loro, e separate da angusti sentierini in terra battuta, emanavano riflessi abbaglianti dai mille e mille tetti di lamiera.

Al centro della città-satellite, dove sorgevano gli uffici amministrativi, diretti da un pugno di bianchi, gli impiegati negri riscuotevano il denaro degli affitti e la bolletta dell'acqua corrente, rifiutando ogni domanda di trasferimento degli inquilini. Oltre questa visione orwelliana di ordine a ogni costo, senz'anima, si stendeva il vecchio nucleo spontaneo di Drake's Farm, con le sue caotiche baracche, i suoi casini e le sue bettole. Era lì che ancora abitava Hendrick Tabaka.

Attraversando a bassa velocità la parte nuova dell'agglomerato, vedevano la popolazione uscire dalle casette e accorrere a guardarli. Erano quasi tutti donne e bambini, perché gli uomini partivano all'alba per andare a lavorare, in miniera o in città, e tornavano a sera. Quando riconoscevano Moses, le donne strillavano di gioia e battevano le mani, lanciandogli il saluto riservato ai capitribù, mentre i bambini si mettevano a correre di fianco al furgone, danzando e ridendo tutti eccitati di trovarsi così vicini al grand'uomo.

Costeggiarono lentamente il cimitero, dove le tombe erano semplici mucchietti di terra, simili ai cumuli di qualche enorme talpa. Su certe tombe c'erano croci di legno, su altre sventolavano bandierine sbrindellate ed erano ammucchiate offerte di cibo, stoviglie rotte e totem malamente intagliati, per placare gli spiriti: i simboli cristiani accanto a quelli degli animisti e dei seguaci degli stregoni. Entrarono nella città vecchia, un dedalo di viuzze dove ai banchi degli stregoni si alternavano bottegucce di generi alimentari, di vestiti usati e di roba rubata, e per le strade razzolavano maiali e galline, mentre marmocchi vestiti solo di una cintura di perline intorno alla pancia gonfia defecavano negli angolini e le puttane giovani gridavano la loro tariffa. Puzza e chiasso erano incredibili.

Era un mondo dove i bianchi non entravano mai, e dove anche i negri della polizia municipale andavano solo se chiamati e molto malvolentieri. Era il mondo di Hendrick Tabaka, dove le sue mogli gli tenevano aperte nove case proprio in centro. Erano grandi, in solida muratura, ma all'esterno lasciate deliberatamente fatiscenti per non attirare l'attenzione. Hendrick aveva imparato da tempo che era meglio così: la ricchezza di un negro poteva destare soltanto pericolose invidie. Ognuna delle sue nove mogli aveva la propria casa, costruita intorno a quella di Hendrick, un po' più grossa. Non si era limitato alle donne ovambo, ossia della sua tribù. Aveva mogli pondo, xhosa, fingo e basuto, ma nessuna moglie zulu. Non si sarebbe mai fidato di una zulu nel suo letto.

Uscirono tutte ad accogliere lui e il fratello più famoso, mentre Hendrick parcheggiava il furgone dietro casa sua. I rispettosi saluti delle donne, che giungevano le mani con un piccolo schiocco al loro passaggio, li accompagnarono fino al soggiorno della casa di Hendrick, in fondo al quale, come troni, erano piazzate due sedie ricoperte di pelle di leopardo. Quando i fratelli si furono seduti, le due mogli più giovani portarono brocche di birra appena fatta, densa come una crema, acidula, effervescente e fresca di ghiacciaia. Quando si furono rinfrescati, vennero i figli di Hendrick a salutare il padre e a porgere omaggio allo zio.

I figli erano tanti, perché Hendrick Tabaka era un uomo sensuale che metteva ogni moglie incinta una volta all'anno. Tuttavia mancavano, quel giorno, diversi suoi figli già grandicelli. Hendrick soleva rimandare quelli che pensava valessero meno ai villaggi, a governare le sue bestie: manzi e capre che costituivano una parte importante dei suoi beni. I più promettenti invece lavoravano nelle macellerie, nei negozi di alimentari e nelle bettole, mentre i due più intelligenti studiavano legge a Fort Hare, l'università negra della cittadina di Alice, nella parte orientale della Provincia del Capo.

Dunque, solo i ragazzini più piccoli vennero a inginocchiarsi rispettosamente davanti a Hendrick, e, tra questi, due che Moses Gama vedeva con piacere particolare. Erano gemelli nati da una delle mogli xhosa di Hendrick, una donna notevole. Oltre a essere una brava moglie e madre, era una gran danzatrice e cantante, una narratrice divertente, e una persona di buonsenso e intelligenza non comuni. Inoltre era una celebre *sangoma*, maga e guaritrice, con misteriosi poteri di preveggenza. I gemelli avevano ereditato gran parte dei suoi doni, assieme al fisico robusto del padre e un po' della bellezza dello zio.

Alla loro nascita, Hendrick aveva pregato Moses di trovar loro un nome, e Moses li aveva tratti dalla sua preziosa copia della *Storia d'Inghilterra* di Macaulay. Di tutti i nipoti, erano quelli che preferiva, e adesso sorrise ai due ragazzini che gli s'inginocchiavano davanti. « Caspita, hanno già tredici anni », si disse Moses.

« *Ti vedo*, Wellington Tabaka », disse all'uno, e poi all'altro: « *Ti vedo*, Raleigh Tabaka ».

Non erano gemelli identici. Wellington era più alto, aveva la pelle più chiara, color del cioccolato al latte, mentre Raleigh era color cioccolato fondente. I lineamenti del primo erano nilotici come quelli di Moses, mentre i tratti di Raleigh erano negroidi: labbroni e naso schiacciato, corpo più massiccio e tozzo.

« Che libri avete letto dall'ultima volta che ci siamo visti? » chiese loro Moses in inglese, costringendoli a rispondere nella stessa lingua. « Le parole sono lance, sapete, armi con cui difendersi e attaccare i nemici. E quelle inglesi sono le più affilate: senza, sareste dei guerrieri disarmati », aveva spiegato loro, e adesso ascoltava con attenzione le loro risposte un po' stentate.

Tuttavia notò che il loro inglese era migliorato, e li lodò. « Non va ancora proprio bene, ma imparerete a parlarlo meglio a Waterford », disse, e i due ragazzi si guardarono a disagio. Moses li aveva costretti a dar l'esame d'ammissione a quella scuola, un istituto multirazziale d'élite che si trovava oltreconfine, nel regno negro dello Swaziland, ed entrambi erano stati accettati. Ora aspettavano con timore il giorno non lontano in cui sarebbero stati sradicati dal nido e spediti nell'ignoto. In Sudafrica vigeva nelle scuole una rigorosa segregazione razziale, e il ministro degli Affari Bantu, il dottor Hendrik Verwoerd, seguiva la dichiarata politica di non estendere l'istruzione dei negri fino al punto di destare in loro l'insoddisfazione. Aveva detto chiaramente in Parlamento che l'istruzione dei negri non doveva contraddire la politica governativa di apartheid, né creare in loro aspettative irrealizzabili. Lo Stato spendeva sessanta sterline l'anno per ogni scolaro bianco, mentre per lo scolaro negro ne spendeva nove. I genitori negri che potevano, ossia i capi e i commercianti, mandavano a studiare i figli fuori del Paese, e una delle scuole preferite era quella di Waterford.

I gemelli sfuggirono con sollievo alla presenza esigente del padre e dello zio, ma in cortile li aspettava la madre, accanto al furgone rosso e blu. Con un secco cenno del capo ordinò loro di seguirla in casa.

Qui li introdusse nella sua stanza segreta, un antro di strega da cui i gemelli erano ordinariamente esclusi. Ci entrarono con preoccupazione ancora maggiore di quella dovuta all'udienza paterna. Contro la parete di fronte alla porta stavano gli dèi e le dee della madre, statue intagliate nel legno e abbigliate con piume, pelli e collane, con occhi di avorio e madreperla e zanne di cane e di babbuino. Costituivano un'assemblea terrorizzante, e i due gemelli rabbrividirono evitando di guardarli direttamente.

Davanti agli idoli della famiglia erano disposte offerte di cibo e monetine. Dalle altre pareti pendevano ulteriori strumenti delle magie e dei sortilegi della madre, vasetti di unguenti e polveri, mazzetti di erbe secche, pelli di serpente e lucertoloni mummificati, barattoli di vetro contenenti grasso di leone e di ippopotamo, muschio di coccodrillo, e infinite altre sostanze senza nome che ribollivano, fumavano e puzzavano così orribilmente da far venire il vermocane.

« Avete addosso i talismani che vi ho dato? » chiese loro la madre, Kuzawa. Sembrava fin troppo bella in quell'ambiente, fra gli strumenti dei suoi malefici e i veleni che li propiziavano. Aveva il volto pieno e tondo e la pelle lustra, denti bianchissimi e occhi liquidi di gazzella. Le sue membra erano lunghe e splendenti di magici unguenti segreti, e i suoi seni, sotto le collane di perline d'avorio e i talismani contenenti incantesimi, erano grossi e sodi come meloni selvatici del Kalahari.

In risposta a quella sua domanda i gemelli annuirono con veemenza, troppo emozionati per parlare, e si sbottonarono la camicia. I talismani erano appesi al collo con lacci di cuoio. Erano contenuti in piccoli corni di *duiker* sigillati con la gomma arabica. Kuzawa ci aveva messo dodici anni, i dodici anni della loro vita, a preparare la magica pozione che contenevano. Ne facevano parte campioni di tutte le escrezioni corporee di Hendrick Tabaka, il padre dei gemelli: feci, urina, saliva, muco nasale, sudore e sperma, cerume delle orecchie e sangue, lacrime e vomito. A queste cose Kuzawa aveva mescolato raschiature di calli dalle piante dei piedi di Hendrick, unghie tagliate, peli della barba, delle ascelle e del pube, croste di sangue, siero e pus delle ferite. Poi aveva aggiunto erbe e grassi di mirabile efficacia, aveva pronunciato sopra l'intruglio parole magiche, e infine, per rendere infallibile l'incantesimo, aveva pagato una forte somma a un violatore di tombe specializzato in simili servizi perché le procurasse il fegato di un neonato affogato subito dopo il parto dalla madre.

Questi erano gli ingredienti che aveva sigillato nei due piccoli corni di *duiker*, e i gemelli non venivano mai ammessi alla presenza del padre se non li portavano al collo. Ora Kuzawa si riprese i talismani magici. Erano troppo preziosi per lasciarli in possesso dei bambini. Sorrise soppesandoli nei palmi delle mani rosee e ben fatte. Valevano tutta la fatica e la sapienza che le erano costati.

« Tuo papà ha sorriso quando ti ha visto? » chiese.

« Come il sole che sorge », rispose Raleigh, e Kuzawa annuì felice.

« Ti ha detto parole gentili, si è informato affettuosamente di te? » insisté Kuzawa.

« Faceva le fusa come un leone che mangia », rispose sottovoce Wellington, ancora intimidito dal luogo dove si trovava. « E ci ha chiesto come siamo andati a scuola, e quando gliel'abbiamo detto ci ha lodati. »

« È l'incantesimo che vi procura il suo favore », sorrise contenta Kuzawa. « Finché porterete addosso il mio talismano, vi preferirà a tutti gli altri figli. »

Prese i due cornetti e andò a inginocchiarsi davanti alla statuetta intagliata al centro della fila degli idoli, un'immagine paurosa dal manto tratto dalla criniera di un leone. Essa albergava lo spirito del nonno defunto.

« Proteggili bene, o venerabile antenato », sussurrò appendendogli i cornetti al collo. « Mantienili carichi di potere finché non serviranno di nuovo. »

Riposti lì, gli amuleti erano più al sicuro che nella più munita cassaforte dei bianchi. Nessun essere umano – forse soltanto il più potente degli stregoni –, avrebbe osato sfidare lo spirito del nonno, che era il principale guardiano dei talismani contenenti la fattura.

Poi Kuzawa si rivolse ai due ragazzini, li prese per mano e li portò fuori del suo antro, varcando la porta che dava in cucina. Come si tolse il manto da strega, tornò a essere la madre affettuosa di sempre, e sorridendo ai gemelli chiuse la porta.

Servì loro due scodelle piene di polentina di mais, fagioli e spezzatino nuotante nel grasso, una leccornia da ricchi. Mentre i due mangiavano, lei li accudiva amorevolmente, facendo domande, accarezzandoli, e tornando a riempire le scodelle, con gli occhi lucidi d'orgoglio; finché dovette, sia pur con riluttanza, lasciarli correre fuori di nuovo.

Scapparono garruli ed eccitati per le fetide viuzze della vecchia borgata. Lì si trovavano completamente a loro agio. Uomini e donne gli sorridevano, lanciando scherzi e battute, perché erano i beniamini del quartiere in quanto figli di Hendrick Tabaka.

La vecchia Mama Nginga, grassa e dai capelli d'argento, seduta davanti alla porta dell'osteria-bordello che gestiva per conto di Hendrick, gli gridò dietro: « Dove andate, ragazzi? »

« Affari segreti che non possiamo dirti », le urlò Wellington, e Raleigh aggiunse:

« Ma l'anno che viene gli affari segreti li faremo da te, vecchia nonna. Ti scoleremo tutto lo *skokiaan* e ti scoperemo tutte le ragazze ».

Mama Nginga ridacchiò divertita, come le ragazze sedute a guardar fuori della finestra. « Che leoncino quello lì! » si dicevano.

Sempre correndo per i vicoli, uscirono dalla vecchia borgata e poi anche dai quartieri nuovi costruiti dal governo dei bianchi, seguiti da sempre nuovi compagni, finché il gruppo contò una cinquantina di monelli della loro età. Certi portavano dei fagotti lunghi, accuratamente avvolti e legati con lacci di cuoio.

In fondo alla borgata, il recinto era stato tagliato: il varco era nascosto allo sguardo da un cespuglio secco. I ragazzi sciamarono da quel buco nell'attiguo boschetto di eucalipti. Qui si raccolsero in un crocchio esaltato e si tolsero gli sbrindellati indumenti all'europea. Non erano ancora circoncisi, e i membri che già cominciavano a svilupparsi erano coperti di grinzosi prepuzi. Di lì a pochi anni avrebbero frequentato tutti il corso d'iniziazione, passando attraverso prove di solitudine e resistenza, e affrontando tutti insieme lo strazio della lama. Era questo, ancor più del legame tribale, a unirli: per tutta la vita sarebbero stati « coscritti », affratellati dal coltello rituale.

Misero da parte con cura i vestiti – se li avessero perduti avrebbero dovuto fare i conti con l'ira dei genitori –; poi, nudi, si raccolsero intorno ai preziosi involti, guardando con impazienza i loro capi riconosciuti, Wellington e Raleigh Tabaka, che li stavano aprendo. A ciascuno fu data un'uniforme da guerriero xhosa. Non proprio uguale a quella che avevano diritto di portare soltanto gli *amadoda* circoncisi, con le code di vacca, i sonagli e il copricapo di piume: si trattava di un'imitazione per bambini, fatta di pelle di cane e gatto, i randagi della borgata; ma se l'infilarono con orgoglio come se fosse quella vera, legandosi attorno a cosce, braccia e fronte le strisce di pelle, e poi prendendo le armi.

Anche in questo caso, non si trattava certo della lunga zagaglia del guerriero, il famigerato *assegai*, ma di tradizionali bastoni da scherma. Tuttavia, anche in mano a un ragazzino, quelle lunghe pertiche erano armi formidabili. Agitandole, i monelli si trasformarono a un tratto in diavoli urlanti. Brandivano e mulinavano le lance, con scatti già esperti del polso, che le facevano fischiare nell'aria: poi le incrociavano, scambiandosi colpi e parate, saltando e danzando finché Raleigh Tabaka diede un ordine col fischietto di corno e tutti formarono una colonna che prese a seguirlo disciplinata.

Li portò via di lì. Trottando ordinati con i bastoni alti sopra il capo, cantando gli inni di battaglia della loro tribù, uscirono dalla piantagione e sboccarono sul *veld* aperto e ondulato. L'erba marroncina arrivava al ginocchio, la terra color cioccolato si mostrava a sprazzi sotto gli aridi ciuffi. Il terreno discendeva dolcemente verso un torrentello dal letto roccioso scavato fra due alte rive, per risalire dall'altra parte e stagliarsi contro lo zaffiro scialbo del cielo dell'altopiano.

Come iniziarono la discesa, anche la cresta opposta si animò. Dapprima apparve una lunga fila di copricapi di piume ondeggianti, e quindi si palesò un'altra banda di ragazzini, come loro vestiti da guerrieri in erba. Levando alti i bastoni, si arrestarono sulla cresta e, vedendosi, cominciarono a insultarsi da lontano, digrignando come sciacalli.

« Sciacalli zulu! » ululò Raleigh Tabaka, e il suo odio era così reale che dal sopracciglio gli stillò del sudore. Infatti, fin dalla notte dei tempi, di cui si conservava a stento il ricordo nelle cronache tribali, quello era stato il nemico: gli zulu. L'odio verso di loro era atavico, profondo, determinato dal sangue. La storia ignora quante volte si sia ripetuta quella scena, quante migliaia di volte, nei secoli, gli *impi* di xhosa e zulu si siano fronteggiati proprio così: registra soltanto l'ardore della battaglia, il sangue e l'odio.

Raleigh Tabaka fece un balzo alto fino alle spalle del fratello che gli stava accanto, e urlò selvaggiamente, con la voce da ragazzetto che alla fine si ruppe in uno strillo quasi femmineo. « Ho sete! Datemi da bere sangue di zulu! » I suoi guerrieri saltavano e strillavano come lui.

« Dacci sangue di zulu! »

Anche dall'altra parte arrivavano insulti e minacce, portati dal vento. Poi spontaneamente i due *impi*, i reggimenti, presero a scendere urlando, cantando e saltando nel valloncello, finché si guardarono ormai separati solo dal letto roccioso del fiumiciattolo. Si fecero avanti i due capi, per scambiarsi altri insulti.

L'*induna* zulu era un ragazzo della stessa età dei gemelli. Anzi, era addirittura un loro compagno di classe alla scuola media statale. Si chiamava Joseph Dinizulu, ed era alto come Wellington e di spalle larghe come Raleigh. Nome e spocchia ricordavano al mondo che era un discendente della famiglia reale zulu.

« Ehi, mangiamerda di jena! » gridò. « La vostra puzza si sente da un chilometro. Fa vomitare anche gli avvoltoi. »

Raleigh fece un balzo, girandosi per aria e mostrandogli le chiappe. « Toh, annusa questa scorreggia, che cancellerà la vostra puzza! » gridò. « Fiuta, sciacallo! » E intonò una pernacchia così lunga e modulata da far infuriare le file zulu, che presero ad agitare freneticamente i bastoni, sbattendoli.

« I vostri padri sono donne, le vostre madri scimmie », urlò Joseph Dinizulu, mimando un primate che si spidocchia. « I vostri nonni babbuini », e ne imitò la grottesca andatura « e le vostre nonne... » Raleigh interruppe la litania con un fischio secco, saltando dalla ripa sul letto del torrente. Atterrò in piedi, agile come un gatto, e con un balzo lo attraversò. Raggiunse la riva opposta così in fretta che Joseph Dinizulu, convinto che lo scambio di complimenti durasse un po' più a lungo, arretrò alla sua carica.

Una dozzina di altri ragazzi xhosa avevano seguito Raleigh nell'assalto. Si raggrupparono dietro di lui e cominciarono a mulinare bastonate contro il centro dello schieramento zulu. Raleigh Tabaka era in piena frenesia guerresca, era invincibile, instancabile, così abile schermidore che il suo bastone sembrava trovare da solo il bersaglio, penetrando nella guardia dei ragazzi zulu, abbattendosi sulla carne, sulle ossa, e lacerando la pelle, così da far sprizzare il sangue e arrossare la pertica.

Sembrava che niente potesse toccarlo, finché all'improvviso

qualcosa gli si abbatté sulle costole proprio mentre alzava il braccio destro, e sussultò per il male che di colpo gli ricordava di essere un comune mortale. Per un minuto era stato un dio guerriero, ma adesso era tornato un ragazzino quasi allo stremo delle forze, tutto pesto e dolorante, e così stanco da non riuscire più nemmeno a insultare Joseph Dinizulu, che gli danzava davanti e che in quei pochi secondi sembrava cresciuto di dieci centimetri. Il suo bastone gli entrò nella guardia una seconda volta, puntando alla testa, e con disperato riflesso difensivo riuscì a deviarlo giusto in tempo. Raleigh fece uno o due passi indietro e si guardò attorno.

Era meglio non scagliarsi così baldanzosamente contro gli zulu. Erano gli avversari più insidiosi e astuti, e la loro tattica preferita era l'accerchiamento. Chaka Zulu, il cane rabbioso che aveva fondato quella nazione di lupi, chiamava questa manovra « le corna del toro », che avvincevano il nemico mentre petto e zampe lo stritolavano.

Joseph Dinizulu non era arretrato per caso, poco prima, ma per deliberata astuzia, e Raleigh aveva condotto una dozzina di guerrieri nella sua trappola. Erano soli, perché nessuno degli altri li aveva seguiti oltre il torrente. Al di là degli zulu che lo circondavano, Raleigh li vedeva ancora sull'altra riva, e alla loro testa stava Wellington Tabaka, suo fratello, silenzioso e immobile.

« Wellington! » gridò con voce rotta dalla stanchezza e dal terrore. « Aiutaci! Abbiamo preso il cane zulu per le palle, ma non possiamo anche legnarlo, venite voi! »

Ma non riuscì a dire nient'altro. Joseph Dinizulu gli era di nuovo addosso, e menava colpi uno più forte dell'altro. Raleigh aveva già il torace tutto ammaccato, e ora gli arrivò un'altra legnata sulla spalla, togliendogli ogni forza al braccio destro. La pertica gli cadde di mano.

« Wellington! » gridò di nuovo. « Aiutaci! » Tutt'intorno a lui i suoi guerrieri cadevano sotto le bastonate, oppure gettavano l'arma e si rannicchiavano per terra riparandosi, mentre i ragazzi zulu infierivano tra loro legnandoli a tutta forza sul duro e sul molle, emettendo laceranti urli di guerra, come levrieri vittoriosi sulla lepre.

« Wellington! » Vide un'altra volta il fratello dall'altra parte del torrente e poi fu raggiunto da una bastonata in fronte, appena sopra l'occhio, e sentì rompersi la pelle e il sangue che gli scorreva in faccia. Subito prima di cadere intravide il volto di Joseph Dinizulu, distorto da una smorfia feroce, esaltato dal sangue: poi gli cedettero le gambe e cadde per terra a faccia avanti, mentre altre bastonate gli grandinavano sulla schiena.

Per un momento doveva esser svenuto, perché quando si rotolò sul fianco e si pulì dal sangue l'occhio col dorso della mano, vide che gli zulu avevano attraversato il fiume in falange compatta, e che gli ultimi resti del suo *impi* stavano scappando come lepri verso il boschetto di eucalipti, inseguiti da uno strillante manipolo di zulu.

Cercò di alzarsi in piedi, ma perse i sensi di nuovo. Quando tornò in sé, era circondato di zulu, che lo sfottevano e lo coprivano di insulti. Stavolta riuscì a rizzarsi a sedere. Ed ecco il tumulto attorno a lui quietarsi, trasformarsi in un sordo mormorio. Alzò lo sguardo e vide Joseph Dinizulu avanzare tra le file dei suoi e guardarlo con un sogghigno.

« Abbaia, cane xhosa », gli ordinò. « Facci sentire come abbai e guaisci chiedendo pietà. »

Stordito ma fiero, Raleigh scosse la testa, provando una fitta lancinante a quel movimento.

Joseph Dinizulu gli mise il piede nudo sul petto e spinse forte. Raleigh era troppo debole per opporsi e andò spalle a terra. Joseph Dinizulu, in piedi sopra di lui, si alzò il gonnellino. Con l'altra mano tirò indietro il prepuzio, presentandogli il rosa del glande, e gli pisciò in faccia.

« Bevi, cane xhosa », gli disse ridendo. L'urina scottava, puzzava di ammoniaca e bruciava come acido nella ferita che aveva in fronte. Ma più cocente era la rabbia di Raleigh, l'umiliazione e l'odio che gli riempivano l'anima.

« Fratello mio, capita molto ma molto di rado che io cerchi di dissuaderti da una decisione che hai preso », disse Hendrick Tabaka, sulla sua sedia coperta di pelle di leopardo, con i gomiti sulle ginocchia, in atteggiamento confidenziale, tendendosi verso il fratello. « Non è il matrimonio in sé, tu sai che ti ho sempre consigliato di prender moglie, anzi tante mogli, e procreare figli: ma perché proprio una zulu? Ti confesso che il pensiero mi tiene sveglio la notte. Ci saranno dieci milioni di altre ragazze nubili in questo Paese, perché scegliere proprio una zulu? Sarebbe meglio andare a letto con un mamba. »

Moses Gama ridacchiò. « La tua preoccupazione dimostra il tuo affetto per me. » Poi tornò serio. « Gli zulu sono la tribù più numerosa dell'Africa meridionale. Già questo basterebbe a renderli importanti, ma se ci aggiungi il loro spirito guerriero e la tradizionale aggressività, ti accorgerai che niente può cambiare da queste parti senza gli zulu. Se riesco a stipulare un'alleanza con quella tribù, i nostri sogni potranno forse realizzarsi. »

Hendrick sospirò, brontolò e scosse la testa.

« Andiamo, Hendrick, tu sei già andato a parlare con loro, non è vero? » insisté Moses, e Hendrick annuì con riluttanza.

« Sono rimasto quattro giorni al *kraal* di Sangane Dinizulu, figlio di Mbejane, che era figlio di Gubi, che era figlio di Dingaan, che era fratello di Chaka Zulu in persona. Si vanta di essere principe degli zulu, parola che, come tiene a spiegare, significa 'paradiso', e vive in grande stile sulla terra che quel suo antico padrone, il generale Sean Courteney, gli ha lasciato sulle colline di Ladyburg, dove mantiene molte mogli e trecento capi di bestiame belli grassi. »

« Tutte queste cose le so già, fratello », interloquì Moses. « Parlami un po' della ragazza. »

Hendrick si accigliò. Le storie, gli piaceva cominciarle dall'inizio, e procedere poi sino alla fine senza trascurare neanche un particolare.

« La ragazza », ripeté. « Quel vecchio farabutto zulu non fa che uggiolare che è la luna delle sue notti e il sole dei suoi giorni, che nessuna figlia è mai stata così amata dal padre come lei, e che non le consentirà mai di sposare altri che un capo zulu. » Hendrick sospirò. « Tutti i giorni mi sono sentito cantare le virtù di questa sciacalletta zulu, e com'è bella, e com'è intelligente, e com'è brava nel suo lavoro di infermiera all'ospedale statale, e come discende da una lunga progenie di donne tutte fecondissime... » Hendrick si interruppe e sputò per terra. « Gli ci sono voluti tre giorni per accennare a quello che aveva in mente fin dall'inizio... il *lobola*, il prezzo della sposa. » Hendrick alzò le braccia in un gesto di esasperazione. « Tutti gli zulu sono ladri e mangiamerda. »

« Quanto? » chiese Moses con un sorriso. « Quanto vuole per autorizzare un matrimonio fuori della tribù? »

« Cinquecento capi di bestiame di prima qualità, tutte vacche col vitello, nessuna di più di tre anni », sibilò Hendrick scandalizzato. « Tutti gli zulu sono ladri e lui che dice di essere un principe... è il principe dei ladri. »

« Naturalmente non hai accettato il primo prezzo? » chiese Moses.

« Naturalmente sono stato lì a discutere altri due giorni. »

« Prezzo finale? »

« Duecento capi », sospirò Hendrick. « Perdonami, fratello. Ci ho provato, ma quel vecchio cane di uno zulu era ostinato come una roccia. Era il prezzo più basso che poteva farmi per la luna delle sue notti. »

Moses Gama si appoggiò allo schienale della sedia e fece un po' di conti. Era un prezzo spropositato. I capi di prima qualità costavano cinquanta sterline l'uno. Ma, a differenza del fratello, Moses Gama se ne infischiava del denaro che non servisse a qualche scopo preciso.

« Diecimila sterline? » chiese sottovoce. « Ce le abbiamo? »

« Sì, ma farà male », brontolò Hendrick. « Almeno per un anno mi brucerà come se mi avessero frustato con lo *sjambok*. Ma ti rendi conto di quante cose può comprarsi uno con diecimila sterline, fratello? Potrei comprarti almeno dieci ragazze xhosa, tutte belle come uccelli dello zucchero e formose come galline faraone, con certificati di verginità firmati dalle levatrici più incorruttibili... »

« Dieci vergini xhosa non mi aprirebbero la strada verso il popolo zulu », lo interruppe Moses. « Mi serve Victoria Dinizulu. »

« Il *lobola* non è l'unico prezzo richiesto », gli disse Hendrick. « C'è un'altra cosa. »

« Cosa? »

« La ragazza è cristiana. Se sposi lei, non potrai sposare nessun'altra. Sarà la tua unica e sola moglie, fratello mio, e da' retta a un uomo che ha pagato la saggezza con la sonante moneta dell'esperienza: tre mogli sono proprio il minimo per soddisfare un uomo. Sono sempre impegnate a competere fra loro per i favori del marito, e un uomo può rilassarsi. Due son sempre meglio di una. Ma una moglie, un'unica e sola moglie, ti farà andare a male il mangiare nella pancia e venir subito i capelli bianchi. Lascia perdere questa manza e lasciala andare sposa a chi se la merita, un altro zulu. »

« Di' a suo padre che pagheremo quanto chiede e accettiamo le sue condizioni. Digli anche che da un principe ci aspettiamo una festa di matrimonio veramente principesca. Un matrimonio di cui si parli per un anno dalle montagne di Drakensberg all'oceano. Voglio che vengano tutti i capi, tutti gli anziani della tribù, tutti i consiglieri e gli *induna*, voglio che intervenga lo stesso re degli zulu; e quando saranno tutti là riuniti, io parlerò. »

« Faresti meglio a parlare a un branco di babbuini. Gli zulu sono troppo spocchiosi e pieni di astio per ascoltare il buonsenso. »

« Ti sbagli, Hendrick Tabaka », disse Moses posando la mano sull'avambraccio del fratello. « Siamo noi che non siamo abbastanza fieri, e non odiamo abbastanza. Quel poco orgoglio che abbiamo, quel poco odio che nutriamo, sono mal spesi e male indirizzati. Li sprechiamo fra noi, li rivolgiamo ad altri uomini neri. Se tutte le tribù di questa terra raccogliessero tutto il loro orgoglio, e rivolgessero l'odio contro l'oppressore bianco, chi potrebbe resisterci? È di questo che parlerò al matrimonio. È questo che dobbiamo insegnare al nostro popolo. È per questo che stiamo costruendo *Umkhonto we Sizwe*, la Lancia della Nazione. »

Restarono in silenzio per un po'. La profondità della visione fraterna, il potere terribile della sua dedizione sbigottivano sempre Hendrick.

« Sarà come tu vuoi », disse alla fine. « Quando desideri che abbia luogo il matrimonio? »

« Nel plenilunio di gennaio », rispose subito Moses. « La settimana prima dell'inizio della campagna di disobbedienza. »

Restarono in silenzio un altro po', finché Moses si alzò. « Siamo d'accordo, allora. C'è qualcos'altro di cui dobbiamo parlare prima di mangiare? »

« Niente. » Hendrick si alzò in piedi e stava per chiamare le donne, ché portassero la cena, quando gli venne in mente una cosa. « Ah, già. La donna bianca, quella che era con te a Rivonia... hai presente quale? »

Moses annuì. « Sì, la Courteney. »

« Proprio lei. Si è fatta viva, vuole rivederti. »

« Dov'è? »

« Qua vicino, in un posto chiamato Grotte di Sundi. Mi ha lasciato un numero di telefono da darti. Dice che è una cosa importante. »

Moses Gama era chiaramente scocciato. « Le avevo detto di

non cercare di mettersi in contatto con me », disse. « Gliel'avevo detto, che è pericoloso. » Si alzò e cominciò a passeggiare per la stanza. « Finché non imparerà la disciplina e l'autocontrollo, non sarà di alcuna utilità alla causa. Le donne bianche sono così, viziate e disobbedienti, troppo indulgenti con se stesse. Bisogna addestrarla... »

Moses si interruppe e andò alla finestra. Qualcosa in cortile aveva attirato la sua attenzione, e chiamò a voce alta:

« Wellington! Raleigh! Venite qua tutti e due! »

Pochi secondi dopo i due ragazzi entrarono seri seri nella stanza, e si fermarono poco oltre la soglia, a testa china.

« Raleigh, che ti è successo? » domandò arrabbiato Hendrick. I gemelli si erano rimessi gli abiti europei, ma la fronte di Raleigh, fasciata alla meglio col fazzoletto, sanguinava ancora. Anche sulla camicia aveva macchie di sangue, e un occhio chiuso e gonfio.

« *Baba!* » esordì Wellington, per spiegare. « Non è stata colpa nostra. Gli zulu ci sono saltati addosso. » Raleigh lanciò uno sguardo di disprezzo al gemello prima di contraddirlo.

« Avevamo fissato una battaglia finta con loro. È andata bene, finché qualcuno di noi non è scappato abbandonando gli altri. » Raleigh portò la mano alla fronte ferita. « Ci sono dei vili anche fra gli xhosa », disse, e di nuovo guardò il gemello. Wellington rimase zitto.

« La prossima volta combattete più valorosamente e dimostratevi più furbi », disse Hendrick Tabaka, congedandoli. Quando furono usciti si rivolse a Moses. « Vedi, fratello? Si odiano fin da bambini, xhosa e zulu. Che speranza puoi avere di cambiare la situazione? »

« La speranza sta proprio nei bambini. Sono come le scimmie, si può insegnar loro tutto quello che si vuole. Sono i vecchi che resistono ai cambiamenti », gli rispose Moses.

Tara Courteney parcheggiò la sua malridotta Packard sull'orlo della strada di montagna e per qualche secondo rimase lì a guardare Città del Capo che si stendeva ai suoi piedi. Il vento di sudest riempiva di creste di schiuma la Table Bay.

Si allontanò dalla macchina e si mise a camminare lungo il ciglio della strada, facendo finta di ammirare i fiori di campo che coloravano il costone. Sopra, la massa di roccia grigia della montagna si innalzava come un bastione verticale al cielo. Si fermò e alzò il mento a guardare in su. Le nuvole spuntavano continuamente dalla cima, dando l'impressione di un crollo imminente della parete rocciosa.

Ancora una volta lanciò uno sguardo alla strada per cui era salita. Era sempre deserta. Nessuno la seguiva. Si vede che alla fine la polizia aveva perduto ogni interesse per le sue attività. Erano passate settimane dall'ultima volta che si era accorta di essere seguita.

Il suo comportamento svagato mutò. Tornò alla Packard e prese dal baule un piccolo cesto da pic-nic, poi si portò rapidamente all'edificio di cemento che ospitava la stazione di partenza della funivia. Corse su per le scale e prese un biglietto di andata e ritorno proprio mentre l'addetto apriva i cancelli in fondo alla sala d'aspetto e gli altri passeggeri si affollavano in cabina.

Il guscio rosso partì con uno strattone e poi prese subito ad alzarsi, appeso all'argenteo binario del cavo. Dagli altri passeggeri si levavano esclamazioni ammirate per il panorama di Città del Capo tra il mare e la montagna. Tara, invece, guardava proprio loro, senza darlo a vedere. Nel giro di qualche minuto si convinse che nessuno di costoro era un poliziotto della squadra speciale in borghese. Allora si rilassò e si dedicò a propria volta alla contemplazione del panorama.

La cabina saliva in fretta, quasi verticalmente, davanti alla grande muraglia di roccia della Table Mountain. L'erosione, in milioni di anni, l'aveva solcata a cubi grossolani, così che sembrava il castello di un gigante. Superarono una cordata di scalatori che si faceva strada centimetro per centimetro sulla parete liscia, verso la vetta. Tara immaginò di essere tra quelli, aggrappata alla roccia coi polpastrelli mentre il vuoto cercava di risucchiarla dai talloni, e la vertigine le fece girare la testa. Dovette aggrapparsi al corrimano. Quando la cabina approdò alla stazione superiore, sul ciglio dell'abisso, scappò fuori con sollievo.

Nella piccola sala da tè, costruita a somiglianza di uno chalet alpino, Molly l'aspettava seduta a un tavolo, e quando vide arrivare l'amica saltò su.

Si abbracciarono. « Oh Molly, mia cara, carissima Molly, quanto ho sentito la tua mancanza! »

Dopo qualche momento si separarono, leggermente imbarazzate, mentre gli altri avventori le guardavano sorridendo.

« Non riesco a star ferma qui seduta », le disse Tara. « Sono tutta eccitata. Vieni, andiamo a fare una passeggiata. Ho portato termos e panini. »

Uscirono dal locale e imboccarono il sentiero che costeggiava l'abisso. Nei giorni feriali non c'erano molti escursionisti sulla montagna, e dopo un centinaio di metri si trovarono sole.

« Dimmi delle vecchie compagne dei Fazzoletti Neri », le disse Tara. « Voglio sapere tutto quello che avete fatto. Come stanno Derek e i bambini? Chi gestisce adesso la mia clinica? Ci sei stata di recente? Ah, come mi mancate tutti... »

« Piano, piano », rise Molly. « Una domanda alla volta... » E si mise a raccontare a Tara le ultime novità. Ci volle un po' di tempo, e mentre chiacchieravano trovarono un posto adatto per il pic-nic e sedettero con le gambe penzoloni sul burrone, bevendo tè caldo dal termos e nutrendo con briciole di pane i piccoli roditori che tiravano fuori la testa dalle crepe.

Infine, esaurite notizie e pettegolezzi, restarono sedute l'una accanto all'altra in silenzio. Fu Tara a romperlo.

« Molly, avrò un altro bambino. »

« Ah! Era questo allora che ti teneva tanto occupata! » Diede un'occhiata alla pancia di Tara.

« Non si vede ancora niente. Sei sicura? »

« Come no. Non sono mica una verginella, sai; ne ho già avuti quattro! Certo che sono sicura. »

« Quando nasce? »

« A gennaio dell'anno prossimo. »

« Shasa sarà contento. Va matto per i bambini. In effetti, a parte i soldi, sono l'unica cosa che lo fa sdilinquire. Gliel'hai già detto? »

Tara scosse la testa. « No, tu sei l'unica a saperlo. »

« Sono lusingata e commossa. Auguro a te e al bambino tanta gioia. » Poi s'interruppe, cogliendo l'espressione di Tara, e la guardò meglio.

« Per Shasa non sarà una gran gioia, temo », disse piano Tara. « Non è suo. »

« Buon Dio, Tara! Proprio tu! » Poi s'interruppe ancora e ci pensò. « Allora ti farò un'altra domanda un po' stupida, mia cara. Come fai a sapere che non è stato Shasa? »

« Shasa e io... non abbiamo più... be', sai... non siamo più marito e moglie da... be', mica poi tanto, in fondo. »

« Capisco. » Nonostante il suo affetto e la sua amicizia per Tara, negli occhi di Molly balenava un interesse malizioso. La faccenda era stuzzicante. « Be', però, Tara, non è mica la fine del mondo. Adesso corri a casa e tiragli giù i calzoni... Gli uomini sono imbranati, non fanno caso alle date, e se si mette a contare puoi sempre corrompere qualche dottore che gli dica che è settimino. »

« No, no, Molly, se vede il bambino se ne accorge subito. »

« Non capisco proprio. »

« Molly, il padre è Moses Gama! »

« Oh, Cristo! »

La reazione di Molly fece cogliere a Tara tutta la gravità della situazione in cui si trovava.

Molly era una militante progressista che non dava importanza al colore della pelle, come Tara, tuttavia era sbigottita all'idea di una donna bianca incinta di un negro. In quel Paese si trattava di un reato punito con la reclusione, ma la pena era ancora nulla in confronto all'ostracismo sociale che un fatto del genere le avrebbe tirato addosso. Sarebbe diventata un'emarginata, una specie di paria.

« Oh, mio Dio », Molly moderò il linguaggio. « Oh Dio, Dio! Mia povera Tara, sei in un bel pasticcio. Moses lo sa? »

« Non ancora, ma spero di vederlo e dirglielo presto. »

« Naturalmente dovrai liberartene. Ho un indirizzo giusto a Lourenço Marques. Là c'è un dottore portoghese che... abbiamo mandato da lui una delle ragazze dell'orfanotrofio. È caro, ma bravo e pulito, non è certo la mammana che ti sbudella col ferro da calza nel retrobottega. »

« Oh Molly, ma come puoi pensare una cosa del genere? Che io voglia assassinare il mio bambino? »

« Intendi tenerlo? » chiese attonita Molly.

« Ma certo. »

« Ma mia cara, sarà un... »

« Mulatto », terminò Tara per lei. « Sì, lo so, probabilmente color caffellatte e coi capelli neri e crespi, e io l'amerò con tutto il cuore, come suo padre. »

« Però non vedo come... »

« Ecco perché mi sono rivolta a te. »

« Farò tutto quello che vuoi, ma dimmi cosa. »

« Voglio che mi trovi una coppia di colore. Brava gente, preferibilmente con figli, che si prendano cura del bimbo finché non potrò farlo io. Naturalmente saranno pagati bene... anzi benissimo... » S'interruppe e guardò Molly con viso implorante.

Molly ci pensò un momento. « Credo di conoscere la coppia giusta. Sono due maestri elementari, e hanno già quattro figlie. Per me lo faranno... ma, Tara, come farai a nascondere la gravidanza? Presto si vedrà, con Isabella eri diventata molto grossa. Shasa potrebbe anche non accorgersene, così occupato com'è col libretto degli assegni, ma tua suocera è un cerbero a cui non sfugge niente. Non puoi farcela con lei tra i piedi. »

« Ho già un piano. Sai, ho fatto credere a Shasa che mi interesso di archeologia dopo aver abbandonato la politica, e mi sono procurata un posto agli scavi delle Grotte di Sundi con l'archeologa americana Marion Hurst. »

« Ho letto due dei suoi libri. »

« Ho detto a Shasa che starò via soltanto due mesi, ma una volta là continuerò a rimandare il ritorno. Centaine baderà ai bambini, ho sistemato anche questo, le piace farlo e sa Dio che ai bambini gioverà. Sa tenere la disciplina molto meglio di me. Quando la cara suocera avrà finito con loro, saranno degli angioletti inamidati. »

« Ma sentirai la loro mancanza », le fece notare Molly, e Tara annuì.

« Sì, certo, ma in fondo ormai si tratta solo di sei mesi. »

« Dove partorirai? » insisté Molly.

« Non lo so. Non posso partorire in ospedale o in clinica. Dio mio, t'immagini il casino che farebbero se scodellassi un marmocchio nero sulle loro lenzuola inamidate per soli bianchi, nel loro bell'ospedale per soli bianchi! Comunque, c'è un mucchio di tempo per organizzare bene la faccenda in seguito. La prima cosa è filare alle Grotte di Sundi, lontano dagli occhi malevoli di Centaine Courteney-Malcomess. »

« Perché Sundi, Tara? Cosa te lo fa preferire? »

« Così sarò vicino a Moses. »

« È tanto importante? » chiese Molly scrutandola. « Provi proprio questo sentimento per lui? Non è stata solo una curiosità, tanto per cambiare, per vedere un po' com'è con loro? »

Tara scosse la testa.

« Ne sei proprio sicura, Tara? Voglio dire, anch'io ogni tanto ho quell'impulso. È una curiosità naturale, ma non mi sono mai fatta beccare. »

« Molly, io l'amo. Se me lo chiedesse, darei la vita per lui, senza esitare. »

« Mia povera, carissima Tara. » A Molly vennero le lacrime agli occhi, e le tese le braccia. Si strinsero forte, pateticamente, mentre Molly le sussurrava: « È troppo al di là della tua portata, tesoro mio. Non potrai mai averlo ».

« Mi basterebbe avere una piccola parte di lui, anche per poco. Mi accontenterei. »

Moses Gama parcheggiò il furgone rosso e blu della macelleria nel tratto riservato ai visitatori. Poi spense il motore. Di fronte a lui c'era un prato spelacchiato dove un unico spruzzatore cercava di neutralizzare le gelate e la siccità dell'inverno sull'altopiano: ma l'erba kikuyu restava arida e senza vita. Dall'altra parte del prato c'erano gli alloggiamenti delle infermiere di Baragwanath.

Un piccolo gruppo di infermiere prese il sentiero che portava lì dal corpo principale dell'ospedale. Erano in candide e pulite uniformi bianche, e avevano un'aria efficientissima, ma quando raggiunsero il furgone e videro Moses al volante si misero a ridacchiare, nascondendo la bocca con la mano, nel gesto istintivo di rispondere al maschio.

« Giovane, vorrei parlarti », disse Moses sporgendosi dal finestrino del furgone. « Sì, con te! » L'infermiera prescelta rischiò di svenire per l'emozione. Le sue amiche si misero a deriderla mentre andava verso Moses e si fermava timidamente a cinque passi da lui.

« Conosci per caso Victoria Dinizulu? »

« *Eh he!* » rispose affermativamente quella.

« Dove sta? »

« Adesso viene, fa il turno di giorno come me. » L'infermiera si guardò attorno in cerca di una via di scampo, invece scorse Victoria che arrivava col secondo gruppo di ragazze biancovestite. « Eccola là. Victoria! Vieni qui subito! » gridò la ragazza, e poi scappò via, facendo a due a due i gradini che portavano nella residenza delle infermiere. Victoria lo riconobbe, salutò le amiche e attraversò il prato secco dirigendosi direttamente verso di lui. Moses scese dal furgone e si guardarono.

« Mi dispiace, c'è stato un terribile incidente stradale e abbiamo dovuto lavorare fino adesso. Ti ho fatto aspettare, eh? »

Moses annuì. « Non importa, abbiamo ancora un sacco di tempo. »

« Ho bisogno di due minuti per cambiarmi », gli sorrise. I suoi denti erano perfetti, così bianchi da risplendere come di luce propria, e la sua pelle riluceva di salute e gioventù. « Mi fa piacere rivederti... devo dirtene quattro. » Insieme parlavano inglese, e benché quello di lei avesse molte inflessioni, era corretto e dal vocabolario ricco quanto quello di Moses.

« Bene, allora parleremo, così risparmierò i soldi della cena... » sorrise gravemente lui.

Lei fece una risatina di gola. Forse non ignorava la mandria sterminata che gli costava. « Non andar via, torno subito. » Entrò negli alloggi delle infermiere, e lui la guardò con piacere mentre saliva la scala. Aveva la vita così sottile che le natiche apparivano prorompenti, subito sotto, dove la candida uniforme si tendeva. Benché avesse il seno piccolo, i fianchi erano larghi e solidi: avrebbe retto con facilità alle gravidanze. Un corpo del genere era un modello di bellezza nguni, e a Moses vennero in mente le fotografie della Venere di Milo. Aveva un portamento eretto, il collo lungo e diritto, e, benché i fianchi ondeggiassero come se danzasse a una musica lontana, testa e spalle non si muovevano mai. Era evidente che da bambina era andata al pozzo come tutte le altre a prender l'acqua, portandola a casa negli orci in equilibrio sulla testa, senza rovesciarne una goccia. Era questo esercizio che conferiva alle ragazze zulu quel portamento magnifico, regale.

Col suo viso tondo di madonna e i grandi occhi scuri, era una delle ragazze più belle che avesse mai visto. Mentre aspettava, appoggiato al cofano del furgone, meditò su come ogni razza avesse il suo ideale di bellezza femminile, e quant'erano diversi tra loro. Ciò lo indusse a pensare a Tara Courteney, coi suoi grossi seni tondi e i fianchi stretti da ragazzo, i lunghi capelli castani e la pelle bianca, molle e insipida. Moses fece una smorfia, leggermente disgustato al pensiero: pure, entrambe le donne erano cruciali per le sue ambizioni, e la sua reazione sensuale nei loro confronti, attrazione o repulsione che fosse, era completamente irrilevante. L'unica cosa che gli interessava era la loro utilità.

Victoria scese dieci minuti dopo. Indossava un bel vestito

rosso acceso. I colori vivaci le donavano: facevano risaltare la sua pelle nera e lucida. Scivolò sul furgone, accanto a lui, e diede un'occhiata al suo orologio placcato in oro, da poco prezzo. « Undici minuti e sedici secondi. Non puoi lamentarti. » Lui sorrise e avviò il motore. La sua sicurezza lo divertiva. Era piuttosto rara in una giovane africana non sposata. Poi ricordò i suoi studi e il suo lavoro lì, in quello che era uno dei più grandi ospedali del mondo. Non era mica una ragazza di campagna, ridacchiante e dalla testa vuota: e, quasi a riprova, Victoria avviò una disinvolta discussione sulle prospettive di elezione alla Casa Bianca del generale Dwight Eisenhower, e le conseguenze che ciò poteva avere sulla lotta dei negri americani per i diritti civili, che a sua volta avrebbe influito sulla loro, in Africa.

Mentre parlavano, il sole cominciava a calare e la città, con le sue belle case e i parchi, finiva, finché di colpo entrarono nel mondo a sé di Soweto, dove vivevano mezzo milione di negri. Nel crepuscolo c'era odore di fuoco di legna dalle cucine, che conferiva al tramonto un rosso diabolico, il colore del sangue e delle arance. Le vie senza marciapiedi erano affollate di pedoni, pendolari che tornavano a casa con la spesa in mano, tutti nella stessa direzione, dopo una giornata lunga, iniziata prima dell'alba e caratterizzata da complicati spostamenti in treno e autobus per andare a lavorare nel mondo esterno; giornata che adesso finiva col percorso opposto, reso ancor più lungo e fastidioso dalla fatica.

Il furgone rallentò man mano che le vie diventavano più affollate e più strette. Qualche pedone che intralciava la marcia dell'automezzo riconobbe Moses Gama e gridò agli altri di lasciarlo passare. Tutti si scostarono lanciandogli saluti.

« *Ti vedo, Nkosi!* »

« *Ti vedo, Baba!* » Lo chiamavano padrone e padre.

Quando raggiunsero il municipio e gli altri edifici dell'amministrazione, la vasta piazza era strapiena e traboccante. Dovettero lasciare il furgone e continuare a piedi per gli ultimi cento metri.

C'erano i Bufali a scortarli. Gli uomini di Hendrick Tabaka aprirono un varco nella folla compatta, temperando con scherzi e sorrisi quell'esibizione di forza, così che tutti si spostarono senza arrabbiarsi.

« È Moses Gama, lasciatelo passare. » Victoria, attaccata al suo braccio, si godeva tutta quell'eccitazione.

Entrando nella sala del municipio, alzò gli occhi e vide la scritta: SALA MUNICIPALE H.F. VERWOERD.

Stava diventando un'abitudine, per il governo nazionalista, battezzare tutti gli edifici pubblici, gli aeroporti, le dighe e tutto il resto col nome di luminari della politica o illustri sconosciuti del partito: ma c'era dell'ironia nel fatto che proprio il creatore della legislazione segregazionista che si riunivano a contestare desse il nome alla sala municipale della maggior comunità negra. Hendrik Frensch Verwoerd era attualmente ministro agli Affari Bantu, ma era stato lui a inventare l'apartheid.

Nella sala c'era un gran chiasso. Infatti il permesso di usarla per una riunione politica sarebbe stato sicuramente negato dalla giunta, sicché si era adottata la scusa di un concerto rock, di cui si vedevano dappertutto i manifesti. Il complesso si chiamava The Marmalade Mambas.

Erano sul palco adesso, quattro musicisti dai vestiti aderenti e luccicanti sotto i lampi colorati. Una notevole batteria di casse riversava ritmici e tonanti decibel sui ballerini, che si agitavano urlando e ridendo sotto quel bombardamento sonoro, muovendosi come un solo organismo mostruoso.

I Bufali aprirono loro la strada sulla pista da ballo e i ballerini riconobbero Moses e gli lanciarono saluti, cercando di toccarlo mentre passava. Poi anche il complesso si accorse della sua presenza, interruppe il brano e gli dedicò uno squillo di tromba e un rullo di tamburo.

Decine di mani aiutarono Moses a salire sul palco, mentre Victoria rimaneva giù, col viso all'altezza delle sue ginocchia, intrappolata nella calca di gente che voleva avvicinarsi il più possibile a Moses, per vederlo e sentirlo meglio.

Il leader del complesso cercò di presentarlo, ma a dispetto della potente amplificazione elettronica non riuscì a far sentire la propria voce sopra i chiassosi saluti del pubblico a Moses. Da quattromila gole si alzava un rombo selvaggio e continuo che non finiva mai. Si schiantava contro Moses Gama come una burrasca invernale, e lui restava imperturbato al pari di una roccia battuta dai frangenti.

Poi alzò le braccia, e il rombo diminuì rapidamente fino a trasformarsi in un silenzio teso sulla gran calca. In quel silenzio Moses Gama gridò:

« *Amandla!* Potere! »

Come un sol uomo gli risposero: « *Amandla!* »

Egli gridò ancora, con la voce profonda e vibrante che rimbalzava sul soffitto e raggiungeva il cuore:

« *Mayibuye!* »

Gli ruggirono la risposta:

« *Afrika!* Viva l'Africa ».

Poi tornò a crearsi il silenzio. Tutti aspettavano tesi e impazienti, e Moses Gama cominciò a parlare.

« Parliamo dell'Africa », disse. « Parliamo di questa terra ricca e fertile dove il nostro popolo è ridotto ad abitare in aride e anguste riserve.

« Parliamo dei bambini senza scuole e delle madri senza speranza.

« Parliamo di tasse e di lasciapassare.

« Parliamo di carestia e di malattie.

« Parliamo di quelli che lavorano al sole, senza riparo, o nelle viscere della terra.

« Parliamo di quelli che sono obbligati a vivere lontano dalla famiglia.

« Parliamo di fame, parliamo di lacrime, parliamo delle dure leggi dei boeri. »

Per un'ora li tenne in pugno, e fu ascoltato in un silenzio punteggiato da borbottii, gemiti di angoscia, esclamazioni di rabbia: alla fine, Victoria si accorse che stava piangendo. Le lacrime le scorrevano senza vergogna, a fiotti, sul bel viso a forma di luna, rivolto in su.

Quando Moses finì, abbassò le braccia e chinò il capo sul petto, esausto e scosso dalla passione, e un gran silenzio calò sull'uditorio. Erano tutti troppo commossi per gridare o applaudire.

Nel silenzio Victoria a un tratto salì sul palcoscenico e guardò l'assemblea.

« *Nkosi sikelel'Afrika* », intonò a gran voce.

« Dio salvi l'Africa », e immediatamente il complesso si mise ad accompagnarla, mentre un possente coro africano sorgeva in sala. Moses Gama le si avvicinò, le prese una mano fra le proprie, e le loro voci si unirono.

Alla fine, furono necessari venti minuti ai due per lasciare la sala: tutti volevano toccarli, sentire le loro voci, partecipare alla lotta, e non far finire ancora quell'esperienza esaltante.

Nel giro di una breve serata, la bella ragazza zulu col vestito rosso era entrata a far parte della leggenda quasi mistica che circondava Moses Gama. I pochi fortunati che c'erano avrebbero raccontato tutto agli altri: come somigliava a una regina, la donna che cantava sul palco, una regina in tutto degna del grande imperatore nero che le stava al fianco.

« Non ho mai provato niente di simile », gli disse Vicky, quando alla fine si ritrovarono di nuovo soli, mentre il furgone rosso e blu li riportava verso Johannesburg. « Come ti amano tutti... » S'interruppe. « Non si può descriverlo a parole. »

« Certe volte mi spaventa », concordò lui. « Mi mettono sulle spalle una grandissima responsabilità. »

« Non credo che tu sappia cos'è la paura », disse lei.

« Invece sì », le rispose. « Lo so più di tanti altri. » E cambiò argomento. « Che ore sono? Dobbiamo mangiare qualcosa prima del coprifuoco. »

« Sono soltanto le nove. » Victoria parve sorpresa. « Credevo fosse molto più tardi. Mi sembra che la serata sia durata una vita. »

Davanti a loro si accendeva a intermittenza un'insegna al neon: DOLL'S HOUSE DRIVE IN. Moses rallentò e girò nel parcheggio. Lasciò Victoria sul furgone, andò alla « Casa delle bambole » a prendere gli hamburger e tornò.

« Ah, che buono », disse Victoria con la bocca piena. « Non mi rendevo conto di aver tanta fame. »

« Avevi detto che dovevi parlarmi di una cosa », le ricordò Moscs in buono zulu.

« Ma tu parli zulu! » Era sbalordita. « Non lo sapevo. Quando l'hai imparato? » gli chiese nella stessa lingua.

« Parlo molte lingue », le rispose lui. « Se voglio raggiungere tutti quanti, non c'è altro modo. » Le sorrise. « Tuttavia, giovane donna, non cambiare discorso... Dicevi di avere dei rimproveri da farmi: fuori il rospo. »

« Oh, mi sento così sciocca a parlartene adesso, dopo quello che abbiamo condiviso stasera... » Esitò. « Volevo chiederti perché hai mandato tuo fratello da mio padre prima ancora di parlare con me. Non sono mica una ragazza di campagna, sai! Sono una donna moderna, che ragiona e decide con la sua testa. »

« Victoria, nella lotta di liberazione noi non dovremmo abbandonare le vecchie tradizioni. Mi sono comportato in quel modo per rispetto nei confronti tuoi e di tuo padre. Ora però mi spiace se ti sei offesa. »

« Ci sono rimasta un po' male », ammise lei.

« Che ne dici se te la faccio ora, la mia proposta di matrimonio? » le sorrise. « Puoi sempre rifiutare. Prima di rispondere, però, pensaci molto bene. Se mi sposi, sposi la causa. Il nostro matrimonio farà parte della lotta del nostro popolo, e la strada che dovremo percorrere sarà difficile e pericolosa, senza fine visibile. »

« Non mi occorre riflettere », gli rispose piano. « Stanotte, mentre guardavo la gente accanto a te, ho sentito che quello è lo scopo per cui sono venuta al mondo. »

Le prese le mani e l'attirò dolcemente a sé, ma prima che potessero baciarsi il raggio di una potente torcia elettrica illuminò le loro facce. Sbalorditi, si separarono, riparandosi gli occhi con la mano.

« Ehi, che c'è? » esclamò Moses.

« Polizia », rispose una voce dal buio, di là dal finestrino aperto. « Fuori tutt'e due. »

Scesero dal furgone, e Moses girò attorno al cofano per stare vicino a Victoria. Capì che mentre chiacchieravano un furgone della polizia era entrato nel parcheggio e si era fermato vicino all'edificio del ristorante. Adesso quattro agenti muniti di torce andavano a controllare tutti i clienti che mangiavano in macchina.

« Fatemi vedere i lasciapassare, voi due. » L'agente continuava ad abbagliarli con la pila, ma Moses riuscì a vederlo in faccia. Era molto giovane.

Moses frugò nella tasca interna, Victoria nella borsa, e porsero i lasciapassare all'agente. Questi rivolse il raggio della pila sui libretti e li studiò con attenzione.

« È quasi l'ora del coprifuoco », disse in afrikaans, rendendo i lasciapassare ai due. « A quest'ora di notte voialtri bantu dovreste essere già a casa. »

« Manca un'ora e mezzo al coprifuoco », rispose seccamente Victoria, e l'espressione dell'agente si indurì.

« Non usare quel tono con me, carina », ribatté il poliziotto tornando ad abbagliarla con la torcia. « Anche se hai le scarpe ai piedi e il rossetto sulle labbra, non sei una donna bianca. Ricordatelo. »

Moses prese Victoria per il braccio e la ricondusse fermamente al furgone. « Ce ne andiamo subito, agente », disse in tono conciliante. Quando si ritrovarono soli sull'automezzo, disse a Victoria: « Non serve a niente farsi arrestare. Non è questo il livello a cui condurre la lotta. Quello è solo un ragazzetto bianco che ha più autorità di quanta ne sappia esercitare ».

« Perdonami », gli disse lei. « È che mi arrabbio così tanto... Cosa pensi che cercassero? »

« Uomini bianchi con ragazze negre, violatori dell'Immorality Act, la legge che serve a preservare la purezza del prezioso sangue bianco. Metà della loro polizia passa il tempo a sbirciare nelle camere da letto degli altri. » Accese il motore del furgone e si rimise in strada.

Nessuno dei due parlò più finché non arrivarono agli alloggi delle infermiere del Baragwanath.

« Spero che non saremo più interrotti », disse tranquillo Moses, cingendole le spalle col braccio e attirandola a sé.

Benché l'avesse visto infinite volte al cinema, parlottando con le compagne dei misteri del « bacio hollywoodiano », Victoria non aveva mai baciato un uomo. Non faceva parte delle usanze zulu. Così alzò il viso e attese con una certa trepidazione, senza fiato. Rimase stupita del tepore e della morbidezza della bocca di lui. Rapidamente ogni rigidezza e tensione del collo e delle spalle svanirono, ed ella parve modellarsi su di lui.

Il lavoro alle Grotte di Sundi era più interessante di quanto Tara si aspettasse, e si adattò rapidamente al ritmo vivace e alla compagnia stimolante degli specialisti con cui ora collaborava.

Tara divideva la tenda con due studentesse dell'università del Witwatersrand, e scoprì con qualche sorpresa che l'intimità con altre donne in una sistemazione così spartana non le dava alcun fastidio. Si alzavano molto prima dell'alba, per sfuggire al gran caldo meridiano, e dopo una colazione rapida e frugale la professoressa Hurst distribuiva il lavoro e le accompagnava sui siti. A mezzogiorno si fermavano e tornavano a mangiare, per riprendere il lavoro quando l'aria si rinfrescava e continuare finché c'era luce. Dopo di che avevano appena l'energia di fare una bella doccia, prendere una cena leggera e andare in branda.

Il sito archeologico era in un profondo canyon. Le pendici

rocciose, molto ripide, precipitavano per una sessantina di metri fino al letto del fiume sottostante. In quella valle riparata e assolata la vegetazione era tropicale, molto diversa da quella dell'altopiano battuto dai venti e dal gelo invernale. Grandi agavi a candelabro crescevano verso la sommità del vallone, mentre più in basso lussureggiavano felci gigantesche, enormi fichi selvatici, liane e un'infinità di altre piante tipiche della zona.

Le grotte, molto vaste, e in serie, seguivano gli strati di roccia esposta. Erano rifugi ideali per l'uomo primitivo, situate in alto, al riparo dai venti prevalenti, ma con un'ottima vista sulla sponda opposta e l'altopiano sconfinato. Si trovavano vicino all'acqua ed erano facilmente difendibili dai predatori. Gli strati e strati di detriti sul pavimento delle grotte attestavano la continua frequentazione umana attraverso le ere.

Il soffitto delle caverne era annerito dal fumo di infiniti fuochi, e le pareti interne decorate dai graffiti e dalle pitture degli antichi San, i boscimani, e dei loro predecessori. Vi erano tutti i segni caratteristici di un importante sito archeologico, abitato fin dai tempi dei primi ominidi, e benché gli scavi fossero appena incominciati il morale era alto e c'era un grande ottimismo sui possibili ritrovamenti. Dunque la squadra lavorava in stretta collaborazione e con entusiasmo, convinta d'essere prossima a scoperte di eccezionale importanza.

A Tara piaceva in particolar modo Marion Hust, la professoressa americana responsabile degli scavi. Era una donna sui cinquanta, dai capelli grigi riuniti a crocchia sulla testa e la pelle abbronzata e conciata come cuoio dal sole d'Arabia e d'Africa. Erano diventate subito amiche, prima ancora che Tara venisse a sapere che Marion era sposata con un professore di antropologia negro che insegnava all'università di Cornell. Quest'informazione la indusse a darle tutta la propria fiducia, risparmiando a Tara l'umiliazione di ricorrere a sotterfugi.

Una sera rimase seduta a chiacchierare fino a tardi con Marion nella baracca che usavano come laboratorio, e a un tratto Tara si ritrovò a raccontarle di Moses Gama e del suo amore impossibile, e perfino del bambino che aspettava. La simpatia della donna più anziana fu immediata e sincera.

« Un ordine sociale che impedisce alle persone di amarsi non può che essere iniquo. Certo lo sapevo anche prima di venire in Sudafrica... ecco perché Tom è rimasto a casa. Bah, lasciamo perdere... il lavoro qui a Sundi è troppo importante per sacrificarlo ai sentimenti personali. Comunque, ti prometto che farò tutto quello che posso per aiutarti. »

E tuttavia Tara lavorò agli scavi per più di un mese senza aver notizie di Moses Gama. Gli aveva scritto una decina di lettere, telefonato al numero di Rivonia e agli altri di Drake's Farm. Ma non l'aveva mai trovato, né aveva ricevuto risposta ai suoi messaggi urgenti.

Alla fine non resistette più, si fece prestare il camioncino da Marion e andò in città, a quasi un'ora di strada, di cui metà in terra battuta, scomodissima. Finalmente sboccò sullo stradone asfaltato e trafficatissimo che andava a Johannesburg dalle miniere di carbone di Witbank.

Lasciò il camioncino sotto gli eucalipti dietro Puck's Hill e a un tratto ebbe paura di rivederlo. Temeva che tutto fosse cambiato, che lui la cacciasse. Le ci volle tutto il suo coraggio per uscire dal camioncino e attraversare il giardino incolto. Girò attorno alla casa e salì sulla veranda.

In fondo, c'era un uomo seduto alla scrivania, che le dava le spalle. Il suo cuore esultò: poi l'uomo si mosse e la delusione la sommerse. Era Marcus Archer. Le venne incontro per la veranda, con un sorriso acido e sprezzante.

« Ma che sorpresa! » disse. « L'ultimissima persona che mi aspettavo di vedere. »

« Ciao, Marcus. Cercavo Moses. »

« Lo so chi cerchi, carina. »

« C'è? »

Marcus scosse la testa. « Sono quasi due settimane che non lo vedo. »

« Gli ho scritto, gli ho telefonato, ma non risponde. Ero preoccupata. »

« Forse non risponde perché non ha voglia di vederti. »

« Perché ti sono così antipatica, Marcus? »

« Oh mia cara, che ti salta in testa? » Marcus le sorrise maliziosamente.

« Be', scusa il disturbo. » Fece per avviarsi ma poi cambiò idea. La sua espressione si indurì. « Vuoi dargli un messaggio quando lo vedi? »

Marcus assentì col capo, e per la prima volta Tara notò i fili grigi sulle basette rossastre e le zampe di gallina all'angolo degli occhi. Era molto più vecchio di quanto pensasse.

« Allora digli che sono venuta a cercarlo, e che niente è cambiato. Che confermo ogni parola che gli ho detto. »

« Benissimo, cara, glielo dirò. »

Tara scese i gradini della veranda, ma quando fu da basso lui la chiamò.

« Tara. » Lei alzò lo sguardo. Marcus si affacciò al parapetto della veranda. « Non lo avrai mai. Lo sai, no? Ti terrà finché gli servi, poi ti metterà da parte. Non ti apparterrà mai. »

« E neanche a te, Marcus Archer », ribatté sottovoce, e l'uomo arretrò, come schiaffeggiato. « Non appartiene a nessuno dei due. Appartiene all'Africa e al suo popolo. » Vide la desolazione dipingersi negli occhi di Marcus, ma non ne trasse alcuna soddisfazione. Tornò lentamente al camioncino e se ne andò.

Al sesto strato, nello scavo principale delle Grotte di Sundi, incontrarono un vasto deposito di frammenti di coccio. Non vi erano manufatti integri, dunque era chiaramente un posto dove gli antichi vasai gettavano i pezzi rotti. Tuttavia la scoperta era di importanza cruciale per datare gli strati, perché i vasi sembravano di fattura arcaica.

Marion Hurst fu eccitata dalla scoperta, e trasmise il proprio entusiasmo a tutti quanti. A questo punto Tara era stata ormai promossa, e non era più adibita a vagliare il terriccio raspato in fondo alle trincee. Aveva manifestato attitudini naturali alla ricomposizione dei cocci, una specie di puzzle che attraverso l'unione dei frammenti d'osso o di terracotta permetteva di rivedere integri i reperti e di valutarli. Adesso lavorava nella lunga baracca prefabbricata sotto la diretta supervisione di Marion Hurst, ed era diventata un membro quasi insostituibile del gruppo.

Tara scoprì che mentre era impegnata a rimettere insieme i frammenti riusciva a vincere la nostalgia di Moses e il turbine delle incertezze e dei sensi di colpa. Sapeva di trascurare in maniera imperdonabile la famiglia e i figli. Una volta alla settimana telefonava a Rhodes Hill e parlava con suo padre, con Centaine e con Isabella. La bambina sembrava contentissima, e Tara in maniera stranamente egoistica si risentiva del fatto che non avvertisse la mancanza della madre e stesse così bene con la nonna, che in fondo doveva considerare un surrogato.

Centaine era amichevole e non faceva alcun commento sulla sua prolungata assenza, ma Blaine Malcomess, il suo amato papà, le parlava chiaro come sempre.

« Non capisco da che cosa scappi, Tara, ma credi a me, non serve mai a niente. Il tuo posto è qui, con tuo marito e i tuoi bambini. Ora basta con queste sciocchezze. Conosci il tuo dovere, e, per quanto possa riuscirti sgradito, resta il tuo dovere. »

Naturalmente, presto Shasa e i ragazzi sarebbero tornati dal loro gran safari, e lei non avrebbe più potuto rimandare. Avrebbe dovuto prendere una decisione, e non era nemmeno sicura di quali fossero in realtà le scelte possibili. Certe volte, a notte alta, nelle ore piccole in cui regna il silenzio ed è minima la vitalità umana, considerava addirittura la possibilità di seguire il consiglio di Molly e abortire, voltando le spalle a Moses e tornando alla vita facile, ma per lei quanto mai distruttiva, di Weltevreden.

« Oh, Moses, se solo potessi rivederti, se solo potessi parlare un po' con te... Allora saprei che cosa fare. »

Si accorse di evitare sempre più la compagnia delle colleghe impegnate negli scavi. L'atteggiamento allegro e spensierato delle due studentesse con cui divideva la tenda cominciò a darle sui nervi. Le loro chiacchiere erano superficiali e puerili, e perfino la musica che ascoltavano ininterrottamente su un registratore portatile le sembrava sempre troppo alta e fastidiosa.

Con l'autorizzazione di Marion comprò una piccola canadese tutta per sé e la rizzò accanto al laboratorio dove ricomponeva i pezzi e dove tornava a lavorare da sola quando gli altri facevano la siesta: là dimenticava tutti i suoi problemi insolubili per dedicarsi a quelli, complicati ma non impossibili, di rimettere insieme gli antichi cocci. La loro vetustà sembrava riuscire a calmarla, facendo parere banali e privi di grande importanza i problemi del presente.

Fu lì, al suo banco di lavoro, a metà di un pomeriggio afoso e sonnolento dell'altopiano, che la luce che entrava dalla porta aperta si oscurò per un momento, e lei alzò la testa accigliandosi e allontanando dalla fronte col dorso della mano le ciocche incollate dal sudore. Subito dopo le si seccò la bocca. Le parve che il cuore si fermasse per un lungo istante, per poi subito ricominciare a battere all'impazzata.

La luce accecante del sole era dietro di lui, e lo trasformava in un'imponente *silhouette* dalle spalle larghe e i fianchi stretti, una figura regale. A Tara sfuggì un gemito; schizzò in piedi e corse ad abbracciarlo, gettandogli le braccia al collo e stringendolo, col viso schiacciato sul suo cuore, che sentiva battere contro la guancia. Non riusciva nemmeno a parlare, e fu la voce di lui che risuonò per prima, profonda e gentile, sopra di lei.

« Sono stato crudele con te. Dovevo venire prima. »

« No », sussurrò lei. « Non importa. Adesso che sei qui, nient'altro importa. »

Si trattenne una notte sola, e Marion Hurst li protesse dagli altri membri della spedizione, così che poterono star soli nella piccola tenda di Tara, isolati dal mondo e dal suo tumulto. Quella notte Tara non dormì: ogni istante era troppo prezioso per sprecarlo.

All'alba Moses le disse: « Presto dovrò andarmene di nuovo. Ma c'è una cosa che dovrai fare per me ».

« Qualunque cosa! » mormorò lei.

« Presto comincerà la nostra campagna di disobbedienza. Sarà un rischio terribile e un gran sacrificio per migliaia di persone del nostro popolo, ma perché il sacrificio non sia vano bisogna che sia portato all'attenzione del mondo. »

« Cosa posso fare? » chiese Tara.

« Per un caso fortunato, proprio in questi giorni c'è nel Paese una troupe televisiva americana che sta facendo un'inchiesta giornalistica intitolata 'Obiettivo sull'Africa'. »

« Sì, lo so. Hanno intervistato anche... » S'interruppe. Non aveva voglia di nominare Shasa durante quel prezioso interludio.

« Hanno intervistato tuo marito », finì Moses per lei. « Sì, lo so. Purtroppo hanno già terminato le riprese in programma e so che fra pochi giorni intendono tornare negli Stati Uniti. Ma noi vogliamo che restino ancora un po'. Abbiamo bisogno che filmino le nostre lotte. Debbono mostrarle al mondo: tutti devono conoscere il coraggio del nostro popolo, la sua indomabile volontà di spezzare le catene dell'oppressione e della disumanità. »

« Come posso essere utile, io? »

« Per mio conto non posso raggiungere chi dirige e organizza l'inchiesta. Mi serve un'intermediaria. Dobbiamo convincerli a non partire, assicurarci che restino a filmare le manifestazioni quando ci saranno. Dovrai parlar tu alla donna che dirige la troupe. Si chiama Godolphin, Kitty Godolphin. Starà ancora per tre giorni al Sunnyside Hotel di Johannesburg. »

« Ci andrò oggi stesso. »

« Dille che la data non è ancora fissata, ma quando ci muoveremo glielo faremo sapere, e lei dovrà essere là con la cinepresa. »

« Penserò io a convincerla », promise Tara, ed egli la rimise dolcemente supina e l'amò di nuovo. Sembrava impossibile, ma per Tara ogni volta era più bella della precedente. Quando si staccò da lei e si alzò dalla branda, Tara si sentiva molle, morbida e tiepida come cera fusa.

« Moses », gli disse sottovoce. Lui smise di abbottonarsi la camiciola azzurra.

« Cosa c'è? » le chiese.

Doveva dirgli del bambino che aspettava. Si rizzò a sedere sulla branda, lasciando scivolare giù il lenzuolo e scoprendo i seni già gonfi per la gravidanza, percorsi da venuzze azzurre appena sotto la pelle eburnea e liscia.

« Moses », ripeté stolidamente, cercando di trovare il coraggio di dirglielo. Lui le si avvicinò.

« Dimmi », le ordinò, e a Tara mancò il coraggio. Non poteva dirglielo. Il rischio di allontanarlo per sempre era troppo grande.

« Volevo solo dirti quanto ti sono grata di avermi dato questa possibilità di collaborare alla lotta. »

Mettersi in contatto con Kitty Godolphin risultò molto più facile di quanto credesse. Si fece prestare il camioncino da Marion e si recò al paese più vicino, che distava una decina di chilometri; di lì telefonò dalla cabina dell'ufficio postale. La centralinista del Sunnyside Hotel le passò la camera, e ben presto una voce giovanile con l'accento della Louisiana disse: « Qui Kitty Godolphin. Chi parla? »

« Preferirei non fare il mio nome per telefono, signorina Godolphin. Ma vorrei incontrarla il più presto possibile. Ho una storia per lei, una storia importante e drammatica. »

« Dove e quando vuol vedermi? »

« Potrei essere al suo albergo fra due ore. »

« L'aspetto », disse Kitty Godolphin, e fu tutto.

Tara si presentò alla *reception* dell'albergo, la ragazza telefonò di sopra e Kitty Godolphin disse di farla salire.

Una ragazzetta snella e carina in camiciola scozzese e bluejeans le aprì la porta della suite.

« Salve, c'è Kitty Godolphin? Mi sta aspettando. »

La ragazzetta la squadrò da capo a piedi, studiando il suo abbigliamento da campagna, le braccia e il viso abbronzatissimi e il foulard sui folti capelli ramati.

« Sono io Kitty Godolphin », disse infine la ragazza, e Tara non riuscì a nascondere la sorpresa.

« D'accordo, non me lo dica neanche, si aspettava una vecchia carampana. Entri e mi dica chi è. »

Nel soggiorno, Tara si tolse gli occhiali da sole e la guardò.

« Sono Tara Courteney. So che lei conosce già mio marito Shasa Courteney, presidente della Courteney Mining and Finance Co. »

Vide il cambiamento d'espressione dell'altra donna, il subitaneo indurirsi di quegli occhi che finora aveva giudicato sinceri e innocenti.

« Incontro tantissima gente sul lavoro, signora Courteney. »

Tara non si aspettava una reazione così secca, e cercò di porvi riparo.

« Andiamo, non può essersene già dimenticata... mi risulta che... »

« Voleva parlarmi di suo marito, signora? Sa, io non ho molto tempo da perdere. » Guardò ostentatamente l'orologio. Era un Rolex da uomo, girato verso l'interno del polso come lo portano i soldati.

« No, mi spiace di averle dato quest'impressione. Sono venuta per conto di un altro, un altro che non può venire di persona. »

« E perché non può? » le chiese seccamente Kitty, mentre Tara correggeva la prima impressione che aveva avuto di lei. Nonostante l'aspetto da adolescente, costei era risoluta e tosta come un uomo.

« Perché è sorvegliato dalla polizia politica, e quanto sta preparando è pericoloso e illegale. » Tara si accorse subito che aveva detto le cose giuste e ridestato l'interesse della giornalista.

« Si sieda, signora Courteney. Gradisce del caffè? » Lo ordinò per telefono, poi tornò a rivolgersi a Tara.

« E ora mi dica, signora. Chi è questa persona misteriosa? »

« Lei non l'avrà mai sentito nominare, ma ben presto tutto il mondo lo conoscerà », disse Tara. « Si chiama Moses Gama. »

« Moses Gama? Diavolo! » esclamò Kitty Godolphin. « Sono sei settimane che lo cerco invano. Stavo cominciando a credere che non esistesse, che fosse un personaggio mitico. »

« Esiste, esiste », la rassicurò Tara.

« E lei può farmi ottenere un'intervista con lui? » domandò Kitty, così ansiosa da chinarsi verso Tara e afferrarle il polso senza nemmeno avvedersene. « Sarebbe uno *scoop* fenomenale. È l'unico sudafricano con cui valga davvero la pena di parlare. »

« Lei potrà fare ben altro che parlare con lui », le promise Tara.

Shasa Courteney era ben deciso a non permettere che i suoi figli crescessero con la convinzione che i quartieri residenziali di Città del Capo e Johannesburg fossero tutta l'Africa. Questo safari doveva mostrar loro l'Africa vera, primordiale ed eterna, e ribadire saldamente il loro legame di discendenza da antenati che in quell'ambiente erano riusciti a imporsi e a prosperare.

Aveva accantonato ben sei settimane per questo, l'intero periodo delle vacanze scolastiche dei ragazzi. L'avventura aveva richiesto un'accurata pianificazione e anche un attento esame di coscienza. Gli affari della società erano così sfaccettati e complessi che non gradiva allontanarsene, pur lasciandoli in mani sicure e capaci come quelle di David Abrahams. Gli scavi dei pozzi al Silver River procedevano speditamente, ed erano già arrivati a una profondità di quasi trecentocinquanta metri; anche gli impianti di trasformazione erano a buon punto. A parte la miniera, entro tre settimane sarebbero stati consegnati i primi sei pescherecci attrezzati per la pesca delle sardine, mentre i macchinari per la fabbrica di inscatolamento stavano arrivando per nave dall'Inghilterra. Anche a Walvis Bay, dunque, le cose si muovevano, e dappertutto potevano sorgere problemi che solo lui era in grado di risolvere nel migliore dei modi.

Certamente David poteva sempre ricorrere al consiglio di Centaine, ma negli ultimi tempi sua madre si era ritirata sempre più dalla gestione della società, e potevano presentarsi numerose circostanze in cui soltanto Shasa avrebbe saputo orientarsi. Shasa soppesò queste esigenze con quelle, che riteneva indispensabili, dell'educazione dei figli e scelse. I ragazzi dovevano capire bene qual era la loro posizione in Africa, quali i doveri e le responsabilità che avrebbero un giorno ereditato. Così si decise. Badò solo a formulare un rigoroso programma di spostamenti per il safari, di cui sia Centaine sia David avevano una copia, in modo che sapessero ogni giorno dove trovarlo. Inoltre avrebbe mantenuto giornalmente il contatto radio con la miniera H'ani, da dove un piccolo aeroplano poteva raggiungerlo ovunque nel giro di quattro o cinque ore.

« Se mi chiamate, badate di avere ottime ragioni per farlo », disse a David in tono minaccioso. « Probabilmente in vita mia e dei ragazzi non capiterà un'altra occasione di fare un simile safari. »

Partirono dalla miniera H'ani l'ultima settimana di maggio. Shasa era andato a prendere i ragazzi a scuola con qualche giorno di anticipo, il che bastava a metter tutti dell'umore giusto assicurando un magnifico inizio. Aveva requisito quattro camion della miniera, costituendo una compagnia completa di safari, con autisti, servi, scuoiatori, battitori, portafucili e perfino il cuoco del Club della miniera H'ani. Naturalmente il veicolo personale da caccia di Shasa era sempre pronto nella rimessa della miniera, perfettamente funzionante e in grado di partire in qualsiasi momento. Era una vecchia jeep dell'esercito elaborata dai meccanici della miniera senza badare a spese. Era dotata di tutti gli accorgimenti tecnici possibili e immaginabili, dai serbatoi supplementari alla rastrelliera per i fucili alla radio a onde corte: i sedili erano rivestiti in pelle di zebra, e la verniciatura mimetica era stata rifatta da un vero artista. Orgogliosamente i ragazzi fissarono le carabine calibro 22 nella rastrelliera dei fucili, agganciandole a scatto, vicino ai grossi Holland & Holland di Shasa. Indossando la tenuta da caccia grossa, parimenti nuova, i ragazzi salirono tutti contenti sulla jeep. Sean, facendo valere il diritto di primogenitura, salì davanti, vicino al padre, e Michael e Garrick nel retro scoperto.

« Qualcuno ha cambiato idea e vuole restare a casa? » chiese Shasa avviando il motore, e i ragazzi presero la domanda sul serio. Troppo emozionati per parlare, si limitarono a scuotere la testa con gli occhi lustri e la faccia pallida per l'eccitazione.

« Allora andiamo », disse Shasa, e presero a scendere dalla montagna sacra ai boscimani della miniera H'ani, seguiti dai quattro camion in convoglio.

Le guardie in uniforme aprirono i cancelli e li salutarono con larghi sorrisi. Dietro, sui camion scoperti, i « camp boys » negri cominciarono a cantare una delle tradizionali canzoni del safari:

Piangete donne che stasera dormirete sole,
la lunga strada ci chiama e dobbiamo andare...

Le voci salivano e scendevano secondo l'eterno ritmo africano, pieno di promesse e di misteri, dove echeggiava tutta la grandezza del selvaggio continente, disponendo gli animi alla meravigliosa avventura a cui Shasa accompagnava i figli.

Nei primi due giorni proseguirono quasi senza fermarsi mai, per lasciarsi alle spalle le zone troppo frequentate dai cacciatori, dove ormai gli animali si guardavano bene dall'avventurarsi. Lì il *veld* era quasi rimasto privo di grosse prede, e quel poco che si vedeva, a piccoli branchi, consisteva più che altro di indistinti puntini che alzavano un po' di polvere all'orizzonte, perché ormai gli animali scappavano a gambe levate al primo, lontano ronzio di motori.

Con tristezza Shasa si rese conto di quant'erano cambiate le cose dalla prima volta che c'era stato. Allora aveva l'età di Sean, e da tutte le parti si vedevano sterminati branchi di *springbok* e *gemsbok*, antilopi e gazzelle, che non avevano paura neanche dell'uomo. Aveva visto giraffe e leoni, e anche clan di boscimani, quei piccoli e affascinanti pigmei gialli del deserto. Invece adesso bestie e selvaggi si erano ritirati davanti all'avanzata inesorabile della civiltà che penetrava fin nelle plaghe più desolate. Fin da allora Shasa prevedeva agevolmente che ben presto non vi sarebbe stata più natura vergine, né vie di scampo per gli animali o gli uomini che vivevano allo stato selvaggio. Strade e binari avrebbero creato un reticolato senza fine, e paesi e *kraal* senza soluzione di continuità avrebbero coperto anche il deserto. Allora tutti gli alberi sarebbero stati tagliati per alimentare i fuochi delle cucine, tutta l'erba sarebbe stata brucata dalle capre, e il poco humus si sarebbe trasformato in polvere e sarebbe stato disperso dal vento. Questa previsione lo riempì di tristezza e di un senso di disperazione.

Dovette fare uno sforzo per vincerlo, così da non rovinare l'esperienza ai ragazzi.

« Devo loro quest'occhiata al passato. Anche loro debbono conoscere l'Africa di una volta, prima che scompaia del tutto, così da poterne comprendere la grandezza. » E sorrise, e raccontò loro le storie, frugando nella memoria per estrarne tutte le sue esperienze, e poi andando ancora più indietro, a ciò che aveva imparato da sua madre e da suo nonno, cercando di chiarire ai figli la profondità e l'estensione del coinvolgimento familiare in quella terra. La prima sera i ragazzi rimasero seduti accanto al fuoco fino a tardi, ascoltandolo avidamente fin quando non si sentirono cascare le palpebre dal sonno e le teste presero a ciondolare.

Andarono avanti, percorrendo per tutta la giornata piste sempre meno battute, nell'erba spelacchiata del deserto e poi tra le foreste di *mopani*, senza ancora fermarsi per cacciare, mangiando quello che si erano portati dietro dalla miniera, benché già i servi cominciassero a brontolare che volevano carne fresca.

Il terzo giorno abbandonarono la pista che seguivano dall'alba. Non era che due solchi di pneumatici, risalenti a qualche mese prima, ma a un certo punto Shasa puntò a nord e se la lasciò a sinistra. Adesso erano loro a far strada per la foresta, finché a un tratto capitarono in riva a un fiume. Non era uno dei grandi fiumi africani, come il Kavango, ma un suo affluente, pur sempre largo una ventina di metri, verde e fondo, una barriera formidabile che avrebbe fatto tornare indietro qualunque spedizione che prima di loro si fosse spinta tanto a nord.

Ma due settimane prima Shasa era venuto a perlustrare la zona col Mosquito, sorvolando le cime delle piante e contando gli animali dei branchi. Aveva anche considerato la grandezza delle zanne d'avorio degli elefanti che vedeva. Aveva segnato questo affluente sulla sua mappa, e con l'aiuto della bussola aveva portato il safari proprio lì. Riconosceva il punto dall'arco descritto dal fiume, e dai giganteschi alberi di *makuyu* sulla riva opposta, con i nidi delle aquile pescatrici sui rami più alti.

Per due giorni rimasero accampati sulla riva meridionale del fiume, mentre tutti i membri del safari, compresi i tre ragazzi e il grasso cuoco herero, si davano da fare per costruire il ponte. Si procurarono nella foresta i pali di *mopani*, grossi come la coscia di una donna grassa e lunghi quasi quindici metri, e li portarono sul posto trainandoli con la jeep. Mentre Shasa sedeva in alto sulla ripa, col fucile più potente in mano, badando che non si avvicinassero dei coccodrilli, i suoi uomini facevano fluttuare i pali in mezzo al fiume e li piantavano nel fondo fangoso. Poi legarono ai piloni i pali longitudinali con strisce di corteccia di *mopani*, che ancora stillavano linfa rossa e appiccicosa.

Quando infine il ponte fu completato, scaricarono i veicoli per alleggerirli, e Shasa li portò dall'altra parte uno per volta. La struttura ballerina cigolava, scricchiolava e oscillava sotto gli automezzi, ma alla fine furono tutti dall'altra parte del fiume.

« Adesso comincia il vero safari », disse Shasa ai ragazzi. Erano entrati in una sacca remota, protetta dalle barriere naturali del fiume e della foresta dall'ipersfruttamento da parte dell'uomo: dall'alto del suo aereo Shasa aveva visto foltissimi branchi di bufali, compatti quasi come mandrie di bestiame d'allevamento, sorvolati da nuvole di aironi bianchi.

Quella sera raccontò ai ragazzi le storie dei vecchi cacciatori di elefanti, « Karamojo » Bell, Frederick Selous e Sean Courteney, il loro antenato, fratello del nonno di Shasa, di cui il piccolo Sean rinnovava il nome.

« Erano uomini duri, tutti quanti, grandissimi tiratori e atleti nati. Dovevano resistere alle privazioni e alle malattie tropicali. Quand'era giovane, Sean Courteney andava a caccia a piedi nella valle dello Zambesi, in piena zona della mosca tse-tse, dove a mezzogiorno la temperatura supera i 45 gradi, e in un giorno era capace di correre dietro ai giganti zannuti anche per settanta chilometri. Aveva l'occhio così acuto che vedeva volare la pallottola che aveva appena sparato. » I ragazzi ascoltavano affascinati, incitandolo a continuare tutte le volte che si fermava, finché a un certo punto dovette dire: « Adesso basta. Domattina dovete alzarvi presto, perché si va a caccia ».

Nel buio, sulla jeep, procedettero lentamente lungo la riva settentrionale del fiume, tutti intabarrati contro il gelo, perché la depressione paludosa era piena di brina che crocchiava sotto le gomme dell'automezzo. Alle prime luci dell'alba trovarono il posto dove un branco di bufali si era abbeverato quella stessa notte, per poi tornare nel folto della macchia.

Lasciarono la jeep in riva al fiume e si tolsero le giacche a vento imbottite che li avevano protetti dal gelo. Quindi Shasa mise sulle tracce i suoi due esperti ovambo, e cominciarono a seguire il branco di bufali a piedi. Muovendosi in silenzio, agilmente, nel folto dei *mopani* giovani destinati col tempo a rinnovare la foresta, Shasa spiegò tutto ai ragazzi con impercettibili sussurri, e ricorrendo al linguaggio a segni indicò loro le diverse impronte del maschio, della femmina e del vitello, oppure segnalò altri piccoli ma ugualmente interessanti animali della foresta, uccelli, insetti.

Poco prima di mezzogiorno raggiunsero il branco. C'erano più di cento di quei grandi bovini dalle orecchie a trombetta e le corna basse che davano loro un'aria lugubre. I più erano coricati all'ombra dei *mopani*, intenti a ruminare tranquillamente, mentre due o tre grossi maschi del branco stavano in piedi. L'unico movimento che facevano era qualche pigro schiaffo della coda a scacciare i tafani che a nugoli si posavano sulle loro groppe.

Shasa fece vedere ai ragazzi come bisognava avvicinarsi per non farsi scoprire. Sfruttando il vento, nascondendosi dietro ogni rametto, irrigidendosi appena un testone cornuto si girava nella loro direzione, li condusse a dieci metri di distanza dal maschio più grosso. Si sentiva il suo odore, che era una puzza rancida, calda e bovina; si sentiva il suo fiato, che sibilava rumoroso per le umide froge; si sentivano i denti che tritavano il bolo d'erba; si vedevano i ciuffi di pelo bianco per l'età, le pillacchere di fango secco sul groppone e sul ventre.

Mentre tenevano il respiro, in preda a un delizioso terrore, e guardavano affascinati la grossa bestia, Shasa alzò lentamente il suo fucile di grosso calibro e mirò il bestione all'attaccatura del collo, subito sotto la spalla.

« Bum! » gridò, e il gran toro scattò in avanti in preda all'ira e al terrore, irrompendo all'impazzata nel fitto sottobosco dei *mopani*. Shasa radunò i figli e li portò al riparo di uno dei grossi tronchi grigi, tenendo le braccia attorno a loro mentre il branco sfilava galoppando in preda al panico, grandi forme nere e tonitruanti che tutto schiantavano muggendo e sbuffando.

Il tuono smorì nella foresta, mentre il polverone ancora aleggiava e Shasa se la rideva. Liberò dell'abbraccio protettivo i ragazzini.

« Ma perché l'hai fatto!? » gli chiese Sean furioso, guardandolo in faccia. « Potevi prenderlo facilmente... perché non l'hai ammazzato? »

« Non siamo venuti qui ad ammazzare », spiegò Shasa. « Siamo venuti a caccia. »

« Ma... » Sean non capiva più niente. « Che differenza c'è? »

« Eh, è proprio questo che devi imparare. Quel maschio era grosso, ma non abbastanza, e noi abbiamo tutta la carne che ci serve, sicché l'ho lasciato andare. Prima lezione. Seconda lezione: nessuno di voi ammazzerà una bestia prima di aver imparato tutto di essa, prima di conoscere a menadito le sue abitudini e il suo ciclo vitale, prima di avere imparato a rispettarla e tenerla in gran conto. Allora e solo allora potrete cacciarla. »

Quella sera, all'accampamento, diede a ciascuno due libri che aveva fatto rilegare in cuoio con il loro nome sulla copertina: *Mammiferi del Sudafrica* e *Uccelli del Sudafrica* del Roberts.

« Li ho portati apposta per voi, e voglio che ve li studiate », ordinò. Sean era abbattutissimo, detestava i libri e lo studio, ma Garry e Michael corsero in tenda a cominciare subito.

Nei giorni seguenti Shasa li interrogò su ogni animale e uccello che vedevano. Dapprima erano domande elementari, poi sempre più difficili. In breve i ragazzi furono in grado di citare i nomi scientifici, il peso medio degli esemplari maschi e femmine, le abitudini, la diffusione, quello che mangiavano e così via, fino ai minimi dettagli. Perfino Sean, sull'esempio dei fratelli minori, si rassegnò a imparare i difficili nomi latini.

Tuttavia dovettero passare ben dieci giorni prima che fosse loro concesso di sparare la prima fucilata, e soltanto agli uccelli. Sotto rigida supervisione, cercarono il grasso francolino bruno e la faraona chiazzata nell'erba alta della riva del fiume. Poi dovettero pulire personalmente le prede e aiutare il cuoco herero a cucinarle.

« È la cosa migliore che abbia mai assaggiato », dichiarò Sean, e i suoi fratelli annuirono entusiasti a bocca piena.

La mattina dopo Shasa disse loro: « Abbiamo bisogno di carne per gli uomini ». Nel campo c'erano trenta bocche da sfamare, tutte avidissime di carne fresca. « E va bene, Sean, qual è il nome scientifico dell'impala? »

« *Aepyceros Melampus* », rispose Sean mordendosi la lingua. « Gli afrikaner lo chiamano *rooibok* e pesa tra i 65 e gli 80 chili. »

« Può andare », rise Shasa. « Va' a prendere il fucile. »

In un canneto nei pressi del fiume trovarono un vecchio maschio solitario, emarginato dal branco. Era stato ferito da un leopardo a una zampa anteriore e zoppicava malamente, ma aveva un bel paio di corna a forma di lira. Sean gli si avvicinò come gli aveva insegnato Shasa, portandosi a distanza di tiro sfruttando il riparo della riva del fiume e procedendo sottovento. Il fucile di piccolo calibro, che costringeva ad avvicinarsi parecchio, serviva a insegnare molto bene ai ragazzi tutti i trucchi del quatto bracconiere. Tuttavia, quando vide Sean inginocchiarsi e puntare, Shasa tolse la sicura al proprio cannone, pronto a stendere l'impala se si fosse reso necessario il colpo di grazia.

Ma la bestia si abbatté fulminata da un preciso colpo al collo, senza nemmeno sentire lo sparo. Shasa raggiunse il figlio presso la carcassa.

Stringendogli la mano, Shasa riconobbe in Sean la profonda passione atavica del cacciatore. In certi contemporanei, quell'impulso si era raffreddato, o era stato soppresso, ma in altri ardeva ancora vivacemente. Shasa e il figlio maggiore erano appunto di quella razza. Ora Shasa si chinò a intingere un dito nel sangue caldo che ruscellava dalla piccola ferita nel collo dell'impala, poi segnò con quello fronte e guance di Sean.

« Adesso hai avuto il battesimo del sangue », disse, e si domandò quando quel rito fosse stato celebrato per la prima volta, e chi fosse stato il primo a segnare il figlio col sangue della sua prima preda. Istintivamente capì che era una scena avvenuta nella notte dei tempi, ben prima della nascita della storia, quando gli uomini vivevano nelle caverne e vestivano di pelli.

« Sei diventato un cacciatore », gli disse, e l'espressione fiera e solenne del figlio gli riscaldò il cuore. Non era il momento di ridere e scherzare, era un momento significativo e profondo che andava al di là delle parole. Sean l'aveva intuito e Shasa fu fiero di lui.

Il giorno seguente tirarono a sorte e toccò a Michael sparare. Ancora una volta Shasa cercò un maschio solitario, per non mettere in allarme il branco che pascolava e procurare un bel trofeo al ragazzo. Dovettero cercarlo quasi tutta la giornata prima di trovarlo.

Shasa rimase a guardare da lontano con gli altri due fratelli, mentre Michael si avvicinava di soppiatto alla bestia. Era una situazione più difficile di quella in cui il giorno prima si era trovato Sean, perché l'impala era allo scoperto, in mezzo all'erba rotta da rade acacie a ombrello. Michael però si avvicinò furtivamente a quattro zampe, finché non raggiunse il riparo di un formicaio da cui poteva utilmente sparare.

Il ragazzo si raddrizzò cautamente e alzò il leggero fucile. L'impala non l'aveva ancora visto né fiutato. Continuava a pascolare labbreggiando a capo chino a una trentina di passi dal ragazzo, offrendogli il fianco e quindi un tiro facile alla spina dorsale o al cuore. Shasa era pronto a cooperare con l'Holland & Holland, se il ragazzo fosse riuscito solo a ferirlo. Michael prese la mira, e i secondi cominciarono a passare. L'impala alzò la testa e si guardò pigramente attorno, ma Michael era immobile, col fucile puntato, sicché il maschio, pur voltato nella sua direzione, non riuscì a vederlo. Quindi l'impala si spostò senza fretta, fermandosi un'altra volta a brucare qualche ciuffo. Scomparve in un campo di erba alta. Senza aver sparato, Michael abbassò lentamente il fucile.

Sean balzò in piedi, pronto a correre urlando insulti dal fratello, ma Shasa lo trattenne prendendolo per la spalla. « Tu e Garry tornate alla jeep ad aspettarci », disse.

Shasa raggiunse Michael, che si era seduto sul formicaio col Winchester in grembo. Si sedette vicino a lui e accese una sigaretta. Nessuno di loro parlò per una decina di minuti, dopo di che Michael sussurrò: « Mi ha guardato in faccia. Che occhi bellissimi aveva! »

Shasa gettò la sigaretta e la schiacciò col piede. Tacquero ancora un poco, e poi Michael sbottò: « Devo proprio ammazzare qualcosa, papà? Per piacere, non farmelo fare! »

« No, Mickey », gli disse Shasa posandogli il braccio sulle spalle. « Non sei mica obbligato. E sappi che, sia pure in un altro modo, sono altrettanto fiero di te che di Sean. »

Poi toccò a Garrick. Di nuovo si trattò di un maschio isolato, con magnifiche corna ricurve, in un terreno di macchia sparsa ed erba alta fino alla vita.

Con gli occhiali che lampeggiavano decisi, Garry prese ad avvicinarsi quatto quatto alla preda sotto la paziente supervisione di Shasa. Tuttavia, era ancora a una bella distanza dall'impala quando a un tratto sparì come inghiottito dalla terra, lasciando di sé il ricordo di una nuvoletta di polvere. L'impala scappò via con quattro salti. Shasa e i due ragazzi corsero a vedere cos'era successo a Garry, guidati da urla e imprecazioni soffocate. Soltanto le gambe di Garry sporgevano ancora dal terreno. Era inciampato in un laccio degli stivali, finendo a capofitto in un grosso buco rotondo, la tana di un formichiere. Lo tirarono fuori per i piedi. Aveva le lenti degli occhiali tutte sporche di terra, la faccia escoriata e la camicia strappata. Ma queste ferite erano nulla in confronto a quelle patite dal suo orgoglio. Nel corso dei tre giorni successivi, Garry tentò molte altre volte di avvicinarsi a qualche preda, ma non riuscì mai a portarsi a distanza di tiro. Lo individuavano immediatamente. Tutte le volte che un'antilope gli sfrecciava via sotto il naso, la sua demoralizzazione diventava più cupa, e più crudele la derisione di Sean.

« La prossima volta ci avviciniamo insieme », gli disse poi Shasa per consolarlo. Il giorno seguente lo guidò con calma all'avvicinamento, indicandogli gli ostacoli che avrebbero potuto fregarlo, e portandoselo dietro per mano negli ultimi dieci metri, finché non giunsero in buona posizione per sparare. Allora gli passò il fucile carico.

« Nel collo », gli sussurrò. « Non puoi sbagliare. »

Era il maschio dal trofeo più mirabile che avessero visto finora, e si trovava a soli venticinque metri. Garry alzò il fucile e sbirciò per le lenti annebbiate dai fumi della sua stessa eccitazione, mentre le mani cominciavano a tremargli.

Guardando la faccia di Garry stravolta dalla tensione, e la punta della canna che descriveva orbite impensate, Shasa diagnosticò tutti i sintomi del « nervosismo del cacciatore », e sui due piedi decise di sconsigliare Garrick dal far fuoco. Troppo tardi. Echeggiò uno sparo, l'impala saltò spaventato e poi si guardò intorno perplesso. Né Shasa, né l'impala e men che meno Garry avevano idea di dove fosse finita la pallottola.

« Garry! » Shasa cercò di impedirglielo, ma il ragazzo sparò di nuovo, alzando polvere a metà strada fra l'impala e i cacciatori.

L'impala fece un altro salto altissimo, con la grazia di un

ballerino, impennando le corna e mostrando la serica peluria color cannella del manto, quindi se la filò mulinando le zampe lunghe e delicate che non sembravano neanche toccar terra.

Tornarono in silenzio alla jeep, Garry qualche passo dietro al padre. Il fratello maggiore lo accolse sghignazzando.

« La prossima volta tiragli dietro gli occhiali, Garry! »

« Penso che tu abbia bisogno di un altro po' di pratica prima di riprovarci », gli disse con tatto Shasa. « Ma non preoccuparti, quel genere di panico può prender tutti, e capita a chiunque di far cilecca prima o poi. »

Tolsero il campo e si trasferirono un po' più addentro al piccolo Eden che avevano scoperto. Adesso tutti i giorni vedevano sterco di elefante, malloppi alti fino al ginocchio di fatte fibrose, giallastre, somiglianti a palle da tennis, piene di corteccia masticata, rametti e noccioli di frutti selvatici, in cui i babbuini e i francolini dalla gorgia rossa frugavano contenti in cerca di prelibatezze.

Shasa mostrò ai ragazzi come si dovesse infilare un dito nelle fatte per sentir quanto sono calde, ossia recenti, e come si interpretano le grandi impronte dei bestioni sul terreno. Studiandole, si poteva dedurre se era un elefante maschio o una femmina, distinguere zampe anteriori e posteriori, individuare la direzione dell'animale e anche stimarne l'età. « Quelli vecchi lasciano un'impronta dall'orlo logoro, come una macchina con le gomme lisce. »

Poi, finalmente, si imbatterono nelle tracce di un grosso elefante maschio, dalle impronte larghe come un bidone della spazzatura. Abbandonarono la jeep e lo seguirono a piedi per un paio di giorni, dormendo sulle sue tracce e mangiando gallette. Nel tardo pomeriggio del secondo giorno lo raggiunsero. Era in un boschetto fittissimo e quasi impenetrabile in cui entrarono strisciando a quattro zampe. Quando distinsero la massa incombente del bestione, un plumbeo colosso, nell'intrico dei rami, era quasi a portata di mano. Alto tre metri e mezzo alla spalla, era grigio come una nuvola temporalesca, e il suo ventre brontolava come un tuono lontano. Uno alla volta Shasa fece avvicinare i ragazzi per dargli una buona occhiata, dopo di che sgattaiolarono fuori del boschetto e lasciarono ai suoi vagabondaggi senza fine il gigante isolato.

« Perché non gli hai sparato, papà? » balbettò Garry. « Allora cosa l'abbiamo seguito a fare per due giorni? »

« Non hai visto? Aveva una zanna scheggiata in punta, e l'altra era piccola nonostante la sua mole. »

Ripercorsero il cammino verso la jeep con i piedi ormai coperti di vesciche. I ragazzi dovettero riposare due giorni per riprendersi da quella marcia superiore alle loro forze.

Spesso, durante la notte, si svegliavano e giacevano nelle brande ad ascoltare, un po' agghiacciati, il verso stridulo delle jene che venivano a banchettare nella fossa dei rifiuti vicino alla cucina da campo. Facevano coro, abbaiando acuti come soprani, dei piccoli sciacalli molto simili a cani. I ragazzi impararono a riconoscere questi e altri rumori notturni: i versi degli uccelli, come il caprimulgo e il *dikkop*, e quelli dei piccoli mammiferi, l'aoto, la genetta e lo zibetto. C'erano poi gli inquietanti fruscii dei rettili e degli insetti che zampettavano o strisciavano tra le canne del vicino stagno.

Non si lavavano spesso: in fatto di igiene, Shasa era meno esigente della mamma, e molto ma molto meno della nonna. Mangiavano i deliziosi miscugli che il cuoco herero amava escogitare per loro al mattino, con sopra un sacco di zucchero e latte condensato. Mille miglia lontana era la scuola, ed erano contenti come non mai nella costante compagnia del padre sempre pieno di storie da raccontare e utili insegnamenti da dare.

« Non s'è vista ancora traccia di leoni », osservò Shasa una mattina a colazione. « Strano. Ci sono tantissimi bufali, e i gattoni di solito seguono i branchi. »

L'allusione a queste formidabili belve fece venire dei brividi deliziosi ai ragazzi. Parve che le parole di Shasa li avessero evocati.

Quel pomeriggio, mentre la jeep sobbalzava nell'erba alta dribblando i formicai, i ciocchi e le tane dei formichieri, sbucarono sul ciglio di un lungo *vlei* asciutto, una di quelle depressioni erbose che nella stagione delle piogge diventano laghi e in seguito distese di fango dove un veicolo può facilmente impantanarsi, oppure anche, nei mesi più secchi, distese erbose lisce e senz'alberi che somigliano a campi da polo ben tenuti. Shasa si fermò al limitare degli alberi e con il binocolo ispezionò il lato opposto del *vlei*, in cerca di sagome di animali che si stagliassero contro la foresta di *mopani* che ricominciava alta e ombrosa di là.

« Ci sono solo due volpi dalle orecchie a pipistrello », dichiarò, e passò il binocolo ai ragazzi. Tutti risero dei salti scomposti di questi animaletti intenti a dar la caccia alle cavallette nel centro della radura erbosa.

« Ehi, papà! » disse Sean con un altro tono. « C'è un grosso babbuino in cima a quell'albero là! » E restituì il binocolo al padre.

« No », disse Shasa senza abbassare il binocolo. « Quello non è un babbuino, è un essere umano. »

Parlò in dialetto ai due cacciatori ovambo sul sedile posteriore della jeep, e cominciò una breve e animata discussione, dove ognuno sosteneva opinioni opposte.

« Va be', andiamo a vedere. » Spinse la jeep nella radura e quando l'ebbero traversata a metà non ci furono più dubbi. Sui rami superiori del *mopani* si aggrappava una bambinetta che indossava soltanto un gonnellino di cotone stampato.

« È tutta sola », esclamò Shasa. « Qui, a ottanta chilometri dal villaggio più vicino! »

Shasa accelerò per l'ultimo tratto di radura, frenò alzando un polverone e corse verso l'albero. Gridò alla bambina seminuda: « Vieni giù! » spiegandosi con ampi gesti, ben conscio che era difficile che capisse l'inglese. Ma quella rimase immobile. Non piegò nemmeno la testa.

Shasa si guardò intorno. Alla base dell'albero giaceva abbandonato un rotolo di coperte sbrindellate. Anche una borsa di pelle era stata lacerata: la farina di mais che conteneva era rovesciata nella polvere. Lì vicino, sempre per terra, si notavano una pentola a treppiede, un'ascia indigena dalla lama di ferro dolce lavorata alla meglio, e l'asta di una zagaglia di cui non si vedeva la punta.

Un po' più lontano, degli stracci insanguinati (il sangue era seccato, diventando nero come bitume) e qualche altro oggetto coperto di pullulanti mosche iridescenti. All'avvicinarsi di Shasa le mosche volarono via, rivelando i patetici resti di cui si stavano cibando. Erano due mani e due piedi, recisi all'altezza dei polsi e delle caviglie, e anche – spettacolo orrendo – due teste. Un uomo e una donna, dal collo troncato da un morso e le vertebre solcate dal segno di grosse zanne. Entrambe le teste erano intatte, benché bocche, orbite vuote e narici pullulassero di bianche larve di mosca. Per un largo tratto l'erba era pestata e chiazzata di sangue secco, mentre il terreno mostrava chiare impronte di un grosso leone maschio.

« Il leone lascia sempre testa, mani e piedi », disse uno dei battitori ovambo nel tono piatto di chi fa una constatazione. Shasa annuì e si voltò a dire ai ragazzi di restare in macchina. Troppo tardi, erano già scesi e stavano guardando i tristi resti con espressioni diverse: Sean con una specie di feroce piacere, Michael con schifato orrore e Garry con interesse clinico.

In fretta Shasa coprì le teste troncate con le coperte. Dall'odore capì che erano in stato di avanzata putrefazione; dovevano esser lì da diversi giorni. Poi tornò a guardare la ragazzetta in cima all'albero, e riprese a chiamarla a gran voce.

« È morta », disse un battitore. « Questa gente è morta da giorni e giorni. Da allora la bambina è lassù, sarà morta anche lei. »

Shasa non accettò l'idea. Si tolse giacca e stivali e si arrampicò sul *mopani*. Andò su piano piano, provando ogni appiglio e ogni ramo prima di affidarvi il suo peso. A tre metri d'altezza, la corteccia risultava incisa da artigli leonini. Quando la ragazzina fu appena sopra di lui, Shasa le parlò sottovoce prima in ovambo e poi in zulu.

« Ehi, piccola, mi senti? »

Non vi fu alcun movimento, e Shasa si accorse che le sue membra erano magre come stecchi. La pelle aveva il colore cinereo e polveroso che negli africani prelude alla morte. Shasa si arrampicò fino a lei e le toccò una gamba. La carne era tiepida, e provò un empito di sollievo. Si aspettava di sentire il freddo contatto della morte. Tuttavia la bambina era svenuta e disidratata: il suo corpo era leggero come quello di un uccellino, quando Shasa la staccò delicatamente dal ramo a cui era abbarbicata e la strinse al petto con un braccio solo. Scese lentamente, con grande attenzione, risparmiandole urti dei rami ed escoriazioni contro la corteccia. Quando arrivò a terra andò a stenderla all'ombra della jeep.

La cassetta del pronto soccorso conteneva un po' di tutto. Tanto tempo prima, Shasa era stato costretto a curare un battitore incornato da un bufalo ferito: da allora non era mai più andato a caccia senza cassetta del pronto soccorso, e aveva imparato a usare tutto quello che conteneva.

Rapidamente cercò la vena della ragazzina, la trovò a stento, inserì l'ago e le praticò un'intera flebo di soluzione di Ringer, aggiungendovi dieci cc di soluzione di glucosio. Solo allora tentò di far bere la ragazzina, che presentava ancora, evidente, il riflesso di deglutizione. A goccia a goccia le fece inghiottire un bicchiere pieno, e la bambina cominciò a dare i primi segni di vita, piagnucolando e agitandosi.

Mentre era intento a quelle operazioni, dava ordini ai battitori. « Scavate una fossa e sotterrate quei due. È strano che non siano ancora venute le jene, ma fate in modo che adesso non li trovino più. »

Uno dei battitori portò in braccio la bambina durante il viaggio di ritorno al campo, proteggendola dai sobbalzi violenti. Appena arrivarono, Shasa rizzò l'antenna della radio a onde corte, l'applicò alla cima dell'albero più alto, e dopo un'ora di vani tentativi riuscì finalmente a mettersi in contatto con qualcuno, non la miniera H'ani, ma una squadra di prospezione geologica della Courteney Mining che si trovava a un centinaio di chilometri di distanza. Anche in quel caso la trasmissione era piena di scariche e il contatto andava e veniva, ma con pazienza e costanza riuscì a trasmettere loro un messaggio da inoltrare alla miniera. Dovevano mandare un aereo col dottore alla pista d'atterraggio del posto di polizia di Rundu il più presto possibile.

A quel punto la ragazzina aveva ripreso coscienza e parlava, con voce pigolante e debolissima, da nidiace. Si esprimeva nell'oscuro dialetto di qualche tribù di fiumaroli angolani, ma l'ovambo aveva una moglie di quelle parti e poté tradurre la triste storia a Shasa.

Coi genitori si era messa in viaggio per andare a trovare i nonni nel villaggio sul fiume di Shakawe, nel sud, un viaggio a piedi di centinaia di chilometri. Portando con sé tutti i loro beni terreni, i tre avevano preso una scorciatoia per questa plaga remota e deserta, quando si erano resi conto che li stava seguendo un leone. Dapprima da lontano, poi incalzandoli sempre più da presso.

Suo padre, che era un cacciatore intrepido, aveva capito subito l'inutilità di trincerarsi dietro qualche riparo o su un albero, dove la belva si sarebbe limitata ad assediarli. Invece aveva cercato di scacciare il leone urlando e battendo le mani, accelerando la marcia nel tentativo di raggiungere il fiume e la salvezza presso qualche villaggio di pescatori.

La ragazzina raccontò l'attacco finale, quando la belva, la criniera nera eretta, si era scagliata addosso alla famiglia ruggendo e sbuffando. Sua madre aveva avuto appena il tempo di metterla sul ramo più basso del *mopani* prima che il leone fosse loro addosso. Il padre aveva cercato coraggiosamente di fermarlo piantandogli la zagaglia nel petto, ma la lancia si era spezzata, il leone gli era saltato addosso e gli aveva strappato le budella con una zampata sola. Poi era balzato addosso alla madre che stava cercando di arrampicarsi sul *mopani*, le aveva piantato gli artigli nella schiena e l'aveva tirata giù.

Con la sua voce da uccellino la ragazzina raccontò come poi il leone avesse divorato i genitori morti, fino alla testa, le mani e i piedi, mentre lei guardava dall'alto dei rami. Il tremendo banchetto era durato due giorni, interrotto soltanto dalle pause in cui il leone si leccava la ferita di zagaglia sulla spalla. Il terzo giorno la belva aveva tentato di raggiungere la bambina sull'albero, rigandone la corteccia con gli artigli e ruggendo orribilmente. Alla fine però aveva rinunciato, e se n'era andato via, zoppicando per la ferita. Ma la bambina non aveva più avuto il coraggio di scendere, ed era rimasta aggrappata al ramo finché non era svenuta per la sete, la debolezza e il terrore.

Mentre raccontava queste cose, i servi rifornivano la jeep di benzina e provviste per il viaggio a Rundu. Shasa partì appena tutto fu pronto, portando con sé i ragazzi. Non aveva la minima intenzione di lasciarli accampati dove un leone mangiauomini si aggirava ferito nella foresta.

Viaggiarono per tutta la notte, riattraversando il ponte che avevano costruito e seguendo le proprie tracce, finché il mattino dopo incrociarono la strada per Rundu, dove giunsero nel pomeriggio, impolverati ed esausti, recandosi subito alla pista. Là c'era già il Mosquito blu e argento, all'ombra degli alberi sul fondo. Il pilota e il dottore aspettavano pazientemente seduti all'ombra dell'ala.

Shasa affidò la bimba alle cure del dottore e rapidamente consultò le carte che il pilota gli aveva portato, tutti documenti importanti e messaggi urgenti. Scrisse le necessarie risposte o decisioni, e una lunga lettera di istruzioni a David Abrahams. Quando il Mosquito decollò di nuovo, la bambina era a bordo. Sarebbe stata curata all'ospedale della miniera, e una volta che fosse guarita, Shasa avrebbe deciso che fare dell'orfanella.

Il ritorno al campo del safari fu più tranquillo. Nei giorni successivi il leone fu dimenticato per l'affastellarsi di altre avventure, non ultima delle quali l'ostinato tentativo di far prendere qualcosa a Garry. Scalogna, goffaggine e mancanza di mira si coalizzarono per deluderlo continuamente, negandogli quell'esperienza che più di ogni altro ormai bramava, mentre l'infallibile Sean riusciva a procurare carne al campo ogni volta che ci provava.

« L'unica è fare un po' più di esercizio con i piccioni », decise Shasa dopo una delle più umilianti uscite di Garry. Alla sera stormi di piccioni verdi, piuttosto grossi, venivano a mangiare i fichi selvatici che crescevano vicino all'acqua.

Appena il sole perse mordente, Shasa portò i ragazzi alle poste che aveva fatto costruire dai servi con frasche ed erba secca davanti ai fichi, l'una ben discosta dall'altra e piazzate in modo da sventare il pericolo che il tiro di qualche incosciente impallinasse un altro cacciatore. Stavolta Shasa mise Sean alla posta più vicina all'acqua, con Michael, che non voleva sparare, a fargli compagnia e raccogliere le prede.

Poi Shasa e Garry andarono a piazzarsi all'altra estremità del boschetto. Shasa era in testa e Garry lo seguiva sul sentiero degli animali che andavano ad abbeverarsi allo stagno, serpeggiante fra i tronchi gialli dei fichi selvatici. La corteccia era scagliosa come la pelle di qualche gigantesco rettile, e i fichi, anziché dai rami, sporgevano dal tronco. Tra gli alberi c'era un fitto e intricato sottobosco, e il sentiero delle bestie era così contorto che non si riusciva a vedere lontano. Poi c'era poca luce, essendo ormai tardo pomeriggio, sotto la volta dei rami.

Shasa girò una curva del sentiero e scorse il leone a una cinquantina di passi: veniva dritto verso di loro. Come lo vide, capì che era proprio il mangiauomini. Era molto grande, forse il più grande che avesse mai visto in una vita di caccia grossa. Aveva la criniera nera come il carbone, lunga, folta e irsuta, ed era più alto della sua cintura. Il nero della criniera sfumava nel grigioazzurro sul dorso e sui fianchi del bestione.

Era vecchio, con il muso piatto solcato dalle cicatrici. Ansimava, a fauci spalancate, per il dolore, e avanzava zoppicando verso di loro. Shasa vide che il colpo di zagaglia gli aveva provocato una ferita ormai infetta, gonfia e rossa: tutt'intorno, il pelo era bagnato e liscio per le leccate. Un nugolo di mosche e tafani pullulava sulla ferita, pungendolo in continuazione, sicché il leone era alquanto irritato, sofferente per la vecchiaia e il male. Alzò la testa irsuta e Shasa gli lesse negli occhi tutto il cieco furore e dolore che provava.

« Garry », disse in tono d'urgenza, « torna subito indietro. Non metterti a correre ma va' via di qui. » Senza guardare, sfilò il fucile dalla spalla.

Il leone si accucciò, scodinzolando come un metronomo. Si preparava a saltargli addosso. Gli occhi gialli fissavano Shasa, capro espiatorio di tutta la sua rabbia.

Shasa capì di avere a disposizione un colpo solo, giacché la belva avrebbe coperto la distanza che li separava in un secondo. C'era poca luce, e il leone era troppo lontano ancora per poter sperare di tirargli subito un colpo risolutivo: doveva lasciarlo avvicinare quel tanto che bastava perché la pallottola in canna al suo Holland & Holland gli fracassasse il cranio.

Il leone si avventò tenendosi basso, serpeggiando e sbuffando, emettendo a tratti ruggiti esplosivi dalle fauci spalancate in cui spiccavano le lunghe zanne gialle. Shasa si mise in posizione e alzò il fucile, ma prima che facesse fuoco sentì il colpetto secco del piccolo Winchester al suo fianco. Il leone si abbatté fulminato in piena carica con una capriola. Ricadde sulla schiena agitando le zampe in maniera convulsa, mentre gli artigli si rinfoderavano automaticamente nei cuscinetti rosei delle zampe, la lingua pendeva dalle fauci, e il furore svaporava dai suoi occhi gialli. Dal forellino del proiettile, tra gli occhi, un serpentello di sangue scorreva sul sopracciglio e poi a terra.

Attonito, Shasa abbassò il fucile e si girò. Accanto a lui stava Garry, che gli arrivava alle costole, col fuciletto ancora imbracciato, la faccia mortalmente pallida e intenta, le lenti che luccicavano nella penombra del boschetto.

« L'hai ammazzato », disse stolidamente Shasa. « Sei rimasto e l'hai ammazzato. »

Shasa avanzò lentamente verso il leone mangiauomini e si chinò sulla sua carcassa. Scosse la testa sbalordito, poi tornò a guardare il figlio. Garry non aveva ancora abbassato il fucile, ma adesso stava cominciando a tremare per un riflesso di paura. Shasa intinse l'indice nel sangue che colava dalla ferita del leone, poi tornò indietro da Garry. Gli tracciò i segni rituali col sangue sulla fronte e sulle guance.

« Ora sei un uomo e io sono fiero di te », disse. Lentamente il colore tornò sul viso di Garry, le labbra smisero di tremargli, e il ragazzo assunse un'espressione raggiante. Tale era l'orgoglio e la gioia indicibile di Garry, che Shasa sentì che gli veniva il magone. Le lacrime gli bagnarono le ciglia.

Tutti i servi vennero dal campo a vedere il mangiauomini, e a sentire Shasa che raccontava nei particolari la vicenda. Poi, alla luce delle lampade, portarono al campo la carcassa. Mentre gli scuoiatori si mettevano al lavoro, gli uomini cantarono in onore di Garry la canzone del grande cacciatore.

Sean era diviso fra l'ammirazione incredula e l'invidia per l'azione del fratello, mentre Michael lo lodava con la massima sincerità di cuore. Garry rifiutò di lavar via dalla faccia il sangue del leone, ormai secco, quando a tarda notte andarono a dormire. La mattina dopo a colazione aveva ancora le croste gloriose sul volto radioso, e Michael lesse ad alta voce il poema epico che aveva scritto in suo onore. Cominciava così:

Fino al cielo giunge il ruggito
del gran leone nerocrinito.
Di carne umana affamato si scaglia
a fauci aperte nella boscaglia...

Shasa nascose un sorrisetto a quelle rime banali, e alla fine applaudì come tutti gli altri. Dopo colazione andarono a vedere come procedeva la scuoiatura. Tenendo la pelliccia rivolta verso l'erba, gli uomini stavano scarnificando la pelle con dei raschietti. Poi la cospargevano di allume e sale grosso.

« Io dico che è morto d'infarto », dichiarò Sean, ormai incapace di controllare l'invidia. Garry lo affrontò furioso.

« Sappiamo tutti quanto sei furbo, ma potrai parlare quando avrai ammazzato un leone anche tu. Finora sei stato capace solo di far fuori qualche povero impala! »

Era un discorso lunghetto, eppure Garry riuscì a portarlo a termine senza tartagliare. Era la prima volta che Shasa lo vedeva reagire agli sfottò di Sean, e aspettò che il bulletto tornasse a imporre la sua autorità. Per qualche secondo Sean esitò, incerto se tirare i capelli a Garry o dargli una gomitata nelle costole. Shasa s'accorse anche che Garry era pronto a reagire, i pugni chiusi e un'espressione decisa sul volto. A un tratto, invece, Sean sfoderò il suo fascinoso sorriso.

« Scherzavo », disse, e si chinò di nuovo a esaminare il buchino della pallottola sul cranio della belva. « Cavolo, proprio in mezzo agli occhi, che mira! » Era un'offerta di pace.

Garry sembrava stupito e incerto. Era la prima volta che teneva testa a Sean, e non capì subito di aver vinto.

Shasa si fece avanti e gli cinse le spalle col braccio. « Sai cosa facciamo, campione? Facciamo fare un bel trofeo e appendiamo la testa in camera tua, con gli occhi e tutto. »

Per la prima volta Shasa si accorse che Garry aveva sviluppato dei muscoletti duri sulle spalle e le braccia. L'aveva sempre considerato una mezza cartuccia, ma forse era il caso di guardarlo un po' meglio.

E un bel giorno il safari finì. I servi levarono il campo, rimisero tende e brande sui camion, e davanti ai ragazzi si parò l'atroce prospettiva del ritorno a Weltevreden e poi a scuola. Shasa cercò di tenerli su di morale con storie e canzoni durante il lungo viaggio verso la miniera H'ani, ma a ogni chilometro le facce dei figli diventavano più lunghe.

L'ultimo giorno, quando già galleggiava in cielo, per effetto del miraggio, la montagna sacra ai boscimani della miniera H'ani (il « Posto di Tutta la Vita »), Shasa domandò ai ragazzi: « Allora, avete deciso cosa farete da grandi? » Più che una domanda seria, era un tentativo di tenerli allegri. « Rispondi prima tu, Sean. »

« Voglio fare il cacciatore di elefanti come il bisnonno Sean. »

« Splendido! » concordò Shasa. « L'unico problema è che arrivi con settant'anni di ritardo. »

« Be', allora farò il soldato. Mi piace sparare alle cose. »

Un'ombra passò nello sguardo di Shasa. Si rivolse a Michael. « E tu che vuoi fare, Mickey? »

« Lo scrittore. Farò il cronista in qualche giornale e nei ritagli di tempo scriverò poesie e grandi libri. »

« Farai la fame allora, Mickey », rise Shasa, poi si girò a guardare Garry, che si sporgeva sui sedili anteriori.

« E tu, campione? »

« Farò quello che fai tu, papà. »

« E che cosa faccio io? » gli chiese Shasa con interesse.

« Il presidente della Courteney Mining & Finance, che dice a tutti gli altri cosa devono fare. È quello che voglio diventare anch'io un giorno, presidente della Courteney. »

Shasa smise di sorridere e tacque per un momento, osservando l'espressione risoluta del ragazzino, poi disse svagato: « Be', allora pare che toccherà a noi due mantenere il cacciatore di elefanti e il poeta». E scompigliò affettuosamente i capelli a Garry. Non doveva più imporsi di fare gesti affettuosi al suo brutto anatroccolo. Adesso gli venivano spontanei.

Arrivarono cantando per le praterie ondulate dello Zululand, ed erano cento. Tutti membri della società segreta dei Bufali, scelti a uno a uno da Hendrick Tabaka per far parte della guardia d'onore in questa occasione speciale. Erano i migliori, tutti con le insegne regali della tribù, piume, pelli, copricapi di scimmia, gonnellini di code di manzo. Portavano i bastoni da combattimento, perché la tradizione proibiva nel modo più assoluto, in quel giorno, vere armi di metallo.

Alla testa della colonna Moses Gama e Hendrick Tabaka trotterellavano al modo dei guerrieri. Anche loro per l'occasione avevano accantonato gli abiti all'europea, ed erano gli unici a indossare pelli di leopardo, per diritto di nascita. Un chilometro dietro di loro si alzava il polverone della mandria. Era il *lobola*, il prezzo della sposa, duecento capi di bestiame di prima qualità, come era stato concordato. I mandriani erano tutti figli dei guerrieri della guardia, arrivati in treno con i manzi dal Witwatersrand, a cinquecento chilometri di distanza. I capi dei mandriani erano Wellington e Raleigh Tabaka, che erano appena andati a dirigere le operazioni di scarico del bestiame alla stazione di Ladyburg. Come il padre, avevano messo da parte gli abiti all'europea e indossavano il gonnellino, erano armati di bastoni da esercitazione e danzavano intorno alla mandria, tenendola insieme con grandi strilli. Entrambi erano tutti eccitati e compresi della propria importanza per il compito che gli avevano affidato.

Davanti a loro si profilava il rilievo dietro la cittadina di Ladyburg. Le pendici nereggiavano di acacie, ed era tutta terra dei Courteney, da dove baluginava la cascata e per tutto l'arco delle alture. Erano quattromila ettari di terra, che appartenevano a Lady Anna Courteney, vedova di Sir Garry Courteney, e a Storm Anders, figlia del generale Sean Courteney. Tuttavia, oltre la cascata, una quarantina di ettari di buona terra erano stati lasciati a Sangane Dinizulu dal generale Sean Courteney per testamento, poiché Sangane era stato un fedele e amato seguace della famiglia Courteney, come del resto suo padre Mbejane Dinizulu prima di lui.

La strada discendeva nella valle con una serie di stretti tornanti, e Moses Gama, stringendo gli occhi, distinse un'altra banda di guerrieri venir loro incontro. Erano molto più numerosi, forse cinquecento. Come gli uomini di Moses, indossavano costumi da guerriero, con piume, pelli, copricapi e sonagli di guerra ai polsi e ai polpacci. I due gruppi si fermarono ai piedi della salita e si fronteggiarono a un centinaio di passi di distanza, continuando a cantare e ad agitare le armi da esercitazione.

Gli scudi degli zulu erano in pelle di manzo, attentamente scelti per le pezze bianche e brune: della medesima pelle erano fatte le basi dei copricapi, mentre gonnellini e pennacchi erano di code di vacca, tutte scrupolosamente bianche. Visione guerresca e spaventosa era quella del nuovo esercito, tutto di uomini grandi e grossi, col corpo lucido di sudore e gli occhi iniettati di sangue per la polvere e l'eccitazione, per non parlare della birra che certo avevano già tracannato in abbondanza.

Fronteggiandoli, Moses si sentì raggrinzire la pelle: era forse una traccia del terrore che questi uomini per duecento anni avevano infuso in tutte le altre tribù d'Africa. Per riscuotersi dalla sgradevole sensazione, si mise a saltare e cantare forte, come i Bufali che si stringevano accanto a lui. Nel giorno del suo matrimonio Moses Gama aveva deposto abiti e modi occidentali, ed era felicemente ricaduto nelle sue origini africane. Il suo cuore batteva emozionato ai ritmi e ai canti dell'aspro continente.

Dai ranghi degli zulu, di fronte a lui, saltò fuori un campione, una figura imponente di uomo che la pelle di leopardo segnalava come aristocratico. Era addirittura di sangue reale, uno dei fratelli maggiori di Victoria Dinizulu. Moses sapeva che era un ottimo avvocato, con studio a Eshowe, la capitale dello Zululand: ma oggi era tutto africano, fiero e minaccioso nella *giya*, la danza di sfida.

Saltava e piroettava vantando le glorie personali e familiari, sfidando il mondo intero, e soprattutto gli uomini che gli si paravano davanti, mentre alle sue spalle i guerrieri battevano le mazze contro gli scudi di pelle di vacca. Sembrava un tuono lontano, ed era l'ultimo rumore che un milione di vittime di quell'esercito avevano udito: la campana a morto per swazi e xhosa, boeri e britanni, nei giorni in cui gli *impi* di Chaka e Dingaan e Cetywayo avevano spazzato la terra da Isandhlawana, la Collina della Piccola Mano, dove settecento fanti erano stati sterminati in una delle peggiori disfatte subite dagli inglesi in Africa, al « Posto delle Lacrime », dai boeri chiamato *Weenen* per il dolore delle donne e dei bambini scannati dalle orde zulu al suono di questi stessi tamburi, dopo che avevano varcato come fiumana inarrestabile il Tugela, fino ai tanti altri campi di battaglia che avevano segnato lo sterminio delle tribù minori per mano dei guerrieri zulu.

Alla fine il campione degli zulu tornò vacillando nei ranghi, pieno di polvere e sudore, ansimando con la bava alla bocca. Adesso toccava a Moses danzare la *giya*, e uscì dalle schiere dei Bufali con balzi altissimi, facendo sventolare la pelle di leopardo. Le membra lucide splendevano come carbone appena estratto dalla vena, occhi e denti erano come specchi che balenassero al sole. La sua voce echeggiava magnifica contro gli spalti di roccia, e benché gli uomini che lo guardavano non capissero le parole che diceva, il tono non lasciava dubbi sul significato, come i gesti altezzosi e sprezzanti della danza. Ruggendo, gli zulu si fecero avanti, mentre anche i Bufali avanzavano, spronati dal suo esempio, col sangue che cominciava a bollire, pronti a scagliarsi addosso al nemico tradizionale e perpetuare la faida delle tribù che durava da cent'anni.

All'ultimissimo momento, quando un battito di cuore separava le formazioni dalla violenza e dal sicuro spargimento di sangue, e l'ira sembrava palpabile nell'aria come l'elettricità statica prima di un gran temporale estivo, Moses Gama smise di colpo di danzare, posando davanti a loro come una statua eroica... e così grande era la forza della sua personalità, così imponente la sua presenza, che subito tutti smisero di percuotere lo scudo con l'asta e il fracasso battagliero cessò.

Nel silenzio Moses Gama gridò in lingua zulu: « Porto il prezzo della sposa! » e alzò il bastone nel segnale convenuto coi mandriani, che spinsero avanti la mandria.

Muggendo avanzarono le bestie, sollevando un polverone incomparabile con quello appena sollevato dai danzatori, e immediatamente l'umore degli zulu cambiò. Da mille anni, fin da quando erano arrivati lì dalle lontane plaghe settentrionali, seguendo con le mandrie i corridoi senza mosche tse-tse, i popoli nguni, che avrebbero espresso la tribù zulu sotto l'imperatore negro Chaka, erano popoli di pastori e allevatori. Le bestie erano il loro tesoro, la loro ricchezza. Da quando imparavano a camminare i bambini si occupavano delle mandrie, convivendoci sul *veld* da mane a sera, e stabilendo con le bestie un legame di comunione quasi mistica. Le proteggevano dai predatori col sacrificio della propria vita, e ci parlavano, accudendole e finendo per conoscerle a fondo. Si dice che re Chaka distinguesse ogni capo delle mandrie reali, e che su una mandria di centomila si accorgesse immediatamente se ne mancava uno, e ne chiedesse conto fornendone una descrizione completa, pronto a far fracassare il cranio con le mazze al bambino più piccolo se fosse emersa qualche sua responsabilità nella perdita.

Fu dunque un comitato di giudici severi ed esperti quello che, interrotte le danze, le vanterie e le canzoni, si dispose a esaminare le bestie con tutta la serietà del caso. Gli animali furono fatti sfilare a uno a uno, ed esaminati minuziosamente con abbondanza di commenti. I manzi venivano palpati simultaneamente da dozzine di mani, le mascelle aperte a guardare lingua e denti, la testa piegata per scrutare nelle orecchie e nelle narici, le mammelle tastate, soppesate e strizzate, la coda alzata per ricostruire la storia delle gravidanze e le potenzialità future. Finalmente, seppure con qualche riluttanza, ciascun animale fu dichiarato accettabile dal vecchio Sangane Dinizulu in persona, il padre della sposa. Pur avendoci provato d'impegno, nessuno era riuscito a trovare motivo di rifiutare un capo qualunque. Gli ovambo e gli xhosa amano il bestiame non meno degli zulu, e sono altrettanto esperti nella scelta. Moses e Hendrick avevano investito nella selezione il proprio onore, come del resto richiedevano le usanze.

Ci vollero molte ore per esaminare i capi a uno a uno, e per tutto il tempo gli amici dello sposo, senza mai mescolarsi con gli zulu, restarono accucciati nell'erba sul ciglio della strada, fingendo indifferenza per quanto stava avvenendo. Il sole scottava e la polvere accresceva la sete, ma mentre avveniva lo scrutinio non fu offerto alcun rinfresco.

Infine Sangane Dinizulu, i capelli d'argento splendenti nel sole, ma il portamento ancora eretto e regale, chiamò i suoi piccoli mandriani. Si fece avanti Joseph Dinizulu. Quale capo dei mandriani, il vecchio gli affidò la mandria. Benché le sue esortazioni fossero severe, e parlasse quasi con ferocia, il suo affetto per il giovane si avvertiva chiaramente, come la gran soddisfazione per la qualità delle bestie che costituivano il prezzo della sposa. Così, quando si voltò e per la prima volta salutò il futuro genero, faceva una gran fatica a trattenere i sorrisi, che continuavano a trapelare come il sole fra nuvole sparse, per essere immediatamente soffocati.

Con dignità abbracciò Moses Gama, e benché fosse alto dovette alzarsi in punta di piedi per raggiungerlo. Poi fece un passo indietro e batté le mani, chiamando il gruppetto di donne che sedevano in disparte.

Allora quelle si alzarono e si aiutarono a vicenda a mettere in equilibrio sulla testa gli enormi orci pieni di birra. Formarono una fila indiana e si avviarono, cantando e ancheggiando, senza dondolare la testa e senza far traboccare una goccia di birra. Erano tutte ragazze nubili, come si arguiva dal loro costume: sopra il gonnellino di perline i loro corpi erano lucidi d'olio e tutti nudi, sicché i loro seni sodi sobbalzavano liberamente al ritmo del canto di benvenuto, mentre gli invitati sussurravano commenti e si scambiavano sorrisi di apprezzamento. Benché nel profondo del cuore il vecchio Sangane Dinizulu disapprovasse i matrimoni fuori della tribù, il *lobola* era stato ricco, e il futuro genero era, sotto tutti i rispetti, un uomo di notevole statura. Nessuno poteva ragionevolmente opporsi a un pretendente del suo calibro; e poiché fra gli invitati potevano essercene anche altri, Sangane non vedeva niente di male a sciorinare il resto della sua mercanzia.

Le ragazze si inginocchiarono davanti agli invitati, tenendo la testa alta ma distogliendo modestamente gli occhi. Ridacchiando in risposta agli sguardi indiscreti e alle battute maliziose degli uomini, offersero i boccali traboccanti di birra, e poi si ritirarono ancheggiando con tanto slancio da far volare di qua e di là i gonnellini di perline, mostrando le giovani natiche sode che occhieggiavano provocanti da sotto.

I boccali di birra erano così pesanti che ci volevano due mani per sollevarli. Quando furono riabbassati, grossi baffi bianchi decoravano la bocca degli ospiti. Rumorosamente tutti se li leccarono via e le risate divennero più amichevoli e rilassate.

Vuotati i primi boccali, Sangane Dinizulu si alzò a fare un discorsetto di benvenuto. Poi tutti ripresero la strada che saliva sul fianco della montagna, ma stavolta gli zulu si affiancarono alla spicciolata agli ovambo e ai xhosa. Moses Gama non credeva che l'avrebbe mai visto succedere. Era un inizio, pensò, un buon inizio, ma restavano da scalare montagne più alte di quelle del Drago, le cui vette azzurrine si scorgevano in lontananza dalla cima della collina su cui erano saliti.

Sangane Dinizulu, che aveva dato il passo della salita (un passo alquanto allegro, nonostante dovesse ormai avere una settantina d'anni), adesso guidò il corteo di uomini e animali per la discesa che portava al suo *kraal*. Era su un pendio erboso che dominava il fiume. Le capanne delle sue tante mogli erano piazzate in cerchio, specie di alveari dal tetto di paglia con un'entrata così bassa che un uomo doveva chinarsi per passare. In mezzo a questo cerchio di capanne c'era quella del vecchio. Anch'essa era della stessa forma, ma molto più grande delle altre, e la paglia del tetto era intrecciata a disegni complicati. Era la residenza di un grande capo zulu, un figlio del paradiso.

Sul pendio erboso si riuniva una moltitudine di persone, mille o più notabili della tribù con le mogli anziane. Molti di loro avevano viaggiato per giorni e giorni pur di non mancare, e si erano accampati a gruppetti sul pendio, ogni notabile circondato dai fedeli.

Quando la compagnia dello sposo scollinò, si alzarono come un sol uomo, gridando saluti e picchiando sullo scudo col bastone. Sangane Dinizulu li condusse all'ingresso del *kraal*, dove si fermò e allargò le braccia per chiedere il silenzio. Gli invitati tornarono ad accomodarsi sull'erba. Solo i capi sedevano sugli scranni intagliati da cui amministravano il governo, e, mentre le ragazze giravano offrendo birra, Sangane Dinizulu tenne il discorso del matrimonio.

Prima fece la storia della tribù, e particolarmente quella del suo clan dei Dinizulu. Recitò le glorie guerresche e le imprese eroiche degli antenati. Ciò richiese un bel po' di tempo, perché le glorie erano tante, ma gli invitati erano tranquilli: ai loro piedi i boccali di birra venivano sostituiti appena li vuotavano. Benché i vecchi conoscessero la storia della tribù altrettanto segnatamente di Sangane Dinizulu, sentirla ripetere dava loro un'infinita soddisfazione, quasi rappresentasse un'àncora nel mare magno e tumultuoso della vita. Finché c'era la storia e duravano i costumi, la tribù era al sicuro.

Infine Sangane Dinizulu concluse con voce roca e aspra: « Tra voi ci sarà senz'altro chi mette in dubbio la saggezza di sposare una figlia di zulu a un uomo di un'altra tribù. Rispetto questa opinione, perché anch'io sono stato travagliato dai dubbi e ho riflettuto a lungo e seriamente ».

Si videro annuire i più vecchi: occhiate ostili partirono in direzione dello sposo, ma Sangane Dinizulu continuò.

« Ebbi gli stessi dubbi quando mia figlia mi chiese il permesso di lasciare la capanna di sua madre e trasferirsi a *goldi*, il posto dell'oro, a lavorare nel grande ospedale di Baragwanath. Oggi sono persuaso che ciò che ha fatto era giusto e degno. È una figlia di cui un vecchio può andar fiero. È una donna del futuro. »

Guardò i suoi pari con calma e risolutezza, scorgendo i loro dubbi ma ignorandoli.

« L'uomo che sarà suo marito non è uno zulu, ma anch'egli è un uomo del futuro. Quasi tutti avrete già udito il suo nome. Sapete che è un uomo dotato di forza e di potere. Sono convinto che dandogli in sposa mia figlia ho fatto ancora una volta ciò che è giusto, per mia figlia e per la mia tribù. »

Quando il vecchio tornò a sedersi, tutti tacevano seri e assorti, guardando un po' a disagio lo sposo accucciato in testa ai suoi uomini.

Moses Gama si alzò in piedi, e si recò in cima al pendio, da dove poteva abbracciare tutti con lo sguardo. La sua sagoma si stagliava contro il cielo, la sua statura era magnificata e la pelle di leopardo che indossava attestava il suo lignaggio.

« O popolo di zulu, io vi saluto. » La sua voce fonda e vibrante giungeva a ciascuno di loro, chiara nel silenzio, e tutti si agitarono con un mormorio di sorpresa accorgendosi che parlava un ottimo zulu.

« Sono venuto a prendere una delle più belle figlie della vostra tribù, ma come parte del prezzo matrimoniale vi porto un sogno e una promessa », cominciò, e tutti ascoltavano attenti e incuriositi. Lentamente l'umore cambiò, mentre egli procedeva a esporre il suo progetto per il futuro, l'unificazione delle tribù e la cacciata dei dominatori bianchi che le schiacciavano tutte da tre secoli. I più anziani, ascoltando, erano sempre più a disagio, scuotevano la testa e si scambiavano sguardi irosi; alcuni brontolavano forte, scortesia insolita verso un ospite importante, ma ciò che egli annunciava era la distruzione delle antiche usanze, la negazione della tradizione e dell'antico ordine sociale che aveva costituito il tessuto di tutta la loro vita. Al suo posto offriva qualcosa di strano e mai sperimentato, un mondo a rovescio, un caos in cui i vecchi valori e i codici sperimentati venivano rigettati e sostituiti da nient'altro che parole ardite. Come tutti i vecchi, anch'essi temevano i cambiamenti.

Con i giovani era diverso. Ascoltavano, e le parole di Moses Gama li riscaldavano come il fuoco da campo riscalda le notti invernali. Uno di loro ascoltava più appassionatamente degli altri. Joseph Dinizulu non aveva ancora quattordici anni di età, ma nelle sue vene scorreva il sangue del grande Chaka, allargandogli il cuore. Quelle parole, dapprima strane, cominciarono a cantargli in testa come un'antica canzone di guerra, e il suo respiro accelerò mentre Moses Gama concludeva il suo discorso di nozze.

« Sicché, popolo di zulu, vengo a ridarvi la terra dei padri. Vengo a promettervi che sarà ancora un negro a governare l'Africa, perché come è sicuro che domani sorge il sole è sicuro che il futuro appartiene a noi! »

Joseph Dinizulu fu folgorato come avesse inteso la voce del destino.

« Un negro governerà l'Africa! »

Per Joseph Dinizulu, come per tanti altri lì riuniti quel giorno, il mondo non sarebbe mai più stato lo stesso.

Victoria Dinizulu aspettava nella capanna di sua madre. Sedeva sul pavimento di terra battuta, sopra una pelle di lince. Indossava il costume tradizionale delle spose zulu. I fili di perline erano stati preparati da sua madre e dalle sue sorelle, e poi intrecciati secondo disegni intricati e belli, ognuno dei quali aveva un significato nascosto. Aveva fili di perline colorate intorno ai polsi e alle caviglie, e collane, mentre altre perline decoravano il gonnellino di strisce di cuoio e altre ancora erano drappeggiate intorno alla vita e fra i capelli. Solo in una cosa il suo costume differiva da quello tradizionale delle spose zulu: i seni erano coperti. Così li portava fin dalla pubertà, quando era stata battezzata secondo il rito anglicano. Indossava una camicetta di seta a righe dai colori vivaci che si accordavano perfettamente al resto del costume.

Seduta al centro della capanna ascoltava attentamente la voce dello sposo che parlava fuori. Le giungeva chiara, anche se di tanto in tanto doveva zittire le sorelle che ridacchiavano. Ogni parola la colpiva con la forza di una freccia, e si sentiva crescere dentro, fin quasi a soffocarla, amore e dedizione nei confronti di quell'uomo.

L'interno della capanna era buio come quello di un'antica cattedrale perché non c'erano finestre, e l'aria era piena del fumo che, dal fuoco di legna che ardeva al centro, saliva al piccolo foro in mezzo al tetto rotondo. L'atmosfera da cattedrale aumentava il suo sentimento di reverenza, e quando la voce di Moses Gama tacque, il silenzio sembrò penetrarle nel cuore. Non si udivano applausi né acclamazioni. Il discorso aveva turbato gli uomini zulu, che ora se ne stavano zitti. Victoria avvertì questa reazione anche da lì, nella capanna buia.

« È ora », le sussurrò sua madre, facendola alzare. « Vai con Dio », le sussurrò. Era stata lei, sua madre, a farle conoscere la religione cristiana.

« Sii una buona moglie per quest'uomo », l'ammonì, accompagnandola all'uscita.

Sbucò fuori della capanna, nella luce accecante del sole. Era il momento che tutti aspettavano: quando videro com'era bella, presero a rombare come tori, pestando gli scudi con i bastoni. Suo padre venne a salutarla e la condusse allo scranno d'ebano intagliato all'ingresso del *kraal*, per la cerimonia del *cimeza*.

Il *cimeza* era « la chiusura degli occhi ». Victoria restò seduta a occhi strettamente chiusi mentre i rappresentanti dei vari clan le sfilavano davanti uno per volta lasciando il loro dono. Soltanto alla fine le fu consentito di aprire gli occhi e dare in esclamazioni ammirate per la generosità dei donatori. C'erano pentole, coperte, ornamenti, meravigliosi tessuti di perline, e anche buste di soldi.

Il vecchio Sangane, in piedi dietro allo scranno della sposa, calcolava speditamente il valore di ogni regalo. Quando fu tempo di chiamare il figlio Joseph per dare inizio al festino, aveva un ghigno soddisfatto sulla faccia. Aveva messo da parte dodici torelli grassi da macellare, gesto che mostrava come fosse anche più generoso dei donatori appena sfilati: del resto era un grand'uomo, capo di un nobile clan. I guerrieri scelti si fecero avanti a macellare i torelli, e i loro strilli di dolore e l'odore del sangue spillato nella polvere cedettero ben presto il passo al profumo d'arrosto che si levava da tutti i fuochi assieme al fumo azzurrino che colorava il pendio.

A un gesto del vecchio Sangane, Moses Gama salì fino all'ingresso del *kraal* e Victoria lo ricevette in piedi. Si guardarono un momento in faccia e ancora una volta calò il silenzio. Gli invitati ammiravano la coppia: alto e imponente lo sposo, bella e aggraziata la sposa.

Tesero involontariamente lo sguardo quando Victoria sganciò la collana di perline *ucu* che portava intorno alla vita. Era il simbolo della sua verginità: si inchinò davanti a Moses e gliel'offrì con le mani debitamente atteggiate a coppa. Come Moses accettò lei e il suo dono, un gran grido si alzò da tutti gli astanti. Era fatta: Moses Gama era suo marito e padrone.

Adesso sì che potevano cominciare in grande stile le abbuffate e le bevute. Grandi brani di carne sanguinolenta venivano gettati sulle braci ardenti e ritirati appena abbrustoliti. I boccali di birra passavano di mano in mano e le ragazze non facevano che portarne degli altri sculettando giù dal pendio.

A un tratto ci fu una specie di boato e una banda di guerrieri piumati partì di corsa su per la salita, diretta dove si trovava Victoria, all'ingresso del *kraal*. Erano i suoi fratelli, fratellastri e nipoti; anche Joseph Dinizulu era tra loro: lanciando urla di guerra venivano a salvare la sorella dallo straniero che stava per portarla via.

Ma i Bufali erano già sul chi vive. Con Hendrick in testa e le aste mulinanti e sibilanti, accorsero a impedire il ratto. Le donne gemevano e ululavano mentre i bastoni da scherma si scontravano o si abbattevano sulla carne: i guerrieri lanciavano urla altissime, si aggiravano a vicenda e tornavano all'assalto in un turbine di polvere.

Ecco perché erano strettamente proibite le armi di metallo nelle cerimonie di nozze: quel tipo di schermaglia, dapprima scherzosa, ben presto si scaldava. Volavano sonore legnate e di solito scorreva il primo sangue, se addirittura non si rompeva qualche osso, prima che i familiari della sposa si lasciassero indurre alla ritirata. Allora le ferite lacerocontuse si curavano con l'applicazione di una manciata di terra e vinti e vincitori, a questo punto in preda a una sete quasi inestinguibile, mettevano in moto con severità e urgenza le ragazze della birra. I rumori più forti erano cessati da vari minuti quando oltre la cima del pendio si sentì un rombo.

I bambini corsero su a vedere e cominciarono a cantare battendo le mani. Due grosse automobili erano apparse in cresta e ora scendevano lentamente verso l'entrata del *kraal*.

Sulla prima c'era una corpulenta donna bianca, con la faccia rossa tutta segnata da rughe come il muso di un bulldog e un cappello a tesa larga vecchio stile dal quale spuntavano ciuffi di capelli grigiastri e spettinati.

« Chi è? » chiese Moses.

« Lady Anna Courteney », rispose Victoria. « Fu lei a incoraggiarmi ad andare in città a studiare. »

D'impulso Victoria corse incontro alla macchina, e quando Lady Anna ne scese, con qualche difficoltà, l'abbracciò.

« Così, bambina mia, sei poi tornata da noi. » L'accento di Lady Anna era sempre forte, anche se viveva in Africa ormai da trentacinque anni.

« Non per molto », rise Victoria, e Lady Anna la guardò con affetto. Da bambina era andata a servire in casa sua, ma Anna aveva capito subito che, per intelligenza e bellezza, era sprecata per quel modesto lavoro.

« Chi è l'uomo che ti porterà via? » le domandò, e Victoria le prese la mano.

« Prima venga a salutare mio padre, poi glielo presento. »

Dalla seconda automobile scese una coppia di mezz'età. La folla la salutò con entusiasmo, attorniandola. L'uomo era alto e segaligno, con un portamento militaresco. Abbronzato dal sole, i suoi occhi avevano lo sguardo tipico di chi è abituato a vivere nei grandi spazi, all'aria aperta. Attorcigliandosi la punta d'un baffo, porse il braccio alla moglie. Era quasi altrettanto alta e ancora più magra di lui, e nonostante le ciocche grigie dei capelli era ancora una donna assai bella.

Sangane Dinizulu andò a salutarli.

« *Ti vedo*, Jamela! » La sua gravità era in qualche modo temperata da un lieto sorriso di benvenuto, e il colonnello Mark Anders gli rispose in perfetto zulu.

« *Ti vedo*, vecchio uomo. » Era questo un titolo di rispetto. « Possano crescere e ingrassare tutte le tue bestie e le tue mogli. »

Sangane si rivolse a sua moglie, Storm Anders, figlia del vecchio generale Sean Courteney. « *Ti vedo*, *Nkosikazi*, la tua presenza onora il mio *kraal*. » Il legame tra le due famiglie era d'acciaio. Risaliva al secolo precedente ed era stato messo alla prova mille volte.

« Oh, Sangane, sono felicissima per te e per tua figlia. » Storm lasciò il marito e andò ad abbracciare Victoria.

« Ti auguro tanta felicità e tanti bellissimi figli, Vicky », le disse, e Victoria rispose:

« Debbo tanto a te e alla tua famiglia, *Nkosikazi*, che dispero di poter mai ricambiare ».

« Non provarci nemmeno », le disse Storm con finta severità. « Mi sembra che oggi si sposi una figlia mia. Presentaci tuo marito, Vicky. »

Ora si avvicinò Moses Gama, e quando Storm lo salutò in zulu lui rispose con gravità in inglese. « Molto lieto, signora Anders. Victoria mi ha parlato spessissimo di lei e della sua famiglia. »

Poi, rivolgendosi a Mark Anders, gli porse la mano.

« Come sta, colonnello? » gli disse, e fece un sorrisetto sarcastico quando vide il bianco esitare, preso alla sprovvista, prima di dargli la mano. Era insolito che due persone separate dalla barriera razziale si salutassero così: nonostante la sua perfetta conoscenza della lingua zulu e il suo conclamato amore per questo popolo, Moses capì subito il tipo.

Il colonnello Mark Anders era un anacronismo vivente, un figlio della regina Vittoria, un soldato che aveva combattuto due guerre mondiali e adesso dirigeva il Parco Nazionale di Chaka's Gate. Aveva salvaguardato quel territorio dai bracconieri e dagli allevatori con cieca e risoluta ostinazione, facendone uno dei più celebrati santuari africani della natura selvaggia. Amava la fauna africana con una specie di passione paternalistica, atteggiamento che estendeva quasi identico alle tribù indigene, soprattutto gli zulu, nei cui confronti soleva mostrare una gran condiscendenza. Era quindi per Moses Gama un nemico mortale, e, guardandosi negli occhi, i due lo capirono subito.

« Ho sentito il leone ruggire da lontano », disse Mark Anders in zulu. « Adesso lo incontro a faccia a faccia. »

« Anch'io ho sentito parlare di lei, colonnello », rispose Moses in perfetto inglese.

« Victoria è una brava bambina », proseguì Mark Anders in zulu. « Speriamo che non le insegni brutte cose. »

« Sarà una brava moglie », ribatté Moses sempre in inglese. « Non dubito che farà tutto quello che le chiederò. »

Storm, che aveva assistito allo scambio di battute e colto l'ostilità fra i due, adesso intervenne con diplomazia.

« Se lei è pronto, Moses, possiamo andare tutti a Theuniskraal per la cerimonia. »

Victoria e sua madre volevano celebrare il matrimonio anche col rito cristiano. Quindi ora Sangane e la maggior parte degli ospiti – pagani che avevano il culto degli antenati – rimasero al *kraal*, mentre un gruppetto si stringeva nelle macchine con gli sposi.

Theuniskraal, dimora di Lady Anna Courteney, era la prima residenza africana della famiglia Courteney. Sorgeva ai piedi delle alture di Ladyburg, fra prati all'inglese e grandi palmizi, stuoli di bougainvillee e gruppi di giganteschi eucalipti. Era un edificio ormai secolare, caratterizzato dal tipico sincretismo architettonico coloniale ottocentesco: oltre i giardini e gli orti si stendevano sconfinate piantagioni di canna da zucchero, che ondeggiavano al vento come un oceano vegetale.

La compagnia degli sposi si fermò in casa a cambiarsi d'abito. Pennacchi, perline e pelli di leopardo, infatti, non si addicevano alla seconda cerimonia. Mentre gli africani si preparavano, Lady Anna e gli altri andarono a salutare il pastore anglicano al gran tendone dei rinfreschi rizzato sul prato all'inglese.

Mezz'ora dopo, quando i parenti della sposa si presentarono sul prato, indossavano abiti scuri da cerimonia. Il fratello maggiore di Victoria, che qualche ora prima aveva interpretato con frenesia la *giya*, ovvero la danza di sfida, adesso portava la cravatta dell'ordine degli avvocati con un impeccabile nodo Windsor, e gli occhiali da sole per difendersi dall'accecante riverbero dei muri bianchi di Theuniskraal. Aspettando la sposa, si mise a chiacchierare affabilmente con la famiglia Courteney.

La madre di Victoria indossava con profitto un caffetano smesso da Anna: le due signore erano infatti della stessa stazza. Era già intenta ad assaggiare quel che c'era di buono sul lungo tavolo sotto il tendone. Il colonnello Mark Anders e il pastore anglicano, un po' in disparte dal gruppo, condividevano il disagio della vecchia generazione per un modo di procedere così innaturale e inquietante. Storm aveva dovuto sfoderare tutta la sua influenza per indurre il prete a celebrare la cerimonia, ed egli aveva accettato a condizione che non si tenesse nella chiesa del paese, perché i parrocchiani bianchi, dei conservatori bigotti, avrebbero potuto aversene a male.

« Era meglio quando tutti stavano al proprio posto senza

cercare di scimmiottare i superiori », brontolò Mark Anders al pastore che annuiva.

« Che senso ha cercar guai... » S'interruppe perché Victoria era apparsa sulla gran veranda. Storm Anders l'aveva aiutata a scegliere l'abito da sposa, di *satin* bianco, lungo, col velo fissato da una corona di rosette rosse. Il contrasto di bianco e rosso sulla sua pelle nera e luminosa era squillante, e la sua felicità contagiosa. Perfino Mark Anders le perdonò per un momento l'impertinenza, mentre Lady Anna suonava al piano la marcia nuziale.

Al *kraal* del padre avevano costruito una magnifica capanna nuziale per la sposa. I suoi fratelli e fratellastri avevano tagliato i pali necessari a innalzare la struttura ad alveare. Poi la madre e le sorelle avevano fatto il tetto, lavoro femminile, intrecciando i lunghi steli di paglia e ancorandoli ai pali. Alla fine, la struttura risultò perfettamente liscia e simmetrica: la paglia del tetto luccicava come ottone.

Tutto ciò che conteneva la capanna era nuovo, dal pentolone a treppiede alla lucerna alle coperte, fino allo stupendo *kaross*, il morbido giaciglio intrecciato di pellicce di lince e di scimmia che era un dono delle sorelle. Fatto con un amore pari all'abilità, era una vera opera d'arte.

Al fuoco in mezzo alla capanna, Victoria era intenta a preparare da sola la prima cena per suo marito, porgendo orecchio alle risate degli invitati ancora a banchetto lì fuori. La birra di miglio non è molto forte: tuttavia le donne ne avevano preparato ettolitri, e gli invitati bevevano dalla mattina presto.

Ed ecco la compagnia dello sposo avvicinarsi alla capanna, cantando e schiamazzando tra frizzi salaci, consigli non richiesti, grida d'incoraggiamento e rudi esortazioni a fare il proprio dovere. Poi Moses Gama si affacciò alla soglia. Entrato, si raddrizzò in tutta la sua statura, sfiorando il tetto con i capelli, mentre fuori le voci dei suoi amici si allontanavano.

Sempre inginocchiata, Victoria si sedette sui talloni e alzò lo sguardo su di lui. Si era tolta il vestito europeo e indossava per l'ultima volta la cintura di perline delle vergini. Al chiarore del fuoco il suo torso nudo aveva la patina scura dell'ambra vecchia.

« Sei bellissima », disse Moses alla ragazza, quintessenza della femminilità nguni. Si avvicinò a lei, la prese per le mani e la fece alzare.

« Ti ho fatto da mangiare », gli sussurrò rauca.

« Ci sarà tempo dopo. »

La condusse al *kaross* e lì la spogliò, mentre lei lo guardava dolce e remissiva. Poi la prese tra le braccia e la depose sul morbido giaciglio di pellicce.

Da ragazza, anche lei aveva spesso giocato coi maschi tra le canne vicino alla sorgente, o fuori, nel *veld* dove andava con le altre a portar da mangiare ai mandriani. Questi giochi amorosi di carezze e titillamenti, che escludevano soltanto la penetrazione, erano tradizionali nella tribù, e gli anziani ne sorridevano, ma nessuno l'aveva mai preparata alla potenza e all'abilità amorosa di quest'uomo, alla sua nuda magnificenza. Entrò molto profondamente in lei, raggiungendo la sua stessa anima, così che a tarda notte, abbracciandolo, Victoria gli sussurrò:

« Ora sono più che tua moglie, sono la tua schiava, e lo sarò finché avrò vita ».

All'alba la sua felicità fu troncata da poche parole di Moses. Benché la sua faccia di luna restasse serena, pianse dentro quando le disse: « Avremo solo un'altra notte, a Johannesburg. Poi dovrò lasciarti ».

« Per quanto tempo? » gli domandò lei.

« Finché non avrò finito il mio lavoro », rispose secco. Poi la sua espressione si raddolcì, e le carezzò il viso. « Lo sapevi che era così. Te l'avevo detto: sposando me, sposi la lotta. »

« È vero, me l'avevi detto », gli sussurrò Victoria. « Ma non potevo sapere quanto sarebbe stato duro vederti andar via. »

La mattina dopo si alzarono presto. Moses aveva comprato una Buick usata, abbastanza vecchia e malandata da non destare alcun interesse o invidia; ma uno degli abili meccanici di Hendrick Tabaka aveva supercompresso il motore e reso più rigide le sospensioni, lasciando la carrozzeria immutata. Con quella macchina sarebbero tornati a Johannesburg.

Benché il sole non si fosse ancora alzato, l'intero *kraal* era desto. Le sorelle di Victoria prepararono la colazione agli sposi. Quando ebbero mangiato, si trattò di prender commiato dalla famiglia, un momento di pena. Victoria si inginocchiò davanti al padre.

« Va' in pace, figlia mia », le disse affettuosamente. « Ti penseremo spesso. Vieni presto a trovarci coi tuoi bambini. »

La madre di Victoria pianse e singhiozzò come se si trattasse di un funerale e non di un matrimonio. Victoria non riuscì a consolarla: la strinse e l'abbracciò, protestando il suo amore e la sua devozione filiale, finché non andarono le sorelle, spazientite, a staccarla dalla figlia.

Toccò poi a tutte le matrigne, ai fratellastri e alle sorellastre, agli zii, alle zie, ai cugini venuti da tutti gli angoli della terra degli zulu. Victoria si accomiatò da tutti quanti, con maggiore o minore rincrescimento. Uno di questi saluti fu rivolto anche a Joseph Dinizulu, il parente preferito. Benché fosse solo un fratellastro, e di ben sette anni più giovane di lei, fra loro era sempre esistito un legame speciale. Erano i due più intelligenti e dotati della loro generazione, e poiché Joseph abitava a Drake's Farm con un fratello maggiore, avevano potuto mantenersi in contatto e coltivare l'amicizia.

Tuttavia Joseph non sarebbe tornato nel Witwatersrand. Infatti aveva dato gli esami ed era stato ammesso alla scuola multirazziale ed esclusiva di Waterford, nello Swaziland, di cui Lady Anna Courteney avrebbe pagato la retta. Per ironia della sorte era la stessa scuola a cui Hendrick Tabaka stava per mandare i suoi figli Wellington e Raleigh. La loro rivalità avrebbe avuto ampie possibilità di fiorire anche lì.

« Promettimi di studiare con impegno, Joseph », gli disse Vicky. « La cultura fa l'uomo forte. »

« Io sarò forte », la rassicurò Joseph. In lui continuava ad ardere l'esaltazione del discorso di Moses Gama. « Posso venirvi a trovare, Vicky? Tuo marito è un grand'uomo, e un giorno mi piacerebbe diventare come lui. »

Vicky riferì a Moses quel che aveva detto il ragazzo. Erano ormai soli nella vecchia Buick, con tutti i regali di nozze e le cose di Vicky nel baule o ammucchiati sul sedile posteriore, e stavano uscendo dal grande anfiteatro costiero del Natal. Oltre il passo, a un'estremità della catena dei monti Drakensberg, sarebbero sbucati sul grande altopiano del Transvaal.

« I bambini sono il futuro », annuì Moses, guardando i ripidi tornanti della strada che affrontava la salita, oltre la verde collina di Majuba dove i boeri avevano sconfitto gli inglesi nella prima battaglia che li aveva visti di fronte. « Per i vecchi non c'è più speranza. Li hai visti al matrimonio, scalpitavano ricalcitrando come buoi mal addomesticati quando ho cercato di indicare loro la strada... ma i bambini, ah i bambini! » Sorrise. « Sono come carta bianca su cui si può scrivere quello che si vuole. I vecchi sono duri come pietre, impermeabili, ma i bambini sono creta, creta molle che aspetta impaziente d'essere modellata dalle mani del vasaio. » Alzò una mano. Era lunga e ben fatta, la mano di un chirurgo o di un artista: il palmo era rosa, liscio e senza i calli del lavoratore manuale. « I bambini non hanno alcun senso morale, non hanno paura e non concepiscono nemmeno la morte. Sono tutte cose che acquisiscono in seguito, per insegnamento dei grandi. Sono soldati perfetti, perché non mettono mai niente in discussione, e non ci vuole una gran forza fisica per premere un grilletto. Se il nemico li uccide, diventano dei martiri perfetti. Il cadavere insanguinato di un bambino infonde orrore e rimorso anche nel più indurito dei cuori. Sì, i bambini sono la chiave del nostro futuro. Il tuo Gesù Cristo lo sapeva quando disse: 'Lasciate che i bimbi vengano a me'. »

Victoria si girò a guardarlo inorridita.

« Le tue parole sono crudeli e blasfeme », sussurrò, divisa fra il suo amore per lui e l'istintiva repulsione per quanto aveva appena finito di dire.

« Ma la tua reazione dimostra che sono vere », ribattè lui.

« Ma... » Victoria s'interruppe, riluttante a chiedergli alcunché per paura di dover sentire risposte terribili. « Stai forse dicendo che dovremmo servirci dei nostri bambini per... » S'interruppe di nuovo, ripensando alle scene tremende che le era capitato di vedere nel reparto pediatrico dell'ospedale. « Intendi forse dire che dovremmo mandare i bambini in prima linea, come soldati? »

« Se un bambino non può crescere libero, tanto vale che muoia subito », rispose Moses Gama. « Victoria, me l'avrai già sentito dire molte volte. Bene, è ora di cominciare a crederlo. Non c'è niente che io non farei, nessun prezzo che non sarei pronto a pagare, per la nostra vittoria. Se dovrò veder morire mille bambini perché altri centomila possano diventare uomini liberi, penserò che il cambio sia vantaggioso. »

Allora, per la primissima volta in vita sua, Victoria Dinizulu provò veramente paura.

Quella sera dormirono a casa di Hendrick Tabaká a Drake's Farm, ma quando riuscirono ad andare a letto mezzanotte era passata da un pezzo. Tantissime persone volevano vedere Moses, e pretendevano la sua attenzione: Bufali, sindacalisti, messaggeri dell'ANC e una dozzina di latori di suppliche e petizioni che sempre affluivano, silenziosi e inevitabili come sciacalli al pasto del leone, quando si spargeva la voce che Moses era in città.

A tutti questi incontri Victoria rimase presente, pur non parlando mai e tenendosi in un angolino. Dapprima gli uomini erano sorpresi e perplessi, le lanciavano rapide occhiate ed esitavano a entrare in argomento, finché Moses non li incitava a farlo. Nessuno era avvezzo alla presenza di donne laddove si discutevano affari seri. Tuttavia nessuno si azzardò a protestare, finché non arrivò il messaggero dell'African National Congress. Investito di tutto il potere e l'importanza dell'organo che rappresentava, fu il primo a parlare della presenza di Victoria.

« Qui c'è una donna », disse.

« Sì », annuì Moses. « Ma non è una donna, è mia moglie. »

« È sconveniente », disse il messaggero. « Non rientra nelle usanze. Queste sono cose da uomini. »

« Il nostro scopo è abbattere e seppellire le vecchie usanze e istituirne di nuove. Ciò richiede la collaborazione di tutto il popolo. Non solo gli uomini, ma anche le donne e i bambini. »

Ci fu un lungo silenzio mentre il rappresentante dell'ANC si agitava a disagio sotto lo sguardo cupo e fermo di Moses.

« La donna può rimanere », capitolò infine.

« Sì » annuì Moses. « Mia moglie rimane. »

Più tardi, nel buio della camera stretti nel letto singolo, Victoria si raggomitolò contro di lui, schiacciando contro il suo corpo duro le morbide curve e gli disse:

« Mi hai onorato rendendomi parte della tua lotta. Come i bambini, voglio diventare un soldato anch'io. Ci ho pensato e ho capito che cosa posso fare. »

« Dimmi », l'invitò.

« Le donne. Posso organizzare le donne, a cominciare dalle infermiere dell'ospedale; poi le altre, tutte quante. Anche noi dobbiamo prender parte alla lotta a fianco degli uomini. »

Le braccia di lui la strinsero forte. « Sei una leonessa », disse. « Una bella leonessa zulu. »

« Sento battere il tuo cuore », gli sussurrò lei, « e il mio batte allo stesso ritmo del tuo. »

Al mattino Moses l'accompagnò in macchina all'alloggio delle infermiere del Baragwanath. Lei restò ferma in cima ai gradini, senza entrare. Andando via, lui la osservò nello specchietto retrovisivo; quando si immise nel traffico, diretto ancora a Johannesburg e quindi a Rivonia, era sempre là a guardarlo.

Quella mattina fu uno dei primi ad arrivare a Puck's Hill per partecipare alla riunione a cui l'aveva convocato, la sera prima, il rappresentante dell'ANC.

Marcus Archer l'accolse sulla veranda, con un acido sorriso. « Dicono che un uomo sia incompleto finché non si sposa... ma poi è finito. »

Al tavolone della cucina, già tante volte usato per queste riunioni, sedevano due uomini, bianchi entrambi.

Bram Fischer era il rampollo di un'eminente famiglia afrikaner. Suo padre era stato giudice e presidente dello Stato Libero di Orange. Esperto in diritto minerario, era avvocato presso il foro di Johannesburg; ma era anche membro del disciolto Partito Comunista e del Congresso Nazionale Africano, l'ANC, sicché ormai la sua attività forense si riduceva alla difesa di chi incappava nelle leggi razziali istituite dal Partito Nazionalista dal 1948 in poi. Benché fosse un uomo coltissimo, e veramente interessato al benessere dei suoi compatrioti di tutte le razze, a Moses non piaceva troppo. Era un idealista, sicuro della vittoria finale del bene sul male, magari grazie a qualche miracolo; e si opponeva fermamente alla costituzione dell'*Umkhonto we Sizwe*, l'ala militare dell'ANC. La sua influenza pacifista sul resto del Congresso frenava i propositi di Moses.

L'altro uomo bianco era Joe Cicero, un immigrato lituano. Moses intuiva perché era venuto in Africa, e chi l'aveva mandato. Era un falco, ardito e fiero come lo stesso Moses, e suo naturale alleato quando si trattava di decidere un'azione risoluta o violenta. Moses andò a sederglisi vicino, di fronte a Fischer. Oggi avrebbe avuto bisogno dell'appoggio di Joe.

Marcus Archer, a cui piaceva cucinare, gli mise davanti un piatto di uova alla ranchero e rognoni alla diavola. Ma prima che Moses finisse di mangiare arrivarono gli altri. Nelson Mandela giunse col suo fedele alleato Tambo, subito seguiti da Sisulu, Mbeki e gli altri, finché il tavolone fu tutto coperto di carte e piatti sporchi, tazze di caffè e portacenere pieni di mozziconi.

L'aria era greve di fumo e degli odori della cucina di Marcus; le conversazioni tese e serie, perché si trattava di mettersi bene d'accordo sugli obiettivi della campagna di disobbedienza.

« Dobbiamo scuotere la coscienza del nostro popolo, distoglierlo dalla cieca e pecorile accettazione della tirannia », esordì Mandela, e davanti a lui Moses si chinò sopra il tavolo.

« Ancora più importante è sensibilizzare la coscienza del resto del mondo, perché è da lì che verrà la nostra salvezza finale. »

« Il nostro popolo è più... » cominciò Mandela, ma Moses lo interruppe.

« Il nostro popolo è impotente senza armi e senza addestramento militare. Le forze dell'oppressione schierate contro di noi sono troppo potenti. Non si può vincere senz'armi. »

« Dunque rifiuti la via pacifica? » chiese Mandela. « Ritieni che l'unico modo di conquistare la libertà sia col fucile? »

« La rivoluzione deve temprarsi e rafforzarsi col sangue delle masse », affermò Moses. « Non esiste altro modo. »

« Signori! Signori! » Bram Fischer alzò la mano per farli smettere. « Torniamo all'argomento della discussione. Siamo tutti d'accordo che lo scopo della campagna di disobbedienza civile è scuotere la coscienza del popolo dal suo letargo e attirare l'attenzione del resto del mondo. Questi sono i nostri due principali obiettivi, e uno non esclude certo l'altro. Parliamo ora degli obiettivi secondari. »

« Imporre quale unico vero strumento di liberazione l'ANC », suggerì Moses. « Attualmente abbiamo meno di settemila membri, ma per la fine della campagna di disobbedienza dovremmo puntare a reclutarne almeno centomila. » Su questo erano tutti d'accordo, perfino Mandela e Tambo annuirono, e quando si andò ai voti la risoluzione fu votata all'unanimità. Poi si passò ai particolari della campagna.

Era un'impresa titanica, perché si era deciso che la campagna fosse nazionale e avviata simultaneamente in tutti i maggiori centri urbani dell'Unione Sudafricana, così da sottoporre il governo alla prova più severa e verificare le capacità di reazione delle forze dell'ordine e della legge.

« Dobbiamo riempire le galere fino a farle scoppiare. Dobbiamo farci arrestare a migliaia, finché la macchina della tirannia non ceda sotto il nostro peso », disse Mandela.

Per tre giorni rimasero nella cucina di Puck's Hill, accordandosi su tutto, fino ai minimi particolari, preparando le liste di persone e località, la tabella di marcia, organizzando le comunicazioni e i trasporti, i controlli dal comitato centrale a quelli provinciali fino all'estrema periferia del movimento nei paesini e nei quartieri negri.

Era un lavoro pesantissimo, ma alla fine rimase da decidere un solo particolare, il giorno in cui doveva cominciare la campagna. Ora tutti guardarono Albert Luthuli, a capotavola, ed egli non esitò.

« Il ventisei giugno », disse, e, sentendo il mormorio d'approvazione di tutti, continuò: « Così sia, allora. Sappiamo tutti quali sono i nostri compiti ». Fece il saluto a pollice levato. « *Amandla!* Potere! *Ngawethu!* »

Quando Moses uscì per andare a prendere la macchina parcheggiata sotto gli eucalipti, il tramonto incendiava il cielo di arancione, rosso e viola. Joe Cicero lo stava aspettando appoggiato a uno dei tronchi argentei, con le braccia conserte sul torace possente; non alto, ma molto robusto, aveva l'aria di un orso.

All'avvicinarsi di Moses si raddrizzò.

« Puoi darmi un passaggio fino a Braamfontein, compagno? » gli chiese, e Moses lo fece salire sulla Buick. Andarono in silenzio per una decina di minuti, finché Joe disse con calma: « È strano che noi due non abbiamo mai parlato insieme da soli ». Aveva un accento indefinito, ma i lineamenti del volto pallido sopra la barbetta scura erano tipicamente slavi, e i suoi occhi erano cupi come sorgenti bituminose.

« Perché strano? » chiese Moses.

« Perché abbiamo le stesse idee », rispose Joe. « Siamo veri rivoluzionari. »

« Ne sei sicuro? »

« Sì, sì », disse Joe. « Ti ho osservato, e ti ho ascoltato, approvandoti e ammirandoti sempre. Credo che tu sia uno degli uomini d'acciaio di cui la rivoluzione ha bisogno, compagno. »

Moses non rispose. Tenne gli occhi sulla strada, e l'espressione impassibile, lasciando che il silenzio si dilatasse finché l'altro fu costretto a romperlo.

« Che ne pensi della Russia? » gli chiese infine Joe sottovoce. Moses considerò la domanda.

« Non ha mai avuto colonie in Africa », rispose Moses, attento. « So che aiuta i fronti di liberazione in Kenia, Algeria e Malesia. Penso che sia una sincera alleata dei popoli oppressi del mondo. »

Joe sorrise e prese un'altra Springbok dal pacchetto piatto bianco e marrone. Ne fumava una dietro l'altra, e aveva le dita tozze tutte macchiate di nicotina.

« La strada della libertà è in salita, dura e ripida », mormorò. « E la rivoluzione è sempre in pericolo. Il proletariato deve essere protetto da se stesso, e questo è compito delle avanguardie rivoluzionarie. »

« Sì », convenne Moses. « Ho letto le opere di Marx e di Lenin. »

« Avevo ragione, dunque », mormorò Joe Cicero. « Sei dei nostri, un comunista convinto. Diventeremo amici. Ci aspettano giorni difficili e ci sarà bisogno di uomini d'acciaio. » Si girò a prendere la valigetta sul sedile posteriore. « Puoi lasciarmi alla stazione centrale, compagno », disse.

Era buio pesto da due ore quando Moses raggiunse l'accampamento sul fondovalle, sotto le Grotte di Sundi, e lasciò la Buick dietro la baracca prefabbricata del laboratorio. Andò alla tenda di Tara Courteney camminando silenziosamente, per non metterla in allarme. Vide la sua ombra proiettarsi contro la tela. Era coricata in branda a leggere alla luce della lampada a petrolio. La vide sobbalzare quando tamburellò sulla tela della tenda.

« Non aver paura », le disse, « sono io. »

Lei rispose sottovoce, ma in tono vibrante di gioia. « Dio, pensavo non venissi più. »

Lo desiderava con frenesia. Durante le altre gravidanze si era sempre sentita più o meno male, in preda a continue nausee, e considerava ripugnante il solo pensiero di un rapporto sessuale. Ma stavolta, anche se era incinta di più di tre mesi, era in preda a vera e propria foia. Moses parve avvertire tutta l'urgenza del suo desiderio, ma non vi corrispose con altrettanta foga. Si limitò a coricarsi nudo sulla branda, nero ed eretto come un obelisco di granito. Tara si affrettò a impalarsi su di lui. Mugolava e gemeva dando in gridolini che sembravano guaiti. Il suo corpo era al tempo stesso goffo e sapiente: non ancora ingrossato dal bambino, si dimenava roteando sopra di lui, che se ne stava fermo e tranquillo. Tara continuò oltre i limiti della resistenza fisica, oltre i limiti della carne, insaziabile e disperata di possederlo mai, finché non fu proprio esausta e si rotolò giù al suo fianco, dove giacque ansimando forte, i capelli fulvi scuriti dal suo stesso sudore e incollati alla fronte e al collo. Aveva le cosce tutte arrossate, tanto scatenata era stata la sua passione.

Moses la coprì col lenzuolo e l'abbracciò finché non smise di sussultare e ansimare. Poi disse: « Sarà presto. La data è decisa ».

Tara però era così lontana che non capì subito. Scosse stolidamente il capo.

« Il ventisei giugno », disse Moses. « In tutte le città del Paese, nello stesso momento. Domani vado a Port Elizabeth, nel Capo orientale, a dirigere la campagna lì. »

Ossia a centinaia di chilometri da Johannesburg, dove era venuta proprio per stargli vicina. In preda alla tristezza che fa seguito all'amore, Tara si sentì imbrogliata e derisa. Voleva protestare, ma se ne trattenne con qualche sforzo.

« Quanto starai via? »

« Alcune settimane. »

« Oh, Moses! » cominciò, ma il cipiglio dell'uomo, immediato, la distolse dalle querimonie.

« Quell'americana, la Godolphin. Ti sei messa in contatto con lei? Senza pubblicità, l'utilità dei nostri sforzi è dimezzata. »

« Sì. » Tara esitò. Era stata sul punto di dirgli che tutto era risolto, che Kitty Godolphin era disposta a vederlo dove e quando preferisse: ma si era trattenuta in tempo. Se rendeva le cose un po' più difficili, poteva forse stargli vicina ancora.

« Sì, le ho parlato. Ci siamo incontrate al suo albergo, è disposta a vederti ma attualmente è nello Swaziland. »

« Malissimo », brontolò Moses. « Speravo di poterla vedere prima di partire. »

« Potrei accompagnarla io da te a Port Elizabeth », propose Tara con gli occhi sfavillanti di speranza. « Lei torna tra un giorno o due; poi veniamo da te. »

« Puoi allontanarti da qui? » le chiese dubbioso.

« Ma sì, certo. Accompagnerò giù la troupe televisiva con la mia macchina. »

Moses grugnì, poco convinto. Ci pensò un po' in silenzio e finalmente annuì.

« Molto bene, ti spiegherò come metterti in contatto con me quando arrivi. Starò a New Brighton, il sobborgo negro subito fuori città. »

« Potrò stare con te, Moses? »

« Sai bene che non è possibile. » Era irritato da quell'insistenza. « I bianchi non possono entrare nel sobborgo senza lasciapassare. »

« A che ti serve la troupe televisiva se non potrà entrare? » disse in fretta Tara. « No, dovremo per forza essere dove si svolgerà la lotta. » Astutamente, si era aggregata alla troupe di Kitty Godolphin: trattenne il respiro mentre Moses rifletteva.

« Forse hai ragione », annuì, e lei sospirò piano. Aveva accettato l'idea. « Sì, ci può essere un modo. Nel sobborgo c'è un ospedale gestito da suore tedesche. Sono amiche nostre. Starete là: me ne occupo io. »

Cercò di non far mostra del proprio trionfo. Sarebbe rimasta con lui. Questo era l'importante. Era una follia, ma, anche se il suo corpo era tutto escoriato e dolorante, aveva già voglia nuovamente di lui. Non era soltanto il godimento fisico, era qualcosa di più: era l'unico modo in cui poteva possederlo, anche se per qualche fuggevole istante. Quando l'aveva incastrato dentro di lei, apparteneva a lei sola.

Tara non capiva l'atteggiamento di Kitty Godolphin nei suoi confronti. Era abituata a un riscontro immediato da parte degli altri, uomini o donne che fossero, alla sua personalità affabile e al suo bell'aspetto. Ma Kitty era diversa. Fin dall'inizio la sogguardava gelidamente, con chissà quali riserve su di lei, e un'immotivata ostilità di fondo. Tara aveva capito subito la vera personalità di Kitty al di là della commedia da ragazzina ingenua che recitava con tanto impegno, ma anche dopo aver valutato appieno l'individuo senza scrupoli che c'era sotto, non riusciva a trovare alcuna spiegazione logica del suo atteggiamento. Dopo tutto Tara le stava dando un'ottima occasione di lavoro, e quella la prendeva con le molle, come se si trattasse di uno scorpione vivo.

« Non capisco », protestava seccamente. « Mi aveva detto che l'intervista si sarebbe svolta a Johannesburg, e adesso vuol farmi andare a casa del diavolo. »

« È Moses Gama che ci deve andare. Laggiù succederà qualcosa di importante. »

« Ah sì? E che cosa, di grazia? » domandò Kitty coi pugni stretti ai fianchi rivestiti di denim blu. « Anche il nostro accordo era importante. »

La maggior parte delle persone, dai campioni sportivi ai leader politici, dagli attori fino alle nullità più preclare, sono pronte a rischiare l'ernia del disco pur di apparire un attimo sul video. E Kitty Godolphin aveva il diritto, un diritto semidivino, di decidere a chi dare questa possibilità e a chi negarla. Il comportamento altezzoso di Moses Gama era insultante. Era stato prescelto, e, invece di manifestare la dovuta gratitudine, pretendeva di dettare condizioni.

« Cosa può esserci di più importante del rispetto di un accordo, un fatto di pura e semplice educazione? » ripeté la giornalista.

« Mi spiace, signorina Godolphin, ma non posso proprio dirglielo. »

« Be', senta allora, signora Courteney, dica al signor Moses Gama che può andare all'inferno. Non comparirà sul video e non riscuoterà il gettone di duecento dollari. »

« Vorrà scherzare! » Questa proprio non se l'aspettava.

« Non sono mai stata più seria in vita mia », disse Kitty guardando l'orologio. « E ora, se vuole scusarmi, ho cose più importanti da fare. »

« E va bene », cedette Tara all'improvviso. « Correrò il rischio di dirle cosa succederà... » Tara esitò, considerando le possibili conseguenze, e poi le chiese: « Lei terrà per sé ciò che sto per dirle? »

« Tesoro, se si tratta di una bella storia, non riuscirebbero a tirarmela fuori nemmeno con le tenaglie e i ferri roventi... finché non sarò io stessa a sbatterla sul video, ovviamente. »

Tara glielo disse in fretta, prima di cambiare idea. « Avrà la possibilità di riprenderlo al lavoro, con la sua gente, mentre sfida le forze dell'oppressione e della discriminazione razziale. »

Vide Kitty incerta e capì di dover insistere subito. « Debbo però avvertirla che potrebbe essere pericoloso. La cosa potrebbe sfociare nella violenza e nel sangue », continuò, e capì subito di aver toccato il tasto giusto.

« Hank! » sbraitò la Godolphin nell'anticamera della suite, dove la troupe televisiva aspettava stravaccata ascoltando la radio.

« Hank! » berciò di nuovo la giornalista, sopraffacendo Elvis Presley. « Imballa le cineprese. Andiamo in un posto che si chiama Port Elizabeth, se riusciamo a scoprire dove diavolo è. »

Viaggiarono di notte sulla Packard di Tara, mettendo a dura prova le sospensioni col peso di quattro persone più i bagagli e il materiale. Nei suoi viaggi per il Paese, Hank si era accorto che la canapa indiana cresceva spontanea tra le erbacce intorno ai villaggi delle riserve dello Zululand e del Transkei. In ambiente favorevole diventava un bell'alberello. Solo pochi vecchi del villaggio fumavano ancora le foglie fatte seccare, e benché la pianta fosse proscritta come nociva e compresa fra le droghe pericolose, il suo uso era così limitato all'ambito dei negri più primitivi delle zone tribali che le autorità non facevano alcuno sforzo per impedirne coltivazione e vendita. Nessun bianco, né alcun africano istruito si sarebbe mai abbassato a fumarla. Ma Hank aveva trovato una fonte inestinguibile di « oro puro » in vendita per pochi spiccioli.

« Un sacchetto di 'sta roba a Los Angeles ti arricchirebbe », mormorava ilare e beato rollandosi uno spinello e accendendolo sul sedile posteriore della Packard. Il forte aroma invadeva la macchina. Dopo qualche boccata Hank passò la « canna » a Kitty, sul sedile anteriore. Kitty aspirò profondamente, trattenendo il fumo nei polmoni più che poteva, per poi soffiarlo contro il parabrezza in uno sbuffo azzurrino. Quindi porse lo spinello a Tara.

« Grazie, non fumo », rifiutò educatamente Tara, e tutti si misero a sghignazzare.

« Non è mica tabacco sai, bellezza », le disse Hank.

« E cos'è, allora? »

« Qui la chiamano *dagga.* »

Tara rimase scandalizzata. Ricordò che Centaine una volta aveva licenziato un cameriere che la fumava.

« Mi ha rotto la zuppiera Rosenthal dello zar Nicola », si era lamentata Centaine in quell'occasione. « Quando cominciano a fumare quella roba diventano assolutamente inservibili. »

« No, grazie », ripeté in fretta Tara, pensando a come si sarebbe arrabbiato Shasa se avesse saputo cosa le avevano offerto. Questo stesso pensiero, però, le fece subito cambiare idea. « Ma sì, va'. » Prese in mano lo spinello guidando con una mano sola. « E ora che faccio? »

« Aspira il fumo e tienilo dentro », consigliò Kitty. « E goditelo. »

Il fumo le raschiò la gola e le bruciò i polmoni, ma pensò a Shasa e riuscì a tenerlo giù senza tossire.

Pian piano s'accorse che si rilassava, mentre una lieve euforia le faceva sentire il corpo leggero e la mente chiara. Tutti i dispiaceri che aveva le sembrarono ridicoli e se li gettò dietro le spalle.

« Sto bene », mormorò, e, quando gli altri risero, rise con loro, continuando a guidare nella notte.

La mattina presto, prima che fosse giorno pieno, raggiunsero la costa, seguendo la baia di Algoa dove l'Oceano Indiano mordeva una bella fetta di continente. Le acque verdastre erano coperte di creste bianche. Tirava vento.

« E di qui dove andiamo? » chiese Kitty.

« Nel sobborgo negro di New Brighton », le disse Tara. « C'è una missione di suore tedesche che gestiscono una scuola e un ospedale, le Sorelle di Santa Maddalena. Ci aspettano. Non avremmo il permesso di entrare nel sobborgo, ma insomma si sono arrangiate loro. »

Suor Nunziata era una bella donna bionda, che non doveva avere più di quarant'anni. Aveva la pelle chiara che sembrava strigliata di fresco e i suoi modi erano sbrigativi ed efficienti. Indossava l'abito di cotone grigio leggero del suo ordine, e il velo bianco fino alle spalle.

« Signora Courteney, l'aspettavamo. Il nostro comune amico arriverà in mattinata. Ma lei vorrà prima lavarsi e riposare un po'. » Li accompagnò alle celle loro destinate e si scusò per le poche comodità che contenevano. Kitty e Tara ne condividevano una. Il pavimento era di cemento e l'unica decorazione era un crocefisso sul muro imbiancato. La rete del letto era coperta da un materassino duro di crine.

« Che fenomeno », disse Kitty. « Devo assolutamente filmarla. Le monache tirano sempre su l'indice medio di gradimento. »

Appena fatto il bagno e sfoderate le macchine, Kitty mandò in giro la troupe a filmare. Registrò una bella intervista a suor Nunziata, il cui accento tedesco ne rafforzava il tono assertivo, poi filmò i bambini negri nel cortile della scuola, e la coda dei pazienti che aspettavano il ricovero in ospedale.

Tara restò colpita dall'energia della ragazza, dalla sua prontezza di spirito e di lingua, e dal suo colpo d'occhio per le inquadrature e i soggetti da riprendere. Si sentiva superflua, e le dispiaceva di non avere il minimo talento creativo. Cominciò quasi a odiare quella Kitty che in virtù della sola presenza metteva spietatamente a nudo le sue inadeguatezze.

Ma poi tutto perse d'importanza. Una vecchia e anonima Buick entrò nel cortile della missione, ne scese un uomo alto e venne verso di loro. Moses Gama indossava una camiciola azzurra dal collo aperto, che metteva in rilievo i muscoli del collo e delle braccia, e pantaloni blu tagliati su misura che aderivano ai suoi fianchi stretti. Tara non ebbe bisogno di dirle niente, perché Kitty capì subito chi era e le sussurrò: « Mio Dio, è bello come una pantera nera ».

L'astio di Tara, a questo punto, divenne odio fiammeggiante. Voleva correre ad abbracciare Moses, per far vedere a Kitty che era suo, ma restò ferma come una rapa mentre lui si avvicinava a Kitty porgendole la mano.

« Signorina Godolphin? Era ora! » disse, e la sua voce fece venir la pelle d'oca a Tara.

Il resto della giornata passò fra ricognizioni e riprese di genere, sempre con Moses protagonista. New Brighton era il tipico ghetto negro suburbano del Sudafrica: file e file di casette da pochi soldi, tutte uguali, divise da viuzze anguste a reticolo, alcune asfaltate, altre in terra e piene di pozzanghere fangose in cui razzolavano strillando ragazzetti e bambini piccoli, molti dei quali nudi o vestiti di cenci.

Kitty filmò Moses che procedeva fra le pozzanghere, accucciandosi a parlare coi bambini, prendendo in braccio un cherubino nero di rara fotogenia e pulendogli il naso dal moccio.

« Verrà benissimo », si fregava le mani Kitty. « Tutta roba di prima. »

I bambini seguivano Moses ridendo e aggregandosi dietro di lui come se fosse il pifferaio magico. Attirate dal chiasso, le donne accorrevano a vedere dalla soglia delle squallide casupole. Quando riconoscevano Moses e scorgevano la cinepresa, prendevano a strillare e danzare. Erano attrici nate, prive di qualunque inibizione, e Kitty correva dappertutto segnalando riprese da fare e inquadrature inconsuete, chiaramente contentissima di quanto aveva occasione di documentare.

Nel tardo pomeriggio, in treno e in autobus, cominciarono a rincasare gli uomini. La maggior parte lavorava alle catene di montaggio degli stabilimenti Ford e General Motors, assemblando veicoli importati a pezzi, oppure alle fabbriche di pneumatici Goodyear e Firestone, perché Port Elizabeth con la città satellite di Uitenhage costituiva il centro dell'industria automobilistica sudafricana.

Moses percorse quelle strette vie seguito dalla cinepresa, si fermò a parlare coi lavoratori che rincasavano, ed esponevano i loro problemi e le loro rimostranze, quasi tutte concernenti la difficoltà di campare muovendosi nei ristretti confini imposti dalle leggi razziali. Kitty avrebbe forse tagliato quasi tutto, ma era un fatto che ciascuno parlava del lasciapassare obbligatorio come della più odiosa delle angherie. Di tutte queste scene Moses Gama era l'eroe.

« Alla fine diventerà più famoso di Martin Luther King », diceva Kitty, entusiasta.

Si unirono alle suore per la cena frugale, dopo la quale Kitty Godolphin non era ancora soddisfatta. Fuori di una casetta vicina, una famiglia stava cucinando la cena sul fuoco, e Kitty disse a Moses di andare da loro, riprendendolo mentre parlava ai membri della famiglia con le fiamme che si riflettevano sul suo viso nero e lustro. Sullo sfondo, una donna cantava la ninna nanna al bambino che stringeva al seno, e si udiva il mormorio misterioso del sobborgo negro, i pianti dei bambini, il lontano abbaiare dei cani randagi.

Le parole di Moses Gama erano risolute e commoventi, dette con la sua voce fonda e toccante: descrisse il dolore di questa terra e del suo popolo, così che Tara, ascoltandolo nel buio, sentì le lacrime scorrerle sulle guance.

Al mattino Kitty lasciò la troupe alla missione, e, senza attrezzature, loro tre, Kitty, Tara e Moses, andarono con la Buick alla stazione ferroviaria del sobborgo. Lì guardarono i pendolari negri sciamare come api per i cancelli con la scritta NON WHITES - NIE BLANKES, affollarsi sui marciapiedi riservati ai negri, e all'arrivo del treno riversarsi sulle carrozze a loro destinate.

Per l'altro ingresso, con la scritta WHITES ONLY - BLANKES ALLEENLIK, qualche funzionario e i pochi bianchi che avevano qualche affare da sbrigare nel sobborgo passavano con tutto comodo, prendendo posto senza fretta sulle carrozze di prima in fondo al treno, dove si accomodavano sui sedili imbottiti e rivestiti di pelle verde e guardavano dal finestrino la folla dei negri che sciamava salendo in treno dal marciapiede opposto con espressione distaccata, come se appartenessero a un'altra specie.

« Devo cercare di riprendere tutto questo », borbottava Kitty. « Devo riuscire a trasmettere questa sensazione. » Prendeva febbrilmente appunti sul taccuino, disegnando la mappa della stazione e annotando postazioni per le cineprese.

Poco prima di mezzogiorno Moses si scusò. « Devo vedere gli organizzatori locali per fare gli ultimi preparativi per domani », disse, e se ne andò con la macchina.

Tara portò al mare Kitty e la troupe, alla spiaggia di St. George's Strand, dove filmarono i cartelli che la dichiaravano riservata ai bianchi. Le scuole erano chiuse e sulla sabbia bianca c'erano un sacco di giovani coi capelli tagliati corti e la faccia aperta, a chiacchierare con le ragazze in bikini, giocare a pallavolo o fare il surf sulle onde verdi dell'oceano.

Quando Kitty domandava: « Come vi sentireste, se i negri venissero qui a nuotare? » alcuni ridacchiavano nervosamente come di fronte a un problema che non s'erano mai posti.

« Ma non possono venire qui, hanno le loro spiagge. »

Uno si era indignato: « Non possono venire qui a guardare le nostre ragazze in costume da bagno ». Era un giovanotto dall'aria bovina, coi capelli biondi incrostati di sale e il naso spelacchiato dal sole.

« Ma tu non guarderesti le ragazze negre in costume da bagno? » gli chiese innocentemente Kitty.

« Ma che cosa dice! » rispose il *surfer* con aria schifata.

« È troppo bello per essere vero », disse Kitty poco dopo. « La monterò subito dopo la scena di una bellissima ballerina negra che ho ripreso in un night di Soweto. »

Sulla via del ritorno verso la missione, Kitty chiese a Tara di fermarsi ancora alla stazione, per un ultimo sopralluogo. Lasciarono le cineprese sulla Packard e due controllori delle ferrovie in uniforme bianca li guardarono con pigro disinteresse mentre passeggiavano sui marciapiedi riservati ai negri, che nelle ore di punta si affollavano di migliaia di pendolari. Con calma Kitty mostrò ai tecnici le posizioni in cui dovevano mettersi con le cineprese, spiegando cosa voleva che documentassero.

Quella sera Moses si unì alla loro cena nel refettorio della missione e, benché la conversazione fosse allegra e leggera, nelle loro risate si avvertiva la tensione. Quando Moses se ne andò, Tara uscì con lui per accompagnarlo alla macchina parcheggiata al buio, dietro l'ospedale.

« Voglio stare con te, stanotte », gli disse in tono patetico. « Mi sento troppo sola. »

« Non è possibile. »

« È buio... facciamo un giro in macchina fino alla spiaggia », implorò.

« Le pattuglie della polizia non cercano altro », ribatté Moses. « Ti ritroveresti sputtanata sul *Sunday Times.* »

« Fa' l'amore con me qui, ti prego, Moses. » Lui si arrabbiò.

« Hai l'egoismo di un bambino viziato, pensi solo a te stessa e ai tuoi desideri. Anche adesso che siamo alla vigilia di grandi eventi sei pronta a correre rischi che ci potrebbero rovinare. »

Tara giacque sveglia quasi tutta la notte, ascoltando il respiro regolare di Kitty addormentata sulla sua branda.

Si assopì poco prima dell'alba, e si svegliò con la nausea, più stanca di prima, mentre Kitty saltava allegramente giù dal letto nel suo pigiama rosa a strisce, impaziente di cominciare la giornata.

« È il ventisei giugno », gridava. « Il gran giorno è venuto, finalmente! »

Nessuno di loro inghiottì più di una tazza di caffè. Tara aveva la nausea e gli altri erano troppo tesi. Hank aveva controllato l'equipaggiamento la sera prima, ma adesso lo ricontrollò prima di caricarlo sulla Packard con cui andarono alla stazione.

Era ancora abbastanza buio e i pochi lampioni erano accesi mentre le orde di pendolari negri si affrettavano alla stazione. Ma quando ci arrivarono, i primi raggi del sole colpirono l'ingresso e la luce diventò perfetta per le riprese. Tara notò un paio di cellulari della polizia parcheggiati fuori dell'entrata; inoltre al posto dei due agenti giovani di servizio il giorno prima, oggi ce n'erano otto raggruppati sotto l'orologio della stazione. Indossavano l'uniforme blu col berretto nero e avevano le pistole alla cintura. Tutti, poi, portavano il manganello.

« Sono stati avvertiti », esclamò Tara, parcheggiando di fronte ai due furgoni, dall'altra parte della strada. « Si aspettano dei tumulti. Basta guardarli per capirlo. »

Kitty era voltata e stava dando le ultime istruzioni a Hank sul sedile posteriore. Ma quando Tara la guardò per vedere come reagiva alla notizia che la polizia era sull'avviso, scorse qualcosa di strano nel modo di schivare il suo sguardo e nella sua espressione evasiva.

« Kitty? » insisté. « Questi poliziotti... pare che non te ne... » S'interruppe a un ricordo. Il giorno prima, andando alla spiaggia, Kitty le aveva chiesto di fermarsi davanti all'ufficio postale di Humewood perché doveva mandare un telegramma. Ma dalla strada Tara l'aveva vista scivolare dentro la cabina telefonica, ed era rimasta un po' perplessa.

« Tu! » sbottò. « Sei stata tu ad avvertire la polizia! »

« Senti un po', carina », ribatté Kitty. « Questa gente *vuole* farsi arrestare. Questo è il punto. E io voglio filmare la polizia mentre li arresta. L'ho fatto per il bene di tutti... » S'interruppe e si girò. « Ascoltate! Stanno arrivando! » strillò.

Nella quiete dell'alba si udiva avvicinarsi un canto lontano, un coro possente di centinaia di voci. Il gruppo di poliziotti all'entrata della stazione si agitò guardandosi intorno con apprensione.

« Okay, Hank, andiamo! » esclamò Kitty.

Saltarono giù dalla Packard e corsero alle posizioni scelte in precedenza col materiale di ripresa in mano.

Comandava il gruppo di poliziotti un capitano, dallo scudetto d'oro sul berretto. Tara ne sapeva abbastanza per distinguerlo da sé. Il capitano diede un ordine a due agenti, che presero a traversare la strada diretti verso la troupe televisiva.

« Filma, Hank, continua a filmare! » Tara sentì la voce acuta di Kitty. Ora il coro era più forte. L'aria suggestiva di *Nkosi Sikelel'Afrika* intonata da mille e mille voci le faceva venire i brividi.

I due agenti si trovavano in mezzo alla strada quando la prima fila di manifestanti girò l'angolo. Subito il capitano li richiamò nel gruppo.

La prima fila era composta di venti manifestanti che si tenevano per le braccia, e andavano da un marciapiede all'altro, cantando. Dietro di loro veniva un fiume di umanità nera. Alcuni erano in abito da ufficio, altri in tuta da operaio, altri ancora indossavano vestiti vecchi. Alcuni avevano la testa grigia, altri erano ragazzi di meno di vent'anni. Al centro della prima fila, più alto di chi l'affiancava, a testa scoperta e impettito come un soldato marciava Moses Gama.

Hank corse in strada col tecnico del suono alle calcagna. Con la cinepresa in funzione arretrò di fronte a Moses, riprendendolo mentre avanzava in testa al corteo, e registrandone la voce sorretta da altre migliaia nell'inno possente e magnifico. Quella era la vera voce dell'Africa, quella era la sua vera e proprio fisionomia, accesa da un fervore quasi religioso.

In fretta il capitano di polizia schierava gli agenti davanti agli ingressi riservati ai bianchi. Pallidi, illuminati dal sole, agitavano nervosamente i lunghi bastoni. La testa del corteo fece una bella curva e cominciò a salire la scalinata dell'ingresso della stazione. Il capitano di polizia fece qualche passo avanti allargando le braccia per fermarli. Moses Gama alzò una mano. Il corteo si fermò scalpicciando, mentre il canto smoriva.

Il capitano della polizia era un uomo alto col viso dai lineamenti gradevoli e ben marcati. Tara lo vedeva in faccia, sopra le teste dei manifestanti, e si accorse che sorrideva. Era questo che la colpiva. Di fronte a mille manifestanti negri, sorrideva ancora.

« Andiamo, andiamo », alzava la voce come un maestro che si rivolga a scolari discoli. « Sapete che non potete farlo, è una sciocchezza. Vi state comportando come un branco di teppisti, ma io so che siete brave persone. » Sorrideva ancora, nominando i capi che riconosceva nelle prime file. « Signor Dhlovu e signor Khandela, voi che siete assessori, vergognatevi! » Agitò l'indice, mentre gli uomini che aveva nominato chinavano lo sguardo ridacchiando confusi. Tutta l'atmosfera del corteo cominciava a cambiare. Si era presentata una figura paterna, severa ma benevola, e loro erano bambini, un po' monelli ma in fondo coscienziosi e di buon cuore.

« Andatevene a casa. Scioglietevi, forza. Non fate gli stupidi », gridò il capitano, e il corteo vacillò. Dalle ultime file si alzarono risate: alcuni che erano stati incerti fino all'ultimo se partecipare al corteo ne approfittarono per sgattaiolare via. Dietro il capitano, gli agenti sospiravano di sollievo. La folla cominciava a ondeggiare, sul punto di sciogliersi.

« Ma Cristo! Guarda lì che loffi! Tutto tempo perso », berciò Kitty Godolphin.

Poi, quasi in cima ai gradini della stazione, un'alta figura uscì dai ranghi del corteo e la sua voce risuonò su di loro, facendoli immediatamente tacere e fermare.

« Gente mia! » gridò Moses Gama. « Questa è la vostra terra. Avete il diritto divino di viverci in pace e con dignità. Questo edificio appartiene a tutti coloro che vivono qui. Avete diritto di entrarci come chiunque altro. Io adesso ci entro, chi mi segue? »

Dalle prime file si alzò un coro d'incoraggiamenti, seppure un po' incerti. Moses si girò a fronteggiare il capitano della polizia.

« Noi entriamo, capitano. Ci arresti o si faccia da parte. »

Proprio in quella arrivò un treno pieno di pendolari negri. Si fermò sferragliando sul marciapiede; tutti guardavano e incitavano dai finestrini.

« *Nkosi Sikelel'Afrika!* » intonò Moses Gama e, a testa alta, marciò sotto l'insegna WHITES ONLY.

« Sta commettendo un reato », alzò la voce il capitano. « Arrestate quell'uomo! » Lo sparuto gruppetto di agenti si mosse per obbedire.

Immediatamente dal retrostante corteo si alzò un gran coro di voci. « Arrestatemi! Arrestate anche me! » e tutti avanzarono, spingendo avanti Moses come un cavallone oceanico.

« Arrestami! » cantavano. « Malan! Malan! Vieni ad arrestarci! »

La folla dilagò dai cancelli proibiti, spazzando i poliziotti bianchi che cercavano invano di opporsi nella calca.

« Arrestami! Arrestami! » Era diventato un rombo di tuono. « *Amandla! Amandla!* »

Il capitano si sforzava di rimanere in piedi, urlando per riunire gli uomini, ma la sua voce era sommersa dall'invocazione ritmata « Potere! Potere! » Qualcuno gli abbassò il berretto sugli occhi, altri lo spinsero facendolo arretrare. Hank, l'operatore, era in mezzo alla folla con la cinepresa alta sopra la testa, e riprendeva alla cieca. Intorno a lui, le facce bianche degli agenti spiccavano come cenci travolti da una corrente impetuosa. Da tutti i vagoni i pendolari negri scendevano per unirsi ai manifestanti. A un tratto si udì un urlo isolato.

« *Jee!* » Era il grido di guerra che portava all'esaltazione il guerriero nguni, infondendogli un cieco furore da sfogare subito in battaglia. Si sentì uno schianto: qualcuno aveva fracassato un finestrino. Cento voci risposero cantando: « *Jee! Jee!* »

Uno degli agenti bianchi inciampò e cadde all'indietro. Fu subito calpestato. Strillava come uno scoiattolo intrappolato.

« *Jee!* » cantavano gli uomini, trasformati in guerrieri. La « vernice » occidentale si scrostava. Un altro finestrino del treno andò in pezzi. Ormai i marciapiedi della stazione pullulavano di umanità in preda a esaltazione guerresca. Dal locomotore la folla tirò giù due negri terrorizzati, il macchinista e il fuochista. Spingendoli e trascinandoli, li inglobarono nella massa infuriata.

« *Jee!* » cantavano, saltellando a ginocchia alzate nella danza di guerra, alimentando in sé il furore omicida. I lineamenti stravolti dall'ira, gli sguardi iniettati di sangue sostituivano le pitture di guerra.

« *Jee!* » cantavano, « *Jee!* » e Moses Gama cantava con loro. Gli altri invocassero pure la moderazione e la resistenza passiva: tutto questo era ormai dimenticato, e il sangue di Moses Gama bolliva dell'odio accumulato negli anni. « *Jee!* » gridava, mentre il cuore gli si gonfiava nel petto e la pelle gli bruciava di furia atavica.

Il capitano della polizia, ancora in piedi, era stato spinto con le spalle contro l'ufficio del capostazione. Gli avevano strappato una spallina e non aveva più berretto. Prese una gomitata in faccia e un po' di sangue gli uscì dall'angolo della bocca. Tentò di estrarre la pistola dalla fondina, lottando col cinturino.

« Ammazza, ammazza! » gridò una voce. « *Bulala!* » Fu rilanciata da molti. Mani nere presero per il bavero il capitano, che riuscì a impugnare la pistola ma non ad alzarla, perché era troppo pressato. Sparò dall'anca.

Lo sparo rimbombò fortissimo, e qualcuno gridò per lo spavento e il dolore. La folla che premeva il capitano si diradò, lasciando indietro un giovanotto con indosso un cappotto usato dell'esercito, inginocchiato per terra, che si premeva lo stomaco gemendo.

Il capitano, livido e ansimante, alzò la pistola e sparò ancora, in aria questa volta.

« Fate quadrato qui! » gridò agli agenti sparpagliati qua e là. Uno che era stato pure travolto dalla folla finendo in ginocchio riuscì a tirar fuori la pistola e si mise a sparare ad altezza d'uomo, a bruciapelo, vuotando il tamburo nella calca che lo circondava.

La folla si mise a correre, bloccando l'entrata da cui cercavano di scappare tutti insieme, per sfuggire al fuoco. E tutti gli agenti ormai sparavano, alcuni da terra, alcuni con le spalle al muro, terrorizzati e fuori di sé. Le pallottole si abbattevano sulla folla con tonfi sordi, simili a quelli di una massaia che azioni il battipanni su un materasso. L'aria puzzava di polvere da sparo, terra, sangue, sudore, terrore e sporcizia.

Tutti gridavano e si sballottavano cercando di raggiungere l'esterno della stazione, lasciandosi indietro i caduti in pozze di sangue, o trascinandosi penosamente, feriti.

Il gruppetto di poliziotti si ricomponeva, l'uno aiutava il collega più malconcio di lui a tenersi in piedi. Erano tutti più o meno segnati dai cazzotti e con le uniformi strappate. Recuperarono il macchinista e il fuochista e barcollando, sostenendosi a vicenda, con le pistole in pugno, attraversarono il marciapiede diretti verso i due cellulari, scavalcando i cadaveri nelle pozze di sangue.

Fuori della stazione la folla si era riconcentrata. Gridavano, agitando il pugno all'indirizzo dei poliziotti che salivano sui furgoni e si allontanavano a tutta velocità, bersagliati dai sassi.

Tara aveva visto tutto dalla Packard, e ora rimase paralizzata dall'orrore, sentendo il ruggito animale della folla unito alle grida e ai gemiti dei feriti.

Moses Gama corse da lei e le gridò dal finestrino aperto: « Va' a prendere suor Nunziata, dille che abbiamo bisogno di tutto l'aiuto che ci possono dare ».

Tara annuì stolidamente e avviò il motore. Dall'altra parte della strada vide Kitty e Hank che continuavano a filmare. Hank, inginocchiato davanti a un ferito, riprendeva il suo viso stravolto dal dolore, scendendo poi a inquadrare la pozza di sangue in cui giaceva.

Tara partì, e la folla cercò di fermarla. Facce nere, gonfie d'ira, l'insultavano dai finestrini, e i pugni si abbattevano sul tettuccio, ma Tara continuò a procedere suonando il clacson.

« Sto andando a chiamare un dottore », gridava. « Lasciatemi passare, lasciatemi passare. »

Ci riuscì, e guardando nel retrovisore vide la folla infuriata e frustrata che prendeva a sassate la stazione, disselciando la strada e scagliando le grosse pietre contro le finestre. Vide un volto livido di paura affacciarsi a una di quelle, e provò una fitta di pena per il capostazione e i suoi uomini. Si erano barricati tutti nella biglietteria.

La folla fuori dell'edificio era di nuovo compatta. Guidando verso la missione, Tara superò una fiumana di uomini e donne negri che andavano a unirsi alla manifestazione. Le donne strillavano come furie, eccitando gli uomini fino all'esaltazione. Alcuni si gettarono in mezzo alla strada per fermarla, ma lei li evitò e proseguì suonando il clacson all'impazzata. Guardò nel retrovisore e vide un negro che prendeva un sasso e glielo tirava dietro. La pietra rimbalzò rumorosamente sulla carrozzeria.

All'ospedale della missione avevano sentito gli spari e gli urli della folla. Suor Nunziata, il dottore bianco e le infermiere aspettavano ansiose sulla veranda. Tara si presentò gridando.

« Deve venire subito alla stazione, sorella, la polizia ha sparato e ci sono dei feriti... credo anche dei morti. »

Si aspettavano la chiamata, avevano già le borse pronte sulla veranda. Mentre Tara girava l'auto, suor Nunziata e il dottore scesero i gradini di corsa portando le borse nere. Si infilarono sul camioncino Ford azzurro della missione e partirono verso il cancello, passando davanti alla Packard di Tara. Tara li seguì, ma prima che riuscisse a far manovra quelli avevano preso un centinaio di metri di vantaggio. Il Ford azzurro della missione svoltò nella via della stazione e Tara sentì l'urlo della folla sopra il rombo del motore.

Quando girò l'angolo a propria volta, vide che il Ford era stato bloccato una cinquantina di passi più avanti. Era completamente circondato dalla folla. La via, da un marciapiede all'altro, era stipata di uomini e donne che gridavano. Non si capiva quello che dicevano: era una furia insensata, incoerente e assordante. Concentrati sul camioncino Ford, non si accorsero della Packard di Tara che sopraggiungeva.

I più vicini al camioncino lo tempestavano di colpi sulla cabina, e lo facevano sobbalzare sulle sospensioni. La portiera si aprì e suor Nunziata apparve sul predellino, un po' più alta delle teste della folla che la opprimeva. Cercava di parlare alla gente, levando le braccia e scongiurando che li lasciassero passare per andare a curare i feriti.

Volò un sasso. Passò sopra la testa della folla e colpì alla tempia la suora. Vacillò, ma restò in piedi, mentre il velo si arrossava di sangue. Stordita, si portò la mano alla tempia e la ritirò tutta insanguinata.

La vista del sangue li scatenò. Una foresta di braccia nere si protese verso suor Nunziata e la tirò giù dal predellino. Per un attimo se la disputarono come belve, trascinandola qua e là come una muta di cani la volpe. Poi, di colpo, Tara vide lampeggiare un coltello, e seduta al volante della Packard riuscì a stento a trattenere le urla ficcandosi le dita in bocca.

La vecchia che aveva estratto il coltello era una *sangoma*, una strega. Intorno al collo portava la collana di ossa, piume e teschi di animali che costituiva l'insegna della sua professione. Il coltello che impugnava nella destra aveva il manico di corno di rinoceronte. La lama forgiata a mano era lunga venticinque centimetri e orridamente ricurva. Quattro uomini afferrarono la monaca e la stesero sul cofano del camioncino, tenendola ferma, mentre la vecchia strega le balzava accanto. Suor Nunziata fu schiacciata con le spalle contro il cofano, mentre la folla cominciava a cantare in frenesia e la *sangoma* si chinava su di lei.

Con un solo fendente della lama ricurva tagliò l'abito grigio della suora e la sventrò dal pube allo sterno. Mentre suor Nunziata si contorceva nella morsa degli uomini che la tenevano giù, la vecchia strega infilò nello squarcio la mano e il braccio. Tara guardava incredula e sbigottita la *sangoma* che tirava fuori qualcosa di purpureo, stillante e lucido, una cosa informe e molle. Non capì subito che era il fegato di suor Nunziata quello che l'orrenda vecchia alzò tra le mani insanguinate.

Con un colpo secco della lama la *sangoma* tagliò un pezzo dell'organo ancora palpitante e balzò in piedi. Dal cofano del camioncino Ford guardò la folla.

« Io mangio il nostro nemico bianco! » strillò con voce acutissima, « e così ne prendo la forza! » La folla rumoreggiò, emettendo un tremendo boato quando la vecchia si ficcò il pezzo purpureo nell'orrida bocca e prese a masticarlo. Tagliò un altro pezzo di fegato e, biascicando a bocca aperta, lo gettò agli astanti.

« Mangiate il vostro nemico! » strillò, e quelli lottarono per il boccone sanguinolento al pari di cani.

« Siate forti! Mangiate il fegato di chi odiate! »

Gettò altri pezzi alla folla, e Tara si coprì gli occhi in preda a convulsi conati di vomito. Ricacciò dolorosamente in gola la secrezione acida.

Di colpo lo sportello della Packard si aprì e mani rudi agguantarono Tara, tirandola fuori dalla macchina. L'urlo sanguinario della folla l'assordava, ma il terrore le diede un'energia sovrumana, e riuscì a sfuggire lottando e scalciando alla stretta. Era al limitare della calca, e l'attenzione dei più si rivolgeva all'orrido rito del camioncino. La gente l'aveva incendiato. Il corpo mutilato di suor Nunziata giaceva sul cofano come quello di una vittima immolata su un altare fiammeggiante, mentre intrappolato in cabina il dottore cercava di soffocare il fuoco con le mani nude. La folla ormai del tutto invasata cantava e danzava intorno al Ford che bruciava, come un gruppo di ragazzi scatenati intorno a un falò.

Per il momento Tara l'aveva scampata, ma intorno a lei c'erano ancora uomini che gridavano e cercavano di afferrarla, con visi bestiali e occhi accesi e folli. Non più umani, stavano cadendo nella frenesia omicida dove non vi è più ragione né pietà. Rapida come un uccello, Tara si chinò sotto le braccia protese a ghermirla e scappò via. Si accorse di esser riuscita a sfuggire alla folla. Davanti a lei si apriva un campo incolto, pieno di carcasse arrugginite di automobili e di rifiuti vari. Lo attraversò di corsa, sentendo urlare gli inseguitori come una muta di cani.

Dall'altra parte del campo le sbarrava il passo un vecchio recinto di filo spinato. Diede una rapida occhiata indietro. Un gruppo di uomini l'inseguiva ancora, e due di loro avevano staccato gli altri. Erano entrambi alti e muscolosi, e correvano forte a piedi nudi, con la faccia stravolta da una smorfia di eccitazione crudele. Guadagnavano terreno in silenzio.

Tara si chinò per passare sotto il filo spinato, e ce l'aveva quasi fatta quando si sentì mordere la schiena da una punta. Si fermò per il male. Per un attimo si agitò disperatamente, cercando di liberarsi, sentendo la pelle che si lacerava e il sangue che le scorreva giù per la schiena. Poi gli inseguitori l'afferrarono.

Adesso ridevano come matti, riportandola indietro mentre il filo spinato le strappava i vestiti e la pelle. Le cedettero le gambe, e si mise a implorare pietà.

« Vi prego non fatemi del male, aspetto un bambino... »

La trascinarono per il campo incolto, metà sulle ginocchia, metà in piedi, mentre si contorceva e implorava tra le loro grinfie: finché vide la *sangoma* venir loro incontro, saltando e piroettando come un vecchio babbuino, ridacchiando sdentata e facendo sbattere le ossa che portava al collo. Nella mano lorda di sangue stringeva ancora il coltello ricurvo.

Tara si mise a gridare, sentendo l'urina scorrerle giù per le gambe. « Vi prego! Vi prego, no! » strillava in preda a un cieco terrore, che le ottundeva corpo e mente. Chiuse gli occhi e si preparò al bacio lacerante della lama.

Poi nel chiasso animalesco della folla, sopra gli strilli acuti della vecchia strega, si sentì un'altra voce, il ruggito imperioso e irato di un grande leone, che fece tacere ogni rumore. Tara aprì gli occhi e vide Moses Gama torreggiare su di lei come un colosso. Bastò la sua voce a fermarli e a farli arretrare. La prese in braccio e la strinse come una bambina. La folla intorno alla Packard si scostò per lasciarlo passare. Moses la depositò sul sedile anteriore e si mise al volante.

Avviò il motore e si allontanò con un'inversione a « U ». Il fumo nero del furgone che bruciava li investì oscurando per un attimo il parabrezza, e Tara sentì l'odore della carne di suor Nunziata che arrostiva.

Stavolta non riuscì a trattenersi e, con la testa fra le ginocchia, si mise a vomitare in macchina.

Manfred De La Rey sedeva a capotavola nella sala operativa del ministero degli Interni a Marshall Square. Era lì dall'inizio dei disordini, quando aveva abbandonato il suo solito ufficio, a ricevere con qualche ritardo i dispacci delle questure.

Tutta la parete di fronte a Manfred era coperta da una gran carta geografica. Davanti a essa, due giovani ufficiali di polizia piazzavano bandierine magnetiche sulla mappa. In verità si trattava di dischetti neri con un nome stampato sopra: rappresentavano i quasi cinquecento dirigenti e agitatori dell'ANC finora identificati dai servizi segreti.

I dischetti si addensavano principalmente lungo la gran mezzaluna del Witwatersrand, al centro del continente, ma ce n'erano dappertutto e continuavano ad affluire man mano che le varie questure comunicavano la presenza di questo o quel dirigente dell'opposizione illegale alle varie manifestazioni.

Fra i tanti dischetti neri ce n'era qualcuno rosso, meno di una cinquantina in tutto. Rappresentavano i membri conosciuti del comitato centrale dell'African National Congress.

Certi nomi erano europei: Harris, Marks, Fischer; altri erano asiatici come Naicker e Nana Sita, ma la maggior parte erano nomi africani. Tambo, Sisulu, Mandela, c'erano tutti. Il dischetto rosso di Mandela era piazzato sulla città di Johannesburg, Moroka era nel Capo orientale e Albert Luthuli nello Zululand.

Manfred De La Rey guardava la carta con faccia impenetrabile. I funzionari di polizia di grado più elevato, seduti intorno a lui, cercavano di evitare il suo sguardo. Manfred aveva fama di essere l'uomo forte del governo. I suoi colleghi, in privato, si riferivano a lui come al « panga », quella specie di machete che si usa in Africa per tagliare la canna da zucchero, l'arma preferita dei Mau-Mau.

L'aspetto fisico di Manfred ben si adattava alla parte. Era grande e grosso. Le mani che appoggiava al tavolo erano ferme, senza la minima vibrazione di nervosismo o incertezza. Ed erano manone assai dure. La faccia si era allargata ultimamente, ma l'eccesso di carne intorno al collo e al mento aumentava il senso di forza che emanava da lui. I suoi uomini lo temevano.

« Quanti ne mancano ancora? » chiese a un tratto, e il colonnello che gli sedeva di fronte, decorato al valore, sussultò come uno scolaretto e rapidamente consultò la lista.

« Ne restano da trovare ancora quattro: Mbeki, Mtolo, Mhlaba e Gama. » Erano quelli che non avevano ancora individuato. Manfred De La Rey ricadde nel silenzio.

Nonostante la sua immobilità quasi minacciosa, e l'espressione impenetrabile, Manfred era contento dei risultati ottenuti. Non erano ancora le dodici del primo giorno e già sapevano dove si trovavano tutti i caporioni. Nello stesso tempo, però, l'ANC dimostrava di aver pianificato la campagna con precisione assolutamente straordinaria, esibendo un'insolita capacità di previsione e di organizzazione, e questo dava da pensare a Manfred. Non si aspettava che fossero così efficienti. Gli africani erano notoriamente bonaccioni e indolenti, ma stavolta dovevano aver avuto l'assistenza e il consiglio dei compagni comunisti bianchi. Le manifestazioni e gli scioperi erano diffusi per tutto il Paese ed erano riusciti. Manfred emise un grugnito e gli alti papaveri della polizia seduti al tavolo alzarono gli occhi con apprensione, per distoglierli subito quando lo videro accigliarsi.

Manfred tornò ai suoi pensieri. No, niente male per un branco di negri imbranati, anche se aiutati da qualche bianco. Pure, la loro ingenuità e il loro dilettantismo si capivano dalla quasi totale mancanza di riservatezza. Rispetto al segreto, l'ANC era una specie di colabrodo. I suoi membri chiacchieravano a destra e a manca come ubriachi in birreria. Tronfi della propria importanza, si erano vantati dei loro piani e avevano fatto ben pochi sforzi per celare l'identità dei capi e coprire i loro movimenti. Gli informatori della polizia avevano ben poche difficoltà a raccogliere notizie su di loro.

Naturalmente c'erano delle eccezioni, e Manfred sbuffò considerando la lista dei leader di cui non s'era ancora trovata traccia. Un nome gli bruciava come un patereccio. Moses Gama. Aveva studiato attentamente il suo dossier. Dopo Mandela, era probabilmente il più pericoloso di tutti.

« Dobbiamo beccarlo », si disse. « Dobbiamo prendere quei due, Mandela e Gama. » E ora parlò forte, abbaiando la domanda: « Dove si trova Mandela? »

« Sta tenendo un comizio in municipio a Drake's Farm », rispose subito il colonnello, guardando il dischetto magnetico applicato alla carta geografica. « Sarà seguito all'uscita, finché non saremo pronti ad arrestarlo. »

« Ancora nessuna notizia di Gama? » domandò con impazienza Manfred. Il funzionario scosse la testa.

« Non ancora, signor ministro. L'ultima volta è stato segnalato nel Witwatersrand, nove giorni fa. Potrebbe essersi defilato di proposito. In tal caso conviene agire senza badare a lui. »

« No », sbottò Manfred. « Voglio prenderlo. Voglio Moses Gama in galera. »

Manfred ricadde nel silenzio, quanto mai teso e intenso. Sapeva di esser preso nel vortice della storia. Adesso si sentiva sospinto sulla sua rotta da un forte vento in poppa: ma sapeva anche che da un momento all'altro un tal vento poteva calare, e la sua onda stagnare. Era pericoloso, mortalmente pericoloso, tuttavia si impose di aspettare ancora. Suo padre e i suoi antenati erano stati cacciatori. Avevano cacciato l'elefante e il leone, e li aveva sentiti parlare della pazienza e dell'attesa come parte essenziale della caccia. Ora anche Manfred era un cacciatore, ma le sue prede, seppure altrettanto pericolose, erano ben più astute.

Aveva teso la trappola con tutte le capacità di cui disponeva. I *banning orders*, specie di fogli di via obbligatori, erano già pronti: ben cinquecento. Gli uomini e le donne a cui erano intestati sarebbero stati espulsi dalla società e confinati in mezzo ai deserti. Non avrebbero più potuto partecipare a riunioni di oltre tre persone. Sarebbero stati fisicamente isolati nei paesini. Non avrebbero più avuto il diritto di dare alla stampa alcuna loro opera, né di far raccogliere da altri interviste e discorsi. In definitiva, sarebbero stati completamente imbavagliati, e le loro voci insidiose e traditrici non avrebbero più potuto raggiungere né corrompere alcuno. In tal modo avrebbe liquidato la piccola selvaggina, i nemici meno pericolosi.

Per gli altri, i cinquanta più temibili, le belve feroci, aveva armi di altro ordine a disposizione. I mandati di cattura erano già firmati e i capi d'accusa formulati. Tra essi spiccavano l'alto tradimento, il favoreggiamento del comunismo internazionale, la cospirazione tesa all'insurrezione armata, l'incitamento alla guerra civile: tutte accuse che, se provate, portavano direttamente alla forca. Il completo successo era in vista, quasi a portata di mano, ma in ogni momento poteva sfuggirgli.

Proprio in quella si udì una fortissima esclamazione da parte di un ufficiale che stava parlando al telefono. Anche Manfred alzò gli occhi a fissarlo.

« Cosa c'è? » domandò.

« L'abbiamo in pugno, signore », disse l'uomo con voce eccitatissima. « Abbiamo individuato Moses Gama. È a Port Elizabeth. Meno di due ore fa era a capo di una rivolta alla stazione ferroviaria di New Brighton. Hanno attaccato la polizia, che ha dovuto aprire il fuoco per difendersi. Sono rimaste uccise almeno sette persone, fra cui una suora. È stata orribilmente mutilata... secondo una voce non confermata, sono stati commessi su di lei atti di cannibalismo... e il suo cadavere è stato bruciato. »

« Sono sicuri che sia lui? » chiese Manfred.

« Non c'è dubbio, ministro. È stato riconosciuto da un informatore che l'aveva già visto molte volte, e il capitano della polizia l'ha poi identificato dalle foto segnaletiche. »

« Molto bene », disse Manfred De La Rey. « Adesso possiamo muoverci. » Guardò il capo della polizia all'altra estremità del lungo tavolo. « Proceda agli arresti », gli disse, prendendo il cappello scuro dal piano del tavolo. « E venga a rapporto da me appena li ha messi tutti sotto chiave. »

L'ascensore lo riportò al livello del suolo dalla sala operativa sotterranea. La macchina ministeriale l'aspettava in cortile e lo riportò subito al suo ufficio presso il palazzo del governo. Appoggiandosi allo schienale imbottito della limousine, si concesse il primo sorrisetto della giornata.

« Una suora », disse ad alta voce. « E se la sono mangiata! » Scosse la testa con soddisfazione. « Adesso i cuori teneri del mondo capiranno con che razza di selvaggi abbiamo a che fare. »

Sentì soffiare più forte il vento in poppa delle sue fortune. L'avrebbe forse sospinto verso quei luoghi che soltanto da poco si permetteva di vagheggiare.

Quando arrivarono alla missione, Moses aiutò Tara a scendere dalla Packard. Era ancora pallida e tremante come una vittima della malaria. I suoi vestiti erano tutti strappati e sporchi di sangue e di terra, e riusciva a reggersi a stento.

Kitty Godolphin e i suoi tecnici erano riusciti a sottrarsi alla furia della folla scappando lungo i binari della ferrovia e nascondendosi in uno scolmatore asciutto: poi, con un largo giro, erano tornati alla missione.

« Dobbiamo filar via subito di qui », berciò Kitty a Tara dalla veranda, vedendola salire i quattro gradini aiutata da Moses. « Ho fatto le più incredibili riprese della mia vita. Non mi fido di darle a nessuno, domani prendo l'aereo a Johannesburg e le porto io stessa a sviluppare a New York. » Era così eccitata che la voce le tremava irrefrenabilmente. Anche i suoi jeans, come gli indumenti di Tara, erano strappati e sporchi di terra. Però aveva già fatto i bagagli ed era pronta a partire, perché viaggiava leggera, con una sola borsa di tela impermeabile.

« Avete filmato l'assassinio di suor Nunziata? » domandò Moses.

« Come no, cocco! » ghignò Hank, subito dietro a Kitty. « Tutto, sono riuscito a filmare. »

« Quante pizze hai girato? » insisté Moses.

« Quattro. » Hank era così eccitato che non riusciva a star fermo. Saltellava e continuava a schioccare le dita.

« Hai ripreso la polizia che sparava? »

« Tutto, cocco, ti ho detto. Proprio tutto. »

« Dov'è la pellicola della suora? » domandò Moses.

« Ancora nella cinepresa. » Hank accarezzò la Arriflex che portava appesa a tracolla. « Sta tutto qui, cocco. Avevo appena cambiato pellicola, quando hanno afferrato la monaca e l'hanno scannata. »

Moses lasciò Tara appoggiata a una colonna della veranda e andò verso Hank. Si muoveva con tanta disinvoltura che nessuno capì cosa aveva in mente di fare. Kitty stava ancora parlando.

« Se partiamo subito, domattina possiamo arrivare a Johannesburg. Il volo della Pan Am per New York parte alle undici e trenta... »

Moses raggiunse Hank. Prese in mano la pesante cinepresa, torcendo la cinghia al punto da sollevare in punta di piedi l'operatore, e staccò la bobina della pellicola dalla macchina. Hank non poté farci proprio niente. Poi Moses si voltò e sbatté la scatola nera della pellicola contro una colonna in muratura della veranda.

Kitty capì finalmente quel che aveva fatto e si scagliò su di lui come una gatta selvatica, cercando di cavargli gli occhi con le unghie. « Il mio film! » strillava. « Maledetto gorilla, il film è mio! »

Moses le diede uno spintone mandandola a capitombolare addosso a Hank, che pure finì per terra. I due rotolarono per qualche metro sul pavimento della veranda.

Moses tornò a sbattere contro la colonna la custodia nera della pellicola che infine si ruppe. Il nastro di celluloide si sparse dappertutto.

« L'hai rovinata! » gridò Kitty, rialzandosi e tornando a scagliarsi su di lui.

Moses gettò via il contenitore vuoto e prese Kitty per i polsi, sollevandola di peso senza il minimo sforzo e tenendola per aria mentre quella scalciava e si divincolava invano.

« Ti ho lasciato le scene di brutalità poliziesca e l'assassinio di negri innocenti », le disse. « Tutto il resto non dovevi vederlo e non te lo lascio mostrare al mondo. » La spinse via. « Potete prendere la Packard. »

Kitty lo guardava con odio, massaggiandosi i polsi tutti rossi dove l'aveva stretta. Sputava come una gatta rabbiosa.

« Non lo dimenticherò, Moses Gama. Un giorno me la pagherai. » Irradiava una cattiveria spaventosa.

« Vattene », le ordinò Moses. « Hai un aereo da prendere. »

Per un attimo lei esitò, poi andò a raccogliere la sua borsa.

« Andiamo, Hank », disse correndo giù dalle scale e salendo sulla Packard.

« Figlio di puttana », gli sibilò Hank mentre passava. « Era la roba migliore che avessi mai girato. »

« Ti ho lasciato tre pellicole », gli rispose con calma Moses. « Dovresti ancora ringraziarmi. »

Moses restò a guardarli andar via con la Packard e poi si rivolse a Tara.

« Ora bisogna muoversi, perché la polizia agirà immediatamente. Bisogna uscire dalla città prima che piazzino i posti di blocco. Sono un uomo segnato, devo scappare e mi aiuterai tu. »

« Cosa vuoi che faccia? » gli chiese Tara.

« Vieni, poi te lo spiego », disse Moses spingendola verso la Buick. « Per prima cosa bisogna filar via da qui. »

Tara diede l'assegno al concessionario e aspettò nel piccolo ufficio che puzzava di sigari da poco, mentre quello telefonava in banca per vedere se era coperto.

Sulla scrivania c'era un quotidiano. Tara lo prese e si mise a leggerlo avidamente.

SETTE MORTI NEI TUMULTI DI PORT ELIZABETH
SCIOPERI E MANIFESTAZIONI IN TUTTO IL PAESE
CINQUECENTO ATTIVISTI AL CONFINO
ARRESTATO MANDELA

Praticamente, tutto il giornale era dedicato alla campagna di disobbedienza civile e alle sue conseguenze. Delle manifestazioni pacifiche organizzate dall'ANC nelle altre città si parlava, canagliescamente, dopo la cronaca del linciaggio cannibalesco di suor Nunziata. Migliaia di persone erano state arrestate, e c'erano le foto dei manifestanti che si lasciavano caricare sui cellulari sorridendo allegramente e salutando con il pollice alzato, che era diventato il segno di riconoscimento dei contestatori dell'apartheid.

Nelle pagine interne c'era l'elenco dei cinquecento confinati, e si spiegavano le conseguenze legali del provvedimento, che poneva fine a qualsiasi possibilità di vita pubblica per chi ne era colpito.

C'era anche la lista, molto più corta, degli arrestati per alto tradimento e favoreggiamento del comunismo internazionale. Lì c'era il nome di Moses Gama, e Tara si morse le labbra: il portavoce della polizia aveva parlato troppo presto, ma ciò dimostrava che le precauzioni prese da Moses erano ben giustificate. L'accusa di alto tradimento era gravissima: comportava la pena capitale. Le venne da pensare a Moses che scalciava appeso alla forca. Rabbrividì e scacciò il pensiero, concentrandosi sulle altre notizie.

C'erano delle foto, quasi tutte nebulose e poco chiare, dei dirigenti dell'ANC. Sorrise sarcasticamente pensando che questo era uno dei primi frutti della campagna. Fino a questo momento, neppure un bianco sudafricano su cento aveva mai sentito parlare di Moses Gama, Nelson Mandela e gli altri capi, ma adesso si affacciavano in pieno alla coscienza nazionale. Improvvisamente il mondo intero doveva prendere atto della loro esistenza.

Le pagine interne erano quasi tutte dedicate alle contromisure del governo e alle reazioni delle varie personalità di rilievo. Era troppo presto per conoscere le reazioni straniere, ma l'opinione locale sembrava pressoché unanime: condanna del barbaro omicidio di suor Nunziata, alte lodi al coraggio dei poliziotti e alla pronta reazione del ministero degli Interni che aveva decapitato il complotto comunista.

L'editoriale diceva:

Noi non abbiamo sempre condiviso i provvedimenti del ministro degli Interni. Tuttavia oggi bisogna ammettere che erano imposti dalla necessità. È una grande fortuna che tra noi e le forze della sovversione si pari un uomo abile ed energico come il ministro De La Rey...

La lettura di Tara fu interrotta dal commerciante di auto usate. Mise giù la cornetta del telefono e le si rivolse con servilismo untuoso.

« Mia cara signora Courteney, voglia perdonarmi... Purtroppo non avevo idea che si trattasse di lei, altrimenti non avrei mai commesso la sconvenienza di telefonare per verificare la copertura dell'assegno. »

L'accompagnò nel piazzale delle macchine. Continuando a sorridere e inchinarsi, le aprì la portiera della Cadillac nera modello 1951 che le aveva appena venduto per quasi mille sterline.

Tara scese sul lungomare e lasciò la macchina al parcheggio di un supermercato. Poi andò in un negozio di divise a comprare un'uniforme da autista con berretto di cuoio e bottoni dorati per Moses.

Col pacchetto sul sedile della Cadillac, andò alla stazione centrale e parcheggiò davanti all'ingresso. Lasciò le chiavi nel cruscotto e si trasferì sul sedile posteriore. Dopo cinque minuti arrivò Moses, in tuta blu da operaio. Il poliziotto all'ingresso della stazione non lo degnò nemmeno di uno sguardo. Moses uscì dall'edificio, prese il marciapiede e quando passò accanto alla macchina Tara gli porse il pacchetto dal finestrino.

Dieci minuti dopo Moses tornò vestito da perfetto autista. Sedette al volante e avviò il motore.

« Avevi ragione, hanno emesso un ordine di cattura per te. »

« Come fai a saperlo? »

« C'è un giornale sul sedile. » L'aveva aperto alla pagina giusta. Moses lesse in fretta la notizia, poi avviò la Cadillac immettendosi nel fiume di traffico.

« Cosa farai, Moses? Ti costituirai per farti processare? »

« Sarebbe una tribuna da cui parlare al mondo », disse Moses.

« E la forca una tribuna ancora più alta », disse sarcastica Tara. Lui le sorrise nello specchietto.

« Abbiamo bisogno di martiri. Ogni causa deve averne. »

« Mio Dio, Moses, come puoi parlare così? Una causa ha bisogno di un capo. Molti riuscirebbero ottimi martiri, ma ben pochi sanno guidare un popolo al suo destino. »

Moses continuò a guidare in silenzio per un po', quindi disse: « Andremo a Johannesburg. Prima di decidere, devo parlarne con gli altri ».

« Sono stati arrestati quasi tutti », gli fece osservare Tara.

« Non tutti. » Scosse la testa. « Devo parlare con quelli che sono rimasti fuori. Quanti soldi hai? »

Tara aprì la borsetta e contò le banconote che aveva.

« Un po' più di cento sterline. »

« Bastano e avanzano », commentò lui. « Preparati a recitare la parte della gran signora, se ci ferma la polizia. »

Incapparono nel primo posto di blocco alla periferia della città, al ponte di Swartkops. C'era una lunga coda di automobili e camion che avanzavano lentamente, a sbalzi. Dal fondo, un giovane ufficiale di polizia venne al finestrino di Tara.

« Buongiorno, *Mevrou.* » Si toccò il berretto. « Possiamo dare un'occhiata nel portabagagli dell'auto? »

« Di che si tratta? »

« I disordini, signora. Stiamo cercando quelli che hanno ucciso e divorato la suora. »

Tara si chinò in avanti e parlò seccamente a Moses. « Apri il portabagagli al poliziotto, Stephen. » Moses scese ad aprire il portabagagli della macchina, tenendolo aperto mentre il poliziotto dava una rapida occhiata dentro. Nessun agente lo guardò in faccia: l'uniforme da chauffeur lo rendeva perfettamente invisibile.

« Grazie, signora. »

L'ufficiale segnalò di lasciarli passare e Moses mormorò: « È veramente umiliante. Ormai credevo di essere una celebrità ».

Fu una lunga e faticosa tirata dalla costa, ma Moses andò piano piano, attento a non dare a nessuno la scusa per fermarli e interrogarli.

Ogni ora accendeva la radio e sentiva le ultime notizie. La ricezione era intermittente per le irregolarità del terreno, ma una volta colsero un'informazione interessante.

L'Unione Sovietica, appoggiata dai suoi alleati, aveva chiesto un dibattito urgente all'assemblea generale delle Nazioni Unite sulla situazione sudafricana. Già questo bastava a giustificare il loro sacrificio. Tuttavia, le altre notizie non erano buone. Più di ottomila manifestanti erano stati arrestati e tutti i capi imprigionati o mandati al confino. Un portavoce del ministro degli Interni assicurò che la situazione era sotto controllo in tutto il Paese.

Appena calò la notte, si fermarono a un alberghetto per commessi viaggiatori nello Stato Libero di Orange. Quando Tara chiese una sistemazione per l'autista, nessuno si stupì, perché tutte le persone di un certo riguardo viaggiavano in automobile con un autista negro. Moses fu mandato nel retro, presso gli alloggi dei servitori.

Dopo la squallida cena nella sala da pranzo dell'albergo, Tara telefonò a Weltevreden e Sean rispose al secondo squillo. Erano tornati dal safari il giorno prima, ed erano tutti garruli ed eccitati. Vennero a parlarle a turno, sicché dovette sorbirsi tre racconti di come Garrick aveva stecchito un leone mangiauomini. Poi venne al telefono Isabella, e il suo dolce balbettio infantile riempì di rimorsi il cuore di Tara, che si sentì una madre colpevole. Tuttavia nessuno dei figli, Isabella compresa, sembrava aver sentito minimamente la sua mancanza. Anzi, Isabella si dilungava come i tre ragazzi a raccontare quante belle cose aveva fatto con la nonna, e il vestitino che le aveva comprato, e la bambola che nonno Blaine le aveva portato dall'Inghilterra. Nessuno le chiese come stava e quando tornava a Weltevreden.

Alla fine venne a parlarle Shasa, freddo ma amichevole. « Ci stiamo divertendo un sacco tutti quanti. Garry ha ammazzato un leone... »

« Buon Dio, Shasa, non mettertici anche tu, ho già sentito tre versioni della morte della povera bestia. »

In breve esaurirono l'arco degli argomenti. « Be', allora, vecchia mia, statti bene. Ho sentito che nel Witwatersrand i piantagrane la mettono giù dura, ma De La Rey ha la situazione in pugno », concluse Shasa. « Cerca di non ficcarti in qualche pasticcio. »

« Non succederà », gli promise. « Adesso ti lascio andare a cena. » Shasa gradiva cenare alle otto precise e ormai mancavano solo quattro minuti. Tara sapeva che era già vestito e guardava l'orologio. Quando riappese, si rese conto che non le aveva chiesto dov'era, che cosa faceva, e quando tornava a casa.

« Così non ho dovuto raccontargli delle frottole », si consolò.

Dalla camera da letto si vedeva il cortile, e l'alloggio dei dipendenti con le luci accese. Di colpo le si abbatté addosso una gran solitudine. Era così penosa che meditò sul serio di scivolare dall'altra parte del cortile, per stare con lui. Le ci volle uno sforzo di volontà per non fare questa follia: invece, prese di nuovo il telefono e chiese alla centralinista di collegarla con Puck's Hill.

Rispose un servo dal forte accento africano. Tara si demoralizzò. Era importantissimo scoprire se la casa di Rivonia era ancora sicura. C'era il rischio di cadere in una trappola della polizia.

« C'è *Nkosi* Marcus? » chiese.

« *Nkosi* Marcus no casa, lui andato via, 'gnora », le rispose il servo. « Lei essere 'gnora Tara? »

« Sì! Sì! » Ma chi cavolo era 'sto servitore? Non ne ricordava alcuno. Stava per aggiungere qualcosa, quando Marcus

Archer smise la commedia e prese a parlare con la sua voce normale.

« Perdona la scenetta da avanspettacolo, ma qui sta cascando il mondo. Son tutti in preda al panico, i poliziotti si sono mossi molto più rapidamente di quanto si pensava. Joe e io siamo gli unici rimasti in giro. E il nostro amico che fine ha fatto? Hanno preso anche lui? »

« No! È fuori. Si può venir lì? »

« Finora sembra che ci abbiano dimenticato, ma state attenti, mi raccomando. Ci sono blocchi stradali dappertutto. »

Tara dormì pochissimo e si alzò prima dell'alba per l'ultima tappa del viaggio. Lo chef dell'albergo preparò loro un termos di tè e alcuni panini imbottiti con l'arrosto, sicché fecero colazione per strada. Ogni fermata avrebbe accresciuto le possibilità che li arrestassero, così sostarono soltanto per far benzina e prima di mezzogiorno attraversarono il fiume Vaal.

Da quando si era trasferita nel Transvaal per stargli vicina, Tara aveva aspettato l'occasione buona per dirglielo. Ma ormai sapeva che l'occasione « buona » non esisteva, e in poche ore sarebbero arrivati a Puck's Hill. In seguito non c'era niente di sicuro, tranne la confusione e i pericoli che avrebbero corso.

« Moses », gli disse in tono risoluto dal sedile di dietro. « Ormai devo dirtelo, e devo dirtelo adesso. Aspetto un figlio da te. »

Lo vide sussultare appena, poi i suoi occhi scuri e magnetici la guardarono dal retrovisore.

« Cosa farai? » le chiese. Non le domandò se era sicura né mise in dubbio la sua paternità. Questo era tipico da parte sua: pure, non accettava nemmeno la responsabilità. « Cosa farai? »

« Non lo so ancora. Troverò il modo di farlo. »

« Devi liberartene. »

« No! » proruppe. « Mai! È il mio bambino, e me ne occuperò io. »

Moses non fece alcun commento sull'attribuzione, così prematura, del sesso maschile al nascituro.

« Sarà mulatto », le disse. « Sei preparata a una cosa del genere? »

« Troverò il modo », insisté lei.

« Non potrò aiutarti in nessun modo, lo sai », proseguì spietatamente. « Lo capisci, no? »

« Sì che puoi », gli disse. « Puoi dirmi che sei contento che io aspetti un figlio da te, e che lo amerai, come io amo suo padre. »

« Amore non è una parola africana. Non esiste nel mio vocabolario. »

« Oh, Moses, non è affatto vero. Tu ami il tuo popolo. »

« Come popolo. Gli individui non mi interessano, li sacrificherei senza esitare per il bene di tutti. »

« Ma è nostro figlio, Moses. È qualcosa di prezioso che nasce da noi due... non provi proprio niente per lui? »

Lo guardò negli occhi dentro lo specchietto, e ci lesse il dispiacere.

« Sì », ammise lui. « Qualcosa provo, ma non oso ammetterlo. Sentimenti del genere potrebbero fiaccare la mia risolutezza e distruggerci tutti quanti. »

« Allora lo amerò io per tutti e due », disse lei sottovoce.

Come aveva detto Marcus Archer, c'erano molti blocchi stradali. Avvicinandosi al grande complesso minerario e industriale del Witwatersrand ne incontrarono tre, l'ultimo a Halfway House, ma ogni volta l'uniforme da autista e il comportamento altezzoso della bianca Tara salvarono Moses.

Tara si aspettava di trovare Johannesburg in stato d'assedio, ma i blocchi stradali e i titoloni dei giornali esposti alle edicole erano l'unica traccia di qualcosa di insolito in corso. Le miniere non avevano interrotto l'attività estrattiva, come si notava facilmente vedendo girare in cima alle torri le ruote dei montacarichi e i minatori negri con stivaloni ed elmetti che aspettavano di scendere nei pozzi.

Passando per il centro, videro le vie affollate come sempre di gente di tutte le razze che andava a far spese, col viso allegro e rilassato. Tara ne fu delusa. Non sapeva neanche lei che cosa si aspettava di vedere, forse qualche segno tangibile che il popolo aveva cominciato a muoversi.

« Non puoi pretender troppo », le disse Moses quando lei lamentò che non era cambiato niente. « Le forze che ci si oppongono sono possenti come montagne di granito, e dispongono di risorse senza limiti. Tuttavia questo rimane un inizio, il primo incerto passo sulla strada della nostra liberazione. »

Andando piano, passarono oltre Puck's Hill. Sembrava disabitata. Non c'era alcun segno di attività poliziesca. Moses parcheggiò la Cadillac sul retro del Circolo del Golf e lasciò lì

Tara, mentre andava a piedi a sincerarsi che non si gettassero in bocca alla polizia.

Tornò dopo mezz'ora. « La casa è sicura. Marcus c'è », le disse avviando la Cadillac e portandola là.

Marcus li aspettava in veranda. Aveva l'aria stanca e abbattuta, e sembrava invecchiato di colpo dall'ultima volta che Tara l'aveva visto.

Li fece accomodare nella lunga cucina e tornò a occuparsi del pasto che stava cucinando per loro. Intanto raccontava tutto quello che era accaduto durante la loro assenza.

« La reazione della polizia è stata così massiccia e immediata da far pensare che fosse stata preparata con cura. Ci aspettavamo un certo disorientamento da parte loro, un lasso di tempo per valutare la situazione e organizzarsi un po': avremmo potuto giovarcene per chiamare le masse a unirsi alla campagna di disobbedienza, in modo che si ingrossasse a valanga e diventasse irresistibile, ma loro erano pronti fin dal primo momento. Adesso non sono più di una dozzina i dirigenti ancora in libertà. Moses è uno dei fortunati. Ma, priva di capi, la campagna sta già cominciando ad afflosciarsi e ben presto si esaurirà. »

Prima di continuare, guardò Tara con un piccolo lampo malevolo.

« A ogni modo, ci sono ancora delle sacche di resistenza. La piccola Victoria sta facendo un lavoro prezioso. Ha organizzato le infermiere a Baragwanath e le ha fatte scioperare in appoggio alla campagna. Ma non potrà dare impulso a questa lotta ancora per molto: si può scommettere che sarà mandata al confino o arrestata molto presto. »

« Vicky è una donna coraggiosa », disse Moses. « Conosce i rischi e se li assume volontariamente. »

Dicendolo, guardò Tara dritto negli occhi, come a sfidarla a esprimere la sua gelosia. Naturalmente lei sapeva del suo matrimonio, ma non gliene aveva mai parlato, temendo le conseguenze. Ora abbassò gli occhi, non accettando la sfida.

« Abbiamo sottovalutato questo De La Rey », disse Moses. « È un avversario formidabile. Abbiamo raggiunto pochissimo di quanto speravamo. »

« Comunque, le Nazioni Unite si occuperanno di noi », intervenne Tara, senza alzare lo sguardo.

« Faranno un bel dibattito », disse Moses, sprezzante. « Ma basta il veto dell'America, della Gran Bretagna o della Francia per rendere impossibile qualunque provvedimento concreto. Continueranno a parlare e parlare, mentre il mio popolo soffre. »

« Il nostro popolo », lo corresse Marcus. « Il nostro popolo, Moses. »

« Il mio popolo », lo contraddisse seccamente Moses. « Gli altri sono in prigione, io sono l'unico dirigente politico negro ancora in circolazione. Dunque il mio popolo. » Nella cucina calò il silenzio. Si sentivano sbattere soltanto le posate, mentre mangiavano, ma Marcus era accigliato e dopo un po' lo ruppe.

« E adesso cosa succede? » chiese. « Dove andrai? Non puoi restare qui, la polizia potrebbe arrivare da un momento all'altro. Dovei andrai? »

« A Drake's Farm? » buttò lì Moses.

« No, no. » Marcus scosse la testa. « Là ti conoscono tutti. Saresti subito segnalato dagli informatori. Tanto varrebbe costituirsi. »

Tacquero ancora un po'. Poi Moses chiese: « Dov'è Joe Cicero? L'hanno arrestato? »

« No », rispose Marcus. « Si è dato alla clandestinità. »

« Sei in grado di metterti in contatto con lui? »

« Siamo d'accordo che deve telefonarmi stasera o domani. »

Moses guardò Tara. « Posso venire con te alle Grotte di Sundi? È l'unico posto sicuro che mi viene in mente adesso. » Tara fu presa da un empito di gioia. L'avrebbe avuto per qualche tempo ancora.

Tara raccontò tutto a Marion Hurst, senza tacerle l'identità di Moses né il fatto che era ricercato dalla polizia: e non rimase sorpresa dalla reazione dell'americana.

« È come se venisse da me a chieder rifugio Martin Luther King », dichiarò. « Naturalmente farò tutto quello che posso. »

Marion diede a Moses un lavoro di copertura sotto il nome di Stephen Khama, presso il laboratorio dei vasi, ed egli fu immediatamente incorporato dalla spedizione archeologica. Senza far domande gli altri membri, bianchi e negri, gli si strinsero intorno come a fargli scudo.

Nonostante le assicurazioni di Marcus Archer, ci volle quasi una settimana per contattare Joe Cicero, e un giorno ancora per concordare un incontro. Gli altri avevano imparato a loro spese a non sottovalutare la polizia, ma Joe Cicero non aveva avuto bisogno di lezioni: era sempre stato cauto come un professionista della rivoluzione. Nessuno sapeva dove abitasse né che lavoro facesse: andava e veniva sempre inaspettato e imprevedibile.

« Prima pensavo che fossero tutte sciocchezze e paranoie da cospiratore, ma adesso devo ammettere che aveva ragione lui », disse Moses a Tara mentre andavano in città, di nuovo come signora e autista. « D'ora in poi dobbiamo imparare dai professionisti, perché chi ci combatte lo è senza dubbio. »

Joe Cicero uscì dall'ingresso principale della stazione ferroviaria di Johannesburg mentre Moses, al volante della Cadillac, si fermava al semaforo rosso davanti alle strisce pedonali. Senza farsi notare in alcun modo, l'uomo salì dietro e sedette accanto a Tara. Moses ripartì subito in direzione di Doornfontein.

« Mi congratulo di vederti ancora in circolazione », esordì Cicero accendendosi una sigaretta col mozzicone della precedente. Poi diede un'occhiata di sbieco a Tara. « Lei è Tara Courteney », disse ancora, sorridendo della sua sorpresa. « Che parte ha in tutto questo? »

« È un'amica », rispose in vece sua Moses. « È impegnata al nostro fianco e puoi parlare liberamente davanti a lei. »

« Io non parlo mai liberamente », ridacchiò Joe. « Sarebbe da idioti. » Tutti tacquero per qualche istante. Poi Joe ricominciò. « Sicché, amico mio, credi ancora che la rivoluzione possa vincere senza sangue? Sei sempre uno di quei pacifisti che stanno alle regole dell'oppressore, che può cambiarle a suo piacimento? »

« Io non sono mai stato un pacifista, sono sempre stato un guerriero », dichiarò Moses con voce tonante.

« Mi fa piacere sentirtelo dire, perché conferma quel che ho sempre pensato di te. » Joe fece un altro dei suoi sorrisetti enigmatici dietro la barbetta scura. « Se no, non sarei certamente qui. » Poi cambiò tono. « Adesso torna indietro e dopo imbocca la strada di Krugersdorp », ordinò.

Restarono in silenzio mentre Joe guardava con attenzione se qualche macchina li seguiva. Dopo un minuto parve soddisfatto e si rilassò sul sedile. Moses uscì dalla città e si inoltrò per il *veld* verdeggiante d'erba, su una strada dove si vedevano sempre meno macchine. A un certo punto Joe Cicero si chinò in avanti e gli indicò una piazzola di sosta deserta poco lontana.

« Fermati lì », gli ordinò, e Moses eseguì. Subito Joe Cicero scese dalla macchina e con un secco cenno del capo gli disse: « Vieni ».

Quando Tara aprì la portiera per seguirli, Joe berciò: « No, lei no. Lei resti dov'è ».

Assieme a Moses, Joe andò alla siepe che cingeva la piazzola di sosta, l'attraversò e si ritrovarono in aperta campagna, fuori vista dalla strada.

« Ti ho detto che la donna è fidata », osservò Moses, e Joe alzò le spalle.

« Forse. Ma io non corro rischi se non è indispensabile. » Poi cambiò discorso. « Ti ho già chiesto una volta che cosa pensi della Russia, ti ricordi? »

« Sì, e io ti ho risposto che la considero amica dei popoli oppressi del mondo. »

« Vuol essere anche amica tua », disse semplicemente Joe.

« Amica di Moses Gama? »

« Sì, di Moses Gama, personalmente. »

« Come fai a saperlo? »

« A Mosca ci sono uomini che ti hanno osservato per anni. Approvano quanto hanno visto e ti tendono la mano dell'amicizia. »

« E io ti ripeto: come fai a saperlo? »

« Sono un colonnello del KGB. Ho l'ordine di dirti queste cose. »

Moses lo guardò sbalordito. Le cose si muovevano così in fretta che aveva bisogno di un po' di tempo per elaborarle.

« Che cosa comportano queste profferte d'amicizia? » chiese cauto, per guadagnar tempo. Joe Cicero annuì in segno d'approvazione.

« Fai bene a chiedere di chiarire i termini di questa amicizia. Questo conferma la stima che abbiamo di te. Sei un uomo accorto. La risposta ti sarà data a suo tempo: per ora ti basti sapere che sei stato scelto a preferenza di tutti gli altri. »

« Benissimo », annuì Moses. « Ma dimmi perché sono stato scelto io. Ci sono altri uomini adatti, personalità di prim'ordine come ad esempio Mandela. »

« Mandela è stato preso in considerazione, ma non lo giudichiamo abbastanza risoluto. Scorgiamo in lui qualche debolezza. Secondo i nostri psicologi, rifuggirebbe dal duro e sanguinario lavoro della rivoluzione. Sappiamo anche che il suo giudizio sulla Russia è diverso dal tuo. Non ne ha altrettanta stima:

una volta l'ha perfino definita il nuovo oppressore, il colonialista del ventesimo secolo. »

« E gli altri? » chiese Moses.

« Non esistono », gli disse piatto Joe. « La scelta era tra te e Mandela. Sei stato scelto tu, questa è la nostra decisione. »

« Vogliono che risponda su due piedi? » chiese Moses, guardandolo negli occhi. Ma erano assolutamente imperscrutabili, come privi di ogni riflesso di vita mentale. Joe Cicero scosse la testa.

« Vogliono conoscerti, parlarti, assicurarsi che tu capisca bene i termini dell'accordo. Poi sarai addestrato e preparato al compito che ti sta di fronte.

« Dove si svolgerà questo incontro? »

Joe sorrise, scrollando le spalle. « A Mosca. Dove, se no? » Moses cercò di non tradire il proprio stupore con l'espressione del volto, ma strinse i pugni senza accorgersene.

« Mosca! E come ci vado? »

« È già tutto organizzato », lo rassicurò Joe. Moses alzò gli occhi a guardare dei nuvoloni temporaleschi che si profilavano all'orizzonte, plumbei e argentei. Per parecchio tempo si perse nei propri pensieri.

Sentiva lo spirito farsi sempre più leggero, ed esultare volando incontro a quelle nubi di tempesta. Era venuto, era venuto il momento per cui aveva lavorato e atteso una vita. Il destino aveva liberato il campo dai rivali, ed egli era stato prescelto. Gli offrivano una terra e una corona, l'alloro del vincitore.

« Ci vado », rispose piano, accettando.

« Partirai fra due giorni. Tanto ci vorrà per sistemare le ultime cosette. Nel frattempo non farti vedere in giro, non salutare nessuno e non dire che stai per partire nemmeno alla Courteney o a tua moglie. Ti farò arrivare un messaggio attraverso Marcus Archer: se lo arrestassero prima, verrò io a prenderti alle Grotte di Sundi. La professoressa Hurst, simpatizza con noi. » Joe buttò il mozzicone per terra e, mentre lo schiacciava col piede, si accese un'altra sigaretta. « Adesso torniamo alla macchina. »

Victoria Gama si trovava in cima al pendio erboso di fronte all'alloggio delle infermiere del Baragwanath. Era in camice bianco, col distintivo luccicante da infermiera. Sembrava giovanissima. Tutta compresa, stava guardando un centinaio di colleghe appena smontate che si erano riunite sul prato ad ascoltarla. La capoinfermiera bianca non aveva dato loro il permesso di riunirsi in sala mensa, sicché avevano dovuto incontrarsi fuori, sotto un cielo in cui stavano concentrandosi brutti nuvoloni temporaleschi.

« Sorelle! » Tese loro le braccia. « Abbiamo dei doveri verso i nostri pazienti, verso coloro che soffrono e muoiono, verso coloro che fiduciosi si rivolgono a noi. Tuttavia, io credo che abbiamo doveri più elevati, addirittura sacri, nei confronti del nostro popolo tutto, che da trecento anni patisce sotto un'oppressione dura e schiacciante... »

Man mano che parlava, Victoria sembrava diventare più sicura di sé. La sua voce, giovane e dolce, aveva un ritmo e una musica che catturavano l'attenzione. Era sempre stata molto popolare tra le colleghe, fra cui emergeva per abilità e spirito di sacrificio: per queste qualità, oltre a diventare una delle più giovani infermiere diplomate del Baragwanath, era un esempio per tutte le allieve dei corsi. Ma c'erano anche donne di dieci o quindici anni più anziane di lei, che l'ascoltavano con grande attenzione e quando prendeva fiato l'applaudivano. La loro approvazione e i loro applausi rinfrancarono Victoria, e la sua voce prese toni più baldanzosi.

« Dappertutto i nostri leader, con l'azione più che con parole inefficaci, stanno mostrando agli oppressori che non resteremo più passivi e acquiescenti. Stanno gridando al mondo il nostro desiderio di giustizia e umanità. Che donne saremmo, se ce ne stessimo da parte rifiutando di unirci a loro? Come possiamo ignorare il fatto che i nostri capi vengono attualmente arrestati o imbavagliati dalle leggi infernali che... »

Vi fu una certa agitazione tra le infermiere in uniforme. I volti che prima guardavano Victoria si girarono, e l'espressione attenta e commossa di prima si trasformò in un cipiglio preoccupato. Ai margini, qualche infermiera si staccò dal gruppo e si avviò frettolosamente verso la palazzina degli alloggi.

Ai cancelli si erano presentati tre furgoni della polizia. La capoinfermiera bianca e due sue strette collaboratrici erano subito andate a conferire con il funzionario che comandava il drappello, il quale era sceso dal furgone di testa. Il camice bianco della capoinfermiera contrastava col blu delle uniformi poliziesche. Parlando animatamente col comandante, indicava Victoria.

La voce le tremò. Con tutta la sua risolutezza, ora Victoria aveva paura. Era una paura istintiva e paralizzante: fin dalla prima infanzia, quelle uniformi blu erano state per lei il simbolo della più incontestabile potenza e autorità. Sfidarla adesso andava contro tutti i suoi istinti e gli insegnamenti di suo padre e degli altri superiori.

« Non sfidare l'uomo bianco », le avevano insegnato. « La sua collera è più terribile dei fuochi che d'estate bruciano il *veld*. Nessuno può resistergli. »

Poi ricordò Moses Gama, e la sua voce tornò ferma: soffocò la paura e gridò forte: « Guardatevi, sorelle. Guardate come tremate e abbassate gli occhi alla vista dell'oppressore. Non ha ancora parlato né alzato la mano su di voi, ma già siete ridiventate bambine piccole! »

Il capitano di polizia lasciò il gruppetto al cancello e venne sul bordo del prato. Lì si fermò e portò alla bocca un megafono.

« Questo è un assembramento illegale su un terreno di proprietà dello Stato. » La sua voce era amplificata e distorta. « Avete cinque minuti per sciogliervi e tornare nei vostri alloggi. » Alzò il polso e guardò platealmente l'orologio. « Se non ubbidirete entro... »

Ma già le infermiere sgattaiolavano verso la palazzina, senza neppure fermarsi ad ascoltare sino in fondo l'avvertimento del funzionario. Victoria si ritrovò sola in cima al pendio. Voleva correre a nascondersi anche lei, ma pensò a Moses Gama e l'orgoglio le impedì di muoversi.

Il funzionario di polizia abbassò il megafono e tornò a rivolgersi alla capoinfermiera bianca. Conferirono di nuovo, poi l'ufficiale prese un foglio di carta dalla borsa e lo mostrò alla capoinfermiera, che annuì. Poi tutti e due guardarono Victoria. Ormai sola, era rimasta in cima al pendio del prato, tutta rigida di fierezza e di paura. Aspettò immobile mentre il capitano della polizia si dirigeva a piedi verso di lei.

« Victoria Dinizulu? » le chiese in tono di normale conversazione, molto diverso dai boati del megafono.

Victoria annuì, poi si ricordò. « No », disse. « Sono Victoria Gama. » Il funzionario di polizia parve confuso. Aveva la pelle molto chiara, con dei baffetti biondi. « Mi avevano detto che lei era Victoria Dinizulu... ci dev'essere un equivoco », mormorò, poi arrossì per l'imbarazzo e subito Victoria si crucciò per lui.

« Mi sono sposata », gli spiegò. « Il mio nome da ragazza era Victoria Dinizulu, ma adesso sono Victoria Gama. »

« Ah, ho capito. » Il capitano parve sollevato. Guardò il documento che aveva in mano. « È intestato a Victoria Dinizulu. Ma penso che sia lo stesso. » Era ancora incerto.

« Non è mica colpa sua », lo consolò Victoria. « Se il nome è sbagliato, voglio dire. Come faceva a saperlo? Non possono rimproverarglielo. »

« Eh già. » Il capitano si rinfrancò visibilmente. « Non è mica colpa mia. Io glielo consegno, poi penseranno in sede ad aggiornare lo stato civile. »

« Cos'è? » chiese curiosa Victoria.

« Una diffida », le spiegò il capitano. Gliela mostrò. « È firmata dal ministro degli Interni. Devo leggergliela, e poi lei deve firmarla », le spiegò. Poi fece la faccia contrita. « Mi spiace, ma devo. »

« Non si preoccupi. » Vicky gli sorrise. « Lei deve fare il suo dovere. »

Il capitano tornò ad abbassare gli occhi sul documento e lesse ad alta voce:

A VICTORIA THANDELA DINIZULU

Diffida ai sensi dell'art. 9(i) della Legge di Sicur.za Int. n. 44 del 1950. Essendo informato che lei svolge attività contrarie all'ordine pubblico Io, Manfred De La Rey, ministro degli Interni, la diffido...

Il capitano lesse fino in fondo, inciampando sulle parole più complicate del gergo burocratico e legale e pronunciando male l'inglese. Vicky l'aiutava, correggendolo qua e là. Il documento era lungo quattro pagine dattiloscritte, e il funzionario arrivò alla fine con evidente sollievo.

« Deve firmare qui », disse porgendole il documento.

« Non ho la penna. »

« Prego, usi la mia. »

« Grazie, molto gentile », disse Victoria.

Firmò nello spazietto previsto e, rendendogli la penna, non era già più una persona completa. La diffida le proibiva di riunirsi con più di altre due persone, salvo che sul lavoro e per ragioni inerenti a esso; di parlare in pubblico e scrivere articoli destinati alla pubblicazione. La confinava fisicamente nel territorio comunale di Johannesburg e le irrogava gli arresti domiciliari per dodici ore al giorno, imponendole di firmare quotidianamente il registro dei sorvegliati speciali alla stazione di polizia.

« Mi dispiace », ripeté il capitano riprendendo la penna. « Lei mi sembra una brava ragazza. »

« È il suo lavoro », gli sorrise Victoria. « Non si faccia scrupoli. »

Nei giorni seguenti Victoria si ritirò nello strano mondo in cui la confinava la diffida. Durante le ore di lavoro, si accorse che le colleghe e i superiori la evitavano come un'appestata. La capoinfermiera la trasferì dalla stanza che divideva con due colleghe e le assegnò una cameretta singola nell'ala esposta a sud, dove nessuno voleva stare perché in inverno non ci batteva mai il sole. Lì le venivano serviti anche i pasti, su un vassoio, perché non poteva andare in mensa dove ovviamente si riunivano più di due persone. Tutte le sere, quando smontava, doveva farsi una passeggiata di tre chilometri per andare a firmare il registro alla stazione di polizia: ma questo diventò presto per lei un piacevole svago più che un fastidio. Poteva salutare e sorridere ai passanti, che ignoravano la sua situazione di non-persona, e tesaurizzava questi fugaci contatti umani.

Sola nella sua stanza ascoltava la radio e leggeva i libri che le aveva dato Moses, pensando a lui. Più d'una volta sentì fare il suo nome alla radio. A quanto pareva, negli Stati Uniti era andato in onda un servizio giornalistico, sulla rete televisiva NABS, che aveva messo sottosopra quel grande Paese. Sembrava che il Sudafrica, che per la maggior parte degli americani era remoto come la luna e molto meno importante, fosse improvvisamente diventato uno dei principali problemi politici. Nel servizio Moses Gama compariva largamente, e tale era la sua presenza e la sua statura che all'estero passava ormai per la personalità centrale della lotta di liberazione africana. Benché la Gran Bretagna avesse posto il veto alla mozione di condanna del Sudafrica presentata all'ONU, il dibattito aveva commosso il mondo, e la politica di segregazione razziale era stata attaccata con indignazione dai rappresentanti di numerosi Paesi, facendo correre brividi lungo la schiena dei governanti bianchi sudafricani.

Nel Sudafrica non c'era ancora la televisione, ma alla radio, sul programma statale, Victoria ascoltò una polemica edizione della rubrica d'attualità « Current Affairs » dove la campagna di disobbedienza civile veniva attribuita a una minoranza radicale, e Moses Gama definito un criminale, un rivoluzionario ispirato dal comunismo, ancora in libertà benché nei suoi confronti fosse stato spiccato un mandato di cattura per alto tradimento.

Tagliata fuori da ogni contatto umano, isolata da chiunque potesse simpatizzare con lei, Victoria si rifugiò nel pensiero di suo marito, che desiderava rivedere con tutta l'anima, e pensando al quale piangeva ogni notte.

Il decimo giorno della diffida, mentre stava tornando dall'apporre la decima firma sul registro della polizia, con la camminata elastica e sensuale che le donne nguni acquistano da bambine portando i pesi in equilibrio sulla testa, un furgone le si avvicinò da dietro e cominciò a procedere affiancato a lei.

Victoria era abituata a suscitare l'interesse degli uomini, essendo la quintessenza della bellezza nguni, sicché quando sentì l'autista del furgone farle un fischio non si voltò assolutamente a guardarlo e continuò per la sua strada con espressione altera.

L'autista fischiò di nuovo, in maniera più pressante, e con la coda dell'occhio lei vide un furgone blu con la scritta

TINTORIA RAPIDA - SERVIZIO A DOMICILIO IN SEI ORE.

L'autista era grande e grosso, e, benché avesse il berretto calato sugli occhi, lo giudicò attraente e sicuro di sé. Senza accorgersene, cominciò ad ancheggiare un po' di più. Le sue natiche grandi e perfettamente tonde roteavano come guance di uno scoiattolo intento a sgranocchiare una noce.

« Victoria! » Era una voce inconfondibile. Si arrestò di colpo e si girò a guardarlo.

« Tu! » sussurrò, guardandosi intorno preoccupata. Ma non c'erano altri passanti nelle vicinanze, e ben poche macchine transitavano per quella strada costeggiata dagli eucalipti. Tornò a guardarlo in viso, quasi affamata, sussurrandogli: « Oh Moses, credevo che non saresti mai più venuto! »

Le aprì la portiera e lei salì al volo.

« Sta' giù », le disse indicandole di accucciarsi sotto il cruscotto. Poi si allontanò con un'accelerata.

« Non credevo che fossi tu... e non ci credo ancora! Da dove viene questo furgone? Oh Moses, non sai quanto ti ho pensato... ho sentito il tuo nome alla radio, tantissime volte... sono successe tante di quelle cose... » Si accorse che blaterava, quasi da isterica. Era molto tempo che non poteva parlare liberamente con nessuno, ed era come se con quel diluvio di parole fosse scoppiato un ascesso doloroso e infetto di solitudine e nostalgia.

Prese a raccontargli lo sciopero delle infermiere, e la diffida che aveva rimediato. Gli disse che Albertina Sisulu si era messa in contatto con lei per organizzare una marcia di centomila donne sul palazzo del governo a Pretoria, a cui aveva intenzione di partecipare nonostante fosse diffidata.

« Voglio che tu sia orgoglioso di me. Voglio prender parte alla lotta, perché solo così farò veramente parte anche di te. »

Moses Gama guidava in silenzio, ascoltandola chiacchierare con un lieve sorriso. Indossava una tuta blu con la scritta LAVASECCO sulla schiena: il furgone era carico di abiti puzzolenti di solvente. Capì che era uno dei tanti esercizi commerciali di Hendrick Tabaka.

Pochi minuti dopo Moses rallentò e svoltò in una stradina secondaria che diventò in breve un tratturo e poi svanì nella campagna. Procedette sobbalzando su bassi cespugli e poi fermò il furgone dietro un edificio in rovina, con il tetto crollato e le finestre prive degli infissi che guardavano i dintorni come orbite di un teschio. Victoria si tirò su.

« Ho sentito dello sciopero delle infermiere e della tua diffida », le disse sottovoce, spegnendo il motore. « E sono già orgoglioso di te, molto orgoglioso. Sei la moglie giusta per un capo. »

Lei abbassò gli occhi, provando una felicità quasi insostenibile. Durante la loro separazione forse si era dimenticata di amarlo tanto. Ma adesso la potenza del suo sentimento l'investì totalmente.

« E tu sei un capo », gli disse. « No, sei più di un capo, tu sei un re. »

« Victoria, non ho molto tempo », le disse lui. « Anzi, non sarei neanche dovuto venire... »

« Sarei morta di crepacuore se non fossi venuto », sbottò lei. « La mia anima era assetata di te. » Lui le posò una mano sul braccio, per tranquillizzarla.

« Ascoltami, Victoria. Sono venuto per dirti che devo partire. Sii forte mentre io non ci sono. »

« Oh, marito mio! » proruppe in zulu, per l'agitazione. « Dove andrai? »

« Posso dirti solo che è una terra lontana. »

« Non posso venire con te? », implorò lei.

« No. »

« Allora ti seguirò col cuore, mentre qui ad aspettarti rimarrà un vuoto simulacro. Quando tornerai, marito mio? ».

« Non lo so, ma starò via molto tempo. »

« Ogni minuto della tua assenza sarà per me lungo come un giorno di malinconia », gli disse tranquilla. Lui le accarezzò il viso, con tenerezza.

« Se ti servisse qualcosa, rivolgiti a Hendrick Tabaka. È mio fratello e ti ho raccomandata a lui. »

Lei annuì, incapace di parlare.

« C'è solo una cosa che posso dirti adesso. Quando tornerò, rovescerò il mondo che conosciamo. Niente sarà più come prima. »

« Ti credo », gli rispose semplicemente.

« Ora devo andare », le disse. « Non ho più tempo di stare insieme a te. »

« Marito mio », mormorò Victoria, tornando ad abbassare gli occhi. « Lascia che sia ancora una volta tua moglie, perché le notti sono lunghe e fredde quando non sei con me. »

Lui prese un rotolo di tela dal retro del furgone e lo stese sull'erba accanto al veicolo. Il corpo nudo di Victoria, su quel telo bianco, sembrava una statua di bronzo distesa sulla neve. Dopo l'amore, mentre Moses giaceva abbandonato su di lei ormai privo di energie, Victoria gli prese la testa e la premette teneramente sul seno tiepido e rigonfio sussurrandogli: « Per quanto lontano tu vada, il mio amore divorerà il tempo e la distanza, e io sarò al tuo fianco, marito mio ».

Quando Moses tornò al campo, Tara lo aspettava in tenda, sdraiata sulla branda, sveglia accanto alla lampada accesa. Al suo ingresso si rizzò a sedere. La coperta le cadde in grembo e restò nuda. I suoi seni erano grossi, bianchi e percorsi da venuzze azzurrine intorno ai capezzoli gonfi, diversissimi da quelli della donna che aveva appena lasciato.

« Dove sei andato? » gli domandò.

Lui ignorò la domanda e cominciò a spogliarsi.

« Sei andato da lei, vero? Anche se Joe ti ha ordinato di non farlo! »

Adesso la guardò con disprezzo. Tornò ad abbottonarsi la tuta e fece per uscire.

« Scusa, Moses », gridò lei, subito atterrita all'idea che se ne andasse. « Non volevo, resta per piacere! Non ti parlerò più così. Te lo giuro, tesoro mio. Per piacere, scusami! Ero sconvolta, ho avuto un incubo terribile... » Gettò via le coperte e s'inginocchiò ai suoi piedi, tendendo le mani verso di lui. « Ti prego! » singhiozzava. « Ti prego, resta con me! »

Per lunghi istanti la fissò, poi ricominciò a sbottonarsi la tuta. Tara lo strinse disperatamente quando entrò nel letto.

« Oh, Moses, che incubo ho avuto! Ho sognato ancora suor Nunziata. Mio Dio, che facce avevano quando mangiavano la sua carne. Erano come lupi, con la bocca tutta rossa di sangue che scorreva fuori. È stata una cosa tremenda, al di là di ogni immaginazione. Mi ha fatto disperare del mondo intero. »

« No », disse lui, a voce bassa che però si riverberava per il corpo di lei come fosse la cassa armonica di un violino che vibri per impulso delle corde. « No! » ripeté. « Era bellezza, pura bellezza, spogliata di ogni orpello salvo la verità. Tu hai assistito all'ira di un popolo, che è una cosa sacra. Prima mi limitavo a sperare, ma dopo aver visto questo posso davvero credere. È stata una consacrazione alla vittoria. Hanno mangiato la carne e bevuto il sangue, come fate voialtri cristiani, per sigillare un patto con la storia. Quando si è assistito a quell'ira sacrosanta, si deve credere al nostro trionfo finale. »

Sospirò. Il suo gran torace muscoloso divenne pesante fra le braccia di lei, ed egli si addormentò di colpo. Era una cosa a cui non riusciva ad abituarsi, che potesse dormire così, come se chiudesse una porta della mente. Restò sola e piena di paura, perché sapeva che cosa l'aspettava.

A notte alta Joe Cicero venne a prendere Moses. Per l'occasione, Moses si era vestito come migliaia di altri minatori, con un cappotto dell'esercito e un passamontagna di lana che gli copriva mezza faccia. Non aveva bagagli, come gli aveva suggerito Joe, e non appena il camioncino Ford di Cicero lampeggiò una volta Moses scese dalla Cadillac, traversò rapidamente la strada e ci salì. Non disse addio a Tara, se l'erano già detto molto prima, e non si voltò neanche a guardarla, desolata al volante della Cadillac.

Appena Moses fu salito sul retro del camioncino, Cicero partì. Le luci di posizione scomparvero dietro la prima curva e Tara fu sommersa da una tale ondata di disperazione da non credere di poter sopravvivere oltre.

François Afrika era preside della scuola media per allievi di colore Mannenberg, situata nella pianura del Capo. Aveva poco più di quarant'anni ed era un uomo grassoccio e serio, dall'incarnato color caffellatte e capelli folti e ricci che irrorava di abbondante brillantina e pettinava con la scriminatura in mezzo.

Anche sua moglie Miriam era grassottella, ma molto più bassa e più giovane di lui. Insegnava storia e inglese alla scuola media di Mannenberg, prima di sposarne il preside, a cui poi aveva dato quattro figli, tutte femmine. Miriam presiedeva la sezione locale del Women's Institute, che utilizzava come conveniente copertura dell'attività politica. Durante la campagna di disobbedienza era stata arrestata, ma quando era rientrata non le avevano mosso alcuna imputazione, ed era stata rilasciata con una semplice diffida. Tre mesi dopo, completamente cessato il movimento, la diffida non era stata rinnovata.

Molly Broadhurst la conosceva fin da prima che sposasse François, e la coppia frequentava spesso casa sua. Dietro gli occhiali dalle lenti spesse, Miriam rideva sempre, con la cordialità di tante donne grasse. Casa sua, annessa alla scuola, era linda come una sala operatoria. Le grandi poltrone di cuoio erano sempre ricoperte dalla fodera, e i pavimenti splendevano come specchi. Le figlie erano sempre linde e ben vestite, coi nastrini alle trecce, e come Miriam erano grassottelle e sempre allegre, più per colpa della cucina che dei geni della mamma.

Tara la conobbe a casa di Molly. Due settimane prima che nascesse il bambino aveva lasciato il sito archeologico ed era venuta a Città del Capo in vagone letto, dove nessuno poteva vederla, e scendendo per lo stesso motivo alla stazione di Paarl, dove correva meno rischi di incontrare qualche conoscente che alla stazione centrale di Capetown. Shasa e il resto della famiglia la credevano sempre alle Grotte di Sundi impegnata nei suoi giochini di pazienza.

Miriam era proprio il tipo che si augurava Tara, e che Molly le aveva promesso, anche se non era affatto preparata a vedersela davanti in premaman.

« Anche lei incinta? » le domandò Tara stringendole la mano, e Miriam si diede un colpetto sul pancione.

« È un cuscino, miss Tara, mica potevo scodellare un bambino dal nulla, non le pare? Ho cominciato a poco a poco fin da quando Molly me l'ha detto, e ora eccomi qua, quasi pronta al lieto evento. »

Tara capì a quali fastidi l'aveva mandata incontro, e d'impulso l'abbracciò. « Non so dirti quanto ti sono riconoscente. Per piacere, non chiamarmi Miss Tara, chiamami solo Tara e diamoci del tu! »

« Baderò al tuo bambino come se fosse mio, te lo prometto », le disse Miriam, e scorgendo l'espressione di Tara precisò subito: « Ma sarà sempre tuo figlio, Tara. Potrai venirlo a trovare quando vorrai, e se un giorno potrai riprendertelo, be', io e François non ci metteremo di mezzo ».

Tara l'abbracciò di nuovo. « Sei ancora più buona di quanto diceva Molly! Aspetta che ti faccio vedere il corredino. »

« Tutto azzurro », esclamò Miriam. « Come fai a essere così sicura che sia un maschietto? »

« Non c'è pericolo. Sono sicurissima. »

« Lo ero anch'io », ridacchiò Miriam. « Invece guarda, tutte femmine! Be', sono brave ragazze, e sperano tutte in un fratellino », disse con altri colpetti al pancione. « Chissà come lo vizieranno! »

Il bambino di Tara nacque nella stanza degli ospiti di Molly Broadhurst. Assisté al parto il dottor Chetty Abrahamji, vecchio amico di Molly e membro del Partito Comunista clandestino, come pochissimi altri indù.

Appena cominciò il travaglio, Molly telefonò a Miriam Afrika che arrivò con la valigia e il pancione e andò subito da Tara.

« Meno male che ci siamo, finalmente », scherzò. « Devo ammettere che benché la gravidanza sia stata un po' complicata, il parto è stato il più facile e rapido ch'io abbia mai avuto. » Infilò una mano nel premaman e con gesto teatrale tirò fuori il cuscino. Tara rise con lei fino alla contrazione successiva.

« Ahi! » gemette. « Vorrei che il mio fosse altrettanto facile. Questo qui mi sembra un gigante. »

Molly e Miriam fecero a turno a tenerle la mano quando arrivavano le contrazioni, e anche il dottore la incitava dai piedi del letto: « Spingi! Spingi! » L'indomani verso mezzogiorno

Tara era esausta. Tutta sudata, coi capelli appiccicati alla faccia, ansimava squassata dalle contrazioni ormai quasi continue.

« Niente da fare », disse il dottore. « Bisognerà portarti all'ospedale a fare il cesareo. »

« No! No! » Tara cercò di alzarsi appoggiata a un gomito. « Lasciami provare un'altra volta. »

Alla successiva contrazione spinse con tanta forza da tendere tutti i muscoli del corpo e temere lo strappo dei tendini. Non successe niente, era come bloccata da una gran massa solida e inamovibile.

« Forza! » le disse Molly all'orecchio. « Spingi più forte... Fallo per il bambino! » e Tara spinse ancora, con la forza della disperazione, e poi urlò sentendo la carne che si lacerava come carta. Qualcosa le scivolò tra le cosce con un gran risucchio e il suo sollievo fu così intenso che l'urlo di dolore si trasformò in un grido di gioia e di trionfo, che si mischiò al primo vagito del neonato.

« È un maschio? » anfanò, cercando di mettersi a sedere. « Ditemelo, ditemelo subito! »

« Sì », la rassicurò Molly. « È un maschio, guarda che pistolino che ha, lungo come il mio dito. Non c'è dubbio, è proprio un maschio », e Tara si mise a ridere forte.

Pesava quattro chili e mezzo e aveva la testa coperta di lanugine nera, folta e riccia come peluria di un agnello d'Astrakhan. Era color caffellatte e aveva i bei lineamenti nilotici di Moses Gama. Tara non aveva mai visto niente di più bello in vita sua, nessun altro dei suoi bambini era così bello appena nato.

« Lasciatemelo prendere in braccio », sussurrò, « che voglio dargli la prima poppata... così poi sarà mio per sempre. » Tirò il capezzolo con le dita e glielo mise in bocca. Il bambino strinse le labbra e si mise a succhiare, soffiando dal naso e dimenando le gambette in preda a spasmodico piacere.

« Come si chiama, Tara? » le chiese Miriam Afrika.

« Lo chiameremo Benjamin », disse Tara. « Benjamin Afrika. Mi piace proprio. È un vero africano. »

Tara restò cinque giorni col bambino, poi dovette lasciarlo e Miriam se lo portò via sulla sua Mini. A Tara sembrò che un chirurgo crudele le tagliasse via un pezzo d'anima. Se Molly non fosse stata lì a consolarla, non avrebbe certo retto a quella prova. Invece l'amica aveva una sorpresa per lei.

«L 'ho tenuta da parte apposta per dartela adesso », disse a

Tara. « Sapevo come ti saresti sentita senza il bambino. To', questa ti rallegrerà un po'. » Le porse una busta, e Tara diede un'occhiata all'indirizzo scritto a mano. « Non conosco questa calligrafia », disse, perplessa.

« Apri la lettera. L'ha portata un corriere speciale. Forza, aprila », la incitò Molly con impazienza, e Tara ubbidì. C'erano dentro quattro fogli di carta da lettera comune. Tara guardò la firma sull'ultimo e la sua espressione si illuminò.

« Moses! » gridò. « Oh, non riesco a crederci... dopo tutti questi mesi. Avevo perso ogni speranza. Non riconoscevo più nemmeno la sua scrittura. » Tara strinse al seno la lettera.

« Non poteva scriverti, Tara. Era in un campo d'addestramento molto impegnativo. Ha disobbedito agli ordini e corso un bel rischio per farti arrivare questa lettera. » Molly andò alla porta. « Ti lascerò sola, così potrai leggerla in pace. Ti consolerà in parte dell'assenza del bambino. »

Anche quando si ritrovò sola, Tara provò qualche riluttanza a leggere subito la lettera. Voleva assaporare sino in fondo la gioia dell'attesa, ma non ci riuscì per molto.

Carissima Tara,

qui dove mi trovo ti penso ogni giorno. Il lavoro è molto duro e impegnativo, ma continuo a pensare a te e al nostro bambino. Forse è già nato, non lo so, e mi chiedo se è maschio o femmina.

Anche se quello che sto facendo è importantissimo per tutti noi – per il popolo africano come per me e per te –, mi sorprendo spesso a pensare a te con desiderio e nostalgia. Mi vieni in mente all'improvviso, di notte e di giorno, lancinante come una coltellata.

Tara non riuscì ad andare avanti, perché aveva già gli occhi pieni di lacrime.

« Oh, Moses », disse mordendosi il labbro per non singhiozzare. « Non credevo tu potessi provare questo per me! » Si asciugò le guance col dorso della mano.

Quando ci siamo lasciati, non sapevo dove stavo andando, né che cosa mi attendeva qui. Ora tutto è chiaro, e so quali difficili compiti ci attendono al mio ritorno. So anche che mi occorrerà il tuo aiuto. Non me lo negherai, vero, moglie mia? Ti chiamo « moglie » perché tale ti considero da che hai in grembo il nostro bambino.

Questa fu difficile da digerire per Tara. Non pensava che le avrebbe mai dato un simile riconoscimento, e il fatto che invece glielo desse fece sì che si sentisse umiliata.

« Non potrei mai rifiutarti nulla », sussurrò, mentre correva con gli occhi sulla lettera. Girò il foglio. Scriveva Moses:

Mi pare di averti già accennato quanto sarebbe utile che tu approfittassi dei contatti della tua famiglia per tenerci informati degli affari di Stato. Da allora, questo è diventato ancor più importante. Tuo marito, Shasa Courteney, sta per passare dalla parte degli oppressori neofascisti. Benché ciò ti riempia d'odio e disprezzo per lui, questo per noi è un grande vantaggio, imprevedibile e insperato. Ci risulta che gli sia stato offerto un posto nel governo del barbaro regime: se tu fossi in confidenza con lui, potresti procurarci una conoscenza diretta, dall'interno, dei piani e delle intenzioni del governo. Sarebbe una cosa importantissima, di valore veramente inestimabile per noi.

« No », sussurrò, scuotendo la testa, avvertendo ciò che si profilava. Le ci volle del coraggio per continuare la lettura.

Io ti chiedo, in nome della nostra terra e del nostro amore, che quando il bambino sarà nato e ti sarai ripresa completamente dal parto tu torni presso tuo marito a Weltevreden, gli chieda perdono per la tua assenza, gli dica che non puoi vivere senza di lui e i bambini, e insomma che tu faccia quanto puoi per ingraziartelo e riguadagnare la sua confidenza.

« Non posso farlo », sussurrò Tara. Poi pensò ai bambini, soprattutto a Michael, e si ritrovò esitante. « Oh Moses, tu non sai cosa mi stai chiedendo. » Si coprì gli occhi con la mano. « Per piacere, non farmelo fare. Ho appena riconquistato la mia libertà... non obbligarmi a rinunciarvi di nuovo. » Ma la lettera proseguiva spietata:

Ciascuno di noi è chiamato a far sacrifici nella lotta che ci attende. Ad alcuni potrà essere chiesto di dare addirittura la vita, e io potrei ben essere uno di costoro...

« No, non tu, amore mio, per piacere non tu! »

Tuttavia, per i compagni sicuri e fidati ci saranno ricompense, ricompense immediate oltre alla vittoria finale della nostra lotta di liberazione. Se riesci a importi di fare quello che ti ho chiesto, i miei amici di qui organizzeranno un incontro per noi due, e non dove saremmo costretti a nascondere il nostro amore, ma in una terra straniera e libera, per un felice interludio durante il quale potremo godere al massimo del nostro amore. Te l'immagini, cara? Poter passare insieme giorni e notti, passeggiare per le strade mano nella mano, uscire a cena, ridere insieme in pubblico, dire ad alta voce quello che pensiamo, senza paura, baciarci e fare tutte le altre adorabili sciocchezze che fanno gli innamorati, assieme al bimbo nato dal nostro amore...

Le faceva troppo male, non riusciva ad andare avanti a leggere. Quando Molly, rientrando, vide che piangeva amaramente, sedette sul letto vicino a lei e la prese tra le braccia.

« Cosa c'è, cara Tara, dimmelo, dillo alla tua vecchia amica Molly. »

« Devo tornare a Weltevreden », singhiozzò. « Oh Dio, Molly, credevo di essermene liberata per sempre, e adesso ci devo tornare. »

La richiesta di Tara di un incontro ufficiale per decidere le loro questioni matrimoniali gettò Shasa nella peggiore costernazione. L'accordo informale gli andava benissimo: godeva di una completa libertà d'azione, aveva il controllo dei bambini e la rispettabilità formale del politico sposato e padre di famiglia. Era stato più che lieto di pagare senza commenti i conti che Tara gli mandava, e di badare che il primo del mese fosse regolarmente versata sul suo conto in banca una generosa provvigione. Aveva anche fatto fronte senza batter ciglio a un paio di assegni scoperti, come quello per mille sterline a un commerciante di macchine usate. Non aveva detto né « ah » né « bah ». Per lui era sempre un affare.

Ma adesso sembrava che la cosa cambiasse aspetto. Shasa convocò immediatamente una riunione dei suoi principali consiglieri in sala del consiglio d'amministrazione di Centaine House. La stessa Centaine vi partecipò. Abraham Abrahams venne da Johannesburg assieme a un bravissimo, anche se costosissimo, avvocato specializzato in divorzi.

Centaine prese immediatamente la parola. « Consideriamo il peggiore dei casi », disse vispa. « Tara vorrà i bambini, una liquidazione e gli alimenti per sé e ciascun figlio. » Guardò Abe, che annuì con la testa canuta, mettendo in moto un profluvio d'assensi da parte degli altri consiglieri legali, che sembravano tante bamboline con il capo snodato, ma con aria grave e quanto mai avvocatesca, mentre valutavano mentalmente l'ammontare della parcella. Shasa pensò irritato:

« Dannazione, quella mi ha piantato! Col cavolo che le lascio i miei bambini ».

« Sosterrà che le hai reso impossibile restare sotto il tetto coniugale », disse Abe, e quando vide la sua espressione furiosa cercò di calmarlo. « Devi pensare che anche lei ricorrerà ai migliori avvocati specializzati. »

« Dannati imbroglioni togati », berciò Shasa, causando qualche fremito fra i suoi consiglieri legali. Ma non si giustificò né si scusò. « Le avevo già detto che non intendo concederle il divorzio. Sono in un momento delicato della carriera politica e non posso permettermi scandali. Ben presto dovrò candidarmi alle elezioni. »

« Potresti non essere in grado di rifiutarglielo », mormorò Abe. « Potrebbe avere dei buoni motivi. »

« Ma figuriamoci », disse Shasa, virtuoso. « Son sempre stato un marito comprensivo e generoso. »

« La tua generosità è famosa », mormorò secco Abe. « Ci sono molte attraenti signorine in grado di testimoniare a tuo favore, confermandola al giudice. »

« Andiamo, Abe », intervenne Centaine. « Shasa con le donne si è sempre tenuto lontano dai pasticci... »

« Mia cara Centaine, qui si parla di fatti, e le illusioni materne contano poco. Io non sono un detective privato e la vita privata di Shasa non mi riguarda. Ma con tutto il mio disinteresse potrei citarti almeno sei occasioni, negli ultimi anni, in cui Shasa ha dato a Tara ampio motivo di... »

Shasa si mise a fare segnalazioni disperate ad Abe perché cambiasse argomento, ma Centaine stava ascoltandolo con interesse.

« Coraggio, Abe! Citale! » gli ordinò.

« Nel gennaio di due anni fa, la protagonista del musical

Oklahoma », cominciò Abe, mentre Shasa si copriva gli occhi con la mano, come in preghiera. « Poche settimane dopo, l'ala sinistra della nazionale femminile inglese di hockey. » Fin qui, Abe aveva evitato di far nomi, ma ora cominciò a farli. « Poi c'è stata quella giornalista televisiva americana della NABS, un'arpia dal nome di pesce, anzi no, da delfino, Kitty Godolphin. Vuoi che vada avanti? Ce ne sono altre, ma come ti ho già detto io non sono un investigatore privato e me ne infischio. Ma puoi star tranquilla che Tara se ne procurerà uno bravissimo, e Shasa non si preoccupa troppo di confonder le tracce. »

« Mi sono fatta un'idea, grazie Abe, può bastare », disse Centaine, considerando il figlio con disapprovazione stranamente mista ad ammirazione.

« È il sangue dei de Thiry », pensava. « La maledizione di famiglia. Povero Shasa. » Ma disse con severità: « Sembra che il problema ci sia, allora ». Guardò l'avvocato specializzato in divorzi.

« Ammettiamo che Tara possa dimostrare queste infedeltà. Qual è il peggior giudizio che ci possa toccare? »

« Potrebbe ottenere l'affidamento dei figli, specialmente i due più piccoli, e una congrua liquidazione. »

« Quanto? » domandò Shasa.

« Considerando le circostanze », disse l'avvocato, con delicata esitazione « ... direi un milione di sterline, una casa, gli alimenti e qualche altra cosetta. »

Shasa sedeva rigidissimo sulla sua sedia. Fischiò piano e poi mormorò: « Non è certo uno scherzo ».

Così Shasa preparò con gran cura l'incontro con Tara. Studiò la relazione scritta che si era fatto preparare da Abe e dagli altri consiglieri legali, e in base a essa stabilì la propria tattica. Sapeva cosa dire e cosa tacere. Non doveva fare ammissioni né promesse, soprattutto riguardo ai bambini.

Per l'incontro scelse la pozza ai piedi del Constantia Berg, sperando che Tara ricordasse le ore liete che ci avevano vissuto insieme. Diede ordine allo chef di preparare per il pic-nic le prelibatezze che Tara preferiva, e scelse personalmente in cantina una mezza dozzina di bottiglie.

Prese cura del proprio aspetto con narcisismo insolito. Andò dal barbiere, e poi scelse dal cassetto, dove ne teneva una gran varietà, una pezza di seta nera nuova per l'occhio offeso. Si cosparse del dopobarba che gli aveva regalato lei e indossò l'abito di seta cruda che una volta le aveva sentito lodare. Nella camicia azzurra infilò il foulard dell'aviazione.

Tutti i bambini per quel week-end furono spediti a casa della nonna, e la Rolls Royce fu inviata a prendere Tara dall'amica Molly, dove abitava. L'autista l'accompagnò direttamente alla cascata, e Shasa le aprì la portiera, stupendosi che lei gli porgesse la guancia da baciare.

« Hai un magnifico aspetto, mia cara », le disse, e non era del tutto falso. Era molto dimagrita, le era tornato il vitino di vespa e aveva dei seni stupendi. Nonostante la gravità dell'ora, sbirciando nella scollatura Shasa si sentì rimescolare il sangue nei lombi.

« Calma, ragazzo! » si ammonì mentalmente, e distolse lo sguardo, concentrandosi sul volto di lei. La carnagione era migliorata, le occhiaie si erano alleggerite e aveva i capelli soffici e ben pettinati. Era evidente che aveva curato il proprio aspetto con pari attenzione di lui.

« Dove sono i bambini? » domandò subito Tara.

« Li ho mandati dalla nonna, così possiamo parlare tranquillamente. »

« Come stanno, Shasa? »

« Tutti benissimo, sta' tranquilla. » Su quel punto non voleva che insorgessero lamentele di sorta.

« Mi mancano terribilmente. » Questa era un'affermazione preoccupante, e Shasa la passò sotto silenzio. Invece l'accompagnò al cottage estivo e la fece accomodare sul divano che guardava la cascata.

« Che bello qui », disse Tara guardandosi attorno. « È il posto che preferisco di Weltevreden. » Prese il bicchiere di vino che le porgeva.

« A giorni migliori », disse Shasa alzando il bicchiere. Fecero cin cin e sorseggiarono il vino.

Poi Tara appoggiò il bicchiere sul piano di marmo del tavolino e Shasa si irrigidì in attesa della prima bordata.

« Voglio tornare a casa », disse lei, e Shasa si versò addosso il vino bianco, sul bavero del vestito di seta. Poi, per guadagnare tempo, si mise a rimediare come poteva col fazzoletto.

Era piuttosto contrariato. Essendo un uomo d'affari, non dubitava di riuscire a far trionfare il proprio punto di vista nelle presunte trattative: inoltre stava già pregustando il ritorno alla vita di scapolo, anche se gli doveva costare un milione di sterline, sicché provò una fitta di delusione.

« Non capisco », disse, cauto.

« Mi mancano i bambini. Voglio stare con loro, e, d'altro canto, non voglio portarteli via: hanno bisogno del padre come della madre. »

Era troppo comodo. Doveva esserci sotto qualcos'altro, il suo istinto affaristico non gli consentiva di dubitarne.

« Ho provato a vivere sola », proseguì lei. « E non mi piace, voglio tornare a casa. »

« Allora si ricomincia da capo? » le domandò Shasa, sempre più cauto.

« Sappiamo tutti e due che sarebbe impossibile », rispose lei, spazzando via domande e obiezioni con un gesto della mano. « Lascia che ti spieghi cosa voglio. Voglio tutti i benefici della mia vecchia vita, accesso ai bambini, il prestigio del nome Courteney e il denaro necessario a non dover stentare... »

« Ma se queste cose ti hanno sempre dato la nausea », non poté fare a meno di rinfacciarle. Ma lei non se la prese affatto.

« Non avevo mai provato a farne a meno », gli disse semplicemente. « Tuttavia, voglio potermene andar via per un po' quando la vita qui mi diventi insopportabile... ma non ti metterò in imbarazzo dal punto di vista politico, né sotto alcun riguardo. » Fece una pausa. « Ecco tutto. »

« E in cambio cosa ottengo io? » le chiese.

« Una madre per i tuoi bambini, e una moglie da esibire nella vita pubblica e sociale. Ti organizzerò le cene, mi renderò gradita ai tuoi ospiti, e ti aiuterò nella campagna elettorale. Ero piuttosto brava in queste cose. »

« Pensavo che le mie idee politiche ti disgustassero. »

« Infatti, ma non lo farò capire. »

« E il cosiddetto dovere coniugale? »

« No », scosse la testa. « Complicherebbe soltanto i nostri rapporti. » Pensò a Moses. Non poteva essergli infedele, anche se praticamente gliel'aveva ordinato lui stesso. « No, ma non avrò obiezioni se ti rivolgerai altrove. Hai sempre avuto una certa discrezione in queste cose, e so che continuerai ad averla. »

Shasa le guardò il seno e provò una punta di rimpianto, ma con la soluzione che gli andava proponendo lui otteneva tutto ciò che gli serviva, e risparmiava un milione di sterline.

« È tutto? » le chiese. « Sei sicura? »

« Se a te non viene in mente nient'altro da discutere. »

Lui scosse la testa. « Stringiamoci la mano allora... e stappiamo una bottiglia di champagne. »

Gli sorrise sopra l'orlo della coppa, per nascondergli quel che pensava in realtà di lui e del suo mondo, e bevendo lo champagne fece mentalmente un voto.

« La pagherai, Shasa Courteney, pagherai questo affare molto più caro di quanto tu possa sognarti adesso. »

Per più di dieci anni Tara era stata la padrona di casa a Weltevreden, sicché adesso non trovò alcuna difficoltà a riprendere quel ruolo. Solo che ora più che mai sentiva di recitare una parte in una commedia noiosa e per nulla convincente.

C'era, però, qualche differenza. La lista degli ospiti era sottilmente mutata, e adesso comprendeva la maggior parte delle personalità politiche di rilievo del Partito Nazionalista, e le conversazioni a tavola erano più spesso in afrikaans che in inglese. Tara conosceva bene questa lingua, dopo tutto molto semplice, con una grammatica così facile che i verbi non venivano nemmeno coniugati, e tantissime parole prese pari pari dall'inglese. Tuttavia aveva qualche difficoltà con le inflessioni gutturali, e per la maggior parte del tempo si limitava a sorridere dolcemente stando zitta. Così facendo, scoprì rapidamente che tutti dimenticavano la sua presenza, e poteva ascoltare molto di più che se avesse partecipato alla conversazione.

Adesso veniva sovente a Weltevreden il ministro degli Interni Manfred De La Rey, e Tara trovò ironico dover nutrire e intrattenere l'uomo che praticamente incarnava quanto di peggio esprimesse il regime, la faccia dura e crudele dell'oppressione, che odiava con tutte le sue forze. Era come sedere a mensa con un leopardo mangiauomini: anche i suoi occhi chiari erano giallastri e crudeli come quelli di un grande felino predatore.

Tuttavia si accorse che, nonostante l'odio che provava per lui, subiva anche il fascino di quell'uomo. Una volta superato il turbamento iniziale della sua presenza, scoprì con sorpresa che era una persona intelligente. Naturalmente tutti sapevano che era stato un brillantissimo studente di legge all'università di Stellenbosch, e che prima di essere eletto in Parlamento si era cimentato con successo nella professione forense. Sapeva anche che nel governo nazionalista non c'erano stupidi, ma solo persone con una mente di prim'ordine: tuttavia la sua intelligenza aveva un carattere sinistro e spaventoso. Gli serviva per esprimere i concetti più disumani con tal logica ed eloquenza che doveva riscuotersi dalla sua influenza ipnotica, come un uccello che cerchi di sottrarsi alla danza mortale del cobra davanti a lui.

I rapporti di Manfred De La Rey con la famiglia Courteney costituivano un altro enigma per lei. La rapina da un milione di sterline messa a segno da suo padre alla miniera H'ani (i diamanti non erano mai stati ritrovati) erano entrati nella leggenda familiare, compresi il successivo inseguimento e cattura nel deserto da parte di Blaine e di Centaine, non ancora sua moglie. Il padre di Manfred aveva scontato quindici anni di prigione di una condanna all'ergastolo per quel reato, ed era uscito nel 1948, quando i nazionalisti appena arrivati al potere l'avevano amnistiato, come tanti altri detenuti afrikaner.

Le due famiglie avrebbero dovuto essere quanto mai nemiche, e di questa inimicizia Tara scorgeva traccia ogni tanto, in qualche battuta spontanea di Shasa, in qualche sguardo che i due si scambiavano credendosi inosservati. Nell'amicizia che si dimostravano in pubblico c'era una nota falsa, era una vernice che poteva cadere in qualunque momento: allora i due si sarebbero avventati l'uno contro l'altro come cani rabbiosi.

D'altra parte, Tara sapeva che era stato proprio Manfred a proporre il cambiamento di campo a Shasa, e a convincerlo con l'offerta di un posto importante nel governo. Shasa, dal canto suo, aveva fatto i due De La Rey soci della nuova società per la pesca e l'inscatolamento delle sardine a Walvis Bay, che sembrava avviata, nel primo anno di attività, a un profitto di mezzo milione di sterline.

Il mistero dei loro rapporti era reso ancora più intricato da Centaine. La seconda volta che Shasa aveva invitato a cena a Weltevreden Manfred De La Rey e sua moglie, Centaine le aveva telefonato qualche giorno prima, chiedendole di invitare anche lei e Blaine.

Benché Tara fosse ben decisa a vederla il meno possibile, e a ridurre al minimo l'influenza di Centaine sui bambini e sull'andamento di Weltevreden, non poteva certo dirle di no; specialmente se presa alla sprovvista e senza una buona scusa pronta.

« Ma certo, mamma », le aveva detto fingendo entusiasmo. « Vi avrei invitato comunque, ma pensavo che poteste ritenere troppo noiosa la serata. So che papà trova insopportabile De La Rey... »

« Ma chi te l'ha detto, Tara? » le aveva chiesto secca secca Centaine. « Certo, sono avversari politici in Parlamento, ma Blaine nutre un grande rispetto per De La Rey, e anzi ammette che ha fatto fronte con fermezza agli ultimi disordini. La polizia da lui stimolata ha fatto un magnifico lavoro, arrestando i caporioni e impedendo ulteriori danni e perdite di vite umane. »

Tara si sentì prendere da una gran voglia di ricoprire la suocera di insulti, ma strinse i denti e fece un profondo sospiro. Poi disse, dolce e remissiva: « Va bene, allora, mamma, Shasa e io vi aspettiamo con piacere venerdì sera. Gli ospiti cominceranno ad arrivare verso le sette e mezzo e si andrà a tavola alle otto, come al solito. Naturalmente gli uomini saranno in abito scuro ».

« Naturalmente », disse Centaine.

Era stata una serata straordinariamente mite, considerati i personaggi di opinioni opposte riuniti intorno alla stessa tavola: ma Shasa seguiva strettamente la regola di non parlar mai di bassa politica di partito nella sala da pranzo di Weltevreden, che era degna di una residenza principesca. La conversazione degli uomini andava dalla prevista tournée della squadra di rugby degli All Blacks alla recente cattura nella False Bay di un tonno di trecento chili, all'amo. Sia Manfred De La Rey sia Blaine erano appassionati di pesca d'alto mare e questa cattura, che era la prima del genere da quelle parti, li eccitava alquanto.

Centaine durante la cena rimase stranamente appartata. Tara l'aveva messa di fianco a Manfred e notò come lo ascoltava attentamente. Ben presto cominciò a parlare, ma solo con lui, e per tutto il resto della serata i due conversarono fittamente tra loro, a voce bassa, escludendo gli altri.

La statuaria tedesca bionda che Manfred aveva sposato, Heidi, non era riuscita ad attirare Tara in una lunga e querula dissertazione sulla pigrizia e disonestà dei servi di colore, perché Tara era riuscita a defilarsi subito con la scusa di portare a suo padre un altro cognac, sedendosi poi sul divano di velluto accanto a lui.

« Centaine dice che tu ammiri De La Rey », esordì Tara quietamente, ed entrambi guardarono l'altra coppia, seduta a chiacchierare all'estremità del salone.

« È una forza della natura », borbottò Blaine. « Ma lo sai che anche i suoi colleghi del governo lo chiamano 'il panga'? È duro come il ferro e affilato come una lama. »

« Come mai Centaine ne è tanto affascinata? Mi ha telefonato per chiedermi di invitarvi quando veniva anche lui. Sembra nutrire una specie di ossessione per quell'uomo. Come mai, papà, lo sai? »

Blaine abbassò gli occhi guardando la cenere grigia del sigaro. Cosa poteva dirle? si domandò. Era uno dei quattro – probabilmente altri non ce n'erano al mondo – che sapevano che Manfred De La Rey era un figlio bastardo di Centaine. Ricordava il suo stesso shock e l'orrore, quando lei glielo aveva detto. Nemmeno Shasa sapeva che Manfred era suo fratellastro. Solo quest'ultimo era a conoscenza del fatto, perché l'aveva saputo da Centaine quando, avversario di Shasa nella campagna elettorale del 1948, aveva minacciato di svelare che il suo rivale era figlio di madre nubile, distruggendo la reputazione di Centaine e la carriera politica appena avviata di Shasa. Centaine aveva dovuto andare a trovarlo e spiegargli: anche tu...

Era una situazione complicata, e Blaine si scoprì anche alquanto scocciato, come sempre gli capitava quando doveva ripensare alle follie e alle vicissitudini di Centaine prima di conoscerlo. Poi sorrise: era ancora una donna impetuosa e passionale, e lui non l'avrebbe assolutamente voluta diversa.

« Credo che s'interessi tanto di De La Rey perché può influire sulla carriera politica di Shasa. Sai, è lui il suo 'sponsor' fra i nazionalisti. Tutto qui, mia cara. »

« Lo so, De La Rey è il mentore di Shasa presso il suo partito. Ma voglio chiederlo a te: che ne pensi del suo mutamento di rotta? »

Nonostante la decisione di restare calma, aveva alzato la voce, agitata, e Shasa, che era impegnato in un'intima conversazione con la bella e giovane seconda moglie dell'ambasciatore francese, dallo sguardo brillante quando si posava su di lui, sentì fare il suo nome dall'altra parte della sala e guardò in quella direzione. Tara abbassò subito il tono.

« Che cosa ne pensi personalmente, papà? Non ne sei rimasto sbigottito? »

« In un primo momento sì », ammise Blaine. « Ma poi ne ho parlato con Centaine, e anche con Shasa, che è venuto a trovarmi. Abbiamo discusso, ci siamo anche accalorati, ma devo dire che alla fine ho capito la sua posizione. Non dico che la condivido, ma la rispetto. È convinto che in questo modo può meglio servire il Paese... » Tara sentì il proprio padre ripetere le trite e pretestuose giustificazioni di Shasa, e l'indignazione tornò a colmarla. Prese a tremare di collera repressa, e aveva voglia di mettersi a gridare contro di loro, Shasa, Centaine e il suo stesso padre: ma poi pensò a Moses e alla lotta in cui anche lei era impegnata, e con qualche sforzo riuscì a mantenere il controllo.

« Devo ricordare tutto », si disse. « Tutto quello che dicono e fanno. Anche il più piccolo particolare potrebbe rivelarsi di inestimabile valore per la lotta. »

Così riferì fedelmente tutto quanto a Molly Broadhurst. Una volta alla settimana sgattaiolava fuori da Weltevreden con la scusa di andare dal parrucchiere o dalla sarta. Poi si incontrava con Molly, solo quando era proprio sicura di non essere pedinata. Aveva avuto istruzioni di rompere tutti i rapporti con compagne e compagni, e di evitare d'ora in poi commenti di natura sociopolitica alla presenza di altri. Molly era il suo unico contatto col movimento, e tesaurizzava ogni minuto che riusciva a passare con lei.

Miriam Afrika riusciva sempre a venire assieme al bambino in quei momenti, e Tara poteva abbracciarlo e dargli il biberon mentre faceva rapporto a Molly. Tutto del piccolo Benjamin l'affascinava, dai ricci crespi che aveva in testa alla squisita morbidezza della pelle color del miele e dell'avorio, fino alle piante dei piedini rosa corallo chiaro.

Poi, durante una delle sue visite, Molly le diede un'altra lettera di Moses, e perfino la gioia di abbracciare il piccolo Benjamin impallidì di fronte a quelle parole scritte.

La lettera veniva da Addis Abeba, capitale dell'Etiopia. Moses ci era andato per invito dell'imperatore Hailè Selassiè, a tenere un discorso all'assemblea dei capi di Stato africani. Le disse dell'accoglienza che gli avevano fatto, molto calorosa, e dell'appoggio militare, finanziario e morale che avevano promesso di dare alla lotta di liberazione dell'Anzania, che era il nuovo nome del Sudafrica. Era la prima volta che le capitava di sentirlo, e ripetendolo forte sentì vibrare in quel nome un fremito patriottico che prima non aveva mai provato. Lesse poi il resto della lettera di Moses:

Di qui andrò in Algeria, dove mi incontrerò con il colonnello Boumedienne, che attualmente sta lottando contro l'imperialismo francese. Il suo grande valore porterà sicuramente la libertà e la felicità alla sua terra tragicamente oppressa.

Poi volerò a New York, dove sembra certo che potrò parlare alle Nazioni Unite, esponendo la nostra causa davanti all'Assemblea Generale. Tutto questo è eccitante, ma ho notizie ancora migliori, che riguardano te e il nostro Benjamin.

Se continui a svolgere l'importante lavoro che fai per la causa, i nostri potenti amici contano di darti un premio speciale. Un giorno ci troveremo tutti e tre insieme a Londra. Non ti dico che voglia ho di prendere in braccio mio figlio e rivedere te.

Ti scriverò ancora appena avrò notizie più precise. Per il momento ti esorto a continuare il tuo prezioso lavoro per la causa: in particolare dovresti impegnarti in ogni modo perché tuo marito vinca le elezioni del mese prossimo, in modo che possa andare al governo. Ciò renderà unica, senza esagerare, l'importanza del tuo lavoro per la nostra causa.

Per giorni, dopo aver ricevuto questa lettera, l'umore di Tara restò così allegro e lieto che sia Shasa sia Centaine se ne accorsero, prendendolo per un segno che avesse finalmente accettato le sue responsabilità di padrona di Weltevreden, e fosse pronta a onorare l'accordo che aveva stipulato con Shasa.

Quando il primo ministro annunciò la data delle elezioni, il Paese fu immediatamente percorso dalla tipica frenesia d'eccitazione e intrigo che accompagna i maggiori avvenimenti politici in Sudafrica. I giornali si schierarono con la solita sfacciata partigianeria.

Le dimissioni di Shasa dal Partito Unito e la sua candidatura per il Partito Nazionalista presso il collegio di South Boland costituirono uno degli eventi più clamorosi della campagna. La stampa di lingua inglese l'attaccò ferocemente, dandogli del codardo e del traditore, mentre il *Burger* e il *Transvaler*, pilastri della causa nazionalista, lo salutarono quale uomo lungimirante, pensoso del futuro nazionale, che per questi organi era da individuare nella repubblica, il sogno dei veri patrioti sudafricani, che avrebbe un giorno unito tutti i bianchi sotto la guida del Partito Nazionalista.

Kitty Godolphin era tornata da New York per seguire le elezioni e aggiornare la sua famosa inchiesta « Obiettivo sull'Africa », che le aveva fatto vincere un altro premio Emmy trasformandola in una delle più pagate tra le giovani giornaliste televisive d'assalto che si stavano affermando in America.

Quando sbarcò all'aeroporto Jan Smuts, la defezione politica di Shasa era in prima pagina su tutti i giornali, e subito Kitty gli telefonò al numero privato. Lo trovò all'uscita da un consiglio d'amministrazione, e in procinto di volare alla miniera H'ani per il sopralluogo mensile.

« Ciao! » gli disse allegramente. « Sono io! »

« Brutta puttana! » rispose lui, riconoscendo subito la sua voce. « Dopo lo scherzo che mi hai fatto, dovrei prenderti a calci nel sedere con gli scarponi chiodati. »

« Ah, l'hai vista? Non ti par buona? Credevo di averci azzeccato in pieno. »

« Sì, l'ho vista il mese scorso a Londra, quando l'ha trasmessa la BBC. Mi hai fatto passare per una specie di capitano Bligh – quello del *Bounty* –, ma molto più pomposo e assai meno amabile. »

« Vedi che il ritratto è azzeccato? »

« Non so perché continuo a parlare con te », ridacchiò a dispetto di se stesso Shasa.

« Perché stai sbavando dietro il mio corpo di sogno? » gli suggerì.

« Sarebbe più saggio fare delle *avances* a qualche vespaio. »

« Sai benissimo che piacere e saggezza non vanno d'accordo. » Shasa stava già pensando al suo corpo snello dai seni piccoli e perfetti, e cominciava a vagheggiare situazioni.

« Dove sei? »

« All'aeroporto di Johannesburg. »

« Cosa fai stasera? » Fece un rapido calcolo. Poteva rimandare l'ispezione alla miniera H'ani, e col Mosquito volare a Johannesburg in quattro ore.

« Sono aperta a ogni proposta », gli disse, « che comprenda un'intervista esclusiva per la NABS sul tuo voltafaccia, le tue opinioni sulle presenti elezioni e la loro importanza per il cittadino qualsiasi di questo Paese. »

« Figuriamoci. Farei meglio a scappare, ma sarò lì tra cinque ore. Non andar via. »

Shasa rimise a posto la cornetta e rifletté per un momento.

Il cambiamento di programma avrebbe gettato nella costernazione la società, visto il fitto calendario d'impegni per le prossime settimane, anche per via della campagna elettorale. Ma quella donna l'aveva proprio stregato. Come uno spiritello maligno per tutti quei mesi aveva danzato ai margini della sua memoria, e adesso l'idea di rivederla lo riempiva di impazienza. Gli pareva di esser tornato un ragazzino alle prime avventure sessuali.

Il Mosquito era pronto sulla pista. Gli ci vollero dieci minuti per cambiar piano di volo e compilare la relativa documentazione per i controllori del traffico aereo, poi salì sull'apparecchio e, sogghignando come uno scolaro impegnato in una partita a hockey, accese i motori Rolls Royce.

Atterrò verso il crepuscolo, ma già l'aspettava una macchina della ditta che lo accompagnò direttamente al Carlton Hotel, nel centro di Johannesburg. Kitty lo aspettava nella hall. Aveva la faccia fresca di una teen-ager dai fianchi stretti e le gambe lunghe inguainate nei jeans. Gli corse incontro con entusiasmo infantile, gli gettò le braccia al collo e lo coprì di baci. Gli astanti si figurarono probabilmente che fosse un padre salutato dalla figlia scolara, e sorrisero con indulgenza.

« Ci hanno fatto entrare nella tua suite », gli disse accompagnandolo verso l'ascensore, corricchiando per tenere il passo e stringendosi al suo braccio in una pantomima di adorazione. « Hank ha già preparato luci e cineprese. »

« Manco farmi respirare prima », protestò Shasa, e lei fece la faccia corrucciata.

« Sbrighiamo l'intervista, dai, che così dopo abbiamo più tempo per fare quello che vuoi », disse strizzandogli l'occhio, e lui annuì aggrottando la fronte.

Chiaramente l'aveva fatto apposta. Kitty era troppo accorta per dargli il tempo di riflettere e concentrarsi su quello che gli conveniva dire. Faceva parte della sua tecnica sbilanciare l'intervistato cogliendolo alla sprovvista, mentre lei preparava con cura la scaletta delle domande e gli effetti nelle ore precedenti.

Aveva addirittura fatto spostare i mobili della suite, creando un angolino che sarebbe parso intimo se non fosse stato reso incandescente dai riflettori di Hank. Shasa lo salutò cordialmente, mentre Kitty gli versava un'abbondante dose di whisky dal mobile bar.

« Levati la giacca », gli disse porgendoglielo. « Ti voglio rilassato e disinvolto. » L'accompagnò alle due poltrone che si fronteggiavano e, mentre sorseggiava il whisky, lo fece ridere con uno spiritoso resoconto del volo da New York, che aveva dovuto interrompersi per otto ore a Londra per via del maltempo. Poi Hank le diede il segnale e lei disse amabilmente:

« Shasa Courteney, fin dai primi del secolo la sua famiglia è stata sostenitrice del generale Smuts. Egli era amico personale di suo nonno e di sua madre, spesso ospite a casa vostra e primo mentore della sua carriera politica. E ora lei ha voltato le spalle al Partito Unito che Smuts guidava, abbandonando i principi fondamentali di equità e buon trattamento dei cittadini di colore che costituivano tanta parte del retaggio politico del generale Smuts. Lei è stato definito per questo un voltagabbana e un disertore. Ritiene queste definizioni giuste e, se no, perché? »

L'aggressione era stata così rapida e violenta che per un attimo l'aveva agghiacciato, ma poiché ormai sapeva cosa l'aspettava sogghignò. Si sarebbe divertito lui, stavolta.

« Il generale Smuts era un grand'uomo, ma molto meno liliale nei confronti degli indigeni di quanto creda lei. Durante il suo lunghissimo governo, il loro status politico non cambiò mai, e quando azzardavano qualche rimostranza non esitava a mandare le truppe a spararagli addosso. Ha mai sentito parlare della rivolta di Bondelswart o del massacro di Bulhoek? »

« Intende dire che anche Smuts opprimeva gli indigeni di questo Paese? »

« Non più di quanto un preside severo opprima gli scolari. Fondamentalmente non si è mai occupato sul serio della questione dei negri. L'ha lasciata irrisolta alle future generazioni, che siamo noi. »

« Bene, allora ci dica che cosa intendete fare dei negri di questo Paese, quattro volte più numerosi dei bianchi ma privi di ogni diritto politico nella terra dove sono nati. »

« Per prima cosa intendiamo evitare di cader nella trappola del semplicismo. »

« Può spiegarsi meglio? » si accigliò Kitty. Non aveva intenzione di lasciarlo sgattaiolar via mantenendosi nel generico. « Ci faccia un esempio concreto di semplicismo. »

Lui annuì. « Il suo uso di termini vaghi come 'negri' e 'bianchi', ad esempio, che sembra dividere la nostra popolazione in due parti ben precise, dal peso diverso. È una pericolosa semplificazione. Può valere in America. Se ai negri americani venisse la pelle bianca, ecco che sarebbero, e si considererebbero americani come tutti gli altri... »

« Perché, in Africa no? »

« No! Se ai nostri negri venisse la pelle bianca, continuerebbero a considerarsi zulu, xhosa e venda, come noi continueremmo a essere inglesi e afrikaner... cambierebbe pochissimo. »

Ciò non piacque a Kitty, non era questo che voleva dire al suo pubblico.

« È chiaro che lei sta negando ogni possibilità di democrazia in questo Paese. Un sistema politico basato sul principio *un uomo-un voto* è inaccettabile per chi intende perpetuare la dominazione bianca... »

Shasa l'interruppe subito. « *Un uomo-un voto* non condurrebbe affatto al governo negro che lei sembra auspicare, ma a un governo zulu, perché sono loro i più numerosi. Avremmo un dittatore zulu, tipo il vecchio re Chaka, il che sarebbe indubbiamente emozionante, ma anche spaventoso. »

« E allora che soluzione propone lei? » gli domandò, celando l'irritazione dietro il sorriso da ragazzina. « Forse la dominazione bianca, la spietata oppressione di un esercito e una polizia tutti di bianchi? »

« Io non conosco la soluzione », l'interruppe lui. « Col tempo bisognerà elaborarla, ed è auspicabile che sia un sistema in cui ogni tribù, sia negra, caffellatte o bianca, possa mantenere la sua identità e la sua integrità territoriale. »

« Nobile auspicio », concesse lei. « Ma mi dica quando mai, nella storia dell'umanità, un gruppo che aveva il supremo potere politico su tutti gli altri l'ha ceduto se non in seguito a una lotta armata. Davvero crede che il Sudafrica sia destinato a essere il primo esempio di ciò? »

« Fare la nostra storia tocca a noi », disse Shasa restituendo il mellifluo sorriso. « Sempre tenendo conto che il livello di vita dei negri di questo Paese è cinque o sei volte superiore a quello di tutti gli altri nel continente africano. Qui si spende di più per l'istruzione, gli ospedali e gli alloggi dei negri che in qualsiasi altro Paese africano. »

« Qual è il rapporto fra la spesa per l'istruzione dei negri e quella per l'istruzione dei bianchi? » ribatté subito Kitty. « Secondo le mie informazioni, per l'istruzione di un bambino bianco si spende cinque o sei volte di più che per quella di un bambino negro. »

« Tenteremo di correggere questo squilibrio sviluppando la ricchezza della nazione, man mano che i contadini africani si inurberanno lavorando nell'industria e contribuendo alla tassazione che finanzia l'istruzione. Al momento i bianchi pagano il novantacinque per cento delle tasse... »

Non era così che doveva andare l'intervista, e Kitty cambiò abilmente discorso.

« Ci dica allora come e quando sarà consultata la popolazione negra su questi cambiamenti che lei dice di auspicare. Non è forse vero che quasi tutti i negri, e certo i più istruiti e capaci, che sono i leader naturali del loro popolo, rifiutano totalmente l'attuale sistema politico, che consente a un sesto della popolazione di decidere il destino di tutti gli altri? »

Stavano ancora duellando, quando Hank alzò la testa dalla cinepresa, roteando gli occhi.

« È finita la pellicola. Tre quarti d'ora di intervista... e mi avevi detto venti minuti, Kitty. »

« Okay, Hank, è colpa mia. Non pensavo di intervistare un reazionario così garrulo. » Rivolse un sorriso acido a Shasa. « Puoi portar via tutto, Hank. Ci vediamo domattina alle nove al laboratorio. » Poi non si occupò più del tecnico e nessuno girò gli occhi quando questi se ne andò via. « Allora a che conclusione eravamo arrivati? » chiese Kitty a Shasa.

« Che il problema è molto complesso e nessuno ha in tasca la soluzione. »

« È insolubile? »

« Certamente... senza cautela e tantissima buona volontà da parte di tutti, sia in questo Paese sia fra i nostri amici all'estero. »

« I russi? » sfotté Kitty.

« Gli inglesi », disse lui.

« Gli americani no? »

« No. L'Inghilterra ci capisce; l'America, invece, è troppo occupata dai suoi stessi problemi razziali. Non le interessa niente della dissoluzione dell'Impero Britannico. Tuttavia, noi ci siamo sempre schierati al suo fianco, e oggi la Gran Bretagna si schiererà al nostro. »

« La tua fiducia nella gratitudine delle grandi potenze è consolante. Penso però che nel prossimo decennio partirà dagli

Stati Uniti una grande ondata di preoccupazione per i diritti umani. Almeno spero... e la NABS farà di tutto per trasformarla in una irresistibile marea. »

« Credevo che il tuo compito fosse riferire la realtà, e non riformarla », le disse Shasa. « Sei una giornalista o il ministro del giudizio di Dio? »

« Mi sa che sei un ingenuo » sorrise lei. « Noi creiamo e deponiamo i re. »

Shasa la guardò come se la vedesse per la prima volta. « Buon Dio... non sarete impegnati anche voi nella corsa al potere, come tutti gli altri? »

« È l'unica corsa che c'è, cocco bello. »

« Sei amorale. »

« Come te. »

« Non direi. Noi siamo preparati a decidere e a subirne le conseguenze. Invece voi provocate rovine qui e là e poi, come il bambino che mette da parte il giocattolo rotto, passate senza rimorsi a qualche nuova causa che vi faccia vendere più spazi pubblicitari. »

Era riuscito almeno a farla arrabbiare. Una luce maligna le brillava negli occhi, anche le lentiggini sul naso e sulle guance sembravano emetter lampi come minuzzoli di foglia d'oro. Lo eccitava vedere saltar fuori il suo vero volto, benché fosse un'avversaria da non prendere assolutamente a gabbo. Voleva provocarla ancora di più, per vederla proprio imbufalita.

« Ti sei trasformata nel guru dell'Africa meridionale alla televisione americana per un'unica ragione. Tu te ne freghi della sorte delle masse negre, ma ti eccita fiutare nell'aria l'odore di sangue e violenza. Hai capito che può scoppiare qualche massacro e vuoi esser lì a filmarlo... »

« Sei un bastardo », gli sibilò in faccia. « Io voglio pace e giustizia... »

« Pace e giustizia non forniscono trasmissioni interessanti, mia cara Kitty. Tu sei qui in cerca di morti ammazzati, e se non ce ne fossero abbastanza saresti anche capace di dare qualche piccola spinta per averli. »

Adesso si era alzata dalla poltrona, e lo guardava a labbra tremanti.

« Sei stato lì un'ora a sputare veleno razzista, e adesso accusi d'ingiustizia me. Mi tratti da agente provocatrice della violenza che avete seminato voialtri. »

Shasa alzò un sopracciglio, regalandole il sorriso altezzoso che faceva infuriare gli avversari politici da un capo all'altro del Parlamento, e lei non riuscì a sopportarlo. Gli si avventò contro a labbra bianche, cercando di cavargli l'occhio buono con le unghie.

Shasa la prese per i polsi e l'alzò di peso. Kitty fu sbalordita della sua forza, ma cercò subito di dargli una ginocchiata all'inguine. Con un piccolo scarto lui riuscì a riceverla nel muscolo duro della coscia.

« Ma dove può averlo imparato, un trucchetto come questo, una brava ragazza? » le chiese, torcendole le braccia dietro la schiena e bloccandogliele con una mano sola. Poi si chinò su di lei. Kitty strinse le labbra e cercò di girar la testa, ma lui trovò la bocca e, mentre la baciava, con la mano libera le apriva la camicetta e tirava fuori i seni piccoli, dai capezzoli eretti come more mature. Era eccitata anche lei, pur continuando a scalciare e sibilare come una furia.

La fece prillare e le schiaffò la faccia contro l'imbottitura della poltrona, mettendola a cavallo del bracciolo, col sedere per aria. La tenne giù con una mano tra le scapole e la guardò sgambettare urlando per un po'. Poi, ricordando le punizioni subite nella stessa maniera a scuola, dopo averle destramente sfilato la cintura, le tirò giù i calzoni e gli slip. Le sue natiche bianche e tonde lo ispiravano fervidamente. Si fece sotto.

Benché lei continuasse ad agitarsi e a sgambettare senza posa, Shasa non mancò di notare che inarcava leggermente la schiena e sollevava i fianchi, come per rendergli le cose più facili. Soltanto quando avvenne ciò che in altri casi si suole chiamare l'irreparabile smise di agitarsi tanto e anzi spingendo indietro gli s'incollò vieppiù, e da quel momento gli scossoni dei due cominciarono a seguire un ritmo frenetico e comune, tra ansiti e sospiri.

Era arduo tener dietro a un ritmo simile, e la faccenda durò poco per entrambi. Crollarono sulla poltrona dove, baciandolo, Kitty gli disse: « Devo ammettere che è un bel modo di metter fine a una discussione ».

Shasa ordinò la cena in camera: gamberoni in salsa Mornay, Chateaubriand, patate novelle al forno e asparagi pure novelli. Mandò via il cameriere e servì lui stesso, perché Kitty era coperta solo da un accappatoio dell'albergo.

Stappando la bottiglia di Chambertin le disse: « Ho riservato quattro giorni per una vacanza di sogno. Devi sapere che sono appena riuscito a comprare della terra su cui avevo messo gli occhi da una quindicina d'anni, proprio al confine con il parco nazionale Kruger. È una gran tenuta che apparteneva a un latifondista del Rand, dove la natura è selvaggia come un tempo: adesso che è morta anche la vedova, è tornata sul mercato, e io l'ho comprata. Domattina dopo colazione potremmo andarci in aereo, e passare un lungo ponte meraviglioso senza scocciature, tutto per noi ».

Gli rise in faccia. « Sei fuori di testa, caro il mio moroso. Io sono una ragazza che lavora. Domattina alle undici devo intervistare il capo dell'opposizione, De Villiers Graaff, e non posso certo venire con te nella giungla ad ammirar tigri e leoni. »

« E poi dice di essere un'esperta. Non ci sono tigri in Africa. » Era arrabbiato. « Perdio, mi hai fatto venir qui per niente, allora... »

« Niente? » ridacchiò lei. « Lo chiami *niente*? »

« Speravo di andare avanti quattro giorni. »

« Per un'intervistina? Tutti uguali voialtri miliardari. No, no, ti concedo il resto della notte, ma domani a lavorare tutti e due. »

Stava penetrando troppo spesso nella sua guardia, pensò Shasa. L'altra volta le aveva proposto di sposarla, e l'idea lo stuzzicava ancora. L'aveva preso come solo Tara a suo tempo. Forse era solo un effetto della sua non-disponibilità. Shasa era abituato a ottenere sempre quello che voleva, anche se si trattava di un'arpia senza cuore con faccia e corpo di ragazzina.

La guardò mangiare la prelibata bistecca con lo stesso gusto sensuale con cui faceva l'amore. Sedeva a gambe accavallate sul ciglio della sedia, mostrando tutta la coscia. Lei colse la direzione del suo sguardo ma non si curò di coprirsi.

« Finisci di mangiare », gli disse sogghignando. « Una cosa per volta, cocco. »

Shasa esitò a prender sul serio l'offerta di Tara di aiutarlo nella campagna elettorale, sicché per i primi due comizi la lasciò a Weltevreden e si recò da solo in montagna, oltre il passo Lowry.

Il suo nuovo collegio era South Boland, zona di terra ricca tra le montagne e il mare, sulla costa orientale del Capo. Gli elettori erano quasi tutti di estrazione afrikaner, e le loro famiglie possedevano quella terra da tre secoli. Erano ricchi agricoltori e allevatori, produttori di grano e pecore. Calvinisti e conservatori erano senza dubbio, ma non rabbiosamente, repubblicani e antibritannici come i loro cugini dell'interno, nell'Orange e nel Transvaal.

Accolsero i primi comizi di Shasa con cautela, applaudendo per educazione alla fine. Il suo avversario, il candidato del Partito Unito, era uno smutsiano sfegatato, come Blaine, sempre eletto fino al 1948, quando aveva dovuto cedere ai Nazionalisti. Tuttavia nel collegio aveva ancora una base fra gli uomini che avevano conosciuto Smuts e in guerra erano andati « su al nord » a combattere contro l'Asse.

Dopo il secondo comizio di Shasa gli organizzatori nazionalisti locali cominciarono a preoccuparsi.

« Stiamo perdendo terreno », disse a Shasa uno di loro. « Le mogli diffidano di un candidato che non porta in campagna elettorale la sua. Vogliono darle un'occhiata. »

« Vede, signor Courteney », aggiunse poi, « lei è molto affascinante. Questo va benissimo per le giovani, che pensano somigli a Errol Flynn, ma le più anziane torcono il naso, e agli uomini non piace come la guardano le giovani. Bisogna far capire a tutti che lei è un serio padre di famiglia. »

« Porterò mia moglie », promise Shasa, ma era preoccupato. Che impressione avrebbe fatto Tara a questa comunità dove tantissime donne indossavano ancora la cuffia da *voortrekker* e gli uomini erano convinti che il posto delle femmine fosse il letto o la cucina?

« Un'altra cosa », continuò l'organizzatore locale del partito. « Bisognerebbe che lei fosse presentato da una personalità del governo, un ministro importante e popolare. Vede, signor Courteney, la gente fatica a credere che lei sia un vero nazionalista, col suo nome inglese e la storia della sua famiglia. »

« C'è bisogno di qualcuno che mi dia una patente di rispettabilità, insomma? » Shasa nascose il sorriso, e gli attivisti parvero alquanto sollevati.

« *Ja, ja!* Proprio così! »

« Se venerdì prossimo venissi con il ministro De La Rey e mia moglie? »

« Magnifico! » dissero con entusiasmo. « Il ministro De La Rey è proprio la persona che ci vuole. Tutti sono contentissimi di come ha fronteggiato i tumulti. È un uomo forte e popolarissimo. Se riesce a farsi presentare agli elettori da lui, non avremo più problemi. »

Tara accettò la parte senza commenti, e Shasa, come esercizio d'autocontrollo, si trattenne dal darle qualunque consiglio su come vestirsi o comportarsi per l'occasione, e fu molto contento quando la vide salire sul palco assieme a lui, davanti all'elettorato della cittadina di Caledon, indossando un sobrio abito blu e coi capelli raccolti in una crocchia ordinata.

Sorridente e carina, era il ritratto della brava moglie. Isabella sedeva accanto a lei, in calzette bianche che le arrivavano al ginocchio e nastri colorati nei capelli. Attrice nata, la bambina coglieva il senso dell'occasione, comportandosi da perfetta candidata alla beatificazione. Shasa vide i sorrisi soddisfatti degli organizzatori della campagna elettorale.

Il ministro De La Rey, spalleggiato dalla moglie bionda e dalla prole, presentò Shasa con un fiero discorso in cui chiariva perfettamente che il governo nazionalista non intendeva farsi condizionare affatto dalle pressioni dei governi stranieri o dalle mene dei comunisti sovversivi, soprattutto quando oltre che comunisti erano negri.

Manfred era un abilissimo oratore, dardeggiava sguardi color topazio protendendo il mento vigoroso, alzava l'indice ammonitore, e raccoglieva gli applausi con le mani spavaldamente ai fianchi.

Lo stile di Shasa era diverso, amichevole e rilassato, e quando azzardò la prima battuta di spirito vide l'uditorio rispondere con divertimento genuino. Proseguì assicurando l'elettorato che il governo avrebbe aumentato i già generosi sussidi all'agricoltura e all'allevamento, per incoraggiare i produttori di farina e di lana, che si sarebbe cercato sempre più attivamente di esportare. Andava incoraggiata anche l'industria locale. Alla fine disse loro che sempre più cittadini anglofoni stavano rendendosi conto che la salvezza del Paese risiedeva in un governo forte e alieno da compromessi, per cui prevedeva un sostanziale incremento della maggioranza nazionalista a quelle elezioni.

Stavolta gli prodigarono un applauso convinto e senza riserve, fiduciosi nella sua sincera conversione alle posizioni governative. Poi tutto l'elettorato, anche i sostenitori del Partito Unito, andò al campo di rugby dove Shasa offriva un barbecue per tutti. Due manzi interi furono arrostiti sulle griglie e divorati con profluvio di birra e *mampoer*, il brandy di pesche locale.

Tara sedeva assieme alle signore, parlando poco, con aria timida e mite, sì da incoraggiare nelle più anziane piacevoli sentimenti di protezione materna, mentre Shasa girava tra i mariti, parlando con gran competenza di zecche ovine e malanni del grano. L'atmosfera era domestica e rassicurante, e per la prima volta Shasa fu in grado di apprezzare la capacità organizzativa dei militanti nazionalisti, la dedizione e l'impegno che dispiegavano per la loro causa, riuscendo a mobilitare tutte le risorse. Il Partito Unito non era altrettanto efficiente. Gli anglofoni in politica erano pigri e qualunquisti. Avevano il vecchio difetto inglese di non voler mai sembrare troppo impegnati in qualcosa. La politica era una specie di sport, e qualunque *gentleman* sa perfettamente che lo sport andrebbe praticato solo da dilettanti.

« Non sorprende che abbiamo perso il potere », pensò Shasa. « Questi qui sono dei professionisti, e noi non potevamo assolutamente reggere il confronto. » Poi si ricordò che non erano più avversari, ma gli organizzatori della sua campagna. La cosa gli faceva un po' effetto.

Alla fine, con Tara al fianco, Shasa salutò tutti, con l'organizzatore del partito alle costole che lo portava dai vari notabili, assicurandosi che non ne saltasse nessuno. Tutti concordarono che quella del candidato era una simpatica famigliola.

Dormirono dall'agricoltore più prospero e il mattino dopo, che era domenica, andarono alla chiesa del paese per la funzione secondo il rito riformato olandese. Shasa non entrava in chiesa da quando era stata battezzata Isabella. Non ne aveva dunque una gran voglia. Ma anche questo doveva rivelarsi uno spettacolo, perché Manfred De La Rey aveva insistito presso suo zio, il reverendo Tromp Bierman, moderatore di quella Chiesa, perché venisse lui in persona a tenere il sermone. Le prediche dello zio Tromp erano famose in tutto il Capo di Buona Speranza, e c'erano famiglie che non esitavano a far centocinquanta chilometri di strada per andare a sentirle.

« Non avrei mai creduto di dover tenere un sermone per un maledetto collo rosso, un *rooinek* di un inglese », disse a Manfred. « Devo esser rimbambito, o sarà magari che ti voglio troppo bene. » Poi salì sul pulpito e, con la gran barba argentea che luccicava come un mare in tempesta, prese a fustigare la congregazione con tale impeto e furia che tutti si contorsero rabbrividendo in preda a un delizioso terrore per l'anima loro.

Alla fine della predica lo zio Tromp abbassò il volume per ricordare che si avvicinavano importanti elezioni, e che il voto al Partito Unito equivaleva a un suffragio dato direttamente a Satanasso. Per quanto giuste fossero le riserve di molti nei confronti di un inglese, qui non si trattava di votare un uomo, ma il Partito a cui l'Onnipotente aveva dato la propria benedizione affidandogli i destini del *Volk*. Si trattenne a malapena dal chiudere in faccia le porte del Paradiso a chi non avesse tracciato la croce sul nome Courteney nella scheda elettorale, ma ben pochi avrebbero osato mettere alla prova la sua misericordia sfidandolo.

« Ebbene, mia cara, non ti ringrazierò mai abbastanza del tuo aiuto », disse Shasa a Tara mentre tornavano a casa per gli alti valichi delle Hottentots Hollands. « D'ora in poi sarà una passeggiata. »

« È stato interessante vedere in azione il nostro sistema politico », mormorò Tara. « Gli altri fantini hanno fatto la corsa per te. »

Lo spoglio delle schede nel collegio di South Boland fu una mera formalità. Risultò però che Shasa aveva sottratto altri cinquecento voti al Partito Unito, per la gioia degli uomini dell'apparato. La tendenza risultò valida anche a livello nazionale. Per la prima volta un gran numero di elettori anglofoni abbandonava il partito di Smuts. I Nazionalisti conquistarono 103 seggi e il Partito Unito 53. Si era rivelata pagante la promessa di un governo forte e sdegnoso di compromessi.

A Rhodes Hill, Centaine diede un cenone e un ballo per 150 ospiti importanti per festeggiare la cooptazione di Shasa nel nuovo governo.

Danzando al ritmo del « Bel Danubio blu », Centaine disse a Shasa: « Ancora una volta abbiamo fatto la cosa giusta al momento giusto, *chéri*. Adesso puoi aspirare a qualsiasi traguardo ». Gli canticchiò all'orecchio la canzone di buon augurio che il vecchio boscimano aveva composto alla nascita di Shasa:

Le sue frecce saliranno fino al cielo
come la sua fama tra gli uomini,
e dovunque andrà troverà buona acqua.

Schiocchi e ticchettii del linguaggio boscimane, come passi nel fango e rametti calpestati, destarono in lei ricordi nostalgici del tempo ormai lontano in cui si trovava con Shasa appena nato nel Kalahari.

A Shasa piaceva molto il palazzo del Parlamento, con tutte le sue ali ramificate. Poteva sembrare un club esclusivo per uomini. Gli piaceva la solennità dei colonnati marmorei, delle grandi sale dai rivestimenti in legno pregiato e dai bei pavimenti di maiolica. Spesso sostava nel labirinto dei corridoi per ammirare i ritratti e i busti di personaggi famosi, Merriman, Louis Botha, Cecil Rhodes e Leander Starr Jameson, eroi e canaglie, statisti e avventurieri. Avevano fatto la storia di questo Paese. Poi pensava:

« La storia è un fiume che non finisce mai. Oggi si fa la storia, e io sono proprio alla sua sorgente ». Pensava al suo ritratto che forse un giorno sarebbe stato lì appeso assieme agli altri. « Lo farò fare subito », decise. « Mentre sono ancora abbastanza giovane. Per il momento l'appendo a Weltevreden, ma metterò una clausola nel testamento. »

Come ministro aveva l'ufficio nel palazzo, nelle stesse stanze usate da Cecil Rhodes quand'era primo ministro del vecchio Parlamento del Capo, prima che l'edificio fosse ampliato e ristrutturato. Shasa arredò l'ufficio a sue spese. Fece installare dalla famosa ditta Theseus di Knysna un bel rivestimento in legno di olivo selvatico sudafricano, e poi ci appese quattro paesaggi di Pierneef scelti fra i suoi più belli. Sul tavolo mise un bronzetto di Van Wouw che rappresentava un cacciatore boscimano. Benché avesse avuto l'intenzione di attenersi all'arte autenticamente africana, nel caso del tappeto e della scrivania fece un'eccezione, ricorrendo a un bel Wilton verde e a un *bureau* Luigi XIV.

La prima volta gli sembrò strano andare a prender posto sul banco del governo, proprio di fronte a quelli dell'opposizione. Gli sembrava di veder come in uno specchio il se stesso di prima, deputato del Partito Unito. Ignorò gli sguardi ostili dei vecchi compagni di partito, sorridendo soltanto alla strizzata d'occhio che Blaine gli indirizzò mantenendo l'espressione imperturbabile. Mentre il Presidente della Camera leggeva la preghiera, Shasa osservò gli uomini con cui ora si era alleato.

Le sue riflessioni si interruppero alla fine della preghiera, quando di fronte a lui De Villiers Graaff, il capo dell'opposizione, un bell'uomo alto, si alzò a porre la consueta mozione di sfiducia, mentre i membri del governo, con altezzosa sicumera e ancora in preda all'euforia della vittoria elettorale, lo subissavano di contumelie e sfottò.

Due giorni dopo Shasa prese per la prima volta la parola dal banco del governo, e in Parlamento scoppiò un pandemonio. I suoi ex compagni gli rovesciarono addosso un mare di insulti, lo fischiarono pestando i piedi e smaniando, mentre il nuovo partito cercava di incoraggiarlo con gli applausi.

Alto ed elegante, con un sorriso sdegnoso sul volto, passando con facilità dall'inglese all'afrikaans, Shasa riuscì gradualmente a tranquillizzare il Parlamento col suo stile sobrio e razionale. Una volta conquistata l'attenzione, si mise a esporre tutte le pecche del partito che aveva lasciato, additando a chi l'insultava gravi debolezze e difetti vistosi con abilità chirurgica, mentre quelli si contorcevano a disagio sui loro banchi.

Quando smise di parlare, l'opposizione era demoralizzatissima, e il primo ministro gli rivolse un cenno di congratulazione, gesto quanto mai insolito da parte sua, mentre molti altri ministri, anche quelli di origine settentrionale, contrari alla sua nomina, gli passavano bigliettini di felicitazioni. Quello di Manfred De La Rey l'invitava a pranzo assieme a diversi altri ministri navigati, un eccellente inizio.

Blaine Malcomess e Centaine vennero a Weltevreden per il week-end. Come al solito, la famiglia passò il sabato pomeriggio al campo di polo. Blaine si era recentemente dimesso da capitano della nazionale sudafricana.

« Giocare ancora è osceno per un uomo che ha passato i sessanta », disse a Shasa spiegandogli la sua decisione.

« Sei meglio di tanti quarantenni, Blaine, e lo sai benissimo. »

« Ti andrebbe di mantenere la carica di capitano in famiglia? » propose Blaine.

« Ho un occhio solo », gli ricordò Shasa.

« Colpisci ugualmente benissimo. E poi è tutta questione di esercizio. »

« Non ho tempo », protestò Shasa.

« Nella vita c'è tempo per tutto quello che ti interessa davvero. »

Così Blaine lo costrinse ad allenarsi, ma in fondo sapeva benissimo che Shasa aveva perso interesse nello sport e non sarebbe mai diventato capitano della nazionale. Sì, certo, cavalcava da centauro, il suo braccio era forte e il suo colpo sicuro, e quando cominciava a scaldarsi gli veniva un coraggio da leone, ma ormai aveva bisogno di emozioni più forti di quelle che poteva dargli il polo.

« È uno strano paradosso che un uomo dotato di tanti talenti possa disperdersi senza svilupparne appieno nemmeno uno. » A quel pensiero Blaine passò da Shasa ai suoi figli.

Come sempre, Sean e Garrick si erano uniti non invitati all'allenamento, e anche se non riuscivano certo a stare al passo dei loro maggiori, facevano da gregari e da raccattapalle.

Sean cavalcava come il padre alla sua età, il che diede a Blaine, osservandolo, una fitta di nostalgia. Il cavallo era una parte di lui, c'era un accordo totale fra bestia e cavaliere, la sua azione con la mazza era naturale e per niente forzata, ma perdeva subito interesse nel gesto atletico, faceva errori di svogliatezza e si divertiva di più a sfottere il fratello e a fare il bullo per impressionare le ragazze che lo guardavano dalla tribuna, che a esercitarsi per migliorare il proprio stile.

Garrick era il contrario del fratello maggiore. Cavalcava facendo balenare tra chiappe e sella abbastanza luce da abbagliare un cieco, ma la sua concentrazione era assoluta, e si lanciava sulla palla incenerendola con lo sguardo occhialuto, mazzolandola con la grazia di un badilante: tuttavia era sbalorditivo quante volte la pigliasse e riuscisse a metterla dove voleva. Inoltre, Blaine si stupì dell'improvviso cambiamento del suo fisico. Dal goffo magrolino che era stato non tanto tempo prima, adesso si era sviluppato in maniera quasi grottescamente eccessiva, per un ragazzo della sua età, nelle spalle, nel torace e nelle braccia. Ma non appena smontavano e andavano a prendere il tè, le gambette ancora esili gli davano un'aria da scimmia. Quando si toglieva il berrettino da giocatore, i capelli ispidi a ciocche scure lo facevano sembrare un porcospino: e mentre Sean si dava da fare per far divertire le ragazze con scherzetti e fanfaronate, Garrick se ne stava con suo padre. Ancora una volta Blaine si stupì vedendo il fitto colloquio tra padre e figlio: Shasa cercava con impegno di aggiustargli l'impostazione della presa sulla mazza, ad esempio, e quando Garrick mostrò di riuscirci bene, Shasa disse:

« Perfetto, se continui così diventerai anche tu un campione, vedrai ».

Era commovente vedere la felicità di Garry a queste uscite paterne, e Blaine scambiò uno sguardo d'intesa con Centaine. Non molto tempo prima, avevano parlato del disinteresse di Shasa per quel suo figlio, e del danno che un simile atteggiamento poteva provocare. Ma ormai quelle preoccupazioni sembravano infondate. Era degli altri due, pensò Blaine, che a questo punto bisognava preoccuparsi.

Oggi Michael non era venuto a giocare. Si era fatto male al polso, un misterioso incidente che, benché dolorosissimo, non dava luogo a gonfiori o lividi di sorta. Era sbalorditivo quanti fastidi riuscissero a dargli polsi, caviglie e ginocchia quando si profilavano dure attività sportive all'aria aperta. Blaine si accigliò guardandolo ora, seduto accanto a Tara al tavolo del tè, a leggere un libro di poesia, come sua madre. Nessuno dei due aveva mai alzato la testa a guardare i giocatori che urlando imperversavano sul campo. Blaine credeva fermamente nell'antica convinzione che un giovane dovesse avere mente disciplinata in corpo sano, per potersi gettare vigorosamente nella dura lotta per la vita. Ne aveva parlato con Tara, ma, benché la figlia gli avesse promesso di incitare Michael a una maggiore attività sportiva, i risultati dell'intervento materno non si vedevano proprio.

Dietro di lui si alzò un coro di risatine e gridolini. Blaine diede un'occhiata. Ormai, dovunque andasse, Sean sembrava attirare un branco di femmine, come un albero carico di frutti attira gli uccellini. Blaine non aveva idea di chi fossero queste ragazze: alcune erano figlie dell'amministratore della tenuta, altre dell'enologo renano di Shasa; la bella biondina era figlia del console americano e le due brunette dell'ambasciatore francese, ma le altre gli erano del tutto sconosciute, forse rappresentavano la prole della mezza dozzina di politici e membri del corpo diplomatico che Shasa usava invitare il sabato pomeriggio per il tè a Weltevreden.

« In realtà non dovrei ficcare il naso », borbottò fra sé Blaine, « ma penso che dirò due o tre cosette a Shasa. Parlare con Tara è inutile, è troppo indulgente. » Blaine si guardò intorno e vide che Shasa si era allontanato dal gruppo seduto a prendere il tè al gran tavolo sotto le querce, e si era diretto verso i cavalli. Ecco che ora si chinava a osservare con uno staffiere il ferro anteriore della sua cavalcatura preferita, uno stallone fortissimo che aveva chiamato Kenyatta perché era nero e pericoloso.

« È il momento buono », borbottò Blaine avvicinandosi a Shasa. Parlarono un po' delle zampe del cavallo, il suo unico punto debole, e poi si alzarono in piedi.

« Come sta andando Sean alla scuola di Bishops? » chiese svagato Blaine, e Shasa parve sorpreso.

« Tara te ne ha parlato? » gli chiese. Sean era andato a quella scuola media superiore dopo aver lasciato l'inferiore come capoclasse e capitano delle attività sportive.

« C'è qualche problema? » chiese Blaine.

« Sta attraversando una fase di ribellione », disse Shasa alzando le spalle. « Passerà presto, è troppo in gamba per non ravvedersi alla fine. »

« Cos'è successo? »

« Oh, niente di preoccupante. Non ha voglia di studiare e le pagelle ultimamente lo rispecchiano. Gli ho fatto assaggiare la frusta, che è l'unica lingua che capisce subito, e si rimetterà in carreggiata, Blaine, non preoccuparti. »

« Per certuni tutto è troppo facile », osservò Blaine. « Si abituano a prender la vita alla leggera. » Vide Shasa inalberarsi un tantino, e capì che prendeva l'osservazione come diretta a lui. Bene, pensò, faccia pure, e poi continuò deliberatamente: « Tu dovresti saperlo, Shasa, che hai le stesse debolezze ».

« Immagino che tu abbia il diritto di parlarmi in questo modo. Sei l'unico al mondo che può farlo », ingoiò Shasa. « Ma non pensare che la cosa mi faccia piacere, Blaine. »

« Ma io stavo riferendomi più che altro al giovane Sean », disse Blaine. « Anche lui non accetta critiche ed era di lui che parlavo, non di te, Shasa. Come mai ti abbiamo tirato in ballo? Comunque, già che ci siamo, permetti a un vecchio brontolone di dirti due parole di monito. Per prima cosa, non prendere così alla leggera il comportamento di Sean: un giorno potresti trovarti alle prese con qualche problema serio, se non ci pensi fin d'ora. Certe persone hanno bisogno di stimoli costanti, se no si annoiano, e penso che Sean sia sulla strada di diventare un tipo del genere. Diventano come drogati, sempre in cerca di rischi ed emozioni nuove. Tienilo d'occhio, Shasa. »

« Ti ringrazio, Blaine. » Shasa annuì col capo, ma non gli era grato.

« Quanto a te, Shasa, finora hai affrontato la vita come un gioco. »

« Cos'altro è? » ribatté Shasa.

« Se pensi davvero che sia solo un gioco, non hai diritto di far parte del governo », proseguì Blaine con calma. « No, Shasa. Ti sei assunto la responsabilità del benessere di sedici milioni di persone. Questo non è più un gioco, ma un mandato sacro. »

Smisero di passeggiare e si guardarono in faccia.

« Pensaci sopra, Shasa », disse Blaine. « Credo che ci attendano giorni bui e difficili, e non giocherai per dei dividendi un po' più alti, ma per la sopravvivenza di una nazione: e se fallirai, significherà la fine del mondo che ami. Non sarai l'unico a soffrirne. »

Blaine si voltò. Isabella stava correndo loro incontro.

« Nonno! Nonno! » gridava. « Voglio farti vedere il nuovo pony che mi ha regalato mio papà! » Entrambi abbassarono gli occhi a guardare la bella bambina.

« No, Shasa, non sarai l'unico a soffrirne », ripeté; poi prese la bambina per mano.

« Va bene, Bella », le disse. « Andiamo alle scuderie. »

Shasa si accorse ben presto che le parole di Blaine erano come i semi dell'erba-freccia. All'inizio, quando ti si attaccano ai vestiti, si limitano a darti un po' di prurito: ma poi affondano sempre più, forano gli indumenti, e finiscono per bucarti la pelle facendoti male davvero. Quelle parole erano ancora in lui, molto presenti, il lunedì mattina, quando andò alla riunione del governo. Prese posto in fondo al tavolo, come si addiceva al ministro meno anziano.

Prima che Blaine gli parlasse, considerava queste riunioni non più importanti delle sedute del consiglio d'amministrazione della sua società. Certo, ci si preparava con altrettanta cura: non prendeva solo appunti esaurienti e precisi, ma raccoglieva anche dossier sui suoi colleghi di governo. Blaine lo aiutava in questo lavoro, i cui dati erano stati introdotti nel computer della società e venivano aggiornati si può dire al minuto. Dopo una vita di attività politica, Blaine era diventato un abilissimo analista, e non gli era stato difficile ricostruire i tenui e celati legami di fedeltà e dedizione che univano questo gruppo di persone importanti.

In genere facevano tutti parte – salvo Shasa – del *Broederbond*, la Confraternita, una società segreta di eminenti afrikaner senza scrupoli che non aveva altro obiettivo se non quello di favorire gli interessi di tale gruppo, a preferenza di tutti gli altri, in ogni possibile situazione e a ogni livello, da quello della politica nazionale, a quello dell'economia e del lavoro, fino alla burocrazia statale e scolastica. Un estraneo non poteva neanche sperare di scandagliarne tutte le ramificazioni, perché era protetta da una cortina di silenzio che nessun afrikaner aveva il coraggio di intaccare. Li univa tutti quanti, fossero membri della Chiesa Calvinista Olandese Riformata o dell'ancor più reazionaria chiesa *Dopper*, una setta protestante nel cui catechismo si precisava, all'articolo 3, che il paradiso era riservato ai membri della razza bianca. Il *Broederbond* riusciva a unire i meridionali, i nazionalisti del Capo, e i duri del Nord.

Mentre riordinava i fittissimi appunti, di cui non avrebbe avuto bisogno avendoli già affidati alla memoria, Shasa notò che le due componenti del gabinetto si erano schierate come eserciti che si preparino ad affrontarsi in battaglia. Lui, ovviamente, era schierato coi meridionali, guidati dal dottor Theophilus Dönges, uno dei ministri più anziani, membro del governo fin da quando il dottor Malan aveva portato il partito al potere nel 1948. Era il leader del partito nella provincia del Capo, e Manfred De La Rey era uno dei suoi sostenitori. Tuttavia era la componente meno numerosa e influente delle due. I settentrionali comprendevano uomini del Transvaal e dello Stato Libero di Orange, fra cui si contavano i politici più formidabili della nazione.

Stranamente, in questa assemblea di persone notevoli, l'attenzione di Shasa fu attirata da un uomo che era entrato in Senato nello stesso periodo in cui lui era entrato nella Camera Bassa. Prima della sua elezione a senatore nel 1948, Verwoerd era stato direttore del *Transvaler*, e prima ancora professore all'università di Stellenbosch. Shasa sapeva che era stato insegnante di Manfred De La Rey, su cui aveva esercitato un'influenza enorme. Tuttavia, ora facevano parte di due correnti diverse, perché Verwoerd era del nord. Dal 1950 era ministro degli Affari Bantu, con poteri quasi divini sulle popolazioni negre, e aveva reso il suo nome sinonimo dell'ideale della segregazione razziale a tutti i livelli della società.

Per essere un uomo dalla reputazione di intolleranza razziale così monumentale, l'architetto del grande edificio dell'apartheid, che si stava erigendo allora mediante una serie di leggi interconnesse che fissavano in tutti i particolari la vita dei milioni di negri che vivevano nel Paese, si presentava con un aspetto e dei modi abbastanza gradevoli. Il suo sorriso era gentile, quasi benevolo, ed egli parlò con calma e persuasività quando si alzò a spiegare al Consiglio dei ministri, con l'aiuto di una carta del Sudafrica preparata apposta, il suo progetto per ridistribuire la densità della popolazione negra.

Alto, dalle spalle un po' curve, con i capelli ricci che cominciavano a imbiancarsi, parlava da uomo sincero e assolutamente convinto della giustezza delle sue conclusioni. Shasa si ritrovò quasi trascinato dal plausibile flusso della sua logica. Benché la sua voce fosse un tantino troppo acuta, e la tensione del suo monologo disturbasse un po' l'orecchio, li dominava tutti con la forza non solo delle sue sentite convinzioni, ma anche della sua personalità. Perfino i suoi oppositori erano affascinati dalla sua grande abilità dialettica.

C'era un solo piccolo particolare che disturbava Shasa. Gli occhi azzurri di Verwoerd erano un po' strizzati, come se fosse sempre intento a fissare il sole, e circondati da un reticolo di rughe del sorriso: ma erano occhi freddi, occhi da mitragliere che punta la sua arma micidiale.

A Shasa tornarono in mente le parole di Blaine, fissando il tavolo di legno pregiato e lucido. « No, Shasa, non è un gioco. Ti sei preso la responsabilità del benessere di sedici milioni di persone. Questo non è più un gioco, ma un sacro mandato. »

Tuttavia rimase impassibile mentre Verwoerd finiva la sua esposizione. « Nessuno di noi oggi dubita che il Sudafrica sia ancora una nazione di bianchi. Le mie proposte mirano a dare agli indigeni una certa autonomia nelle riserve. Tuttavia, per quanto riguarda la nazione nel suo complesso, e in particolare le zone europee, noialtri bianchi siamo e resteremo i padroni. »

Vi fu un mormorio generale di approvazione e consenso, mentre due membri del governo chiedevano qualche precisazione di minor conto. Non si mise la proposta ai voti, perché la relazione di Verwoerd per adesso era considerata solo tecnica e consultiva.

« Ritengo che il dottor Henk abbia esaurito l'argomento in maniera pienamente soddisfacente. Se nessun altro ha domande da fare, passiamo al prossimo punto all'ordine del giorno. » Il primo ministro guardò Shasa in fondo al tavolo. All'ordine del giorno c'era adesso:

PUNTO DUE: L'onorevole ministro dell'Industria e delle Miniere illustrerà le necessità di capitale dell'industria privata nei prossimi dieci anni e proporrà il modo di far fronte a queste esigenze.

Era la prima volta che Shasa si sarebbe rivolto all'intero Consiglio, e sperò di esser dotato di una minima parte delle capacità di persuasione di Verwoerd, e del suo stile.

Appena si alzò a parlare, il nervosismo l'abbandonò. Era preparatissimo. Cominciò valutando il fabbisogno di capitali esteri dell'economia nel prossimo decennio, « per arrivare alla fine degli anni Sessanta », e poi stimò quanti se ne potevano prevedibilmente raccogliere nei tradizionali serbatoi dei Paesi del Commonwealth.

« Come vedete, ci sarà una considerevole scarsità, soprattutto nel settore minerario, in quello degli armamenti e in quello relativo alle nuove prospettive di estrazione della benzina dal carbone. Ed ecco come propongo di ovviare a questa scarsità. Nel primo caso, rivolgendoci al mercato statunitense, ricchissimo di capitali alla perpetua ricerca di investimenti convenienti, a cui non abbiamo finora attinto che in misura trascurabile... »

Tutti lo ascoltarono attentissimamente mentre descriveva il progetto elaborato dal suo ministero per pubblicizzare presso gli uomini d'affari americani le buone prospettive dell'industria mineraria sudafricana, invitandoli a visitare il Paese a spese del governo. Pensava inoltre di fondare associazioni con politici e industriali influenti, che avessero simpatia per il Sudafrica, negli Stati Uniti e nel Regno Unito per promuovere l'immagine del Paese: a questo scopo aveva già contattato Lord Littleton, capo delle banche d'affari Littleton, che aveva accettato di presiedere il British South Africa Club. Un circolo del genere, l'American South Africa Club, sarebbe stato fondato negli Stati Uniti.

Shasa si sentì incoraggiato dall'accoglienza visibilmente favorevole alla sua presentazione, e continuò toccando un punto imprevisto.

« Abbiamo appena udito dal dottor Verwoerd la proposta di costituire, all'interno del Paese, degli Stati autonomi negri.

Non desidero criticare gli aspetti politici di questo piano, ma da operatore economico mi sento tenuto ad attirare la vostra attenzione sui costi finanziari, più che su quelli umani, di una simile soluzione. »

Shasa procedette abilmente a illustrare i grandi ostacoli logistici e la perdita di produttività che sarebbe risultata dall'operazione.

« Dovremo raddoppiare in varie parti del Paese tutte le strutture statali, e bisogna aspettarsi che questo venga a costare molti miliardi di sterline. Sono soldi che si potrebbero investire più utilmente in imprese creatrici di ricchezza... »

Dall'altra parte del tavolo vide Verwoerd irrigidirsi, ostile. Shasa sapeva che era un uomo autoritario, insofferente di ogni critica, e capiva di correre un rischio a contraddire uno che molto probabilmente un giorno sarebbe diventato primo ministro. Ma continuò, ostinatamente.

« La proposta ha un altro difetto. Decentrando l'industria la renderemo meno efficiente e competitiva. Oggi che tutti i Paesi del mondo si fanno concorrenza, ciò potrebbe costituire per noi un grosso handicap. »

Tornando a sedersi vide che, pur non avendo convinto forse nessuno, aveva dato da pensare a tutti, e seriamente. Quando la seduta finì, uno o due ministri, di origine meridionale, rimasero a scambiare altre due parole con lui. Shasa intuì di aver rafforzato la propria reputazione, consolidando il suo posto nel governo, e quel pomeriggio tornò a Weltevreden piuttosto contento di sé.

Mise la borsa sulla scrivania del suo studio e, sentendo voci in terrazza, uscì nel sole del tardo pomeriggio. L'ospite che Tara stava intrattenendo era il preside della scuola di Bishops. Di solito questa degna persona convocava i genitori degli studenti ricalcitranti nel suo ufficio, ma ciò non si applicava certo alla famiglia Courteney. Erano ormai trent'anni che Centaine Courteney-Malcomess era nel consiglio di direzione della scuola, unica donna a farne parte. Prima della guerra, suo figlio era stato capoclasse, e adesso anche lui faceva parte del consiglio. Entrambi contribuivano generosamente alle migliorie dell'istituto: avevano donato l'organo, le vetrate per la Cappella, e le cucine. Sicché il preside era andato di persona da Shasa, anziché convocarlo nel suo ufficio. Tuttavia, Tara pareva a disagio, e si alzò ad accogliere Shasa con sollievo.

« Salve, preside », disse Shasa stringendogli la mano, ma non si sentì incoraggiato dalla sua espressione alquanto lugubre.

« Il preside vuol parlarti di Sean », gli spiegò Tara. « Penso che sia consigliabile una franca discussione tra uomini, per cui vi lascio soli e vado a preparare un altro po' di tè. »

Scivolò via, e Shasa osservò allegramente: « A quest'ora mi parrebbe più indicato un whisky. Lo gradisce, preside? »

« No, grazie, signor Courteney. » Tanta formalità preoccupò Shasa, che assunse una certa aria solenne e sedette accanto al preside.

« Sean, eh? Cos'ha fatto quel piccolo teppista? »

Tara aprì silenziosamente la porta della sala da pranzo, che pure dava sulla terrazza, e si mise a origliare dietro la tenda. Ascoltò fin quando sentì le voci intente a una discussione grave e animata, che avrebbe tenuto impegnato Shasa almeno per una mezz'ora. Allora andò rapidamente nello studio del marito. La porta era aperta: le uniche porte chiuse, a Weltevreden, erano quelle della cantina.

La borsa di Shasa era sulla scrivania. L'aprì e vide la busta azzurra con l'intestazione ufficiale che conteneva gli atti, dattilografati, di quella seduta del governo. Sapeva che al termine dei consigli settimanali ne veniva data copia a ogni ministro, ed era proprio quello che cercava.

Prese la busta, attenta a non spostare nient'altro nella borsa di coccodrillo, e la portò sul tavolo davanti alla porta-finestra. Lì c'era più luce, e inoltre riusciva a vedere Shasa sempre intento a discorrere animatamente col preside in terrazza, sotto la vite a pergola.

Rapidamente mise i fogli azzurri sul tavolo e tirò fuori dalla tasca della gonna una macchinetta fotografica delle dimensioni di un accendino. Non conosceva ancora bene il funzionamento, e le mani le tremavano per il nervosismo. Era la prima volta che lo faceva.

La macchina fotografica gliel'aveva data Molly nel loro ultimo incontro, spiegandole che i loro amici erano così contenti della qualità delle informazioni che forniva che avevano deciso di renderle il lavoro più facile. Le dita alle prese coi bottoncini di quel minimo aggeggio le sembravano salsicce, e fotografò due volte ogni foglio per assicurarsi contro errori di messa a fuoco o diaframma. Poi rimise in tasca la macchinetta, i fogli nella cartelletta, la cartelletta nella busta azzurra e la busta nella borsa, nell'identica posizione di prima.

Era così nervosa che dovette correre a far pipì, e ci arrivò appena in tempo. Cinque minuti dopo portò la teiera d'argento dell'epoca della regina Anna in terrazza. Di solito un gesto simile avrebbe irritato Shasa, a cui non piaceva che usurpasse i compiti della servitù, specialmente di fronte agli ospiti. Ma stavolta era troppo impegnato nel colloquio col preside per farci caso.

« Mi riesce difficile credere che siano più che ragazzate », stava dicendo. Era accigliato, sedeva di fronte al preside con le mani sulle ginocchia.

« Anch'io ho cercato di prenderla così per un po' », disse il preside scuotendo la testa con gravità. « Dati i rapporti speciali che la sua famiglia intrattiene con la scuola, finora sono stato molto indulgente. Tuttavia », fece una pausa significativa, « non si tratta più di qualche malestro isolato. Non si tratta di qualche giovanile soprassalto di ribellione, ma di un sistema mentale, di un modulo di comportamento costante, il che è molto allarmante. » Il preside si interruppe per prendere la tazza di tè che Tara gli porgeva. « Mi perdoni, signora Courteney; la cosa spiace a me quanto penso debba spiacere a voi. »

Tara si sedette tranquillamente. « Io le credo, sa? Voi trattate i ragazzi coscienziosamente, come se fossero figli vostri. » Poi guardò Shasa. Nascose la sua maligna soddisfazione dietro un sorrisetto dolente e coraggioso. Sean, dotato di forte volontà e incurante degli altri, era sempre stato il cocco di Shasa, che non aveva mai capito, né accettato, il suo lato crudele. Le tornarono in mente le sue primissime manifestazioni di egoismo e ingratitudine, ancor prima che imparasse a parlare. Da bambino, quando si era saziato del suo latte, glielo dimostrava mordendole il capezzolo così forte da farle venire i lividi. Certo l'aveva amato, ma senza mai considerarlo eccessivamente simpatico. Appena aveva imparato a camminare, si era diretto verso il padre, ciondolandogli alle costole come un cagnolino, e la sua prima parola era stata « papà ». Questo l'aveva ferita, dopo averlo portato in grembo, partorito con dolore e allattato: « Papà ». Bene, adesso era figlio più di Shasa che suo, si arrangiasse lui dunque. Si appoggiò allo schienale della sedia e con soddisfazione un po' spregevole si divertì a vederlo affrontare il problema.

« È uno sportivo naturale », stava dicendo Shasa « e un capo nato. È intelligente... sono convinto che si rimetterà in carreggiata. Alla fine dello scorso trimestre gli ho dato una buona ripassata con la frusta, e gliene darò un'altra stasera, tanto per metterlo nel giusto ordine di idee. »

« Con certi ragazzi la frusta non serve, anzi ha l'effetto contrario. Il suo Sean considera le punizioni corporali attestati del suo valore, come un soldato le ferite. »

« Io sono sempre stata contraria a questo genere di punizioni », disse Tara, e Shasa le diede un'occhiataccia, ma il preside continuò il discorso.

« Anch'io ho provato a usare la frusta con Sean, signor Courtency. Ma per lui, come le dico, è una specie di decorazione al valore. »

« È un buon atleta », azzardò Shasa, sempre più mogio.

« Vedo che ha scelto il termine 'atleta', anche per me è più calzante di 'sportivo' », approvò il preside. « Sean è precoce e maturo per la sua età. È più forte degli altri ragazzi del gruppo, e non ha scrupoli a servirsi della forza per prevalere negli sport, anche contro le regole del gioco », continuò guardando con intenzione Shasa. « È vero che è intelligente, ma i suoi voti provano che non usa l'intelligenza per studiare. Si dedica a imprese molto meno lodevoli. » Il preside fece una pausa, avvertendo che non era il momento di fornire esempi concreti a un padre accecato dall'amore. Continuò così: « È anche, come ha osservato lei, un capo naturale. Disgraziatamente si attornia dei peggiori elementi della scuola: li ha organizzati in una banda che terrorizza gli altri ragazzi; anche i più anziani hanno paura di lui. »

« Mi sembra incredibile », disse Shasa, ormai mesto.

« Per parlar chiaro, signor Courteney: Sean sembra avere un lato malvagio e vendicativo. Naturalmente spero che migliori: tuttavia, se ciò non capita al più presto, sarò costretto a prendere una grave decisione a proposito del suo futuro a Bishops. »

« E io che speravo tanto che diventasse capoclasse! » disse Shasa. Il preside scosse la testa.

« Altro che diventare capoclasse. Signor Courteney, se Sean non cambia atteggiamento entro la fine dell'anno, sarò costretto a chiederle, con la più grande riluttanza, di ritirarlo da Bishops. »

« Mio Dio! » proruppe Shasa. « Non dirà sul serio! »
« Purtroppo sì. »

Il semplice fatto che Clare East fosse stata assunta dal preside di Bishops era già notevole. La spiegazione era che l'incarico sarebbe stato temporaneo, sei mesi di supplenza, resasi necessaria per le inaspettate dimissioni, per ragioni di salute, del professore di disegno e pittura. Lo stipendio offerto era tale da attirare non più di altri due candidati, entrambi palesemente inadatti.

Clare si era presentata al colloquio col preside indossando abiti che non metteva da sei anni, ossia da quando ne aveva compiuti ventuno. Li aveva riesumati per l'occasione dal fondo di un baule. Si trattava di un serio tailleur verde-bottiglia, che si avvicinava abbastanza all'idea che si faceva il preside dell'abbigliamento ideale di un'insegnante. I lunghi capelli neri se li era raccolti a crocchia, e i disegni che aveva portato da mostrare erano tutti paesaggi, marine e nature morte, soggetti che ormai le interessavano quanto i vestiti riesumati per l'occasione. Alla scuola di Bishops l'arte interessava ben poco, era soltanto un'alternativa per quegli studenti che non avevano attitudine alle scienze.

Quando a Clare fu affidato il corso di arte, in un padiglione abbastanza distante dall'edificio scolastico principale da darle una certa libertà di comportamento, tornò a indossare i suoi soliti vestiti: gonne larghe a colori vivaci e disegni vistosi, e camicette tipo messicano, come quelle che portava Jane Russell nel film *Il mio corpo ti scalderà.* Clare l'aveva visto cinque volte mentre frequentava l'Accademia a Londra, e si era modellata su Jane Russell, pur sapendo che il suo seno era molto più bello di quello della Russell, altrettanto grosso ma più alto e affusolato.

I capelli li acconciava ogni giorno in modo diverso. Mentre insegnava, si toglieva sempre i sandali e passeggiava per l'aula a piedi nudi, fumando le lunghe sigarette brune portoghesi che le regalava a stecche uno dei suoi amanti.

Sean non aveva il minimo interesse per l'arte. Era finito in quel corso per inerzia. Fisica e chimica richiedevano un impegno eccessivo, mentre geografia era ancor più noiosa di disegno.

Sean si innamorò di Clare East appena la vide entrare in classe. La prima volta che si era fermata al suo cavalletto a ispezionare la fanghiglia colorata che aveva spalmato sul suo foglio, si era accorto che era due centimetri più bassa di lui, e quando aveva allungato il braccio a correggergli un contorno improbabile aveva notato che non si radeva le ascelle. Quel cespuglietto ispido e stillante sudore gli aveva provocato la più ferrea e dolorosa delle erezioni che avesse mai sperimentato.

Cercò di far colpo su di lei con un comportamento boriosamente virile, ma, visto che non serviva, usò in sua presenza un'imprecazione che di solito riservava sul campo da polo al cavallo renitente. Clare East lo spedì dal preside con un bigliettino, e quello gli impartì quattro colpi col suo bastone di Malacca, accompagnandoli con qualche parola d'ammonimento.

« Imparerai, giovanotto, *ciak*, che io non permetto che a una condotta atroce, *ciak*, si accompagnino maleparole *ciak*, specialmente alla presenza di una signora, *ciak*. »

« Grazie signor preside. » Era tradizione ringraziare dopo la somministrazione delle punizioni corporali, e astenersi dal fregarsi la parte indolenzita alla presenza del grand'uomo. Quando Sean tornò in classe, il suo ardore, lungi dall'esser stato spento dalle bacchettate, risultò al contrario accresciuto fino a diventare intollerabile: ma capì che bisognava cambiar tattica.

Ne parlò col suo tirapiedi, Snotty Arbuthnot, che cercò di scoraggiarlo. « Dimenticatela, mio caro. Tutti si fanno le seghe pensando alla tettona » – il soprannome della signorina East –, « ma Tug l'ha vista al cinema con un tizio sui trenta, coi baffi e la macchina, che limonavano come pazzi in ultima fila. Perché invece non vai a trovare Poodle? »

Poodle era un'allieva sedicenne della scuola femminile Rustenberg, proprio di fronte a Bishops, dall'altra parte della ferrovia. Era una ragazza che nella vita aveva una missione precisa, accompagnare quanti più ragazzi poteva oltre la soglia della virilità. Benché Sean non le avesse mai parlato, lei era venuta ad assistere a tutte le sue partite a cricket, e gli aveva inviato un messaggio attraverso un comune amico proponendogli un incontro nella pineta di Rondebosch Common.

« Sembra un barboncino »,* disse Sean respingendo con disdegno il suggerimento e rassegnandosi ad adorare da lontano Clare East, fino al giorno in cui, frugando nella cattedra in cerca delle sigarette portoghesi che cominciavano a piacere anche

* *Poodle* significa barboncino. (*N.d.T.*)

a lui – l'amore infatti non gli impediva di fregargliele –, aprì col tagliacarte un cassetto chiuso a chiave e ci trovò una cartella di cartone rigido legata da un nastro verde. C'erano più di venti disegni a matita che rappresentavano nudi maschili, tutti datati e firmati Clare East; e, dopo il primo soprassalto di gelosia, Sean si rese conto che rappresentavano soggetti tutti diversi, con una sola caratteristica in comune: l'erezione. Mentre i volti erano appena schizzati, i genitali erano ritratti con somma cura, in amoroso dettaglio e piena tumidità.

Sean si era imbattuto proprio nella « collezione di scalpi » di Clare. La signorina aveva gusti forti, e più ancora dell'aglio e del vino rosso le piacevano gli uomini. Ciò era così evidente dagli schizzi della cartella che le speranze di Sean tornarono a fiorire. Quella notte commissionò a Michael, per la somma di cinque scellini, un ritratto di Clare East da fare sul suo blocco da disegno.

Michael frequentava la classe inferiore, e riuscì a eseguire gli studi necessari senza che Clare East se ne accorgesse. Il ritratto finito risultò superiore a qualunque speranza di Sean. Questi lo mostrò alla professoressa, che al termine dell'ora congedò tutta la classe tranne Sean.

« L'hai fatto tu? » gli chiese guardando il ritratto. « È veramente buono. » La domanda sembrava innocente, ma la differenza fra il ritratto e le consuete composizioni di Sean era così evidente che perfino lui comprese il pericolo di proclamarsene autore.

« Volevo dirle che l'ho fatto io », ammise apertamente, « ma non potrei mentirle, signorina East. Ho pagato mio fratello per farmelo fare. »

« Perché, Sean? »

« Credo sia perché lei mi piace tanto », farfugliò, e con sorpresa la professoressa si accorse che il ragazzo era arrossito davvero. Ne rimase stupita. Fino a quel momento, quel tanghero le stava antipatico. Era presuntuoso e indisciplinato e costituiva un pessimo esempio per il resto della classe. Era anche sicura che fosse lui a rubarle le sigarette.

Questa sensibilità insospettata la sorprese, e a un tratto si rese conto che il suo comportamento da bullo aveva lo scopo di attirare la sua attenzione. Da allora lo trattò quindi con più indulgenza, facendogli capire che l'aveva perdonato con qualche sorriso in più e qualche sosta a correggere i suoi scarabocchi.

In cambio, Sean cominciò a lasciarle dei regali nel cassetto, confermando così il suo sospetto che fosse lui a fregarle le sigarette. Comunque, ora smise di fumare a sue spese, e prese a offrirle frutti e fiori che la professoressa accettava senza commenti, con un sorriso e un cenno quando passava davanti al suo cavalletto.

Poi, un venerdì pomeriggio, aprì il cassetto e ci trovò una scatoletta di lacca azzurra con la scritta GARRARDS a lettere d'oro. L'aprì voltando la schiena alla classe, e sussultò, rischiando di farla cadere. C'era dentro una spilla di oro bianco. Al centro aveva un grande zaffiro, e perfino Clare, che non s'intendeva affatto di gioielli, capì che era una pietra bellissima. Intorno c'erano dei brillanti che formavano una stella. Un empito di avidità le nacque nell'animo. La spilla doveva valere parecchie centinaia di sterline, ossia più soldi di quanti le fosse mai capitato di maneggiare, più di un anno del suo miserabile stipendio.

Sean l'aveva presa dallo scrigno sul tavolo da toilette di sua madre, e l'aveva nascosta in scuderia, su una trave del tetto, fin quando era cessato il pandemonio in casa. Tutti i servitori erano stati interrogati, dapprima da Shasa, scandalizzato da questo tradimento della sua fiducia. In casa non era mai stato rubato nient'altro che un po' di liquore. Quando capì che le sue indagini non portavano a nulla, Shasa chiamò la polizia. Fortunatamente per Sean, risultò che una delle cameriere più giovani aveva già scontato sei mesi per furto a una ex padrona. Era dunque colpevole, con ogni evidenza, e il giudice di Wynberg non esitò a irrogarle diciotto mesi di reclusione, per la sua diabolica ostinazione a non confessare e a non consentire il recupero della spilla. Poiché aveva già compiuto i ventun anni, la cameriera fu mandata alla prigione femminile di Pollsmoor.

Sean aveva aspettato altri dieci giorni e quando l'incidente gli era parso chiuso aveva donato la refurtiva alla donna dei suoi sogni. Clare East ne fu molto tentata. Capiva bene che la spilla doveva essere rubata, ma d'altronde lei era, come le capitava spessissimo, in bolletta. Era l'unica ragione per cui aveva accettato quel lavoro. Ma riandava con mente nostalgica al periodo precedente, dedicato alla pittura, alle gozzoviglie e alle orgette, insomma alla spensierata generosità che l'aveva ridotta alle presenti ristrettezze. La spilla avrebbe risolto tutto. Non aveva alcuno scrupolo di coscienza, ma solo paura di essere accusata di furto. Sapeva che la sua anima libera e creativa avrebbe sofferto quant'altra mai dietro le sbarre di una prigione femminile.

Rimise di nascosto la spilla nel cassetto e, per il resto dell'ora, parve distratta e pensierosa. Fumava una sigaretta dopo l'altra e si guardava bene dal girare per l'aula, dove Sean fingeva di dedicarsi appassionatamente alla sua opera facendo l'innocentino. Non dovette nemmeno dirgli di trattenersi in aula quando suonò la campana. Andò lui alla cattedra.

« Le piace? » le domandò sottovoce. Lei tirò fuori l'astuccio e lo mise sul piano di legno, fra loro due.

« Non posso accettarla, Sean », gli disse. « Lo sai benissimo. » Non intendeva chiedergli dove l'aveva presa. Non lo voleva sapere, e involontariamente allungò la mano a toccarla per l'ultima volta. La superficie laccata era calda e liscia come un uovo appena deposto.

« Non si preoccupi », le disse tranquillamente Sean. « Nessuno lo saprà mai. Hanno già dato la colpa a un altro. Non c'è pericolo. »

Possibile che il ragazzo le leggesse così facilmente nel pensiero? Lo fissò. Era il mutuo riconoscersi di due anime amorali? Le scocciava che la sua avidità fosse così facilmente smascherata. Levò la mano dall'astuccio e se la mise in grembo.

Sospirò, e s'irrigidì cercando la forza di ribadire il rifiuto, ma Sean la bloccò tirando fuori due o tre fogli che le aveva sottratto dall'album. Li appoggiò sulla cattedra vicino all'astuccio, e lei si morse il labbro. Erano disegni suoi, dalla cartelletta delle birichinate, e regolarmente firmati.

« Io ho preso questi... è una specie di scambio alla pari », le disse Sean, e lei alzò lo sguardo e parve vederlo per la prima volta.

Era giovane solo d'anni. Al museo di Atene era rimasta a guardare incantata una statua del gran dio Pan che si manifestava in un ragazzo. Era un bel giovinetto, ma in lui c'era una malizia capace di tentarla come il peccato stesso. Clare East non aveva la vocazione dell'insegnante, e non provava alcuna repulsione all'idea di corrompere i giovani. Era solo che, fino a quel momento, non ci aveva pensato. Donna di forti istinti, aveva provato quasi tutto il resto, comprese le donne, benché l'esperimento non l'avesse soddisfatta e l'avesse scartato da gran tempo. Quanto agli uomini, ne aveva conosciuti biblicamente di tutti i tipi e di tutti i colori. Li pigliava e li lasciava con una sorta di irresistibile fervore, cercando un appagamento che sembrava sempre sfuggirle sotto il naso. Spesso temeva, al punto d'esserne terrorizzata, di avere ormai raggiunto la sazietà, di non poter più aspirare che a un piacere mozzo e sbiadito.

Ed ecco che le si offriva l'occasione di una nuova e solleticante perversione, capace forse di rinfrescare il godimento che temeva di aver smarrito per sempre. La bellezza di quel ragazzino lasciava intravedere una malizia di fronte alla quale lei restava quasi senza fiato.

Non era mai stata pagata, prima, e adesso questo bamboccio le offriva un prezzo degno di una gran cortigiana. Non era mai stata ricattata, prima, e lui la minacciava con quei suoi imprevidenti esercizi. Sapeva bene cosa sarebbe successo se fossero caduti in mano ai superiori, e non dubitava affatto che il ragazzotto fosse capacissimo di mettere in atto la tacita minaccia. Aveva già ammesso che del furto della spilla era stata accusata un'altra persona, un innocente; che non esitava, dunque, a sacrificare ai propri interessi. Ma la cosa che la tentava di più era un'altra: non s'era mai fatta un ragazzino. Lasciò correre gli occhi su di lui. Aveva gli avambracci pelosi, e si faceva già la barba. Era più alto di lei. L'uomo stava sbocciando dal ragazzo, nelle spalle e nei fianchi stretti. Le membra erano lunghe e ben fatte. Strano che non avesse mai notato le braccia già così muscolose. Aveva gli occhi verde smeraldo, con pagliuzze d'oro e caffè intorno alle pupille. Le vide dilatarsi leggermente mentre si chinava in avanti, lasciando deliberatamente che la camicetta si aprisse sui panorami morbidi e scoscesi dei seni. Lentamente, prese in mano l'astuccio con dentro la spilla.

« Grazie, Sean », disse con un rauco sussurro. « È un dono magnifico e ne farò tesoro. »

Sean riprese in mano i disegni erotici e li infilò nel proprio album, tenendoli in pegno del loro tacito patto.

« Grazie, signorina East », disse con voce altrettanto roca. « Sono lietissimo che le piaccia. »

Era così eccitante l'agitazione del ragazzo che le si sciolsero i lombi e sentì la ben nota pressione costruirsi in fretta nella parte inferiore del suo corpo. Con calcolata crudeltà si alzò in piedi, lasciandolo alla pena squisita dell'impazienza. Istintivamente sapeva che il ragazzo aveva già organizzato tutto: non vi sarebbe stato più bisogno di alcun sforzo da parte sua. La genialità del ragazzo avrebbe certamente fornito il luogo e l'occasione, e stare a vedere cosa avrebbe fatto faceva parte dell'eccitazione.

Non dovette attendere a lungo. Anche se si aspettava qualcosa di insolito, fu sorpresa dal biglietto che le lasciò sopra la cattedra.

Cara signorina East,

mio figlio Sean mi dice che lei incontra difficoltà a trovare una sistemazione adeguata. So quanto è difficile, soprattutto nella stagione estiva, quando il mondo intero sembra scendere alla nostra penisoletta.

Per combinazione, dispongo di un cottage ammobiliato nella mia tenuta, che attualmente è libero. Se lo trovasse di suo gradimento, sono lieta di metterlo a sua disposizione. L'affitto sarebbe nominale: direi che una ghinea alla settimana soddisferebbe l'amministratore, e lei potrebbe trovare la casetta molto tranquilla, isolata, e dotata di una magnifica vista sulla montagna di Constantia e la False Bay, tale forse da ispirare una artista.

Sean parla molto bene del suo lavoro, e mi interesserebbe conoscerlo. Sinceramente sua

TARA COURTENEY

Clare East pagava cinque ghinee alla settimana per una squallida stanzetta vicino alla ferrovia, dietro la stazione di Rondebosch. Vendendo la spilla con lo zaffiro per trecento sterline, che sospettava fosse una frazione minima del suo vero valore, pensava di usare i soldi per pagare i debiti che si erano accumulati. Tuttavia, come accadeva a tante sue buone intenzioni, chiuse la mente a quell'impulso e investì quasi tutti i soldi nell'acquisto di una Mini di seconda mano.

Il sabato seguente, al mattino, andò a Weltevreden. Qualche istinto le suggerì di non cercar di nascondere le sue inclinazioni alla bohème, sicché lei e Tara simpatizzarono subito. Tara mandò un autista con un camioncino della tenuta a prendere i suoi pochi mobili e la catasta di quadri finiti, e l'aiutò personalmente a insediarsi nel cottage.

Mentre lavoravano insieme, Clare mostrò a Tara alcune tele, cominciando dai paesaggi e dalle marine. Tara non disse niente, sicché ancora una volta, con istinto sicuro, Clara le mostrò uno dei suoi quadri astratti, una composizione cubista piena di azzurri e rossi fiammanti, che incontrò il favore della signora Courteney.

« Oh, mio Dio, è magnifico! » mormorò Tara. « Così potente e assoluto! Mi piace davvero. »

Qualche sera dopo, Tara andò a trovarla per il sentiero tra i pini, portando un cestino. Clare era seduta a piedi nudi sui gradini dell'ingresso, con l'album in mano, intenta a ritrarre il paesaggio.

Alzò gli occhi e sorrise. « Speravo che venissi », e Tara sedette accanto a lei, tirando fuori dal cestino una bottiglia del miglior vino della tenuta, vecchio di quindici anni.

Chiacchierarono amabilmente mentre Clare disegnava, bevendo il vino e guardando il tramonto sulle montagne.

« È bello aver trovato un'amica », disse impulsivamente Tara. « Non puoi immaginare come a volte ci si senta sole qui. »

« Con tutti gli ospiti che ti vengono a trovare? » ridacchiò Clare.

« Non è mica gente vera », disse Tara. « Sono bambole parlanti, imbottite di soldi e di arie. » Tirò fuori un portasigarette d'argento e l'aprì. Conteneva cartine e trinciato giallo di marijuana.

« Ne vuoi? » chiese timidamente.

« Mia cara, probabilmente mi hai salvato la vita », esclamò Clare. « Rollane uno subito, ché non posso più aspettare! »

Si scambiarono lo spinello per un po', e nel corso della loro pigra conversazione Clare osservò: « Sono andata un po' in giro qui intorno. È un piccolo paradiso terrestre! »

« Il paradiso può essere una gran noia », sorrise Tara.

« Ho trovato una cascata, con un piccolo bungalow vicino. »

« È il posto dei pic-nic. I servitori non possono andarci, sicché se hai voglia di nuotare nuda non devi preoccuparti, non ti vedrà nessuno. »

Clare non aveva ancora visto Sean lì alla tenuta, da quando si era trasferita nel cottage. Si aspettava che venisse a bussare alla porta, ansimando, il primissimo giorno, e quando non lo vide ci rimase un po' male. Dopo qualche altro giorno, cominciò a divertirsi della sua esitazione: evidentemente il suo istinto per le schermaglie amorose andava ben oltre la sua età. Era un cascamorto nato. Aspettò con crescente impazienza che si facesse vivo. Poi cominciò a irritarsi. Non era avvezza a lunghi periodi di astinenza, e il sonno cominciava già a risentirne, riempiendosi di sogni erotici.

Le giornate di primavera si allungavano, i tramonti diventavano estenuanti e tiepidi. Clare accettò il suggerimento di Tara e andò a nuotare nella pozza sotto la cascata. Ogni pomeriggio, dopo la scuola, andava subito a Weltevreden, indossava calzoncini e maglietta sopra il bikini e, per la scorciatoia tra le vigne, andava ai piedi della collina, dove c'era la cascata. Le assicurazioni di Tara erano veritiere: la pozza era sempre deserta, tranne per gli uccelli dello zucchero sulle protee della riva. Ben presto cominciò a togliersi il bikini.

Alla terza visita, mentre in piedi sotto la cascata faceva la doccia, lasciando scorrer l'acqua tra i lunghi capelli neri e sciolti, a un tratto ebbe la sensazione che qualcuno l'osservasse. Si accucciò subito nell'acqua fino al mento, guardandosi intorno preoccupata. Sean si era seduto su una delle rocce nere bagnate sotto la cascata, quasi a portata di mano. Il rumore dell'acqua le aveva impedito di udirlo avvicinarsi. La stava guardando con solennità, e in quel posto bello e selvaggio la sua somiglianza col giovane Pan era ancora più netta. Era a piedi nudi, e indossava solo un paio di calzoncini e una maglietta di cotone. Aveva le labbra socchiuse, e i denti bianchi e perfetti balenavano. Un ciuffo di capelli neri gli era cascato sopra un occhio, ed egli lo scostò subito con la mano.

Lentamente, Clare tornò ad alzarsi. L'acqua le turbinava intorno alla vita, e il suo corpo bagnato risplendeva. Vide gli occhi del ragazzo posarsi sui suoi seni, e strizzarsi quasi dolorosamente, mentre si umettava le labbra con la lingua. Con espressione altrettanto solenne della sua, lo chiamò col dito. Il rumore della cascata rendeva inutile parlare.

Lui si alzò e cominciò a sbottonarsi la camiciola, poi si fermò. Clare vide che esitava, e la sua confusione la divertì e l'eccitò. Gli fece un cenno d'incoraggiamento, tornando a chiamarlo col dito. L'espressione del ragazzo si fece più decisa; si tolse la camicia e la buttò da parte. Poi slacciò la cintura e i calzoncini gli caddero alle caviglie.

Lei inspirò forte e sentì tendersi i muscoli all'interno delle cosce. Non sapeva cosa si era aspettata, ma quello che vedeva adesso era lungo, duro e bianco. Lì, come sotto tanti altri aspetti, era già quasi pienamente maturo: per questo i pochi caratteri un po' infantili che gli restavano diventavano tanto più eccitanti.

Rimase lì nudo un istante, poi si tuffò a capofitto nella pozza, e riemerse accanto a lei, con l'acqua che gli colava sulla faccia sogghignante. Immediatamente lei tornò ad accucciarsi e scappò via a nuoto. Lui le corse dietro. Nuotava più forte di lei, muovendosi per la pozza come una giovane foca, e, in mezzo all'acqua, la prese.

Lottarono giocosamente, ridacchiando e spruzzandosi, buttandosi sott'acqua e rispuntando fuori. Clare restò sorpresa della durezza e della forza del suo corpo, e cominciò a stancarsi per prima. Rallentò i movimenti e lasciò che si strofinasse contro di lei. L'acqua fredda e il moto l'avevano afflosciato, ma lo sentì tornar subito duro mentre appoggiava il ventre contro il suo, cercandola d'istinto. Gli passò un braccio intorno al collo e gli attirò il viso tra i seni. Il corpo di Sean si inarcò convulsamente e lei pensò che stesse per venire, allora gli prese il membro e strinse forte per fermarlo.

Mentre lui faceva un passo indietro, indolenzito e sorpreso da quell'aggressione, lei scappò fuori della pozza e si rifugiò nel cottage, nuda e grondante. Prese l'asciugatoio e se lo passò sul volto; quindi, coprendosi con la salvietta, si girò a fronteggiarlo. Sean si era fatto sulla soglia del cottage, rosso di rabbia. Si guardarono ansimando.

Poi, lentamente, lei abbassò la salvietta e la gettò sul divano. Ancheggiando, gli andò incontro.

« Va bene, signorino. Sappiamo che col pennello non ci sai fare: vediamo se si può insegnarti qualcos'altro. »

Si rivelò una tela bianca su cui poteva sbizzarrirsi a suo piacimento.

C'erano cose a cui gli altri amanti non si erano mai prestati; lui si prestava. Altre, invece, se le era sempre solo immaginate, ma non aveva mai avuto il coraggio di proporle; lui le faceva con la massima naturalezza. Alla fine, si sentì libera da ogni inibizione. Era come se Sean le leggesse nel pensiero. Doveva solo avviare qualche nuovo esperimento, guidarlo un attimo e poi lasciarlo fare: con suo grande stupore, lui coglieva subito lo spirito del gioco proposto, e lo conduceva a conclusioni a volte impreviste e ancor più soddisfacenti.

La sua potenza e fiducia in se stesso aumentavano a ogni incontro. Per la prima volta, Clare aveva trovato qualcosa che non impallidiva subito togliendole il piacere. A poco a poco la sua vita sembrò concentrarsi sul cottage accanto alla cascata: non vedeva l'ora di andarci tutte le sere. Doveva far appello a tutto il suo autocontrollo per non mettergli le mani addosso in classe. Non riusciva più ad avvicinarglisi, né a guardarlo negli occhi, mentre lavorava.

Poi Sean avviò una serie di giochi nuovi e pericolosi. Si tratteneva in classe per qualche minuto dopo ogni lezione. Bisognava fare in fretta, ma il rischio aumentava il piacere per tutti e due.

Una volta arrivò il custode, proprio mentre erano impegnatissimi, e il rischio d'essere scoperta fu tale da farle rasentare un attacco di cuore. Sean era in piedi dietro la cattedra, e Clare inginocchiata davanti a lui che, tenendola per i capelli, le attirava la faccia contro la parte inferiore del corpo.

« Sto cercando la signorina East », disse il custode dalla soglia. Era un pensionato che aveva quasi settant'anni ed era miope come una talpa, ma per vanità non voleva portare gli occhiali. « È ancora qui? » domandò, guardando Sean con gli occhi strizzati.

« Buon giorno, signor Brownlee. La signorina East è già andata in sala professori », gli disse freddamente Sean, trattenendo Clare per i capelli in modo che non potesse scostarsi da lui. Il custode farfugliò qualcosa di incomprensibile e si girò per andarsene, ma, con orrore di Clare, Sean lo richiamò.

« Signor Brownlee, vuole che trasmetta io un messaggio? » gli chiese; dopo di che si trattenne a parlare col custode per qualche minuto, mentre la costringeva a continuare al riparo della scrivania.

Ripensandoci in seguito, Clare capì che stava perdendo il controllo della faccenda. Col passare dei mesi, aveva scorto in lui tratti di crudeltà e violenza, e la forza fisica del ragazzo cresceva con l'impeto prorompente dell'erba del deserto dopo le piogge. Gli ultimi cuscinetti di grasso infantile sul torso venivano rapidamente sostituiti da muscoli duri; le parve che il suo petto si allargasse e si ricoprisse di peli ricci e scuri proprio sotto i suoi occhi.

Benché spesso lo sfidasse ancora, e lottasse con lui, ogni volta Sean la sottometteva con maggior facilità, dopo di che la costringeva a qualcuno dei giochetti che aveva imparato da lei, ma che ora il ragazzo completava con tocchi sadici.

Clare sviluppò un certo gusto per queste umiliazioni, e cominciò deliberatamente a provocarlo, finché alla fine ci riuscì oltre ogni previsione. Accadde nel cottage, ed era la prima volta che si incontravano lì, perché c'era sempre il pericolo che Tara ci capitasse all'improvviso: ma ormai erano diventati entrambi troppo appassionati per curarsi di simili rischi.

Clare aspettò che Sean fosse sull'orlo del piacere, con gli occhi socchiusi e la bocca semiaperta: allora, svelta svelta, si sottrasse con un guizzo al suo abbraccio, si accucciò davanti a lui e cominciò a deriderlo ghignando.

Sean si arrabbiò, ma lei lo calmò subito. Qualche minuto dopo, lo rifece, stavolta stringendogli dolorosamente il membro, come aveva fatto la prima volta nella pozza.

Un attimo dopo si ritrovò riversa, semisvenuta, fuori del letto, con gli occhi pesti che si stavano gonfiando, le labbra rotte contro i denti, e il sangue che le gocciolava dal naso. Sean torreggiava su di lei, la faccia bianca, i pugni stretti ed escoriati, tremante di collera. La prese per i capelli e si chinò su di lei, costringendola a riceverlo in bocca, tra le labbra spaccate. Dopo questo episodio non vi furono più dubbi: era lui il padrone.

Clare restò a casa da scuola tre giorni, per rimettersi, poi tornò a far lezione con grossi occhiali neri. Passando vicino a Sean al lavoro al cavalletto, gli si strofinò contro come una gatta, e lui si trattenne dopo la lezione.

Sean avrebbe ormai gradito vantarsi un po' di questa sua conquista, ma Snotty Arbuthnot non gli credeva.

« Se pensi che me la bevo sei matto », disse. « La tettona al massimo te la sogni, come tutti gli altri. »

Sean aveva un'alternativa al pestarlo. « Bene allora, te lo proverò. »

« Guarda che dev'essere una prova *inconfottibile* », insisté Snotty.

« Lo sarà. »

Il sabato seguente, nel pomeriggio, fece nascondere Snotty tra i cespugli di protea sopra la cascata, e per buona misura gli prestò il binocolo che gli aveva regalato la nonna per il quattordicesimo compleanno.

« Prendiamo i cuscini e mettiamoli sull'erba della riva », propose Sean quando Clare arrivò al bungalow.

« Con questo sole si starà meglio. » Lei accettò subito con piacere.

Il giorno dopo, quando si incontrarono davanti al cancello della scuola, Snotty Arbuthnot era ancora senza fiato.

« Ehi, non me lo sognavo neanche che la gente faceva quelle cose! Voglio dire, è *inconcettibile*! Quando lei te l'ha... be', sai... quando lei te l'ha preso... be', credevo di restar secco sul posto. »

« Allora, dicevo la verità? » gli chiese Sean. « O delle balle? »

« Che roba. Stanotte sono venuto cinque o sei volte, avrò fatto la carta dell'Africa sul lenzuolo. Quand'è che me lo farai vedere ancora? Per piacere, Sean, per piacere! »

« La prossima volta ti costerà dei soldi », disse Sean. Anche se farsi vedere aveva soddisfatto un impulso esibizionistico, Sean aveva escogitato questa per rifiutare: ma quando Snotty gli chiese senza esitazione « Quanto, Sean? Di' tu il prezzo! » Sean lo guardò con altri occhi.

Shasa seguiva la politica di tenere i figli a stecchetto dal punto di vista economico, una politica ereditata da sua madre. « Devono imparare il valore del denaro », era il motto di famiglia.

Perfino Snotty, il cui padre era un semplice chirurgo, riceveva il quadruplo di quanto veniva dato a Sean. Il racket protezionistico che Sean aveva organizzato tra i più giovani, un'idea che gli era venuta guardando un film con George Raft,* aveva più che raddoppiato le sue entrate. Tuttavia i soldi continuavano a scarseggiargli nelle tasche, e Snotty poteva permettersi di pagare.

« Due sterline », disse Sean. Sapeva che era il suo stipendiuccio settimanale, ma Snotty fece un radioso sorriso. « Affare fatto! »

Tuttavia, fu solo quando Snotty gliele ficcò in mano, il sabato successivo, che Sean comprese il vero potenziale finanziario della faccenda.

C'erano pochissime possibilità che Clare si accorgesse di dar spettacolo. Le piante di protea erano fitte, e il rumore della cascata copriva gemiti o risatine involontarie: in ogni modo, una volta che era partita, Clare era cieca e sorda nei confronti di tutto il resto. Sean nominò Snotty impresario e cassiere. La sua commissione consisteva nell'ingresso gratuito alle rappresenta-

* Attore statunitense, ex pugile ed ex ballerino, specializzato in parti di gangster. (*N.d.T.*)

zioni del sabato. Con riluttanza decisero di limitare il pubblico a dieci spettatori per volta, ma anche questo significava ben diciotto sterline la settimana. Durò quasi tre mesi, cosa che era in se stessa un miracolo, perché già dopo la prima *matinée* tutti a scuola sapevano.

La pubblicità bocca a bocca funzionò talmente che Snotty poté chiedere il pagamento anticipato, e metà degli alunni si misero freneticamente a risparmiare. Le vendite di bibite e panini allo spaccio interno alla scuola calarono drammaticamente. Snotty, frattanto, cercava di convincere Sean a tenere una rappresentazione infrasettimanale, o almeno ad aumentare i posti per quella di sabato, quando le prime voci raggiunsero la sala professori.

Passando davanti alla finestra dello spogliatoio di ginnastica, il professore di storia aveva sentito due clienti soddisfatti parlare della performance del sabato precedente. Il preside non riuscì però a credere alla faccenda. Si trattava, con tutta evidenza, di un'invenzione. Tuttavia, era suo dovere scambiare due paroline con la signorina East, se non altro per avvertirla delle disgustose chiacchiere che giravano sul suo conto.

Alla fine delle lezioni del venerdì pomeriggio, andò quindi alla classe di disegno e pittura. Il momento scelto si rivelò quanto mai inopportuno. Ormai Clare aveva rinunciato a qualsiasi precauzione: la sua era diventata una specie di frenesia autodistruttiva. Era con Sean nel deposito dei colori, dietro l'aula di disegno, e i due ci misero qualche secondo ad accorgersi che il preside era entrato nello sgabuzzino.

A Shasa sembrò che tutto esplodesse nello stesso momento. L'espulsione di Sean da Bishops fu come una granata piovuta su Weltevreden. Quando capitò, Shasa era a Johannesburg, e dovettero chiamarlo mentre era in riunione con i rappresentanti dell'Assominiere per passargli il preside al telefono. In quelle condizioni, però, il preside si rifiutava di accennare a ogni dettaglio, e Shasa volò subito a Città del Capo e poi in macchina alla scuola.

Infuriato per i ributtanti dettagli fornitigli dal preside, Shasa lanciò la Jaguar sui primi contrafforti della Table Mountain verso Weltevreden.

Non era mai stato d'accordo con Tara sull'affittare il cottage a quella donna. Clare era tutto ciò che lui disprezzava, dalle tettone ballonzolanti agli atteggiamenti con cui pensava di rendersi più credibile come artista d'avanguardia. I suoi dipinti erano atroci, colori primari e prospettive puerili: ma lei cercava di nascondere la sua mancanza di gusto e di talento dietro le sigarette portoghesi, i sandali e i vestiti chiassosi. Decise di sistemare le cose con lei, prima di tutto.

Ma era già scappata, lasciando il cottage in un clamoroso disordine. Sempre più arrabbiato, Shasa raggiunse la gran casa ed entrò come una furia nell'atrio.

« Dov'è quel delinquente, che gli levo la pelle? » urlò a Tara.

Gli altri figli, tutti e tre, lo guardavano dal ballatoio del primo piano, atterriti. Isabella aveva degli occhioni da cerbiatto di Walt Disney.

Shasa li vide e urlò nella tromba delle scale: « Tornate subito in camera vostra! » Se la squagliarono. « E dite a quella specie di vostro fratello che lo aspetto immediatamente nella stanza dei fucili. »

I tre corsero per il corridoio della nursery, per essere i primi a portare al fratello maggiore le tremende nuove. La stanza dei fucili era la versione formato famiglia del prato dietro la Torre di Londra, dove avvenivano tutte le esecuzioni.

Arrivò primo Garrick e bussò alla porta chiusa di Sean.

« Papà ti vuol vedere subito », gli gridò.

« ... nella stanza dei fucili », si unì Michael; e quindi Isabella: « Dice che vuole levarti la pelle ». Era tutta rossa ed eccitatissima: sperava che Sean acconsentisse a farle vedere il deretano dopo l'operazione punitiva. Non riusciva a immaginare come potesse apparire, spellato, e si chiedeva se con la pelle il papà avesse intenzione di far fare qualche tappeto, come con quelle delle zebre e dei leoni che si potevano ammirare nella stanza dei fucili e dei trofei.

Probabilmente era la cosa più strabiliante che le fosse capitata in vita sua.

Nell'atrio, intanto, Tara stava cercando di calmare Shasa. Lo aveva visto così infuriato solo due o tre volte durante il loro matrimonio, sempre quando pensava che l'onore della famiglia fosse stato in qualche modo compromesso. Ma i suoi sforzi riuscirono vani, perché si voltò a guardarla con l'unico occhio lampeggiante d'ira.

« Ma sta' zitta, che è tutta colpa tua. Sei stata tu a far venire quella puttana a Weltevreden. »

Mentre Shasa andava sacramentando alla stanza dei fucili, la sua voce raggiungeva chiaramente le scale, dove Sean scendeva preparandosi ad affrontare l'ira paterna. Cercava delle giustificazioni da addurre a sua difesa. Passò davanti alla madre, ancora ferma in mezzo all'atrio dal pavimento a piastrelle bianche e nere, che gli lanciò uno stentato sorriso d'incoraggiamento.

« Ho cercato di aiutarti, tesoro », gli sussurrò. Non erano mai stati molto vicini, ma per una volta la furia di Shasa li rendeva alleati.

« Grazie, mamma. »

Bussò alla porta della stanza dei fucili, e l'aprì pian piano all'urlaccio di suo padre. Se la chiuse con cautela alle spalle e avanzò fin sulla pelle di leone, dove si fermò sull'attenti.

Il rito delle frustate a Weltevreden si svolgeva sempre nello stesso modo. I frustini da cavallerizzo erano disposti in ordine di grandezza e temibilità sul tavolo per pulire i fucili, cinque in tutto. Sapeva che suo padre avrebbe fatto la scena di scegliere il più adatto all'occasione, e che oggi quasi certamente si sarebbe trattato del più grosso, in osso di balena. Involontariamente, lanciò un'occhiata alla poltrona dove avrebbe dovuto attaccarsi ai braccioli, chino, a ricevere le frustate. Suo padre era un campione internazionale di polo, i suoi polsi erano molle d'acciaio, e impartiva frustate che facevano sembrare dei buffetti quelle del preside.

Poi, deliberatamente, Sean chiuse la mente alla paura, e alzò il capo a fronteggiare con calma suo padre. Shasa era in piedi davanti al camino, con le mani dietro la schiena, molleggiato sulle punte dei piedi.

« Sei stato espulso da Bishops », disse.

Benché il preside non gliene avesse fatto cenno durante la prolungata discussione che avevano avuto, la notizia non parve stupire Sean più che tanto.

« Sì, signore », disse.

« Trovo difficile credere quanto mi è stato raccontato. È vero che davi spettacolo di te con quella... con quella donna? »

« Sì, signore. »

« E che ti facevi vedere dagli amici? »

« Sì, signore. »

« In cambio di denaro? »

« Sì, signore. »

« Una sterlina a testa? »

« No, signore. »

« Come no? »

« Due sterline a testa, signore. »

« Sei un Courteney, tutto quello che fai si riflette direttamente su tutti gli altri membri della famiglia. Te ne rendi conto? »

« Sì, signore. »

« Non continuare a dire sissignore. Nel nome di quanto c'è di più sacro, come hai potuto fare una cosa del genere? »

« Ha cominciato lei, signore. A me non sarebbe mai venuto in mente. »

Shasa lo guardò, e a un tratto tutta la rabbia gli sbollì. Si ricordò di se stesso quasi esattamente alla medesima età, in piedi, in castigo, davanti a Centaine. Lei non l'aveva picchiato, ma costretto a un'umiliante visita medica e a un bagno nel disinfettante. Ricordava ancora la ragazza, una vispa puttanella che aveva solo un anno o due più di lui, con una ciocca di capelli imbionditi dal sole e un sorriso sensuale. Gli venne da ridere, ripensandoci. L'aveva provocato a più non posso, eccitandolo fin quasi alla follia: pure, provava una strana gratitudine nostalgica per quella ragazza. Era stata la sua prima vera donna: poteva dimenticarne mille altre, ma quella no.

Sean vide la rabbia svanire dagli occhi di suo padre e capì che era il momento buono per sfruttare il cambiamento d'umore.

« Mi rendo conto che ho gettato lo scandalo sulla famiglia, e so che devo pagarne lo scotto... » A suo padre sarebbe piaciuto. Ripeteva continuamente: bisogna prendersi le proprie responsabilità, da uomo. Vide che lo sguardo di suo padre si addolciva sempre più. « So di essere stato uno stupido, e prima che tu mi punisca voglio dirti che mi dispiace di averti fatto vergognare di me. » Questo non era troppo credibile, e Sean istintivamente lo capì. Suo padre era arrabbiato perché si era fatto beccare, ma dentro di sé era anche un po' fiero della provata virilità del figlio maggiore.

« L'unica cosa che so è che non sono riuscito a trattenermi, signore. Mi ha fatto perdere la testa. Non riuscivo più a pensare a nient'altro che... be', a quello che voleva farmi fare con lei. »

Shasa capiva benissimo. Aveva ancora lo stesso genere di problemi a quasi quarant' anni... cos'è che aveva detto Centaine?

« È il sangue dei de Thiry, ci tocca viverci tutti. » Tossicchiò, commosso dalla sincerità e dalla lealtà di suo figlio. Era un ragazzo così bello, alto, dritto e forte, aitante e coraggioso: niente di strano che quella donna avesse messo gli occhi su di lui. Non poteva essere davvero cattivo, pensava Shasa, era solo un po' ribelle, un po' sventato, un po' troppo avido di vita: ma non cattivo. « Cribbio, se scoparsi una bella ragazza è peccato mortale, non c'è salvezza per nessuno di noi », pensò.

« Dovrò frustarti, Sean », disse forte.

« Sì, signore, lo so. » Nessuna traccia di paura, nessun piagnucolio. No, dannazione, era un bravo ragazzo. Un figlio di cui andar fieri.

Shasa andò al tavolo e prese il frustino d'osso di balena, il più grosso e formidabile dell'arsenale, e, senza che fosse necessario ordinarglielo, Sean andò alla poltrona e assunse la posizione prescritta. La prima frustata sibilò nell'aria e si abbatté sulla carne, poi di colpo Shasa grugnì disgustato e gettò il frustino sul tavolo.

« La frusta è per i bambini, e tu non sei più un bambino. Raddrizzati. Sei grande », disse Shasa. « Sei un uomo, ormai. »

Sean non riusciva a credere alla sua fortuna. Benché la staffilata gli bruciasse come un nido di scorpioni inferociti, mantenne il viso impassibile e non fece alcun gesto di strofinarsi il sedere.

« Che dobbiamo fare di te? » domandò suo padre, e Sean ebbe il buon senso di restarsene zitto.

« Devi finire le scuole superiori », disse Shasa. « Bisognerà iscriverti da qualche altra parte. »

Non fu così facile. Cercò di iscriverlo all'istituto Rondebosch e poi al Wynberg. I presidi erano informati di tutto. Sean Courteney era attualmente il liceale più famoso del Capo di Buona Speranza.

Alla fine fu accettato dalla Costello's Academy, una scuola senza pretese, retta a parte, che sorgeva in una vecchia magione vittoriana dall'altra parte della pineta di Rondebosch. Appena arrivò in classe, Sean notò con piacere che era già una celebrità. A differenza della scuola esclusiva da cui era stato appena espulso, riservata ai maschi, qui c'erano anche le ragazze, e non si richiedevano prodigi di condotta e profitto per esservi ammessi.

Sean aveva trovato la sua patria spirituale, e si dedicò a individuare i più promettenti compagni di scuola per organizzarli in una specie di mafia che, l'anno dopo, praticamente dirigeva l'istituto. Il nucleo finale comprendeva una mezza dozzina delle ragazze più carine e accomodanti della scuola. Come avevano notato sia suo padre sia l'ex preside, Sean era un capo naturale.

Manfred De La Rey era sull'attenti sul podio. Indossava un serio abito scuro, cappello nero, e aveva all'occhiello un garofano e un rametto di felce. Era praticamente in divisa da ministro nazionalista.

La banda della polizia stava suonando un'aria campagnola tradizionale, *Die Kaapse Nooi*, la Ragazza del Capo, con un bel tempo allegro, mentre le file di cadetti del corpo sfilavano vigorosamente sotto il palco delle autorità col fucile a bracciarm. Man mano che i plotoni arrivavano sotto il palco, giravano la testa nell'attenti a dest' e Manfred restituiva il saluto.

Era uno spettacolo grandioso quello delle uniformi blu piene di patacche dorate che splendevano al sole dell'altopiano. Manfred De La Rey si sentiva molto orgoglioso di questi giovani atletici e baldanzosi, in formazione perfetta, visibilmente pervasi da patriottismo e spirito di servizio.

Manfred rimase sull'attenti mentre le formazioni giravano e si presentavano, stavolta, di fronte al palco delle autorità. La banda fece un ultimo rullo di tamburi e poi tacque. In alta uniforme, coperto di decorazioni scintillanti, il generale della polizia andò al microfono e con poche parole energiche presentò il ministro, poi si fece da parte.

Manfred si era preparato il discorso con insolita cura. Ma, prima di cominciare, non riuscì a trattenersi dal lanciare un'occhiata a Heidi, che sedeva in prima fila in tribuna d'onore. Era anche la sua giornata, e aveva l'aria di una valchiria bionda. I suoi bei lineamenti teutonici erano esaltati dal grande cappello a rosette. Ben poche donne avrebbero potuto metterselo senza far ridere, ma Heidi, così alta e imponente, ci riusciva, e aveva un magnifico aspetto. Vide che la guardava e gli sorrise. « Che donna », pensò. « Merita di diventare la Prima Signora, e farò in modo che lo diventi, forse prima di quello che possa pensare. »

Tornò al discorso. Sapeva di essere un ottimo oratore, e godeva nel sapersi osservato da mille e mille occhi. Si sentiva a suo agio, qui sul podio, rilassato e pienamente padrone di sé e di quelli che lo stavano a sentire.

« Avete scelto una vita di servizio al vostro *Volk* e al vostro Paese », cominciò. Parlava in afrikaans, e il suo accenno al *Volk* era dunque abbastanza naturale. Le reclute della polizia provenivano nella gran maggioranza dalla componente afrikaner della popolazione bianca. Manfred De La Rey non avrebbe accettato un'altra situazione. Era un bene che il controllo delle forze di sicurezza fosse affidato agli elementi più responsabili della nazione, quelli che capivano più chiaramente i pericoli e le minacce da fronteggiare nei prossimi anni. Adesso si mise a esporre questi pericoli alla massa di giovani entusiasti e baldanzosi che gli stava di fronte.

« Sarà necessario tutto il nostro coraggio e tutta la nostra energia per resistere alle forze oscure che verranno scatenate contro di noi. Dobbiamo ringraziare Nostro Signore, che sul campo di battaglia di Blood River, il Fiume di Sangue, diede la vittoria ai nostri progenitori dandoci un chiaro segno di protezione e guida divina. Bisogna solo che restiamo costanti e sinceri, e continuiamo ad adorarlo, perché la via continui a manifestarcisi ampia e dritta da seguire. »

Concluse il discorso con l'atto di fede che aveva liberato gli afrikaner dalla povertà e dall'oppressione, restituendoli al giusto posto sulla terra:

Credi nel tuo Dio.
Credi nel tuo Volk.
Credi in te stesso.

La sua voce, amplificata cento volte, rimbombava sulla piazza d'armi, e guardando quei visi radiosi gli sembrava davvero di sentire la benevolenza divina stendersi su di loro.

Venne il momento della presentazione. In piazza d'armi echeggiarono degli ordini, e le file di agenti in blu scattarono sull'attenti. Un paio di ufficiali si misero a fianco di Manfred: uno di loro reggeva un vassoio pieno di medaglie e nastrini.

Leggendo l'elenco che aveva in mano, l'altro ufficiale chiamò i premiati. A uno a uno uscirono dai ranghi, marciando scattanti verso il podio delle autorità e fermandosi davanti a Manfred De La Rey. Strinse la mano a ciascuno, e poi li decorò appuntandogli al petto le medaglie.

Poi venne il momento in cui Manfred si sentì soffocare dall'orgoglio. L'ultimo vincitore del premio marciava verso di lui attraverso il campo di parata, ed era il più alto, il più elegante e il più aitante di tutti. In prima fila, Heidi piangeva di gioia, asciugandosi gli occhi senza vergogna con un fazzolettino di pizzo.

Lothar De La Rey giunse davanti al padre e scattò impalato sull'attenti. Nessuno dei due sorrise, ma mantennero un'espressione virile; si guardarono negli occhi, e fra loro scoccò una tale intensità di sentimenti che rendeva superflui sorrisi e parole.

Con qualche sforzo Manfred interruppe questo scambio di amorosi sensi fra padre e figlio e si rivolse al colonnello della polizia che gli stava a fianco. Questi gli porse la spada, nella sua guaina cesellata d'oro e d'argento, e Manfred la prese e tornò a rivolgersi al figlio.

« La spada d'onore », disse. « Possa tu portarla con distinzione. » Fece un passo avanti e applicò la bell'arma al cinturone di suo figlio. Si strinsero la mano, entrambi ancora molto solenni, ma nella stretta passò tra l'uno e l'altro un mondo di amore, orgoglio e lealtà filiale.

Rimasero sull'attenti, mantenendo il saluto, mentre la banda suonava l'inno nazionale:

Dal blu dei nostri cieli,
dal profondo dei nostri mari...

Quindi la cerimonia finì. I giovani ruppero le righe e andarono a salutare i familiari venuti a vederli. Tra urletti eccitati delle ragazze, risate e lunghi abbracci, tutti si mescolarono.

Lothar De La Rey, in piedi fra i genitori, con la spada appesa al fianco, rispondeva con un sorriso e qualche parola modesta alla processione di quanti venivano a congratularsi con lui. Né Manfred né Heidi riuscivano più a trattenere i sorrisi fieri e contenti.

« Bravo, Lothie! » Uno dei compagni di corso di Lothar riuscì finalmente a raggiungerlo, e i due giovani si strinsero la mano ridendo. « Non ci sono stati dubbi su chi era il primo del corso. »

« Sono stato fortunato », rise modesto Lothar, cambiando discorso. « Hai saputo dove ti mandano, Hannes? »

« *Ja*, mi mandano nel Natal, da qualche parte lungo la costa. E tu? Magari capitiamo vicini. »

« Purtroppo no », scosse la testa Lothar. « Mi mandano in una stazioncina in un sobborgo negro vicino a Vereeniging... un posto che si chiama Sharpeville. »

« Sharpeville? Che fregatura! » Hannes scosse la testa con finta deprecazione. « Mai sentito nominare. »

« Neanch'io. Nessuno l'ha mai sentito nominare », disse Lothar rassegnato. « E nessuno lo sentirà mai. »

Il 24 agosto 1958 il primo ministro Johannes Gerhardus Strijdom, « il leone del Waterberg », morì per un attacco di cuore. Era capo del governo da soli quattro anni, ma la sua morte creò un grande vuoto tra gli afrikaner, che come termiti che ricostruiscano i termitai danneggiati si misero subito a lavorare per riempirlo.

Poche ore dopo l'annuncio della morte del primo ministro, Manfred De La Rey entrò nell'ufficio di Shasa assieme a due deputati nazionalisti della sua corrente.

« Dobbiamo cercar di sbarrare il passo ai settentrionali », disse Manfred senza cerimonie. « Dobbiamo mandare al potere un uomo nostro. »

Shasa annuì con cautela. Era ancora considerato da gran parte del partito un *outsider*, un estraneo in quel governo. La sua influenza nella prossima elezione del nuovo leader non sarebbe stata decisiva, ma aveva tutte le intenzioni di guardare e imparare mentre Manfred gli spiegava la strategia che avrebbero seguito.

« Hanno già scelto come loro candidato Verwoerd », disse Manfred. « Benché abbia passato quasi tutta la carriera in Senato, e non abbia una grande esperienza della Camera, si è fatto la reputazione d'uomo forte e anche molto abile. Il modo in cui ha governato i negri piace a tutti. È riuscito a legare il suo nome all'apartheid. La gente sa che sotto di lui non ci sarà alcuna mescolanza di razze, e che il Sudafrica continuerà ad appartenere all'uomo bianco. »

« *Ja* », disse uno dei presenti, « ma è troppo brutale. C'è modo e modo di fare le cose, e di dirle così che non offendano nessuno. Anche il nostro candidato è un uomo forte. Dönges ha introdotto due leggi, il Group Areas Bill e il Separate Representation of Voters Bill, che non possono farlo accusare da nessuno di essere un *kafferboetie*, un tenero coi negri. Ma ha più stile, più finezza. »

« I settentrionali non vogliono finezze, non vogliono un primo ministro che dica parole mielate, vogliono un uomo di potere, e Verwoerd, oltre a saper parlare, è anche un lavoratore instancabile. Inoltre uno che la stampa di lingua inglese odia tanto, come sappiamo, non può essere poi tanto male. » Risero guardando Shasa, per vedere come la prendeva. Era ancora un estraneo, il loro *rooinek* addomesticato, e non volle dar loro la soddisfazione di vederlo irritato. Sorrise, perfettamente a suo agio.

« Verwoerd è astuto come un vecchio babbuino e rapido come il mamba. Dovremo darci parecchio da fare per tagliargli la strada », concordò Shasa.

Si misero a quest'opera con grande impegno, tutti e tre. Shasa era convinto che, nonostante le leggi segregazioniste che aveva introdotto, Dönges fosse il più moderato e altruistico dei tre candidati che si erano lasciati indurre a concorrere alla massima carica del Paese.

Come disse lo stesso dottor Hendrik Verwoerd nell'accettare la candidatura, « non si ha il diritto di rifiutare quando si sente la disperata invocazione del proprio popolo. »

Il 2 settembre 1958 il congresso del Partito Nazionalista si riunì per eleggere il nuovo leader. Il congresso era composto di 178 deputati e senatori nazionalisti, che votavano insieme: e la scarsa esperienza di Verwoerd alla Camera, anziché rivelarsi una debolezza, risultò un vantaggio. Per anni Hendrik Verwoerd era stato il senatore più autorevole, dominando la Camera alta con la forza della sua personalità e la potenza della sua oratoria. I senatori, gente docile e accomodante, il cui numero era stato aumentato apposta per consentire al partito al governo di far passare una legislazione razziale controversa, votarono in blocco per Verwoerd.

Dönges sopravvisse alla prima tornata di voto, mentre l'altro candidato, « Blackie » Swart, dello Stato Libero, fu eliminato. Nella seconda tornata, che vedeva di fronte solo Verwoerd e Dönges, i settentrionali si concentrarono sul primo e lo elessero capo del governo con novantotto voti contro settantacinque.

Nel primo messaggio radiotrasmesso alla nazione in veste di capo del governo, Hendrik Frensch Verwoerd non nascose che era stato eletto per volontà di Dio. « È Lui che ha ordinato che io guidi il popolo del Sudafrica in questo nuovo periodo della sua vita. »

Blaine e Centaine erano venuti a Weltevreden da Rhodes Hill. Per tradizione, la famiglia si riuniva lì a sentire le trasmissioni più importanti. Lì avevano ascoltato alla radio discorsi e annunci che avevano messo sottosopra il mondo che conoscevano: dichiarazioni di guerra; annunci di pace; la notizia dei maledetti funghi atomici che avevano portato morte e distruzione su due città giapponesi; la morte di re e statisti amati; l'incoronazione di una regina; queste e altre importanti notizie avevano ascoltato insieme nel salotto azzurro di Weltevreden.

Adesso rimasero tranquillamente seduti mentre la voce acuta, emozionata ma chiara del nuovo primo ministro giungeva a loro, ripetendo tutte le solite banalità, vecchi dischi con qualche incrinatura.

« Nessuno dubiti, nemmeno per un istante, che io non intenda sostenere le istituzioni democratiche del nostro Paese, perché esse sono il bene più prezioso della civiltà occidentale », dichiarava Verwoerd, « e il diritto di espressione dei dissenzienti sarà sempre mantenuto. »

« Sì, se quello che dicono passa la censura, il sinodo della Chiesa Olandese Riformata, e il vaglio del Partito Nazionalista », mormorò Blaine con sarcasmo in lui insolito. Centaine gli disse di star zitto e di non distrarla.

Verwoerd affrontava ora un altro argomento familiare, il deliberato fraintendimento della sua politica razziale da parte dei nemici della nazione. Non era stato lui a coniare la parola *apartheid*, ma altre menti pensose e impegnate che avevano previsto la necessità di garantire a tutte le razze di una società complessa e frammentata la possibilità di progredire separatamente verso la realizzazione del proprio potenziale. « Come ministro agli Affari Bantu, fin dal 1950 ho ritenuto mio dovere dare coesione e sostanza a questa politica, l'unica che consentirà a tutti i gruppi di raggiungere la piena realizzazione all'interno della propria comunità razziale. E negli anni a venire non defletteremo certo da questa rotta. »

Ascoltandolo, Tara non faceva che battere il piede, ma a questo punto si alzò di scatto. « Scusatemi », sbottò. « Mi è venuta un po' di nausea, vado in terrazza a prendere un po' d'aria... » e corse fuori della stanza. Centaine lanciò uno sguardo a Shasa, che sorrise stringendosi nelle spalle. Stava per dire una battuta sdrammatizzante quando si udì di nuovo la voce alla radio.

« Vengo ora a uno dei più sacrosanti ideali del nostro popolo, se non il più sacrosanto di tutti », la voce acuta riempiva la stanza, « ossia la formazione della Repubblica. So quanti sudafricani di lingua inglese, che ora mi stanno ascoltando, provano un senso di fedeltà per la Corona Britannica. So anche che questa fedeltà ha sovente impedito loro di scorgere con chiarezza i veri problemi. L'ideale monarchico è stato troppo spesso un fattore di divisione tra noi, separando gli afrikaner dagli anglofoni, che invece avrebbero dovuto unirsi. In un mondo che sta rinunciando alle colonie, le nuove nazioni negre cominciano a configurarsi come una minaccia per il Sudafrica che conosciamo e amiamo. L'afrikaner e l'inglese non possono più permettersi di restare separati, perché ormai debbono allearsi strettamente, forti e sicuri, nell'ideale di una nuova Repubblica bianca. »

« Mio Dio », esclamò Blaine, « questa è una novità. Finora si parlava sempre e soltanto della Repubblica afrikaner, e nessuno la prendeva sul serio, nemmeno gli afrikaner. Ma stavolta dice davvero, e ha avviato qualcosa che alzerà un polverone. Mi ricordo anche troppo bene la polemica sulla bandiera negli anni Venti. Sembrerà uno zuccherino di fronte alle polemiche sulla Repubblica... » S'interruppe per ascoltare Verwoerd che concludeva:

« Così vi assicuro che d'ora in poi il sacrosanto ideale della Repubblica sarà appassionatamente perseguito ».

Quando il primo ministro finì di parlare, Shasa andò a spegnere la radio. Poi si voltò con le mani affondate nelle tasche, e le spalle incurvate, guardando in faccia i familiari. Erano tutti tristi e scossi. Per centocinquant'anni il Paese era stato britannico, e in quella condizione risiedeva un senso di orgoglio e di grande sicurezza. Adesso sarebbe cambiato, e loro avevano paura. Anche Shasa si sentiva stranamente defraudato e incerto.

« Non dice sul serio. È un altro contentino ai suoi. Non fanno altro che invocare la Repubblica, 'sti afrikaner. » Centaine era ottimista, ma Blaine scosse la testa.

« Mi pare che non conosciamo ancora abbastanza bene quest'uomo. Sappiamo solo che cosa scriveva quand'era direttore del *Transvaler*, e con quale vigore e risolutezza si è battuto per rendere segregazionista la nostra società. E c'è un'altra cosa che abbiamo imparato di lui: è un uomo che dice quello che pensa e fa quello che dice, senza lasciarsi sbarrare la strada da nessuno. » Prese la mano di Centaine. « No, cuore mio, ti sbagli. Dice proprio sul serio. »

Entrambi guardarono Shasa, e Centaine chiese per tutti e due: « Cosa farai, *chéri*? »

« Non credo di avere scelta. Dicono che non tolleri opposizioni, e io mi sono pubblicamente schierato per Dönges. Lunedì, quando annuncerà la lista dei ministri del suo governo, posso benissimo non esserci. »

« Sarà dura tornare un *peón* », osservò Blaine.

« Troppo dura », annuì Shasa. « E io non ci starò. »

« Oh, *chéri* », proruppe Centaine. « Non vorrai dimetterti da deputato... con tutto quello che abbiamo sacrificato, dopo tutto il lavoro, tutte le speranze... »

« Lunedì lo sapremo », si strinse nelle spalle Shasa, cercando di non far vedere quant'era amaramente deluso. Aveva avuto il vero potere in mano per poco tempo, quanto basta per gustarne il sapore. Inoltre sapeva che aveva ancora moltissimo da dare al Paese: aveva seminato molto, ed era sul punto di raccogliere qualcosa. Ora avrebbe visto avvizzire questi virgulti assieme alle sue ambizioni, prima ancora di gustare il dolce frutto. Verwoerd l'avrebbe escluso dal governo. Non poteva dubitarne neanche per un attimo.

« Bisogna saper trattare il trionfo e il disastro da quei due grandi impostori che sono », disse Centaine citando Kipling. « Per cui, *chéri*, ti consiglio di stappare una bottiglia di champagne. »

Shasa entrò nel suo ufficio ministeriale e si guardò intorno con rimpianto. C'era rimasto cinque anni, e adesso avrebbe dovuto fare i bagagli, portar via quadri, mobili e sculture: rivestimento e tappeti li avrebbe lasciati in dono alla nazione. Aveva sperato di poter fare un lascito ben maggiore. Sorrise e andò a sedersi dietro la scrivania da ministro per l'ultima volta, cercando di capire dove aveva sbagliato, e cosa avrebbe potuto fare se gli fosse stato concesso. Il telefono squillò, e rispose lui prima della segretaria in anticamera.

« Parla la segreteria del primo ministro », disse una voce. Per un attimo Shasa pensò al morto e non al suo successore.

« Il primo ministro vorrebbe vederla appena possibile. »

« Verrò subito, naturalmente », rispose Shasa e, rimettendo giù la cornetta, pensò: « Dunque vuole avere il piacere di cacciarmi personalmente ».

Verwoerd lo fece aspettare solo dieci minuti e poi, quando Shasa entrò nel suo ufficio, si alzò a scusarsi. « Mi perdoni. È una giornata alquanto piena », disse, e Shasa sorrise alla battuta. Non era un sorriso forzato, perché Verwoerd stava dispiegando tutto il suo gran fascino, parlando con voce flautata e carezzevole, ben diversa da quella tesa e acuta che usava in pubblico. Fece addirittura il giro della scrivania e ghermì il braccio di Shasa come uno zio affettuoso. « Ma d'altra parte dovevo pur parlarle, come ho parlato a tutti i membri del mio nuovo gabinetto. »

Shasa sobbalzò al punto da sottrarsi alla stretta dell'altro, e si girò a guardarlo in faccia sbalordito.

« Mantengo il ministero dell'Industria e delle Miniere, e non c'è persona più qualificata di lei per dirigerlo. Mi è piaciuta la sua relazione al precedente governo. Lei sa sempre di che cosa sta parlando. »

« Non fingerò di non essere sorpreso, primo ministro », gli disse calmo Shasa, e Verwoerd ridacchiò.

« Certe volte è un bene essere imprevedibili. »

« Perché? » gli chiese Shasa. « Perché io? » Verwoerd inclinò la testa da una parte, un gesto caratteristico d'interrogazione, ma Shasa insisté. « Io so che lei apprezza il parlar chiaro, primo ministro, così lo dirò: lei non ha alcuna ragione di apprezzarmi, o di considerarmi un alleato. »

« Questo è vero », ammise Verwoerd. « Ma non ho bisogno di sicofanti, ne ho già abbastanza. Mi sono limitato a considerare il fatto che il suo contributo è vitale per il futuro benessere della nostra terra, e che non c'è nessuno in grado di far meglio di lei. Sono sicuro che impareremo a lavorare insieme. »

« È tutto qui, primo ministro? »

« Lei ha osservato che mi piace parlar chiaro. Bene, non è tutto qui. Mi avrà forse udito inaugurare il mio mandato con un appello all'unità delle due componenti della nostra popolazione bianca, un appello ai boeri e ai britannici perché dimentichino le vecchie e superate antipatie e costruiscano a fianco a fianco la Repubblica. Che figura farei, se subito dopo licenziassi l'unico inglese del mio governo? »

Risero insieme, poi Shasa scosse la testa. « Sulla questione della Repubblica io mi opporrò », l'avvertì, e per un attimo vide balenare negli occhi di Verwoerd l'egoismo freddo e monolitico di chi non cederà mai all'opinione contraria. Poi uno spiraglio si chiuse e Verwoerd ridacchiò.

« Allora dovrò convincerla che sbaglia. Nel frattempo lei sarà la mia coscienza... come si chiama quel personaggio del film di Walt Disney...? »

« Quale film? »

« La storia del burattino... Pinocchio, mi pare, no? Come si chiama il grillo? »

« Il grillo parlante? Jiminy Cricket », disse Shasa.

« Già, intanto lei sarà il mio grillo parlante. Accetta l'incarico? »

« Sappiamo entrambi che è mio dovere, primo ministro. » Dicendolo, Shasa pensava cinicamente: « Non è straordinario che quando l'ambizione comanda, il dovere accorra sempre subito? »

Quella sera erano a cena fuori. Appena si fu vestito, Shasa andò in camera di Tara a darle la notizia.

Mentre le spiegava le ragioni per cui aveva accettato, lei lo guardava nello specchio. La sua espressione era solenne, ma la sua voce aveva un'inflessione di disprezzo quando gli disse: « Sono molto contenta per te. So che è quello che vuoi, e che sarai così impegnato che non ti accorgerai nemmeno della mia assenza ».

« Vai via? »

« Secondo il nostro accordo, Shasa. Abbiamo stabilito che posso andarmene quando ne sento il bisogno. Naturalmente, tornerò... anche questo era previsto dal nostro accordo. »

Sembrò sollevato. « Dove andrai, e per quanto tempo? »

« A Londra », rispose lei. « Starò là parecchi mesi. Voglio frequentare un corso di archeologia all'università. » Cercava di non farglielo capire, ma era in preda a un vero delirio di esultanza. L'aveva appena saputo da Molly, proprio quel pomeriggio, dopo l'annuncio del nuovo governo. Molly aveva un messaggio: finalmente Moses l'aveva mandata a chiamare, e lei aveva già preso i biglietti per Benjamin, Miriam e se stessa sul *Pendennis Castle*, diretto a Southampton. Suo figlio avrebbe conosciuto il padre.

La partenza del postale era un evento eccitante, a cui i cittadini della città madre, di qualunque età e posizione sociale, potevano liberamente unirsi. Il ponte era affollato e rumoroso. Stelle filanti partivano dalla nave e la collegavano al molo con una fitta ragnatela multicolore, che vibrava al vento di sud-est. Una banda sul molo gareggiava con l'orchestrina della nave, e alla vecchia canzone preferita del Capo, *Alabama*, rispondeva dal piroscafo *God be with you till we meet again*, un classico di queste occasioni.

Shasa non c'era. Se n'era volato a Walvis Bay a occuparsi di qualche problema imprevisto che era sorto nell'industria d'inscatolamento. Non c'era neanche Sean, impegnato negli esami scritti alla Costello's Academy, ma Blaine e Centaine portarono gli altri tre ragazzini al molo a salutare Tara che partiva.

Eccoli lì, stretti in un piccolo gruppo di famiglia circondato dalla folla, ciascuno con in mano una stella filante che li collegava a Tara, sul ponte di passeggiata. Quando il varco tra molo e nave cominciò ad aprirsi, la sirena urlò, le stelle filanti si ruppero e caddero nelle acque scure del porto interno. I rimorchiatori facevano girare la larga poppa fino ad allineare la nave con l'imboccatura del porto. Allora, l'acqua intorno cominciò a ribollire, mossa dalla grande elica, e il piroscafo s'inoltrò nella Table Bay.

Tara corse allegramente alla sua grande cabina di prima classe. Quando Shasa aveva insistito per farla andar lì, anziché in classe turistica dove aveva già prenotato la cabina, aveva protestato per modo di dire. « Mia cara, chissà quante persone che conosciamo incontrerai a bordo. Che penserebbero di noi, se vedessero mia moglie viaggiare con la zavorra? »

« Macché zavorra, Shasa, classe turistica. »

« Sotto la prima è tutta zavorra », le aveva risposto lui; e ora fu contenta del suo snobismo, perché la cabina singola le consentiva di passare tutto il tempo che voleva insieme al piccolo Ben. Se fosse stata vista sul ponte assieme al bambino di colore, avrebbe destato curiosità indebite. Come le aveva fatto notare Shasa, a bordo c'era una folla di pettegoli, le cui chiacchiere non avrebbero tardato a rimbalzare a Città del Capo. Le malignità filano e arrivano a destinazione precise come piccioni viaggiatori. Comunque, per fortuna Miriam Afrika si era adattata a indossare una divisa da cameriera, e a far finta di servire Tara durante la traversata. Il marito, pur con qualche riluttanza, l'aveva lasciata andare con Tara in Inghilterra, nonostante gli immaginabili problemi che ciò gli creava. Tara l'aveva ricompensato generosamente e Miriam era venuta col bambino che era registrato come figlio suo.

Tara non lasciò quasi mai la cabina durante la traversata, rifiutando gli inviti del capitano di pranzare alla sua tavola e disertando tutti i cocktail e i balli mascherati di prammatica sulle navi. Non si stancava mai di stare col figlio di Moses; il suo amore era una fame che non si saziava. Anche quando, esausto, Benjamin si addormentava nel suo lettino, Tara continuava a covarlo con gli occhi. « Ti amo », gli sussurrava, « sei il migliore del mondo dopo tuo papà. » Non pensava mai agli altri bambini, nemmeno a Michael. Si faceva portare tutti i pasti in cabina, e mangiava con Benjamin, sottraendolo quasi gelosamente alle cure di Miriam. Solo a tarda sera, con la più gran riluttanza, le consentiva di riprenderlo e portarlo a dormire nella sua cabina in classe turistica.

Le giornate passarono in fretta e finalmente arrivarono a Southampton, dove subito salirono sul treno per Londra.

Sempre per volontà di Shasa, aveva preso la solita suite al Dorchester, con le finestre che davano sul parco e una stanza a parte per Miriam e il bambino per i quali pagò in contanti in modo che Shasa non potesse porsi delle domande di fronte ai rendiconti bancari.

All'arrivo trovò un messaggio di Moses. Riconobbe la sua scrittura. Aprì la busta appena entrò nella suite, e fu presa dalla delusione. Le scriveva molto formalmente:

Cara Tara,

mi spiace di non poter essere qui ad accoglierti. Ho importanti colloqui in corso con i nostri amici ad Amsterdam. Mi farò vivo appena torno. Sinceramente tuo

MOSES GAMA

Il tono della lettera la piombò nella più nera disperazione. Che delusione! Senza Miriam e il bambino chissà cos'avrebbe fatto. Invece passò quelle giornate di attesa al parco e allo zoo, oppure facendo lunghe passeggiate sulle rive del fiume e per le affascinanti viuzze di Londra. Fece un po' di acquisti per Benjamin da Mark & Spencer e C & A, evitando Harrods e Selfridges dove amava far compere Shasa.

Tara si iscrisse al corso di archeologia africana all'università. Non era certa che Shasa non controllasse. Per dargli un altro contentino si mise il tailleur più serio, la collana di perle, e prese un tassì fino a Trafalgar Square per una visita di cortesia all'ambasciatore sudafricano. Non riuscì a eludere l'invito a pranzo e dovette sorbirsi una compagnia del tutto simile a quelle che l'affliggevano a Weltevreden. Capitò accanto al loquace direttore del *Daily Telegraph* e prese ad annuire come una bambola meccanica, guardando fuori della finestra il monumento a Nelson e desiderando d'essere libera come uno di quei piccioni che svolazzavano intorno all'alta colonna dell'eroe di Trafalgar. Fatto il suo dovere, scappò in albergo appena in tempo per fare il bagnetto a Ben.

Gli aveva comprato un piccolo rimorchiatore di plastica. Ben rideva felice, seduto nella vasca, mentre la barchetta a molla gli girava intorno.

Anche Tara rideva, asciugandosi le mani, quando Miriam entrò nel bagno.

« C'è una persona che vuol vederti, Tara. »

« Chi è? » chiese Tara senza alzarsi (era inginocchiata di fianco alla vasca).

« Non ha voluto dirmi come si chiama », disse Miriam mantenendosi impassibile. « Finisco io di fare il bagno a Ben. »

Tara esitò. Non aveva voglia di perder tempo che poteva trascorrere col figlio. « Va be', uffa! » si rassegnò infine, e con la salvietta in mano andò di là a vedere. Si arrestò di colpo sulla soglia.

La sorpresa fu così intensa che impallidì e vacillò. Dovette attaccarsi allo stipite della porta per non cadere.

« Moses », sussurrò fissandolo.

Indossava un lungo impermeabile marrone bagnato di pioggia. Così vestito sembrava ancora più alto e largo di spalle. Tara aveva dimenticato quant'era imponente la sua presenza. Non sorrideva, ma la osservava con quel suo sguardo che arrivava al cuore.

« Moses », ripeté, e fece un passo malcerto verso di lui. « Oh Dio, come sono passati lentamente questi anni di lontananza! »

« Tara. » La sua voce fece vibrare tutte le fibre della donna. « Moglie mia », disse, tendendo le braccia.

Corse da lui, che l'abbracciò forte. Premette il viso sul suo petto e lo strinse, aspirando l'inebriante odore virile del suo corpo, caldo ed eccitante come il profumo d'erbe del mezzogiorno africano. Per parecchio tempo nessuno dei due si mosse né parlò, a parte il tremore involontario che scuoteva il corpo di Tara, e i mugolii di gioia che le sfuggivano.

Poi, gentilmente, Moses la staccò da sé e le prese il viso tra le mani, guardandola negli occhi.

« Ti ho pensato ogni giorno », le disse, e lei di colpo si mise a piangere. Le lacrime le scorrevano giù per le guance, sugli angoli della bocca, sicché quando lui la baciò il loro sapore salato e metallico si mischiò a quello della saliva.

Miriam portò lì Benjamin, pulito e asciutto nel pigiamino azzurro nuovo. Il bambino guardò il padre con solennità.

« Ti saluto, figlio mio », sussurrò Moses. « Possa tu crescere forte e bello come la terra dove sei nato. » Tara pensò che le si fermasse il cuore per la felicità e l'orgoglio di vederli insieme per la prima volta.

Benché il colore della loro pelle fosse diverso – Benjamin era color caramello e cioccolatino al latte, mentre Moses era color ambra e bronzo africano –, Tara vide la somiglianza nella forma della testa e nei lineamenti della mascella e delle sopracciglia. Avevano gli stessi occhi spaziati, lo stesso naso, le stesse labbra, e per lei erano i due esseri più meravigliosi della sua vita.

Tara mantenne la suite al Dorchester, perché sapeva che Shasa poteva cercarla lì, e che lì sarebbero arrivati gli inviti dell'ambasciata sudafricana e la corrispondenza dell'università. Ma andò a stare nell'appartamento di Moses dalle parti di Bayswater Road.

L'appartamento apparteneva all'imperatore d'Etiopia e serviva ai suoi diplomatici. Tuttavia Hailé Selassié l'aveva messo a disposizione di Moses Gama fin quando gli occorresse. Era un grandissimo appartamento, una specie di labirinto di stanze, arredato con uno strano miscuglio di oggetti africani e occidentali. C'erano divani lisi, poltrone dappertutto, tappeti di lana etiopici e arazzi alle pareti. Tantissimi erano gli oggetti d'artigianato africano, statuette d'avorio, di ebano, spadoni incrociati appesi alle pareti, scudi somali in bronzo, croci cristiane copte in argento di lavorazione indigena tempestato di pietre semipreziose.

Dormivano per terra, alla maniera africana, su materassini

duri e sottili riempiti di crine. Moses usava addirittura il tradizionale « cuscino » di legno, a cui Tara non riuscì mai ad abituarsi. Benjamin dormiva con Miriam nella camera in fondo al corridoio.

Far l'amore per Moses Gama era un fatto naturale della vita, come mangiare, bere e dormire: tuttavia la sua bravura e la sua considerazione delle necessità di Tara continuavano a esser fonte di gioia e meraviglia per lei. Desiderava dargli un secondo figlio più d'ogni altra cosa al mondo. Cercava di aprirgli il grembo per ricevere il suo seme come un fiore si schiude al polline, e molto tempo dopo che si era addormentato lei giaceva a cosce strette e ginocchia alzate per non perderne nemmeno una stilla preziosa, immaginando d'essere una spugna che l'assorbiva, o un mantice che ne aspirava l'essenza nel profondo della sua femminilità.

Tuttavia per Tara erano troppo rari i momenti di intimità con lui. Le dava fastidio il fatto che l'appartamento fosse sempre pieno di estranei. Odiava condividere Moses con costoro, lo voleva tutto per sé. Lui se ne accorgeva, e quando Tara si comportava scontrosamente o sbuffava alla presenza degli altri, la redarguiva fermamente.

« Io sono la lotta, Tara. Niente e nessuno viene prima di questo. Né i miei desideri né la mia vita stessa prevalgono sui doveri imposti dalla causa. Se mi vuoi, devi fare lo stesso sacrificio. »

Per attenuare la severità delle sue parole, la prese tra le braccia e la portò al materasso, e l'amò fino a farla gemere e a farle girare la testa di qua e di là, in delirio per la potenza e la magnificenza del suo amore. Poi le disse: « Hai di me più di quanto può avere chiunque altro. Accettalo senza lamentarti, e ringrazia il cielo, perché non è detto che uno di noi non sia chiamato a sacrificare tutto. Vivi il presente, Tara, e goditi il nostro amore oggi, perché può darsi che non abbiamo un domani ».

« Perdonami, Moses », gli sussurrò. « Sono stata piccola e meschina. Non ti deluderò mai più, te lo prometto. »

Così mise da parte la gelosia e prese a collaborare con lui, non considerando più quelli che venivano all'appartamento degli intrusi e dei guastafeste, ma dei compagni che facevano parte della loro vita e della loro lotta. Si accorse allora che rappresentavano una fetta di umanità affascinante. Erano quasi tutti africani, alti kikuyu del Kenia, giovani di Jomo Kenyatta, guerrieri Mau-Mau, e una volta addirittura l'ometto dal gran cuore e dal gran cervello, Hastings Banda, venne a passare una serata con loro. C'erano shona e shangaan della Rhodesia, xhosa e zulu del Sudafrica e anche alcuni ovambo della tribù di Moses. Avevano fondato un'associazione per la liberazione dei neri che chiamavano South West African Peoples' Organization, e chiesero la benedizione di Moses, che gliela diede volentieri. Tara trovava difficile considerare Moses un ovambo, ossia un uomo di una certa tribù, perché il suo dominio era tutta l'Africa. Parlava quasi tutte le lingue e comprendeva i timori e le aspirazioni tipiche di ciascun popolo. Se la parola « africano » poteva definire qualcuno, questi era Moses Gama.

Altri frequentavano l'appartamento di Bayswater: indù, musulmani, e gente delle terre del nord, l'Etiopia, il Sudan e l'Africa mediterranea; alcuni vivevano ancora sotto la tirannia colonialista, altri avevano appena conquistato la libertà e avevano una gran voglia di aiutare i confratelli africani che ancora pativano lo sfruttamento e l'occupazione straniera.

C'erano anche dei bianchi, uomini e donne, che parlavano con l'accento di Liverpool e dell'Inghilterra del nord, gente delle fabbriche e delle miniere; e altri uomini e donne bianchi dall'inglese stentato e laborioso ma dal cuore fiero, patrioti polacchi, tedesco-orientali e di altri Paesi del blocco sovietico, e alcuni proprio russi. Tutti amavano la libertà e odiavano l'oppressore.

Coi soldi di Shasa, che le aveva aperto un conto a Londra, Tara riempì l'appartamento di cibi e liquori prelibati, traendone un gran piacere. Aragoste, sogliole e rombi davano il cambio a bistecche di filetto e agnelli di prima qualità.

Per la prima volta le faceva piacere ordinare dei borgogna e dei bordeaux d'annata, di quelli che Shasa magnificava pomposamente alle cene di Weltevreden, e vederli scolare come Coca-Cola dai nemici giurati del mondo di Shasa, quelli che lui chiamava « apportatori di tenebre ».

Era tantissimo tempo che non faceva da mangiare – il cuoco di Weltevreden se ne sarebbe offeso –, ma adesso si divertiva a cucinare assieme alle altre donne. Le indù le insegnarono a preparare dei fantastici curry, le arabe cento modi di far l'agnello, uno migliore dell'altro, sicché ogni pasto diventò una festa e un'avventura. Dagli studenti squattrinati ai capi dei governi rivoluzionari ai leader in esilio delle nazioni oppresse, tutti venivano a chiacchierare e a far progetti, a mangiare e bere e scambiarsi idee ancora più inebrianti dei vini che Tara serviva generosamente.

Al centro dell'eccitazione era sempre Moses Gama. La sua imponente presenza sembrava ispirare e dirigere le energie di tutti, e Tara si rese conto che stava stringendo legami, forgiando amicizie e fedeltà capaci di imprimere alla lotta un salto di qualità. Era immensamente fiera di lui, e umilmente orgogliosa della sua piccola parte nella grande impresa. Per la primissima volta in vita sua si sentiva davvero utile e importante. Fino ad allora aveva sprecato l'esistenza in futilità insensate. Rendendola parte della sua opera, Moses l'aveva infine trasformata in una persona intera. Per quanto le sembrasse impossibile, in quei mesi incantati il suo amore per lui diventò cento volte più grande.

Capitava che partissero insieme, quando Moses era invitato a parlare qua e là, o doveva incontrare rappresentanti di qualche potenza straniera. Andarono a Sheffield e a Oxford a incontrare esponenti delle più diverse forze politiche, dal Partito Comunista britannico all'associazione degli studenti conservatori. Un week-end si recarono a Parigi in aereo per incontrare i funzionari del ministero degli Esteri francese, e un mese dopo andarono insieme a Mosca. Tara viaggiava col passaporto britannico, e passò il tempo con la guida dell'Intourist, mentre Moses negli uffici del quarto direttorato sul Gorky Prospekt era impegnato in colloqui segreti.

Quando tornarono a Londra, Moses e alcuni altri fuorusciti sudafricani organizzarono una manifestazione di protesta a Trafalgar Square, di fronte all'ambasciata del Sudafrica, con le sue alte colonne e le teste di animali scolpite nella pietra. Tara non poté unirsi alla dimostrazione, perché Moses l'aveva avvertita che dall'edificio i manifestanti sarebbero stati fotografati col teleobiettivo, e lei non doveva esporsi agli agenti razzisti. Era troppo preziosa per la causa. Allora lei decise di telefonare all'ambasciatore, che subito l'invitò a pranzo. Guardò la manifestazione dal suo ufficio, seduta in una magnifica poltrona, vedendo Moses che arringava cinquecento dimostranti in piazza, dietro lo striscione con la scritta: « L'apartheid è un crimine contro l'umanità ». Purtroppo non le arrivavano le sue parole, per colpa del vento e del traffico. Gliele ripeté quella sera in privato, sul materasso di crine, emozionandola ancora di più.

Una bella mattina di primavera attraversarono a braccetto

Hyde Park, con Benjamin che gettava briciole di pane alle anatre che nuotavano sul laghetto chiamato la Serpentina.

Sul Rotten Row guardarono amazzoni e cavalieri, e ammirarono le aiuole fiorite procedendo verso l'angolo degli oratori.

Sui prati, la gente approfittava della giornata festiva e del sole, così insolito in quella stagione. Gli uomini si mettevano a torso nudo, e le ragazze sedute sull'erba si tiravano su la gonna fino alle cosce. Gli amanti si allacciavano senza vergogna, e Moses li guardava accigliato, perché spettacoli di quel genere offendevano la sua moralità africana.

Arrivati a Speakers' Corner, superarono i repubblicani irlandesi e i militanti omosessuali che arringavano la folla dalle cassette del latte rovesciate, e andarono a unirsi al gruppo degli africani. Moses fu immediatamente riconosciuto, perché in questi circoli era diventato molto famoso. Una mezza dozzina di uomini e donne gli corsero incontro, tutti sudafricani di colore espatriati, e tutti quanto mai ansiosi di dargli la grande notizia.

« Li hanno liberati! »

« Tutti fuori! »

« Nokwe, Makgatho, Nelson Mandela... sono tutti liberi! »

« Il giudice Rumpff li ha assolti dall'accusa di tradimento... »

Moses Gama si arrestò di colpo e guardò i connazionali che lo circondavano ridendo e ballando felici, figli dell'Africa al solicello inglese.

« Non ci credo », disse Moses quasi ringhiando. Qualcuno gli sventolò sotto gli occhi una copia dell'*Observer*.

« Qua! Leggi! È proprio vero! »

Moses afferrò il giornale. Lesse in fretta l'articolo in prima pagina, con volto chiuso e cupo, poi di colpo ficcò il quotidiano in tasca e si sottrasse a spintoni al crocchio festoso. Si allontanò per il vialetto del parco, mentre Tara con Benjamin gli correva dietro.

« Moses, aspettaci! »

Non la guardò nemmeno, ma la sua ira era evidente dalla posizione delle spalle e dalla smorfia che gli deformava il viso.

« Cosa c'è, Moses? Come mai sei così arrabbiato? Non sei contento che i nostri amici sono fuori di galera? Perché non parli, Moses? »

« Ma non capisci? » le chiese. « Sei così stupida da non capire cos'è successo? »

« No... mi dispiace, ma io... »

« Sono usciti da questa storia con un immenso prestigio, soprattutto Mandela. Pensavo che avrebbe passato tutta la vita in prigione, o meglio ancora che l'impiccassero! »

« Moses! » Tara era scandalizzata. « Come puoi parlare così? Nelson Mandela è un compagno! »

« Nelson Mandela è un mio mortale nemico », le disse piatto piatto. « Sarà uno a comandare in Sudafrica: o io o lui. »

« Non capisco. »

« Ma cosa vuoi capire tu, donna? Non è necessario che tu capisca: devi solo imparare a ubbidirmi. »

Lo infastidiva e l'irritava coi suoi umori variabili e le sue gelosie continue. Ogni giorno trovava più difficile sopportare la sua soffocante adorazione. La sua carnagione pallida e molle cominciava a fargli schifo, e ogni volta faceva più fatica a finger passione. Non vedeva l'ora di liberarsi di lei, ma quel giorno era ancora di là da venire, purtroppo.

« Mi dispiace, Moses, sono stata stupida a farti arrabbiare. »

Continuarono a passeggiare in silenzio, ma quando si trovarono di nuovo in riva al laghetto Tara gli chiese, un po' preoccupata: « Cosa farai adesso? »

« Dovrò reclamare il posto che mi spetta alla guida del nostro popolo. Non posso lasciare campo libero a Mandela. »

« Cosa farai? » ripeté lei.

« Dovrò tornare in Sudafrica. »

« Oh, no! » proruppe lei. « Non puoi tornare, è troppo pericoloso, Moses. Ti arresterebbero appena metti piede sul territorio sudafricano. »

« No », scosse la testa lui. « Se mi aiuti, non succederà. Rientrerò clandestinamente, ma mi occorrerà il tuo aiuto. »

« Certo, tutto quello che vuoi... ma, mio caro, cosa speri di ottenere correndo un rischio simile? »

Con uno sforzo Moses accantonò l'irritazione e abbassò gli occhi a guardarla.

« Ti ricordi dove ci siamo visti per la prima volta, la prima volta che ci siamo parlati? »

« Nei corridoi del Parlamento », rispose subito lei. « Come potrei dimenticarlo! »

Lui annuì. « Mi chiedesti cosa ci facevo, e io ti risposi che un giorno te l'avrei detto. Quel giorno è venuto. »

Le parlò ancora per un'ora, sottovoce, in maniera suadente, e mentre lei l'ascoltava le sue emozioni si accavallavano, passando dall'esultanza alla paura.

« Mi aiuterai? » le chiese alla fine.

« Oh... ho tanta paura per te. »

« Lo farai? »

« Io non potrei rifiutarti niente », gli sussurrò. « Proprio niente. »

Una settimana dopo Tara telefonò a Centaine a Rhodes Hill e rimase sbalordita di sentirla così bene. Parlò a turno con tutti i bambini. Sean rispondeva a monosillabi, e parve contento di passar la cornetta a Garry, che al primo anno di ragioneria era tutto compreso e solenne. Sembrava di parlare a un vecchietto. L'unica notizia un po' originale che le diede era che suo padre gli aveva finalmente dato il permesso di andare a far pratica in qualche ufficio della Courteney, quando non doveva studiare.

« Papà mi paga due sterline e dieci al giorno », annunciò fiero. « E presto avrò un ufficio tutto mio, col nome sulla porta. »

Quando toccò a Michael parlare con lei, le lesse una poesia che aveva scritto, sul mare e i gabbiani. Era veramente buona, per cui Tara non dovette fingere entusiasmo. « Ti voglio tanto bene », le sussurrò il ragazzo. « Per piacere, torna a casa presto! »

Isabella si mostrò petulante. « Che regalo mi porti? » le chiese. « Papà mi ha comprato un medaglione d'oro con un diamante vero... » Tara provò un colpevole sollievo quando la figlia ripassò il telefono a Centaine.

« Non ti preoccupare per Bella », la tranquillizzò Centaine. « Abbiamo appena avuto una piccola discussione e le penne di madamigella sono un po' scarruffate. »

« Vorrei portare un regalo a Shasa », le disse Tara. « Ho trovato un magnifico altare medievale, trasformato in cassapanca. Penso sia perfetto per il suo ufficio al palazzo del Governo. Ti spiacerebbe prender la misura della parete, a destra della sua scrivania, sotto i paesaggi di Pierneef? Vorrei essere sicura che ci stia. »

Centaine rimase un po' perplessa. Era insolito da parte di Tara mostrare tanto entusiasmo per un pezzo d'antiquariato. « Certo, prenderò la misura », le disse in ogni modo. « Ma ricordati che Shasa ha dei gusti molto conservatori... non sceglierei niente di troppo... ehm... » esitò per delicatezza, non volendo denigrare i gusti della nuora, « ... ovvio o vistoso. »

« Ti telefono domani sera », disse Tara senza raccogliere il consiglio. « Così mi dici lo spazio che c'è. »

Due giorni dopo Moses l'accompagnò dall'antiquario in Kensington High Street. Insieme presero accurate misure dell'esterno e dell'interno dell'altare. Era davvero uno splendido pezzo. Il coperchio della cassapanca era decorato da un mosaico di pietre semipreziose, mentre a guardia dei quattro angoli stavano effigi di apostoli. Erano intagliati in avorio e legni rari e coperti di foglia d'oro. Sui pannelli vi erano scene della Via Crucis e della crocifissione. Dopo un'attenta osservazione, Moses annuì soddisfatto.

« Sì, andrà benissimo. » Tara diede all'antiquario un assegno di seimila sterline.

« Il prezzo è il criterio di giudizio artistico di Shasa », spiegò a Moses mentre aspettavano che i loro amici venissero a prendere la cassa. « Costando seimila sterline, non rifiuterà certo di metterselo in ufficio. »

L'antiquario pareva riluttante ad affidare la cassapanca ai tre giovani negri arrivati con un furgone a caricarla per incarico di Moses.

« È un pezzo delicatissimo », protestava. « Sarei molto più tranquillo se affidaste la spedizione a una ditta specializzata. Potrei raccomandarvene io una... »

« Non stia a preoccuparsi », lo rassicurò Tara. « D'ora in poi mi prendo io ogni responsabilità. »

« È un pezzo così bello », disse l'antiquario. « Se dovesse graffiarsi, potrei accartocciarmi e morire sul posto. » Agitò pateticamente le mani mentre i tre portavano fuori la cassapanca e la caricavano sul retro del furgone. Una settimana ancora e Tara tornò in aereo a Città del Capo.

Il giorno dopo il passaggio della cassapanca alla dogana di Città del Capo, Tara organizzò un piccolo *surprise party* per pochi ospiti scelti nell'ufficio di Shasa al palazzo del Governo, per fargli vedere il regalo. Il primo ministro non poté venire, ma tre ministri vennero, e con Blaine, Centaine e una dozzina di altri invitati si affollarono nell'ufficio di Shasa a bere champagne Bollinger e ad ammirare la cassapanca.

Tara aveva fatto togliere il tavolo georgiano in palissandro che c'era prima e al suo posto aveva fatto mettere la cassapanca. Shasa aveva una vaga idea di cosa aspettarsi: Centaine l'aveva messo sull'avviso, e naturalmente lui aveva già avuto sotto gli occhi il rendiconto bancario.

« Seimila sterline! » Era rimasto sconvolto. « Il costo di una Rolls! » Cosa credeva quella matta? Era ridicolo comprargli dei regali stravaganti, coi suoi soldi poi! Conoscendo i gusti di Tara, aveva paura di guardare il dono.

Quando Shasa entrò nel suo ufficio, il mobile era coperto da un merletto veneziano. Lo sogguardò sospettoso mentre Tara diceva quattro parole d'occasione, ricordando quanto ella gli dovesse, che bravo e generoso marito egli fosse, e che padre esemplare.

Cerimoniosamente Tara levò il merletto dalla cassapanca e a tutti i presenti sfuggì un sospiro d'ammirazione. Le statuine d'avorio agli angoli avevano acquistato una bella patina antica, gialla e burrosa, mentre la foglia d'oro denunciava i secoli. Si avvicinarono tutti a guardar meglio e Shasa sentì svanire l'irragionevole antipatia che aveva subito provato per quel dono. Non pensava che Tara avesse tanto buon gusto. Invece dell'orrenda mostruosità che si era aspettato, ecco un vero capolavoro: e se il suo istinto non fallava, come non fallava quasi mai, era anche un investimento di prim'ordine.

« Spero che ti piaccia... » disse timidamente Tara.

« È magnifico », le rispose lui di tutto cuore.

« Pensi forse che starebbe meglio sotto la finestra? »

« No, no, sta benissimo dove l'hai messo tu », disse. Poi abbassò la voce perché solo sua moglie sentisse. « Certe volte mi sorprendi, cara. Sono davvero commosso del tuo pensiero. »

« Anche tu sei stato gentile a lasciarmi andare a Londra », gli rispose.

« Questo pomeriggio potrei marinare il Consiglio dei ministri e arrivare a casa presto stasera », disse sbirciandole il seno.

« Oh no, no, non vorrei proprio che tu lo facessi », rispose in fretta, stupita della propria ripugnanza fisica a quella proposta. « Sarò certamente esausta dopo questo pomeriggio. È una fatica tale... una tensione... »

« Allora il nostro accordo resta immutato... alla lettera? » le chiese.

« Credo sia molto più saggio far così », disse lei. « Non ti pare? »

Moses, da Londra, andò in aereo a Delhi per incontrare Indira Gandhi, con cui ebbe diversi amichevoli colloqui. La presidentessa del Partito del Congresso indiano lo incoraggiò promettendogli aiuti e riconoscimento.

A Bombay salì su una nave da carico che batteva bandiera liberiana ed era comandata da un polacco. Moses fu registrato come marinaio semplice fino a Lourenço Marques nel Mozambico portoghese. La nave fece scalo a Victoria, nelle Seychelles, dove scaricò diverse tonnellate di riso, e poi proseguì verso le coste africane.

Nel porto di Lourenço Marques Moses salutò cordialmente il capitano polacco e sbarcò con qualche altro membro dell'equipaggio diretto al famoso quartiere delle case di tolleranza subito fuori del porto. Una persona lo aspettava in un night-club equivoco. Era un membro del fronte di liberazione del Mozambico, che stava proprio allora cominciando la lotta armata contro i colonialisti portoghesi.

Mangiarono i gamberetti per cui il cuoco del night andava famoso, con un ottimo sughetto, e bevvero *vinho verde* parlando delle prospettive di lotta e promettendosi mutua assistenza come si conveniva a dei compagni.

Dopo mangiato, l'agente fece un cenno a una delle ragazze che frequentavano il locale, che venne a sedersi al loro tavolo. Dopo qualche minuto di conversazione maliziosa, la ragazza prese per mano Moses e lo fece uscire da una porticina sul retro del bar. Gli aprì una porta dall'altra parte del cortile, camera sua.

Pochi minuti dopo il membro del fronte di liberazione li raggiunse lì e, mentre la ragazza faceva la guardia alla porta, per avvertirli di qualche eventuale sorpresa della polizia coloniale, gli passò le carte di viaggio che gli avevano preparato, un fagottino di vestiti vecchi, e una somma in escudos sufficiente per farlo arrivare al confine sudafricano e fino alle miniere d'oro del Witwatersrand.

Il pomeriggio seguente Moses si unì a un gruppo di cento o più lavoratori alla stazione ferroviaria. Molti minatori del Witwatersrand, infatti, erano del Mozambico, e le loro rimesse fornivano un rilevante contributo all'economia della colonia portoghese. Con addosso quei vestiti e quei documenti, Moses non era diverso dagli altri lavoratori che, sotto gli occhi distratti del funzionario bianco portoghese, salivano sul vagone di terza classe.

Nel tardo pomeriggio il treno lasciò la costa, affrontò la salita per l'altopiano e sbucò fuori dal gran caldo tropicale. Per le foreste ondulate del basso *veld* viaggiò verso il posto di frontiera di Komatipoort, dove arrivò all'alba del giorno dopo. Mentre il treno sferragliava sul basso ponte di ferro, parve a Moses di attraversare non un fiume, ma un vasto oceano. Era in preda a un misto di gioia e costernazione, apprensione e impazienza. Tornava in patria, una patria che però per lui e il suo popolo era una prigione.

Strano sentir parlare di nuovo afrikaans, questa lingua dura e gutturale, che a Moses sembrava ancora più brutta perché era la lingua dell'oppressore. Qui i funzionari non erano gli sciatti e pigri portoghesi del Mozambico. Efficienti, scattanti, gli rivolsero bruscamente delle domande nella loro odiosa lingua. Ma Moses si era già ammantato della consueta indifferenza africana. Il suo volto era impassibile, i suoi occhi vacui: non era che una faccia nera tra mille e mille altre, e non lo riconobbero.

Perfino Swart Hendrick non lo riconobbe quando scivolò nel suo emporio di Drake's Farm. Indossava vecchi stracci presi a prestito e un cappellino da golf calato sugli occhi. Solo quando si rizzò in tutta la sua statura e alzò la visiera, Swart Hendrick sobbalzò con un'esclamazione di sorpresa. Poi lo prese per il braccio e, guardandosi intorno preoccupato, lo spinse nel retrobottega, un bugigattolo dove teneva il suo ufficio.

« Sorvegliano il negozio », gli sussurrò tutto agitato. « Sei matto a venir qui in pieno giorno? » Solo quando furono in salvo nel retrobottega, dove nessuno più poteva scorgerli, si riscosse dalla sorpresa e abbracciò il fratello. « Una parte del mio cuore mancava, ma adesso è ritornata. »

Si affacciò alla porta che dava in casa sua. « Raleigh, ragazzo, vieni qui subito! » e suo figlio venne a vedere. Si stupì di trovarsi davanti lo zio famoso, e si inginocchiò di fronte a lui, gli sollevò un piede e se l'appoggiò sulla testa, come si faceva coi grandi capi in segno di obbedienza. Sorridendo, Moses lo fece alzare e l'abbracciò, gli domandò della scuola e degli studi, poi lo lasciò libero di eseguire gli ordini di Swart Hendrick.

« Va' da tua madre, dille di far da mangiare. Un pollo intero, un bel po' di polenta e cinque litri di tè forte con tantissimo zucchero. Tuo zio ha fame. »

Restarono chiusi nell'ufficio di Swart Hendrick fino a tarda notte, perché dovevano parlare di molte cose. Swart Hendrick gli fece un esauriente rapporto sullo stato di tutti i loro affari, le condizioni del sindacato clandestino dei minatori, l'organizzazione dei Bufali, e poi gli diede notizie di tutti i familiari e gli amici.

Quando infine uscirono dall'ufficio, e andarono in casa di Swart Hendrick, questi prese Moses per il braccio e l'accompagnò alla cameretta sempre pronta ad accoglierlo. Quando aprì la porta, Victoria si alzò dal lettino dove era rimasta pazientemente seduta ad aspettarlo. Andò da lui e, come aveva fatto prima il ragazzo, si prostrò davanti a lui e gli appoggiò il piede sulla propria testa.

« Sei il mio sole », gli sussurrò. « Da quando sei andato via, son vissuta nel buio. »

« Ho mandato un Bufalo a prenderla all'ospedale », gli spiegò Swart Hendrick.

« Hai fatto bene. » Moses si chinò e tirò su la ragazza zulu, che però continuò a tenere il capo chino con modestia.

« Continueremo a parlare domattina. » Swart Hendrick chiuse la porta e Moses mise l'indice sotto il mento di Victoria e gliel'alzò. Si guardarono.

Era ancora più bella di quanto ricordasse, una madonna africana dal volto di luna scura. Per un attimo pensò alla donna che aveva lasciato a Londra, e gli si raggrinzì la pelle paragonando la sua carne umida e bianca, molle come stucco, al lucido manto di questa ragazza, sodo e fresco come onice polito. Le sue nari aspirarono il suo odore africano speziato, così diverso dal sottile odore acidulo dell'altra, che cercava di nasconderlo sotto profumi floreali. Quando Vicky lo guardò negli occhi e sorrise, il bianco delle cornee e i suoi denti perfetti splendevano come avorio nel suo bel viso scuro.

Spenta la prima fiammata di passione, giacquero sotto le pellicce del *kaross* e parlarono per il resto della notte. Vicky gli raccontò le proprie imprese durante la sua assenza. Aveva partecipato alla marcia delle donne a Pretoria, per consegnare una petizione al nuovo ministro degli Affari Bantu succeduto a Verwoerd, ora capo del governo.

La marcia non aveva raggiunto il ministero. La polizia aveva fermato il corteo e arrestato le organizzatrici. Lei aveva passato tre giorni e tre notti in prigione, e ora gli raccontò le umiliazioni che aveva subìto con tanto umorismo, le battute di sapore surrealista scambiate col giudice, che sembravano prese da *Alice nel paese delle meraviglie*, che lo fece ridere di gusto. Alla fine, le accuse di radunata sediziosa e incitamento alla violenza erano cadute, e Vicky e le altre erano state rilasciate.

« Ma adesso sono una veterana », rise. « Ho bagnato nel sangue la mia lancia, come gli zulu del vecchio re Chaka. »

« Sono fiero di te », le disse Moses. « Ma la vera battaglia deve ancora cominciare... » e le raccontò qualcosa di ciò che li aspettava. Alla fiamma tremolante della lampada, la vide ascoltare tutta intenta, con gli occhi che brillavano.

Prima di scivolare finalmente nel sonno, quando già i primi chiarori dell'alba si annunciavano a oriente illuminando il cielo prima nero nel riquadro della finestrella, Vicky gli sussurrò con le labbra appoggiate al suo petto:

« Quanto tempo starai questa volta, mio signore? »

« Meno di quel che vorrei. »

Rimase solo altri tre giorni a Drake's Farm, e Vicky passò con lui tutte le notti.

Quando udirono che Moses Gama era tornato, molti vennero a trovarlo. Erano quasi tutti baldi guerrieri dell'*Umkhonto we Sizwe*, la Lancia della Nazione, impazienti di passare all'azione.

Alcuni esponenti anziani del Congresso venuti a conferire con Moses se ne andarono turbati da quanto avevano udito, e perfino Swart Hendrick era preoccupato. Suo fratello era cambiato. Non capiva bene come e perché, ma che fosse cambiato era un fatto. Moses era diventato più impaziente, più insofferente. I particolari della gestione quotidiana degli affari, dei Bufali e del sindacato non sembravano più interessarlo.

« È come se si fosse messo a guardare una montagna distante, e non vedesse più nient'altro di quanto si frappone. Parla solo di strana gente che vive in terre lontane, ma come può riguardarci ciò che dicono o fanno? » brontolò con la madre dei gemelli, la sua unica vera confidente. « Disprezza il denaro che abbiamo guadagnato e risparmiato, e dice che dopo la rivoluzione il denaro non varrà più niente. Dice che tutto sarà del popolo... » Swart Hendrick si interruppe un momento per pensare ai suoi negozi e alle sue osterie, ai bordelli, alle macellerie e al suo bestiame nelle riserve, ai soldi che aveva messo sui libretti postali di risparmio, nelle banche dell'uomo bianco, ai contanti che aveva nascosto in tanti posti segreti: certi anche sepolti sotto il pavimento su cui adesso sedeva, bevendo la buona birra della sua moglie preferita. « Non sono sicuro di volere che tutte 'ste cose diventino del popolo », borbottò, riflettendo. « Il popolo è come il bestiame, pigro e stupido, e cos'ha fatto per meritare le cose per cui ho lavorato duramente tanti anni? »

« Forse gli ha preso una febbre. Forse il tuo grande fratello ha un verme nell'intestino », suggerì la sua moglie preferita. « Gli farò un *muti* che gli purghi cervello e budello. » Swart Hendrick scosse tristemente il capo. Non era assolutamente convinto che uno dei tremendi lassativi che sapeva compicciare sua moglie servisse a liberare il fratello dai suoi piani oscuri.

Naturalmente tanto tempo prima anche lui aveva fatto chiacchiere vane e sognato follie con suo fratello. Ma allora Moses era giovane, e così sognano i giovani: mentre ora la brina della saggezza raffreddava la testa di Hendrick, la sua pancia era tonda e piena, e aveva molti figli e molte mandrie di bestiame. In realtà non si era mai soffermato a pensarci, ma era un uomo soddisfatto. È vero, non era libero: ma poi che vuol dire esser libero? Chi lo sapeva? Amava e temeva molto suo fratello, ma non era convinto di voler rischiare tutto ciò che aveva per una parola di significato incerto.

« Dobbiamo incendiare e distruggere questo sistema mostruoso », diceva suo fratello, ma a Swart Hendrick ormai balenava il sospetto che il gran rogo potesse riguardare anche le sue botteghe.

« Bisogna spronare il Paese, renderlo ingovernabile e scatenato come un immenso stallone, così che possa scagliare a terra l'oppressore con un'impennata », diceva suo fratello, e Hendrick già si vedeva volare, assieme alla sua vita così confortevole, verso qualche doloroso impatto.

« L'ira del popolo è bella e sacra, bisogna lasciarla sfogare », diceva Moses, e Hendrick pensava al popolo che saccheggiava liberamente i suoi ben ordinati magazzini. Aveva visto l'ira del popolo a Durban, durante la rivolta degli zulu, e non gli era sfuggito che la prima preoccupazione di tutti era stata quella di procurarsi un vestito nuovo e una radio gratis nei negozi degli indiani.

« I poliziotti sono nemici del popolo, e anche loro periranno nell'incendio », diceva Moses: e Hendrick ricordava che, durante la lotta divampata nel novembre precedente a Drake's Farm tra zulu e xhosa, era stata la polizia a dividerli, limitando a quaranta il numero dei morti. La polizia aveva anche salvato i suoi negozi dal saccheggio. Sicché adesso Hendrick si chiedeva chi avrebbe potuto impedire il vicendevole massacro, una volta liquidata la polizia, e che vita quotidiana si profilasse nei ghetti ove ciascuno avesse agito di testa propria.

Tuttavia, Swart Hendrick si vergognò del suo ignobile sollievo quando, tre giorni dopo, Moses lasciò Drake's Farm e si trasferì nella casa di Rivonia. Era stato proprio lui a segnalargli il pericolo di restare lì, dove tutti ormai erano a conoscenza del suo alloggio e formavano capannelli di sfaccendati davanti a casa, sperando di intravedere Moses Gama, l'amato leader. La notizia, attraverso le spie, era destinata ad arrivare ben presto anche alla polizia.

Nelle settimane seguenti i giovani guerrieri dell'*Umkhonto we Sizwe* si prestarono volentieri a far da esploratori per Moses. Furono loro a organizzare le riunioni, presentandogli piccoli gruppi di giovani decisi e coraggiosi. Dopo i discorsi di Moses, si infiammavano e si sentivano pronti a rovesciare i dirigenti pacifici e prudenti del Congresso.

Moses tuttavia parlò anche con alcuni anziani esponenti di questo partito, naturalmente i più radicali e impazienti. Si incontrò in segreto coi capicellula della sua organizzazione, i Bufali, senza farlo sapere a Hendrick Tabaka, di cui aveva avvertito la nuova freddezza. In lui la passione politica, a dire il vero, non aveva mai fiammeggiato come nello stesso Moses. Per la prima volta non se ne fidava interamente, però. Come una scure troppo usata, aveva perso il filo. Moses capì che ormai s'imponeva la scelta di un nuovo strumento, più affilato.

« Sono i giovani che devono portare avanti la lotta », disse a Vicky Dinizulu. « Raleigh, e anche tu, sì, Vicky: la lotta sta passando nelle vostre mani. »

A ogni riunione, ascoltava oltre a parlare, cogliendo il sottile spostamento degli equilibri politici avvenuto mentre era all'estero. Solo adesso si rendeva conto di quanto terreno avesse perduto, e quanto Mandela ne avesse guadagnato in seno all'African National Congress e nel cuore del popolo.

« È stato un grave errore andarsene », deprecò. « Se fossi rimasto, Mandela e gli altri avrebbero dovuto fare i conti con me. »

« Era troppo rischioso », lo giustificò Vicky. « Se invece di Rumpff gli fosse capitato qualunque altro giudice boero, poteva finire sulla forca; e se impiccavano anche te, la nostra causa era perduta. Non puoi morire, marito mio, perché senza di te saremmo orfani. »

Moses borbottò, stizzito. « Però intanto Mandela è andato alla sbarra, e si è fatto una gran propaganda. Milioni di persone che non l'avevano mai sentito nominare hanno visto tutti i giorni la sua faccia sul giornale. Le sue parole sono entrate nel linguaggio: quando lui diceva *Amandla*, e *Ngawethu*, tutti nel Paese lo ascoltavano. »

« Il popolo conosce anche il tuo nome e le tue parole, mio signore. »

Moses la fulminò con lo sguardo. « Non voglio che tu cerchi di calmarmi, donna. Sappiamo tutti e due che durante il processo – mentre io ero in esilio –, la guida del partito è ufficialmente passata a Mandela. Perfino il vecchio Luthuli gli ha dato la sua benedizione. Da quando è stato scarcerato, Mandela ha preso l'iniziativa: so che gira travestito in cento modi, cercando di consolidare la sua autorità. Devo oppormi, e strappargliela subito, o io sarò superato e dimenticato. »

« Come farai a spodestarlo? Oggi lui trionfa... come possiamo fare? »

« Mandela ha un punto debole. È troppo tenero e conciliante con i boeri. Sfrutterò questa sua debolezza. » Lo disse tranquillamente, ma nei suoi occhi c'era un lampo terribile, che fece rabbrividire Victoria. Con qualche sforzo chiuse la mente alle tremende immagini che quelle parole evocavano.

« È mio marito », si disse con fervore. « È il mio signore, e qualunque cosa dica o faccia è vera e giusta. »

Lo scontro avvenne nella cucina di Puck's Hill. Fuori, il cielo era affollato di nuvole tempestose, plumbee come lividi che segnino la carne viva. La stanza era diventata così buia che Marcus Archer dovette accendere la luce elettrica illuminando il chiassoso lampadario d'ottone.

I tuoni esplodevano come cannonate rotolando qua e là nel cielo. I fulmini schiattavano accecanti, e la pioggia batteva contro le finestre come una gran cascata. Gli uomini gridavano per farsi sentire sullo strepito della natura. Era la direzione politica dell'*Umkhonto we Sizwe*, dodici persone in tutto, tutti negri tranne Joe Cicero e Marcus Archer: ma soltanto due contavano, Moses Gama e Nelson Mandela. Tutti gli altri stavano zitti, relegati nel ruolo di osservatori, mentre questi due, come leoni dominanti dalla criniera nera, si disputavano il comando.

« Se accetto quello che tu proponi », disse Nelson Mandela, in piedi, con i pugni sul tavolo, chino verso l'avversario, « perderemo la simpatia del mondo. »

« Hai già accettato il principio dell'insurrezione armata, che per tutti questi anni ho sostenuto io », ribatté Moses, seduto a braccia incrociate, in bilico su due gambe della sedia. « Però hai rifiutato la lotta, sprecando le nostre forze in deboli manifestazioni di disobbedienza che i boeri non hanno avuto difficoltà a schiacciare. »

« Ma hanno unito il popolo », gridò Mandela. Dall'ultima volta che Moses l'aveva visto, si era fatto crescere una corta barba nera, che gli dava l'aria del vero rivoluzionario. Moses dovette ammettere che Mandela era un bell'uomo, alto e pieno di fiducia nelle sue forze, un avversario formidabile.

« E ti hanno fatto conoscere la galera dei bianchi », disse sprezzante Moses. « È passato il tempo di questi scherzetti puerili. Adesso bisogna colpire al cuore il nemico. »

« Tu sai che su questo siamo d'accordo », disse Mandela, sempre in piedi. « Sai che, sia pure con riluttanza, abbiamo approvato l'uso della forza... »

« Con riluttanza! » Si sporse sul tavolo finché i suoi occhi si trovarono a pochissima distanza da quelli scuri di Mandela. « Sì, tu sei riluttante come una vecchietta e timido come una verginella. Che genere di violenza è quella che tu proponi? Minare qualche palo telegrafico, far saltare qualche centralina telefonica? » Il tono di Moses vibrava di disprezzo. « La prossima volta farai saltare i cessi pubblici, aspettandoti che i boeri vengano a trattare con la coda tra le gambe! Sei un ingenuo, caro mio, con la testa piena di bei sogni e gli occhi che vedono mille stelline. I nostri nemici sono uomini duri, e c'è un solo modo di attirare la loro attenzione: picchiare sodo e farli sanguinare. »

« Noi attaccheremo solo le cose », disse Mandela. « Non faremo dei morti perché non siamo degli assassini. »

« Siamo guerrieri », precisò Moses abbassando la voce, che però non perse affatto di intensità. Le sue parole sembravano echeggiare nella stanza come i tuoni fuori. « Lottiamo per la libertà del nostro popolo. Non possiamo permetterci gli scrupoli che vorresti affibbiarci tu. »

In fondo al tavolo, i più giovani fecero una mossa impaziente, e Joe Cicero un sorrisetto crudele, pur restando impassibile.

« Dobbiamo esercitare una violenza simbolica », cercava di spiegare Mandela. Ma Moses lo interruppe subito.

« Macché simbolica! Ce ne freghiamo dei simboli. In Kenia i Mau-Mau prendevano i bambini dei latifondisti bianchi per i piedi e li tagliavano in due con la zagaglia, poi buttavano i pezzi nelle latrine. Questo è portare i bianchi al tavolo delle trattative. Questo è il genere di simboli che l'uomo bianco capisce. »

« Noi non ci abbasseremo mai a una simile barbarie », dichiarò fermamente Nelson Mandela. Moses gli si avvicinò ancora di più, guardandolo fisso. Mentre nessuno dei due chinava gli occhi, Moses rifletteva in fretta. Era riuscito a indurlo a prendere posizione: si era assunto un impegno irrevocabile di fronte ai massimi dirigenti del movimento di liberazione. Il suo rifiuto di muovere ai bianchi una guerra senza quartiere si sarebbe ben presto risaputo. I Bufali, i giovani falchi, e gli altri sostenitori di Moses, avrebbero saputo sfruttarlo al meglio.

Non era più il caso di insistere con Mandela. Sarebbe servito solo a far perdere a Moses il terreno conquistato: avrebbe potuto precisare che magari in futuro, a certe condizioni, anch'egli avrebbe approvato misure più risolute. Invece così, agli occhi dei militanti più estremisti, Mandela si era già rivelato un imbelle pacifista, mentre lui, Moses, il loro ardito e fiero portavoce.

Si tirò indietro con un sorrisetto sprezzante, scuotendo la testa come chi abbia a che fare con un bambino ottuso quanto ostinato. Intanto con la coda dell'occhio spiava la reazione dei giovani a capotavola. Tornò a sedere composto, braccia conserte e capo chino, senza più partecipare alla riunione: la sua presenza silenziosa ma ingombrante bastava a irridere e svalutare le proposte di Mandela, che suggeriva il sabotaggio di qualche limitato obiettivo statale.

Belle parole. Ma Moses Gama sapeva che, per essere accettato quale vero capo, bisognava produrre anche qualche azione.

« Darò loro un'azione tale da non lasciar dubbi nel cuore a nessuno », pensò, con viso cupo e risoluto.

La motocicletta era un regalo di papà. Era una grossa Harley Davidson, dal sedile simile a una sella da cow-boy e la leva del cambio a lato del serbatoio argenteo. Sean non sapeva bene perché gliel'aveva regalata. I suoi esami finali all'istituto Costello non meritavano tanta generosità paterna. Forse Shasa era solo contento che fosse riuscito a cavarsela, anche se per il rotto della cuffia. Oppure pensava che Sean avesse bisogno d'incoraggiamento; oppure, ancora, si sentiva un po' in colpa nei riguardi del figlio maggiore. Ma a Sean non interessava poi tanto il motivo del dono. Era una macchina meravigliosa, questo contava, tutta vernice, cromature e catarifrangenti rossi, capace di attirare coi suoi barbagli l'attenzione di qualsiasi ragazza. Sean la lanciò al massimo sul rettifilo che costeggiava l'aeroporto.

Adesso però il motore brontolava piano piano tra le sue ginocchia. Quando arrivarono in cima alla collina, spense il faro e imboccò la discesa a motore spento. Scesero silenziosamente nel buio. Nel sobborgo elegante non c'erano lampioni. Intorno alle ville c'era tanto di quel verde che poteva bastare a una piccola azienda agricola.

Ai piedi della collina Sean svoltò fuori della strada. Sobbalzando, entrarono in un boschetto. Scesero dalla moto e Sean la bloccò.

« Tutto bene? » chiese al compagno. Rufus non era un amico che si potesse invitare a Weltevreden, a conoscere la famiglia. Sean l'aveva conosciuto grazie al comune amore per le moto. Era più piccolo di Sean di una decina di centimetri, e al primo sguardo pareva un ragazzetto grigiastro di polvere e morchia, timido al punto di non guardar nessuno negli occhi e stare quasi sempre a capo chino. C'era voluto un po' di tempo a Sean per accorgersi che quel magrolino era fortissimo, agilissimo e, dietro la voce lamentosa e lo sguardo sfuggente, anche intelligente, cinico e « dritto ». Dopo questa rivelazione, era diventato subito il braccio destro di Sean nella banda.

Diplomato senza gloria, Sean era stato praticamente obbligato dal padre a imboccare una strada in fondo alla quale doveva uscire coi crismi del perfetto ragioniere. A questo scopo era stato affibbiato allo studio Rifkin & Markovitch, che si occupava della contabilità della Courteney Mining and Finance; data l'importanza del cliente i due professionisti, *obtorto collo*, avevano accettato di assumere il rampollo. L'impiego non tardò a rivelarsi meno tragico di quanto Sean avesse temuto. Non si faceva alcuno scrupolo di servirsi del proprio nome per farsi assegnare i lavori più facili, e rivedere con particolare solerzia i conti delle ditte più fornite di impiegate carine. I capi non ardivano rivelare a Shasa Courteney che suo figlio rubava lo stipendio. Cos'era, di fronte alle 250.000 sterline annue della parcella?

Del resto Sean badava a non arrivare mai con più di un'ora di ritardo al lavoro, nascondendo dietro il sorriso disinvolto o gli occhialoni da pilota la mancanza di sonno o i postumi della sbronza. Quattro chiacchiere con le dattilografe e un riposino gli consentivano di arrivare in buona forma al Mount Nelson o al Kelvin Grove, dove si mangiava e si beveva bene: in seguito c'era giusto il tempo di andare a fare un rapporto largamente inventato al capo, prima di tornare a Weltevreden per una partita a squash o un'oretta di polo.

Di solito cenava a casa, per risparmiare: infatti, benché Shasa integrasse generosamente quanto gli passavano i pidocchiosi Rifkin & Markovitch, Sean era sempre in ristrettezze finanziarie. Dopo cena era libero di togliersi lo smoking, infilarsi pantaloni e giubbotto di pelle, e cominciare la sua vita notturna, così diversa da quella del giorno: una vita di eccitazione e pericolo, piena di esseri coloriti e affascinanti, donne che ci stavano e compagni scafati, rischi deliberati e avventure pazze, come quella di stasera.

Rufus aprì la lampo del giubbotto e gli sorrise.

« Come disse l'attrice al vescovo, sono pronta, disposta e capace. » Sotto il giubbotto indossava un dolcevita nero, come i pantaloni e il berretto.

Non avevano bisogno di parlare di quello che andavano a fare. L'avevano già fatto altre quattro volte, e il piano era perfettamente noto a entrambi. Tuttavia il sorriso di Rufus era pallido e teso alla luce delle stelle che trapelava fra i rami. Questo era il colpo più ambizioso, finora. Sean sentì scaricarsi nel sangue quel delizioso miscuglio di eccitazione e paura che tanto lo gratificava.

Era per quello che lo faceva, per la sensazione, l'incredibile euforia che gli aveva sempre dato il pericolo. E questo era soltanto il primo assaggio: poi sarebbe cresciuta, col rischio, diventando sempre più piena e scatenata. Si chiedeva spesso quanto potesse crescere: doveva esserci pure uno zenit oltre il quale non aumentava più; però, a differenza del piacere sessuale, così intenso ma tanto fuggevole, Sean aveva l'impressione che il gusto del rischio avesse ancora molto da dargli. Chissà che effetto poteva fare, ad esempio, uccidere un uomo con le nude mani... oppure, uccidere una donna nello stesso modo, ma proprio mentre godeva sotto di lui... La sola idea gli procurava una tremenda erezione. Comunque, finché tali occasioni non si fossero presentate da sé, si sarebbe accontentato di assaporare godimenti inferiori, come l'attuale.

« Sigaretta? » chiese Rufus, offrendogliene una, ma Sean scosse la testa. Non voleva niente che gli ottundesse il piacere, né alcol né nicotina: voleva godere al massimo ogni istante.

« Fumane mezza e poi vienimi dietro », gli ordinò, scivolando via fra gli alberi.

Seguì il sentiero lungo la riva bassa del torrente e a un certo punto lo attraversò saltando da un sasso all'altro. Dalla parte opposta c'era il recinto, alquanto alto. Si accucciò lì sotto e attese tranquillamente. Quasi subito arrivò un bestione dall'aria lupesca, quatto e silenzioso nel buio. Un pastore tedesco.

« Ciao, Prince », disse Sean senza mostrare la benché minima preoccupazione. « Mi conosci, no? »

Finalmente il cane lo riconobbe. Aveva abbaiato una volta sola, non abbastanza per allarmare la casa. Sean infilò due dita nella rete, parlando sottovoce al cagnaccio. Il quale gliele annusò e cominciò subito a spedire la coda a destra e a manca. Sean sapeva affascinare tutte le creature viventi, non soltanto gli esseri umani, evidentemente. Il cane gli leccò le dita.

Sean fischiò piano e Rufus lo raggiunse. Immediatamente il cane si irrigidì. Gli si rizzarono i peli sul dorso. Si mise a ringhiare piano. Sean gli disse di non fare lo scemo, ché Rufus era un amico.

Ci vollero altri cinque minuti per far fare amicizia a quei due, ma infine anche Rufus si azzardò a infilare le dita nella rete e il cane le annusò e si mise a scodinzolare.

« Vado prima io », disse Sean, e si arrampicò sul recinto. In cima c'erano tre fili spinati, che superò con un agile volteggio, atterrando con leggerezza dall'altra parte. Il cane per fargli festa gli appoggiò le zampe sul petto. Sean lo accarezzò sulla testa mentre Rufus saltava il recinto con agilità ancor maggiore di quella dimostrata da Sean.

« Andiamo », sussurrò Sean, e, col cane da guardia trotterellante al loro fianco, i due si diressero verso la casa correndo chini al riparo dei cespugli ornamentali. Ben presto arrivarono alla parete coperta dall'edera, fra le cui foglie si acquattarono.

Era una villa a due piani, quasi altrettanto imponente di Weltevreden. Apparteneva a un'altra famiglia di notabili del Capo, molto amica dei Courteney. Mark Weston era stato compagno di scuola di Shasa fino all'università. Sua moglie Marjorie era coetanea di Tara. Avevano due figlie adolescenti: Sean aveva sverginato la maggiore l'anno prima, piantandola subito dopo senza nemmeno una telefonata.

Alla ragazza, diciassettenne, era venuto l'esaurimento nervoso. Rifiutava il cibo, parlava di suicidio e piangeva continuamente, sicché bisognò ritirarla da scuola. Marjorie Weston mandò a chiamare Sean per cercare di fargli qualche rimostranza, o almeno indurlo a lasciare la figlia con un po' più di tatto. Organizzò l'incontro al'insaputa della ragazza, durante una delle consuete assenze di lavoro del marito a Johannesburg.

Ricevette Sean nella stanza dove lavorava a maglia al pianterreno, a porte chiuse. Era giovedì pomeriggio, giorno di libertà dei domestici: la figlia minore era a scuola e la maggiore di sopra, a piangere.

Marjorie batté la mano sul divano. « Vieni a sederti qui, prego, Sean. » Era decisa a tenere il discorso sul piano amichevole. Fu solo quando sedette accanto a lei che si rese conto di quanto fosse diabolicamente bello. Ancora più bello di suo padre, per il quale Marjorie aveva sempre avuto un debole.

Si ritrovò ben presto senza fiato, nel discutere con lui: ma fu solo quando gli posò la mano sul braccio nudo, e sentì i muscoli sotto la pelle liscia, che si rese conto di quel che le stava capitando.

Sean aveva l'istinto sicuro del dongiovanni, forse ereditato dal padre. Non che avesse già pensato alla madre di Veronica in quel senso. Mio Dio, aveva l'età di sua madre! Tuttavia, fin dai tempi di Clare East le donne più anziane gli piacevano, e Marjorie Weston era snella e soda per le nuotate e il tennis: inoltre badava a star sempre abbronzata per mascherare le zampe di gallina agli occhi e qualche ruga incipiente al collo. Quanto Veronica era vacua e insipida, tanto sua madre era calma e matura, ma aveva gli stessi occhi violetti e la stessa chioma fulva che l'avevano attirato in Veronica.

Appena Sean si rese conto dell'eccitazione di lei, dal sangue che le fluiva in faccia sotto l'abbronzatura, dai sospiri che le gonfiavano il petto sotto il golfino di cachemire e la collana di perle, e dal sottile cambiamento del suo odore corporeo – che il maschio medio non avrebbe neppure notato, ma per Sean era come un biglietto d'invito su un vassoio d'argento –, giudicò la situazione non priva di una solleticante e un po' perversa piacevolezza.

« Una bella accoppiata, madre e figlia », pensò. « È qualcosa di diverso. »

Non ebbe alcun bisogno di pianificare niente; si lasciò guidare dal suo istinto infallibile.

« Lei è molto più attraente di quanto possa mai sperare di diventare sua figlia. La ragione della mia rottura con Veronica, più che altro, è che non riuscivo a sopportare di star vicino a lei senza poter fare questo... » Si chinò su di lei e la baciò con lascivia.

Marjorie si era creduta nel pieno controllo della situazione, ma quando assaggiò la sua bocca si accorse che così non era. Nessuno dei due parlò, finché lui non si ritrovò inginocchiato davanti a lei, tenendole scostate le gambe con le mani, e Marjorie sdraiata sul divano, con la gonna alzata. Fu allora che ansimando osservò: « Oh, Cristo, non riesco a crederci che mi stia capitando proprio questo. Devo essere diventata matta... »

E stasera eccola già qui ai piedi delle scale, con addosso la vestaglia di seta. Sotto era nuda, e ogni ventina di secondi si raggrinziva in un breve spasimo. La notte era tiepida e la casa era tutta buia. Le ragazze dormivano di sopra e Mark era via per uno dei suoi soliti giri di lavoro. Era la prima volta da due settimane, e lei fremeva d'impazienza. Come d'accordo, aveva disinserito l'allarme alle nove, ma Sean aveva una mezz'ora di ritardo. Forse era successo qualcosa e non poteva venire. Si abbracciò tremando miserevolmente a quel pensiero, poi sentì picchiettare alla porta-finestra che dava sul patio verso la piscina. Saltò su e attraversò di corsa la stanza buia. Mentre apriva, pasticciando con la maniglia, si accorse di avere il fiatone.

Sean entrò e la prese in braccio. Era così alto e forte che nelle sue mani le sembrava di essere una bambola. Nessun uomo l'aveva mai baciata così, con tanta padronanza eppure tanta abilità. A volte si chiedeva chi gliel'avesse insegnato, e si sentiva consumare dalla gelosia. Il suo bisogno di lui era così intenso che ondate di vertigine le si riversavano addosso, e se non ci fosse stato lui ad abbracciarla era sicura che sarebbe caduta. Poi eccolo sciogliere il nodo della cintura, aprirle la vestaglia e infilare la mano. Lei divaricò le gambe per aiutarlo e lanciò un gemito soffocato quando con l'indice il ragazzo si insinuò in lei. Si schiacciò forte contro la sua mano.

« Ma che bello », le ridacchiò Sean nell'orecchio. « Sembra lo Zambesi in piena. »

« Ssst », gli sussurrò lei. « Svegli le ragazze. » A Marjorie piaceva considerarsi una gran dama raffinata, ma le parole crude trasformarono la sua eccitazione in una vera febbre. « Chiudi la porta », gli ordinò, con la voce rauca e malferma. « Andiamo di sopra. »

Lui la lasciò e si girò verso la porta. La spinse fino a farla scattare, poi però girò la chiave, scostandola ancora, in maniera da lasciarla aperta.

« Fatto », disse tornando a voltarsi verso Marjorie.

Si baciarono di nuovo, e lei si mise a tastarlo freneticamente, sentendolo diventare duro e pulsante sotto il tessuto leggero. Fu la donna a scostarsi alla fine.

« Oh Dio, non posso più aspettare. » Prese Sean per mano e lo tirò verso la scala di marmo. Le camere delle ragazze erano nell'ala sinistra, e Marjorie chiuse la gran porta di mogano che separava il quartiere padronale. Qui nessuno poteva sorprenderli, e alla fine poté abbandonarsi completamente.

Marjorie Weston era sposata da più di vent'anni, e aveva avuto altrettanti amanti. Certi non duravano più di una notte, altri costituivano relazioni un po' più durature. Una in particolare di queste relazioni andava avanti fra alti e bassi, momenti di passione e momenti di stanca, quasi dal primo giorno della sua vita coniugale: tuttavia, mai nessun amante aveva saputo eguagliare questo ragazzo in bellezza e prestazioni, resistenza fisica e inventiva maliziosa: nemmeno Shasa Courteney, che appunto era l'amante di vecchia data. Il figlio aveva la stessa comprensione istintiva delle esigenze di lei. Sapeva quando essere rude e crudele e quando esser tenero e gentile, ma in certe cose batteva anche il padre. Lei non era mai riuscita a stancarlo, a fargli dire basta, e presentava aspetti di vera brutalità e malvagità pura che a volte la terrorizzavano addirittura. C'era poi il brivido quasi incestuoso di farselo dopo essersi fatto suo padre.

Quella notte Sean non la deluse. Mentre stava per raggiungere il primo orgasmo della serata, lui a un tratto prese il telefono sul comodino.

« Telefona a tuo marito », le ordinò, mettendoglielo in mano.

« Dio mio, tu sei matto! » ansimò lei. « Cosa vuoi che gli dica? »

« Forza, telefonagli! » ripeté lui, in tono minaccioso.

Sempre con il ragazzo addosso riuscì in qualche modo a fare il numero del Carlton di Johannesburg. Chiese al centralinista di passargli il signor Mark Weston della suite 1750.

« La metto in linea », disse il centralinista. Mark rispose al terzo squillo.

« Ciao, tesoro », disse Marjorie, e su di lei Sean riprese a muoversi. « Non riuscivo a dormire, così ho pensato di telefonarti. Non vorrei però averti svegliato. »

Diventò una specie di sfida, con Sean che cercava in tutti i modi di farla gemere di piacere, mentre lei si sforzava spasmodicamente di mantenere una normale conversazione col marito. Ma a un certo punto emise involontariamente una specie di squittio. Mark le chiese subito: « Che c'è? »

« Mi sono scottata con la cioccolata. »

Vide che la faccenda stava eccitando molto anche Sean. Il suo volto non era più bello, ma gonfio e rosso, coi lineamenti stravolti. Dentro di lei era sempre più grosso e duro, la riempiva fino al punto di scoppiare, fino al punto di non controllarsi più. Interruppe di colpo la conversazione telefonica. « Buonanotte, Mark, dormi bene », e sbatté giù la cornetta appena in tempo per non fargli sentire il primo urlo di piacere.

Poi giacquero immobili, cercando di riprender fiato, ma quando lui cercò di staccarsi lei strinse la morsa delle gambe e lo trattenne forte. Sapeva che, se riusciva a trattenerlo, in pochi minuti sarebbe stato pronto di nuovo.

Fuori, sul prato, il cane abbaiò una volta. « C'è qualcuno? » chiese la donna.

« Macché, Prince fa i capricci », mormorò Sean, ma tendeva l'orecchio, benché sapesse che Rufus era troppo abile per far rumore, e che il piano era perfetto. Ogni dettaglio era stato chiarito sino in fondo ed entrambi sapevano bene quello che stavano facendo.

Per festeggiare il primo mese della loro relazione, Marjorie aveva regalato a Sean un paio di gemelli vittoriani in platino, onice e diamanti. Un giovedì pomeriggio l'aveva invitato a casa, ricevendolo nella biblioteca di Mark Weston, al pianterreno. Davanti a Sean che l'osservava con attenzione, aveva dato un'occhiata alla combinazione della cassaforte, discretamente incisa sulla cornice d'argento della foto sua e delle figlie che il marito teneva sulla scrivania, dopo di che aveva fatto ruotare una scansia di libri rivelando il forziere, che aveva aperto.

Mentre gli porgeva il dono, aveva lasciato la porta della cassaforte aperta. Sean le aveva dimostrato la propria gratitudine tirandole su la gonna e giù gli slip e scopandola stesa sulla scrivania: intanto lui, in piedi, guardava con attenzione il contenuto della cassaforte.

Sean aveva sentito parlare da suo padre della collezione di monete d'oro britanniche e sudafricane di Mark Weston. A quanto pareva, era una delle dieci maggiori del mondo in mani private. E oltre alla dozzina di album rilegati in pelle che contenevano le monete, c'erano i libri dell'amministrazione della casa e della tenuta, un piccolo portagioie da uomo, e sullo scaffale superiore mazzette di banconote ancora con la fascetta della banca. C'era poi un grosso sacco di tela con la scritta STANDARD BANK LTD., che ovviamente conteneva dell'argento. In tutto, in quella cassaforte non potevano esserci meno di cinquemila sterline, fra contanti e monete d'oro e d'argento.

Sean aveva spiegato per bene a Rufus dove cercare la combinazione, come aprire il finto scaffale della libreria, e cosa doveva trovarci.

Sapere che Rufus era al lavoro di sotto agì, assieme al rischio della scoperta, da afrodisiaco. Marjorie a un certo punto gli disse: « Non sei un uomo tu, sei una macchina! »

Alla fine la lasciò stesa a letto come una bambola di cera mezzo sciolta al sole, con le membra molli e la chioma scurita e madida di sudore, la bocca sformata dai baci, completamente esausta. Si addormentò come un sasso.

Invece Sean era ancora tutto teso ed eccitato. Prima di uscire diede un'occhiata in biblioteca. Lo scaffale era spalancato, come la cassaforte. I libri contabili erano sparsi in disordine sul pavimento, assieme ai documenti. Lo colse un'ondata di emozione insostenibile e si ritrovò di nuovo arrapato.

Era pericoloso trattenersi ulteriormente in casa, ma proprio questo rese intollerabile l'eccitazione che provava. Diede un'altra occhiata allo scalone di marmo e in quella gli venne l'idea.

La camera di Veronica era la seconda dell'altra ala. Poteva urlare, se la svegliava di colpo, poteva odiarlo e strepitare nel riconoscerlo: ma poteva anche accoglierlo bene. Era pazzesco correre un rischio del genere: con un sogghigno, Sean si girò e cominciò a salire, nel buio, lo scalone di marmo.

Un raggio lunare argenteo attraversava la tenda e pioveva sulla chioma di Veronica sparsa sul cuscino. Sean si chinò su di lei coprendole la bocca con la mano. Si svegliò terrorizzata, agitandosi.

« Sono io », le sussurrò. « Non aver paura, Veronica. Sono io. »

Smise di dibattersi. Il terrore le svanì dal volto, e gli tese le braccia. « Oh Sean, lo sapevo, lo sapevo che mi amavi ancora! »

Rufus si arrabbiò moltissimo. « Credevo che ti fossi fatto beccare », lamentò. « Che ti è successo? »

« Mi sbattevo per te, fesso. » Sean avviò la moto. Svoltando sulla strada sentì il peso del bottino sbilanciarla, ma riuscì agevolmente a controllarla.

« Ehi, rallenta », disse Rufus stringendosi a lui. « Così svegliamo tutti. » Sean si mise a ridere forte nel vento, inebriato dall'eccitazione. Scollinarono a centoventi all'ora.

Sulla strada di Kraaifontein Sean fermò la moto sul ciglio e scivolò nel fosso asciutto con Rufus. Alla luce di una pila spartirono il bottino.

« Avevi detto che c'erano cinquemila sterline. Invece saranno cento al massimo. »

« Il vecchio Weston deve avere appena pagato i suoi schiavi », ridacchiò Sean. Divise il mucchietto di banconote con la noncuranza più assoluta, e diede a Rufus il malloppo più grosso. « Ne hai più bisogno di me. »

Il portagioie conteneva fermacravatte e gemelli per una decina di carati di diamanti, medaglie massoniche, e le decorazioni che Weston s'era guadagnato in battaglia – una croce di guerra a El Alamein più vari distintivi di campagne –, un orologio da taschino Patek Philippe e altri oggetti personali.

Rufus li valutò con un'occhiata esperta. « L'orologio ha le iniziali incise e tutto il resto; è troppo pericoloso da vendere. Meglio sbatter via tutto. »

Aprirono gli album di monete. Cinque erano pieni di sovrane d'oro. « Sì », disse Rufus, « questa è robetta che posso piazzare, ma queste altre no. Scottano e ci brucerebbero le mani. » Scartò con rabbia le monete più grosse, pezzi da cinque sterline e cinque ghinee coniati da Vittoria ed Elisabetta, Carlo e Giorgio.

Scaricato Rufus fuori di una taverna clandestina del District Six, un quartiere negro, dove aveva lasciato la moto, Sean imboccò da solo la strada costiera di Chapman's Peak. A un certo punto si fermò. Il verde Oceano Atlantico s'infrangeva contro la roccia, trecento metri sotto di lui. Tirò le monete in mare, una alla volta, facendole rotolare sull'indice. Brillavano nel sole che si alzava proprio allora, entravano nell'ombra dell'abisso e invisibili finivano nel mare ancora scuro. Poi gettò dentro anche gli album di pelle. Quindi l'orologio d'oro e i gioielli. Per ultime le decorazioni. Lo divertiva il pensiero di buttare a mare le medaglie di Mark Weston, dopo essersi scopato sua moglie e sua figlia.

Risalì sulla moto e tornò indietro. In discesa tirò su gli occhialoni e si godette gli schiaffi del vento in faccia, che gli facevano lacrimare gli occhi. Si mise ad andare molto forte, coricando la moto e facendole far scintille a ogni curva.

« Una notte di lavoro per non guadagnare quasi niente », si disse. « Ma che brividi! »

Visti fallire nell'indifferenza più completa o nella noia rassegnata tutti i tentativi di interessare Sean e Michael al sistema planetario delle società del gruppo Courteney, Shasa cadde in preda a sentimenti diversi, primo fra tutti la perplessità. Stentava a capire come facesse un giovane intelligente, e oltretutto figlio suo, a non trovare affascinante l'infinito tessuto di ricchezza e possibilità, impegno e ricompensa, delle attività del gruppo. Dapprima incolpò se stesso: evidentemente non aveva saputo spiegarsi bene, aveva dato per scontato il loro interesse, aveva peccato di omissione e non era riuscito a destar la loro attenzione.

Per Shasa, tutto ciò era la vita stessa. Il suo primo pensiero al mattino, e l'ultimo alla sera, era il benessere e la prosperità del gruppo. Così si rimise a spiegar tutto per bene ai figli, e quando si rese conto che era come spiegare i colori a dei ciechi cominciò ad arrabbiarsi sul serio.

« Dannazione, mamma », esplose una volta con Centaine,

nel belvedere delle confidenze che dominava l'Atlantico. « Sembra proprio che se ne freghino. »

« Anche Garry? » gli chiese con calma Centaine.

« Sì, Garry! » sbuffò Shasa. « Dovunque mi giro me lo trovo tra i piedi, come un cucciolo. »

« Ho sentito che gli hai dato un ufficio al terzo piano », osservò quieta Centaine.

« Il vecchio sgabuzzino delle scope », disse Shasa. « In verità era uno scherzo, ma il pivello l'ha presa sul serio e non ho avuto più il coraggio di... »

« Il giovane Garry prende tutto sul serio », osservò Centaine. « È l'unico. Ha un carattere alquanto sviluppato. »

« Andiamo, mamma! Garry! »

« Ieri abbiamo fatto una lunga chiacchierata. Anche tu dovresti parlarci un pochino, sai? Lo sapevi che è uno dei primi tre studenti del suo corso? »

« Sì che lo so, ma è al primo anno di Economia e Commercio. Come si fa a prendere sul serio una cosa simile? »

« Non ti sembra il caso? » chiese innocentemente Centaine. Shasa restò in silenzio, un po' a disagio, per qualche istante.

Il venerdì seguente Shasa mise la testa nel vecchio sgabuzzino delle scope in fondo al corridoio, che faceva da ufficio a Garry quando, dopo l'università, veniva a lavorare alla Courteney. Come vide il padre, Garry saltò in piedi, mettendosi a posto gli occhiali.

« Ciao, fenomeno, che stai facendo? » gli chiese Shasa dando un'occhiata alle carte che aveva sulla scrivania.

« Qualche controllo. » Garry si trovava in imbarazzo, combattuto fra il desiderio di far colpo su suo padre e la consapevolezza che era molto difficile e forse a lui impossibile.

« Lo sai che il mese scorso abbiamo speso più di cento sterline in materiale di cancelleria? » Era così ansioso di impressionare suo padre che si era rimesso a tartagliare, cosa che ormai faceva soltanto quando era molto emozionato.

« Calmati, calmati, campione », disse Shasa. In quel bugigattolo c'era appena posto per due. « Parla lentamente e spiegami tutto. »

Uno dei compiti di Garry era quello di tenere in ordine il materiale di cancelleria, che pensava anche a ordinare. Negli scaffali dietro la sua scrivania erano immagazzinate le risme di carta e le buste.

« Ritengo che si potrebbe ridurre questa spesa a meno di ottanta sterline. Così ne risparmieremmo venti al mese. »

« Fammi vedere come. » Shasa si sedette sull'angolo della scrivania e cercò di far mente locale, trattando la questione con la stessa serietà che avrebbe riservato all'impianto di una nuova miniera d'oro.

« Hai proprio ragione », disse poi approvando i suoi conti. « Ti autorizzo a mettere in atto il nuovo sistema. » Shasa si rialzò in piedi. « Bravo, ben fatto », disse, e Garry s'illuminò di soddisfazione. Shasa prese subito la porta, per celargli l'espressione divertita, ma poi tornò a voltarsi.

« A proposito, domani vado a Walvis Bay a parlare con i progettisti della fabbrica di sardine in scatola. Vuoi venire con me? »

Per l'emozione, Garry si mise ad annuire in modo esagerato. Non voleva aprir bocca per paura di balbettare.

Shasa fece pilotare Garry. Aveva preso il brevetto due mesi prima, ma gli mancavano ancora diverse ore di volo per poter pilotare un bimotore. Sean, che aveva un anno più di Garry, aveva passato subito l'esame: volava come cavalcava e sparava, con naturalezza, grazia e incoscienza. Era uno di quei piloti che, a Dio piacendo, volano a naso. Invece Garry era di una meticolosità incredibile, e quindi, doveva ammettere Shasa, un pilota migliore. Garry compilava i piani di volo come fossero tesi di laurea. I suoi controlli prima del decollo duravano tanto che Shasa doveva trattenersi dall'esclamare: « Via, Garry, facciamola finita! »

Tuttavia era un chiaro segno di fiducia dargli i comandi del Mosquito. Shasa era pronto a intervenire al primo segno di difficoltà, ma si sentì più che ricompensato dal lampo di profonda soddisfazione che vide negli occhi di suo figlio alla cloche della bellissima macchina volante, che conduceva su, tra le nuvole d'argento, per sbucare nel profondo azzurro del cielo africano. Lì Shasa condivise con lui un profondo sentimento di armonia familiare.

Arrivati a Walvis Bay, Shasa tendeva però a dimenticare che Garry era con lui. Si era abituato alla vicinanza del figlio mediano, e dava per scontata ormai la sua presenza assidua. Garry sembrava prevedere ogni suo più piccolo desiderio, che si trattasse di accendergli la sigaretta o passargli carta e penna per annotare un'idea da mostrare all'ingegnere. Tuttavia Garry era tranquillo e per nulla ingombrante, alieno dal far domande stupide o battute inopportune.

Quella fabbrica era diventata uno dei fiori all'occhiello del gruppo Courteney. Da tre stagioni pescava per intero la propria quota di sardine; e da poco c'era stato uno sviluppo imprevisto. In un incontro privato Manfred De La Rey aveva suggerito a Shasa un aumento di capitale, che doveva essere sottoscritto da una certa persona di Pretoria. Così fu fatto, e poco dopo, guarda caso, il ministero della Pesca aumentò notevolmente la quota di sardine spettante alla ditta. Sicché adesso il tonnellaggio di pescato annuo ammesso era quasi il doppio di prima.

« Per trecento anni gli afrikaner sono stati esclusi dagli affari », sorrise cinicamente Shasa, « ma stanno recuperando in fretta il terreno perduto, e con tutti i mezzi. Ebrei e anglosassoni faranno bene a non dormire sugli allori! » E si mise a pianificare lo sviluppo e il finanziamento dei nuovi stabilimenti.

Nel tardo pomeriggio Shasa finì con ingegneri e architetti, ma in quella stagione restavano ancora diverse ore di luce.

« Perché non andiamo a farci una nuotata a punta Pellicano? » propose a Garry. Presero una Land Rover della ditta e, seguendo la battigia compatta, si inoltrarono sul promontorio. In fondo alla baia le acque puzzavano di zolfo e pesce marcio, ma oltre il capo le grandi dune dorate e le montagne aride si alzavano in uno scenario di possente desolazione. Sull'acqua ferma volavano i fenicotteri rosa, spettacolo così suggestivo da sembrare finto.

« Allora, cos'hai imparato oggi di bello? »

« Che per sciogliere la lingua alla gente bisogna ascoltarla in silenzio con l'aria scettica », rispose Garry, e Shasa lo guardò sbalordito. Era sempre stata una sua precisa tecnica, questa, ma non avrebbe mai creduto che una persona così giovane e inesperta potesse accorgersene. « Senza dire niente, hai indotto l'ingegnere ad ammettere che in realtà non sa ancora bene dove sistemare la grande autoclave », continuò Garry. « E perfino io mi sono accorto che la sua proposta attuale non è altro che un compromesso molto costoso. »

« Davvero? » A Shasa c'era voluta una giornata intera di colloqui per giungere alla stessa conclusione, ma non intendeva certo ammetterlo. « Sicché tu cosa faresti? »

« Non sono sicuro, papà », disse Garry. Aveva un modo pedante di esprimere il proprio parere, che dapprima aveva irritato Shasa, ma ormai lo divertiva, soprattutto perché poi in genere suo figlio tirava fuori delle idee sensate. « Comunque, invece di installare un'altra caldaia studierei la possibilità di adottare addirittura il nuovo procedimento Patterson. »

« E tu che ne sai del nuovo procedimento Patterson? » disse un po' piccato Shasa, che l'aveva appena sentito nominare. A un tratto si ritrovò a discutere con Garry da pari a pari. Il ragazzo aveva letto tutti i dépliant illustrativi, imparando a memoria le cifre. Da solo si era reso conto di vantaggi e svantaggi del nuovo sistema rispetto al metodo tradizionale di bollitura e inscatolamento.

Girando attorno al promontorio sabbioso che chiudeva la baia, stavano ancora discutendo. Oltre il faro, la spiaggia deserta, tutta bianca e pulita, si stendeva tremolando curva fino all'orizzonte. Qui le acque dell'Oceano Atlantico erano mosse, vive, verdissime, pulite, fredde ed effervescenti. I cavalloni si abbattevano sulla sabbia con ritmo regolare.

Si svestirono e, nudi, si gettarono nel mare tumultuoso, nuotando e tuffandosi nel cavo dell'ondata che arrivava crosciando su di loro. Quando finalmente uscirono, lividi dal freddo, ridevano esilarati e senza fiato.

Asciugandosi di fianco alla Land Rover, Shasa osservò ben bene suo figlio. Anche bagnati, i suoi capelli formavano ispide ciocche puntute. Senza occhiali aveva lo sguardo un po' sperduto dei miopi. Il suo torso era molto sviluppato, aveva un torace che pareva un barile su cui cresceva una peluria nerastra che confondeva le fasce muscolari sullo stomaco, simili ai rilievi di un'antica corazza.

« A guardarlo chi lo direbbe un Courteney? Io no di sicuro, ma qualcun altro potrebbe addirittura pensare sia il frutto di qualche capriccio di Tara. » Shasa la credeva capace di tantissime cose, ma non mai di scostumatezza e infedeltà. « Non ha proprio l'aria di famiglia », pensò, poi abbassò lo sguardo e sogghignò. « Be', in fondo un dono dei Courteney l'hai ereditato, Garry. Hai un uccello da fare invidia anche a quel famoso cazzone di tuo nonno generale. »

Subito Garry si coprì con l'asciugamano e prese le mutande nella Land Rover, ma era segretamente compiaciuto. Finora aveva sempre considerato con sospetto questa parte della sua anatomia. Sembrava una creatura aliena, dotata di volontà ed esistenza sue proprie, che si divertisse a metterlo in imbarazzo e umiliarlo nei momenti più impensati. Come quando, a un esame universitario, parlando di fronte a una platea di belle compagne di scuola, a un tratto le aveva viste scoppiare a ridacchiare; e quell'altra volta che in piscina aveva dovuto battere in ritirata, sorpreso dall'interesse che la cosa si era messa a manifestare, nel modo più ingombrante, per i panorami circostanti. Se però suo padre ne parlava con rispetto, evocando addirittura l'ombra del compianto generale, evidentemente Garry doveva riconsiderare la faccenda e far buon viso all'uccellaccio che si ritrovava.

L'indomani mattina presero l'aereo e andarono alla miniera H'ani. Come era successo anche a Shasa, tanti anni prima, gli eredi avevano dovuto studiare nei minimi particolari il procedimento di estrazione e lavorazione; e tanto era bastato a disgustare per sempre della miniera H'ani Michael e Sean, che si sarebbero ben guardati dal rimettervi piede. Ma Garry faceva eccezione anche in questo. Sembrava condividere il profondo amore che Centaine e Shasa nutrivano per queste aspre e remote montagne. Voleva sempre tornarci con suo padre quando andava a ispezionare i lavori. In pochi anni si era fatto un'idea molto precisa della produzione. Sicché l'ultima sera alla miniera H'ani, sul ciglio della profonda conca già immersa nel buio, mentre il sole tramontava, i due gettarono lo sguardo in quelle tenebre circondate dal deserto.

« È così strano pensare che tutto è venuto fuori da qui », disse sottovoce Garry. « Tutto quello che tu e la nonna avete costruito. Ti fa sentire umile. A me sembra di stare in chiesa. » Tacque per un lungo momento e poi proseguì. « Amo questo posto. Vorrei che potessimo restarci di più. »

Sentire così espressi quelli che erano anche i suoi sentimenti commosse profondamente Shasa. Dei suoi tre figli questo era l'unico che capiva, che pareva capace di provare lo sbigottimento quasi religioso che l'immane voragine, e la ricchezza che produceva, ridestavano in lui. Questa era la sorgente di tutto, e solo Garry se n'era accorto.

Circondò col braccio le spalle del figlio e cercò le parole, ma dopo un momento disse solo: « So quello che senti, campione. Ma dobbiamo tornare a casa. Lunedì devo presentare al Parlamento il bilancio del mio ministero ». Non era questo che aveva voluto dire, ma avvertì che Garry aveva capito lo stesso: tornando giù per il ripido sentiero, si sentirono vicini spiritualmente come non mai.

Il bilancio del ministero di Shasa, quello dell'Industria e delle Miniere, quest'anno era quasi raddoppiato, e si sapeva che l'opposizione intendeva sottoporlo a uno scrutinio molto critico. Non gli avevano mai perdonato di aver cambiato bandiera. Era dunque piuttosto teso quando per invito del presidente dell'assemblea si alzò a fare la sua relazione. Subito, istintivamente, levò lo sguardo verso la galleria del pubblico.

Centaine era in prima fila, come sempre quando Blaine o Shasa dovevano parlare. Indossava un cappellino piatto con una gran piuma gialla dell'uccello del paradiso spavaldamente piegata all'indietro. Quando incontrò i suoi occhi gli fece un sorriso d'incoraggiamento.

Di fianco a lei sedeva Tara. Questo sì che era strano. Non ricordava più nemmeno quand'era venuta a sentirlo l'ultima volta.

« Il nostro accordo non comprende la tortura della noia », gli aveva detto, ma eccola qui, tutta elegante – incredibile! – con un cappellino di paglia dal nastro rosa, i guanti bianchi lunghi fino al gomito e il binocolo da teatro in mano. Tara si portò la mano alla tesa del cappello in una parodia di saluto militare, a cui Shasa rispose alzando un sopracciglio prima di volgere lo sguardo alla tribuna stampa proprio sopra lo scranno del presidente. I cronisti parlamentari e gli editorialisti politici dei quotidiani di lingua inglese c'erano proprio tutti, con la penna in mano minacciosamente brandita come una baionetta, pronti a sbudellarlo sul giornale. Era una delle loro vittime preferite. Ma proprio i loro attacchi servivano a consolidare sempre più la sua posizione in seno al Partito Nazionalista: la loro meschinità e il loro malanimo facevano risaltare l'efficienza e l'accortezza della sua attività di governo.

Amava lo strepito e le polemiche del dibattito parlamentare, e gli brillò l'occhio buono mentre assumeva la solita posizione, con le mani in tasca, e si lanciava nella sua relazione.

Lo attaccarono subito, come cagnacci lanciati ad azzannargli i polpacci, interrompendolo con espressioni di incredulità e sdegno, gridando: « Vergogna, vergogna! » e: « Scandalo! » Il sogghigno di Shasa li faceva infuriare e li induceva a eccessi che lui scartava con gesti di sprezzo, sviluppando facilmente i suoi argomenti che pian piano diventavano preponderanti; riusciva a riversare il ridicolo sugli oppositori, fra gli incitamenti dei colleghi del governo e del partito che sorridevano soddisfatti e ammirati, sottolineando le sue battute migliori con dei grandi: « *Hoor, Hoor!* Senti, senti! »

Quando si andò al voto, il partito lo spalleggiò compatto, e il bilancio fu approvato con la maggioranza prevista. Il discorso aveva accresciuto grandemente il suo prestigio. Non era più il pivello del governo, e il dottor Verwoerd gli passò un bigliettino.

« Avevo ragione a tenerla in squadra. Bravo! »

Nella galleria del pubblico, Centaine incontrò il suo sguardo e unì le mani nel gesto di vittoria dei pugili, che non si sa come riuscì a trasformare in qualcosa di addirittura regale, più che degno, quindi, della gran signora che era. Il sorriso di Shasa svanì quando si accorse che Tara non era più accanto a sua madre. Se n'era andata, e fu sorpreso che gli dispiacesse così. Avrebbe gradito che avesse assistito al suo trionfo.

Ora il Parlamento passava ad altri affari che non lo riguardavano, sicché d'impulso Shasa si alzò e lasciò la Camera. Salì lo scalone e imboccò il corridoio che portava al suo ufficio. Avvicinandosi alla porta principale della sua suite ministeriale, si fermò di colpo e d'impulso girò l'angolo del corridoio e si recò alla porticina posteriore, che non dava nell'occhio.

Era la via di fuga che serviva a evitare i visitatori sgraditi, l'aveva fatta fare lo stesso Cecil Rhodes anche per poter conferire nella maniera più riservata con i suoi. Anche Shasa la trovava utilissima. La usava di tanto in tanto il primo ministro, come del resto Manfred De La Rey: ma la maggior parte delle persone che l'adoperavano erano donne, che ben di rado intendevano trattare con Shasa affari politici.

Shasa introdusse la chiave silenziosamente, aprì la serratura e quindi spinse di scatto la porta. Dentro, era abilmente mimetizzata nel rivestimento ligneo del suo ufficio, e pochissimi ne conoscevano l'esistenza.

Vide Tara, che gli dava le spalle, china sulla cassa d'altare. Non sapeva che c'era quella porta. Dopo il dono della cassa d'altare, non si era quasi più interessata dell'arredamento del suo ufficio. Le occorse qualche secondo per capire che non era più sola: e la sua reazione fu strana. Saltò indietro dal mobile e si girò a fronteggiarlo; nel riconoscere Shasa, invece di mostrare sollievo, impallidì per l'agitazione e cominciò a farfugliare una spiegazione.

« Stavo guardandola... che opera meravigliosa, un capolavoro. Avevo dimenticato quant'era bella... »

Shasa si rese subito conto che aveva qualcosa sulla coscienza. Il suo comportamento era quello del mariuolo colto in flagranza di qualche grave delitto, però non riusciva a capire qual era. Aveva ogni diritto di trovarsi nel suo ufficio, di cui aveva anzi la chiave (che apriva la porta principale): la cassa, poi, era un suo dono e poteva ammirarla quando voleva.

Restò zitto e continuò a fissarla, sperando di indurla a parlare più chiaro, ma lei si allontanò dal mobile e andò alla finestra dietro la sua scrivania.

« Te la sei cavata molto bene in aula », gli disse. Era ancora un po' sconvolta, ma il colore le era tornato e stava recuperando la compostezza. « Sai sempre dare un grande spettacolo. »

« È per quello che te ne sei andata via? » le chiese, chiudendo la porticina e dirigendosi con decisione verso la cassa.

« Sai bene che con le cifre non mi ci ritrovo proprio. Verso la fine ho tagliato la corda. »

Shasa si mise a osservare attentamente la cassa. « Che stava facendo? » si chiese tra sé, poiché non ci vedeva niente d'insolito. Il bronzetto del boscimano di Van Wouw era ancora al suo posto: non poteva quindi averla scoperchiata.

« È un magnifico mobile », disse Shasa accarezzando l'effigie di San Luca, sull'angolo.

« Non avevo idea che ci fosse quella porticina », disse Tara, chiaramente cercando di cambiar discorso per distoglierlo dalla cassa. Il tentativo servì solo a incuriosirlo ancor più. « Mi hai fatto spaventare, sai? » Shasa rifiutò di farsi distrarre e passò le dita sul coperchio intagliato della cassa.

« Dovrei farle dare una buona occhiata dal dottor Findlay della National Gallery », disse Shasa. « È un grande esperto d'arte sacra medievale e rinascimentale. »

« Ah, ho promesso a Tricia di avvertirla del tuo arrivo », disse in tono quasi disperato Tara. « Ha un messaggio importante per te. » Andò subito alla porta che dava nell'ufficio della segretaria e l'aprì. « Tricia, il signor Courteney è arrivato. » La segretaria di Shasa fece capolino nell'ufficio.

« Conosce un certo colonnello Louis Nel? » gli chiese. « È tutta la mattina che la cerca. »

« Nel? » disse Shasa, sempre osservando la cassa. « Nel? Non mi pare proprio di conoscerlo. »

« Lui dice di conoscerla, signore. Dice che avete lavorato insieme durante la guerra. »

« Oh, mio Dio, sì! » Adesso Shasa l'ascoltava con grande attenzione. « È stato tanto di quel tempo fa che me n'ero dimenticato, ma è vero, lo conosco bene. Allora non era colonnello, sa? »

« Adesso dirige il CID della provincia del Capo », l'informò Tricia. « E ha detto se può telefonargli appena può. Dice che è urgentissimo: ha parlato anzi di 'una questione di vita o di morte'. »

Shasa sogghignò. « Allora vorrà un prestito. Be', lo chiami, Tricia. »

Andò a sedersi alla scrivania, accanto al telefono. Invitò con un gesto Tara ad accomodarsi sul divano, ma lei scosse la testa.

« Vado a pranzo con Sally e Jenny », disse dirigendosi alla porta con visibile sollievo. Ma lui non se ne accorse, stava guardando fuori della finestra le querce sulle pendici di Signal Hill. Non voltò nemmeno la testa quando lei uscì in silenzio accostando la porta alle sue spalle.

La telefonata di Louis Nel aveva riportato Shasa indietro di quasi vent'anni. « Fu davvero tanto tempo fa? » si domandò stupito. « Sì, sì. Mio Dio, come passano gli anni! »

Shasa era allora un giovane comandante di squadriglia, che durante un'azione di guerra in Abissinia era rimasto ferito all'occhio, riuscendo a malapena a tornare col suo aereo alla base. L'avevano congedato e si trovava in una situazione poco allegra. Cieco dell'occhio destro, si sentiva un invalido e temeva di essere di peso alla famiglia e agli amici. Si era isolato e aveva cominciato a ubriacarsi, lasciandosi andare. Era stato Blaine Malcomess a riscuoterlo con parole sprezzanti e severe, per poi offrirgli un posto nel servizio segreto che aveva il compito di smascherare l'organizzazione filonazista *Ossewa Brandwag* impedendo che sabotasse lo sforzo bellico. Si trattava di una società segreta di nazionalisti afrikaner, acerrimi oppositori del governo Smuts entrato in guerra a fianco degli Alleati.

Qui Shasa aveva collaborato con Louis Nel, scoprendo l'identità dei capi della cospirazione filonazista e ponendo le basi per farli internare. Le sue indagini sulle attività dell'*Ossewa Brandwag* l'avevano messo in contatto con una misteriosa informatrice, una donna con cui aveva parlato solo al telefono, che prendeva ogni precauzione per celare la propria identità. Shasa ignorava ancora chi fosse, e se vivesse ancora.

Questa informatrice gli aveva rivelato che la *OB* rubava i fucili prodotti dalla fabbrica statale di armi e munizioni di Pretoria, rendendo possibile sferrare un gran colpo all'organizzazione sovversiva. Poi la stessa informatrice aveva avvertito Shasa della cospirazione di *Spada Bianca*. Era un audace piano per eliminare il capo del governo Smuts, e nella susseguente confusione impadronirsi del potere mediante un colpo di Stato militare, proclamare la Repubblica e schierarsi a fianco di Adolf Hitler e le potenze dell'Asse.

Shasa era riuscito a sventare l'attentato all'ultimissimo momento, ma a prezzo della vita di suo nonno. Sir Garrick Courteney, scambiato dal sicario per Smuts, era morto col cuore trapassato da un proiettile, salvando però la vita del capo del governo, l'illustre amico a cui somigliava e che devotamente imitava anche nella barba e nel modo di vestire, il maresciallo Smuts.

Da tanti anni Shasa non ripensava a quei giorni perigliosi. Ma adesso gli tornarono in mente tutti i particolari. Rivisse tutto quanto, aspettando lo squillo del telefono: la scalata a perdifiato sulla Table Mountain, per raggiungere il nonno e il capo del governo prima che si affacciassero all'altopiano dove li aspettava l'assassino; il senso di tremenda impotenza provato nel sentire lo sparo echeggiare per i contrafforti rocciosi, accorgendosi di essere arrivato in ritardo; l'orrore di vedere il nonno morto, col petto dilaniato dalla pallottola, e il capo del governo che si chinava addolorato sul vecchio amico ucciso al posto suo.

Shasa aveva inseguito l'assassino, mettendo a profitto la sua grande conoscenza della montagna per tagliargli la strada proprio sul ciglio del burrone. Si erano battuti corpo a corpo, lottando per la vita. Spada Bianca, grazie alla sua forza fisica di gran lunga superiore, era riuscito a fuggire, ma Shasa l'aveva colpito, gli aveva piantato nel petto un colpo della sua Beretta calibro 6,5. Spada Bianca era poi svanito, e il golpe sfumato. Non erano mai riusciti a metter le mani sul sicario, e a Shasa bruciava ancora la brutta morte del nonno, che aveva amato tanto da dare il suo nome al secondogenito.

Finalmente il telefono suonò e Shasa lo prese subito.

« Louis? » chiese.

« Shasa! » Riconobbe all'istante la sua voce. « Quanto tempo! »

« Che piacere risentirti! »

« Sono contento anch'io, ma purtroppo non ho buone notizie da darti. Mi dispiace. »

« Cosa c'è? » chiese Shasa, subito serio.

« Non te lo posso dire al telefono. Potresti venir subito in Caledon Square? »

« Ci sarò fra dieci minuti », disse Shasa, e riappese.

Il quartier generale del CID era a quattro passi di distanza dalla Camera, e s'incamminò di buona lena. L'episodio di Tara misteriosamente china sulla cassa gli passò di mente, cancellato dalle brutte novità che Nel aveva da dirgli: non aveva idea di che cosa potesse trattarsi...

Il sergente di piantone era stato avvertito e riconobbe subito Shasa.

« Il colonnello la sta aspettando, ministro. La farò subito accompagnare da qualcuno al suo ufficio », e chiamò un agente in divisa.

Louis Nel era in maniche di camicia. Venne alla porta ad accogliere Shasa e lo fece accomodare in poltrona.

« Gradisci qualcosa da bere? »

« È ancora prestino per me », scosse la testa Shasa, accettando la sigaretta che Louis gli offriva.

Il poliziotto era sempre magro, ma aveva perso quasi tutti i capelli e quelli che gli restavano erano candidi. Aveva delle profonde occhiaie nere, e dopo il sorriso di benvenuto la sua bocca tornò ad affilarsi in una smorfia preoccupata. Pareva un uomo pieno di crucci, che lavorasse troppo e dormisse male. Shasa pensò che probabilmente aveva già superato l'età della pensione.

« Come sta tua moglie? » gli domandò. L'aveva vista due o tre volte e non ricordava neanche il nome, per non parlare dell'aspetto.

« Abbiamo divorziato cinque anni fa. »

« Mi spiace », disse Shasa, e Louis alzò le spalle.

« È stato un brutto colpo, ma l'ho superato. » Poi si chinò verso l'ospite. « Tu invece hai tre maschi e una bambina, vero? »

« Caspita, ci hai fatto sorvegliare », scherzò Shasa, ma Louis non rise. La sua espressione restò seria allorché proseguì.

« Il tuo maggiore... si chiama Sean, vero? »

Shasa annuì, smettendo di ridere, colto da un presentimento improvviso.

« Intendi forse parlarmi di Sean? » chiese sottovoce.

Louis si alzò in piedi di scatto e andò a guardare fuori della finestra.

« Quanto ora ti dico è ufficioso, Shasa. Di solito non ci regoliamo certo così: ma qui entrano in gioco fattori straordinari. Un tempo abbiamo lavorato insieme, e poi oggi sei ministro... » Si girò a guardarlo in faccia. « Se no, una faccenda del genere non sarebbe neanche finita sul mio tavolo, almeno in questo stadio delle indagini. »

La parola « indagini » sbalordì Shasa. Avrebbe desiderato che Louis Nel gli desse la brutta notizia senza cincischiare tanto, ma controllò impazienza e agitazione e aspettò con calma.

« Da qualche tempo si registrano colpi ladreschi a ripetizione nelle case della buona società... ne avrai letto sicuramente sui giornali. La chiamano 'banda Lupin'... »

« Sì, certo », disse Shasa. « Alcuni miei buoni amici ne sono rimasti vittima: i Simpson, i Weston. A Mark Weston hanno rubato la collezione di monete d'oro. »

« E alla signora Simpson gli smeraldi », confermò Louis Nel. « Qualcosa però è saltato fuori, e precisamente gli orecchini, presso un ricettatore meticcio del District Six. L'abbiamo arrestato – come copertura aveva un negozietto di elettricista – e dopo due settimane di cella ha cominciato a collaborare con noi. Ci ha dato una lista di nomi, uno dei quali è Rufus Constantine. Ti giunge nuovo? È un piccolo delinquente... »

Shasa scosse la testa. « Cosa c'entra mio figlio? »

« Ci sto arrivando. Questo Constantine è quello che ha venduto al ricettatore gli smeraldi e altra refurtiva. L'abbiamo arrestato e abbiamo cominciato a interrogarlo. È uno scimmiotto abbastanza ostinato, ma abbiamo trovato il modo di farlo parlare un po'. Purtroppo la canzone che ci ha cantato non è tanto bella. »

« Sean? » chiese Shasa, e Louis annuì.

« Temo proprio di sì. Pare che fosse lui il capo, e di una banda ben organizzata. »

« Ma è assurdo. Sean! »

« Mi risulta che si è già fatto una certa reputazione. »

« Sì, una volta era un po' ribelle », ammise Shasa, « ma adesso ha messo la testa a posto, lavora. Perché mai dovrebbe impegolarsi in una faccenda del genere? Voglio dire, non ha mica bisogno di soldi. »

« Non credo che gli impiegati siano pagati poi tanto bene. »

« Ma glieli do io. » Shasa si mise a scuotere la testa. « Macché, non ci credo. Come può fare lo scassinatore? Non ne sa niente. »

« Non lo fa lui, lo fa fare dai suoi complici. Lui è il basista. »

« Il basista? E cos'è? »

« Tuo figlio sarà ricevuto in tutte le case eleganti della città, immagino. È vero? »

« Be', sì, credo », ammise Shasa, fin troppo cauto.

« Appunto. Secondo il giovane Rufus, è tuo figlio che studia la casa e fa il piano, dice quali preziosi rubare, indica la localizzazione di casseforti, nascondigli e così via. Poi avvia una relazione con una della famiglia, la madre o la figlia, e ne approfitta per far entrare il complice in casa mentre la signora di suo gradimento è occupata di sopra con lui. »

Shasa lo guardò a bocca aperta.

« Pare che il sistema funzioni benissimo, e in più di un caso non c'è stata nemmeno denuncia: le signore erano più preoccupate della loro reputazione e dell'ira dei mariti che dei gioielli rubati. »

« Marge Weston... è forse una delle signore? »

« Così ci risulta. »

« Piccolo bastardo... » ringhiò Shasa fra sé. Era sbigottito, ma non dubitava già più. Tutto coincideva: non poteva non essere vero. Marge e Sean, suo figlio e una delle sue amanti. Intollerabile. « Stavolta ha proprio esagerato. »

« Direi di sì », concordò Louis. « Anche se è incensurato, rischia di beccarsi cinque o sei anni. »

Shasa sobbalzò, ricominciando a dedicargli tutta la propria attenzione. Lo shock era stato tale da sconvolgerlo: si sentiva disonorato, offeso nelle sue idee più sacre, concernenti la proprietà; ma non aveva ancora pensato alle conseguenze penali. L'idea che suo figlio fosse processato e condannato a lunga detenzione gli fece sbollire tutta la rabbia.

« L'avete già denunciato? » chiese. « C'è un mandato di cattura? »

« Non ancora », rispose Louis in tono altrettanto circospetto. « Siamo stati informati poche ore fa. » Andò alla scrivania a prendere la cartellina azzurra del verbale d'interrogatorio.

« Cosa posso fare? » chiese sottovoce Shasa. « C'è qualcosa che è possibile fare? »

« Io ho fatto tutto quello che potevo », gli rispose Louis. « Che è già troppo. Non potrei mai giustificare l'insabbiamento delle informazioni, né l'avvertimento che ti ho dato nel corso delle indagini. Ci rischio il collo, Shasa, e lo faccio soltanto perché non dimentico che ho lavorato con te, e i tuoi grandi meriti nella vicenda di Spada Bianca. Ecco perché corro questo rischio. » Si interruppe per fare un profondo sospiro, e Shasa, capendo che aveva ancora qualcosa da dirgli, restò in silenzio. « Non posso fare nient'altro, però. Nessuno può fare nient'altro *a questo livello.* » Sottolineò col tono le ultime parole, e poi aggiunse un'informazione apparentemente incongrua: « Il mese prossimo vado in pensione, e questo ufficio andrà in mano a qualcun altro ».

« Quanto tempo ho a disposizione? » chiese Shasa, senza curarsi di dissimulare. Si capivano bene.

« Posso bloccare la pratica per qualche ora ancora, diciamo fino alle cinque, dopo di che le indagini dovranno proseguire. »

Shasa si alzò. « Sei un amico, un buon amico. »

« Ti accompagnerò da basso », disse Louis, e parlarono di nuovo solo nell'ascensore. Shasa aveva avuto bisogno di tanto tempo per calmare la sua agitazione.

« Da anni non pensavo a Spada Bianca », disse cambiando discorso. « Fino a oggi. Tutto ciò sembra lontanissimo, passato, anche se costò la vita a mio nonno. »

« Invece io non l'ho mai dimenticato », disse sottovoce Louis Nel. « Quell'uomo era un assassino. Se fosse riuscito a uccidere Smuts, molte cose sarebbero andate diversamente in questo Paese, e staremmo sicuramente peggio di come stiamo. »

« Mi chiedo che fine abbia fatto. Chi era Spada Bianca? Dove si trova ora? Forse è morto anche lui da tanto tempo... »

« Io non credo. C'è qualcosa che me ne fa dubitare. Qualche anno fa, volevo consultare il suo incartamento... »

L'ascensore arrivò a pianterreno e Louis s'interruppe. Poi,

mentre attraversavano l'atrio e uscivano al sole, tacque. Sui gradini dell'edificio ministeriale si guardarono in faccia.

« Allora? » disse Shasa. « Che stavi dicendo dell'incartamento su Spada Bianca? »

« L'incartamento non c'è più », rispose Louis tristemente.

« Non capisco. »

« Il dossier è sparito », gli spiegò Louis. « Non c'è più niente al riguardo, né negli archivi della polizia né in quelli dei ministeri interessati. È come se ufficialmente Spada Bianca non fosse mai esistito. »

Shasa lo guardò con gli occhi sbarrati. « Ci dev'essere pure una pratica da qualche parte... Voglio dire, ci abbiamo lavorato insieme a quest'inchiesta... c'era un incartamento alto così... » disse facendo il gesto con due dita. « Come può essere scomparso? »

« Credimi, non c'è più. Parola mia. » Louis gli porse la mano. « Fino alle cinque », disse con gentilezza. « Non più tardi, intesi? Ma fino alle cinque sarò in ufficio, nel caso qualcuno mi telefoni. »

Shasa gli strinse la mano. « Non lo dimenticherò mai. » Guardò l'orologio, nell'andarsene. Mancava qualche minuto a mezzogiorno, e per un caso fortunato aveva appuntamento a pranzo con Manfred De La Rey. Prese la strada del Parlamento e il cannone di mezzogiorno sparò proprio mentre ci entrava. Nell'atrio tutti, compresi gli uscieri, per istinto stavano controllando l'orologio all'echeggiare lontano della cannonata.

Shasa si diresse verso la sala da pranzo dei parlamentari, ma era molto in anticipo. C'erano solo i camerieri in giacca bianca. Al bar dei deputati ordinò un gin aromatizzato e aspettò con impazienza, guardando l'orologio ogni dieci secondi, ma il suo appuntamento con Manfred era per le dodici e trenta e non era il caso di andare a cercarlo prima: poteva essere dappertutto, il palazzo era vastissimo, sicché Shasa passò quel tempo a rimuginare, arrabbiandosi sempre più.

« Bastardo! » pensava. « Per tutti questi anni gli ho consentito di ingannarmi. I segni c'erano tutti, ma non li ho mai voluti vedere. È marcio, marcio fino al midollo... » Poi la sua indignazione cambiò indirizzo. « Marge Weston è abbastanza vecchia da esser sua madre. Quante altre amiche mie si sarà scopato? Non c'è dunque niente di sacro per quel demonio? »

Manfred De La Rey arrivò con qualche minuto di anticipo.

Entrò nel bar dei deputati sorridendo e salutando tutti, nella parte del politico cordiale e simpatico, così che gli ci volle qualche minuto a raggiungere Shasa. Costui cercò di dominare l'impazienza. Voleva che nessuno si accorgesse della sua agitazione.

Manfred chiese una birra. Shasa non l'aveva mai visto ordinare un liquore. Solo dopo il primo sorso Shasa gli disse, semplicemente: « Sono nei guai, guai grossi ».

Manfred non smise di sorridere benignamente. Era troppo astuto per tradire le sue emozioni in un luogo pieno di avversari e potenziali rivali, ma i suoi occhi si fecero freddi e pallidi come quelli del basilisco.

« Non qui », disse, e condusse Shasa nel gabinetto degli uomini. Lì, a fianco a fianco nell'orinatoio, Shasa gli parlò sottovoce, concitato, e quando finì Manfred restò ancora un attimo a fissare la ceramica bianca.

« Qual è il suo numero? »

Shasa gli diede un biglietto con su il numero di Nel alla sede centrale del CID.

« Dovrò usare la linea riservata del ministero. Dammi un quarto d'ora. Ci vediamo poi al bar. » Manfred chiuse la lampo della patta e uscì dal gabinetto.

Nel giro di dieci minuti era ricomparso al bar. Shasa stava chiacchierando con gli altri quattro commensali, tutti parlamentari influenti. Finito di bere, Shasa propose: « Si va a pranzo? » e mentre si dirigevano al ristorante Manfred lo prese per il braccio e si avvicinò sorridendo come per dirgli una barzelletta all'orecchio.

« La faccenda è risolta, ma dovrà uscire dal Paese entro ventiquattr'ore e non voglio che ci torni più. D'accordo? »

« Ti sono grato », annuì Shasa, e la sua ira contro il figlio aumentò ancor più per questo favore che, come si usa, avrebbe dovuto ricambiare con gli interessi.

La moto di Sean era parcheggiata davanti alla palestra privata che Shasa aveva fatto costruire per i ragazzi come regalo di Natale. Comprendeva un campo di squash, una piscina coperta di venticinque metri, attrezzi ginnici di ogni tipo, docce e spogliatoi. Avvicinandosi, Shasa sentì il rimbombo della palla da squash che picchiava contro le pareti, e si diresse verso la tribunetta degli spettatori.

Sean stava giocando con un suo amico. Indossava solo dei calzoncini di seta bianca e una fascia sulla fronte per fermare il sudore, oltre alle scarpe da tennis. Il torso nudo scintillava di sudore: era abbronzatissimo. Era un uomo splendido, quasi un personaggio d'un quadro romantico, e si muoveva con la grazia e l'agilità del leopardo, scagliando la palla di gomma contro il muro con forza che sbalordiva, tanto il movimento pareva sciolto. La palla però tornava come una fucilata. Vide subito Shasa nella tribunetta e gli indirizzò un sorriso, denti candidi e occhi verdi, sicché nonostante la furia Shasa provò una fitta di dolore all'idea della separazione imminente.

In spogliatoio, Shasa congedò con poche parole il compagno di gioco: « Voglio parlare con Sean, a quattr'occhi ». Appena fu andato, si rivolse al figlio. « La polizia sta per arrestarti », gli disse bruscamente. « Sanno tutto. » Aspettò una sua reazione, che non ci fu. Sean continuò tranquillamente ad asciugarsi il collo. « Scusa, papà, non capisco bene: cos'è che saprebbe la polizia? » Parlava con calma, senza affatto scomporsi, e Shasa esplose.

« Non fare il furbo con me. Quello che sa la polizia può farti finire in galera per una decina d'anni. »

Sean abbassò l'asciugatoio e lo guardò, finalmente serio. « Come hanno fatto a beccarmi? »

« Rufus Constantine. »

« Che infame. Lo strozzerò. » Non negava. L'ultima piccola speranza che fosse innocente svanì nel cuore amareggiato di Shasa.

« Se c'è qualcuno da strozzare lo strozzerò io », berciò Shasa.

« Che si fa allora? » chiese Sean, e Shasa restò colpito da tanta disinvoltura.

« Come, che si fa? » protestò. « Cosa ti fa pensare che ti voglia salvare il collo? »

« L'onore della famiglia », dichiarò in tono oggettivo Sean. « Tu non lascerai che mi processino. La famiglia salirebbe sul banco degli imputati con me. Non puoi permetterlo. »

« Ci contavi, per caso? » s'informò Shasa, e alla scrollata di spalle di Sean aggiunse: « Tu non sai nemmeno cos'è l'onore, cos'è la vergogna ».

« Sono parole », rispose Sean. « Io preferisco le azioni. »

« Dio, quanto vorrei dimostrarti che ti sbagli », ringhiò Shasa, sull'orlo della violenza fisica. Solo picchiarlo ormai gli avrebbe dato soddisfazione. « Ti manderei volentieri in galera. » Aveva i pugni stretti che già gli prudevano. Subito Sean si mise in guardia, con gli occhi accesi e i pugni altrettanto contratti. Shasa gli aveva pagato lezioni di boxe coi migliori istruttori, spendendo uno sproposito, e tutti avevano riconosciuto che Sean era un pugile naturale. In breve aveva superato ogni maestro. Lui ne era stato soddisfattissimo: e prima di mandarlo a lavorare dai revisori dei conti l'aveva spedito addirittura in Giappone, perché imparasse le arti marziali.

Adesso che se lo trovava davanti così minaccioso, gli venne in mente di avere quarantun anni. Se li sentiva tutti addosso, mentre Sean era un giovane in piena forma, un buon pugile e un atleta naturale. Si rese conto che Sean poteva prendersi gioco di lui, umiliarlo: e guardandolo negli occhi capì che non vedeva l'ora di riempirlo di botte. Fece quindi un passo indietro e aprì i pugni.

« Fa' la valigia », disse calmo. « Te ne vai e non torni più. »

Si diressero a nord con il Mosquito, fermandosi a Johannesburg a far rifornimento e proseguendo fino al confine con la Rhodesia. Lì c'erano miniere di rame di cui Shasa aveva il trenta per cento. Trovò quindi ad aspettarli sulla pista il camioncino Ford che aveva ordinato per radio.

Sean gettò la valigia sul pianale di carico e Shasa si mise al volante. Avrebbe potuto arrivare in aereo fino a Salisbury o a Lourenço Marques, ma voleva che il passaggio della frontiera risultasse chiaro e netto: meglio dunque che Sean l'attraversasse via terra. Guidando per le ultime miglia di boscaglia fino al ponte sul fiume Limpopo, guardò il figlio affondato sul sedile accanto a lui, le mani in tasca e i piedi sul cruscotto.

« Ci ho pensato un po' su », disse in tono disinvolto il ragazzo « e ho deciso cosa fare. Mi unirò a qualche agenzia di safari in Rhodesia, in Kenia o in Mozambico. Poi, quando avrò imparato bene il lavoro, farò domanda per avere una licenza mia. Penso che si possano fare ancora un sacco di soldi come cacciatore bianco, e dev'essere una bella vita, tutti i giorni a caccia! »

Shasa aveva deciso di mantenersi severo e riservato, e finora era riuscito a tacere, tranne qualche parola insignificante: ma vedere l'assoluta mancanza di rimorsi di Sean, e il suo prender l'esilio come un'occasione di egoistico divertimento l'indussero ad abbandonare le buone intenzioni.

« Da ciò che ho sentito dire, non resisterai neanche una settimana senza donne », berciò, e Sean sorrise.

« Non ti preoccupare, papà. Di fica ce ne sarà fin troppa... rientra nel contratto: i clienti sono vecchi ricchi che si portano dietro le figlie, o le mogli nuove... »

« Buon Dio, Sean, sei completamente amorale! »

« Posso considerarlo un complimento? »

« Progetti di chiedere una licenza di cacciatore professionista... di fondare una tua agenzia di safari... e come soldi, si può sapere cosa intendi usare? »

Sean apparve perplesso. « Ma tu sei uno degli uomini più ricchi dell'Africa. Pensa un po': potrai andare a caccia gratis quando vuoi, con la mia agenzia... Farebbe parte dell'accordo. »

A dispetto di se stesso, Shasa provò una piccola tentazione. Effettivamente aveva già pensato di metter su una piccola agenzia di safari, e i suoi conti mostravano che l'idea di Sean non era poi campata in aria. C'era da fare una fortuna a vendere la natura e la fauna africane ai ricchi del mondo. L'unica cosa che gli aveva impedito di farlo prima era la mancanza di un uomo di fiducia, che comprendesse come andava gestita l'agenzia per funzionare, e la dirigesse per lui.

« Maledizione... » pensò per scacciare questi pensieri. « Ho generato un demonio. Questo qua sarebbe capace di vendere un'auto usata al giudice che lo manda sulla forca. » Sentì che la rabbia si trasformava involontariamente in qualcosa di simile all'ammirazione. Tuttavia parlò con serietà quasi torva. « Mi sembra che non ci siamo capiti, Sean. Tra noi due tutto finisce qui. »

Mentre, lo diceva, imboccava la salita del ponte. Davanti a loro si stese il Limpopo, che a dispetto di Rudyard Kipling non era né oleoso né grigioverde, e non presentava sulle sue rive nemmeno un eucalipto. Era la stagione secca e, benché il fiume fosse largo un chilometro, l'acqua era rappresentata da un piccolo rivolo al centro del letto. Il lungo ponte di cemento era basso e scavalcava il fiume poggiando sui sabbioni e sui canneti.

L'attraversarono in silenzio, e Shasa fermò il camioncino alla frontiera. La dogana era una baracchetta quadrata di lamiera. Shasa tenne il motore acceso. Sean scese e scaricò la valigia, poi girò intorno al veicolo e si affacciò al finestrino del padre.

« No, papà », disse avvicinandosi a lui. « Fra noi due non finirà mai niente. Io sono parte di te, e ti amo troppo perché questo possa mai accadere. Sei l'unica persona o cosa che abbia mai amato. »

Shasa lo guardò per scorgere qualche traccia d'insincerità, ma non ce la vide, e allora, d'impulso, l'abbracciò. Non voleva che questo succedesse, ma si ritrovò a frugare nella tasca interna della sahariana e a dargli in mano una grossa busta piena di soldi e lettere di presentazione che aveva preparato apposta, nonostante tutti i propositi di scacciare Sean senza il becco d'un quattrino.

« Eccoti qualche sterlina per cominciare », disse burbero. « C'è anche qualche lettera di presentazione a gente di Salisbury che potrebbe esserti utile. »

Sean se la mise in tasca senza neanche guardarla, poi prese la valigia.

« Grazie, papà. Non lo meritavo. »

« Lo so anch'io », concordò Shasa. « Non lo meritavi, ma non preoccuparti, di soldi non te ne darò più. Questo è tutto, Sean. È la tua eredità. »

Come sempre, il sorriso di Sean parve un piccolo miracolo, che fece dubitare a Shasa che suo figlio potesse essere del tutto cattivo.

« Ti scriverò, papà. Vedrai, un giorno rideremo di tutto questo... quando saremo di nuovo insieme. »

Con la valigia in mano Sean passò il confine, e quando entrò nella baracca dei doganieri a Shasa cadde addosso una sensazione di grande futilità. Era così che finiva, dopo tutto l'amore e la protezione di anni e anni?

Shasa fu divertito dalla facilità con cui Isabella seppe vincere il suo piccolo difetto di pronuncia. Dopo due settimane di frequentazione della Rustenberg Girls' Senior School, parlava come una piccola lady, e ne aveva anche l'aspetto. Evidentemente né le insegnanti né le compagne apprezzavano il vezzo infantile che a casa ne distingueva la pronuncia.

Broncio e bamboleggiamento ormai li riservava solo a papà, quando doveva strappargli concessioni. Seduta sul bracciolo della sua poltrona, ora gli carezzava i riccioli delle tempie.

« Ho il più bel papà del mondo », diceva arricciolandogli con l'indice le ciocche argentee sulle tempie, che contrastavano con la massa scura del resto dei capelli e la pelle abbronzata, quasi priva di rughe, con l'effetto di renderlo ancor più attraente.

« E io ho la figlia più furba del mondo, sempre con qualche progettino in mente », disse lui, e la bambina si mise a ridere divertita: una musica che gli apriva il cuore. L'alito di lei sapeva di latte, era dolce come quello di un gattino appena nato: cercò tuttavia di resisterle, rinsaldando le proprie difese. « Ho una figlia che ha soltanto quattordici anni... »

« Quindici », lo corresse lei.

« Quattordici e mezzo », ribatté.

« Be', quasi quindici », insisté lei.

« Una figlia che ha meno di quindici anni... troppo preziosa per lasciarla star fuori di casa dopo le dieci di sera. »

« Ah, brutto orsacchiottone cattivo », gli sussurrò lei nell'orecchio e lo strinse forte. Appoggiando la guancia morbida contro la sua, la ragazzina gli schiacciò i seni sul braccio.

Quelli di Tara erano sempre stati grossi e ben fatti, e lui li trovava ancora molto attraenti. Isabella li aveva ereditati da lei. Negli ultimi mesi, Shasa aveva assistito con orgoglio e interesse alla loro crescita fenomenale, e adesso li sentiva tiepidi e sodi contro il braccio.

« Ci saranno anche dei ragazzi? » le domandò, sentendo già quasi franare le sue difese.

« Oh, ma i ragazzi non mi interessano, papà », disse chiudendo forte gli occhi, tante volte la sfacciata bugia provocasse qualche folgore divina. In quel periodo, infatti, non riusciva quasi a pensare ad altro che ai ragazzi: se li sognava anche, e il suo interesse per la loro anatomia era così intenso che Michael e Garry avevano deciso di proibirle l'ingresso in camera loro mentre si stavano cambiando. Le sue indagini candide e affascinate erano troppo sconvolgenti.

« Come farai ad arrivare fin là, e poi tornare? Non vorrai mica che la mamma stia alzata fino a mezzanotte ad aspettarti! E io proprio quella sera devo andare a Johannesburg », disse Shasa, e lei riaprì gli occhi.

« Può accompagnarmi e riportarmi a casa Stephen. »

« Stephen? » chiese secco Shasa.

« Il nuovo autista della mamma. È simpatico e fidato... dice la mamma. »

Shasa non si era neanche accorto che Tara avesse assunto un autista. Di solito guidava lei: ma la sua vecchia e orrida Packard aveva finalmente tirato le cuoia, a Sundi, e l'aveva praticamente costretta ad accettare una station-wagon Chevrolet. Era probabile che l'autista ne fosse la prima conseguenza. Avrebbe dovuto consultarlo: ma ultimamente si erano allontanati sempre più, e molto di rado parlavano delle faccende di casa.

« No », le disse fermamente. « Non ti lascio scorrazzare la sera in macchina per conto tuo. »

« Ma sarò con Stephen », implorò; tuttavia lui ignorò le proteste. Non sapeva proprio niente di Stephen, se non che era maschio e negro.

« Facciamo così: se riesci a procurarti una garanzia scritta dei genitori dell'altra ragazza, che uno che io conosca viene a prenderti e poi ti riporta a casa prima di mezzanotte, allora ti lascio andare. »

« Oh, paparino! Paparino! » Lo coprì di dolci baci sulla faccia, poi saltò su e fece una piccola piroetta di vittoria nello studio di papà. Sotto la gonnella aveva lunghe gambe flessibili, e un bel culetto sodo nelle mutandine di pizzo.

« Credo che sia... » si disse Shasa, poi bandì il dubbio e dichiarò francamente « ... anzi è di sicuro la più bella bambina del mondo. »

Isabella si fermò di scatto, assumendo un'espressione tragica.

« Oh, papà! » sbottò angosciata.

« Cosa c'è ancora? » disse Shasa appoggiando la schiena alla poltrona, cercando di celare il sorriso.

« Patti e Lenora avranno un vestito nuovo, e io farò la figura di un vero spaventapasseri senza! »

« Uno spaventapasseri? Intollerabile. Assolutamente intollerabile. » La ragazzina corse ancora ad abbracciarlo.

« Vuoi dire che mi regali un vestito nuovo? Caro paparino mio! » Tornò a vezzeggiarlo con le braccia al collo. Il rumore di un'auto che si avvicinava sul viale interruppe l'idillio.

« Arriva la mamma! » Isabella saltò in piedi e, tirandoselo dietro per mano, andò alla finestra. « Glielo diciamo subito della festa e del vestito nuovo, eh paparino? »

La nuova Chevrolet, col gran radiatore cromato e le pinne da bestia marina, si fermò davanti alla scalinata dell'ingresso e il nuovo *chauffeur* ne scese. Era un uomo imponente, alto, con le spalle larghe, in divisa grigia e berretto di pelle. Aprì la portiera posteriore e Tara uscì dall'auto. Nel passargli davanti gli diede un colpetto sul braccio, un gesto di esagerata confidenza con gli inferiori, così tipico di Tara, che come sempre irritò Shasa.

Tara salì i gradini e scomparve alla vista di Shasa. L'autista tornò al volante e partì verso il garage. Passando davanti allo studio alzò gli occhi. Il viso era seminascosto dal berretto, ma c'era qualcosa di vagamente familiare nella mascella e nell'attaccatura della testa al collo e alle spalle possenti.

Shasa si accigliò, cercando di ricordare dove poteva averlo visto: ma il ricordo era vecchissimo, o fallace, e dietro di lui Isabella stava già chiamandolo con voce vezzosa.

« Oh mammina, paparino e io abbiamo una cosa da dirti », e Shasa si voltò già preparandosi alle solite accuse di Tara di favoritismi e soverchia indulgenza nei confronti della figlia.

La porticina riservata d'accesso allo studio di Shasa dava modo di risolvere un problema che li tormentava da settimane, ossia da quando Moses Gama era arrivato a Città del Capo.

Vestito da autista, con in mano tanti pacchetti confezionati dai migliori negozi, era facile per lui entrare nel palazzo del Parlamento: bastava che seguisse Tara oltre la portineria. Il servizio di sicurezza era virtualmente inesistente all'ingresso: non si dovevano firmare registri, lasciar documenti, ricevere lasciapassare. Qualche estraneo avrebbe potuto forse esser fermato e richiesto di esibire il permesso da visitatore: ma come moglie di un ministro Tara era ben conosciuta, riceveva dall'usciere un saluto rispettoso, e aveva l'abitudine di fermarsi qualche volta a parlare con lui della salute dei suoi familiari eccetera, diventando presto, con la sua condiscendenza, una delle personalità favorite degli addetti alla portineria, che in uniforme sorvegliavano l'ingresso.

Non portava sempre dentro Moses: solo quando era sicura che non c'era alcun rischio di incontrare Shasa. Ma lo portava abbastanza spesso da farne una presenza abituale, che in qualche modo aveva il diritto di essere lì. Quando raggiungevano il quartiere di Shasa, Tara gli ordinava di lasciare i pacchi dentro lo studio, mentre lei si fermava a far due chiacchiere con la segretaria di Shasa. Poi, quando ricompariva a mani vuote nell'anticamera, lo congedava subito con disinvoltura.

« Grazie, Stephen. Puoi andare, adesso. Avrò bisogno della macchina alle undici, trovati qui sotto. »

E così Moses scendeva per lo scalone principale, scostandosi rispettosamente per far passare i commessi parlamentari e gli onorevoli: una volta incrociò perfino il primo ministro Verwoerd, e dovette abbassare gli occhi perché non vedesse il lampo d'odio che subito emisero. Aveva una sensazione d'irrealtà a trovarsi a portata di mano questo signore, responsabile delle sofferenze del suo popolo, colui che più d'ogni altro statista rappresentava tutte le forze dell'ingiustizia e dell'oppressione: un uomo che aveva fatto della discriminazione razziale una filosofia e quasi una religione.

Moses, continuando a scender le scale, si accorse di tremare. Ma superò l'atrio sorvegliato senza degnare di uno sguardo il portiere, che da parte sua smise di leggere il giornale, al suo passaggio, per una frazione di secondo appena. Era fondamentale per il piano di Moses poter uscire da solo dal palazzo, e la costante ripetizione aveva reso ciò possibile: ormai per gli uscieri alla porta d'ingresso era diventato praticamente invisibile.

Tuttavia non avevano ancora risolto il problema dell'accesso allo studio interno di Shasa. Moses ci poteva entrare per il tempo necessario a deporre dei pacchetti, ma non poteva rischiare di trattenersi di più; soprattutto non poteva chiudercisi dentro da solo o con Tara. Tricia, la segretaria di Shasa, era un'attenta osservatrice, fedelissima al principale; come tutte le sue dipendenti, inoltre, era più che un pochino innamorata di lui.

Scoprire la porticina segreta fu per loro una benedizione, quando già stavano decidendo di affidare gli ultimi preparativi alla sola Tara.

« Cielo, era così semplice, dopo tutti i mal di testa che ci siamo presi! » rise Tara con sollievo. La volta successiva che Shasa andò a ispezionare la miniera H'ani, portando con sé Garry, come al solito, lei e Moses fecero una delle solite visite al Parlamento, per mettere alla prova il piano.

Dopo che Moses ebbe lasciato giù i pacchetti nell'ufficio di Shasa, Tara lo congedò. « Non avrò bisogno della macchina fino a questo pomeriggio, Stephen, perché mangerò con mio padre al ristorante della Camera. »

Quando se ne andò, Tara tornò a rivolgersi a Tricia. « Devo

scrivere delle lettere. Vado nello studio di mio marito, veda che non mi disturbino, prego. »

Tricia assunse un'espressione perplessa. Sapeva che Shasa era molto geloso del suo studio e dei suoi cassetti, ma non le venne in mente alcun modo per impedire con tatto a Tara di far come voleva lei. Mentre quella esitava, Tara entrò decisa nello studio di Shasa, e ci si chiuse bellamente dentro. Era stato creato un altro precedente.

Sentì bussare leggermente da fuori, e le ci volle un po' di tempo per scoprire il modo di aprire la porta segreta. La serratura era mascherata da interruttore della luce. Moses scivolò dentro lo studio. Subito Tara richiuse a chiave la porta.

« Siamo chiusi dentro da entrambe le parti », gli sussurrò, e poi l'abbracciò forte. « Oh Moses, Moses, quanto tempo... »

Anche se ormai stavano insieme parecchio, i momenti di solitudine erano rari e preziosi. Si strinse a lui.

« Non adesso », le sussurrò. « Abbiamo altro da fare. »

Con riluttanza aprì le braccia e lo lasciò andare. Moses si avvicinò prima alla finestra, dove sbirciò fuori da dietro le tende, che subito chiuse perché nessuno potesse vedere nell'ufficio del ministro. Poi accese la lampada sulla scrivania e si tolse la giacca da autista, gettandola sulla poltrona di Shasa, prima di dirigersi verso la cassa d'altare. Restò fermo un attimo a capo chino, e a Tara venne in mente qualche strano fedele in atteggiamento di adorazione: aveva la testa china e le mani giunte con reverenza. Si riscosse subito e spostò il pesante bronzetto di Van Wouw dalla cassa. Lo piazzò sulla scrivania di Shasa. Poi tornò ad alzare il coperchio, con un fremito al cigolio delle antiche cerniere.

L'interno era mezzo ingombro di libri e giornali di Shasa. Vecchie riviste, stampa per bianchi e vecchie relazioni parlamentari. Moses fu scocciato da questo ostacolo imprevisto.

« Mi devi aiutare », sussurrò a Tara, e insieme cominciarono a svuotare la cassa.

« Bisogna tenere lo stesso ordine », l'avvertì Moses, passandole le prime pile di riviste. « Non deve accorgersi di niente. »

La cassa era ccsì profonda che alla fine Moses trovò più comodo entrarci per passarle le ultime cose. Adesso il tappeto era tutto pieno di roba, ma la cassa era vuota.

« Dammi gli attrezzi », le ordinò. Erano in uno dei pacchetti che Moses aveva portato su. Tara glieli porse.

« Non devi fare il minimo rumore », lo implorò. La cassa era abbastanza grossa da celarlo tutto. Andò alla porta e ci appoggiò l'orecchio. Tricia stava battendo a macchina, suono rassicurante. Tara tornò allora alla cassa e guardò dentro.

Moses era inginocchiato a svitare qualcosa sul fondo del mobile. Le viti erano antiche, provenienti da un altro pezzo analogo, sicché non davano nell'occhio come un'aggiunta moderna. Anche il fondo della cassa consisteva di assi di vecchio rovere che solo l'attentissimo esame di un esperto avrebbe rivelato come non originali. Una volta svitate le viti, Moses alzò le assi e scoprì il doppiofondo. Era a scomparti, tutto imbottito con del cotone idrofilo che Moses scostò con attenzione, mettendoci dentro il pacchetto degli attrezzi.

Tara osservò affascinata il contenuto del doppiofondo. Erano lingotti scuri di materiale amorfo che pareva cioccolato o stucco per i vetri, coperti da una pellicola di plastica trasparente che portava un'etichetta in caratteri cirillici.

Ce n'erano dieci nel primo strato, ma Tara sapeva che sotto, di strati, ce n'erano altri due. Dunque, trenta pacchetti da un chilo l'uno di plastico, che pur essendo un esplosivo aveva un'aria innocua da prodotto domestico. Ma Moses l'aveva avvertita della sua potenza: « Un chilo spezza un pilone d'acciaio, cinque chili fanno crollare una casa, trenta chili... » Alzò le spalle. « Bastano e avanzano per quello che vogliamo fare noi. »

Dopo aver controllato per bene il contenuto di questo settore del doppiofondo, Moses rimise a posto il cotone idrofilo e ne scoprì un altro. Qui c'erano i detonatori. Esaminandoli, le spiegò che ce n'erano di quattro tipi diversi, per ogni esigenza che poteva presentarsi. « Questi », le spiegò tirando fuori una scatoletta di latta grossa come un pacchetto di sigarette, « sono detonatori elettrici che si possono collegare a una serie di pile o anche alla normale rete elettrica. Questi altri », disse rimettendo a posto la prima e tirando fuori un'altra scatoletta di latta un po' più grossa, « sono detonatori a impulsi radio, che possono essere trasmessi da questo miniapparecchio »; lo indicò a Tara, sembrava una normale radiolina. Moses lo tirò fuori. « Per funzionare ha bisogno soltanto di sei pile. E questi altri sono semplici detonatori a tempo, azionati da una fiala di acido: sono un aggeggio alquanto primitivo, che non ti lascia tanto tempo per allontanarti; mentre questo qui, invece, è un detonatore a vibrazione: basta la più piccola scossa, una volta tolta la sicura, per farlo scoppiare innescando l'esplosivo. Soltanto un artificiere molto esperto saprebbe disinnescarlo, una volta inserito. »

Fino a quel momento, la donna aveva considerato solo l'aspetto astrattamente teorico di quanto stavano per fare: ma adesso si trovò a fronteggiare esplosioni concrete. Davanti a lei stavano terribili strumenti di morte e distruzione, il cui aspetto, pur così innocuo, doveva mettere in apprensione come le spire di un mamba addormentato. Vacillò.

« Moses », gli sussurrò. « Nessuno deve farsi male. Niente perdite di vite umane, così avevi detto, ricordi? »

« Ne abbiamo già parlato fin troppo. » La sua espressione era gelida e sprezzante, e lei si vergognò.

« Scusami, scusami. »

Moses l'ignorò e si mise a svitare il terzo e ultimo scomparto, che conteneva una pistola automatica e quattro caricatori. Una volta tolta l'imbottitura, avanzava molto spazio.

« Dammi l'altro pacchetto », le ordinò, e quando glielo porse cominciò a sistemarne il contenuto nel buco. C'era una scatola di lamiera contenente un seghetto e un trapano a mano, una serie di punte e di lame, una confezione di pile per i detonatori, una torcia elettrica, un rotolo di cento metri di filo elettrico di rame sottile, tagliavetri a punta di diamante, e barattolini di pittura con pennelli da ritocco. Poi c'erano confezioni di roba da mangiare, carne in scatola e gallette.

« Se mi avessi lasciato fare, ti avrei dato qualcosa di più appetitoso. »

« Saranno solo due giorni », disse lui, ricordandole quanto poco apprezzasse le comodità materiali.

Moses rimise a posto il doppiofondo, avvitando le viti in modo che fosse poi facile svitarle a mano.

« Bene, e adesso passami i libri. » Rimise tutto nella cassa nello stesso ordine, in modo che fosse quasi impossibile accorgersi di quello che era avvenuto. Con cura poi la richiuse e rimise al posto preciso di prima la statuina di bronzo. Quindi si mise davanti alla scrivania e cominciò a esaminare attentamente la stanza.

« Mi servirà un posto in cui nascondermi. »

« Dietro le tende », disse Tara, e lui annuì.

« Non molto originale, ma efficace. » Erano di broccato ricamato, pesanti e lunghe fino a terra.

« Avrò bisogno anche di una chiave di quella porticina. »

« Cercherò di procurartela », cominciò Tara, e fu interrotta da un bussare alla porta. Stava per farsi prendere dal panico, ma fu calmata da Moses che le strinse il braccio.

« Chi è? » disse Tara con voce normale.

« Sono io, signora Courteney. È l'una, devo andare a mangiare », disse rispettosamente la segretaria, Tricia.

« Vada, vada pure. Io debbo trattenermi ancora un po'. Penserò poi io a chiudere. »

Sentirono scattare la porta esterna e Moses le lasciò il braccio. « Va' a frugare nella sua scrivania. Magari ha la chiave della porta segreta. »

Tara tornò quasi subito con un piccolo mazzo di chiavi. Le provò: la terza era quella giusta.

Annotarono il numero inciso sulla chiave dal produttore, poi Tara andò a rimettere il mazzo al suo posto.

Quando tornò, Moses stava abbottonandosi la giacca da autista. Ma lei chiuse a chiave la porta dello studio.

« Adesso mi serve una pianta del palazzo. Ce ne dev'essere una al ministero dei Lavori Pubblici, e devi trovare il modo di procurarmela. Basta che lo ordini a Tricia. »

« Che scusa posso tirar fuori? »

« Dille che vuoi cambiare l'illuminazione qui dentro », disse indicando il lampadario appeso al soffitto. « Che ti serve il piano dell'impianto elettrico, che mostri i circuiti e le prese. »

« Sì, posso farlo », ammise lei.

« Molto bene. Per ora qui abbiamo finito. Adesso possiamo andare. »

« Non c'è fretta, Moses. Tricia tornerà fra un'oretta. »

Lui la guardò dall'alto in basso, e a lei parve di scorgere un lampo di disprezzo e forse addirittura disgusto nei suoi occhi scuri e intensi, ma non volle crederci, e si aggrappò a lui, stringendolo, con la faccia affondata nel suo petto. Nel giro di pochi istanti sentì la sua erezione sotto la stoffa che li separava, e tutti i dubbi furono dissipati. Era certa che, al suo strano modo africano, lui l'amava ancora: si chinò a sbottonargli i pantaloni per tirarglielo fuori.

Era così grosso che riusciva a stento a prenderlo in mano. Era caldo e duro come un pezzo di granito nero scaldato al sole di mezzogiorno.

Tara si sdraiò sul morbido tappeto di seta, attirandoselo, sopra.

Ormai ogni giorno che passava cresceva il rischio che fossero scoperti, e lo sapevano tutti e due.

« Non ti riconoscerà Shasa? » chiese più d'una volta Tara a Moses. « Sta diventando sempre più difficile non farvi incontrare. Qualche giorno fa mi ha domandato notizie del nuovo autista. »

Evidentemente, Isabella aveva attirato l'attenzione di Shasa sul nuovo dipendente per ragioni sue; ma ora Tara aveva una gran voglia di prenderla a frustate. Però non poteva, perché questo avrebbe sottolineato, alla mente maliziosa della piccola egoista, l'importanza che l'autista negro aveva per lei. Così lasciò passare la faccenda senza commenti.

« Ti riconoscerà? » insisté, e Moses ci pensò sopra.

« È successo tanto tempo fa, prima della guerra. Lui era un ragazzino. » Moses scosse la testa. « Le circostanze erano diversissime, il posto lontanissimo: però è vero che, per un po' di tempo, siamo stati vicini. Credo che ci siamo fatti una grossa impressione reciproca. Era una amicizia inconsueta, fra un negro e un ragazzo bianco, ma proprio per questo nacque e fu vera. » Sospirò. « Comunque è evidente che al tempo del processo avrà sicuramente letto i rapporti della polizia politica e il mandato di cattura, che fra parentesi fa di me ancora un ricercato. Avrà collegato l'agitatore rivoluzionario al suo amico di una volta? Non lo so, ma so che non possiamo correre questo rischio. Bisogna fare il lavoro al più presto. »

« Shasa è andato via tutti i week-end, regolarmente, per cinque anni », deplorò Tara mordendosi il labbro per la rabbia. « E adesso che a me serve che se ne vada fuori dei piedi resta incollato qui. Colpa di quella maledetta partita di polo. » La nazionale argentina era in tournée in Sudafrica, ospite di Shasa in un albergo di Città del Capo, e la partita d'esordio, un'amichevole di allenamento, doveva avvenire proprio a Weltevreden. « Subito dopo, verrà in visita ufficiale Harold Macmillan, il primo ministro inglese. Shasa non leverà le tende da Weltevreden sino alla fine del mese, come minimo. » Lo guardò in faccia nello specchietto retrovisivo, mentre lui ci pensava.

« Comunque decidiamo di fare, è un rischio », disse piano. « Aspettare troppo è altrettanto rischioso che agire affrettatamente. Dobbiamo scegliere il momento giusto. »

Nessuno parlò più finché non arrivarono alla fermata dell'autobus. Moses parcheggiò la Chevrolet dall'altra parte della strada. Poi spense il motore e le chiese: « Questa partita di polo quando si svolgerà? »

« Venerdì pomeriggio. »

« Tuo marito gioca? »

« La formazione della nazionale sudafricana non si conosce ancora, ma quasi certamente ne farà parte. Forse lo faranno addirittura capitano. »

« Anche se non gioca, non potrà mancare; è il padrone di casa. Sarà alla partita di sicuro. »

« Sì », concordò Tara.

« Venerdì... Avrò a disposizione tutto il week-end. » Si decise. « Lo faremo allora. » Per qualche istante Tara si sentì in trappola, come chi si accorga d'essere incappato nelle sabbie mobili: ma nella faccenda c'era anche una ineluttabilità che in qualche modo faceva sembrare superflua ogni paura. Non c'erano vie d'uscita, e provava un sentimento di snervante adesione.

« Ecco l'autobus », disse Moses, con la voce che vibrava di contenuta eccitazione. Fu una delle rarissime volte in cui vide incrinarsi il suo perfetto autocontrollo.

Quando l'autobus si fermò, Tara vide la donna e il bambino sulla piattaforma posteriore. Entrambi guardavano avidamente la macchina. Quando Tara sventolò la mano, il bambino saltò giù e attraversò la strada. L'autobus ripartì con su Miriam Afrika, che rimase a guardarli fino all'angolo.

Benjamin venne da loro con la faccia illuminata di gioia. Stava diventando un bel ragazzino, e Miriam lo vestiva sempre molto bene: camicia bianca pulita, calzoncini corti di flanella, scarpe nere lucide. La sua pelle color caffellatte aveva un'aria pulita, e anche i capelli crespi erano pettinati bene.

« È bellissimo, non ti pare, Moses? È nostro figlio, pensa, nostro figlio! È bellissimo! » sospirò Tara.

Il ragazzino aprì la porta e saltò in macchina di fianco a Moses. Lo guardò con un sorriso raggiante e Moses lo abbracciò brevemente. Poi Tara si chinò a baciarlo dal sedile di dietro, stringendolo affettuosamente per un attimo. In pubblico doveva stare attenta a ogni effusione: e più cresceva, più il loro rapporto diventava strano e difficile.

Il ragazzino credeva ancora d'esser figlio di Miriam Afrika, ma ormai aveva quasi sei anni, e un'intelligenza molto vivace. Dunque, sospettava qualcosa di strano nei legami che aveva da tempo immemorabile con loro. Questi incontri clandestini erano troppo regolari, e carichi di significato affettivo, per non fargli intuire che c'era sotto qualcosa che dovevano ancora spiegargli bene.

A Benjamin era stato detto solo che erano buoni amici di famiglia: ma anche alla sua tenera età doveva rendersi conto dei tabù sociali che infrangevano. Tutta la sua esistenza, per forza di cose, era permeata dalla coscienza che sia bianchi sia negri erano diversi, rispetto alla sua carnagione color caffellatte: e a volte guardava Tara con un'espressione meravigliata, come se fosse una creatura favolosa venuta direttamente da un libro di fate.

Tara non desiderava che prenderlo tra le braccia e dirgli: « Tu sei il mio bambino, il mio bambino vero, e io ti amo quanto amo tuo padre ». Ma non ardiva nemmeno farlo sedere in macchina accanto a sé. Potevano vederli.

Attraversarono la pianura del Capo verso Somerset West, ma prima di entrare in paese Moses svoltò in una strada secondaria in un fitto bosco di salici, che infine sboccava sulla lunga spiaggia deserta di False Bay, di fronte alla distesa di acque verdi, fra i due promontori che la chiudevano.

Moses parcheggiò la Chevrolet e tirò fuori dal portabagagli il cestino da pic-nic. Poi seguirono il sentiero che costeggiava la spiaggia, fino al loro posto preferito. Lì, chiunque si fosse avvicinato, si sarebbe visto da mezzo chilometro di distanza, mentre verso l'interno c'era un fitto intrico di vegetazione impenetrabile. Gli unici esseri umani che a volte si avventuravano fin lì erano i pescatori che insidiavano con le lenze *kob* e *steenbras*; oppure gli amanti in cerca di solitudine. Dunque anche loro lì si sentivano sicuri.

Tara aiutò Benjamin a mettersi il costume da bagno, e andarono tenendosi per mano alla piscina naturale che si era formata tra gli scogli, dove il ragazzino poteva sguazzare in acqua senza pericolo. Quando cominciò ad avere troppo freddo, Tara lo asciugò e lo rivestì. Poi aiutò Moses a fare un fuoco per arrostire le salsicce e le braciole che avevano portato.

Dopo mangiato, Benjamin voleva tornare a fare il bagno, ma Tara, gentilmente, glielo proibì. « No, hai lo stomaco pieno, tesoro. » Così andò a cercar conchiglie sulla battigia, mentre Tara e Moses, dalla duna, lo guardavano. Tara era felice e contenta come non mai, e rimase tale finché Moses non ruppe il silenzio.

« È per questo che ci battiamo », disse. « Dignità, e una possibilità di essere felici per tutti coloro che vivono in questo Paese. »

« Sì, Moses », gli sussurrò.

« Nessun prezzo è troppo alto da pagare per questo. »

« Oh, sì! » esclamò lei con fervore. « Hai ragione! »

« Di questo prezzo fa parte l'esecuzione dell'artefice della nostra miseria », continuò secco Moses. « Non te l'ho ancora detto, ma sappi che Verwoerd deve morire, e con lui i suoi tirapiedi. Il destino mi ha scelto come loro giustiziere e successore. »

A queste parole Tara impallidì. Era una tal sorpresa che non riuscì a parlare. Moses le prese la mano con una gentilezza strana e insolita. « Per te, per me e per il bambino, che possa vivere con noi nella luce della libertà. »

Lei cercò di parlare, ma le si ruppe la voce. L'uomo aspettò pazientemente che la ritrovasse.

« Moses! Avevi promesso! »

« No davvero », scosse la testa. « Te ne sei convinta da sola, e non era il momento di disilluderti. »

« Oh Dio, Moses! » L'enormità della cosa la schiacciava. « Pensavo volessi far saltare l'edificio vuoto come gesto simbolico: invece hai sempre avuto intenzione di... » S'interruppe, incapace di finir la frase, e lui non negò. « Moses... Mio marito Shasa sarà sul banco del governo accanto a Verwoerd! »

« È tuo marito? » le chiese Moses. « O non è invece uno di loro, un nemico? » Lei abbassò gli occhi. Questo era verissimo. Poi, subito, si agitò di nuovo.

« Mio padre! Anche lui sarà alla Camera! »

« Tuo padre e tuo marito fanno parte della tua vecchia esistenza. Te la sei lasciata dietro le spalle da tempo. Adesso, Tara, io sono tuo padre e tuo marito; e la tua nuova vita è la lotta. »

« Moses, non c'è modo di risparmiarli? » implorò.

Lui non parlò, ma la risposta gli si leggeva chiara negli occhi. Tara si coprì il volto con le mani e scoppiò in lacrime. Piangeva in silenzio, ma i sussulti della sofferenza le scuotevano tutto il corpo. Sulla spiaggia il bambino gridava eccitato a ogni bella conchiglia che trovava, e le sue urla felici arrivavano debolmente fin lì, dove Moses sedeva guardandola impassibile. Dopo un po', lei alzò la testa e con i palmi delle mani si asciugò le guance.

« Mi dispiace, Moses. Sono stata debole », gli sussurrò. « Perdonami, stavo piangendo mio padre: ma adesso sono di nuovo forte e pronta a fare quello che vuoi tu. »

L'amichevole di polo contro gli argentini era la cosa più eccitante accaduta a Weltevreden da una decina d'anni a quella parte.

Quale padrona di casa, l'organizzazione dell'evento sarebbe dovuta spettare a Tara, ma la sua indifferenza per lo sport e le sue scarse capacità organizzative indussero Centaine Courteney-Malcomess a subentrarle. Cominciò col dare qualche discreto consiglio, e finì, esasperata, col sollevarla di tutte le responsabilità. Il risultato fu, in quell'occasione, un grandioso successo. Sotto la stretta supervisione di Centaine, con i consigli esperti di Blaine Malcomess, il giardiniere africano riuscì a rendere il terreno di gioco quanto di meglio si potesse desiderare per una manifestazione sportiva di quel rilievo: il prato diventò un tappeto, né duro da spezzar le zampe ai cavalli, né molle da rallentarli troppo. Le porte furono dipinte coi colori delle squadre, il biancoazzurro dell'Argentina e l'arancione-bianco-blu del Sudafrica, mentre dalla tribuna sventolavano centinaia di bandiere dagli stessi colori.

Anche la tribuna fu ridipinta, come i recinti e le scuderie. Fu rizzato uno steccato per tenere il pubblico fuori della parte privata del parco di Weltevreden, ma Centaine pensò a far installare dei gabinetti per gli spettatori e un ristorante all'aperto da duecento posti. Le scuderie furono allargate fino a poter ospitare cinquanta cavalli, e furono approntate delle camere per gli stallieri. Gli argentini se li erano portati dietro, e indossavano il tradizionale costume da gaucho, col cappellone e i gambali decorati con monetine d'argento.

Garry si strappò dal suo nuovo ufficio, che adesso era in cima all'edificio della Centaine House, a tre sole porte di distanza da quello di suo padre, e passò due giorni alle scuderie, a guardare e imparare da quei maestri del polo e dell'equitazione.

Michael alla fine riuscì a farsi ingaggiare come cronista da un giornale. Ingenuamente, credeva che il *Golden City Mail* l'avesse nominato corrispondente locale per i suoi meriti di giornalista in erba: Centaine, che aveva fatto una discreta telefonata all'editore, glielo lasciava credere volentieri. Michael sarebbe stato pagato cinque ghinee al giorno di compenso fisso, più uno scellino per parola effettivamente pubblicata sul giornale. Intervistò tutti i membri di entrambe le squadre, comprese le riserve, gli stallieri e gli arbitri. Compilò la storia degli incontri fra le due nazionali dalle Olimpiadi del 1936 in poi, e studiò le linee di sangue di tutti i cavalli impiegati, mostrando senso della misura nel limitarsi a risalire di due sole generazioni. Prima ancora dell'incontro aveva scritto tanto che a paragone *Via col vento* sembrava uno striminzito *pamphlet*. Poi insisté per dettare il tutto allo stremato stenografo del giornale. La telefonata gli costò molto più di cinque ghinee.

« Be', comunque se ti pubblicano tutto quello che hai scritto a uno scellino a parola, diventerai milionario », lo consolò Shasa.

La grossa delusione per la famiglia arrivò quando fu annunciata la formazione sudafricana. Shasa giocava, ma non era stato fatto capitano della squadra. Il posto andò a Max Theunissen, vecchio rivale di Shasa fin dai tempi del loro primo incontro in un torneo juniores lì a Weltevreden. Era un miliardario, con uno sterminato latifondo nel Natal.

Shasa nascose la delusione dietro un bel sorriso. « Per lui la fascia ha più importanza che per me », disse a Blaine, che faceva parte dei selezionatori della nazionale, e Blaine annuì.

« Proprio così », disse. « Per questo l'abbiamo data a lui e non a te. »

Isabella si innamorò disperatamente del numero 4 argentino, un campione di virilità dalla carnagione olivastra, gli occhi scuri fiammeggianti, i folti capelli ondulati e i denti bianchissimi. Si cambiava tre o quattro volte al giorno, cercando gli abiti più sofisticati che le aveva regalato papà. Cominciò addirittura a truccarsi, un po' di *rouge* e rossetto, non al punto da attirare l'attenzione di Shasa ma abbastanza, sperava, per destar l'interesse di José Jesús Gonçalves De Santos. Impiegò tutta la sua astuzia per farsi incontrare e reincontrare da lui per caso, gironzolando senza posa intorno alla scuderia e assumendo le pose più languide ogni volta che lo intravedeva.

L'oggetto della sua adorazione era un uomo sui trenta, convinto che il maschio argentino fosse il più grande amatore del mondo e lui, José Jesús Gonçalves De Santos, il campione nazionale in carica. Aveva sempre intorno una dozzina di signore mature e ben disposte che si disputavano le sue attenzioni: non si accorse nemmeno delle manovre della piccola Isabella, ma Centaine sì.

« Stai dando spettacolo, Bella », le disse. « D'ora in poi ti proibisco di avvicinarti alle stalle, e se ti becco ancora a metterti il rossetto sta' sicura che lo dico a tuo papà. »

Nessuno ardiva contravvenire agli ordini di Nana, nemmeno i più coraggiosi e innamorati, sicché Isabella dovette rinunciare al sogno di tendere un agguato a José nel fienile sopra le scuderie per fargli dono della sua verginità. Isabella non aveva le idee tanto chiare sul significato concreto di una simile profferta: Lenora le aveva prestato un libro proibito dove era paragonata a una « perla senza prezzo »: comunque José poteva avere la sua perla e quant'altro volesse.

Ma le proibizioni della nonna la costrinsero a sbirciarlo da lontano, rivolgendogli sguardi infuocati, e purtroppo lunghi, ogni volta che gli capitava di guardare dalla sua parte.

Garry intercettò uno di questi sguardi appassionati e ne fu così preoccupato da chiederle se per caso stava male. « Sembra che stai per vomitare, Bella. » Fu la prima volta in vita sua che veramente odiò quel suo fratello.

Centaine aveva previsto duemila spettatori circa. Il polo era uno sport di élite, con un pubblico limitato: i biglietti, a due sterline, erano costosi, ma il giorno della partita si presentarono ai cancelli più di cinquemila persone. Ciò garantì un sano profitto al club, ma mise a dura prova l'organizzazione di Centaine. Dovette schierare tutte le riserve, compresa Tara, per imbrigliare la piena e procurare il cibo e le bevande in più. Solo quando le squadre caracollarono in campo Tara poté sfuggire all'onniveggente suocera e sgattaiolare in tribuna.

Nel primo *chukka*, il primo tempo, Shasa cavalcava un baio dal pelo lucidissimo che rifletteva il sole come uno specchio. Con la sua giubba verde a strisce d'oro, le braghe bianche e gli stivali neri lustri, Tara dovette ammettere che Shasa aveva un magnifico aspetto. Passando sotto la tribuna, guardava in su e sorrideva, un sorriso da ragazzino reso leggermente sinistro dalla benda nera sull'occhio offeso. Suo malgrado si ritrovò a rispondergli sventolando la mano, e subito dopo si accorse che Shasa non stava salutando lei, ma qualcun altro, sui gradini inferiori. Si sentì stupida. Alzandosi in punta di piedi volle guardare chi poteva essere. Era una donna alta, dalla vita sottile: ma la faccia non si vedeva, perché era celata da un cappello a larga tesa decorato di rosette. Poiché salutava Shasa sventolando la mano, Tara riuscì a distinguere la fede e un anello di fidanzamento con brillante che spiccavano sull'abbronzatura. Aveva la mano snella ed elegante.

Tara distolse lo sguardo e si tolse il cappello per non esser facilmente individuata da Centaine tra la folla, e si aprì un varco verso l'uscita laterale della tribuna. Attraversando il parcheggio, puntò sul retro delle scuderie, sentendo le prime acclamazioni del pubblico. Cominciava la partita: nessuno l'avrebbe cercata per almeno un paio d'ore. Si mise a correre. Moses aveva parcheggiato la Chevrolet nella pineta tra i cottage destinati agli ospiti. Salì in macchina.

« Nessuno mi ha visto venir via », ansimò, e lui accese il motore e percorse piano il viale verso l'uscita di Anreith.

Tara guardò l'orologio. Erano le tre passate da qualche minuto. Ce ne volevano una quarantina per girare attorno alla montagna e arrivare in città. Alle quattro avrebbero raggiunto l'edificio della Camera, con gli uscieri già intenti a pregustare il tè del pomeriggio. Era in programma una seduta di routine, di quelle in cui i parlamentari dormicchiavano annuendo a sfilze di cifre ed elenchi di enti. Blaine e Shasa, infatti, avevano concordato con i capi dei gruppi parlamentari un ordine del giorno che permettesse loro di assentarsi senza danni, per andare alla partita di polo assieme a diversi altri parlamentari. Moltissimi onorevoli, poi, avevano tagliato la corda per il week-end: l'atmosfera era sonnacchiosissima e il palazzo semideserto.

Moses parcheggiò l'auto nella zona riservata ai deputati e tirò fuori i soliti pacchetti. Poi, seguendo Tara a rispettosa distanza, imboccò la scalinata d'accesso. Nessuno chiese loro niente, fu facilissimo, quasi deludente; salirono al secondo piano, oltre la tribuna riservata alla stampa, in cui Tara vide tre o quattro giovani cronisti parlamentari intenti a sbadigliare mentre il ministro delle Poste relazionava sulla mirabile amministrazione che aveva saputo fornire nel corrente anno fiscale a questo importantissimo settore dello Stato.

Tricia, seduta alla sua scrivania nell'anticamera dell'ufficio di Shasa, stava dandosi lo smalto alle unghie. All'ingresso di Tara arrossì imbarazzata.

« Oh che bella tinta, Tricia », disse dolcemente Tara, e Tricia cercò di far finta che le dita non fossero sue, ma lo smalto era fresco e non sapeva dove metterle.

« Ho finito di battere le lettere », cercò di scusarsi, « e oggi non ho più niente da fare. Stasera devo uscire... » balbettò.

« Ho portato alcuni campioni per scegliere le nuove tende », le disse Tara. « Ho pensato che tanto vale cambiarle, se si rinnova l'illuminazione. Ma vorrei fare una sorpresa a Shasa, per cui non glielo dica, se è possibile. »

« Certo che no, signora Courteney. »

« Dovrò cercare qualche abbinamento di colore azzeccato, sicché mi toccherà forse trattenermi fin dopo le cinque. Se ha finito di lavorare, perché non se ne va subito? Prenderò io le eventuali telefonate. »

« Non so se sia il caso... » protestò Tricia, tentata.

« Vada pure », le intimò quasi Tara. « Terrò io la piazza. Lei si goda la serata di libertà, e buon divertimento! »

« Com'è gentile, signora Courteney, davvero! Grazie tante. »

« Stephen, porta dentro i campioni di tessuto e mettili sul divano », ordinò Tara senza guardare Moses, e rimase vicino alla segretaria che con alacrità metteva in ordine la scrivania e poi prendeva la porta.

« Buon week-end, signora Courteney, e grazie ancora. »

Tara chiuse la porta a chiave dietro le sue spalle e corse di là.

« Che fortuna! » sussurrò.

« Diamole il tempo di uscire dal palazzo », disse Moses, e sedettero l'uno accanto all'altra sul divano, in attesa.

Tara pareva nervosa e insoddisfatta, ma tacque per diversi minuti prima di sbottare: « Moses, a proposito di mio padre... e di Shasa ».

« Sì? » chiese lui con voce completamente indifferente. Lei esitò, tormentandosi le dita.

« Sì? » ripeté lui.

« No, hai ragione tu », sospirò Tara. « Bisogna farlo. Devo essere forte. »

« Già. Devi essere forte », concordò Moses. « Ma adesso va', e lasciami al mio lavoro. »

Tara si alzò in piedi. « Baciami, per piacere, Moses », gli sussurrò, e dopo un attimo si sottrasse alla stretta. « Buona fortuna », gli disse sottovoce.

Chiuse a chiave la porta esterna dell'ufficio e scese lo scalone. A metà strada, però, fu sopraffatta da un brutto presentimento, così forte che sentì il sangue abbandonarle il cervello e il sudore freddo spuntarle sulla fronte e sul labbro superiore. Ebbe un breve capogiro e dovette aggrapparsi alla ringhiera. Poi si riprese, con uno sforzo di volontà. Giunse in fondo alla scala e si mise a traversare l'atrio.

Il portiere la guardò con un'aria strana, mentre lei continuava a camminare. Uscì dal suo cubicolo e le venne incontro. Tara fu colta dal panico e le venne voglia di girar sui tacchi e correre di sopra ad avvertire Moses che erano stati scoperti.

« Signora Courteney. » Il portiere le si parò davanti, bloccandole il passo.

« Che c'è? » balbettò, cercando di escogitare risposte plausibili alle sue domande.

« Ho piazzato una scommessina sulla partita di polo di questo pomeriggio, sa come sta andando? » Lo fissò a occhi sbarrati, e per un attimo non capì. Stava per sbottare: « Quale partita di polo? » ma si trattenne in tempo e con un sovrumano sforzo di volontà e concentrazione si mise a chiacchierare con quel fesso per quasi un minuto prima di potersela squagliare. Al parcheggio dei deputati non riuscì più a vincere il panico e si mise a correre come una pazza fino alla macchina, ansimando irrefrenabilmente al volante.

Quando sentì girar la chiave nella porta, Moses tornò nello studio del ministro e tirò le tende.

Poi si mise a studiare i titoli dei libri sugli scaffali. Avrebbe liberato la cassa solo all'ultimo momento. Tricia poteva tornare, perché magari aveva dimenticato qualcosa, oppure poteva esserci qualche controllo di routine da parte dello staff parlamentare. Chissà che non facesse un salto anche Shasa, il sabato mattina. Benché Tara gli avesse assicurato che Shasa sarebbe stato occupato con gli ospiti a Weltevreden per tutto il weekend, Moses non intendeva correre il minimo rischio. In quell'ufficio non avrebbe toccato niente finché non fosse stato assolutamente necessario.

Sorrise incontrando sullo scaffale la *Storia d'Inghilterra* del Macaulay. Era un'edizione costosa, rilegata in pelle, e gli fece ricordare il tempo in cui lui e l'uomo che stava per uccidere erano amici: quel tempo ormai lontano in cui c'era ancora speranza.

Continuò a guardare la libreria finché raggiunse una sezione in cui Shasa, evidentemente, teneva i libri che non gli andavano a genio, da *Mein Kampf* a *Das Kapital*. Prese in mano un volume di Lenin e lo portò alla scrivania, mettendosi a leggerlo. Se fosse sopraggiunto qualche visitatore sgradito, avrebbe avuto tutto il tempo di rimettere il libro a posto e andare a nascondersi dietro la tenda.

Lesse fino al crepuscolo, poi prese la coperta che si era portato dietro in uno dei pacchetti e si accomodò sul divano.

Sabato mattina si svegliò prestissimo, con l'aiuto dei piccioni che tubavano sul davanzale, e uscì dalla porticina per andare alla toilette. Sarebbe stata una giornata lunga, e un buon modo di cominciarla era quello di sfidare il cartello WHITES ONLY sulla porta del gabinetto.

Benché la Camera non si riunisse al sabato, l'entrata era aperta e nel palazzo ci doveva essere qualche attività. Pulizic, manutenzione, e forse anche qualche ministro al lavoro. Doveva dunque aspettare fino a domenica, quando i princìpi calvinisti proibivano ogni lavoro e ogni attività non necessaria fuori della chiesa. Passò dunque la giornata a leggere; al crepuscolo mangiò qualcosa dalle provviste e si liberò dei rifiuti nel cestino della toilette.

Dormì benissimo e domenica mattina si svegliò prima dell'alba. Fece una colazione frugale e infilò la tuta da operaio e le scarpe da tennis che si era portato, prima di mettersi a fare una cauta perlustrazione dell'edificio. Il palazzo era silenzioso e deserto. Guardando giù dallo scalone vide il portone d'ingresso chiuso e le luci spente. Prese a muoversi quindi con maggiore sicurezza, e tentò la porta della tribuna stampa. Era aperta. Andò ad affacciarsi al parapetto e guardò la Camera dove erano state votate tutte le leggi che avevano vincolato e reso schiavo il suo popolo. Sentì l'ira ribollirgli in petto come un animale in gabbia che si dibatta per cercare di liberarsi.

Lasciò la tribuna stampa e discese la scala che portava all'ingresso principale. Sui gradini di marmo i suoi passi echeggiavano. Come si aspettava, la porta era chiusa, ma la serratura era un pezzo d'antiquariato. Si inginocchiò e tirò fuori da una tasca della tuta un sacchetto di grimaldelli. In breve trovò quello giusto: l'addestramento in Russia aveva compreso anche queste lezioni di scasso. In meno di un minuto riuscì ad aprire la porta e scivolò in aula, chiudendosela subito dietro le spalle.

Si trovava ora nella vera e propria cattedrale dell'apartheid, e gli parve che lì la malvagità fosse una cosa palpabile che gli gravava addosso schiacciandolo e rendendogli faticoso ogni respiro. Si mosse lentamente per la navata centrale diretto allo scranno del presidente con le insegne dell'Unione; poi girò a sinistra costeggiando il tavolo delle urne, davanti al quale sfilavano i deputati per votare nelle occasioni in cui il voto era segreto, e arrivò ai banchi del governo. Ecco, in prima fila, il posto del primo ministro, il dottor Hendrik Frensch Verwoerd; le grandi nari di Moses si dilatarono, come se sentisse l'odore della gran bestia.

Con uno sforzo si calmò, mettendo da parte sentimenti e passioni, e diventò oggettivo come un lavoratore che abbia un compito da svolgere. Esaminò i banchi del governo con attenzione, sdraiandosi a guardar sotto. Naturalmente aveva studiato con gran cura tutte le fotografie della Camera che era riuscito a procurarsi, ma ora vedeva che servivano a poco. Si mise a tastare il cuoio verde dei sedili, che portava ancora l'impronta degli uomini che ci si accomodavano sopra: da vicino, si vedeva che era pieno di crepe minute, logorato dagli anni. Il banco era in massello di mogano. Tastando sotto il sedile, trovò il grosso telaio che lo sosteneva. Non c'erano sorprese qui, borbottò fra sé, soddisfatto.

Tornò nell'ufficio di Shasa per la porticina segreta e si mise immediatamente a vuotare la cassa. Ancora una volta badò a mantenere la disposizione originale del contenuto, così da poterlo rimettere dentro nell'identico ordine. Poi entrò nella cassa e aprì i pannelli del doppiofondo. Mise da parte la roba da mangiare per cena e infilò nella coperta i trenta panetti di plastico. Un vantaggio di questo esplosivo è che è inerte, e può essere maneggiato anche rudemente senza rischi: se non c'è il detonatore, infatti, non può esplodere.

Prese in mano i quattro lembi della coperta e se la mise in spalla. Poi tornò in fretta alla Camera. Ficcò l'involto con l'esplosivo sotto una panca, in modo che sfuggisse a una scoperta casuale, e tornò nello studio a prendere la cassetta degli attrezzi. Stavolta chiuse a chiave la porta dell'aula, per poter lavorare in completa sicurezza.

Non poteva servirsi di un trapano elettrico, per via del rumore. Si coricò sulla schiena, sotto il sedile del primo ministro, e col succhiello cominciò a forare il legno per ricevere le viti a occhiello. Ci avrebbe fissato i pani di esplosivo, a blocchi di cinque chili. Legò i panetti e assicurò il pacco agli occhielli che spuntavano dal legno, poi fece lo stesso per tutta l'estensione del sedile del governo.

Rotolò fuori e si rialzò. Guardò gli scranni. L'esplosivo non si vedeva assolutamente, perché c'era il montante del telaio di mogano che bordava la parte inferiore del sedile. Si chinò, come poteva capitare a un deputato per raccogliere la penna o un pezzo di carta. Anche così era quasi impossibile accorgersi delle cariche.

« Va bene », mormorò, e si mise a ripulire. Meticolosamente raccolse tutta la segatura che aveva creato col succhiello e i ritagli di filo usato per legare i panetti. Poi raccolse gli attrezzi.

« Adesso possiamo provare il trasmettitore di impulsi radio », si disse tornando in fretta di sopra, nell'ufficio di Shasa.

Inserì le pile nel trasmettitore e ne controllò il funzionamento. La spia rossa si accese subito. Lo spense. Poi prese il detonatore nella sua scatola di cartone e lo tirò fuori, infilandoci la pila. L'aggeggio era grosso come una scatola di fiammiferi svedesi, fatto di bachelite nera con un interruttore a un'estremità. Aveva tre posizioni: « off », « test » e « receive ». Un cappio di filo sottile impediva di spostarlo inavvertitamente su « on ». Moses lo mise su « test » e lo appoggiò sul divano, poi andò al trasmettitore e l'accese. Immediatamente brillò la spia rossa sul detonatore, che prese a ronzare forte, come se ci fosse imprigionato un calabrone. Aveva ricevuto il segnale. Moses spense il trasmettitore, e il ronzio terminò.

« Adesso bisogna provare se l'impulso arriva da qui all'esplosivo. »

Lasciò il trasmettitore acceso e scese un'altra volta nell'aula parlamentare. Inginocchiandosi dietro il banco del governo col detonatore in mano lo mise in posizione di « test ».

Non successe niente. Ci provò tre volte, ma proprio non riceveva l'impulso dall'ufficio al piano di sopra. Evidentemente c'era troppo cemento armato di mezzo.

« Andava tutto troppo bene », si disse. « Ci doveva essere qualche fregatura. » Sospirò prendendo il rotolo di filo elettrico in mano. Avrebbe preferito evitare questo lavoraccio: benché il filo fosse sottilissimo e ricoperto di un color marrone opaco, avrebbe aumentato moltissimo il rischio di essere scoperti.

« Non si può fare altrimenti », si consolò.

Aveva già studiato il disegno dell'impianto elettrico che Tara era riuscita a procurargli al ministero dei Lavori Pubblici, ma ora tornò a spiegare la carta per rinfrescarsi la memoria.

Nel rivestimento ligneo dietro gli ultimi banchi del governo c'era una presa elettrica. La linea saliva fino al soffitto e poi nel solaio. Il quadro delle valvole era in portineria. Era chiusa, ma riuscì ad aprire la serratura della porta senza difficoltà e poté togliere la corrente.

Poi tornò in aula, trovò la presa e tirò fuori i fili, notando con soddisfazione che seguivano il consueto codice dei colori. Ciò gli avrebbe alquanto facilitato il compito.

Lasciò l'aula e andò al piano di sopra. Nella toilette degli uomini c'era lo sgabuzzino del personale delle pulizie e conteneva una scala. Sempre nei gabinetti si apriva la botola che dava nel sottotetto. La trovò e ci piazzò sotto la scala. Aprì facilmente la botola e sgusciò nei solai del palazzo.

Fra tetto e soffitto c'era uno spazio buio, con una gran puzza di topi. Moses accese la pila e si avviò in quella foresta di travi, dove la polvere regnava indisturbata da anni e si sollevava a ogni suo passo formando pigre nuvolette intorno ai piedi. Starnutì e si mise a respirare attraverso il fazzoletto, procedendo attentamente di trave in trave, contando i passi per non perdere l'orientamento.

Quando arrivò al muro che certamente costituiva la parte superiore della parete di fondo dell'aula, vide subito le condutture dei fili. Ce n'erano una quindicina, alcune vecchie, altre più recenti. Gli ci volle un bel po' per trovare quella giusta, ma alla fine ci riuscì. D'ora in poi tutto sarebbe stato facile. Prese la lunghissima molla da elettricista e l'infilò nel tubo, che aveva svitato al giunto: quando sentì che la molla era arrivata, Moses intraprese il lungo viaggio di ritorno per il solaio, giù dalla botola, per il corridoio, la scala e infine l'aula.

Dalla presa aperta sbucava la sua molla. Ci annodò un capo del filo srotolando l'altro, che andò a legare sotto il banco del governo per assicurarsi che poi ci arrivasse. Tornò in solaio e recuperò la molla col filo attaccato. Con la tuta ormai tutta piena di polvere e ragnatele si recò di nuovo in aula, praticò un'incisione col seghetto nella copertura della presa e la riavvitò al suo posto. Quindi fece passare il filo sotto la moquette verde fino alla carica sotto il sedile di Verwoerd. Poi controllò il lavoro. Sul tappeto non c'erano tracce: si vedevano solo quei pochi centimetri di filo che dalla presa raggiungevano il pavimento, ed era molto probabile che nessuno ci facesse caso. Si sedette al posto del dottor Verwoerd per riposare qualche minuto prima di finire il lavoro. Poi tornò di sopra.

Ora veniva la parte più difficile: arrivare per i solai proprio sopra il soffitto dello studio di Shasa. Dovette scendere dalla botola tre volte a contare i passi e controllare la direzione: infine, sicuro di aver localizzato perfettamente l'ufficio del ministro, si mise alacremente a praticare un buco col trapano a mano. La luce entrò nel forellino: ci applicò l'occhio, ma non riuscì a vedere niente. Allargò leggermente il foro, ma non si vedeva ancora niente, e così dovette tornare per l'ennesima volta giù per la botola. Appena mise piede nell'ufficio di Shasa, si accorse che aveva commesso un grave errore. Il buco che aveva praticato nel soffitto era proprio sopra la scrivania del ministro. Nell'allargarlo aveva sbriciolato l'intonaco: sul piano della scrivania c'era qualche scaglietta di gesso. Guardò in su. Il buco era piccolissimo, ma intorno s'era formata una ragnatela di crepe che non poteva sfuggire a chi alzasse gli occhi al soffitto.

Pensò di riparare i danni, ma sarebbe riuscito solo a peggiorare la situazione e lo sapeva. Pulì bene la scrivania: era tutto quello che poteva fare. Bisognava solo sperare che nessuno guardasse in su, o, anche guardando, non si insospettisse per quel piccolo difetto dell'intonaco. Arrabbiato per il malestro commesso, fece quello che avrebbe dovuto fare subito, e cioè praticò il buco da sotto, proprio accanto al montante della libreria, invisibile se non all'esame più accurato. Tornò nel solaio e fece passare il filo da questo nuovo foro. Di nuovo da basso, lo infilò dietro l'Enciclopedia Britannica, sullo scaffale più alto della libreria. Poi fece in modo di nascondere con la tenda i due o tre centimetri di filo che si potevano ancora vedere. Quindi pulì di nuovo bene il pavimento e la libreria, cercando la minima scheggia di gesso, e poi tornò a esaminare la scrivania. Era caduta un'altra briciola bianca dal soffitto. La raccolse col dito inumidito di saliva, poi pulì il piano con la manica della tuta.

Uscì dall'ufficio per la porticina, e riesaminò tutto quello che aveva fatto. Nel gabinetto chiuse la botola e pulì il pavimento sottostante, tutto impolverato. Poi rimise la scala nello sgabuzzino. Quindi tornò un'ultima volta nella Camera.

Era giunto il momento di collegare il detonatore. Tolse il cappio di sicurezza che bloccava l'interruttore e lo mise in posizione di ricevere l'impulso elettrico. Fece un buco nel plastico e ci infilò il detonatore. Scoprì l'ultimo trattino di filo di rame e l'avvitò all'aggeggio: poi fissò il tutto con nastro adesivo. Scivolò fuori da sotto il sedile.

Raccolse tutti gli attrezzi di cui si era servito, guardò con grande attenzione se aveva lasciato la benché minima traccia, e uscì dalla porta principale, facendo scattare la serratura e pulendo col gomito le ditate sui battenti lucidi di ottone. Poi scese in portineria e ridiede corrente alla rete.

Salì le scale per l'ultima volta e si chiuse nell'ufficio di Shasa. Guardò l'orologio. Erano quasi le quattro e mezzo. Gli era occorsa tutta la giornata, ma aveva lavorato con cura particolare ed era soddisfatto. Si stese sul divano. Era stanchissimo: la tensione e la concentrazione mentale l'avevano esaurito, molto più del lavoro fisico.

Riposò un po' prima di mettersi a riempire la cassa. Ficcò la tuta sporca nel sottofondo ormai vuoto dell'esplosivo, e ci mise sopra il trasmettitore di impulsi, a portata di mano. Sarebbe bastato qualche minuto di lavoro a recuperarlo, collegarlo al capo del filo dietro l'enciclopedia, chiudere il circuito e far saltare in aria le cariche. Secondo i suoi calcoli l'ufficio di Shasa era abbastanza lontano dall'esplosione per non correre rischi: c'era di mezzo un buon numero di pareti per assorbire lo scoppio. Ma la Camera sarebbe stata completamente devastata. Aveva fatto proprio un buon lavoro. Mentre il buio del crepuscolo invadeva la stanza, si stese sul divano, tirandosi addosso la coperta.

All'alba si svegliò e controllò l'ufficio per l'ultima volta, guardando irritato la ragnatela di crepe sottili sul soffitto. Raccolse i suoi pacchetti e uscì per la porta segreta, dirigendosi verso i gabinetti.

Qui, a un lavabo, si fece la barba e si lavò. Tara gli aveva messo tutto l'occorrente nel pacchetto delle cibarie. Poi indossò la divisa da autista e si chiuse in uno dei gabinetti. Non poteva aspettare nell'ufficio di Shasa, perché Tricia sarebbe arrivata alle nove, né poteva uscire dal palazzo prima che fosse in piena attività, altrimenti l'avrebbero notato.

Si mise ad aspettare, seduto sul water. Alle nove sentì dei passi in corridoio. Poi qualcuno entrò e usò il gabinetto vicino, grugnendo e scorreggiando forte. Nell'ora successiva i gabinetti furono alquanto frequentati: ma a metà mattina vi fu una pausa. Moses si alzò, prese i suoi pacchetti, si ricompose, uscì dal gabinetto e si affacciò cauto nel corridoio.

Deserto. Si avviò verso la scala e, quando ci arrivò, rabbrividì. Stavano venendo su due persone, che ben presto l'avrebbero incrociato. Erano due uomini che conversavano animatamente. Il più basso e anziano parlando gesticolava, mentre il più giovane e alto lo ascoltava con attenzione, emanando lampi di divertimento dall'unico occhio che aveva.

Moses si impose di proseguire, assumendo l'espressione stolida e paziente con cui l'africano cela le emozioni al cospetto del padrone bianco. Quando si avvicinarono, si fece da parte rispettosamente senza guardarli in faccia.

Shasa Courteney scoppiò a ridere a una battuta dell'altro proprio mentre incrociavano Moses.

« Quella vecchia stupida! » esclamò, lanciando un'occhiata di sottecchi a Moses. La risata gli morì in gola, e assunse un cipiglio perplesso. Moses temette che stesse per fermarsi, ma il compagno lo tirò per la manica.

« E senti la più bella: non voleva più ridargli i calzoni, fino a quando non avesse... » disse trascinandolo via, senza voltarsi né allungare il passo. Moses scese le scale e uscì dal portone principale.

La Chevrolet era dove doveva essere. Moses caricò i pacchi dietro e poi andò a mettersi al volante. Mentre accendeva il motore, Tara si sporse a sussurrargli: « Oh, grazie a Dio... ero così preoccupata! »

L'arrivo a Città del Capo di Harold Macmillan e collaboratori generò un vero eccitamento non solo nella città madre ma in tutto il Paese. Il primo ministro britannico era all'ultima tappa di un gran giro dell'Africa, durante il quale aveva visitato tutte le colonie e i Paesi membri del Commonwealth, di cui il Sudafrica era il più grande, ricco e attivo.

Il suo arrivo significava cose diverse per le diverse componenti della popolazione bianca. Per la comunità anglofona era dimostrazione di ancor saldi legami e profonda dedizione nei confronti della vecchia patria. Rafforzava la sensazione di sicurezza che dava l'appartenere al vasto corpo del Commonwealth, e la consapevolezza che fra i due Paesi – che da un secolo e più, fra terribili guerre e crisi economiche, si sostenevano a vicenda – il legame di sangue e sofferenze non si era eroso. La visita del premier dava a questa comunità l'occasione di riaffermare la sua leale devozione alla regina.

Per gli afrikaner nazionalisti significava qualcosa di totalmente diverso. Contro la corona inglese avevano combattuto due guerre; e, benché molti in altre due si fossero presentati come volontari a fianco degli inglesi – distinguendosi a Delville Wood e a El Alamein –, almeno altrettanti, fra cui la maggior parte dei membri del governo nazionalista, si erano violentemente opposti alla dichiarazione di guerra contro il Kaiser Guglielmo prima, e contro Adolf Hitler poi. Il governo nazionalista comprendeva membri che avevano cercato di sabotare in tutti i modi l'impegno bellico sudafricano sotto il governo Smuts; e uomini che ora reggevano ministeri importanti, come Manfred De La Rey, erano ex membri della *Ossewa Brandwag*. Per costoro la visita del primo ministro britannico costituiva un riconoscimento della loro sovranità e importanza quali dirigenti della nazione africana più avanzata e prospera.

Durante la sua permanenza Macmillan fu ospite a Groote Schuur, la residenza ufficiale del primo ministro sudafricano. Il momento cruciale della visita sarebbe stato il suo discorso alle Camere sudafricane in seduta congiunta. Senato e Camera si preparavano al messaggio del premier inglese, mentre egli veniva festeggiato dal governo con un banchetto ufficiale a cui partecipavano anche i principali esponenti dell'opposizione e personalità di rilievo della società civile.

Tara odiava queste cerimonie con tutto il cuore, ma Shasa era stato chiaro: « Questo fa parte del nostro accordo, mia cara. L'invito è esteso alle mogli e tu hai promesso di non farmi fare brutte figure in pubblico ».

Alla fine si era addirittura messa i diamanti, cosa che non faceva da anni. Shasa le fece sentiti complimenti.

« Sei davvero uno schianto, quando ti prendi la briga di agghindarti un po' », le disse, ma lei non gli rispose. Stavano costeggiando la parte meridionale della montagna diretti a Groote Schuur.

« Qualcosa ti preoccupa? » le chiese Shasa, guidando la Rolls con una mano sola mentre si accendeva la sigaretta col Ronson d'oro.

« No », gli rispose subito lei. « È solo la prospettiva di passare la serata dicendo le cose giuste a un branco di estranei. »

Ma la vera ragione della sua ansia era ben altra. Tre ore prima, mentre Moses la riportava a casa da una riunione dell'esecutivo del Women's Institute, le aveva detto:

« Giorno e ora dell'attentato sono stati fissati ». Da quando era andata a prenderlo all'uscita dal palazzo lunedì mattina, Tara era tormentata giorno e notte dal terribile segreto che conosceva.

« Quando sarà? » gli chiese col cuore in gola.

« Durante il messaggio dell'inglese », disse semplicemente, e Tara sbarrò gli occhi. La logica della scelta era diabolica.

« Le Camere in seduta congiunta », proseguì Moses. « Ci saranno tutti, gli schiavisti e l'inglese che è loro complice e protettore. Moriranno insieme. L'eco di quell'esplosione si sentirà in tutti gli angoli del mondo. »

Di fianco a lei, Shasa spense la fiammella dell'accendino. « Non sarà poi così sgradevole. Mi sono accordato col cerimoniere, sarai seduta vicino a Lord Littleton, con cui mi pare tu vada abbastanza d'accordo, no? »

« Non sapevo che ci fosse anche lui », disse Tara distratta. La conversazione le sembrava frivola e assurda a paragone dell'olocausto che si profilava.

« Ma sì, è un consigliere speciale del governo britannico in materia finanziaria e commerciale », disse Shasa rallentando. Abbassò il vetro ed entrò dai cancelli principali di Groote Schuur, unendosi alla fila di macchine lussuose che percorrevano lentamente il viale d'accesso. Mostrò l'invito al capitano della guardia e ne ottenne un rispettoso saluto.

« Buona sera, ministro. Prosegua pure per l'ingresso principale. »

Groote Schuur in alto olandese significa grande granaio. Un tempo era stato la sede di Cecil John Rhodes, avventuriero e fondatore di imperi, che se ne era servito come residenza da primo ministro della vecchia Colonia del Capo, prima che l'atto di Unione, nel 1910, riunisse le distinte province nell'attuale Unione del Sudafrica. Rhodes aveva lasciato alla nazione la grande residenza, restaurata dopo un catastrofico incendio. Era un edificio grandioso ma brutto, che rifletteva il gusto confessato di Rhodes per il barbarico: un miscuglio di stili architettonici diversi, che Tara giudicava tutti egualmente orrendi. Ma non si poteva negare che la vista era magnifica. Dalle prime pendici della Table Mountain lo sguardo spaziava sulla pianura del

Capo, disseminata di luci e chiusa dalle buie ombre nere delle montagne che si stagliavano contro il cielo notturno rischiarato dalla luna. Stanotte, un'aria di festa pareva ringiovanire il massiccio edificio.

Le finestre erano tutte illuminatissime e i valletti in livrea accoglievano gli ospiti che scendevano dalle limousine, indirizzandoli alla linea di ricevimento nell'atrio. Il primo ministro Verwoerd e la moglie Betsie erano in testa alla fila, ma Tara era più interessata al loro ospite.

Fu sorpresa dalla sua statura. Era alto quasi come Verwoerd, e somigliava in maniera sorprendente alle caricature pubblicate sui giornali. I ciuffi di capelli sopra le orecchie, i denti equini e i baffoni cascanti. La sua stretta di mano era salda e asciutta, e la sua voce, quando la salutò, morbida e flautata. Poi lei e Shasa passarono nella sala dove si stavano raccogliendo gli altri invitati alla cena.

Ed ecco avvicinarsi Lord Littleton, in un abito da cerimonia elegantemente un po' liso e stinto, il volto illuminato da un sorriso.

« Mia cara, la tua presenza rende ancor più preziosa la serata! » La baciò sulla guancia e poi si rivolse a Shasa. « Ti devo raccontare il nostro giro dell'Africa... veramente interessante! » e si misero a chiacchierare amichevolmente.

I brutti presentimenti di Tara furono momentaneamente dimenticati. Esclamò: « Ma Milord, lei non può sostenere che il Congo sia un Paese emergente africano tipico. Lasciandolo fare, Patrice Lumumba sarebbe l'esempio di ciò che un leader negro... »

« Lumumba è un avanzo di galera. Invece Ciombé... » l'interruppe Shasa, e Tara ribatté: « Ciombé è un traditore, un fantoccio dei colonialisti belgi ».

« Però almeno non mangia gli oppositori come fanno i lumumbisti », interloquì bonariamente Littleton. Tara si rivolse fieramente al Lord.

« Questo è indegno di una persona che... » S'interruppe con qualche sforzo. Aveva l'ordine di evitare discussioni politiche e di recitare alla perfezione la parte di moglie devota legata alla classe dirigente.

« Ma queste sono cose noiosissime », cambiò discorso. « Perché non mi parla invece delle novità teatrali di Londra? Che si dà di bello attualmente? »

« Be', poco prima di partire ho visto *Il calapranzi*, la nuova pièce di Pinter », disse Littleton accettando la diversione. Shasa guardò in giro per la sala. Manfred De La Rey lo stava osservando coi suoi occhi chiari e intensi. Incontrando il suo sguardo, lo chiamò con un cenno del capo.

« Scusate un momento », mormorò Shasa, ma Littleton e Tara parlavano così animatamente che si accorsero appena che si allontanava verso Manfred e la sua statuaria moglie tedesca.

Manfred sembrava sempre un po' a disagio in frac. Il colletto inamidato della camicia gli mordeva il collo taurino, incidendoci un segno rosso.

« Allora, amico mio », sfotté, « a quanto pare gli argentini ve le hanno date, eh? »

Il sorriso di Shasa vacillò un tantino. « Perdere otto a sei non è disonorevole », protestò, ma a Manfred in realtà la cosa non interessava minimamente.

Prese Shasa per il braccio e gli si avvicinò, sempre con un sorriso cordiale in viso. « C'è qualcosa di brutto che bolle in pentola », gli sussurrò.

« Ah! » esclamò Shasa, con lo stesso sorriso professionale, annuendo per farlo proseguire.

« Macmillan ha rifiutato di far leggere a Verwoerd in anticipo il discorso di domani. »

« Ah! » Stavolta Shasa fece fatica a mantenere il sorriso. Se era vero, il primo ministro della Gran Bretagna si era reso responsabile di una marchiana infrazione dell'etichetta. Era semplice cortesia permettere a Verwoerd di studiare il testo, così da poter meditare la risposta.

« Sarà certo un discorso importante », proseguì Manfred.

« Sì », concordò Shasa. « Maud è tornato a Londra a consultarsi con lui e aiutarlo a preparare il messaggio. Ci stanno lavorando da un pezzo. » Sir John Maud era l'alto commissario britannico per il Sudafrica: che fosse stato convocato a Londra sottolineava la gravità della situazione.

« Tu che sei amico di Littleton », proseguì sottovoce Manfred, « vedi di farti anticipare qualcosa sul contenuto del messaggio di Macmillan. »

« Dubito che ne sappia abbastanza », disse Shasa, sempre sorridendo a beneficio di chi li osservasse. « Ma se riesco a sapere qualcosa te lo dico. »

La cena si svolse col magnifico servizio della Compagnia delle Indie, ma si trattava del solito anodino banchetto ufficiale. Shasa era convinto che gli chef di Stato imparassero il mestiere sui vagoni ristoranti. I vini bianchi erano dolciastri e insipidi, ma il rosso era un Cabernet Sauvignon di Weltevreden del 1951. Shasa aveva influenzato la scelta dicendosi disposto a offrirlo per il banchetto, ed era un rosso inferiore solo ai migliori bordeaux. Peccato che il bianco fosse la schifezza che era. Non c'era motivo: avevano il clima e il terreno giusto per ottenerne di gran lunga migliore. Weltevreden si era sempre concentrata sui rossi, ma ora decise di colpo di migliorare i bianchi, anche se per questo avrebbe dovuto assumere un altro enologo tedesco o francese, o comprare altri vitigni nella zona di Stellenbosch.

Per fortuna i discorsi di prammatica furono brevi e irrilevanti: benvenuto di Verwoerd, ringraziamento di Macmillan. La conversazione, dalle parti di Shasa, non abbandonò gli argomenti sportivi come l'ultima sconfitta della nazionale di polo contro gli argentini, e la vittoria di Stirling Moss alla Mille miglia. Appena il banchetto finì, Shasa cercò Littleton, che era ancora con Tara, a godersi fino all'ultimo la sua compagnia.

« Sto pensando a domani », buttò lì distrattamente. « Ho sentito dire che il vostro Supermac ha in serbo qualche sorpresina per noi. »

« E chi te l'ha detto? » ribatté Littleton. A Shasa non sfuggì il lampo di diffidenza balenato negli occhi del Lord.

« Possiamo parlare un po'? » gli chiese calmo Shasa, scusandosi con Tara. « Abbi pazienza un attimo, mia cara. » Prese sottobraccio Littleton e chiacchierando amichevolmente lo condusse fuori, sotto la pergola di viti.

« Cosa sta succedendo, Peter? » Abbassò la voce. « Non puoi dirmi proprio niente? »

Il loro rapporto era vecchio e sperimentato: una domanda così diretta non poteva essere ignorata.

« Sarò franco con te, Shasa », disse Littleton. « Mac deve avere qualche asso nella manica. Non so di che si tratta, ma è sicuramente qualcosa che farà sensazione. La stampa inglese è stata discretamente messa sull'avviso. Secondo me si tratterà di un messaggio politico molto importante. »

« Cambierà le nostre relazioni? Il commercio preferenziale, ad esempio? » domandò Shasa.

« Il commercio? » ridacchiò Littleton. « Certo che no. Niente disturba il commercio. Ma più di questo non ti so dire. Bisogna aspettare domani. »

Né Shasa né Tara parlarono tornando a Weltevreden. Solo quando la Rolls entrò dal portale di Anreith Tara chiese, con voce un po' malferma: « A che ora è domani il discorso di Macmillan? »

« La riunione speciale congiunta è indetta per le undici », le rispose Shasa, ancora pensando alle parole di Littleton.

« Voglio venire a sentirlo anch'io. Ho detto a Tricia di procurarmi un invito. »

« Ah, ma la riunione non si terrà alla Camera. Non ci sono abbastanza posti a sedere. Si terrà nel salone dei banchetti, e non credo che sia ammesso il pubblico... » S'interruppe e la guardò. Era improvvisamente impallidita.

« Cosa c'è, Tara? »

« Nel salone? » sospirò. « Sei sicuro? »

« Ma certo. C'è qualcosa che non va, mia cara? »

« Sì... no. Niente che non va, ho solo un po' di acidità di stomaco. Il menu... »

« Già, che schifezza », concordò lui, tornando a guardare la strada.

« Nel salone dei banchetti », pensava intanto Tara, in preda al panico. « Devo avvertire Moses. Devo dirgli che domani non si può... avrà già preparato tutto per la fuga. Devo dirglielo subito. »

Shasa la lasciò davanti alla porta principale e proseguì verso il garage con la Rolls Royce. Quando tornò, la trovò nel soggiorno azzurro dove i servitori, che li aspettavano alzati, stavano servendo cioccolata calda e biscotti. Il cameriere aiutò Shasa a indossare una giacca da casa, mentre le cameriere aspettavano ordini. Shasa le mandò a dormire.

Tara si era sempre opposta a questa abitudine. « Posso scaldarmelo da sola il latte, e tu infilarti la giacca da casa senza per questo tener sveglio un uomo adulto », disse quando i servitori furono usciti. « È feudale e crudele tenerli alzati ad aspettarci fino a qualunque ora. »

« Sciocchezze, mia cara », disse Shasa versandosi un cognac per accompagnare la cioccolata. « È una tradizione a cui tengono quanto noi. Li fa sentire indispensabili e parte della famiglia. Inoltre lo chef si beccherebbe un infarto se ti mettessi a rovistare nei suoi fornelli. »

Poi si accomodò sulla poltrona preferita e diventò insolitamente serio. Cominciò a parlarle come all'inizio del loro matrimonio, quando andavano ancora d'accordo.

« C'è qualcosa che non mi piace nell'aria. Siamo all'inizio di un nuovo decennio, gli anni Sessanta: dopo quasi dodici anni di governo nazionalista, nessuna delle mie predizioni più nere si è avverata, ma mi sento a disagio. Ho la sensazione che il meglio sia passato, e cominci un'altra fase, che sarà negativa per noi. Forse comincerà proprio domani... » S'interruppe, e le fece un bel sorriso. « Ma scusami. Come sai, ben di rado indulgo in fantasie... » disse, continuando a sorseggiare in silenzio cioccolata e cognac.

Tara non provò la minima simpatia per lui. C'erano tantissime cose che avrebbe voluto dirgli, tante recriminazioni da infliggergli, ma non si fidava a parlare. Se avesse cominciato, forse non avrebbe saputo più frenarsi, e avrebbe rivelato ciò che non doveva. Avrebbe accennato alla punizione terribile che aspettava lui e tutti quelli come lui: ma non voleva prolungare il *tête à tête*. Voleva raggiungere Moses al più presto, avvertirlo che bisognava rimandare. Quindi si alzò. « Lo sai come la penso io, è inutile parlarne. Vado a letto, scusami. »

« Sì, certo », disse Shasa alzandosi educatamente. « Io lavorerò ancora un pochino. Devo preparare i negoziati di domani con Littleton e i suoi, sicché non preoccuparti di me. »

Tara andò a controllare che Isabella fosse in camera sua a dormire, quindi andò ai propri appartamenti e chiuse la porta. Si tolse l'abito da sera e mise jeans e maglione scuro, poi si arrotolò uno spinello e aspettò fumando per un quarto d'ora. Quando giudicò che Shasa fosse ormai assorto nel suo lavoro, buttò nel water lo spinello e azionò lo sciacquone, poi uscì di nuovo in corridoio, chiudendo a chiave la porta contro l'eventualità, sia pure improbabile, che Shasa venisse a cercarla nelle sue stanze. Scese per la scala di dietro.

Mentre scivolava lungo la parete dell'edificio, stando nell'ombra e senza far rumore, sentì suonare un telefono nello studio di Shasa. Rabbrividì involontariamente. Doveva essere la sua linea privata; stava per proseguire, quando sentì la voce del marito. Benché le tende fossero tirate, la finestra dello studio era aperta e si intravedeva la testa di Shasa di là dal tendaggio.

« Kitty! » disse Shasa. « Kitty Godolphin, piccola strega. Dovevo indovinarlo che venivi! »

Il nome stupì Tara, riportandole vecchi ricordi dolorosi. Non resisté alla tentazione di avvicinarsi un po' di più alla finestra.

« Fiuti sempre il sangue, eh? » disse Shasa, ridacchiando alla sua risposta.

« Dove stai? Al Nellie? » Il Mount Nelson, miglior albergo di Città del Capo. « E che stai facendo adesso? Proprio adesso, dico. Sì, lo so che sono le due del mattino, ma l'ora che importanza ha? Tutte le ore sono buone per farlo, me l'hai detto tu stessa una volta. Arrivo tra una mezz'oretta, va bene? Non cominciare senza di me. » Ridacchiò e mise giù il telefono.

Tara corse a nascondersi tra i cespugli di un'aiuola. Pochi minuti dopo Shasa uscì dalla porta laterale, in soprabito scuro sopra lo smoking. Andò in garage e ne uscì con la Jaguar. Anche se aveva fretta, procedette piano tra le vigne, per non impolverare gli amati grappoli. Guardando le lucine rosse allontanarsi, Tara lo odiò più che mai. Pensava di essere ormai abituata ai suoi amorazzi, ma era come un gatto in calore... nessuna donna si salvava da lui, e i suoi rimproveri a Sean per lo stesso comportamento suonavano ridicoli.

Kitty Godolphin... ripensò al loro primo incontro, e alla strana reazione della giornalista quando le aveva detto di essere la moglie di Shasa. Ora capiva perché. « Mio Dio, come lo odio! È assolutamente privo di coscienza e di pietà. Merita di morire. » Lo disse forte, poi si coprì la bocca con la mano. « Non avrei dovuto dirlo, ma è vero: merita di morire, e io merito di liberarmi di lui, per andare da Moses e dal mio bambino. »

Si tirò su dai cespugli, si pulì i calzoni dalla terra e attraversò in fretta il prato all'inglese. In cielo c'era un quarto di luna, qualcuno poteva vederla. Entrò con sollievo nella vigna e corse fra i grappoli quasi maturi. Ben presto raggiunse gli alloggi della servitù.

Bussò alla finestra di Moses, che le rispose quasi subito: sapeva che aveva il sonno leggerissimo.

« Sono io », gli sussurrò.

« Aspetta che ti apro la porta. »

Le si parò davanti in mutande, col corpo lucido al chiar di luna come catrame fondente.

« Sei stata una stupida a venire qui », disse tirandola dentro. « Metti in pericolo tutto. »

« Moses, per favore ascoltami. Bisogna rimandare. Domani è impossibile. »

La guardò con disprezzo. « Non sei mai stata una vera rivoluzionaria. »

« Invece sì e ti amo tanto da far tutto per te. Sappi che hanno cambiato programma. Non useranno l'aula che hai minato. Si incontreranno nel salone dei banchetti del Parlamento. »

Lui la guardò di nuovo, poi si voltò e cominciò a vestirsi.

« Cosa fai? » gli chiese.

« Devo avvertire gli altri. Anche loro corrono dei rischi. »

« Quali altri? » gli chiese Tara. « Non sapevo che ci fossero degli altri. »

« Tu sai solo quello che devi sapere », le disse reciso. « Mi serve la Chevrolet. Posso prenderla? »

« Sì, Shasa è fuori. Vuoi che venga con te? »

« Sei matta? » le disse. « Se la polizia trova una bianca assieme a un negro a quest'ora... » Non finì la frase, « No, tu devi solo tornare a casa e fare una telefonata. Eccoti il numero. Risponderà una donna, e tu le dirai: 'Ghepardo sta arrivando, sarà lì tra mezz'ora'. Tutto qui: poi, riappenderai. »

Moses guidava la Chevrolet per il dedalo di viuzze del District Six, il vecchio quartiere malese. Durante la giornata era un rione attivissimo e tipico, pieno di negozietti e botteghe: le decrepite case vittoriane ospitavano artigiani e mercanti, e dalle ringhiere pendeva la biancheria appesa ad asciugare. I vicoli pieni di curve rimbombavano delle grida dei venditori ambulanti, degli squilli di corno dei venditori di pesce, delle risate dei bambini.

Al calar della sera i commercianti chiudevano bottega e lasciavano le vie alle bande, ai magnaccia e alle puttane. I nottambuli bianchi più arditi venivano a tarda notte ad ascoltare il jazz nelle taverne affollate, o a cercare qualche bella negretta: più per l'emozione del proibito e della novità che per la gratificazione fisica.

Moses lasciò la Chevrolet in un vicolo buio. Sui muri c'erano scritti che rivendicavano il territorio alla banda dei Rude Boys, una delle più famose: attese qualche secondo ed ecco materializzarsi il primo teppista, un ragazzetto con la faccia da vecchio vizioso.

« Sta' attento alla macchina », disse Moses, tirandogli uno scellino d'argento. « Se quando torno trovo le gomme a terra, ti concio per le feste. » Il ragazzo sogghignò maliziosamente.

Moses salì la scala scura e stretta del Vortex Club. Sul pianerottolo c'era una coppia che scopava furtivamente ma furiosamente contro il muro. Al passaggio di Moses, l'uomo bianco voltò la faccia dall'altra parte, ma non perse un colpo.

Alla porta del club qualcuno lo osservò brevemente dallo spioncino e poi lo fece entrare. La lunga stanza affollata era piena di fumo, di tabacco e cannabis. La clientela era alquanto mista, dai teppisti delle bande a signori in abito da sera: solo le donne erano tutte di colore.

Suonava il quartetto di Dollar Brand, un jazz dolce e pieno d'anima, e tutti ascoltavano con attenzione. Nessuno alzò la testa a guardare Moses che scivolò lungo la parete fino alla porta in fondo, guardata da un buttafuori che però lo riconobbe e lo fece passare subito.

Nel retro c'era solo un uomo seduto a un tavolo da gioco illuminato da una lampada verde. Stava fumando, e aveva il volto impenetrabile, gli occhi come crepe nere su un muro bianco.

« Che sciocchezza convocare una riunione proprio adesso », disse Joe Cicero. « Che ragione c'era? Tutti i preparativi sono stati fatti. Non c'è più niente da discutere. »

« Ci sono novità », disse Moses, e sedette sulla sedia libera, guardandolo in faccia. Gli raccontò tutto e Joe Cicero lo ascoltò impassibile; ma alla fine si allontanò i capelli dalla fronte col dorso della mano: Moses aveva imparato a interpretare quel gesto come un segno di agitazione dell'agente sovietico.

« Non si può smantellare la rete della fuga e poi ricostituirla. Sono cose che richiedono tempo: l'aereo è già sul posto. » Era un Aztec noleggiato a Johannesburg; il pilota, un assistente di Scienze Politiche all'università del Witwatersrand che aveva il brevetto ed era membro del Partito Comunista Sudafricano.

« Quanto tempo può star là ad aspettare? » chiese Moses, e Cicero rifletté un momento.

« Una settimana al massimo », rispose.

L'appuntamento era a una pista d'atterraggio non registrata, che serviva un latifondo del Namaqualand abbandonato per la siccità. Di lì si arrivava in quattro ore di volo al Bechuanaland, il protettorato britannico ai confini settentrionali dell'Unione del Sudafrica, dove partiva verso nord una catena di rifugi utilizzata da tutti i fuorusciti politici.

« Una settimana dovrebbe bastare », disse Moses. « Ogni ora accresce il pericolo: alla prima occasione in cui Verwoerd sarà al suo posto al banco del governo lo farò. »

Erano le quattro del mattino quando Moses lasciò il night club e andò a riprendere la Chevrolet nel vicolo.

Kitty Godolphin sedeva in mezzo al letto, nuda e a gambe incrociate, con lo spudorato candore di una bambina.

Shasa la conosceva ormai da tanti anni, e non era molto cambiata, fisicamente. Il suo corpo era un po' maturato: i seni si erano appesantiti e i capezzoli scuriti. Sotto la pelle non si vedevano più spuntare le costole, ma le natiche erano ancora snelle come quelle di un ragazzo e le membra erano lunghe e affusolate come quelle di una puledra. Non aveva nemmeno perso l'aria sfacciata e innocente, da eterna ragazza, che contrastava tanto con la cinica durezza del suo sguardo. Gli stava parlando del Congo. Ci era appena stata, per tre mesi, e il materiale che aveva girato l'avrebbe sicuramente messa in gara per il suo terzo Emmy, confermando la sua posizione di miglior giornalista televisiva delle reti americane. Parlava con i vezzi sospirosi dell'*ingénue*.

« Hanno preso questi tre agenti simba e li hanno processati sotto gli alberi di mango vicino all'ospedale bruciato: ma quando li hanno condannati a morte era sera e non si poteva più girare. Ho dato il Rolex al comandante, che in cambio ha rimandato l'esecuzione all'indomani mattina, in modo che Hank potesse riprenderla. Una scena incredibile. All'alba hanno portato i condannati nudi attraverso il mercato, dove le donne del posto hanno comprato i vari pezzi del loro corpo. I baluba sono sempre stati cannibali. Venduti tutti e tre i prigionieri, li hanno portati in riva al fiume e li hanno ammazzati, sparandogli in testa, ovviamente, per non rovinare la carne, poi li hanno macellati sul posto perché le donne erano già in coda a reclamare la loro porzione. » Stava cercando di impressionarlo, e Shasa si irritò proprio perché ci era riuscita.

« Ma tu da che parte stai, tesoro mio? » le chiese amaro. « Un giorno intervisti con simpatia Martin Luther King e l'indomani vai in Africa a filmare le più barbare atrocità. »

Lei rise, la risatina di gola che lo eccitava sempre tanto. « E il giorno dopo ancora vado a riprendere l'imperialista britannico che viene a fare affari con voialtri bulli col piede sul collo degli schiavi. »

« Dannazione, Kitty, ma chi sei, cosa vuoi, cosa cerchi di fare? »

« Catturare la realtà », rispose semplicemente.

« Sì, e quando non si conforma alle tue idee, dare un Rolex a qualcuno per alterarla. »

« Ti ho fatto arrabbiare, eh? » Scoppiò a ridere divertita. Lui si alzò dal letto e andò alla sedia a vestirsi. « Quando sei di cattivo umore sembri un ragazzino », lo provocò.

« Tra un'ora fa giorno, devo andare a casa a cambiarmi », le disse. « Ho appuntamento coi miei schiavisti e imperialisti alle undici. »

« Certo, c'è qui Supermac che vi deve dire quanta voglia ha di comprare il vostro oro e i vostri diamanti, anche se grondano sudore, lacrime e sangue... »

« Ehi, dolcezza », tagliò corto lui. « Per stanotte basta, va bene? » S'infilò i calzoni e sistemandosi la camicia le sorrise. « Ma perché devono capitarmi sempre delle femmine radicali urlanti? »

« Ti piace la stimolazione », gli suggerì lei, ma Shasa scosse la testa, indossando la giacca dello smoking.

« Preferisco le scopate. A proposito, quando ci vediamo? »

« Ma come, alle undici in Parlamento, no? Cercherò di inquadrarti, sei così fotogenico, caro! »

Andò da lei e si chinò a baciare il sorriso angelico che aveva sulle labbra. « Chissà cosa ci vedo, in te. »

Stava ancora pensando a lei mentre avviava la Jaguar, azionando il tergicristallo per pulire il vetro dalla rugiada. Era stupefacente come fosse riuscita senza alcuno sforzo a tener desto il suo interesse per tanti anni. Nessun'altra donna ci era riuscita, salvo Tara, ed era sciocco sentirsi sempre tanto bene insieme a lei. Era ancora capace di infiammarlo di un desiderio selvaggio: i suoi trucchi funzionavano ancora: e, dopo, si sentiva euforico e magnificamente vivo. Era vero, gli piaceva anche discutere con lei.

« Dio mio, non ho chiuso occhio tutta notte e mi sento il vincitore del Derby. Non sarò mica ancora innamorato di quella puttanella? »

Uscì dal lungo viale d'accesso all'albergo. Considerando la faccenda, e ricordando la sua proposta di matrimonio con immediata ripulsa, imboccò la strada che costeggiava il vecchio quartiere malese del District Six. Resisté alla tentazione di bruciare il semaforo rosso in fondo a Roeland Street. Era molto improbabile che ci fosse altro traffico a quell'ora del mattino, ma frenò da bravo e rimase stupito quando dalla viuzza uscì una macchina che poi svoltò passandogli davanti al cofano.

Era una Chevrolet verde mare, e non dovette nemmeno guardare la targa per capire che era quella di Tara. I fari della Jaguar illuminarono per un attimo l'autista: era lui. L'aveva visto due volte, in precedenza: una prima a Weltevreden e una seconda al Parlamento, ma stavolta non portava il berretto e Shasa riuscì a distinguerne bene la testa.

Gli sembrava proprio di conoscerlo. Ma il ricordo, quasi cancellato dal tempo, fu ricacciato indietro dall'irritazione. Questo signore adoperava la Chevrolet per i suoi affari privati? Ma chi credeva di essere?

La Chevrolet filò via veloce. Evidentemente anche l'autista aveva riconosciuto Shasa e lo scatto era la prova della coda di paglia. Il primo istinto di Shasa fu inseguirlo e affrontarlo, ma il semaforo era ancora rosso, e mentre aspettava il verde ebbe agio di riflettere. Era troppo di buon umore per rovinarselo con discussioni sgradevoli, senza contare che una ramanzina alle quattro del mattino non era molto dignitosa, e avrebbe sollevato qualche interrogativo a proposito della sua presenza nel quartiere dei bordelli. Era meglio affrontare l'autista in un altro momento e in un altro posto, e Shasa lo lasciò andare, senza dimenticare né perdonare l'infrazione.

Shasa mise la Jaguar nel garage di Weltevreden e vide la Chevrolet a posto in fondo alla fila delle macchine, tra la MG di Garry e la sua Land Rover elaborata. Passandole davanti appoggiò una mano sul cofano: era ancora caldo. Il metallo ticchettava raffreddandosi. Fece una smorfia e proseguì verso casa, divertito dall'esser costretto a rientrare di nascosto come uno scassinatore.

A colazione si sentiva ancora leggero e felice. Caricando il piatto di uova e pancetta affumicata, canticchiava. Come al solito era il primo, ma Garry arrivò subito dopo di lui.

« Il capo deve sempre essere il primo ad arrivare e l'ultimo ad andar via », aveva insegnato a Garry, che l'aveva preso proprio sul serio. Che bravo ragazzo... no, non più ragazzo, si corresse mentalmente Shasa, guardandolo. Suo figlio era due centimetri più basso di lui, ma aveva spalle e torace più larghi. Quando passava davanti alla sua porta, spesso Shasa lo sentiva faticare agli attrezzi da ginnastica. Benché si fosse appena rasato, aveva la guancia nereggiante di barba, e a sera doveva rifarsela. Nonostante la brillantina, i capelli non gli stavano a posto, e continuavano a spuntare in ciocche anarchiche e disordinate.

Si sedette accanto a Shasa, prese un pezzo di frittata e cominciò immediatamente a parlare di lavoro. « Non è più all'altezza del suo compito, papà. Ci serve una persona più giovane in quel posto, specialmente se consideriamo le ulteriori responsabilità che presto porterà la miniera di Silver River. »

« Sono vent'anni che lavora per noi, Garry », osservò Shasa.

« Non dico mica di ammazzarlo, papà. Che vada in pensione, ha quasi settant'anni. »

« La pensione l'ammazzerebbe. »

« Se resta, ammazza noi. »

« E va bene », sospirò Shasa. Naturalmente Garry aveva ragione: l'uomo era sopravvissuto alla propria utilità. « Ma gli parlerò io personalmente. »

« Grazie, papà. » Gli occhiali di Garry emisero un barbaglio di trionfo.

« A proposito della miniera di Silver River, potrai andare a occupartene appena avrai dato gli ultimi esami. » Garry tendeva a trascurare gli studi in favore della pratica, e Shasa non intendeva incoraggiarlo in ciò. Garry sbuffò. « Ma poi pensa che potrai occupartene per un anno o due senza interruzioni. Sai, ormai la miniera di Silver River è destinata a diventare la più importante del gruppo, prendendo il posto che era della miniera H'ani. E io voglio che ti prepari a dirigerla tu. » Scorse la soddisfazione negli occhi di Garry, dietro le lenti.

« Ah, che voglia ho di cominciare sul serio a lavorare, dopo tutti questi anni sui libri! »

Michael irruppe senza fiato nella stanza. « Grazie a Dio ti trovo, papà. Credevo te ne fossi già andato. »

« Calmati, Michael », gli disse Shasa. « Così ti prende un colpo. Mangia, su. »

« Stamattina non ho fame », disse Michael sedendosi di fronte al padre. « Devo parlarti. »

« Bene, apri il fuoco. »

« Non qui », rifiutò Michael. « Pensavo di parlarti nella sala delle armi. » Tutti e tre assunsero un'espressione grave. Si usava quella stanza per i conciliaboli più portentosi, e una richiesta del genere andava presa sul serio.

Shasa guardò l'orologio. « Mickey, Harold Macmillan terrà il discorso alle Camere... »

« Lo so, papà, ma non ci vorrà molto. Te ne prego. » Doveva essere davvero una cosa importante, ma Shasa si irritò per la scelta di tempo, così astuta.

Tutte le volte che Michael aveva qualche rivendicazione da fare, faceva sempre in modo che Shasa non avesse agio di ribattere. Era proprio figlio di sua madre, spiritualmente e fisicamente.

« Ti concedo dieci minuti », disse Shasa con riluttanza. « Tu ci scuserai, vero Garry? » Shasa aprì la strada e chiuse la porta della stanza dei fucili dietro le spalle del figlio.

« Molto bene », disse prendendo posto, come sempre, davanti al camino. « Che c'è, ragazzo mio? »

« Ho trovato un lavoro, papà. » Michael era visibilmente emozionato.

« Un lavoro. Sì, lo so, corrispondente locale del *Mail*. Ho avuto occasione di leggere cinque righe a tua firma sulla partita di polo, anzi se non sbaglio me le hai lette tu. Ottime, tutte e cinque », sogghignò.

« Vedi, papà, il direttore ha deciso di assumermi in redazione, come cronista praticante. Comincio il primo del mese prossimo. »

Il sorriso di Shasa svaporò. « Ma cribbio, Mickey, non dirai mica sul serio... e gli studi? Hai ancora due anni da fare. »

« Parlo sul serio, papà. Completerò la mia istruzione al giornale. »

« No », disse Shasa alzando la voce. « Te lo proibisco. Tu non lascerai l'università prima della laurea. »

« Mi spiace, ma ho già deciso », disse Michael, pallido e tremante, ma con l'espressione ostinata che faceva arrabbiare Shasa ancor più delle parole. Si controllò.

« Conosci le regole », disse Shasa. « Le ho dette e ripetute chiaramente a tutti i figli. Se fate come dico io, non ci son limiti agli aiuti che vi darò: ma se fate a modo vostro, fate anche per conto vostro. » Sospirò e poi lo disse, sorpreso che fosse tanto doloroso dirlo: « Come Sean ». Dio, come gli mancava il figlio maggiore.

« Sì, papà, conosco le regole », annuì Michael.

« Ebbene? »

« Io lo debbo fare. Nella vita non voglio fare nient'altro se non imparare a scrivere. Non voglio contrastare te, papà, è solo che devo farlo. »

« Sono i frutti dell'educazione di tua madre », disse gelido Shasa. « È lei che ti ha montato la testa », accusò, e Michael assunse un'espressione un po' contrita.

« La mamma lo sa », ammise, « ma è una decisione solo mia. »

« Capisci bene che perderai il mio appoggio? Una volta uscito di casa, dovrai campare con lo stipendio di un giornalista praticante. »

« Lo so, papà. »

« Allora va bene. Accomodati pure », disse, e Michael sembrò sbigottito.

« È tutto? »

« Se non hai altro da dirmi... »

« No, papà », disse Michael rilassandosi un po'. « Non ho altro da dirti, tranne che ti voglio tanto bene, e apprezzo tutto quello che hai fatto per me. »

« Ti dirò che hai un modo tutto particolare di dimostrarmelo, se mi consenti questa osservazione. » Andò alla porta.

In città, sulla nuova superstrada tra l'università e Groote Schuur, superò la delusione che gli aveva dato Michael – la considerava una disubbidienza puerile – e continuò a pensare ai giornali, pur se in altro senso. In pubblico aveva sempre criticato quello strano impulso suicida che colpiva tanti uomini di successo a una certa età, inducendoli a farsi editori di un quotidiano. Era notoriamente difficile far rendere un giornale; ma, in privato, anche Shasa ogni tanto provava l'insidiosa tentazione di cedere alla stessa follia da miliardario.

« Non c'è un gran profitto », si disse, « ma che potere! Che possibilità di influenzare la gente! »

In Sudafrica, la stampa in lingua inglese era istericamente antigovernativa, mentre quella afrikaner era acriticamente e abiettamente asservita al Partito Nazionalista al potere. Una persona pensante non poteva fidarsi né dell'una né dell'altra stampa.

« Ci vorrebbe un bel giornale indipendente, in inglese, rivolto alla comunità degli operatori economici », si disse, come gli era già capitato altre volte. « E se comprassi qualche giornaletto in difficoltà e lo rimettessi in piedi? Alla distribuzione dei dividendi della miniera di Silver River, mi troverò seduto su una montagna di soldi. » Poi ghignò. « Sto rincoglionendo, ma almeno ci sarà un posto garantito per lo scapestrato Michael! » L'idea di Michael direttore di un grande e influente giornale gli sorrideva alquanto. Più ci pensava e più gli piaceva. « Comunque, preferirei che finisse gli studi, prima », brontolò; ma quando arrivò al parcheggio riservato ai ministri aveva quasi perdonato lo sfacciatello. « Un po' di soldi glieli passerò », decise. « Quello di tenerlo proprio a secco era un bluff. »

Trovò il Parlamento in preda a una fervida eccitazione. L'atrio era affollato di deputati e senatori. I capannelli di politici in abito scuro si formavano, si sciooglievano e si riformavano continuamente, nell'intricato gioco delle convergenze che aveva sempre affascinato Shasa. Da addetto ai lavori, coglieva il significato dei vari colloqui che si intrecciavano fuori dell'aula.

Gli ci vollero quasi venti minuti per arrivare allo scalone: era un protagonista, e veniva inesorabilmente risucchiato nel sottile teatro dei favori e dei mercanteggiamenti di potere. Alla fine se la squagliò: gli restavano pochissimi minuti per passare dal suo studio.

Tricia lo aspettava. Era piuttosto nervosa. « Oh, signor Courtency, tutti la cercano stamattina. Ha telefonato Lord Littleton, e anche il segretario del primo ministro. Le ha lasciato un messaggio. » Leggendoglielo, lo seguì nello studio interno.

« Prima mi cerchi il segretario di Verwoerd e poi Lord Littleton », le disse Shasa sedendosi alla scrivania. Scorse una briciola di gesso sul necessario per scrivere e la spazzò via, irritato. Avrebbe voluto dire a Tricia di rimproverare gli addetti alle pulizie, ma la segretaria stava ancora leggendogli il messaggio del segretario di Verwoerd, e aveva meno di un'ora di tempo per occuparsi degli argomenti elencati sulla lista prima della riunione congiunta delle Camere.

Sbrigò i compiti affidatigli dal segretario di Verwoerd: le risposte le aveva in mente, e non doveva chiamare nessun collaboratore per fornire i dati economici richiesti. Poi Tricia gli passò Littleton. Voleva aggiungere un argomento all'ordine del giorno della riunione pomeridiana, e una volta accettata la sua proposta Shasa chiese con tatto: « Allora, hai scoperto niente circa il discorso di stamane? »

« Temo di no, amico mio. Sono all'oscuro come te. »

Rimettendo giù la cornetta del telefono, Shasa notò sullo scrittoio un'altra scheggia di gesso che prima non c'era. Stava per spazzar via anche questa quando si fermò e alzò gli occhi per vedere da dove veniva. Scorse quindi il buchino sul soffitto, circondato di crepe sottili. Sbuffò, chiamando Tricia al dittafono.

Quando arrivò le indicò il soffitto. « Che ne dice, di quel buco? »

Tricia era perplessa quanto lui. Esaminarono insieme il difetto.

« Ah, ora capisco », disse a un tratto Tricia, sollevata, « ma non sarei autorizzata a dirglielo... » esitò.

« Forza, parli », ordinò seccamente Shasa.

« Sua moglie, la signora Courteney, ha detto di avere in mente qualche risistemazione del suo ufficio, ma vuol farle una sorpresa. Immagino che abbia chiesto la collaborazione di quelli della Manutenzione del palazzo. »

« Merda! » A Shasa non piacevano le sorprese che interferivano coi comodi suoi. L'ufficio gli piaceva così com'era e non gradiva interventi altrui, soprattutto se avevano gusti d'avanguardia come Tara.

« Penso che abbia intenzione di cambiare anche le tende », aggiunse candida Tricia. A lei Tara Courteney non piaceva. La considerava un'ipocrita, frivola intrigante. Non approvava il suo atteggiamento irrispettoso nei confronti di Shasa, e non si sentiva aliena dal seminare qualche discordia. Se Shasa fosse stato libero, c'era forse una possibilità, una lontana possibilità, che la vedesse chiaramente e si rendesse conto di quanto lei, Tricia, lo apprezzasse davvero. « Parlava anche di sostituire i lampadari », concluse.

Shasa saltò in piedi e andò ad accarezzare le sue tende. Lui e Centaine avevano esaminato centinaia di campioni di tessuto prima di scegliere quello. Le rimise gelosamente a posto, e così facendo notò il secondo buchino nel soffitto e il filo elettrico che ne spuntava. Controllò a fatica la sua ira di fronte alla segretaria.

« Vada alla Manutenzione a parlare con Odendaal in persona, non uno dei suoi aiutanti, e gli dica che io pretendo di essere informato esattamente di quello che sta succedendo qua. E aggiunga che finora hanno fatto un pessimo lavoro, sporcando dappertutto. »

« Ci andrò stamattina stessa », promise Tricia, e poi, per calmarlo, gli ricordò che mancavano solo dieci minuti al discorso di Macmillan nel salone.

Anche Manfred De La Rey stava uscendo dal proprio ufficio, e s'incontrarono in corridoio.

« Hai scoperto qualcosa? »

« Io no, e tu? »

Manfred scosse la testa. « Comunque, ormai è troppo tardi. Non possiamo fare più niente. »

Shasa vide Blaine Malcomess all'ingresso del salone dei banchetti, e si avvicinò per salutarlo. Entrarono insieme.

« Come sta la mamma? »

« Centaine sta benissimo, non vede l'ora di incontrarti alla sua cena di domani sera. » Era in onore di Littleton, a Rhodes Hill. « Quando l'ho lasciata stava facendo venire l'esaurimento nervoso al cuoco. » Risero insieme e trovarono posto in prima fila. Come ministro in carica e vicecapo dell'opposizione, avevano diritto ai primi posti. Shasa si girò. In fondo al salone c'erano la stampa e la televisione. Distinse Kitty Godolphin, minuta e puerile accanto alla sua troupe, che gli strizzò l'occhio da birichina. Ecco arrivare i due primi ministri, e accomodarsi al tavolo principale. Shasa si chinò verso Manfred De La Rey e gli disse: « Spero che non siano le solite banalità, e che Supermac sia venuto a dirci qualcosa di veramente interessante per tutti ».

Manfred alzò le spalle. « Senza esagerare, però. A volte è più sicuro annoiarsi. » Il presidente chiese il silenzio e si alzò a presentare alla folta assemblea il primo ministro di Gran Bretagna. Nel salone si raccoglievano gli uomini più potenti del Paese, ora silenziosi e concentrati in attesa dell'importante messaggio.

Anche quando si alzò Macmillan, alto, educatissimo e stranamente benevolo in viso, Shasa non capì di trovarsi sull'incudine dove si stava forgiando la storia. Incrociò le braccia sul petto, chinò il capo e si dispose ad ascoltare con attenzione il suo discorso.

Macmillan parlava con voce fredda, senza emozione, ma con

intensa lucidità. Si capiva benissimo che il testo era stato scritto con gran cura, e il discorso meticolosamente provato.

« L'impressione più forte che ho avuto da quando ho lasciato Londra un mese fa », disse Macmillan, « è la nuova forza della coscienza nazionale africana. In luoghi diversi può prendere forme diverse, ma esiste dappertutto. L'intero continente avverte il vento del cambiamento. Che ci piaccia o no, questa crescita di coscienza nazionale è un fatto politico. Bisogna che tutti l'accettiamo come tale: le nostre politiche nazionali debbono tenerne conto. »

Shasa si raddrizzò e smise di tenere le braccia conserte. Anche intorno a lui tutti quanti si agitavano, increduli. Fu solo allora che Shasa si rese conto, come per un lampo di chiaroveggenza, che il mondo che conosceva aveva cambiato forma, e il tessuto della vita, che aveva tenuto insieme le loro diverse nazioni per quasi trecento anni, aveva appena subìto il primo strappo, per via di quelle poche e semplici parole, uno strappo che era ormai impossibile riparare. Mentre cercava di cogliere l'estensione della lacerazione, Macmillan continuava con lo stesso tono misurato e flautato.

« Naturalmente, voi lo capite benissimo, perché provenite dall'Europa, patria del nazionalismo. » Astutamente Macmillan stava comprendendo anche loro in quella sua panoramica africana. « Ed effettivamente la storia moderna scorgerà in voi il primo esempio di nazionalismo africano. »

Shasa guardò Verwoerd, vicino al primo ministro inglese, e lo vide agitato e allarmato. Era stato colto di sorpresa dallo stratagemma di Macmillan, che non gli aveva anticipato la svolta.

« Come membri del Commonwealth, noi vorremmo veramente dare al Sudafrica tutto il nostro incoraggiamento e appoggio, ma spero mi consentirete di dirvi francamente che vi sono alcuni aspetti della vostra politica che ci rendono impossibile farlo senza smentire le nostre più profonde convinzioni sul destino politico degli uomini liberi. »

Macmillan stava annunciando nientemeno che un divorzio dei due Paesi, e Shasa fu distrutto da questa notizia. Voleva saltare in piedi a gridare: « Ma anch'io sono un suddito britannico... non potete farci questo! » Si guardò attorno con aria quasi implorante, e vide la stessa espressione sconvolta sul viso di Blaine e di quasi tutti gli altri membri anglosassoni del Parlamento.

Le parole di Macmillan li avevano profondamente feriti.

L'umore di Shasa non mutò per tutto il resto della giornata e anche l'indomani. La riunione pomeridiana con Littleton e i suoi consiglieri si tenne in un'atmosfera di cordoglio. Benché Littleton, sul piano personale, fosse conciliante e consolatorio, tutti sapevano che il danno era reale e irreparabile. Era un fatto innegabile: la Gran Bretagna li mollava. Avrebbe continuato a commerciare col Sudafrica, ma a un braccio di distanza. La Gran Bretagna si era schierata, e non con loro.

Venerdì sera fu indetta una sessione speciale della Camera per il lunedì seguente, quando Verwoerd avrebbe parlato al Parlamento e al Paese. Avevano il week-end a disposizione per compiangere la propria sorte. Il discorso di Macmillan aveva gettato un'ombra nera anche sulla cena di Centaine di quella sera, e la donna lo prese come un insulto personale.

« Che momento atrocemente inopportuno! Il giorno prima della mia cena! Perfida Albione! » berciò Centaine.

« Già, voi francesi non vi siete mai fidati degli inglesi », la sfotté Shasa, che dopo quarantotto ore ritrovava un po' di senso dell'umorismo.

« E adesso capisco perché », ribatté Centaine. « Prendi questo signor Macmillan, è tipicamente inglese: maschera l'opportunismo sotto un manto di alta indignazione morale. Fa quello che conviene all'Inghilterra e ha anche il coraggio di sentirsi un santerello. »

Toccò a Blaine Malcomess tirare le somme, quando le donne se ne andarono lasciando gli uomini ai loro sigari e ai loro liquori.

« Perché siamo così increduli? » chiese. « Come mai ci sembra impossibile che la Gran Bretagna ci abbandoni, dopo che abbiamo combattuto due guerre per lei? » Scosse la testa. « No, i tempi cambiano, e dobbiamo cambiare tutti coi tempi. Dobbiamo ignorare l'ignobile gazzarra della stampa londinese, il banchetto degli avvoltoi su questo tradimento, su questo abbandono senza precedenti che ci ripudia tutti, sia i Nazionalisti sia noi dell'opposizione. D'ora in poi saremo sempre più soli, e dovremo imparare a cavarcela per conto nostro. »

Shasa annuì. « Il discorso di Macmillan è una benedizione politica per Verwoerd. Adesso davanti a noi c'è una strada sola. Abbiamo tagliato i ponti, bruciato le navi: non si torna indietro. Dobbiamo per forza andare avanti con Verwoerd. Entro quest'anno il Sudafrica diventerà repubblica; ricordatevi le mie parole; dopo di che... » Shasa sospirò, tirando una boccata dal sigaro « ... dopo di che solo Dio e il diavolo sanno quello che succederà. »

« Certe volte sembra che Dio, oppure il fato, intervenga direttamente nei nostri umili affari », disse Tara. « Se non era per quel piccolo particolare, la scelta del salone delle feste anziché della Camera, avremmo distrutto l'uomo che è venuto a portarci un messaggio di speranza. »

« Per una volta pare che il vostro dio cristiano ci favorisca. » Moses la guardò nel retrovisore, mentre guidava la Chevrolet nel traffico congestionato del lunedì. « Non si potrebbe essere più tempestivi: nel momento in cui il governo britannico, appoggiato dalla stampa e dalla nazione inglese, riconosce i nostri diritti, i destini politici degli uomini liberi, come si è espresso Macmillan, noi sferriamo il primo duro colpo in direzione della libertà promessa. »

« Io ho paura, Moses, ho paura per te e per noi tutti. »

« Il tempo della paura è passato », le disse lui. « Ora è tempo di risolutezza e di coraggio, perché non è l'oppressione, non è la schiavitù che alimenta la rivoluzione. La lezione della storia è molto chiara. La rivoluzione nasce dalle aspettative di miglioramento. Per trecento anni abbiamo sopportato l'oppressione rassegnati, ma ora questo inglese ci ha fatto balenare un futuro dorato. Ha dato speranza al nostro popolo, e da oggi in poi, quando avremo abbattuto l'uomo più malvagio della storia tormentata e tenebrosa dell'Africa, quando Verwoerd sarà morto, il futuro finalmente sarà nostro. » Aveva parlato a voce bassa, ma con la particolare intensità che le faceva vibrare il sangue nelle vene e le rimbombava nelle orecchie. Si sentiva esaltata, ma anche impaurita e addolorata.

« Molti uomini moriranno con lui », sussurrò. « Mio padre. Non c'è modo di risparmiarlo, Moses? »

Lui non rispose, ma Tara scorse il suo sguardo nello specchietto e trovò il suo disprezzo insopportabile. Abbassò gli occhi e mormorò:

« Scusami. Sarò forte. Non ne parlerò più. » Ma la mente

correva. Doveva pur esserci il modo di tirar fuori suo padre dalla Camera nel momento fatale: ma doveva essere un modo infallibile. Infatti, quale vicecapo dell'opposizione non poteva mancare nei momenti più importanti, come per il discorso di Verwoerd. Moses interruppe i suoi pensieri.

« Voglio che ripeti le cose che devi fare », le disse.

« Le so a memoria », protestò debolmente lei.

« Non ci devono essere equivoci », insisté Moses. « Fa' come ti dico. »

« Quando la Camera sarà riunita – così siamo sicuri di non incontrare Shasa nel suo ufficio –, arriveremo come al solito nel suo studio particolare », cominciò Tara, e poi proseguì mentre lui l'ascoltava annuendo e correggendo piccoli particolari. « Alle dieci e mezzo io uscirò dall'ufficio e andrò nella galleria del pubblico a vedere se Verwoerd sta effettivamente parlando, perché bisogna esser sicuri. »

« Hai il lasciapassare? »

« Eccolo qua », disse Tara mostrandoglielo. « Appena Verwoerd comincia il discorso, io torno in ufficio per la porta segreta. A questo punto tu avrai già... » Le mancò la voce.

« Continua », le ordinò secco.

« Avrai già collegato il trasmettitore d'impulsi elettrici al detonatore. Io ti confermerò che Verwoerd si trova al suo posto, e tu... » Ancora una volta le mancò la voce.

« E io farò quello che devo fare », finì per lei, e proseguì così: « Dopo l'esplosione, ci sarà un periodo di panico e confusione totale. Sotto, il palazzo sarà devastato. Non ci sarà nessun controllo, nessun blocco di polizia. In questo frattempo dovremo scendere le scale e allontanarci dall'edificio, come faranno del resto tanti altri superstiti ».

« Quando lascerai il Paese potrò venire con te, Moses? » lo scongiurò.

« No », scosse fermamente la testa lui. « Dovrò spostarmi velocemente e tu mi saresti d'impedimento e mi metteresti in pericolo. Sarai più al sicuro qui. Del resto sarà questione di ben poco tempo: dopo l'attentato, il popolo si solleverà e rovescerà gli schiavisti. I giovani compagni dell'*Umkhonto we Sizwe* sono pronti a chiamare il popolo all'insurrezione, che è già organizzata. Milioni di persone scenderanno in piazza. Quando avranno preso il potere, io tornerò in patria e tu avrai un posto d'onore al mio fianco. »

Era incredibile come si beveva tutte quelle frottole, pensò lui, stizzito. Soltanto una donna completamente scema poteva credere che la polizia non l'arrestasse subito e non l'interrogasse con tutta la brutalità di cui era capace. Ma non importava. Potevano anche impiccarla. Suo marito sarebbe morto con Verwoerd, e l'utilità di Tara Courteney terminata. Un giorno, quando il Congresso Nazionale Africano fosse andato al potere, avrebbero intitolato qualche via o qualche piazza alla martire bianca; ma per adesso poteva tranquillamente crepare.

« Promettimelo, Moses », lo scongiurò.

La sua voce suonò fonda e rassicurante come non mai. « Ti sei comportata bene, in tutto quello che ti ho chiesto. Tu e tuo figlio avrete un posto al mio fianco appena possibile. Te lo prometto. »

« Oh Moses, ti amo », gli sussurrò. « Ti amerò sempre. » Poi tornò ad accomodarsi sul sedile posteriore, riassumendo l'atteggiamento da gran signora bianca: Moses stava per entrare nel parcheggio del Parlamento. La guardia all'ingresso vide il distintivo sul parabrezza e salutò rispettosamente.

Moses lasciò la macchina nel posto riservato e spense il motore. Dovevano aspettare un quarto d'ora, che il Parlamento cominciasse la seduta.

« Mancano dieci minuti, signor Courteney », disse Tricia chiamando Shasa con l'interfono. « Meglio che si avvii, se non vuol perdere l'inizio del discorso del primo ministro. »

« Grazie, Tricia. » Shasa era totalmente assorto nel lavoro. Verwoerd gli aveva chiesto di fargli un rapporto completo sulla capacità del Paese di far fronte a un embargo sugli armamenti da parte degli ex alleati occidentali. Evidentemente Macmillan aveva ventilato anche questa possibilità, come velata minaccia, nei colloqui segreti poco prima della sua partenza. Verwoerd voleva il rapporto prima della fine del mese, il che era tipico dell'uomo, e Shasa avrebbe avuto delle difficoltà ad accontentarlo.

« A proposito, signor Courteney », disse Tricia, « ho parlato con Odendaal. »

« Odendaal? » Ci volle un po' di tempo a Shasa per far mente locale.

« Sì, a proposito dei fori sul soffitto. »

« Spero che gli abbia fatto delle buone rimostranze. Cos'ha detto? »

« Ha detto che la Manutenzione non ha eseguito nessun lavoro nel suo ufficio, e che sua moglie non si è affatto rivolta a loro. »

« Ma che strano », disse Shasa alzando gli occhi a contemplare il danno. « Eppure qualcuno è venuto indubbiamente a pasticciare qui. Se non è stato Odendaal, ha idea di chi possa essere stato, Tricia? »

« No, signor Courteney. »

« Nessuno è entrato qui dentro, che lei sappia? »

« Nessuno, signore, salvo naturalmente sua moglie e l'autista. »

« Va bene, grazie, Tricia. » Shasa si alzò e prese la giacca dall'attaccapanni. Mentre l'infilava, studiò il foro sopra la sua scrivania e il filo elettrico che sporgeva dal soffitto per finire dietro l'enciclopedia. Ultimamente non aveva avuto tempo da dedicare al piccolo mistero, assorto com'era in ben altre preoccupazioni, ma ora che Tricia vi aveva fatto cenno ci pensò.

Andò allo specchio ad aggiustarsi il nodo della cravatta e la pezza nera sull'occhio, riflettendo su un ulteriore mistero, quello del nuovo autista di Tara. Le parole di Tricia gliel'avevano ricordato. Non l'aveva ancora richiamato per l'uso indebito della macchina. « Ma cribbio, dov'è che l'ho già visto? » si chiese, e con un'ultima occhiata al soffitto uscì dallo studio. Stava ancora pensando all'autista, quando imboccò il corridoio. Manfred De La Rey lo aspettava sulle scale. Sorrideva, tutto contento, e Shasa si rese conto che non gli aveva ancora parlato dopo il colpo del discorso di Macmillan.

« Allora », esordì Manfred, « l'Inghilterra ci ha mollato, eh? »

« Ti ricordi che una volta mi hai chiamato *soutpiel*? » gli chiese Shasa.

« Come no! » ridacchiò Manfred. « Cazzo salato... con un piede a Città del Capo, l'altro a Londra, e il battacchio a mollo nell'Oceano Atlantico. *Ja*, me lo ricordo. »

« Be', d'ora in poi avrò tutti e due i piedi a Città del Capo », gli disse Shasa. Solo in questo momento, digerito l'abbandono della Gran Bretagna, Shasa si rendeva pienamente conto di essere prima di tutto un sudafricano.

« Benissimo », annuì Manfred. « Così infine avrai capito che anche se non ci amiamo alla follia e non sempre andiamo d'accordo, le circostanze ci hanno resi fratelli in questa terra. L'uno non può sopravvivere senza l'altro, e alla fine se non ci aiutiamo fra di noi non ci aiuta nessuno. »

Andarono insieme alla Camera e sedettero l'uno accanto all'altro sui banchi del governo.

Quando i deputati si alzarono a pregare, chiedendo la benedizione di Dio sulle loro deliberazioni, Shasa guardò dall'altra parte dell'aula, dove stava Blaine Malcomess, fra i deputati dell'opposizione, e provò un empito di affetto. Aveva i capelli bianchi, ma era abbronzato e ancora un bell'uomo, con quelle orecchie a sventola e il nasone. Blaine nella vita di Shasa era sempre stato una salda torre. Nel suo novello umore patriottico, e diciamo pure di sfida di fronte al ripudio britannico, era contento che gli ultimi avvenimenti non potessero che riunirli. Ormai le divergenze politiche diventavano secondarie: governo e opposizione erano destinati ad avvicinarsi, come le due componenti bianche della nazione sudafricana.

Quando la preghiera finì, Shasa sedette e rivolse l'attenzione al dottor Hendrik Frensch Verwoerd, che si alzava a fare il proprio discorso. Verwoerd era un bravo oratore e un magnifico polemista. Il suo discorso sarebbe stato certamente lungo e ben argomentato. Shasa si preparò a gustarlo socchiudendo gli occhi, incrociando le braccia e appoggiandosi allo schienale imbottito.

Ma, prima che Verwoerd aprisse bocca, Shasa spalancò gli occhi e si rizzò sul sedile. In quell'attimo di rilassamento, svuotata la mente d'ogni preoccupazione, abbandonato e ricettivo, l'antico ricordo gli era lampeggiato dentro, chiarissimo. Ecco dove e quando aveva già conosciuto il nuovo autista di Tara.

« Moses Gama », disse a voce alta... ma le sue parole si persero nell'applauso che salutava il primo ministro.

Tara rivolse un bel sorriso al portiere entrando nell'edificio del Parlamento. Si stupì di se stessa: le pareva di essere racchiusa in una bolla d'irrealtà, un'attrice che recitasse, sorvegliandosi, una parte.

Sentì l'applauso giungere ovattato dalla Camera. Si mise a salire le scale, con Moses che la seguiva a rispettosa distanza con le braccia cariche di pacchi. Quante volte l'avevano già fatto... Tara sorrise di nuovo, incrociando una segretaria che conosceva di vista in corridoio. Bussò alla porta della suite di Shasa e senza aspettare risposta irruppe in anticamera. Tricia si alzò in piedi.

« Oh, buongiorno, signora Courteney. È meglio che si affretti, o perderà il discorso del primo ministro. »

« Stephen, puoi posare i pacchi. » Tara si fermò davanti a Tricia, mentre Moses chiudeva la porta dell'ufficio.

« Ah, senta... qualcuno ha fatto dei lavori sul soffitto, nello studio di suo marito », disse Tricia girando intorno alla scrivania, come per fare strada di là. « Ci chiedevamo se lei ne sapesse qualcosa... »

Moses posò su una sedia i pacchi e, mentre Tricia gli passava davanti, la bloccò con una presa di lotta, mettendole un braccio intorno al collo e tappandole la bocca con la mano. Tricia, nella morsa, era impotente: roteava gli occhi per lo shock.

« Nel primo pacco c'è corda e bavaglio, legala », disse sottovoce Moses a Tara.

Tara era come paralizzata. « Di questo non avevamo parlato », balbettò.

« Prendi quella roba », disse Moses, sempre sottovoce, ma con evidente impazienza. Tara ubbidì scattando.

« Legale le mani dietro la schiena », ordinò Moses, e mentre Tara pasticciava coi nodi lui infilava una pezza bianca in bocca alla ragazza terrorizzata e la fissava.

« Stai di qua », ordinò a Tara, « nel caso che venga qualcuno. » Portò Tricia nell'altro locale e la schiacciò contro il divano a pancia in giù. Rapidamente controllò i nodi di Tara, erano laschi. Li strinse bene e poi legò la ragazza anche alle caviglie.

« Vieni qua », chiamò poi, e Tara entrò, visibilmente sconvolta.

« Moses, non le avrai mica fatto del male... »

« Ma piantala! » sbottò. « C'è un lavoro importante da fare e tu ti comporti come una bambina isterica! »

Tara chiuse gli occhi, strinse i pugni e fece un respiro profondo. « Scusami. » Riaprì gli occhi. « Mi rendo conto che era necessario. Non ci avevo pensato. Ora sono a posto. »

Moses era già andato a recuperare il capo del filo elettrico dietro le enciclopedie. Lo stese sul tappeto.

« Molto bene », disse. « Adesso vai nella tribuna del pubblico. Quando Verwoerd avrà cominciato a parlare da cinque minuti torna qui con calma, senza correre, senza affrettarti. Insomma, usa la testa. »

« Ho capito. » Tara andò davanti allo specchio e aprì la borsetta. Si diede una rapida pettinata ai capelli e un po' di rossetto.

Moses intanto aveva sollevato il coperchio della cassa. Tara esitava, guardandolo nervosa.

« Cosa aspetti? » le domandò. « Va', donna, e fa' il tuo dovere. »

« Sì, Moses. » Si diresse in fretta verso l'altro locale.

« E chiudi a chiave tutt'e due le porte. »

« Sì, Moses », sussurrò lei.

In corridoio, Tara si rimise a frugare in borsetta. Tirò fuori l'agendina in pelle con la matitina d'oro. A capo delle scale si fermò, appoggiò l'agendina sulla balaustra e rapidamente vergò un biglietto.

Papà,

Centaine è rimasta gravemente ferita in un incidente stradale e vuole vederti. Vieni subito.

TARA

Strappò la pagina dall'agenda e la piegò. Era l'unico modo di salvare suo padre. Scrisse il suo nome sul foglio piegato.

Invece di dirigersi subito verso la tribuna del pubblico, corse giù nell'atrio e fermò un commesso parlamentare in uniforme.

« Dia subito questo messaggio al colonnello Malcomess », gli disse concitatamente.

« Non è il caso di entrare in aula adesso, sta parlando il dottor Verwoerd », riluttò il commesso, ma lei gli ficcò in mano il biglietto.

« È una cosa urgentissima », implorò, chiaramente sconvolta. « Sua moglie sta morendo. La prego, la prego! »

« Farò quello che posso. » Il commesso prese il biglietto e Tara corse su per le scale. Mostrò il lasciapassare all'usciere ed entrò nella tribuna del pubblico.

Era molto affollata. Qualcuno aveva occupato il posto di Tara, ma la donna riuscì a spingersi fino alla balaustra strisciando lungo la parete. Guardò giù nell'aula. Il dottor Verwoerd era in piedi e stava parlando in afrikaans. I suoi ricci argentati erano ben pettinati, e il suo sguardo emanava grande concentrazione mentre parlava sottolineando il discorso coi gesti di entrambe le mani.

« La questione che ci ha posto questa persona venuta dalla Gran Bretagna non riguarda né i sudafricani monarchici, né i sudafricani repubblicani. Riguarda tutti. È per tutti noi che questa persona ha parlato. » Verwoerd fece una pausa. « E la questione è molto semplice. Si tratta di questo: l'uomo bianco in Africa sopravvivrà o perirà? »

Era riuscito a magnetizzare tutti. Nessuno fiatava, tutti lo guardavano attentissimi e immobili. Ma ecco un movimento: un commesso parlamentare, cercando di non dar fastidio, passava per la prima fila dell'opposizione e si fermava accanto a Blaine.

Dovette battergli sulla spalla per attirare la sua attenzione, e Blaine prese il biglietto senza nemmeno accorgersene. Rivolse un cenno del capo al commesso e, col biglietto in mano, senza leggerlo, tornò a fissare e ad ascoltare Verwoerd.

« Leggilo, papà! » sussurrò forte Tara. « Per piacere, leggilo! »

Fra tutti, Shasa era l'unico non ipnotizzato dall'oratoria di Verwoerd. Nella sua testa si accavallavano i pensieri, cozzando privi di ordine logico.

« *Moses Gama!* » Era quasi incredibile aver tardato tanto a riconoscerlo, anche dopo tutti quegli anni e nonostante i cambiamenti che il tempo aveva prodotto in loro. Una volta erano stati molto amici, e l'uomo aveva fatto una grande impressione su Shasa in un periodo formativo della sua vita.

Poi Shasa l'aveva risentito nominare di recente, come rivoluzionario ricercato dopo i disordini del 1952. Mentre gli altri, Mandela, Sobukwe e via dicendo erano stati processati, Moses Gama era riuscito a scappare. Era ancora, dunque, un criminale ricercato, e un pericoloso rivoluzionario.

« *Tara!* » La mente fece uno scarto laterale. Aveva scelto Gama come autista e, date le sue opinioni politiche, era impossibile che non sapesse chi era. A un tratto capì che il ravvedimento di Tara era soltanto una meschina finzione. Non aveva cambiato idea, non aveva ripudiato i vecchi compagni: aveva solo ingannato lui. Quest'uomo, Moses Gama, era anzi il più pericoloso sovversivo che avesse mai frequentato. In realtà, dunque, si era spostata ancora più a sinistra, forse varcando l'incerto confine tra una legittima opposizione politica e il coinvolgimento in mene criminali. Shasa quasi balzò in piedi, poi ricordò dove si trovava. Verwoerd stava parlando.

« L'esigenza di rendere giustizia a tutti non significa solo nutrire e proteggere i negri: significa anche un'equa protezione dei bianchi in Africa... »

Shasa alzò gli occhi verso la tribuna del pubblico. Al posto di Tara era seduto qualcun altro. Dov'era Tara? Magari nel suo ufficio... Continuò a ragionare per associazione d'idee.

Moses Gama era stato nel suo studio. Shasa l'aveva incrociato nel corridoio e Tricia aveva detto: « Solo la signora Courteney e l'autista sono entrati qui dentro ». Dunque Moses Gama era penetrato nel suo studio, dove qualcuno aveva forato il soffitto per portare un filo elettrico. Non era stato Odendaal della Manutenzione. Non era stato nessuno che avesse l'autorizzazione a farlo.

« Noi non siamo nuovi venuti in Africa. I nostri progenitori erano qui prima dei negri », stava dicendo Verwoerd. « Trecento anni fa, quando i nostri antenati si stabilirono nell'interno di questa terra, la trovarono deserta. Le tribù negre erano ancora ben lontane, a nord, da dove lentamente migravano verso sud. La terra era spopolata: i nostri antenati la reclamarono e la lavorarono. In seguito costruirono le città, le ferrovie e le miniere. Da solo, l'uomo negro non era capace di fare nessuna di queste cose. Ancor più delle tribù negre noi siamo uomini dell'Africa e il nostro diritto di starci è divino e inalienabile come il loro. »

Shasa udiva le parole, ma non seguiva il discorso. Moses Gama, probabilmente con l'aiuto e la connivenza di Tara, aveva portato un filo elettrico nel suo ufficio e... di colpo emise un'imprecazione strozzata. La cassa. Gliel'aveva piazzata in ufficio Tara. La cassa era un cavallo di Troia.

Ormai in preda all'angoscia, si girò completamente verso il pubblico, e stavolta vide Tara. Era schiacciata contro una parete, e anche da quella distanza Shasa si accorse che era pallidissima e sconvolta. Stava cercando con gli occhi qualcuno o qualcosa nelle file dell'opposizione. Shasa seguì il suo sguardo.

Blaine Malcomess ascoltava il discorso del primo ministro, dimentico di ogni altra cosa. Shasa vide l'arrivo del commesso col biglietto.

Tornò a guardare la tribuna del pubblico. Tara era sempre concentrata su suo padre. Dopo tanti anni Shasa era in grado di leggerne l'espressione: non l'aveva mai vista così preoccupata, neanche quando c'era un figlio gravemente malato.

Poi vide dipingerlesi in volto un gran sollievo. Tornò a guardare Blaine. Aveva spiegato il biglietto e lo leggeva. Eccolo balzare in piedi e affrettarsi verso l'uscita.

Tara aveva mandato a chiamare suo padre, questo era chiaro. Shasa la fissò, cercando di indovinare il suo proposito. Come se avesse avvertito il suo sguardo, Tara glielo restituì, e il sollievo si trasformò in orrore e vergogna. Si girò e scappò via dalla tribuna del pubblico, facendosi largo a spintoni.

Shasa rimase ancora un istante a guardare da quella parte. Tara aveva attirato suo padre fuori della Camera: tutta la sua preoccupazione si spiegava solo ammettendo che temeva qualche gravissimo pericolo. Quando poi si era accorta che lui la guardava, aveva mostrato orrore e vergogna. Shasa comprese che stava per accadere qualcosa di terribile. Moses Gama e Tara... c'era pericolo, un pericolo mortale... e Tara cercava di salvare suo padre. Il pericolo era grave e imminente... il filo elettrico nel suo studio, la cassa, Blaine e Tara e Moses Gama. Sapeva che tutti questi elementi erano collegati e che aveva pochissimo tempo per agire.

Shasa balzò in piedi e scese dai banchi del governo verso la navata centrale. Verwoerd si accigliò, perdendo per un attimo il filo del discorso, mentre i deputati si giravano a guardarlo. Shasa allungò il passo. Manfred De La Rey voleva fermarlo, ma Shasa lo superò senza badargli.

Quando sbucò nel salone, scorse Blaine Malcomess che parlava agitatissimo con l'usciere. Appena vide Shasa disse: « Grazie a Dio! » e gli si fece incontro attraversando il pavimento di marmo a scacchi.

Shasa si girò verso lo scalone. Da sopra Tara si era affacciata a guardarli. Aveva la faccia bianca come un lenzuolo e l'espressione tra atterrita ed esaltata.

« Tara! » chiamò Shasa, imboccando lo scalone, ma lei girò sui tacchi e scomparve dietro l'angolo del ballatoio.

Shasa faceva i gradini a quattro a quattro. « Che cosa sta succedendo, Shasa? » gli gridò dietro Blaine, ma quello non gli rispose.

Arrivò di slancio sul ballatoio, girò l'angolo e vide Tara a metà del corridoio. Non perse tempo a chiamarla, si mise a rincorrerla, perché scappava di corsa. In breve guadagnò terreno.

« Moses! » gridò Tara. « Attento, Moses! »

Inutile. Il muro era troppo spesso perché potesse udirla. Ma il grido confermò i peggiori timori di Shasa. Invece di proseguire verso la porta che dava nell'anticamera, come Shasa si aspettava, Tara svoltò di colpo nel corridoio laterale, chinandosi sotto il braccio di Shasa già proteso a ghermirla. Preso alla sprovvista, restò sbilanciato, cercò di imitarla ma andò a sbattere a tutta forza, col sopracciglio, contro lo spigolo del muro, dalla parte dove non ci vedeva. Si ritrovò con la faccia tutta insanguinata, barcollante e stordito. Intanto arrivava Blaine, di corsa, rosso per lo sforzo e la preoccupazione.

« Cosa diavolo succede, Shasa? » tuonò.

Shasa girò l'angolo e vide Tara che cercava di inserire la chiave nella porticina segreta che dava nel suo studio. Ma era in uno stato tale che non riusciva ad azzeccare il buco della serratura. Le tremavano forte le mani.

Shasa si riscosse, snebbiandosi la mente e spruzzando goccioline di sangue sul muro. Poi si lanciò verso Tara. Lei lo vide arrivare, buttò via la chiave e si mise a bussare a pugni uniti sulla porta.

« Moses! » gridava. « Moses! »

Quando Shasa la raggiunse, la porta si aprì di scatto da dentro, e Moses Gama si fece sulla soglia. I due si guardarono in faccia sopra la testa di Tara, finché lei non gli gettò le braccia al collo.

« Moses, ho cercato di avvertirti », strillava.

Shasa guardò oltre i due e vide che la cassa antica da altare era aperta, e il contenuto sparso sul tappeto. Il filo elettrico che aveva trovato dietro le enciclopedie era stato srotolato e collegato a qualche strano congegno che ora si trovava sulla sua scrivania. Shasa non ne aveva mai visti, ma capì immediatamente che era una specie di detonatore pronto per essere utilizzato. Lì accanto, sulla scrivania, c'era una pistola automatica. Appassionato collezionista di armi da fuoco la riconobbe subito per una Tokarev 7,62, la pistola di ordinanza degli ufficiali russi. Tricia giaceva per terra, accanto alla sua scrivania. Era legata e imbavagliata, ma si contorceva, cercando di liberarsi, ed emetteva gridolini soffocati.

Shasa caricò Moses Gama, ma il negro prese Tara e gliela scagliò addosso. Furono spinti entrambi contro lo stipite della porta. Moses si voltò verso l'interno, mentre Shasa cercava di liberarsi di Tara che gli si era aggrappata mugolando.

« No! No! Deve farlo! »

Shasa la spinse da parte. Moses aveva già in mano il congegno. Schiacciò un bottone e si accese una spia rossa.

Shasa capì che non sarebbe riuscito a raggiungerlo in tempo e agì in un lampo, senza pensare. Raccolse il filo che gli passava accanto, per terra, e gli diede un fortissimo strattone. Il trasmettitore d'impulsi elettrici fu strappato di mano a Moses, rimbalzò sulla scrivania e finì per terra, a metà strada fra loro.

Si tuffarono insieme per prenderlo e Moses lo precedette di una frazione di secondo, afferrando l'aggeggio. Shasa, già lanciato, fece un volteggio e sferrò un calcio violentissimo alla testa di Moses. Lo prese alla tempia e gli fece scattare il capo dall'altra parte. Il trasmettitore gli sfuggì di mano, mentre lui finiva con la schiena contro la scrivania.

Shasa lo seguì per tirargli un altro calcio in testa, ma Moses riuscì a pararlo con l'avambraccio e gli afferrò la caviglia, alzandola. Shasa perse l'equilibrio e cadde pesantemente all'indietro.

Moses si tirò su appoggiandosi alla scrivania e cercò di prendere la pistola, mentre Shasa a quattro zampe gli tornava addosso. Riuscì ad afferrargli con due mani il polso che reggeva l'arma. Lottarono sul pavimento, rotolandosi, scalciando e grugnendo per il possesso della Tokarev.

Tara nel frattempo si era ripresa e aveva raccolto il trasmettitore. Lo teneva in mano senza sapere che fare.

« Come si fa, Moses? » gridò.

Con uno sforzo supremo Moses riuscì a tener sotto Shasa. « Il pulsante giallo. Schiaccia il pulsante giallo! »

Proprio in quella, Blaine Malcomess entrò di corsa dalla porta aperta. « Fermala, Blaine! » gridò Shasa. « Sta per far saltare... » Moses gli troncò la frase con una gomitata nei denti.

Mentre i due ancora lottavano sul pavimento, Blaine tese la mano alla figlia.

« Qua, dallo a me, Tara. »

« Non toccarmi, papà », disse lei facendo qualche passo indietro. Doveva trovare il pulsante giallo e lo cercava a tastoni, fissando suo padre. « Non tentare di fermarmi, papà. »

« Blaine », ansimò Shasa, ma dovette tacere, perché Moses stava per riuscire a divincolare il braccio che stringeva la pistola. I muscoli neri di Moses si gonfiavano nello sforzo, mentre Shasa lo teneva stretto con un gemito strozzato.

La vampa che uscì dalla canna della pistola illuminò l'ambiente come un flash, e si sentì immediatamente l'acre puzza della polvere da sparo.

Blaine Malcomess, ancora col braccio proteso verso Tara, fece un mezzo giro su se stesso andando a urtare contro la libreria. Rimase lì un momento, mentre il sangue gli arrossava la camicia bianca, poi cadde lentamente sulle ginocchia.

« Papà! » Tara gettò via il dispositivo e corse da lui. Si inginocchiò accanto al padre.

La sorpresa aveva allentato la presa di Shasa e Moses approfittò di quel momento per liberarsi e balzare in piedi, ma mentre cercava con gli occhi il trasmettitore Shasa gli saltò addosso. Stava proprio chinandosi a raccoglierlo: da dietro Shasa gli infilò un braccio intorno alla gola e lo bloccò. Cercando di sottrarsi allo strangolamento, Moses lasciò andare la pistola e prese il braccio di Shasa con due mani. Lottarono abbrancati, grugnendo e girando su se stessi, mentre il trasmettitore era per terra ai loro piedi.

Shasa gli diede un pestone col tacco per scassarlo. La bachelite si ruppe, ma la spia rossa rimase accesa.

Moses si infuriò per il danno al trasmettitore e con uno scrollone si liberò della presa di Shasa, girandosi a fronteggiarlo, ma Shasa lo abbrancò di nuovo con tutta la forza e lottarono a petto a petto, ansimando e sudando, mischiando schizzi di sudore, saliva e il sangue della ferita di Shasa, che lordava la faccia a entrambi.

Ancora una volta Shasa riuscì a sbilanciare Moses per un attimo e tirò un altro calcio all'aggeggio. Preso in pieno, si schiantò contro il muro. Il filo pendeva, mezzo strappato: la spia rossa vacillò e poi si spense.

Moses lanciò un grido di disperazione e scagliò Shasa all'indietro contro la scrivania. Mentre l'avversario giaceva stordito, Moses raccolse la pistola dal tappeto e andò barcollando verso la porta aperta. Lì si voltò e puntò l'arma contro Shasa.

« Tu! » ringhiava. « Tu! » Ma gli tremava la mano. Gli sparò, ma non lo prese: il proiettile piovve sul piano della scrivania, a dieci centimetri dalla testa di Shasa, alzando una tempesta di schegge.

Prima che potesse sparare ancora, comparve dietro di lui Manfred De La Rey, così grosso da occupare tutto il vano della porta. Aveva visto l'agitazione di Shasa e pensato bene di seguirlo fuori dell'aula.

Capì la situazione al primo sguardo e reagì subito, tirando un pugno tra capo e collo a Moses Gama, da dietro; un pugno da ex campione olimpionico dei mediomassimi. La pistola sfuggì di mano a Moses, che cadde a sua volta svenuto sulla pistola.

Shasa si alzò a stento dalla scrivania e si trascinò verso Blaine.

« Eccomi », sussurrò inginocchiandosi vicino a lui. « Fammi vedere. »

Tara balbettava parole incoerenti. « Papà, mi dispiace, non volevo, ho fatto quello che credevo giusto. »

Shasa cercò di toglierla di mezzo, ma si era aggrappata a Blaine, aveva le mani e il vestito macchiati del suo sangue.

« Lascialo in pace », le disse Shasa, ma ormai era in piena crisi isterica, abbracciata al padre ripeteva scuotendo la testa: « Papà parlami, papà parlami parlami ».

Shasa fece un passo indietro e le diede un fortissimo ceffone, facendole girare la testa dall'altra parte.

« E lascialo, puttana assassina », le ringhiò contro, e lei strisciò via, con la faccia rossa che già cominciava a gonfiarsi. Shasa la ignorò e delicatamente sbottonò la giacca scura di Blaine.

Da cacciatore, riconobbe subito il sangue rosso arterioso che usciva facendo bollicine dalla ferita ai polmoni.

« No », sussurrò. « Per favore, no! »

Solo allora si accorse che Blaine lo stava guardando in faccia, e ci leggeva la sua prossima morte.

« Tua madre... » disse sfiatando dal foro nei polmoni. « Di' a Centaine... » Non riuscì a continuare.

« Non parlare », gli disse Shasa. « Chiamo il dottore. » Guardò dietro, Manfred stava già telefonando. « Presto, fa' presto », gli gridò.

Ma Blaine lo tirò per la manica. « ... che l'amo. » Gli venne uno sbocco di sangue. « Dille che l'amo tanto. » C'era riuscito, finalmente, e ora ansimava, mentre il sangue gli gorgogliava nel petto. Poi si accinse a un ultimo grande sforzo.

« Shasa », disse. « Shasa, figlio mio... unico figlio mio. »

La nobile testa d'argento crollò in avanti, e Shasa la strinse al petto, abbracciandolo come non aveva mai osato fare prima.

E, sempre abbracciandolo, Shasa cominciò a piangere l'uomo che era stato amico e padre per lui. Le lacrime gli uscivano dall'orbita vuota, scorrendo fuori da sotto la benda di seta nera e mescolandosi al sangue e al sudore.

Quando Tara si avvicinò in ginocchio, tendendo la mano verso la salma del padre, Shasa alzò la testa e la guardò.

« Non toccarlo », le intimò sottovoce. « Non osare sporcarlo con la tua mano. » Il suo unico occhio la fissava con tale disprezzo, con tale odio, che lei arretrò coprendosi la faccia con le mani. Sempre inginocchiata, cominciò a singhiozzare istericamente. Quel rumore fece tornare Shasa in sentimenti. Delicatamente, stese Blaine sulla schiena e gli chiuse gli occhi.

Sulla soglia, Moses si mosse gemendo, e Manfred buttò giù il telefono e gli si avvicinò. A pugni stretti, incombendo su di lui, chiese: « Chi è? »

« Moses Gama », disse Shasa alzandosi. Manfred grugnì.

« Lo cercavamo da anni. Cosa voleva fare? »

« Non lo so davvero. » Shasa andò vicino a Tricia e si chinò su di lei. « Ma penso che abbia piazzato dell'esplosivo qui, da qualche parte. Forse voleva far saltare la Camera. Questo è il dispositivo che stava azionando: meglio evacuare l'edificio e chiamare gli artificieri... » Non dovette finire: proprio in quel momento si sentì correre in corridoio e tre militari del corpo di guardia irruppero nella stanza.

Manfred prese immediatamente la situazione in pugno, cominciando a dare ordini. « Mettete le manette a questo bastardo negro », disse indicando Moses. « E fate evacuare il palazzo. »

Shasa liberò Tricia, togliendo per ultimo il bavaglio. Ma appena ebbe la bocca libera Tricia puntò l'indice contro Tara, che stava ancora singhiozzando vicino al padre morto.

« È lei che... » Shasa non la lasciò finire. La prese per il polso e la tirò in piedi.

« Silenzio! » le intimò, e la sua furia zittì per un momento la ragazza. La trascinò in anticamera e chiuse la porta.

« Ascoltami, Tricia. » La teneva ancora per i polsi, guardandola negli occhi.

« Ma era d'accordo con lui », disse Tricia, tremando. « È la sua... »

« Ascolta me, Tricia », disse Shasa, scuotendola per farla tacere. « Lo so, adesso so tutto. Ma voglio che tu faccia una cosa per me, una cosa di cui ti sarò sempre grato. La farai? »

Tricia si calmò e lo guardò. Vide le lacrime e il sangue che aveva in faccia, e quasi le si spezzò il cuore per lui. Shasa prese il fazzoletto dal taschino e si deterse il viso.

« Fallo per me, Tricia. Te ne prego », ripeté, e lei inghiottì rumorosamente e annuì.

« Se posso », accettò.

« Non dire niente della parte di mia moglie nella faccenda finché la polizia non ti interrogherà ufficialmente. Tanto lo farà, tra poco; allora potrai dir tutto. »

« Perché? » gli chiese.

« Per me e per i miei figli. Te ne prego, Tricia. »

Ancora una volta lei annuì, e lui la baciò in fronte. « Sei una brava e coraggiosa ragazza », le disse, e la lasciò.

Tornò nell'altro locale, dove la polizia segreta stava già interrogando Moses Gama. Era ammanettato, ma alzò la testa e fissò Shasa per un momento. Era uno sguardo cupo, offeso e pieno d'odio. Poi lo portarono via.

Lo studio era pieno di gente che gridava. Infermieri portavano una barella. Un deputato dottore, chiamato in aula, scuoteva la testa, constatando la morte di Blaine, e faceva segno agli infermieri di portar via la salma. Le guardie avevano raccolto il trasmettitore e stavano già seguendo il filo per vedere dove portava.

Tara, seduta alla scrivania, piangeva silenziosamente col viso tra le mani. Shasa le passò dietro diretto verso la cassaforte nascosta da un quadro di Pierneef.

Al riparo del proprio corpo formò la combinazione, aprì la cassaforte e prese le tre o quattromila sterline che ci teneva per ogni evenienza. Si ficcò le mazzette in tasca, poi scorse i passaporti di famiglia e prese quello di Tara. Richiuse la cassaforte, si avvicinò alla donna e la fece alzare in piedi.

« Shasa, io non... »

« Sta' zitta », le sibilò in faccia. Manfred De La Rey si girò a guardarli.

« L'accompagno a casa, è in stato di shock », disse Shasa.

« Va bene, ma torna appena puoi », annuì Manfred. « Dovrai rendere testimonianza. »

Tenendola per il braccio, Shasa la fece uscire dallo studio e la guidò giù per il corridoio. Nel palazzo suonava il campanello d'allarme: deputati e pubblico sciamavano fuori dell'edificio. Shasa si unì a quel flusso, e appena fuori condusse Tara alla Jaguar.

« Dove andiamo? » chiese Tara, mentre si allontanavano. Sedeva tutta sottomessa in un angolo del sedile.

« Non rivolgermi la parola, potrei perdere il controllo di me stesso », l'avvertì lui, serio. « Ho voglia di strozzarti. »

Non parlò più fino all'aeroporto, dove Shasa la caricò sul Mosquito blu e argento.

« Dove andiamo? » ripeté allora, ma lui la ignorò, assorto nei controlli di routine. Poi decollò. Le rispose a quota e velocità di crociera, già sulla rotta.

« L'aereo della sera per Londra parte da Johannesburg alle sette. Appena possibile il contatto radio ti prenoto un posto a bordo », le disse. « Arriveremo circa un'ora prima della partenza. »

« Non capisco », sussurrò lei nella maschera a ossigeno. « Perché mi aiuti a scappare? »

« In primo luogo, per mia madre. Non voglio che sappia che hai ammazzato suo marito, questo la distruggerebbe. »

« Shasa, non sono stata io... » ricominciò, ma lui non provò la minima compassione.

« Zitta », le intimò. « Non intendo stare a sentirti piagnucolare. Non hai idea dei miei sentimenti verso di te: odio e disprezzo sono parole ancora troppo lievi. » Sospirò. Poi riprese: « Dopo mia madre, lo faccio per i ragazzi. Non voglio che sappiano chi realmente sei. Sarebbe un fardello troppo greve per dei giovani che vanno incontro alla vita ».

Tacquero entrambi, e Shasa diede libero sfogo al terribile dolore che provava per la morte di Blaine e che finora aveva soffocato. Sul sedile accanto, anche Tara piangeva suo padre, scossa dai singhiozzi. Sopra la maschera a ossigeno, il suo viso era cereo e gli occhi infossati come ferite.

Forte come il dolore, vi era in Shasa anche l'odio. Dopo un'ora di volo parlò ancora.

« Se dovessi mai tornare in questo Paese, ti farò impiccare. È una solenne promessa che ti faccio. Appena possibile, chiederò il divorzio per abbandono del tetto coniugale. Non ci sarà questione di alimenti né custodia dei figli. Non avrai nessun diritto o privilegio di sorta. Per quanto mi riguarda, sarà come se non fossi mai esistita. Arrangiati: per me puoi anche chiedere asilo politico in Russia. »

Ancora una volta tacque, dominandosi a stento.

« Non verrai nemmeno al suo funerale, ma il ricordo di tuo padre ti tormenterà. Sei responsabile della sua morte e ne avrai per sempre rimorso. È l'unica tua punizione, e voglia Dio che basti ad avvelenarti la vita e farti impazzire pian piano. Io lo spero e prego. »

Lei non rispose, ma si girò dall'altra parte. Più tardi, scendendo su Johannesburg, coi grattacieli illuminati dal sole al tramonto, Shasa le chiese:

« Ci andavi a letto, vero? »

Istintivamente lei capì che era l'ultima occasione che aveva di fargli del male. Si voltò a guardarlo in faccia prima di rispondere.

« Sì, l'amo e siamo amanti. » Lo vide batter ciglio, ma voleva ferirlo ancora di più e continuò. « A parte la morte di mio padre, non rimpiango niente. Non ho fatto niente di cui debba vergognarmi. Al contrario, sono fiera di aver conosciuto e amato un uomo come Moses Gama: fiera di quello che ho fatto per lui e per il mio Paese. »

« Pensa che presto penderà scalciando dalla forca e sii fiera anche di questo », le disse calmo Shasa, e atterrò. Rullò col Mosquito fino al terminal, dove scesero dall'aereo e si guardarono in faccia. Le era venuto un livido dove l'aveva picchiata: il vento gelido dell'altopiano scompigliava indumenti e capelli. Le diede passaporto e banconote.

« Hai il posto prenotato. Qui ci sono i soldi per pagare il biglietto e andar dove ti pare. » Gli si spezzò la voce, mentre dolore e ira s'impadronivano nuovamente di lui. « All'inferno o alla forca, questo è il mio augurio per te. Spero di non vederti e non sentirti nominare mai più. »

Le voltò le spalle, ma lei gli gridò dietro:

« Siamo sempre stati nemici, Shasa Courteney, anche ai bei

tempi. Saremo nemici sino alla fine. Contrariamente a quello che desideri, sentirai riparlare di me. Te l'assicuro ».

Shasa salì sul Mosquito e gli ci volle qualche minuto per riprendersi tanto da poter pilotare l'apparecchio. Quando alzò nuovamente lo sguardo, lei era sparita.

Centaine non volle che Blaine fosse sotterrato. Il pensiero che giacesse sotto terra, putrefacendosi e gonfiandosi, le era insopportabile.

La figlia minore di Blaine, Mathilda Janine, venne da Johannesburg con suo marito David Abrahams, con l'aereo della ditta, a presenziare alla cremazione e alla funzione nella cappella. Al funerale parteciparono più di mille persone, tra cui Verwoerd e il capo dell'opposizione De Villiers Graaff.

Centaine tenne l'urna con le ceneri di Blaine sul tavolo in camera da letto per quasi un mese, prima di trovare il coraggio. Poi chiamò Shasa, e insieme salirono sulla sua collina preferita.

« Blaine e io ci venivamo spesso », gli sussurrò. « Sarà qui che verrò quando vorrò sentirmelo di nuovo accanto. »

Aveva ormai quasi sessant'anni, e per la prima volta li dimostrava anche, notò Shasa guardandola addolorato. Il grigio cresceva nella sua chioma, e presto avrebbe sconfitto il nero. Il dolore aveva offuscato lo sguardo e dato alla bocca una piega amara; la pelle liscia e giovanile, che curava con tanta passione, da un giorno all'altro sembrava invecchiata e floscia.

« Fallo tu per me, ti prego, Shasa », gli disse porgendo l'urna.

Shasa l'aprì e si tolse dal riparo della roccia, in piena tramontana. Il vento gli sbatteva le falde della camicia come un uccello in gabbia può sbattere le ali. Si girò a guardare la madre.

Centaine l'incoraggiò con un cenno, e lui alzò l'urna, rovesciandola. Le ceneri volarono via come polvere al vento. Quando l'urna fu vuota, Shasa tornò a guardare la madre.

« Rompila! » gli comandò, e lui scagliò il vaso contro la roccia. Centaine vacillò, con un gemito.

Shasa corse ad abbracciarla.

« La morte è l'unico avversario che so di non poter vincere mai. Forse è per questo che l'odio tanto », gli sussurrò.

L'accompagnò al solito sedile di roccia e tacquero per un

bel po' di tempo, guardando l'Oceano Atlantico increspato di spuma. Poi Centaine disse:

« So che hai inteso proteggermi, ma adesso dimmi di Tara. Qual è stata la sua parte nella faccenda? »

Così Shasa le raccontò tutto, e alla fine Centaine disse: « Ti sei reso complice. Ne valeva la pena? »

« Credo di sì », rispose lui senza esitazione. « Se fosse stata arrestata e processata, lo scandalo ci avrebbe distrutti tutti. »

« Ci saranno delle conseguenze? »

Shasa scosse la testa. « Manfred... ci proteggerà ancora, come nel caso di Sean. »

Shasa colse il suo dolore alla menzione del nome di Sean. Come lui, non aveva mai superato il brutto colpo, ma ora disse tranquillamente: « Sean era un altro conto. Qui si tratta di omicidio, tradimento e tentata strage. Volevano uccidere il capo dello Stato, sterminare il governo e fare la rivoluzione. Può Manfred insabbiare delle accuse così gravi? E anche se può, perché dovrebbe farlo? »

« Io non so la risposta, mamma », disse Shasa studiando l'espressione del suo volto. « Pensavo anzi che la sapessi tu. »

« Cosa intendi dire? » gli chiese, ed egli pensò di averla colta alla sprovvista, perché nei suoi occhi c'era stato un lampo di paura e confusione. La morte di Blaine l'aveva indebolita e stordita. Prima non si sarebbe mai tradita così.

« Proteggendo noi, e me in particolare, Manfred protegge se stesso e le sue ambizioni politiche », ragionò Shasa. « Perché se cado io, che sono sempre stato un suo protetto, ne risente la sua stessa carriera. Ma non soltanto questo: sento che c'è sotto qualcos'altro, che però non riesco a indovinare. »

Centaine non gli rispose, ma girò il volto e si mise a guardare il mare.

« È come se Manfred De La Rey nutrisse nei nostri confronti qualche strano sentimento di fedeltà, oppure un obbligo che deve riparare, o addirittura un certo senso di colpa verso la nostra famiglia. È possibile che sia così, mamma? C'è qualcosa che io non conosco, che crea degli obblighi nei nostri confronti da parte di Manfred? Mi hai nascosto qualcosa, in tutti questi anni? »

Assisté alla sua lotta con se stessa. A un certo punto gli parve che da un momento all'altro sarebbe arrivata la rivelazione di qualche verità sepolta, o di qualche terribile segreto che avesse chiuso in sé da troppo tempo. Ma vide la sua espressione indurirsi: vide come rifluire in lei la forza e l'energia che la morte di Blaine le aveva sottratto.

Fu una specie di piccolo miracolo. Gli anni parvero cascarle di dosso: gli occhi le si illuminarono, la testa tornò arditamente eretta. Perfino le rughe intorno agli occhi e alla bocca sembrarono spianarsi.

« Come ti è venuta in mente un'idea simile? » gli chiese vivacemente, e si alzò in piedi. « Bah. Ho pianto, penato e sofferto anche troppo. Blaine sarebbe il primo a protestare. » Prese Shasa sottobraccio. « Vieni, andiamo via. Ho ancora una vita da vivere e del lavoro da fare. »

A metà della discesa, gli chiese all'improvviso: « Quando comincia il processo a Moses Gama? »

« Il dieci del mese prossimo. »

« Lo sai che una volta questo Moses Gama lavorava da noi? »

« Sì, mamma, e proprio perché me lo ricordavo ho potuto fermarlo. »

« Era un gran piantagrane fin da allora. Bisogna fare il possibile perché lo condannino a morte. È il meno che possiamo fare per la memoria di Blaine. »

« Non capisco perché devi affibbiare proprio a me questo giovane rompicoglioni », protestò acido Desmond Blake. Lavorava al giornale da ventidue anni, e prima che il gin avesse la meglio su di lui era stato il miglior giornalista politico e giudiziario del *Golden City Mail.* Gli ettolitri di gin che tracannava non gli avevano soltanto troncato la carriera, ma ingrigito i capelli, riempito la faccia di rughe, rovinato il fegato e l'umore; senza tuttavia tarpargli l'intuito politico e la capacità di penetrare agevolmente nelle pieghe più riposte della mentalità criminale.

« Perché è un ragazzo intelligente », gli spiegò benevolmente il direttore.

« Questo è il processo più sensazionale del secolo », disse Desmond Blake, « e tu vuoi che mi tiri dietro un principiante che non sarebbe capace nemmeno di scrivere la notiziola di una mostra di fiori! »

« Sono convinto che potenzialmente ha grandi qualità. Per

questo voglio che sia tu a prenderlo per mano e insegnargli il mestiere. »

« Tutte balle! » berciò Desmond Blake. « Almeno dimmi la vera ragione. »

« E va bene », sbuffò il direttore, esasperato. « La vera ragione è che suo padre è Shasa Courteney, sua nonna è Centaine Courteney, e la Courteney Mining & Finance nei mesi scorsi ha acquistato il trentacinque per cento delle azioni del nostro gruppo editoriale. Saprai già che chi si oppone ai progetti di Centaine Courteney finisce male; come minimo, disoccupato. Quindi spupazzati il rampollo e taci, che mi hai già rotto le palle e devo far uscire il giornale. »

Desmond Blake si grattò la testa desolato. Mentre usciva, il direttore ribadì grossolanamente la minaccia.

« Allora ricòrdatelo, è il figlio del padrone. Ma insegnargli il mestiere può anche assicurare il posto di lavoro a un vecchio giornalista che comincia ad amare troppo la bottiglia. »

Desmond si aggirò lugubremente per la redazione. Conosceva il ragazzo di vista: un collega gliel'aveva indicato come erede dell'impero Courteney, chiedendosi cosa diavolo facesse al giornale anziché al campo di polo.

Desmond si fermò al tavolo d'angolo che Michael divideva con altri due giovani cronisti.

« Sei tu Michael Courteney? » gli chiese, e il ragazzo balzò in piedi.

« Sì, signore. » Era emozionato che gli si rivolgesse un famoso giornalista.

« Oh, merda! » disse amaro Desmond. « Niente è più deprimente del viso radioso dell'entusiasmo giovanile. Dài, vieni con me. »

« Dove andiamo? » chiese Michael, indossando tutto contento la giacca.

« Al bar, no? Ho bisogno di mandar giù qualcosa di forte per consolarmi di doverti insegnare il mestiere. »

Da basso, studiò Michael, sogguardandolo oltre il bicchiere.

« Ti darò la prima lezione subito, ragazzo mio », disse ingollando un sorso di gin and tonic. « Niente è mai quello che sembra, e nessuno è mai chi dice di essere. Incìditelo nel cuore. Seconda lezione: bevi solo spremute, bravo, l'alcool è un veleno. Terza lezione: al bar paga sempre tu, con un bel sorriso. » Tracannò un altro sorso. « Sicché, sei di Città del Capo.

Bene, perché è proprio lì che andremo, a veder condannare a morte un uomo. »

Vicky Gama prese l'autobus per andare a Drake's Farm, ma ugualmente dovette fare due chilometri a piedi, perché la fermata era lontana dal vecchio centro del sobborgo negro. Procedeva piano piano, perché, sebbene incinta di soli quattro mesi, cominciava però già a stancarsi facilmente.

Hendrick Tabaka era nel suo principale negozio a sovrintendere agli affari, ma venne subito da lei, che lo salutò col rispetto dovuto al fratello maggiore di suo marito. Hendrick l'accompagnò nel suo ufficio, e disse a uno dei figli più grandi di portare una sedia per lei.

Vicky riconobbe Raleigh Tabaka, e gli sorrise quando le portò la sedia. « Sei diventato un bel giovanotto, Raleigh. Hai finito di studiare? »

« *Yebo, sissie* », rispose educatamente ma con un po' di riserbo Raleigh, perché la moglie di suo zio era pur sempre una zulu, e suo padre gli aveva insegnato a diffidare di tutti gli zulu. « Adesso aiuto mio padre, *sissie*, sorellina. Imparo il mestiere e presto gestirò un negozio mio. »

Hendrick Tabaka sorrise, fiero del figlio preferito. « Impara in fretta, e ho una grande fiducia in lui. » Confermò quello che aveva appena detto Raleigh: « Presto lo manderò alla bottega di Sharpeville, vicino a Vereeniging, a imparare anche il mestiere di fornaio ».

« Dov'è il tuo gemello Wellington? » chiese Vicky, e subito Hendrick Tabaka si rannuvolò e fece segno a Raleigh di lasciarli soli. Quindi, rispose, irritato. « I preti bianchi hanno catturato il cuore di Wellington. L'hanno sedotto, per fargli abbandonare gli dèi della tribù e degli antenati e metterlo al servizio del dio dell'uomo bianco. Questo strano dio Gesù con tre teste. Questo mi ha profondamente addolorato, perché speravo che Wellington, con Raleigh, diventasse l'altro bastone della mia vecchiaia. Ma si è messo a studiare da prete, e l'ho perduto. »

Sedette al tavolino ingombro di carte che gli serviva da scrivania e si guardò le mani un momento. Poi alzò il testone pelato, con su le cicatrici di vecchie battaglie.

« E così, moglie di mio fratello, viviamo un tempo di grande dolore. Moses Gama è stato preso dalla polizia dei bianchi, e non c'è dubbio che lo impiccheranno. Mi spiace ricordarlo ora, ma io l'avevo detto: l'uomo saggio non tira sassi al leone addormentato. »

« Moses Gama ha fatto il suo dovere. Ha realizzato l'impresa per cui era nato », disse tranquillamente Vicky. « Ha vibrato un colpo per tutti noi: per te, per me e per il nostro bambino. » Si toccò la pancia che cominciava a tendere l'uniforme da infermiera. « E adesso ha bisogno del nostro aiuto. »

« Dimmi che cosa posso fare per lui », sollecitò Hendrick inclinando la testa. « Sai, non era solo mio fratello, ma anche il mio capo. »

« Abbiamo bisogno di soldi per l'avvocato che dovrà difenderlo nel tribunale dei bianchi. Sono andata a trovare Marcus Archer e gli altri dell'ANC nella casa di Rivonia. Non ci aiuteranno: dicono che Moses ha agito senza la loro approvazione. Dicono che si erano accordati nel senso di non causare vittime. Dicono che se ci dessero i soldi per l'avvocato, la polizia risalirebbe a loro, considerandoli complici. Dicono tante altre cose, meno la verità. »

« Qual è la verità, sorella mia? » chiese Hendrick.

A un tratto la voce di Vicky vibrò di furia. « La verità è che lo odiano. La verità è che hanno paura di lui. La verità è che sono gelosi di lui. Moses ha fatto quello che nessuno di loro avrebbe mai osato fare: ha puntato la lancia al cuore del tiranno bianco, e, anche se ha fallito il colpo, adesso il mondo sa che è stato vibrato. Non solo in questa terra, ma oltre il mare, tutto il mondo sa chi è il leader del nostro popolo. »

« Questo è vero », ammise Hendrick. « Il suo nome è sulla bocca di tutti. »

« Dobbiamo salvarlo, fratello Hendrick. Dobbiamo fare tutto il possibile per salvarlo. »

Hendrick si alzò e andò alla piccola credenza che c'era in un angolo della stanza. La spostò, rivelando una cassaforte a muro, una Chatwood vecchio modello. Quando aprì lo sportello di acciaio verniciato di verde, si vide l'interno tutto stipato di banconote.

« Questo denaro appartiene a Moses. È la sua parte. Prendi quello che ti serve », disse Hendrick Tabaka.

La Corte Suprema del Sudafrica per la Provincia del Capo sorge su un lato degli orti creati nel 1650 da Ja van Riebeek, primo governatore del Capo, per rifornire le navi della Compagnia delle Indie Orientali olandese. Adesso gli orti sono diventati dei magnifici giardini: dall'altra parte sorge il Parlamento che Moses Gama aveva tentato di distruggere. Sicché gli avrebbero fatto il processo a poca distanza dal luogo del delitto.

Il processo aveva suscitato un grandissimo interesse internazionale, e troupe televisive e giornalisti cominciarono ad affluire a Città del Capo da tutto il mondo con una settimana di anticipo per seguirlo.

Vicky Gama si fece in treno i duemila chilometri dal Witwatersrand. Venne con l'avvocato bianco che avrebbe difeso Moses e più di cinquanta membri della componente più radicale dell'Africa National Congress, quasi tutti meno che trentenni, come lei, e molti militanti clandestini dell'ala armata del partito, l'*Umkhonto we Sizwe* di Moses Gama. Tra costoro c'era il fratellastro di Vicky, Joseph Dinizulu, che aveva quasi ventun anni e studiava giurisprudenza all'università negra di Fort Hare.

Le spese erano pagate col denaro che Hendrick Tabaka aveva dato a Vicky.

Molly Broadhurst venne a riceverli alla stazione di Città del Capo. Vicky, Joseph e l'avvocato sarebbero stati suoi ospiti durante il processo: per tutti gli altri erano state trovate delle sistemazioni nei sobborghi negri di Langa e Guguletu.

Desmond Blake e Michael Courteney invece arrivarono in aereo da Johannesburg, e, mentre Desmond metteva al lavoro i baristi, Michael raccoglieva tutta la documentazione possibile e immaginabile sull'ANC, Moses Gama e la sua tribù.

Centaine Courteney Malcomess andò a prenderli all'aeroporto. Senza nemmeno accorgersi dell'imbarazzo di Michael, fece prendere la sua valigia da ben due servitori perché la caricassero sulla vecchia Daimler gialla che come al solito guidava personalmente. Da quando Tara era via, Centaine era tornata la padrona di Weltevreden.

« Ma, nonna, il giornale ci ha riservato due camere all'Atlantic Hotel », protestò Michael dopo il doveroso abbraccio. « È vicinissimo al tribunale e alla biblioteca nazionale. »

« Sciocchezze », disse fermamente Centaine. « L'Atlantic è il residence delle pulci e Weltevreden è casa tua. »

« Ma papà mi ha cacciato di casa... »

« Ah sì? Mi pareva che sentisse la tua mancanza più di me. »

Shasa fece sedere Michael accanto a sé a cena, e perfino Isabella rimase totalmente esclusa dalla conversazione. Shasa restò così impressionato dalla novella maturità del figlio minore che ordinò subito all'agente di borsa di comprargli altre centomila azioni del gruppo editoriale del *Golden City Mail.*

Manfred e Heidi vennero a cena a Weltevreden la sera prima dell'inizio del processo e, mentre bevevano l'aperitivo, Manfred espresse una preoccupazione condivisa anche da Shasa e Centaine.

« Quello che l'accusa e la corte devono assolutamente evitare è che il processo si trasformi in un processo alle nostre leggi e alla nostra società, anziché restare un processo a un terrorista assassino. Gli avvoltoi della stampa internazionale sono già qui, impazienti di presentarci nella peggior luce possibile, distorcendo e fraintendendo a bella posta la nostra politica di apartheid. Ah, se avessimo modo di controllare un po' di più la stampa e la magistratura! »

« Sai che non posso esser d'accordo con te su questo punto », disse Shasa contorcendosi sulla sedia. « La completa indipendenza della nostra stampa e l'imparzialità del sistema giudiziario ci danno credibilità agli occhi del mondo. »

« È inutile che mi tieni queste lezioni, sono avvocato », precisò piccato Manfred.

Era strano che, nonostante i forti legami oggettivi e il mutuo beneficio dei loro rapporti, non riuscissero a diventare veri amici, e l'antagonismo fosse sempre pronto a riaffiorare fra loro. Stavolta ci volle qualche momento a far calare la tensione e ritrovare la superficiale cordialità di prima. Soltanto allora Manfred poté dire a Shasa: « Ci siamo finalmente accordati con l'accusa di non sollevare la questione della complicità di tua moglie. A parte la difficoltà dell'estradizione dalla Gran Bretagna – Tara chiederebbe sicuramente asilo politico –, bisogna considerare la natura dei suoi rapporti con Gama. Una donna bianca che va con un negro... » Manfred fece una faccia disgustata. « È una cosa che ripugna a chiunque abbia un minimo di princìpi morali. Sollevare l'argomento non servirebbe proprio a niente all'accusa, ma semmai alla stampa scandalistica. Meglio evitarlo, anche per i riflessi che avrebbe su tutti noi.» Manfred sottolineò le ultime parole. Era quello che Shasa voleva sentire dal ministro degli Interni, e lo ringraziò.

« Io ti devo moltissimo... prima per mio figlio Sean, e ora per mia moglie. »

« *Ja*, mi devi moltissimo », annuì Manfred. « Forse un giorno ti chiederò di restituirmi il favore. »

« Lo spero proprio », disse Shasa. « Non sono tranquillo quando ho un debito. »

Fuori della Corte Suprema entrambi i marciapiedi erano pieni di gente. Dall'aula del processo il pubblico si riversava per i corridoi e l'atrio del palazzo di giustizia fino in strada, quasi fermando la circolazione delle macchine.

Il pubblico era più folto all'ingresso, sotto il colonnato. Ogni volta che arrivava qualche protagonista del dramma, giornalisti e fotografi lo prendevano d'assalto. Il pubblico ministero sorrideva e salutava sventolando la mano come un divo del cinema, ma tanti altri, intimiditi dalla folla, dai flash e dalle domande urlate, si mettevano quasi a correre cercando la protezione della scorta.

Pochi minuti prima dell'inizio del processo arrivò lentamente un pullman di noleggio dai cui finestrini si levavano canti africani, sempre più alti, e così suggestivi da far venir la pelle d'oca, beando le orecchie degli ascoltatori. La prima a scendere dal pullman davanti alla Corte Suprema fu una giovane donna zulu, che indossava uno svolazzante caffetano verde, giallo e nero, i colori dell'African National Congress, e un turbante degli stessi colori.

Incinta, Vicky era ancora più bella del solito. Non si riconosceva più la timida ragazza di campagna di un tempo. Andava a testa alta, e si muoveva con tutta la disinvoltura e la classe di una Evita africana.

Operatori televisivi e fotografi capirono subito che si presentava un'occasione ghiotta, e si affollarono davanti a lei per catturare la sua nera bellezza e registrare la sua gran voce che intonava l'emozionante inno alla libertà:

« *Nkosi Sikelel'i Afrika*, Dio salvi l'Africa. »

Dietro di lei, tenendosi per mano e cantando in coro, venivano tutti gli altri: c'erano anche dei bianchi come Molly Boadhurst, indiani e meticci come Miriam e Ben Afrika, ma per la maggioranza erano puri africani. Sciamarono sulla scalinata e in aula, dove riempirono i settori riservati ai *non-whites* e buona parte dei corridoi.

Il resto dello spazio era occupato dai giornalisti e dai curiosi, meno una sezione transennata a disposizione degli osservatori del corpo diplomatico. Tutte le ambasciate erano rappresentate.

A ogni ingresso dell'aula c'erano sentinelle armate della polizia, e altre – comandate da ben quattro ufficiali – presso il banco degli imputati. Il prigioniero era un assassino e un pericoloso rivoluzionario e non si volevano correre rischi.

Tuttavia, quando arrivò in aula, Moses Gama non aveva affatto un'aria sinistra. Durante la detenzione era dimagrito, ma questo non faceva che sottolineare la sua alta statura e la larghezza delle spalle. Aveva le guance scavate e il viso ossuto, ma stava come sempre a testa alta dominando l'aula col suo sguardo magnetico. Negli occhi gli ardeva un cupo bagliore messianico.

La sua presenza era così imponente che l'aula sembrava tutta sua. Come arrivò, tra il pubblico i commenti dei curiosi lasciarono subito il posto a un silenzio sbigottito: la reverenza che quasi tutti provavano per lui era tangibile. In tribuna, Victoria Dinizulu scattò in piedi e si mise a cantare, e i suoi vicini si unirono al coro. Ascoltando la sua bella voce forte, Moses Gama inclinò leggermente la testa, ma non sorrise né salutò la moglie.

Il canto di libertà di Vicky fu ben presto interrotto dal grido di « *Stilte in die hof! Opstaan!* Silenzio in aula! In piedi! »

Entrava il più alto magistrato della provincia del Capo, con la toga scarlatta a indicare che si trattava di un procedimento penale. Sedette sul suo scranno sotto il baldacchino intagliato.

Il giudice André Villiers era un uomo massiccio, dotato di un fine senso teatrale. Era noto come grande gastronomo, enologo e donnaiolo, e per irrogare severissime pene ai responsabili dei fatti di sangue.

Si accomodò pesantemente sul suo scranno, guardandosi intorno mentre il cancelliere leggeva le accuse, e soffermandosi soprattutto sulle belle donne che vedeva tra il pubblico. Su Kitty Godolphin si soffermò almeno due secondi, e quando si vide rivolgere quel suo sorriso d'angelo si accigliò leggermente prima di passare oltre.

I capi d'imputazione principali contro Moses Gama erano quattro. Due tentati omicidi, un omicidio e l'alto tradimento. Erano tutte accuse che prevedevano la condanna a morte, ma Moses Gama non mostrò alcuna emozione quando se le sentì formulare.

Il giudice Villiers ruppe il silenzio che seguì la lettura. « Si dichiara innocente o colpevole di questi delitti? »

Moses si sporse in avanti, con le mani sulla sbarra. A voce bassa, piena di disprezzo, ma che giungeva dappertutto nell'aula affollata, disse: « Sul banco degli imputati dovrebbero esserci Verwoerd e gli altri boia del governo. Mi dichiaro innocente ».

Moses sedette subito dopo e non alzò nemmeno gli occhi mentre il giudice presentava il pubblico accusatore. Ma quando il magistrato chiese: « E chi rappresenta la difesa? » Moses si alzò in piedi di nuovo, prima che l'avvocato nominato da Vicky e da Hendrick Tabaka potesse interloquire.

« Mi difendo da solo », tuonò. « Io subisco questo processo per le aspirazioni del popolo africano. Nessun altro può parlare per me. Io sono il leader del mio popolo e rispondo per me e per lui. »

In aula scoppiò un putiferio di esclamazioni e mormorii, così che il giudice dovette martellare invano per un bel pezzo. Quando riuscì finalmente a ottenere il silenzio, ammonì il pubblico.

« Se ci sarà un'altra manifestazione analoga di vilipendio della corte farò sgombrare l'aula senza esitare. »

Tornò a rivolgersi a Moses Gama, per ragionare con lui e cercare di persuaderlo ad accettare la difesa di un legale, ma Moses lo bloccò immediatamente.

« No, no, io la ricuso, giudice Villiers », disse. Il magistrato dalla toga scarlatta sbatté gli occhi perplesso e momentaneamente zittito.

Poi sorrise della sfacciataggine dell'imputato e chiese: « E quale sarebbe il motivo di questa sua istanza di ricusazione? »

« Lei è un giudice bianco e non può giudicare equamente e imparzialmente me, un negro costretto a subire le leggi immorali di un Parlamento che non mi rappresenta. »

Il giudice scosse la testa, fra esasperato e ammirato. « Respingo l'istanza di ricusazione », disse. « E la esorto ad accettare i competenti servigi dell'avvocato difensore che qui la rappresenta. »

« Non accetto né i suoi servigi né la competenza di questa corte a condannarmi. Tutto il mondo sa che lei è qui per questo. Io accetto soltanto il verdetto del mio popolo, che è misero e schiavo, e delle nazioni libere del mondo. Saranno loro, e la storia, a decidere della mia innocenza o colpevolezza. »

La stampa era elettrizzata. C'erano cronisti così incantati che non scrivevano nemmeno le sue parole: erano indimenticabili. Per Michael Courteney, seduto tra i giornalisti in ultima fila, furono una rivelazione. Era sempre vissuto in mezzo agli africani, la sua famiglia li ingaggiava a decine di migliaia, ma fino a questo momento non aveva mai conosciuto un negro dotato di tanta dignità e... maestà. Il giudice Villiers si contorse a disagio sul suo scranno. Era abituato a recitare da protagonista, annullando tutti gli altri con l'autorità del mattatore nato. Ma qui aveva trovato uno che gli rubava la scena. Moses Gama attirava l'attenzione di tutti e più nessuno guardava lui.

« Molto bene », disse alla fine il giudice Villiers. « Signor pubblico ministero, può procedere a illustrare le ragioni dell'accusa. »

Il PM era bravissimo; inoltre disponeva di prove schiaccianti. Espose il punto di vista dell'accusa con infallibile efficacia, attenzione ai particolari, logica e grande persuasione.

Presentò i corpi del reato alla corte uno alla volta: il filo elettrico, il detonatore, la pistola Tokarev con i caricatori di riserva. L'esplosivo non fu ammesso in aula, ma furono mostrate a tutti le fotografie. Anche la cassa non fu esibita perché troppo grossa: ma circolarono le foto che mostravano chiaramente il doppiofondo. E passarono agli atti, assieme alle terribili foto dello studio di Shasa devastato dalla colluttazione, con il cadavere di Blaine contro la libreria, il sangue sulla moquette, i mobili schiantati e i documenti dappertutto. Centaine distolse lo sguardo quando furono mostrate le fotografie, e Shasa le strinse il braccio cercando di sottrarla agli sguardi dei curiosi che volevano vedere la vedova.

Esibiti i corpi del reato, il pubblico accusatore chiamò il primo testimone, « l'onorevole ministro dell'Industria e delle Miniere Shasa Courteney ».

Shasa testimoniò per tutto il resto dell'udienza e tutta la mattina dopo, raccontando nei particolari come aveva fatto a scoprire e sventare l'attentato dinamitardo.

Il PM gli chiese di raccontare come aveva conosciuto Moses

Gama da ragazzo, e Shasa descrisse la loro amicizia. Qui Moses alzò la testa e per la prima volta guardò Shasa in faccia. Ma il testimone non ci vide balenare neanche l'ombra della simpatia di una volta: lo sguardo di Moses Gama era irridente e duro.

Quando il pubblico ministero ebbe finito l'interrogatorio, si rivolse all'accusato e disse: « Si accomodi ». Il giudice Villiers parve svegliarsi di soprassalto.

« Vuole controinterrogare il teste? »

Moses scosse la testa e distolse lo sguardo, ma il giudice insisté. « Sarà la sua ultima occasione di contestare o correggere la testimonianza, e le suggerisco di approfittarne. »

Moses incrociò le braccia e chiuse gli occhi, come se adesso avesse deciso di dormire lui, e dal pubblico « non bianco » partirono lazzi e sghignazzate.

Il giudice Villiers alzò la voce. « Non vi ammonirò un'altra volta », disse, e davanti alla sua ira tutti fecero silenzio.

Nei quattro giorni successivi sfilarono a deporre i testimoni dell'accusa.

Tricia, la segretaria di Shasa, spiegò come Moses fosse riuscito ad accedere all'edificio del Parlamento travestito da autista, e come il giorno dell'attentato l'avesse legata e imbavagliata. Disse che l'aveva visto sparare al povero colonnello Malcomess.

« Vuole controinterrogare la testimone? » chiese il giudice Villiers, e ancora una volta Moses scosse la testa.

Manfred De La Rey raccontò come aveva sorpreso Moses Gama con la pistola in mano, sul corpo di Blaine Malcomess morente. Come l'aveva sentito gridare « Tu! Tu! » prima di sparare un colpo in direzione di Shasa Courteney.

« Vuole controinterrogare il testimone? » chiese il giudice, e Moses non alzò nemmeno lo sguardo.

Un tecnico descrisse il materiale esplosivo e affermò che era di provenienza russa. Poi parlò dell'effetto che avrebbe avuto se fosse saltato in aria sotto i banchi del governo.

« Secondo me avrebbe completamente distrutto la Camera e i vani adiacenti. In aula avrebbe certamente ucciso tutti; forse qualcuno sarebbe sopravvissuto nell'atrio e nei circostanti uffici. »

Alla fine di ogni interrogatorio Moses rifiutò di esercitare il diritto alla difesa. Alla fine della quarta udienza l'accusa fece la sua requisitoria, e il giudice aggiornò la seduta con un ultimo avvertimento al prigioniero.

« Lunedì, quando la corte si riunirà di nuovo, le sarà chiesto di rispondere alle accuse che le sono mosse. Devo ancora una volta avvertirla che le imputazioni sono gravissime, e che è in gioco la sua vita. Le suggerisco quindi di servirsi dell'avvocato. »

Moses Gama rispose con un sorrisetto sprezzante.

La cena a Weltevreden, quella sera, fu malinconica. L'unico a non risentire degli eventi della giornata era Garry, che aveva trascorso il finesettimana alla miniera di Silver River.

Mentre gli altri della famiglia sedevano mogi, riflettendo sugli avvenimenti e sulla loro parte in essi, Garry parlava tutto entusiasta dei suoi progetti per abbassare ulteriormente i costi alla miniera.

« Gli incidenti sul lavoro ci costano un sacco di soldi per la mancata produzione. Ammetto che negli ultimi due anni siamo rientrati nella media del settore, ma se riuscissimo a ridurre le perdite a due su centomila turni le spese generali diminuirebbero di più del dodici per cento. Ossia venti milioni di sterline l'anno. Inoltre otterremmo la soddisfazione e la cooperazione dei minatori. Ho inserito tutte le cifre nel computer... » Gli brillarono gli occhi mentre citava il complesso marchingegno. Shasa sapeva, perché gliel'avevano riferito, che Garry spesso passava tutta la notte a lavorare ai terminali del nuovo IBM che la società aveva infine deciso di installare.

« Il ragazzo sa adoperare la macchina come i nostri tecnici, se non meglio ancora. È quasi capace di farla scodinzolare e fischiettare *Dio salvi la regina* », gli aveva detto David Abrahams senza nascondere la propria ammirazione. Shasa aveva risposto con una battuta, per celare la fierezza paterna: « Tanto entro l'anno cambia l'inno, diventiamo repubblica ».

« Garry, ma lo sai che sei davvero noioso? » l'interruppe alla fine Isabella. « Possibile che a tavola dobbiamo sempre sentir parlare di tonnellate e grisù? Non mi stupisce che non trovi una ragazza! »

« Una volta tanto sono d'accordo con Bella », disse con calma Centaine da capotavola. « Ora basta, per stasera, Garry. In questo momento non riesco a concentrarmi su queste cose: credo che sia stata la settimana peggiore della mia vita. Dover guardare tutti i giorni in faccia questo mostro, con le mani lorde del sangue di Blaine, che dal banco degli imputati ci sfida prendendosi gioco del nostro sistema giudiziario! Quel sovversivo minaccia di abbattere l'intera struttura del governo, e ripiombarci nell'anarchia e nella ferocia africana che regnavano su questa terra prima che arrivassimo noi bianchi. E lui ci guata, dalla sbarra! Quanto lo odio! Non ho mai odiato nessuno come lui. Ogni sera prego che l'impicchino! »

Inaspettatamente le rispose Michael. « Sì, noi lo odiamo, nonna. Lo odiamo perché abbiamo paura di lui, e abbiamo paura di lui perché non lo capiamo, come non capiamo il suo popolo. »

Tutti lo guardarono sbalorditi.

« Ma certo che lo capiamo », disse Centaine. « È tutta la vita che stiamo in Africa, e capiamo i negri meglio di chiunque altro, credimi. »

« Non credo, nonna. Credo che se avessimo veramente capito quest'uomo, se avessimo ascoltato quello che aveva da dire, oggi Blaine sarebbe ancora vivo. Poteva essere un alleato, Moses Gama, e non un nemico mortale. Poteva diventare un cittadino importante e rispettato, e non un imputato che rischia la forca. »

« Ma che strane idee ti sei fatto in quel tuo giornale! Quello ha assassinato tuo nonno », disse Centaine, rivolgendo un'occhiata a Shasa che agevolmente la decifrò (« Qua abbiamo un altro problema »), ma Michael proseguì senza badarci.

« Moses Gama sarà impiccato, lo sappiamo tutti. Ma le sue parole e le sue idee sopravvivranno. Ora so perché dovevo fare il giornalista: per spiegare quelle idee alla nostra gente, per dimostrare loro che sono eque e giuste, e per niente pericolose. Anzi in quelle idee risiedono tutte le nostre speranze di sopravvivenza come nazione. »

« Meno male che ho mandato di là i servitori », l'interruppe Centaine. « Non avrei mai pensato di sentir pronunciare simili parole nella sala da pranzo di Weltevreden. »

Vicky Gama attese per più di un'ora nell'anticamera dei visitatori alla prigione di Roeland Street, mentre le guardie carcerarie esaminavano il contenuto del pacco che aveva portato a

Moses e decidevano se era il caso di lasciarle dare quella roba al detenuto.

« Ma non sono che vestiti », disse Vicky, in tono ragionevole.

« Piuttosto insoliti, direi », ribatté il sergente.

« Sono gli abiti tradizionali della tribù di mio marito. Ha diritto di indossarli. »

Alla fine dovette decidere il direttore in persona. Quando le diede il permesso, Vicky protestò: « I suoi uomini mi hanno trattata con deliberata rudezza e ostilità ».

Lui le rise in faccia. « Mi domando come ci tratterete voi, signora mia, se l'ANC andrà al potere. Chissà se ci farete la cortesia di un processo, o ci massacrerete direttamente in strada, come aveva intenzione di fare suo marito. »

Quando a Vicky fu finalmente concesso di dare il pacchetto a Moses, sotto gli occhi attenti dei carcerieri (ben quattro), lui le domandò: « Chi ha avuto l'idea? »

« Io, ma è stato Hendrick a comprare le pelli e sono state le sue mogli a cucirle. »

« Sei una donna intelligente », la lodò Moses, « e una brava moglie. »

« Tu, mio signore, sei un grande capo, ed è giusto che indossi le insegne del tuo rango. »

Moses sollevò il gran manto di pelle di leopardo, pesante e lungo fino ai piedi, nero e giallo lucido e dorato, con rosette del deserto come decorazione.

« Tu hai capito », annuì lui. « Tu hai visto la necessità di usare l'aula giudiziaria dell'uomo bianco come un palcoscenico da cui gridare al mondo il nostro anelito di libertà. »

Vicky abbassò gli occhi e la voce. « Mio signore, tu non devi morire. Se muori, gran parte del nostro sogno di libertà muore con te. Non vuoi dunque difenderti, per amor mio e del nostro popolo? »

« No, io non morirò », la rassicurò. « Le grandi nazioni del mondo non lo permetteranno. La Gran Bretagna ha già preso chiaramente posizione, e anche l'America non può permettersi di lasciarmi impiccare. I negri degli Stati Uniti lottano per i diritti civili: no, non può lasciarmi andare alla morte. »

« Non ho nessuna fiducia nell'altruismo delle grandi potenze », disse Vicky.

« Abbine nel loro egoismo, e in me: vedrai che come sempre faranno il loro interesse. »

Quando Moses Gama si presentò alla corte nel manto di pelliccia di leopardo, parve una reincarnazione degli antichi re negri. Ribadì la sua posizione.

« Non chiamo testimoni a mia difesa », disse gravemente Gama. « Mi limiterò a fare una dichiarazione dalla sbarra. È tutta la cooperazione che intendo dare a questa parodia di giustizia. »

« Vostro onore! » schizzò subito in piedi, paonazzo, il pubblico accusatore. « Debbo far rilevare alla corte che... »

« Grazie! » l'interruppe gelidamente il giudice Villiers. « Non ho alcun bisogno che mi si dica come condurre questo processo », e il pubblico accusatore tornò a sedersi scornato, balbettando versi inarticolati di protesta.

Gravemente, il giudice in toga scarlatta si rivolse di nuovo a Moses Gama. « Quel che cercava di esprimere il rappresentante della pubblica accusa è chiarirle bene che se lei non va al banco dei testimoni, non giura, e non si sottopone al controinterrogatorio di rito, ciò che ha da dire avrà ben poca rilevanza ai fini del processo. »

« Un giuramento al vostro dio dei bianchi, in questa corte con un giudice e un accusatore bianco, con testimoni bianchi e poliziotti bianchi alle porte. Non mi assoggetto a questo genere di giustizia. »

Il giudice Villiers scosse la testa con espressione contrita, poi allargò compostamente le braccia. « Benissimo. Lei è stato avvertito delle conseguenze. Faccia pure la sua dichiarazione. »

Moses Gama fece una lunga pausa, poi cominciò a voce bassa.

« C'era una volta un bambino che scorrazzava gioioso in una splendida terra, che beveva l'acqua limpida dei fiumi, ascoltava con piacere il canto degli uccelli e si interessava alla vita delle gazzelle, dei pangolini e di tutta la meravigliosa fauna selvatica; un ragazzetto che badava al bestiame di suo padre, e la sera sedeva accanto al fuoco e ascoltava le storie degli eroi del suo popolo, Bambata, Sekhukhuni e il grande Chaka.

« Questo ragazzetto si sentiva membro di un popolo pacifico, che possedeva la terra in cui viveva ed era libero di andare dove volesse con fiducia e gioia. Ma poi un giorno, quando ebbe nove anni di età, un essere strano si presentò al *kraal* dove il ragazzo abitava, una creatura dalla faccia rossa e le maniere altezzose, e il ragazzo vide che la gente aveva paura di lui, perfino suo padre e suo nonno, che erano i capi della tribù, avevano paura, una paura che il ragazzo non aveva mai visto in loro. »

Nell'aula affollatissima nessuno fiatava, mentre Moses Gama raccontava la perdita dell'innocenza e il primo confronto con le amare verità della sua vita. Descrisse il suo sbalordimento quando l'universo che conosceva si dimostrò un'illusione. Parlò del suo primo viaggio nel mondo esterno, quando imparò che per un uomo dalla pelle nera c'erano posti in cui non poteva andare.

Quando era stato alle città dei bianchi, aveva scoperto che non poteva passeggiare dopo il coprifuoco senza lasciapassare, che non poteva abitare fuori dei ghetti predisposti dalle autorità, ma, cosa per lui ancora più importante, non poteva nemmeno frequentare le scuole dei bianchi. Imparò che in tutti gli edifici pubblici lui doveva entrare da un portone a parte, che non aveva il diritto di esercitare determinate professioni, e che sotto quasi ogni aspetto era considerato diverso e inferiore, condannato dalla pigmentazione della pelle a non potersi elevare dall'ultimo posto nella società.

Tuttavia sapeva di essere un uomo come gli altri, con le stesse speranze e gli stessi desideri. Sapeva che il suo cuore batteva con la stessa fierezza, e che il suo corpo era altrettanto forte, e la mente rapida e acuta, al pari di quella di chiunque altro. Decise di elevarsi dal destino a cui l'avevano condannato usando la mente, invece di servirsi del suo corpo come una bestia da soma, com'erano costretti a fare quasi tutti i negri.

Si avvicinò ai libri dell'uomo bianco e si stupì di leggervi che gli eroi della sua gente erano considerati selvaggi, ladri di bestiame e insidiosi ribelli. Che anche i più caritatevoli e umani degli autori si riferivano alla sua gente come a bambini incapaci di ragionare o governarsi da sé, bambini che andavano protetti con leggi severe, cui si doveva impedire di partecipare alle decisioni che ne avrebbero regolato la vita.

Disse come alla fine si fosse reso conto che tutto questo non era che una menzogna mostruosa. Che lui non era affatto diverso, e che la pelle nera non significava che egli fosse sporco, contaminato o infantile. Capì allora quale fosse lo scopo della sua vita.

« Seppi che la mia vita doveva essere dedicata alla lotta contro l'ingiustizia », disse, semplicemente. « Che doveva far capire agli uomini bianchi che ci dominavano come stavano le cose. »

Spiegò che però tutti i suoi tentativi di indurre gli uomini bianchi ad ascoltarlo erano falliti. Ogni sforzo del suo popolo si era risolto in leggi più dure e draconiane, e in un'oppressione più forte.

« Alla fine dovetti concludere che c'era soltanto una strada per me. Dovevo impugnare le armi e colpire alla testa il serpente che mordeva e avvelenava il mio popolo. »

Fece una pausa e il pubblico, che aveva ascoltato immobile per tutta la mattina, sospirò e cominciò a muoversi: ma appena Moses Gama aprì le braccia, tutti si fermarono ad ascoltarlo con l'attenzione di prima.

« Ogni uomo ha il diritto e il sacro dovere di proteggere la sua famiglia e la sua nazione dal tiranno, di lottare contro la schiavitù e l'ingiustizia. Quando lo fa, non diventa un criminale ma un guerriero. Io sfido questo giudice e questa corte di bianchi a trattarmi come un soldato prigioniero di guerra. Perché questo sono. »

Moses Gama si ravvolse nel manto di leopardo e sedette, lasciando tutti quanti scossi e silenziosi.

Il giudice Villiers, durante il discorso di Moses, aveva ascoltato con attenzione, il mento tra le dita. Ora tirò via la mano e fissò il prigioniero. « Lei sostiene di essere il leader del suo popolo. »

« È vero », rispose Moses.

« Un leader viene scelto o eletto. Lei, com'è stato scelto? »

« Quando un popolo oppresso non ha voce, sorgono spontaneamente i leader che parlano per lui », rispose Moses.

« Dunque lei è un leader autonominato », disse tranquillamente il giudice. « E ha preso da solo la decisione di dichiarare guerra alla nostra società. È esatto questo? »

« Siamo impegnati in una guerra di liberazione », rispose Moses Gama, « come i nostri fratelli dell'Algeria e del Kenia. »

« Dunque lei approvava i metodi dei Mau-Mau? » chiese il giudice Villiers.

« La causa era giusta. Dunque lo erano anche i mezzi che hanno creduto opportuno di usare. »

« Allora il fine giustifica i mezzi? Qualunque mezzo? »

« La lotta di liberazione è tutto: qualunque azione diventa sacra se è compiuta in nome della libertà. »

« Anche il massacro e la mutilazione di innocenti, come donne e bambini? Anche questo si giustifica? »

« Se un innocente deve morire perché mille diventino liberi, si giustifica. »

« Mi dica, Moses Gama, lei crede nella democrazia? Nel concetto 'un uomo, un voto'? »

« Credo che tutti debbano partecipare all'elezione dei leader della nazione. »

« E una volta eletti i capi, che cosa dovrebbe succedere? »

« Credo che il popolo dovrebbe assoggettarsi alla saggezza dei capi che ha eletto. »

« Uno Stato a partito unico, con un presidente a vita? »

« È il sistema africano », ammise Moses Gama.

« E marxista », osservò seccamente il giudice Villiers. « Mi dica, Moses Gama, che cosa rende un governo totalitario negro superiore a un governo totalitario bianco? »

« Il sostegno della maggioranza. »

« E l'appoggio del suo popolo, di cui soltanto lei è così convinto, la trasforma in un santo crociato, al di sopra delle leggi dell'uomo civile? »

« In questo Paese tali leggi non esistono, perché chi le fa è un barbaro », disse con calma Moses Gama; e il giudice Villiers non ebbe altre domande da fargli.

Ventiquattr'ore dopo il giudice André Villiers lesse la sentenza a un pubblico attentissimo e impaziente.

« Il presente processo verte essenzialmente sul modo in cui può reagire l'individuo che subisca quella che considera un'ingiustizia. Solleva la questione del diritto-dovere di resistere alle leggi considerate inique o malvagie. Ho dovuto soffermarmi a considerare quale fedeltà debba una persona a un governo da cui fu completamente escluso, un governo che, inoltre, ha promosso una legislazione intesa a togliere deliberatamente a quella persona i principali diritti, privilegi e benefici della società di cui fa parte... » Per quasi un'ora il giudice Villiers elaborò questo concetto, sviluppandolo nei particolari, e poi terminò così: « Sono pertanto giunto alla conclusione che non esista alcun dovere di fedeltà verso uno Stato in cui all'individuo è negato il diritto democratico basilare di rappresentanza. Dunque assolvo l'imputato dall'accusa di alto tradimento ».

In aula si levarono esclamazioni e commenti a mezza voce, mentre nelle tribune riservate ai « non bianchi » si danzava e si cantava. Per circa un minuto il giudice Villiers tollerò tali manifestazioni, sbalordendo chi lo conosceva. Poi si mise a dar colpi di martello sul leggio, con un'espressione di insolita compassione e terribile tristezza in viso.

Quando fecero silenzio, riprese a parlare. « Vengo ora alle altre imputazioni, di omicidio e tentato omicidio. La pubblica accusa le ha dimostrate con il concorso di testimoni prestigiosi, che l'imputato non ha voluto ascoltare. Ritengo provato in modo certo che Moses Gama abbia posto una gran quantità di esplosivo nell'assemblea legislativa sudafricana, per farla saltare durante il discorso del primo ministro, col chiaro proposito di infliggere il massimo danno possibile facendo una strage. Ritengo provato in modo certo anche il successivo omicidio del colonnello Blaine Malcomess e il tentato omicidio del ministro Shasa Courteney. » Il giudice fece una pausa, girandosi verso Moses Gama che sedeva impassibile al suo posto, sempre col manto di leopardo da capo.

« L'imputato si è difeso asserendo di essere un combattente della guerra di liberazione, e pertanto non soggetto alle leggi consuete. Pur avendo già espresso comprensione per le aspirazioni dell'accusato e del popolo di colore che dice di rappresentare, non posso accogliere la sua richiesta d'essere trattato come un prigioniero di guerra. È un privato che, pienamente cosciente delle conseguenze delle sue azioni, ha imboccato la strada oscura della violenza, deciso a infliggere la maggior distruzione possibile nel modo più indiscriminato possibile. Non esito quindi a giudicarlo colpevole di omicidio, tentato omicidio e tentata strage. »

Nel silenzio più assoluto il giudice Villiers continuò ordinando: « L'imputato si alzi ad ascoltare la sentenza ».

Lentamente, Moses Gama si alzò in tutta la sua statura, fissando il giudice Villiers con maestà imperiale.

« Vuole dire qualcosa prima che sia pronunciata la sentenza? » chiese il giudice.

« Questa non è giustizia. Lo sappiamo tutti, e la storia lo confermerà. »

« C'è qualcos'altro che desidera dire? »

Quando Moses scosse la testa, il giudice Villiers recitò: « Avendola giudicata colpevole delle tre imputazioni principali, ho attentamente considerato eventuali circostanze attenuanti, e non avendone riscontrata alcuna debbo irrogarle il massimo della pena prevista dalla legge. Per tutte e ciascuna di queste imputazioni io la condanno, Moses Gama, a morte mediante impiccagione ».

Il silenzio perdurò per un attimo ancora, poi dal fondo dell'aula si alzò l'urlo lamentoso di una donna africana in lutto, che fu subito ripreso da tutte le altre negre presenti. Il giudice Villiers non fece alcun tentativo di imporre il silenzio.

Dalla balaustra degli imputati Moses Gama alzò il pugno chiuso sopra la testa.

« *Amandla!* » tuonò, e la sua gente gli rispose a una voce: « *Ngawethu! Mayibuye! Afrika!* »

Manfred De La Rey sedeva in tribuna d'onore con le altre autorità. Tutti i biglietti erano esauriti da settimane, e anche i popolari rigurgitavano di gente. Questo gran concorso di folla era stato provocato da uno dei maggiori avvenimenti del calendario sportivo, l'incontro di rugby fra le rappresentative della Western Province e del Northern Transvaal. C'era in palio la Coppa Currie, trofeo che annualmente si disputavano le rappresentative di tutte le province sudafricane in un torneo a eliminatorie. Questo torneo sollevava entusiasmi fanatici che andavano ben oltre la mera esaltazione sportiva.

Manfred si guardò intorno, ridacchiando sardonicamente. L'inglese Macmillan aveva detto che il loro era il primo dei nazionalismi africani, ed era vero: in tal caso, però, questo era uno dei loro più importanti riti tribali, che univa gli afrikaner e ne riaffermava la coesione. Nessun estraneo capiva il significato di una partita di rugby per la loro cultura. Era vero che l'avevano introdotto gli inglesi, centocinquant'anni prima, in una delle loro scuole: fatto stava, pensò Manfred con voluta impertinenza, che era uno sport troppo bello per quei « colli rossi », e che soltanto gli afrikaner sapevano capirlo e giocarlo al meglio.

A parte questo, chiamare gioco il rugby era un po' come chiamare gioco la politica o la guerra. Era di più, mille volte di più. Sedere lì, fra i suoi connazionali, sentirsi parte dell'immenso spirito degli afrikaner gli dava lo stesso sentimento di religiosa commozione che provava nella sua congregazione della Chiesa Olandese Riformata, o quando si raccoglieva con altri patrioti sotto il grande monumento al pioniere che si trova sulle colline che dominano Pretoria, il Voortrekker Monument. Tutti gli anni, nel giorno del Patto con Dio, il suo popolo si raccoglieva lì a celebrare la vittoria che l'Onnipotente gli aveva concesso contro il re zulu Dingaan nella battaglia di Blood River, il Fiume di Sangue.

Come si addiceva a un'occasione del genere, Manfred indossava l'uniforme d'atleta della rappresentativa sudafricana alle Olimpiadi di Berlino del 1936, dove aveva vinto la medaglia d'oro come campione dei mediomassimi: la giacca non gli si abbottonava più, ma l'indossava ugualmente con orgoglio.

E l'orgoglio che provava aumentò mille volte quando guardò in campo. L'erba era ammantata di brina, perché l'inverno era alle porte, ma il sole dell'altopiano splendeva sullo stadio, permettendo a Manfred di distinguere l'amata fisionomia di suo figlio in piedi vicino al centro del terreno di gioco.

Il magnifico torace di Lothar De La Rey non era affatto sminuito, ma anzi esaltato dalla maglietta azzurra che indossava, su cui si stagliavano tutti i muscoli. Aveva gambe possenti, oltre che lunghe e agili; la testa biondo-rame scintillava al sole come una fiamma.

Lentamente Lothar chinò la testa, come intento a pregare, e tutto lo stadio zittì. Quarantamila spettatori tenevano il fiato, mentre l'atleta si concentrava.

Con la stessa lentezza alzò le braccia, come un falco che s'involi, finché furono all'altezza delle spalle: un gesto stranamente garbato; poi si sollevò in punta di piedi, gonfiando i muscoli delle cosce. Quindi partì di corsa.

Correva forte, con l'ipnotica scioltezza del gattopardo, lasciando sul terreno erboso le impronte dei passi potenti. I suoi ansiti, nel silenzio dello stadio, giungevano fino alle orecchie di Manfred.

La palla ovale, ritta sulla punta, fu proiettata via dal calcio perfetto, che esaurì tutta l'energia della rincorsa. L'atleta rimase lì col piede alzato all'altezza della testa e le braccia sollevate nella posa armonica da ballerino, mentre la palla volava senza il minimo effetto verso la porta alta e lontana.

Dallo stadio si alzò un gemito di sofferenza. Pareva diretta fuori, sulla destra. Manfred scattò in piedi come tutti gli altri spettatori, a muscoli contratti.

Un errore significava la sconfitta, con l'ignominia relativa: ma se la palla fosse passata in mezzo ai pali, sarebbe invece stata la vittoria, per un punto.

La palla ovale si impennò ancora, superando l'altezza dello stadio, e prese il vento. Lothar aveva osservato le bandiere sopra la tribuna prima di cominciare la rincorsa. Il vento piegò la traiettoria, ma non abbastanza, buon Dio, non abbastanza. Poi, a poco a poco, la palla perse velocità, e il vento corresse ulteriormente la parabola. Manfred gridò con tanti altri quando la palla ovale passò nettamente nel centro della porta, appena sopra la traversa. Subito dopo, l'arbitro fischiò la fine della partita.

Vicino a Manfred, il suo vecchio amico Roelf Stander gli tirò una pacca di congratulazione sulla schiena.

« Quello lì finisce in nazionale come suo papà! »

In campo, Lothar era festeggiato dai compagni di squadra, mentre sugli spalti i tifosi producevano ondate di giubilo.

« Vieni andiamo negli spogliatoi », disse Manfred prendendo sottobraccio l'amico: ma non fu facile arrivarci. Tutti li fermavano per complimentarsi con Manfred, che sorrideva e stringeva mani. Benché ciò facesse da tempo parte della sua vita, e sebbene il rispetto e l'affetto della gente, fra cui non poche persone di grande ricchezza e potere, lo lusingassero, pure stavolta gli sembrò una scocciatura, perché lo teneva lontano dal figlio.

Quando alfine riuscirono a raggiungere lo spogliatoio, la folla che si accalcava davanti alla porta si aprì miracolosamente per farli passare; e, mentre gli altri venivano respinti, loro due furono accolti rispettosamente nello stanzone rumoroso e invaso di vapore, che puzzava di indumenti sudati, urina vecchia e corpi maschili accaldati.

Lothar era in mezzo a un gruppo di giovanotti nudi che cantavano, scherzavano e si spintonavano cameratescamente. Appena vide suo padre, si staccò e andò subito da lui, indossando solo i pantaloncini infangati, col corpo lucido di sudore e una bottiglia di birra in mano. Aveva la faccia illuminata dalla gioia.

« Figlio mio... » disse Manfred porgendogli la mano, che Lothar afferrò tutto contento. « Figlio mio... » ripeté, ma gli mancò la voce, e la vista gli si annebbiò per la felicità. Tirò a sé il figlio e l'abbracciò forte, senza vergogna, incurante di macchiarsi di sudore, mentre gli altri membri della squadra lanciavano grida di giubilo.

Andarono a casa tutti insieme nella nuova Cadillac ministeriale di Manfred. Erano contenti come scolaretti, continuavano a ridere e a cantare le vecchie canzoni dei rugbisti, che anche Stander e Manfred ricordavano bene. Fermandosi al semaforo che li avrebbe immessi sulla superstrada per Pretoria, uno strillone si affacciò sorridendo a offrire il *Mail*.

Manfred stava già per mandarlo via – il *Mail* era un fogliaccio inglese –, ma poi vide il titolo: RESPINTO L'APPELLO. IMPICCAGIONE PER L'ATTENTATORE. Allora comprò il giornale, gettando una moneta d'argento allo strillone.

Passò il quotidiano a Roelf Stander, ordinandogli: « Leggimelo », e continuò a guidare.

Questa mattina la Corte d'Appello di Bloemfontein ha respinto il ricorso di Moses Gama. L'esecuzione è stata confermata per la data fissata.

« *Ja, goed* », commentò Manfred: benissimo. Negli ultimi mesi, i mezzi d'informazione e il pubblico avevano spesso collegato alla faccenda il nome di Manfred. Il ministro degli Interni aveva arrestato personalmente il pericoloso attentatore, e ciò aveva molto colpito l'opinione pubblica, accrescendo il già grande prestigio di Manfred.

I sudafricani chiedono ai propri governanti soprattutto energia e risolutezza. Questo caso, col suo terrificante messaggio di rivoluzione e pericolo negro, aveva ridestato le peggiori paure, spargendo insicurezza nel Paese. La gente voleva esser certa di trovarsi in buone mani, al riparo di uno Stato forte: e Manfred, animale politico, aveva capito subito che qui si lanciava il dado del suo futuro.

Purtroppo in quella bella storia di delitto e castigo c'era una piccola complicazione. Il giudice aveva assolto l'imputato dall'accusa di alto tradimento, lasciandosi andare a dubbie e inopportune considerazioni sulla fedeltà dovuta a uno Stato da chi non vi sia rappresentato per niente. La stampa internazionale aveva preso la palla al balzo, sicché adesso in molti importanti Paesi del mondo le sinistre inscenavano manifestazioni. Hippy e studenti barbuti agitavano cartelli con la scritta SALVATE MOSES GAMA davanti alla Casa Bianca e all'ambasciata sudafricana a Washington; mentre a Trafalgar Square, sotto le finestre del rappresentante sudafricano a Londra, facevano gazzarra tutti i giorni i fuorusciti negri, con l'appoggio dei soliti mestatori al soldo del Cremlino... Il primo ministro britannico stava consultandosi con l'alto commissario, mentre il presidente Eisenhower aveva già incaricato l'ambasciatore americano a Pretoria di chiedere la grazia per il condannato.

Il governo sudafricano aveva respinto fermamente ogni appello dichiarando che la cosa era di pertinenza della magistratura, e che il potere esecutivo non poteva intervenire alterando il corso della giustizia. Si sapeva però che qualche volta la corte d'appello si dimostrava sensibile alle pressioni internazionali, irritando il governo con sentenze che mal si accordavano col duro lavoro della polizia e le aspirazioni dell'afrikaner *Volk*.

Stavolta per fortuna le loro eccellenze non si erano intenerite, e nello stanzino verde del carcere di Pretoria il cappio era già pronto. Sotto i piedi di Moses Gama ben presto si sarebbe spalancata la botola che l'avrebbe spedito direttamente nell'eternità dove voleva mandare tutto il governo come pure l'opposizione.

« *Ja, goed!* E adesso leggimi l'editoriale! » ordinò Manfred a Roelf Stander. Il *Golden City Mail* era uno dei giornali più critici nei confronti del governo, e Manfred era già rassegnato a sfoggi di capziosità sinistrorsa.

Roelf Stander si schiarì la voce.

« È nato un martire », lesse, e Manfred cominciò a sbuffare fin dal titolo.

Quando Moses Gama morirà sulla forca, diventerà il martire più significativo della lotta di liberazione dei negri. Tale consacrazione non sarà dovuta alla sua commovente eloquenza, né alla dignità della sua imponente figura, ma piuttosto al problema da lui posto: un problema grave e gravido di conseguenze, che per sua natura non può trovare risposta in un'aula giudiziaria, ma soltanto nel cuore dell'umanità. È giustificato chi, privato dei più elementari diritti umani, ricorre alla violenza per imporne il riconoscimento?

Manfred ringhiò: « Basta, basta. È talmente prevedibile che è inutile leggerlo. Se questi selvaggi tagliassero la testa ai nostri bambini e se li mangiassero, i *rooinekke* sarebbero ancora capaci di criticarci per non avergli passato il sale. Non voglio sentire più, va' alla pagina sportiva ».

Quando la Cadillac imboccò il viale che portava alla residenza ufficiale di Manfred, nell'elegante sobborgo di Waterkloof, accanto alla piscina c'era un folto gruppo di amici e parenti. I ragazzi corsero incontro a Lothar e lo festeggiarono.

« Abbiamo sentito la cronaca della partita alla radio! » gridavano, abbracciandolo e baciandolo a turno. Le sorelle gli presero il braccio, mentre gli amici e le ragazze Stander lo tiravano dagli adulti che a loro volta volevano complimentarsi.

Lothar andò prima da sua madre, e Manfred assisté all'abbraccio con un sorriso fiero. Che bella famiglia aveva! Heidi era ancora una magnifica donna, e nessuno poteva desiderare una moglie più brava. In tutti quegli anni non s'era mai rammaricato della sua scelta.

« Amici! Miei cari! » disse Manfred ad alta voce, e tutti tacquero per ascoltarlo. Manfred era un ottimo oratore, e i sudafricani, come popolo, sono proclivi ad apprezzare l'eloquenza, sia dal pulpito sia dalla tribuna.

« Quando guardo questo giovane uomo che è mio figlio, questo aitante sudafricano, e tanti altri come lui, penso che non vi sia ragione di preoccuparsi per il futuro del *Volk* », proclamò Manfred nel tono sonoro che ridestava subito gli istinti patriottici degli ascoltatori. Lo applaudirono tutti, gridando « *Hoor, hoor!* » a ogni pausa.

Nondimeno, fra gli ascoltatori ce n'era almeno uno indifferente a tanta oratoria: Sarah Stander. Benché sorridesse e annuisse anche lei, dentro era rosa dall'acido del suo amore respinto.

Seduta in quel bel giardino, guardando l'uomo che aveva amato più della sua stessa vita, l'uomo a cui lieta avrebbe dedicato ogni momento della sua esistenza, a cui da ragazza aveva donato il corpo e il tenero fiore della sua verginità, l'uomo il cui seme aveva gioiosamente accolto nel ventre, guardando quell'uomo, sentì l'amore di un tempo trasformarsi nell'odio più amaro e spietato. Ascoltava Manfred che lodava la moglie, e pensava che avrebbe dovuto esser lei al suo posto, che quelle lodi avrebbero dovuto spettare a lei. Era lei che doveva condividere i suoi trionfi al suo fianco.

Guardò Manfred abbracciare Lothar e complimentarsi col primogenito davanti a tutti, sorridendo d'orgoglio nel dire le sue virtù, e odiò entrambi, padre e figlio, perché Lothar De La Rey non era il suo primogenito.

Girò la testa e vide Jakobus un po' in disparte, timido e modesto, ma non meno bello dell'atleta biondo. Jakobus, suo figlio, aveva le sopracciglia scure e gli occhi giallastri di Manfred De La Rey. Se Manfred non fosse stato cieco, se ne sarebbe accorto. Jakobus era alto come Lothar, ma non così grande e grosso. Era snello, quasi fragile, e la sua fisionomia non era così ardita e virile. Aveva un viso da poeta, sensibile e gentile.

L'espressione di Sarah si intenerì, ripensando al suo concepimento. Allora era poco più di una bambina, ma il suo amore era di donna fatta. A notte scivolava per i corridoi bui della vecchia casa, fino alla camera di lui. Poi, era subito partito per la Germania, a disputare le Olimpiadi; e lei aveva avuto il terribile presentimento che l'avrebbe perso, perso per sempre, anche se gli aveva donato tutto quello che aveva, il suo cuore, la sua anima, e il suo corpo appena sbocciato. E a Berlino, infatti, aveva conosciuto la tedesca che poi aveva sposato. Ricordava ancora benissimo il telegramma che le aveva portato la terribile notizia del suo tradimento e abbandono. Qualcosa in lei era morto quel giorno; una parte della sua anima, mai più risuscitata da allora.

Manfred De La Rey stava ancora parlando, e aveva appena fatto ridere il pubblico con qualche battuta: le lanciò uno sguardo e la vide seria. Forse le lesse i pensieri, perché subito anche lui guardò Jakobus, e negli occhi gli scoccò un lampo forse di colpa, forse di rimpianto.

Sarah si domandò, e non era la prima volta, se Manfred sapesse che Jakobus era figlio suo. Almeno avrebbe dovuto sospettarlo. Il suo matrimonio con Roelf era stato così rapido, così inaspettato, e la nascita di Kobus così precoce, che non poteva ignorarlo, anche perché Kobus gli somigliava davvero tanto.

Roelf, sì, lo sapeva. L'amava senza speranza fin da quando era la ragazza di Manfred: dopo l'abbandono, aveva approfittato della gravidanza per farsi dire di sì. Da allora era stato un buon marito, responsabile, e non aveva mai smesso di amarla: ma lui non era Manfred De La Rey. Né avrebbe mai potuto diventarlo. Non ne aveva la forza, non ne aveva l'energia, non ne aveva l'intelligenza e non ne aveva l'ambizione. Lei non avrebbe mai potuto amarlo come Manfred.

Sì, ammise a se stessa, ho sempre amato Manfred, e l'amerò fino all'ultimo giorno della mia vita, ma il mio odio per lui è altrettanto forte dell'amore, e col tempo aumenta. È l'unico sentimento che mi sostiene.

Ora Manfred stava per terminare il discorsetto, accennando

alla promozione di Lothar. Sarah pensò amaramente che la promozione non sarebbe stata certo così rapida se suo padre non fosse stato il ministro degli Interni, e lui un campione di rugby. Il suo Kobus non avrebbe goduto di simili preferenze. Tutto ciò che avrebbe ottenuto se lo sarebbe dovuto guadagnare da sé. Lei e Roelf potevano fare ben poco. L'influenza di Roelf era minima, e perfino le tasse universitarie erano un sacrificio per loro. Sarah aveva dovuto guardare in faccia la realtà: Roelf non era destinato a far carriera. Aveva sbagliato ad abbandonare l'insegnamento universitario per abbracciare la professione forense, dove era poi fallito. Dopo, era tornato a fare il professore, ma intanto aveva perso ogni speranza di vincere la docenza. No, non avrebbero potuto far molto per Kobus... ma d'altra parte in famiglia nessuno, nemmeno l'interessato, sapeva quello che Kobus voleva. Kobus era un ottimo studente, ma dispersivo, senza un indirizzo preciso, e amava troppo circondarsi di mistero. Parlava ben di rado in casa, e le poche volte che era riuscita a fargli dire qualcosa si era spaventata per le opinioni strane e radicali che esprimeva. Forse era meglio non sondarle troppo, pensò sorridendogli mentre Manfred finalmente la smetteva di tessere le lodi di suo figlio.

Jakobus le venne vicino. « Vuoi un'altra aranciata, mamma? Vedo che hai il bicchiere vuoto. »

« No, grazie, Kobus. Sta' un po' qui con me, ti si vede così poco ultimamente... »

Gli uomini avevano riempito i boccali di birra e seguirono Manfred ai fuochi del barbecue, dall'altra parte della piscina. Tra risate e pacche sulle spalle Manfred e Lothar stavano mettendosi dei grembiuloni a righe e armandosi di forchettoni.

Su un tavolo vicino alle griglie c'erano grandi piatti pieni di carne: bistecche, braciole di maiale e d'agnello, salsicce, insomma quanto bastava a sfamare un esercito e, pensò amaramente Sarah, a far fuori uno stipendio mensile di suo marito.

Da quando Manfred e quel monco rimbambito di suo padre erano misteriosamente diventati soci della compagnia di pesca nell'Africa del Sud Ovest, Manfred non era più soltanto famoso e potente, ma anche enormemente ricco. Adesso Heidi aveva la pelliccia di visone, e Manfred si era comprato una grande azienda agricola nello Stato Libero di Orange, dove cresceva il mais. Quello di possedere della terra fertile era il sogno di ogni afrikaner, e pensandoci Sarah si sentì avvampare d'invidia. Tutte quelle cose avrebbero dovuto essere sue. Quella sgualdrina tedesca le aveva portato via tutto. La parola la turbò, ma la ripeté mentalmente: *sgualdrina!*

Lui era mio, sgualdrina, e tu me l'hai portato via.

Jakobus le stava parlando, ma lei trovava difficile seguirlo; la sua attenzione era assorbita da Manfred De La Rey. Lo guardò cercando di non farsi notare. Tutte le volte che sentiva echeggiare la sua risata le si stringeva il cuore.

Manfred stava tenendo corte. Anche col forchettone e il grembiulone, era al centro dell'attenzione e del rispetto generali. Continuavano ad arrivare ospiti, quasi tutti notabili importanti: gli si stringevano intorno con deferenza.

« Bisognerebbe invece capire perché l'ha fatto », stava dicendo Kobus, e Sarah si sforzò di ascoltare suo figlio.

« Chi, caro? » chiese, distratta.

« Mamma, non mi ascoltavi », le sorrise gentilmente Jakobus. « Ti vedo spesso tra le nuvole... » Sarah si sentì un po' a disagio per questa maniera disinvolta di parlare alla madre, che certo nessuno degli amici di suo figlio adottava coi propri genitori. Anche se scherzosa, era pur sempre una mancanza di rispetto.

« Stavo parlando di Moses Gama », proseguì Kobus. Sentendo quel nome tutti si girarono.

« Ma adesso finalmente l'impiccheranno, quel diavolo nero », disse uno, e tutti annuirono.

« *Ja*, era ora. »

« Bisogna dare una bella lezione ai negri. Altrimenti scambiano la bontà per debolezza. »

« Solo una cosa capiscono... »

« Credo che sia un errore impiccarlo », disse forte Jakobus, e subito si creò un silenzio sbalordito.

« Kobie, Kobie! » disse Sarah, dandogli dei colpetti sul braccio. « Lo sai che alla gente non piacciono certi discorsi... »

« Perché non li sentono mai, e quindi non li capiscono », le spiegò con pacata ragionevolezza Jakobus. Qualcuno gli voltò le spalle, ma una cugina di mezz'età di Manfred berciò con qualche truculenza: « Ma andiamo, Sarah, non gli dici niente? Il marmocchio parla da comunista! »

« Per piacere, Kobie », disse Sarah calcando sul vezzeggiativo, « fallo per me. »

Manfred De La Rey si era accorto del piccolo battibecco. Girò la testa dalle bistecche.

« Ma non capisci, mamma, che bisogna parlarne? Se no non sentono mai l'altra campana. Qui non leggono nemmeno i giornali inglesi... »

« Kobie, guarda che fai arrabbiare lo zio Manie », l'implorò Sarah. « Per favore, adesso smettila. »

« Noi afrikaner siamo rinchiusi nel nostro mondo angusto e falso. Crediamo che basti fare una legge per non far esistere più i negri, se non come nostri servitori... »

Manfred si avvicinò, col viso rosso di rabbia. « Jakobus Stander », sibilò. « Tuo padre e tua madre sono i miei più vecchi e cari amici, ma non abusare dell'ospitalità di questa casa. Non permetterò che qui, di fronte alla mia famiglia e ai miei amici, si sostengano idee sovversive e proditorie. O ti comporti bene o te ne vai subito. »

Per un attimo il ragazzo parve intenzionato a sfidarlo. Poi abbassò gli occhi e mormorò: « Mi dispiace, zio Manie ». Ma non appena Manfred si voltò per tornare alle griglie, disse in modo da farsi sentire solo da sua madre: « Lo vedi? Non ascoltano. Non vogliono ascoltare, hanno paura della verità. Come si può far vedere un cieco? »

Interiormente, Manfred ribolliva ancora di rabbia per la maleducazione del giovanotto, ma poiché sapeva dominarsi riprese subito a ridere e a scherzare con gli altri ospiti. Pian piano l'irritazione sbollì, ed era quasi riuscito a dimenticare Moses Gama e l'ombra lunga che aveva gettato fin nel suo giardino, quando la figlia minore lo raggiunse di corsa dalla casa, un edificio basso tipo ranch.

« Papà, papà, ti vogliono al telefono! »

« Non posso andare adesso, *skatjie* », le rispose Manfred. « Bisogna dar da mangiare agli ospiti! Fatti lasciare un messaggio. »

« È zio Danie », insisté la figlia, « e dice che deve parlarti subito, perché è molto importante. »

Manfred sospirò e si tolse il grembiule, brontolando platealmente. Passò grembiule e forchettone a Roelf Stander: « Non farle bruciare! » Poi si avviò verso la casa.

« *Ja!* » abbaiò nella cornetta.

« Ciao, Manie, mi spiace disturbarti. »

« E allora perché lo fai? » ribatté Manfred. Danie Leroux

era un generale della polizia, uno dei migliori funzionari del ministero degli Interni.

« Si tratta di quel Gama. »

« Che l'impicchino! 'sto bastardo se l'è voluta. »

« Sai, propone un accordo. »

« Manda qualcun altro a parlarci, non ho tempo da perdere. »

« Dice che parlerà solo con te, e crediamo possa fare importanti rivelazioni. »

Manfred ci pensò un momento. Aveva voglia di mandarlo al diavolo, ma si comportò in maniera razionale.

« E va bene », si rassegnò. « Lo vedrò. » Sarebbe stato anche piacevole un incontro a faccia a faccia col nemico vinto. « Ma non creda di ottenere niente: sarà impiccato lo stesso, qualunque cosa ci dica », dichiarò con calma.

Il direttore del carcere aveva confiscato il manto di leopardo e Moses Gama indossava ora la divisa grigiastra dei detenuti.

L'attesa dell'esito dell'appello l'aveva segnato. Per la prima volta Vicky notò i capelli grigi, le occhiaie, le rughe. La compassione per lui minacciò di sopraffarla, e desiderò poterlo toccare, ma la rete metallica li separava.

« È l'ultima visita che ci concedono », gli sussurrò. « Abbiamo soltanto un quarto d'ora. »

« Basterà. Non c'è molto da dire, adesso che la sentenza è stata confermata. »

« Oh, Moses, come sbagliavamo a sperare negli inglesi e negli americani! »

« Hanno fatto quello che potevano », disse tranquillo lui.

« Macché! Macché! » ribadì lei. « E ora come farò, senza di te? Come farà nostro figlio senza padre? »

« Sei una figlia di zulu, sarai forte. »

« Ci proverò Moses, marito mio », sussurrò lei. « Ma come farà il popolo? Anche il popolo resterà orfano. Che ne sarà? »

Vide il vecchio fuoco ardere negli occhi di Moses. Temeva fosse ormai estinto, e provò un empito di gioia nel constatare che così non era.

« Adesso gli altri cercheranno di prendere il tuo posto. I cari compagni del Congresso, che ti odiano e ti invidiano. Quando sarai morto, approfitteranno del tuo sacrificio per le loro ambizioni. »

Si accorse di averlo scosso nuovamente. Adesso era arrabbiato. Cercò di alimentare quell'ira, per dargli nuova forza e ragione di vita.

« Se muori, i tuoi nemici monteranno sul tuo corpo per salire al posto lasciato libero da te. »

« Perché mi tormenti, donna? » le chiese lui.

« Perché non voglio che tu muoia. Voglio che tu viva per me, per il nostro bambino e per il popolo. »

« È impossibile », disse Moses. « I falchi boeri non cederanno, nemmeno alla domanda di grazia delle grandi potenze. Se non mi dai ali per volar via di qui, dovrò andare al mio destino. Non c'è altro modo. »

« Il modo c'è », gli disse Vicky. « C'è un modo di sopravvivere e battere i nemici che ambiscono a usurpare il tuo posto di leader dei popoli negri. »

Moses la fissò, mentre lei così proseguiva: « Quando verrà il giorno in cui cacceremo i boeri in mare, e si apriranno le porte delle prigioni, tu ne uscirai per prendere il posto che ti spetta alla testa della rivoluzione. »

« E quale sarebbe il modo, donna? Qual è questa speranza che mi fai balenare davanti? »

Ascoltò senza espressione ciò che la donna gli proponeva, e quando ebbe terminato le disse gravemente: « È dunque vero che la leonessa è più fiera e crudele del leone ».

« Lo farai, mio signore? Non per te stesso, ma per noialtri deboli, che abbiamo tanto bisogno di te? »

« Ci penserò sopra », concesse lui.

« C'è pochissimo tempo », gli ricordò la donna.

La nera Cadillac ministeriale fu brevemente trattenuta dalla sentinella all'ingresso della prigione. Si sapeva che doveva venire il ministro Manfred De La Rey. Appena il cancello di ferro si aprì, l'autista accelerò nel cortile e s'infilò nello spazio riservatogli al parcheggio. Il direttore della prigione e due dei suoi collaboratori anziani erano in attesa, e corsero incontro a Manfred non appena questi scese dall'auto.

Manfred strinse rapidamente la mano al direttore e disse: « Vorrei vedere subito il detenuto ».

« Ma certo, signor ministro, è tutto pronto. L'aspetta. »

« Mi faccia strada. »

I passi pesanti di Manfred echeggiarono nei cupi corridoi verdastri del carcere, mentre i secondini gli correvano davanti ad aprire i cancelli delle varie sezioni per poi richiuderli subito alle spalle del ministro e del direttore. Fu una lunga passeggiata, ma alla fine arrivarono al raggio della morte.

« Quanti in attesa dell'esecuzione? » domandò Manfred.

« Undici », rispose il direttore. Non erano poi tanti. L'Africa è una terra violenta e la forca ha sempre avuto un ruolo da protagonista nell'amministrazione della giustizia.

« Voglio che nessuno ci senta, anche se ha poco da vivere. »

« Ci abbiamo già pensato », l'assicurò il direttore. « Gama è in isolamento. »

Il carceriere aprì un'ultima porta d'acciaio oltre la quale c'era un breve corridoio che dava su una sola cella chiusa da un semplice catenaccio. Manfred passò, e quando vide che il direttore voleva seguirlo lo fermò.

« Aspetti qui! » gli ordinò. « Chiuda la porta dietro di me e la riapra solo quando la chiamo io. »

Mentre la porta veniva chiusa a chiave, Manfred proseguì fino alla cella.

Era piccola, due metri per due, e quasi spoglia. Contro una parete c'era il bugliolo, e di fronte una branda di ferro. Moses Gama era seduto sulla branda. Alzò gli occhi su Manfred, che si era affacciato alle sbarre. Lentamente Moses si mise in piedi e gli si parò davanti dall'altra parte dell'inferriata verniciata di verde.

Nessuno dei due parlò. Si limitarono a fissarsi.

Benché pochi centimetri li separassero, si trattava di due uomini divisi da tutto un mondo, e da una eternità. Si guardavano, ma fra le menti non c'era alcun contatto: l'ostilità reciproca rappresentava una barriera ben più formidabile di quelle quattro sbarre d'acciaio.

« Allora? » chiese infine Manfred. La tentazione di infierire sul vinto era forte, ma riuscì a dominarsi. « Aveva chiesto di vedermi? »

« Ho una proposta da farle », disse Moses Gama.

« Vuol mercanteggiare la vita? » precisò Manfred, e quando Moses tacque, sorrise. « Sembra dunque che lei non sia diverso dagli altri, Moses Gama. Non è né un santo né il martire che qualcuno la crede. Non è migliore degli altri, né di nessuno di noi. Alla fine, la sua è lealtà per se stesso. Lei è debole come tutti gli altri, e come tutti gli altri ha paura. »

« Vuole ascoltare la mia proposta? » chiese Moses, senza dar segno d'aver udito altro.

« Ascolterò quanto ha da dire », disse Manfred. « Sono venuto apposta. »

« Io ve li consegnerò », disse Moses, e Manfred capì al volo.

« Chi intende consegnarci? Gli altri dirigenti del suo popolo? I suoi rivali nella lotta per il potere, che aspirano alla leadership che lei considera sua? »

Moses annuì, e Manfred ridacchiò, scuotendo la testa ammirato.

« Le darò i nomi e le prove, il tempo e il luogo. » Moses proseguiva, impassibile. « Avete sottovalutato la minaccia che costituiscono e gli appoggi su cui possono contare qui e all'estero. Io vi posso dire tutto. »

« E in cambio? » chiese Manfred.

« La libertà », disse semplicemente Moses.

« *Magtig!* » La bestemmia esprimeva tutto lo sconcerto di Manfred. « Lei ha la spudoratezza di un bianco. » Voltò la faccia in modo che Moses non potesse studiare la sua espressione mentre esaminava l'allettante proposta.

Moses Gama si ingannava. Manfred non sottovalutava affatto la minaccia, e aveva un'idea abbastanza precisa dell'estensione e delle ramificazioni del complotto sovversivo. Si rendeva ben conto che il mondo che conosceva era ormai assediato. L'inglese aveva parlato del vento dei cambiamenti: be', non soffiava soltanto sul continente africano, ma in tutto il mondo. Tutto ciò che gli era più caro, dall'esistenza della sua famiglia a quella del *Volk*, alla salvezza stessa della terra che Dio aveva loro assegnato, subiva l'attacco delle forze tenebrose del male.

E qui gli si offriva la possibilità di vibrare a queste forze un colpo decisivo. Capì qual era il suo dovere.

« Non posso darle la libertà », disse con calma. « È troppo, ma lei lo sapeva già, vero? » Moses non gli rispose e Manfred continuò. « Senta invece lo scambio che le propongo. La vita. Avrà la grazia, ma non uscirà mai più dalla prigione. È tutto quello che posso fare. »

Il silenzio si protrasse tanto che Manfred pensò a un rifiuto e si accinse ad andarsene. Ma un attimo prima che si avviasse Moses parlò.

« Accetto. »

Manfred si voltò, celando la gioia.

« Vorrò tutti i nomi, tutte le prove », insisté.

« Avrà ogni cosa », garantì Moses, « quando io avrò la grazia. »

« No », disse con calma Manfred. « Le condizioni le detto io. Lei avrà la grazia quando se la sarà guadagnata. Fino ad allora avrà soltanto rinvii dell'esecuzione, ma anche per questo dovrà fare dei nomi, così che possa convincere i miei compatrioti della saggezza di questo accordo. »

Moses taceva, fissandolo tra le sbarre.

« Forza, un nome », insisté Manfred. « Mi dia qualcosa da portare al primo ministro. »

« Farò di più », assentì Moses. « Le darò due nomi, e buon pro vi faccia. Ascolti bene: Mandela e Rivonia. »

Michael Courteney era in redazione al *Mail* quando arrivò per telescrivente la notizia che la corte d'appello aveva respinto il ricorso di Moses Gama e confermato la data dell'esecuzione. Lesse la notizia man mano che la telescrivente la batteva, poi andò a sedersi davanti alla macchina per scrivere.

Accese una sigaretta e si mise a guardare fuori della finestra le cime spelacchiate degli alberi di Joubert Park. Aveva il cestino pieno di cartelle scartate, e una dozzina di libri da consultare sulla scrivania. Desmond Blake era andato al bar a rabboccare la gradazione alcolica, lasciando a Michael il compito di finire l'articolo sulle elezioni americane. Il mandato di Eisenhower stava per scadere e l'editore voleva i ritratti dei candidati. Michael stava occupandosi di John Kennedy, ma aveva qualche difficoltà a scegliere i fatti salienti di una carriera che aveva già fatto scrivere moltissimo, a parte le ovvie considerazioni che era democratico, cattolico, rooseveltiano e nato nel 1917.

Quella mattina l'America sembrava molto lontana, e l'elezione di un presidente degli Stati Uniti incongrua con quello che aveva appena letto sulla telescrivente e che l'interessava di più.

Per istruzione personale e allenamento, Michael soleva scegliere ogni giorno una notizia importante e scriverci su un editoriale di due cartelle. Era un esercizio, e i risultati erano privati e tenuti gelosamente nascosti. Non li faceva vedere a nessuno, specialmente non a Desmond Blake, il cui sarcasmo feroce e la cui tendenza al plagio Michael aveva imparato a temere. Teneva quindi questi articoli di prova chiusi a chiave nel cassetto.

Di solito Michael faceva questi suoi esercizi nei momenti liberi, o la sera tardi, nella camera che aveva affittato a Hillbrow, pestando sui tasti della vecchissima Remington che aveva comprato di seconda mano.

Tuttavia stamattina era rimasto così male per il rigetto dell'appello di Moses Gama che non riusciva a concentrarsi sulla carriera di Kennedy. Quel negro dall'aria imperiale, col suo manto di leopardo, continuava a danzargli davanti agli occhi, come le sue parole nelle orecchie.

A un tratto strappò il foglio cominciato dalla macchina e lo sostituì rapidamente. Non doveva pensare: le dita gli correvano veloci sulla tastiera, e le parole uscivano da sole. È nato un martire...

Con la sigaretta in bocca, il fumo che gli andava negli occhi, sparava raffiche di parole. Non aveva bisogno di consultare cifre, date, fatti. Aveva tutto chiarissimo in testa. Non si fermò mai, attardato da considerazioni di stile: la parola giusta si stampava su foglio come da sé.

Quando finì, una mezz'ora dopo, sapeva di aver scritto il suo articolo migliore. Lo rilesse una volta, scosso dalla potenza delle sue stesse parole, poi si alzò. Si sentiva nervoso e inquieto. Lo sforzo della creazione, invece di calmarlo o di stancarlo, l'aveva eccitato. Doveva uscire.

Lasciò il foglio nella macchina per scrivere e s'infilò la giacca. Il caposervizio lo guardò perplesso. « Vado a cercare Des », gli disse. In redazione c'era una specie di cospirazione per proteggere Desmond Blake da se stesso e dalla bottiglia di gin, e il caposervizio si limitò ad annuire, tornando subito a chinare il capo sul proprio lavoro.

Uscito dall'edificio, Michael si avviò di buon passo, scansando gli altri pedoni. Non guardava dove andava, ma non si sorprese di ritrovarsi, dopo un po', nell'atrio della stazione di Johannesburg.

Prese un caffè al chiosco vicino alla biglietteria e si portò il bicchiere alla solita panca. Lì sedette, accese una sigaretta e alzò lo sguardo alla cupola di vetro. Gli affreschi di Pierneef erano così in alto che ben pochi pendolari, che ci passavano sotto mille volte, ne conoscevano l'esistenza.

Ma per Michael erano l'essenza del continente, un distillato dell'immensità e dell'infinita bellezza dell'Africa. Come un coro celeste, cantavano forte tutto quello che lui cercava faticosamente di esprimere a parole. Quando lasciò il massiccio edificio di pietra, si sentiva di nuovo tranquillo e sereno.

Trovò Des Blake appollaiato sul solito sgabello al bar.

« Sei forse il guardiano di tuo fratello? » l'apostrofò, con voce impastata. Parlava così dopo l'ettolitro.

« La cerca il caporedattore », mentì Michael.

Si chiese che cosa mai gliene fregasse di quell'uomo, e perché tutti cercassero di proteggerlo: ma una risposta gliel'aveva già data una volta un collega anziano: « È stato un grande giornalista, e tocca a noi badare ai nostri ».

Des non riusciva a infilare la sigaretta nel bocchino d'avorio. Ci pensò Michael, e accendendogliela disse: « Venga, signor Blake, l'aspettano ».

« Courteney, bisogna proprio che te lo dica, non hai la stoffa. Cambia mestiere. Sei un figlio di papà, non combinerai mai un cazzo nel giornalismo. Ci vuol altro. »

« Venga, signor Blake », insisté Michael, sbuffando tra sé. Riuscì a non farlo cadere afferrandolo per il braccio.

Al giornale, si accorse subito che nella sua macchina per scrivere non c'era più il foglio. Era da poco che aveva una macchina e una scrivania tutte per sé, da quando l'avevano incaricato di lavorare con Blake, e ne era gelosissimo.

L'idea chc qualcuno gli usasse la macchina, o peggio leggesse i suoi esercizi, lo fece infuriare. Si guardò attorno arrabbiato, cercando qualche vittima; ma lì tutti avevano più anzianità di lui. Lo sforzo di dominarsi lo lasciò scosso. Si accese un'altra sigaretta, l'ultima del pacchetto, e pur nell'agitazione si rese conto che dal mattino ne aveva già fumate venti.

« Courteney! » chiamò il caposervizio affacciandosi in redazione. « Quanto ci hai messo! Il signor Herbstein ti vuole subito nel suo ufficio. »

La rabbia di Michael svanì come per miracolo. Non era mai stato prima nell'ufficio del direttore. Il signor Herbstein gli aveva detto « buongiorno » una volta in ascensore, e basta.

Il viaggio attraverso la redazione gli parve lunghissimo, e benché nessuno alzasse gli occhi quando passava. Michael era sicuro che ridacchiassero tra sé, sfottendolo. Bussò sul vetro smerigliato della porta del direttore e gli rispose una specie di ruggito.

Timidamente, Michael aprì la porta e sbirciò dentro. Leon Herbstein era al telefono; era un uomo grassoccio, infagottato in un golf fatto a mano, coi capelli ricci grigiastri. Con impazienza fece cenno a Michael di entrare, e poi lo ignorò mentre proseguiva la telefonata.

Alla fine scagliò la cornetta sulla forcella e fece girare la sedia fino a fronteggiare il giovane che se ne stava in piedi, un po' a disagio, davanti alla sua scrivania.

Dieci giorni prima, Leon Herbstein aveva ricevuto un invito a pranzo, abbastanza inaspettato, presso la nuova sede centrale della Courteney Mining and Finance. Aveva trovato altri dieci ospiti, tutti notabili dell'industria e del commercio, ma il posto d'onore era toccato a lui.

Leon Herbstein non aveva mai avuto troppa ammirazione per Shasa Courteney. La grande ricchezza induce a diffidare, e i due Courteney, madre e figlio, avevano la reputazione di affaristi cinici e astuti. Inoltre, Shasa Courteney aveva tradito il Partito Unito, di cui Herbstein era fervente sostenitore, per passare ai nazionalisti. Leon Herbstein non aveva mai dimenticato il violento antisemitismo con cui il Partito Nazionalista era nato, e considerava la politica dell'apartheid l'ennesima grottesca manifestazione di razzismo.

Per quanto lo riguardava, Shasa Courteney era uno di loro, un avversario politico. Tuttavia, sedendo alla sua tavola, sperimentò il suo fascino insinuante e la sua intelligenza sottile. Shasa gli dedicò gran parte della sua attenzione, e alla fine il direttore del *Mail* cominciava ad abbandonare i peggiori pregiudizi nei confronti dei Courteney. Almeno si convinse che Shasa Courteney aveva a cuore gli interessi del Paese, era intenzionato a migliorare le condizioni dei negri e dei poveri, ed esercitava un'importante influenza moderatrice nelle alte sfere del Partito Nazionalista.

Uscì inoltre dal palazzo con maggiore considerazione per l'intelligenza di Shasa Courteney. Non aveva mai nemmeno accennato al fatto che il suo gruppo ora possedeva il 42 per cento delle azioni dell'Associated Newspapers of South Africa, e che suo figlio faceva il cronistello al *Mail*. Non era stato necessario: entrambi avevano ben presente la circostanza mentre chiacchieravano.

Fino a quel momento, Leon Herbstein non aveva dato prova di gran simpatia nei confronti di Michael Courteney. Affidarlo alle cure di Des Blake era stato il suo sforzo maggiore. Tuttavia, dopo quel pranzo, cominciò a seguire il giovanotto con maggior attenzione. Non ci voleva molto per capire che grazie al suo intervento, alla ricerca e all'elaborazione delle fonti, la qualità del lavoro di Des era migliorata. Da allora in poi, tutte le volte che passava davanti alla scrivania di Michael, Herbstein aveva preso l'abitudine di dare un'occhiata a quello che stava scrivendo, senza farsi vedere.

Herbstein aveva quella capacità di leggere velocemente che caratterizza i giornalisti: era capace di assimilare in una scorsa il contenuto di una cartella: e non mancò di notare con sorpresa che sempre più spesso l'articolo di Blake si basava sulla scaletta del suo giovane assistente, molte volte addirittura migliore.

Adesso osservò Michael con attenzione, mentre se ne stava sulle spine davanti a lui. Nonostante l'orrido taglio di capelli a spazzola, che ora tutti i giovani sfoggiavano, e la cravatta a colori vivaci, era un ragazzo gradevole, con la mascella forte e gli occhi intelligenti. Forse era un po' smilzo per la sua statura, e un po' timidino, ma si era già rinfrancato alquanto da quando lavorava al *Mail*.

Di colpo Leon si rese conto che lo stava trattando crudelmente, che il suo scrutinio sottoponeva il ragazzo a una sofferenza inutile. Prese il foglio che aveva davanti e lo spinse verso di lui.

« L'hai scritto tu? » domandò in tono burbero, e Michael afferrò il recuperato esercizio.

« Non intendevo farlo vedere a nessuno », sussurrò, e, ricordandosi con chi stava parlando, aggiunse in un fiato: « signore ».

« Strano », scosse la testa Herbstein. « Avevo sempre creduto che il nostro mestiere consistesse nel farsi leggere. »

« Era solo un esercizio », disse Michael nascondendo il foglio dietro la schiena.

« Ci ho fatto qualche correzione », lo avvertì Herbstein, e Michael si mise a leggere ansiosamente l'articolo.

« Il terzo paragrafo è un po' retorico, ed è meglio dire 'ferita' che 'vulnus' su un giornale. Per il resto va bene, e l'ho passato. »

« Non capisco, signore... » balbettò Michael.

« Mi hai risparmiato il fastidio di scrivere l'editoriale di domani », disse Herbstein riprendendosi l'articolo e piazzandolo nel cestello sul piano della scrivania. Poi si rimise a leggere delle bozze.

Michael era rimasto a bocca aperta. Gli ci vollero dieci secondi per rendersi conto che era stato congedato, arretrò verso la porta e se la chiuse silenziosamente alle spalle. Le gambe riuscirono appena a ricondurlo fino alla sua scrivania, dove crollò sulla sedia privo di forze. Afferrò il pacchetto di sigarette, era vuoto, lo appallottolò e lo gettò nel cestino.

Solo allora il pieno significato di quello che gli era appena successo lo colpì, lasciandolo stordito.

« L'editoriale », sussurrò, con le mani che gli tremavano.

Dall'altra parte della scrivania, Desmond Blake ruttò signorilmente e gli chiese: « Dove sono i riassuntini sui candidati presidenziali americani? »

« Non li ho ancora terminati, signor Blake. »

« Senti un po', ragazzo, vedi di svegliarti se vuoi far contento qualcuno qui dentro. »

Michael puntò la sveglia sulle cinque e all'aurora era già in attesa fuori dell'edicola chiusa. Quando il furgone del *Mail* scagliò il pacco a terra, spronò l'assonnato edicolante a tagliare lo spago e filò via stringendo la preziosa copia al petto. Si chiuse in camera contemplando, in apertura della prima pagina, il titolo: È NATO UN MARTIRE.

Rilesse velocemente il suo parto, poi ancora una volta a voce alta, assaporando ogni parola sulla lingua come qualche gran vino. Facendosi la barba piazzò il quotidiano vicino allo specchio, quindi se lo portò dietro al caffè greco dove soleva far colazione, e lo mostrò al signor Costa, che chiamò la moglie fuori della cucina.

« Ehi, Michael, hai fatto carriera! » disse la signora Costa abbracciandolo, tutta odorosa di bacon fritto e aglio. « Adesso sei un alto papavero del giornalismo! »

Gli permise di usare il telefono nel retro e Michael chiamò Weltevreden. Centaine gli rispose al secondo squillo.

« Mickey! » esclamò tutta contenta. « Dove sei? A Città del Capo? »

Lui la calmò e poi le lesse l'editoriale. Ci fu un lungo silenzio. « L'editoriale, Mickey! Di' un po', non sarà mica uno scherzo? L'hai fatto tu davvero? Non dir balle alla nonna! »

Quando l'ebbe rassicurata, Centaine continuò: « Sono anni

che non provo una contentezza simile! Vado a chiamare tuo papà, devi dirglielo tu stesso! »

Shasa venne al telefono e Michael lesse l'articolo anche a lui. « L'hai scritto tu? » chiese Shasa. « Molto buono. Anche se non sono affatto d'accordo con le tue conclusioni... questo Gama va impiccato, perbacco! Ma a momenti mi convincevi. Be', comunque ne parleremo quando ci vediamo. Ehi, congratulazioni, ragazzo mio! Forse, dopo tutto, avevi ragione tu. »

In redazione, Michael si accorse di esser diventato una piccola celebrità. Perfino il caposervizio gli fece i complimenti e gli parlò con competente ammirazione del suo articolo. La bella biondina della reception, che non l'aveva mai guardato, lo accolse salutandolo per nome.

« Senti un po', ragazzo », disse Desmond Blake. « Una scorreggia non giustifica questo gran spandimento di merda. D'ora in poi tutto quello che scrivi deve passare prima da me! »

« Mi dispiace, signor Blake, io non... »

« Sì, sì, lo so che non l'hai fatto apposta. Ma non dimenticare che sei sempre il mio assistente! »

La notizia della sospensione dell'esecuzione di Moses Gama schiattò come un fulmine in redazione, provocando un gran pandemonio che durò una settimana. Michael ci fu tirato dentro, e passò molti giorni al lavoro dalla mattina presto fino a quando cominciava a girare la rotativa. Notò però che l'eccitazione sembrava scatenare in lui un'energia senza limiti, perché non era mai stanco. Imparò a lavorare presto e bene, accorgendosi di scrivere sempre meglio.

Due settimane dopo il rinvio dell'esecuzione, il direttore lo chiamò. Aveva imparato a non bussare: ogni perdita di tempo irritava Leon Herbstein, e lo faceva gridare spazientito. Dunque Michael entrò direttamente, ma non aveva ancora assunto l'atteggiamento cinico che distingue i veterani del giornalismo, sicché era ancora un entusiasta colui che chiese al direttore: « Sì, che c'è, signor Herbstein? »

« Michael, c'è un lavoro per te. » Tutte le volte che Herbstein lo chiamava per nome, Michael rabbrividiva di piacere.

« Stiamo ricevendo un sacco di lettere dall'estero. Con l'interesse suscitato dal processo Gama, la gente vuol saperne di più sul movimento dei negri. Vogliono sapere che differenza c'è tra il Pan Africanist Congress e l'African National Congress, vogliono sapere chi sono le personalità di spicco, questi Tambo e Sisulu, Mandela e Moses Gama, e che cosa vogliono. Insomma, 'sta roba qua. Tu sembri interessato all'argomento, e ti piacciono le ricerche d'archivio... inoltre non posso incaricare della cosa gli inviati, che hanno già fin troppo da fare. Per cui occupatene tu. »

Herbstein tornò a quello che stava facendo prima, ma ormai Michael aveva abbastanza confidenza per restar lì.

« Lavoro sempre sotto Mr. Blake? » chiese. Ormai sapeva che se lo chiamava « signore » il direttore andava in bestia.

Leon Herbstein scosse la testa, senza alzare gli occhi. « No, non sei più il suo assistente. Darai gli articoli a me. Non c'è fretta, il primo mi serve solo tra cinque minuti. »

Ben presto Michael scoprì che l'archivio del *Mail* era inadeguato alla complessità del compito che gli era stato affidato. Tuttavia bastò per stilare un primo elenco dei vari gruppi politici negri e delle associazioni d'appoggio, come ad esempio i sindacati ufficiosi, e dei dirigenti politici e sindacali.

Liberò una parete di camera sua e ci appuntò tutte queste informazioni, usando fogli di colore diverso per ciascun partito e unendovi le foto dei leader negri che comparivano via via sulla stampa. Fatto ciò, si rese conto che sul movimento dei negri si sapeva ben poco, anche da parte dei bianchi più informati.

Neppure la biblioteca pubblica aggiunse molto alle sue nozioni. La maggior parte dei libri sull'argomento risalivano a dieci o più anni prima, e facevano la storia del venerabile partito del Congresso africano, fondato nel 1912, nominando leader oggi morti o rimbambiti.

Gli venne la prima ispirazione. Del suo gruppo editoriale, l'Associated Newspapers of South Africa, faceva parte anche *Assegai*, un settimanale che si rivolgeva al pubblico dei negri più istruiti e benestanti. Il titolo si riferiva alla zagaglia a lama larga, la micidiale arma degli *impi* del gran re zulu Chaka. La sua linea politica era dettata dai dirigenti bianchi del gruppo editoriale, ma tra le foto dei cantanti e dei giocatori di rugby africani uscivano anche articoli dove fra le righe spirava un certo radicalismo.

Michael si fece dare un'auto del giornale e andò a trovare il direttore di *Assegai* nella sua redazione, che si trovava nel sobborgo negro di Drake's Farm. Il direttore era un laureato di Fort Hare, l'università riservata ai negri, si chiamava Solomon Nduli ed era uno xhosa. Fu gentile ma freddo, e dopo una chiacchierata di mezz'ora gli fece capire che lo riteneva una spia del ministero degli Interni e che non aveva intenzione di dirgli proprio niente.

Una settimana dopo il *Mail* pubblicò il primo articolo di Michael, sul supplemento del sabato. Era una comparazione delle due principali organizzazioni politiche africane: il Congresso Panafricano, che era un partito esclusivo, dove erano ammessi soltanto negri di puro sangue africano e che sosteneva princìpi alquanto estremistici, e il ben più diffuso Congresso Nazionale Africano che, pur essendo composto in larghissima maggioranza di negri, accoglieva anche qualche bianco, qualche asiatico e qualche sangue misto, come i « meticci del Capo ». Il programma dell'African National Congress era più moderato e conciliante.

L'articolo era ben documentato, ma, cosa più importante, esprimeva comprensione, ed era firmato Michael Courteney. Il giorno seguente Solomon Nduli gli telefonò in redazione proponendogli un altro incontro. Le sue prime parole furono di scusa: « Credo di averla giudicata male », gli disse stringendogli la mano. « Cosa voleva sapere? »

Solomon portò Michael in uno strano mondo, che non aveva mai creduto esistesse: il mondo delle borgate nere. Gli fece incontrare Robert Sobukwe, e Michael restò impressionato dalla profondità del risentimento espresso da questo leader del Congresso Panafricano contro le leggi razziste, e specialmente quella del lasciapassare. Sotto una leggera vernice, si intuiva la violenza dell'uomo, che si augurava una insurrezione rivoluzionaria.

« Cercherò di farle incontrare Mandela », promise Solomon, « benché, come saprà, attualmente sia ricercato e costretto alla clandestinità. Ma ci sono altri con cui potrà parlare. »

Portò Michael all'ospedale Baragwanath e gli presentò la moglie di Moses Gama, la giovane e bella zulu che aveva già visto al processo di Città del Capo. Victoria era in stato di avanzata gravidanza: la sua calma dignità colpì profondamente Michael, che intuì in lei però la stessa violenza latente e lo stesso tremendo risentimento che aveva ravvisato in Sobukwe.

Il giorno dopo Solomon lo accompagnò di nuovo a Drake's Farm, dove lo presentò a Hendrick Tabaka, l'uomo che sembrava possedere tutte le attività commerciali del sobborgo. Simile a un peso massimo di lotta libera, aveva la testa calva tutta solcata di cicatrici che pareva una palla di cannone.

Michael ebbe la sensazione di avere di fronte l'ala destra del movimento dei negri. « Ho la mia famiglia e i miei affari », gli disse Tabaka, « e intendo difenderli contro chiunque, bianco o negro che sia. » A Michael tornò in mente un'opinione che aveva sentito spesso esprimere da suo padre, senza prenderla in gran considerazione: « Bisogna dare ai negri una parte della torta », diceva Shasa Courteney. « Farli diventare proprietari di qualcosa. L'uomo pericoloso è colui che non ha niente da perdere. »

Michael intitolò *I fuochi dell'ira* il secondo articolo della serie, in cui cercava di descrivere l'amaro e profondo risentimento che aveva riscontrato nelle vie dei sobborghi negri. Finì l'articolo con queste parole:

Nonostante questo profondo scontento, non ho mai avuto la sensazione che questi leader negri con cui ho parlato odiassero i bianchi. Il loro risentimento è diretto unicamente alla politica del governo nazionalista, l'*apartheid*: ma ciò non intacca il patrimonio di tre secoli di buona volontà reciproca tra le razze.

Consegnò l'articolo a Leon Herbstein il giovedì, e fu coinvolto fino alle otto di sera nella lunga revisione del direttore. Leon Herbstein chiamò nel suo ufficio il vicedirettore e il caporedattore, che espressero pareri contrastanti: chi voleva pubblicarlo un po' tagliato, chi non voleva pubblicarlo affatto per non incorrere nelle ire della commissione governativa di censura, che aveva il potere di bandire il giornale dalle edicole.

« Ma è tutto vero », protestò Michael. « Ho dimostrato tutti i fatti di cui parlo. È vero ed è importante, solo questo conta. » I tre anziani giornalisti lo guardarono con aria di compatimento.

« Va bene, Mickey », tagliò corto infine il direttore. « Va' pure a casa, ti faremo sapere a suo tempo come avremo deciso. »

Mentre Michael procedeva sconsolato verso la porta, il caporedattore gli fece un cenno: « Che sia pubblicato o no, Michael, è un'ottima inchiesta. Puoi esserne orgoglioso ».

Quando Michael tornò a casa, trovò una persona seduta sullo zerbino davanti alla sua porta. Solo quando si alzò, dallo sviluppo del torace e delle spalle riconobbe suo fratello Garry.

« Garry! » gridò tutto contento, correndo ad abbracciarlo.

Sedettero a fianco a fianco sul letto, raccontandosi tutto tra grandi risate ed esclamazioni di gioia.

« Cosa fai qui a Johannesburg? » domandò infine Michael.

« Sono venuto a passarci un week-end. Devo far girare qualche cifra nel computer della sede centrale, e ho anche qualche controllo da fare nell'ufficio prospezioni e al catasto. Così mi son detto: perché spender soldi all'albergo, quando Michael ha un appartamentino? Mi sono portato il sacco a pelo, posso stendermi per terra. »

« Macché, macché! » rise Michael. « Il letto può diventare matrimoniale! Non c'è bisogno che dormi per terra. »

Andarono a mangiare da Costa e tornarono con un cartone di bottiglie di Coca-Cola. Chiacchierarono fino a notte alta. Erano sempre stati molto vicini, perché fin da piccolo Michael aveva cercato di difendere Garry dalle prepotenze e dagli sfottò di Sean. E ora che lavorava da mesi solo a Johannesburg, Michael sentì all'improvviso tutto il valore degli affetti familiari, dei cari ricordi che condivideva con Garry; e si rese conto che c'erano numerosi importanti argomenti con cui poteva parlare quasi soltanto con quel fratello. Sicché continuarono a chiacchierare per ore di soldi, lavoro, sesso e via dicendo.

Garry restò sbalordito nell'apprendere che Michael guadagnava trentasette sterline e rotti al mese.

« Quanto ti costa l'affitto di questo buco? » gli chiese.

« Venti sterline al mese. »

« Ti restano diciassette sterline e rotti per mangiare e per vivere... dovrebbero arrestarli per schiavismo. »

« Be', sai, papà mi passa qualche soldo. E tu quanto guadagni, Garry? » domandò Michael, mentre Garry faceva la faccia contrita.

« Vitto e alloggio sono gratis, alla miniera, negli alloggi per gli scapoli... e come dirigente prendo un centinaio di sterline al mese. »

« Figlio d'un cane! » esclamò Michael, impressionato. « Chissà cosa farai con tutti quei soldi! »

Toccò a Garry restare sbalordito. « Li metto via tutti, cosa vuoi che ci faccia? Ho già duemila sterline in banca. »

« Ma che te ne fai? Come intendi spenderli? » insisté Michael, veramente scandalizzato.

« I soldi non servono per questo », gli spiegò Garry. « Vanno risparmiati, se vuoi diventare ricco. »

« E tu vuoi diventare ricco? » chiese Michael.

« Cos'altro c'è al mondo? » Garry era davvero sbalordito da simili domande.

« Potresti anche voler svolgere al meglio un compito importante. Per me questo conta più della ricchezza. »

« Ma certo, certo », disse Garry con evidente sollievo. « Il fatto è che se non ti comporti proprio così non diventi mica ricco. »

Erano quasi le due del mattino quando Michael spense la luce. Solo allora, al buio, Garry gli fece la domanda che fino a quel momento non era riuscito a cacciar fuori.

« Mickey... Hai nessuna notizia della mamma? »

Michael tacque così a lungo che continuò Garry, impetuosamente. « Ho cercato di parlarne a papà, ma non si riesce a strappargli una parola. E lo stesso con la nonna, che però ha aggiunto: 'Non fare mai più in questa casa il nome di quella donna, responsabile della morte di Blaine'. Pensavo tu sapessi dov'è andata. »

« Sta a Londra », gli disse sottovoce Michael. « Mi scrive tutte le settimane. »

« E quando torna, Mickey? »

« Non tornerà. Divorziano. »

« Ma si può sapere cos'è successo, perché se n'è andata senza nemmeno salutare? »

« Non lo so. Gliel'ho chiesto anch'io, ma non ha voluto dirmi niente. »

Garry pensò che si fosse addormentato, ma dopo un lungo silenzio Michael riprese, così piano che si potevano appena udire le parole: « Sento moltissimo la sua mancanza, Garry. Dio mio, quanto la sento! »

« Anch'io », disse Garry da bravo figliolo: ma in realtà ogni settimana che passava gli portava tali e tante novità che pensava ben poco a sua madre.

La mattina dopo Leon Herbstein chiamò Michael nel suo ufficio.

« Va bene, Mickey, abbiamo deciso di pubblicare l'articolo come l'hai scritto. » Solo allora Michael si rese conto di quant'era importante questa decisione per lui. Per il resto della giornata, la gioia che provò fu temperata solo dalla riflessione. Perché provava tanto sollievo? Era la vanità della firma sul giornale? La soddisfazione professionale? In parte sì, dovette ammettere con se stesso, ma c'era anche qualcos'altro di più profondo e sostanziale. La verità. Aveva scritto la verità, e la verità aveva prevalso. Anche sulla sua vanità di autore.

La mattina dopo, altra levataccia per comprare il *Mail*. Rincasando, svegliò Garry per leggergli il suo articolo. Garry era rientrato da poche ore, perché aveva passato la notte al computer della nuova sede del gruppo Courteney in Diagonal Street. David Abrahams, discretamente imbeccato da Shasa, aveva disposto che avesse libero accesso alla macchina quando non veniva utilizzata altrimenti per i fini della compagnia. Quella mattina Garry aveva gli occhi rossi per la veglia e le guance nereggianti di barba. Tuttavia ascoltò con attenzione Michael che gli leggeva *I fuochi dell'ira*. Alla fine, Garry inforcò gli occhiali e si mise a rileggerlo attentamente da sé, mentre Michael preparava il caffè sul fornello a gas.

« È buffo, non ti pare? » disse alla fine Garry. « Noi in un certo senso li diamo per scontati: lavorano nei pozzi delle miniere, vendemmiano per noi a Weltevreden, ci servono in tavola. Ma non pensiamo mai che abbiano sentimenti, desideri e pensieri come noi, finché non leggiamo un articolo come questo. »

« Grazie, Garry », disse Michael a voce bassa.

« E perché? »

« È il più grosso complimento che mi abbiano mai fatto », gli spiegò Michael.

Poi, per il resto del week-end, vide ben poco Garry, che passò il sabato mattina al catasto, e alla chiusura andò alla sede del gruppo Courteney a sfruttare il computer inutilizzato.

A tarda notte rientrò e andò a dormire vicino a Michael. Quando entrambi si svegliarono, nella tarda mattinata di domenica, Michael suggerì: « Andiamo insieme al laghetto dello zoo. Fa caldo, e tutte le ragazze andranno al parco a prendere il sole ». Aveva gettato l'esca apposta, perché desiderava tantissimo la compagnia di Garry. Era depresso: dopo tante incertezze a tira e molla, il suo articolo, infine pubblicato, era caduto nel nulla.

« Mickey, mi piacerebbe da matti venire con te, ma è domenica, l'unico giorno in cui ho il computer a mia completa disposizione. » Garry stava meditando qualcosa, si vedeva. « Sai, ho dei progetti in ballo, cose incredibili, e non posso lasciar perdere proprio adesso. »

Così Michael prese l'autobus e andò al parco da solo. Passò la giornata seduto sui prati, a leggere e guardare le ragazze. Ciò non servì che a farlo sentire ancora più solo e insignificante. Quando tornò al suo triste quartierino, non trovò più la valigia di Garry. Gli aveva lasciato un biglietto attaccato allo specchio del bagno: « Torno a Silver River, magari ci vediamo il prossimo weed-end. G. »

Lunedì mattina, entrando al *Mail*, vide un nervoso capannello di colleghi in mezzo allo stanzone della redazione, mentre una mezza dozzina di sconosciuti frugavano dappertutto, nei cassetti e negli archivi. Avevano già riempito una ventina di scatoloni di roba così trovata, disponendoli per terra fra le scrivanie.

« Cosa sta succedendo? » chiese candido Michael, e il caporedattore gli rispose fulminandolo con lo sguardo: « Sono della polizia segreta ».

« Lei chi è? » gli chiese un tipo in borghese. Alla risposta di Michael, controllò sulla propria lista e disse: « È proprio lei che cerchiamo. Mi segua ». Entrò senza bussare nell'ufficio del direttore.

Con Herbstein c'era uno sconosciuto. « Sì, cosa c'è? » berciò, e l'agente gli rispose, un po' sulle spine:

« È questo qua, signor capitano ».

Lo sconosciuto squadrò accigliato Michael, ma prima che potesse aprir bocca intervenne Leon Herbstein.

« Va tutto bene, Michael. La polizia è qui perché il numero di sabato è stato censurato e hanno avuto il mandato per perquisire la redazione. Vogliono anche parlare con te, ma non c'è da preoccuparsi. »

« Non ne sarei tanto sicuro », precisò minaccioso l'ufficiale. « È lei che ha scritto quel capolavoro di propaganda comunista? »

« Ho scritto l'articolo intitolato *I fuochi dell'ira* », disse Michael chiaramente, ma di nuovo intervenne Leon Herbstein.

« Come direttore del *Golden City Mail*, la responsabilità della pubblicazione dell'articolo è mia, e me la prendo in pieno. »

Il capitano lo ignorò ed esaminò Michael per un momento prima di continuare. « Un ragazzino. Ma bene. Cosa è venuto a sapere? »

« Un momento, capitano », berciò Herbstein. « Si tratta di un giornalista accreditato... »

« *Ja* », tagliò corto l'ufficiale. « Non ne dubitavo mica. » Ma continuò a rivolgersi a Michael. « Risponda lei: ha obiezioni a seguirci alla polizia, per collaborare alle indagini? »

Michael guardò Herbstein, che subito disse: « Non sei obbligato ad andarci, Michael. Non hanno nessun mandato d'arresto contro di te ».

« Cosa volete da me, capitano? » chiese Michael.

« Vogliamo sapere chi le ha detto quelle cose. La propaganda comunista è tradimento... »

« Non intendo rivelare le mie fonti d'informazione », disse con calma Michael.

« Se rifiuta di collaborare, faccio in fretta a procurarmi un mandato », minacciò il funzionario del servizio segreto.

« Verrò con voi », disse Michael. « Ma non rivelerò le fonti, è contrario alla deontologia professionale. »

« Verrò subito anch'io con l'avvocato », gli promise Herbstein. « Non preoccuparti, il giornale ti spalleggerà sino in fondo. »

« Va bene, adesso andiamo », disse il capitano.

Leon Herbstein accompagnò Michael per la redazione e passando davanti ai cartoni di materiale sequestrato il capitano osservò con maligna soddisfazione: « C'è un sacco di materiale vietato... Marx, e perfino Trotskij... tutta robaccia velenosa ».

« Materiale di documentazione e ricerca », precisò Herbstein.

« Lo spiegherà al magistrato », tagliò corto il funzionario.

Appena i due furono usciti dal giornale, Herbstein si attaccò al telefono.

« Chiamate Shasa Courteney a Città del Capo. Cercatelo a casa, in ufficio e in Parlamento. »

Qui lo trovò, e Shasa ascoltò attentamente il racconto di Herbstein.

« Bene », disse alla fine, per niente turbato. « Faccia andare subito l'avvocato alla polizia, poi chiami David Abrahams alla sede del gruppo Courteney di Johannesburg e gli racconti quello che è successo. Gli dica che voglio una reazione potente, che metta in campo tutte le forze di cui disponiamo. Gli dica anche che io arrivo subito in aereo, che mi venga a prendere con una macchina all'aeroporto, e mi fissi immediatamente un appuntamento col prefetto. »

Perfino Leon Herbstein, che non era nuovo a simili manifestazioni di potere, rimase impressionato dalla rapida mobilitazione di tutte le risorse dell'impero Courteney.

Alle dieci di quella sera stessa Michael Courteney veniva rilasciato per ordine del ministro degli Interni, e uscì dalla sede della polizia attorniato da principi del foro.

Da basso, nella limousine, lo aspettava suo padre. Quando Michael salì accanto a lui, Shasa gli disse malinconicamente: « Non sarai mica un po' troppo in gamba per il tuo stesso bene? Cosa hai in mente di fare? Bruciare tutto quello che abbiamo costruito in una vita? »

« Ho scritto solo la verità. Pensavo che almeno tu mi capissi, papà. »

« Ciò che hai scritto, figliolo, è istigazione. Le tue parole, ripetute dai sovversivi a dei negri ignoranti, potrebbero aprire un vaso di Pandora pieno di orrori. Non voglio più leggere articoli del genere con la tua firma, mi hai sentito bene, Michael? »

« Ti ho sentito, papà », disse a voce bassa Michael. « Ma non posso prometterti di obbedire. Mi dispiace, ma io devo fare i conti con la mia, di coscienza. »

« Sei cattivo e ostinato, come quella donnaccia di tua madre », disse Shasa, amareggiato. Era la prima volta che Michael sentiva usare un simile linguaggio da suo padre: ed era anche la prima volta che gli sentiva nominare Tara da quando se n'era andata. Non ribatté, turbato. Shasa tornò ad aprir bocca solo quando furono nella sua suite, al Carlton.

« E va bene, Michael, ritiro quello che ho detto. Non posso obbligarti a vivere la tua vita alle mie condizioni. Segui la tua coscienza, se proprio devi, ma non aspettarti che accorra ogni volta a salvarti dalle conseguenze delle tue azioni. »

« Non me l'aspettavo neanche stavolta, te l'assicuro papà », disse Michael, sincero. « E non me l'aspetto in futuro. Comunque ti ringrazio molto di quello che hai fatto oggi. Sei sempre stato buonissimo con me. »

« Oh, Mickey, Mickey! » proruppe Shasa, scuotendo il capo addolorato. « Se solo potessi darti l'esperienza, che mi è costata tanto! Se potessi evitarti gli errori che alla tua età ho fatto anch'io... »

« Ti sarò sempre grato dei tuoi consigli, papà », cercò di rasserenarlo Michael.

« E allora ascoltane subito uno, gratis », gli disse Shasa. « Quando ci si imbatte in un nemico invincibile, non lo si attacca a testa bassa, mulinando cazzotti. In questo modo si riesce solo a rompersi la testa. Invece bisogna aggirarlo di nascosto, tirargli un gran calcio nel culo e squagliarsela di corsa. »

« Me ne ricorderò, papà », sogghignò Michael, e Shasa gli mise il braccio sulle spalle. « Be', ti posso offrir da bere, adesso? »

« Grazie, una birra, papà. »

Il giorno dopo Michael andò a trovare Solomon Nduli a Drake's Farm. Voleva chiedergli che ne pensava del suo *I fuochi dell'ira*, e raccontargli del fermo e delle ore che aveva passato in guardina.

Ma non fu necessario. Solomon Nduli sapeva già tutto della sua detenzione e dell'interrogatorio: chissà come aveva fatto. Michael scoprì di essere diventato famoso nella redazione di *Assegai*. Quasi tutti i giornalisti negri vollero stringergli la mano e congratularsi per il suo articolo.

Appena rimasero soli nel suo ufficio, Solomon gli disse eccitato: « Mandela ha letto il tuo articolo e ti vuole conoscere ».

« Ma è ricercato dalla polizia... è latitante. »

« Dopo aver letto il tuo articolo si fida di te », disse Solomon, « e anche Robert Sobukwe. Anche lui vuole incontrarti di nuovo. » Poi notò l'espressione di Michael, e lui pure perse un po' d'entusiasmo. « A meno che tu non abbia più voglia di correre il rischio. »

Michael esitò un attimo solo. « No, no. Voglio intervistarli tutti e due, mi interessa davvero. »

Solomon Nduli non disse niente. Si limitò a posargli la mano sulla spalla. Era la prima volta che un negro lo toccava, da amico, ed era una sensazione strana e piacevole.

Shasa virò. Sorvolava la miniera di Silver River e voleva vederla meglio. Pilotava un bimotore a reazione HS 125.

La miniera era diversa dalle altre: gli impianti erano modernissimi. Non si vedevano più le torri dei montacarichi in ferro, con l'enorme ruota che girava in cima: ora sembravano normali edifici in cemento armato, alti una decina di piani. Anche il resto, gli stabilimenti di frantumazione ed estrazione dell'oro e dell'uranio dal minerale grezzo, non aveva certo un'aria da archeologia industriale, come tante altre miniere sudafricane.

L'edificio dell'amministrazione era circondato di prati verdi e aiuole fiorite: poco più in là c'era un campo regolamentare da golf, a diciotto buche, un campo di cricket e uno da rugby, per i dipendenti bianchi. C'era anche una piscina, accanto agli alloggi. Dall'altra parte del complesso sorgevano gli alloggi e gli impianti sportivi per i minatori negri: Shasa li aveva voluti altrettanto spaziosi e comodi. C'erano campi da football, cinema e supermercato. Gli alloggi sembravano quasi dei motel, rispetto al sistema consueto di acquartierare cinquemila minatori che venivano da tribù anche lontane, dal Nyasaland a nord, dal Mozambico portoghese a est. Tra gli edifici c'erano alberi e prati verdi.

Quella del Silver River era una « miniera bagnata ». Da essa venivano pompati fuori quotidianamente ettolitri ed ettolitri d'acqua, che poi serviva a innaffiare i dintorni. Shasa aveva ragione di esserne orgoglioso.

Benché il pozzo principale intercettasse la vena aurifera a grande profondità – quasi duemila metri sotto la superficie del terreno –, essa era così ricca da fornire profitti enormi. E quel che più contava era che il prezzo dell'oro non avrebbe potuto restare inchiodato ai famosi 35 dollari l'oncia ancora per molto. Shasa era convinto che presto sarebbe raddoppiato o triplicato.

« Il nostro angelo custode », sorrise a se stesso Shasa rimettendo l'aereo in linea e preparandosi ad atterrare.

« Di tutte le benedizioni riversate su questa terra, l'oro è la maggiore. Ci ha sostenuto nei momenti duri, e ha reso i periodi di vacche grasse ancora più prosperi. È il nostro tesoro, e ancor più, perché quando tutto il resto viene a mancare, quando il destino e i nostri nemici cospirano per atterrarci, l'oro brilla più splendido che mai per proteggerci. Un vero angelo custode. »

Benché il pilota della ditta, sul sedile di destra, lo guardasse un po' dubbioso – Shasa guidava i reattori soltanto da un anno –, riuscì ad atterrare con grande disinvoltura sulla pista della miniera. L'HS 125 era azzurro e argento come il vecchio Mosquito, e sulla fusoliera aveva il consueto simbolo del diamante. Era una macchina meravigliosa. Velocissimo, dotato di otto posti, era molto più comodo del Mosquito, cui però Shasa restava piuttosto affezionato. Ci aveva volato per più di cinquemila ore prima di regalarlo infine al museo dell'aeronautica, dove, riarmato e ridipinto a colori mimetici, costituiva una delle principali attrazioni.

Shasa rullò fino all'hangar, dove lo aspettavano i dirigenti della miniera, con le orecchie turate per il gran frastuono dei reattori.

Il direttore generale strinse la mano a Shasa e disse subito: « Suo figlio si scusa di non esser potuto venire a riceverla, signor Courteney. Attualmente è nei pozzi, ma dice che verrà a trovarla in foresteria appena può ». Incoraggiato dal sorriso di Shasa, pieno di orgoglio paterno, azzardò una battuta. « In famiglia può andare, ma noialtri dobbiamo incatenarlo per farlo smettere di lavorare. »

C'erano due alloggi per gli ospiti: uno riservato a Shasa e Centaine, e l'altro per le persone autorevoli in visita. Era così lussuoso ed era costato tanto che durante l'assemblea ordinaria degli azionisti qualcuno aveva fatto a Shasa delle domande imbarazzanti. Ma lui non aveva avuto esitazioni nel rispondere ai dissidenti: « Come posso lavorare bene se non ho qualche piccola comodità? Un tetto sulla testa è chieder troppo? »

Sempre sotto quel tetto c'erano un campo privato di squash e una piscina riscaldata, sala di proiezione, cucina e cantina. L'edificio era stato progettato da uno dei migliori allievi di Frank Lloyd Wright: l'arredamento era opera del londinese Hicks. C'erano i quadri e i tappeti che non stavano più a Weltevreden. In giardino erano stati trapiantati alberi secolari provenienti da tutto il Paese. In quel *pied-à-terre* Shasa si sentiva davvero a casa propria.

Gli ingegneri l'aspettavano in sala riunioni, e Shasa si mise al lavoro meno di dieci minuti dopo l'atterraggio. Alle otto, sfiancatili entrambi – quello responsabile dei pozzi e quello degli impianti elettrici –, li mise in libertà.

Garry aspettava nella porta accanto, lo studio privato di Shasa. Ingannava il tempo giocherellando col terminale del computer, ma appena suo padre entrò saltò in piedi.

« Papà, meno male che ci vediamo! Ho cercato di mettermi in contatto con te cento volte. Non c'è molto tempo... » Si era rimesso a balbettare, cosa che gli capitava solo quando era sovreccitato in maniera veramente insolita.

« Calma, calma, Garry. Fa' un bel respiro profondo », gli consigliò Shasa, ma il giovanotto continuava a sputar parole tutte insieme. Prese per mano il padre e lo tirò verso il computer per spiegargli quello che gli stava a cuore ma faticava a uscirgli dalla bocca.

« Sai cos'ha sempre detto la nonna, e anche tu ripeti sempre che la terra è l'unico patrimonio che dura: ebbene... » disse Garry trepestando sulla tastiera con le grosse dita a spatola. Shasa assisté con curiosità allo show del ragazzo, ma quando capì dove andava a parare si distrasse in fretta. Non gli interessava.

Tuttavia, ascoltò fino in fondo prima di chiedere tranquillamente: « Sicché hai comprato l'opzione coi tuoi soldi? »

« Sì, ho già firmato, ecco qua! » disse Garry brandendo il contratto. « Mi costa tutti i miei risparmi, più di duemila sterline per un'opzione di una settimana. »

« Fammi capire bene », disse Shasa. « Hai pagato duemila sterline un'opzione della durata di una settimana per l'acquisto di terreno agricolo a nord di Johannesburg, dove intendi edificare un quartiere residenziale, completo di centro commerciale, teatri, cinema eccetera eccetera... »

« C'è da guadagnarci almeno venti milioni di sterline. Dico come minimo. » Garry picchiettò sui tasti del computer e rapidamente ottenne la cifra verde fosforescente sullo schermo. « Guarda qua, papà! »

« Garry, Garry! » sospirò Shasa. « La verità è che ci hai appena rimesso duemila sterline. Be', l'esperienza ti servirà. È chiaro che si possono guadagnare milioni di sterline con l'edilizia: lo sanno tutti, e tutti vorrebbero costruire. Ma il governo pone dei limiti alla speculazione. Per edificare un nuovo sobborgo ci vuole la licenza, che si ottiene in non meno di cinque anni, sapendosi muovere: che non è il nostro caso, visto e considerato che facciamo un altro mestiere. Ci sono mille trappole, ruote da ungere e soldi da tirar fuori senza sapere se rientreranno. Non capisci, Garry? I tuoi terreni probabilmente non sono nemmeno i migliori disponibili sul mercato: chissà quanti altri in questo momento sono oggetto di affari già avviati. Non è il nostro campo, lascia perdere che è meglio... » Shasa dovette interrompersi. Garry stava facendo grandi gesti di diniego, preparandosi con ogni evidenza a tartagliare più che mai. « Fa' un bel respiro profondo », l'ammonì di nuovo.

Garry ansimò, tendendo la camicia intorno ai bottoni. Ma riuscì a dirlo senza inciampi: « La licenza c'è ».

« Se ti ho detto che ci vogliono anni... te l'ho già spiegato, no? » disse seccamente Shasa, alzandosi. « Be', ora cambiamoci per cena. »

« Papà, non hai capito », insisté Garry. « Ti ho detto che la licenza è già stata rilasciata. »

Shasa sedette, lentamente. « Come hai detto? » chiese piano piano.

« Il quartiere satellite fu approvato, nell'ormai lontano 1891, dal *Volksraad* della vecchia repubblica del Transvaal. L'autorizzazione è firmata dal presidente Kruger in persona, ed è sempre valida e vincolante. È stata soltanto accantonata e dimenticata, tutto qui. »

« Non ci credo », scosse la testa Shasa. « E tu come diavolo fai a saperlo? »

« Stavo leggendo dei vecchi libri sul decollo industriale del Witwatersrand, le miniere d'oro e via dicendo. Se mi occupo di miniere, debbo pur studiarne la storia, no? » spiegò Garry. « E in uno di questi libri si faceva cenno a un vecchio latifondista del Rand, che sognava di edificare un lussuoso quartiere residenziale per ricchissimi a nord della caotica e già brutta Johannesburg. L'autore scriveva che il latifondista aveva già acquistato una tenuta agricola di duemilacinquecento ettari e ottenuto regolare licenza dal *Volksraad* per edificare il sobborgo, ma poi l'idea era stata abbandonata. »

« E allora cos'hai fatto? »

« Sono andato a consultare gli archivi del *Volksraad* e ho trovato il decreto del 1891. Poi sono andato al catasto a vedere di chi è oggi la tenuta, e sono andato a vederla. Si chiama Baviaansfontein e appartiene a due fratelli sui settant'anni. Tipi simpatici, mi hanno fatto vedere il bestiame e i cavalli e mi hanno invitato a pranzo. La storia dell'opzione l'hanno presa sul ridere, ma quando gli ho fatto vedere le duemila sterline una sull'altra... era la somma più grossa che avessero mai visto. » Garry sogghignò. « Ecco le copie dei titoli di proprietà e della licenza edilizia originale. » Garry passò le carte al padre che le lesse con attenzione, muovendo perfino le labbra come un semianalfabeta, per assaporare ogni parola di quei venerabili documenti.

« Quando scade la tua opzione? » chiese infine, senza alzare gli occhi.

« Giovedì a mezzogiorno. Bisogna fare in fretta. »

« L'hai fatta a nome del gruppo? » chiese Shasa.

« No, a nome mio, ma naturalmente l'ho fatto per te e per la società. »

« Hai pensato tutto da solo », disse Shasa con cautela. « Hai fatto le ricerche, trovato il decreto originale, negoziato l'opzione con i proprietari, pagato duemila sterline con i tuoi sudati risparmi. Hai fatto tutto il lavoro, ti sei assunto tutti i rischi, e ora vuoi dar via l'affare... Non mi sembra una cosa tanto astuta, ti pare? »

« Non è che voglio dar via l'affare, voglio fartici entrare. Sai che tutto quello che faccio lo faccio per te, papà. »

« Be', stavolta le cose cambiano », disse allegramente Shasa. « Ti presterò personalmente le duecentomila sterline richieste, e domattina filiamo subito a Johannesburg a concludere l'affare. Una volta che possiederai la terra, il gruppo Courteney tratterà con te i termini di una joint-venture per edificarla. »

Le trattative cominciarono ben presto e si rivelarono assai dure. Appena Garry sentì il sapore del sangue lo diventarono ancora di più.

« Mio Dio, ho allevato un mostro », lamentava Shasa, per dissimulare la propria fierezza. Garry sapeva ben condurre le trattative. « Andiamo, figliolo, lascia qualcosa anche a noialtri! »

Per ammorbidire un tantino il padre, Garry annunciò che la proprietà sarebbe stata ribattezzata Shasaville. Alla firma dell'accordo Shasa stappò una bottiglia di champagne dicendo: « Congratulazioni, figliolo ».

Questo, per Garry, valeva più di tutto l'oro e le aree fabbricabili del Witwatersrand.

Lothar De La Rey era uno dei più giovani capitani della polizia, e ciò non era dovuto soltanto alla posizione di suo padre. Da quando si era diplomato con la spada d'onore all'Accademia di Polizia, s'era distinto in tutti i campi considerati fondamentali come funzionario con grande attitudine al comando. Aveva vinto tutti i concorsi con lode. Lo sport, e soprattutto il rubgy, era considerato molto importante per il curriculum del funzionario di polizia; e Lothar – ormai era praticamente cosa certa – sarebbe stato convocato in nazionale per l'incontro coi famosi All Blacks neozelandesi che presto dovevano arrivare in tournée. Lothar piaceva sia ai suoi pari sia ai suoi superiori, e il suo stato di servizio era in tutto e per tutto eccellente. Inoltre aveva mostrato una rara attitudine al lavoro di funzionario di polizia. Non lo stancavano la monotonia delle indagini, né la routine dei compiti di pattuglia; e quando le cose si mettevano male, e scoppiava la violenza, Lothar dimostrava grande coraggio e risolutezza.

Negli scontri con pericolosi criminali aveva meritato quattro menzioni d'onore. Aveva preso anche una medaglia, quando da solo aveva inseguito a piedi e ucciso, dopo una sparatoria in un sobborgo negro, due noti spacciatori di droga.

Oltre che essere persona assai disciplinata, come riconoscevano i superiori, mostrava spiccate attitudini al comando, qualità abbastanza tipica degli afrikaner. Durante la campagna nordafricana contro Rommel, il generale Montgomery non si preoccupava della scarsità di ufficiali, perché disponeva di migliaia di sudafricani « abituati fin dalla nascita a dare ordini agli indigeni ».

Lothar era stato destinato subito alla stazione di polizia di Sharpeville, e ormai conosceva la zona a menadito. Pian piano si era creato una rete di informatori, vera base del lavoro poliziesco, e attraverso questa legione di puttane, osti, magnaccia e piccoli criminali era in grado di sventare i reati più gravi.

L'alto comando della polizia sapeva bene che la relativa tranquillità di Sharpeville si doveva soprattutto al giovane ufficiale di famiglia illustre. Le cose non andavano certo altrettanto bene nelle altre zone, fittamente popolate, del triangolo industriale tra Johannesburg, Pretoria e Vereeniging.

A paragone di Soweto, Alexandra o anche Drake's Farm, Sharpeville era un piccolo borgo negro. Aveva circa quarantamila abitanti, di ogni età. Ma i reati che la polizia denunciava qui erano sproporzionati: era un continuo irrompere in spacci di alcolici clandestini, bloccare negri senza lasciapassare, arrestare delinquenti. Si capiva che il merito di tutto questo attivismo andava al vicecomandante della polizia di Sharpeville, il giovane Lothar De La Rey.

Sharpeville è un sobborgo della città di Vereeniging, dove nel 1902 Lord Kitchener stipulò la pace coi boeri, al termine di quella tragica e lunghissima guerra. La città sorge sul fiume Vaal, un'ottantina di chilometri a sud di Johannesburg, e sua ragion d'essere sono le miniere di carbone e ferro della Iscor, la gigantesca compagnia statale il cui nome per esteso è Iron and Steel Corporation.

Un tempo minatori e siderurgici negri stavano in un altro sobborgo, dal nome un po' ironico di Top Location, ormai del tutto inadeguato. Fu dunque costruita per loro una città nuova, che prese nome da John Sharpe, allora (1940) sindaco di Vereeniging. Benché gli affitti a Sharpeville fossero più cari, tutti i lavoratori negri finirono per trasferircisi senza protestare.

Era effettivamente una città modello. Le casette, benché a forma di scatola da scarpe come tutte le altre, avevano acqua corrente, fogne, elettricità e tanti servizi intorno, compreso un centro commerciale, un cinema, impianti sportivi, e naturalmente la stazione di polizia.

Nel quadro di un'opera titanica di ingegneria sociale – qual era l'apartheid nei suoi aspetti pratici – Sharpeville costituiva una zona di relativa calma. Tutt'intorno, centinaia di migliaia di persone venivano trasferite ogni giorno, irreggimentate e riclassificate in base a quel monumentale *corpus* legislativo che va sotto il nome di Group Areas Act e Population Registration Act. I leader negri, ancora alquanto timidi e incerti, predicavano la presa di coscienza del popolo e la sua organizzazione soprattutto altrove, lasciando Sharpeville abbastanza indenne dalle tensioni sociali. I notabili bianchi di Vereeniging potevano osservare soddisfatti che gli agitatori comunisti non facevano breccia a Sharpeville, e che « i loro negri » erano pacifici e rispettosi delle leggi. Secondo le statistiche, era quella la cittadina del Transvaal industriale dove si registravano meno delitti gravi, e dove i colpevoli venivano più rapidamente arrestati e condannati. Perfino gli inquilini morosi venivano sfrattati senza difficoltà. La polizia locale era coscienziosa e sempre disponibile.

Quando la legge fu estesa nel senso di imporre il lasciapassare anche alle donne, mentre in tutto il resto del Paese l'innovazione incontrava una strenua resistenza a Sharpeville si creò una tal coda di donne che si presentavano alla polizia per mettersi in regola che dovettero mandarle via dicendo di tornare in seguito che tanto non c'era fretta.

All'inizio di marzo del 1960 Lothar De La Rey arrivò con la sua Land Rover ufficiale in questa comunità ordinata e pacifica, parcheggiando nel cortile della stazione di polizia, circondato da un filo spinato alto tre metri, ma col cancello in quel momento aperto e senza guardia. Sopra il pennone sventolava la bandiera nazionale arancione, blu e bianca, mossa da un venticello che trasportava l'odore acre dell'acciaieria Iscor. Dentro la stazione di polizia (edificio, come gli altri del sobborgo, del tutto privo di pretese) i suoi uomini vennero subito a congratularsi della prodezza rugbistica con cui aveva fatto vincere alla squadra la Coppa Currie.

« La prossima volta sarà sicuramente convocato in nazionale », previde il sergente di servizio.

Lothar accoglieva questi complimenti con la giusta dose di modestia; ben presto però mise fine alla vacanza disciplinare e restaurò la routine.

« Bene, e adesso tutti al lavoro », ordinò, prendendo a scorrere il registro delle denunce. A Soweto, ci avrebbe facilmente trovato tre o quattro omicidi, una dozzina di violenze carnali, una ventina di rapine e via discorrendo; invece lì a Sharpeville nelle ultime ventiquattr'ore non c'era stato alcun reato grave. Lothar annuì soddisfatto e andò a rapporto dal comandante di stazione.

Sulla soglia del suo ufficio si mise sull'attenti e salutò. Il funzionario più anziano gli fece cenno di accomodarsi sulla sedia davanti alla scrivania.

« Entra, Lothie, e siediti! »

Lothar si tolse berretto e guanti d'ordinanza.

« Grande partita venerdì », si congratulò il superiore. « Che trasformazione da campione! »

Guardando il suo vice, l'ufficiale provò una puntura d'invidia. *Liewe Land!* (Terra amata!) questo sì che aveva l'aria d'un soldato. Gli scapparono gli occhi sul proprio pancione, e poi di nuovo sulle larghe spalle di Lothar che tendevano l'uniforme. Bastava dargli un'occhiata per capire che era di un'altra classe. Il comandante della stazione era diventato capitano a quarant'anni, ed era ormai rassegnato ad andare in pensione con lo stesso grado: ma questo qua, poche storie! sarebbe diventato generale prima dei quarant'anni.

« Bene, Lothar », disse con un sospiro. « Mi mancherai! » Sorrise vedendo brillare attenti gli occhi gialli del giovane. « *Ja*, mio giovane amico. Sei stato trasferito. Alla fine di maggio ci lascerai. »

Lothar si appoggiò allo schienale della sedia e sorrise. Sospettava lo zampino di suo padre nel lungo periodo di tirocinio qui, e benché stesse ormai diventando sempre più noioso passare il tempo in quelle paciose retrovie, doveva ammettere che l'esperienza, unica scuola del poliziotto, gli era servita. E per fare esperienza ci voleva tempo. Sapeva di essere diventato un buon poliziotto, e l'aveva dimostrato a tutti. Chiunque fosse tentato di attribuire all'influenza del padre le promozioni, guardando il suo stato di servizio avrebbe cambiato idea. Aveva fatto il suo dovere sino in fondo, ma adesso era ora di fare un passo avanti.

« Dove mi mandano, signore? »

« Sei fortunato », disse il comandante con finta invidia. « Vai al quartier generale del CID, a Marshall Square. »

Era la miglior destinazione che un giovane ufficiale potesse sperare. Il quartier generale del CID costituiva il centro nevralgico dell'intera polizia. Lothar sapeva che di lì in avanti la sua carriera sarebbe stata rapida e sicura. Avrebbe ricevuto le stellette di generale da giovane, e con esse la maturità e la reputazione necessarie per entrare in politica dalla porta principale. Con la pensione da generale, poteva lasciare la polizia e dedicare il resto della vita al suo Paese e alla sua gente, il *Volk*. Aveva pianificato tutto. Ogni passo successivo era già chiaro a Lothar. Tramontato Verwoerd, suo padre sarebbe diventato uno dei principali candidati alla successione. Forse, un giorno un altro ministro degli Interni si sarebbe chiamato De La Rey; per poi succedere magari a un altro De La Rey alla testa della nazione. Insomma, Lothar sapeva quello che voleva, che strada seguire, e aveva i piedi già saldamente piantati su quella strada.

Il comandante fece eco ai suoi pensieri. « È la tua occasione, Lothar », gli disse. « Se la cogli, puoi arrivare lontano, molto lontano. »

« Per quanto lontano sia, signore, ricorderò sempre l'aiuto e l'incoraggiamento che lei mi ha dato qui a Sharpeville », disse Lothar.

Il comandante annuì, imbarazzato. Nessuno dei due era tanto bravo a esprimere a parole le proprie emozioni. « Be', comunque mancano ancora un paio di mesi alla tua partenza. E ora, al lavoro! Quanti uomini ti servono per la retata di stasera? »

Lothar procedeva lentamente, a fari spenti, sulla Land Rover della polizia. Andava piano perché altrimenti la sua preda avrebbe riconosciuto il particolare rumore del motore, eclissandosi.

Accanto a lui c'era un sergente, e cinque agenti sul retro

della Land Rover, tutti armati di lunghi manganelli da rivolta di piazza. In più, il sergente aveva un fucile a pompa che poteva sparare dodici cartucce a pallettoni, e Lothar aveva la pistola alla fondina. Non erano poi molto armati: in fondo, si trattava soltanto di una retata negli spacci clandestini di liquori.

La vendita dell'alcool ai negri era strettamente controllata e limitata alle tradizionali birre di cereali, ora prodotte dallo Stato. Vini e liquori erano vietati ai negri, ma il proibizionismo, come al solito, aveva originato un mercato clandestino. C'era un grosso profitto da fare. Il liquore o era rubato o era prodotto autonomamente dagli osti clandestini. Questi torcibudella andavano sotto il nome generico di *skokiaan*, e a seconda delle varie ricette potevano contenere di tutto, dall'alcool metilico ai serpenti velenosi ai feti di bimbi abortiti. Non era raro che il frequentatore degli spacci clandestini di alcolici si risvegliasse cieco, impazzito, e talvolta ci lasciasse le penne.

Quella sera la squadra di Lothar si preparava a fare irruzione in una taverna aperta da poche settimane. Secondo gli informatori era controllata dalla banda dei Bufali.

Naturalmente Lothar sapeva benissimo cos'erano i Bufali, e quant'erano vasti i loro campi d'operazione. Si trattava senza dubbio dell'organizzazione criminale più potente e numerosa del Witwatersrand. Non si sapeva chi la comandasse, ma si diceva che vi fosse qualche connessione col sindacato dei minatori e una delle organizzazioni politiche dei negri. Di sicuro era più attiva nei pressi delle miniere d'oro intorno a Johannesburg, e nelle grandi città-ghetto come Soweto e Drake's Farm.

Finora a Sharpeville non avevano mai avuto problemi coi Bufali, ragion per cui l'apertura di uno spaccio di alcolici clandestino gestito da loro era allarmante. Poteva rappresentare un primo passo per controllare la zona, seguito quasi certamente da una campagna di politicizzazione dei negri locali che avrebbe introdotto anche lì manifestazioni di protesta, boicottaggio degli autobus e dei negozi gestiti dai bianchi, e tutte le altre rogne che solevano procurare gli agitatori dell'African National Congress e del Pan Africanist Congress di recente costituzione.

Lothar era quindi deciso a soffocare il focolaio prima che in un lampo incendiasse la boscaglia. Sopra il borbottio del motore sentì un fischio bitonale, subito ripetuto nelle tenebre lontane, in fondo alla via di casupole addormentate.

« *Magtig!* » bestemmiò Lothar tra sé. « Ci hanno visto! » I fischi erano un segnale d'allarme.

Accese i fari e accelerò. La Land Rover si proiettò veloce nella via stretta e non più buia.

Lo spaccio clandestino era in fondo all'isolato, nell'ultima casetta prima del recinto della borgata, una rete che dava sulla campagna aperta del *veld*. Quando i fari illuminarono il cottage, si videro cinque o sei negri che scappavano via, mentre altri saltavano fuori dalle finestre o si spingevano per uscire dalla porta.

Lothar fece salire la Land Rover sul marciapiede, entrò nel cortiletto e frenò facendo derapare una fiancata in modo da bloccare l'uscita della taverna.

« Andiamo! » gridò agli uomini, che si scagliarono giù dalla macchina.

Abbrancarono i bevitori stupefatti che erano rimasti bloccati tra la macchina e la porta. Uno cercò di resistere e fu messo fuori combattimento da una manganellata esperta. Il corpo esanime fu caricato sulla macchina.

Lothar partì di corsa per fare il giro della casa. Una donna saltò fuori dalla finestra proprio tra le sue braccia. La rovesciò a testa in giù, prese per un braccio un altro che stava scavalcando il davanzale e in un lampo ammanettò insieme la caviglia della donna e il polso dell'uomo. I due cominciarono a piroettare goffamente come pollastri allacciati.

Lothar raggiunse poi la porta sul retro della casa, e qui commise il primo errore: afferrò la maniglia e tirò forte. Dentro, c'era un uomo già in posizione: come la porta iniziò a muoversi, ci si buttò contro a tutta forza, sbattendola sul torace di Lothar, che rotolò giù dai gradini e andò per terra a gambe all'aria. L'uomo lo saltò di netto.

Lothar lo intravide per un attimo alla luce che veniva dalla porta: era giovane e ben fatto, forte e rapido come un gatto nero. Scappava nel buio del giardino, verso il recinto.

Lothar saltò in piedi. Anche col vantaggio che aveva, il fuggitivo non poteva certo sperare di staccare Lothar in condizioni normali: ma la botta sul petto l'aveva lasciato senza fiato. Partì di corsa ma dovette piegarsi subito, anfanando.

Il fuggiasco si chinò per passare in un buco della rete. Lothar mise un ginocchio a terra e aprì la fondina. Solo tre mesi prima aveva disputato con buon successo i campionati di tiro a segno con la pistola d'ordinanza a Bloemfontein, ma adesso era un po' pesto e il negro stava per confondersi nel buio della notte. Lothar sparò due volte, ma non sentì, dopo il colpo, il sordo impatto del proiettile nella carne, e il fuggiasco fu inghiottito dalle tenebre. Lothar rimise l'arma nella fondina e cercò di riprendere fiato, coi polmoni brucianti e l'umiliazione del fallimento più bruciante ancora.

Si rimise faticosamente in piedi. Nessuno dei suoi agenti doveva vederlo barcollare in difficoltà. Tornò dai due che aveva ammanettato insieme e li fece alzare con inutile rudezza. La donna era completamente nuda. Era chiaro che all'arrivo della polizia stava intrattenendo un cliente in una delle camere sul retro: adesso però piagnucolava tragicamente.

« E piantala, vacca negra », le disse, spingendola in casa dalla porta sul retro.

Il bar era in cucina. Le casse di liquore arrivavano fino al soffitto, e sul tavolo c'era una piramide di bicchieri vuoti.

Nella camera di fronte, il pavimento era pieno di vetri e liquore rovesciato, per la fretta con cui tutti erano scappati. Lothar si chiese quanti clienti ci fossero in una stanza così piccola: ne aveva visti scappare almeno una ventina.

Spinse la prostituta nuda verso uno degli agenti negri. « Occupati di lei », ordinò, e l'uomo sogghignò lascivo, strizzandole una tetta bruna e tonda come un melone.

« Tieni le mani a posto », l'avvertì Lothar, ancora arrabbiato per quello che gli era scappato. L'agente vide la sua espressione e si controllò. Spinse la donna in camera a cercare i vestiti.

Entrarono gli altri agenti di Lothar, ciascuno con due o tre prigionieri dall'aria abbacchiata.

« Controllate i lasciapassare », ordinò Lothar, e poi si rivolse al sergente. « Bene, Cronje, e adesso liberiamoci di questa roba. »

Lothar guardò portar fuori le casse di liquore e ammonticchiarle nel cortile della casa. Due agenti le aprirono e ruppero tutte le bottiglie contro lo spigolo del marciapiede. Il liquore, una specie di brandy dalla puzza dolciastra, scolò nel tombino.

Alla fine Lothar fece cenno al sergente di portare i fermati alla stazione di polizia. Li caricarono sui due cellulari che avevano seguito la Land Rover. Intanto, Lothar tornò nella casa per vedere che i suoi uomini non avessero trascurato qualcosa di importante.

Nella camera da letto sul retro, dove lavorava la prostituta, aprì l'armadio e frugò tra i vestiti, schizzinosamente, con la punta del manganello. In fondo all'armadio c'era una scatola di cartone. L'aprì. Era piena di volantini. Guardò distrattamente il primo, e ne rimase scosso. Lo lesse con attenzione alla luce della lampadina che pendeva dal soffitto.

Questo è il *Poqo* che ti dice: « Prendi la lancia nella destra, mio amato popolo, e scaccia lo straniero che saccheggia la tua terra ».

Il *Poqo* era l'ala militare del Pan Africanist Congress. La parola *Poqo* significa puro, incontaminato, perché di esso non potevano far parte che i bantu di puro sangue africano. Lothar sapeva che si trattava di un'organizzazione di giovani fanatici, già responsabili di numerosi delitti particolarmente crudeli. Nella cittadina di Paarl, nella provincia del Capo, il *Poqo* aveva assalito in massa la stazione di polizia: respinti, i manifestanti avevano sfogato la propria furia sulla popolazione civile, massacrando due donne bianche, di cui una ragazza diciassettenne. Nel Transkei avevano attaccato un cantiere stradale, uccidendo in modo atroce il soprastante bianco e la sua famiglia. Lothar aveva visto le fotografie della polizia, e gli si raggrinziva ancora la nuca al pensiero. *Poqo* era un nome da temere, e Lothar lesse il resto del manifestino con grande attenzione.

Lunedì affronteremo la polizia. Quel giorno tutti gli abitanti di Sharpeville dovranno essere come un sol uomo. Nessuno andrà a lavorare. Nessuno uscirà dal sobborgo in autobus, treno o tassì. Tutta la gente si riunirà e marcerà verso la stazione di polizia. Protesteremo contro la legge dei lasciapassare, che sono un terribile fardello, troppo pesante da sopportare. Ci faremo temere dalla polizia bianca.

Guai all'uomo o alla donna che non marcerà con noi lunedì. Quel giorno il popolo dovrà essere come un sol uomo.

Il *Poqo* ha detto questo; udite e ubbidite.

Lothar lesse e rilesse il volantino mal stampato, e poi mormorò: « Dunque alla fine è successo ». Riguardò la frase che più l'aveva irritato: « Ci faremo temere dalla polizia bianca » e la pronunciò forte.

« Be', la vedremo! » Gridò al sergente di venire a prendere i volantini sovversivi.

Nella vita di Raleigh Tabaka si avertiva una certa inesorabilità del destino. Il gran fiume dell'esistenza lo trascinava dove voleva, e lui non poteva nuotare verso riva o contro corrente.

Sua madre, che era una delle principali *sangoma* della tribù xhosa, gli aveva istillato una profonda coscienza della sua identità africana. Gli aveva mostrato i misteri e i segreti, e aveva letto il suo futuro gettando gli ossi.

« Un giorno tu guiderai la tua gente, Raleigh Tabaka », aveva profetizzato. « Diventerai uno dei grandi capi degli xhosa, e il tuo nome sarà pronunciato con quelli di Makana e Ndlame... questo vedo negli ossi. »

Quando suo padre, Hendrick Tabaka, aveva mandato lui e il fratello gemello Wellington all'estero, nella scuola multirazziale dello Swaziland, il suo africanismo era stato confermato e incoraggiato, perché aveva trovato nei compagni di scuola i figli dei capi e dei leader politici di Paesi come il Basutoland e il Bechuanaland. Erano Paesi dove le tribù si autogovernavano, indipendenti e libere dal pesante paternalismo dei bianchi. Li ascoltava fremente quando gli raccontavano come al loro Paese vigesse la più completa parità coi bianchi, e come avessero buoni rapporti coi vicini di origine europea.

Questo colpì Raleigh con la forza di un'incredibile rivelazione. Nella sua vita, i bianchi erano sempre stati una razza a parte, da temere e da evitare, perché avevano su di lui e sul suo popolo un potere assoluto.

A Waterford, apprese che quella non era una legge universale. C'erano allievi bianchi, e, benché in un primo tempo gli sembrasse strano, mangiava alla stessa tavola con loro, dagli stessi piatti e con le stesse posate; dormiva nello stesso dormitorio; usava gli stessi gabinetti, magari ancora caldi del posteriore d'un compagno bianco, per lasciarli a un altro bianco che aspettava impaziente il suo turno fuori della porta. Al suo Paese nulla di tutto ciò era lecito. Quando tornava in vacanza, ricominciava a notare i cartelli: WHITES ONLY - BLANKES ALLEENLIK. Dai finestrini del treno vedeva le belle fattorie e il grasso bestiame dell'uomo bianco, e invece i territori aridi delle riserve tribali; e, quando arrivava a Drake's Farm, la casa di suo padre, che prima gli sembrava un palazzo, gli faceva l'effetto di una stamberga. Il risentimento cominciò a rodergli e piagargli l'anima.

Prima che Raleigh se ne andasse a scuola all'estero, lo zio Moses Gama era solito venire a trovare suo padre. Fin da piccolo aveva concepito un rispetto reverenziale per questo zio: il potere che emanava era così palpabile da farlo assomigliare a uno dei grandi incendi che di tanto in tanto bruciano il *veld*, alzando imponenti colonne di fumo e spargendo scintille roventi dappertutto.

Anche se Moses Gama mancava ormai da tanti anni da Drake's Farm, il suo ricordo non sbiadiva mai. Hendrick leggeva ad alta voce alla famiglia le lettere che suo fratello mandava da terre lontane.

Così quando Raleigh si diplomò e lasciò Waterford per tornare a casa e mettersi a lavorare negli esercizi commerciali di suo padre, annunciò che intendeva prendere il proprio posto nei ranghi dei giovani guerrieri.

« Quando sarai stato al campo d'iniziazione », gli promise il padre, « ti presenterò all'*Umkhonto we Sizwe*. »

L'iniziazione tribale di Raleigh appose l'ultimo sigillo al particolare africanismo del ragazzo. Con suo fratello Wellington e altri sei giovani della sua classe partì da Drake's Farm e raggiunse in treno, in terza, la cittadina di Queenstown che costituiva il centro del territorio tribale xhosa.

Sua madre aveva organizzato tutto, e trovarono gli anziani ad attenderli alla stazione. In un vecchio camion andarono a un *kraal* sulla riva del grande fiume Fish, dove furono presi in consegna dal « custode », un vecchio che aveva il dovere di preservare e salvaguardare la storia e le usanze della tribù.

Ndlame, questo vecchio, ordinò loro di svestirsi e consegnare tutto quello che si erano portati dietro. Bruciò ogni cosa in un gran falò sulla riva del fiume: era un simbolo dell'infanzia che stavano per superare. Li condusse nudi nel fiume e poi, tutti bagnati, sull'altra riva, dove gli stregoni aspettavano nella grande capanna adibita alla circoncisione.

Quando qualche altro iniziando arretrò, impaurito, Raleigh si portò in testa alla fila, e fu il primo a entrare, chinandosi, dalla porta bassa. L'interno della capanna era invaso dal fumo di sterco bruciato; gli stregoni, coi loro piumaggi e i terrificanti ammennicoli della professione, erano figure da incubo che si aggiravano nel fumo denso.

Anche Raleigh era in preda alla paura; del dolore, residuo dell'infanzia, come delle forze soprannaturali che vagolavano in quell'aria carica di tensione. Tuttavia si costrinse ad andare avanti e a saltare il fuoco fumante.

Dall'altra parte l'aspettavano gli stregoni, che l'afferrarono e lo costrinsero a inginocchiarsi, nonché a guardare uno dei celebranti prendergli il pene, tirare al massimo la pelle che ricopriva il glande, e sfoderare quella che in altri tempi sarebbe stata una lama forgiata a mano, ma oggi era una lametta Gillette.

Mentre gli stregoni invocavano gli dei della tribù, a Raleigh fu tagliato il prepuzio, che rivelò il glande molle, rosa e vulnerabile. Tra le ginocchia il sangue gli colava sul pavimento di sterco pestato, ma egli non emise neanche un gemito.

Ndlame l'aiutò a rialzarsi, e poi uscì vacillando alla luce del sole e si stese sulla riva del fiume, sopportando il gran dolore bruciante. Gli arrivavano i lamenti, il trepestio e gli strilli degli altri iniziandi, fra cui riconobbe quelli particolarmente acuti di suo fratello Wellington.

Raleigh sapeva che i loro prepuzi sarebbero stati raccolti dagli stregoni, salati, seccati e inseriti nel totem della tribù. Dunque una parte di loro sarebbe rimasta eternamente coi « custodi », e per quanto lontano fossero poi andati, gli stregoni avrebbero sempre potuto richiamarli al totem tribale mediante l'apposita fattura del prepuzio.

Quando tutti furono iniziati dalla lama del circoncisore, Ndlame li condusse in riva all'acqua e mostrò loro come lavarsi e curare il taglio con foglie ed erbe medicinali, ordinando poi di fasciare il pene contro la pancia, perché « se il mamba guarda in giù, ricomincia a sanguinare ».

Si spalmarono il corpo di un misto di cenere e creta. Anche i capelli dovevano incrostarsi di pittura rituale, di un funereo colore bianco, sicché finirono per sembrare dei fantasmi albini. Indossando solo gonnellini d'erba, andarono a costruirsi la capanna nelle parti più fuori mano della foresta, perché nessuna donna doveva guardarli, ora. Si preparavano da mangiare da soli, semplici focacce di mais senza alcun companatico, perché la carne era vietata per tre mesi dopo l'iniziazione. L'unica cosa che potevano possedere era la ciotola di terracotta in cui mangiavano.

A uno dei ragazzi venne un'infezione alla ferita. Il pus verde ne colava come latte dalla tetta della vacca, e gli venne un tal febbrone che a toccarlo ci si scottava. Erbe e pozioni preparategli da Ndlame non servirono a niente: il quarto giorno morì e fu sepolto nella foresta. Ndlame prese la sua ciotola di terracotta: uno degli stregoni l'avrebbe gettata, senza una parola, nella capanna della madre, la quale avrebbe così saputo che il figlio era stato respinto dagli dei della tribù.

Tutti i giorni, da prima dell'alba a dopo il tramonto, Ndlame dava loro istruzioni e insegnava i nuovi doveri di membri della tribù come mariti e padri. Impararono a sopportare con stoicismo privazioni e dolori. Impararono la disciplina e la solidarietà tribale, le caratteristiche della vita degli animali e delle piante, come sopravvivere nella foresta, nella savana e nel deserto, come soddisfare le mogli e allevare i bambini.

Quando la ferita guarì, Ndlame legò tutte le sere ogni membro col nodo speciale detto del Cane Rosso, per impedire che i giovani versassero impropriamente il seme nelle sacre capanne dell'iniziazione. Tutte le mattine Ndlame veniva a ispezionare i nodi, per accertarsi che non fossero stati surrettiziamente sciolti nottetempo per godere il piacere proibito della masturbazione.

Passate tre lune, Ndlame li riportò al fiume, dove si lavarono via la pittura iniziatica bianca per sostituirla con un miscuglio di grasso e ocra rossa: poi Ndlame diede a ciascuno una coperta rossa, simbolo di virilità, con cui si coprirono. In processione, cantando le canzoni iniziatiche che avevano imparato, andarono nella radura ai margini della foresta, dove la tribù li aspettava.

I genitori avevano regali per loro: vestiti, scarpe, soldi. Le ragazze ridacchiavano e li sbirciavano arditamente, perché adesso erano uomini in grado di prender moglie, anzi tutte le mogli di cui potevano permettersi il gravoso *lobola*.

I due fratelli, accompagnati dalla madre, tornarono a Drake's Farm. Wellington andava a salutare suo padre prima di prendere gli ordini sacri, e Raleigh tornava per restare ad aiutarlo, imparando ogni sfaccettatura dei suoi multiformi affari, in modo da poter diventare un giorno il bastone della sua vecchiaia.

Furono mesi e anni affascinanti e difficili per Raleigh. Fino a quel momento, non aveva mai intuito la ricchezza e il potere di suo padre: ma, gradualmente, ora gli furono rivelati. Le pagine del registro gli furono mostrate una alla volta: prima le drogherie, poi le macellerie e le panetterie in tutti i sobborghi negri del triangolo industriale del Transvaal, fondato sull'oro, sul ferro e sul carbone. Proseguì poi studiando gli spacci che aveva nei villaggi delle riserve tribali, gestiti da una miriade di fratellastri; le mandrie di bestiame; le taverne clandestine e i bordelli, dietro la facciata delle attività lecite; e alla fine venne a sapere dei Bufali, questa associazione segreta onnipresente che riuniva persone di tutte le tribù e ubbidiva a suo padre. Insomma, si rese conto che suo padre era un uomo ricchissimo e potentissimo, ma poiché era negro non poteva mostrare la sua influenza ed era costretto a esercitarla in segreto. Raleigh sentì la rabbia dentro montare, come quando vedeva i cartelli SOLO BIANCHI sulle porte delle università e degli ospedali dove lui non poteva entrare.

Parlò col padre di queste cose che lo turbavano e Hendrick Tabaka si mise a ridere, scuotendo la testa. « La rabbia fa star male, Raleigh, figlio mio. Chi la prova non dorme la notte e non si gode la vita. Non si può cambiare il mondo, e quindi tanto vale godersi al massimo quello che si può. L'uomo bianco è forte, quanto non puoi nemmeno immaginare: non hai ancora visto neppure la forza del suo dito mignolo. Se alzi la lancia contro di lui, distruggerà te e tutto quel che di buono abbiamo: e se anche intervenissero gli dei, e a furia di lampi e tuoni ti permettessero di vincere e abbattere il bianco, pensa a quello che succederebbe dopo. Cadrebbero le tenebre, si instaurerebbe un'epoca senza legge né ordine, in cui la rabbia del nostro popolo si sfogherebbe, consumandoci tutti. Non avremmo più nemmeno le dolci consolazioni che oggi abbiamo. Se apri bene gli occhi e le orecchie, figlio mio, ti renderai conto che i giovani ci chiamano collaborazionisti, e parlano di ridistribuire la ricchezza: nei loro occhi vedrai l'invidia. Il tuo sogno, figlio mio, è un sogno pericoloso. »

« Pure, non posso fare a meno di sognarlo, padre mio », disse Raleigh. Quindi, un giorno indimenticabile, Moses Gama, suo zio, di ritorno da qualche terra straniera, gli presentò altri giovani che come lui sognavano la stessa cosa.

Così, durante il giorno Raleigh lavorava per la ditta del padre, e la sera si incontrava coi compagni dell'*Umkhonto we Sizwe*. All'inizio si limitavano a parlare, ma ben presto le parole cominciarono a diventare più dolci e inebrianti della marijuana che pipavano i vecchi.

Raleigh si unì ai compagni che mettevano in pratica le risoluzioni dell'African National Congress, scioperando e boicottando le attività dei bianchi. Andò col suo gruppo a Evaton, a picchettare le fermate degli autobus impedendo ai negri di servirsene per andare al lavoro o a fare la spesa per la famiglia. Picchiavano i ricalcitranti con lo *sjambok*, la famigerata frusta di pelle d'ippopotamo, o coi bastoni.

Il primo giorno di lotta, Raleigh risolse di mostrare tutto il suo zelo ai compagni, e usò il bastone da combattimento con l'abilità che si era procurato da ragazzo, lottando contro le bande rivali.

Nella coda per prendere l'autobus c'era una donna che non aveva obbedito all'ordine di andarsene impartito da Raleigh. Aveva sputato per terra, chiamando farabutti e mascalzoni (*tsotsie* e *skelm*) Raleigh e i suoi compagni. Era una donna di mezza età, grassa e matronale, con le guance così pienotte e lustre che sembravano strofinate con la crema da scarpe; aveva maniere così altezzose che dapprima i ragazzi dell'*Umkhonto we Sizwe* restarono colpiti da tanto disprezzo e furono tentati di lasciarla stare.

Ma Raleigh vide che gli si offriva l'occasione di dimostrare il proprio ardore. Saltò avanti e: « Va' a casa, vecchia donna », l'ammonì. « Non siamo più cani, per mangiare la merda dell'uomo bianco. »

« Sei un ragazzino incirconciso che si diverte a dire le parolacce », ribatté la donna, ma Raleigh non intendeva lasciarla continuare. Con il bastone da esercitazione le vibrò un colpo sulla guancia, che si spaccò di netto lasciando intravedere il bianco dell'osso prima di insanguinarsi tutta. La donna grassa strillò e cadde in ginocchio, e Raleigh provò una strana esaltazione. Si sentiva giusto e potente, eroico e patriottico. Per un momento, la donna inginocchiata davanti a lui concentrò tutta la sua frustrazione e la sua rabbia.

La donna gliele lesse negli occhi e alzò le braccia per ripararsi dal colpo successivo. Raleigh la bastonò ancora, con tutta la forza e tutta l'abilità, giocando di polso così da far sibilare la pertica nell'aria. La bastonata colpì la donna al gomito. Le braccia erano grasse, circondate di pannicoli che parevan braccialetti: ma la ciccia non poté attutire il colpo. L'osso del gomito si spezzò con uno schianto secco, e l'avambraccio ricadde con la mano indirizzata a un angolo impensato, pendendo inerte.

La donna strillò di nuovo, e stavolta così disperatamente da esaltare gli altri giovani guerrieri, che si scagliarono sulla gente in attesa alla fermata menando bastonate e frustate all'impazzata. Ben presto si udirono altre grida e altri gemiti, e il marciapiede si coprì di sangue.

Quando a sirene spiegate arrivarono le ambulanze a raccogliere i feriti, i militanti dell'*Umkhonto we Sizwe* le accolsero a sassate e mattonate. Raleigh guidò il gruppo dei più animosi dietro l'angolo, dove rovesciarono una delle ambulanze, che cominciò a spandere benzina. Raleigh accese un fiammifero e lo gettò nella pozza.

La fiammata gli strinò le palpebre e i capelli, ma quella sera, quando tornarono a Drake's Farm, Raleigh era diventato l'eroe del gruppo, che lo ribattezzò Cheza, ossia Colui-che-brucia.

Entrando a far parte della Lega dei Giovani dell'ANC, il Congresso Nazionale Africano, oltre che dell'*Umkhonto we Sizwe*, pian piano Raleigh cominciò a orientarsi nelle lotte di potere interne tra moderati e rivoluzionari. Alcuni pensavano che la libertà si potesse trattare; altri invece credevano che bisognasse conquistarsela sulla punta della lancia. Alcuni pensavano che i tesori pazientemente accumulati negli anni – le miniere, le fabbriche, le ferrovie – dovessero essere preservati; altri giudicavano che tutto andasse distrutto e ricostruito nel nome della libertà dai più puri.

Raleigh si trovò a inclinare dalla parte di questi ultimi, i « puri e duri » dell'élite esclusiva dei bantu: e quando udì per la prima volta parlare del *Poqo*, il nome stesso l'emozionò profondamente. Descriveva con grande precisione i suoi sentimenti e desideri: erano loro i puri, gli unici.

« Metterò sottosopra questo Paese », diceva Moses Gama a un manipolo di guerrieri giovani e decisi. « Darò il segnale mediante un'impresa che tutti, uomini e donne, capiranno all'istante. Le tribù si riverseranno a milioni nelle strade e nelle piazze, e la loro rabbia sarà stupenda, così pura e forte che nessuno, neppure i boeri, potrà resisterle. »

Ben presto Raleigh cominciò a vedere in Moses Gama un dio che si levava al di sopra dei comuni mortali. Cominciò a venerarlo e servirlo con tutte le sue energie. Quando venne a sapere che era stato catturato dalla polizia dei bianchi mentre si preparava a far saltare in aria il Parlamento, distruggendo tutto il marcio di quella maligna e iniqua istituzione, Raleigh quasi non sopravvisse al dolore; pure, l'esempio di Moses ben presto lo guarì e l'infiammò.

Nei mesi seguenti, Raleigh fu addirittura esasperato dai richiami alla moderazione dei dirigenti dell'ANC, che sembravano accettare passivamente, in modo a dir poco abietto, il processo e la condanna a morte di Moses Gama. Voleva imporre al mondo intero la sua collera; sicché quando ci fu la scissione del Pan Africanist Congress si unì ai dissidenti di sinistra, dove il cuore lo portava.

Robert Sobukwe, il leader del PAC, lo mandò a chiamare. « Ho sentito parlar bene di te », disse a Raleigh. « E so che uomo è tuo zio, il padre di tutti quelli di noi che languono in prigione. È nostro dovere, poiché siamo i più puri, far arrivare il nostro messaggio a tutti i fratelli negri del Paese. C'è molto lavoro da fare, e questo è il compito che affido a te solo, Raleigh Tabaka. » Tirò fuori una carta del Transvaal. « In questa zona l'ANC è praticamente assente » disse indicando i dintorni industriali e minerari di Vereeniging. « È qui che voglio che tu cominci il tuo lavoro. »

Nel giro di una settimana Raleigh convinse il padre che doveva andare a occuparsi degli interessi familiari a Vereeniging: c'erano tre negozi a Evaton e due a Sharpeville che non andavano troppo bene. Suo padre si disse d'accordo.

« Ti dirò chi sono i comandanti dei Bufali laggiù. Possiamo cominciare ad aprire una taverna clandestina a Sharpeville. Quella povera città mi risulta molto assetata. »

Raleigh prese subito a muoversi. A Sharpeville era un estraneo, e doveva prima consolidare la sua posizione. Tuttavia non avrebbe incontrato troppe difficoltà: era un giovane vigoroso e attraente, e parlava bene tutte le lingue principali. Questo non era affatto insolito, perché molti parlavano tutt'e quattro le lingue, del resto imparentate, dei popoli nguni, ossia zulu, xhosa, swazi e ndebele. Insieme, questi popoli rappresentavano quasi il settanta per cento dei negri sudafricani, e si distinguevano per gli schiocchi e i bizzarri colpi di lingua che arricchivano le loro consonanti.

Non erano pochi nemmeno quelli che come Raleigh se la cavavano anche con la lingua delle altre due etnie, i sotho e gli tswana, che esaurivano praticamente la gamma dei popoli negri presenti nel subcontinente.

Dunque la lingua non rappresentava una barriera, e Raleigh aveva anche il vantaggio di occuparsi degli affari di suo padre nella zona, per cui gli fu immediatamente accordato rispetto e riconoscimento. Presto o tardi, tutti gli abitanti di Sharpeville dovevano aver a che fare con lui, nella macelleria o nella panetteria, e restavano impressionati da questo giovane che stava a sentire le lamentele e faceva credito a chi non aveva i soldi per comprare il pane, le bibite gassate o le sigarette; erano queste le voci principali della dieta nei sobborghi negri, dove gli usi tradizionali erano dimenticati, ed era difficile procurarsi il latte acido e la farina di mais. I bambini erano resi letargici dal rachitismo che li deformava, oltre ad assottigliare loro i capelli conferendogli una caratteristica colorazione ramata.

La gente raccontava a Raleigh i suoi piccoli problemi, l'affitto, la distanza dal posto di lavoro che rendeva necessario alzarsi prima del sorgere del sole. E poi i problemi più grossi, gli sfratti, le persecuzioni della polizia, sempre intenta a perseguire chi non aveva il lasciapassare o era costretto ad arrangiarsi spacciando alcolici o prostituendosi. Il peggior fastidio erano proprio i lasciapassare, quei libretti che regolavano la vita di tutti. La polizia era sempre lì a chiedere di tirarlo fuori. « Dov'è il tuo lasciapassare? Fammelo vedere. » I *dompas*, li chiamavano, i « dannati lasciapassare », in cui erano stampati tutti i particolari, nascita, residenza, diritto di star lì; nessun negro poteva trovar lavoro se non aveva il maledetto libretto in regola.

Tra tutti coloro che frequentavano i negozi, Raleigh scelse i più giovani ed energici, quelli con la rabbia nel cuore, e cominciarono a riunirsi nel retro della panetteria, sui sacchi di farina, parlando anche tutta la notte.

Poi si mossero più apertamente, rivolgendosi anche agli anziani e ai bambini che andavano a scuola, facendo proselitismo come apostoli, spiegando e insegnando. Raleigh usò gli incassi della macelleria per comprare un ciclostile di seconda mano, con cui stampava i volantini.

Erano rozzi, pieni di errori di battitura e correzioni fatte alla meglio: tutti cominciavano con la formula « Questo è il *Poqo*, che ti dice... » e terminavano con l'ingiunzione: « Il *Poqo* ha detto questo; udite e obbedite ». I ragazzi reclutati da Raleigh distribuivano i volantini e li leggevano agli analfabeti.

Dapprima Raleigh permise solo agli uomini di venire alle riunioni nel retro della panetteria, perché erano dei puristi e in Africa il tradizionale ruolo maschile era quello del cacciatore, del mandriano e del guerriero, mentre le donne facevano i tetti di paglia intrecciata delle capanne, coltivavano il mais e il sorgo e accudivano i bambini.

Poi dalle alte sfere del *Poqo* e del PAC giunse la disposizione di far partecipare le donne, perché la lotta era anche loro. Raleigh lo disse ai compagni e una sera venne alla riunione una ragazza.

Era una xhosa, alta e forte, con belle natiche sode e il viso tondo e dolce come uno dei fiori spontanei del *veld*. Mentre Raleigh parlava, ascoltava in silenzio: non si muoveva, stava attenta, e continuava a guardare negli occhi Raleigh.

Raleigh si sentiva ispirato, quella sera, e anche se non fermava lo sguardo sulla ragazza e sembrava rivolgersi ai giovani guerrieri, era a lei che parlava, con voce profonda e sicura; le parole gli rimbombavano nel cranio, e anche lui si ascoltava con lo stesso stupore degli altri.

Quando finì di parlare, sedettero in silenzio per un bel po', finché uno dei giovani si rivolse alla ragazza e disse: « Amelia... » era la prima volta che Raleigh sentiva il suo nome, « Amelia, vuoi cantare per noi? »

Non fece nemmeno l'atto di schermirsi, modesta: si limitò ad aprire la bocca, e il suono si riversò fuori di lei, un canto melodioso che faceva venire i brividi a tutti.

Mentre cantava, lui le guardò la bocca. Aveva labbra grandi e morbide, a forma di foglie di pesco selvatico, con un'iridescenza scura che all'interno sfumava in un rosa vellutato: e quando emise un acuto incredibilmente dolce, vide i suoi denti candidi e perfetti, come l'osso rimasto una stagione nel *veld*, lucidato dal vento e sbiancato dal sole.

Le parole della canzone gli risultavano strane, ma al pari della voce che le pronunciava emozionarono Raleigh:

Quando si ricorderanno gli eroi,
il mio nome sarà sulla lista?
Sogno di sedere un giorno
con Moses Gama,
e parlare con lui del passaggio
dei boeri.

Se ne andò poi con gli amici che l'avevano accompagnata, e quella notte Raleigh la sognò. Stava in riva alla lanca del fiume Fish dove aveva lavato via la pittura bianca dell'infanzia: indossava il gonnellino di perline e aveva il seno e le gambe nude. Le gambe erano lunghe, i seni erano tondi e duri come marmo e gli sorrideva con quei suoi denti candidissimi... Quando Raleigh si svegliò, aveva sparso il seme sulla coperta.

Tre giorni dopo ella venne alla panetteria a comprare il pane e Raleigh la vide attraverso lo spioncino da cui dal retrobottega controllava il negozio. Andò subito di là e la salutò, serio.

« *Ti vedo*, Amelia. »

Lei gli sorrise e rispose: « Anch'io *ti vedo*, Raleigh Tabaka ». Sembrava cantasse il suo nome: non aveva mai sentito una tal musica in esso.

Comprò due filoni di pane bianco, ma Raleigh fece durare un bel pezzo la vendita, avvolgendo ogni filone con la massima cura e contando le monetine del resto come se fossero sovrane d'oro.

« Qual è il tuo cognome? » le chiese.

« Mi chiamo Amelia Sigela. »

« Dove si trova il *kraal* di tuo padre, Amelia Sigela? »

« Mio padre è morto, e io vivo con sua sorella. »

Era maestra alla scuola elementare di Sharpeville e aveva vent'anni. Quando uscì, col pane avvolto nel giornale e le natiche che ruotavano come impastando sotto la gonna gialla di stile europeo, Raleigh tornò nel retro e rimase un pezzo seduto a guardar la parete.

Il venerdì Amelia Sigela tornò alla riunione serale nel retro della panetteria, e cantò per loro un'altra volta. Stavolta Raleigh sapeva le parole, e cantò con lei. Aveva una bella voce da baritono, ma scompariva di fronte al dorato soprano di lei: quando la riunione si sciolse, Raleigh l'accompagnò fino a casa della zia per le strade buie. Abitava vicino alla scuola.

Aspettarono un po' davanti alla porta, e lui le toccò il braccio. Era tiepido e serico al tatto. La domenica Raleigh tornava a Drake's Farm a fare il solito rapporto a suo padre; quella volta parlò a sua madre di Amelia Sigela, ed entrò con lei nella stanza dove teneva gli dei familiari.

Sua madre sacrificò un galletto nero e parlò agli idoli intagliati, specialmente al totem del bisnonno materno di Raleigh, che le rispose con voce udibile solo da lei.

La donna ascoltò con espressione grave, annuendo; e dopo, mentre mangiavano il pollo sacrificale con riso ed erbette, gli promise di parlare al padre per suo conto.

Il venerdì successivo, dopo la riunione, Raleigh tornò ad accompagnare a casa Amelia, ma stavolta, passando davanti alla scuola dove insegnava, l'attirò nell'ombra dell'edificio e si abbracciarono forte, contro il muro. Quando le carezzò la guancia, lei non si scostò, sicché Raleigh le disse:

« Mio padre manderà una persona a parlare con tua zia per concordare il prezzo del matrimonio ». Amelia tacque e lui proseguì: « Ma se tu non vuoi, posso ancora fermare tutto ».

« Lo desidero, lo desidero molto », gli sussurrò lei, strofinandoglisi contro lentamente e voluttuosamente, come una gatta.

Il *lobola*, prezzo del matrimonio, era di venti capi di bestiame, ovvero un sacco di soldi. Hendrick Tabaka disse a suo figlio: « Devi lavorare per guadagnarli, come sono costretti a fare tutti gli altri giovani della tua età ».

A Raleigh sarebbero occorsi tre anni per accumulare tanto da poter comprare il bestiame, ma quando lo disse ad Amelia, lei sorrise e lo consolò: « Ogni giorno che passa, ti desidererò di più. Pensa dunque quanto grande sarà il mio desiderio fra tre anni, e quanto sarà dolce il momento in cui potremo soddisfarlo ».

Ogni pomeriggio, alla fine della scuola, Amelia veniva alla panetteria e molto naturalmente si metteva ad aiutare Raleigh nel lavoro, vendendo il pane e le focaccine dolci. Poi, quando Raleigh chiudeva bottega, gli preparava la cena e quando aveva mangiato andavano a piedi a casa della zia.

Amelia dormiva in una stanzetta, quasi uno sgabuzzino: dall'altra parte del corridoio c'era la stanza della zia. Lasciavano aperta la porta e Raleigh si sdraiava nel letto con lei. Sotto la coperta, i due si abbandonavano ai dolci giochi che le usanze tribali consentivano ai fidanzati. Raleigh poteva frugarla delicatamente, cercando con la punta delle dita il roseo bocciolo di carne nascosto fra le labbra morbide e pelose di cui gli aveva parlato al campo d'iniziazione il vecchio Ndlame. Le ragazze xhosa non vengono private del clitoride come le donne di altre tribù, ma si insegnano loro le arti utili a compiacere i maschi: sicché quando lui non ne poteva più, Amelia gli prendeva il membro e se lo guidava tra le cosce dove, evitando la penetrazione, riservata dal patto tribale alla notte di nozze, lo mungeva del seme. Stranamente, sembrava che ogni volta che così faceva, invece di svuotarlo, ricolmasse il pozzo del suo amore per lei, fino a farlo traboccare.

Giunse infine il momento in cui Raleigh giudicò utile infiltrare i Bufali nel sobborgo. Con la benedizione di Hendrick Tabaka, e sotto la supervisione di Raleigh, aprirono la prima taverna clandestina ai limiti del sobborgo, in fondo a una via, presso il recinto.

La taverna era gestita da due Bufali di Drake's Farm che avevano già fatto questo lavoro per Hendrick Tabaka in precedenza. Conoscevano tutti i trucchetti, come allungare il liquore e tenere una o due ragazze nella camera sul retro per quei clienti a cui l'alcool ispirasse ghiribizzi erotici.

Tuttavia Raleigh disse loro di stare molto attenti alla polizia locale, che aveva una brutta reputazione, e specialmente a uno degli ufficiali bianchi, un uomo dagli occhi chiari da predatore che gli erano valsi il soprannome di Ngwi, il Leopardo. Era un uomo duro e crudele, che a Sharpeville aveva già ammazzato quattro uomini, tra cui due Bufali addetti a rifornire di marijuana (lì chiamata *dagga*) la borgata.

All'inizio furono attentissimi, imposero cautela ai clienti, disseminarono di « pali » le vie d'accesso all'osteria: ma col passare delle settimane, e gli affari che s'ingrossavano sempre più, si rilassarono un tantino. C'era ben poca concorrenza. Le altre taverne clandesine erano state tutte chiuse, e i clienti erano così assetati che i Bufali avevano potuto addirittura triplicare i prezzi.

Raleigh introduceva le casse di liquore nel borgo col suo camioncino Ford, sotto i sacchi di farina e le pecore macellate. Passava dalla taverna il meno possibile, perché sapeva che era pericoloso. Si limitava a scaricare le casse, ritirare i vuoti e il denaro, e nel giro di mezz'ora era già via. Non portava mai il camioncino davanti alla casa: lo lasciava dall'altra parte del recinto, in aperta campagna, di notte, e i due Bufali venivano a prendere le casse di pessimo brandy attraverso il varco aperto nella recinzione.

Dopo qualche tempo Raleigh si rese conto che la taverna era un buon punto di distribuzione dei volantini del *Poqo* che tirava al ciclostile. Di solito ce ne teneva una bella scorta: i due

Bufali e le ragazze che lavoravano nel retro avevano l'ordine di darne uno a ogni cliente.

Ai primi di marzo, poco dopo la lieta notizia del condono a Moses Gama (gli avevano commutato la pena di morte nell'ergastolo), Sobukwe mandò a chiamare Raleigh. L'appuntamento era a Soweto, il grandissimo sobborgo negro, ma non in una delle solite casette a forma di scatola da scarpe, bensì in un moderno bungalow nel quartiere della borghesia negra, soprannominato « Beverly Hills ». Aveva il tetto di tegole, la piscina, garage per due macchine e grandi porte-finestre che davano sulla vasca.

Quando Raleigh arrivò col camioncino azzurro, vide che non era l'unico ospite atteso: lungo il marciapiede erano parcheggiate una dozzina di macchine. Sobukwe aveva convocato tutti i dirigenti locali di medio livello dell'organizzazione, una quarantina di persone provenienti da ogni parte del Paese. Si accalcavano nel soggiorno.

« Compagni », esordì Sobukwe. « Siamo pronti a menare le mani. Avete lavorato duro ed è tempo di raccogliere qualche frutto delle vostre fatiche. In tutti i posti dove il Pan Africanist Congress è forte – non solo qui nel Witwatersrand, ma in tutto il Paese – faremo in modo che la polizia bianca tema il nostro potere. Indiremo una manifestazione di protesta contro i lasciapassare, una manifestazione di massa... »

Ascoltando parlare Sobukwe, Raleigh pensò al potere e alla personalità di suo zio Moses Gama, oggi in prigione, e si sentì fiero di far parte dello stesso grande movimento. Mentre Sobukwe esponeva i suoi piani, Raleigh prese la tacita ma salda risoluzione di organizzare a Sharpeville, la zona di sua responsabilità, una dimostrazione forte e impressionante.

Raccontò tutto ad Amelia, ripetendole quasi parola per parola il discorso di Sobukwe. La sua graziosa faccia tonda raggiava eccitazione mentre l'ascoltava e l'aiutava a stampare i volantini relativi alla dimostrazione per poi infilarli a risme di cinquecento nei vecchi cartoni del liquore.

Il venerdì precedente la manifestazione, Raleigh fece una consegna di liquore alla taverna dei Bufali, portando anche un cartone di volantini. I Bufali lo aspettavano nel buio, fuori della recinzione, e lo guidarono con le pile fino al varco nella rete.

Nella casetta adibita a taverna clandestina Raleigh contò i

vuoti e le bottiglie ancora piene, controllando l'incasso nella borsa di tela. I conti tornavano, e rivolse qualche parola di lode ai due Bufali. Poi si affacciò alla stanza che dava sulla facciata, piena di allegri e rumorosi bevitori.

Poco dopo, quando si aprì la porta della camera da letto e un grosso metalmeccanico basuto uscì sogghignando e allacciandosi la tuta blu, Raleigh s'infilò dentro. La ragazza stava rassettando il letto. Era china, voltava la schiena a Raleigh ed era nuda. Girò la testa e, riconoscendolo, sorrise. Raleigh era simpatico a tutte le ragazze. Quella aveva i soldi già pronti: Raleigh li contò davanti a lei. Non c'era modo di controllare i suoi incassi, ma nel corso degli anni Hendrick Tabaka aveva sviluppato un istinto che gli diceva se la ragazza lo fregava, sicché quando Raleigh gli avesse portato i soldi lui avrebbe capito.

Raleigh le diede la scatola di volantini e gliene lesse uno, seduto sul letto accanto a lei.

« Lunedì ci sarò », promise. « E dirò queste cose a tutti i miei uomini e a tutti darò un volantino. » Mise la scatola di cartone nell'armadio, tornò da Raleigh e gli prese la mano.

« Resta un momento » l'invitò, « che ti raddrizzo io la schiena! »

Era una bella cosina polposa, e Raleigh ne fu tentato. Amelia era una fanciulla nguni all'antica, e non pativa la maledizione occidentale della gelosia. Anzi, gli aveva suggerito di accettare le proposte delle altre ragazze. « Se non mi è permesso affilarti la lancia, l'aguzzino pure le ragazze di piacere, così che la trovi pronta quando potrò finalmente assaggiarne il bacio. »

« Vieni », gli disse ora la ragazza, accarezzandogli la patta. « Ehi, guarda come si sveglia il cobra! Adesso lo prendo per il collo », ridacchiò.

Raleigh fece un passo indietro, verso il letto, ridendo con lei: poi d'un tratto s'arrestò. Aveva sentito il fischio del palo.

« La polizia », imprecò. « Il Leopardo.. » e subito si sentì l'accelerata della Land Rover, i cui fari balenarono dietro il tessuto scadente della tenda che oscurava la finestra.

Raleigh corse alla porta. Nella prima stanza i bevitori stavano scappando anche dalle finestre: il tavolo fu travolto, bottiglie e bicchieri che c'erano sopra si rovesciarono per terra. Raleigh si fece largo a spintoni tra ubriachi in preda al panico e raggiunse la porta della cucina. Era chiusa ma l'aprì con la sua chiave, poi tornò a chiuderla.

Spense la luce e sgattaiolò fino alla porta posteriore. Non avrebbe commesso lo sbaglio di correre in cortile. Il Leopardo era notoriamente veloce con la pistola. Raleigh attese nell'oscurità, con la mano sulla maniglia della porta, sentendo il trepestio dall'altra parte della casa, l'abbattersi dei manganelli sulla carne, e l'ansito dei poliziotti che menavano. Si fece forza.

Appena fuori della porta si sentì una corsa leggera, qualcuno afferrò la maniglia e la abbassò forte. Mentre il poliziotto fuori cercava di aprire, Raleigh tenne chiusa la porta, e l'altro si mise a imprecare e bestemmiare, puntando i piedi e tirando indietro con tutta la sua forza.

Raleigh tolse la mano dalla maniglia e si gettò contro l'uscio, ribaltando la tattica di poco prima. Sentì la pesante porta di abete sbattere contro la carne di qualcuno, che poi intravide rotolare giù dai quattro gradini. Saltò l'ufficiale in uniforme come un ostacolista e corse via verso il buco nella recinzione. Mentre ci passava, chino, vide il poliziotto in ginocchio, che cercava di rialzarsi. Benché avesse i lineamenti contratti dal dolore e dall'ira, Raleigh lo riconobbe: era Ngwi, l'uccisore di uomini, e la rivoltella d'ordinanza gli brillava sinistramente in mano.

La paura mise le ali ai piedi di Raleigh. Sfrecciò via nel buio, correndo a zig-zag. Qualcosa gli passò vicino alla testa: lo spostamento d'aria lo fece vacillare. Poi sentì un altro sparo, ma la pallottola stavolta lo mancò di molto. Già vedeva il camioncino Ford e la salvezza a portata di mano.

Saltò su e accese il motore. Senza accendere i fari ritrovò lo sterrato schiacciando qualche cespuglio e filò via.

Si accorse che nella sinistra stringeva ancora la mazzetta di banconote, e provò un gran sollievo. Suo padre si sarebbe arrabbiato molto per la perdita di tutti quei liquori, ma se avesse perso anche i soldi si sarebbe adombrato assai più.

Solomon Nduli telefonò a Michael al giornale. « Ho qualcosa per te », disse a Michael. « Puoi venire subito in redazione all'*Assegai*? »

« Son già le cinque passate », protestò Michael « ed è venerdì! Come faccio a procurarmi un lasciapassare per entrare nel sobborgo? »

« Vieni », insisté Solomon. « Ti aspetterò io al cancello principale. »

Mantenne la promessa: la sua alta figura occhialuta gli apparve sotto il lampione, accanto al cancello d'ingresso del sobborgo negro. Appena salì in macchina, Michael gli passò il pacchetto di sigarette.

« Accendine una anche a me », disse a Solomon. « Ho portato dei panini di sardine e cipolla e un paio di birre. Sono sul sedile di dietro. » Non c'erano locali pubblici a Johannesburg, come d'altra parte in tutto il resto del Paese, dove due uomini di colore diverso potessero sedersi a mangiare e bere insieme. Michael gironzolò lentamente per le vie mentre mangiavano e parlavano.

« Il PAC sta organizzando la prima iniziativa importante da quando si è scisso dall'ANC », disse Solomon a Michael sgranocchiando il panino. « In certe zone è diventato fortissimo. Nel Capo e nelle zone tribali rurali, e perfino in qualche parte del Transvaal. Hanno attirato tutti i giovani stufi del pacifismo dei vecchi. Vogliono seguire l'esempio di Moses Gama, e attaccare frontalmente il governo nazionalista. »

« È una pazzia », disse Michael. « Non si può vincere con i sassi contro mitra e autoblindo. »

« Sì, è pazzesco, ma alcuni giovani preferiscono morire in piedi piuttosto che vivere in ginocchio. »

Stettero insieme per un'ora, parlando tutto il tempo, finché Michael non lo riaccompagnò al cancello di Drake's Farm.

« Questo è quanto, dunque, amico mio », disse Solomon scendendo dalla macchina. « Se lunedì vuoi fare un bel pezzo, ti consiglio di andare nella zona di Vereeniging, caposaldo del PAC e del *Poqo* nel Witwatersrand. »

« A Evaton? » chiese Michael.

« Sì, Evaton è uno dei posti da tener d'occhio » concordò Solomon Nduli. « Ma il PAC ha un uomo nuovo anche a Sharpeville. »

« Sharpeville? E dov'è? » chiese Michael. « Non l'ho mai sentito nominare, questo sobborgo. »

« A una quindicina di chilometri da Evaton. »

« Lo cercherò sulla cartina. »

« Vedrai che varrà la pena di muoversi », l'incoraggiò Nduli. « Questo nuovo organizzatore politico del PAC a Sharpeville è uno dei giovani leoni del partito. Metterà in scena un bello spettacolo, ci puoi contare. »

Manfred De La Rey domandò con calma quanti rinforzi di polizia erano necessari nella zona del Vaal.

Il generale Danie Leroux scosse la testa inargentata. « Abbiamo solo tre giorni per trasferire i rinforzi dalle zone più tranquille e lontane, e gran parte di essi saranno necessari nella zona del Capo. Del resto non possiamo sguarnire troppo nessuna stazione, se no le polizie locali diventano troppo vulnerabili. »

« Be', ma quanti uomini in più ci vorranno nel Vaal? » insisté Manfred.

« Cinque o seicento », disse Danie Leroux con evidente riluttanza.

« Non bastano di sicuro », ruggì Manfred. « Così rinforzeremo ben poco ogni stazione calda. Meglio non disperderli e creare invece una grossa forza pronta ad accorrere dappertutto al primo segno di disordini. » Si mise a studiare la carta che copriva tutto il tavolo della sala operativa della polizia a Marshall Square. « Quali sono i centri più pericolosi del Vaal? »

« Evaton », rispose senza esitazione Leroux. « È sempre il posto dove succedono più casini. Poi c'è Van Der Bijl Park. »

« E Sharpeville? Che ne dici di questo? » disse sventolando il volantino del *Poqo* trovato da suo figlio nella taverna clandestina. Il generale Leroux non rispose subito: prima pensò bene a quello che doveva dire, esaminando attentamente la carta. Sapeva che il volantino sovversivo era stato trovato dal capitano Lothar De La Rey: nei confronti del giovane funzionario nutriva altrettanta stima del padre, e non voleva certo sminuirne l'importanza, col rischio di offendere il ministro.

« Potranno nascere disordini anche a Sharpeville », concesse. « Ma è un sobborgo piccolo, che è sempre stato molto tranquillo. Possiamo contare sul buon comportamento di quei poliziotti, e non vedo alcun pericolo immediato, per cui propongo di mandare non più di venti o trenta uomini di rinforzo a Sharpeville e concentrare invece le riserve nei sobborghi più grandi che hanno una violenta tradizione di boicottaggi e scioperi. »

« Molto bene », accettò infine Manfred. « Ma voglio che tu tenga da parte almeno il quaranta per cento dei rinforzi, per formare una riserva celere che possa essere subito inviata ovunque scoppino disordini imprevisti nella regione. »

« E l'armamento? » chiese Danie Leroux. « Stavo per disporre la consegna di armi automatiche a tutte le unità... » disse guardando Manfred, che annuì.

« *Ja*, bisogna prepararsi al peggio. I nemici ci credono sull'orlo della capitolazione. E tanti dei nostri sono impauriti e confusi. » Abbassò la voce, ma disse con ancor più decisione: « Dobbiamo rimediare. Bisogna dare una lezione a questa gente che vuol distruggere tutto quello in cui crediamo e dare la nostra terra in pasto all'anarchia e ai massacri ».

Il PAC era largamente diffuso nel Paese, dalle zone tribali orientali del Ciskei e del Transkei alla punta meridionale del gran triangolo industriale della valle del fiume Vaal; inoltre, milleseicento chilometri più a sud, aveva basi importanti anche nei sobborghi negri di Langa e Nyanga, dove stanno i lavoratori che ogni mattina mandano avanti l'industria e i servizi della città madre, Capetown.

In tutte queste località domenica 20 marzo 1960 fu una giornata di fervidi preparativi e grandi speranze. Tutti sembravano aspettarsi immensi cambiamenti dal nuovo decennio che si era appena affacciato.

Oltre che da queste belle speranze, i progressisti erano animati dalla certezza, ancorché irrazionale, che il governo nazionalista fosse sull'orlo del collasso. Sentivano che il mondo era con loro, che l'era del colonialismo era tramontata, spazzata via dai venti del cambiamento, e che dopo un decennio di mobilitazione delle masse negre da parte dei loro leader politici la liberazione era finalmente a portata di mano. Ci voleva solo un ultimo spintone, e la muraglia dell'apartheid sarebbe crollata, seppellendo sotto le macerie Verwoerd e il suo governo, che l'avevano architettata e costruita.

Raleigh Tabaka condivideva questa mirabile euforia. Lui e i suoi compagni giravano da una casa all'altra del sobborgo negro, portando a tutti il messaggio: « Domani agiremo uniti come un sol uomo. Nessuno andrà a lavorare. Non ci saranno autobus e chi tenterà di andare a piedi incontrerà sulla sua strada il *Poqo*. Prenderemo il nome di chi tradisce il PAC e lo puniremo. Domani ci faremo temere dalla polizia bianca ».

Lavorarono alla mobilitazione tutto il giorno, e la sera ogni abitante del sobborgo era stato avvertito. Nessuno doveva andare a lavorare, e tutti dovevano trovarsi alla mattina presto davanti alla nuova stazione di polizia.

« Domani vedremo sorgere il sole della libertà », dicevano. « E chi non ci sarà lo andremo a prendere. »

Amelia aveva lavorato con altrettanto impegno di Raleigh, e come lui non era per nulla stanca, ma anzi eccitata e infervorata. Mangiarono qualcosa, per cena, nel retro della panetteria.

« Non possiamo permetterci di andare a dormire. C'è ancora molto da fare, stanotte. » Raleigh le prese la mano. « I nostri figli nasceranno liberi, e vivremo insieme da uomini e non da animali. » Tornarono per le vie buie del sobborgo a ultimare i preparativi per la gran giornata dell'indomani.

Si incontrarono a gruppi agli angoli delle strade con gli altri militanti, i giovani fervidi e decisi; a ciascuno Raleigh e Amelia affidarono un compito preciso per l'indomani, scegliendo con la massima cura quelli che avrebbero effettuato il picchettaggio sulla strada che andava da Sharpeville a Vereeniging.

« Non lasciate passare nessuno. Nessuno deve abbandonare il sobborgo », disse loro Raleigh. « Dobbiamo marciare sulla stazione di polizia come un sol uomo. »

« Dovete dire alla gente di non aver paura », ripeteva Raleigh. « Che la polizia bianca non li può toccare, e che ci sarà un importante annuncio del governo circa l'abolizione dei lasciapassare. Dite alla gente che deve gioire e non aver paura, e cantare le canzoni di libertà che ha insegnato il PAC. »

Dopo mezzanotte Raleigh riunì i compagni più bravi e fidati, tra cui i due Bufali della taverna, e andarono a fare il giro delle case dei guidatori degli autobus e dei tassisti. Li tirarono giù dal letto.

« Domani nessuno uscirà da Sharpeville », dissero agli autisti. « Ma siccome di voi non ci fidiamo, dato il vostro vizio di ubbidire agli ordini dei padroni bianchi, adesso uscite di casa e venite con noi, perché domattina si va a dimostrare davanti alla stazione di polizia. »

Alle primissime luci dell'alba nel cielo orientale, Raleigh in persona si arrampicò sul palo telefonico al confine del sobborgo e tagliò i fili. Ridiscese ridendo e disse ad Amelia: « Adesso il nostro amico Leopardo avrà qualche problema a chiamare rinforzi per farsi aiutare ».

Il capitano Lothar De La Rey lasciò la Land Rover in un vicolo laterale non illuminato e andò all'angolo ad ascoltare la notte.

Negli anni passati a Sharpeville aveva imparato a giudicare gli umori del borgo. Lasciò che sensazioni e istinti sommergessero la ragione, e quasi subito colse la ferale impazienza ed eccitazione che stringevano la borgata in una morsa. Finché non ci si badava, non si sentiva niente: ma bastava tendere l'orecchio per udire i cani. Erano inquieti, abbaiavano: vedevano girare dappertutto ombre nere, fiutavano uomini che si spostavano a gruppetti, dediti a misteriose commissioni.

Poi cominciò a sentire altri suoni, leggeri come ronzii di insetti notturni. Il fischio dei « pali » al passaggio delle autopattuglie, i segnali in codice delle bande di strada. In una casetta vicina, un uomo tossiva nervosamente: in un'altra un bambinello piagnucolava, e una donna cercava di calmarlo parlando sottovoce. Non dormiva nessuno.

Lothar si spostò con calma nel buio, ascoltando e osservando. Anche senza i volantini avrebbe capito che quella notte il sobborgo era teso e inquieto.

Lothar non era certo un giovane romantico troppo dotato d'immaginazione, ma girando per le vie buie di colpo gli si presentò alla mente, nettissima, la scena dei suoi antenati intenti a questo stesso ingrato compito di vigilanza. Li vide, barbuti e vestiti di panni tessuti in casa, armati di lunghi schioppi ad avancarica, uscire dal cerchio dei carri e andar soli nella notte africana a cercare il nemico, lo *swartgevaar*, il pericolo nero. A spiare i bivacchi dove i guerrieri dormivano sugli scudi di guerra, aspettando l'alba per lanciarsi all'attacco dei carri. Rabbrividiva a queste memorie ataviche, e gli sembrava di udire nella notte il canto di guerra delle tribù, il rullo delle lance sugli scudi di cuoio, il trepestare dei piedi nudi sulla terra, il fracasso dei sonagli di guerra ai polsi e alle caviglie mentre le orde, all'alba, attaccavano.

Nell'immaginazione, il pianto del bambino nella casetta di fianco diventò quello dei piccoli boeri a Weenen, dove le orde nere dilaganti dalle alture avevano massacrato tutti i coloni.

Rabbrividì nella notte, e pensò che, se molto era cambiato da allora, molto era anche rimasto uguale. Il pericolo nero c'era ancora, e ogni giorno, anzi, diventava più grande e minaccioso. Aveva notato gli sguardi di sfida dei giovani che giravano a gruppi per le vie, e aveva sentito i nomi guerreschi dei nuovi movimenti, la Lancia della Nazione, i Puri. Stanotte più di sempre era conscio del pericolo, e sapeva quale fosse il suo dovere.

Tornò alla macchina e pattugliò lentamente le vie. Di tanto in tanto scorgeva gruppetti di persone, che però si dileguavano non appena accendeva i fari. Dappertutto sentiva fischiare le loro sentinelle: cominciò a preoccuparsi davvero. Quando si incontrò coi poliziotti della ronda a piedi trovò anche loro preoccupati e a disagio.

Allorché l'alba trasformò l'orizzonte orientale del cielo in oro pallido, facendo sbiadire la luce dei lampioni, fece un altro giro per le strade. A quest'ora avrebbero dovuto già essere piene di pendolari frettolosi, invece erano silenziose e deserte.

Lothar andò alla stazione delle corriere. Quasi deserta anche quella: c'era solo qualche giovane che ciondolava sotto le pensiline. Gli autobus non si vedevano: il picchetto fissò sfacciatamente la Land Rover della polizia, che passava pian piano.

Costeggiando la recinzione, vicino all'ingresso principale della borgata, Lothar imprecò e frenò. Da un palo del telefono pendevano i cavi: tagliati. Scese dalla macchina e andò a esaminare il danno. Sì, i cavi erano stati tagliati di netto da un tronchesino. Gettò il capo del filo di nuovo a terra e tornò con calma alla Land Rover.

Prima di salirci guardò l'ora. Erano già le cinque e dieci. Ufficialmente il suo turno di servizio finiva alle sei, ma quella era una giornata speciale e non sarebbe certo smontato. Sapeva che sarebbe stata una giornata lunga e pericolosa, e si fece forza per affrontarla al meglio.

Quel lunedì mattina, 21 marzo 1960, a milleseicento chilometri di distanza, nei sobborghi di Città del Capo, di Langa e di Nyanga la folla cominciò a concentrarsi. Pioveva. Dal mare soffiava la tramontana che raffreddava un po' gli ardori della maggioranza, ma per le sei del mattino quasi diecimila persone si erano raccolte a Langa, fuori degli alloggi degli scapoli, per marciare sulla stazione di polizia.

La polizia li prevenne. Durante il week-end aveva ricevuto grossi rinforzi, e tutti gli ufficiali e sottufficiali anziani avevano un'arma automatica, il mitragliatore Sten. Un'autoblindo verdastra imboccò la via dove si concentrava la folla e un funzionario di polizia parlò alla gente dagli altoparlanti. Disse che tutte le manifestazioni erano state vietate e che una marcia sulla stazione di polizia sarebbe stata considerata un assalto.

I leader negri si fecero avanti e negoziarono con la polizia. Alla fine acconsentirono a disperdere la folla, ma dissero che nessuno quel giorno sarebbe andato a lavorare, e che un altro concentramento in massa sarebbe avvenuto alle sei di sera. Quando la gente cominciò ad affluire in piazza, a quell'ora, la polizia arrivò di nuovo con le autoblindo e ordinò di disperdersi. Ma la folla non si mosse. Allora la polizia caricò coi lunghi manganelli da sommossa: i manifestanti risposero a sassate, poi contrattaccarono caricando in massa la polizia. Il comandante diede ordine di fare fuoco coi mitra e la folla scappò lasciando due morti sul terreno.

Da allora in poi, per settimane, la penisola del Capo fu sconvolta da sommosse, marce, sassaiole, culminate con una marcia di decine di migliaia di negri. Stavolta raggiunsero il quartier generale della polizia di Caledon Square, ma si dispersero tranquillamente quando ai loro capi fu promesso un incontro col ministro della Giustizia. Quando però i leader negri si recarono all'appuntamento, furono arrestati per ordine di Manfred De La Rey, ministro degli Interni. Poiché la polizia non aveva più riserve da schierare, si ricorse ai soldati e marinai di leva: nel giro di tre giorni i sobborghi negri furono circondati da un efficace cordone di sicurezza.

Nella provincia del Capo la lotta era finita.

A Van Der Bijl Park, a diciotto chilometri da Vereeniging, e a Evaton, due noti centri di radicale resistenza politica negra, la folla cominciò a raccogliersi alle prime luci di lunedì 21 marzo.

Alle nove i dimostranti, a migliaia, cominciarono a dirigersi in corteo verso la locale stazione di polizia. Ma non arrivarono lontano. Qui, come nel Capo, la polizia aveva ricevuto rinforzi, autoblindo e mitra; e anche qui gli altoparlanti tuonarono di disperdersi. L'ordinato corteo di dimostranti si insabbiò per via di una leadership discorde e incerta; poi le autoblindo della polizia con caroselli, cariche e manganellate riuscirono a disperderlo.

Subito dopo, all'improvviso, il cielo fu scosso da un fracasso infernale, e tutti i negri si misero a guardare in su. Arrivavano nientemeno che i caccia dell'aviazione militare sudafricana, i reattori Sabre che si misero a effettuare picchiate sulla folla fino a trenta metri dal suolo. Nessuno dei manifestanti aveva mai visto nulla di simile: si spaventarono a morte. Anche i capi si scoraggiarono, e la dimostrazione finì quasi prima di cominciare.

Nel grande sobborgo negro di Soweto, Robert Sobukwe in persona guidò la marcia sulla stazione di polizia di Orlando. Erano otto chilometri da casa sua, che si trovava a Mofolo, e, benché lungo la strada gruppetti di giovani si unissero a lui, quando arrivarono alla stazione di polizia a chiedere di essere arrestati in quanto privi di lasciapassare erano meno di un centinaio.

In quasi tutti gli altri centri non vi furono dimostrazioni né arresti. Alla stazione di polizia di Hercules a Pretoria sei uomini arrivarono senza lasciapassare e chiesero di essere arrestati. Sghignazzando, un funzionario di polizia ne prese il nome e li rimandò a casa.

Nella maggior parte del Transvaal, la giornata passò liscia. Ma non a Sharpeville.

Raleigh Tabaka non aveva dormito quella notte, non si era nemmeno sdraiato a riposare, ma l'aveva passata tutta in piedi a esortare e incoraggiare i compagni, organizzando tutto.

Adesso che erano le sei del mattino si trovava alla stazione delle corriere. I cancelli erano ancora chiusi, e nel cortile i grossi e squallidi automezzi stavano allineati ad aspettare gli autisti, mentre i tre capetti si guardavano intorno con aria preoccupata. Il primo autobus sarebbe dovuto partire alle quattro e mezzo, e ormai non c'era la minima possibilità di rispettare gli orari.

Dalla parte del sobborgo comparve uno che arrancava correndo sulla strada deserta. Dietro i cancelli del deposito delle corriere i supervisori della compagnia di trasporti tirarono un sospiro di sollievo e mossero per aprirgli. L'uomo che si avvicinava in fretta indossava il berretto che distingueva i conducenti della ditta, con la placca d'ottone sopra la visiera.

« Ah! Ne abbiamo dimenticato uno », disse Raleigh nel picchetto, segnalando ai compagni di andare a intercettare il crumiro.

Il conducente vide i giovani che gli si paravano davanti e si fermò di colpo.

Raleigh si avvicinò sorridendo e gli chiese: « Dove stai andando, zietto? »

L'uomo non rispose, ma si mise a guardare nervosamente in giro.

« Non vorrai mica andare a guidare la tua corriera, vero? » insisté Raleigh. « Non hai sentito cosa ha detto il PAC? Non vedi che dei tuoi colleghi non è venuto a lavorare nessuno? »

« Ho dei figli da mantenere », disse l'uomo, ostinato. « In venticinque anni di lavoro non sono stato a casa un giorno. »

Raleigh scosse la testa con compatimento. « Sei uno stupido, vecchio. E io ti perdono, non ne hai colpa se un verme ti si è mangiato il cervello. Ma sei anche un traditore della tua gente, e di questo non ti si può perdonare. » Fece un cenno ai suoi, che presero l'uomo e lo trascinarono dietro i cespugli.

Il guidatore si difendeva, ma non poteva farcela contro più giovanotti: sicché le prese, e fu lasciato ammaccato e stordito nel prato. Raleigh non provò né pietà né rimorso allontanandosi. Quell'uomo era un traditore, e poteva considerarsi fortunato se sopravviveva alla sua cattiva azione per raccontarla ai bambini.

Alla fermata degli autobus i compagni del picchetto dissero a Ralcigh chc bcn pochi pendolari avevano cercato di sfidare la parola d'ordine del PAC e andare al lavoro lo stesso, ma si erano allontanati in tutta fretta appena avevano visto il picchetto alla fermata.

« E poi », dissero a Raleigh, « non si è visto neanche un pullman. »

« Bravi, avete cominciato bene la giornata. E adesso muoviamoci: voglio veder sorgere il sole della nostra libertà. »

Per via si unirono i membri degli altri picchetti. Amelia li aspettava con i bambini della scuola elementare. Vide arrivare Raleigh e gli corse incontro tutta allegra, mentre anche i ragazzini scalpitavano eccitatissimi, cogliendo l'occasione di sfuggire alle noie della scuola. Si accodarono tutti al corteo.

Da tutte le case la gente si riversava fuori, e alla vista dei bambini che ridevano venivano contagiati dalla gaiezza e dall'eccitazione. Tra i dimostranti ora c'erano anche delle teste grigie, giovani madri coi bambini assicurati alla schiena, uomini in tuta dell'acciaieria, nonne e nipotini, impiegati e commessi dei negozi, e perfino gli statali negri, travet che, sia pure nelle posizioni di minor responsabilità, cooperavano però all'amministrazione dell'apartheid. Ben presto la via, alle spalle di Raleigh e dei suoi compagni si colmò di una fiumana di persone.

Avvicinandosi alla piazza videro che c'era già un sacco di gente in attesa. Da ogni via d'accesso altra folla ci si riversava ogni minuto.

« Cinquemila saremo? » disse Raleigh ad Amelia, che danzava di gioia tenendolo per mano.

« Anche di più. Saremo dieci o quindicimila! Oh, Raleigh, sono contentissima e fiera di noi. Guarda il nostro popolo! Sono tutti qui! Che bella vista! » Li guardò adorante. « E sono fierissima anche di te, Raleigh. Senza di te, questa povera gente non si sarebbe mai resa conto della sua miseria, e non avrebbe mai sentito il desiderio di migliorare le sue condizioni: ma guardala adesso! »

Mentre Raleigh procedeva, la gente lo riconosceva e gli cedeva il passo. Tutti gridavano il suo nome, e lo chiamavano « fratello » e « compagno ».

In fondo alla piazza del municipio c'era un cantiere pieno di macerie e mattoni, e Raleigh ci si diresse. Salì su una pila di laterizi e alzò le braccia per chiedere silenzio.

« Gente mia, vi porto la parola di Robert Sobukwe che è il padre del PAC e vi raccomanda: 'Ricordatevi di Moses Gama! Ricordatevi della miseria e delle ingiustizie della vostra vita! Ricordatevi del razzismo e dell'oppressione!' »

Un rombo salì dalla gente: tutti chiudevano il pugno o levavano il polllice nel consueto saluto dell'ANC, gridando « *Amandla!* » e « Gama! » Ci volle un po' prima che Raleigh potesse ricominciare a parlare, ma poi disse: « Bruciamo i lasciapassare! » Brandì il proprio e proseguì: « Facciamo un bel fuoco e bruciamo i *dompas*! Poi marciamo come un sol uomo alla stazione di polizia e sfidiamoli ad arrestarci. Dopo verrà Robert Sobukwe a parlare » – un'idea improvvisa che era venuta a Raleigh, e che si buttò a sviluppare felice – « e la polizia vedrà che uomini siamo, e avrà paura di noi! Mai più ci obbligherà a far vedere i *dompas*, e saremo uomini liberi, come i nostri antenati prima che l'uomo bianco venisse in questa terra. » Dicendolo, quasi ci credeva. Sembrava tutto così facile e logico.

Accesero i fuochi, decine di fuochi in piazza, con erba secca e giornali, e tutti si avvicinarono a scagliare nei falò l'odioso lasciapassare. Le donne cominciarono ad ancheggiare e danzare, gli uomini si unirono alla danza e anche i bambini intonarono i canti di libertà.

Erano le otto passate quando gli attivisti riuscirono a metterli in moto, e un lungo corteo cominciò a snodarsi verso la stazione di polizia.

Michael Courteney aveva assistito all'ingloriosa fine della manifestazione di Evaton. Da un telefono pubblico chiamò la polizia di Van Der Bijl Park, la quale l'informò che anche lì la dimostrazione si era sciolta alla prima carica coi manganelli, e adesso tutto era tranquillo. Quando però cercò di chiamare la polizia di Sharpeville non ci riuscì: ci rimise dieci scellini e perse quaranta minuti per niente. Alla fine uscì scocciato dalla cabina telefonica e tornò alla Morris familiare che nonna Centaine gli aveva regalato per il compleanno.

Si avviò verso Johannesburg, preparandosi al sarcasmo di Leon Herbstein. « Hai portato un bell'articolo sulla sommossa che non c'è stata? Congratulazioni, Mickey, sapevo di poter contare su di te! »

Michael fece una smorfia e si accese un'altra sigaretta per consolarsi, ma quando arrivò all'incrocio svoltò per Sharpeville, in una strada stranamente deserta.

Lothar De La Rey teneva in un cassetto della scrivania il necessario da toilette, compreso rasoio e spazzolino da denti. Tornato alla stazione di polizia, si lavò e si rase, senza riuscire però a scacciare completamente i brutti presentimenti che gli erano venuti durante il pattugliamento notturno.

Il sergente di servizio nell'atrio lo salutò al suo rientro.

« Buon giorno capitano. Smonta? » Lothar scosse la testa.

« È arrivato il *kommandant*? »

« Dieci minuti fa. »

« C'è stata qualche chiamata dopo mezzanotte? »

« Adesso che ci penso no, signore. Davvero strano. »

« Non è strano, hanno tagliato i fili del telefono. E lei doveva pensarci prima », disse seccamente Lothar. Poi entrò nell'ufficio del comandante.

Egli ascoltò con gravità il rapporto di Lothar. « *Ja*, Lothie. Hai fatto un buon lavoro. Questa storia non mi piace. Quei maledetti volantini sono una grana. Avrebbero dovuto mandarci più rinforzi, non queste venti reclute incapaci. Invece, gli agenti esperti li hanno mandati tutti a Evaton. »

« Ho ordinato alle pattuglie a piedi di rientrare », cambiò discorso Lothar, che non gradiva sentir criticare i superiori. Sapeva che ogni decisione aveva sempre le sue buone ragioni. « Suggerisco di richiamare tutti qui alla stazione, per concentrare le forze. »

« Sono d'accordo », disse il comandante.

« E circa l'armamento... devo aprire l'armeria? »

« *Ja*, Lothie, penso che sia il caso. »

« Vorrei parlare agli agenti prima di uscire nuovamente di pattuglia. »

« Va bene, Lothie. Digli che la situazione è sotto controllo, che devono solo obbedire agli ordini e tutto andrà bene. »

Lothar salutò e tornò di là.

« Sergente, faccia distribuire le armi agli agenti bianchi. »

« Mitra Sten? » L'uomo pareva sbalordito.

« Sì, con quattro caricatori a testa », annuì Lothar. « Firmo io l'ordine sul registro. »

Il sergente prese le chiavi dell'armeria e ci andarono insieme. Aprirono le pesanti porte d'acciaio e raggiunsero le rastrelliere degli Sten. Armi piccole, d'acciaio, in pressofusione; sembravano giocattoli, ma non erano meno micidiali di qualunque altro mitra che sparasse pillole calibro nove.

I rinforzi venivano quasi tutti dalla scuola di polizia. Burbe rapate, che guardavano a bocca aperta il pluridecorato capitano che diceva: « Ci aspettiamo guai, ecco perché vi hanno mandato qui. Vi diamo il mitra: già questa è una responsabilità, che va presa seriamente. Aspettate gli ordini e non agite mai di vostra iniziativa: ma non appena li avete eseguiteli presto e bene ».

Prese con sé un agente e il mitra e andò in Land Rover alla porta principale della borgata. Ormai erano le sei passate da un pezzo, ma per le vie non si vedeva ancora traffico. Incontrarono una cinquantina di persone, che andavano tutte nella stessa direzione. Il camioncino dell'azienda dei telefoni aspettava al cancello. Lothar accompagnò con la macchina sul posto gli operai incaricati della riparazione. Uno di loro si arrampicò sul palo, collegò i fili, poi scese e fu riaccompagnato al furgone. Prima di imboccare il viale che portava alla stazione di polizia, Lothar parcheggiò l'auto e spense il motore.

L'agente sul sedile di dietro si agitò, nervoso, e fece per dire qualcosa, ma Lothar berciò: « Zitto! » e quello s'irrigidì. Rimasero in silenzio per parecchi secondi, poi Lothar si accigliò.

Si sentiva un rumore di risacca lontana, un mormorio sommesso. Lothar scese dalla macchina. Ora il rumore sembrava uno stormire del vento nell'erba alta, unito a una vibrazione del terreno che sembrava ripercuotersi sulle sue suole.

Lothar saltò nuovamente in macchina e proseguì fino all'incrocio, dove svoltò verso le scuole e la piazza municipale. Girò l'angolo successivo e frenò di colpo, facendo scarrocciare la Land Rover.

Davanti a lui la strada era piena di gente. A spalla a spalla, una fila dopo l'altra, a migliaia procedevano compatti, e non appena videro l'auto della polizia gridarono in coro: « *Amandla!* »

Per un momento Lothar fu paralizzato dallo shock. Non era una di quelle insolite creature che non conoscono la paura: l'aveva incontrata sul campo di rugby, preparandosi a placcare frontalmente un avversario lanciato, o nelle mischie accompagnate dall'urlo della folla; e anche nelle vie silenziose delle borgate negre, la notte, quando aveva a che fare con dei pericolosi malviventi. Era riuscito a vincere queste paure, trovando in ciò un'esaltazione euforica: ma questa era proprio un'altra cosa.

Non era una cosa umana; era un mostro, quello che gli si parava davanti ora. Una creatura dotata di diecimila gole e ventimila gambe, un mostro che si allargava, insensato, tuonando parole incomprensibili, e che non aveva orecchie per udire né mente per ragionare. Era la folla, e Lothar ebbe paura. Il suo istinto fu di voltare la Land Rover e tornare a rifugiarsi nella stazione di polizia. Ed effettivamente, prima di tornare padrone di se stesso, gli capitò di inserire per istinto la marcia indietro.

Lasciò il motore acceso e aprì la portiera. L'agente sul sedile di dietro tirò una bestemmia, con voce rotta dal terrore. « Cristo d'un dio, andiamo via di qui. »

Questo servì a ridare risolutezza a Lothar, che subito provò disprezzo per la propria debolezza. Dominò la paura, come aveva fatto tante altre volte, e salì sul cofano della Land Rover.

Deliberatamente aveva lasciato il mitra sul sedile; non sbottonò nemmeno la fondina. Una sola arma da fuoco non serviva a niente contro il mostro dilagante.

Alzò le braccia e gridò: « Ferma! Dovete tornare indietro, gente! È un ordine della polizia! » Ma le sue parole furono inghiottite dalla molteplice voce del mostro, che continuò per la sua strada. Gli uomini in prima fila si misero a correre verso di lui, mentre quelli dietro gridavano e spingevano con più vigore.

« Tornate indietro », tuonò Lothar, ma non vi fu il minimo movimento di incertezza nei ranghi compatti che avanzavano. Ormai la testa del corteo era vicina, si vedevano le facce degli uomini in prima fila che sogghignavano: ma Lothar sapeva che gli umori in Africa possono cambiare molto in fretta, perché nel cuore africano la violenza è a fior di pelle sotto il sorriso. Sapeva che non poteva fermarli, erano troppo vicini, troppo eccitati, e si rendeva conto che la sua presenza li provocava. Bastava la vista di una divisa a farli arrabbiare.

Saltò in macchina, fece manovra e filò via quando la testa del corteo era già a un braccio di distanza.

Schiacciò l'acceleratore a tavoletta. Alla stazione di polizia mancavano tre chilometri e mezzo. Calcolando quanto tempo serviva al corteo per arrivarci, pensò agli ordini da dare e a ulteriori precauzioni per la sicurezza della stazione.

All'improvviso apparve un altro veicolo davanti a lui. Non se l'aspettava, e dovette schivarlo. Era una station-wagon coi montanti di legno laccato. La guidava un giovane bianco.

Lothar rallentò e abbassò il finestrino. « Dove diavolo crede di andare? » sbraitò. L'autista si sporse fuori del finestrino, sorridendo educatamente.

« Buongiorno, capitano. »

« Ha il permesso di stare qui? »

« Sì, vuole vederlo? »

« No, maledizione. Il permesso è annullato. Lasci immediatamente il sobborgo, ha capito? »

« Sì, ho sentito, capitano. »

« Potrebbero scoppiare dei disordini, lei è in pericolo. Le ordino di andarsene immediatamente per la sua stessa incolumità. »

« Vado via subito », l'assicurò Michael Courteney, e Lothar ripartì velocemente.

Michael lo guardò nel retrovisore finché scomparve, poi si accese una sigaretta e ripartì piano nella direzione da cui veniva l'auto della polizia. L'agitazione del capitano della polizia gli aveva confermato che la direzione era giusta. Michael sorrise soddisfatto quando udì molte voci in lontananza.

Alla fine del viale svoltò verso il rumore e parcheggiò. Seduto al volante, si mise a guardare la gran folla che si avvicinava in corteo. Non aveva paura, era distaccato – uno spettatore che non partecipava – e man mano che la testa del corteo si approssimava la scrutava avidamente, timoroso di perdere anche un solo particolare. Nella mente già formulava le frasi meglio atte a descriverlo, e le annotava sul taccuino.

« Giovani in testa, tra cui molti bambini, tutti ridono e cantano... »

Videro Michael nella macchina parcheggiata e gli indirizzarono delle grida, salutandolo col pollice alzato.

« La buona volontà di questa gente mi stupisce sempre », scrisse. « La loro allegria, e la mancanza di antipatia personale nei nostri confronti di bianchi dominanti... »

In testa al corteo c'era un giovane attraente, che camminava qualche metro avanti agli altri. Aveva un passo lungo e sicuro, e la ragazza che gli stava a fianco doveva affrettarsi per stargli dietro. Lo teneva per mano; aveva denti regolari e candidissimi nella bella faccia di luna scura. Sorrise a Michael e lo salutò con la mano.

Il corteo si divise in due ali che passavano a destra e a sinistra della Morris parcheggiata. Certi bambini si fermavano al finestrino a guardar dentro: Michael rispondeva facendo smorfie. Allora scoppiavano a ridere e se ne andavano. Uno o due manifestanti diedero una manata sulla lamiera del tetto, ma era più un allegro saluto che un gesto ostile. Non si fermavano nemmeno, continuavano a seguire i giovani in testa.

Per molti minuti il corteo gli scorse davanti; in fondo venivano gli anziani, i ritardatari, i pigri, i mutilati e gli incerti. Michael accese il motore della Morris e girò la macchina.

A passo d'uomo seguì la folla, guidando con una mano sola e prendendo continui appunti.

« Finora saranno sei o settemila, ma altri si aggiungono continuamente. Vecchio con stampelle, sostenuto dalla moglie. Donna con radiolina in equilibrio sulla testa, che cammina danzando a suono di rock. Molti tipi di campagna, probabilmente senza lasciapassare, ancora a piedi nudi e vestiti di coperte. Cantano benissimo. Ci sono anche tante persone ben vestite e chiaramente istruite, alcuni in divisa da postini, guidatori di autobus, operai in tuta dell'acciaieria e della miniera di carbone. Una volta tanto ci sono tutti, non solo la minoranza politicizzata. C'è un senso di palpabile eccitazione. Adesso la canzone cambia... cambia in testa al corteo, gli altri si uniscono subito. Cantano tutti, è un canto triste e tragico, non è necessario capire le parole: questo è un lamento... »

In testa al corteo Amelia cantava con tanta passione che le lacrime le scorrevano luccicando giù dagli occhi sulle guance nere.

La strada è lunga
greve il fardello.
Per quanto tempo dovremo andare avanti...

L'umore gioioso era cambiato, e un coro di migliaia di persone sbottò in un grande grido d'angoscia.

Per quanto tempo dovremo soffrire?
Per quanto tempo? Per quanto tempo?

Amelia teneva Raleigh per mano e cantava con tutta l'anima: svoltarono l'ultimo angolo ed ecco apparire di fronte a loro, in fondo al lungo viale, la rete metallica che recintava la stazione di polizia.

Quindi nel purissimo azzurro del cielo dell'altopiano, sopra il tetto in lamiera ondulata della stazione di polizia, comparve un grappolo di macchioline nere. All'inizio sembravano uccelli, ma ben presto si avvicinarono ingrandendosi miracolosamente e brillando con lampi di silenziosa minaccia nel sole mattutino.

Raleigh si fermò e gli altri fecero altrettanto. Tutti alzarono il volto a guardare le minacciose macchine che arrivavano in picchiata, coi musi da squalo e le ali spiegate, tanto velocemente da anticipare lo stesso rumore del loro motore.

Il primo dei caccia Sabre si abbassò ancor più, facendo la barba al tetto della stazione di polizia. Il canto tacque, seguito da urla di incertezza e terrore. Sembravano bassi da poterli toccare: il rombo altissimo dei reattori spaccava le orecchie, era una vera aggressione fisica che metteva la gente in ginocchio. Qualcuno si accucciò per terra, coprendosi la testa, altri si voltarono e si misero a correre, ma erano bloccati dalle file successive. La marcia si disgregò in una caotica accozzaglia. Gli uomini gridavano, le donne piangevano e i bambini erano in preda al panico.

I reattori argentei virarono, cabrando dolcemente e preparandosi a un altro passaggio. Di nuovo l'aria fu scossa da quel fragore infernale.

Raleigh e Amelia erano fra i pochi che non si erano mossi. E adesso Raleigh si mise a gridare: « Non abbiate paura, amici, non possono farvi del male ».

Amelia si scostò da lui e disse ai propri scolaretti: « Non fanno niente gli aeroplani, bambini! Anzi sono belli da guardare, come gli uccelli. Visto come brillano al sole? » I bambini vinsero la paura, e qualcuno si mise a ridacchiare, incerto.

« Ecco che tornano! » gridò Raleigh. « Salutiamoli con la mano! » Si mise a saltellare ridendo e sventolando il braccio al passaggio dei caccia. Gli altri giovani lo imitarono subito, e tutti si misero a ridere. Stavolta solo poche vecchie si rannicchiarono coprendosi il capo: quasi tutti, pur stravolti dal frastuono, si limitarono a vacillare sorridendo, e poi ridendo dal sollievo ai caccia ormai sfrecciati via.

Il corteo si rimise lentamente in moto, per opera di Raleigh e dei militanti instancabili. Quando i caccia tornarono per l'ultima volta, tutti alzarono il volto a fissare i piloti in casco dentro l'abitacolo trasparente, salutandoli con la mano. Gli apparecchi non tornarono più. La gente ricominciò a cantare, rincuorata da questa vittoria su se stessa.

« Oggi sarete tutti liberi! » gridò Raleigh, e chi sentiva gli credeva, e si girava a ripeterlo agli altri.

« Oggi saremo tutti liberi! »

Davanti a loro, i cancelli che davano sul cortile della stazione di polizia erano chiusi, ma si vedevano gli agenti schierati dietro. Il sole scintillava sugli ori della divisa e sulle brutte armi brunite in mano ai poliziotti bianchi.

Lothar De La Rey si trovava sui quattro gradini antistanti l'edificio della polizia, sotto il lampione con la scritta biancoazzurra: POLICE - POLISIE. Al passaggio degli apparecchi si costrinse a restar dritto senza rannicchiarsi.

Vide il corteo ancora abbastanza lontano pulsare e contrarsi come una sorta di ameba nera gigantesca sotto il bombardamento psicologico dell'aviazione, per poi subito ricomporsi e riprendere la marcia. Sentì il canto levarsi potente e suggestivo e cominciò a distinguere la fisionomia dei primi.

Il sergente che gli stava accanto bestemmiò sottovoce. « Ma guarda quei bastardi, sono migliaia! » Lothar riconobbe nel suo tono lo stesso orrore e la stessa trepidazione che provava lui.

Quanto stavano vedendo costituiva l'incubo del popolo afrikaner da almeno due secoli, da quando gli antenati pionieri che si erano mossi pian piano verso nord in questa bella terra, incontrando soltanto fauna, in riva al fiume Fish s'erano imbattuti nelle coorti di queste moltitudini scure.

Sentì i nervi raggrinzirglisi sottopelle, come per la puntura di qualche insetto velenoso. Dall'inconscio gli lampeggiavano in mente immagini delle memorie ancestrali della sua gente. Eccoli qua ancora, e riecco un pugno di bianchi barricati a fronteggiare l'orda barbarica nera. Tutto si ripeteva per l'ennesima volta, ma l'orrore della situazione non era affatto diminuito. Veniva anzi esaltato, e l'istinto naturale di difendersi diventava ancor più pressante.

Tuttavia, l'odio e il timore del sergente vicino avevano ricordato a Lothar la necessità di non lasciar trapelare ciò che sentiva. Distolse lo sguardo dall'orda che si avvicinava e lo rivolse ai suoi agenti. Vide com'erano pallidi, com'erano immobili, e come tantissimi erano giovani giovani: del resto era sempre stata una tradizione, tra gli afrikaner, che anche i ragazzi sparassero dal cerchio dei carri fin da quando il fucile ad avancarica ancora li sopravanzava in altezza.

Lothar si costrinse a muoversi, a passar lentamente in rivista gli agenti, badando bene a non lasciar trapelare la minima traccia della sua stessa paura.

« Non hanno cattive intenzioni », disse, « si sono portati dietro anche le donne e i bambini. I bantu nascondono sempre le donne quando combattono. » Parlava con voce piana e oggettiva. « Stanno arrivando rinforzi », disse poi. « Avremo qui trecento uomini entro un'ora. Badate solo a star calmi e a obbedire agli ordini. » Fece un sorriso d'incoraggiamento a un cadetto tutto occhi spalancati e orecchie a sventola, pallidissimo e intento a mordersi nervosamente il labbro inferiore, mentre fissava il corteo ormai vicino. « Giovane, l'ordine di caricare l'arma non è stato dato. Togli subito quel caricatore. » Il ragazzo scaricò lo Sten senza levare gli occhi dall'orda che si avvicinava danzando e cantando.

Lothar si portò davanti agli uomini a passo lento e deciso, incoraggiando tutti con cenni del capo, senza mai guardare la folla a cui ora voltava le spalle. Ripreso il suo posto sui gradini, si girò e la vide, e faticò a trattenere un'esclamazione.

Riempivano tutto il viale, da un lato all'altro e fino in fondo, e continuava ad affluire gente dalle vie laterali. Sembrava un'inondazione di qualche fiume degli altipiani.

« State ai vostri posti, agenti », gridò. « Non fate niente senza ordini! » E rimasero tutti fermi come pezzi di legno nella gran luce mattutina, mentre i leader del corteo raggiungevano il cancello e premevano contro la rete, guardandoli, cantando e sogghignando, mentre dietro la folla si allargava lungo tutta la recinzione. Come acqua trattenuta da una diga, resi compatti dal loro stesso numero, circondarono completamente il cortile della polizia presidiato dal piccolo gruppo di uomini in divisa. E altri continuarono ad aggiungersi, finché la stazione diventò una specie di isoletta in mezzo a un oceano nero, agitato e fragoroso.

A un tratto i capi gridarono di far silenzio e pian piano la folla smise di ridere e cantare.

« Vogliamo parlare con gli ufficiali », gridò un giovane negro davanti al cancello chiuso. Si era attaccato alla rete con le mani, e da dietro lo spingevano tanto da farla ondeggiare. Il comandante della stazione uscì dal proprio ufficio e, mentre scendeva i quattro gradini, Lothar gli si accodò. Insieme attraversarono il cortile e si fermarono dietro il cancello.

« Il raduno è vietato », disse il comandante al giovane che l'aveva chiamato fuori. « Dovete disperdervi immediatamente. » Parlava in afrikaans.

« Temo che la faccenda sia alquanto più grave, purtroppo », rispose il giovane con un sorriso sfrontato e in inglese, una deliberata provocazione. « Sa, nessuno di noi ha il lasciapassare. Li abbiamo bruciati. »

« Come si chiama lei? » domandò in afrikaans il comandante.

« Mi chiamo Raleigh Tabaka e sono il dirigente locale del

Pan Africanist Congress. Le chiedo di arrestarmi insieme a tutti gli altri, colpevoli dello stesso reato », disse Raleigh sempre in ottimo inglese. « Apra il cancello, poliziotto, e ci chiuda in guardina. »

« Vi do cinque minuti per sciogliervi », ribatté minaccioso il comandante.

« Altrimenti? » chiese Raleigh Tabaka. « Che fa se non ubbidiamo? » Dietro di lui la gente si mise a cantare.

« Arrestaci! Abbiamo bruciato i *dompas*! Arrestaci! »

Ci fu un'interruzione; grida e sghignazzate strafottenti eruppero dalla folla. Lothar salì sul cofano della Land Rover a vedere cosa succedeva.

Erano arrivati tre camion della polizia pieni di agenti in divisa da una strada laterale, e adesso stavano aprendosi lentamente un varco fra la calca. La gente, compatta, si spostava con riluttanza davanti agli alti camion coperti dal telone, che Lothar vedeva invece con grande sollievo.

Saltò giù dalla macchina e ordinò a una squadra di avvicinarsi al cancello. Mentre il convoglio dei tre camion procedeva, i manifestanti tiravano pugni alle fiancate di lamiera, fischiando la polizia e facendo il saluto dell'ANC.

Gli uomini di Lothar aprirono il cancello spingendo la massa di manifestanti che premeva e dopo il passaggio dei camion lo richiusero subito, mentre di nuovo i negri si accalcavano.

Lothar lasciò al comandante le trattative con i leader della dimostrazione e pensò a schierare i rinforzi nel cortile. I nuovi arrivati erano tutti armati, e Lothar mise i più anziani e quelli dall'aria decisa di guardia in cima alla cabina dei camion, ai quattro angoli del cortile, da dove potevano far comodamente fuoco sulla folla.

« State calmi », continuava a ripetere. « Tutto è sotto controllo. Basta ubbidire agli ordini. »

Appena schierati i rinforzi tornò al cancello, dove il comandante stava ancora discutendo coi dirigenti negri.

« Non ce ne andiamo finché non ci arresta, o finché non siano abolite le leggi sui lasciapassare. »

« Non faccia lo stupido, sa benissimo che entrambe le cose sono impossibili. »

« Allora restiamo », disse Raleigh Tabaka. Dietro di lui la folla cominciò a scandire:

« Arrestaci! Arrestaci! Forza! »

« Ho schierato i rinforzi », gli disse Lothar a bassa voce. « Adesso siamo quasi duecento. »

« Dio voglia che bastino, se le cose si mettono male », borbottò il comandante, sbirciando a disagio le schiere di agenti. Sembravano pochissimi in confronto alla massa di là dalla rete. Tornò a rivolgersi al funzionario politico del PAC.

« Ho discusso abbastanza con lei. Adesso le intimo formalmente di sciogliere la manifestazione. È un ordine della polizia. »

« E noi restiamo », rispose disinvolto Raleigh Tabaka.

Il tempo passava e ormai faceva molto caldo. Lothar avvertiva la tensione e la paura degli agenti crescere insieme all'afa, alla sete, alla polvere e ai canti. Ogni pochi minuti nella folla si creava una specie di mulinello, come se ne vedono nei fiumi: ogni volta la rete ondeggiava, pericolando, e i bianchi mettevano il dito sul grilletto del mitra, scalpitando al sole che spaccava i sassi. Nel corso della mattinata arrivarono altre due colonne di rinforzi a fender la folla e schierarsi in cortile, finché la forza della polizia raggiunse i trecento uomini. Ma anziché disperdersi la folla continuava ad aumentare, come se affluissero pian piano anche i più timorosi, che fino a quel momento erano rimasti a casa ma ora cedevano alla curiosità.

Dopo l'arrivo di ogni camion, si accendeva una nuova serie di discussioni seguita da futili ordini di sciogliersi. Col caldo e l'attesa l'impazienza cresceva e gli umori cambiavano. Non si videro più sorrisi, e i canti mutarono: la folla cominciò a intonare a bocca chiusa le canzoni di guerra. Nella folla giravano strane voci: fra poco sarebbe venuto a parlare Robert Sobukwe; Verwoerd aveva ordinato l'abolizione dei lasciapassare e la scarcerazione di Moses Gama; a ogni illusione si rallegravano e cantavano, per tornare ad agitarsi irritati alla successiva smentita.

Venne mezzogiorno. Il sole cominciò a picchiare davvero. Dai corpi accaldati si levava il muschioso odore africano, estraneo e tuttavia tremendamente familiare.

Gli uomini bianchi, che avevano passato tutta la mattina con le mani in mano, erano ormai al limite della resistenza. Ogni volta che la rete sussultava, qualche agente caricava il mitra e, senza ordini, lo puntava contro la folla. Lothar non mancò di notarlo e ogni volta andava a richiamare l'agente troppo nervoso, ordinandogli di togliere il caricatore.

« Signore, bisogna far qualcosa subito », disse al comandante. « Non si può andare avanti così, qualcuno finirà con lo scoppiare. » La tensione era nell'aria, come l'odore degli africani accaldati, e Lothar l'avvertiva anche in se stesso. Quella notte non aveva dormito, e si sentiva stanco e carico come una molla.

« Cosa suggerisci di fare, De La Rey? » berciò il capitano, altrettanto nervoso. « Dobbiamo far qualcosa, dici tu. *Ja*, dobbiamo farla, ma cosa? »

« Arrestare i caporioni. » Lothar indicò Raleigh Tabaka, che era sempre al cancello. Erano passate quasi cinque ore da quando c'era arrivato. « Quel porco lì è quello che li tiene assieme tutti. Se arrestiamo lui e gli altri caporioni, la gente ben presto si scoccerà. »

« Che ora è? » chiese il comandante, e benché la cosa gli sembrasse irrilevante Lothar consultò l'orologio.

« Quasi l'una. »

« Sono in viaggio altri rinforzi », disse il comandante. « Aspettiamo un altro quarto d'ora e poi facciamo come dici tu. »

« Guardi là! » sbottò Lothar, indicando a sinistra.

Alcuni giovanotti si erano armati di sassi e mattoni. Da dietro arrivavano altre « munizioni » per quelli in prima fila.

« *Ja*, bisogna agire subito », disse il comandante, « altrimenti scoppieranno tumulti gravi. »

Lothar si girò e diede un ordine secco all'agente più vicino. « Voialtri, caricate le armi e venite al cancello con me. »

Si accorse che tutti, e non solo gli agenti a cui si era rivolto, caricavano i mitra: si sentivano le armi scattare da tutte le parti, agganciando i caricatori. Lothar rifletté un momento se era il caso di dare il contrordine, ma era più importante fare in fretta. Doveva tirar fuori subito i capi dalla folla, perché nel giro di pochi secondi sarebbe esplosa la violenza. Alcuni giovani in prima fila stavano cercando seriamente di svellere la rete metallica.

Seguito dai suoi uomini, andò al cancello e puntò il dito contro Raleigh Tabaka. « Tu », gridò. « Voglio parlare con te. » Allungò la mano dall'apertura rettangolare praticata nella rete accanto al cancello per passare la roba e prese Raleigh per il davanti della camicia.

« Adesso ti tiro fuori io di lì », si mise a ringhiare, e Raleigh cercò di liberarsi arretrando e urtando chi lo spalleggiava.

Amelia urlò aggrappandosi al polso di Lothar. « Lascialo andare! Non fargli male! »

I giovani lì intorno videro cosa stava succedendo e si gettarono con più forza contro la rete.

« *Jee!* » gridavano, il lungo, profondo e trascinato grido di guerra a cui nessun guerriero nguni può resistere. Faceva bollire il sangue a tutti, trasmetteva la frenesia di combattere. La folla rilanciò il grido.

« *Jee!* »

La gente alle spalle di Raleigh si buttò in avanti, contro la recinzione, mugghiando il grido di guerra. La rete cominciò a piegarsi.

« Via di lì! » gridò Lothar agli agenti, ma le file successive della folla si fecero avanti a vedere cosa stava succedendo e la recinzione cedette.

Venne giù di colpo e, benché Lothar fosse prontissimo a saltare indietro, uno dei paletti lo colpì e lo fece cadere in ginocchio. Più nulla tratteneva la folla, che dilagò nel cortile, inciampando addosso a Lothar che cercava disperatamente di rialzarsi.

Da dietro volò alto un mattone e andò a infrangere il parabrezza di uno dei camion. Una boccia di schegge piovve addosso agli agenti vicini.

Le donne urlavano e cadevano calpestate da altri irresistibilmente premuti da dietro. Qualcuno cercava di tornar fuori del cortile, ma la fiumana glielo impediva, gridando « *Jee!* » l'urlo assassino che perpetuava l'ira.

Lothar, travolto dalla marea, continuava a lottare per rialzarsi, mentre dalla folla piovevano sassi e mattoni. Con un volteggio riuscì a rimettersi in piedi, e solo la prestanza atletica gli consentì di rimanerci mentre il fiume di gente lo spingeva indietro.

Alle sue spalle scoppiò un fragore aspro che Lothar in un primo momento non riconobbe. Sembrava una sbarra di ferro trascinata sopra una lamiera ondulata. Poi sentì l'altro terribile rumore, del piombo che grandinava sulla carne viva, un rumore di meloni maturi spaccati con una grossa mazza, e si mise a gridare: « No! Oh, buon Dio, no! » Ma i mitra fendevano l'aria con le loro raffiche, facendo un rumore di seta lacerata, coprendo la sua disperata protesta. Voleva urlare: « Cessate il fuoco! » ma gli si era chiusa la gola. Soffocava in un groppo di orrore.

Provò ancora strenuamente a dar l'ordine, ma dalla strozza

non gli uscì parola. In compenso, le mani si muovevano da sole. Premuto da ogni parte, infilò il caricatore nel mitra puntato verso il basso. Davanti a lui, la gente si girava cercando di scappare. La pressione diminuì e fu in grado di alzare l'arma.

Cercò di trattenersi, ma era come preda di un incubo incontrollabile. L'arma si mise a vomitare proiettili sussultando come una perforatrice. In pochi secondi sparò un caricatore da trenta colpi. Lothar aveva spostato la canna, come una falce: e adesso ai suoi piedi si stendeva il sanguinoso raccolto, nella polvere, gemente e scalciante.

Solo allora si rese pienamente conto di quello che aveva fatto, e gli tornò la voce.

« Cessate il fuoco! » gridò, tirando manate ai più vicini per far rispettare l'ordine. « Cessate il fuoco! Finitela! Finitela! »

Alcune reclute tra le più giovani stavano ricaricando per sparare ancora, e Lothar corse in mezzo a loro mulinando il mitra scarico per impedirglielo. Un agente sul tetto della cabina di un camion sparò un'altra raffica, e Lothar gli si avventò addosso alzandogli la canna per disperdere i proiettili nel cielo polveroso.

Dal tettuccio del camion guardò il recinto abbattuto e il terreno dove giacevano morti e feriti, e gli piovvero addosso i rimorsi.

« Oh, mio Dio, perdonami. Cosa abbiamo fatto? » gemeva. « Cosa abbiamo fatto?! »

A metà mattinata Michael Courteney decise di correre il rischio, giacché intorno alla stazione di polizia sembrava non succedesse niente. In ogni modo era molto difficile capire esattamente cosa stava accadendo. Vedeva solo la schiena dei più lontani, sopra i quali spuntavano la sommità del recinto e il tetto di lamiera ondulata della stazione di polizia. Tuttavia la situazione sembrava per il momento tranquilla: la folla, a parte qualche coretto d'irrisione, pareva paziente e passiva.

Saltò nella Morris e tornò per il viale fino alla scuola elementare. L'edificio era deserto, e senza scrupoli di sorta aprì l'ufficio del direttore, dove trovò il telefono. Al primo colpo riuscì a chiamare il *Mail*. Herbstein c'era.

« Vedi che la notizia c'era? » gli disse dopo aver dettato una parte del pezzo. « Se fossi in te, manderei qualche fotografo. Può darsi che abbia occasione di fare qualche foto drammatica. »

« Dimmi dove ti trovi », accettò immediatamente Herbstein. Subito Michael tornò davanti alla stazione di polizia, dove stava arrivando un'altra piccola colonna di rinforzi.

La mattinata proseguiva, e Michael finì le sigarette, una piccola tragedia. Aveva anche un gran caldo ed era ormai assetato. Si domandò come si sentivano i manifestanti dopo ore e ore di inattività.

Avvertì il cambiamento d'umore della folla. Non erano più allegri e speranzosi. Erano frustrati, si sentivano ingannati e presi in giro perché Sobukwe non era venuto, la polizia bianca non aveva fatto gli attesi annunci e i *dompas* non erano stati aboliti.

Ricominciarono a cantare piano, ma in modo aspro e aggressivo. Ogni tanto qua e là la folla si agitava ondeggiando. Vide gli agenti armati di mitra che prendevano posizione sul tetto dei camion.

Arrivò il fotografo del *Mail*, un giovane negro che poteva entrare senza permesso nei sobborghi della sua gente. Parcheggiò la macchina vicino a quella di Michael, che gli scroccò subito una sigaretta. Rapidamente gli raccontò cosa stava accadendo e lo mandò al lavoro in mezzo alla calca.

Poco dopo mezzogiorno gruppetti di giovani si staccarono dalla folla per andare in cerca di sassi e mattoni da tirare. Tolsero le piastrelle che bordavano le aiuole dei giardini e qualche sampietrino già mezzo disselciato dalla strada, poi tornarono subito in mezzo agli altri. Era un brutto segno, e Michael salì sul cofano della macchina per vedere meglio, una volta tanto dimentico della vernice che lustrava amorosamente ogni mattina.

Benché fosse lontano un centinaio di metri dai cancelli della stazione di polizia, adesso vedeva molto meglio, e colse subito la tensione crescente vedendo agitarsi la folla e i poliziotti in cima ai camion caricare le armi automatiche. Evidentemente era stato dato un ordine preciso, e Michael provò un timore tutto particolare.

Di colpo davanti al cancello principale, dove più densa era la folla, scoppiò qualche tumulto. La gente si scagliò in avanti, fra grida e proteste. Gli ultimi, che Michael vedeva meglio, si misero a spingere e a un tratto si sentì lo schianto della rete metallica.

Vide i paletti di ferro scuotersi in modo strano e poi cadere. Subito dopo volarono verso i poliziotti decine e decine di sassi. Come nel crollo di una diga, la folla si riversò nel cortile.

Michael non aveva mai sentito prima delle raffiche di mitra. Così, non le riconobbe: ma a caccia con suo padre, da ragazzo, aveva sentito il tonfo di un proiettile nella carne di un grosso animale. Era un rumore inconfondibile, come di una massaia che batta un pesante tappeto. E tuttavia non credette alle proprie orecchie, fin quando non guardò i poliziotti in cima ai camion e vide che sparavano: il rumore del colpo lo raggiungeva un attimo dopo il lampo che usciva dalla canna.

Alle prime raffiche la folla cominciò a scappare da tutte le parti, come onde concentriche di un sasso lanciato in uno stagno. Sfrecciavano proprio di fianco a Michael il quale, sbalordito, si accorse che molti ridevano, come se non avessero capito che cosa stava succedendo, o lo credessero uno stupido gioco.

Davanti al cancello abbattuto erano rimasti molti corpi, quasi tutti a faccia in giù e colpiti mentre cercavano di scappare. Ma ce n'erano altri anche più lontano, i mitra continuavano a sparare, e qualcuno cadeva anche a due soli passi da Michael. Ormai la zona attorno alla stazione di polizia si era vuotata, e nel cortile si vedevano i poliziotti. Qualcuno stava ricaricando, qualcuno sparava ancora.

Michael sentì le pallottole che gli fischiavano vicino alla testa, ma era così incantato e turbato che non pensò nemmeno a chinarsi, anzi non batté ciglio.

A venti passi di distanza, una coppia di giovani stava scappando. Li riconobbe, erano quelli che prima guidavano il corteo; il ragazzo alto e attraente, e la ragazza carina dalla faccia di luna. Si tenevano ancora per mano, il ragazzo in testa, ma passando vicino a Michael la ragazza si liberò e tornò indietro, verso un bambino piccolo che vagava sperduto in mezzo a quella carneficina.

Le pallottole la raggiunsero mentre si chinava a prenderlo in braccio. Fu scagliata indietro di colpo, come trattenuta da qualche invisibile fune, ma rimase in piedi ancora qualche secondo. Michael vide le pallottole uscirle dalla schiena all'altezza delle ultime costole. Per un istante gonfiarono il tessuto della camicetta, poi quelle montagnole esplosero in sangue rosa vaporizzato e brandelli di tessuto.

La ragazza ruotò su se stessa e cominciò a cadere. Mentre girava, Michael vide i due fori d'entrata delle pallottole nel torace, macchie scure sulla camicetta bianca. Poi si piegò sulle ginocchia.

Il suo compagno tornò di corsa da lei e cercò di sostenerla, ma la ragazza gli sfuggì di mano e cadde per terra a faccia in giù. Allora anche il giovane si stese accanto a lei, prendendola tra le braccia. Michael vide la sua espressione. Non aveva mai assistito a una simile scena di lutto e desolazione da parte di un essere umano.

Raleigh prese Amelia tra le braccia. La testa le ciondolava sulla spalla come quella di un bambino assonnato, e sentiva il sangue di lei scorrergli sui vestiti. Era caldo come caffè versato e nell'afa emanava un odore dolciastro.

Raleigh cercò in tasca il fazzoletto. Delicatamente le pulì le guance e la bocca dalla polvere.

Le parlava sottovoce. « Svegliati, mia piccola luna. Fammi sentire la tua voce dolce... »

Aveva gli occhi aperti, e le girò piano la testa per incontrarli. « Sono io, Amelia, sono Raleigh... non mi vedi? » Sulle pupille dilatate era sceso come un velo lattiginoso, cancellando tutta la bellezza degli occhi scuri.

L'abbracciò più forte, premendosi la testa ciondolante contro il petto, e cominciò a cullarla, mormorandole una canzone come si fa con i bambini piccoli. Intanto si guardava intorno.

Come frutti maturi caduti dall'albero, si vedevano corpi stesi dappertutto. Qualcuno si muoveva, tendeva un braccio, chiudeva una mano. Un vecchio che trascinava la gamba ferita superò strisciando Raleigh.

Poi vennero i poliziotti: uscendo dal recinto abbattuto, si misero a vagare come storditi per il terreno, con i mitra penduli in mano, fermandosi un attimo chini su questo o quel corpo, poi rialzandosi e procedendo oltre.

Uno di loro si avvicinò. Raleigh non tardò a riconoscere il capitano biondo che l'aveva preso per la camicia al cancello. Aveva perso il berretto e un bottone della giacca. I capelli corti erano scuriti dal sudore, che gli gocciolava dalla fronte cerea. Si fermò a qualche passo di distanza e guardò Raleigh. Benché avesse i capelli biondi, le sopracciglia erano scure e folte e gli occhi gialli come quelli d'un leopardo. Raleigh ormai sapeva come si era guadagnato quel soprannome. Quegli occhi chiari erano cerchiati dai segni della fatica e dell'orrore, occhiaie peste come vecchi lividi, e le labbra erano secche e screpolate.

Si fissarono... il negro inginocchiato nella polvere, con la donna morta tra le braccia, e il bianco in divisa, col mitra ormai scarico in mano.

« Non volevo che succedesse questo... » disse Lothar De La Rey con voce rotta. « Mi dispiace. »

Raleigh non gli rispose, né diede segno d'aver sentito o capito. Lothar girò sui tacchi e si allontanò; passando tra i morti e i feriti, rientrò nel recinto di rete.

Sui vestiti di Raleigh il sangue cominciò a raffreddarsi. Quando toccò di nuovo la guancia di Amelia, la sentì più fredda. Delicatamente le chiuse gli occhi, poi le sbottonò la camicetta. I due fori d'entrata sanguinavano ben poco. Erano appena sotto i suoi seni appuntiti di vergine, piccole bocche scure nella pelle liscia e ambrata, a pochi centimetri di distanza l'uno dall'altro. Raleigh mise due dita della mano destra in quei buchi insanguinati, e sentì ancora un po' di calore in quel corpo straziato.

« Con le dita nelle tue ferite mortali », sussurrò. « Con le dita della destra nelle tue ferite faccio un giuramento, amore mio. Sarai vendicata. Lo giuro sul nostro amore, sulla mia vita e sulla tua morte. Sarai vendicata. »

Nei giorni d'ansia e di tumulto che seguirono al massacro di Sharpeville, Verwoerd e il suo ministro degli Interni agirono con energia e risolutezza.

In quasi metà delle province sudafricane fu dichiarato lo stato di emergenza. Sia il PAC sia l'ANC furono dichiarati illegali e i loro membri, sospettati di sedizione e intimidazione, furono arrestati e tenuti dentro in virtù delle leggi speciali. Secondo alcune stime i militanti incarcerati allora furono ben diciottomila.

All'inizio di aprile, durante la riunione plenaria del governo dedicata a quell'emergenza, Shasa Courteney rischiò il suo futuro politico chiedendo a Verwoerd di abolire il sistema dei lasciapassare. Aveva preparato il suo intervento con cura, perché la sua preoccupazione era sincera, e questo lo rese più eloquente del solito. Parlando si accorse che stava convincendo alcuni esponenti anziani del governo.

« In un sol colpo aboliremmo la principale causa di scontento dei negri e priveremmo gli agitatori della loro arma migliore », osservò.

Tre ministri si dissero d'accordo con Shasa, chiedendo l'abolizione dei *dompas*, ma dal primo posto Verwoerd li fulminava con lo sguardo, agitandosi sempre più arrabbiato, finché a un certo punto balzò in piedi.

« L'idea è assolutamente da escludere. I libretti servono appunto a limitare il peso dei negri nelle zone metropolitane. »

In pochi minuti seppellì brutalmente la proposta, facendo chiaramente capire che chi si azzardava a riesumarla era, dal punto di vista politico, un suicida, per quanta anzianità di governo potesse vantare.

Nel giro di pochi giorni, però, toccò allo stesso dottor Verwoerd di trovarsi sul punto di schiattare. Andò a Johannesburg a inaugurare la gran Fiera di Pasqua. Tenne a quel pubblico di operatori economici un discorso rassicurante, guadagnandosi gli applausi dell'uditorio, ma mentre tornava a sedersi un bianco dall'aria piuttosto insignificante avanzò per la corsia tra i sedili e, di fronte a tutti, tirò fuori una pistola, la puntò alla testa di Verwoerd e fece fuoco due volte.

Verwoerd cadde a terra con la faccia insanguinata, mentre la scorta sopraffaceva l'attentatore. Entrambe le pallottole erano penetrate nel cranio del primo ministro: tuttavia la sua gran fibra e volontà di sopravvivere, con il concorso dei migliori chirurghi, riuscirono a salvarlo.

In poco più di un mese uscì dall'ospedale e tornò a capo del governo. Intanto l'attentatore veniva torchiato: risultò essere un pazzo che aveva commesso un atto gratuito, non collegato ad alcun complotto. Fu mandato al manicomio. Nel Paese era tornata la calma; Verwoerd era guarito perfettamente. Il suo ministro degli Interni, Manfred De La Rey, in sua assenza aveva retto il dicastero chiave con la consueta efficacia ed energia.

Naturalmente la reazione della comunità internazionale al massacro, e alle successive leggi speciali per mantenere il controllo della situazione, fu molto critica. Gli Stati Uniti davano l'esempio della riprovazione ponendo l'embargo sulla vendita di armi al Sudafrica. Ma peggiore delle sanzioni fu il crollo della borsa di Johannesburg, dei prezzi immobiliari e del terreno agricolo: tutti i bianchi ricchi volevano esportare i capitali dal Paese, in attesa di seguire i soldi qualora le cose si fossero messe male. Per stroncare quella pericolosa tendenza furono introdotte severe restrizioni valutarie.

Manfred De La Rey uscì da tutte queste vicende con un prestigio personale grandemente accresciuto. Il suo potere e la sua posizione non erano più messi in discussione da nessuno. Aveva agito come il popolo si aspettava da lui, con energia e incrollabile decisione. Non c'erano più dubbi che fosse uno dei principali esponenti del governo, un candidato naturale alla successione di Verwoerd. Aveva sciolto l'ANC e il PAC; i capi di questi partiti, se non erano in galera, erano allo sbando in esilio.

Restaurata la sicurezza dello Stato, il dottor Verwoerd poté finalmente occuparsi del grande e annoso sogno del suo popolo, la proclamazione della Repubblica.

Il referendum si tenne nell'ottobre del 1960 e ridestò passioni tali, a favore o contro la prospettiva di tagliare i ponti con la Corona Britannica, che il novanta per cento degli elettori sudafricani andò alle urne. Astutamente Verwoerd aveva stabilito che bastava la maggioranza semplice, e non quella qualificata dei due terzi che si richiedeva di solito negli affari costituzionali. Vinse, raccogliendo 850.000 voti contro 775.000. A questa vittoria gli afrikaner inscenarono grandi manifestazioni di gioia, festeggiamenti e discorsi.

Nel marzo successivo Verwoerd e i suoi andarono a Londra alla riunione dei primi ministri dei Paesi del Commonwealth. All'uscita dichiarò ai giornalisti: « Alla luce delle opinioni espresse dai governi degli altri Paesi del Commonwealth circa la politica razziale sudafricana, presente e futura, ho avvertito i colleghi primi ministri che, una volta instaurata la Repubblica, il mio Paese si ritirerà dal Commonwealth ».

Da Pretoria Manfred De La Rey telegrafò a Verwoerd: « Lei ha preservato la dignità e l'orgoglio del Paese, e la Nazione le deve eterna gratitudine ».

Verwoerd tornò in patria a godersi le acclamazioni e la venerazione del suo popolo, che lo considerava un eroe. In quella grande euforia ben pochi, anche tra le persone di lingua inglese all'opposizione, si resero conto di quante porte Verwoerd si fosse appena chiuso alle spalle. I venti predetti da Macmillan stavano per spirare sul continente sudafricano più gelidi e pericolosi che mai.

Lanciata la Repubblica, Verwoerd poteva insediare i pretoriani che l'avrebbero difesa. Erasmus, il ministro della Giustizia che durante l'emergenza non aveva collaborato con l'energia e la mancanza di scrupoli considerate necessarie, fu spedito all'estero come ambasciatore della Repubblica a Roma, e Verwoerd cooptò due nuovi ministri nel governo rimpastato.

Ministro della Difesa diventò P.W. Botha, deputato della Provincia del Capo, mentre il successore di Erasmus alla Giustizia fu Balthazar Johannes Vorster. Shasa Courteney conosceva già bene quest'ultimo: ascoltando il suo primo intervento nel governo, notò ancora una volta la sua stretta parentela politica con Manfred De La Rey.

Avevano quasi la stessa età e, come Manfred, anche Vorster aveva fatto parte, durante la guerra, della società segreta filonazista e anti-Smuts *Ossewa Brandwag*. Mentre si sapeva che durante il conflitto Manfred era rimasto in Germania – non amava affatto parlare di quel periodo della sua vita, che preferiva lasciare immerso nel più fitto mistero –, Vorster era stato internato dal governo Smuts a Koffiefontein per tutta la durata della guerra.

Sia Vorster sia De La Rey avevano studiato all'università di Stellenbosch, cittadella della cultura afrikaner, e le loro carriere pubbliche erano state parallele. Se Manfred aveva conquistato il seggio in parlamento nelle storiche elezioni del 1948, Vorster, trombato per due soli voti, era diventato ancor più famoso di lui. Nella legislatura successiva stracciò il concorrente del Partito Unito, infliggendogli uno scarto di settecento voti e andando a rappresentare gli elettori di Brakpan, nel 1953.

Adesso eccoli al governo tutti e due. Si assomigliavano anche fisicamente. Erano il ritratto del boero duro e spietato, uomini grandi e grossi con fisionomie da bulldog.

Vorster si confermò tale non appena aprì bocca, un vero boia-chi-molla. Fin dal primissimo intervento nel governo parlava sicuro, aggressivo, coi pugni appoggiati sul tavolone. « Credo che quella con le forze del comunismo sia una lotta mortale, che non si può vincere rispettando le regole. Bisognerà mettere da parte il vecchio concetto dell'*habeas corpus* e armarsi di una nuova legislazione che ci permetta di prevenire il nemico eliminandone i caporioni prima che possano nuocerci. Ma non sto certo dicendo alcunché di nuovo, nemmeno per l'opposizione... » Vorster sogghignò. Shasa fu colpito da come si accendevano i suoi lineamenti acidi in quel sorriso malizioso.

« Voi tutti sapete dove ho trascorso, senza subire alcun processo, gli anni della guerra. Vi dirò subito una cosa: funziona. La faccenda mi ha reso innocuo per un bel pezzo. Ecco, adesso anch'io voglio avere il potere di mettere in prigione chiunque mi risulti nemico dello Stato, senza processo, per un periodo fino a novanta giorni. »

Era un discorso magistrale, e Shasa trepidava nel seguirlo, anche perché sperava in un futuro meno corrusco. Ora, comunque, toccava a lui parlare.

« Attualmente le mie principali preoccupazioni sono due », disse ai colleghi del governo. « Il primo è l'embargo delle armi cui ci hanno sottoposto gli americani. Credo che altri Paesi seguiranno il loro esempio, o si piegheranno alle loro pressioni, e smetteranno di venderci armi. Temo che un giorno si possa addirittura verificare la grottesca situazione che perfino la Gran Bretagna ci neghi le armi necessarie alla nostra difesa. » Al tavolo del governo qualcuno assunse un'aria incredula, e si mise a picchiettare con le dita sul piano di legno. Shasa continuò: « Non possiamo permetterci di sottovalutare questi isterismi americani relativi a quelli che chiamano diritti civili. Ricordatevi che hanno mandato l'esercito ad accompagnare i bambini negri nelle scuole dei bianchi ». Ricordarlo sbigottiva tutti: non vi furono più segni d'incredulità, allorché Shasa così proseguì: « Una nazione capace di questo è capace di tutto. Il mio scopo è rendere il nostro Paese completamente autosufficiente quanto ad armamenti nel giro di cinque anni ».

« È possibile questo? » chiese seccamente Verwoerd.

« Io credo di sì », annuì Shasa. « Fortunatamente questa eventualità era stata prevista: lei stesso mi avvertì della possibilità di un embargo sugli armamenti quando mi nominò, signor primo ministro. »

Verwoerd annuì e Shasa ripeté: « Il mio scopo è questo: autosufficienza negli armamenti convenzionali entro cinque anni... » fece una pausa d'effetto « ... e in quelli nucleari entro dieci ».

Nessuno voleva crederci. Le domande e le esclamazioni di tutti lo subissarono in modo tale che dovette alzare le braccia per chiedere silenzio.

« Sto parlando sul serio, signori. Possiamo farcela! Naturalmente a determinate condizioni. »

« Il denaro », disse Hendrik Verwoerd, e Shasa annuì.

« Sì, signor primo ministro, il denaro. Il che mi porta alla seconda considerazione importante... » Shasa tirò un profondo sospiro, per farsi forza prima di affrontare un argomento spinoso e una verità sgradevole. « Dalla strage di Sharpeville i capitali hanno cominciato a lasciare il Paese. Cecil Rhodes amava ripetere che gli ebrei erano i suoi uccelli augurali: quando arrivano gli ebrei, un'impresa o un Paese sono votati sicuramente al successo, mentre quando gli ebrei se ne vanno bisogna aspettarsi il peggio. Ebbene, la triste realtà, signori, è che i nostri ebrei se ne stanno andando. Dobbiamo allettarli a rimanere, e anzi a richiamare quelli che se ne sono già andati. »

Un altro moto di eccitazione si diffuse intorno al tavolo del governo. Il National Party era nato proprio sull'ondata di antisemitismo tra le due guerre mondiali, e, benché da allora le cose fossero assai mutate, ce n'era ancora traccia.

Shasa ignorò il disagio dei suoi colleghi di partito e di governo. « Dopo Sharpeville, il valore delle proprietà è dimezzato, e la Borsa ha toccato il minimo storico dopo il grande crollo della ritirata di Dunquerque. Operatori economici e finanzieri di tutto il mondo sono convinti che questo governo è debole e sul punto di capitolare alle forze del comunismo e dell'oscurantismo. Ci vedono bell'e fritti, nelle convulsioni dell'impotenza e dell'anarchia, rassegnati al saccheggio delle masse negre che liquideranno con noi la civiltà bianca in Africa. »

I membri del governo ridacchiarono sarcasticamente, e John Vorster interloquì amaro: « Ho appena finito di spiegare come si può evitarlo ».

« Sì », riprese subito il pallino Shasa. « Noi sappiamo bene che le opinioni diffuse all'estero sono distorte. Sappiamo che il nostro è ancora un governo forte e stabile, che il Paese è prospero e produttivo e che la grande maggioranza del popolo, bianca e nera, è soddisfatta e rispetta le leggi. Sappiamo che l'oro, il nostro angelo custode, è sempre lì a proteggerci: ma tutto ciò non toglie che dobbiamo convincerne il resto del mondo. »

« E tu credi che sia possibile? » chiese scettico Manfred.

« Sì, mediante una grande e ben concertata campagna d'informazione su scala mondiale. Dobbiamo spiegare la situazione agli operatori economici di tutto il mondo », disse Shasa. « A questo scopo mi sono già assicurato la collaborazione di quasi tutti i principali esponenti dell'industria e del commercio sudafricani. A proprie spese ciascuno attirerà tutti i suoi contatti internazionali. Inviteremo personalità mondiali qui da noi – giornalisti, uomini d'affari, amici –, a toccare con mano la vera situazione del Paese, che è fondamentalmente tranquillo e comunque sotto il pieno controllo del governo. E a tutti mostreremo quante buone occasioni ci sono da cogliere per chi voglia investire qui. »

Shasa parlò per un'altra mezz'ora buona, e alla fine si sentì come svuotato dal proprio stesso entusiasmo. Ma si accorse che finalmente era riuscito a convincere gli altri membri del governo, ed era sicuro che i risultati ne valessero la pena. Sull'orrore di Sharpeville si poteva impostare un impegno nuovo, che li avrebbe condotti a maggiore potenza e prosperità.

Shasa era sempre stato una persona tenace, dotata di straordinarie capacità di recupero. Anche quando era aviatore, dopo una cruenta azione della sua squadriglia oltre le linee italiane, conclusasi con gravi perdite, mentre gli altri superstiti erano ancora sconvolti, era stato il primo a riacquistare il normale equilibrio e un morale buono. Stavolta uscì svuotato dall'aula, ma gli bastò qualche chilometro al volante della sua Jaguar per ricaricarsi a dovere. Quando varcò il cancello di Weltevreden era di nuovo il solito ottimista sicuro di sé.

La vendemmia era ormai un ricordo e i braccianti stavano potando le viti. Shasa fermò la macchina e li raggiunse per far due chiacchiere e incoraggiarli. Tanti di questi uomini e donne erano a Weltevreden da quando Shasa era bambino, e i più giovani ci erano nati. Shasa li considerava un'estensione della famiglia, e loro, in cambio, lo consideravano il patriarca. Passò una mezz'ora con loro, ad ascoltare i loro piccoli problemi, le loro preoccupazioni, che spesso bastava qualche buona parola a risolvere; poi s'interruppe di colpo e si allontanò. Un cavaliere era entrato al galoppo tra i filari.

Una cavallerizza a dire il vero: Isabella. Gli sfrecciò accanto, mentre i braccianti si salvavano nei filari vicini, e puntò dritta verso il muretto che circondava le vigne. Shasa si irrigidì impaurito. Aveva capito cosa voleva fare. Quella giumenta non era ancora ben addestrata, e Shasa non si era mai fidato del suo carattere. Il muretto era di arenaria gialla della Table Mountain, alto un metro e mezzo.

« No, Bella! » sussurrò tra i denti. « No, bimba! »

Ma era già davanti al muro. La giumenta non lo rifiutò. Sui suoi quarti possenti si stagliarono i muscoli. Shasa trattenne il respiro e furono in aria entrambe, bellissime, due purosangue. Per un attimo rimasero come sospese, molto sopra la terra: Isabella eccitata, ridente, a schiena inarcata, coi piccoli seni sodi teneramente ballonzolanti e i capelli sciolti sul bel corpo di giovinetta dalle gambe lunghe. Con bella scioltezza la cavalla atterrò dall'altra parte. Shasa si avviò con sollievo verso la strada e Isabella gli venne incontro all'uscita dalla vigna.

« Avevi promesso di venire a cavallo con me, papà! » lo sgridò Isabella. Shasa provò l'impulso di rimproverarla per quel salto imprudente, ma subito lo soffocò: l'unico risultato sarebbe stato, probabilmente, di farglielo ripetere subito alla faccia sua. Si limitò a domandarsi quand'è che aveva perso ogni influenza su di lei; e la risposta gli si affacciò subito alla mente, inducendolo a una bella risata: « Dieci minuti dopo la sua nascita! »

La giumenta scalpitava girando su se stessa, e Isabella gettò la chioma all'indietro.

« Ti ho aspettato quasi un'ora! » disse.

« Sai, gli affari di Stato... » cominciò Shasa.

« Non è una scusa. Ogni promessa è debito. »

« Ma sai, non è ancora troppo tardi », osservò lui, e la ragazza si mise a ridere sfidandolo.

« Scommetto che arrivo prima io alle scuderie di te con quel tuo macinino! » E spinse la giumenta al galoppo.

« Non è giusto, hai troppo vantaggio! » le gridò dietro Shasa. Lei si voltò e gli fece la lingua. Shasa corse verso la Jaguar, ma arrivò prima lei con un bel vantaggio.

Isabella lanciò le redini a uno staffiere e corse ad abbracciare il padre. Aveva una gran varietà di baci in repertorio, ma questo, così lungo e tenero, con una strofinatina di naso nell'orecchio verso la fine, era riservato a quando aveva qualcosa d'importante da chiedergli, qualcosa che lui avrebbe sicuramente cercato di rifiutarle.

Mentre Shasa si infilava gli stivali, gli si sedette accanto e si mise a raccontargli una storia buffa a proposito del suo professore di sociologia all'università.

« C'era questo grosso sanbernardo che vagava per l'aula, e il professor Jacobs è stato prontissimo: meglio i cani a lezione che le lezioni ai cani, ha detto. » Isabella era un'attrice naturale, e quando imitava qualcuno faceva morir dal ridere. Uscendo dalla scuderia lo prese sottobraccio.

« Oh, papà, se solo trovassi un ragazzo come te! Ma sono tutti così noiosi... »

« Speriamo che lo restino a lungo », auspicò lui fervidamente.

Unì le mani per farla montare a cavallo, ma Isabella lo derise e saltò in sella con gran disinvoltura, grazie alle gambe lunghe.

« Dài, monta, pelandrone, che sta già venendo buio! »

Shasa stava benissimo a tu per tu con lei. Era incantevole, coi suoi rapidi cambiamenti d'umore e d'argomento. Era intelligente, e anche spiritosa: insieme alla bellezza queste qualità la rendevano affascinante, ma Shasa era preoccupato per la sua tendenza a non impegnarsi mai su niente. Anche Sean era così, dispersivo, facilmente annoiato, bisognoso di continui stimoli per mantenere il suo ritmo vertiginoso. Shasa era stupito che Isabella avesse resistito un anno all'università, ma era rassegnato a non vederla mai laurearsi. Tutte le volte che ne parlavano, lei si scagliava con sempre maggior convinzione contro l'ambiente accademico. Diceva che era tutto fumo. Cose da bambini. E quando lui le aveva risposto: « Be', Bella, tu sei ancora una ragazzina », gli aveva riso in faccia.

« Oh, papà, tu non capisci! »

« Ah, sì? Ma sai, anch'io ho avuto la tua età. »

« Credo di sì, ma al tempo di Mosè, buon Dio! »

« Le signore non nominano il nome di Dio invano », brontolò automaticamente.

Isabella attirava ammiratori a decine e li schiavizzava, trattandoli con crudele indifferenza per un po' per poi lasciarli con spietatezza felina. La sua volubilità diventava sempre più evidente.

« Avrei dovuto essere più severo con lei fin dall'inizio »,

deprecò Shasa, per poi sogghignare: « Ma, diavolo, è l'unica mia debolezza, e tra non molto mi lascerà! »

« Ma lo sai che quando sogghigni così sei l'uomo più sexy del mondo? » gli interruppe il filo dei pensieri.

« E tu che ne sai di queste cose, signorina? » inquisì burbero per nascondere la propria soddisfazione. Lo guardò sfrontata.

« Ti piacerebbe saperlo, eh? »

« No grazie! » rifiutò in fretta. « Mi verrebbe un colpo. »

« Il mio povero vecchio papà! » Gli spinse vicino la giumenta finché le ginocchia si toccarono. Poi lo abbracciò.

« E va bene, Bella », le sorrise. « Faresti meglio a dirmi subito quello che vuoi. La tua artiglieria pesante ha demolito le mie difese. »

« Oh, papà, mi fai sentire un'intrigante. Vediamo chi arriva prima al campo di polo. »

La lasciò vincere, trattenendo lo stallone col naso all'altezza della sua staffa per tutta la discesa.

Lei si girò a guardarlo tutta rossa e contenta. « Ho ricevuto una lettera della mamma », gli disse.

Per un momento Shasa non capì nemmeno. Poi il sorriso gli svanì dal volto. Guardò l'orologio e dichiarò che era meglio tornare a casa.

« Voglio parlare della mamma. Non ne abbiamo più parlato, dopo il divorzio. »

« Non c'è niente da dire. È uscita dalla nostra vita. »

« No », scosse la testa Isabella. « Vuole vedermi... me e Mickey. Vuole che andiamo a Londra a trovarla. »

« No », disse seccamente lui.

« È mia madre. »

« Ha firmato la rinuncia a ogni diritto del genere. »

« Voglio vederla... e lei vuole vedermi. »

« Ne parleremo un'altra volta. »

« Voglio parlarne subito. Perché non vuoi lasciarmi andare? »

« Tua madre si è macchiata di gravi colpe. Eserciterebbe una cattiva influenza su di te. »

« Nessuno mi influenza, se non voglio », disse lei. « E cos'ha poi fatto la mamma? Non me l'ha mai detto nessuno. »

« Ha commesso un deliberato tradimento nei confronti di

tutti: suo marito, suo padre, la sua famiglia, i suoi bambini e il suo Paese. »

« Non ci credo », scosse la testa Isabella. « La mamma era una donna che si preoccupava sempre di tutti. »

« Non posso e non voglio spiegarti i particolari, Bella, ma credimi: se non l'avessi spedita fuori del Paese, sarebbe andata sotto processo per alto tradimento e complicità nell'assassinio del suo stesso padre. »

Proseguirono in silenzio verso le scuderie, ma nel cortile, smontando, Isabella disse tranquillamente: « Dovrebbe almeno avere la possibilità di spiegarmi la faccenda a modo suo ».

« Potrei proibirti di andare, Bella, visto che sei ancora minorenne. Ma sai bene che non lo farei mai: mi limiterò a chiederti di non andare a Londra a trovare quella donna. »

« Scusami, papà, ma Mickey ci va e io vado con lui. » Poi vide la sua espressione, e gli si avvicinò in fretta. « Per piacere, cerca di capire. Io ti voglio bene, ma voglio bene anche a lei. Devo andarci. »

Tornarono verso casa con la Jaguar senza più parlare, ma spegnendo il motore Shasa le chiese: « Quando? »

« Non abbiamo ancora deciso. »

« Allora facciamo così: magari una volta ci andiamo insieme, e poi filiamo in Svizzera a sciare una settimana, o in Italia a fare un bel giretto. Potremmo fare anche un salto a Parigi a comprarti qualche straccetto, perché Dio sa che non hai quasi più niente da metterti. »

« Caro papà, sei sempre il solito furbastro, eh? »

Stavano ancora ridendo insieme quando entrarono a braccetto a Weltevreden. Centaine uscì dal suo studio e subito si tolse gli occhialini d'oro, perché non ci teneva proprio a farsi vedere con quelli sul naso neppure dalla sua famiglia. « Come mai siete così allegri, voi due? » domandò. « Bella ha la sua famosa espressione di trionfo... Cosa ti ha convinto a fare, questa volta? »

Centaine non aspettò la risposta, ma indicò un grosso pacco a forma di banana, lungo quasi tre metri, depositato in mezzo al pavimento di marmo dell'atrio.

« Shasa, è arrivato stamattina, è per te. Per favore fallo sparire di lì, qualunque cosa sia! »

Centaine aveva continuato ad abitare da sola a Rhodes Hill per quasi un anno dopo la morte di Blaine prima che Shasa riuscisse a convincerla a chiuder casa e tornare a Weltevreden. Adesso era lei che dirigeva casa e famiglia col solito pugno di ferro.

« E che diavolo è? » Shasa cercò di sollevarne un'estremità, poi borbottò: « Sembra piombo ».

« Aspetta, papà », gridò Garry da sopra le scale. « Così rischi di romperlo! » Scese facendo tre gradini alla volta. « Lo prendo io. Dove lo portiamo? »

« Nell'armeria. Grazie, eh? Garry. »

A Garry piaceva esibire la sua forza. Alzò facilmente il pesante pacco e lo portò per il corridoio fino all'armeria, dove lo depositò sulla pelliccia di leone, davanti al camino.

« Vuoi che l'apra? » gli chiese, e senza aspettare risposta si mise all'opera.

Isabella si appoggiò alla scrivania, guardando le operazioni con curiosità. Nessuno parlò finché Garry non tolse l'ultimo foglio di carta da pacchi.

Poi si scostò.

« È meravigliosa », esalò Shasa. « Non ho mai visto niente di così bello in vita mia. » Era una zanna d'avorio, lunga quasi tre metri, larga alla base quanto la vita di una bella ragazza e terminante in una punta arrotondata.

« Deve pesare almeno settantacinque chili », disse Garry. « E guarda che lavorazione! »

Shasa sapeva che gli intagliatori d'avorio di Zanzibar erano gli unici al mondo in grado di fare una cosa simile. Per tutta la lunghezza la zanna era istoriata con scene di caccia di squisita composizione e fattura.

« Che bella. » Anche Isabella era impressionata. « Chi te l'ha mandata? »

« C'è una busta... » Shasa l'indicò tra i fogli di carta da pacchi e Garry la raccolse e gliela porse.

La busta conteneva un foglio.

Campo sul fiume Tana - Kenia

Caro papà,

buon compleanno. Ho pensato a te: questo è finora il mio miglior elefante. Settantotto chili di zanna (prima dell'intaglio). Perché non vieni un po' a caccia con me? Con affetto

Sean

Col foglio in mano, Shasa si accucciò accanto alla zanna e si mise ad accarezzarne la superficie liscia e come cremosa. Il rilievo rappresentava un branco di elefanti, a centinaia, dai vecchi maschi alle femmine agli elefantini, che procedevano a spirale lungo la zanna d'avorio, rimpicciolendosi in bella prospettiva dalla parte della punta. Per tutta la lunghezza il branco era attaccato dai cacciatori: all'inizio, negri ammantati di criniere di leoni, con archi e frecce avvelenate, o le lance a lama larga che si adoperavano per quei bestioni; poi, verso la fine di questa processione primordiale, da bianchi a cavallo armati di fucile. Qua e là si vedevano elefanti atterrati: era una scena bellissima, tragica e vera.

Tuttavia non erano emozioni di tipo estetico quelle che fecero tremare la voce a Shasa quando disse: « Lasciatemi solo, voi due, per piacere ». Non alzò lo sguardo su di loro perché non voleva farsi vedere sconvolto.

Isabella una volta tanto non lo rimbeccò: prese per il braccio Garry e lo condusse via.

« Non ha dimenticato il mio compleanno », mormorò Shasa, accarezzando l'avorio. « Nemmeno una volta, da quando è andato via. » Tossì e si alzò di colpo, tirò fuori il fazzoletto dal taschino e si soffiò sonoramente il naso. Poi si asciugò gli occhi. « E io non gli ho mai scritto. Non ho mai risposto alle sue lettere. » Rimise il fazzoletto in tasca e andò a guardare, fuori della finestra, il prato all'inglese su cui i pavoni vagavano facendo la ruota. « E pensare che è sempre stato il mio preferito. Che cosa stupida e crudele! Oh, mio Dio, darei qualsiasi cosa pur di rivederlo. »

La pioggia era grigio ghiaccio, e incombeva come vapore sulla fitta giungla di bambù che ricopriva la cima delle montagne di Aberdare.

I quattro avanzavano in fila indiana dietro la guida ndorobo. Stavano seguendo delle tracce sul terreno molle, color cioccolato, cosparso di foglie di bambù.

Il secondo era Sean Courteney. Copriva la guida, pronto ad agire rapidamente. Era il più giovane dei tre bianchi, ma con naturalezza aveva preso subito il comando e nessuno gliel'aveva contestato.

Il terzo uomo della fila era Alistair Sparks, figlio minore di un grande piantatore del Kenia. Aveva una grandissima resistenza alla fatica, sparava bene e conosceva il terreno: ma era un po' neghittoso, e per sfoggiare le sue doti aveva bisogno di uno sprone.

Chiudeva la marcia Raymond Harris. Aveva quasi cinquant'anni, era pieno di malaria e di gin, ma ai suoi tempi era stato uno dei leggendari cacciatori bianchi dell'Africa orientale. Era stato lui a insegnare a Sean tutto quello che sapeva, finché l'allievo aveva superato il maestro. Adesso Raymond si accontentava di stare in retroguardia, lasciando a Sean e Matatu l'avvicinamento e l'agguato.

Matatu era nudo, a parte il cencio lurido alle reni, e la pioggia gli scorreva a rivoli lungo la schiena lucida e nera. Sapeva seguire le tracce con abilità sovrumana, come un animale della foresta. Erano già due giorni che seguivano quelle impronte, fermandosi solo quando calava l'oscurità e riprendendo la caccia alle primissime luci dell'alba.

Era una traccia facile e calda. Sean era probabilmente bravo quanto poteva diventarlo un uomo bianco a seguir tracce: giudicò che avessero ormai soltanto quattro o cinque ore di vantaggio, un vantaggio che diminuiva sempre più. La preda aveva affrontato quella montagna senza nome per la via più ripida, con l'intenzione di valicarla per la sella di fianco alla vetta. Sean la vedeva balenare oltre la fitta volta del bambù, sempre cinta di piovaschi.

Di colpo Matatu si fermò, e Sean tirò fuori la lingua per segnalare agli altri di arrestarsi. Mise il pollice sulla sicura del suo sovrapposto Gibbs a canna corta.

Dopo un istante Matatu si girò e, abbandonando le tracce, si mise a scendere rapido e silenzioso come un mamba nero per il pendio, in una direzione che non aveva niente a che fare con quella che stavano seguendo.

Cinque anni prima, quando Sean aveva preso Matatu al suo servizio, avrebbe forse protestato, avrebbe cercato di obbligarlo a rimanere sulle tracce: ma adesso si mise a seguirlo senza discutere, e, benché procedesse alla massima velocità di caccia, riuscì appena a non perderlo di vista.

Sean era vestito di pelle di scimmia e portava sandali somali in pelle di elefante. In testa, a nascondere i capelli chiari, portava un berretto pure di scimmia. Braccia, gambe e faccia erano annerite da una tremenda mistura di grasso d'ippopotamo rancido e terra, ed erano due settimane che non si lavava. Aveva tutta l'aria, e la puzza, degli uomini che rincorreva.

Era una banda di Mau-Mau composta di cinque guerrieri, tutti membri del famoso esercito del sedicente generale Kimathi. Cinque giorni prima avevano attaccato una piantagione di caffè vicino a Nyeri, sulle prime pendici delle montagne. Avevano sbudellato il soprastante bianco, ficcandogli i genitali in bocca, poi avevano fatto a pezzi sua moglie coi *panga*, mannaie simili a *machete*, fermandosi solo alle grandi giunture delle spalle e del bacino.

Sean e il suo gruppo di esploratori erano arrivati alla piantagione mezza giornata dopo il massacro. Avevano lasciato lì la Land Rover e inseguito a piedi la banda.

Matatu li stava conducendo direttamente giù dal monte. In fondo scorreva un torrente tumultuoso. Sean si tolse i vestiti e ci si immerse nudo. Il freddo gli gelò le ossa fino a farle dolere: le acque turbinose gli coprivano la testa, ma riuscì a portare la fune dall'altra parte per far traversare gli altri senza pericolo. Matatu fu l'ultimo a passare, coi vestiti e il fucile di Sean; e subito si lanciò di nuovo nella foresta, come un fauno. Sean lo seguì ancora intirizzito, nei vestiti bagnati, sotto il greve fardello dell'arma e dello zaino.

Davanti a loro, in un terribile fracasso di rami spezzati, passò un branco di bufali, che impestarono l'aria con la loro puzza. Sean intravide anche una grossa antilope rossa, dalle magnifiche corna a spirale, coi fianchi striati di bianco. Era un *bongo*, la più rara e introvabile delle antilopi, « fucilata » che poteva facilmente costare a uno dei suoi clienti americani fino a millecinquecento dollari; ed eccola sparire nel folto dei bambù, mentre Matatu continuava a guidarli chissà dove, lasciandosi alle spalle l'usta fresca di tre ore.

Poi Matatu costeggiò una delle rare radure e tornò a fermarsi. Si guardò alle spalle e sogghignò a Sean con l'evidente adorazione del cane da caccia che fa le feste all'essere più importante del suo universo.

Sean gli andò a fianco e guardò la traccia per terra. Mai e poi mai avrebbe capito come aveva fatto Matatu a ritrovarla proprio lì. Ogni tanto cercava di farsi svelare i suoi trucchi, ma riusciva solo a vederlo sorridere imbarazzato, come uno gnomo che non sappia spiegare neppure a se stesso i suoi magici poteri. Queste imprese andavano al di là delle mere arti dell'osservazione e della deduzione. Ciò che Matatu aveva appena fatto era abbandonare una traccia fresca e chiara per seguire un'improbabile scorciatoia, correndo alla cieca per la foresta di bambù priva di sentieri, oltre vette rocciose, per ritrovare la traccia con l'istinto infallibile del piccione viaggiatore, quasi annullando le tre ore di vantaggio degli inseguiti.

Sean gli scrollò la spalla con la mano, e il piccolo ndorobo si sdilinquì tutto di piacere.

Adesso erano a un'ora soltanto dalla banda di Mau-Mau. Ma pioggia e nebbia anticipavano il buio. Sean fece segno a Matatu di proseguire. In tutta la giornata non si erano scambiati neanche una parola.

Gli uomini che inseguivano stavano abbandonando ogni cautela. Da principio avevano cercato di confondere le tracce, con giri viziosi che avevano messo in difficoltà anche Matatu, ma ormai evidentemente si sentivano sicuri. Camminando, strappavano i succulenti germogli di bambù per mangiarseli, senza curarsi di nascondere i piluccamenti che per la guida ndorobo lampeggiavano addirittura, come luci di un'autostrada in cui fosse impossibile perdersi. Uno dei fuggiaschi aveva addirittura defecato senza preoccuparsi di coprire gli escrementi che ancora fumavano. Matatu sogghignò e fece a Sean, con la mano, il segnale che significava: « Sono vicinissimi ».

Sean aprì senza fare il minimo rumore il sovrapposto Gibbs. Tirò fuori le cartucce e caricò il fucile a palla. Pesanti ordigni inguainati nel bossolo di ottone, erano proiettili orribili a vedersi, col cappuccio di piombo nerastro destinato a spiaccicarsi esplodendo nella ferita, spinto da una massa di metallo più duro, producendo ferite atroci. Questo rito di cambiare le cartucce era una superstizione di Sean: lo faceva tutte le volte che si avvicinava a qualche preda particolarmente pericolosa. Richiuse il fucile silenziosamente come l'aveva aperto e guardò i due che lo seguivano.

Sulla faccia annerita di Alistair spiccava il bianco degli occhi. Era armato di un fucile automatico Bren. Per quanto fosse ingombrante e pesantissimo, nessuno riusciva a convincerlo a cambiare arma. « Quando corro dietro ai Mau-Mau voglio oscurare il sole col piombo che sparo », aveva detto a Sean col solito sorriso sfaticato. « Non ho nessuna voglia di assaggiare le mie palle. »

In retroguardia Ray Harris segnalò che tutto andava bene

alzando il pollice. Pioggia e sudore gli avevano scavato rivoli bianchi sulla faccia annerita col grasso. Sean gli lesse la stanchezza in viso, e anche la paura. « Sta diventando troppo vecchio per queste cose », pensò con emozione. « Meglio lasciarlo a casa la prossima volta. »

Ray aveva un semiautomatico Stirling. Sean pensava che l'avesse scelto per la sua leggerezza, non potendo più reggere un'arma « seria ». « In mezzo ai bambù si spara da molto vicino », si era giustificato Ray, e Sean non si era curato di fargli notare che i proiettili relativamente piccoli potevano essere facilmente deviati, nel folto, da qualche rametto, mentre i pallettoni del suo Gibbs avrebbero disboscato le montagne di Aberdare, se necessario, facendo secco un Mau-Mau anche dietro una grossa canna di bambù... senza contare la maneggevolezza dell'arma corta, che si poteva puntare velocemente dappertutto senza intralci.

Sean fece schioccare piano la lingua e Matatu partì sulle tracce freschissime al piccolo trotto che era in grado di tenere giorno e notte senza stancarsi. Superarono un'altra cresta fittamente alberata e nella valle successiva Matatu si fermò di nuovo. Ormai era così buio che Sean dovette avvicinarsi moltissimo per esaminare le impronte. Anche solo per distinguerle gli ci vollero parecchi secondi, benché Matatu gli spiegasse chiaramente a gesti tutto quello che c'era da vedere.

Quanto era appena successo lì non li favoriva: i guerriglieri si erano uniti a un'altra banda, probabilmente proveniente dal campo base. Erano otto, di cui tre donne. « Tredici in un colpo solo », disse Sean all'orecchio di Ray. « Bel numero. »

Mentre così diceva svanì ogni luce, e la pioggia ricominciò a cadere dal cielo ormai nero. Dopo altri duecento metri Matatu si fermò per l'ultima volta segnalando che buio e acqua gli avevano fatto perdere le tracce.

I bianchi si trovarono un tronco a testa a cui appoggiarsi, formando un cerchio di protezione reciproca, rivolti all'esterno. Sean tirò Matatu accanto a sé, sotto il mantello di pelle di scimmia, come un bravo cane da caccia da difendere dalla pioggia. Il corpo dell'ometto era freddo e fradicio come una trota appena presa in un torrente di montagna: odorava di erbe, di foglie marcite e di selvatico. Mangiarono gallette di mais e carne secca delle provviste e si addormentarono scaldandosi a vicenda mentre sulla pelle di scimmia che li ricopriva scrosciava la pioggia.

Matatu toccò la guancia a Sean, che si svegliò di colpo nel buio più completo, togliendo la sicura al sovrapposto che aveva sulle ginocchia. Tese l'orecchio, seduto e rigido.

Accanto a lui, Matatu fiutava l'aria. Dopo un attimo anche Sean sentì l'odore. « Legna bruciata? » sussurrò, ed entrambi si alzarono. Nel buio Sean andò a svegliare Alistair e Ray. Proseguirono nelle tenebre notturne, tenendosi per la cintura per non perdersi. Le zaffate di fumo erano intermittenti ma sempre più forti.

A Matatu occorsero quasi due ore per localizzare esattamente il campo dei Mau-Mau, mediante il fiuto e l'udito, e alla fine anche qualche bagliore di braci. Benché tutt'intorno i bambù gocciolassero, li sentirono: un colpetto di tosse, un russare sommesso, il gemito di una donna in preda a un incubo. Sean e Matatu disposero le loro forze in campo.

Ci volle un'altra ora: ma nelle tenebre profondissime che precedono l'alba, Alistair era sdraiato su un pendio che dominava l'accampamento dei Mau-Mau, a una dozzina di metri di distanza dal fuoco che si stava spegnendo. Raymond era tra le rocce, oltre il torrente, e Sean giaceva con Matatu nel fitto sottobosco che fiancheggiava il sentiero per il campo.

Sean aveva il sovrapposto appoggiato all'avambraccio sinistro, con la destra che già impugnava saldamente il calcio. Aveva steso il mantello di scimmia sopra sé e Matatu, ma nessuno dei due badava allo stillicidio d'acqua. Erano tesi e attentissimi. Dove i corpi si toccavano, Sean avvertiva il tremito impaziente del piccolo ndorobo. Sembrava un cane da caccia che puntasse la pernice.

L'alba arrivò di soppiatto. Prima Sean si rese conto che ora vedeva la mano che impugnava il fucile davanti alla faccia; poi distinse anche le canne scure, corte. Guardò più lontano e vide un fil di fumo levarsi dal fuoco in quella selva oscura, per dirigersi verso un pezzo di cielo appena meno scuro che si intravedeva sulla volta dei bambù.

La luce prese ad aumentare sensibilmente. Si videro due rozze capanne, bassissime, niente più che dei ripari provvisori dall'acqua, ai lati del fuoco: in una gli parve di scorgere un movimento, forse un dormiente che si voltolava nelle coperte.

Si sentì un altro colpo di tosse, poi qualcuno che sputava.

Stavano svegliandosi. Sean guardò su per la salita, quindi il letto del torrente. I compagni non si vedevano.

Era quasi chiaro. Sean chiuse gli occhi un attimo, li riaprì e distinse oltre l'intrico del tetto di frasche una forma umana avvolta in una coperta.

« Fra due minuti si potrà sparare », pensò. La stessa cosa, sicuramente, pensavano gli altri. Troppe volte avevano vissuto albe simili accanto alla carcassa di un maiale o di un'antilope, aspettando il leopardo. Ormai sapevano giudicare molto bene il momento magico in cui si può sparare a colpo sicuro, dopo il ti-vedo-non-ti-vedo dell'aurora. Stamattina toccava a Sean aprire il fuoco, poi sarebbero entrati in campo gli altri due con il Bren e lo Stirling.

Di nuovo Sean chiuse gli occhi, e quando li riaprì vide la figura della prima capanna che si rizzava a sedere, guardando nella sua direzione. Per un attimo pensò che l'avesse scorto e quasi sparò: ma proprio in quella la testa si girò.

Di colpo la figura allontanò la coperta e si alzò in piedi, curvandosi sotto il tetto basso della capanna.

Era una donna, una delle seguaci dei Mau-Mau, ma per Sean non era meno crudele e depravata dei maschi. Uscì dalla capanna vicino alle ceneri del fuoco, indossando solo un gonnellino chiaro. Aveva i seni alti e appuntiti, la pelle liscia e lucida come antracite appena cavata nella morbida luce dell'alba.

Venne direttamente verso il loro nascondiglio, col passo ancora intorpidito dal sonno. Sean vide che era giovane e carina. Qualche altro passo e gli inciampava addosso: ma si fermò a sbadigliare, mostrando i denti candidissimi nella luce grigio perla.

Alzò il gonnellino e si accucciò a orinare di fronte a Sean, allargando le ginocchia e sporgendo il capo per guardare dove la faceva. L'allegro scroscio fece giungere alle narici di Sean un forte odore di ammoniaca.

Era così vicina che questi non imbracciò nemmeno il sovrapposto. Le sparò nella pancia. Il fucile gli sussultò in mano: la palla fece saltare la ragazza e a mezz'aria la troncò in due, lasciandole nella spina dorsale uno squarcio in cui ci stava ampiamente la sua testa; ricadde sul terreno fangoso della giungla come un burattino disarticolato o un sacco di stracci.

Sean sparò l'altro colpo contro un Mau-Mau che era schizzato fuori della capanna più vicina. Il rumore dello sparo del

Gibbs era simile alla chiusura di una gran porta d'acciaio: l'uomo fu proiettato nuovamente nella capanna, con metà torace strappato via.

Tra le dita della sinistra Sean aveva altre due cartucce a palla pronte. Aprì il sovrapposto e i bossoli gli saltarono sopra la spalla; infilò i due colpi nuovi e subito richiuse il fucile.

Si sentirono sparare altre armi, il Bren e lo Stirling; si videro i lampi dalla volata. Le pallottole sfrecciavano tra il fogliame del sottobosco: *frip*, *frip*, *frip*, spezzando ramoscelli.

Sean fece fuoco ancora e il Gibbs stese con una delle sue cannonate un'altra figura nuda, che si abbatté a terra come investita da una locomotiva. Sparò di nuovo, ma stavolta il Mau-Mau si mosse e la pallottola lo prese al braccio, troncandoglielo e facendo girare il guerrigliero su se stesso, con l'arto attaccato per un brandello di pelle. Raymond lo finì con una scarica secca del suo Stirling.

Sean ricaricò e sparò ancora a destra e a sinistra, uccidendo un uomo per colpo. Quando ebbe ricaricato di nuovo il silenzio si stendeva sul campo dei Mau-Mau: anche il Bren e lo Stirling non si sentivano più.

Nulla si muoveva. Tutti e tre erano ottimi tiratori naturali, e a quella distanza non potevano proprio sbagliare. Sean aspettò cinque minuti buoni. Solo uno stupido si avvicinava subito a una preda pericolosa appena abbattuta, per quanto potesse sembrar morta: trascorsi i cinque minuti, si alzò lentamente, col fucile imbracciato.

L'ultimo Mau-Mau tentò la sorte. Si era finto morto nella capanna più lontana, e aveva atteso il momento buono, quando gli assalitori, rilassati, ricominciavano a muoversi. Schizzò come uno scoiattolo nel folto del bambù, scomparendo in un baleno. Alistair, col Bren, era coperto dalla capanna di frasche, ma sparò lo stesso, sprecando pallottole. Dalla riva del torrente Ray era in posizione migliore, ma fu colto alla sprovvista: il freddo gli aveva risvegliato la malaria, forse tremava per la febbre. Sbagliò: una canna di bambù assorbì con uno schianto secco la sua pallottola leggera.

Per i primi dieci passi il Mau-Mau era celato a Sean dalla prima capanna, e lo intravide solo per un attimo fuggevole prima che si gettasse nelle canne: ma gli bastò per spararali al volo come a un uccello, seguendo alla cieca la sua corsa oltre lo schermo di canne e tirando d'istinto, da sperimentato cacciatore. Il Gibbs tuonò sputando fuoco dalla volata. La grossa palla schiantò il muro di bambù, e, vicino a Sean, Matatu gridò allegramente « *Piga!* Preso! » sentendo la massa di piombo entrare con un tonfo sordo nella carne viva.

« Segui la traccia di sangue », gli ordinò Sean, e il piccolo ndorobo si lanciò nella radura. Non fu necessario cercarlo lontano: il Mau-Mau giaceva ancora dov'era caduto, dietro la prima fila di bambù che il proiettile aveva nettamente forato senza deviare di un millimetro.

Arrivarono Ray e Alistair, armi alla mano, e guardarono i caduti. Una donna respirava ancora, perdendo sangue dalla bocca: Ray le diede il colpo di grazia con lo Sten.

« Assicurati che non sia scappato nessuno », ordinò Sean a Matatu in swahili.

Il piccolo ndorobo fece rapidamente il giro dell'accampamento cercando impronte che se ne allontanassero, ma non ne trovò. Tornò ridendo: « Ci sono tutti ». Era contentissimo. « Tutti morti! » Sean gli tirò il Gibbs ed estrasse dal fodero che portava alla cintola il coltello da caccia dal manico d'avorio.

« Cristo, ragazzo », imprecò Ray Harris vedendolo andare presso il cadavere della prima giovane. « Sei proprio diventato un macellaio. » Gliel'aveva già visto fare altre volte; e, benché Ray Harris fosse un uomo duro e senza scrupoli, sempre vissuto di sangue e di spari, gli si accapponò la pelle quando vide Sean accucciarsi vicino alla ragazza morta saggiando la lama col palmo della mano.

« Sei tu che ti sei rammollito, vecchio », ribatté ghignando Sean. « Non sai che belle borse per il tabacco ci si fanno! » Prese per il capezzolo una mammella, tirò la pelle e la tagliò tutt'intorno.

Shasa trovò Garry già in sala del consiglio. Arrivava sempre venti minuti prima degli altri, e si metteva a preparare gli stampati del computer e gli appunti che gli servivano, ricontrollando le cifre e i fatti che si proponeva di esporre al consiglio d'amministrazione. Shasa e Centaine ne avevano discusso, prima di nominare Garry consigliere d'amministrazione della Courteney Mining.

« Si può rovinare un cavallo facendolo correre troppo e troppo presto. »

« Non è mica un cavallo », rispose secca Centaine. « E qui non si tratta certo di spingerlo, è lui che tira come un matto, e frustarlo non sarebbe giusto. Per rimanere nella tua metafora, direi che è meglio lasciargli briglia sciolta... oltretutto lo merita. »

« A me hai fatto aspettare molto di più! »

« Tu sei sbocciato tardi per via della guerra e tutto il resto. All'età di Garry facevi il pilota e combattevi su un caccia in Abissinia. »

Così Garry era entrato in consiglio d'amministrazione, prendendo la faccenda molto sul serio, come ogni altra cosa che faceva. Ora alzò gli occhi e guardò in faccia suo padre, dall'altra parte del tavolone.

« Ho sentito dire che ti sei messo a chieder soldi in prestito per conto tuo », l'accusò Shasa.

Garry si tolse gli occhiali, li pulì con diligenza, li guardò controluce e poi se li rimise sul nasone Courteney, tutto per guadagnare un po' di tempo prima di rispondere.

« Solo una persona lo sa: il direttore della filiale di Adderly Street della Standard Bank. Se mette in piazza gli affari miei, rischia il posto. »

« Dimentichi che io e la nonna siamo nel consiglio d'amministrazione della Standard Bank. Tutti i crediti superiori al milione di sterline vengono sottoposti alla nostra approvazione. »

« Parliamo di rand », corresse, pignolo, Garry. « Due milioni di rand: la sterlina in questo Paese appartiene alla storia passata. »

« Ti ringrazio della lezione », disse Shasa, sarcastico. « Cercherò di stare al passo con i tempi. E adesso dacci qualche spiegazione su questi due milioni di rand che ti sei fatto prestare. »

« Un'operazione del tutto regolare. Ho dato in garanzia le mie azioni dell'immobiliare che svilupperà Shasaville e la banca mi ha prestato i due milioni di rand. »

« Che cosa intendi fartene? Si tratta di un bel po' di soldi. »

Una vera fortuna, l'avrebbe chiamata quasi chiunque altro. Garry lasciò trasparire qualche sollievo.

« Se vuoi saperlo, ho usato mezzo milione di rand per comprare il cinquantun per cento delle azioni dell'Alpha Centauri, un'immobiliare che poi ho finanziato con un altro mezzo milione di rand per toglierla dai guai. »

« L'Alpha Centauri? » Shasa era chiaramente perplesso.

« Questa società immobiliare possiede alcune tra le principali proprietà del Witwatersrand e della penisola del Capo. Prima del crollo in Borsa dovuto ai fatti di Sharpeville la società valeva quasi ventisei milioni di rand. »

« E adesso non vale niente », suggerì Shasa e, prima che Garry potesse protestare, continuò: « E dell'altro milione di rand, cosa ne hai fatto? »

« Ho comprato azioni aurifere, *Anglo* e *Vaal Reefs*. Le ho pagate il minimo e sono già salite del ventisei per cento. I dividendi pagheranno gli interessi del debito bancario. »

Shasa sedette a capo del gran tavolo e studiò attentamente il figlio. Ormai avrebbe dovuto conoscerlo bene, ma Garry riusciva sempre a stupirlo. Era un colpo che denotava logica pari alla fantasia, e se non l'avesse fatto suo figlio, Shasa ne sarebbe rimasto impressionato. Ma poiché era un'idea di Garry si sentì in dovere di cercarci dei difetti.

« Non hai paura per le tue azioni di Shasaville date in garanzia? Corrono un brutto rischio. »

Garry assunse un'aria perplessa. « Debbo spiegarlo proprio a te, papà? Me l'hai insegnato tu. La faccenda di Shasaville è bloccata. Finché il prezzo dei terreni non sale, non ci conviene né vendere né costruire, sicché ho utilizzato le mie azioni per approfittare almeno del crollo in Borsa. »

« E se il prezzo dei terreni non salisse più? » domandò, incontentabile, Shasa.

« In tal caso il Paese sarebbe rovinato comunque. Perderei la mia parte di niente, che è niente. Ma se le cose si sistemano, guadagnerò venti o trenta milioni di rand. »

Shasa considerò la prospettiva per un po', e poi cambiò angolo d'attacco. « Perché non sei venuto a chiedere i soldi in prestito a me, invece che alla banca, di nascosto? »

Garry fece un sorrisetto, allontanando un ciuffo di capelli neri dalla fronte. « Perché mi avresti fatto un sacco di storie, come hai dimostrato adesso. Poi volevo fare questo colpetto da solo. Per convincerti che non sono più un ragazzino. »

Shasa tamburellò con la stilografica d'oro sul suo taccuino degli appunti. Non gli venivano in mente altre critiche da fare, così brontolò: « Bada di non diventare troppo furbo, per il tuo bene. Il confine tra finanza e gioco d'azzardo certe volte è difficile da scorgere, però esiste ».

« E che differenza c'è? » chiese Garry. Per un momento Shasa credette che scherzasse, ma poi si rese conto che Garry, come sempre, parlava molto sul serio. Stava davvero aspettando che Shasa, suo padre, gli spiegasse quale sottilissima ma sostanziale differenza c'era, con espressione attenta. Shasa fu salvato dall'arrivo di altri importanti consiglieri d'amministrazione, Centaine sottobraccio al dottor Twentyman Jones, e David Abrahams intento a discutere affabilmente ma animatamente con suo padre. Grazie a Dio si cambiò argomento. Una o due volte, durante la riunione del consiglio, Shasa guardò Garry, che seguiva le discussioni con un'espressione addirittura rapita, davanti alla finestra panoramica che dava sulla Table Mountain. Finiti gli argomenti all'ordine del giorno, Centaine si alzò per trasferirsi in sala da pranzo, ma Shasa fermò tutti.

« Signora Courteney, signori, c'è un altro argomento da affrontare. Il signor Garry Courteney e io abbiamo discusso le prospettive del mercato immobiliare. Entrambi riteniamo che il prezzo delle aree, e quello delle azioni delle relative società, sia attualmente molto sottovalutato, e che il nostro gruppo dovrebbe approfittare della circostanza, ma penso sia il caso di dare la parola al signor Garry Courteney perché vi faccia egli stesso considerazioni e proposte. Le spiace prender la parola, signor Courteney? »

Era il modo scelto da Shasa per gratificare Garry da una parte e, dall'altra, metterlo un po' in difficoltà. Nei sei mesi seguiti alla sua nomina, non aveva mai parlato alle riunioni: adesso che non mancava proprio nessuno gli toccava farlo, impreparato, mentre Shasa ridendo sotto i baffi si sedeva, dopo averlo precipitato nell'imbarazzo.

Garry era rosso come un peperone e guardava di sottecchi la porta di mogano da cui avrebbe tanto voluto scappare. Poi porse ai colleghi consiglieri il tradizionale saluto. « Signora Courteney, signori », disse tartagliando un po', prima di interrompersi per lanciare al padre uno sguardo disperato, ma, ricevendone un severo cipiglio, trasse un respiro profondo e si lanciò. Si mangiava le parole ogni tanto, ma quando Abe Abrahams e poi Centaine si misero a bersagliarlo di domande, dimenticò il difetto di pronuncia e prese a parlare come una macchinetta per tre quarti d'ora.

Alla fine, tutti tacquero per un po', poi David Abrahams disse: « Ho il piacere di proporre al consiglio di incaricare il signor Garrick Courteney di presentarci una lista di proposte operative, relative a quanto ci ha appena esposto. A questo proposito suggerisco che sia convocata una riunione straordinaria la settimana prossima, in un giorno che convenga a tutti ».

Centaine approvò e la proposta fu immediatamente accettata all'unanimità. Poi David Abrahams concluse: « Vorrei che fosse messa a verbale la gratitudine dell'intero consiglio d'amministrazione nei confronti del signor Courteney per il suo lucido intervento, e per aver portato questi argomenti alla nostra attenzione ».

Questo attestato pubblico di stima fece raggiare Garry fino al garage sotterraneo, dove la sua MG l'aspettava di fianco alla Jaguar di Shasa. La soddisfazione gli rimase addosso per tutta Adderley Street, fino al grattacielo isolato della Sanlam, proprio in riva al mare, su un lembo di terra strappato all'oceano. Solo quando giunse in sala d'aspetto nello studio Gantry, Carmichael e Soci la bolla di gioia cominciò a sbiadire, e il colletto rigido a stringergli il collo.

Le due ragazze carine alla scrivania gli dimostrarono tutta la deferenza dovuta a uno dei clienti più importanti dello studio, ma ormai Garry era troppo nervoso per accettare la sedia che gli veniva offerta e si mise a gironzolare fingendo di ammirare i grandi vasi di protee, ma in realtà guardandosi negli alti specchi, sulle spine.

Quel doppiopetto Principe di Galles l'aveva comprato fatto, pagandolo quaranta ghinee sull'unghia, che non era davvero poco, ma ecco che saltavano fuori i difetti. Il torace lo gonfiava un po' troppo, e anche i bicipiti. Tirò giù le maniche, poi si dedicò ai capelli. Li stava lisciando con la mano quando vide nello specchio aprirsi la porta dello studio e Holly Carmichael dirigersi verso di lui.

Nel voltarsi a salutarla, Garry si sentì abbandonare da ogni residua aura di gloria. Era incredibile, ma di persona sembrava ancora più posata e chic dell'immagine vividissima che serbava in mente dal loro ultimo incontro.

Oggi indossava un tailleur blu a righe bianche di Chanel, la cui gonna a ogni passo gli concedeva un rapido balenare del ginocchio perfettamente tornito. Le gambe leggermente abbronzate, nelle calze di nailon, avevano un'elegante patina come d'avorio polito: caviglie e polsi presentavano una grazia sottolineata abilmente dal vestito di Chanel, e mani e piedi erano stretti e perfettamente proporzionati agli arti lunghi e flessuosi.

Sorrideva, e Garry sentì la stessa vertigine sensuale che provava a volte in palestra, dopo aver sollevato indefessamente i pesi. I denti di lei erano opalini, e mentre le sue labbra sorridenti pronunciavano il suo nome la guardò con ammirazione, senza fiato.

Era alta come lui, ma era certo di poterla sollevare con una mano sola. Dopo averlo pensato provò rimorso per questa fantasia quasi sacrilega nei confronti della divina creatura.

« Signor Courteney, spero che non l'abbiamo fatta aspettare. » Lo prese sottobraccio e lo guidò verso il suo studio. A fronte della sua grazia e leggerezza Garry si sentiva una specie di orso ammaestrato. Il tocco leggero delle sue dita sul braccio gli sembrava bruciante come quello di un ferro rovente.

Aveva capelli striati, di tutte le sfumature del biondo, dal platino al miele scuro, che ricadevano meravigliosamente fin sulle spalle imbottite del tailleur. Ogni volta che si muoveva Garry sentiva il profumo di quei riccioli splendenti e gli veniva un groppo allo stomaco.

Le sue dita erano ancora sui bicipiti e gli parlava sorridendo e guardandolo negli occhi. Il suo alito aveva un profumo di fiori, la sua bocca era così bella, morbida e rossa che lui si sentiva colpevole a guardarla, come se stesse sbirciando qualche parte intima e segreta del suo corpo. Distolse lo sguardo dalla sua bocca e lo puntò negli occhi. Il cuore prese a battergli in petto come un pazzo rinchiuso in una cella imbottita: un occhio era azzurro cielo, e l'altro di un violetto acceso di pagliuzze d'oro. Questo conferiva alla sua faccia un'asimmetria impressionante: non era uno strabismo vero e proprio, ma qualcosa di irregolare e affascinante che gli faceva sempre venire le gambe molli.

« Finalmente ho qualcosa da farle vedere », disse Holly Carmichael, conducendolo nel suo ufficio.

Il lungo locale rifletteva il suo stile straordinario, che aveva attratto Garry ancora prima di conoscerla di persona. Era venuto in contatto col suo lavoro la prima volta su una rivista specializzata, l'Annuario dell'Ordine degli Architetti. Nel 1961 era stata Holly Carmichael a vincerne il premio, per una villa sulle dune davanti al mare di Plettenburg Bay che aveva progettato per le vacanze di un magnate delle assicurazioni del Witwatersrand. Aveva adoperato legno, pietra e altri materiali in un connubio a un tempo classico e modernissimo, fondendo spazio e forma in un'armonia naturale che saziava l'occhio e rasserenava l'anima.

Il suo ufficio era dipinto di violetto chiarissimo e azzurro etereo, colori funzionali e a un tempo inconfondibilmente femminili. I pastelli alle pareti, molto delicati, erano pure opera sua.

Nel centro dello studio, su un tavolino basso, c'era il plastico di Shasaville quando fosse stata interamente costruita secondo il suo progetto. Holly portò Garry a vedere e si fece da parte mentre lui ci girava lentamente intorno, studiandolo da ogni angolo.

Si accorse subito del cambiamento intervenuto in lui.

Tutta la sua goffaggine era sparita di colpo. Perfino la forma del suo corpo sembrava cambiata. Era pervaso della stessa vigorosa grazia del toro che nell'arena si appresta a caricare.

Holly si interessava dell'origine dei clienti, per anticiparne le esigenze. Di questo qua, si era occupata con speciale attenzione. Correva voce che nonostante le apparenze Garrick Courteney fosse un formidabile affarista, e già aveva dimostrato acume e coraggio in abbondanza procurandosi la proprietà su cui doveva sorgere Shasaville, facendo valere la vetusta licenza edilizia, e rastrellando il pacchetto di controllo dell'immobiliare Alpha Centauri.

Il suo amministratore le aveva elencato, approssimativamente s'intende, i suoi beni: oltre agli immobili, c'erano considerevoli quantità di titoli auriferi sicuri e un grosso pacchetto di azioni Courteney comprate dai familiari quando era entrato nel consiglio d'amministrazione.

Ma la cosa principale era l'investitura, che con tutta evidenza gli era stata conferita preferendolo ai fratelli, come futuro capo dell'impero Courteney. Avrebbe ereditato miliardi e miliardi, nessuno poteva immaginare quanti: duecento, cinquecento, forse mille. Holly Carmichael rabbrividì al pensiero.

Adesso non vedeva più un grosso bamboccione in occhiali metallici, che non sapeva indossare un bel vestito, coi capelli ribelli che gli spuntavano in testa a casaccio. Vedeva il potere.

E il potere affascinava Holly Carmichael, il potere in tutte le sue forme: ricchezza, reputazione, influenza e forza fisica. Rabbrividì ancora, ricordando il guizzo del grosso bicipite sotto le sue dita.

Holly aveva trentadue anni, quasi dieci più di lui, ed era divorziata, il che non le avrebbe certo giovato. Sia Centaine sia Shasa Courteney erano all'antica su certe cose.

« Dovranno essere molto bravi per fermarmi », si disse. « Io ottengo quello che voglio, e voglio questa cosa, ma certo non sarà una passeggiata. »

Poi considerò l'effetto che aveva fatto a Garry Courteney. Sapeva di averlo affascinato. L'inizio, dunque, era facile. Senza il minimo sforzo l'aveva irretito, ora doveva catturarlo. E lì veniva il difficile. Pensò a Centaine Courteney e a tutto quello che aveva sentito dire di lei, e rabbrividì un'altra volta, ma non più di piacere o di eccitazione.

Garry si fermò davanti a lei. Benché i loro occhi fossero alla stessa altezza, ora sembrava lui a torreggiare. Se un attimo prima aveva sentito d'avere il pieno controllo della situazione, adesso all'improvviso non ne era più così certa.

« Io ho visto cosa sa fare quando si impegna davvero », le disse. « E voglio che si impegni per me. Non voglio un lavoro di seconda qualità. Non mi interessa questo da lei. »

Holly lo guardò a occhi spalancati. Non aveva davvero pensato a questo, un rifiuto, e in termini così brutali. Rimase sconcertata per un momento e poi si arrabbiò.

« Se questo è il suo giudizio del mio lavoro, signor Courteney, le consiglio di trovarsi un altro architetto », gli disse in preda a un'ira fredda, senza batter ciglio.

« Venga qui », le ordinò Garry. « Guardi da questa angolazione. Ha sbattuto questo tetto sul centro commerciale senza curarsi affatto della vista dalle case sulla collina. E guardi qui: poteva creare degli scorci meravigliosi sui parchi e sulle ville più importanti dalle piste del campo di golf, invece di nasconderle fuori mano come ha fatto. »

L'aveva presa per il braccio, e benché sentisse che non stava facendo minimamente forza, le parve un macigno e si spaventò un pochino. Non si sentiva più condiscendente e superiore adesso che le additava tutti i difetti del progetto. Capì subito che aveva ragione. Istintivamente aveva avvertito anche lei questi difetti, ma non si era curata di cercarvi faticosamente soluzione. Non si aspettava che un committente così giovane e inesperto li cogliesse subito: l'aveva trattato come un ragazzino un po' sempliciotto che avrebbe accettato tutto quello che lei gli avesse imposto. Dunque, oltre che con lui, si arrabbiò con se stessa.

Alla fine Garry smise di esporre le proprie critiche e lei disse piano: « Le darò indietro l'anticipo e annulliamo il contratto ».

« Lei ha firmato il contratto e accettato l'anticipo, signora Carmichael. Adesso voglio che lo rispetti: voglio qualcosa di bello, sbalorditivo e giusto. Voglio quello che lei sola sa fare. »

Non seppe come rispondergli: intanto il tono di lui era cambiato, era diventato molto gentile e sollecito.

« Non era mia intenzione sminuirla. Credo che lei sia un grande architetto, forse il migliore, e vorrei proprio che me lo dimostrasse, ecco tutto. Per favore. »

Lei gli girò le spalle e andò al tavolo di lavoro, si tolse la giacca e prese in mano la matita.

« Sembra che mi tocchi riguadagnare molto terreno », disse tracciando con decisione il primo segno sul foglio. « Be', almeno proviamoci. Cominciamo dal centro commerciale... »

Garry venne a piazzarsi dietro di lei e l'osservò in silenzio per quasi venti minuti, prima che la donna si girasse a guardarlo con l'occhio violetto che balenava tra i capelli biondi. Non dovette neppure fargli la domanda.

« Sì », annuì lui.

« Non se ne vada », gli disse. « Quando è vicino, avverto il suo umore e capisco come va. »

Anche Garrick si tolse la giacca e la gettò accanto a quella del tailleur. Restò in piedi dietro di lei, ingobbito, le mani in tasca, a guardarla lavorare. Era completamente immobile, concentratissimo: pure, la sua presenza sembrava ispirarla ad attingere alle mistiche sorgenti del suo talento. Infine la donna scorse la soluzione perfetta e cominciò a schizzarla sul foglio a rapidi tratti.

Venne il crepuscolo e Garry andò a tirar le tende e ad accendere la luce. Quando Holly Carmichael depose la matita e si girò verso di lui, erano le otto passate. « Ecco, questa è l'emozione che volevo trasmettere. Aveva ragione lei: il primo progetto non valeva molto. »

« Sì, e avevo ragione anche in un'altra cosa: lei è la migliore. » Prese la giacca e l'infilò sulle spalle massicce. Lei provò una fitta di delusione. Non voleva che se ne andasse: si sarebbe sentita sola, esausta e svuotata. Lo sforzo della creazione l'aveva quasi stremata.

« Non può mandarmi a casa a cucinare, adesso », gli disse. « Sarebbe un'azione sadica da vero padrone delle ferriere. »

Improvvisamente, tutta la fiducia in sé di Garry svaporò. Arrossì, brontolando qualcosa di indistinguibile. E la donna capì che di lì in avanti l'iniziativa passava a lei.

« Il minimo che può fare è nutrire la schiava. Che ne direbbe di offrirmi la cena, signor Courteney? »

Precedendo Garry nel ristorante, ridestò la solita ondata di ammirazione maschile. Fu lieta di notare che se n'era accorto anche lui. Restò colpita dalla sua disinvoltura nel discutere col maître la lista dei vini, ma poi ricordò che Weltevreden era una delle principali tenute vinicole della provincia del Capo.

A cena la conversazione si mantenne su un piano serio; Holly fu contenta di non dover sopportare le consuete banalità del primo appuntamento. Parlarono della crisi di Sharpeville e delle sue implicazioni sociali ed economiche. Restò colpita dalla profondità delle sue nozioni politiche e anche qui le venne poi subito in mente che suo padre era ministro nel governo Verwoerd. Era dunque, se così si può dire, seduto a bordo ring.

« Se non fosse per quel vestito a scacchi Principe di Galles e quegli orrendi occhiali cerchiati d'acciaio », pensava, « e quel ciuffo di capelli alla Picchiarello... »

Quando Garry l'invitò a ballare, lei si sentì un po' sulle spine. Erano l'unica coppia in pista, una piccola rotonda fra i tavoli, dove sedevano una dozzina di suoi conoscenti. Tuttavia, appena le circondò la vita con la mano si rilassò. Nonostante la corporatura, era agile e svelto di piede, e aveva un buon senso del ritmo, sicché Holly cominciò a divertirsi, finché a un tratto il suo stile di danza cambiò e lui l'abbracciò in altro modo. Per un attimo rimase perplessa. Tentò di mantenere il contatto del bacino che le permetteva di avvertire in anticipo i suoi passi, e si accorse che era eccitato. Ne fu prima divertita e poi, a dispetto di se stessa, intrigata: come ogni altra cosa in lui, anche il membro sembrava grosso e duro. Mise in atto una commediola, strofinandosi e staccandosi, e intanto continuando a parlare come se niente fosse. Dopo cena lui l'accompagnò con la MG scoperta al posto in cui aveva lasciato la macchina: lei non andava su una spider dai tempi dell'università, e si sentì nostalgicamente eccitata dalla corsa col vento nei capelli.

Garry insisté per seguire la sua Mercedes fino a Bantry Bay, per accertarsi che giungesse regolarmente a casa, e si diedero la buonanotte sul marciapiede davanti al palazzo. La donna considerò l'idea di invitarlo di sopra a bere un caffè, ma con sicuro istinto risolse invece di preservare l'immagine splendente che evidentemente si era fatto di lei.

Gli disse invece: « Venga in studio alla fine della settimana prossima, le farò vedere altri disegni ».

Stavolta mise tutto il suo talento negli schizzi preliminari, che riuscirono davvero buoni. Lui venne nuovamente allo studio, restò a guardarla lavorare fino a tardi e l'invitò ancora a cena. Era giovedì sera e il ristorante era mezzo vuoto. Avevano la pista da ballo tutta per loro, e stavolta se lo lavorò astutamente a colpetti maliziosi d'anca.

Quando si diedero la buonanotte sul marciapiede, gli chiese: « Immagino che sabato andrà all'ippodromo a vedere il Metropolitan Handicap... »

Era la corsa più importante del calendario ippico.

« Non vado mai alle corse », rispose Garry con riluttanza. « Noi siamo piuttosto per il polo, e mia nonna non approva certe manif... » S'interruppe, comprendendo che stava facendo una figura meschina. « Insomma, alle corse non ci sono mai stato. »

« Be', è ora che ci vada! » disse animatamente lei. « E poi gradirei avere un accompagnatore, sabato, se non le spiace. »

Garry cantò per tutta la strada fino a Weltevreden. Urlava a squarciagola, con i capelli scompigliati dal vento, imboccando le curve della strada di montagna a cento all'ora.

Ci volle un po' di tempo a Garry per capire che la corsa non era affatto la principale attrazione della giornata all'ippodromo. Era più che altro una manifestazione mondana, dedicata alla moda e a svariati balletti snob.

Tra le bizzarre e originali creazioni indossate dalle signore eleganti, Holly spiccava con un abito di seta azzurra, splendido e per nulla vistoso, sotto un cappello a larghe falde ornato da una rosa vera. Tante altre donne la guardavano con qualche invidia. Garry si accorse che in tribuna conosceva quasi tutti: c'erano molti amici di famiglia. Holly gli presentò i pochi che non conosceva. Tutti rizzavano le orecchie al nome Courteney, e Holly guidava discretamente la conversazione finché lui non si sentiva a proprio agio.

Erano una coppia notevole: « La Bella e la Bestia », li chiamò sottovoce qualche maligno; li seguirono commenti pettegoli tipo: « Holly si è messa a rapire i bambocci » e « Centaine la farà bruciare sul rogo ».

Garry non si rendeva minimamente conto di tutto ciò. Alla partenza della prima corsa, quando vide i cavalli, si sentì nel suo elemento: l'ippica era parte della sua vita a Weltevreden. Shasa l'aveva portato in sella prima ancora che imparasse a camminare, e con gli anni aveva sviluppato un occhio pressoché infallibile per i cavalli.

La prima corsa era riservata ai due anni, puledri che non avevano mai gareggiato, quindi le scommesse erano apertissime. Nella sfilata Garry individuò un puledro nero. « Petto e zampe mi piacciono », disse a Holly, che controllò a quale cavallo corrispondesse il numero.

« Rapsodia », disse. « Non esiste un buon cavallo con un brutto nome... è allenato da Miller e montato da Tiger Wright. »

« Mai sentiti nominare... ma vedo che è molto in forma e pieno di buona volontà », disse Garry. « Guarda, ha già cominciato a sudare. »

« Scommettiamo su di lui », suggerì Holly, e Garry assunse un'aria perplessa. In famiglia le scommesse erano criticate, ma Garry non voleva fare la figura del bambino con Holly né voleva contraddirla.

« Come si fa? » le chiese.

« Vedi quei banditi laggiù in fila? » disse indicando gli allibratori in attesa. « Ne scegli uno, gli dai i soldi e dici 'Rapsodia vincente'. » Porse a Garry una banconota da dieci rand. « To', scommettine dieci anche per me. »

Garry rimase sbalordito. Dieci rand erano un sacco di soldi. Prenderne in prestito due milioni per realizzare un piano speculativo ragionevole era un conto, ma passarne dieci a un tale dal vestito chiassoso e il sigaro in bocca puntando sulla vittoria di un cavallo era tutta un'altra cosa. Tirò fuori il portafoglio con riluttanza.

Alla curva, Rapsodia era nel gruppo, ma in dirittura Tiger Wright allargò e l'incitò a distaccarsi. Il puledro schizzò via come tirato da un elastico, raggiungendo e superando i primi proprio sotto la tribuna, dove Holly saltellava sventolando il cappello contenta. Aveva vinto di almeno due lunghezze: Holly gettò le braccia al collo di Garry e lo baciò di fronte a cinquemila pettegoli.

Quando Garry le diede la sua vincita, lei gli disse: « Ah, che bello sarebbe possedere un cavallo da corsa! »

La mattina dopo, Garry le telefonò a casa alle sei del mattino.

« Garry? » farfugliò lei. « È domenica... non puoi farmi una cosa del genere. Sono le sei! »

« Stavolta ho io qualcosa da farti vedere », le disse, con un entusiasmo così contagioso da strapparle un sì.

« Dammi un'ora per svegliarmi un po'. »

La portò in macchina alla spiaggia curva di False Bay, al di là del Muizenberg, e parcheggiò in cima alle dune. Una quarantina di cavalli si allenavano sulla sabbia soffice o facevano il bagno nel verde oceano spumeggiante. Garry la portò dai quattro supervisori e la presentò.

« Il signor Miller. » L'allenatore e i suoi assistenti guardarono Holly con aria d'approvazione. Aveva in testa un foulard rosa, ma i capelli biondi ruscellavano ugualmente dietro: la giacca corta esaltava le gambe lunghe e ben tornite, infilate negli eleganti stivaletti da amazzone.

L'allenatore fischiò a un apprendista che si avvicinò con un puledro. Quando lo tirò fuori dal cerchio degli altri cavalli Holly lo riconobbe subito.

« Rapsodia! » gridò.

« Congratulazioni, signora Carmichael », disse l'allenatore. « Ci renderà tutti orgogliosi. »

« Non capisco... » Era sbigottita.

« Be' », le spiegò Garry. « Hai detto che sarebbe stato bello possedere un cavallo da corsa, e siccome il dodici del mese prossimo compi gli anni... buon compleanno! »

Lo guardò attonita, chiedendosi come faceva a saperlo, e come avrebbe fatto lei a rifiutare un dono tanto prezioso e insolito. Ma Garry era così raggiante e soddisfatto di sé, e aspettava tanto palesemente ringraziamenti e feste, che pensò: « E perché no? Per una volta! Al diavolo le convenzioni ».

Lo baciò per la seconda volta, mentre gli altri tutt'intorno sogghignavano con aria saputa.

Sulla MG, tornando a casa, gli disse: « Garry, non posso accettare Rapsodia. È un dono davvero troppo generoso da parte tua ». La delusione del giovane fu evidente e patetica. « Ma », continuò lei, « posso accettarne la metà. Tu avrai l'altra, e lo faremo correre insieme, come soci. Possiamo addirittura registrarci come scuderia... » Fu sbalordita lei per prima dalla genialità della soluzione. Una creatura viva, posseduta insieme, avrebbe cementato il loro legame. « Che s'arrangino, i signori Courteney: questo qui è mio... » risolvette.

Quando arrivarono a casa sua, gli disse: « Lascia la macchina qui vicino alla Mercedes ». Lo prese sottobraccio e lo portò all'ascensore.

Come lo studio, anche la casa esprimeva il suo talento artistico, il suo senso della forma e del colore. Il terrazzo dava sull'oceano, i cui cavalloni si abbattevano proprio lì sotto, sicché sembrava di trovarsi sulla prua di una gran nave.

Holly portò una bottiglia di champagne e due flûte dalla cucina. « Aprila! » gli ordinò, porgendogli i bicchieri da riempire.

« A Rapsodia », disse la donna, alzando il bicchiere.

Quindi si mise a preparare una grande insalata, dando istruzioni a Garry per il condimento.

Con l'insalata bevvero il resto dello champagne, poi si distesero sul morbido tappeto del soggiorno, circondati da campioni di tessuto che sfogliavano per scegliere i colori della loro costituenda scuderia. Finalmente si decisero per un rosa molto intenso.

« Fucsia », precisò lei. « Starà benissimo sul mantello nero di Rapsodia. » Lo guardò in viso. Era inginocchiato accanto a lei: l'istinto le diceva che era il momento buono.

Si distese lentamente sul dorso e lo guardò invitante con quei suoi occhi bicolori, ma Garry esitava ancora. Dovette attirargli la testa con la mano: e allora la sua forza l'impressionò.

Nel suo abbraccio si sentiva indifesa come una bambina piccola. Ma dopo un istante, quando capì che non le avrebbe fatto male, si abbandonò a quella sensazione di impotenza fisica con gioia, nella tempesta dei suoi baci, e lo lasciò condurre la danza per un po', ossia fin quando non si accorse che s'imponeva un supplemento di direttive.

Gli diede un morsichino sulla guancia, e quando Garry la lasciò andare di colpo, sorpreso e costernato, gli scappò di mano per rifugiarsi in camera da letto. Sbirciando alle spalle, però, lo vide ancora inginocchiato in mezzo al soggiorno, che la guardava confuso; allora rise e lasciò la porta aperta.

Garry irruppe dentro come un toro infuriato dalla cappa, ma Holly lo fermò con un bacio e, con le labbra incollate alle sue, gli sbottonò la camicia e fece scivolare la mano nell'apertura. Era impreparata al folto pelame nero che ci trovò, e all'intensità della sua reazione. Tutti gli altri uomini che aveva conosciuto erano lisci e glabri sul torace. Credeva di preferirli così: ma adesso si sentì travolta dal desiderio.

In punta di labbra e di dita lo tenne a bada, non permettendogli di muoversi mentre lo spogliava: e poi, quando l'ultimo indumento gli cadde alle caviglie, esclamò forte: « Oh, buon Dio! » afferrandogli subito i polsi per impedirgli di coprirsi pudicamente.

Nessun altro uomo da lei conosciuto era fatto così, e per un momento si sentì forse impari al compito. Poi il desiderio travolse ogni dubbio e lo trascinò sul letto. Lo fece star lì coricato mentre si spogliava di fronte a lui, intimandogli di non coprirsi tutte le volte che ci provava: « No! Mi piace guardarti ».

Era così diverso, tutto pelo e muscoli: il suo ventre scavato era solcato di muscoli, come la spiaggia dopo una tempesta di vento: così pure i suoi arti. Aveva voglia di cominciare, ma con più forza desiderava che fosse una cosa indimenticabile per lui, tale da renderlo suo prigioniero per la vita.

« Non ti muovere », gli sussurrò e, nuda, si chinò su di lui. Lasciò i seni pendere sul suo petto, sfiorandolo appena con i capezzoli: gli lambì con la lingua l'angolo della palpebra, poi discese lentamente alla bocca.

« Non l'ho mai fatto », le disse lui, roco. « Non so come si fa. »

« Sst, tesoro, non parlare », gli sussurrò Holly in bocca. Ma l'idea che fosse vergine l'esaltava.

« È mio », si diceva trionfante. « Dopo questa giornata sarà mio per sempre! » E gli fece passare la lingua sul mento, sulla gola, finché se lo sentì durissimo e grossissimo fra le mammelle pendule. Allora si chinò ad afferrarlo con entrambe le mani.

Stava calando la sera quando alfine giacquero esausti. Fuori il sole era tramontato nell'Atlantico, lasciando il cielo acceso di colori. Garry giaceva con la guancia appoggiata al suo seno. Come un bambino piccolo non sapeva staccarsene. Holly era fiera del proprio seno, e il fatto che l'affascinasse tanto la divertiva e la lusingava. Gli sorrise soddisfatta, mentre Garry si rannicchiava contro di lei.

Aveva lasciato gli occhiali sul comodino, e gli esaminò il viso nella penombra. Il suo grosso naso virile le piaceva, come la linea decisa della mascella. Ma quegli occhialacci d'acciaio dovevano scomparire, come gli scacchi Principe di Galles che lo facevano sembrare più tarchiato di quanto non fosse. Si ripromise di chiedere l'indomani a Ian Gantry, suo socio in studio, il nome del suo sarto. Aveva già pensato alle stoffe, dovevano essere grigio chiaro o di un blu elegante, a righine verticali per farlo apparire più slanciato e magro. La sua « ricostruzione » sarebbe diventata uno dei suoi progetti più appassionanti e soddisfacenti, e non vedeva l'ora di intraprenderla.

« Sei meravigliosa », le mormorò Garry. « Non ho mai conosciuto nessuno come te in vita mia. » Holly sorrise nuovamente e gli carezzò i capelli ispidi e scuri, che sotto le sue dita si rizzarono.

« Hai una doppia corona di capelli in testa », gli disse sottovoce, « il che significa che sei coraggioso e fortunato. »

« Ah sì? Non lo sapevo », disse lui, ma la cosa non era affatto sorprendente giacché il principio di tricomanzia l'aveva giusto inventato lei, sul momento.

« Oh, sì », gli assicurò. « Ma vuol dire anche che devi portarli un po' più lunghi, altrimenti ti si rizzano a ciocche così. »

« Nemmeno questo sapevo », disse Garry toccandosi le ciocche ribelli. « Ci proverò, ma dovrai dirmi tu quando basta. Non vorrei somigliare a un hippy. »

« Ma naturale. »

« Sei meravigliosa », ripeté lui. « Assolutamente meravigliosa. »

« Quella donna è sicuramente spinta dall'avidità », dichiarò con fermezza Centaine.

« Come possiamo esserne certi, mamma? » obiettò Shasa. « Ho sentito dire che è un ottimo architetto. »

« Che c'entra questo? Potrebbe essere sua madre. No, le interessa una cosa sola, i soldi. Dobbiamo troncare subito la faccenda, altrimenti può sfuggire di mano. Già ne chiacchiera tutta la città. Gli amici ridacchiano: al sabato vanno al Kelvin Grove apposta per vederli ballare. »

« Io credo che la faccenda si esaurirà da sé, se facciamo finta di niente », disse Shasa.

« È una settimana che Garry non dorme a casa. Quella donna è più sfacciata e svergognata di... » Centaine s'interruppe scuotendo la testa. « No, dovrai proprio parlarle tu. »

« Io? » disse Shasa, alzando un sopracciglio.

« Tu sei bravo con le donne. Io mi arrabbierei subito. »

Shasa sospirò, benché in fondo fosse contento di poter dare un'occhiata a questa Holly Carmichael. Non immaginava che gusti potesse avere Garry in fatto di donne. In precedenza il ragazzo non aveva mai manifestato alcunché di minimamente indicativo. Shasa s'immaginò una racchia sui quaranta, occhiali di corno, tacchi bassi, un sacco di chili in più, però colta e severa. Rabbrividì. « Va bene, mamma, vedrò di metterla in fuga io, e se non ci riesco si può sempre mandare Garry dal veterinario a farlo castrare, no? »

« Non scherzare, è una faccenda importante », gli disse severa Centaine.

Holly se l'aspettava già da un mese, quasi, ma quando le arrivò la telefonata il colpo fu forte. Shasa Courteney l'anno prima aveva tenuto una conferenza al club delle Donne d'Affari, sicché riconobbe immediatamente la sua voce, e fu lieta di avere a che fare con lui anziché con Centaine.

« Signora Carmichael, mio figlio Garry mi ha fatto vedere alcuni dei suoi schizzi preliminari per Shasaville. Come saprà, il gruppo Courteney è largamente interessato al progetto; e benché sia Garry a seguirlo gradiremmo scambiare qualche idea con lei. »

Lei propose di incontrarlo nel suo studio, ma Shasa rifiutò abilmente la scelta del terreno e la mandò a prendere dall'autista con la Rolls per vederla a Weltevreden. Holly si rese perfettamente conto che cercavano di farla sentire un pesce fuor d'acqua, abbagliandola con gli splendori di un mondo che non era il suo. Così si abbigliò e si agghindò con la massima cura, e quando apparve davanti a Shasa Courteney lo vide sobbalzare e capì di aver segnato il primo punto. Sembrava che il salone di Weltevreden, con tutti i suoi tesori, fosse stato disegnato per farle da sfondo: il sorrisetto arrogante di Shasa svanì subito quando le venne incontro porgendole la mano.

« Magnifico quel Turner », disse la donna. « Doveva alzarsi presto per catturare quelle albe dorate... » L'espressione di Shasa mutò ancora: si rendeva conto che, dietro lo stupendo aspetto della donna, c'era una personalità notevole.

Girarono da un quadro all'altro nel salone, ammirando le opere e intrecciando abilmente le lame, cercando senza trovarle le debolezze dell'altro. Finché Shasa non ruppe le consuetudini facendole un improvviso complimento personale, per metterla in imbarazzo.

« Lei ha degli occhi splendidi », disse, osservandola attentamente per coglierne la reazione. Holly contrattaccò subito.

« Ametista e zaffiro, secondo Garry », rispose mettendo in imbarazzo lui, che non si aspettava lo nominasse per prima.

« Già, ho sentito dire che ultimamente lavorate a stretto contatto. »

Shasa andò al tavolo d'avorio intarsiato dove c'erano i liquori. « Posso offrirle uno dei nostri sherry? Ne andiamo molto fieri. »

Le porse il bicchiere e la guardò negli occhi straordinari. « Che dritto », pensava intanto di suo figlio. « Chi l'avrebbe mai detto che sarebbe saltato fuori con una così! »

Lei sorseggiò il vino. « Mi piace », dichiarò. « È molto secco, ma niente affatto acido. »

Shasa inclinò un tantino la testa a confermare l'esattezza del giudizio enologico. « Credo sia inutile fingere », disse poi. « Non l'ho fatta venir qui per parlarle del progetto di Shasaville. »

« Meno male », gli rispose lei, « perché non ho nemmeno portato i disegni. »

Lui si mise a ridere. « Allora mettiamoci comodi », propose. Lei scelse una poltrona Luigi XIV, rivestita in pizzo d'Aubusson, di cui aveva visto la gemella al Victoria and Albert Museum: incrociò elegantemente le caviglie e attese che lui levasse gli occhi di nuovo.

« Avevo intenzione di offrirle del denaro, lo confesso, ma dopo averla conosciuta temo che sarebbe un errore. »

Lei non disse niente, ma lo guardò negli occhi da sopra l'orlo del bicchiere, cominciando a far oscillare il piede a mezz'aria con la minacciosa regolarità di un metronomo.

« Avevo già pensato a una cifra attorno alle centomila sterline », proseguì. Il piede continuava a oscillare. Shasa, suo malgrado, tornò ad abbassare gli occhi su quella caviglia elegante e affusolata.

« Ma naturalmente era una cifra ridicola », proseguì, sempre guardando il piede inguainato in una magnifica scarpa italiana. « Ora credo bisognasse prevedere non meno di mezzo milione. »

Tastava il terreno per stabilire il suo prezzo; alzò gli occhi per cogliere un eventuale lampo di avidità: ma concentrarsi era difficile. Zaffiro e ametista... sì, e il resto... a Garry dovevano uscire gli ormoni dalle orecchie. L'invidiò un po'.

« Sterline, naturalmente. Questa storia dei rand non mi viene ancora spontanea. »

« Be', signor Courteney », parlò infine lei, « meno male che poi ha deciso di non insultare entrambi. Così potremo diventare amici, e lo preferisco. »

E va bene, così come aveva pensato di fare non funzionava. Mise giù il bicchiere di sherry e cambiò tattica. « Garry è ancora un bambino », dichiarò.

Lei scosse la testa. « È un uomo. Gli occorreva solo qualcuno che lo convincesse di ciò, e non era difficile. »

« Non sa cosa vuole. »

« È uno degli uomini più decisi e risoluti che abbia mai conosciuto. Sa benissimo cosa vuole ed è pronto a tutto per ottenerlo. » Attese un attimo, per rendere più chiara la minaccia implicita nelle ultime parole, poi ribadì: « A tutto ».

« Sì », concordò lui sottovoce. « Questa è una caratteristica dei Courteney. Siamo pronti a tutto per ottenere quello che vogliamo... o per spazzare via chiunque ci tagli la strada. » Fece una pausa uguale alla sua di poco prima e ripeté: « Chiunque ».

« Lei aveva tre figli, Shasa Courteney, e ora gliene resta uno soltanto. Ha voglia di correre il rischio? »

Shasa arretrò, fissandola come schiaffeggiato. Lei era impreparata a una simile espressione di dolore, e per un attimo pensò d'essersi spinta troppo oltre. Ma l'uomo si riprese subito.

« Questi sono colpi bassi », le disse con tristezza.

« Si tirano quando ne vale la pena. » Sapeva che era pericoloso, con un avversario di quel calibro, ma non riuscì a evitare di sentirsi spiacente per lui. « E per me ne vale la pena. »

« Sì, per lei, me ne rendo conto... ma per Garry? »

« Sarò sincera con lei, perché credo di doverglielo. All'inizio è stato un po' un capriccio. La sua giovinezza mi attraeva... e questo solo, sa, può essere quasi irresistibile. C'erano poi anche le altre, ovvie attrattive cui ha accennato lei. »

« L'impero Courteney e il posto che Garry vi ricopre. »

« Sì. Sarebbe addirittura disumano chi non ci pensasse. Così è cominciata la storia, ma quasi subito è cambiata. »

« In che senso? »

« Ho cominciato a capire le sue grandi qualità potenziali, che potevo aiutarlo in parte a sviluppare. Non ha notato qualche cambiamento in lui nei tre mesi trascorsi da quando ci conosciamo? Le sembra che la mia influenza sia negativa? »

A dispetto di se stesso Shasa sorrise. « Ammetto che è diventato molto più elegante e disinvolto. »

« Quelli non sono che segni esteriori di cambiamenti interiori ben più importanti. In tre mesi Garry è diventato un adulto sicuro di sé, ha scoperto le sue forze, i suoi talenti e le sue capacità, non ultima delle quali una tenera capacità d'affetto. Col mio aiuto scoprirà anche tutte le altre. »

« Dunque lei continua a vedersi nel ruolo di architetto intento a trasformare una casa di mattoni in un palazzo di marmo. »

« Adesso non lo prenda in giro », gli disse irritata e protettiva come una leonessa. « Probabilmente il migliore dei Courteney è lui, e io sono la miglior cosa che potesse capitargli nella vita. »

Lui la fissò sbalordito, esclamando quasi sconvolto: « Ma lei gli vuol bene... lei gli vuol bene davvero ».

« Dunque finalmente ha capito. »

Si alzò e fece per andarsene.

« Holly », disse lui, e l'uso inaspettato del suo nome la fermò. Vacillò, ancora pallida di rabbia, e lui continuò sottovoce: « Non avevo capito, perdonami. Credo che Garry sia stato fortunato a incontrarti ». Le porse la mano. « Hai detto che potevamo diventare amici... è ancora possibile? »

Table Bay è aperta ai venti nordoccidentali che d'inverno vi fanno irrompere, tempestando, l'Oceano Atlantico. Il traghetto pigliava le grandi onde di prua, scavalcando la cresta in un turbine di spuma che arrivava fino in cima all'albero.

Era la prima volta che Vicky saliva su una nave, e i suoi movimenti l'atterrivano come nient'altro l'aveva spaventata in terraferma. Stringeva a sé il bambino, e guardava fisso avanti, ma sulla dura panca di legno era difficile tenere l'equilibrio. Contro l'oblò che fissava si abbattevano gli spruzzi che distorcevano il paesaggio. L'isola sembrava un'orrida creatura che nuotando venisse incontro alla nave con cattive intenzioni, e le tornarono in mente tutte le leggende della sua tribù a proposito di mostri marini che sbucavano dagli abissi per divorare la gente sulla spiaggia.

Fu lieta che Joseph fosse con lei. Il suo fratellastro era cresciuto, diventando un bel giovane. Assomigliava alla sbiadita fotografia del nonno, Mbejane Dinizulu, che sua madre teneva appesa a una parete della sua capanna. Joseph aveva la stessa fronte ampia e gli stessi occhi ben distanziati: e, anche se il suo naso non era piatto, ma piuttosto aquilino, la mascella glabra era altrettanto piena e decisa.

Si era appena laureato in legge a Fort Hare ma, prima di sottoporsi alla consacrazione di rito nel ruolo ereditario di capo degli zulu, Vicky l'aveva convinto a sobbarcarsi con lei il lungo viaggio attraverso quasi tutti il subcontinente. Al suo ritorno nello Zululand, nel distretto di Ladyburg, avrebbe cominciato a prepararsi per il ruolo di capo. Questa non era l'iniziazione a cui dovevano sottoporsi i giovani xhosa e delle altre tribù: Joseph non avrebbe patito la brutale mutilazione della circoncisione rituale. Il re Chaka aveva abolito quell'usanza. Non tollerava la lunga convalescenza imposta ai guerrieri, che preferiva impiegare nell'addestramento militare.

Joseph stava accanto a Vicky, mantenendo un equilibrio quasi automatico nel beccheggio della nave. Le mise la mano sulla spalla per rassicurarla. « Siamo quasi arrivati », le disse.

Vicky scosse la testa con veemenza, stringendo a sé ancora più forte il figlio. Sudava freddo, ed era perseguitata dalla nausea che ricacciava bravamente.

« Sono figlia di un capo e moglie di un re », si ripeteva. « Non soccomberò a debolezze femminili. »

Il traghetto entrò nel tratto di mare calmo a ridosso dell'isola, e Vicky tirò un sospiro di sollievo e si alzò. Aveva le gambe malferme e Joseph l'aiutò fino al parapetto.

Si appoggiarono a guardare la trista silhouette di Robben Island. Il nome deriva da un'antica parola olandese che indicava le foche, animali che i primi esploratori avevano visto popolare in abbondanza le nude scogliere dell'isola. Fallite le industrie di pesca e trasformazione di pelli di foca che vi erano state installate, l'isola fu adibita a lebbrosario e luogo di confino per i prigionieri politici, soprattutto negri. Perfino Makana, il profeta guerriero che aveva guidato gli xhosa ai primi massacri di coloni bianchi oltre il grande fiume Fish, era stato inviato lì dopo la cattura, e ci era morto nel 1820, tentando di scappare a nuoto e annegando miseramente in quel mare insidioso e agitato. Per cinquant'anni la sua gente rifiutò di credere alla sua morte, e ancor oggi il suo nome costituisce un potente grido di unità della tribù.

Centoquarantatré anni dopo, un altro grande profeta guerriero era stato imprigionato in quell'isola, e Vicky contemplava al di là di quello che era ormai un piccolo braccio di mare il quadrato e odioso edificio carcerario di massima sicurezza, riservato ai più pericolosi detenuti politici, dove Moses Gama scontava ora l'ergastolo. Dopo i primi rinvii dell'esecuzione, era rimasto nel raggio della morte della prigione di Pretoria per quasi due anni, fino alla commutazione definitiva della pena di morte nei lavori forzati a vita. Dopo di che era stato trasferito nell'isola. Gli erano consentite due visite all'anno, e Vicky stava portandogli il figlio per farglielo conoscere.

Il viaggio non era stato facile, giacché anche Vicky aveva grane con la giustizia. Era continuamente diffidata perché rilasciava fiammeggianti dichiarazioni ai giornali di tutto il mondo. Lo Stato ce l'aveva con lei da quando era comparsa al processo di suo marito indossando i colori del Congresso Nazionale Africano.

Per uscire da Drake's Farm, dove faceva la vita di una sorvegliata speciale, doveva ottenere il permesso di viaggio dal magistrato. Questo documento specificava rigorosamente itinerari e orari, durata della visita al marito e viaggio di ritorno.

Il traghetto si accostò al molo e i marinai gettarono le cime ai secondini in uniforme. Joseph prese il bambino per mano e con l'altra aiutò Vicky a scendere sul molo di legno per la stretta passerella. Qui, si guardarono attorno incerti. I carcerieri li ignorarono, continuando a dedicarsi allo scarico del traghetto.

Solo una decina di minuti dopo una guardia li chiamò. « Ehi voi, venite qui. » Seguirono l'agente fino alla prigione.

La prima occhiata a suo marito dopo sei mesi la sbigottì.

« Come sei dimagrito! » esclamò.

« Non si mangia molto bene qui. » Sedeva dall'altra parte della rete, in parlatorio. Avevano sviluppato nel corso delle visite precedenti, a Pretoria, una specie di codice: quanto Moses aveva appena detto significava che stava facendo un altro sciopero della fame.

Le sorrise, con la pelle tirata che lo faceva somigliare a un teschio. Quando appoggiò le mani sul banco, anche i polsi che uscivano dalla casacca della prigione si rivelarono magrissimi. Era pelle e ossa.

« Fammi vedere mio figlio », disse, e lei andò a prenderlo.

« Saluta tuo padre », disse al ragazzino, che guardò solennemente Moses al di là della rete metallica. Quel magro individuo non l'aveva mai preso in braccio, non l'aveva mai baciato o accarezzato, non l'aveva mai nemmeno toccato. Tra loro due c'era sempre stata una rete.

Un secondino sedeva accanto a Moses per accertarsi che il regolamento delle visite fosse rigidamente rispettato. Il tempo consentito era un'ora, sessanta minuti giusti, e si potevano toccare soltanto argomenti familiari: niente notizie, niente informazioni sul trattamento carcerario, e specialmente niente politica.

Un'ora di conversazione su affari di famiglia; ma usavano il loro codice. « Sono sicuro che mi tornerà l'appetito quando avrò notizie della famiglia », le disse Moses, « su carta. » Così lei venne a sapere che faceva lo sciopero della fame per poter leggere i giornali. Quindi, ignorava senz'altro le ultime notizie su Mandela.

« Gli anziani hanno chiesto a *Gundwane* di andare a trovarli », gli disse. *Gundwane* era il nome in codice di Mandela: significava « topo di canna » e gli anziani erano le autorità. Egli annuì per farle capire che aveva inteso: Mandela era stato arrestato. Sorrise appena. Le informazioni che aveva dato a Manfred De La Rey erano state usate efficacemente.

« Come stanno i membri della famiglia alla fattoria? » chiese.

« Tutti bene, stanno seminando », gli rispose Vicky, e lui capì che l'*Umkhonto we Sizwe*, lasciate le riunioni di Puck's Hill, aveva iniziato la campagna terroristica di attentati dinamitardi. « Forse sarete tutti di nuovo insieme più presto di quanto pensiamo », insinuò lei.

« Speriamo davvero », disse Moses. Il ricongiungimento poteva significare soltanto che anche quelli di Puck's Hill sarebbero arrivati sull'isola o avrebbero preso la scorciatoia della forca.

L'ora passò fin troppo in fretta, e il carceriere si alzò. « Il tempo è scaduto. Salutatevi. »

« Lascio il mio cuore con te, marito mio », disse Vicky, e restò a guardare il carceriere che lo portava via. Lui non si voltò a guardarla: camminava come un vecchio stanco.

« È solo il digiuno », disse a Joseph tornando verso il traghetto. « È sempre coraggioso come un leone, ma è debole perché è denutrito. »

« È un uomo finito », la contraddisse con calma Joseph. « I boeri l'hanno sconfitto. Non respirerà mai più l'aria della libertà. Non vedrà mai più nient'altro che questa prigione. »

« Per noi negri tutto il Paese è una prigione », ribatté fiera Vicky. Joseph non le rispose finché non furono di nuovo sulla nave, che adesso aveva il mare in poppa e dirigeva verso la montagna piatta sulle cui prime pendici si infittivano i grattacieli.

« Moses Gama ha scelto la strada sbagliata », le disse Joseph. « Ha cercato di far saltare le mura della fortezza bianca, senza rendersi conto che in tal modo avremmo ereditato soltanto rovine. »

« E tu, Joseph Dinizulu », ribatté con disdegno Vicky, « ne sai forse più di lui? »

« Forse no, ma almeno imparerò dagli errori di Moses Gama e Nelson Mandela. Non passerò la vita in una prigione dei bianchi. »

« E come distruggerai la fortezza dell'uomo bianco, fratellino intelligentone? »

« Ci entrerò dalla porta principale, una volta abbassato il ponte levatoio », disse lui. « Perché un giorno il castello e tutti i suoi tesori saranno miei, anche se dovrò condividerli in parte con l'uomo bianco. No, sorellina, capisco la tua rabbia, ma io non distruggerò con le bombe quei tesori: li erediterò. »

« Sei tu il pazzo, Joseph Dinizulu », gli disse fissandolo.

« Vedremo chi è pazzo e chi è savio », ribatté lui, sorridendole compiaciuto. « Ma ricorda questo, sorellina mia: senza l'uomo bianco, vivremmo ancora nelle capanne di frasche. Guarda a nord, e considera la miseria dei Paesi che hanno cacciato via i bianchi. No, sorella mia, io tratterrò i bianchi nel Paese: ma un giorno saranno loro a lavorare per noi. »

« Dimentica la rabbia, figlio mio », disse Hendrick Tabaka posando la mano sulla spalla a Raleigh. « O la rabbia ti divorerà. Il nemico è troppo forte. Pensa a quello che è successo a Moses Gama, mio fratello. Pensa al destino di Nelson Mandela. Si sono scagliati contro il leone a mani nude. »

« Altri continuano a lottare », precisò Raleigh. « I guerrieri dell'*Umkhonto we Sizwe* non hanno abbandonato la lotta. Tutti i giorni si viene a sapere di una loro nuova impresa. Tutti i giorni le loro bombe scoppiano. »

« Tirano sassolini a una montagna », disse tristemente Hendrick. « Tutte le volte che fanno saltare un pilone elettrico, Vorster e De La Rey arruolano altri mille poliziotti e firmano altri cento mandati di cattura. » Hendrick scosse la testa. « Dimentica la tua rabbia, figlio mio: per te si profila una bella vita al mio fianco. Se segui Gama e Mandela, finirai come loro. Invece io posso offrirti ricchezza e potere. Sposati, Raleigh, sceglíti una bella moglie grassa e dalle tanti figli, dimentica queste follie e prendi il tuo posto accanto a me. »

« Avevo una moglie, padre mio, ed è caduta a Sharpeville », gli disse Raleigh. « Ma prima di lasciarla laggiù ho fatto un giuramento, con le dita nelle sue ferite sanguinanti. »

« A giurare si fa in fretta », mormorò Hendrick, e Raleigh gli scorse in volto tutti i segni dell'età, che afflosciavano e confondevano i lineamenti un tempo netti e decisi. « Ma i giuramenti, poi, ti rendono la vita difficile. Anche tuo fratello Wellington ha fatto un voto al dio dei bianchi. Vivrà da eunuco per tutta la vita, senza mai neppure conoscere la consolazione di un corpo di donna. Io temo anche per te, Raleigh, frutto dei miei lombi. Temo che anche il tuo giuramento costituirà un greve fardello per tutto il resto della tua vita. » Sospirò ancora. « Ma, siccome non riesco a persuaderti, dimmi almeno che cosa posso fare per spianare il tuo duro cammino. »

« Sai che moltissimi giovani stanno abbandonando il Paese? » gli domandò Raleigh.

« Sì, e non solo i giovani », annuì Hendrick. « Anche tanti dirigenti politici anziani, come Oliver Tambo, Mbeki e Joe Modise. »

« Sono andati via per mettere in moto la prima fase della rivoluzione », disse Raleigh con gli occhi accesi dall'eccitazione. « Lenin stesso insegnava che non si può procedere subito alla rivoluzione comunista: bisogna prima conseguire l'indipendenza nazionale. Dobbiamo quindi creare un vasto fronte di progressisti, prelati, studenti e lavoratori che, guidati dall'avanguardia del proletariato, riescano a liberare il Paese. Oliver Tambo sta appunto occupandosi di fondare questo partito di avanguardia tra i fuorusciti contrari all'apartheid, e io intendo far parte di questa punta di diamante della rivoluzione. »

« Vuoi dunque lasciare il Paese dove sei nato? » Hendrick lo guardava sbigottito. « Vuoi lasciare me e la tua famiglia? »

« È mio dovere, padre. Se vogliamo distruggere questo sistema malvagio, abbiamo bisogno dell'appoggio del mondo intero, delle nazioni unite. »

« Tu sogni, figlio mio », gli disse Hendrick. « Quel mondo in cui tu credi tanto ha già dimenticato Sharpeville. Già i capitali tornano ad affluire in quantità nel nostro Paese dall'America, dalla Gran Bretagna e dalla Francia. Ogni giorno che passa il Paese diventa più prospero... »

« L'America si rifiuta ancora di venderci le armi. »

« Come no », ridacchiò Hendrick. « Perché i boeri hanno imparato a farsele da soli. Non puoi vincere, figlio mio, dunque resta con me. »

« Devo andare, padre. Perdonami, ma non ho scelta. Devo andare, ma ho bisogno del tuo aiuto. »

« Cosa posso fare per te? »

« C'è un uomo, un bianco, che sta aiutando i giovani a scappare. »

Hendrick annuì. « Joe Cicero. »

« Voglio vederlo, papà. »

« Ci vorrà del tempo... questo Joe Cicero è un uomo che si ammanta di mistero. »

Ci vollero quasi due settimane. Si incontrarono su un autobus a Vereeniging, su cui Raleigh dovette salire al capolinea. Indossava un berretto blu, come gli era stato chiesto, e sedeva in penultima fila.

L'uomo che si accomodò proprio dietro di lui accese una sigaretta e disse sottovoce: « Raleigh Tabaka ».

Raleigh si voltò a guardare in due occhi che sembravano pozze di olio lubrificante.

« Non guardarmi », disse Joe Cicero. « Ma ascolta attentamente quello che ti dico... »

Tre settimane dopo Raleigh Tabaka, con in spalla un sacco da marinaio e in tasca un'autentica carta d'imbarco, salì su un cargo olandese che trasportava lana a Liverpool. Non vide nemmeno sparire il continente dietro l'orizzonte, perché già era al lavoro sottocoperta, in sala macchine.

Sean combinò l'accordo a colazione, l'ultimo giorno del safari. Il cliente possedeva diciassette grandi concerie sparse per tutti gli Stati Uniti, e quasi tutti i terreni fabbricabili di Tucson in Arizona. Si chiamava Ed Liner e aveva settantadue anni.

« Figliolo, non so proprio perché dovrei comprarmi un'agenzia di safari. Sai, la caccia grossa comincia a diventare un po' troppo faticosa per me. »

« Tutte balle, Ed », gli disse Sean. « Quasi mi superavi, correndo dietro a quel grosso elefante, e i portatori ti hanno soprannominato '*buana* Uno-Sparo' perché non sbagli un colpo. »

Ed Liner sorrise compiaciuto. Era un ometto segaligno con un ciuffo di capelli candidi in testa.

« Fammi ancora una volta tutto il discorso », l'invitò. « L'ultima volta. »

Sean se lo lavorava da tre settimane, dal primo giorno del safari, e sapeva che Ed ormai conosceva le cifre a memoria: ma ora gliele ripeté.

« La concessione misura milletrecento chilometri quadrati, con settanta chilometri di riva del lago Kariba... » Ascoltando, Ed Liner carezzava la moglie come fosse un gattino.

Era la terza moglie e aveva un paio d'anni meno di Sean, ma una cinquantina meno del marito. Aveva fatto la ballerina al Golden Egg di Las Vegas, e della ballerina aveva ancora gambe e portamento; in più, grandi occhi azzurri innocenti e chioma d'oro.

Guardava Sean gettare l'amo con la boccuccia arricciata da amorino. Erano tre settimane che Sean puntava anche lei con lo stesso scarso successo.

« Tutto quello che hai tu, tesoro », aveva detto a Sean, « è un bel faccino e il cazzo duro. Ma di queste cose è pieno il mondo. Invece il vecchio Eddie ha cinquanta milioni di dollari, e non c'è confronto, te lo assicuro. »

Il campo era sotto un magnifico fico selvatico in riva al fiume Mara. Era un bel mattino africano, luminosissimo. Oltre il fiume la pianura era tutta gialla d'erba invernale, e disseminata di grandi acacie a ombrello. La più vicina riceveva le attenzioni di una giraffa, che brucava con leggiadra eleganza le più tenere foglie in cima all'albero, mentre per la piana sterminata vagavano branchi di gnu. Più a monte veniva dal fiume la sardonica e tonante risataccia di un ippopotamo maschio, mentre dai rami del fico, proprio sopra di loro, gli uccelli tessitori pendevano a testa in giù dai nidi intrecciati, muovendo le penne gialle e trillando per indurre la femmina, dall'anonimo piumaggio bruno, a stabilirsi da loro. Secondo una leggenda diffusa tra i cacciatori bianchi, Hemingway e Ruark si erano accampati proprio lì, e avevano fatto colazione sotto le magnifiche fronde dello stesso fico.

« E tu cosa ne pensi, Zucchèrino? » chiese Ed Liner alla moglie, carezzandole l'interno della coscia con le dita brune e ossute. La donna indossava pantaloncini kaki a gamba larga, e dal suo posto Sean vedeva spuntarle dalle mutandine un ricciolетto biondo. « Ci conviene dare al vecchio Sean qui presente mezzo milione di dollari per comprarci una riserva personale qui in Rhodesia nella valle dello Zambesi? »

« Fa' tu, che te ne intendi più di me, paparino Eddie », disse lei sbattendo le lunghe ciglia, con voce da bambina piccola. Contemporaneamente si girò verso di lui per far tendere sul seno la camicia kaki.

« Ma ci pensi? » continuò Sean. « Una concessione di caccia tutta per te, per farci tutto quello che vuoi. » Parlando, non perdeva d'occhio la donna. « Se ti va, puoi abbattere da solo tutti i capi permessi: tutti gli animali che vuoi. » Nonostante i riccioli e la bocca a cuore, Lana Liner aveva un lato sadico sviluppato come quello di tutti i cacciatori conosciuti da Sean. Mentre Ed si era limitato ad abbattere il leone e l'elefante per cui aveva pagato, Lana aveva sparato a tutti i capi che aveva diritto di abbattere, e poi anche a tutti quelli rifiutati dal marito.

Sparava passabilmente bene, e traeva lo stesso piacere dall'abbattere un leone nerocrinito o una gazzella con un ben aggiustato colpo del suo fucile Weatherby magnum. Sean aveva notato l'eccitazione sessuale che la pervadeva dopo ogni uccisione, il respiro affannoso, il batticuore: e il suo istinto di dongiovanni gli diceva che avrebbe potuto farla sua solo nei pochi minuti successivi all'impatto della pallottola nella carne dell'animale e al sangue versato.

« Tutta la caccia grossa che volete, quando volete », la tentava Sean, e vide l'eccitazione balenarle negli occhioni azzurri da bimba.

Lana Liner si forbì le labbra scarlatte con la lingua e disse con la solita vocina artefatta: « Perché non me la compri per il mio compleanno, paparino Eddie? »

« Perdio! Perché no? Okay, figliolo, affare fatto. La chiameremo Agenzia di Safari Lana. Appena arrivo a Tucson faccio stendere il contratto dagli avvocati. »

Sean batté le mani e gridò verso la tenda dei servitori: « Maramba! *Letta* champagne *hapa! Pacey! Pacey!* » Presto, Maramba, porta lo champagne!

Il cameriere in tunica bianca e fez rosso arrivò col secchiello del ghiaccio e la bottiglia di champagne già fresca di frigo. Bevvero il vino e risero al sole del mattino, si strinsero ripetutamente la mano e discussero l'iniziativa finché il portatore venne coi fucili e con Matatu, il battitore ndorobo, sul retro della Land Rover scoperta. Matatu rideva come una scimmia.

« Ne ho avuto abbastanza », dichiarò Ed. « Credo che me ne starò qua a fare i bagagli in attesa dell'aereo che ho noleggiato per questo pomeriggio. » Subito vide la smorfia di corruccio sulle labbra di Lana. « Vai pure tu con Sean, Zucchero », le disse. « Divertiti, ma non far tardi, l'aereo arriva alle tre e dobbiamo arrivare a Nairobi prima di buio. »

Sean partì con Lana seduta accanto. Aveva tagliato via le maniche della camicia per esibire le braccia lucide e muscolose. I peli neri del torace gli uscivano dal collo della camicia, e i capelli alla paggio gli arrivavano fin sulle spalle. Sulla fronte portava una fascia di seta per non farseli andare negli occhi. Quando le sorrise, le parve irresistibilmente bello, ed era anche un po' strafottente nel chiederle: « Allora, hai voglia di divertirti un po', bellezza? » Lo mise a posto dicendo: « Se mi trovi qualcosa da ammazzare, sì, bello ».

Seguirono la pista in riva al fiume, risalendolo verso le colline. La Land Rover era scoperta e liberata di tutte le sovrastrutture, compreso il parabrezza. Matatu e il portatore, dietro, scrutavano i cespugli in cerca di tracce fresche.

Allarmata dal motore, una famigliola di *bushbuck* risalì a

salti la riva del fiume dirigendosi verso il folto. Il piccolo e la madre davanti, il maschio dietro a corna alte.

« Voglio spararglì », gridò Lana facendo cenno al portatore di passarle il fucile.

« Ma lascialo andare », sbottò Sean. « Non vedi che corna piccole? Hai già un trofeo migliore. »

Gli fece il broncio, ma lui l'ignorò mentre i *bushbuck* scomparivano nella boscaglia. Sean inserì tutte e quattro le motrici e discese sulla riva di un affluente del fiume Mara, lo guadò fra alti spruzzi e, rombando, risalì dall'altra parte.

Un piccolo branco di zebre di Burchell si disperse senza fretta davanti a loro. Le nere criniere erette e il corpo striato che in distanza sembrava di un grigio anodino accompagnavano i loro versi simili all'abbaiare improvviso di un cane. Lana le guardava avidamente, ma aveva già ucciso tutte le zebre a cui le davano diritto i permessi suo e di Ed.

La pista tornò a piegare verso il fiume e tra gli alberi intravidero le vaste pianure popolate dai masai e da branchi di animali selvaggi, fitte di boschetti di acacie.

« *Buana!* » gridò Matatu, e nello stesso istante Sean scorse il segno. Frenò. Con Matatu andò a vedere lo sterco verdastro e le impronte bovine sul terriccio molle accanto alla pista. La fatta era fresca, e Matatu ci infilò un dito per capire quanto.

« Sono andati ad abbeverarsi un'ora prima dell'alba. »

Sean tornò alla Land Rover e sedette vicino a Lana. Quasi toccandola, le disse: « Tre grossi maschi. Sono passati di qua tre ore fa, ma stanno pascolando e in un'ora li raggiungiamo. Credo che siano gli stessi tre che abbiamo visto l'altro ieri ». Avevano intravisto le grosse sagome al crepuscolo, dall'altra parte del largo fiume Mara, ma allora non c'era stato tempo di aggirarli. « Se sono gli stessi, c'è un vecchio maschio dalle corna adatte a fornire un grossissimo trofeo. Ormai, di così grossi se ne incontrano di rado da queste parti. Proviamo a seguirlo? »

La donna saltò giù dalla Land Rover e fece per prendere il Weatherby nella rastrelliera dei fucili.

« Lascia stare quel giocattolo, Zucchero », l'avvertì Sean. « Quei bestioni sono cattivi. Prendi il Winchester di Ed. » Il 458 sparava pallottole che pesavano il doppio di quelle del Weatherby.

« Ma sparo meglio col mio che col cannone di Eddie », disse Lana. « E solo Eddie può chiamarmi Zucchero. »

« Ed mi paga mille dollari al giorno per questi consigli. Prendi il 458. Ti va bene se allora ti chiamo Bigodini? »

« Va' a darlo via, bello », gli disse Lana, e la voce infantile diede all'oscenità un sapore stranamente lascivo.

« È proprio quello che avevo in mente di fare, Bigodini, ma prima andiamo a far fuori il bestione. »

Lei tirò il Weatherby al portatore e si allontanò di buon passo agitando nei calzoncini kaki le chiappe tonde e dure. « Sembrano le guance di uno scoiattolo che mordicchia una ghianda », pensò divertito Sean, seguendola armato del suo Gibbs.

Era facile seguire le tracce di tre grossi bufali pesanti più di una tonnellata l'uno, che avanzavano lentamente pascolando. Matatu avrebbe desiderato raggiungerli in fretta, ma Sean glielo impedì. Non voleva che Lana arrivasse a tiro esausta e con la lingua fuori. Così cercarono di tenere un passo compatibile con le sue forze.

Nella rada foresta di acacie raggiunsero il punto dove i bufali avevano smesso di pascolare e si erano avviati con decisione verso la linea azzurrina delle colline. Sean spiegò a Lana in un sussurro: « Erano lì quando si è levato il sole. Ma appena si è fatto giorno si sono mossi verso pascoli più grassi. Se sono dove dico io, li raggiungiamo entro mezz'ora al massimo ».

Intorno a loro la foresta si infittiva. Le acacie avevano ceduto il posto a un roveto quasi impenetrabile. Sopra la testa i rami si intrecciavano e non si vedeva che a pochi metri di distanza. Intanto aumentava il caldo e la penombra della boscaglia faceva apparire minacciosi recessi bui.

Rancido e selvatico, il fetore dei bufali sembrava ristagnare fermentando nell'aria afosa. Trovarono il posto dove i bestioni si erano stesi a riposare spiaccicando il loro stesso sterco. Poi si erano rimessi in moto.

Davanti, Matatu aprì la mano segnalando che ormai erano vicinissimi. Sean come al solito si fermò a cambiare le cartucce che aveva nel fucile. Tenne le due che aveva sostituito tra le dita della sinistra, pronto a ricaricare all'istante. Era capace di sparare quattro colpi con la sua doppietta in minor tempo di quello impiegato da un fuciliere esperto per sparare con un semiautomatico. La boscaglia era così immota e silenziosa che si sentivano respirare, sentivano il sangue scorrere nei lobi delle orecchie.

All'improvviso si udì un tramestio e si irrigidirono immobili. Pochi metri davanti a loro un bufalo aveva scosso il testone per scacciare i tafani, e un corno aveva percosso un ramo. Sean si mise in ginocchio segnalando a Lana di andargli accanto. Insieme avanzarono strisciando.

Improvvisamente e inaspettatamente sbucarono in una piccolissima radura, non più grande di una ventina di passi, dove il terreno era calpestato come in un recinto di animali e disseminato di sterco vecchio.

Sdraiati al limite della radura guardarono nell'intrico dall'altra parte. Ma il sole li abbagliava, rendendo le sagome indistinte e oscure.

Poi un bufalo tornò a scuotere la testa e Sean li vide. Erano coricati l'uno sull'altro, con le teste vicine e le corna quasi aggrovigliate. Erano a meno di trenta passi ma era impossibile distinguere un animale dall'altro e attribuirgli le corna sue.

Pian piano Sean girò la testa e parlò nell'orecchio a Lana. « Vado a farli alzare. Sta' pronta a sparare quando grido. »

Lana sudava e tremava. Sean sentiva l'odore della sua paura e della sua eccitazione, che si trasmetteva anche a lui. Sentì rimescolarsi il sangue e inturgidirsi il sesso, e per un attimo restò lì a godere la sensazione, schiacciando la terra molle come se fosse il corpo di lei. Poi di proposito fece sbattere il bossolo d'ottone delle cartucce che aveva nella mano sinistra contro le canne d'acciaio del Gibbs. Il *tic* metallico risuonò chiaramente nel silenzio perfetto.

Nel folto, dall'altra parte della radura, i tre bufali si alzarono volgendo la testa in direzione del rumore. Le nari umide fiutavano l'aria, le corna scabre e ritorte, nere come carbone, si univano appena sopra gli occhietti porcini e cattivi, mentre le orecchie a trombetta vibravano.

« Quello in mezzo », disse pianissimo Sean. « Sparagli al petto. » Si irrigidì aspettando lo sparo, ma poi girò gli occhi a guardarla. E vide la canna del Weatherby che descriveva circoletti capricciosi mentre Lana cercava senza riuscirci di prendere la mira. Capì subito che aveva dimenticato di regolare il cannocchiale, e poiché l'ultima volta aveva effettuato un tiro molto lungo adesso c'erano troppi ingrandimenti. Era come guardare una portaerei al microscopio.

« Non sparare! » le ordinò con un secco bisbiglio, ma il Weatherby fece fuoco, lanciando una fiammata nella radura. Il grosso maschio sussultò roteando la testa e sbuffando. Sean vide volar via una pillacchera di fango dalla pelle nera sotto la spalla destra. Mentre il bufalo faceva dietrofront per allontanarsi nel folto, Sean puntò il fucile per finirlo, ma proprio in quella un altro bufalo si frappose e il bestione ferito scomparve alla vista.

Restarono sdraiati l'uno accanto all'altra ascoltando il trepestio della fuga del pesante terzetto nella boscaglia.

« Non vedevo bene », disse Lana con la sua vocetta infantile.

« Lo credo bene, avevi il cannocchiale regolato al massimo, stronza! »

« Ma l'ho preso! »

« Sì, Bigodini, l'hai preso, questo è il guaio. Gli hai rotto la zampa anteriore destra. » Sean si alzò e fece un fischio a Matatu. In poche parole gli raccontò tutto in swahili, e il piccolo ndorobo guardò severamente Lana.

« Sta' qui col portatore », le ordinò Sean. « Andiamo noi a finirlo. »

« Vengo anch'io », disse Lana scuotendo la testa.

« Sono pagato apposta », le disse Sean, « per risolvere questi casini. Sta' qui e lasciami lavorare. »

« No », disse lei. « Il bufalo è mio e lo finisco io. »

« Non ho tempo di discutere », disse amaro Sean. « Quindi vieni, ma fa' quello che ti dico io. » Segnalò a Matatu di seguire le tracce di sangue.

Nel posto dove il bufalo era stato colpito trovarono delle schegge d'osso.

« Gli hai rotto la spalla », le disse Sean. « A quella distanza la pallottola andava a un chilometro al secondo; non può non essersi spezzata. »

Il bufalo perdeva molto sangue. I rami erano tutti rossi nelle vicinanze, e per terra c'era una gran pozza gelatinosa. Gli altri due animali l'avevano abbandonato, e Sean fece un grugnito di soddisfazione. Meno guai, e minori rischi di sparare al bufalo sbagliato.

Lana gli rimaneva vicinissima. Aveva tolto il cannocchiale dal fucile e l'aveva passato al portatore.

Di colpo sbucarono in un'altra stretta radura, dove Matatu

strillò e saltò a rifugiarsi dietro i due armati mentre dall'altra parte il bufalo sbucava fuori dal folto e li caricava con una strana andatura scarrocciante. Aveva il muso alzato e le lunghe corna curve erano quanto mai minacciose. La zampa spezzata dondolava inerte attardandolo, sicché beccheggiava e rollava come una nave, spruzzando grandi fiotti di sangue a ogni passo.

« Spara! » disse Sean. « Mira al naso! » Ma, senza nemmeno guardarla, capì che era terrorizzata, e sentì che girava sui tacchi per darsela a gambe.

« Vieni qua, troia, non fartela sotto. Fermati e sparagli », le ringhiò. « Era questo che volevi, no? Adesso fallo. »

Il Weatherby tuonò sputando fuoco e fiamme attraverso la radura. Il bufalo sussultò, mentre da un corno volavano schegge.

« Alto! » gridò Sean. « Sparagli nel naso. » E lei sparò di nuovo, e ancora una volta prese un corno, e il bufalo continuò a caricare.

« Spara! » gridò Sean, puntando il sovrapposto al testone cornuto. « Forza, troia, ammazzalo! »

« Non ci riesco », gridò lei. « È troppo vicino! » Il bufalo sembrava occupare tutto il loro campo visivo, incombendo come una montagna nera di muscoli e corna micidiali. Ben presto abbassò la testa preparandosi a incornarli, a sventrarli, a farli a pezzi, a calpestarli infierendo come il fabbro sull'incudine.

Ma appena le grandi corna si abbassarono, Sean gli sparò nel cervello e il bufalo fece una capriola, scalciando. Sean tirò in salvo Lana dagli zoccoli, mentre il bestione si agitava in agonia. La donna aveva buttato per terra il fucile e adesso gli si aggrappava tutta tremante, con la bocca rossa distorta dal terrore.

« Matatu! » chiamò Sean tranquillamente, stringendola al petto, e il piccolo ndorobo gli riapparve a fianco come un folletto. « Vai col portatore a prendere la Land Rover. Portatela qui, ma senza fretta. » Matatu sogghignò inclinando la testa da una parte. Aveva una gran considerazione della virilità del suo padrone, e sapeva benissimo cosa stava per fare Sean. Si stupiva solo che ci avesse messo tanto tempo per convincere quella pallida e insipida creatura. Scomparve nell'intrico di rami come un'ombra nera; Sean alzò il mento alla ragazza e infilò profondamente la lingua nella rorida e rossa ferita della sua bocca.

Lei emise un gemito e gli si incollò. Con la mano libera Sean le slacciò la cintura dei calzoncini, che le caddero ai piedi. Fu lei a gettarli lontano con un calcio. Poi con un sol gesto le strappò le mutandine e la stese sulla carcassa del bufalo ancora calda e sanguinante. Ci cadde sopra a gambe aperte, mentre i muscoli del bestione, colpito al cervello, continuavano a contrarsi e scattare sotto di lei, e l'odore dolciastro del sangue, che ricorda il rame, si mischiava al puzzo bovino e all'odore del terriccio pestato.

Sean, sopra di lei, fece saltar via di netto tutti i bottoni delle braghe, mentre Lana lo guardava con gli occhi ancora annebbiati dal terrore.

« Bastardo », singhiozzava. « Bastardo schifoso! »

Sean si inginocchiò tra le sue gambe lunghe e spalancate, infilando le mani sotto le piccole natiche dure. Alzandole la parte inferiore del corpo, non mancò di notare che il morbido monticello biondo era già madido come la peluria di un micino affogato.

Tornarono all'accampamento con il bufalo sul retro della Land Rover, la gran testa cornuta penzolante da un lato. Matatu e il portatore, appollaiati sul bufalo, cantavano una canzone di caccia.

Lana non disse una parola per tutto il viaggio di ritorno. Ed Liner li stava aspettando seduto a tavola sotto il tendone, ma il suo sorriso d'accoglienza svanì appena Lana gli gettò sul tavolo le mutandine strappate pigolando con la sua vocina infantile: « Lo sai cos'ha fatto quel mascalzone di Sean, paparino Eddie? Ha violentato la tua bambina, ecco cos'ha fatto! L'ha tenuta giù e le ha messo dentro la sua cosaccia grossa e sporca ».

Sean vide l'ira e l'odio negli occhi del vecchio, e brontolò dentro di sé. « Troia! » l'insultò mentalmente. « Falsona! Prima ti piaceva, gridavi che ne volevi di più! »

Mezz'ora dopo Lana e Ed partivano con l'aereo dalla piccola pista accanto al campo. Svanito l'apparecchio in direzione di Nairobi, Sean abbassò gli occhi sulla patta.

« Allora sei contento, King Kong? » l'apostrofò. « Mi sei appena costato ventimila dollari a centimetro. » Sempre scuotendo amaramente il capo tornò alla Land Rover e prese il pacchetto di posta che il pilota gli aveva portato da Nairobi. La prima era una busta gialla, un telegramma, che aprì e lesse subito: « Il 5 agosto sposo Holly Carmichael. Per favore fammi da testimone. Con affetto, Garry ».

Sean lo lesse due volte, dimenticando subito Lana e Ed Liner.

« Chissà che racchiona sposa Garry », ridacchiò. « Peccato che non possa tornare... » S'interruppe e ci pensò un po'. « Ma perché no? Io torno! Tanto lo so che se non rischio non mi diverto. »

Shasa Courteney sedeva alla scrivania nel suo studio a Weltevreden, guardando il Turner sulla parete di fronte mentre componeva mentalmente il paragrafo successivo.

Stava scrivendo la sua relazione come presidente di una commissione governativa speciale denominata Armscor, destinata a dirigere l'industria statale degli armamenti appena istituita con legge dal Parlamento e avvolta nel più stretto segreto.

Quando il presidente Eisenhower aveva introdotto l'embargo delle armi contro il Sudafrica, per reazione al massacro di Sharpeville e alla politica razziale del governo Verwoerd, la spesa nazionale annua per l'industria delle armi era limitata a 300.000 sterline. Quattro anni dopo la stessa voce in bilancio era salita a mezzo miliardo.

« Il vecchio Ike ci ha fatto un grosso favore », sorrise ora Shasa. « La legge delle conseguenze impreviste ha colpito ancora: le sanzioni non pagano mai. Adesso la nostra principale preoccupazione è trovare un poligono per gli esperimenti con la bomba atomica. »

Si dedicò ancora a quella parte della sua relazione e scrisse:

Per i motivi anzidetti, sono dell'opinione che ci convenga adottare la terza opzione, quella degli esperimenti sotterranei. A questo scopo la società ha già condotto una ricerca geologica per determinare le zone migliori (vedi rapporto geologico accluso).

I pozzi per l'esplosione saranno scavati da una ditta di perforazioni diamantifere e avranno la profondità di milleduecento metri per evitare la contaminazione radioattiva delle falde idriche.

Bussarono alla porta e Shasa alzò gli occhi irritatissimo. Tutti quanti in casa sapevano che non voleva essere disturbato, e non c'erano scuse per questa intrusione.

« Chi è? » abbaiò, e la porta si aprì subito senza cerimonie.

Per un attimo non riconobbe la persona che entrò nello studio. I capelli lunghi, l'abbronzatura, gli indumenti pittoreschi – il gilé in pelle di cudù, il fazzoletto di seta a colori accesi al collo, gli stivaletti da campagna – e le cartuccere non gli riuscivano affatto familiari. Shasa si alzò incerto.

« Sean? » tentò. « No, non credo ai miei occhi. » Cercò di mostrarsi arrabbiato e offeso. « Maledizione, Sean, ti avevo detto che non... » Ma non riuscì a continuare, la gioia era troppa e gli si ruppe la voce.

« Ciao papà », disse Sean venendo avanti. Era più alto, bello e sicuro di sé di quanto Shasa ricordasse. Shasa aborriva tutte le originalità del vestiario, ma addosso a Sean quegli indumenti apparivano del tutto naturali e adeguati.

« Cosa diavolo fai qui? » ritrovò finalmente la voce Shasa, ma nella domanda non c'era alcun rancore.

« Sono venuto appena ho ricevuto il telegramma di Garry. »

« Garry ti ha telegrafato? »

« Mi vuole come testimone del suo matrimonio, e non ho avuto neanche il tempo di cambiarmi. » Si fermò davanti a Shasa, e per un momento i due si studiarono.

« Mi sembri in forma, papà », sorrise Sean, producendo un lampo di denti candidi nell'abbronzatura.

« Sean, ragazzo mio », disse Shasa aprendo le braccia, e Sean l'abbracciò forte.

« Ho pensato a te tutti i giorni... » La voce di Sean era intensa, la guancia premuta contro quella del padre. « Dio mio, quanto ho sentito la tua mancanza, papà. »

Shasa capì subito che era una gran balla, ma fu lieto che Sean si prendesse la briga di dirgliela. « Anch'io ho sentito la tua mancanza, figlio mio », sussurrò. « Non tutti i giorni, ma abbastanza da soffrirne un sacco. Bentornato a casa. » Sean lo baciò. Non succedeva da quando Sean era bambino: quelle manifestazioni sentimentali non rientravano nello stile consueto di Shasa, ma adesso gli fece tantissimo piacere.

Quella sera a cena Sean sedette alla destra di Centaine. Lo smoking gli era diventato un po' stretto e puzzava di naftalina, ma i servi, felicissimi di rivederlo, gliel'avevano stirato alla perfezione. Si era lavato i capelli, e le onde lucide e soffici curiosamente sembravano esaltare, più che contraddire, la sua straripante virilità.

Isabella fu colta di sorpresa come tutti gli altri. Scendeva maestosamente lo scalone, in abito da sera molto scollato, ma le pose da gran dama svanirono appena vide Sean. Strillando di gioia, corse ad abbracciarlo.

« Come ci si annoiava senza di te! »

Non gli lasciò il braccio finché non sedettero a tavola, e anche lì continuò a fissarlo mentre raccontava, lasciando raffreddare la minestra per non perdere neanche una parola. Quando Shasa, da capotavola, fece un'allusione all'incapacità dei barbieri del Kenia, almeno a giudicare dalla testa di Sean, lei prese subito le difese del fratello maggiore.

« Sta benissimo così. Certe volte sei proprio antidiluviano, papà. È bellissimo. Giuro che se Sean si taglia i capelli farò subito voto di silenzio e castità. »

« Speriamolo! » mormorò suo padre.

Centaine, benché meno proclive alle effusioni, era altrettanto contenta del ritorno a casa di Sean. Naturalmente sapeva in tutti i particolari le circostanze del suo allontanamento. Era l'unica a conoscerle oltre a Shasa: ma la faccenda risaliva a sei anni prima, un lasso di tempo durante il quale tantissime cose potevano cambiare. Era difficile credere che un giovane di così bell'aspetto, ancora più bello del suo amato Shasa, pieno di fascino e di grazia naturale, potesse essere del tutto cattivo. Si consolava pensando che aveva commesso gravi errori da ragazzo, ma ormai era un uomo. Centaine ne aveva visti di rado così virili, e ascoltò i suoi racconti con la stessa attenzione di tutti gli altri, ridendo di gusto alle battute.

Garry continuava a ripetere: « Non credevo proprio che saresti venuto. Ti ho mandato quel telegramma d'impulso: non ero nemmeno sicuro dell'indirizzo ». E a Holly, seduta accanto a Sean: « Non è meraviglioso, Holly? Non è proprio come ti avevo detto io? »

Holly sorrise mormorando qualche frase educata, e cambiando posizione sulla sedia per impedire a Sean di sottolineare ancora una volta quello che stava dicendo posandole la mano sulla coscia. Si guardò attorno e incontrò gli occhi di Michael. Era l'unico che non seguiva il racconto di Sean con concentrazione totale. Holly aveva conosciuto Michael solo il giorno prima, quand'era arrivato da Johannesburg per il matrimonio, ma i due avevano simpatizzato subito. Il rapporto si era rinsaldato quando Holly aveva scoperto l'affetto e l'atteggiamento protettivo di Michael nei confronti di Garry.

Adesso Michael alzò un sopracciglio e rivolse a Holly un sorriso di scusa. Aveva visto come la guardava il fratello maggiore, aveva colto perfettamente gli accorgimenti di Sean per attirare l'attenzione di lei, e si era anche accorto del suo improvviso impallidire e sussultare quando Sean l'aveva toccata sotto il tavolo. Si ripromise di parlar chiaro a Sean dopo cena: doveva pensarci lui perché Garry sicuramente non si sarebbe accorto di niente. Era troppo commosso e felice per il ritorno del fratello maggiore. Toccava a Michael, come sempre del resto, proteggerlo dai brutti scherzi di Sean. Proprio mentre sorrideva cavallerescamente a Holly, Sean intercettò il suo sguardo e capì benissimo la situazione. Non mostrò alcuna reazione, finì di raccontare la sua storia con tono franco e spiritoso. Tutti si misero a ridere, tranne Holly e Michael.

« Sei simpaticissimo », cinguettò Isabella. « Il guaio è che sei mio fratello. Ah, se trovassi un altro ragazzo bello come te! »

« Non ce ne sono alla tua altezza, Bella », disse Sean, guardando però Michael, e, quando le risate cessarono, gli chiese con disinvoltura: « Allora, Michael, come si sta in quel tuo giornale sovversivo? È vero che pensi di cambiargli nome e chiamarlo *Il Gazzettino di Mandela*? »

Michael posò forchetta e coltello e restituì uno sguardo molto serio a Sean.

« La politica del *Golden City Mail* è difendere gli inermi e cercare di assicurare un'esistenza decente e dignitosa a tutti, oltre naturalmente a dire la verità come la vediamo noi, a ogni costo. »

« Di questo non so niente, Mickey », sorrise Sean. « Ma un paio di volte, laggiù nella savana, ho sentito la mancanza di una copia del *Golden City Mail*... signorsì, tutte le volte che resto senza carta igienica vorrei avere sottomano la tua rubrica su quel giornale. »

« Sean! » disse seccamente Shasa, perdendo per la prima volta l'espressione indulgente che aveva assunto dal ritorno di Sean. « Ci sono delle signore! »

« Scusami tanto, papà », disse Sean facendo la faccia contrita. « Tu hai ragione, parliamo di cose divertenti. Lasciami raccontare a Mickey cosa fanno i Mau-Mau ai bambini bianchi in Kenia. Poi lui potrà raccontarmi dei suoi amici comunisti dell'ANC, e dirmi che cosa intendono fare ai nostri bambini qui. »

« Sean, sei ingiusto », disse tranquillo Michael. « Io non sono comunista, e non ho mai sostenuto né il comunismo né l'uso della forza... »

« Non è questo che hai scritto nel tuo articolo di ieri. Ho avuto il grande e glorioso privilegio di leggerlo in aereo venendo qui da Johannesburg. »

« Quello che ho scritto, in realtà, è che Vorster e De La Rey stanno commettendo l'errore di etichettare come comuniste tutte le aspirazioni della popolazione negra: i diritti civili, le libertà, i sindacati e i partiti politici come l'ANC. Definendo queste cose 'comunismo' lo rendono quanto mai attraente per i negri. »

« Nel Kenia si è appena insediato un governo negro, capeggiato da un pregiudicato per terrorismo e omicidio. Ecco perché mi sto trasferendo in Rhodesia. E qui il mio caro fratellino sta spianando la strada all'avvento di un altro governo negro marxista e terrorista, a cui dare in pasto la Repubblica. Dimmi un po', chi è l'assassino che preferiresti come presidente, Mickey, Mandela o Moses Gama? »

« Basta con la politica a tavola », disse minacciosamente Shasa. « E badate che non intendo ripeterlo. »

« Papà ha ragione », intervenne Isabella. « State spargendo il cordoglio, voi due, e proprio quando cominciavo a divertirmi! »

« Ti consiglio di cominciare a mangiare, sei fin troppo magra », la rimproverò Centaine. Ma stava guardando Sean.

« È tornato a casa da sei ore e già ci fa litigare », pensava. « Non ha perso il gusto della polemica. Bisognerà stare attenti. Mi chiedo qual è il vero motivo per cui è tornato. »

Lo scoprì ben presto, dopo cena, quando Sean le chiese di venire con Shasa nella sala delle armi.

Shasa le versò un bicchierino di Chartreuse, e a se stesso e Sean una dose abbondante di cognac Hennessy. Poi sedettero nelle poltrone rivestite in pelle. Gli uomini celebrarono il rito del sigaro: taglio della punta, intiepidimento e infine accensione coi fiammiferi di cedro.

« Allora, Sean », disse Shasa. « Di che cosa volevi parlarci? »

« Ti ricordi che una volta abbiamo discusso delle prospettive commerciali dei safari? Poco prima che partissi, papà. » Shasa non mancò di notare l'assoluta disinvoltura di Sean riguardo alla sua partenza forzata. « Bene, adesso ho sei anni di esperienza, e non intendo offenderti con la falsa modestia. Sono uno dei migliori cacciatori bianchi della zona. Ho una lista di cinquanta clienti intenzionati a tornare a caccia con me. Ho i loro numeri di telefono, se vuoi puoi verificare tu stesso. »

« Lo farò certamente », disse Shasa. « Ma continua pure. »

« In Rhodesia il governo di Ian Smith intende incoraggiare l'attività delle agenzie di safari. Entro due mesi saranno messe all'asta altre concessioni, una delle quali è un'ottima occasione. » Shasa e Centaine ascoltavano attentissimi, e quando Sean ebbe finito di parlare, quasi un'ora dopo, si scambiarono uno sguardo significativo. Dopo trent'anni di strettissima collaborazione si capivano al volo e non avevano certo bisogno di commenti ad alta voce. Sean aveva fatto un'esposizione magistrale. Era un ottimo venditore, e le cifre sembravano garantire ingenti profitti: ma Shasa distinse negli occhi scuri e fondi di Centaine una piccola ombra.

« C'è solo una cosa che mi disturba un tantino, Sean. Ti fai vivo dopo tutti questi anni e per prima cosa chiedi mezzo milione di dollari. »

Sean si alzò e si mise a passeggiare per la sala delle armi. Sopra il camino, al posto d'onore, faceva bella mostra di sé la zanna d'avorio intagliata, fra i trofei di caccia dello stesso Shasa relegati in posizione secondaria.

Sean la osservò un momento poi si girò lentamente a guardarli in faccia. « Tu non mi hai mai scritto in tutti questi anni, papà. Mai una volta. Va bene, capisco il perché. Ma non puoi accusarmi di avervi trascurato. Ho pensato a te e alla nonna tutti i giorni, mentre ero lontano. » Era veramente una scena madre. Non aveva nemmeno fatto cenno alla zanna d'elefante, e Centaine avrebbe giurato che le lacrime che si affacciavano ai suoi stupendi occhi verdi fossero genuine. Sentì sciogliersi i dubbi che aveva nutrito.

« Mio Dio, come potrà resistergli una donna? » pensò. « Non ce la fa nemmeno sua nonna! » Guardò Shasa e si accorse, sbalordita, che Sean era riuscito a farlo vergognare. Con disinvoltura aveva girato la frittata riversando la colpa su suo padre. Shasa dovette schiarirsi la voce per poter parlare.

« Devo ammettere che la proposta sembra interessante », disse con qualche goffaggine. « Ma dovrai parlarne a Garry. »

« A Garry? » chiese sorpreso Sean.

« È il membro del consiglio d'amministrazione che si occupa dei nuovi progetti e investimenti », gli spiegò Shasa, e Sean sorrise.

Aveva appena convinto alla sua idea due degli affaristi più duri e astuti del Paese. Garry in confronto sarebbe stato uno zuccherino.

Il padre di Holly Carmichael era pastore in una piccola parrocchia presbiteriana in Scozia: fu lietissimo di volare in Sudafrica a veder finalmente sposata con tutti i crismi la figlia balzana e divorziata. Si proponeva di pagare lui le spese.

Centaine l'accompagnò a visitare la tenuta e gli spiegò con diplomazia che, anche riducendo al massimo gli invitati, non potevano essere meno di mille. « Soltanto gli amici di famiglia e i più importanti partner politici e di affari. Naturalmente per i braccianti di Weltevreden e i dipendenti della Courteney Mining & Finance si terranno ricevimenti separati. »

Il reverendo Carmichael parve alquanto impressionato. « Madam, io amo mia figlia, ma gli introiti di un pastore... »

« Non intendo certo sottolinearlo », proseguì con tutta calma Centaine, « ma si tratta del secondo matrimonio di Holly... e lei ha già fatto il suo dovere in occasione del primo. Le sarei grata se consentisse a me di pensare a questi dettagli, e accettasse invece di celebrare lei la cerimonia. » Con un'abile mossa Centaine aveva così risolto il problema del celebrante. La Chiesa Anglicana locale, benché avesse alluso a tetti da restaurare e vetrate da installare, non aveva assolutamente voluto fornirlo. Contemporaneamente, Centaine si era assicurata mano libera per l'organizzazione delle nozze.

« Sarà il matrimonio del decennio », promise a se stessa.

Per l'occasione fu restaurata la vecchia cappella degli schiavi della tenuta. Per decorarla fu importato in aereo dal Transvaal un cespo di bougainvillea dai fiori dell'identica tonalità dell'abito da sposa di Holly. Il resto della cerimonia e dei festeggiamenti successivi fu organizzato con la stessa larghezza e attenzione ai particolari, con tutte le risorse di Weltevreden e del gruppo Courteney.

In chiesa ci stavano solo centocinquanta persone, e non si poteva negare un posto ai venti servi negri che conoscevano e amavano Garry fin da bambino. Gli altri mille invitati aspettarono sul campo di polo, dove la cerimonia veniva diffusa dagli altoparlanti.

La strada in discesa dalla cappella al campo di polo era affollata di braccianti e servitori che non vantavano un'anzianità tale da garantire loro il posto in chiesa. Avevano saccheggiato i roseti di Centaine per irrorare di petali Garry e la moglie, che scendevano in carrozza scoperta. Le donne cantavano e ballavano e cercavano di toccare la sposa, convinte che portasse fortuna.

In abito grigio da cerimonia Garry, più alto e massiccio di Holly, la faceva sembrare una dolce nuvoletta rosa al suo fianco. Era così graziosa che gli invitati si profusero in commenti ammirati al suo ingresso sotto il tendone dei rinfreschi rizzato in mezzo al campo da polo, sottobraccio al marito.

Il discorso del testimone fu uno dei momenti più divertenti. Sean si produsse in un tal fuoco di fila di battute da far ridere tutti, anche se Holly si irrigidì un tantino alle trasparenti allusioni alla balbuzie di Garry e al suo manuale di culturismo.

Sean fu il primo a danzare con Holly dopo il valzer inaugurale degli sposi. La strinse e vorticando le mormorò: « Sciocchina, potevi assaggiare quello giusto, ma non disperare, non è mai troppo tardi ».

« Già fatto », rispose Holly con un sorriso gelido. « E ora perché non vai ad affascinare le povere damigelle d'onore? Son lì che ti sbavano dietro come cagnolini. »

Sean accolse la ripulsa con un sorrisetto e lasciò finire il ballo a Michael. Mentre schioccava le dita per farsi portare un altro bicchiere di champagne, guardò la gente dal podio rialzato, individuando le donne interessanti e scegliendole non solo in base alla bellezza ma anche all'apparente disponibilità. Quelle che si accorgevano del suo scrutinio arrossivano, chinavano gli occhi o gli restituivano arditamente lo sguardo, passando in cima alla sua lista.

A un tratto si accorse che Isabella aveva finalmente avuto ragione della nonna, e indossava una di quelle minigonne da poco venute di moda. Le arrivava appena sotto la protuberanza soda delle natiche. Con l'occhio imparziale del conoscitore, Sean giudicò straordinarie le gambe di sua sorella. Tutti gli uomini senza eccezione, per quanto in là con gli anni, gliele guardavano ammirati, mentre lei vorticava danzando sulla pista di legno disposta sull'erba.

Pensando alla nonna, la cercò con lo sguardo. Il suo posto a tavola era vuoto. La trovò. Era in fondo al tendone, seduta con un uomo robusto che gli voltava le spalle. Erano intenti a conversare animatamente, cosa sorprendente da parte della nonna, e si chiese chi fosse il suo interlocutore. Sicuramente una persona importante. Mentre così pensava l'omone si voltò e lo riconobbe. Provò un empito di rimorso: era il ministro degli Interni Manfred De La Rey, colui che l'aveva salvato dalla prigione insabbiando la sua pratica, dietro promessa che non sarebbe più tornato nel Paese.

L'istinto di Sean era quello di filare senza attirare su di sé l'attenzione del ministro De La Rey, ma subito si derise per la sua stupidità. Aveva appena tenuto un discorso di fronte a tutti, e un discorso disinvolto e spiritoso. « Altro che attirare l'attenzione », pensò, e poi rise della propria audacia. « Vivere pericolosamente. Metà del divertimento è lì. » Saltò giù dal banco senza versare una goccia di champagne e deliberatamente si diresse verso la nonna e il suo interlocutore.

Centaine lo vide arrivare e mise la mano sul polso di Manfred. « Attento, sta arrivando proprio adesso. » Le era occorsa tutta la propria influenza, e la rievocazione di tutti i passati legami e favori reciproci, per proteggere Sean, e adesso quel giovinastro impudente veniva a pavoneggiarglisi in faccia.

Cercò di metterlo in fuga col cipiglio, ma Sean si chinò a darle un bacio sulla guancia. « Sei un genio, nonna, non s'è mai vista una festa riuscita come questa. Che organizzazione! Che attenzione ai particolari! Siamo tutti orgogliosissimi di te. »

L'abbracciò e, benché lei cercasse di intimidirlo esortandolo a non dire fesserie, il suo sforzo fu vanificato dal sorrisetto compiaciuto che non era riuscita a trattenere. « Dannazione, ha la faccia tosta di tutti i Courteney », pensò orgogliosamente, e poi si rivolse a Manfred.

« Lei non conosce mio nipote. Sean, ti presento il ministro De La Rey. »

« Ho sentito parlare di lei », ringhiò Manfred senza nemmeno porgergli la mano. « Ne ho sentito parlar molto. » Con sollievo Centaine si rivolse alla coppia che tornava al tavolo dopo aver danzato. « E questa è la signora De La Rey con suo figlio

Lothar: sono tutti vecchi amici di famiglia. Heidi, permettimi di presentarti mio nipote Sean. »

Sean si chinò a baciarle la mano, e Heidi lo guardò bene prima di dire col suo accento tedesco: « È l'unico dei tuoi nipoti che non conoscevo ancora, Centaine. Che bel ragazzo ».

Sean si rivolse a Lothar e gli porse la mano. « Ciao, io sono Sean, e se non sapessi chi sei non sarei sudafricano. Sei un campione, ti ho visto giocare tante volte in Kenia e in Rhodesia con la nazionale. »

I due giovani sedettero su un paio di sedie libere e si misero subito a parlare appassionatamente di rugby. Era appena venuta in tournée la nazionale inglese. Pur continuando la conversazione con Manfred, Centaine osservava di nascosto i due nipoti. A parte la gioventù e la gran sicurezza di sé, erano molto diversi quanto ad aspetto: l'uno era biondo e germanico, l'altro scuro di capelli e romantico. Tuttavia capì che in molte cose si assomigliavano. Erano uomini forti, con ben pochi scrupoli: uomini che sapevano quello che volevano e come ottenerlo. Era un aspetto che forse avevano ereditato da lei, e a questo pensiero sorrise. Come lei erano forse avversari spinosi e per niente proclivi a cedere, ma anzi pronti a spazzar via chiunque li ostacolasse.

Centaine era capace di seguire due conversazioni alla volta. Sentì Lothar De La Rey che diceva: « Anch'io ho sentito parlare di quello che hai fatto in Kenia. Non sei stato decorato dagli inglesi per aver sgominato le ultime bande di Mau-Mau? »

Sean scoppiò a ridere. « Ho sbagliato epoca... gli inglesi non potevano mica decorarmi per far fuori i Mau-Mau proprio mentre si preparavano a consegnare il Paese a Kenyatta! Non era il caso, amico mio, non ti pare? Ma tu come l'hai saputo? »

« Sapere queste cose è il mio mestiere », gli disse Lothar, e Sean annuì.

« È naturale, sei della polizia. Sei maggiore, mi pare, no? »

« La settimana scorsa sono diventato colonnello e mi hanno trasferito all'Ufficio Sicurezza dello Stato. »

« Congratulazioni. »

« Sai, qualunque informazione tu possa darci sui Mau-Mau ci sarebbe utile. Abbiamo bisogno di lezioni da parte di esperti dell'antiterrorismo, e soprattutto di consigli pratici. Perché purtroppo potremmo avere ben presto gli stessi problemi anche qui. »

« Be', quando sono arrivato là il peggio era passato: ma sono pronto a collaborare nei limiti delle mie capacità. Se veramente posso essere utile non mi tiro indietro. Solo che tra qualche settimana debbo tornare in Rhodesia... »

« In Rhodesia? » Lothar abbassò la voce in modo che Centaine non potesse più sentire. « Interessante. Ci preme essere informati anche di quanto succede là. Sì, dobbiamo proprio vederci un giorno, prima che tu parta. Un uomo come te lassù potrebbe riuscire di valore inestimabile per noi... » Lothar si interruppe. La sua espressione cambiò e si alzò subito in piedi, guardando dietro le spalle di Sean.

Anche Sean si voltò e vide Isabella avvicinarsi. La ragazza mise languidamente una mano sulla spalla del fratello, e si appoggiò a lui con l'anca: ma guardava Lothar.

« Questa è Bella, la mia sorellina », disse Sean a Lothar, e Isabella mormorò:

« Guarda che non sono più una bambina », senza togliere gli occhi di dosso a Lothar.

L'aveva già notato in chiesa, durante la cerimonia, riconoscendolo immediatamente. Era uno degli atleti più famosi del Paese, amato da tutti. La sua conversazione con Sean le offriva l'occasione che cercava.

Benché la sua voce fosse spassionata e i suoi modi, come al solito, sussiegosi e distanti, Sean la sentì tremare contro di sé e interiormente sogghignò. « Hai i fuochi artificiali alle ovaie, eh sorellina? » pensò, ma disse: « Perché non ti siedi a portare un po' di luce nelle nostre squallide esistenze, Bella? »

Lei lo ignorò e parlò direttamente a Lothar. « Passi tutto il tempo in braghe da rugby a tirar calci a palle ovali, o hai anche imparato a ballare da qualche parte, Lothar De La Rey? »

« Perdio », imprecò bisbigliando Sean. Era anche più sfacciata della media dei Courteney. Lothar accennò un inchino e le chiese serio:

« Mi concede questo ballo, Isabella Courteney? »

Fecero un giro di pista senza parlare e poi Lothar disse: « Se fossi la mia donna, non ti permetterei di indossare una gonna come questa ».

« Perché, non ti piacciono le mie gambe? » gli chiese lei.

« Mi piacciono moltissimo », le rispose Lothar. « Ma se fossi la mia donna non mi andrebbe che gli altri te le guardassero come stanno facendo adesso. »

« Sei un puritano, Lothar De La Rey. »

« Forse, Isabella Courteney: ma credo che ogni cosa vada fatta a tempo e luogo. »

Isabella lo strinse un po' di più, pensando: « Allora troviamo 'sto tempo e 'sto luogo, fusto! »

Manfred guardava un po' acido il figlio che ballava. Sua moglie si avvicinò e diede voce ai suoi stessi pensieri.

« Quella fraschetta si sta sdilinquendo per Lothie. Guarda come mostra tutto quello che ha... vorrei andare a strapparglielo dalle grinfie. »

« Sarebbe un errore, *skat* », le fece osservare Manfred. « La nostra disapprovazione la renderebbe ancora più attraente ai suoi occhi. Ma non preoccuparti, Heidi, l'abbiamo educato bene. Con una come lei può anche divertirsi un po', ma non è certo il tipo di ragazza che ci porterà a casa. » Si alzò con qualche sforzo. « Fidati del nostro ragazzo, Heidi. Ma ora scusami, devo parlare con Shasa Courteney di una cosa importante. »

Shasa, in uno splendido abito da passeggio, con un garofano bianco all'occhiello, la benda sgherra sull'occhio e il sigaro in bocca, stava parlando con lo sposo novello, ma quando vide avvicinarsi Manfred con la faccia seria diede una pacca sulla spalla a Garry e gli disse: « Credo che sia una buona iniziativa, ma tu ascolta quello che ha da dire Sean, fatti un'opinione e poi vieni a parlarne con me ». Quindi lasciò Garry e andò incontro a Manfred.

« Dobbiamo parlare un po' in privato », gli disse senza cerimonie quest'ultimo.

« Adesso? » chiese Shasa con la faccia stupita, ma Manfred insisté.

« Non ci vorrà molto. »

« Andiamo in casa. » Shasa lo prese sottobraccio e chiacchierando affabilmente si diressero verso l'uscita del tendone, come se andassero insieme alle toilette. Ma appena fuori del padiglione della festa andarono al parcheggio dietro la tribuna.

Manfred girava sbuffando per la sala delle armi e dei trofei, soffermandosi davanti a ogni fotografia e a ogni ricordo, alla vetrina dei fucili e così via, mentre Shasa seduto in poltrona aspettava fumando che facesse i comodi suoi.

« È sicura la stanza, nessuno ci può udire? » chiese Manfred, e Shasa annuì.

« Sicurissima. Conduco gran parte dei miei affari qui. Inoltre la casa è deserta, tutti i servi sono fuori a far festa. »

« *Ja, nee, goed!* » Manfred andò a sedersi di fronte a Shasa. « Non puoi andare in Inghilterra come avevi in programma », gli disse, e Shasa scoppiò a ridere.

« Perché diavolo no? »

« Ora te lo dico », promise Manfred, ma invece di spiegarsi gli chiese: « Hai visto *Va' e uccidi*? È un film ».

Per un attimo Shasa rimase sbalordito dall'irrilevanza di quella domanda. Poi rispose: « No, non vado quasi mai al cinema, ma ho letto il libro di Richard Condon, *L'eroe della Manciuria*, e mi è pure piaciuto ».

« Ti ricordi la trama? »

« Sì, riguardava un complotto per assassinare un candidato presidenziale americano. »

« Già », annuì Manfred. « L'assassino era stato ipnotizzato e condizionato a reagire alla vista di una carta da gioco, mi pare un asso. »

« Sì, l'asso di picche », riprese Shasa. « Che rappresenta la morte. Il sicario avrebbe risposto come un automa a qualsiasi ordine che avesse ricevuto dopo aver visto l'asso di picche, e nella *trance* ipnotica gli si comandava di assassinare il candidato. »

« Pensi che l'idea fosse credibile? Che un uomo possa diventare succube delle suggestioni ipnotiche di qualcun altro? »

« Non lo so », ammise Shasa. « Coreani e russi pare abbiano perfezionato la tecnica del lavaggio del cervello. Forse sarà possibile in circostanze speciali, con un soggetto particolarmente adatto; non saprei. »

Manfred tacque tanto a lungo che Shasa cominciò a innervosirsi. Poi disse poche parole. « Il nostro posto è in pericolo », osservò, e Shasa si irrigidì sulla sedia. « *Ja* », annuì Manfred serissimo. « Verwoerd sta pensando a un rimpasto. Io e te saremo sostituiti. »

« Tu hai fatto molto bene un lavoro difficile », replicò Shasa. « Era umanamente impossibile fare di meglio. La tempesta è finita, il Paese adesso è tranquillo e stabile. »

Manfred sospirò. « Lo stesso si può dire di te. In pochi anni, dopo Sharpeville, sei riuscito a rimettere in sesto l'economia.

I capitali stranieri affluiscono grazie agli incentivi ideati da te. Il prezzo della terra e degli immobili è più alto di quanto non fosse prima della crisi. Hai fatto un ottimo lavoro creando quasi dal nulla l'industria degli armamenti. Ben presto avremo la bomba atomica... ciò nonostante, noi saremo congedati. Lo sai che le mie informazioni sono sempre attendibili. »

« Perché? » chiese Shasa, e Manfred alzò le spalle.

« Verwoerd si è preso due pallottole nel cervello. Chissà quali danni possono avergli provocato. »

« Non dimostra di aver patito alcuna conseguenza negativa. Dopo l'operazione che ha rimosso le pallottole è tornato altrettanto logico, razionale e risoluto di prima. »

« Ne sei proprio convinto? » chiese Manfred. « Consideri logica e razionale la sua ossessione per la razza? »

« Forse no, ma ce l'ha sempre avuta. »

« È qui che ti sbagli, amico mio », lo contraddisse Manfred. « La prima volta che Malan gliel'offrì, non voleva il ministero degli Affari Bantu. La razza non gli interessava per niente. Si preoccupava solo della crescita e della durata del nazionalismo afrikaner. »

« Però ha accettato il ministero e ci si è gettato anima e corpo », sorrise Shasa.

« Questo è vero, ma allora considerava l'apartheid uno strumento di progresso per i negri, un'occasione per loro di autogestirsi e diventare padroni del proprio destino. La considerava una faccenda analoga alla separazione dell'India e del Pakistan. Era consapevole delle differenze razziali, ma non era razzista, all'inizio non lo era ancora. »

« Forse. » Shasa dubitava.

« È cambiato da quando si è beccato quei proiettili nel cervello », disse Manfred. « Prima aveva una volontà di ferro ed era sicuro di essere infallibile, ma da allora non sopporta la minima critica e nemmeno la più lontana allusione che ciò che dice o fa potrebbe essere sbagliato. La razza per lui è diventata un'ossessione, al punto da rasentare la follia... quella storia del giocatore di cricket inglese, come si chiamava? »

« Basil D'Oliveira. È sudafricano, gioca per l'Inghilterra perché non può giocare per noi. »

« Già, una vera pazzia. Adesso Verwoerd rifiuta persino i servitori negri. Non vuol vedere l'*Otello* cinematografico perché Laurence Olivier recita con la faccia tinta di nero. Ha perso completamente il senso delle proporzioni. Vanificherà senz'altro tutto il duro e difficile lavoro che abbiamo fatto per riportare ordine e prosperità nel Paese. Distruggerà il Sudafrica e in particolare noi due, che ci siamo opposti ad alcuni dei peggiori eccessi del governo. Tu hai addirittura caldeggiato l'abrogazione definitiva delle leggi sui lasciapassare... e lui non ti ha mai perdonato. Ti definisce 'un liberal'. »

« D'accordo, ma che possa mai togliere a te il ministero degli Interni non riesco a concepirlo. »

« Invece è proprio quello che medita di fare. Intende dare tutte queste responsabilità a John Vorster, riunendo Giustizia e Interni in un unico dicastero da chiamare 'Legge e Ordine' o qualcosa del genere. »

Shasa andò all'angolo bar e versò nei bicchieri due buone dosi di cognac. Manfred non protestò quando ne piazzò uno sul tavolo davanti a lui.

« Sai, Shasa, ormai è un pezzo che faccio un certo sogno. Non ne ho mai parlato con nessuno, nemmeno con Heidi, ma a te lo dirò. Io sogno che un giorno sarò primo ministro, e tu, Shasa Courteney, presidente della Repubblica. Noi due, l'inglese e l'afrikaner, a fianco a fianco come sudafricani. »

Restarono lì zitti a pensarci un po' con calma, e ben presto Shasa cominciò a sentirsi più che degno di quell'alto onore. Anzi, gli sembrava addirittura di esserne stato finora surrettiziamente defraudato da altri per oscure mene. Poi Manfred imboccò un'altra tangente.

« Saprai che, sebbene oggi gli americani rifiutino di venderci armi, noi continuiamo a collaborare assiduamente con la CIA su tutti gli argomenti africani di comune interesse. » Shasa annuì, pur non comprendendo il senso del nuovo discorso.

« Sì, certo, lo sapevo. »

« Gli americani hanno appena interrogato un disertore russo a Berlino Ovest. Ci hanno passato parte delle informazioni. C'è un 'eroe della Manciuria' sul posto: il suo obiettivo è Verwoerd. »

Shasa lo guardò con gli occhi sbarrati. « Chi è l'assassino? »

Manfred alzò una mano. « Non si sa. Il russo non lo sapeva, benché fosse un alto papavero. Sapeva soltanto, e l'ha detto agli americani, che l'assassino aveva accesso al primo ministro, e che sarebbe stato utilizzato presto, molto presto. » Fece ruotare il liquore nel bicchiere di cristallo. « Si sa anche qualcosa di più: il sicario ha precedenti di malattie mentali ed è uno straniero, non è nato qui. »

« Sapendo ciò, non dovrebbe essere difficile individuarlo », disse Shasa. « Basterebbe controllare i precedenti di tutti quelli che hanno accesso al primo ministro. »

« Sì, forse », ammise Manfred. « Ma quello che dobbiamo stabilire – qui in segreto tra noi due – è se vogliamo veramente trovare l' 'eroe della Manciuria' e fermarlo. È davvero nell'interesse del Paese impedire questo attentato? »

Shasa si rovesciò un po' di cognac sul vestito, ma parve non accorgersene. Fissava Manfred sbigottito. Dopo una lunga pausa posò il bicchiere, tirò fuori dalla tasca interna un fazzoletto di seta e cercò di pulirsi.

« Chi altri sa qualcosa? » gli chiese, concentrandosi sulla macchia di liquore, senza alzare gli occhi.

« Uno dei miei funzionari più anziani, un ufficiale di collegamento con l'addetto militare dell'ambasciata americana, che in realtà è il capo della CIA qui. »

« Nessun altro? »

« Solo io, e adesso tu. »

« L'ufficiale è degno di fiducia? »

« Completamente. »

Alla fine Shasa alzò gli occhi. « Sì, ora capisco perché è il caso di rimandare il viaggio a Londra. Se dovesse capitare qualcosa a Verwoerd, sarebbe essenziale per me essere qui quando si sceglie il suo successore. »

Alzò il bicchiere e dopo un attimo Manfred fece lo stesso. Bevvero guardandosi negli occhi, in un muto brindisi.

Sulla pista da ballo rimanevano soltanto due coppie, e, tranne l'orchestrina e i servitori, che stavano sparecchiando e impilando le sedie, il tendone era deserto.

Infine, il capo dell'orchestrina negra discese dal podio e si avvicinò esitando a Sean. « Padrone, sono già le due passate. » Sean lo fulminò con lo sguardo da sopra la testa della ragazza con cui stava ballando, e l'uomo si fece piccolo piccolo, ma gli disse: « Per piacere, padrone, suoniamo dall'ora di pranzo, sono quasi quattordici ore ».

L'espressione accigliata di Sean mutò teatralmente in quel suo radioso sorriso da ragazzo. « E allora andate pure! Siete stati bravissimi... questo è per voi », disse, ficcando nel taschino del musicista un mazzetto di banconote. Poi chiamò l'altra coppia.

« Andiamo, ragazzi, facciamo un salto al *Navvies.* »

Isabella aveva la faccia schiacciata contro il petto di Lothar, ma alzò subito gli occhi, felice.

« Magnifico! » gridò. « Non ci sono mai stata. La nonna dice che è un posto sordido e malfamato. Andiamoci! »

Sean si era fatto prestare la MG di Garry, e Isabella fece la corsa con lui al volante della sua nuova Alfa Romeo, riuscendo a non farsi staccare sulle curve della strada di montagna. Affiancati, sbucarono su Buitenkant Street e si diressero verso il celebre Navigator's Den, la Tana del Navigante, nella zona di Bo-kaap, dietro i dock.

Sean si era procurato due bottiglie di whisky al bar del tendone. La ragazza gli si era aggrappata al collo. « Facciamo baldoria », disse attraversando la folla di marinai e prostitute che si accalcava all'ingresso del locale.

L'interno era così buio che si distingueva a malapena la banda. La musica era così alta che dovevano gridarsi le cose nell'orecchio per sentirle.

« Sei un fratello meraviglioso », gli urlò Isabella baciandolo. « Non mi fai mai le prediche! »

« La vita è tua, cara Isabella: goditela... e chiamami se qualcuno cerca di impedirtelo! »

Seduta sulle ginocchia di Lothar, l'abbracciava sbaciucchiandolo sul collo. La ragazza che stava con Sean era crollata, e lui l'aveva stesa sul divanetto imbottito, con la testa sul suo grembo, mentre parlava seriamente con Lothar, a spalla a spalla con lui. La musica copriva le voci, e a più di qualche centimetro nessuno poteva certamente udire.

« Sai che alla polizia c'è ancora un bell'incartamento a nome tuo? » gli disse Lothar.

« Non è una gran sorpresa », ammise Sean.

« Non t'importa di correre qualche rischio, eh? » rise Lothar. « Il tuo coraggio mi piace. »

« A quanto vedo e sento, direi che sei abbastanza coraggioso anche tu », disse Sean.

« Io potrei fare in modo che le tue pratiche spariscano », offrì Lothar.

« In cambio di qualcosina d'altro, immagino. »

« Be', direi », annuì Lothar. « Non si fa niente per niente. »

« E per una manciata di cacca si guadagna un pugno di mosche », rise Sean, riempiendo di nuovo i bicchieri. « Cosa dovrei fare per voi? »

« Il nostro agente in Rhodesia. In tal caso, dimenticheremmo forse le tue piccole indiscrezioni. »

« Perché no? » accettò immediatamente Sean. « Cosa non si fa per una bella risata! E vivere pericolosamente è già metà divertimento. »

« Ehi voi due, perché non la piantate di fare i noiosi? » gridò Isabella, accarezzando la guancia di Lothar. « Io voglio ballare! »

La ragazza di Sean si rialzò ciondolando e disse: « Sto per vomitare ».

« Emergenza », dichiarò Sean, saltando in piedi e portandola alla toilette delle donne. C'erano due signore al lavandino, che si misero a squittire pudiche a quell'irruzione.

« Non si preoccupino di noi, signore », disse Sean spingendo la ragazza nel cubicolo e puntandola verso la tazza del cesso. Rumorosamente si liberò di quanto l'angustiava, poi si rialzò barcollando e gli fece un sorriso stranito. Con tenerezza lui le pulì la bocca con della carta igienica.

« Come ti senti? »

« Adesso meglio. »

« Bene. Andiamo da qualche parte a scopare. »

« Okay », disse lei, miracolosamente ringalluzzita. « Era tutta la sera che aspettavo! »

Sean si fermò vicino a Lothar e Isabella che stavano ballando sulla pista affollata.

« Noi ce ne andiamo. È saltato fuori un imprevisto, se mi passate l'espressione. »

« Ti telefono domani a Weltevreden », disse Lothar, « per mettere a punto i dettagli. »

« Non troppo presto, mi raccomando », disse Sean e sorrise a sua sorella. « Ci vediamo, Bella. »

« Non dirmi 'fa' la brava', eh? »

« Perisca il solo pensiero. » Sean prese la sua amica e la condusse giù per le scale.

Isabella fece un altro giro di pista, tanto per far allontanare Sean, poi sussurrò: « Sono stufa di ballare. Andiamocene via ».

Lothar non aveva mai visto una donna guidare con il gusto

e la bravura di Isabella. Si rilassò sul sedile e si mise a guardarla. Nonostante la giornata lunga e piena di eccessi, era sempre fresca come un petalo di rosa, con gli occhi chiari e luminosi.

Era la prima ragazza inglese con cui fosse mai uscito, e i suoi modi liberi e diretti l'avevano sbigottito e affascinato. Con la severa educazione calvinistica che ricevevano, le ragazze afrikaner non potevano comportarsi con altrettanta spontaneità senza essere considerate delle ragazze facili. Eppure, benché l'avesse turbato più di un po', doveva ammettere che era la ragazza più bella e affascinante che avesse mai conosciuto.

All'incrocio tra Paradise Road e Rhodes Drive Isabella tirò dritto.

« Bisognava svoltare di là per Weltevreden », disse Lothar, e lei rispose con un sorrisetto malandrino. « Non è là che stiamo andando. Da qui in avanti, sei nelle mie mani, Lothar De La Rey. »

Seguirono la strada costiera da Muizenberg intorno alla baia, per le vie deserte di Simonstown, la base navale britannica, proseguendo poi verso la vera e propria punta del continente.

Dove la strada costeggiava un'alta scogliera, Isabella fermò l'Alfa Romeo sul ciglio della strada, e spense il motore.

« Vieni », gli ordinò. Lo prese per mano e lo portò sul ciglio dell'abisso. L'alba stava tingendo il cielo orientale di arancio e limone. Molti metri sotto di loro, la scogliera rientrava a formare una baia riparata. « Che bello qui », mormorò Isabella. « È uno dei posti che preferisco. »

« Dove siamo? » le chiese Lothar.

« In un posto che si chiama Smitswinkel Bay », gli disse lei, e lo portò per mano all'imboccatura del sentiero che scendeva al mare.

In fondo c'era una spiaggetta a ferro di cavallo, di sabbia argentea, sopra la quale, abbarbicati alla roccia, si vedevano dei rozzi cottage. Il chiarore perlaceo dell'alba cominciava a illuminarli, mentre le spume della baia avevano la patina nebulosa del peltro.

Isabella scalciò via le scarpe e andò in riva all'acqua. Poi, senza girarsi a guardarlo, si tolse il vestito sfilandoselo da sopra la testa e lo lasciò cadere sulla sabbia. Sotto, indossava soltanto le mutandine di seta col pizzo. Per un lungo momento restò lì a guardare il mare: aveva la schiena lunga e fatta a forma di un bel vaso, le vertebre si vedevano appena sotto la pelle chiara e luminosa come madreperla. Quindi si chinò a togliersi anche le mutandine.

Era nuda, e Lothar si accorse di emettere un gemito strozzato nel respirare e guardandola andare a passi lenti all'acqua, ancheggiando dolcemente a tempo con il pigro ritmo dell'oceano. Proseguì finché fu in mare fino alla vita e si abbassò, lasciando fuori solo la testa. Poi si girò a guardarlo. La sfida e l'invito erano chiari come se li avesse spiattellati a voce.

Lothar si svestì senza fretta, come aveva fatto lei. Nudo, entrò nella baia, e lei si alzò ad accoglierlo, facendo ruscellare l'acqua giù dalle spalle e tra i seni. Poi gli tese le braccia, prendendolo dolcemente per il collo.

Lo provocava con la lingua, lasciandogli esplorare il tepore e la morbidezza della sua bocca; e, sentendo quanto la desiderava, emise una risatina sommessa e roca.

Così provocato, Lothar la prese tra le braccia e la portò dove lei non toccava. Fu costretta a stringergli si addosso, col corpo privo di peso. La maneggiava come una bambola e lei non faceva nessuna resistenza. La sua forza sembrava senza limiti: si sentiva indifesa e vulnerabile nelle sue mani, e gli fu grata della sua pazienza: affrettarsi ora sarebbe stato un rovinare tutto. Voleva che questa volta fosse ben diverso dal frenetico tastare e spesso doloroso fottere che le avevano saputo offrire i quattro o cinque studentelli a cui finora aveva dato l'occasione.

Imparò ben presto che anche lui poteva provocarla. La lasciava galleggiare intorno a sé nel respiro tranquillo dell'oceano, mentre lui se ne stava immobile, rifiutando di procedere all'assalto finale. Alla fine, fu Isabella a soccombere all'impazienza.

In contrasto con l'acqua fredda che le girava intorno, lui era come un ferro per marchiare incandescente, piantato in profondità nel suo corpo. Non riusciva a credere a quella durezza e a quel calore, e gridava forte per il piacere indescrivibile. Non le era mai capitato di godere così. D'ora in poi, solo questo contava, perché questo era ciò che aveva sempre cercato.

Sempre allacciati tornarono a riva, e videro che ormai era pieno mattino. Raccolsero i vestiti e lei, senza affatto infilarseli, lo condusse all'ultima baracca della fila. Mentre cercava la chiave nella borsetta lui le chiese: « Di chi è? »

« È uno dei nascondigli di papà. L'ho scoperto per caso, e non sa che ho la chiave. »

Aprì la porta e lo fece entrare. « Asciugamani », disse aprendo un cassetto. Si divertirono ad asciugarsi a vicenda, ma il gioco ben presto da spensierato diventò serio, e lei lo tirò alla brandina contro il muro.

« Al mio paese è l'uomo che domanda! » ridacchiò Lothar.

« Sei un vecchio bigotto », ribatté lei.

Mentre lei saliva sulla brandina, Lothar vide che aveva ancora il sedere bello rosso per l'acqua fredda della baia; se ne sentì particolarmente intenerito, e fu colto da un empito di simpatia per lei.

« Sei così dolce », gli sussurrò Isabella. « Così forte e dolce... »

Verso metà mattina si accorsero che avevano fame. Vestita solo di un vecchio maglione da pesca di suo padre, saccheggiò l'armadietto della cucina per preparare la colazione.

« Ti vanno asparagi, ostriche affumicate e fagioli? »

« Tuo padre non noterà la tua assenza? » le chiese aprendo le scatole.

« Oh, no, papà è molto distratto, e poi crede a tutto quello che gli dico. È da mia nonna che devo guardarmi, ma sono già d'accordo con una mia amica che ci coprirà. »

« Così tu sapevi già come e dove andava a finire? » le chiese.

« Ma certo. Perché tu no? » disse roteando gli occhi.

Si misero a mangiare. Isabella diede la sua opinione: « Che schifo! Se non avessi tutta 'sta fame, non lo mangerei di certo ».

« Naturalmente a Londra andrai a trovare tua madre, vero? » le chiese poi Lothar. Isabella si fermò con la forchetta a mezz'aria.

« Come fai a sapere che vado a Londra, e come fai a sapere che mia madre sta là? »

« Probabilmente so di tua madre cose che tu stessa ignori », le disse Lothar. Lei mise giù la forchetta e lo fissò.

« Quali ad esempio? » lo sfidò.

« Be', ad esempio che è una gran nemica di questo Paese. È membro dell'ANC, e del gruppo anti-apartheid. Vede spesso membri del Partito Comunista Sudafricano. A Londra gestisce una specie di covo per rifugiati politici e terroristi espatriati. »

« Mia madre? » Isabella scosse la testa.

« Tua madre era profondamente coinvolta nel complotto per

far saltare la Camera e assassinare governo e opposizione. Dal primo ministro a tuo padre e al mio. »

Isabella prese a scuoter la testa, ma lui proseguì in tono piatto, guardandola con quei suoi occhi dorati da leopardo.

« È direttamente responsabile della morte di suo padre, tuo nonno, il colonnello Blaine Malcomess. Era la complice di Moses Gama, che sta ora scontando l'ergastolo per terrorismo e omicidio, e se non fosse fuggita sarebbe certamente in prigione anche lei. »

« No », disse piano Isabella. « Non ci credo. »

Era sbalordita e sconvolta per l'improvviso cambiamento che aveva avuto luogo in lui. Qualche minuto prima era gentile, adesso era duro e crudele, e la feriva con le sue parole. « Lo sapevi che tua madre era l'amante di Moses Gama, e ha avuto un figlio da lui? Il tuo fratellastro è di un bel color caffellatte. »

« No! » proruppe Isabella, scuotendo la testa incredula. « Come fai a sapere tutte queste cose? »

« Dalla confessione firmata di Moses Gama, il padre. Potrei anche procurartene una copia, ma in realtà non serve, perché molto probabilmente conoscerai il tuo fratellastro bastardo a Londra. Abita lì con tua madre. Si chiama Benjamin Afrika. »

Isabella saltò in piedi e vuotò il piatto nella spazzatura. Senza alzare gli occhi gli chiese: « Perché mi racconti tutte queste cose? »

« Per indicarti qual è il tuo dovere. »

« Non capisco. » Ancora non lo guardava.

« Noi siamo convinti che tua madre e i suoi amici preparino altre azioni violente contro questo Paese. Ma non sappiamo bene di che cosa si tratta. Qualunque informazione sulle loro attività ci sarebbe utilissima. »

Isabella si voltò pian piano e lo fissò. Il suo viso era pallido e sconvolto. « Vuoi che faccia la spia contro mia madre? »

« Vorremmo solo sapere i nomi delle persone che conoscerai a Londra in sua compagnia. »

Non ascoltava. L'interruppe. « L'hai fatto apposta. Mi hai scelta non perché mi giudicavi attraente, dolce o desiderabile, ma solo per questa schifosa ragione. »

« Tu sei bella, non attraente. Tu sei magnifica, non dolce », disse lui.

« E tu sei un bastardo, un bastardo senza scrupoli e senza cuore. »

Lothar si alzò e andò dove aveva lasciato i vestiti.
« Cosa vuoi fare? » gli domandò.
« Vestirmi e andarmene », le disse.
« Perché? »
« Mi hai chiamato bastardo. »
« Lo sei. » Aveva gli occhi pieni di lacrime. « Un bastardo irresistibile. Non andar via, Lothar, ti prego, non andare. »

Isabella fu contenta quando suo padre le disse che non sarebbe potuto andare a Londra con lei e Michael. Rivedere sua madre dopo tutti quegli anni, e dopo quello che Lothar le aveva detto di lei, sarebbe stato già abbastanza difficile senza suo padre lì a complicare ulteriormente le cose e confondere i suoi sentimenti. Anzi, lei stessa aveva cercato di evitare il viaggio a Londra per stare vicina a Lothar, ma alla fine era stato proprio lui a insistere perché ci andasse.
« Io devo tornare a Johannesburg, quindi non ci vedremmo lo stesso », le disse. « E poi ricorda qual è il tuo dovere, e ricorda che mi hai dato la tua parola. »
« So che papà mi darebbe volentieri un lavoro di PR per la ditta a Johannesburg. Potrei mettere su casa lì e stai tranquillo che ci si vedrebbe un sacco. »
« Quando torni da Londra », le promise lui.

Dei rappresentanti della South Africa House e della sede di Londra del gruppo Courteney vennero all'aeroporto di Heathrow a prendere Isabella e Michael con una limousine della ditta, per accompagnarli a Dorchester.
« Nostro padre esagera sempre », osservò Michael, imbarazzato dall'accoglienza. « Potevamo prendere un tassì. »
Isabella non era d'accordo: « A che serve essere un Courteney, se non impari ad apprezzare queste cose? »
Quando Isabella entrò nella sua suite, che dava su Hyde Park, trovò un enorme mazzo di fiori che l'aspettava, con un biglietto:

Mi spiace di non essere con te, tesoro. La prossima volta ci divertiremo un sacco insieme in questa città.

Il tuo vecchio papà

Ancor prima che il facchino le portasse su i bagagli, Isabella formò il numero che le aveva dato Tara, e le risposero al terzo squillo.

« Kitchener Hotel. »

Era strano essere accolti da un accento africano in una lontana città europea.

« Posso parlare con la signora Malcomess, per favore? »

Nella lettera Tara l'aveva avvertita che dopo il divorzio aveva riassunto il nome da ragazza.

« Ciao, mamma. » Isabella cercava di essere naturale, quando Tara rispose: ma la felicità di sua madre non fu imbarazzata da nessuna considerazione.

« Bella, tesoro, dove sei? C'è anche Michael? Quanto ci mettete a venire qui? Avete l'indirizzo, no? È facilissimo arrivarci. »

Isabella cercò di condividere l'entusiasmo e l'eccitazione di Michael durante la corsa in tassì, mentre l'autista cercava di fare da cicerone sui monumenti che sfilavano, ma la prospettiva di rivedere la madre la metteva in agitazione.

L'albergo era uno di quegli albergucci per turisti dall'aria un po' squallida, in una via laterale che partiva da Cromwell Road. L'insegna al neon era parzialmente bruciata.

Tara corse fuori a incontrarli mentre stavano ancora pagando il tassì. Abbracciò prima Michael, il che diede a Isabella qualche momento per osservare sua madre.

Era ingrassata. Nei jeans sbiaditi che indossava abitava ora un culone, e il petto s'indovinava informe sotto il maglione senza pretese.

« È una vecchia sciattona. » Isabella era sbigottita. Anche se Tara non si era mai curata troppo del suo aspetto, aveva sempre avuto un'aria fresca e pulita. Ma adesso aveva i capelli grigi: si vedeva che aveva cercato senza troppa convinzione di restituire loro con l'henné il colore originale, ma poi aveva rinunciato. Il grigio aveva dunque delle striature rossastre di diverse tonalità, dalle più spente alle più accese. I capelli erano raccolti in una crocchia fatta alla meglio da cui sfuggivano cernecchi multicolori.

I lineamenti le si erano appesantiti quasi al punto di oscurare la struttura ossea che era un tempo una delle sue attrattive, e benché gli occhi fossero ancora grandi e luminosi, la pelle intorno era rigonfia e piena di rughe.

Infine, lasciò andare Michael e si rivolse a Isabella.

« Bambina mia, non ti avrei nemmeno riconosciuto, sai? Sei diventata una bellissima ragazza. »

Si abbracciarono. Isabella ricordava l'odore di sua madre, era uno dei ricordi piacevoli dell'infanzia, ma quella donna puzzava di profumi a buon mercato, fumo di sigaretta e cavolo bollito, e – Isabella stentava a credere ai propri sensi – di biancheria indossata troppo a lungo senza essere cambiata.

Si sciolse dalla stretta, ma Tara la trattenne per il braccio, e con Michael dall'altra parte li accompagnò nel Lord Kitchener Hotel. Il centralinista era un negro, e Isabella riconobbe la sua voce.

« Anche Phineas è di Città del Capo », disse Tara nel presentarli. « È un fuoruscito anche lui. Se n'è andato dopo i fatti del '61 e, come tutti gli altri, non ha ancora nessuna voglia di tornare. E adesso lasciate che vi faccia vedere l'albergo... Avevo pensato di cambiargli nome, è così coloniale, imperiale... »

Continuando a chiacchierare allegramente, Tara li accompagnò in giro per l'hotel. I tappeti nei corridoi erano lisi fino alla trama: nelle camere c'erano i lavandini, ma bagno e gabinetto erano in comune, a ogni piano in fondo al corridoio.

Tara li presentò a tutti gli ospiti che incontravano. « Questi sono i miei figli, arrivati da Città del Capo », e loro stringevano la mano a turisti tedeschi e francesi che non parlavano inglese, a pakistani e cinesi, kenioti e sudafricani negri.

« Dove state? » volle sapere Tara.

« Al Dorchester. »

« Figuriamoci », disse roteando gli occhi. « Cinquanta ghinee al giorno, pagate dal sudore dei minatori del gruppo Courteney. Scommetto che l'ha scelto vostro padre. Ma perché non venite a stare qui? Ho due belle camere libere all'ultimo piano. Conoscereste un sacco di gente interessante e ci vedremmo di più. »

Isabella rabbrividì al pensiero di dover usare come gli altri la toilette in fondo al corridoio, e intervenne battendo sul tempo Michael.

« Chissà come si arrabbierebbe papà: è già tutto pagato! Comunque, adesso sappiamo la strada. È una corsetta in tassì. »

« Tassì », brontolò Tara. « Perché non prendere l'autobus o il metrò come tutti gli altri? »

Isabella la guardò senza parole. Ma non capiva che loro non

erano persone ordinarie? Erano dei Courteney. Stava per dirglielo, quando Michael, che aveva intuito le sue intenzioni, intervenne con calma.

« Naturalmente hai ragione tu, mamma. Basta che ci spieghi che numero prendere e dove scendere. »

« Ma chiamami Tara anche tu, tesoro! » l'invitò.

« Va bene. Sarà un po' strano da principio, ma vedrai che mi abituerò. »

« È quasi ora di pranzo », disse allegramente Tara. « Avevo detto alla cuoca di fare un budino da mangiare con pane e burro, so che ti piace moltissimo, Mickey. »

« Non è che abbia una gran fame, mam... ehm, Tara », annunciò Isabella. « Dev'essere il fuso orario, o qualcosa del genere... »

Michael le diede un pizzicotto. « Ah, che bello, Tara! Siamo contentissimi di restare a pranzo. »

« Lasciatemi solo dare un'occhiata in cucina, per assicurarmi che tutto sia sotto controllo. Su, venite. »

Entrando in cucina, un ragazzino corse incontro a Tara. Forse stava aiutando la cuoca irlandese, perché aveva le mani bianche di farina fino ai gomiti. Tara l'abbracciò tutta contenta, senza badare alla farina che le macchiava il maglione.

Una lanugine opaca gli copriva la testa. La sua pelle era color caffellatte. Gli occhi erano grandi e scuri, e aveva simpatici lineamenti da monello. A Isabella sembrava uno qualsiasi dei bambini dei braccianti di Weltevreden. Gli sorrise, e lui le restituì un sorriso sfacciato ma amichevole.

« Questo è Benjamin », disse Tara. « E questi, Benjamin, sono i tuoi fratellastri Mickey e Isabella. »

Isabella fissò il bambino. Aveva cercato di dimenticare o di non credere a quello che le aveva detto Lothar, e in una certa misura c'era riuscita. Ma adesso tutto le tornò in mente di colpo, e le sue parole rimbombarono nelle orecchie come acque scroscianti.

« Il tuo fratellastro è di un bel color caffellatte », le aveva detto Lothar, e a lei veniva voglia di urlare: « Come hai potuto, mamma, come hai potuto farci questo? » Ma Michael aveva superato subito l'evidente sorpresa, e adesso porgeva la mano al bambino dicendogli:

« Ehilà, Ben. Bello essere fratelli, ma che ne dici se diventiamo anche amici? »

« Ehi, mi piaci, amico! » si disse subito d'accordo Benjamin. A peggiorare la delusione e l'irritazione di Isabella, il ragazzino parlava con un forte accento del sud di Londra.

A pranzo, Isabella disse sì e no una dozzina di parole. La zuppa di piselli era ispessita con farina non tanto cotta, che si attaccava al palato. Il pesce bollito era acquoso e il cavolo si spappolava.

Erano a tavola con Phineas, il centralinista, e altri cinque ospiti di Tara, tutti fuorusciti sudafricani negri che conducevano la conversazione nel più stretto gergo di sinistra. Il governo di cui l'amato papà di Isabella faceva parte veniva chiamato sempre « il regime razzista ». Michael si unì allegramente alla discussione sulla redistribuzione della ricchezza e il ritorno della terra a chi la lavorava, che sarebbero avvenuti dopo la vittoria della rivoluzione e l'istituzione della Repubblica Popolare di Azania. Isabella voleva urlargli: « Dannazione, Mickey, quelli stanno parlando di Weltevreden e della miniera di Silver River. Sono terroristi e rivoluzionari, e il loro unico scopo è distruggere il nostro mondo e noi! »

Quando arrivò il budino, non riuscì più a resistere. « Mi dispiace, Tara », le sussurrò. « Ho un terribile mal di testa, e mi converrà tornare subito al Dorchester a sdraiarmi. » Era così pallida e a disagio che Tara fece qualche protesta poco convinta e si preoccupò davvero. Isabella rifiutò che Michael l'accompagnasse. « Non voglio rovinarti tutto il divertimento. Sono anni e anni che non vedi la mamma. Io prendo un tassì. »

Forse era stata davvero la stanchezza a indebolirla, ma in tassì si ritrovò a piangere di vergogna, dolore e rabbia. « Maledetta lei! Che vada all'inferno! » ripeteva sottovoce. « Ci ha disonorati e rovinati tutti. Il papà, la nonna, me e i fratelli. »

Appena arrivata in camera chiuse la porta a chiave, si gettò sul letto e prese in mano il telefono. « Vorrei chiamare Johannesburg in Sudafrica », disse al centralino, fornendo il numero.

Meno di mezz'ora dopo squillò il telefono e le rispose, col suo accento afrikaans, il centralinista della polizia.

« Voglio parlare con il colonnello Lothar De La Rey. »

« De La Rey. »

Nonostante le migliaia di chilometri che li separavano, la sua voce arrivava chiara e forte, e con l'immaginazione lo rivide nudo sulla spiaggia all'alba, simile alla statua di un atleta greco ma con quegli occhi d'oro scintillanti... Gli sussurrò: « Oh mio

Dio, Lothie, quanto sento la tua mancanza... Voglio tornare a casa, odio questo posto ».

Lui le parlò tranquillamente, rassicurandola e consolandola, e quando si fu calmata le ordinò: « Parlami un po' del posto ».

« Avevi ragione, tutto quello che avevi detto è vero. Anche il bastardo caffellatte ho visto, e quelli che ospita in albergo sono tutti rivoluzionari e terroristi. Cosa vuoi che faccia, Lothie? Sono pronta a fare tutto quello che vuoi. »

« Voglio che resti lì tutto il tempo previsto, due settimane. Potrai telefonarmi anche tutti i giorni, ma devi rimanere. Promettilo, Bella. »

« Va bene... ma, Dio, come sento la tua mancanza e quella di casa. »

« Ascolta, Bella, voglio che tu vada all'Ambasciata sudafricana, appena puoi. Non dirlo a nessuno, nemmeno a tuo fratello Michael. Alla South Africa House chiedi del colonnello Van Vuuren, l'addetto militare. Ti mostrerà delle foto e ti chiederà di identificare le persone che conoscerai. »

« Va bene, Lothie... ma io ti ho già detto due volte quanto mi manchi, mentre tu, maiale, non hai detto una parola. »

« Ho pensato a te tutti i giorni da quando sei partita », disse Lothar. « Sei bella e spiritosa e mi tieni allegro. »

« Non smettere », implorò Isabella. « Continua così! »

Adrian Van Vuuren sembrava un arzillo nonnino, un agricoltore dello Stato Libero di Orange più che un membro del servizio segreto. La condusse dall'ambasciatore e gliela presentò. Sua eccellenza conosceva bene Shasa, e chiacchierarono per qualche minuto. La invitò alle corse di Ascot per quel sabato, ma il colonnello Van Vuuren intervenne in tono di scusa.

« La signorina Courteney attualmente sta facendo un lavoretto per noi, eccellenza. Non sarebbe prudente una pubblica apparizione insieme. »

« Molto bene », accettò con riluttanza l'ambasciatore, « ma verrà a pranzo da noi, signorina Courteney. Ben di rado godiamo della compagnia di una ragazza così bella all'Ambasciata. »

Van Vuuren le mostrò i tesori d'arte dell'Ambasciata prima di portarla nel suo ufficio al terzo piano. « E ora, mia cara, abbiamo del lavoro per lei. »

Sulla scrivania c'era una catasta di album tutti pieni di foto segnaletiche di uomini e donne. Sedettero l'una accanto all'altro e Van Vuuren scelse le foto delle persone che poteva aver conosciuto al Lord Kitchener Hotel.

« Ci facilita le cose, se sa i nomi », osservò Van Vuuren, e prese una foto di Phineas, il centralinista-portiere.

« Sì, è lui », confermò Isabella, e Van Vuuren le lesse i precedenti da un altro fascicolo. « Phineas Mophoso. Nato nel 1941. Membro del PAC. Condannato per violenze in una dimostrazione il 16 maggio 1961. Ha violato i termini della sorveglianza speciale. Fuoruscito illegalmente alla fine del 1961. Si ritiene rifugiato nel Regno Unito. »

« Pesce piccolo », grugnì Van Vuuren, « ma forse va dietro a quelli grossi. » Si offrì di farla accompagnare al Dorchester da un'auto dell'Ambasciata.

« Grazie, andrò a piedi. »

Prese il tè da sola da Fortnum & Masons e quando rientrò in albergo trovò Michael preoccupatissimo.

« Per l'amor del cielo, Michael, non sono mica una bambina. So badare a me stessa. Avevo voglia di andare un po' a spasso per mio conto. »

« La mamma dà una festicciola per noi al Lord Kitchener stasera. Dice di essere là per le sei. »

« Vuoi dire Tara, non la mamma. E il Lord Kitchener, sappilo, viene elegantemente abbreviato in *Lordy*. Cerca di non essere sempre talmente coloniale e *bourgeois*, mio caro Michael. »

In sala del Lordy c'era una calca di una cinquantina di persone per la festa di Tara, che aveva messo a disposizione fiumi di birra e vino rosso spagnolo per agevolare l'ingestione degli indimenticabili stuzzichini della cuoca irlandese. Michael entrò subito nello spirito dell'occasione. Era sempre al centro di capannelli impegnati in animate discussioni. Isabella invece si rifugiò in un angolino e assunse un'espressione gelida e altera per scoraggiare ogni approccio da parte degli altri ospiti. Quando però Tara glieli presentava, cercava di imprimersi nella memoria nome e connotati.

Dopo un'ora quell'atmosfera chiusa e fumosa, in cui tutti gridavano scaldati dal rosso beverone ispanico, cominciò a farle venire il mal di testa. Le bruciavano gli occhi. Tara era scomparsa e Michael si stava ancora divertendo.

« Per stasera ho fatto il mio dovere patriottico », si disse, e scivolò verso la porta attenta a non farsi vedere da Michael.

Passando davanti al banco della reception, che era deserto, udì delle voci dietro la porta in vetro smerigliato dell'ufficietto di Tara. La coscienza le rimorse.

« Non posso andarmene senza ringraziare la mamma », decise. « Come festa è stata orrenda, ma lei si è data da fare, e poi sono un'ospite d'onore. »

Passò dietro il banco e stava per bussare alla porta quando sentì sua madre dire: « Ma, compagno, non mi aspettavo certo che arrivassi stasera ». Le parole erano banali, ma il tono di Tara no. Era più che agitata, aveva paura, una paura da morire.

Le rispose una voce d'uomo, ma troppo rauca e bassa perché Isabella potesse cogliere le parole. Poi Tara disse: « Ma sono i miei bambini. Non c'è nessun pericolo ».

Stavolta la risposta dell'uomo fu più netta. « Il pericolo c'è sempre. Ricordati che sono anche figli di tuo marito, e tuo marito fa parte del regime fascista e razzista. Noi adesso ce ne andiamo, torneremo quando i tuoi figli saranno partiti di qui. »

Isabella agì d'istinto. Corse fuori dell'albergo, nella viuzza piena di macchine parcheggiate, fra cui un furgone dietro il quale poteva nascondersi. Lo fece.

Dopo qualche minuto uscirono due uomini. Indossavano entrambi degli impermeabili scuri, ma erano a testa nuda. Si avviarono insieme di buon passo verso Cromwell Road. Acquattata dietro il furgone, li vide passare sotto un lampione e ne distinse le facce.

L'uomo più vicino a lei era un negro dalla faccia energica e risoluta, naso grosso e labbra spesse, africane. Il suo compagno era bianco e molto più vecchio. La sua carnagione era slavata, pareva fatto di stucco. I capelli neri erano lisci e senza vita, con l'attaccatura bassa sulla fronte, e gli occhi erano scuri e inespressivi come pozze di bitume. Isabella capì la paura di sua madre. Quell'uomo ben poteva ispirarla.

Il colonnello Van Vuuren sedette accanto a lei con la pila di fotografie. « Un bianco. Questo ci facilita parecchio le cose », disse prendendo in mano uno degli album.

« Questi sono tutti bianchi », le spiegò. « Ci sono le foto di tutti, anche di quelli che in prigione non possono più nuocere, come Bram Fischer. »

Trovò subito la foto, era la terza. « È questo. »

« Ne è sicura? » le chiese Van Vuuren. « La foto non è molto riuscita. »

Doveva essergli stata scattata mentre saliva in macchina, perché lo sfondo era costituito da una via. Stava guardando indietro, e gran parte del suo corpo era nascosta dalla portiera. Il movimento aveva leggermente confuso i tratti del volto.

« Sì, sì, è proprio lui », ripeté Isabella. « Ha degli occhi inconfondibili. »

Van Vuuren prese l'altro fascicolo. « La fotografia è stata fatta dalla CIA a Berlino Est, due anni fa. È un pezzo grosso, e molto astuto, tant'è vero che questa è l'unica sua foto che abbiamo. Si chiama Joe Cicero ed è il segretario del Partito Comunista Sudafricano, oltre a essere un colonnello del KGB. È uno dei capi dell'ala militare del disciolto ANC, l'*Umkhonto we Sizwe*. » Van Vuuren sorrise. « Sicché, mia cara, il pesce grosso è arrivato. Adesso dobbiamo cercare di identificare il suo compagno. Questo sarà un po' più difficile. »

Occorsero quasi due ore. Isabella sfogliava lentamente gli album. Finita una pila, gliene portavano un'altra. Van Vuuren sedeva pazientemente accanto a lei, ordinando del caffè e incoraggiandola con un sorriso e una parola ogni volta che dava segni di stanchezza.

« Sì », disse quando fu sicura di averlo trovato. « È proprio questo qua. »

« È stata magnifica. Grazie. » Van Vuuren prese la scheda di quel tale.

« Raleigh Tabaka », lesse ad alta voce. « Segretario del PAC per il Vaal e membro del *Poqo*. Organizzatore dell'attacco alla stazione di polizia di Sharpeville. Sparito tre anni fa prima dell'arresto. Da allora si dice che l'abbiano visto in campi d'addestramento in Marocco e Germania Orientale. È considerato un esperto e pericoloso terrorista. Due pesci grossi insieme. Adesso bisognerebbe scoprire che cosa hanno in mente! »

Tara Courteney restò alzata parecchio dopo la fine della festa. Gli ultimi ospiti erano usciti barcollando dalla porta a vetri, e Michael le aveva dato il bacio della buona notte prima di uscire a cercare un tassì in Cromwell Road.

Da quando l'aveva conosciuto, Joe Cicero era sempre stato un menagramo che annunciava pericolo, sofferenze e perdite. Intorno a lui c'era sempre un'aura di mistero e gelida malvagità. La terrorizzava. L'uomo che era con lui quella sera non l'aveva mai visto prima. Joe Cicero gliel'aveva presentato solo come Raleigh, ma il cuore di Tara aveva capito subito. Benché molto più giovane, assomigliava al suo Moses. Aveva la stessa presenza imponente, lo stesso fuoco, lo stesso portamento maestoso e autoritario.

Tornarono poco dopo le due del mattino, e Tara li fece entrare e li accompagnò alla loro camera sul retro dell'albergo.

« Raleigh starà con te per le prossime due o tre settimane. Poi tornerà in Sudafrica. Gli darai tutto quello che gli serve, specialmente le informazioni che ti chiederà. »

« Sì, compagno », sussurrò Tara. Benché fosse proprietaria e gerente dell'albergo di cui era titolare, i soldi per comprarlo glieli aveva dati Joe Cicero e riceveva gli ordini direttamente da lui.

« Raleigh è nipote di Moses Gama », le disse Joe, guardandola attentamente con quei suoi occhi neri inespressivi. Tara osservò il giovane.

« Oh, Raleigh, non mi ero resa conto... siamo quasi di famiglia. Moses è il padre di mio figlio Benjamin. »

« Sì », rispose Raleigh, « lo so. Questa è la ragione per cui posso rivelarti l'obiettivo della mia missione in Sudafrica. La tua lealtà è provata e nessuno ne dubita. Io torno in Africa a liberare tuo marito e mio zio Moses Gama dalla prigione in cui l'ha rinchiuso il regime fascista e razzista di Verwoerd perché possa condurre il nostro popolo alla rivoluzione democratica. »

La gioia si diffuse pian piano in lei insieme alla comprensione. Poi corse da Raleigh Tabaka e l'abbracciò piangendo di felicità.

« Farò tutto quello che potrò perché tu riesca », gli sussurrò tra le lacrime. « Anche la vita sacrificherei, se necessario. »

Il venerdì mattina Jakobus Stander aveva solo due lezioni, e l'ultima finiva alle 11,30. Subito dopo uscì dall'università del Witwatersrand e prese l'autobus per Hillbrow. Era un percorso di quindici minuti e raggiunse casa sua poco dopo mezzogiorno.

La valigia era ancora sul basso tavolino dove l'aveva lasciata la sera prima, finito di lavorarci. Era una valigetta marrone da pochi soldi, in cuoio sintetico, con la serratura di metallo.

Restò lì a guardarla con gli occhi giallastri. Erano l'unico tratto notevole del suo viso, per il resto era un giovane qualunque. Benché alto, era troppo magro, e i pantaloni grigi di flanella gli andavano larghi. Aveva i capelli lunghi e pieni di forfora che gli cadeva sulle spalle della giacca di fustagno con le pezze di cuoio ai gomiti. Non portava cravatta, ma un dimesso maglione dolcevita. Insomma, aveva deliberatamente scelto l'uniforme dell'intellettuale di sinistra, sull'esempio del professore di sociologia di cui era assistente.

Senza togliersi la giacca sedette sul lettino a contemplare la valigia.

« Sono uno dei pochi rimasti », pensò. « Adesso tocca a me. Hanno preso Baruch, Randy e Berny: ormai tutto dipende da me. »

Anche ai bei tempi non erano mai stati più di una cinquantina. Un manipolo di veri patrioti, campioni del proletariato, quasi tutti giovani e bianchi, studenti, assistenti e professori delle università di lingua inglese di Città del Capo e del Witwatersrand. Kobus era l'unico afrikaner tra loro.

Da principio si chiamavano Comitato Nazionale di Liberazione, e i loro metodi erano un po' più sofisticati di quelli dell'*Umkhonto we Sizwe* e del gruppo di Rivonia. Usavano la dinamite e i timer a pila, strumenti con cui avevano conseguito incoraggianti successi. Avevano fatto saltare sottostazioni elettriche e centraline ferroviarie degli scambi, e perfino una diga idroelettrica: nell'umore trionfalistico di quei giorni si erano ribattezzati Movimento di Resistenza Africana.

Alla fine erano stati distrutti nello stesso identico modo di Mandela e il suo gruppo di Rivonia, dall'inefficienza della vigilanza e dall'incapacità dei membri arrestati di resistere agli interrogatori della polizia segreta.

Lui era uno dei pochi superstiti, ma sapeva che i giorni di libertà erano contati. Berny era stato arrestato due giorni prima e a quest'ora indubbiamente aveva parlato. Non era di stoffa eroica Berny, era un ometto pallido e spaurito, dal cuore troppo tenero per la causa. Jakob era stato contrario al suo reclutamento: ma ormai era troppo tardi. L'ufficio di sicurezza dello Stato aveva in mano Berny, e Berny sapeva il suo nome. Dunque gli restava pochissimo tempo, eppure rimandò ugualmente. Era l'una. A quest'ora sua madre era in casa a far da mangiare a suo padre. Prese in mano il telefono.

Sarah Stander era ai fornelli. Si sentiva stanca e scoraggiata, ma ormai le succedeva quasi sempre. Il telefono squillò e, asciugandosi le mani, la donna andò a rispondere nello studio di suo marito.

Era pieno di polverosi libri di giurisprudenza che un tempo avevano rappresentato per lei una speranza di successo e miglioramento della loro condizione, ma ormai le sembravano la zavorra che manteneva lei e Roelf in condizioni di penuria e mediocrità.

Alzò il telefono. « Pronto, parla *Mevrou* Stander. »

« Ciao mamma », rispose Jakobus, e lei fece un'esclamazione di gioia.

« Ragazzo mio, dove sei? » Ma, alla sua risposta, tornò demoralizzata come prima.

Era a Johannesburg, a mille miglia da lì. Aveva una gran voglia di vederlo.

« Speravo fossi venuto... »

« Senti, mamma », l'interruppe lui. « Ti devo parlare. Devo spiegarti... presto succederà qualcosa di terribile. Volevo dirtelo... non voglio che t'arrabbi con me, non vorrei che mi odiassi. »

« Mai! » gridò lei. « Io ti voglio tanto bene, ragazzo mio! »

« Non dovrete rattristarvi mai, tu e papà: quel che faccio io non è colpa vostra. Quindi, per favore, capite e perdonate. »

« Kobus, figlio mio, ma che c'è? Non capisco cosa mi stai dicendo. »

« Non te lo posso dire, mamma. Ma presto capirai. Volevo dire a te e papà che vi voglio bene. Ricordatelo, per piacere. »

« Kobus! » gridò lei. « Kobus! » Ma lui aveva già riagganciato.

Freneticamente, telefonò chiedendo il collegamento interurbano, ma ci volle un quarto d'ora, e a Johannesburg non rispose nessuno.

Sarah rimase sconvolta. Si mise a smaniare in cucina, tormentando il grembiule, cercando disperatamente il modo di mettersi in contatto col figlio. Quando tornò a casa il marito gli corse incontro e gli rivelò le sue paure.

« *Manie!* » disse Roelf. « Adesso gli telefono. Lui può mandare uno dei suoi uomini a cercarlo. »

« Perché non ci ho pensato io? » singhiozzò Sarah.

La segretaria di Manfred disse però che il ministro non c'era fino a lunedì mattina.

« Allora, come facciamo? » Roelf era preoccupato quanto Sarah ormai.

« Lothie! » s'illuminò Sarah. « Lavora alla polizia di Johannesburg. Telefoniamogli, saprà lui che fare. »

Jakobus Stander aveva riagganciato ed era balzato in piedi. Sapeva che adesso doveva agire con rapidità e decisione. Aveva già perso anche troppo tempo; quanto prima sarebbero venuti a cercarlo.

Prese la valigia e uscì di casa, chiudendo la porta a chiave. Scese in ascensore reggendo la pesante valigia, la cui maniglia gli mordeva il palmo della mano. In ascensore c'erano due ragazze che lo ignorarono, continuando a chiacchierare fittamente tra loro. Le sogguardò. Pensò che poteva toccare anche a loro, come a chiunque.

Le ragazze sciamarono fuori dell'ascensore e lui le seguì, camminando a fatica per il peso.

Prese l'autobus all'angolo e sedette accanto alla portiera, tenendo sempre in mano la valigia.

L'autobus si fermò di fianco alla stazione ferroviaria di Johannesburg, e Jakobus fu il primo a scendere. Con la valigia in mano si diresse verso l'ingresso, e c'era quasi arrivato quando gli si seccò la bocca per la paura. C'era un agente di polizia ferroviaria all'ingresso della stazione e, proprio mentre Jakobus esitava, lo guardò. Jakobus provò l'impulso di gettare la valigia e darsela a gambe, ma ormai era nel flusso di persone che lo spingevano avanti.

Voleva evitare lo sguardo dell'agente. Proseguì a testa china, concentrandosi sui tacchi della grassona che lo precedeva. Tornò ad alzare gli occhi quando passò per la soglia, e vide che l'agente si stava allontanando con le mani dietro la schiena. Si sentì mancare per il sollievo. Ricacciò il malessere e proseguì in mezzo ai pendolari.

Proprio al centro della folla, sotto le alte arcate a vetri, c'era una vasca coi pesci rossi circondata da panchine di legno. Benché quasi tutti i posti fossero già occupati da gente in attesa del treno, riuscì a sedersi.

Mise la valigia tra i piedi. Era tutto sudato e ansimava. Ondate di nausea continuavano ad assalirlo e sentiva un saporaccio in bocca.

Si asciugò il viso col fazzoletto e cominciò a inghiottire vigorosamente fino a riprendere il controllo di sé. Poi si guardò intorno. Tutte le panche erano affollatissime. Davanti a lui c'era una madre con due figlie. La minore era quasi una lattante, sedeva in braccio alla mamma col ciuccio in bocca. L'altra aveva le gambette abbronzate sotto la vestina e si appoggiava alla mamma assaporando un lecca-lecca che le aveva tinto tutte le labbra di rosso vivo.

Tutt'intorno a Jakobus c'era un continuo flusso di umanità, che andava e veniva dallo scalone che portava in strada. Come colonne di formiche si separavano imboccando i vari marciapiedi, mentre gli altoparlanti strepitavano e le locomotive sotto pressione lanciavano sbuffi di vapore.

Guardò la valigia. Aveva praticato un buchino nel finto cuoio, e da quello usciva una corda di pianoforte attaccata a un anello d'ottone che aveva assicurato con lo scotch alla valigia, sotto la maniglia.

Adesso strappò il nastro adesivo, infilò l'indice nell'anello e tirò delicatamente. Nell'interno si produsse un piccolo scatto. Sobbalzò, arrossì e si guardò intorno. La bambina con il lecca-lecca l'aveva visto. Gli sorrise timidamente e poi tornò a incollarsi alla madre.

Con i calcagni, pian piano, Jakobus spinse la valigia sotto la panchina. Poi si alzò e si avviò di buon passo verso il gabinetto degli uomini, dall'altra parte dell'atrio. Davanti all'orinatoio guardò l'orologio. Le due e dieci. Chiuse la patta e uscì.

La mamma e le due bambine erano ancora là dove le aveva lasciate. Mentre passava, la bimba lo riconobbe e gli sorrise ancora. Lui non rispose al sorriso e proseguì fino all'uscita. Andò all'albergo Langham, all'angolo, e si fermò al bar. Ordinò una birra e si mise a sorseggiarla lentamente, guardando l'orologio ogni minuto. Si domandava se la mamma e le bambine erano ancora là o se n'erano già andate.

La potenza dell'esplosione lo sbalordì. Era a quasi un isolato di distanza, ma gli rovesciò il bicchiere sul banco del bar, dove in un attimo si sparse la costernazione. Imprecando stupiti e preoccupati, tutti corsero fuori.

Jakobus seguì gli altri in strada. Il traffico si era bloccato, la sede stradale era occupata dalla gente che si riversava fuori degli edifici. L'ingresso della stazione era oscurato da una nuvola di polvere in cui vagolavano figure indistinte, bianche di polvere e con gli abiti ridotti a brandelli. Da qualche parte una donna cominciò a gridare, mentre tutt'attorno echeggiavano domande urlate.

« Cos'è stato? Cos'è successo? »

Jakobus girò sui tacchi e se ne andò. Si sentivano avvicinarsi le sirene della polizia e dei pompieri. Non si voltò.

« No, *Tannie* Sarie, non ho più visto Kobus da quel giorno che ci siamo incontrati a Waterkloof. » Lothar De La Rey si esortò mentalmente alla pazienza. Gli Stander erano vecchi amici dei suoi genitori, e con loro da bambino aveva passato tante belle giornate al mare. Ma poi lo zio Roelf aveva dovuto vendere la fattoria. « Sì, sì *Tannie*. Lo so, ma adesso io e Kobus viviamo in mondi diversi. Capisco che tu sia preoccupata. Sì, è naturale. »

Lothar riceveva la telefonata nel suo ufficio privato al quartier generale di Marshall Square, e mentre Sarah Stander continuava a smaniare guardò l'orologio. Le due.

« A che ora ti ha telefonato? » le chiese Lothar, e sentì la risposta. « Un'ora fa. Da dove ha detto che chiamava? Va be', va be', dammi il suo indirizzo... » Lo annotò. « E ora dimmi, zietta, cosa ti ha detto esattamente? Qualcosa di terribile... che dovevi perdonarlo... Credo tu abbia ragione di preoccuparti. Suicidarsi? No, zia Sarah, non credo che avesse in mente questo, ma manderò un agente al suo indirizzo a vedere. Perché tu intanto non telefoni all'università? »

Un altro telefono si mise a squillare sulla sua scrivania, ma lo ignorò. « Cos'hanno detto all'università? » le chiese. « Va bene, zietta, vi telefono appena avrò qualche notizia. » Ormai suonavano tutti e tre i telefoni sulla scrivania. Il capitano Lourens, il suo assistente, gli faceva grandi cenni dalla soglia dell'ufficio.

« Sì, capisco, zietta. Sì, ti prometto che ti telefono. Ma adesso scusami, ho da fare, ciao. » Mise giù la cornetta e guardò Lourens.

« Allora che c'è? »

« Un'esplosione alla stazione centrale. Pare sia un'altra bomba. »

Lothar saltò in piedi afferrando la giacca. « Ci sono stati dei morti? »

« Cadaveri e sangue dappertutto. »

« Maledetti macellai », imprecò Lothar.

La polizia non lasciava passare nessuno. Lasciarono la macchina alle transenne e Lothar, che era in borghese, dovette esibire la tessera. Il sergente lo salutò. Fuori della stazione aspettavano cinque ambulanze con il lampeggïatore acceso.

In cima alla scala, prima di scendere alle banchine, Lothar si fermò a guardare l'atrio. Era una scena tremenda. In alto si vedeva il cielo, perché tutti i vetri delle arcate erano esplosi e ora i frantumi coprivano il pavimento di marmo, brillando come una distesa di ghiacci.

Il ristorante era stato trasformato in un ospedale di fortuna dove medici e infermieri si occupavano del pronto soccorso. I barellieri andavano e venivano con i loro tristi carichi dall'androne alle ambulanze in attesa.

Il funzionario responsabile delle indagini era un maggiore di Marshall Square: aveva già sguinzagliato in cerca di indizi una squadra di agenti che rastrellavano a palmo a palmo tutto il pavimento dell'androne. Riconobbe subito Lothar e gli andò incontro. Il vetro crepitava sotto i piedi.

« Quanti morti? » gli chiese senza preamboli.

« Abbiamo avuto una fortuna incredibile, colonnello. Ci sono quaranta feriti, quasi tutti per colpa delle schegge di vetro, ma solo un morto. »

Alzò un lembo della plastica nera che lo copriva. Era una bambina con addosso un vestitino di pizzo tutto insanguinato. Aveva perso le gambe e un braccio.

« Sua madre è rimasta accecata. Alla sua sorellina dovranno amputare un braccio », disse il maggiore. Lothar guardò il volto rimasto miracolosamente indenne. Sembrava che dormisse. Aveva la bocca tutta rossa e nella mano che le restava stringeva ancora il lecca-lecca.

« Lourens », disse con calma Lothar al suo assistente. « Telefona all'ufficio segnaletico, dal ristorante, e digli di farmi trovare sulla scrivania l'elenco computerizzato di tutti i militanti rivoluzionari bianchi... da questa parte della stazione doveva essere per forza un bianco. »

Guardò andar via Lourens e poi tornò a guardare la povera bambina morta.

« Io questo bastardo lo becco », ringhiò. « Questo qua non se la cava di sicuro. »

Quaranta minuti dopo, di nuovo in ufficio, trovò i collaboratori in attesa. Avevano già depennato dallo stampato del computer fuorusciti, detenuti e militanti di cui si poteva presumere l'assenza dal Witwatersrand.

Restavano 396 nomi, elencati in ordine alfabetico, da controllare. Erano quasi le quattro quando dall'ultimo foglio del tabulato un nome saltò in faccia a Lothar.

STANDER, JAKOBUS PETRUS

Nello stesso istante gli tornò in mente la voce preoccupata di Sarah Stander.

« L'hanno aggiunto adesso », capì. L'elenco era uno dei principali ferri del suo mestiere, e l'aveva consultato anche la sera prima. Tutti i nomi gli riuscivano ormai familiari, e ognuno gli evocava una fisionomia precisa. Quello di Kobus non c'era mai stato.

Il capitano Lourens telefonò all'ufficio segnaletico e parlò col responsabile; dopo qualche minuto riappese e si rivolse a Lothar.

« Il nome di Stander è stato fatto da un membro dell'African Resistance Movement, Bernard Fischer, arrestato due giorni fa. È un assistente universitario qui a Johannesburg. »

« So chi è. » Lothar uscì in fretta dalla sala operativa e andò nel suo ufficio, dove strappò il primo foglio del taccuino degli appunti. « E so dov'è. » Controllò che la pistola a tamburo fosse carica e si mise a dare ordini. « Voglio quattro agenti speciali più una squadra addestrata in irruzioni negli appartamenti, con giubbotto antiproiettile e fucili a pompa. Poi voglio subito qualche foto delle vittime... quella bambina... »

L'appartamento era al quinto piano, alla fine di una lunga ringhiera. Lothar piazzò degli uomini all'ingresso, sulle scale, che con quella antincendio erano tre, e sui pianerottoli a curare le porte dell'ascensore. Con Lourens, poi, seguì la squadra speciale che doveva fare irruzione.

Con la pistola in pugno, stando al riparo del muro, suonò il campanello.

Nessuno rispose.

Suonò ancora, poi aspettò, teso. Stava per suonare un'altra

volta quando sentì uno scalpiccio dall'altra parte della porta.

« Chi è? » chiese una voce quasi afona.

« Kobus? Sono io, Lothie. »

« *Liewe Here!* Buon Dio! » Si sentì che scappava di corsa.

« Avanti! » disse Lothar, e un agente si fece avanti con la mazza da dieci chili. La serratura saltò al primo colpo e la porta si spalancò.

Lothar fu il primo a entrare. L'atrio era deserto. Corse fino in camera da letto.

Lourens da dietro gli gridò: « Attento! Può essere armato! » ma Lothar voleva solo impedirgli di raggiungere una finestra e buttarsi.

La porta del bagno era chiusa, e si sentiva scrosciar l'acqua. Ci si buttò contro con la spalla e facilmente la sfondò.

Jakobus era davanti al lavabo, intento a ingoiare pillole che si versava in mano da una bottiglietta. Aveva già le guance gonfie di pastiglie, che inghiottiva senza posa.

Lothar gli diede un colpo sul polso con la pistola e la bottiglietta si fracassò nel lavandino. Prese Jakobus per i capelli lunghi e lo mise in ginocchio. Con pollice e indice lo costrinse ad aprire la bocca e a sputare la poltiglia di pillole mezzo masticate.

« Chiamate un'ambulanza col necessario per la lavanda gastrica », gridò a Lourens. « E fate analizzare il contenuto di questa boccetta. »

Jakobus si dimenava e Lothar gli assestò due schiaffoni. Il giovane si arrese piagnucolando e Lothar gli ficcò profondamente l'indice in gola.

Jakobus ricominciò a lottare, ma Lothar lo teneva a bada facilmente. Continuò a solleticargli la strozza con l'indice, anche quando il vomito caldo cominciò a riversarglisi sulla mano. Finalmente soddisfatto, lasciò Jakobus a giacere in una pozza di vomito mentre si lavava le mani al lavabo.

Si asciugò e prese Jakobus per la collottola. Lo tirò in piedi, lo trascinò di là e lo sbatté su una poltrona.

Lourens e la scientifica stavano già perquisendo la casa.

« Hai qua le foto? » chiese Lothar, e Lourens gliene passò il plico.

Jakobus sedeva raggomitolato, con la camicia sporca di vomito e gli occhi rossi che roteavano smarriti. Tremava tutto e aveva una ferita all'angolo della bocca, dove Lothar aveva fatto leva per fargliela aprire.

Lothar fece passare le foto e ne scelse una, che mise sul tavolino davanti a Jakobus.

Jakobus la fissò. Era la bambina dal corpo mutilato, tutta coperta di sangue, col lecca-lecca ancora in mano. Il giovane cominciò a piangere singhiozzando, voltandosi dall'altra parte. Lothar girò attorno alla poltrona e, prendendolo per i capelli dietro la nuca, lo costrinse a guardare.

« Guardala! » ordinò.

« Non ho fatto apposta », mormorava Jakobus. « Non volevo che succedesse questo... »

Tutta l'ira svanì in Lothar, che lasciò andare i capelli di Jakobus e fece vacillando due passi indietro. Erano le precise parole che in un'altra occasione, a Sharpeville, aveva adoperato anche lui. Non ho fatto apposta: non volevo che succedesse. Così aveva detto al ragazzo negro che teneva in grembo la testa della giovane donna morta che sanguinava nella polvere della via a Sharpeville.

Di colpo Lothar si sentì stanco e disgustato. Voleva fuggire via da se stesso. Ormai poteva sostituirlo Lourens, ma cercò di farsi forza per non soccombere alla disperazione.

Mise la mano sulla spalla a Jakobus con una strana delicatezza e compassione.

« *Ja*, Jakobus, non si fa mai apposta, eppure muoiono. Adesso tocca a te, Kobus, tocca a te morire. Vieni, andiamo. »

L'arresto dell'attentatore era stato effettuato sei ore dopo l'esplosione, e anche la stampa anglofila lodò l'efficienza della polizia. Su tutti i giornali la foto del colonnello Lothar De La Rey era in prima pagina.

Sei settimane dopo la corte suprema di Johannesburg condannò a morte Jakobus Stander, che si era dichiarato colpevole. Due settimane dopo la corte d'appello di Bloemfontein respinse il ricorso confermando la sentenza. Quasi contemporaneamente veniva annunciata la promozione di Lothar a generale di brigata.

Raleigh Tabaka arrivò a Città del Capo mentre il processo Stander era ancora in corso. Era tornato com'era partito, a bordo di una nave liberiana dove era registrato come marinaio con tutta la disinvoltura consentita dalla bandiera-ombra.

I suoi documenti, che pure lo spacciavano per tale Goodwill Mhlazini, erano autentici e lo fecero passare senza difficoltà dai cancelli del porto. Eccolo dunque salire in treno alla centrale di Città del Capo col sacco da marinaio in spalla.

La sera dopo arrivò nel Witwatersrand, prese l'autobus per Drake's Farm e andò a trovare Victoria Gama a casa sua. Gli aprì la porta tenendo per mano il figlio. In casa c'era un buon odorino di roba da mangiare.

Come lo vide sussultò. « Presto, vieni dentro, Raleigh. » Poi mise subito la catena alla porta.

« Non dovevi venire qui. Lo sai che sono diffidata, magari sorvegliano la casa », gli disse, andando subito a tirare le tende. Poi tornò da lui e si mise a osservarlo con attenzione.

« Sei cambiato », disse. « Adesso sei un uomo. » L'addestramento e la disciplina dei campi avevano lasciato il segno: era eretto e vigile e sembrava emanare un'intensità e una forza che le ricordavano Moses Gama.

« È diventato un leone », pensò, e gli chiese: « Perché sei venuto, Raleigh? Cosa posso fare per aiutarti? »

« Sono venuto a liberare Moses Gama dalla prigione dei boeri, e ti dirò come puoi aiutarmi. »

Victoria emise un gridolino di gioia, stringendo a sé il bambino. « Dimmi cosa debbo fare! » l'implorò.

Ma lui rifiutò di fermarsi a cena, rifiutò perfino di sedersi un momento su una delle sue seggiole dozzinali.

« Quando torni a trovare Moses? » le chiese sottovoce, ma con ardore.

« Tra otto giorni », rispose Victoria, e lui annuì.

« Sapevo che era presto, abbiamo pianificato tutto con cura. Ora sta' a sentire cosa devi fare tu... »

Quando il battello della prigione partì dal molo di Città del Capo, portando Victoria e il bambino a esercitare il diritto di visita semestrale, Raleigh Tabaka si trovava a bordo di un peschereccio attraccato all'estremità del porto, davanti al molo delle riparazioni. Come gli altri pescatori, indossava maglione blu, tuta impermeabile di gomma gialla e stivaloni. Faceva finta di riordinare le cassette sul ponte, ma in realtà aspettava il traghetto e, quando lo vide passare vicino, diretto all'imboccatura del porto e al mare aperto, distinse la figura regale di Victoria a poppa. Indossava il caffetano giallo, verde e nero, i colori dell'ANC, che sempre faceva infuriare i carcerieri.

Uscito il battello dal porto, diretto verso la lontana Robben Island che si stagliava al limitare della baia come un'enorme balena, Raleigh andò in fretta al timone. Il comandante di quella barca di 24 metri era un uomo di colore, tracagnotto e vestito come Raleigh. Questi aveva conosciuto suo figlio al Lord Kitchener Hotel a Londra: era un militante, aveva preso parte alla rivolta di Langa e subito dopo era fuggito dal Paese.

« Grazie, compagno », disse Raleigh, e il comandante lasciò il timone e si fece sulla soglia della cabina di pilotaggio, togliendosi la pipa di bocca.

« Hai scoperto quello che volevi? »

« Sì, compagno. »

« Quando avrai bisogno di me per il prossimo passo? »

« Nel giro di dieci giorni », rispose Raleigh.

« Avvertimi almeno un giorno prima. Devo procurarmi il permesso per pescare nella baia. »

Raleigh annuì. « Lo sapevo. » Girò la testa verso la poppa del peschereccio. « La barca resisterà? »

« Come no! » ridacchiò il comandante. « Una barca che resiste alle tempeste invernali dell'Atlantico meridionale può resistere a tutto. » Porse a Raleigh la borsa di tela che conteneva i suoi vestiti. « Allora ci rivedremo presto, amico mio? »

« Puoi starne certo, compagno », disse tranquillamente Raleigh, e sbarcò sul molo.

Si cambiò in un gabinetto pubblico vicino ai cancelli del porto e andò al parcheggio dietro la dogana. La vecchia Toyota di Ramsami aspettava accanto al recinto, e Raleigh montò sul sedile posteriore.

Sammy Ramsami alzò gli occhi dal giornale che stava leggendo.

Era un giovane avvocato indù di bell'aspetto, specializzato in processi politici. Erano anni che rappresentava Vicky Gama nelle sue incessanti battaglie contro l'autorità. Era venuto ad accompagnarla dal Transvaal per la visita al marito.

« Ce l'hai fatta? »

Raleigh rispose con un grugnito che non significava niente.

« Non voglio mica sapere di che si tratta », disse ancora Sammy Ramsami, e Raleigh sorrise freddamente.

« Non preoccuparti, compagno, non porterai il fardello di questa conoscenza. »

Non parlarono più per le successive quattro ore, aspettando il ritorno di Vicky dall'isola. Alla fine arrivò, alta e maestosa in caffetano e turbante, col bambino accanto. Gli scaricatori negri al lavoro sulla banchina la riconobbero e la salutarono al passaggio.

Arrivò alla Toyota e salì davanti col bambino in grembo.

« Sta facendo un altro sciopero della fame », disse. « È così magro che pare uno scheletro. »

« Questo renderà più facile il nostro lavoro », disse Sammy Ramsami accendendo il motore.

Alle nove del mattino dopo Ramsami presentò alla corte suprema un'istanza di far visitare il detenuto Moses Gama da un medico di fiducia. La motivazione era una testimonianza di Victoria Dinizulu Gama e del rappresentante locale della Croce Rossa Internazionale che denunciavano il deterioramento delle condizioni fisiche e mentali del detenuto.

La corte suprema emanò un'ordinanza in cui si chiedeva al ministero di esprimere un eventuale parere contrario nel giro di ventiquattr'ore. Il pubblico accusatore cercò in tutti i modi di opporsi, ma i giudici della corte, sentito Ramsami, disposero che la visita fosse concessa.

Il medico era il dottor Chetty Abrahamji, che aveva anche assistito Tara durante il parto. Era aiuto all'ospedale Groote Schuur. Il dottor Abrahamji prese il traghetto per Robben Island insieme al medico provinciale, con cui fece una visita di tre ore al detenuto nell'infermeria della prigione.

Alla fine della visita disse al medico provinciale che era molto preoccupato. « Il paziente è molto sottopeso, lamenta dispepsia e stitichezza cronica. Non serve dirle quale quadro generale suggeriscono questi sintomi. »

« Lei sa benissimo che il prigioniero sta facendo lo sciopero della fame. Infatti, pensavo di sottoporlo ad alimentazione forzata. »

« No, dottore », l'interruppe Abrahamji. « A mio parere i sintomi sono ben più gravi. Bisogna fargli una TAC e intendo prescriverla. »

« Sull'isola non c'è l'attrezzatura necessaria. »

« E allora gliela faremo al Groote Schuur. »

Ancora una volta il pubblico accusatore si oppose all'ordinanza di trasferimento all'ospedale Groote Schuur, ma il giudice di sorveglianza, influenzato dalla perizia del dottor Abrahamji come dalle preoccupazioni che gli espresse a voce, ancora una volta diede il permesso.

Moses Gama fu portato in terraferma sotto il più rigoroso segreto e con una buona scorta. Nessuno oltre alle guardie coinvolte fu informato del trasferimento, per evitare manifestazioni e rendere vano l'intenso desiderio della stampa di pubblicare una foto di questo patriarca delle aspirazioni dei negri.

Fu tuttavia necessario avvertire il dottor Abrahamji ventiquattr'ore prima perché assicurasse la disponibilità delle apparecchiature dell'ospedale. La polizia andò a presidiare l'ospedale e i dintorni la sera prima. Stanze e corridoi per i quali doveva transitare il prigioniero furono liberati, mantenendo soltanto il personale essenziale, che fu interrogato attentamente e perquisito in cerca di armi o esplosivi.

Il dottor Abrahamji telefonò a Raleigh Tabaka in casa di Molly Broadhurst a Pinelands dal telefono pubblico nell'atrio dell'amministrazione.

« Avrò compagnia domani alle due del pomeriggio », si limitò a dire.

« Il nostro amico non deve andarsene di lì prima che faccia notte », rispose Raleigh.

« Si può fare », concordò Abrahamji e riappese.

All'una del pomeriggio il traghetto della prigione entrò in porto. Tutti gli oblò erano chiusi e in coperta vigilavano secondini armati, da prua a poppa. Raleigh vide benissimo dal peschereccio che la sorveglianza era effettiva. Non dormivano affatto.

Il traghetto attraccò al molo A, il solito. C'era in attesa un cellulare blindato, scortato da quattro motociclisti in uniforme e da una Land Rover grigia della polizia. Dietro le reti antisommossa Raleigh distinse gli elmetti e i fucili a pompa tenuti a bracciarm.

Come il traghetto sfiorò il molo, il cellulare fece manovra e la porta di dietro si aprì. Saltarono fuori altri agenti di sorveglianza, pronti a ricevere il prigioniero. Raleigh lo intravide per un attimo: alto, magrissimo, nell'uniforme cachi dei detenuti. Fu subito caricato sul furgone, ma Raleigh fece in tempo ad accorgersi che aveva ormai i capelli tutti bianchi, anche se si trovava dall'altra parte del porto. Era ammanettato e camminava a fatica a causa delle catene.

Le porte del furgone si chiusero. Gli agenti in moto si avvicinarono al cellulare, e la Land Rover lo seguì da presso mentre accelerava verso l'uscita della zona portuale.

Raleigh sbarcò dal peschereccio. Molly Broadhurst l'aspettava oltre i cancelli del porto. Imboccarono le prime pendici della Table Mountain dove sorgeva il Groote Schuur, un grande complesso ospedaliero, con muri intonacati di bianco e tegole di cotto, che si trova appena sotto i prati del parco di Rhodes Estate, dimora oltre la quale comincia la nuda roccia del monte.

Raleigh prese accuratamente nota del tempo che ci voleva per andare dal porto all'ospedale. Procedevano un po' piano per via del traffico. Passando davanti all'ingresso dell'ospedale videro il cellulare, la Land Rover e le moto della polizia parcheggiati nel cortile davanti all'ambulatorio. Alcune guardie che aspettavano lì si erano tolte gli elmetti e sembravano finalmente più rilassate.

« Come farà Abrahamji a tenerlo lì fino a buio? » voleva sapere Molly.

« Non so, non gliel'ho chiesto. Immagino che continuerà a fargli esami, oppure cercherà di sabotare i macchinari. Non ho idea. »

Raleigh fece una svolta a « U » davanti all'ospedale e tornò indietro.

« Sei sicura che non c'è nessun'altra strada oltre a questa per lasciare l'ospedale? » le chiese Raleigh.

« Sicurissima », rispose Molly. « Il cellulare deve passare di qui. Lasciami alla fermata dell'autobus. Ci sarà molto da aspettare e potrò almeno sedermi. »

Raleigh accostò al marciapiede. « Hai il numero di telefono del porto e le monete? » Lei annuì.

« Qual è il telefono più vicino? » insisté Raleigh.

« Ho controllato tutto con attenzione. C'è una cabina telefonica all'angolo. » Gliela indicò. « Mi ci vorranno due minuti ad arrivarci, e se la trovo guasta od occupata c'è un altro telefono nel bar di fronte. Mi sono già fatta amica del proprietario. »

Raleigh la lasciò alla fermata dell'autobus e tornò in centro. Parcheggiò la macchina di Molly nella via concordata, per non essere notato arrivando al porto come un signore, e proseguì a piedi. Giunto ai cancelli, mostrò il lasciapassare da marittimo.

Il comandante del peschereccio era al timone e diede a Raleigh una tazza di caffè dolcissimo. Bevendolo, riparlarono del piano.

« Sono pronti i miei uomini? » chiese Raleigh mettendosi in piedi, e il capitano alzò le spalle. « Questi sono affari tuoi. »

Erano in fondo alla stiva, dove faceva un caldo tremendo. Robert e Changi erano in canottiera e mutande. All'arrivo di Raleigh balzarono in piedi.

« Finora va tutto bene », assicurò loro Raleigh. Erano vecchi compagni dei tempi del *Poqo* e del PAC, e Changi era a Sharpeville il terribile giorno in cui era morta Amelia.

« Siete pronti? » chiese Raleigh.

« Rifacciamo tutti i controlli », suggerì Changi. « Una volta di più non ci farà male. »

Il gommone Zodiac nella stiva era quello da sei metri, capace di trasportare facilmente dieci persone adulte. Il fuoribordo Evinrude da cinquanta cavalli era in grado di spingerlo a trenta nodi. Il coperchio del motore era stato verniciato in nero opaco.

L'imbarcazione con tutta l'attrezzatura era stata rubata due giorni prima da Robert e Changi dal cortile di un commerciante, e non c'era modo di risalire a loro attraverso di essa.

« Va il motore? » domandò Raleigh.

« L'ha controllato e rifornito Robert. »

« Sì, ho cambiato anche l'olio », disse Robert. « Funziona benissimo. »

« I serbatoi? »

« Pieni tutti e due », disse Robert. « Abbiamo un'autonomia di cento miglia e più. »

« Le mute da sub? »

« Eccole qua », disse Changi. « E questa è una termocoperta per il capo. »

« Gli attrezzi? » chiese Raleigh, e Changi aprì la borsa galleggiante e li dispose in bell'ordine sul pavimento, sollevandoli man mano che Raleigh spuntava l'elenco.

« Bene », disse alla fine Raleigh. « Adesso potete riposarvi. Per ora non c'è nient'altro da fare. »

Raleigh uscì fuori della stiva. Era ancora presto. Guardò

l'orologio: nemmeno le quattro. Scese dal peschereccio e andò al telefono pubblico in fondo al molo.

Telefonò alle informazioni chiedendo un numero di Johannesburg, che non corrispondeva a nessuno, tanto per accertarsi che il telefono funzionasse. Poi sedette sul molo con le gambe penzoloni a guardare i gabbiani che mangiavano i rifiuti galleggianti sulle acque del porto.

Alle sette e quaranta di sera era buio, ma passarono altri venti minuti prima che il telefono della cabina suonasse. Raleigh balzò in piedi.

« Arrivano », disse Molly con voce contraffatta.

« Grazie compagno », rispose in tono semiserio Raleigh. « Ora va' a casa. »

Tornò di corsa verso il peschereccio e il comandante lo vide. Mentre saltava a bordo, i due marinai tolsero gli ormeggi. Il grosso motore prese a sospingere velocemente il peschereccio verso l'ingresso del porto.

Raleigh irruppe nella stiva dove Robert e Changi erano già in muta subacquea. Aiutarono Raleigh a indossare la sua. « Pronti? » chiamò un marinaio da sopra. « Giù il paranco », gridò Raleigh. Contro il cielo nero tempestato di stelle si stagliò il braccio del paranco, e la cima calò dal boccaporto.

Si misero ad agganciare lo Zodiac, lavorando in fretta, ma, prima che avessero terminato, il motore del peschereccio si spense e il movimento dello scafo cominciò a seguire sempre più inerte l'onda.

Raleigh e gli altri salirono in coperta. La notte era senza luna, ma le stelle splendevano. Spirava una brezza da sudest, sicché il bel tempo non rischiava di rompersi. Tutti i fanali di navigazione del peschereccio, come pure le luci di bordo, erano spenti.

Città del Capo sfolgorava lontana. La montagna era illuminata e sembrava una massa argentea e spettrale sotto le stelle, mentre nel mare nero occhieggiavano basse le luci di Robben Island. Raleigh giudicò che si trovassero a metà strada tra la città e l'isola.

Il capitano li aspettava sul ponte. « Adesso bisogna sbrigarsi », disse.

Robert e Changi salirono sul gommone. Avevano la muta nera, le fiancate del gommone erano nere, la copertura del fuoribordo era nera. Sulle acque nere, sarebbero risultati pressoché invisibili.

« Grazie, compagno », disse Raleigh porgendo la mano al comandante.

« *Amandla!* » esclamò stringendogliela il comandante. « Potere! » e Raleigh prese posto a poppa del gommone.

Il paranco lo sollevò sferragliando e lo calò fuori bordo. Il gommone si spiattellò agevolmente sull'onda lunga.

« Accendi il motore », disse Raleigh, e Robert ci riuscì al primo strappo.

« Sgancia », ordinò Raleigh, e Changi sganciò la cima del paranco, mentre Robert teneva il gommone accostato al peschereccio mediante una cimetta che tagliò dopo aver scaldato il motore per cinque minuti.

I due battelli attesero accostati in silenzio e a luci spente, in un crescendo di tensione.

A un tratto il comandante del peschereccio gridò loro: « Li ho avvistati ».

« Sei sicuro? » chiese Raleigh con le mani a megafono per farsi sentire meglio.

« Quel traghetto lo vedo tutti i giorni della mia vita », disse il comandante, affacciato alla murata. « Accendete il motore e staccatevi. »

L'Evinrude si fece sentire rombando e lo Zodiac si affacciò a poppa del peschereccio. Raleigh vide il traghetto. Veniva dritto verso di loro, perché si vedeva sia la luce rossa sia la luce verde.

Il peschereccio avanzò forte lasciando a poppa una scia più bianca. Era ancora a luci spente e accelerava sempre più. Il comandante aveva assicurato a Raleigh che poteva fare quattordici nodi. Fece una larga virata nelle acque nere e puntò dritto contro il ferry che si avvicinava a tutta forza.

Robert si scostò alquanto dal peschereccio, restando indietro di una sessantina di metri.

Il traghetto mantenne la rotta. Evidentemente non avevano visto il peschereccio, troppo basso sull'orizzonte per stagliarsi contro le stelle. Raleigh si attaccò alla cima che correva lungo la fiancata del gommone, facendosi due giri intorno alla mano, mentre guardava i due battelli avvicinarsi a tutta forza in rotta di collisione. Il peschereccio oceanico era lungo il doppio del traghetto e aveva lo scafo d'acciaio; era anche più alto sull'acqua.

All'ultimissimo momento qualcuno a bordo del ferry gridò e subito dopo la prua del peschereccio lo speronò. Raleigh aveva detto al capitano di badare a non danneggiare proprio la cabina, col rischio di far male a chi ci stava.

Il peschereccio rallentò alzando la prua e sommergendo la barca più piccola, che si capovolse in un turbine di schiuma, mentre l'altra le passava sopra, si disimpegnava dal suo scafo sfondato, e in breve scompariva nella notte.

« Le catene lo tireranno sotto », gridò Raleigh. « Fate in fretta! » Si mise la maschera.

Robert si portò a tutta velocità di fianco al traghetto che affondava. Si era capovolto e mostrava al cielo il disotto dello scafo pitturato di minio rosso anticorrosione. Aveva le luci ancora accese sott'acqua, e tre o quattro guardie nuotavano intorno cercando di aggrapparsi a qualcosa.

Raleigh e Changi si tuffarono con un piede di porco in mano e si immersero. Facendo leva, Raleigh riuscì subito a svellere la porta chiusa a chiave della cabina. Intorno alla testa gli scoppiò un tripudio di bolle d'aria rimasta imprigionata dentro.

La cabina si allagò, ma le luci continuavano a restare accese, creando un'atmosfera d'acquario. Diverse persone si dibattevano confusamente, imprigionate nella cabina. Tra le uniformi delle guardie carcerarie Raleigh distinse quella d'un prigioniero. Afferrò un lembo di quella tela cachi e tirò fuori Moses Gama.

Changi lo prese per l'altro braccio e lo trasportarono a nuoto fuori della cengia formata dallo scafo rovesciato e poi a galla. Dal momento dello speronamento non era passato neanche un minuto. Robert li vide subito e accorse col gommone. Prese Moses Gama per il braccio e, con l'aiuto degli altri due che spingevano da sotto, lo issò a bordo.

Raleigh e Changi si attaccarono alle apposite cime e si issarono a bordo a loro volta. Nello stesso istante Robert diede manetta all'Evinrude e schizzarono via dalla barca che affondava, lasciandosi indietro in breve le grida e gli spruzzi alzati dai naufraghi. Robert puntò verso terra in direzione della deserta spiaggia di Woodstock, una striscia un po' meno scura di sabbia e spuma.

Raleigh si tolse la maschera e si chinò sollecitamente sull'uomo steso sulle assicelle di legno. Lo aiutò a sedersi, mentre Moses Gama tossiva dolorosamente.

« *Ti vedo*, zio », disse a bassa voce Raleigh.

« Raleigh? » Moses aveva la voce rauca per tutta l'acqua salata che aveva bevuto. « Sei tu, Raleigh? »

« Saremo a riva entro dieci minuti, zio », disse Raleigh, mettendogli addosso la termocoperta. « Il piano della tua fuga è stato accuratamente studiato. Tutto è pronto per te, zio. Ben presto sarai al sicuro dove nessuno può farti del male. »

Robert puntò a tutta velocità sul bagnasciuga e il gommone si arenò sulla spiaggia. Quando si fu arrestato, tirarono Moses Gama giù dallo Zodiac e corsero in fondo alla spiaggia trascinandolo in modo da non fargli nemmeno posare a terra i piedi incatenati.

Tra le dune era parcheggiato un furgoncino, di cui Raleigh aprì gli sportelli posteriori. Moses fu adagiato sul materasso predisposto nel furgone. Changi saltò dentro con lui e Raleigh chiuse gli sportelli. Intanto Robert si preoccupava di andare ad affondare il gommone da qualche parte.

Raleigh si tolse la parte superiore della muta. Aveva la chiave del furgone assicurata al collo. Si mise al volante e partì senza fretta in direzione del sobborgo negro di Langa.

A Città del Capo la residenza ufficiale del ministro degli Interni era disposta proprio accanto a quella del primo ministro, a Groote Schuur. Simili doppioni, costosissimi, si dovevano alla divisione delle attività di governo fra le capitali di Pretoria e Città del Capo. Durante il periodo in cui il Parlamento si riuniva a Città del Capo, tutti i ministeri e tutto il corpo diplomatico dovevano trasferirsi armi e bagagli da Pretoria, distante milleottocento chilometri, sicché bisognava mantenere residenze ufficiali in entrambe le città spendendo un mare di soldi.

La residenza ministeriale di Manfred De La Rey era un'elegante costruzione edoardiana immersa in un vasto parco riservato. Quando Roelf Stander parcheggiò la sua piccola Morris davanti a un tale edificio ebbe l'impressione di fare una gaffe. Sarah Stander aveva cercato disperatamente di farsi ricevere in forma privata da Manfred fin da quando il figlio era stato processato e condannato a morte. Ma Manfred era sempre stato occupatissimo a Pretoria, oppure nella sua tenuta agricola nello stato di Orange, oppure a inaugurare il monumento alle donne morte nei campi di concentramento britannici durante la guerra boera, o anche al congresso del Partito Nazionalista, e quindi non aveva mai potuto vederlo.

Sarah aveva insistito, telefonandogli al ministero tutti i giorni, telefonando a casa a Heidi per implorarla, finché Manfred aveva accettato di incontrarla alle sette del mattino, prima di recarsi al ministero.

Sarah e Roelf erano venuti con la Morris da Stellenbosch, partendo a notte fonda per non arrivare in ritardo. Quando il maggiordomo negro li fece entrare, trovarono Manfred e Heidi in sala da pranzo a far colazione.

Heidi si alzò e andò a baciare sulla guancia Sarah.

« Mi spiace che non ci si veda da tanto tempo, Sarie. »

« Sì, spiace anche a me », disse amaramente Sarah. « Ma, come mi hai spiegato, Manfred era troppo occupato per riceverci. »

Manfred, a capotavola, si alzò. Era in maniche di camicia, col tovagliolo infilato nella cintola dei pantaloni scuri.

« Roelf », sorrise, e si strinsero la mano da vecchi amici.

« Grazie di aver voluto riceverci, Manie », disse umilmente Roelf. « So come devi essere impegnato in questi giorni. » Gli anni non erano stati leggeri per Roelf Stander. Si era ingrigito e fatto curvo, e Manfred, guardandolo, provò una segreta soddisfazione.

« Accomodati, Roelf », disse Manfred indicandogli una sedia. « Heidi ha predisposto la colazione anche per voi. Cominci con del porridge? »

Poi Manfred si rivolse a Sarah, ancora in piedi accanto a Heidi, con qualche riluttanza.

« Ciao, Sarie », disse. E pensare che era stata una ragazza così carina. Nei suoi occhi, e nella forma del viso, c'era ancora qualcosa di quella bellezza giovanile. Gli tornò il ricordo dell'amore che un tempo avevano condiviso, e gli venne una fitta di nostalgia per la gioventù. Se la ricordava benissimo nuda, sdraiata sugli aghi di pino, sulle montagne Hottentots Holland, il giorno in cui si erano amati per la prima volta.

Cercò nel suo cuore una traccia di quel che aveva provato per lei ma non ne trovò. Tutto l'amore che un tempo era fiorito tra loro era stato cancellato dalla notizia del suo tradimento. Per più di due decenni aveva atteso la vendetta, accontentandosi di scavarle pian piano la terra sotto i piedi, riducendola allo stato attuale, per darle l'ultimo colpo al momento giusto. Era venuto, e l'assaporava.

« Ciao, Manie », sussurrò lei, pensando: « È stato malvagio. Ha riempito la mia vita di dolori intollerabili. Adesso vengo a chiedergli la vita di mio figlio: non può negarmi anche questo ».

« Allora, perché siete venuti a trovarmi? » chiese Manie, mentre Heidi faceva accomodare a tavola Sarah. Prese la teiera di mano al servo di colore e lo congedò, poi versò del caffè fumante nella tazza di Sarah.

« Sì, Sarie », disse anche lei. « Diteci perché siete venuti. »

« Lo sapete, è per Kobus », disse Sarah.

Si creò un penoso silenzio per qualche secondo, poi Manfred sospirò.

« *Ja* », disse. « Kobus. E perché vi rivolgete a me per Kobus? »

« Voglio che tu l'aiuti, Manie. »

« Kobus è stato processato e condannato per un atto atroce », disse lentamente Manfred. « Il più alto tribunale del Paese l'ha condannato a morte per impiccagione. Come posso aiutare Kobus? »

« Nello stesso modo in cui hai aiutato quel terrorista negro, Moses Gama. » Sarah era pallidissima e reggendo la tazza la faceva tremare sul piattino. « A lui hai salvato la vita: ora salva quella di mio figlio. »

« Nel caso di Gama c'è stata la grazia del governatore della provincia... »

« Il quale ha fatto quello che gli hai detto di fare tu. Lo so, Manie. Hai il potere di salvare Kobus. »

« No », scosse la testa lui. « Non ho un simile potere. Kobus è un assassino, e del tipo peggiore, privo di compassione e di rimorso. Non posso aiutarlo. »

« Puoi, so che puoi, Manie, ti prego, ti scongiuro, salva mio figlio. »

« Non posso », ribadì Manfred con viso di pietra, la bocca ridotta a una linea dritta e sottile. « E non lo farò. »

« Devi farlo, Manie. Non hai scelta... devi salvarlo. »

« Come osi? » Adesso si stava arrabbiando. « Non c'è proprio niente che io *debba* fare. »

« Devi salvarlo, Manie, perché è anche figlio tuo. È figlio del nostro amore, Manie, non hai scelta. Devi salvarlo. »

Manfred balzò in piedi e mise una mano protettiva sulla spalla di Heidi. « Vieni in casa mia a insultare me e mia moglie... » la sua voce tremava di rabbia, « vieni a calunniare e gettar fango... »

Roelf Stander finora se n'era rimasto zitto e tranquillo, ma adesso alzò la testa e parlò con calma. « È vero, Manie. Tutto quello che ha detto è vero. Quando l'ho sposata sapevo che era incinta di te. Me l'ha detto francamente. L'avevi lasciata per sposare Heidi, e io l'amavo. »

« Tu sai che è vero », mormorò Sarah. « L'hai sempre saputo, Manie. Non puoi aver guardato negli occhi Kobus senza accorgertene. Entrambi i tuoi figli hanno gli occhi gialli come te, Manie. Lothar e Kobus... tutt'e due. Lo sai che è tuo figlio. »

Manfred ricadde sulla sedia. Nel silenzio Heidi gli si avvicinò e gli posò la mano sulla mano. Quel tocco rassicurante sembrò riscuoterlo.

« Anche se fosse vero, non farei niente. Di chiunque sia figlio, la giustizia deve fare il suo corso. Ha ucciso e deve morire. È la pena per l'atto che ha commesso. »

« Manie, ti prego. Devi aiutarci... » Ormai Sarah piangeva, e le lacrime le scorrevano alfine sulle guance pallide. Cercò di buttarsi ai piedi di Manfred, ma Roelf la prese e la trattenne. Si dibatté flebilmente nella sua stretta, ma lui continuò a bloccarla e guardò Manfred.

« In nome della nostra amicizia, Manie, in nome di tutto quello che abbiamo fatto insieme e condiviso... non ci vuoi aiutare? »

« Mi dispiace per te, Roelf », disse Manfred rialzandosi in piedi. « Ora porta a casa tua moglie. »

Roelf condusse con garbo Sarah verso la porta, ma prima di arrivarci Sarah gli sfuggì di mano e tornò a guardare Manfred.

« Perché? » gridò sconvolta. « So che potresti... perché non vuoi aiutarci? »

« Per colpa tua Spada Bianca fallì », rispose piano. « Ecco perché non ti aiuto. »

La donna restò impietrita a queste parole, e Manfred tornò a rivolgersi a Roelf. « Adesso portala a casa », gli ordinò. « Infine, ho regolato i conti con lei. »

Durante il lungo viaggio di ritorno a Stellenbosch, Sarah, rincantucciata sul sedile, singhiozzò per tutto il tempo. Solo quando Roelf fermò l'auto davanti a casa si raddrizzò e, col viso e la voce devastati dal dolore, disse:

« Lo odio ». E ripeté: « Dio, come lo odio ».

« Stamattina ho parlato con David Abrahams », disse Isabella, chinandosi a carezzare il collo alla giumenta perché suo padre non potesse vederla in faccia. « Mi ha offerto un lavoro a Johannesburg. »

« Precisiamo », disse Shasa. « Sei stata tu a telefonare a David dicendogli che la sede di Johannesburg aveva assoluto bisogno di una responsabile delle pubbliche relazioni del gruppo. Stipendio duemila sterline al mese, indennità vestiario e auto della ditta... hai anche specificato che vuoi una Porsche 911, se non sbaglio. Sai, David mi ha telefonato subito dopo. »

« Ma insomma, papà, non essere così pignolo », disse Isabella guardandolo con aria di sfida. « Non vorrai mica che faccia la fame, o vada in giro vestita di stracci? »

« Voglio solo che tu stia qui dove posso tenerti d'occhio. » Guardandola, Shasa provò tutta la pena della perdita incombente. Era il sale della sua vita, ed era tornata da Londra da un mese appena. Adesso voleva ripartire. Il suo istinto era lottare per trattenerla, ma Centaine l'aveva sconsigliato. « Lasciali andare con buona grazia, e c'è caso che tornino a te. »

« Non è la Siberia, non sono le Ebridi Esterne, paparino. Sii pratico, è a un tiro di schioppo. »

« È così che chiami mille miglia di distanza? » ribatté Shasa. « Certo, a Johannesburg sarai più vicina a un certo stadio Loftus Versveld... »

« Non capisco assolutamente cosa intendi dire », dichiarò lei.

Molto di rado Shasa riusciva a coglierla impreparata, sicché ora continuò crudelmente: « ... dove si gioca a rugby. Sai? quei bestioni sudati che se le danno... »

Si riprese molto bene. « Papà, se queste insinuazioni hanno a che fare con Lothar De La Rey, gradirei puntualizzare che trattasi di uno dei più grandi campioni del nostro tempo e del più giovane generale di brigata nella storia della polizia... e che con tutto ciò egli non significa assolutamente nulla per me. »

« La tua monumentale indifferenza mi consola. »

« Intendi dire che posso accettare il lavoro che mi offre David? »

Shasa sospirò, mentre la solitudine gli calava addosso come una sera d'inverno. « Come potrei impedirtelo, Bella? »

Lei emise uno strillo di trionfo e sporgendosi di sella abbracciò suo padre, mentre lo stallone di Shasa trepestava stronfiando da aristocratico offeso.

Isabella chiacchierò allegramente per tutta la strada di ritorno fino a casa.

« Una cosa che mi sono dimenticata di dire a David è l'indennità casa. A Johannesburg costano un sacco. Non troverei niente di adeguato, con la miseria che mi paga. » Shasa scosse la testa ammirato.

Gli stallieri presero i cavalli, e padre e figlia andarono a far colazione così come stavano, Isabella amorevolmente appesa al braccio di Shasa.

Centaine stava mangiando un piatto di uova strapazzate, dopo aver lavorato tra le sue rose dall'alba. Ora rivolse a Isabella uno sguardo interrogativo, e Isabella le rispose con una strizzata d'occhio felice.

Shasa intercettò il messaggio. « Maledizione! È un complotto continuo. Mi avete fregato un'altra volta! »

« Naturalmente prima l'ho detto alla nonna », disse Isabella stringendogli il braccio. « Comincio sempre dal vertice, no? »

« Quand'era piccola minacciavo sempre di chiamare un poliziotto se faceva la cattiva », deplorò Centaine con una smorfia. « Adesso il poliziotto è arrivato. Speriamo che se la cavi. »

« Non è un poliziotto, ma un generale di brigata. »

Shasa si servì di uova fritte e pomodoro e andò a sedersi a capotavola, dove trovò come sempre il giornale del mattino. L'aprì. La notizia principale riguardava la proposta di un incontro fra Ian Smith e Harold Wilson, primo ministro britannico, per risolvere la questione rhodesiana. Israele e Giordania continuavano a disputarsi la valle di Hebron e, più vicino a casa, il traghetto di Robben Island era affondato durante la notte: dieci dispersi.

Suonò il telefono. Centaine alzò gli occhi dalla fetta di pane tostato che stava imburrando. « Sarà Garry », disse. « Mentre eravate fuori a cavallo ha chiamato due volte. »

« Ma sono solo le otto di mattina », sbuffò Shasa, andando però a rispondere. « Ciao, Garry, dove sei? »

Garry parve sorpreso. « Ma in ufficio, naturalmente. »

« Qual è il problema? »

« Piscine », rispose Garry. « Ho la possibilità di acquistare la licenza di produzione di piscine di nuova concezione, molto meno costose. Si chiamano Gunite. Holly e io le abbiamo viste negli Stati Uniti durante la luna di miele. »

« Buon Dio, solo i ricchissimi possono permettersi la piscina privata », protestò Shasa.

« Tutti quanti compreranno le mie piscine. Lasciami fare e vedrai che infesterò il Paese. »

Il suo entusiasmo era contagioso.

« Funzionano, papà. Io le ho viste, e i conti tornano benissimo. L'unica fregatura è che devo dare una risposta entro mezzogiorno. Sai, ci sono altri interessati. »

« Quanto? » chiese Shasa.

« Inizialmente quattro milioni, per la licenza e lo stabilimento. Altri quattro milioni in due anni per i costi di gestione, poi cominciamo a guadagnare. »

« Va bene », disse Shasa. « Procedi pure. »

« Grazie, papà. Grazie della fiducia. »

« Finora non l'hai mai delusa. Come sta Holly? »

« Benissimo. È qui vicino a me. »

« In ufficio, alle otto del mattino? » rise Shasa.

« Naturalmente! » Ancora una volta Garry parve sorpreso. « Facciamo squadra, e quella delle piscine è un'idea sua. »

« Tanti bacioni anche a lei, allora », disse Shasa, e riappese.

Mentre tornava a tavola, Centaine disse: « Questo pomeriggio il primo ministro tiene la relazione sul bilancio dello Stato. Credo che farò un salto a sentire ».

« Dovrebbe essere interessante », concordò Shasa. « Credo che Verwoerd intenda fare un importante discorso politico sulla posizione internazionale del Paese. Stamattina ho riunione alla commissione armamenti, ma perché non mangiamo insieme? Così poi puoi sentire il discorso di Verwoerd dalla tribuna del pubblico. Ti faccio procurare un biglietto da Tricia. »

Un'ora dopo, quando arrivò in ufficio, Tricia l'aspettava ansiosamente.

« Il ministro degli Interni vuole vederla subito, signor Courteney. Mi ha detto di avvertirlo appena arrivava, perché verrà lui nel suo ufficio. »

« Benissimo. » Shasa diede un'occhiata alla rubrica. « Gli dica che sono arrivato e poi mi procuri un invito per mia madre, che vuole assistere alla seduta di questo pomeriggio. C'è altro? »

« Niente d'importante », disse Tricia prendendo il telefono per avvertire il ministro degli Interni. Poi s'interruppe. « Ah, stamattina ha telefonato tre volte una donna. Non ha voluto dire come si chiamava, e ha chiesto del Comandante di Squadriglia Courteney. Strano, non le pare? e anche buffo. »

« Va bene, se richiama me lo faccia sapere. » Shasa entrò nel suo studio accigliato. Era leggermente inquietante quell'uso del suo vecchio grado in aviazione. Andò alla scrivania e cominciò a sbrigare la posta e le altre cose che Tricia gli aveva segnalato, ma quasi subito l'interfono suonò.

« C'è qui il ministro De La Rey, signore. »

« Lo faccia entrare, Tricia. »

Shasa si alzò e andò incontro a Manfred, ma stringendogli la mano si accorse che era molto preoccupato.

« Hai letto la notizia del traghetto affondato? » Non gli aveva nemmeno restituito il saluto, entrando subito in argomento.

« L'ho vista ma non l'ho letta. »

« A bordo c'era Moses Gama », disse Manfred.

« Buon Dio... » Senza volere lanciò uno sguardo alla cassa d'altare in avorio e foglia d'oro che ancora arredava il suo studio.

« Non si sa che fine abbia fatto », disse Manfred. « Potrebbe essere annegato, ma potrebbe anche essere vivo. In entrambi i casi siamo nei guai. »

« È fuggito? » chiese Shasa

« Un superstite, una guardia carceraria, dice che c'erano altre due imbarcazioni sul posto. Una grossa, che procedeva senza luci e ha speronato il traghetto, e un canotto giunto subito dopo. Nel buio non è riuscito a vedere altro, ma c'è la possibilità che Gama sia stato liberato. »

« Se è annegato, saremo accusati di averlo assassinato noi », disse sottovoce Shasa, « con disastrose ripercussioni internazionali. »

« E se è uccel di bosco, bisogna temere rivolte popolari come quelle di Langa e Sharpeville. »

« Che provvedimenti hai preso? » domandò Shasa.

« Ho messo in allarme tutta la polizia. Uno dei nostri uomini migliori, mio figlio Lothar, sta arrivando in aereo dal Witwatersrand per dirigere l'inchiesta. Atterrerà fra pochi minuti. I palombari della Marina stanno già cercando il relitto per vedere che fine ha fatto Gama. »

Per altri dieci minuti discuterono tutte le conseguenze del disastro, dopo di che Manfred si diresse verso la porta.

« Ti terrò informato delle novità. »

Shasa lo seguì in anticamera e Tricia, vedendolo, si alzò.

« Ah, signor Courteney, quella donna ha richiamato mentre era occupato col ministro De La Rey. » Manfred e Shasa si fermarono, e Tricia proseguì. « Ha chiesto di nuovo del comandante di Squadriglia Courteney, signore, e quando ha saputo che era in riunione mi ha detto di dirle che aveva notizie di Spada Bianca. Ha aggiunto che lei avrebbe capito. »

« Spada Bianca! » Shasa si irrigidì fissandola. « Ha lasciato un numero di telefono? »

« No, signore, ma ha detto che questo pomeriggio la potrà trovare alle cinque e mezzo al binario quattro della stazione centrale. »

« E come farò a riconoscerla? »

« Dice che la riconoscerà lei, perché l'ha già visto. Deve solo aspettare al binario, si farà viva lei. »

Shasa era così preoccupato dal messaggio che non si era accorto della reazione di Manfred De La Rey a sentir nominare « Spada Bianca », chiaramente un nome in codice. Dai lineamenti di Manfred era sparito tutto il colore, e aveva il labbro superiore e la fronte imperlati di sudore. Senza dir niente, si girò e uscì nel corridoio.

Per tutta la riunione dell'Armscor, l'industria statale sudafricana degli armamenti, Shasa continuò a ripensare a quel nome, Spada Bianca. Si parlava dei nuovi missili aria-terra per l'aviazione, ma Shasa trovava difficile concentrarsi. Lo tormentava il ricordo di suo nonno, quell'uomo buono e gentile che Shasa aveva amato ed era stato ucciso proprio da Spada Bianca. Quella morte era stata una delle maggiori tragedie della sua giovinezza, e l'ira che aveva provato per quella brutale uccisione gli tornò tutta addosso.

« Spada Bianca », pensava. « Se riesco a scoprire chi sei me la pagherai, anche dopo tutti questi anni; anzi, con gli interessi. »

Manfred De La Rey andò subito in ufficio, in fondo allo stesso corridoio. La segretaria gli rivolse la parola mentre le passava davanti, ma lui parve non vederla nemmeno.

Si chiuse nel suo studio, ma non andò a sedersi alla scrivania. Macinò strada fra quelle quattro pareti, instancabilmente, senza vedere nulla e con la mascella serrata come un bulldog che stringa in bocca un osso. Prese il fazzoletto nel taschino e si asciugò il sudore dal viso, poi si fermò a guardarsi nello specchio dietro la scrivania. Era così pallido che le guance gli erano diventate azzurrognole, e gli occhi emanavano lampi come quelli di un leopardo ferito e preso nella tagliola.

« Spada Bianca », mormorò. Aveva usato quello pseudonimo venticinque anni prima, ma ricordava benissimo tutto. Si rivide sul ponte del sommergibile tedesco che nel buio puntava verso la costa, dove ardevano i fuochi di segnalazione accesi da Roelf Stander. Tornava al suo Paese, con i capelli e la barba tinti di nero, dove i suoi camerati l'aspettavano.

Roelf Stander in quei giorni perigliosi di imprese ardite era sempre stato al suo fianco. Avevano fatto i piani di tante e tante operazioni di guerriglia proprio nella cucina degli Stander nel paesino di Stellenbosch. Proprio in quella cucina gli aveva rivelato i particolari dell'azione che doveva costituire per i patrioti afrikaner il segnale della gloriosa insurrezione. E a tutte quelle riunioni Sarah Stander era stata presente, senza disturbare mai, servendo cibo e caffè... ma ascoltando tutto. Solo tanti anni dopo Manfred si era reso conto di quanto avesse ascoltato.

Nel 1948, quando infine gli afrikaner avevano conquistato alle urne elettorali quel potere che non erano riusciti a ghermire con le armi, il duro e fedele impegno di Manfred era stato ricompensato con un posto di sottosegretario alla Giustizia.

Uno dei suoi primi atti in tal veste era stato cercare la pratica relativa all'attentato a Jan Smuts, fallito ma di cui non si conosceva il responsabile, il quale per sbaglio aveva ucciso invece Sir Garrick Courteney. Prima di distruggere l'incartamento, l'aveva letto attentamente e aveva saputo di essere stato tradito. In quella coraggiosa formazione di patrioti c'era stata una spia... una donna che aveva telefonato avvertendo la polizia di Smuts dell'imminente attentato.

Aveva capito chi era la donna, ma non l'aveva mai punita, aspettando che il tempo della vendetta maturasse, assaporandone il pensiero per decenni, e osservando con piacere l'infelicità della traditrice, guardandola diventare vecchia e amareggiata, mentre in veste di mentore e consigliere in realtà lui boicottava la carriera di suo marito in giurisprudenza e in politica, portandolo per mano alla rovina e al fallimento su tutti i fronti. Per tutto quel tempo Manfred aveva aspettato il momento buono per il colpo finale, e alla fine era arrivato. Sarah Stander era venuta a implorare la vita del bastardo che le aveva fatto fare, e lui gliel'aveva rifiutata. Un piacere squisito, reso più grande da anni e anni d'attesa.

Adesso la donna si voleva vendicare. Lui non l'aveva previsto, pensava che il colpo la distruggesse. Solo la sua buona fortuna l'aveva messo in guardia dal nuovo tradimento che architettava ai suoi danni.

Distolse gli occhi dallo specchio e sedette alla scrivania. Prese in mano il telefono e con la solita sicurezza chiamò il colonnello Bester dell'ufficio affari riservati.

Era uno dei migliori ufficiali.

« Bester », abbaiò. « Spicchi immediatamente un mandato di arresto. Lo firmerò io stesso e voglio che sia subito eseguito. »

« Sì, signor ministro. Può dirmi il nome della persona da arrestare? »

« Sarah Stander », rispose Manfred. « L'indirizzo è: Eike Laan 16, Stellenbosch. Se non riuscite a trovarla a casa, andate a prenderla al binario quattro della stazione centrale di Città del Capo oggi pomeriggio alle cinque e mezzo. Prima dell'arresto la donna *non deve assolutamente parlare con nessuno*, lo raccomandi ai suoi uomini. »

Riappendendo, Manfred sogghignò. La legge gli consentiva di arrestare e trattenere chiunque per novanta giorni in completo isolamento. In quei tre mesi, potevano succedere infinite cose. La situazione poteva cambiare; qualcuno poteva morire. Questione risolta. Quella donna non gli avrebbe dato altri fastidi.

Suonò il telefono e Manfred rispose al volo, aspettandosi di risentire Bester.

« Sì, che c'è? »

« Ciao papà, sono Lothie. »

« Ciao. Dove sei? »

« Piazza Caledonia. Sono atterrato venti minuti fa e ho preso in mano l'inchiesta. Ci sono novità, papà, i sommozzatori hanno trovato il relitto. Non ci sono tracce del prigioniero, ma la porta della cabina è stata forzata. Bisogna presumere che sia scappato. Anzi, che qualcuno l'abbia fatto scappare, che è peggio ancora. »

« Trovatelo », disse a bassa voce Manfred. « Dovete trovare Moses Gama. Se non ci riusciamo, le conseguenze potrebbero essere disastrose. »

« Lo so », disse Lothar. « Lo troveremo. Dobbiamo trovarlo. »

Centaine non volle assolutamente mangiare al ristorante della Camera. « Non sono affatto schizzinosa, *chéri*, nel deserto mangiavo le locuste e la carne andata a male, ma... » Così lei e Shasa attraversarono il parco e andarono a mangiare a Greenmarket Square, dove il Cafè Royal annunciava che erano arrivate le prime ostriche della stagione dalla laguna di Knysna.

Centaine ci versò sopra del succo di limone e un po' di tabasco e inghiottì la cosina pulsante con un sospiro di delizia.

« E ora, *chéri* », disse leccandosi le labbra, « dimmi perché sei così assente da non ridere alle mie migliori battute. »

« Mi spiace, mamma ». Shasa segnalò al cameriere di versargli ancora champagne. « Stamattina ho ricevuto una telefonata strana... e da allora non riesco a concentrarmi su nient'altro. Ti ricordi Spada Bianca? »

« Come no », disse Centaine posando la forchetta. « Sai, Sir Garry mi era più caro del mio vero padre. Dimmi tutto. »

Per il resto del pranzo non parlarono d'altro, rievocando dolorosi ricordi di quel brutto giorno in cui era morto un uomo nobile e generoso, a cui entrambi dovevano tantissimo.

Infine Shasa chiese il conto. « È già l'una e mezzo, bisogna sbrigarsi per arrivare in tempo alla Camera. Non voglio perdere l'inizio del discorso di Verwoerd. »

A sessantasei anni Centaine era ancora agile e attiva, e Shasa non fu obbligato a rallentare il passo per lei. Stavano ancora chiacchierando animatamente quando, superata la cattedrale di San Giorgio, svoltarono nel parco.

Davanti a loro due uomini sedevano su una panchina, e c'era qualcosa di così strano in essi che Shasa li notò a cinquanta metri di distanza. Il più alto era in divisa da commesso parlamentare. Sedeva rigidissimo e guardava dritto davanti a sé con aria incantata.

Al suo fianco c'era un uomo bruno con la faccia grigia come stucco e i capelli spenti che gli ricadevano sulla fronte. Stava parlando all'orecchio del commesso parlamentare, come chi riveli un segreto, ma la faccia inespressiva dell'ascoltatore non mostrava la minima reazione a quanto l'altro stava dicendo.

Passando davanti alla loro panchina, Shasa guardò in faccia il più basso dei due. Aveva occhi neri e implacabili, che sembravano due pozze di bitume. Ma subito distolse lo sguardo da quello di Shasa. Pure, continuava a parlare a voce così bassa all'uomo in divisa da commesso parlamentare che Shasa non riusciva a sentire il minimo suono.

Centaine gli tirò la manica. « *Chéri*, non mi stai ascoltando. »

« Scusa, mamma », rispose automaticamente Shasa.

« Mi chiedo perché quella donna abbia scelto la stazione », ripeté Centaine.

« Penso che in un luogo pubblico si senta più al sicuro », buttò lì Shasa, tornando a guardare i due. Erano ancora sulla panchina, e benché oppresso da altri pensieri Shasa rabbrividì alla gelida cattiveria di quello sguardo al catrame, come se un vento gelido gli soffiasse nella nuca.

Svoltando nel vialetto che conduceva al grande edificio del Parlamento, Shasa si sentì improvvisamente confuso e incerto. Accadevano troppe cose su cui non aveva alcun controllo. Era una sensazione cui non era per niente abituato.

Joe Cicero stava pronunciando sottovoce la formula: « Senti il verme che hai nella pancia ».

« Sì », rispose con lo sguardo fisso l'uomo accanto a lui. Muoveva soltanto le labbra. « Sento il verme. »

« Il verme vuol sapere se hai il coltello. »

« Sì che ho il coltello », disse l'uomo. Di padre greco, era nato illegittimo nel Mozambico portoghese da una mulatta. Il suo sangue misto non era evidente. Sembrava un tipo mediterraneo. Nel Parlamento sudafricano venivano impiegati soltanto commessi di origine europea.

« Senti il verme che hai nella pancia », ripeté Joe Cicero rinforzando il condizionamento dell'uomo.

« Sì che lo sento. »

Negli ultimi anni era stato in manicomio otto volte. Durante l'ultimo ricovero era stato scelto e condizionato.

« Il verme vuol sapere se sai dove sta il diavolo », disse Joe Cicero. L'uomo si chiamava Demetrio Tsafendas ed era stato introdotto in Sudafrica l'anno prima, una volta completato il condizionamento mentale.

« Sì », disse Tsafendas. « So dove sta il diavolo. »

« Il verme che hai nella pancia ti ordina di andare subito dove sta il diavolo », disse piano Joe Cicero. « Il verme che hai nella pancia ti ordina di uccidere il diavolo. » Tsafendas si alzò in piedi. Si muoveva come un automa. « Il verme ti ordina di andarci subito! »

A passo lento e regolare Tsafendas si avviò verso il Parlamento.

Joe Cicero lo guardò allontanarsi. Era fatta. Tutti i pezzi erano stati piazzati con gran cura. E finalmente il primo macigno cominciava a rotolare giù dal monte. Ben presto avrebbe preso velocità e avrebbe messo in moto altri macigni. Alla fine un'immensa frana avrebbe cambiato per sempre l'aspetto della montagna.

Joe Cicero si alzò e se ne andò.

La prima persona che Shasa vide entrando con Centaine nell'edificio del Parlamento fu Kitty Godolphin, e il suo cuore batté per l'emozione e il piacere inaspettato. Non la vedeva da un anno e mezzo, quando si erano goduti un interludio illecito nel sud della Francia. Shasa aveva noleggiato un lussuoso yacht col quale erano andati fino a Capri. Quando si erano lasciati, lei aveva promesso di scrivergli, ma non manteneva mai le promesse, ed eccola ricomparire senza preavviso. Gli rivolse quel suo sorriso da ragazzina innocente, contraddetto dagli occhi diabolicamente maliziosi, e gli andò incontro per salutarlo come se si fossero lasciati con un bacio mezz'ora prima.

« Cosa fai qui? » le domandò senza preamboli, e Kitty si rivolse a Centaine.

« Salve, signora Courteney. Che peccato che una gran dama come lei abbia un figlio così maleducato! »

Centaine rise, Kitty le piaceva. Shasa pensava che fossero due spiriti affini. Poi Kitty gli spiegò: « Ero in Rhodesia a fare un servizio su Ian Smith in previsione dell'arrivo di Harold Wilson, e ho fatto un salto qui a sentire il discorso che Verwoerd terrà tra poco. Naturalmente volevo anche venirti a trovare ».

Chiacchierarono qualche minuto, poi Centaine si scusò. « Vado a cercarmi un posto in galleria. »

Mentre Centaine si allontanava, Shasa chiese sottovoce a Kitty: « Quando ci vediamo? »

« Stasera? » suggerì Kitty.

« Sì... ah, no, maledizione. » Si era ricordato l'appuntamento con l'informatrice a proposito di Spada Bianca. « Dove stai? »

« Al Nellie, come al solito. »

« Posso telefonarti lì stasera? »

« Sicuro », sorrise lei. « Se nel frattempo non ricevo offerte migliori. »

« Puttanella! Perché non ci sposiamo? »

« Te l'ho già detto, sono troppo in gamba per te, fusto. » Era uno dei loro soliti scherzi. « Ma mi piace scopazzarti di nascosto ogni tanto. Ci vediamo dopo. »

Shasa la guardò salire lo scalone, diretta alla tribuna stampa. La conosceva da anni e anni, ma non sembrava affatto invecchiata. Aveva ancora un corpo da ragazza, e l'andatura agile e svelta della gioventù. Ricacciò il grumo nero di solitudine che minacciava di inghiottirlo ed entrò nella Camera.

I banchi si stavano affollando. Shasa vide che il primo ministro era già seduto al suo posto. Stava parlando con Frank Waring, ministro dello Sport e unico altro anglosassone nella compagine governativa.

Verwoerd sembrava vigoroso e in piena forma. Nessuno avrebbe creduto che dopo quei due colpi di pistola nella testa potesse mai riuscire a riprendere una tale padronanza del suo partito e dell'intero Parlamento. Sembrava immortale, il che, ghignò fra sé Shasa, era appunto una caratteristica del diavolo che l'accusavano di essere.

Shasa si avviò verso il proprio posto e Manfred De La Rey gli andò incontro.

Prese per il braccio Shasa e gli parlò all'orecchio. « I sommozzatori hanno recuperato il traghetto. Il corpo di Gama non c'è e la porta della cabina è stata forzata. Sembra quindi che quel bastardo sia riuscito a scappare senza danni. Ma tutte le vie d'uscita del Paese sono sorvegliate e i miei uomini lo beccheranno. Non può scappare. Credo che il primo ministro annuncerà la sua evasione nel discorso di oggi. »

Shasa e Manfred si avviarono verso i loro posti nel banco del governo, quando un tale urtò Shasa così forte da farlo imprecare e guardarsi attorno. Era il commesso parlamentare che aveva visto poco prima sulla panchina del parco.

« E stia un po' attento, giovanotto », berciò Shasa riprendendo l'equilibrio. Ma quello sembrò non averlo nemmeno sentito.

Con l'espressione vacua e gli occhi fissi e attoniti, il commesso procedeva di buon passo, sfiorando Manfred e puntando verso i banchi dell'opposizione.

« Ma che maleducato », disse Shasa fermandosi a guardarlo.

Improvvisamente il commesso parve cambiare idea, attraversò la Camera e puntò verso il posto del primo ministro, dov'era seduto Verwoerd. Egli lo vide arrivare e lo guardò come chi si aspetti che gli consegnino un messaggio. Shasa osservava perplesso il bizzarro comportamento del commesso, che nessun altro dei presenti sembrava aver notato.

Quando il commesso si fermò davanti al dottor Verwoerd, aprì la giacca scura dell'uniforme e Shasa vide scoccare l'argenteo lampo dell'acciaio.

« Cristo! » esclamò. « Ha un coltello! »

Il commesso alzò la mano e colpì una volta, e stranamente il primo ministro sorrideva, come se non si rendesse conto di quanto stava accadendo. La lama uscì rossa di sangue.

Shasa si gettò in avanti, ma Manfred lo trattenne per il braccio. « L'eroe della Manciuria », sibilò, e Shasa si irrigidì.

L'assassino incombeva sul primo ministro e lo pugnalò altre due volte. A ogni coltellata la camicia bianca dello statista si arrossava di più. Il dottor Verwoerd aveva ora alzato le mani in una patetica invocazione di aiuto.

Infine, quelli che gli erano vicini capirono cosa stava succedendo e saltarono addosso al sicario. Erano in tanti, ma l'uomo sembrava lottare con forza demoniaca.

« Dov'è il diavolo? » urlava. « Dov'è che lo ammazzo? »

Lo misero a terra, immobilizzandolo.

Il dottor Verwoerd sedeva ancora al suo posto, guardandosi il torace dove la macchia rossa si allargava sempre più. Poi la coprì con la giacca, come per celarsi l'orrenda vista del proprio sangue, e con un sospiro scivolò a terra a faccia avanti.

Shasa e Manfred De La Rey erano nell'ufficio di Shasa quando Tricia portò loro la notizia.

« Signori, il capogruppo parlamentare ha appena telefonato. Il dottor Verwoerd è morto prima di arrivare all'ospedale. »

Shasa andò al bar e versò due bicchieri di cognac.

Guardandosi negli occhi bevvero in silenzio, poi Shasa abbassò il bicchiere e disse: « Dobbiamo cominciare subito a stendere la lista di quelli che ti appoggeranno di sicuro. Credo che l'uomo da battere per diventare primo ministro sia Vorster, e i suoi sostenitori saranno già all'opera ».

Quel pomeriggio lavorarono insieme alle loro liste, piazzando asterischi, croci e punti interrogativi accanto ai nomi. A tutti telefonavano, mercanteggiando cariche, ricattando, ricordando favori e stipulando accordi e compromessi. Intanto arrivavano continuamente visitatori importanti, cioè alleati attuali o potenziali.

Mentre lavoravano insieme, Shasa osservava Manfred, e si meravigliava, non per la prima volta, che il destino avesse unito due personalità eterogenee come loro in una coppia affiatata di politici in corsa per il potere. A quanto pareva, non avevano proprio niente in comune, tranne quella caratteristica vitale... l'ambizione e la sete di potere.

Be', adesso il potere era a portata di mano, e Manfred sembrava trasfigurato, posseduto dal demone. L'effetto della sua enorme forza di carattere su coloro che passavano da quell'ufficio era evidente. A uno a uno tutti gli giurarono fedeltà.

Pian piano Shasa si convinse che non era più una possibilità, e nemmeno una probabilità. Avrebbero vinto loro. Lo sentiva nel cuore e nelle viscere. Le cariche principali del Paese erano nelle loro mani: primo ministro e presidente della Repubblica. Stavano vincendo.

Nell'eccitazione inebriante di questa consapevolezza il pomeriggio passò velocemente, scandito dal sommesso pendolo del nonno che Shasa aveva sistemato in un angolo del suo studio. E Shasa non se ne accorse nemmeno, finché non suonò le cinque. Allora diede un'occhiata all'orologio da polso.

« Sono le cinque », disse avviandosi verso la porta.

« Dove vai? Ho bisogno di te qui », gli gridò dietro Manfred. « Torna indietro, Shasa. »

« Vengo subito », rispose Shasa, e corse in anticamera.

Qui c'erano persone in attesa, persone importanti. Si alzarono a salutarlo, e Tricia fece in tempo a dire: « Signor Courteney... »

« Non ora. » Shasa passò oltre di corsa. « Torno subito. »

A piedi sarebbe arrivato prima che in macchina nel traffico delle cinque. Shasa si mise a correre.

Capiva che l'informatrice doveva essere impaurita e preoccupata, e che quindi non si sarebbe trattenuta ad aspettarlo. Doveva arrivare prima dell'ora fissata. Correndo si maledisse per aver dimenticato un appuntamento così importante, pur se era vero che erano successe tante cose.

Corse per i marciapiedi affollati di impiegati felici di aver terminato la loro tediosa giornata di lavoro. Shasa si faceva largo a spintoni e correva a zig zag come un giocatore di rugby che non vuol farsi intercettare. Alcuni di quelli che urtava gli gridavano di andare al diavolo.

Correndo tra le macchine in coda, arrivò all'entrata della stazione in Adderley Street. Sopra l'ingresso l'orologio segnava le cinque e trentasette. Era già in ritardo e il binario quattro era dalla parte opposta rispetto a quell'entrata.

Si mise a correre ancora più forte nell'atrio della stazione, raggiungendo il binario quattro. Rallentò e scandagliò tutto il marciapiede, guardando in faccia le pendolari che ci si affollavano in attesa. Tutte gli restituivano lo sguardo con indifferenza. Riguardò l'orologio, le cinque e quaranta, era in ritardo di dieci minuti. Se n'era già andata. L'aveva perduta.

Si fermò a metà del marciapiede guardandosi intorno disperatamente, senza sapere che fare. Gli altoparlanti tuonarono un annuncio. « Treno proveniente da Stellenbosch in arrivo al binario quattro - Treno proveniente da Stellenbosch in arrivo al binario quattro. »

Meno male. Shasa provò un gran sollievo. Il treno era in ritardo. Doveva essere sul treno: questo era il motivo dell'appuntamento lì.

Shasa scrutò ansioso il treno che si avvicinava e poi sferragliando si fermava. Le porte si aprirono e i passeggeri defluirono, cominciando a procedere come un fiume solido verso l'uscita.

Shasa saltò in piedi su una panchina, il modo migliore per vedere ed esser visto.

« Signor Courteney... » una voce femminile. La voce dell'informatrice, la riconosceva benissimo anche dopo tutti quegli anni.

Si alzò in punta di piedi, cercando di individuarla nella folla.

« Signor Courteney? » Eccola là, in mezzo alla gente che le si accalcava intorno: sventolava la mano per attirare la sua attenzione.

La riconobbe all'istante. La sorpresa l'immobilizzò per qualche secondo mentre la fissava sbigottito. La signora Stander, che aveva conosciuto anni prima, il giorno in cui era andato alla casa al mare di Manfred per fargli la proposta relativa alla società di pesca. Ricordava che anche in quell'occasione l'aveva chiamato Comandante di Squadriglia, e avrebbe dovuto capir subito chi era, ma non c'era arrivato. Era stato veramente stupido e ottuso. Shasa era ancora in piedi sulla panchina, e la fissava, quando all'improvviso qualcos'altro attirò la sua attenzione.

Due uomini si facevano largo a spintoni tra la gente. Erano due tipi grandi e grossi, vestiti male di scuro e coi cappelli a lobbia che allora sembravano costituire il marchio del poliziotto in borghese. Chiaramente stavano dirigendosi verso la signora Stander.

Che li vide quasi nello stesso momento di Shasa, e impallidì dal terrore.

« Signor Courteney! » gridò. « Presto... stanno venendo a prendermi! » Scostando la gente a spintoni si mise a correre verso Shasa. « Venga subito! Venga qui, presto! »

Shasa saltò giù dalla panchina e le corse incontro, ma aveva tra i piedi una vecchia signora carica di pacchetti. La buttò quasi per terra, e quando riuscì a superarla vide che i poliziotti in borghese avevano raggiunto Sarah Stander e l'avevano presa per le braccia.

« Per favore! » gridò disperata. « Venga! » Poi con impeto incredibile riuscì a divincolarsi dagli agenti raggiungendo di corsa Shasa.

« Qua! » disse mettendogli in mano una busta. « Qua c'è tutto! »

I due poliziotti si erano ripresi subito dallo stupore e le erano corsi dietro. Uno la prese per le braccia e la tirò indietro, mentre l'altro affrontò Shasa.

« Siamo funzionari di pubblica sicurezza. Abbiamo un mandato d'arresto per quella donna. » Ansimava per la corsa. « Le ha dato qualcosa, ho visto. Deve consegnarmela. »

« Brav'uomo! » disse Shasa, ergendosi e impartendogli il suo cipiglio più ministeriale. « Ha idea di chi sia la persona con cui sta parlando? »

« Ministro Courteney! » L'uomo l'aveva infine riconosciuto,

e la sua confusione risultò comica. « Mi spiace, signore, io non sapevo... »

« Nome, grado e numero di matricola », ordinò Shasa.

« Tenente Van Outshoorn, numero 138643. » Istintivamente l'uomo si era messo sull'attenti.

« Può star sicuro che avrà mie notizie, tenente », l'avvertì gelido Shasa. « E adesso faccia il suo dovere. » Shasa girò sui tacchi e partì lungo il marciapiede, verso l'uscita, tastando la busta che aveva messo nella tasca interna della giacca, e lasciando il funzionario con un palmo di naso.

Non aprì la busta prima di essere di nuovo nel suo ufficio. Tricia era rimasta ad aspettarlo.

« Meno male! Ero preoccupata, se n'è andato via così di corsa », esclamò rivedendolo. Brava, fedele Tricia.

« Va tutto bene », la rassicurò. « Dov'è il ministro De La Rey? »

« È uscito subito dopo di lei, signore. Ha detto che se ha bisogno di vederlo può trovarlo alla sua residenza a Groote Schuur. »

« Grazie, Tricia. Ora può andare a casa. »

Shasa entrò nel suo studio e chiuse la porta a chiave. Andò alla scrivania e sedette sulla poltrona imbottita di cuoio. Prese la busta dalla tasca interna e la posò sul piano della scrivania. Per un po' si limitò a contemplarla.

Era una busta di carta comune. Il suo nome era scritto con grafia tonda e un po' infantile.

« *Meneer* Courteney. »

Gli venne una strana paura di aprirla. Aveva il presentimento di qualche terribile rivelazione, tale da sconvolgergli la vita.

Prese il prezioso tagliacarte e ne saggiò la punta col pollice. L'infilò nella busta. Conteneva un foglio a righe strappato da un blocco per appunti, con una breve scritta nella stessa grafia infantile.

Shasa guardò quel nome per un po'. Non era affatto colpito. Nel suo intimo più profondo doveva aver sempre saputo la verità. Per via degli occhi naturalmente, gli occhi gialli come topazi di Spada Bianca che quel giorno l'avevano fissato, subito dopo la morte del nonno.

Non dubitò nemmeno per un momento, non provò alcun empito d'incredulità. Aveva visto perfino la cicatrice sul petto di Manfred quella volta al mare, la cicatrice del colpo di pistola che aveva sparato lui stesso a Spada Bianca quel giorno. Tutti i dettagli s'incastravano perfettamente.

« Manfred De La Rey è Spada Bianca. »

Dal primo incontro da ragazzi sul molo a Walvis Bay il destino aveva sempre guidato i loro passi, fino alla conclusione inevitabile.

« Non c'è niente da fare. Siamo nati per distruggerci a vicenda. » Prese in mano il telefono.

L'altro rispose dopo tre squilli.

« De La Rey. »

« Sono io », disse Shasa.

« *Ja.* Me l'aspettavo. » Il tono di Manfred era abbattuto e rassegnato, ben diverso da quello energico e vivace che aveva sciorinato poco prima, quando serrava le file dei suoi sostenitori. « La donna ti ha raggiunto. I miei uomini me l'hanno detto. »

« La donna dev'essere liberata », gli disse Shasa.

« Lo è già stata, per ordine mio. »

« Dobbiamo vederci. »

« *Ja.* È necessario. »

« Dove e quando? » chiese Shasa.

« Verrò io a Weltevreden », disse Manfred, e Shasa fu colto troppo alla sprovvista per rispondere. « Ma c'è una condizione. »

« E quale? » chiese stancamente Shasa.

« Dev'esserci anche tua madre. »

« Mia madre? » Stavolta Shasa non riuscì a nascondere il proprio stupore.

« Sì, tua madre, Centaine Courteney. »

« Non capisco. Cosa c'entra mia madre con questa faccenda? »

« Vedrai. Nessuno c'entra di più. »

Quando Kitty Godolphin tornò in albergo quella sera, era di ottimo umore. La cinepresa di Hank era riuscita a riprendere Verwoerd caricato sull'ambulanza in barella, tutto insanguinato, e il panico e la confusione che si erano subito sparsi nella Camera. Avevano anche fatto un sacco di interviste a caldo alle maggiori personalità sudafricane, amici politici e avversari giurati.

Appena entrata nella sua suite prenotò una telefonata a New York per avvertire la rete NABS dell'eccezionale documentazione televisiva che era riuscita a procurare. Poi si versò un gin and tonic e sedette impaziente vicino al telefono.

Afferrò la cornetta a metà del primo squillo.

« Kitty Godolphin », disse.

« Signorina Godolphin. » Era una strana voce che parlava col melodioso accento africano. « Moses Gama le manda i suoi saluti. »

« Moses Gama sta scontando l'ergastolo in una prigione di massima sicurezza », rispose brusca. « La prego di non farmi perder tempo. »

« Ieri notte Moses Gama è stato liberato dai guerriglieri dell'*Umkhonto we Sizwe* sul traghetto per Robben Island », disse la voce, e Kitty si sentì accapponare la pelle. Aveva letto la notizia del naufragio. « Moses Gama si trova in un posto sicuro. Desidera parlare al mondo per mezzo suo. Se accetta di incontrarlo, avrà la possibilità di riprendere il suo messaggio per la televisione. »

Per tre secondi buoni non riuscì a rispondere. La voce l'aveva tradita, ma la mente correva. « Questo è il colpo grosso », pensava. « Questo è lo *scoop* che capita una volta in una vita di sforzi e di lavoro. » Si schiarì la gola e rispose: « Verrò ».

« Tra dieci minuti arriverà sotto il suo albergo, all'ingresso della sala da ballo, un furgone blu scuro. Il guidatore lampeggerà due volte. Lei entrerà immediatamente dallo sportello posteriore, senza parlare con nessuno. »

Il veicolo era un furgoncino Toyota adibito alla consegna di pacchi in città, e Kitty e Hank con cinepresa e registratore ci entrarono a stento. Kitty fece in modo di strisciare avanti così da poter parlare all'autista.

« Dove si va? »

L'autista la guardò attraverso lo specchietto retrovisivo. Era un giovane negro non bello ma dalla presenza imponente e dall'energico volto africano.

« Andiamo in un sobborgo negro. Ci saranno blocchi stradali dappertutto perché la polizia ricerca Moses Gama, quindi sarà pericoloso e voi dovrete fare esattamente quello che vi dirò io. »

Per quasi un'ora proseguirono in furgone, percorrendo buie strade secondarie, a volte fermandosi ad aspettare in silenzio che qualche ombra sbucasse dalla notte per bisbigliare poche parole al guidatore, poi ripartendo fino all'ultima fermata.

« Da qui in poi si va a piedi », annunciò la loro guida, e li condusse per le viuzze e scorciatoie segrete della « mala » e dei compagni, scivolando dietro le casette dei negri, nascondendosi due volte al passaggio delle Land Rover della polizia, e finalmente entrando dal retro di una delle mille e mille casette tutte uguali.

Moses Gama sedeva al tavolo della cucinetta sul retro. Kitty lo riconobbe immediatamente anche se adesso aveva i capelli bianchi ed era magrissimo. Indossava una camicia bianca dal colletto aperto e pantaloni blu, e quando si alzò a salutarla vide che, sebbene invecchiato e malconcio, non aveva perso l'intensità messianica dello sguardo né la presenza imponente di una volta.

« Le sono grato di essere venuta », le disse gravemente. « Ma abbiamo pochissimo tempo. La polizia fascista ci sta alle calcagna come un branco di lupi. Prima me ne vado da qui e meglio è. »

Hank era già al lavoro con le luci e la cinepresa, e annuì a Kitty. Quanto a lei, aveva già giudicato che la nudità dell'ambiente avrebbe aggiunto drammaticità alle riprese. I capelli bianchi di Moses e la sua magrezza incredibile avrebbero toccato il cuore al pubblico.

Si era preparata mentalmente qualche domanda, ma non fu necessario fargliela. Moses Gama guardò nella cinepresa e parlò con sincerità e profondità sconvolgenti.

« Non ci sono muri di prigione abbastanza grossi per rinchiudere l'anelito di libertà del mio popolo », disse. « Non ci sono tombe abbastanza profonde per seppellire la verità e nascondervela. »

Parlò per dieci minuti e Kitty Godolphin, che pure era vecchia del mestiere e incallita conoscitrice dei mali di questo mondo birbone, alla fine si ritrovò a piangere come una fontana per la commozione. « La lotta è la mia vita. La vittoria sarà nostra. Noi vinceremo, popolo mio! *Amandla! Ngawethu!* »

Kitty andò ad abbracciarlo. « Lei mi fa sentire molto umile », gli disse.

« Lei è un'amica », rispose lui. « Vada in pace, figliola. »

« Venga », disse Raleigh prendendola per il braccio e portandola via. « È stata qua fin troppo, adesso dovete andare. Quest'uomo si chiama Robert: vi guiderà lui. »

Robert aspettava sulla porta di dietro.

« Seguitemi », ordinò, e li guidò per il cortiletto polveroso, tra le ombre, fino all'angolo della strada. Qui inaspettatamente si fermò.

« Cosa succede adesso? » chiese Kitty a voce bassa. « Perché aspettiamo qui? »

« Abbia pazienza. Presto capirà », rispose Robert.

A un tratto Kitty si rese conto che non erano soli. Tanti altri aspettavano come loro nel buio. Adesso li udiva: facevano un gran mormorio, tranquillo e pieno di attesa. Man mano che gli occhi le si abituavano al buio li scorse anche, tantissima gente a capannelli nascosti dietro le siepi o dietro gli angoli delle case.

Decine, anzi centinaia di persone, uomini e donne che a ogni istante aumentavano di numero sbucando dalle tenebre, raccogliendosi intorno alla casa dove stava Moses Gama, come se la sua presenza fosse un faro, una fiamma che come falene trovassero irresistibile.

« Che sta succedendo? » chiese sottovoce Kitty.

« Lo vedrà », rispose Robert. « Tenga pronta la cinepresa. »

La gente cominciava a uscire dal buio, avvicinandosi pian piano alla casetta, e una voce gridò forte:

« *Baba!* I tuoi bambini sono qui. Parlaci, padre! »

E un'altra voce gridò: « Moses Gama, noi siamo pronti Guidaci! »

Poi cominciarono a cantare, dapprima piano, « *Nkosi Sikelel'Afrika...* Dio salvi l'Africa! » e le voci si unirono e cominciarono ad armonizzarsi, le belle voci africane, espressive e commoventi.

Quindi si sentì un altro rumore, dapprima lontano, ma poi sempre più vicino, l'ululato delle sirene della polizia.

« Preparate la cinepresa », ripeté Robert.

Appena l'americana e l'operatore furono usciti Moses Gama si alzò.

« Fatto », disse. « Adesso possiamo andare. »

« Non ancora, zio », lo fermò Raleigh Tabaka. « Prima dobbiamo fare un'altra cosa. »

« È pericoloso aspettare », insisté Moses. « Siamo già rimasti qui fin troppo. La polizia ha spie dappertutto. »

« Sì, zio. Le spie sono dappertutto », disse Raleigh con un'enfasi particolare. « Ma prima che tu possa proseguire verso un posto dove la polizia non ti potrà toccare, noi dobbiamo parlare. »

Raleigh fronteggiava lo zio dall'altra parte del tavolo.

« È stato pianificato tutto molto bene. Questo pomeriggio il mostro bianco Verwoerd è stato assassinato nel Parlamento razzista ». Moses sussultò. « E perché non me l'hai detto prima? » protestò, ma Raleigh continuò con calma.

« Il piano era che, nella confusione successiva all'assassinio di Verwoerd, tu emergessi dall'ombra per capeggiare l'insurrezione spontanea del nostro popolo. »

« E perché non me l'hai detto? » chiese fieramente Moses.

« Abbi pazienza, zio. Ascoltami sino alla fine. Gli uomini che hanno ideato questo piano vengono da una terra fredda e lontana, nelle brume del nord, e non capiscono l'anima africana. Non capiscono che il nostro popolo non insorgerà finché non sarà pronto a farlo, con un'ira matura nel cuore. Questo tempo non è ancora venuto. Ci vorranno ancora tanti anni di paziente lavoro per far fruttare appieno questa rabbia popolare. Solo allora potremo raccogliere la ricca messe. Ma oggi la polizia dei bianchi è ancora troppo forte. Ci può distruggere col mignolo nel completo disinteresse del mondo intero, che ci guarderà perire come ha guardato perire gli insorti d'Ungheria. »

« Non capisco », disse Moses. « Perché hai fatto tanto se non intendi andare fino in fondo? »

« La rivoluzione non ha solo bisogno di capi. Ha anche bisogno di martiri. Bisogna sbandierarli davanti al mondo, per commuoverlo e indignarlo: senza martiri non potremo mai aver successo. Martiri e capi, zio. »

« Io sono appunto il capo che il nostro popolo si è scelto », disse semplicemente Moses Gama.

« No, zio ». Raleigh scosse la testa. « Ti sei dimostrato indegno. Hai venduto il tuo popolo. In cambio della tua vita hai consegnato la rivoluzione nelle mani del nemico. Hai fatto arrestare Nelson Mandela e gli eroi di Rivonia. Una volta ti credevo un dio, ma ora so che sei un traditore. »

Moses Gama lo guardava in silenzio.

« Sono contento che non lo neghi, zio. La tua colpa è provata oltre ogni possibile dubbio. Con quell'atto hai rinunciato a ogni pretesa di leadership. Solo Nelson Mandela ha la grandezza che ci vuole per quel ruolo. Tuttavia, zio, la rivoluzione ha bisogno anche di martiri. »

Dalla tasca della giacca Raleigh Tabaka tirò fuori qualcosa avvolto in un panno bianco pulito. L'appoggiò sul tavolo. Lentamente aprì il fagotto badando a non toccare il contenuto.

Fissarono entrambi la pistola a tamburo.

« È una pistola della polizia. È stata rubata da un'armeria statale qua vicino poche ore fa. Il numero di matricola è ancora registrato nell'elenco delle armi della polizia. È caricata con munizioni della polizia. »

Raleigh avvolse il panno intorno al calcio. « Ci sono ancora stampate le impronte dei poliziotti », aggiunse.

Con la pistola in mano fece il giro del tavolo e si mise dietro la sedia di Moses Gama, puntandogli la canna contro la nuca.

Fuori sentirono cominciare il canto.

« Dio salvi l'Africa », ripeté Raleigh. « Sei fortunato, zio. Hai la possibilità di redimerti. Stai per andare in un posto dove più nessuno ti potrà toccare, e il tuo nome vivrà in eterno, puro e senza macchia, come quello di un gran martire africano morto per la libertà del suo popolo. »

Moses Gama, immobile, continuava a tacere, e Raleigh proseguì sottovoce: « Abbiamo detto alla gente che sei qui. Si sono raccolti a centinaia qui fuori. Saranno i testimoni della tua grandezza. Il tuo nome non sarà mai più dimenticato ».

Poi, più forte del canto, si sentirono le sirene della polizia che si avvicinavano.

« Anche alla spietata polizia fascista è stato detto che ti trovi qui », disse piano Raleigh.

Il rumore delle sirene aumentò: poi si sentirono rombare i motori, stridere i freni, sbattere le portiere delle Land Rover, gridare ordini, correre, abbattere la porta di casa con un colpo di mazza.

Mentre il generale Lothar De La Rey irrompeva dall'ingresso principale, Raleigh Tabaka mormorò « Va' in pace, zio », e sparò nella nuca a Moses Gama.

La pesante pallottola proiettò in avanti Moses e gli fece sbattere la testa fracassata sul tavolo. Il suo cervello si spiaccicò sulla parete e sul pavimento della cucina assieme a frammenti del cranio.

Raleigh mise sul tavolo la pistola della polizia e scivolò nel buio cortile posteriore. Si confuse nella folla, aspettando insieme a tutti gli altri che portassero fuori il cadavere in barella.

Poi gridò con voce forte e chiara: « La polizia ha ucciso il nostro capo! Hanno ammazzato Moses Gama! »

Il grido fu ripreso da cento e cento altre voci. Le donne intonarono il canto funebre coi loro strilli laceranti. Raleigh Tabaka girò sui tacchi e si allontanò nel buio.

Un servitore aprì a Manfred De La Rey la porta principale di Weltevreden.

« Il padrone l'aspetta », disse rispettosamente. « Mi segua, prego. »

Accompagnò Manfred nella sala delle armi e si chiuse dietro le spalle la pesante porta doppia di mogano.

Manfred restò accanto all'ingresso. Nel caminetto ardeva un gran ceppo, e lì vicino, in piedi, stava Shasa Courteney.

Indossava smoking e cravatta nera e si era cambiato anche la benda di seta sull'occhio. Era alto e florido d'aspetto, coi capelli inargentati alle tempie, ma la sua espressione era spietata.

Centaine Courteney sedeva alla scrivania sotto la rastrelliera dei fucili. Anche lei era in abito da sera, un tessuto di seta cinese della sua tonalità preferita di giallo. Al collo aveva una collana di fantastici diamanti gialli della miniera H'ani. Spalla e braccia nude risplendevano nella luce bassa e soffusa come quelle di una ragazza.

« Spada Bianca », l'accolse sottovoce Shasa.

« *Ja* », ammise Manfred. « Ma tanto tempo fa, e in un'altra guerra. »

« Uccidesti un uomo innocente. Un nobile vecchio. »

« Il proiettile era destinato a un altro, un traditore, un afrikaner che aveva consegnato il suo popolo al giogo inglese. »

« Fosti un terrorista allora come Gama e Mandela lo sono oggi. Perché la tua punizione dovrebbe essere diversa? »

« La nostra causa era giusta, e Dio era dalla nostra parte. »

« Quanti innocenti saranno morti per ciò che altri chiamano 'giuste cause'? Quante atrocità saranno state commesse in nome di Dio? »

« Non mi fai sentire affatto in colpa », scosse la testa Manfred. « Quello che ho tentato di fare allora era giusto e sacrosanto. »

« Vedremo se i nostri tribunali ti daranno ragione », disse Shasa, e guardò Centaine. « Per piacere, telefona a quel numero annotato lì. Chiedi del colonnello Bothma del servizio segreto. L'ho già avvertito di prepararsi a venire qui. »

Centaine non mosse muscolo. Guardava Manfred De La Rey con espressione tragica.

« Per piacere, fallo, mamma », insisté Shasa.

« No », intervenne Manfred. « Non può farlo, e non puoi farlo neanche tu. »

« Cosa te lo fa credere? »

« Diglielo, mamma », disse Manfred.

Shasa avvampò di rabbia, ma Centaine lo zittì con un gesto della mano.

« È vero », mormorò. « Manfred è mio figlio come te, Shasa. L'ho partorito nel deserto. Anche se suo padre l'ha portato via con sé appena nato, e io non l'ho più visto per quasi tredici anni, resta sempre mio figlio. »

Nel silenzio, uno dei ceppi che bruciavano nel camino si dissolse crepitando in una valanga di cenere e brace.

« Sono più di vent'anni che tuo nonno è morto, Shasa. Vuoi spezzarmi il cuore mandando tuo fratello sulla forca? »

« Il dovere... l'onore... » balbettò Shasa.

« Un tempo fu Manfred a risparmiare te. Poteva distruggere sul nascere la tua carriera politica. Poiché glielo chiesi io, e sapendoti suo fratello, se ne astenne. » Centaine parlava a voce bassa ma senza esitazioni. « Tu vuoi essere da meno? »

« Ma... non è che il tuo figlio bastardo », sbottò Shasa.

« Anche tu sei bastardo come lui, Shasa. Tuo padre morì il giorno in cui dovevamo sposarci, prima della cerimonia. Manfred l'aveva scoperto e avrebbe potuto usare questo fatto per distruggerti. Ti aveva in suo potere, come tu adesso hai lui. Che cosa farai, Shasa? »

Shasa distolse lo sguardo da lei, e rimase a testa china a fissare il fuoco. Quando infine parlò la sua voce era rotta dal dolore.

« L'amicizia... la stessa fratellanza... non sono che illusioni. Sei tu che io debbo onorare, mamma », dichiarò.

Nessuno gli rispose, e tornò a rivolgersi a Manfred.

« Informerai la direzione del partito che ritiri la candidatura a primo ministro e lasci la politica », disse tranquillamente, e vide Manfred sussultare disperato per il crollo di tutti i suoi sogni. « È l'unica punizione che posso infliggerti, ma forse è più dolorosa e più penosa della forca. Tu l'accetti? »

« Stai distruggendo anche le tue ambizioni », gli disse Manfred. « Senza di me non arriverai mai alla presidenza. »

« Questa sarà la mia punizione », ammise Shasa. « L'accetto. Tu accetti la tua? »

« L'accetto », disse Manfred De La Rey. Si girò verso la porta doppia di mogano, l'aprì con un gesto secco e uscì dalla stanza.

Shasa lo seguì con lo sguardo. Solo quando sentì passare la sua macchina nel vialetto d'accesso tornò a guardare Centaine. Stava piangendo come il giorno in cui le aveva dato la notizia della morte di Blaine Malcomess.

« Figlio mio », mormorò. « Figli miei. » E Shasa andò a consolarla.

Una settimana dopo la morte del dottor Hendrik Verwoerd il congresso del Partito Nazionalista elesse primo ministro del Sudafrica Balthazar Johannes Vorster.

Egli doveva l'elezione al timore riverenziale che aveva saputo ispirare a tutti quanti come ministro della Giustizia. Era un uomo energico, dello stesso stampo del suo predecessore, e fin dal primo discorso affermò fieramente: « Il mio compito è quello di proseguire senza paura lungo la strada tracciata da Hendrik Verwoerd ».

Tre giorni dopo la sua elezione mandò a chiamare Shasa Courteney.

« Volevo ringraziarla di persona per il gravoso impegno da lei fedelmente assolto per tutti questi anni, con capacità pari allo spirito di dedizione, allo Stato e al Paese. Credo tuttavia che per lei sia ora di prendersi un ben meritato riposo. Pertanto, la nominerei ambasciatore sudafricano a Londra. Confido sia in grado di rappresentare al meglio il governo e il Paese in quella importantissima sede. »

Era il classico calcio nel sedere, ma Shasa sapeva che per i politici la regola d'oro è non rifiutare mai niente.

« Grazie, primo ministro », rispose.

Trentamila persone seguirono il funerale di Moses Gama a Drake's Farm.

L'organizzò Raleigh Tabaka, che capeggiò anche la guardia

d'onore dell'*Umkhonto we Sizwe* schierata di fianco alla tomba a fare il saluto dell'ANC quando interrarono la cassa.

Vicky Dinizulu Gama, nel suo lungo caffetano giallo, verde e nero, violò la diffida per tenere un discorso ai partecipanti.

Fiera e più bella che mai, disse loro: « Dobbiamo inventare una punizione per i collaborazionisti e le spie, una punizione così atroce e grottesca che nessun membro del nostro popolo osi più diventare un traditore ».

Il dolore della folla era così terribile che quando una giovane donna presente fu additata come spia della polizia, la denudarono e la picchiarono fino a farla svenire. Poi l'irrorarono di benzina, le diedero fuoco e mentre bruciava la presero a calci. Quindi i bambini orinarono sul suo corpo carbonizzato. La polizia disperse la folla con i lacrimogeni e i manganelli.

Kitty Godolphin riprese tutto. Montato insieme all'intervista di Moses Gama, e alle scene del suo brutale assassinio da parte della polizia, ciò costituì il documento più atroce e commovente mai visto dai telespettatori americani.

Kitty Godolphin diventò capo di tutti i servizi giornalistici della rete NABS, e la più pagata dei mezzibusti americani.

Prima di insediarsi come ambasciatore a Londra, Shasa andò col figlio maggiore a fare un mese di safari nella valle dello Zambesi. La concessione dell'Agenzia di Safari Courteney copriva mille chilometri quadrati circa di territorio faunisticamente ricchissimo. Matatu guidò Shasa ad ammazzare un leone, un bufalo e un magnifico vecchio elefante maschio.

Intanto la guerriglia in Rhodesia diventava un affare sempre più serio. Sean era stato decorato con la Silver Cross al valore, e attorno al fuoco da campo raccontò come l'aveva meritata.

« Matatu e io stavamo seguendo un grosso elefante maschio quando abbiamo incrociato le tracce di dodici guerriglieri dello ZANU. Abbiamo lasciato perdere l'elefante e siamo andati dietro ai terroristi. Pioveva molto, le nuvole erano bassissime e non si poteva chiamare l'aviazione ad aiutarci. I terroristi stavano avvicinandosi allo Zambesi, sicché bisognava raggiungerli in fretta. Accelerammo il passo e ci accorgemmo che ci avevano teso un'imboscata solo quando vedemmo i lampi delle raffiche nell'erba a pochi metri da noi.

« Matatu era in testa e si beccò la prima raffica nella pancia. La cosa mi rattristò alquanto e andai dietro a quei banditi col vecchio 577. Mancavano otto chilometri al fiume e correvano come lepri, ma ho fatto fuori gli ultimi due nell'acqua prima che raggiungessero la sponda nello Zambia. Quando mi sono voltato indietro ho visto Matatu alle mie spalle. Quel vecchio rottinculo mi aveva seguito per otto chilometri con le budella in mano. »

Dall'altra parte del fuoco, la faccia del piccolo ndorobo si era illuminata al sentirsi citare, e Sean gli disse in swahili: « Fa' vedere il tuo nuovo ombelico al *Bwana Makuba* ».

Ubbidiente, Matatu scostò i lembi della camicia sbrindellata e fece vedere a Shasa le orride cicatrici che gli avevano fatto sulla pancia le pallottole del kalaschnikov.

« Che grandissimo coglione! » gli disse severo Sean. « Correre per otto chilometri con le budella in mano, invece di crepare subito lì come avrebbe fatto chiunque avesse avuto un po' di cervello al tuo posto. Sei un vero coglione, Matatu. »

Matatu si sdilinquiva dalla gioia. « Grandissimo collione », rideva. Sapeva che era la massima distinzione che poteva sperare dall'unico vero dio del suo universo.

Mentre Shasa riempiva casse e bauli di libri e quadri in previsione del trasferimento a Londra, Garry e Holly vennero a stare a Weltevreden.

« Resterò là almeno tre anni », disse Shasa. « Al mio ritorno ne riparleremo, ma probabilmente mi prenderò un appartamento in città. Per starci da soli questo posto è veramente troppo grosso. »

Holly era incinta e convinse Centaine a restare ad aiutarla « solo finché nasce il bambino ».

« Holly è l'unica donna con cui la mamma riesce a convivere a meno di un chilometro di distanza », osservò Shasa con Garry, mentre le due signore di Weltevreden andavano a progettare insieme la risistemazione della nursery.

La storia d'amore di Isabella con Lothar De La Rey proseguì tempestosamente per tutta la durata dell'istruttoria relativa alla morte di Moses Gama.

La commissione d'inchiesta decretò infine che il generale di brigata Lothar De La Rey era « non colpevole ». La stampa inglese, come quella internazionale, sghignazzò lungamente su questo verdetto. Un'assemblea generale straordinaria dell'ONU condannò il Sudafrica a dure sanzioni, che com'era prevedibile furono vanificate dal veto in Consiglio di Sicurezza. Tuttavia tra la sua gente la popolarità di Lothar andò alle stelle e la stampa afrikaans l'esaltò come il suo eroe preferito.

Meno di una settimana dopo il verdetto della commissione d'inchiesta Isabella si svegliò in camera da letto nel suo lussuoso appartamento di Sandton e vide Lothar già tutto vestito, che in piedi accanto al letto la guardava con una tale espressione di rimpianto che si rizzò subito a sedere, sveglissima, facendo cadere alla vita le lenzuola di seta rosa.

« Cosa c'è, Lothie? » proruppe. « Come mai te ne vai così presto? Perché mi guardi così? »

« Ci sarà fra poco un'elezione parziale nel collegio di Doornberg. È uno dei nostri collegi sicuri, e il partito me l'ha offerto. Ho accettato. Mi dimetto dalla polizia ed entro in politica. »

« Ma è meraviglioso! » gridò Isabella, tendendogli le braccia. « Io me ne intendo un sacco, sai, formeremo una squadra fenomenale, Lothie. Vedrai quanto ti aiuterò! »

Lothar alzò gli occhi dai suoi seni nudi, ma non la strinse, e lei abbassò le braccia.

« Cosa c'è? » Aveva cambiato espressione.

« Torno in seno al mio popolo, Bella », disse lui con calma. « Al mio Dio e al mio *Volk*. Io so quello che voglio: riuscire un giorno dove mio padre ha fallito. Aspiro al primato che lui era quasi riuscito a raggiungere, ma per questo ho bisogno di una moglie della mia gente. Una brava ragazza afrikaner. L'ho già scelta. Sto per andare da lei. Quindi dobbiamo dirci addio, Bella. Grazie. Non ti dimenticherò mai, ma ora tutto è finito fra noi. »

« Vattene », gli disse lei. « Vattene, e non tornare mai più. »

Lothar esitava. Isabella si mise a gridare. « Fuori, bastardo! Fuori di qui! »

Uscì dalla porta e la richiuse senza sbatterla. Isabella prese il bicchiere sul comodino e lo scagliò a infrangersi contro l'uscio. Poi affondò la faccia nel letto e si mise a piangere.

Pianse tutto il giorno, e la sera andò in bagno e riempì la vasca di acqua calda. Lothar aveva lasciato un pacchetto di lamette sulla mensola. Ne scartò lentamente una e l'alzò davanti agli occhi. Aveva un aspetto veramente malefico. Il filo brillava riflettendo la luce. L'abbassò fino a toccar la pelle del polso. Pungeva come uno scorpione. Allontanò il polso di scatto.

« No, Lothar De La Rey, non ti darò la soddisfazione », disse con rabbia, e buttò la lametta nella tazza del gabinetto. Tornò in camera da letto e prese il telefono.

Quando sentì la voce di suo padre, si mise a tremare al pensiero di ciò che era stata sul punto di fare.

« Voglio tornare a casa, papà », gli disse in un sospiro.

« Mando l'aereo a prenderti » disse subito Shasa. « Macché, macché, vengo io immediatamente. »

Corse ad abbracciarlo sulla pista. A metà strada verso Città del Capo le sfiorò la guancia e disse: « Avrò bisogno di una padrona di casa a Highveld ». Era il nome della residenza dell'ambasciatore a Londra. « Sono capace perfino di aumentarti lo stipendio. »

« Oh, papà », disse lei. « Perché gli uomini non sono tutti come te? »

Jakobus Stander fu impiccato nella prigione centrale di Pretoria. Sarah Stander e suo marito aspettavano fuori quando al cancello fu affissa la notizia dell'avvenuta esecuzione.

La notte del loro ritorno a Stellenbosch, Sarah Stander si alzò lasciando il marito addormentato a letto. In bagno inghiottì una gran quantità di barbiturici.

Quando Roelf Stander si svegliò, la mattina dopo, trovò la moglie morta a letto accanto a sé.

Manfred e Heidi andarono a vivere nella tenuta che avevano nello stato di Orange, dove allevavano merinos di razza pura.

Per tre anni di fila Manfred vinse il primo premio per i suoi montoni alla fiera di Bloemfontein.

Sempre corpulento, ora Manfred ingrassò parecchio, perché mangiava più per noia che per fame. Solo Heidi sapeva quanto gli costava l'inattività, quanto rimpiangeva i corridoi del potere, e quanto giudicava amara e inutile ormai la sua vita.

Mentre girava da solo per il *veld* gli venne un infarto. L'indomani i pastori lo trovarono morto dov'era caduto. Centaine andò al suo funerale con l'aereo del gruppo. Era l'unica Courteney presente quando Manfred fu sepolto con tutti gli onori al Camposanto degli Eroi, in mezzo alle tombe di tanti altri eminenti afrikaner tra cui il dottor Hendrik Verwoerd.

Sulla limousine dell'ambasciata Shasa Courteney tornava da Buckingham Palace dove aveva presentato le proprie credenziali a Sua Maestà la regina Elisabetta II. Mentre l'autista guidava con solennità, lui contemplava la pioggerella che bagnava le grigie vie di Londra.

Nonostante il brutto tempo i dimostranti l'aspettavano coi cartelli a Trafalgar Square: MOSES GAMA VIVE e APARTHEID CRIMINE CONTRO L'UMANITÀ.

Quando Shasa scese dalla limousine davanti all'ambasciata, i dimostranti cercarono di avvicinarsi, ma una fila di poliziotti glielo impedì.

« Shasa Courteney! » Al suono di una voce familiare Shasa si fermò in mezzo al marciapiede e si guardò intorno.

Da principio non la riconobbe, poi la vide nella prima fila di dimostranti e tornò indietro. In abito da cerimonia e cilindro, alto e snello com'era, riusciva a essere molto elegante. Si fermò davanti a lei e parlò con un agente.

« Grazie, agente, conosco questa signora, può lasciarla passare. » Poi, mentre lei si chinava per passare sotto il braccio dell'agente, la salutò. « Ciao, Tara. »

Gli riusciva difficile credere che fosse tanto cambiata. Era una trasandata grassona di mezza età, solo gli occhi erano ancora belli. Glieli puntò addosso, ardenti come sempre.

« Moses Gama è vivo. I mostri dell'apartheid possono uccidere i nostri eroi, ma la vittoria sarà nostra. Alla fine erediteremo la terra. » La sua voce era stridula.

« Sì, Tara », le rispose. « Ci sono gli eroi e ci sono anche i mostri, ma siamo quasi tutti comuni mortali, coinvolti in avvenimenti troppo feroci per noi. Forse alla fine di tutte queste lotte non erediteremo che le ceneri di una terra già bella. »

Girò sui tacchi ed entrò nell'ambasciata senza voltarsi più.

NOTA DELL'AUTORE

Ancora una volta mi sono preso delle piccole libertà cronologiche con la storia, in particolare riguardo alla data di nascita dei movimenti *Umkhonto we Sizwe* e *Poqo*, al primo processo di Nelson Mandela, al discorso dei « Venti di cambiamento » di Harold Macmillan.

Spero che il lettore me le perdoni, comprendendo le esigenze narrative.

Wilbur Smith

Finito di stampare
per conto degli Editori Associati S.p.A.
presso Arnoldo Mondadori Editore S.p.A.
Stabilimento Nuova Stampa di Mondadori
Cles (TN)
Maggio 1993

TEADUE
Periodico settimanale del 18.1.1990
Direttore responsabile: Mario Spagnol
Registrazione del Tribunale di Milano n. 565 del 10.7.1989